KB177711

마르셀 프루스트(1871~1922) 20세 무렵의 프루스트 초상. 자크 에밀 블랑슈. 1900. 파리, 오르세미술관

〈1889년 파리박람회 중앙 돔〉 루이 벨. 1890. 파리, 카르나발레 미술관
이 박람회는 에펠탑 건설로 역사에 그 이름을 남겼다. 세계 물산을 한곳에 모은 박람회는 보기 힘든 이국의
접하며 신선한 자극을 받는 장이 되었다.

▲〈파리의 그랑 불바르〉 장 베로. 1902~3. 파리, 카르나발레 미술관
19세기 사교와 환락의 장소 메종 도르, 카페 앙글레, 토르 토니 등이 늘어서 있는 유명한 거리

▶레스토랑 '에덴 록'에 있는 비비 라르티그. 1920.
20세기 초 작가들, 예술가들은 그들의 작품에 영감을 얻기 위해 바닷가나 고원에서 여름을 보내기도 했다. 라르티그가 앙티브에서 그의 아내 '비비'를 찍은 아름다운 사진

▲리츠에서의 식사
리츠호텔은 파리 방돔 광장에 있는 고급 호텔이다. 1917년부터 프루스트는 이곳의 단골손님이 되어 소설을 쓰기 위한 정보를 얻기 위해 투숙객들을 관찰하기도 했다.

◀일리에의 생자크 교회
아버지의 고향 일리에는 소설 속 '콩브레'의 모델이다. 일리에의 한가운데에 생자크 교회가 우뚝 솟아 있다.

존 러스킨(1819~1900) 영국의 사회사상가·미술평론가
프루스트는 러스킨에게서 색채나 형태를 주의깊게 관찰하고 그것을 문장에 자리잡게 하는 능력, 사물이나 감정의 미묘한 차이를 식별하는 능력 그리고 마음의 감동을 오래도록 지연시켜 서술하는 능력을 배웠다.

샤를 생트뵈브(1804~1869) 프랑스의 문예비평가·소설가. 프랑스 근대비평의 아버지
프루스트는, 생트뵈브가 같은 시대의 스탕달·발자크·플로베르 등을 겉으로 드러나는 됨됨이로 평가했기 때문에, 그들 작품에 대한 그의 평가가 잘못되었다고 말하고, 그들의 권리를 회복해 주려는 시도로 평론을 쓰기 시작했다.

베르트랑 드 페늘롱 외교관. 프루스트가 사랑한 금발과 푸른 눈의 전형적인 귀족적 용모의 소유자. 《잃어버린 시간을 찾아서》 '생 루'의 주요 모델이 된다.

MARCEL PROUST

À la recherche du temps perdu

I

Du côté de chez Swann

GALLIMARD

《잃어버린 시간을 찾아서 I –스완네 집 쪽으로》(초판, 1913) 표지
처음 '그라세'에서 출판했으나 뒤에 NRF가 인수하여 출판

세계문학전집080

Marcel Proust

À LA RECHERCHE DU TEMPS PERDU

잃어버린 시간을 찾아서 II

마르셀 프루스트/민희식 옮김

동서문화사

디자인 : 동서랑 미술팀

잃어버린 시간을 찾아서 I II III IV V

차례

제2편

꽃피는 아가씨들 그늘에

À l'Ombre des jeunes filles en fleurs

제2부

고장의 이름—고장

(발베크의 첫 체류, 바닷가 아가씨들)

샤를뤼스 씨와 로베르 드 생루에 대한 첫 스케치/블로크네 집에서의
저녁 식사/리브벨에서의 저녁 식사/알베르틴의 등장

그러고 나서 2년이 지나 할머니와 함께 발베크로 출발했을 때, 나는 이미 질베르트에게 거의 무관심하게 된 뒤였다. 새 얼굴을 보고 그 매력에 끌릴 때나, 또 다른 아가씨를 보자 갑자기 고딕풍의 대성당, 이탈리아 궁전과 정원을 알고 싶어졌을 때, 내가 마음속으로 쓸쓸하게 생각한 것은 다름이 아니라, 우리의 사랑이 어떤 인간에 대한 사랑인 이상, 그것은 참으로 현실적인 그 무엇은 아닐 거라는 생각이었다. 왜냐하면 우리가 떠올리는 즐거운 꿈이나 괴로운 꿈의 결합이, 그러한 연정을 얼마 동안 어떤 여인에게 쏟으며 그 사랑이 필연적으로 그녀에 의해서 북돋아졌다고 느끼더라도, 그 대신에 고의에서건 무의식에서건 그런 꿈과 몽상에서 벗어나기라도 하면, 이번에는 반대로 그 연정이 오직 우리 자신에게서만 비롯한 듯이 전의 여인과는 관계없이 되고 다른 여인에 대한 연정으로 싹트기 때문이다. 그렇지만 발베크로 출발할 무렵이나 거기서 처음 머물 무렵에는, 자주 (우리 일생은 연대순으로 되어 있는 일이 적고, 세월의 흐름에는 시대착오가 매우 많이 끼어 있어서) 나는 어제나 그저께보다 더 먼 나날, 내가 아직 질베르트를 사랑하고 있던 나날에 살고 있는 때가 있었다. 그런 때에는 그녀를 다시는 만나지 못한다는 사실에 그때와 똑같은 고통에 휩싸이게 된다. 그녀를 사랑했었던 자아가 이미 다른 자아로 바뀌었음에도 다시 나타나곤 했는데, 그것도 대수로운 일을 통해서보다 하찮은 일을 통해 더 자주 나타났다. 이를테면 노르망디에서 머물 때 일어났던 이야기를 앞질러 하는 셈이 되지만, 나는 발베크의 방파제에서 엇갈린 모르는 사람이 '체신부 장관의 가문'이라고 한 말을 들었다. 그런데 (이 가문이 내 삶에 어떤 영향을 갖게 되는

지 그때에는 모르고 있어서) 이 말은 나와 관련 없는 말로 들었어야 마땅하건만, 갑자기 심한 고통을 일으켰다. 그것은 이전의 자아, 거의 없어진 옛 자아가 그때 질베르트와 이별하면서 느끼던 고통이었다. 그때까지 나는 단 한 번도 질베르트가 내 앞에서 그 아버지에게 '체신부 장관의 가문'에 관해 뭔가 이야기하던 모습을 떠올린 적이 없었다. 그런데 사랑의 추억이라는 것도 기억의 일반 법칙에서 벗어나지 않아 이 법칙 자체가 습관보다 보편적인 법칙에 지배되고 있다. 습관은 모든 걸 약하게 하므로, 우리가 잊어버렸던 바로 그것이야말로 어떤 존재를 가장 잘 생각나게 한다(그도 그럴 것이, 잊어버렸던 것은 하찮은 것이었으며, 또 그 때문에 우리는 그런 것을 본디의 힘 그대로 내버려두므로). 따라서 우리 기억의 가장 좋은 부분은 우리의 바깥에 있고, 다시 말해 비를 몰고 오는 바람, 방의 습한 곰팡이 냄새 또는 불붙기 시작한 축축한 장작의 불꽃 속에 있다. 이를테면 우리 지성이 그 용도를 몰라 무시해버린 것, 과거의 마지막 저장물, 가장 좋은 저장품, 우리 눈물이 말라버린 듯해도 다시 눈물나게 하는 것, 그러한 것은 우리가 우연히 다시 발견할 수 있는 곳곳에 존재한다. 우리 바깥에? 아니, 오히려 우리 안에라고 말하는 게 옳다. 더구나 우리 자신의 시선을 피하여, 조금 동떨어진 망각 속에 있다. 오로지 이 망각 덕분에, 때때로 우리가 전에 있던 자기 존재를 다시 찾아내고, 이전의 자기가 접한 그대로의 사물에 다시금 괴로워할 수 있다. 그런 때 우리는 이미 우리가 아니라 과거의 나이며, 그러한 나는 지금의 우리와 관계없는 사랑을 했던 것이다. 대낮처럼 밝은 습관적 기억에, 과거의 수많은 심상들은 점점 빛깔이 연해지다가 사라져간다. 흔적조차 남지 않아 우리는 그 모습을 다신 보지 못하리라. 아니, 오히려, 만약에 몇 마디 말('체신부 장관'이라는 말과 같은)이 망각 속에 소중히 담겨 있지 않았다면, 우리는 다신 그 과거를 보지 못하리라. 마치 국립도서관에 책 한 권을 기증하는 일과 마찬가지로, 그렇지 않고서는 그 책을 다시 찾아볼 수 없게 되듯이.

그러나 질베르트에 대한 번민과 이 연정의 샘물은 꿈속에서 느끼는 그런 감정보다 더 오래 가지 않았다. 또한 이번은 여느 때와 달리 장소가 발베크이므로 그런 감정을 오래 지속시키는 옛 '습관'이 이미 없었다. '습관'의 결과가 그처럼 모순되게 보인다면, 그것은 습관이 다양한 법칙에 따르기 때문이다. 파리에서, 나는 이 습관 덕분에 차츰 질베르트에 대한 관심을 잃어 갔다. 습관의 변화, 다시 말해 한동안 멈춘 습관은 내가 발베크로 떠났을 때 끝이 났다. 이 변화는 그 힘을 약하게 하지만 안정시키고, 나눠 헤쳐가며 한없이 지속시킨다. 몇 해 전부터 나는 좋거나 나쁘거나 그 전날의 정신 상태를 다음 날에도 계속 되풀이해왔다. 그런데 발베크에서는 침대도 다르고, 파리에서와는 다른 아침 식사를 가져온다. 그래서 이 새로운 침대는 질베르트에 대한 연정을 더 이상 지탱할 수가 없다. 집에만 틀어박혀 있으면, 세월은 멈춰버려, 시간을 버는 가장 좋은 방법이 장소를 옮기는 데 있는 경우(매우 드물지만)도 있다. 발베크로 가는 나의 여행은 회복기 환자의 첫 외출 같은 것으로, 그 환자는 자신이 나았다는 사실을 스스로 느끼기 위해 오로지 외출만을 손꼽아 기다렸던 것이다.

이 여행은 지금이라면 자동차로 하는 편이 더 쾌적하게 생각되어 틀림없이 그렇게 여행할 것이다. 그렇게 하는 편이 한층 더 진정한 여행임을 알기 때문이다. 왜냐하면 땅 표면의 가지각색 기복을 보다 가깝게, 보다 친근하게 따라갈 것이기에. 그러나 여행 특유의 즐거움은 도중에 내리거나 피곤할 때 쉬는 데 있지 않고, 그처럼 출발과 도착 사이에 생기는 차이를 알아채지 못하는 것보다 도리어 그 차이를 될 수 있는 한 깊이 느낄 수 있게 하는 데 있다. 말하자면 상상이 껑충 뛰어 우리가 살고 있는 장소에서 가고픈 장소로 데려다줄 때처럼, 두 장소가 주는 거리의 차이를, 사념 속에 있던 전체 그대로 고스란히 다시 한 번 느끼는 데 있다. 그 비약이 기적처럼 보이는 까닭은, 비약에 의하여 어떤 거리를 뛰어넘어서라기보다 너무나 다른 두 고장의 개성을 하나로 이었기 때문이고, 우리를 하나의 이름에서 또 하나의 이름이 있는 곳으로 데려다주었기 때문이다. 그리고 정거장이라는 특별한 장소에서 이루어지는 신비한 작용으로(바라는 곳에서 멈추기 때문에 일정한 정거장을 갖지 못하는 자동차 여행보다 더 잘) 거리가 도식화되기도 한다. 정거장은 대부분 시가의 일부분을 이루는 게 아니라, 역 표시판에 그 시가의 이름을 걸고 있듯이 그 시가의 개성의 본질을 품고 있는 것이다.

하지만 모든 영역에 있어서, 현대는 사물을 그 본질이 아니라 그것을 둘러싸고 있는 현실로 나타내려는 기묘한 경향이 있으며, 따라서 사물의 본질적인 것을 없애려 하고, 사물을 그 주위의 여러 대수롭지 않은 물건으로부터 외따로 떼어놓은 정신 활동을 보려고 하지 않는다. 오늘날 우리는 어느 그림을, 그것이 그려진 같은 시대의 가구, 골동품, 벽걸이에 '진열'한다. 그런 것들은 참으로 싱거운 겉치레로, 어제만 해도 무식하기 짝이 없다가 갑자기 옛 기록문서나 서적을 찾는 데 날을 보내게 된 마님이 현대식 저택 안에 모셔놓고 뻐기는 정도에 지나지 않는다. 그런 겉치레 가운데서는 걸작도 식사하면서 구경해야 하므로, 미술관에서 처음으로 만끽하는 그 황홀한 기쁨을 주지 못한다. 미술관이야말로 쓸데없는 겉치레가 없어서, 예술가가 창작하면서 스스로 몰두한 내면세계를 가장 잘 상징한다.

정거장이라는 이 희한한 장소도, 불행히도 거기서 멀리 떨어진 목적지를 향해 떠날 경우에는 비극의 장소가 된다. 왜냐하면 거기서 기적이 일어나고, 그 덕분에 우리 사념 속에만 존재하던 장소가 이제부터 우리가 사는 고장이 되는 그런 즐거움이 있는 한편, 바로 그 출발 때문에 우리는 조금 전까지 살던 정든 방으로 돌아가기 위해 대합실을 빠져나가야만 한다. 일단 신비에 이르려고, 예컨대 생라자르 역처럼 거대한 유리를 끼운 공장을 떠올리게 하는 역한 냄새를 풍기는 동굴 안에 들어가려는 결심을 하면 집에 돌아가 잠잔다는 소망 따위는 전부 버려야 한다. 발베크행 기차를 타려면 그 생라자르 역에 가야 하는데, 그 역은 도시의 배를 가른 그 동굴 위에, 자주 일어나는 참사의 불길한 징조로 험악한 널따란 하늘을 펼치고, 거의 근대 파리의 하늘을 그린 듯싶은 만테냐 또는 베로네세*[1]의 그림 속 하늘을 떠올리며, 그런 하늘 아래의 동굴 안에서, 열차의 출발 또는 '십자가'를 세우는 일 같은 엄청나고도 장엄한 일밖에는 일어나지 않을 듯한 느낌이 든다.

파리의 내 침대 속에서 폭풍우 이는 바다의 물보라에 둘러싸인 발베크의 페르시아풍 성당을 떠올리는 것만으로 만족했던 이상, 이 여행에 대해 내 육체는 아무런 이의도 제기하지 않았다. 처음으로 이의가 나오기 시작한 건 머잖아 곧 출발하리라는 걸, 거기에 닿는 저녁 내가 낯선 '나의' 방에 안내되리라는 걸 육체가 알았을 때였다. 육체의 반발은 출발하기로 한 전날 밤에, 어머니가 동행하지 않음을 알았을 때 더욱 심각해졌다. 노르푸아 씨와 함께 에스파냐로 출발하게 되어 있는 아버지가 그 출발까지 밀린 임무에 붙잡혀, 차라리 파리 근교에 집 한 채를 빌리는 편이 좋다고 해서 어머니가 나를 따라오지 못하게 되었던 것이다. 물론 육체적 고통이 따르기에 발베크를 보러 가는 일을

---

*1 이탈리아의 화가(1528~88).

덜 바람직스럽게 느낀 것은 아니고, 도리어 고통은 내가 찾고자 하는 인상의 진실성을 상징하고 보장하는 성싶었다. 내가 찾는 인상은, 금세 집으로 돌아가서 나의 침대에 들어갈 수 있을 만큼 멀리 있는 '파노라마'나, 이른바 실물과 가치가 같다고 일컫는 구경거리 따위로 바뀔 수 있는 것은 아니었다. 사랑에 빠진 인간과 기쁨을 느끼는 인간이 같을 수 없다는 사실을 알게 된 게 이번이 처음은 아니었다. 발베크로 출발하려는 아침, 나를 돌봐주는 의사가 내 시무룩한 얼굴을 보고 놀라면서, "내가 일주일 여가를 받을 수 있다면 남이 권하지 않아도 당장 뛰어가서 시원한 바닷바람을 쏘이겠소. 가보시오. 경마, 요트 경주도 있고, 재미날 거요" 말했는데, 나도 그와 마찬가지로 발베크에 몹시 가보고 싶은 마음이 들기 시작했다. 내가 좋아하는 것이 무엇이든 간에, 고되게 쫓아가지 않고서는 얻을 수 없는 것으로, 그 과정은 기쁨을 구하는 게 아니라 그 더할 수 없이 높은 선을 위하여 먼저 기쁨을 희생시켜야 함을, 라 베르마를 들으러 가기 전부터 나는 이미 알고 있었다.

할머니는 우리의 출발에 대해 조금 다른 의견을 갖고 있었다. 이전처럼 내게 주는 선물에는 변함없이 예술적인 성질이 가미되어 있기를 바라는 할머니는, 이번 여행에도 얼마큼 예스러운 '시험'을 나에게 해보려고 생각했다. 세비녜 부인이 파리에서 '로리앙'으로 갔을 때에, 쇼온과 '토드메르 다리'를 통과한 여행길*[2]을 절반은 기차로, 절반은 마차로 다시 더듬어가자는 것이었다. 그러나 지적 호기심을 채우려는 목적으로, 할머니가 여행 계획을 짤 때 얼마나 기차를 놓치며, 짐을 분실하며, 목이 아프며, 요금 위반을 할지 예상하고서 행동해야 한다는 사실을 잘 아는 아버지의 반대에 부딪쳐, 할머니는 이 계획을 단념할 수밖에 없었다. 그래도 할머니는 발베크에 가서 바닷가로 나가려고 할 때, 할머니가 신주 모시듯 하는 세비녜 부인이 못마땅한 사륜마차 족속들이라고 부르는 귀찮은 무리의 방해를 받을 염려가 절대로 없을 거라고 기뻐했다. 르그랑댕이 이 고장에 사는 그 누이에게 보내는 소개장을 우리에게 주지 않아서, 우리는 발베크에 아는 사람이 없었기 때문이다(이 소개장의 회피가, 할머니와는 달리 할머니의 자매인 셀린과 빅투아르에게는 달갑지 않았다. 그녀들은 르그랑댕의 누이와 소녀 때부터 아는 사이여서, 예전의 친밀한 관계를 나타내

---

*2 17세기 서간문학가인 세비녜 부인이 딸에게 써 보낸 편지에 적은 1689년 4월부터 5월에 걸친 여행을 말함.

려고 르그랑댕의 누이를 오로지 '르네 드 캉브르메르'라고 불러왔으며, 그녀한테서 받은 선물을 아직도 간직하고 있어, 시대에 뒤떨어진 것이었지만 그래도 방에 장식하거나 화제로 꺼내거나 했는데, 그 뒤로는 그녀의 어머니 되는 르그랑댕 부인네 집에 가더라도 그 딸의 이름을 입 밖에 내지 않음으로써 우리에게 가한 모욕의 복수를 하는 셈으로 여겼다. 그리고 그 앙갚음이 성공하여, 르그랑댕 부인의 방에서 나오자마자 다음과 같이 말하면서 서로 위로해 마지않았던 것이다. "난 당사자에게 그런 기색을 조금도 보이지 않았지만, '남들'은 그걸 알아차렸을 거야").

따라서 할머니와 나는 1시 22분발 기차로 단출하게 파리를 떠나게 되었다. 나는 이 열차를 오랫동안 천천히 즐기며 철도 여행 안내 시간표에서 찾아내곤 했는데, 매번 감동이 일어 벌써 출발한 듯한 즐거운 환상에 잠겨, 그 열차에 친근한 느낌이 들었다. 상상 안에서 행복의 모습을 결정하는 것은, 그것에 관한 정보의 정확성보다도, 오히려 그것이 늘 똑같은 욕망을 불러일으켜서, 나는 벌써 그것을 속속들이 알고 있는 듯한 생각이 들었던 것이다. 또 나는 열차 안에서, 해가 기울어 선선해지기 시작할 때 특별한 기쁨을 느낄 것이며, 어떤 정거장이 가까워지면 어느 색다른 풍경을 감상하리란 걸 조금도 의심하지 않았다. 그래서 이 열차는, 그것이 달려가는 오후 햇살 속에 내가 에워싸고 있는 마을들의 형상을 끊임없이 내 마음속에 일깨우면서, 다른 모든 열차와는 아주 다른 듯했다. 그리고 아직 한 번도 만나본 적이 없으나, 그 우정을 지닌 걸로 상상하여 기뻐하는 미지의 벗에 대하여 흔히 그렇듯이, 이 블론드의 예술 방랑자라고도 할 만한 열차에 특별하고도 변함없는 용모를 주게끔 되고, 이 방랑자는 나를 도중까지 안내할 터이며, 석양 쪽으로 멀리 사라져가기에 앞서 생로 대성당 밑에서 나는 작별인사를 할 거라고 생각했다.

할머니는 '별난 일' 없이는 발베크에 갈 마음이 들지 않아, 여자친구 집에서 하루 동안 머물기로 하고, 나는 방해가 되지 않게 그분 댁에서 저녁에 다시 출발해 다음 날 오후 동안 발베크 성당을 구경하기로 했다. 성당은 듣던 대로 발베크 해안과 꽤 멀리 떨어져 있어서 해수욕 요양을 시작한 다음에는 당분간 가지 못할 성싶다. 그곳에 머무는 걸 마지못해 허락할 새 숙소에서 잔혹한 첫 밤을 지내기 전에, 이 여행이 지닌 멋진 목적을 실감하는 편이 더 홀가분하게 느껴졌기 때문이다. 그러나 무엇보다 먼저 지금의 거처를 떠나야만 했다. 어머니는 그날 바로 생클루로 옮겨갈 준비를 하고 있었으며, 우리를 역에서 배웅하고 나서 곧바로 생클루로 갈 작정이었다. 아니, 짐짓 그런 체해 보였다. 집에 되돌아가지 않는다는 사실을 확실히 해두지 않으면, 내가 발베크로 떠나기 싫어 어머니와 함께 집에 돌아갈까 봐 걱정되었기 때문이다. 뿐만 아니라 비운 지 얼마 안 되는 생클루의 집에 할 일이 많아 시간이 없다는 핑계마저 꾸며, 실은 내가 작별의 아쉬움을 맛보지 않게, 어머니는 열차 출발 시간까지 우리와 함께 남아 있지 않겠다고 결심했다. 작별이란 오락가락 바삐 서두르지만, 요컨대 아무것도 아닌 채비 속에 미리 숨어 있다가, 기차가 출발하려고 할 때 갑자기 나타난다. 무력하나 또렷한 부분에 집중되어, 다시는 피할 수 없는 순간에, 돌연 고통과 함께.

어머니가 나 없이도 살 수 있음을, 어머니가 나를 위해서가 아닌 다른 생활도 할 수 있음을 처음으로 알게 되었다. 이제 어머니는 아버지와 함께 살려는 거다. 어쩌면 나의 병이나 신경질이 아버지의 생활을 조금 어지럽히고 우울하게 만든다고 생각하는지도 몰랐다. 이 이별이 나를 더욱 슬프게 만든 것은 다음과 같은 생각이 들었기 때문이다. 곧, 이때까지 어머니는 나에게 내비치지 않았지만 잇단 실망 끝에, 이러다간 함께 휴가를 보내기가 어렵다고 알아차린 것이다. 틀림없이 이 이별이 어머니로서는 그런 실망스런 생활의 마침표이자, 어쩌면 어머니가 미래를 단념하고 살려는 첫 시도일지도 모른다. 어머니에게도 아버지에게도 세월이 흘러감에 따라 또 하나의 생활이 다가오고 있는 것이다. 그런 생활에서는 나와 어머니가 만나는 일도 적을 뿐만 아니라, 악몽에서마저 여태껏 본 적이 없던 현상, 어머니는 이미 나에게 얼마쯤 타인처럼 어떤 부인이 되고, 내가 없는 집에 혼자 돌아와서 문지기에게 내게서 온 편지가 없는지 물어보게 되리라.

여행용 가방을 가져다주려고 하는 고용인에게 나는 대답조차 제대로 할 수 없었다. 어머니는 나를 위로하려고, 가장 효과 있다고 생각하는 것을 이것저것 시험해보았다. 나의 슬픈 표정을 그냥 지나치지 않고 어머니는 상냥하게 농담 삼아 말했다.

“글쎄, 그렇게 슬픈 얼굴을 하고 만나러 가려는 걸 안다면, 발베크의 성당이 뭐라고 말할까? 러스킨이 말하는 그 기쁨에 넘쳐 황홀한 나그네란 그런 표정을 짓는 사람을 두고 한 말일까? 그리고 말이다. 너에게 이 경우를 이겨나갈 힘이 있을지 안다면, 나는 멀리 떨어져 있어도 나의 작은 이리와 함께 있는 셈이 된단다. 내일 엄마가 편지를 보낼 테니까."

할머니가 어머니에게 말했다. "나는 어쩐지 네가 눈앞에 지도를 펴놓고 한시도 우리에게서 눈을 떼지 않는 세비네 부인 같구나."

다음에 어머니는 내 마음을 딴 데로 돌리려고 저녁 식사로 뭘 주문할 거냐고 묻기도 하고, 프랑수아즈를 칭찬하기도 하며, 그 모자와 외투가 꼭 어울린다고 치켜세우기도 했다. 그녀가 걸친 것은 할머니의 자매 것인데, 전에 할머니의 자매가 입고 있는 모습을 보았을 땐 커다란 새가 올라앉아 있는 그 모자, 흑옥 장식이 달린 무시무시한 모양의 외투에 소름이 쫙 끼쳤는데 프랑수아즈가 입으니 알아볼 수 없을 만큼 새롭게 보인다고도 했다. 그러나 외투는 못 쓰게 된 거라서, 프랑수아즈가 그 안을 뒤집어 곱다란 빛깔의 무지 안감이 밖으로 보였다. 한편 새장식은 망가져서 버린 지 오래였다. 그래서, 문 위 꼭 알맞은 곳에 흰빛 또는 노란 황금빛의 장미꽃 한 떨기를 피게 하는 농가의 정면, 혹은 민요 속에서, 꿋꿋한 심지를 가진 예술가들이 애쓴 정묘함을 만나 놀라는 일이 이따금 있듯, 프랑수아즈는 샤르댕 또는 휘슬러의 초상화 속에 황홀하게 있어도 나무랄 데 없는 벨벳 리본의 매듭을, 착실하고도 간소하게 그 모자 위에 달아 몰라볼 정도로 예쁘게 되었던 것이다.

더 옛 시대로 거슬러 올라갈 수도 있다. 비슷한 예를 찾아본다면, 우리의 늙은 하녀 얼굴에 자주 고귀함을 띠는 겸손과 성실은 그 옷에서도 엿보여, '신분을 지키고 지위를 유지'할 줄 아는 조심성 있는, 하지만 상스러움이 보이지 않는 여성답게, 여행 가서도 남들에게 보이려는 태도 없이, 오직 우리 동반자로서 남의 눈에 부끄럽지 않은 옷차림을 했으므로, 프랑수아즈가 색 바랜 버찌색 외투 천과 모피 깃의 보송한 털에 싸여 있는 폼은 마치 늙은 거장이 기도서(祈禱書) 속에 그린 안 드 브르타뉴 왕비의 초상화를 연상시켰다. 그런 그림 속에서는 모든 게 교묘하게 배치되어 전체의 조화로운 느낌이 어찌나 고루고루 퍼져 있는지, 으리으리하지만 낡아빠진 독특한 의상도, 눈이나 입술, 손과 마찬가지로 경건한 엄숙성을 나타낸다.

프랑수아즈에 관하여 그 사상을 입에 올려도 쓸데없으리라. 프랑수아즈는 그런 것을 하나도 모르려니와, 마음속에 와 닿는 희귀한 진실을 빼놓고, 무지는 몰이해와 대등하다는 말처럼 완전히 아무것도 몰랐다. 그녀에겐 광대한 관념의 세계는 존재하지 않았다. 그러나 프랑수아즈 눈의 광채 앞에서, 그 코와 입술의 섬세한 선 앞에서, 교양 있는 수많은 사람들에겐 없는, 만약에 있다면 탁월한 품위와 엘리트 정신의 고귀함을 뜻하는 여러 특징 앞에서, 우리는 인간의 온갖 개념과는 관계없다는 것을 아는 영리하고도 착한 개의 눈 앞에서처럼 얼떨떨해져 다음과 같이 반문할지 모른다. 곧 이처럼 다른 사회의 순수한 동포, 농부 가운데, 정신은 소박하나 상류 사회의 뛰어난 인재들과 똑같은 인간이 있는 게 아닐까. 아니 오히려 어떤 부당한 운명에 의하여 단순한 사람들 사이에서 살게 되어 빛은 빼앗겼지만, 교육을 받은 사람들 대부분보다 더 자연스럽게, 좀 더 본질적으로 엘리트의 천성에 어울리는, 이를테면 분산된, 길 잃은, 이성을 빼앗긴 성가정(聖家庭)*[1]의 일원, 가장 높은 지성을 갖추고 있으면서 유년 시절에 그대로 머물러 있는 한 가문의 인간이 있는 게 아닐까. 게다가—그들 눈의, 어디에 집중한다는 목표를 갖지 않은 그 빛, 그렇지만 흔들림 없는 그 빛 속에 환히 나타나 있듯이—그들이 재능을 갖기에는 단 하나, 지식만이 결핍되어 있는 게 아닐까 하고.

어머니는 내가 눈물을 참기 힘들어하는 것을 보고, 나에게 말했다. "레굴루스*[2]는 중대한 시기에 임해서는 반드시…… 어떻게 하였더라. 그리고 그런 얼굴을 보이면 내 마음이 언짢지 않겠니. 할머니같이 세비녜 부인을 인용해보자꾸나. '나는 네 속에 있는 용기를 모조리 북돋워주지 않으면 안 되겠구나.'" 이렇게 말하고 나서, 남에 대한 칭찬으로 이기적인 슬픔을 다른 데로 돌리려 애쓰며, 생클루의 여정은 무사할 것 같다고, 마부도 친절한 사람이며, 약속해놓은 마차도 만족스럽고, 타기도 편안한 듯싶어 안심이라고 말하며 나를 기쁘게 하려고 애썼다. 나는 그런 자세한 설명에 미소 지으려고 노력하면서, 동의와 만족의 표시로 고개를 끄덕여 보였다. 그러나 그 설명은, 사실 엄마의 출발을 더욱 또렷이 그려내게 하여 나는 쓰라린 가슴을 안고서, 어머니가 벌써 나에게서 떠나버리기라도 한 듯이, 어머니가 시골 가는 데 쓰려고 산 그 동그란 밀짚모자를 쓰고, 한창 더울 때에 긴 여행을 위해서 입은 얇은 옷차림의 모습을 멀거니 바라보았는데 그런 차림은 어머니를 마치 남처럼 보이게 하고, 내가 만나러 가지 못할 생클루의 '몽트르투' 별장 사람으로 만들어버린 듯이 느껴

*1 아기 예수, 성모 마리아, 성요셉으로 이루어진 가정.

*2 로마의 집정관(B.C. ?~250?).

졌다.

여행지 때문에 일어나는 호흡 곤란의 발작을 피하기 위하여, 의사가 나한테 출발할 때 맥주나 코냑을 좀 많이 들라고 권했다. 그렇게 하면 의사가 '도취감'이라고 일컫는 상태가 되어, 신경계통이 일시적으로 과민해지지 않기 때문이다. 아직 그 실행을 망설이고 있었지만, 적어도 그 실행을 한다면 그것을 결정하는 권리와 지혜가 나에게 있다는 사실만은 할머니가 인정해주기를 원했다. 그러므로 나의 망설임이 오로지 알코올을 마실 장소에 달려 있는 듯한 말투로, 역 구내식당이 좋을까 열차 식당의 바가 좋을까 하고 말머리를 꺼냈다. 그러자 즉시 할머니 얼굴에 비난의 기색이 어려, 그런 생각일랑 아예 하지도 말라는 그 표정을 보자마자, "뭐라고요!" 하고 외치고, 돌연 맥주를 마시러 가겠다고 결심했다. 이를 행동으로 옮기는 게 나의 자유를 증명하는 요긴한 일이 되었다. 왜냐하면 입으로 선언했던 말 가운데 반대 없이 통과한 적은 일찍이 없었기 때문이다. "뭐라고요! 내 병이 어떤지 아시죠, 의사가 나한테 뭐라고 당부한지 아실 테죠. 그런데도 말릴 작정이십니까!"

내 몸상태가 좋지 않은 것을 할머니에게 설명하자 할머니는 금세 몹시 가슴 아픈 양 매우 부드러운 모습으로, "그럼 어서 맥주나 리큐어를 마시고 오렴. 그걸로 네 기분이 좋아진다면" 하고 말해서 나는 할머니를 껴안고 입맞춤을 퍼부었다. 그렇지만 내가 열차 식당의 바에 가서 지나치게 많이 마신 건, 그렇지 않고서는 심한 발작이 일어날 거라고 느꼈기 때문이려니와 한편으로는 할머니의 마음을 더 아프게 하기 위해서였다. 첫 정거장에 닿았을 때 나는 객차로 돌아와, 할머니한테 내가 발베크에 가는 게 얼마나 행복한지 모르겠다, 모든 게 잘 풀릴 거라는 느낌이 든다, 어머니로부터 멀리 떨어져 있는 것에도 이내 익숙해질 것이다, 바의 사내들이나 승무원들이 마음에 들어 이런 사람들을 다시 볼 수 있다면 몇 번이고 이 여정을 되풀이하고 싶다는 따위를 말했다. 그렇지만 할머니는 내 눈을 피하면서 대답했다. "잠 좀 자야 되지 않겠니." 그리고 눈을 창 쪽으로 돌렸는데, 창에는 커튼이 드리워져 있고, 그 커튼이 유리창 틀에 꼭 맞지 않아서, 햇살이 차내 출입문의 왁스로 닦은 떡갈나무와 의자의 천 위에 슬그머니 들어와(철도 회사의 배려로, 차내 높은 곳에다 지명을 읽을 수는 없지만 여기저기 경치를 나타내는 포스터를 붙여놓았는데, 그런 것보다는 자연과 어울려 지내는 생활에 대한 보다 설득력 있는 광고이기나 하다는 듯이), 숲 속 빈

터에서 낮잠이 들게 하는, 따스해서 졸음이 오는 그러한 빛을 살갗에 던지고 있었다.

그러나 할머니는 내가 눈을 감고 있다고 여긴 듯하다. 그때 슬쩍 할머니를 훔쳐보니까, 할머니는 힘든 훈련에 익숙해지고자 애쓰는 사람처럼, 이따금 커다란 완두콩 같은 구슬을 드리운 베일 너머로 나를 흘끗 보고는 눈을 돌리고, 그러고 나서는 또다시 그렇게 하였다.

나는 할머니에게 말을 건네보았으나, 그것이 할머니에게 달갑지 않은 듯했다. 그래도 내게는 내 목소리가 감미로웠다. 마치 내 육신의 가장 내적이면서 이해하기 곤란한 운동을 지속시키려고 애쓰며, 억양 하나하나, 눈길 하나하나, 그 주시하는 곳에 기분 좋아지게, 여느 때보다 더 오래 머물게 하였다. "어서 자거라." 할머니가 말했다 "잠이 안 오면 이것 좀 읽어보렴." 그러고 나서 할머니는 나에게 세비녜 부인의 저서 한 권을 내주었다. 내가 그것을 펼치는 동안에 할머니는 세르장 부인의 회상록*[1]에 몰두하고 있었다. 할머니는 여행할 때, 이 두 부인의 저서 한 권씩을 꼭 지니고 갔다. 이 두 부인은 할머니가 특히 좋아하는 저자였다. 이때에 나는 머리도 움직이지 않은 채, 한 번 취한 자세 그대로 있는 게 훨씬 기분 좋아, 세비녜 부인의 책은 펴지 않고 그 위로 눈길도 주지 않았다. 내 눈앞에는 오로지 창의 푸른 커튼뿐이었다. 하지만 내게는 이 커튼을 물끄러미 바라보는 게 감탄할 만한 일처럼 느껴져서, 나의 주의를 딴데로 돌리려고 하는 사람이 있어도 대꾸조차 하지 않았을 것이다. 커튼의 푸른 빛깔은 그 아름다움에서가 아니라, 마지막에 가서는 그 강렬함에 이끌리게 된다. 이 커튼의 푸른 빛깔에 비하면, 내가 태어난 날부터 아까 마신 술의 취기가 오르기 시작한 순간까지, 내 눈앞에 있던 온갖 빛깔을 말끔히 지워버린 것처럼 여겨져, 예컨대 천성적으로 눈이 보이지 않는 사람이 나중에 수술을 받고 마침내 빛깔을 보게 되었을 때, 과거를 떠올리면 암흑 세계가 그렇듯 이제까지의 온갖 빛깔은 컴컴하고도 무가치한 것으로 느껴졌다.

늙수그레한 승무원이 차표를 검사하러 왔다. 제복에 달린 금속제 단추의 은빛 반사 또한 나를 매혹했다. 그에게 우리 옆자리에 앉아달라고 청하고 싶었다. 그러나 그는 다른 찻간으로 가버리고, 나는 언제나 기차에서 지내며 이

---

*1 가공의 책 제목.

늙수그레한 승무원을 날마다 보는 철도원들의 생활을 부러운 듯 상상해보았다. 푸른 커튼을 바라보거나 내 입이 반쯤 벌어져 있는 데서 알 수 있는 이 기쁨도 마침내 줄어들기 시작했다. 움직이지 않았던 자세가 흔들렸다. 나는 약간 몸을 움직였다. 할머니가 준 책을 펴고, 페이지를 골라 집중할 수 있었다. 책을 읽어감에 따라 세비녜 부인에 대해 감탄하게 되었다.

시대나 살롱 생활과 관계되는 순전히 형식적인 특수한 관용어에 속아서는 안 된다. '알려다오, 내 귀여운 아이야'라든가, '이 백작님은 매우 재치 있는 분으로 보였어요'라든가, '꼴을 말리는 게 세상에서 가장 재미나는 일이랍니다'라고 말하는 걸로, 세비녜 부인을 흉내내는 줄 여기는 이들이 있는 건 형식에 속고 있기 때문이다. 일찍이 시미안 부인*[1]마저 다음과 같이 씀으로써, 자기가 그 할머니인 세비녜 부인과 닮은 줄로 여겼다. '라 불리 씨는 지극히 건강하십니다, 그것도, 자신의 사망 소식을 들을 수 있을 정도로요', 또는 '오오! 그리운 후작님, 당신의 편지가 저를 얼마나 기쁘게 했는지! 답장을 하지 않을 수 없군요', 또는 '제 생각으론, 당신은 저에게 답장을, 저는 당신에게 베르가모트*[2] 향이 든 코담배를 보내기로 한 것 같군요.

먼저 코담배를 여덟 갑 보내는 것으로 책임을 실천하겠어요, 나중 것도 곧 갈 겁니다……. 역사상 이처럼 많이 보낸 적은 없습니다. 이는 분명히 당신을 기쁘게 해드리기 위해서입니다.' 시미안 부인은 이런 문장으로 사혈이나 레몬 따위에 관한 이야기를 편지에 쓰고, 그것이 세비녜 부인의 편지인 줄 착각한다.

그런데 나의 할머니는, 내면으로부터, 곧 가족과 자연에 대한 사랑으로부터 세비녜 부인에게 이르렀으므로, 남들의 해석과는 전혀 다른 아름다움, 부인이 쓴 서간집의 참된 아름다움을 사랑하는 일을 나에게 가르쳤던 것이다. 게다가 세비녜 부인은, 오래지 않아 내가 곧 발베크에서 만날 화가, 나의 사물을 보는 눈에 깊은 영향을 주는 엘스티르와 같은 위대한 예술가인 만큼 나중에 내게 더 강한 인상을 줄 것이다. 세비녜 부인이 엘스티르처럼 사물을 그 원인부터 설명하는 게 아니라, 우리가 지각하는 순서에 따라 나타낸다는 걸 나는 발베크에서 이해했다. 그러나 이미 이날 오후 찻간에서도, 달빛의 묘사가 나오는

---

*1 세비녜 부인의 손녀(1674~1737).

*2 오렌지처럼 달콤한 맛과 향기를 지닌 열매.

글귀, '나는 유혹에 견뎌내지 못했단다. 불필요한 모자와 카자크(casaque)*3를 걸치고, 공기가 내 방의 그것처럼 쾌적한 산책길을 걸어간다. 나는 무수한 도깨비를 발견한다. 흰 옷과 검은 옷의 수도사들, 회색과 백색의 많은 수녀들, 땅위 여기저기에 던져진 흰 헝겊 조각들, 수목에 기대어 똑바로 선 채로 묻힌 듯한 인간들…….'*4 이런 편지를 다시 읽으면서, 좀더 뒤라면 내가 '세비녜 부인의 편지'의 도스토예프스키적인 면이라고 불렀을 것에 넋을 잃었다(세비녜 부인은 도스토예프스키가 인간 성격을 묘사하는 방식으로 풍경을 묘사한 게 아닐까?).

할머니를 그 친구 집에 모시고 가, 거기서 몇 시간 머물다가 혼자 저녁 기차를 다시 탔을 때, 나에게 찾아온 밤을 조금도 고통스럽게 생각하지는 않았다. 졸음이 오는 밤 분위기가 오히려 나를 깨어 있는 채로 만드는 감옥 같은 내 방에서 밤을 지새우지 않아도 되었기 때문이다. 나는, 활발한, 그러면서도 마음을 가라앉히는 열차의 움직임에 몸을 맡기고 그것이 나의 동행이 되고, 잠 못 이루면 함께 말 걸어주며, 그 동요로 나를 가만가만 흔들어주어서, 나는 그 소리를 콩브레의 종소리처럼, 어떤 때는 하나의 리듬에, 어떤 때는 또 다른 리듬에 짝짓곤 하였다(환상이 달리는 대로 먼저 한결같은 넷의 16분음표를 듣고, 다음에 하나의 4분음표에 기세 사납게 부딪치는 하나의 16분음표를 듣는 식으로). 기차의 울림은 사방팔방에서 압력을 더해 주위에 퍼지려는 불면의 원심력을 약화시키고, 그 압력이 우리의 균형을 지켜주어, 움직이지 않는 나도, 졸음도, 이 압력에 두둥실 떠간다. 그때 느낀 부드러운 인상은, 만일 내가 한순간이라도 조류와 물결이 흐르는 대로 졸음 속에 이리저리 떠돌다가 바닷속에 잠드는 물고기, 또는 날개를 태풍에 의지하여 하늘에 펼치는 수리처럼, 나 자신이 잠시 변신하기라도 한 것 같은, 뭔가 힘찬 힘에 수호되어 자연과 삶의 가슴에 쉬고 있는 안도감이었다.

해돋이는 삶은 달걀, 그림 섞인 신문, 트럼프 놀이, 힘들여 노 젓는 쪽배들이 좀처럼 앞으로 나가지 않는 강들의 경치처럼 오랜 기차 여행의 길동무이다. 지금까지 잠자고 있었는지 살펴보고 있을 때(그리고 나에게 그런 의문을 일으키

---

*3 소매가 넓은 여성용 웃옷.

*4 세비녜 부인이 딸에게 보낸 1680년 6월 12일 날짜의 편지.

게 한 모호함이 잠잤다는 긍정의 대답을 주려고 했을 때), 창유리 안에서 검고 작은 숲의 하늘 위로 언뜻 구름이 보였다. 그 부드러운 솜털 같은 장밋빛 구름은, 움직임 없이 죽은 듯, 또 거기서 나온 날개털과 똑같은 빛깔은 화가가 멋대로 칠한 파스텔 그림의 색채처럼 변함없을 성싶었다. 하지만 자세히 보니 그것은 변덕스러우며 생기 없는 색채가 아니라, 반대로 살아 있는 것, 살 필요가 있는 것이었다. 오래지 않아 이 색채 뒤로 빛이 포개졌다. 색채가 또렷해지고, 하늘은 장밋빛으로 물들었다. 나는 눈을 유리에 붙이면서 더 잘 보려고 애썼다. 이 변화가 자연의 심원한 존재와 관계있음을 느꼈기 때문이다. 하지만 선로가 방향을 바꿔, 열차가 돌고, 아침 경치는 창틀 안에서, 아직 모든 별이 뿌려진 하늘 아래, 달빛에 지붕이 푸른빛을 띠고, 밤의 불투명한 흰색 진주 장막으로 덮인 공동 세탁장이 있는 어느 마을로 변했다. 장밋빛 하늘의 띠를 잃어버린 걸 슬퍼하고 있으려니까 맞은편 창에 그것이 다시, 하지만 이번에는 또렷한 붉은 띠로 나타났는데, 그것도 두 번째 선로 굽이에서 다시 사라졌다. 그래서 나는, 간헐적이고도 번갈아 반대쪽에 나타나는, 변덕스러운 빨강, 이 아름다운 아침의 단편을 한데 모아, 화폭을 갈아내어, 전체의 광경, 연속된 화폭을 만들어내려고, 한쪽 창에서 또 다른 창으로 달리며 시간을 보냈다.

풍경의 변화가 심해지고, 험해지더니, 열차는 두 산 사이 작은 정거장에 멈추었다. 협곡 아래 급류에서 떨어진, 창에 닿을 듯 말 듯 흐르는 물속에 가라앉은 것처럼 산지기 집 한 채가 보일 뿐이었다. 지난날 메제글리즈 쪽이나, 루생빌의 숲 속을 혼자 떠돌아다녔을 적에 돌연 나타나주기를 그토록 갈망하던 농가의 아가씨보다 더욱, 어느 고장에 태어난 인간에게서 그 고장 특유의 매력을 느낄 수 있다면, 이때 이 집에서 나와, 떠오르는 해가 비스듬히 비치는 오솔길을 따라 우유 항아리를 들고 정거장 쪽으로 오는 키 큰 아가씨야말로 내가 바라는 바로 그런 사람이었으리라. 높다란 산들이 다른 세계를 가리고 있는 골짜기에서, 잠깐만 멈추는 열차의 승객 말고는 아무도 만날 수 없었다. 그녀는 열차 옆을 따라가면서, 깨어난 몇몇 승객에게 밀크 커피를 내밀었다. 떠오르는 햇빛에 반사되어 다홍색으로 물든 그 얼굴은 하늘보다 더 선명한 장밋빛이었다. 나는 그녀 앞에서, 아름다움과 행복에 대한 의식을 새롭게 할 때마다 마음속에 되살아나는 살고 싶다는 욕망을 다시 느꼈다.

우리는 아름다움과 행복이 자기만의 것임을 언제나 잊고 있다. 그리고 우리 마음에 들었던 얼굴이나, 우리가 겪은 갖가지 기쁨을 한데 섞어, 거기서 어떤 평균을 뽑아내는 하나의 인습적인 표준형을 만들어서 아름다움이나 행복으로 바꾸기에, 우리는 무기력하고도 김빠진 추상적인 심상밖에 갖지 못한다. 그런 심상에는 우리가 알았던 것과는 다른 새로운 성격, 아름다움과 행복에 있는 그 고유한 성격이 빠져 있기 때문이다. 이런 까닭에 우리는 삶에 대하여 염세적인 판단을 내리며, 그것을 옳다고 가정하는데, 왜냐하면 아름다움과 행복을 빠뜨리고, 그것이 하나도 들어 있지 않은 합성물로 바꾸어놓고서, 아름다움과 행복을 계산에 넣은 줄로 여기고 있기 때문이다. 따라서 새로운 명작이라고 소문이 나면 어떤 문학가는 읽기도 전에 권태로워 하품을 한다. 지금까지 읽어온 명작이 한 군데에 섞인 합성물로 상상하기 때문이다. 하지만 참된 명작이란 특수하고도 미리 알 수 없는 것, 그 이전 걸작의 조화로 이루어지는 게 아니라 완전히 자신만의 것, 아직 발견하기에는 충분치 못한 어떤 것으로 이루어진다. 왜냐하면 참된 명작이란 바로 이 조화 밖에 있기 때문이다. 이런 새로운 작품을 인식하자, 조금 전까지 싫증내던 문학가도 거기에 그려져 있는 현실에 흥미를 느낀다. 이와 같이 내가 혼자 있을 때 사념이 그리는 아름다움의 모델과는 딴판인 이 아름다운 아가씨는, 즉시 나에게 어떤 행복(우리가 행복을 맛볼 수 있는 유일한 형식은 늘 특수한 형식이다), 그녀 곁에서 살면 이루어질 듯한 행복을 주었던 것이다. 그러나 여기에도 '습관'이 한동안 멈춰 있었다. 그녀 얼굴에 있던 게 생생한 즐거움을 맛볼 능력이 있는, 완전한 상태에 있던 나라는 존재였으므로, 그런 때 나타난 우유 파는 아가씨가 덕을 본 것이다.

평상시 우리는 자기 존재를 최소한으로 축소해 살아왔다. 우리 대부분의 능력은 잠들어 있다. 그 능력은 습관에 의지하고 있고, 습관은 그래야만 하는 걸 알고 있으며, 다른 능력을 필요로 하지 않기 때문이다. 그런데 이 여행길의 아침은 언제나 틀에 박힌 생활이 멈춰지고, 장소와 시간의 변화 같은 것이, 다른 능력의 도움을 불필요하게 만들었다. 외출하기 싫어하고 아침 일찍 일어난 적이 없는 나의 흠집 많은 습관은, 그 흠을 메우기 위해 내가 지닌 모든 능력이 달려와 서로 안간힘을 쓰고 경쟁하여—모두가 물결같이 고르게 평상시보다 수준을 높여—가장 저급한 것에서 가장 고상한 것으로, 다시 말해 호흡·식욕·혈액순환에서, 감수성·상상력으로 높아진 것이었다. 나로 하여금 이 아가씨가 다른 여인들과 비슷하지 않다고 믿게 함으로써, 이 고장의 야생적 매력이 아가씨의 매력에 운치를 덧붙이고 있는지 모르나, 아무튼 그녀가 이 고장에 매력을 덧붙이고 있음은 사실이었다. 오직 이 아가씨와 함께 계속하여 시간을 보내고 시냇가까지, 젖소 있는 곳까지, 열차 있는 곳까지 함께 가고, 줄곧 그녀 곁에 있으며, 나에 관해 알게 되고, 그녀 마음속에 자리를 차지할 수 있다면 삶이 얼마나 즐거운 것으로 보이랴. 그녀가 농촌 생활의 매력과 이른 아침의 상쾌함을 나에게 가르쳐주리라. 나는 그녀에게 카페오레를 가져오라는 손짓을 했다. 그녀에게 내 존재를 인정받고 싶었다. 그녀는 나를 보고 있지 않았다. 그래서 불렀다. 큰 몸집 위의 그 얼굴이 어찌나 금빛 나는 장밋빛이었는지 눈부신 그림 유리창을 통해 보는 듯싶었다. 그녀는 이쪽으로 되돌아왔다. 나는 점점 다가올수록 커지는 그녀 얼굴에서 눈을 뗄 수 없었다. 그것은 아주 가까이 눈앞에 보이고, 금빛과 붉은빛이 눈부시나 뚫어지게 볼 수 있는 태양과 같은 것이었다. 아가씨는 내 몸에 강렬한 눈길을 던졌는데, 그때 승무원이 출입문을 닫고, 열차가 움직이기 시작했다. 나는 아가씨가 역을 떠나 다시 오솔길로 접어드는 모습을 보았다.

이제는 환하게 밝은 아침이었다. 나는 여명에서 점점 멀어져가고 있었다. 나의 감격이 이 아가씨에 의해 일어났는지, 아니면 그 반대로 이 아가씨를 가까이에서 봤을 때 기쁨이 일어났는지, 어찌 되었든 간에 아가씨는 내 기쁨과 뒤엉켜버려, 그녀를 다시 보고픈 내 욕망은, 무엇보다 먼저 이 감격의 기쁨을 없애 버리고 싶지 않다는, 이 감격에 저도 모르게 그녀와 영영 작별하고 싶지 않다는 정신적인 욕망이 되었다. 그것은 그저 이 상태가 쾌적한 것이었기 때문만은 아니다. 그것은(현을 더 강하게 팽팽히 당기고, 신경을 더 빠르게 흥분시킬 때 다른 음색, 다른 안색이 생기듯) 이 상태가 내가 보고 있는 것에 다른 색조를 주고, 배우처럼 나를 한없이 즐거운 미지의 세계로 끌고 갔기 때문이다. 열차가 속도를 내기 시작하는 동안에도 이 아름다운 아가씨를 눈길로 좇고 있었는데, 그 모습은, 내가 알고 있는 삶과는 뭔가 다른 분리된 삶의 일부분 같아, 거기서는 대상이 불러일으키는 감각도 이제는 여느 감각이 아니고, 지금 거기서 나와 이전 삶으로 돌아가는 일이 자살처럼 느껴졌다. 적어도 이 새로운 삶과 연결되어 있다고 느끼는 감미로움을 계속해 갖고자 한다면, 아침마다 이 시골 아가씨한테서 카페오레를 살 정도로 작은 정거장 근방에 살기만 하면 충분했으리라.

그러나 어쩌랴! 내가 지금 점점 더 빨리 달려가는 쪽의 삶에는 아가씨가 영영 없을 것이다. 그러므로 반드시 언젠가는 이 열차에 다시 타고 지금의 정거장에 멈추는 계획을 궁리해내지 않고서는, 나는 체념 없이 앞으로의 삶을 받아들일 마음이 없었다. 이 계획은 계산적인, 적극적인, 실제적인, 기계적인, 나태한, 중심에서 멀어진, 우리의 치우친 정신에 힘을 돋우는 데 얼마간 도움이 되기는 하였다. 우리의 정신은 금세 노력을 회피하여, 즐거운 인상을 갖고 있어도, 그것을 보편적인 공평한 방법으로 자기 마음속에 점점 깊어지게 하려 들지 않는다. 한편 우리는 그런 인상을 언제까지나 계속해서 생각하고 싶어하므로 정신은 그런 인상을 미래의 것으로 상상하며, 그것을 소생시킬 수 있을 환경을 능란하게 준비하는 쪽을 택한다. 하지만 그때에 가서는 이미 인상의 본질에 대하여 무엇 하나 배우는 게 아니라, 정신은 오직 우리 안에서 인상을 다시 만들어내는 수고를 덜어주고, 밖에서 새로 그것을 받아들이고자 하는 희망을 줄 뿐이다.

어떤 시가, 베즐레·샤르트르·브뤼주·보베라는 이름은 오직 그것만으로 그 시가의 중심이 되는 성당을 일컫는 데 쓰인다. 그렇게 자주 부분적인 뜻으로 쓰이지만, 아직 가보지 못한 고장에 관한 경우, 나중에는 그 이름 전체를 한 틀에 넣어버리게 된다. 그러고 나서는 그 이름에 시가의—아직 가보지 못한 시가의—관념을 넣으려 해도, 그 이름은 거푸집처럼 한결같은 조각물을 찍어내게 되며, 똑같은 양식인 대성당을 시가의 이름에서 만들어내게 될 것이다. 그런데 내가 발베크라는, 거의 페르시아풍의 이름을 읽은 것은 어떤 철도역, 구내식당 위, 푸른 표지판에 쓰인 흰 글자에 의해서였다.

나는 발걸음도 가볍게 역을 지나 거기에 이르는 큰길을 건너, 오직 성당과 바다를 보고 싶어서 모래밭이 어딘지 물었다. 상대는 내가 말하는 뜻을 이해 못하는 모양이었다. 발베크 르 비외,*1 곧 발베크 앙 테르*2에는 해변도 항구도 없었다. 물론 전설에도 있듯이 어부들이 기적의 그리스도를 발견한 것은 바다 안에서였다. 그 발견은, 내가 있는 곳에서 몇십 미터 되는 성당의 그림 유리창 한 장에 이야기되고 있는 그대로였다. 본당과 탑의 석재는 물론 파도치는 절벽에서 가져온 것이다. 그 때문에 나는 그림 유리창 밑으로 밀려왔다가

*1 옛 발베크.

*2 뭍의 발베크.

거품이 되어 사라지는 물결을 상상해왔는데, 그 바다는 50리 이상 떨어진 발베크 플라주*[1]에 있었다. 그리고 그 둥근 지붕과 나란히 있는 종탑은, 마치 그 자체가 노르망디의 험한 절벽으로, 그 밑에 넘실거리는 물결의 거품으로 젖어 있고, 새들이 빙빙 돈다고 어디선가 읽은 적이 있어서, 나는 언제나 그 종탑이 두 전차 선로가 갈라지기 시작한 광장에 서 있으며, 그 맞은편에는 카페가 있고, 거기에 금빛 글자로 '당구(撞球)'라는 간판이 걸려 있다고 생각했다. 종탑은 가옥들을 배경 삼아 뚜렷이 솟아 있는데, 그 가옥들의 지붕 사이에는 돛대 하나 섞여 있지 않았다. 그리고 성당은—카페와, 내가 길을 물어볼 수밖에 없었던 통행인과, 다시 돌아가려는 정거장과 더불어 내 시야 안에 들어오면서—그 밖의 모든 것과 하나가 되어, 이 늦은 오후에 일어난 우발적인 사건에 지나지 않는 듯 생각하게 하고, 이 시각 하늘로 부풀어오른 부드러운 그 둥근 지붕은, 집집의 굴뚝에 잠기는 그 같은 빛에, 껍질이 장밋빛과 금빛으로 녹을 듯이 무르익고 있는 한 알의 과일과도 같았다.

그러나 나는 사도들이 그 조각상을 알아챘을 때, 오로지 조각이 지니는 영원의 뜻만 생각하고 싶었다. 사도들은 전에 파리의 트로카데로 미술관에서 그 쇠를 녹여 만든 상을 본 일이 있었는데, 성당 정면의 깊숙이 들어간 출입구 앞에, 성모상 양쪽에서, 나에게 경의를 표하고 기다리고 있었다. 친절해 보이는, 코가 납작하고, 온화한 얼굴의 사도들은 허리를 굽히며, 마치 화창한 날 알렐루야를 노래하면서 환영하는 듯한 몸짓으로 앞으로 나오는 것만 같았다. 하지만 자세히 보니 그들의 표정은 죽은 사람처럼 조금도 움직이지 않은 채, 내가 그 둘레를 돌지 않으면 변하지 않았다. 나는 속으로 생각했다. 여기다, 이게 발베크 성당이다. 그 영광을 자랑하고 있는 듯이 보이는 이 광장은 발베크 성당을 가진 세계에서 단 하나의 장소이다. 이제껏 내가 본 것은 이 성당의 사진뿐이었다. 그리고 이 성당 현관의 사도들이나 성모상은 그저 복제품을 봤을 뿐이다. 지금 여기에 있는 건 성당 자체이며 조각상 자체이다. 이것이야말로 더할 나위 없이 소중한 것이다. 아니 그 이상이다.

어쩌면 그 이하일지도 모른다. 예컨대 한 젊은이가, 시험이나 결투가 있는 날, 제시된 문제나 발사된 탄알이, 자기가 실력을 뽐내고 싶었던 학식이나 용기를 생각

*1 발베크 해안.

할 때 하찮은 것으로 느껴지듯이, 이 성당 현관의 성모상을 전에 보았던 복제품 따위와 견주지 않고, 복제품이 당할지도 모르는 재앙에서 격리시켜, 설령 복제품이 없어지더라도 이것만은 보편적인 가치를 가진 완전히 이상적인 것으로 생각해온 나의 정신은, 여태껏 정신의 내부에서 여러 번 조각한 바 있는 이 성모상이 지금 뚜렷하게 본디의 돌로 바뀌어버려 몹시 맥이 빠졌다.

내 팔이 닿는 곳에 한 자리를 차지하고, 선거 포스터와 내 지팡이 끝과 경쟁하면서, 광장과 연결되고, 거기서 뻗어나간 큰길과 이어지며, 카페와 합승마차 사무소에 있는 사람들의 눈길을 피할 수 없어서, 그 얼굴에 석양빛의 절반을—이윽고 몇 시간 뒤에는 가로등 빛의 절반을—받고, 나머지 절반은 어음할인 출장소에 맡기고, 이 은행 지점과 함께 과자 제조업자의 부엌에서 나는 냄새가 배어 있는 것을 보고 적이 놀랐다. 실물인 조각상은 끝끝내 '개체'로서의 속박에서 벗어나지 못하여, 이를테면 내가 그 돌 위에다 이름을 낙서하고 싶어했다면, 이웃집들과 똑같은 매연으로 그을은 그 몸 위에, 그것을 씻어낼 힘도 없이, 내가 쓴 분필 자국과 내 이름을 구경하러 오는 모든 찬미자에게 보이게 되는 것은, 이 유명한 성모 자체이며, 여태껏 내가 보편적 존재로, 신성하여 함부로 침범할 수 없는 아름다움을 지닌 존재로 깊이 존경하고 사모해온 유일(다시 말해 유감스럽게도, 단 하나밖에 없다는 뜻인데)한 발베크의 성모 그 자체였다. 내가 그 키를 재고 주름살도 셀 수 있는 돌로 된 작은 노파, 성당과 함께 변해버린 모습을 지금 내 눈앞에 드러내고 있는 이 석상은, 그토록 오랫동안 보고 싶었던 불멸의 예술작품인 바로 그 성모상이었다.

시간이 지나 역으로 되돌아가야 했다. 거기서 할머니와 프랑수아즈를 기다리다가 함께 발베크 해안에 가야 한다. 나는 발베크에 관해서 읽었던 것과, 스완이 한 말 "정말 좋지요, 시에나 못지않게 아름답지요"를 떠올려보았다. 그리고 이 실망을 이때의 고약한 몸 상태, 피로, 주의 산만, 유연성의 탓으로 돌리면서, 아직 구경하지 않은 마을이 얼마든지 있고, 머지않아 마침내 진주의 부연 빗속을 걷듯, 캥페를레 시가를 적시는 시원하고 왁자한 물방울 속에 들어갈 수도 있을 테고*2 또 퐁타방 시가가 잠겨 있는 초록빛 도는 장미색 물그림

---

*2 캥페를레(Quimperlé)라는 고장의 이름에는 '진주로 꾸민(emperlé)'이라는 뜻이 담겨 있음.

자를 건너갈 거라고*[1] 생각하면서 스스로 위안 삼으려고 애썼다. 그러나 발베크로 말하면, 한번 거기에 발을 들이자마자, 엄밀히 봉해놔야 했던 이름과 그때까지 그 속에 살고 있던 심상을 모조리 내쫓아버리는 출구를 조심성 없이 열어놓아, 이 틈을 타서 전차, 카페, 광장을 걸어가는 이들, 어음할인 출장소 같은 심상이 외부의 압박과 공기의 압력에 어쩔 도리 없이 밀려, 저마다 철자 안으로 몰려들어와서, 철자는 그 심상들로 인하여 다시 막혀, 지금은 그것을 페르시아풍 성당 현관의 틀로 삼아, 이후 그것들이 그 내용에서 없어질 것 같지 않았다.

발베크 해안으로 향하는 작은 철도 열차에서 나는 할머니와 다시 만났는데, 그녀는 혼자였다—할머니는 여행 준비가 모두 끝나자 프랑수아즈를 먼저 떠나게 했는데, 그만 방향을 잘못 일러주어 지금쯤 프랑수아즈는 그런 줄도 모르고 낭트 방향으로 전속력으로 달려, 결국에는 보르도 근방에 가서야 잠에서 깨어날지도 모르게 되었다. 사라져가는 저녁놀과 끈덕진 오후의 더위로 가득한 차 안에 내가 앉자마자(아아! 오후의 더위가 얼마나 할머니를 피로케 하였는지, 그 얼굴에 훤히 쓰여 있었다) 할머니는 바로 "어때, 발베크는?" 하고 말을 꺼냈는데, 그 얼굴에 띤 미소는 크나큰 기쁨의 기대로 어찌나 환한지, 나는 감히 단번에 실망을 털어놓을 수 없었다. 게다가 내 정신이 추구하던 인상은 나의 육체가 친숙해져야 할 곳으로 가까워짐에 따라, 점점 내게서 멀어져갔다. 이 여로의 끝, 아직 한 시간 이상 걸리는 그 끝에, 나는 발베크의 호텔 지배인을 상상하려고 애썼다. 그는 지금 나에게 아직 존재하지 않는 인간이었다. 될 수만 있다면 내 할머니 같은, 틀림없이 숙박료를 할인하자고 요구할 쩨쩨한 동반자가 아니라, 보다 위엄 있는 사람과 함께 지배인 앞에 나서고 싶었다. 지배인은 확실히 거만한 풍모를 갖추고 있을 성싶었지만, 그 윤곽은 아주 희미했다.

작은 철도 열차는 발베크 해안 역에 닿을 때까지 끊임없이 멈추곤 했는데 그 정거장 이름 하나하나가(앵카르빌, 마르쿠빌, 도빌, 퐁타 쿨뢰브르, 아랑부빌, 생마르 르 비외, 에르몽빌, 멘빌) 나에게는 아주 낯설었다. 만약 어떤 책에서 읽었다면, 이러한 이름도 콩브레 근방 어느 고장의 이름과 관계가 있는 듯이 보

---

*1 퐁타방(Pont-Aven)이라는 고장의 이름에는 '다리(pont)'라는 뜻이 담겨져 있으므로 이런 비유를 쓰고 있음.

였으리라. 그러나 음악가의 귀에는 같은 여러 가락으로 구성된 두 개의 주제도, 하모니와 관현악 작곡법과의 특색이 다르면 어떤 유사함도 나타나지 않는 일이 있다. 이와 마찬가지로 모래, 매우 바람이 잘 통하는 텅 빈 공간, 소금으로 이루어진 이 한적한 고장 이름은 '비둘기가 날았다(pigeon-vole)'*2 놀이에서 되풀이되는 나는 것의 이름처럼 빌(ville)*3이라는 낱말이 튀어나왔는데, 루생빌 또는 마르탱빌*4 같은 이름이 떠오르지 않은 까닭은, 콩브레의 '식당'에서 식사 중 할머니의 자매가 이런 고장의 이름을 자주 말하는 걸 들었으므로, 벌써 어떤 우중충한 매력을 얻은 지 오래여서, 아마도 그 매력 속에 잼의 맛, 장작불 냄새, 베르고트 서적의 종이 냄새, 건너편 집 사암(砂岩) 색깔 같은 깨끗한 순수함이 섞여 있기 때문이다. 오늘에 와서도 그런 이름은, 내 기억의 밑바닥에서 가능성의 거품이 솟아오를 때 표면에 이르기에 앞서, 여러 겹으로 쌓인 환경의 단층을 뚫고 넘어야 하는데, 아직도 그 특수한 힘을 간직하고 있다.

이 근방은 모래언덕에서 멀찌감치 바다를 굽어보는, 혹은 이제 막 도착한 호텔방의 소파처럼 섬세한 형태를 가진 짙은 초록빛의 작은 언덕 기슭에서 이미 어둠에 순응하고 있는, 혹은 테니스장을 따라 있거나, 간혹 서늘한 바람에 깃발이 공허한 소리를 내고 있는 텅 빈 카지노에 붙어 있거나 한 몇몇 별장으로 이루어진 곳으로, 지나온 정거장들이 처음으로 나에게 그곳의 손님들을 보여주었는데—물론 아직 바깥에서 그들을 보기만 할 뿐이지만—테니스를 치는 사람들은 흰 모자를 쓰고, 거기에 사는 역장은 위성류(渭城柳)와 장미를 심고, '밀짚모자'를 쓴 부인은, 나로서는 전혀 알 길이 없는 생활의 자국을 그리면서, 꾸물대는 그레이하운드를 부르며, 이미 등불이 켜져 있는 목조로 된 별장으로 돌아간다. 그 해수욕장은 평소에 허물없이 보아왔지만, 새삼 건방진 낯선 나의 마음을 무참히 상하게 하는 곳이었다. 그러나 발베크 해안의 그랑 호텔에 이르러 그 홀에 들어서서, 인조 대리석으로 만들어져 그 모습도 당당한 중앙 계단 앞에 섰을 때, 나의 시름이 얼마나 더해졌는지 몰랐다.

그러는 동안 할머니는, 우리가 이제부터 한지붕 밑에서 살려고 하는 남들

---

*2 "……가 날았다"고 나는 것의 이름을 대면 손을 들고, 날지 않는 것의 이름을 부르면 손을 들어서는 안 되는 놀이.

*3 '도시'라는 뜻.

*4 콩브레 근방의 고장 이름.

의 멸시가 더해지건 말건 상관없이, 지배인과 '계약'에 관해 흥정하고 있었다. 이 지배인은 오뚝이처럼 땅딸막한 몸집의 사내로, 얼굴도 목소리도 상처투성이며(얼굴에는 수많은 여드름 자국, 목소리에는 먼 이국 태생과 여러 나라를 방랑한 어린 시절의 흔적이 밴 여러 사투리가 섞여 있었다), 유행하는 턱시도를 입고 '합승마차'가 도착할 때마다, 보통 대귀족들을 인색한 사람으로 간주하고, 호텔에 침입하는 도둑들을 귀하게 대하는 심리학자 같은 눈길을 하고 있었다! 그 자신의 월급이 500프랑도 못 되는 신분임을 잊고 있는지 500프랑, 아니 그의 말로는 '25루이' 정도의 액수를 '상당한 금액'으로 여기는 인간에겐 깊은 경멸감을 품고, 그런 천박한 인간은 그랑 호텔에 숙박할 신분이 아닌 파리아(paria)*1족에 속하는 것으로 생각하고 있었다. 하기야 사실 이 으리으리한 호텔 안에서도 그다지 비싼 값을 치르지 않고도 지배인의 존경을 받고 있는 사람들이 있는데, 그것은 이 지배인에게 가난해서가 아니라 인색해서 낭비에 주의하고 있다는 믿음을 줄 경우였다. 사실 인색이란 위신을 조금도 깎아내리지 않는 것일는지도 모른다. 그건 단지 버릇이며, 사회엔 온갖 신분의 인간이 있으니까. 사회적 지위야말로 지배인이 주목하는 유일한 것이었다. 사회적 지위라고 하기보다 신분이 높은 증거가 포함하고 있는 듯 보이는 표시가 문제인 것이다. 예컨대 정면 홀에 들어서면서 모자를 벗지 않는다든가, 반바지에다 몸에 꼭 끼는 팔르토(paletot)*2를 입고 있다든가, 얇은 모로코 가죽 케이스에서 자줏빛과 금빛의 띠를 두른 여송연을 꺼낸다든가(아아! 그것들은 전부 내게 없는 특권이었는데) 하는 것들만 지배인의 눈길을 끌었다. 그는 영업상의 이야기를 일부러 추린 말로 기름칠했는데, 그 뜻은 딱 오해받기 좋았다.

할머니는 지배인이 모자를 쓴 채 가느다랗게 휘파람까지 불면서 듣고 있는 것에 별로 역정내지 않으며 짐짓 꾸민 투로, "그럼 얼마나…… 값은? ……어머나! 내 예산과는 너무 차이나네." 입씨름을 하고 있는 것을 들으면서, 한편으로, 등받이 없는 의자에 앉은 채, 나는 나 자신의 보다 깊은 곳에 도피하여 영원한 사색의 세계로 옮겨가, 나라는 것, 살아 있다는 표적이 되는 것을 조금도 내 몸의 겉에 나타나지 않게 하려고—해를 입히려 할 때 죽은 시늉을 하는 동물의 무감각과도 같은 상태를 띠면서—낯선 곳에서 너무 괴로워하지 않

*1 인도 남부의 최하층 천민.
*2 남성용 짤막한 외투.

으려고 애쓰고 있었다. 내가 이곳에 전혀 익숙하지 않다는 어색함은, 이를테면 지배인이 경의를 나타내며 끌고 가는 강아지까지 친숙한 인사를 받는 멋쟁이 부인, 깃 달린 모자를 쓰고, 밖에서 돌아오면서 "편지 왔소?" 묻는 젊은 멋쟁이, 인조 대리석 계단을 제 집에 들어가듯 올라가는 사람들, 이들의 익숙한 태도로 말미암아 더욱 뼈저리게 느껴져 견딜 수 없었다. 또 '접대'의 예법에 그다지 정통하지 않을 듯한 '접대 위원장'의 감투를 쓰고 있는 신사들로부터는, 지옥의 세 심판관인 미노스, 아이아코스, 라다만토스의 눈길(나는 그런 눈길 속에, 마치 아무런 보호도 해주지 않는 알지 못하는 사람의 손에 갓난애를 던지듯이, 내 영혼을 벗은 채로 던졌는데)과 같은 엄한 눈초리를 받았다. 그리고 좀더 떨어진 닫힌 유리문 너머에는 몇몇 사람이 독서실에 앉아 책을 읽고 있었는데, 만약에 이 독서실을 묘사하려면, 조용히 거기서 독서할 권리를 가진 선택된 사람들의 행복을 생각하거나, 아니면 내가 느끼고 있는 이런 종류의 인상은 아랑곳하지 않는 할머니가 나한테 거기 들어가서 책을 읽으라고 명령할 경우의 공포를 생각하거나, 이 두 감정에 따라 단테의 작품에서, 그가 천국과 지옥에 준 색채를 번갈아 빌려와야만 했을 것이다.

나의 고독감은 그 직후에 더욱 깊어졌다. 할머니에게 몸이 불편하다, 우리는 파리로 돌아가야 할 것 같은 느낌이 든다고 말하자, 할머니는 반대하지 않고, 떠나거나 남아 있거나, 어쨌든 필요한 물건을 사러 가겠다고 말했다(그 물건이 다 나를 위한 것인 줄은 뒤에 프랑수아즈가 내 옷가지를 들고 가서 알았다). 할머니를 기다리는 동안, 나는 인파로 혼잡한 거리를 백 걸음 남짓 걸었는데, 거리는 방 안처럼 더웠다. 이발소와 과자 가게가 아직 열려 있어, 과자 가게 안에는 단골들이, 뒤게 트루앵(Duguay-Trouin)*3의 동상 앞에서 아이스크림을 먹고 있었다. 이런 인파를 보고 있으려니까, 외과병원에서 진료 차례를 기다리며 어떤 잡지를 뒤적이는 병자가 그 안에서 언뜻 인파의 사진을 보고 느낄지도 모르는 정도의 기쁨을 느꼈다. 지배인이 기분전환이 된다고 이런 시가의 산책을 나에게 권하고, 또 마치 고문실 같은 이런 새 거처가 호텔 안내서의 말마따나 어떤 사람들에게는 '더할 나위 없이 즐거운 체류'로 느껴지는 걸 보면, 이 세상에는 나와 매우 다른 사람들도 있구나 하고 새삼 놀라웠다. 그야 물론 안내서에 과

---

*3 프랑스의 해적 선장(1673~1736).

장이 있을 수 있지만, 그래도 그걸로 모든 손님에게 알리고, 그 흥미에 돈을 벌고 있는 것이다. 발베크의 그랑 호텔에 손님을 끌려고, '진미의 요리' '카지노의 정원을 한눈에 굽어보는 아름다운 곳' 같은 선전문만이 아니라, '유행의 여왕이 내린 판정, 이에 반대하는 자 당장에 어리석은 자라는 누명을 받을지니, 교양 있는 사람만이 위험에서 벗겨가리라'라는 문구까지 생각해내고 있었다.

할머니가 빨리 돌아와주기를 바라는 욕구는, 할머니를 실망시킨 게 아닐까 하는 근심으로 더욱더 커졌다. 할머니는 내가 이 정도의 피로에도 견디지 못하는 이상, 어떠한 여행도 내 몸에 이로울 가망이 없음을 알고 실망했을 게 틀림없었다. 나는 방으로 돌아가서 기다리기로 결심했다. 지배인이 몸소 나와 단추를 눌러주었다. 그러자 아직 알지 못했던 '리프트(lift)'*1라고 불리는 인물이(노르망디 성당의 천창(天窓)과 비슷한 호텔 꼭대기에, 마치 암실 뒤에 숨은 사진사, 또는 연주실에 올라가 있는 파이프오르간 연주자처럼 대기하고 있다가), 우리에 가둬서 잘 길들인, 날렵한 다람쥐처럼 잽싸게 나에게로 내려왔다. 그러고 나서 기둥을 따라 다시 미끄러지듯 올라가면서, 성당이 아닌 영업용 본당의 둥근 지붕 쪽으로 나를 끌고 갔다. 층층마다 연락용 작은 계단 양쪽에는 컴컴한 복도가 부채꼴로 펼쳐져 있고, 기다란 베개를 든 하녀 하나가 그 복도를 지나가고 있었다. 땅거미 지는 어둠으로 분명하지 않은 그 얼굴에, 나는 보다 정열적인 꿈속의 얼굴을 조화시켜보았는데, 이쪽으로 돌린 그 눈길 속에는 마치 존재하지 않는 듯한 나에 대한 공포감만 떠올랐다. 한편 끊임없이 올라가는 동안에, 각 층마다 하나뿐인 화장실의 불 켜진 유리창이 수직으로 줄을 잇고 있어 민숭민숭한 명암의 신비 속을 묵묵히 통과하는 데서 느껴지는 죽을 듯한 불안을 없애려고, 나는 젊은 파이프오르간 연주자, 끊임없이 그 악기의 멈춤 장치를 잡아당기고, 관(管)을 누르곤 하는, 내 여행의 기술자, 내 감금의 동거인인 사내에게 말을 건넸다. 내가 그만큼 자리를 차지한 것을, 매우 수고를 끼치는 것을 미안하다고 사과하고, 운전에 방해가 되지 않느냐고 묻고 나서, 이 명수에게 아첨하려고, 나는 호기심을 과하게 드러낼 뿐만 아니라 그에 대한 나의 편애를 털어놓고 말했다. 그러나 상대는 내 말에 깜짝 놀라선지, 일에 집중하고 있어선지, 예의범절을 지키려고 해선지, 귀가 멀어 들리지 않아

*1 엘리베이터 보이.

선지, 장소를 가려선지, 위험을 두려워해선지, 머리가 둔해선지 또는 지배인의 금지 명령을 받아선지 아주 짧은 대답조차 없었다.

하찮은 인물이라도 그 사람을 알기 전과 알고 난 뒤에는 상황이 완전히 바뀌는데, 그 변화 이상으로 현실적인 인상—우리 외부에 존재하는—을 주는 것도 없으리라. 나는 이날 오후 끝머리에 발베크행 작은 열차를 탄 인물과 같은 사람이며, 내 속에 같은 영혼을 갖고 있었다. 그런데 그 영혼 속의—6시에는 아직 지배인도, 으리으리한 호텔도, 종업원들도 상상할 수가 없어서, 앞으로 도착할 시각에 대한 막연하고도 불안한 기대만이 남아 있었는데, 그런 영혼 속의—같은 장소에, 지금은 세계주의적인 지배인 얼굴에 있는 그 수많은 여드름 자국(세계주의적이라고 해도, 알고 보면 지배인은 귀화한 모나코인이었는데, 틀린 말인 줄도 모르고 자기 딴에는 품위 있는 표현인 줄 알고 늘 쓰는 그 독특한 말씨를 빌리자면, '루마니아의 originlalité'*2), 또 그가 엘리베이터의 단추를 누르는 몸짓, 엘리베이터 그 자체, 말하자면 그랑 호텔이라는 판도라 상자에서 나온, 이젠 부정할 수도 파기할 수도 없는 현실화된 모든 것이 그렇듯이 메마른 꼭두각시들이 기둥머리의 조각돌처럼 나란히 자리잡고 있었다. 그러나 내가 관여하지 않았던 이 변화는 적어도 어떤 일이—설령 그 자체가 흥미 없는 것이라도—나의 밖에서 일어났다는 사실을 증명해주었는데, 이 점에서, 나는 해를 정면으로 보며 떠나기 시작하여 해가 뒤쪽에 왔을 때 시간의 흐름을 확인하는 나그네와도 같았다.

나는 피로에 녹초가 되어 열까지 나고 있었다. 누우면 좋겠지만 누울 만한 게 아무것도 없었다. 잠깐만이라도 침대 위에 벌렁 눕고 싶었지만, 그렇게 할 수 없는 것이, 육체뿐 아니라 의식 그리고 그 감각의 모든 실체를 도저히 쉬게 할 수 없을 듯했고, 또 지금 이 실체를 둘러싸고 있는 낯선 물건들이, 주의를 게을리 말고 방어 태세를 취하도록 지각에 강요하는 나의 시각, 청각, 그 밖의 온 감각을, 서지도 앉지도 못하는 감옥보다 좁은 우리에 갇힌 라 발뤼(La Balue) 추기경*3처럼 옹색하고도 불편한 자세(설령 다리를 뻗고 있더라도) 그대로 있게 했을 테니까. 물건들이 방 안에 있다는 건 우리의 주의가 그것들에 쏠리고 있다는 증거이며, 그것들이 방 안에서 물러나고, 우리가 거기에 자리

---

*2 '기발, 창의' 따위의 뜻을 가진 명사. 여기서는 origine(태생)이라야 옳은 말.

*3 루이 11세의 대신.

를 차지하는 건 습관이 작용하고 나서이다. 발베크의 내 방(내 방이라고 하지만 이름뿐인)에는 그런 자리가 없었다. 따라서 거기에 있는 것은, 내가 던진 경계하는 눈길에 그것과 똑같은 눈길을 돌려보내는 물건들뿐인데, 그것들이 나의 존재 따위는 고려하지 않고, 도리어 내가 그것들의 일상생활을 어수선하게 만들기나 한 듯한 표정을 짓고 있었다. 괘종만 해도—집에서는 한 주에 몇 초 동안, 내가 깊은 명상에서 나올 때밖에 그 소리를 듣지 못했는데—여기서는 한 순간도 쉬지 않고 뭔지 모를 언어로 계속 재잘거리고 있었는데, 더구나 그게 나에 대한 험담이 틀림없는 게, 보랏빛 커다란 커튼은 그것을 잠자코 들으며, 제삼자가 있는 게 눈엣가시라는 듯 어깨를 으쓱 치켜세우는 사람과 비슷한 태도를 보이고 있었다. 그 커튼은 천장이 높다란 이 방에 거의 역사적이라 해도 좋을 만한 성격을 주고, 이곳을 귀즈 공의 암살, 나중에 쿠크 회사의 여행 안내자에게 인솔되는 관광객의 구경 같은 것에 어울리는 방으로 만들 수 있을는지는 모르겠으나, 나의 수면엔 조금도 마땅치 않았다.

벽에 따라 늘어서 있는 유리창 달린 작은 서가 때문에 고민했는데, 특히 방 한 구석을 가로로 막아 멈춰서, 이것이 사라지지 않는 한 팔다리를 쭉 뻗고 쉴 수 없을 것같이 느껴지는 다리 달린 커다란 거울이 내 마음을 답답하게 하였다. 나는 줄곧 눈길을 천장으로 추어올려야 했다—파리의 내 방 물건들은 나 자신의 눈동자가 나에게 거북하지 않듯이 내 눈에 거북살스러운 적이 없었다. 그 물건들은 이미 내 기관의 부속물, 나 자신의 연장에 지나지 않았으므로. 그런데 여기서는, 할머니가 나를 위해 선택한 이 호텔 꼭대기의 망루 같은 방은 지나치게 높아 줄곧 천장 쪽으로 눈길을 추어올려야 했다. 게다가 방충제 냄새는 우리가 보거나 듣거나 하는 영역보다 훨씬 은밀한 영역, 그 냄새가 좋은지 나쁜지 느낄 수 있는 내 최후 방어선까지 공격해 거의 내 자아에 침입해왔다. 이 공격에 맞서, 나는 겁을 먹고 코를 킁킁거리며 냄새를 맡아보면서, 쉴 새 없이 효과 없는 반격을 하다가 지쳐버렸다. 포위한 적에게 위협받아, 뼛속까지 더위에 침입당했을 뿐 이제 우주도, 방도, 육체도 없는 나는 오로지 혼자이며, 차라리 죽고 싶은 심정이었다. 그때 할머니가 들어왔다. 위축되었던 내 마음이 열려 한없이 부풀었다.

할머니는 페르칼(percale)*1 실내복을 입고 있었다. 이 옷은 우리 식구 가운

*1 올이 곱고 섬세하여 질이 좋은 무명.

데 누군가가 병이 날 때마다 할머니가 집에서 입는 옷으로(그 옷을 입으면 몸이 편하기 때문이라고 할머니는 말하곤 했는데, 자기가 그처럼 하는 것은 자기를 위해서라 말했다) 이를테면 우리를 돌보거나, 우리를 밤새워 간호하기 위한, 할머니의 하녀복·간호복·수녀복이었다. 그러나 하녀나 간호사나 수녀들이 해주는 돌봄, 그 친절, 그 믿음직스러운 솜씨, 그녀들에 대한 감사는, 오히려, 자신의 명상이나, 살려고 하는 자신의 욕망을 가슴에 담고 있어서, 자신이 그녀들과는 생판 남일 뿐만 아니라 혼자라는 느낌을 더욱 강하게 하는 데 비해, 할머니가 나와 함께 있어줄 때에는, 아무리 큰 슬픔이 내 마음속에 있더라도, 그 슬픔은 보다 넓은 자비로움 속에 안기리라는 걸 나는 알고 있었다. 또 근심이건 욕망이건 내가 가진 모든 것이 할머니 마음속에서는 내 생명을 소중히 보호해 튼튼히 키우고 싶다는 소망, 나 자신이 갖는 욕망과는 다른 뜻으로 매우 강한 소망에 의지되고 있음을 알고 있어서 내 생각은 빗나가지 않고 할머니 마음속에 뻗어나가, 내 정신이 할머니의 정신으로 옮겨져도 환경이나 인격의 변화가 전혀 없었다. 그리고—거울 앞에서 타이를 맬 때에, 눈에 들어오는 한 끝이 손을 움직이는 쪽과는 반대편에 비치고 있는 것을 깨닫지 못하는 사람처럼, 또는 날아다니는 나비의 그림자를 보고 땅 위에서 짖는 개처럼—육체의 겉모습에 속은 나는, 영혼을 직접 깨닫지 못하는 세계에서 우리가 자주 속듯이, 할머니의 품 안에 몸을 던져, 그렇게 함으로써 할머니가 열어주는 그 넓은 마음에 감싸기라도 하듯이, 그 얼굴에 입술을 눌렀다. 그렇게 할머니의 뺨과 이마에 입술을 꼭 붙였을 때, 나는 거기에서 풍부한 영양을 흡수하고 있었던 것이니, 마치 탐욕스레 젖을 빠는 갓난애의 평온하면서도 진지한 그 행위를 계속했다.

그러고 나서 나는, 붉고도 고요한 저녁놀이 든 아름다운 구름, 그 너머에는 아직도 애정이 빛나고 있는 붉게 물든 구름처럼 윤곽이 뚜렷한 할머니의 커다란 얼굴을 지칠 줄 모르고 바라보았다. 아무리 약하더라도 아직 할머니의 감각에서부터 은은한 빛을 받고 있는 것, 그런 모양으로 여태껏 할머니와 관련된다고 말할 수 있는 것이라면 무엇이라도 금세 신성하게 느껴져, 나는 할머니의 반백이 다 된 고운 머리칼을, 마치 할머니의 자애를 애무하듯이, 존경심과 조심성을 담은 다정한 손길로 쓰다듬었다. 할머니는 내가 한 가지 수고라도 덜하도록 애쓰는 것에 크나큰 기쁨을 느껴왔으므로, 내가 피곤한 몸을 가누지 못하고 잠자코 있는 순간에 뭔가 더할 나위 없는 즐거움을 느꼈다. 나는 그 기미를 눈치채고, 나를 도와 침대에 눕히고 신발을 벗겨주려는 것을 못 하게 하고는 나 혼자 옷을 벗는 시늉을 했을 때, 할머니는 애원하는 듯한 눈길을 던지면서, 웃옷과 반장화의 첫 단추를 풀려는 내 손을 막았다.

"부탁이니 내가 하게 해다오." 할머니는 말했다. "나에게는 그게 아주 기쁘단다. 또 오늘 밤 뭔가 필요한 게 있다면 잊지 말고 벽을 살짝 두드리렴. 내 침대는 네 침대와 등을 맞대고 있고, 칸막이벽은 아주 얇으니까. 지금 곧 침대에 누우면 시험해보렴, 신호가 잘 들리는지."

사실 그날 밤, 나는 세 번 두드렸다. 그 뒤 일주일이 지나, 내가 병으로 괴로워했을 때, 며칠 동안 아침마다 이 노크를 되풀이했다. 할머니가 아침 일찍 나에게 우유를 먹이려 했기 때문이다. 나는 그럴 때, 할머니가 깨어난 기척을 듣자마자—내 신호가 언제 올까 이제나저제나 기다리지 않고, 금세 일어나 내 시중을 끝내고 나서 될 수 있는 한 빨리 다시 주무시도록—용기를 내어 조마조마한 마음으로 약하게 세 번, 그렇지만 분명하게 두드렸다. 약하지만 분명하게 두드린 까닭은, 만약 내가 잘못 생각해서 할머니가 잠들어 있다면 너무 세게 두드려 잠을 방해할지도 모른다는 두려움이 있기 때문이며, 또 정말 깨어 있는 경우라면 처음부터 똑똑하게 분간해주는 편이 좋았고, 감히 다시 두드리지 못할 것 같은 신호에 계속해 귀를 기울이게 하고 싶지 않았기 때문이었다. 내가 그렇게 두드리자마자, 그것에 응해, 소리가 다른, 온화한 권위가 있는, 다른 노크 소리 세 번이, 분명하게 하려고 두 번 되풀이되어, 마치 "흥분하지 말아라, 들었으니, 당장 네가 있는 곳으로 가겠다"라고 말하는 듯이 내 귀에 들려왔다. 그리고 바로 할머니가 들어왔다. 내가 할머니에게 못 들으시지 않았을까, 다른 방 사람의 노크로 여기시지 않았을까 걱정했다고 말하자, 할머니는 웃으며, "우리 귀여운 이리의 노크를 남들 것과 헷갈리다니, 천만의 말씀. 할머니는 천 가지 노크 가운데에서도 네 것을 알아내지! 이 할미를 깨우지 않을까, 알아듣지 못하지 않을까 하는 걱정으로 그처럼 정확하게 둘로 나눠진, 그처럼 바보 같은, 그처럼 열에 들뜬 듯한 노크가 이 세상에 있을 것 같으냐? 아무리 작게 바스락거려도 금세 생쥐의 기척이라는 걸 알아차리지. 더구나 이 할미의 귀여운 생쥐같이 단 하나밖에 없는 가여운 생쥐라면 더더욱 그렇지. 할머니는, 침대 속에서 망설이며 꼼지락꼼지락 여러 궁리를 하고 있는 네 기척이 그 전에 벌써 들려온단다."

할머니는 덧문을 반쯤 열었다. 불쑥 앞으로 도드라져 나온 호텔 별관의 지붕 위에 벌써 햇살이 자리잡고 있었다. 그 햇살은 일찍이 일을 시작해, 아직 잠들어 있는 시가를 깨우지 않도록 조용조용 일을 끝내는 아침의 지붕 없는 일꾼처럼 움직이지 않는 시가에 그 모습이 한결 더 민첩하게 보이는 일꾼같이 보였다. 할머니는 나한테 몇 시인지, 오늘 날씨가 어떨지를 일러주었고, 내가 일부러 창가까지 올 필요가 없다는 것, 바다에 안개가 끼어 있다는 것, 빵집이 벌써 열었다는 것, 들리는 마차 소리는 어떤 마차라는 것 따위를 말해주었다. 그런 뜻없는 하루의 시작, 참례자 없는 평일 미사의 처음, 우리 둘만의 사소한 생활 한 토막을 나는 낮에 다시 떠올리면서, 프랑수아즈 또는 다른 사람들 앞에서, 오늘 아침 6시 무렵에 안개는 우물처럼 깊었다고 말하고, 얻은 지식을 과시하는 게 아니라 나만이 받은 사랑을 자랑하리라. 감미로운 아침의 한때, 그것은 교향곡처럼 내가 세 번 두드린 노크의 율동적인 대화로 열리고, 애정과 환희에 젖은 칸막이벽은, 듣기에 조화로운 비물질적인 것으로 바뀌어, 천사처럼 노래하면서, 기다렸다는 듯이 두 번 되풀이되는 세 번의 다른 노크로 대답하며, 할머니의 영혼과 할머니가 와준다는 약속을, 성모영보(聖母領報)*1의 환희와 음악의 정확성과 더불어 전달할 줄 알았다. 그러나 도착한 첫날밤은, 할머니가 내 방을 나가자마자, 파리에서 집을 떠나는 순간에 괴로워했듯이 나는 다시금 괴로움에 빠졌다. 이때 내가 품은—사람들 대부분이 그렇듯이—낯선 방에서 잔다는 공포, 아마도 그 공포는 우리의 현재 생활에서 가장 좋은 부분을 구성하고 있는 여러 요소들이 존재하지 않는 미래의 공식을 정신이 억지로 받아들이려고 할 때에, 기를 쓰고 반발해오는 그 절망적인 거절의, 보다 수수한, 보다 어렴풋한, 보다 유기적인, 거의 무의식적인 형태에 지나지 않는 게 틀림없다. 그 거절은 요컨대, 부모님이 언젠가는 돌아가시리라, 피치 못할 사정으로 질베르트에게서 멀리 떨어져 살게 되리라, 혹은 두 번 다시 벗들을 만나지 못할 나라에 자리잡게 되리라는 생각이 자주 나를 엄습하던 그 공포의 밑바닥에 있었다. 그 거절은, 나 자신의 죽음, 또는 베르고트가 그의 저서에서 사람들에게 약속하고 있는 사후의 생존 따위를 생각할 때 내가 느끼

---

*1 성모 마리아가 구세주의 어머니가 되리라는 것을 대천사 가브리엘로부터 계시받은 일.

는 괴로움 가운데 하나이기도 했다. 나의 추억, 결점, 성격은 사후 세계에까지 가져갈 수 없을 것 같았는데도, 이 모두는 소멸의 관념을 감수하려 하지 않고, 자기들을 받아들이지 않을 허무나, 자기들이 남아 있지 못할 영원을 인정하려 들지 않았다.

어느 날 파리에서, 특히 기분이 나빴던 날, 스완이 이렇게 말한 일이 있다. "그 즐거운 오세아니아*[1] 섬에 한번 가보게, 그러면 다시는 이곳에 돌아오고 싶지 않을 테니." 그때 나는, "그러면 댁의 따님을 못 만나게 될 텐데요, 따님이 이제까지 한 번도 본 적 없는 사물과 사람들 사이에서 살게 될 텐데요" 대답하고 싶었다. 그렇지만 나의 이성은 이렇게 말했다. "그게 어쨌다는 거냐, 네가 애통해할 일이 아니잖느냐? 스완 씨가 너에게 이곳에 돌아오지 않을 것이라 말한 건, 네가 돌아오고 싶어하지 않을 거라는 뜻이다. 돌아오고 싶어하지 않는 이상, 너는 거기서 행복하게 된다." 그도 그럴 것이, 나의 이성은 습관이라는 게 무엇인지 알고 있었으며, 습관은—앞으로 이 낯선 방이 나에게 익숙해지고, 거울의 위치와 커튼의 색을 변하게 하며, 괘종을 멈추게 하는 계획을 도맡으려는 습관은—처음에 마음에 들지 않던 친구들을 친한 사이로 만들고, 그들의 얼굴을 변화시키며, 목소리에 호감을 느끼게 하고, 마음의 성향을 변하게 한다는 소임을 맡는다. 물론 장소나 인간에 대한 새로운 애착은 빛바랜 애착에 대한 망각 위에 씨(緯)를 먹임으로써 짜인다. 그러나 그것이야말로 이성이, 그리운 사람으로부터 영영 떠나 그 사람의 추억마저 잃어버리게 하는 새 삶에, 내가 두려움도 없이 맞닥뜨릴 수 있다고 생각하게 한 것이며, 또 이걸로 위안 삼으라고 하듯이 내 마음에 망각의 약속을 내밀어준 것이다. 그 약속은 오히려 나의 절망을 부채질한 데에 지나지 않았다. 이별이 지나가면 우리의 마음 또한 습관이 가져다주는 진통을 겪을 게 틀림없지만, 그렇게 되기까지 마음은 계속 괴로우리라. 어쨌든, 지금 우리를 사랑해주는 이들과 만나거나 이야기하거나 해서, 가장 소중한 기쁨을 주지만, 이 기회마저 빼앗기고 마는 미래를 생각하는 근심, 그런 근심은 없어지기는커녕, 만약에 만남이나 이야기하는 기회를 빼앗기는 고통 위에 당장 더욱 심한 고통인 듯싶은 것, 곧 만남이나

---

*1 대양주(大洋洲).

이야기할 기회를 빼앗기는 걸 고통으로 느끼지 않게 되고, 그것에 무관심하게 되지나 않을까 하는 상상이 덧붙기라도 하면, 그것은 점점 더 심해지기만 한다. 무관심하게 되어버리면 우리의 자아가 변할 테니까. 그 경우, 이제 우리 둘레에서 그저 부모님이나 애인, 친구들의 매력이 없어지는 것만은 아니다. 지금 우리 마음 대부분을 차지하고 있는 그들을 향한 우리의 애정도 뿌리째 뽑히고 말 것이다. 그 결과, 지금 이별하면 어쩌나 하고 두려워하는 생각도 없어지고 오히려 그들과의 헤어짐을 기쁘게 여길 수도 있으리라. 그거야말로 우리 자아의 죽음이다. 하기야 부활이 뒤따르는 죽음일지 모르나, 새로운 삶이 나타나는 건 다른 자아에서고, 죽음을 선고받은 옛 자아의 부분은 다른 자아의 사랑 속에 함께 떠오를 수 없다. 이 옛 자아의 각 부분이야말로—방의 크기나 분위기에 대한 어렴풋한 애착처럼 매우 빈약한 것조차—처음으로 대하는 새것에 깜짝 놀라고, 거절하며, 반항하는 것인데, 거기에 죽음에 대한 저항, 기나긴, 날마다의, 필사적인 저항의, 비밀스러운, 일부분의, 빨리 나아갈 수 있는, 참다운 한 형태를 봐야 한다. 천천히 시작되는 단편적인 죽음은, 끊임없이 우리에게서 자아의 세부를 저며내어, 우리 일생의 모든 지속 속으로 비집고 들어오는데, 그럼으로써 괴사한 자아 위에 새 세포가 번식해나간다.

나같이 신경이 예민한 성미로서(다시 말해 중계자인 신경이 그 기능을 완수하지 못하고, 사라져가는 자아에서 나오는 아주 작은 비명을 의식에 이르기 전에 막지 못하며, 거꾸로 비명 하나하나를 분명하게, 숨이 막힐 만큼 고통스럽게 의식에 다다르게 하는 성질의 인간으로서) 지나치게 높아 낯설기까지 한 천장 아래에서 느끼는 불안은, 내 몸속에 남아 있는 익숙한 낮은 천장에 대한 애착이 시위하는 반항에 지나지 않았다. 이 애착도 다른 애착으로 바뀌어 사라져갈 것이다(그때에는 죽음이, 다음에 새 삶이 '습관'의 이름으로 이중작업을 마쳤을 것이다). 그러나 그 몸이 완전히 사라지기까지, 이 애착은 매일 저녁 괴로워하리라. 특히 처음 맞는 저녁, 이미 그 몸이 앉아 있을 자리가 없을 만큼 미래의 실현에 자리를 빼앗기고 만 애착은, 이 신참 앞에서 반항하며, 나의 눈길이, 상처를 받은 상태 그대로, 도저히 닿을 수 없이 높다란 천장에 놓일 때마다, 구슬픈 비명을 질러내 가슴을 후벼팠다.

다음 날 아침은 어땠을까!—보이가 나를 깨우러 와서 더운물을 가져다줘 세수를 하고, 내가 손수 몸차림을 하기 위해 짐 가방 속에서 필요한 옷가지를 찾아내려고 뒤졌으나 눈에 띄지 않아 잡동사니만 잔뜩 끌어낸다 해도, 얼마나 즐거울까! 벌써 점심 식사와 산책의 즐거움을 생각한 나는, 갑자기 선실 창문에서 보듯이, 방의 유리창과 서재의 유리창 가득히, 그늘 없는 적나라한 바다, 그렇지만 그 넓이의 절반에는 가늘게 움직이는 선 한 가닥으로 그어진 어두운 빛깔의 바다를 보고, 높이 뛰어오르기 위해 발판에 올라선 이들처럼 잇따라 밀려왔다가 다시 돌아서는 파도를 눈으로 뒤좇을 때의 그 기쁨이라니! 풀을 세게 먹여 물기를 잘 흡수하지 못하는 호텔 이름이 박힌 수건을 손에 쥔 채, 그걸로 얼굴을 닦으려고 쓸데없는 노력을 하면서, 나는 여러 번 창가로 되돌아가서 물결치는 산처럼 눈부시게 펼쳐진 이 곡마장, 여기저기 투명한 에메랄드빛 물결이 빛나는 눈 덮인 산꼭대기에 눈길을 던졌다. 그 물결을 평온으로 감싼 세찬 기세와 험악한 사자의 얼굴처럼 치솟았다가 흘러내리면서 움직이는 그 비탈에 태양이 서먹한 미소를 짓고 있었다. 잠들었던 여행자가 구경하고 싶은 산맥이 밤 사이에 가까워졌는지 아니면 지나가버렸는지 보려고 아침 승합마차의 창문에서 내다보듯, 매일 아침 나는 이 창에 몸을 기댄다—이 창에서 보면 바다의 첩첩 언덕은 춤추면서 이쪽으로 되돌아오기 전에 뒤로 멀리 물러가, 내가 멀찌감치 언뜻 보는 첫 파동이 토스카나의 프리미티프(primitif)*1 그림 배경에서 볼 수 있는 빙하처럼 투명하지만 부연듯 푸르스름한 원경 속에 있어, 그것이 마치 모래의 긴 평원 끝머리에 지나지 않는 듯이 느껴질 때가 있다. 어떤 때는 내 곁에 다가온 태양이 부드러운 초록빛 물결 위에서 미소 짓기도 하였다. 그럴 때의 초록빛은 어찌나 부드러운지, 알프스의 목장에서(그곳에서는 태양이 거인처럼 여기저기에 누웠다가, 이윽고 몸을 일으켜 신나게 껑충껑충 뛰면서, 쾌활하게 비탈을 내려오는 듯이 보였는데) 물을 머금은 흙보다도, 오히려 물처럼 움직이는 빛이 간직한 그 초록빛보다도 더 감미로웠다.

아무튼 바닷가와 물이 이처럼 세계의 다른 곳에서 이곳으로 빛을 들여다가, 그 빛을 잔뜩 모으고자, 지구 한복판 이 폭발구 속에서, 빛이야말로 그것이 오는 방향과 우리 눈이 그것을 좇는 방향에 따라서, 바다의 흐름을 바꾸거나 정한다. 조명의 변화 또한 실제로 긴 여행에서 걸어가는 거리가 주는 것과 마찬가지로, 어느 장소의 방향을 바꾸기도 하고, 우리 눈앞에 빨리 다다르고 싶은

*1 르네상스파 직전의 미술가들을 말함.

새 목표를 세우기도 한다. 아침, 태양이 호텔 등 뒤로 솟아올라 내 앞에 모래밭이 그 모습을 드러내면서 바다의 첫 줄기까지 확실히 비출 때, 내 눈에는 바다의 다른 비탈도 나타나 있는 듯하여, 빛살이 일렁이는 꼬불꼬불한 길을 걸어가면서 시간의 기복이 심한 풍경 가운데 가장 아름다운 경치를 가로질러가는 변화무쌍한, 그러나 눈으로만 바라보는 부동의 나그넷길로 접어든 듯한 기분이 들었다. 그리고 이 첫 아침부터, 태양은 생글생글 미소 짓는 손가락으로, 어떤 지도에도 이름이 실려 있지 않은 바다의 그 푸른 봉우리들을 나에게 가리켰지만, 그 꼭대기와 눈사태의 우렁차고도 혼돈된 표면의 숭고한 편력에 지치자, 태양은 내 방에 바람을 피해와서, 헝클어진 침대 위에서 쉬면서 물기 있는 세숫대야나 열린 짐 가방 속에 보석을 뿌리며, 장소를 가리지 않는 그 호사와 찬란으로, 더욱 난잡하다는 인상을 짙게 했다.

하지만 유감스럽게도, 그로부터 한 시간 뒤 대식당에서—마침 점심시간으로, 가죽 씌운 물통 같은 레몬, 잠시 뒤엔 우리 접시에 뼈로 남을 꼬꼬마를 남기고, 그 꼬꼬마가 구부러진 깃털같이 휘어, 고대의 하프처럼 울릴 가자미 두 마리 혀에 금빛 과즙 몇 방울을 떨어뜨리는 동안—투명하지만 꽉 닫힌 유리창 때문에 그 시원한 바닷바람을 못 느끼는 할머니는 얼마나 속이 상했을까. 그 유리창은 진열창처럼 훤히 내다보이는 바닷가와 우리를 떼어놓고, 그 안에 하늘이 다 들어오리만큼 넓지만 그 하늘의 푸른빛은 유리창 자체의 빛깔로, 흰구름은 유리의 흠집처럼 보였다. 보들레르의 말마따나 내가 '방파제에 앉아'*2 있는 듯, 또는 '규방(閨房)'*3 속에 있는 것같이도 느껴져서, 그가 그리워한 '바다에 빛나는 태양'*4이란—파르르 떠는 황금빛 화살처럼 단조롭고도 피상적인 저녁의 빛살과는 아주 다른—, 순간이 바다를 토파즈처럼 이글이글 태우고 있는 이런 태양이 아니었을까 하고 생각했지만, 그토록 태양은 바다를 포도주처럼 발효시키고, 맥주처럼 황금 빛깔과 젖빛으로 만들며, 우유처럼 거품 일게 하고, 한편 해수면 여기저기에 이따금 커다란 푸른 그림자가 떠돌아다녀, 어느 신령이 하늘에서 거울을 움직여가며 그림자를 옮기는 데 재미있어 하는 듯했다.

---

*2 산문시 〈항구〉의 한 구절.

*3 보들레르의 〈가을의 노래〉 가운데에서 인용한 것임.

*4 마찬가지로 〈가을의 노래〉 가운데 한 구절.

식당에서 몇 미터 되는 곳에, 높다랗게 차오른 수면과 한낮의 빛이, 천상의 도시처럼 에메랄드와 황금의 단단하지만 자유로이 움직이는 성벽을 세우고 있는데, 식당 자체는 속이 환히 들여다보이고, 수영장 물처럼 푸른 햇살로 가득했다. 그런 발베크의 식당이 근처 이웃집들과 맞은편에 서 있는 콩브레 시골집의 '식당'과 다른 점은 단지 그 겉모양만이 아니었다. 콩브레에서는, 누구나 우리를 알고 있어서 나는 아무도 꺼리지 않았다. 그런데 해수욕장에서는 모르는 사람들뿐이었다. 나는 아직 나이가 어려서인지 예민해서 남들의 마음에 들고 싶다거나, 남들을 내 편으로 삼고 싶다는 욕망을 버릴 수 없었다. 또 나는 식당에서 점심을 먹고 있는 사람들이나 방파제 위를 지나가는 젊은 남녀에게, 사교계 인사라면 느낄 듯한 고상한 무관심을 갖지 못했다. 그런 젊은 남녀들과 어울려 소풍 가지 못할 거라는 생각에 괴로웠지만, 한편으론 사교적인 모임을 제쳐두고 내 건강에만 온 힘을 기울이고 있는 할머니가 그들에게 산책 동반자로 나를 기껍게 받아달라고, 나로선 굴욕적인 부탁을 하는 일에 비하면 참을 만한 것이었다. 그들이 어떤 별장 쪽으로 돌아가려는 건지, 아니면 그 별장에서 나와 라켓을 들고 테니스장에라도 가려는 건지, 아니면 말에 올라타 그 굽으로 내 마음을 짓밟기라도 하려는 건지, 나는 사회적 균형을 깨는 바닷가의 눈부신 햇빛 속에, 강한 호기심과 함께 그들의 모든 동작을 물끄러미 바라보며, 넘치는 빛이 들어오는 유리 낀 큰 창틀의 투명함 너머로 뒤따랐다. 그러나 투명한 유리창은 바람을 가로막고 있는데, 할머니 의견에 따르면 그것이 하나의 결점이어서, 내가 한 시간 동안이나 바깥공기의 혜택을 입지 못한다는 생각에 참을 수 없던 할머니가 슬그머니 유리창 하나를 열자마자, 메뉴판, 신문, 식사하고 있는 모든 사람의 모자며 베일 할 것 없이 단번에 날아가버렸다. 천국의 숨결을 마신 듯한 할머니는 성녀 블랑딘처럼 사람들의 욕설 속에 태연자약하게 미소 짓고 있어, 주위의 욕설은 나의 고독감과 비애감을 커지게 하며, 머리털을 흐트러뜨리고 노발대발하는 진노한 유람객을 더욱더 우리와 떨어뜨려놓았다.

그들은 어느 정도—발베크에서, 사치스러운 호텔의 고객(보통 평범한 부자들과 정처 없는 사람들로 구성된)에, 꽤 눈에 띄는 지방적 성격을 더하는 요소로서—중요한 행정 구역의 높은 분들로 구성되어 있어, 예컨대 캉 지방 재판소장, 세르부르 지방 변호사 회장, 르 망 지방의 저명한 공증인 같은 사람들도 있었는데, 이들은 한 해 동안 저격병 또는 장기판의 졸처럼 흩어져 있다가, 휴가철이 되면 이 호텔로 몰려들었다. 그들은 해마다 같은 방을 예약하고, 귀족인 체하는 그 아내들과 함께 작은 동아리를 만들었으며, 거기엔 파리의 이름난 변호사나 의사 같은 사람들이 함께하고 있었다. 파리에서 온 사람들은 호텔을 떠나는 날 그들에게 말했다.

"아아, 그렇군. 당신들은 우리와 같은 열차에 안 타시지. 당신들은 특별한 분들이라 점심 식사 전에 댁에들 돌아가 계실 테니."

"뭐라고요, 특별한 사람들이라고요? 당신들이야말로 수도 파리라는 대도시에 살고 계시지만, 우리가 살고 있는 곳은 인구가 불과 10만인 도청 소재지에 지나지 않아요. 최근 조사로는 12만이라지만, 당신네들 쪽의 250만에 비하면 계산에나 들어갈는지, 게다가 잘 닦인 아스팔트와 파리 사교계의 화려한 분위기 속으로 돌아가는 게 아니오?"

그들은 시골 특유의 발음인 r을 울리면서 그렇게 말했지만, 거기에는 불만이 담겨 있지 않았다. 왜냐하면 그들은 그 지방의 명사여서 마음만 먹으면 남들처럼 파리에 나갈 수도 있었는데—캉 지방 재판소장은 파리 대심원 한 자리에 여러 차례 추천되었다—그 시가를 좋아해선지, 또는 지방에 숨어 살고 싶어서인지, 또는 명예를 지키려고, 아니면 보수주의자들이므로, 혹은 성관의 귀족들과의 교제가 즐거워선지 지금 지위에 그대로 남아 있는 쪽을 택했기 때문이다. 그래도 그들 대부분은 곧바로 그 지방의 도시에 돌아가지는 않는다.

왜냐하면—발베크 만(灣)은 커다란 세계 안의 독립된 작은 별세계로, 여러 계절을 담은 바구니처럼, 변화가 풍부한 나날과 자꾸만 변하는 달들을 둥그렇게 모아놓고 있어서, 이를테면 소낙비가 올 것 같으면 발베크는 칠흑같이 캄캄하지만, 리브벨 쪽은 멀리 가옥들 위로 해가 비치고 있는 게 뚜렷이 보일 때도 있을 뿐만 아니라 발베크에는 벌써 냉기가 돌고 있는데, 그 언덕 너머에는 늦더위가 2~3개월 더 계속되므로—그랑 호텔의 단골들, 휴가가 늦게 시작되거나 오래 이어지는, 이 사람들은 가을이 가까워 비와 안개의 계절이 되자, 짐가방을 작은 배에 싣고, 다시 늦여름을 만나러 리브벨이나 코트도르로 건너가기 때문이다. 발베크 호텔의 이 작은 동아리는, 새로운 손님이 올 때마다 그 사람을 경계하는 눈초리로 바라보며, 마치 흥미가 없는 듯이, 그 새로운 손님에 대해 그들의 심복인 호텔 우두머리 사환에게 모두 물었다. 해마다 여름철을 위해 돌아와서 그들의 식탁을 잡아주곤 하는 이가 우두머리 사환인 에메였기 때문이었다. 그들의 아내들은 에메 안사람이 곧 출산할 것을 알고서, 식사 뒤 제각기 배내옷을 깁고 있었는데, 그 손을 멈추고 손안경으로 할머니와 나를 훑어보았다. 우리가 샐러드에 섞은 삶은 달걀을 먹고 있었기 때문인데, 이를 알랑송의 상류 사회에서는 천박한 짓으로 여겨 하지 않았다. 그들은 '폐하'라고 불리는 프랑스인에 대하여 비꼬듯 멸시하는 태도를 보이고 있었다. 사실 이 사람을 왕이라고 가리켜 불렀는데, 오직 야만인 몇몇이 사는 오세아니아 작은 섬의 왕이라는 것이다. 그가 미모의 정부와 함께 호텔에 숙박하고, 그 정부가 해수욕하러 갈 때에는 통로에서 아이들이 "여왕님 만세!"라고 소리친다. 50상팀의 은화를 비처럼 뿌리기 때문이다. 재판소장과 변호사 회장은 이 여인을 거들떠보지도 않고, 친구 하나가 이 여인을 바라보기라도 하면, 저 사람은 보잘것없는 부인복점의 여공이라고 알려주는 것을 의무로 여기고 있었다.

"그래도 저 두 사람이 오스탕드*[1]의 해수욕장에서 왕실용 탈의실을 썼다는 말이 있던데요."

"그야 물론! 20프랑만 주면 빌려주니까. 당신도 그러고 싶으면 빌려 쓸 수 있죠. 매우 타당하다고 생각하지만, 저이가 벨기에 국왕께 알현을 요청하니까 국왕께서 하시는 말씀이, 짐은 꼭두각시 군주와는 만나고 싶지 않노라 하셨답니다."

"허어! 정말 재미나는 이야기인데요! 하여간에 인간은 가지각색이로군!"

아마도 그런 일은 다 사실일 것이다. 그러나 공증인, 재판소장, 변호사 회장이 그들의 입으로 사육제라고 일컫는 게 지나갈 때 몹시 기분이 언짢아 큰 소리로 분개하는 까닭은, 그들이 많은 사람들에게 돈을 마구 뿌리는 그 왕이나 여왕과 벗이 못 되는 보통 부르주아로밖에 보이지 않는 데서 오는 짜증 때문이기도 했다. 이 사정을 잘 알고 있는 그들의 심복인 우두머리 사환은, 정말 왕이건 아니건 후한 군주에게 상냥한 얼굴을 지어야 하는 점을 잘 알고 있으며, 또 옛 단골손님들의 주문에도 응하면서 멀리서 그들에게 의미심장한 눈짓을 보내는 것이다. 어쩌면 그들은 다시 짜증이 났을 법도 한데 왜냐하면 그들이 남자로 오해받고 있기 때문이다. 그들이 보기와는 달리 훨씬 '우아'하고, 실상

---

*1 벨기에에 있는 항구 도시.

은 참으로 '호남아'라는 사실을 남들에게 설명할 수 없는 게 답답한 것이다. 그런데 이 '호남아'라는 칭호는 그들이 어느 젊은 멋쟁이에게 준 것으로, 그 젊은이는 대기업가의 놀고 먹는 아들이자 폐병 환자이며, 날마다 새 정장을 입고, 단춧구멍에 난초꽃을 꽂으며, 샹파뉴를 곁들인 점심을 들고, 감동이 없는 창백한 얼굴로 냉랭한 미소를 지으며, 카지노의 바카라(baccara)*2 테이블에 어마어마한 돈을 던지러 가는데, 그 짓을 "버릴 방도가 없는 돈이라서" 하고 공증인이 의기양양한 얼굴로 재판소장에게 말하고, 그 소장의 아내는 '확실한 소식통한테 들었는데' 이 향락에 젖은 젊은이가 그 부모님을 화병으로 죽게 했다고 말하는 것이다.

한편 변호사 회장과 그 친구들은 작위 있는 어떤 부유한 노부인에 관해서도 비웃었는데, 이 부인은 그 집의 하인들을 거느리지 않고서는 조금도 움직이지 않았기 때문이다. 공증인 부인과 재판소장 부인은 식사 때 식당에서 이 노부인을 볼 때마다 저마다 손안경을 들고, 거만하게, 조목조목 의심쩍게 검사하여, 마치 이 부인을 사람이 아닌 어떤 음식으로 대하듯, 화려한 이름이 붙어 있으나 겉으로 보기에 괴이쩍고 학문적으로 관찰한 결과가 좋지 못하여, 쌀쌀맞은 몸짓으로 혐오스럽게 얼굴을 찡그리면서 그 음식을 멀리하는 장면처럼 보였다.

아마도 그렇게 함으로써 그녀들은, 그녀들 자신에게 무언가가 결핍되어 있을지라도—이 경우, 노부인이 가진 어떤 특권이 결핍되어 있거나 그녀와 교제하지 않더라도—그것은 그녀들이 가질 수 없기 때문이 아니라 가지려고 하지 않기 때문이라는 점을 보이고 싶을 뿐이었다. 하지만 그녀들도 현실 앞에서는 굴복할 수밖에 없었다. 욕망이나 경험해보지 못한 생활 방식에 대한 호기심, 새로운 사람들의 마음에 들어야겠다는 희망 따위를 모조리 버리고, 그 대신에 그런 경우의 여인들에게 가장된 경멸과 희열로 바꿔놓게 된 것인데, 그것도 만족스러운 체 꾸미는 예의범절 뒤에 불쾌감을 숨기거나, 끊임없이 자기 자신을 속이거나 하는 그녀들을 불행하게 하는 이 두 조건에 구속받고 있기 때문이다. 그러나 이 호텔에서 다들 그 형식은 달라도 그녀들과 비슷비슷하게 행동하고 있어서, 설사 자존심 때문이 아니더라도, 적어도 어떤 교육 원리나 지적

---

*2 트럼프놀이의 일종.

습관 때문에 미지의 생활에 참여한다는 감미로운 불안을 희생시키고 있었다. 그 노부인이 외따로 나온 소우주가, 공증인 부인과 재판소장 부인이 심한 조소를 하고 있는 곳처럼 신맛의 악취를 풍기고 있지 않은 건 틀림없었다. 그러기는커녕 고상한 예스러운 향기, 하지만 그다지 자연스럽지 않은 향기를 풍기고 있었다. 왜냐하면 아마 이 노부인도 결국 새로운 유형의 인간에게 불가사의한 공감이 가서, 그걸 유인하는 데 어떤 매력을 느껴(그 때문에 그녀 자신이 젊어지려고 애쓰면서) 이에 집착했을 테니까. 이 노부인으로서는, 자기 사회의 사람들하고만 교제하거나, 그 사회야말로 이 세상에서 최고인 이상, 남들의 천박한 멸시 따위는 무시해야 한다고 고쳐 생각하는 만족감에 대해서는 이미 매력을 잃었던 것이다.

아마 그녀는 깨달았으리라. 만약 자신이 이름도 모르는 자로 발베크의 그랑 호텔에 도착했다면, 검은 모직 드레스에다 구닥다리 보닛을 쓴 자기 행색은, 그곳에서 이름을 날리던 건달의 비웃음을 샀으리라는 사실을. 상대는 '흔들의자'에서 돌아보며 중얼거렸을 것이다. "궁상맞기도 해라!" 특히 상대방이 재판소장 같은, 그녀가 좋아하는, 그윽한 빛을 담은 눈과 혈색 좋은 얼굴이 반백의 구레나룻에 싸인, 중요한 지위에 있는 사나이라면 부부가 같이 쓰는 손안경을 얼른 들고, 촌닭 같은 그녀의 출현을 그 돋보기로 크게 비춰보았으리라는 사실을. 아마 이 부인에게 무의식중에 그런 염려가 있었을 것이다. 처음으로 남들 앞에 나설 순간이 짧더라도 어쩐지 겁이 나서—수영에서 처음으로 물속에 머리를 넣을 때처럼—잔뜩 긴장하여, 미리 보낸 하인에게 자기 신분과 습관을 호텔에 알려두고도, 막상 도착하자 지배인의 인사도 그만두게 하고 거만하기보다는 소심함이 엿보이는 불안한 태도로 방에 들어갔다. 그 방에서는 창문의 커튼을 자기 취미에 맞는 것으로 바꾸고, 병풍이며 사진을 잘 배치하여, 그렇게 하지 않고선 익숙해지기까지 고생해야 하는 외부 세계와 자기 사이에 교묘하게 습관의 칸막이를 쳤으므로, 오히려 그녀는 여행을 왔다기보다도 집에 남은 채, 그 집이 그대로 여행하고 있는 듯한 느낌이 들었다.

그때부터, 그녀 편과 호텔의 손님 및 상인들 사이에 그녀의 하인들을 세워, 자기 대신에 이 새로운 사람들과 만나게 하고, 그들의 주인마님 주위에 자택과 변함없는 익숙한 분위기를 유지시키는 동시에, 그녀와 해수욕을 즐기러 온 사람들 사이에 편견의 도랑을 깊이 파놓으면서, 여느 때 같으면 그녀의 친구들이 상대하지 않을 이들의 마음에 들지 않아도 태연자약하게, 계속해 그녀만의 세계에서 친구들의 서신, 추억, 지위, 고상한 태도, 예절을 의식하면서 자기 세계에 갇혀 나날을 보내는 것이다. 그리고 날마다 사륜마차로 산책하기 위해 방에서 내려올 때, 그녀의 짐을 들고 뒤따르는 몸종과 그녀 앞에 서서 인도하는 사내종은, 자기 나라의 깃발로 장식된 대사관의 문 앞에서, 타국 땅 한가운데 치외법권을 확보하고 있는 파수병과도 같았다.

우리가 도착한 날에는 그 노부인이 오후 늦게까지 방에서 나오지 않아, 우리는 식당에서 아직 그분을 보지 못했다. 우리는 그 식당이 처음이어서 점심시간에 지배인의 안내를 받아 들어갔는데, 우리를 돌봐주며 안내하는 지배인의 모습은 마치 군복을 입히려고 신병을 데리고 가는 위병 같았다. 그 자리의 주인은 브르타뉴의 매우 오래된 가문, 즉 스테르마리아 씨와 그 따님이었다. 저녁때까지 그들이 돌아오지 않을 걸로 여겨, 우리가 그 식탁을 쓰게 되었다. 이 두 사람은, 시골에서 이웃으로 친하게 지내는 별장의 주인들을 만나고자 발베크에 왔을 뿐이므로, 받은 초대와 약속한 방문 사이에 비어 있는 날에만 어쩔 수 없이 호텔 식당을 이용하고 있었다. 주위에 앉은 모르는 사람들에 대한 인간다운 감정, 흥미 따위를 전혀 나타내지 않는 것은 그들의 교만함 때문이었다. 특히 스테르마리아 씨는 차갑고, 성급하며, 새침하고, 고집 세며, 까다롭고, 심술 사나운 태도를 지켜 마치 철도역의 구내식당에서 전에 만난 적도 없거니와 앞으로도 다시 만나지 않을 여행객들 한가운데서, 병아리구이와 열차의 좌석을 빼앗기지 않으려고 마음속으로 다투는 정도의 관계밖에 없는 그런 사람으로 보였다. 우리가 점심을 할 즈음 사환이 와서 스테르마리아 씨의 명령이니 일어나달라고 했다. 스테르마리아 씨는 들어오자마자 우리에게 양해를 구하는 몸짓도 보내지 않고, 큰 소리로 지배인한테 이와 같은 잘못을 되풀이하지 않도록 주의하라고 일렀다. '모르는 사람들'이 자기 식탁을 차지하다니 불쾌하다는 말이었다.

그야 물론, 호텔 손님들 가운데서도 한 여배우(더구나 그녀는 오데옹 극장에서 맡은 몇몇 배역보다 오히려 그 맵시, 재기, 독일 자기의 훌륭한 수집품 때문에 더욱 유명했다)와, 그녀가 덕분에 많은 교양을 쌓았다고 하는 그 여배우의 애인이자 매우 부유한 젊은이와 귀족 취미가 물씬 풍기는 두 사내, 이렇게 네 사람이 짝을 지어 남은 전혀 받아들이지 않으면서, 여행을 갈 때에도 반드시 넷이 함께 가며, 발베크에서 하는 점심 식사도 남들이 다 끝났을 즈음 아주 늦게 하고, 낮에는 자기들 거실에서 트럼프 놀이를 했는데, 그들이 그렇게 행동한 데에는 어떠한 악의도 없었으며, 그저 그들은 재치 있는 대화라든가 세련되고 미식가다운 까다로운 취미를 갖고 있을 뿐이고, 그런 취미를 지닌 이들과 함께 생활하고 식사하는 데 즐거움을 느끼는 동시에, 그들의 심오한 취미와 통하지 않는 사람들과 더불어 생활하는 것을 견디지 못했을 뿐이었다. 이 네 사람은 음식을 차려놓은 식탁이나 트럼프 테이블 앞에서도, 맞은편에 앉아 있는 사람의 마음속에서, 파리의 수많은 거처에 진짜 '중세' 또는 '르네상스'처럼 꾸며져 있는 조악한 모조품을 구별해낼 만한 감식력과, 특히 그들이 같이 지니고 있는 선악을 판별하기 위한 여러 기준이 멍하니 무료하게 놓여져 있다는 사실을 알아야만 마음이 놓였다. 어쩌면 그런 순간에 잠자코 식사를 하거나 트럼프를 하면서 어쩌다가 던지는 희한하고도 익살스러운 감탄사나, 또는 젊은 여배우가 점심을 먹거나 포커를 치기 위해서 입고 나온 멋진 새 드레스만으로 자기들 네 사람의 특수한 생활이 돋보여서 즐거웠으므로, 어딜 가나 그런 분위기에 그대로 잠기고 싶어했는지도 몰랐다. 게다가 그처럼 그들이 속속들이 알고 있는 습관에 감싸여 있으면 주위 생활로부터 충분히 몸을 보호할 수 있었다.

낮 동안, 바다는 오로지 부유한 독신자의 방에 걸려 있는 아름다운 색채의 유화처럼 종일토록 그들 앞에 드리워져 있는 데에 지나지 않았다. 그쪽으로 하릴없이 눈을 치켜뜨는 것은 노름을 쉬는 그들 가운데 하나로, 언뜻 거기서 날씨나 시간을 알아채어, 다른 세 사람에게 간식 시간이 되었음을 알렸다. 그들은 저녁에 호텔에서 식사하지 않았는데, 이 호텔로 말할 것 같으면 대식당 안에 전등빛의 샘을 물결쳐 솟아나게 하여, 식당은 마치 넓고 으리으리한 수족관이 되어버려, 그 유리벽 앞에 어둠에 가려 보이지 않는 발베크의 노동자, 어부 또는 소시민의 가족들이 몰려, 가난한 사람들로서는 금빛 소용돌이 속에 느릿느릿 좌우로 흔들리는 안쪽 사람들의 사치스러운 생활이 기묘한 물고기나 연체동물의 생활 못지않게 이상하여, 유리에 코를 납작하게 붙이고 그 안을 들여다보고 있었다(유리벽이 괴상한 생물들의 잔치를 영원히 보호할는지, 또 어둠 속에서 탐욕스럽게 구경하는 천한 사람들이 어느 날 갑자기 수족관 안으로 들어가 이 괴상한 생물들을 잡아먹지나 않을는지를 안다는 건 커다란 사회문제이다). 화제를 돌려서, 어둠 속에 뒤섞여 멈춰 있는 군중 안에, 어쩌면 작가나 인간 어류학(人間魚類學)의 애호가가 있어서, 늙은 암컷 괴물들의 턱이 먹이를 한 조각 꿀떡 삼키고 다시 닫히는 꼴을 구경하면서, 그런 괴물들을 종족이나 선천적인 성질, 후천적인 성질로 분류해 즐거워하는지도 모른다—이 후천적인 성질 때문에 바다의 큰 물고기처럼 입이 튀어나온 세르비아 태생의 어느 노부인은 어린 시절부터 포부르 생제르맹 귀족 사회의 민물에서 자라나서 라 로슈푸코 가문의 마님처럼 샐러드를 먹게 된 것이다.

이런 시각에, 턱시도 차림을 한 그 세 사내가 늦게 오는 여배우를 기다리는 모습이 보였는데, 오래지 않아 거의 매일 저녁 새 드레스와 그 애인의 특별한 취미에 따라 고른 스카프를 몸에 걸친 여배우가, 제 방이 있는 층에서 벨을 눌러 엘리베이터 보이를 부른 뒤에, 마치 장난감 상자에서 나오듯 엘리베이터에서 모습을 드러내었다. 그들 네 사람은, 많은 사람들이 모인 으리으리한 호텔이 발베크에 옮겨 심어져 사치의 꽃을 피우게 했지만 맛 좋은 음식은 먹지 못하게 되었다며, 휩쓸려 가듯 마차에 올라타고, 거기서 5리 남짓한 거리에 있는 작지만 평판 높은 요릿집으로 저녁 식사를 하러 가서 요리의 가짓수와 조리법에 관해 요리사와 오래도록 상의한다. 발베크를 출발해 가는 도중 사과나무가 쭉 줄지어 서 있는 길의 모습도 그들로서는 그저 이 멋들어진 작은 요릿집에 닿기까지 견뎌내야 하는 거리에 지나지 않았다—어둠 속의 그 길은, 파리에 있는 그들의 거처에서 카페 앙글레, 또는 투르 다르장까지의 거리와 별 차이가 없었다. 그곳에 이르자, 부유한 젊은이가 다른 두 친구한테 그처럼 멋쟁이 애인을 가진 데 부러움을 사고 있는 동안 애인의 스카프는, 이 작은 무리 앞에 향기롭고도 야들야들한 장막을 드리운 듯이 이들을 딴 세계로 밀어놓았다.

내 마음의 평온에 대해 말하자면 불행하게도 이 사람들의 발끝에도 미치지 못했다. 나는 주위에 있는 대부분의 사람들이 걱정되었다. 그 가운데서도 넓적한 이마에, 오로지 편견과 교양의 눈가리개 사이에 숨어버린 채 눈길도 주지 않는 사내에게 나라는 존재가 알려졌으면 싶었다. 그는 이 지방의 대귀족으로 바로 르그랑댕의 매부뻘 되는 사람이었다. 그는 이따금 발베크에 찾아왔는데, 매주 일요일이 되면 아내와 함께 정원 파티를 개최하고는 호텔의 단골손님 대부분을 몰아갔다. 호텔 손님 가운데 한두 사람만이 이 파티에 초대되기 때문에, 다른 손님들은 초대받지 못한 모습을 보이기 싫어서 일부러 이날을 골라 멀리 소풍을 가버렸다. 하기야 그가 처음 이 호텔에 나타나던 날, 최근에 코트 다쥐르 지방에서 온 고용인들이 그의 신분을 몰라 그는 몹시 푸대접을 받았다. 흰 플란넬 옷을 입지 않았기 때문만은 아니다. 이런 호화로운 호텔의 생활을 모르는 그는 옛 프랑스식으로, 부인네들이 있는 출입구 홀에 들어서면서 문가에서부터 벌써 모자를 벗어버렸다. 그 모습을 본 지배인은 그가 아주 이름없는 가문의 아무개일 거라고 생각하여, 이른바 촌뜨기(sortant de l'ordinaire)로 보여 인사에 응할 때 자기 모자에 손도 대지 않았을 정도였다. 단 한 사람, 공증인의 아내만은 양가의 수양을 받은 사내들의, 그 거북스런 점잔 속에 속됨을 풍기고 있는 이 새내기에게 마음이 끌렸다. 그녀는 르 망 시가의 상류 사교계라면 모르는 게 없는 여인으로서의 정확한 감식력과 확고한 권위의 신용과 더불어 단언하기를, 저분을 보건대 더할 나위 없이 훌륭한 교양을 지닌 신분 높은 사람인 듯한 느낌이 들고, 발베크에서 만난 어느 사람보다도 빼어나다, 또 자기가 교제하고 있지 않은 이상 쉽사리 교제할 수 없는 분으로 생각한다고 했다. 르그랑댕의 매부에게 내린 이 호의적인 판단은, 분명 남을 겁나게 하는 점이 조금도 없는 남자의 개성 없는 외모에서 왔을 터이며, 틀림없이 성당지기와도 같은 행동을 하는 지주 귀족 안에서 그녀 자신이 성직자를 으뜸으로 삼는 데 그 은근한 기표를 알아본 탓인지도 몰랐다.

매일 말을 타고 호텔 앞을 지나가는 젊은이들이 어느 유행복 상점을 경영하는 품행이 바르지 않은 상인의 아들들로, 나의 아버지라면 그들과 교제하기를 막무가내로 말렸을는지 몰라도 소용없는 게, '해수욕장'에서 그들의 모습은 내 눈에 반신(半神)의 기마상(騎馬像)인 양 우뚝 서서, 나의 최대 소망이, 호텔 식당에서 나와 기껏해야 모래 위에 앉으러 가는 나라는 가련한 어린애 위에 그들의 눈길이 떨어지지 않기를 바라는 것이었기 때문이다. 이런 나는 오세아니아 무인도의 왕이었다는 모험가에게 또 어떤 결핵 환자에게 조금이나마 나에 대한 친화력을 불어넣고 싶었다. 그 결핵 환자는, 그 위대한 겉모습 속에 겁 많은 온순한 영혼이 숨어 있고, 나에게만 애정의 보물을 아낌없이 주지 않을까 상상했다. 그리고(여행길에 알게 된 사이라고 흔히 말들 하는 것과는 반대로) 몇 번이나 가게 되는 바닷가에서 어떤 사람들과 얼굴을 익혀두는 게, 참된 사교 생활에서 비할 바 없는 가치를 덧붙일 수가 있으므로, 해수욕장에서 사귄 우애처럼, 그 장소에 끝나지 않고, 파리 생활에서도 소중히 길러지는 게 달리 없다. 잠깐 명사이건 시골의 명사이건 아무튼 명사라는 딱지가 붙은 사람들이 나라는 인간에 대해 어떻게 생각하는지 몹시 신경 쓰였다. 기꺼이 남의 처지에 서서 그들의 심정을 재현해보려고 하는 나머지, 나는 그런 명사들을, 그들의 실제 신분, 예컨대 그들이 파리에서 차지하고 있을 성싶은 극히 낮은 신분에 고정시키지 않고 그들 스스로 여기고 있는 신분에 그대로 맞춰서 생각하는 것이었다. 사실 발베크에서 그들의 신분이었으니, 거기에는 같은 척도라는 게 없으므로, 일종의 상대적인 우위와 독특한 흥미가 생겼다. 그런데 그런 명사 가운데 스테르마리아 씨의 냉대만큼 괴로운 일은 없었다.

까닭인즉, 나는 그분의 딸이 들어올 때부터 눈여겨보아, 창백하여 거의 푸르스름한 그 예쁜 얼굴, 쭉 뻗은 늘씬한 몸매와 걸음걸이에서 느껴지는 독특한 자태를 주목했기 때문인데, 그것은 나의 머리에, 그녀가 부모님께 물려받은 모습과 귀족적인 교육을 옳게, 더구나 내가 그 가문의 이름을 알고 있는 만큼 더욱 뚜렷이 떠오르게 하였다—마치 오페라의 각본을 대강 훑어보아서 내용을 미리 짐작하고 있는 청중에게, 불꽃의 섬광, 강의 살랑거림과 전원의 평화를 찬란하게 묘사해 보이는, 천재 음악가가 작곡한 표현이 풍부한 주제처럼. 게다가 스테르마리아 아가씨의 매력에 덧붙이자면, 그녀의 '혈통'이 매력의 근원을 떠오르게 하고, 그 매력을 더 이해하기 쉽게, 더 완전하게 하였다. 값이 비싸면 마음에 든 물건의 가치가 더 높아지듯, 그녀의 매력도 좀체 가까이하지 못할 것인 줄 예상하자 더욱 탐이 났다. 예부터 튼실한 나무줄기와 같은 그녀의 혈통은, 골라 뽑은 수액으로 이뤄진 듯한 그녀의 얼굴빛에, 어떤 이국적인 과일이나 이름난 산물의 풍미를 주고 있었다.

그런데 호텔의 모든 손님 앞에서 우연치 않게, 나의 할머니와 내 위엄을 즉각 드러내주는 사건이 돌연 우리 손 안에 굴러들어왔다. 실은 이 또한 첫날 그 노부인이 자기 방에서 아래층으로 내려와, 앞세운 사내종과 잊고 나왔던 책 한 권과 무릎 덮개를 안고 뒤따르던 몸종 덕분에 자리에 있던 사람들의 마음에 호기심과 존경심을 일으키고, 남달리 스테르마리아 씨에게 그런 생각을 눈에 띄도록 부채질했을 때, 지배인이 할머니 쪽으로 몸을 굽히며, 애교 삼아(보아하니 페르시아 왕이나 라나발로나(Ranavaloana)*[1] 같은 이런 강력한 군주와는

*1 마다가스카르의 왕비.

아무 관계도 없음이 뚜렷하고, 오로지 몇 걸음 안 되는 거리에서 그 모습을 구경하는 데에 흥미를 느낀 신분 모를 구경꾼에게 가리키듯) 할머니의 귀에 '빌파리지 후작부인' 하고 속삭였다. 그 순간 노부인이 나의 할머니를 얼른 알아채고는 기쁨과 놀라움의 눈길을 금치 못했다.

아는 사람이 아무도 없는 고장에서 스테르마리아 아가씨에게 접근하는 데 도움이 될 만한 게 전혀 없던 나였기에, 이 일이 가장 강한 마법을 부리는 선녀가 작은 몸집의 할머니 모습으로 갑자기 나타난 것보다 더 큰 기쁨을 안겨다주었음을 누구나 짐작하리라. 아는 사람이 아무도 없다는 말은 실제적인 관심에서 한 말이다. 미학적으로 말하면, 인간의 유형은 아주 한정된 수이니까, 스완이 하듯이 그것을 옛 거장들 화폭에서 찾을 것까지도 없고, 어느 곳에서나 아는 사람들을 다시 만나는 기쁨을 자주 갖게 된다. 따라서 발베크에 머물던 첫날부터 나는 르그랑댕, 스완네 문지기, 스완 부인 그 자신과 우연히 다시 마주쳤다고도 말할 수 있는데, 이를테면 르그랑댕은 카페 사환으로, 스완네 문지기는 내가 이곳에서 딱 한 번 만난 어느 외국 여행자로, 그리고 스완 부인은 수영 감독으로 둔갑해 있었다. 자기 혼자만의 힘이, 용모나 정신의 어떤 특징을 분리할 수 없게 서로 끌어당기며 붙잡아서, 자연히 어떤 인물을 새롭고 신선한 육체 안에 넣을 때에도 그 인물을 별로 훼손하지 않는다. 카페 사환으로 둔갑한 르그랑댕은 그 키와 옆에서 본 코 모양, 턱의 일부를 그대로 간직하고 있었다. 남성 수영 감독으로 둔갑한 스완 부인은 그 인상이 평소의 그녀와 비슷할 뿐만 아니라 말버릇까지 그대로였다. 다만 붉은 허리띠를 두르고, 넘실거리는 파도가 조금만 높아도 수영 금지의 깃발을 올리는 그녀는(해수욕장의 감독들은 겁이 많아 좀처럼 수영은 하지 않고) 전에 스완이 이드로의 딸 얼굴 속에서 사랑하는 오데트의 모습을 알아본 그 벽화 〈모세의 생애〉에 그려져 있는 것과 마찬가지로 아무런 도움도 되지 않았다. 한편 이 빌파리지 부인은 정말로 실제 인물이어서, 단 한 번도 그 마법을 빼앗겨버린 꼴사나운 모습인 적 없이, 도리어 백 곱절 늘려 쓸 수 있는 마법의 힘을 나에게 마음대로 줄 수 있으므로, 그 덕택에 마치 전설 속에 나오는 새를 타고 가듯이—적어도 발베크에선—나와 스테르마리아 아가씨 사이에 있는, 너르고 커서 끝이 없는 사회적 거리를 순식간에 뛰어넘을 수 있게 해줄 거라는 생각이 들었다.

딱하게도, 누구보다 자신의 세계 안에 들어박혀 사는 이가 있다면 그것은 바로 나의 할머니였다. 할머니가 거들떠보지도 않는 이들, 발베크를 떠날 때까지 그 이름조차 생각지 않았던 이들, 내가 그런 이들의 개인적인 형편에 흥미를 가지고, 그런 이들의 의견을 중요하게 생각하는 것을 할머니가 알았다면, 나를 멸시하지는 않았겠지만 그런 내 생각을 이해하지는 못했으리라. 빌파리지 후작부인이 호텔에서 위세를 떨치고 있으므로, 우리가 그분과 친하다는 사실이 스테르마리아 씨의 눈에 우리를 돋보이게 하리라 느끼면서도, 빌파리지 부인과 할머니가 담소하는 경우, 나는 내가 호텔 사람들에게 느낄지 모르는 커다란 기쁨을 감히 할머니에게 털어놓고 말할 만한 용기가 없었다. 그렇다고 해서 할머니의 벗인 이 노부인이 유달리 귀족계급의 여인으로 비춰지는 건 아니었다. 그 노부인의 이름은, 내 정신이 그분 자체를 인식하기 이전부터, 이미 어렸을 때부터 집안에서 입에 오르내리는 것을 들어 내 귀에 쉬이 들릴 만큼이나 익숙해져서, 그 귀족 칭호도 그다지 쓰지 않는 세례명처럼 기묘한 특수성이 덧붙어 있는 정도로밖에 느껴지지 않았다. 예컨대 거리 이름에서, 로드바이롱(Lord–Byron) 거리라든가, 서민적이고도 비속한 로슈슈아르(Roche–Chouart) 거리라든가, 또는 그라몽(Gramont)*1 거리도, 거기에 레옹스레이노(Léonce–Reynaud) 거리나 이폴리트르바(Hippolyte–Lebas) 거리 이상으로 훨씬 고귀한 점이 눈에 띄지 않는 것이나 마찬가지였다. 나는 빌파리지 부인을 그 사촌뻘 되는 막마옹*2 이상으로 더 특별한 사회의 여인으로 생각하지는 않았다. 나는 이 막마옹을 공화국 대통령인 카르노 씨와 구별하지 못했고, 또 프랑수아즈가 교황 피오 9세의 사진과 함께 가져왔던 라스파유(Raspail)와도 구별 못했다.

할머니의 원칙은, 여행지에서는 남과 교제를 피해라, 사람들을 만나려고 바닷가에 가면 안 된다, 그런 여가라면 파리에 얼마든지 있다, 잘못 교제를 맺기라도 하면 넓은 대기 속 넘실거리는 파도 앞에서 보내야 하는 귀중한 시간들을 예의나 차리며 하찮은 일에 헛되이 쓰고 만다는 것이다. 모두들 이런 의견에 동의하고 있으므로, 우연히 같은 호텔에서 얼굴을 마주치게 된 옛 친구와 서로 짐짓 모르는 체해도 괜찮다는 사고방식을 갖는 게 가장 편리하다고 여겨, 할머니는 지배인이 입 밖에 낸 이름을 듣고서도 단지 눈을 돌리는 것만으

---

*1 이상의 세 거리 이름은 모두 귀족의 이름을 딴 것임.

*2 프랑스 대통령이었던 인물(Mac–Mahon).

로 빌파리지 부인을 못 본 체했다. 한편 빌파리지 부인도, 상대를 아는 체하고 싶어하지 않는 할머니의 태도를 알아채고는 눈길을 다른 쪽으로 돌렸다. 부인은 멀어져가고, 나는 가까이 오는 듯하더니 멈추지 않고 그대로 사라져가는 구조선을 멍하니 바라보는 조난자처럼 고립 속에 남았다.

부인 또한 식당에서 식사를 했지만 자리는 반대편 가장자리였다. 부인은 호텔에 묵고 있는 사람들이나 호텔에 방문하는 사람들 가운데 그 누구와도 아는 사이가 아니었으며, 캉브르메르 씨조차 몰랐다. 사실 캉브르메르 씨가 아내와 함께 변호사 회장의 오찬에 초대받아 오던 날, 그가 빌파리지 부인에게 인사하지 않는 모습을 봤는데, 이날 변호사 회장은 귀족인 캉브르메르 씨를 자기 식탁에 맞는 명예에 취해, 여느 날의 친구들을 멀리하고, 떨어져 앉은 그들에게 이 역사적 사건을 암시하려고 눈을 깜박이는 정도로 그치고 있었는데, 그 눈 깜박임을 이쪽으로 오라는 뜻으로 잘못 해석하지 않게 꽤 신중을 기하고 있었다.

"댁의 옷차림이 잘 어울려서, 아주 멋스러우시네요." 그날 저녁 재판소장 부인이 그에게 말했다.

"멋스럽다고요? 어째서요?" 과장된 놀라움 밑에 기쁨을 감추면서 변호사 회장이 물었다. 그리고 더 이상 모르는 척할 수 없다고 느껴선지 이렇게 덧붙였다. "내가 초대한 손님 때문인가요? 하지만 점심 식사에 친구를 초대하는 일이 어째서 멋스럽죠? 어차피 어떤 곳에서든 점심 식사를 해야 하지 않습니까?"

"그렇지 않아요, 진정으로 멋스러워요! '드(de)' 캉브르메르 부부였죠, 안 그래요? 알아 모셨답니다. 그분이 후작부인이시고, 게다가 외가 혈통이 아닌 확실한."

"네, 참으로 성품이 시원시원한 부인이시죠, 매력적이고. 댁이 오실 줄 알았습니다. 오시라고 눈짓했는데…… 만약 오셨다면 댁을 그분에게 소개해드렸을 텐데!" 그는 아하수에로 왕이 에스더에게 '짐이 그대에게 나라의 절반을 주어야 할지라도 시행하겠노라'*1라고 말할 때처럼 그 제안의 중대성을 가벼운 비꼼으로 느슨하게 하면서 말했다.

"천만에, 천만에, 우리는 얌전한 제비꽃처럼 그대로 숨어 있겠습니다."

---

*1 라신의 〈에스더〉 제2막 7장. 구약성서 〈에스더〉 제5장 6절에서 7절 참조.

"그건 잘못된 생각이라고 되풀이해서 말씀드리겠습니다." 변호사 회장은 이제 위험이 지나갔다는 데 대담해져 대답했다. "그분들이 댁을 잡아먹지는 않을 거예요. 자아, 우리 재미나는 베지그(bésigue)*2나 하실까요?"

"아무렴요, 감히 댁한테 뭐라고 반대할 수 있겠어요. 이제는 후작부인을 상대하시는데!"

"아니, 그리 대단한 분들이 아니랍니다. 그렇지, 내일 저녁 그분과 저녁 식사를 하기로 되어 있는데, 저 대신 안 가시겠습니까? 진심입니다. 솔직히 말해, 이곳에 남고 싶습니다."

"싫어요, 싫어……. 그런 짓을 하다가 반동분자로 몰려 내 목이 잘리게?" 재판소장은 자기 농담에 눈물이 나도록 웃으면서 외쳤다. 그러다 공증인 쪽을 보면서 덧붙였다. "그런데 당신도 페테른*3에 초대되어 가시죠?"

"가기는 가죠. 보통 일요일에, 앞문으로 들어갔다가 다른 문으로 나오죠. 그러나 그분들은 변호사 회장님 댁에는 오셔도 내 집에는 식사하러 오시지 않습니다."

그날 스테르마리아 씨는 발베크에 없었다. 변호사 회장은 매우 유감스럽게 생각했지만, 용의주도하게 우두머리 사환에게 말했다.

"에메, 자네가 스테르마리아 씨한테 말해주게. 이 식당에서 당신 혼자만 귀족인 건 아니라고 말이야. 자네도 오늘 나와 여기서 점심 식사 하신 신사를 보았지? 안 그래? 조그마한 콧수염을 하고, 군인 같은? 응, 그분이 바로 캉브르메르 후작님이시네."

"허어, 정말이세요? 어쩐지 그런 생각이 들더라니!"

"그 모습을 그 사람에게 일러주면, 그 사람만이 귀족이 아니라는 걸 알게 될 거야. 꼴좋게 말이야! 그런 귀족의 콧대를 꺾어놓는 일도 나쁘진 않지. 그런데 에메, 하고 싶지 않으면 말하지 않아도 좋아. 내가 하는 말은 나를 위해서 하는 말이 아니니까. 게다가 그 사람 자신이 그 점을 잘 알고 있으니까."

다음 날, 스테르마리아 씨는 예전에 변호사 회장이 친구의 소송 사건을 변호해주었던 사실을 알고서 스스로 자기소개를 하였다.

"우리의 친구 캉브르메르 부부께서, 마침 우리와 함께 모임에 참여하려던 참

---

*2 트럼프놀이의 일종.

*3 캉브르메르의 영지.

이었지만 날이 어긋나서, 그만" 하고 변호사 회장은 말했는데, 거짓말하는 사람의 대부분이 그렇듯이 아무도 자세한 점을 따지지 않을 거라고 생각하고 하는 말이었다. 그렇지만(하찮은 사실에서 우연히 상대방 말의 모순이 드러나) 그것만으로도 그 사람의 성격이 충분히 폭로되어 영원히 불신을 가져올 만했다.

여느 때처럼 나는 스테르마리아 아가씨를 바라보았는데, 그녀의 아버지가 변호사 회장과 이야기하려고 자리에서 멀리 있을 때는 더 마음 편하게 볼 수 있었다. 대담하고도 변치 않을 아름다움을 지닌 그녀의 독특한 자세, 예컨대 두 팔꿈치를 닥자에 놓고, 컵을 양 팔뚝 위로 높이 쳐들 때의 자세도 독특히 려니와 금세 메마르는 그 물기 없는 시선, 스스로 억양을 조절하지 않아 목소리 바탕에서 느껴지는 타고난 기계적인—나의 할머니를 불쾌하게 만든—냉혹성, 또는 한번 던지는 눈길이나 목소리의 억양 속에 자기 생각을 나타내기가 무섭게 당장 그녀를 뒤로 끌어당기는 그 유전적인 멈춤, 그러한 것을 보고 있노라면 인간적인 동정심의 부족, 감수성의 결함, 풍부한 자질의 결여 같은 것을 그녀에게 물려준 혈통에 대한 생각이 저절로 떠올랐다. 그렇지만 그처럼 금세 황량해지는 그녀의 눈동자 속에 잠시 물기가 돌게 하는 어떤 순간적인 눈길, 거만하게도 관능의 쾌락을 무엇보다 좋아하는 여인은, 아무리 지체 높다 한들, 그 쾌락을 느끼게 하는 남자라면 희극 배우이건 어릿광대이건 구애받지 않고 그 매력에 끌리고 말아, 틀림없이 어느 날 남편을 버릴 것이다. 그 강한 욕망에 사로잡히고 말 때의 거의 비굴에 가까운 다정스러움이 언뜻 느껴지는 순간적인 눈길을 보았을 때, 또 비본 냇가의 흰 수련꽃 중심을 옅은 선홍빛으로 물들이는 그 빛깔과도 같이, 육감적이고 싱싱한 장밋빛이 그녀의 새하얀 방에 꽃피고 있는 것을 보았을 때, 그녀가 브르타뉴에서 보내는 시적인 생활, 그 생활이 너무나 몸에 배어선지, 타고난 품위에선지, 가난한 사람에 대한 혐오 또는 그 집안의 인색함 때문인지, 그녀가 그 생활에서 대단한 값어치를 찾아내지 못하고 있는 성싶지만, 그녀 육체 속에 가두고 있는 그 시적인 생활에 관한 재미나는 탐구를 나에게 쉽사리 허락해주지 않을까 하는 느낌이 들었다. 부모님에게 물려받은 굳세지 못한 의지는 그녀의 표정에 뭔가 빈틈을 만들고 있었는데, 그 정도의 약한 의지로는 유혹에 저항하려고 해도 그럴 만한 힘은 없었으리라. 그녀는 식사 때마다 약간 유행에 뒤떨어진 멋부린 깃털 장식이 달린 회색 펠트 모자를 쓰고 있었는데, 나에게는 그 모자가 그녀를 더욱 상냥하게 보이게 했다. 그 모자가 그녀의 은빛 또는 장밋빛 얼굴색과 잘 조화되었기 때문이 아니라, 그것을 쓴 모습이 어쩐지 초라하게 보여 다가가기 쉽게 느껴졌기 때문이다. 자기 아버지 앞에서는 인습에 젖은 태도를 취할 수밖에 없으나 자기 앞에 있는 사람들에 대한 앎과 분류에는 이미 아버지와는 다른 원칙을 갖고 있는 그녀는, 틀림없이 내게서 하찮은 사회적 지위를 보는 게 아니라, 이성(異性)과 나이를 보고 있었나 보다.

만약에 어느 날 스테르마리아 씨가 딸을 데려가지 않고 외출한다면, 특히 빌파리지 부인이 우리 식탁에 앉으러 와서 내가 그녀한테 대담하게 접근할 만한 좋은 인상을 그녀가 받을 수 있게 해주었다면, 분명 우리 둘은 몇 마디를 나누며 만날 약속을 하고, 더 깊은 관계를 맺을 수 있었으리라. 그리고 그녀가 부모님과 떨어져 그 소설 같은 별장에 혼자 남아 있을 1개월 동안, 결국 우리 둘은 장밋빛 히스꽃이 어두컴컴한 물 위에 더욱 보드랗게 빛나는 땅거미 속, 술렁이듯 물결치는 떡갈나무 아래를 단둘이서 산책할 수 있었으리라. 오래도록 스테르마리아 아가씨의 일상생활을 가둬왔으며 또 그 기억의 눈 속에 머물러 왔기 때문에 나에게 퍽 매력 있던 그 섬을 둘이서 돌아다녔으리라. 그도 그럴 것이, 수많은 추억으로 그녀를 둘러싸는 여러 고장을 두루 다니고 나서야 비로소 그녀를 정말 소유할 거라는 생각이 들었기 때문인데—그런 고장이야말로 내 욕망이 잡아 벗기고픈 베일이자, 자연이 여인과 몇몇 사내들 사이에 쳐놓는 장막이고(자연은 인간에 대해선 그들과 강렬한 쾌락 사이에 생식 행위를 두고, 곤충에 대해선 그들이 가져갈 꽃가루를 꿀 바로 앞에 놓고 있는데, 이러한 자연의 방법도 같은 의도에 의한 것이다)—그 때문에 사내들은 그렇게 하면 더욱 완전히 여인을 소유한다는 착각에 빠져 여인이 살고 있는 풍경을 먼저 독점하지 않고서는 못 배기는데, 하기야 그런 풍경이란 사내들의 상상을 만족시키는 데 관능적인 쾌락보다 더욱 효과가 있으나, 이 쾌락 없이는 그 어떤 풍경도 사내들의 마음을 이끄는 데 충분하지 못할 것이다.

그러나 나는 스테르마리아 아가씨한테서 눈길을 돌릴 수밖에 없었다. 그녀의 아버지가 분명, 중요 인사와 벗이 되는 것은 아무리 짧아도 그것만으로 충분히 신기한 행위이며, 거기에 포함되어 있는 모든 이익을 거두어들이는 데는 잠시의 대화도 나중의 만남도 약속하지 않는, 오직 악수와 인상에 남는 눈빛만으로 충분하다고 생각해선지, 부랴부랴 변호사 회장의 곁을 떠나, 귀중한 것이라도 손에 넣은 사람처럼 두 손을 비비면서 딸 앞에 앉으려고 돌아왔기 때문이다. 변호사 회장은 이 회견의 첫 감동이 지나가자, 여느 날같이 우두머리 사환에게 말을 건넸는데 이따금 다음과 같은 말이 들렸다.

"내가 뭐 왕인가. 에메, 섬의 왕한테 가게나……. 이봐요, 소장. 저건 아주 맛있게 보이는데요, 저 작은 무지개송어가. 우리도 에메에게 부탁합시다. 에메, 저건 꽤 먹음직스러워 보이는데, 저기 저 작은 생선 말이야. 우리한테도 갖다주게, 에메, 마음대로."

그는 내내 에메라는 이름을 되풀이해서, 누군가를 식사에 초대했을 때 초대받은 손님이 그에게, "보아하니 자택에 맘 편히 계시는 분 같군요" 말할 정도이고, 또 그 손님 자신도 함께 있는 이들의 말씨를 흉내내는 것이 재치 있고도 고상한 행동인 줄로 여기는 그 소심함과 세속의 어리석음이 한데 섞인 따라하는 성미로 인해 끊임없이 '에메'라고 불러야 할 정도였다. 변호사 회장이 끊임없이, 하지만 미소와 더불어 '에메'를 되풀이한 까닭은 우두머리 사환과 사이가 좋은 것을, 또한 우두머리 사환보다 자기가 우위에 있음을 과시하기 위해서였다. 한편 우두머리 사환도 자기 이름이 불릴 때마다, 자못 감동하고 자랑스러운 모양으로 미소 지으며, 영광을 느끼는 동시에 농담을 이해하고 있다는 시늉을 보였다.

나는 그랑 호텔의, 늘 꽉 들어찬 이 넓은 식당에서 하는 식사가 언제나 두려웠지만, 그것이 더 두려워진 이유는 이 호텔의 경영자가 며칠 묵으러 오기 때문이다(라고 하기보다는 한데 합친 회사이기 때문에, 총지배인일지도 모른다). 그는 이 화려한 호텔만이 아니라, 프랑스 이곳저곳에 으리으리한 건물을 일고여덟 개 경영하고, 그 사이를 줄곧 오가며, 이따금 한 곳에 일주일쯤 묵으러 왔다. 그런 때는 보통 저녁 식사가 시작될 무렵마다 식당 출입구에 작은 키, 흰 머리칼에 붉은 코, 태연자약하고도 지나칠 만큼 예의 바른 사내가 나타나곤 했는데, 그는 유럽 일류 호텔의 경영자 가운데 한 사람으로, 몬테카를로나 런던에서도 알려진 사람이란 소문이었다.

한번은 내가 저녁 식사 시작 때, 잠시 외출했다가 돌아오는 길에 그의 앞을 지나치자 그가 나에게 인사했는데, 어쩐지 쌀쌀한 인사여서 그것이 늘 자기 지위를 생각하는 인간의 조심성에서 비롯한 것인지, 아니면 중요하지 않은 손님에 대한 멸시에서 비롯한 것인지 분별할 수 없었다. 반대로 매우 중요한 손님 앞에서도 쌀쌀해 보이는 인사를 했는데, 허나 그 경우에는 허리를 더 낮게 굽히고, 얌전한 경의로 두 눈꺼풀을 떨구며, 마치 장례식에서 죽은 여인의 아버지나 성체 앞에 서 있는 듯했다. 그런 쌀쌀한 드문 인사를 빼놓고 그는 꼼짝도 않고, 얼굴에서 튀어나올 듯한 번쩍번쩍하는 두 눈으로 모든 것을 보며, 정리하고, '그랑 호텔 만찬회'의 어느 세밀한 부분에도 더할 바 없이 빈틈없음은 물론이려니와 전체의 조화가 바르게 잡혀 있는지 살피고 있는 듯싶었다. 무대 감독보다도, 오케스트라의 지휘자보다도 더 진정한 총수라고 스스로 명백히 느끼고 있는 듯했다. 모든 게 준비되어, 어떠한 과실도 이 만찬을 혼란에 빠뜨리지 못한다는 확신을 갖고, 모든 결말을 자신이 책임진다는 결심을 하려면 세밀하게 한데 집중하여 자신을 긴장시켜야만 한다고 판단한 그는, 그 어떤 몸짓도 삼갈 뿐만 아니라 눈도 깜박거리지 않는다. 그 눈은 마치 주의력 때문에 화석으로 변한 듯이, 행동 전부를 통제하고 있었다. 마치 내 숟가락질마저 그의 눈길을 피할 수 없는 느낌이었다. 그래서 수프가 나온 뒤 금세 그가 자취를 감춰도, 검열의 눈길은 저녁 식사 내내 나를 지배하여 식욕을 온통 그르쳤다. 그의 식욕은 아주 좋아서, 이 식당에서 다른 손님들과 같은 시각에, 단순히 한 개인으로서 점심을 들 적에 그 왕성함을 엿볼 수 있었다. 그의 식탁이 특별한 까닭은, 이 호텔에 머물고 있는 또 다른 지배인이 그가 식사하는 동안 그 옆에 서서 쉴 새 없이 뭔가 이야기하고 있다는 점이다. 지배인은 총지배인의 부하이므로 그만큼 그를 크게 두려워하여 아첨하려고 애쓰고 있었다. 그에 비하면 점심 식사 동안의 내 두려움은 그다지 크지 않았다. 총지배인이 점심 식사 동안 손님들 속에 끼어들어, 마치 장군이 병사들이 모여 있는 식당에 함께 앉아 그들을 걱정하는 모습을 보이지 않으려는 듯한 조심성을 취하고 있었기 때문이었다. 그런데도 접수계 주임이 그 '안내인'들에게 둘러싸여, "총지배인님은 내일 아침 디나르로 떠나십니다. 거기서 비아리츠로 가셔서, 그 뒤에 칸나로 이동하십니다" 하고 나에게 알렸을 때, 나는 그제야 마음놓고 숨을 돌렸다.

내 호텔 생활은 아는 사람 하나 없었으므로 쓸쓸했을 뿐만 아니라, 프랑수아즈가 수많은 사람과 교제를 시작했으므로 귀찮기 그지없게 되었다. 수많은 사람과 교제를 시작했다면 오히려 우리에게 편의를 주지 않았겠느냐고 생각할지도 모른다. 그런데 사정은 정반대였다. 서민계급들이 프랑수아즈와 지인이 되려면 여간 힘들지 않아, 그녀한테 아주 공손히 대하지 않고서는 그 조건에 맞을 수 없었는데, 반대로 일단 성공하면 그 서민계급만이 그녀의 신용을 받는 중요한 사람이 되었다. 그녀가 예전부터 믿고 받드는 법전에 의하면 그녀 자신은 주인의 친구들에게 아무런 의무감도 없으며, 급한 일이 있을 때는 할머니를 만나러 온 부인을 쫓아버려도 상관없었다. 그러나 프랑수아즈 자신의 벗, 다시 말해 그녀의 까다로운 교제권 내에 들도록 허용된 소수의 서민계급에 대해서는 참으로 섬세하고 절대적인 의례가 정해져 있어, 프랑수아즈는 그것에 준하여 행동했다. 그러므로 프랑수아즈가 카페 주인과 벗이 되고 나서는, 점심 식사 뒤에 할머니의 옷가지를 준비하러 바로 올라오지 않고 한 시간 늦게야 겨우 모습을 나타냈는데, 이유인즉 카페 주인이 가게에서 프랑수아즈에게 커피나 허브차를 대접하고 싶어했기 때문이거나, 또는 몸종이 프랑수아즈에게 잠시 바느질을 보러 와달라고 부탁했기 때문이고, 그것을 거절한다는 건 불가능한 일, 도저히 거절 못하는 일이었기 때문이라는 것이었다. 게다가 이 어린 몸종에게는 특별한 배려를 하고 있었는데, 그 몸종이 고아이며 외국사람 집에서 자랐고, 지금도 이따금 그 집에 가서 며칠씩 지내고 오기 때문이었다.

그런 신세가 프랑수아즈에게 연민의 정을 일으키며 또한 멸시 섞인 친절을 북돋우었다. 프랑수아즈에게는 가족들이 있고, 부모에게서 물려받은 조그마한 집도 있으며, 거기서 남동생이 젖소 몇 마리를 키우고 있어서 근본 없는 그 어린 몸종을 자기와 동등하게 볼 수 없었다. 그래서 이 어린 몸종이 8월 15일 성모승천일에 은인들을 보러 가고 싶다고 말했을 때, 프랑수아즈는 다음과 같이 되풀이할 수밖에 없었다. "그 애, 정말 웃겨서. 이러지 뭐예요? 8월 15일에는 고향에 가고 싶다고요. '고향에'라고 하더라니까요! 집도 절도 없는 걸 거두어 길러준 사람들인데, 마치 정말 자기 집처럼 우리집, 우리집 하고 말한답니다. 불쌍한 계집애! 제 집이 있는 게 뭔지 모르다니 얼마나 가련한 계집애입니까."

그러나 프랑수아즈가 손님들이 데리고 온 몸종들하고밖에 사귀지 않았다면—그 몸종들은 프랑수아즈와 함께 '쿠리에(courriers)'*1에서 식사하며 프랑수아즈의 고운 레이스 모자와 단정한 옆얼굴을 보고서, 어떤 사정이 있어 몰락했거나, 아니면 개인적인 애착 때문에 나의 할머니를 상대하게 된 귀부인처럼

---

*1 손님들이 데리고 온 하인들이 식사하는 호텔 방.

프랑수아즈를 보았을는지도 모른다—요컨대 프랑수아즈가 호텔의 고용인 말고 다른 사람들하고만 사귀었다면, 그다지 곤란하지 않았으리라. 왜냐하면 고용인 말고 다른 사람에게는 어떠한 경우에도, 비록 프랑수아즈의 벗이 아닌 사람일지라도, 우리의 시중을 들게 해서는 안 된다는 이유만으로, 호텔의 고용인들이 우리를 위하여 들어주는 시중까지도 프랑수아즈가 막을 수는 없었을 테니까 말이다. 그런데 프랑수아즈는 호텔의 소믈리에하고도, 요리사하고도, 우리 방이 있는 층의 우두머리 하녀하고도 친해지고 말았다. 그 결과 우리 호텔 생활이 어떻게 되었냐 하면, 프랑수아즈가 도착한 날, 프랑수아즈가 아직 어느 누구하고도 아는 사이가 아니었을 때, 할머니나 내가 시간상 감히 시키지 못하는 보잘것없는 일로 마구 초인종을 울려서, 우리가 그 점에 대해 나무라자 대답하기를 "하지만 그 때문에 비싼 값을 치르잖아요"라고, 마치 그녀 자신이 값을 치르듯이 말했는데, 취사장의 어떤 사람과 친구가 되고 나서는—그것이 우리의 편의상 좋은 징조로 보였는데—할머니나 내가 발이 시려 들어와도 프랑수아즈는, 그때가 저녁 시간에서 많이 지난 것도 아닌데 초인종을 울리려고 하지 않았다. 이런 시간에 물을 끓여달라고 하면 화덕에 불을 다시 지펴야 하고 또는 하인들의 저녁 식사를 방해해서 그들의 불만을 사므로 우리를 좋지 않게 여길 거라고 했다. 그리고 애매한 말투지만, 말하려는 뜻이 뚜렷해, 우리 쪽의 잘못을 똑똑하게 깨닫게 하는 '실은……'이 입버릇처럼 되고 말았다. 우리는 더 중대한 '뭐라고 할까요……!'란 말이 나올까 겁이 나서 가만히 있었다. 결국 우리는, 프랑수아즈가 물을 끓여주는 사람과 친구가 되었으므로 더운물을 얻어 쓸 수 없게 되고 말았다.

드디어 우리도, 할머니의 뜻에는 반하지만, 할머니를 통해서 교제를 맺게 되었다. 어느 날 아침 할머니와 빌파리지 부인이 문가에서 맞닥뜨리고 말아 먼저 놀람과 주저의 몸짓을 나누고, 뉘우침과 망설임, 드디어는 예의와 기쁨의 표정을 나타내면서 서로 가까이 가지 않을 수 없게 되었는데, 마치 몰리에르의 극 몇 장면에서, 서로 몇 걸음 떨어진 두 배우가 저마다 오랫동안 독백을 하다가, 아직 서로를 보지 않았다고 생각했는데, 돌연 서로 언뜻 보고 자신의 눈을 의심해 그 독백을 멈췄지만, 결국 둘이 함께 말하고, 한쪽 합창대가 이 대화를 이어가는 중에, 두 배우가 서로 상대의 품에 몸을 던지는 장면과 닮았다. 빌파리지 부인은 조심성에서 잠시 뒤 할머니의 곁을 떠나려고 했는데, 할머니 쪽은 반대로 점심때까지 부인을 붙잡아놓고, 부인이 어떻게 우리들보다 빨리 우편물을 받으며, 또 어떻게 맛난 불고기(왜냐하면 빌파리지 부인이 뛰어난 미식가여서 호텔 요리를 그다지 즐기지 않았기 때문인데, 할머니도 버릇대로 세비녜 부인의 글을 인용하여 호텔에서 나오는 식사를 '배고파 죽을 만큼 산해진미의' 음식이라고 비꼬아 말했다)를 얻는지 묻고 싶어했다.

그 뒤 후작부인은, 날마다 식당에서 식사가 나올 때까지 우리 쪽으로 와서 그대로 앉아 계시라고 말하며 잠깐 우리 옆에 앉았다. 점심 식사가 끝난 뒤에도, 식탁보 위의 헝클어진 냅킨과 나이프가 이수선하게 놓여 있는 시각인데도, 우리는 후작부인과 길게 담소를 나누었다. 나로 말하면 발베크를 좋아하기 위해선, 내가 대륙의 끝머리에 와 있다는 생각을 간직해야 한다고 여겨, 멀리 바다 쪽만 바라보려고 애쓰며, 거기서 보들레르가 묘사한 효과를 찾으려고 하였는데, 그런 내가 식탁 위에 눈길을 떨어뜨리는 건 거기에 뭔가 커다란 생선요리, 나이프나 포크와 같은 시대의 것이 아니라, 키메르인의 시대, 곧 대양에 생명력이 넘치기 시작한 원시시대 무렵에 서식했던 바다의 괴물, 무수한 등뼈가 있고, 푸르고 붉은 신경이 있는 그 몸뚱이가, 바다의 다채로운 대성당처럼, 자연에 의해, 그리고 어떤 건축학적 설계에 따라서 구성된 바다의 괴물, 커다란 생선이 식탁에 나오는 날뿐이었다.

이를테면 이발소에서 늘 특별 우대하는 단골 장교와 이제 막 들어온 다른 손님이 서로를 알아보고, 두 사람이 잡담을 시작하는 모습에, 이발사가 그들이 같은 사회의 사람인 줄 깨닫고는 기쁜 얼굴로 비누 그릇을 가지러 가면서 미소를 금치 못하는 일이 있다. 그도 그럴 것이 그 일터에서 이발업이라는 천한 작업 위에 사교계의 즐거움, 말하자면 귀족 사회의 즐거움이 더해지는 걸 이발사가 알기 때문이다. 우두머리 사환인 에메도 마찬가지로 빌파리지 부인이 우리한테서 옛 우정을 다시 찾은 걸 목격하자, 때를 보아 적당히 물러갈 줄 아는 가정주부와도 같은 자랑스러운 겸손과 현명한 조심성이 엿보이는 미소를 띠면서 입가심하는 물그릇을 가지러 가는 것이었다. 또 그것은 자기가 함께한 식탁에서 서로 맺어진 약혼자들의 행복을 방해하지 않고 지켜보는, 행복에 겨워 감동받은 아버지와 같다고 해도 무방했다. 게다가 에메를 행복하게 만들려면, 프랑수아즈와는 반대로 그의 앞에서 귀족 칭호가 있는 사람의 이름을 입 밖에 내는 걸로 충분했다. 프랑수아즈 앞에서 '아무개 백작'이라고 입

밖에 낼 것 같으면 금세 그 얼굴빛이 흐려지고, 말에 날이 서며, 퉁명스럽게 되고 마는데 그러나 그건 프랑수아즈가 에메보다 귀족을 소홀히 한다는 뜻이 아니라, 오히려 귀족을 소중히 여기고 있다는 증거다. 또한 프랑수아즈는 독특한 성질을 지니고 있었는데, 늘 남들한테서 큰 결점을 찾아냈다. 다시 말해 그녀는 거만했다. 그녀는 에메와 달리 사귀기 쉬운 부드러운 사람이 아니었다. 에메와 같은 이들은, 항간에 알려지지 않고 신문에도 나지 않는 이야기를 들었을 때 강한 기쁨을 느껴 그 표정이 금세 얼굴에 드러난다. 반면 프랑수아즈는 놀라워하는 기색을 나타내지 않으려고 한다. 그녀는 오스트리아의 루돌프 왕자 같은 존재를 한 번도 생각해본 적은 없지만, 그 사람이 죽었다는 소문*[1]은 확실한 게 아니라, 아직 살아 있다고 프랑수아즈 앞에서 말했던들 프랑수아즈는 그저 "그렇고말고요" 하고 마치 오래전부터 알고 있는 일인 듯이 대답했으리라. 더구나 프랑수아즈가 그토록 겸손하게 주인님이라고 부르고 있는 우리, 거의 완전히 프랑수아즈를 길들인 우리의 입에서조차 귀족의 이름을 들어도 화를 누르지 못하는 걸 보면, 프랑수아즈의 생가가 마을에서도 살기 풍족하고, 독립된 지위를 차지하며, 마을 사람들에게 많은 존경을 받아왔는데 그 지위가 같은 귀족들에 의해 농락되어왔기 때문은 아닐까 하는 생각이 들었다. 그와는 반대로 에메 같은 사람은, 자비로 귀족들에게 길러졌다면 어릴 적부터 그들의 집에서 하인으로 일했을 것이다. 따라서 빌파리지 후작부인은 프랑수아즈한테 자기가 귀족인 걸 용서받아야만 했다. 하지만 적어도 프랑스의 대귀족이나 귀부인들의 솜씨가 더 능란했다. 프랑수아즈는 주인과 다른 이들의 교제에 관해 끊임없이 단편적인 관찰을 수집하고, 거기에서 이따금 틀린 추론을 꺼냈는데—인간이 동물의 생활에 관해서 하듯이—그녀는 줄곧 다른 이들이 우리를 '저버렸다'고 여겼다. 그런 결론에 쉽사리 끌렸던 까닭도 우리에 대한 과도한 애정 때문이며, 또한 우리를 불쾌하게 만드는 걸 재미있어하기 때문이기도 했다. 그러나 빌파리지 부인이 여러 친절한 행동으로, 그녀가 우리와 프랑수아즈 자신을 따뜻하게 감싸주는 것을 오해 없이 확인하게 된 프랑수아즈는, 부인이 후작부인인 것을 용서하고, 부인도 그 용서에 만족했으므로 프랑수아즈는 그 누구보다 부인을 좋아하게 되었다. 사실 그토록 시종 상냥하게

*1 1809년 1월 30일, 사냥터 오두막에서 애인과 함께 시체로 발견되었음.

굴려고 애쓰는 사람도 없었다. 할머니가 빌파리지 부인이 읽고 있는 책에 관심을 두거나 또는 부인이 친구한테서 받은 과일을 참 먹음직스러워 보인다고 말하거나 하면, 한 시간 뒤에는 반드시 시중꾼이 우리 방에 올라와서 책이나 과일을 놓고 갔다. 그래서 뒤에 부인을 만나 고맙다는 인사말을 하면, 이렇다 할 것이 못 되는 선물에 대한 변명이라도 늘어놓는 말투로 다음과 같이 간단하게 대답했다. "대단한 건 아니지만요, 신문이 이렇게 늦고 뭔가 읽을 게 없어서." 또는 "바닷가에서는 늘 과일이 떨어지지 않게 하는 편이 안심이 돼서."

"그런데 아직 굴을 안 잡숴보신 모양인데요." 빌파리지 부인이 우리에게 말했다(발베크의 바닷가를 더럽히는 끈적끈적한 해파리 이상으로 굴의 생살을 싫어했는데, 이 말은 이제까지 굴에 품어온 혐오감을 증가시켰다). "이 연안의 굴은 진미랍니다! 그렇지! 내 몸종에게 일러서 당신에게 온 편지를 내 것과 함께 가져오도록 하겠어요. 저어, 따님께서는 '날마다' 당신한테 편지를 써 보낸다고요? 서로 할 말이 많기도 하셔라!"

할머니는 입을 꾹 다물었는데, 멸시에서 그런가 싶었다. 할머니는 어머니에게 보내는 편지에 세비녜 부인의 다음과 같은 말을 되풀이했기 때문이다. "편지 한 통을 받자마자 금세 또 다른 편지가 받고 싶구나. 편지를 받는 것밖에 바라지 않아. 이 기분을 이해해줄 만한 이는 그리 많지 않단다." 나는 할머니가 빌파리지 부인에게 "오직 그런 사람 몇몇을 원하고, 다른 이들을 멀리한단다"라는 세비녜의 결론을 적용하지나 않을까 근심스러웠다. 그러자 할머니는 그 전날 빌파리지 부인이 우리에게 보내준 과일에 대한 칭찬으로 화제를 돌렸다. 사실 그 과일이 먹음직스러웠으므로 식탁에 나온 그릇이 천대받는 데 대한 질투에도 불구하고 지배인이 나에게 이렇게 말했을 정도였다. "나도 당신과 마찬가지예요. 다른 어떤 후식보다 과일을 더 좋아하죠." 할머니는 벗에게, 호텔에서 차려내는 과일이 대부분 맛없었던 만큼, 지금 먹고 있는 과일이 훨씬 더 맛있다고 말했다. 덧붙여 할머니는 "이 호텔에선 세비녜 부인의 말이 통하지 않는군요. '변덕쟁이처럼 맛없는 과일을 구하고 싶으면 파리에서 보내오도록 해야 할 것입니다'라는 글 말이에요."—"아아, 그렇지, 당신은 세비녜 부인의 애독자시죠. 당신을 만난 첫날부터 당신이 그 《서간집》을 가지고 계시는 걸 보았거든요(그 문가에서 할머니와 맞닥뜨리기 전까지 호텔에서 할머니를 못 본 것으로 해두고 있음을 완전히 잊었다). 딸을 그토록 걱정하다니 좀 지나치다고 생각하진 않으시는지. 너무 부풀려서 말하면 오히려 진정한 마음이 우러나오지 않거든요. 자연스러움이 없으니까요." 할머니는 따져봤자 쓸데없다고 생각하고서, 이해도 잘 못하는 사람 앞에서 자기가 좋아하는 것들을 떠벌려봐야 궁지에 빠질 우려가 있어 《보세르장 부인의 회상록》을 핸드백 밑에 감추었다.

빌파리지 부인은, 아름다운 헝겊 모자를 쓴 프랑수아즈가 모든 이의 존경 어린 시선을 받으며 '쿠리에로 식사하러' 내려갈 때(그녀가 이른바 '정오'라고 일컫는 시각에) 자주 마주치곤 했는데, 그럴 때 부인은 프랑수아즈를 붙잡고 우리 안부를 물었다. 프랑수아즈는 우리에게 후작부인의 말을 전하면서, "부인께서 말씀하시기를 저보고 안부를 전해달라 하셨어요" 하고 빌파리지 부인의 목소리를 흉내내어 그 말을 그대로 인용하려 했는데, 실은 플라톤이 소크라테스의 말을, 사도 요한이 예수의 말을 왜곡하지 않고 그대로 전하려 한 것에 못지않게 그 전갈을 그대로 인용했다. 프랑수아즈는 물론 부인의 그와 같은 마음씀씀이에 매우 감동했다. 다만 할머니가 전에는 빌파리지 부인이 넋을 잃을 만큼 미인이었다고 했을 때, 프랑수아즈는 그 말을 믿지 않고, 돈 많은 사람들은 서로 두둔하는 법이니까 할머니도 계급의 이해관계상 거짓말을 하고 있다고 생각했다. 망가진 지난날의 아름다움이 너무나 미약한 흔적밖에 남아 있지 않아 프랑수아즈보다 뛰어난 예술가가 아니면 다시 살려내기 어려웠을 게 사실이다. 왜냐하면 나이 든 부인이 지난날 얼마나 예뻤던가를 이해하려면 그 얼굴을 구경하는 것만으로는 모자라며 그 특징 하나하나를 설명해야 하기 때문이다.

"한번 물어봐야겠다, 그분이 게르망트 가문과 친척이 아닌지. 내가 잘못 생각한 건지도 모르니까"라고 할머니가 말했을 때, 나는 완전히 화가 났다. 그 두 이름, 하나는 경험이라고는 없는 수치스러운 문으로 통하고, 또 하나는 상상이라는 황금의 문에서 내 속으로 들어온 그 두 이름 사이에 같은 혈통이 있다니 내가 어떻게 그것을 믿을 수 있겠는가?

며칠 전부터 호화롭게 차린 마차를 타고, 키가 큰, 붉은 머리칼에 코가 약간 오똑한, 아름다운 뤅상부르 공주가 지나가는 모습이 자주 눈에 띄었다. 이 고장에 몇 주일 동안 휴가를 보내러 온 것이다. 그 사륜마차가 호텔 앞에 멈추고, 사내종이 지배인한테 와서 뭔가를 말한 다음 마차로 되돌아가, 이번에는 경탄할 만한 과일(이곳의 바다와 만처럼, 그 과일은 한 바구니에 여러 계절을 담아내고 있었다)을 날라왔는데, 거기엔 '뤽상부르 공주'라는 명함이 끼워져 있었고, 명함에는 연필로 몇 자 씌어 있었다. 바로 그 시각에, 둥그스름하게 부풀어 오르고 있는 바다처럼 청록색의 윤나는 동글동글한 서양자두, 쾌청한 가을날처럼 말라 시든 가지에 아직도 매달려 있는 투명한 포도, 군청빛 하늘을 떠올리게 하는 배, 그런 과일은 이곳에 신분을 숨기고 묵고 있는 어느 고귀한 손님에게 보내지는 걸까? 왜 그렇게 생각했는가 하면 그때 공주가 방문하고자 한 상대방이 설마하니 할머니의 벗일 줄이야 꿈에도 몰랐기 때문이다. 다음 날 저녁 빌파리지 부인이 싱싱한 금빛 포도송이와 서양자두와 배를 우리에게 보내 왔는데, 서양자두는 우리 저녁 식사 시간의 바다처럼 연보랏빛으로 변하고, 배의 군청빛에는 뭔가 장밋빛 구름 모양 같은 게 감돌고 있었지만 우리는 이내 전날 본 그 과일인 줄 알아챘다. 며칠 뒤, 아침 바닷가에서 열리는 교향곡 연주회에서 나온 우리는 뜻밖에 빌파리지 부인을 만났다. 거기서 들은 작품 〈로엔그린〉 전주곡, 〈탄호이저〉 서곡이 가장 드높은 진리를 표현한다고 믿은 나는, 그 진리에 닿기 위해 될 수 있는 한 나 자신을 높이고자 애쓰며, 그 진리를 이해하려고, 그때 마음속에 숨기고 있던 가장 좋은 것, 가장 속 깊은 것을 전부 꺼내 그것을 진리 속에 넣으려고 하였다.

그런데 연주회에서 나와 호텔 쪽 길로 접어들면서, 할머니와 내가 둑 위에 잠시 멈추고 빌파리지 부인과 몇 마디를 나눈 끝에, 부인이 우리를 위해 호텔에 크로크므시외(croque-monsieur)*[1]와 크림으로 조린 달걀을 주문해놓았다고 알려주었을 때, 나는 멀리서 우리 쪽을 향해 뤽상부르 공주가 오는 걸 보았다. 양산에 반쯤 기대듯이, 그 날씬하고 당당한 몸을 약간 기울여, 그 몸에 덩굴무늬 같은 선을 그리게 하면서 걸어오는 사람이 과연 미모를 날렸던 부인다운 모습이어서, 어깨를 늘어뜨리고, 등을 둥글게 세우며, 허리를 잘록하게 조르고, 무릎을 곧게 펴서, 몸의 중심을 꿰뚫고 있는가 싶은, 강인하고 비스듬한, 보이지 않는 한 뼈대 둘레에, 그 몸을 비단 머플러처럼 부드럽게 흔들 줄 알고 있었다. 그녀는 매일 아침, 남들이 해수욕을 마치고 점심을 먹으러 돌아갈 무렵에 바닷가를 한 바퀴 돌려고 나왔는데, 그녀의 점심 시간은 오후 1시 30분인 듯 해수욕객들이 물러간 쓸쓸한 둑에 남아 주위가 타는 듯이 뜨거워지고

*1 치즈와 햄을 넣은 따뜻한 샌드위치.

나서야 성관으로 돌아가곤 했다. 빌파리지 부인은 먼저 할머니를 소개한 다음에 나를 소개하려 했는데, 내게 이름을 물어봐야 했다. 이름이 생각나지 않았던 것이다. 부인은 아마 할머니가 누구에게 딸을 시집보냈는가를 오래전에 잊은지도 몰랐다. 그러나 내 이름이 빌파리지 부인에게 강한 인상을 준 듯했다. 그러는 동안에 뤽상부르 공주는 우리에게 손을 내밀고 나서, 후작부인과 대화를 나누면서도 이따금 할머니와 내 쪽으로 고개를 돌려 부드러운 눈길을 주었는데, 그 눈길엔 유모의 품에 안긴 젖먹이에게 짓는 미소와 함께 입맞춤의 싹 같은 부드러움이 들어 있었다. 또 우리보다 더 높은 계층에 위치해 있다는 티를 보이지 않으려는 마음에서, 공주는 자신과 우리 사이에 있는 거리를 잘못 어림한 모양이었다. 왜냐하면 잘못 가늠한 탓에 그 눈길은 엄청난 선의에서 우러난 것이니, 마치 우리가 아클리마타시옹 공원에서 쇠창살 사이로 머리를 내민 사람을 잘 따르는 짐승 두 마리이기나 한 듯이, 그녀가 우리를 쓰다듬으려 하는 순간이 다가오는 걸 보았기 때문이다. 게다가 동물과 불로뉴 숲의 연상은 금세 내 마음속에 굳어버렸다. 마침 행상들이 둑에 오락가락하면서 케이크, 봉봉, 작은 빵 따위를 팔러 가는 때였다. 호의를 표하려면 어떻게 해야 할지 몰라, 공주는 지나가는 첫 번째 행상인을 불러 세웠다. 그 행상인에겐 오리한테나 던져줄 만한 호밀빵 한 개밖에 없었다. 공주는 그것을 집어들고 나에게 말했다. "이거 당신 할머니께 드려요." 더구나 아름다운 미소를 지으며 나에게 빵을 내밀었다. "당신이 직접 할머니께 이걸 드리세요." 그렇게 해서 공주는, 나와 동물들 사이에 중개자가 끼어들기보다 이편이 더 기쁠 거라고 생각했던 것이다. 그때 다른 행상인들이 가까이 왔다. 공주는 그 행상인들이 가지고 있는 플레지르(plaisir)*2니, 바바(baba)*3니, 눈깔사탕을 노끈으로 묶은 꾸러미째로 내 주머니에 쑤셔넣었다. "나중에 먹어요. 할머니께도 드리고요." 그러고서 붉은 공단 옷을 입은 흑인 소년을 시켜 행상인들에게 값을 치르게 했다. 그 흑인 소년은 늘 공주의 뒤를 따라다녀서 이 바닷가의 명물이 되어 있었다. 좀 있다가 공주는 빌파리지 부인에게 작별인사를 하고 우리한테 손을 내밀었는데, 벗인 빌파리지 부인과 마찬가지로 우리를 친밀한 사이로 대하고, 우리의 손이 미치는 곳에 몸을 두고 싶은 마음에서였다. 그런데 이번에는, 우리를 조

*2 뿔 모양으로 만든 양과자의 하나.

*3 럼주에 담근 건포도를 넣고 구운 카스텔라.

금 높은 생물 등급에 놓은 듯싶었다. "그럼 또 봐요" 하고 마치 어른이 어린애한테 인사할 때의 그 상냥하고도 자애로운 미소로, 공주가 할머니에게 신분의 평등함을 나타냈기 때문이다. 신기한 진화 과정을 통해, 할머니는 이제 오리도 산양도 아니고, 스완 부인이 일컫는 '베이비'가 되어 있었다. 드디어 공주는 우리 세 사람 곁을 떠나 양지바른 둑 위를 다시금 산책하기 시작했다. 푸른 날염 무늬가 찍힌 양산을 접은 채로 손에 들고서 그 당당한 몸을 안쪽으로 약간 굽혀 양산을 얼싸안고 있는 모습이 마치 막대기에 몸을 감은 뱀 같았다. 내가 알게 된 최초의 왕족이었다. 최초라고 말하는 이유는, 전에 만난 마틸드 공주는 그 모양새에서 왕족다운 기품이 없었기 때문이다. 나중에 알겠지만, 훗날 마틸드 공주는 그 친절한 호의로 나를 놀래주게 될 것이다.

왕족과 부르주아 사이의 기특한 중개자인 대귀족이 베푸는 호의의 한 형식을, 이튿날 빌파리지 부인이 나에게 다음과 같이 말했을 때 배웠다. "그분이 당신을 퍽 호감 가는 이라 말씀하셨답니다. 판단력 있고 마음이 너그러운 분이죠. 왕족은 많지만 그분은 그들과 달라요. 진정한 가치를 지닌 분이랍니다." 그러고 나서 빌파리지 부인은 확신하는 태도로, 또 그 말을 우리에게 할 수 있는 기쁨에 넋을 잃으며 덧붙였다. "두 분을 다시 뵈면 그분은 기뻐서 어쩔 줄 몰라 할 거라고 생각해요."

그러나 그날 아침 뤽상부르 공주와 헤어진 뒤, 빌파리지 부인은 친절의 범위에서 벗어난 말을 입에 담아 나를 더욱 놀라게 했다.

"당신은 내각 국장의 자제군요?" 부인이 나에게 물었다. "옳아! 아버님께서는 참으로 훌륭하신 분인가 봐요. 지금쯤 재미난 여행을 하고 계시겠죠."

며칠 전 나는 어머니의 편지를 통해, 아버지와 그 동행인 노르푸아 씨가 손짐을 잃어버린 사실을 알고 있었다.

"짐을 찾으셨다나 봐요. 실은 잃어버린 게 아니었는데, 그게 어떻게 되었느냐면요." 빌파리지 부인이 설명했는데, 웬일인지 이 여행에 대해 우리보다 더 자세히 알고 있는 듯했다. "댁의 아버님께서는 귀가를 다음 주로 앞당기실 거예요. 아마 틀림없이 알제시라스행을 멈추실 테니까. 그래도 톨레도에서 하루를 보내고 싶으신가 봐요. 이름이 생각나지 않지만, 거기서밖에 구경 못하는 티치아노의 제자를 찬미하시니까."

빌파리지 부인은 멀리서 망원경으로 흐리멍덩하고도 미세한 움직임을 바라보는데, 그 먼산바라기 망원경 속에, 그녀가 나의 아버지를 바라보는 그곳에 독특한 확대경 한 조각이 끼어든 것은 우연의 작용일까. 그 렌즈 덕분에 아버지가 재미있어하는 것, 아버지로 하여금 그 일정을 앞당겨 돌아오게 하는 우연한 일, 아버지와 세관 사이의 시비, 그레코에 대한 아버지의 애호 같은 것이 그처럼 두드러지게, 그토록 세밀하게 드러나 보이고, 그녀를 위하여 시력의 도수를 바꿔가면서, 마치 귀스타브 모로가 그린 주피터가 연약한 여성의 곁에 초인적인 키를 지니고 있듯이, 어째서 그처럼 크게 보이고 있는지를 나는 이상하게 여겼다.

유리창 너머로 점심 준비가 다 됐음을 알리는 신호를 기다리는 동안, 우리는 호텔 앞에 좀더 남아 바깥공기를 마실 수 있어서, 할머니는 빌파리지 부인에게 작별인사를 했다. 그때 소란스러운 소리가 들려왔다. 야만인 같은 왕의 젊은 정부가 방금 해수욕을 끝내고 점심을 먹으러 돌아오는 길이었다.

"정말 한심한데, 프랑스를 떠나고 싶은걸!" 이때 지나가던 변호사 회장이 성이 나 소리 질렀다.

한편 공증인의 아내는 크게 뜬 눈으로 이 가짜 여왕을 눈여겨보고 있었다.

"블랑데 부인이 저런 얼굴로 저것들을 바라보다니 화가 치밀어올라서 견딜 수가 없군요." 변호사 회장이 재판소장에게 말했다. "뺨을 한 대 갈기고 싶군요. 저러니까 저 천한 계집을 거만하게 만들어요. 물론 바로 저 계집이 노리는 게 바로 그 점이죠. 제 몸에 남들의 눈길을 끄는 것밖에 생각하지 않거든요. 저래서는 꼴사납다고 아내에게 주의시키라는 말씀을 바깥양반에게 해주시죠. 나는 말입니다, 저런 가짜들에게 넋을 잃을 것 같으면 앞으로 저 부부와는 외출하지 않겠습니다."

뤽상부르 공주가 호텔 앞에 마차를 세우고 과일을 가져왔던 날, 공증인, 변호사 회장, 재판소장 아내들의 눈을 피할 수 없었다. 그녀들은 얼마 전부터 이미 그토록 공경받는 빌파리지 부인이 정말 후작부인인지, 아니면 사기꾼인지 캐내고 싶어 좀이 쑤셔서, 부인이 그런 존경을 받을 만한 자격이 없다는 증거를 잡기 위해 몸이 달아 있었다. 빌파리지 부인이 홀을 건너갈 때 여기저기서 이상한 낌새를 맡아내는 재판소장의 아내가 손에 든 뜨개질감 위에서 휙 얼굴을 쳐들고, 다른 두 부인은 우스워 죽겠다고 까르르 웃어대는 투로 빌파리지 부인을 바라보았다.

"나는 말이에요, 아시다시피." 재판소장의 아내가 자랑스럽게 말했다. "처음에는 언제나 나쁜 쪽을 생각해요. 어떤 여인이 정말로 결혼했는지는, 출생증명서와 공정증서를 보고 나서야 비로소 인정해요. 조금도 걱정들 마시라고요, 곧 조사를 시작할 테니까요."

그래서 이 세 부인은 날마다 모여 앉아서는 시시덕거렸다.

"어때요, 새로 들은 이야기는 없나요?"

그런데 뤽상부르 공주가 방문한 날 저녁, 재판소장 부인은 입에 손가락을 댔다.

"재미난 이야기가 있어요."

"어머! 신통하셔라, 퐁생 부인은! 나는 아무것도 눈치채지 못했는데…… 말씀해보세요, 뭐죠?"

"다름이 아니라 머리칼이 노란, 얼굴에는 연지를 덕지덕지 바른 여인이 10리 밖에서부터 너저분한 냄새를 무럭무럭 피우는 마차를 타고 왔어요. 귀하신 창녀들밖에 타지 않는 마차랍니다. 오늘 오후에 그 자칭 후작부인을 만나러 왔지 뭐예요."

"에구머니, 그래요! 설마했는데 역시 그랬군요! 그 여인이라면 우리도 보았거든요. 생각나세요, 변호사 회장님? 신분이 천한 여인인 줄은 알아챘지만 후작부인을 만나러 온 줄은 미처 몰랐군요. 흑인을 데리고 온 여인이죠, 안 그래요?"

"맞아요. 그 여자예요."

"역시! 그렇군요. 그 여인의 이름은 아시나요?"

"알고말고요. 내가 일부러 속은 척하고 명함을 들어보았더니 뤽상부르 공주라는 가명을 쓰고 있지 뭡니까! 의심스럽더니 역시! 이런 곳에서 그런 앙주(Ange) 남작부인*[1]과 섞이는 것도 재미나지 뭡니까."

변호사 회장은 재판소장에게 마튀랭 레니에*[2]의 마세트(Macette)를 예로 들었다.

그러나 이 오해를, 통속 희극이라면 제2막에 일어났다가 마지막에 가서 해소되듯이 일시적인 것이라 생각해서는 안 된다. 영국 왕과 오스트리아 황제의

*1 소(小)뒤마의 《화류계》에 나오는 고급 창부.

*2 프랑스의 시인. 마세트는 그의 《풍자 시집》에 나오는 위선적인 노파(1573~1613).

조카딸뻘 되는 뤽상부르 공주가 마차로 산책하고자 빌파리지 부인을 찾아왔을 때, 번번이 두 부인은 공주를 온천장 같은 데서 쉽게 볼 수 있는 난잡한 여자로 보았던 것이다.

포부르 생제르맹 귀족 사회 남성의 대부분은, 부르주아 계급의 눈에 대개 방탕하게 낭비하는 사람으로 보인다(뿐만 아니라 사람에 따라서는 사실 그런 사람들도 많다). 따라서 아무도 그런 사람을 초대하지 않는다. 부르주아들은 그 점에서 지나치게 강직하다. 그도 그럴 것이 포부르 생제르맹 사람들은 약간의 결점이 있더라도, 그 결점이 최대의 호의와 더불어 그가 받아들여지는 데 아무 지장도 주지 않지만 부르주아 계급에서는 그렇지 않으니까. 또 포부르 생제르맹 사람들은, 부르주아들이 자기들에 관한 걸 다 알고 있거니 상상해서 짐짓 솔직한 척하고 자기 친구, 특히 '바닷가에서의' 친구를 헐뜯기까지 하는데, 이것이 오해를 사게 하는 이유이다. 만약 상류 사교계의 어떤 귀족이 매우 부유하고, 재계의 요직을 맡은 관계상 부르주아와 교제가 있다고 하면, 요컨대 귀족도 훌륭한 부르주아가 될 자격이 있다는 점을 그 부르주아가 깨닫는 셈인데, 대신 그 부르주아는 그 귀족이 도박으로 파산한 후작 따위와는 사귀지 않을 거라고 생각하고, 그 후작이 상냥한 사람이면 사람일수록 더 소외될 거라고 믿을 것이다. 반면 그 부르주아는 어떤 왕이 자신의 아들을 공화국의 현 대통령이 아니라 폐위당한 왕의 딸과 혼인시키듯이, 대기업 회장인 공작이 도박으로 파산했을망정 프랑스의 가장 오래된 후작 가문의 딸을 그 며느리로 택하는 걸 볼 때 놀라서 입이 다물어지지 않으리라. 다시 말해 이 두 세계는 서로 상대편을 상상 어린 시각으로 보고 있는데, 발베크 만의 한쪽 끝에 위치한 바닷가 주민들이 다른 한쪽 끝에 위치한 바닷가를 흘깃흘깃 바라보며 공상을 품는 것과 마찬가지다. 리브벨 쪽에서는 마르쿠빌 로르괴외즈 쪽이 조금 보이는데, 그것은 사람을 오해하게 만든다. 왜냐하면 이쪽이 보고 있는 것은 일부에 지나지 않아서 저쪽 마르쿠빌 쪽에서 보면 리브벨의 번화한 곳은 대부분 가려져 보이지 않기 때문이다.

내가 갑자기 열이 나서 불러온 발베크의 의사는, 심한 더위에 뙤약볕을 쬐가면서 온종일 바닷가에 나가 있으면 좋지 않다고 말한 뒤에, 몇 가지 처방약을 써줬는데, 할머니는 그것을 받아 들었지만 그 얼굴을 보니 어떤 처방약도 쓰지 않겠다는 굳은 결의가 느껴졌다. 그러나 위생에 관한 충고는 받아들이기로 하고, 마차로 우리를 산책에 데리고 가겠노라는 빌파리지 부인의 제의를 수락했다. 그래서 나는 점심 시간까지 내 방과 할머니 방을 들락거렸다. 할머니 방은 내 방과 달라서 곧바로 바다를 향하지 않고 다른 세 군데, 곧 둑의 한 모퉁이, 안마당과 들판으로 창이 나 있었는데, 꾸며놓은 장식도 내 방과는 달라 금속 줄을 두르고 장미꽃 무늬를 수놓은 안락의자가 서너 개 있어, 방 안에 들어서면 그 꽃무늬에서 기분 좋고도 싱그러운 냄새가 풍기는 듯했다. 어느 때고 상관없이 하루의 갖가지 시각에서 모여온 것처럼 여러 방향에서 들어오는 그 다양한 햇살은, 벽의 모서리를 없애고, 찬장 유리문에 비치는 바닷물의 반사와 나란히, 옷장 위에, 들길에 핀 화초처럼 알록달록한 르포주아르(reposoir)*1를 설치하고, 다시 날아가려는 빛의, 바르르 떠는, 포갠, 따스한 날개를 안벽에 늘어뜨리며, 태양이 담쟁이덩굴 모양으로 가장자리를 꾸미고 있는 좁은 마당의 창 앞, 시골풍의 정사각형 융단을 온천탕처럼 달구고, 안락의자에서 그 현란한 비단을 벗기는가 하면 그 장식줄을 떼어내는 듯 보이면서 가구 장식의 매력과 복잡성을 더하게 하고 있었는데, 바로 그런 때에 산책하는 옷차림을 하려고 잠시 지나가는 그 방은 바깥 빛의 여러 빛깔을 분해하는 프리즘 같기도 하며, 내가 맛보려고 하는 그날의 꿀이 취할 듯싶은 향기를 풍기면서 녹아내려 흩어지는 모습이 눈에 선하게 보이는 밀방(蜜房) 같기도 하고, 은빛 광선과 장미 꽃잎의 파닥거림 속에 스며들려는 희망의 화원 같기도 했다. 하지만 무엇보다 그날 아침, 바다의 요정 네레이데스*2처럼 파도가 놀고 있는 '바다'의 모습이 어떤 것인지 알고 싶어, 나는 참을성 없이 커튼을 열었다. 그 '바다'는 하루도 같은 모습일 때가 없었다. 다음 날에 가서는 전혀 다르고, 또 어느 때는 비슷했다. 그러나 같은 모습을 두 번 본 적은 한 번도 없었다.

어쩌다가 그것을 언뜻 볼 때, 놀라움에 기쁨이 솟구치는 드문 아름다움을 띠는 일도 있었다. 창은 도대체 어떤 특권으로, 다른 때와 달리 어느 한 아침에만, 놀라워하는 내 눈앞에, 요정 글로우코노메*3를 그 방긋이 열린 커튼 사이로 드러내 보여주는 걸까? 여리게 숨 쉬는 나른한 이 요정의 아름다움은 뽀

---

*1 길거리에 설치된 임시 제단.

*2 바다의 신 네레우스의 딸들로서, 50~100명이라 함.

*3 바다의 푸른 반짝임의 의인화.

얀 에메랄드처럼 투명하고, 그 투명함 너머로, 그것에 색을 입히는 무늬 있는 여러 요소가 흘러들어 가는 것이 보였다. 요정은 살포시 내려앉은 안개를 통해 무기력한 미소를 지으면서 눈으로 볼 수 없는 안개 속에서 태양을 놀게 하고 있었는데, 그 안개는 요정의 반투명한 몸 둘레에 남은 공간에 지나지 않았으며, 그 때문에 요정의 모습은 아직 다듬질이 끝나지 않은 대리석 덩어리에 조각가가 새긴 뚜렷한 여신상처럼 더욱 간결하고 강한 인상을 주었다. 이와 같이 요정은 그 비할 바 없는 색깔 속에서 우리를 마차 산책으로 유인했으며, 울퉁불퉁한 길 위 빌파리지의 사륜마차에 자리잡은 우리는, 온종일 이 요정의 곁에 이르지 못한 채, 그 가슴에 고동치고 있는 싱그러움을 바라보았다.

빌파리지 부인은 아침 일찍부터 마차를 준비시켰다. 생마르스 르 베튀나, 케톨름의 기암이나 그 밖에 느린 마차로는 매우 멀고, 꼬박 하루가 걸리는 소풍 장소까지 가는 데 여유를 두기 위함이다. 이제 긴 산책에 나선다고 생각하자, 나는 너무 기뻐서 얼마 전에 들은 가곡을 흥얼거리며 빌파리지 부인이 채비를 마칠 때까지 그 주위를 서성거렸다. 그날이 일요일이면 호텔 앞엔 부인의 마차만 있는 게 아니다. 새로 빌린 사륜마차 여러 대가, 페테른의 캉브르메르 부인의 성관에 초대받은 사람들뿐만 아니라, 벌받은 어린이들처럼 호텔에 그냥 남아 있기보다 일요일의 발베크가 진력난다고 떠들고 있는, 점심 식사가 끝나자마자 근처 바닷가로 몸을 숨기거나 명승지를 찾아가거나 하는 사람들을 기다리고 있었다. 그리고 자주, 누군가 나중에 블랑데 부인에게 캉브르메르의 성관에 갔다 왔느냐고 물었을 때 블랑데 부인은 두말없이, "아뇨, 우리는 베크의 폭포에 갔다 왔어요"라고 대답했다. 마치 그것이 페테른에 가서 그날을 지내지 않았던 유일한 이유인 듯이. 그러면 변호사 회장은 인자하게 한마디 거들었다.

"부러운데요, 댁과 가는 곳을 바꾸었으면 좋았을걸. 다른 재미가 있으니."

내가 기다리고 있는 현관 앞에 늘어선 마차 곁에, 보기 드문 떨기나무처럼 젊은 안내인이 서 있었는데, 염색한 머리칼은 식물 같은 피부와 함께 묘하게 조화가 되어 눈길을 끌고 있었다. 호텔 안쪽, 로마 성당의 정문, 또는 세례 지원자의 교회라 해도 좋지만, 그 부분에 해당하는 호텔 휴게실은 호텔에 묵는 손님이 아니더라도 들어갈 수 있는 곳인데, 거기에는 '외부' 심부름을 맡은 보이의 동료들이 그와 별반 차이 없이 그저 조금 움직이고 있었다. 아마도 그들은 아침 청소를 돕고 있으리라. 그러나 오후에는 그저 거기에 있을 뿐이었다.

마치 고전극의 합창단원처럼 아무런 일도 하지 않으면서 보조적인 역할로서 무대에 나와 있었다. 나를 그처럼 겁먹게 하던 총지배인은 다음 해에 그들의 수를 대대적으로 늘릴 생각이었다. 총지배인은 '커다란 포부를 품고 있었기' 때문이다. 그 계획은 이 호텔 지배인을 몹시 괴롭혔다. 그는 그런 어린 보이들을 전부 '거추장스러운 말썽꾸러기'로밖에 여기지 않았으며, 결국 그들은 지나다니는 데 방해만 될 뿐 아무짝에도 쓸모없다는 것이었다. 하지만 적어도 그들은 점심과 저녁 식사 사이 동안, 다시 말해 손님들이 외출했다가 돌아올 때까지는 무대의 빈자리를 메우고 있다. 이를테면 맹트농 부인의 여학원 학생들*[1]이, 에스더나 조아드가 퇴장할 때마다 이스라엘 아가씨 옷차림으로 막간을 메우는 것과 비슷하였다. 그러나 바깥에 서 있는, 아름다운 색채로 물들인 머리칼을 지녔으며 호리호리한 몸매의 그 소년은, 내가 후작부인이 내려오길 기다리는 데서 멀지 않은 곳에 가만히 있을 뿐만 아니라, 그 얼굴에는 우수의 그림자가 깃들어 있었다. 그의 형들이 더 빛나는 운명을 개척하려고 이 호텔을 떠나, 그는 이국땅에 홀로 남은 외로움을 느끼고 있었기 때문이다. 마침내 빌파리지 부인이 나왔다. 부인의 마차를 돌보기도 하고, 부인을 거들어 마차에 모시는 게 이 소년의 일일지도 모른다. 그렇지만 이 소년은 시중꾼을 데리고 오는 사람이라면 그 하인에게 심부름을 시키고, 여느 때는 호텔에서 좀처럼 봉사료를 주지 않는다는 사실을, 또한 옛 포부르 생제르맹의 귀족들도 똑같이 행동한다는 사실을 잘 알고 있었다. 빌파리지 부인은 이 두 범주에 함께 속해 있었다. 따라서 나무와도 같은 안내인은, 후작부인에겐 아무것도 기대할 게 없다고 결론지어, 부인의 집사와 몸종이 그녀를 자리잡아 주고 짐을 싣는 것을 보고도 못 본 척, 형들의 부러운 팔자를 꿈꾸며, 식물처럼 꿈적도 하지 않았다.

우리는 출발했다. 먼저 철도역을 빙 돌고 나서 얼마 있다가 시골길에 들어섰는데, 옆으로 돌아서, 울타리를 둘러친 아름다운 밭 사이로 빠져들어가는 근처부터, 거기서 벗어나, 양쪽에 갈아엎은 밭이 있는 모퉁이까지 콩브레의 길처럼, 금세 나에게 친밀한 것이 되었다. 그 밭 한가운데에는 곳곳에서 사과나무를 볼 수 있다. 이젠 꽃은 지고 암술만 남았지만, 나를 매혹하기에 충분했다. 나는 사과 특유의 잎을 알아보았는데, 그 폭넓은 잎은 이미 끝난 혼인 잔치의

---

*1 라신은 맹트농 부인이 설립한 생시르 여학원의 학생들을 위해 〈에스더〉를 썼음.

단상에 깔려 있는 융단처럼 얼마 전까지 불그레한 꽃들이 찍힌 흰 공단 치맛자락에 짓밟혀왔다.

다음 해 5월 중, 파리에서 여러 번이나, 꽃집에 가서 사과나무 가지를 하나 사다가 그 꽃을 앞에 놓고 밤새우는 일이 있었다. 그런데 그 꽃 사이사이에는 크림같이 깨끗하고 순수한 알맹이가 똑같이 꽃피고 있어, 잎의 새순을 거품처럼 흰 분으로 바르고 있고, 또 그 꽃의 새하얀 꽃관 사이사이에는, 꽃장수가 나에게 후한 마음을 베풀어선지, 창의성이 풍부해선지, 대조를 보이려 함인지, 어울리는 장밋빛의 움을 여기저기에 더 덧붙인 듯 보였다. 나는 그것을 물끄러미 바라보다가, 전등 밑에 놓기도 하고—그렇게 오랫동안, 동이 튼 같은 시각 발베크에서도 그 꽃에 같은 붉은 기운을 뿌리는 새벽까지 그대로 있는 일이 많았다—상상 속에서, 그 꽃을 길 쪽으로 옮겨 수를 늘리고, 그 스케치를 마음속으로 익히고 있는 울타리를 둘러친 밭의 틀 안, 다 준비되어 있는 화폭 위에 펼치려고 애쓰는 한편, 그런 울타리 친 밭을 그토록 보고 싶어했으며, 또 어느 날 내가 그것을 다시 보게 된 것은, 봄이 주는 황홀한 활기와 더불어, 그 다채로운 색채를 이 울타리 친 밭의 화폭 위에 칠하는, 그런 계절이었다.

마차에 오르기 전 나는, 이제부터 찾아가려는 바다를 마음속으로 그렸다. '빛나는 태양'과 더불어 구경하고픈 바다의 풍경화를 구상했는데, 여기저기 흩어져 있는 해수욕객들, 탈의실, 유람 요트 같은 것들처럼 내 꿈에는 받아들이기 어려운 수많은 저속한 방해물 때문에, 바다의 풍경화는 얼핏 갈기갈기 토막난 것으로밖에 느껴지지 않았다. 그러나 빌파리지 부인의 마차가 어느 언덕 위에 이르러 수목의 우거진 잎 사이로 바다를 보았을 때, 바다를 자연과 역사 밖에 놓았던 그 현대의 세부적인 것들은 멀리 사라져버렸다. 그래서 나는 물결치는 파도를 바라보며 르콩트 드 릴이 〈오레스테스〉 속에서, '새벽을 향해 나는 맹금류같이' 그리스 영웅시대 긴 머리의 전사들이 '노 열 개만으로 요란한 물결을 헤치고 간다'고 묘사했을 때의 물결과 이것은 같구나 하고 생각할 수 있었다. 반면 이제 나는 바다 가까이에 있지 않아 바다가 살아 있는 것같이 보이지 않고, 엉기어 굳어진 듯이 보여, 그 색채 아래에서 아무런 힘도 느껴지지 않고, 오로지 그림의 색채처럼 펼쳐져, 나뭇잎 사이에 하늘처럼 자주 변하는, 오직 하늘보다 색이 짙은 것으로 보일 뿐이었다.

빌파리지 부인은 내가 성당을 좋아하는 줄 알고는 이번엔 이 성당을 다음엔 저 성당을 하는 식으로, 특히 카르크빌 성당을 구경하러 가자고까지 약속해주었다. 이 성당은 '해묵은 담쟁이덩굴로 온 모습을 감춘 성당'이라고 말했는데, 그때 그녀의 손짓은 마치 눈에 보이지 않는 미묘하게 울창한 잎 속에 그 장소에 없는 이 성당의 모습을 격조 높게 싸는 듯이 보였다. 빌파리지 부인은 역사적인 건물의 매력과 특징을 나타내는 적절한 낱말을 알고 있어, 풍경을 묘사하는 작은 몸짓과 더불어 곧잘 입 밖에 내었는데, 전문용어를 쓰지 않았는데도 이야기하고 있는 사물을 썩 잘 알고 있음을 감추지 못했다. 자신은 아버지의 성관 가운데 하나에서 자랐고, 성관이 있는 지방에는 발베크 부근의 성당과 같은 양식의 성당이 많이 있으며, 게다가 그 성관이 가장 아름다운 르네상스풍 건축의 본보기이므로, 자기에게 건축 취미가 없다면 수치라 여겨 그 방면의 지식을 숨기지 않았으리라. 그러나 부인이 자라난 성관은 하나의 미술관이고, 또한 쇼팽과 리스트가 거기서 연주했으며, 라마르틴이 시를 낭송했고, 그 밖에 한 세기에 걸친 이름난 모든 예술가가 이 집안의 앨범에 명언·가락·소묘를 적어넣어서, 빌파리지 부인은 그 얌전함에선지, 집안 내력인지, 진실로 겸손해선지, 아니면 철학적인 사고의 결핍에선지, 온갖 예술에 관한 지식을 순전히 성관에 전해 내려온 예술품의 자취 때문이라 여겨, 결국에는 회화, 음악, 문학, 철학을, 일류이자 저명한 역사적 건물 안에서 더할 나위 없이 귀족적으로 자라난 아가씨의 부속물처럼 여기고 있었다. 부인에게는 유산으로 물려받은 그림 말고는 세상에 그림이라고 이름붙일 만한 게 없는 듯싶었다. 할머니가 부인의 옷 위에 비죽 나와 있는 목걸이를 마음에 든다고 말하자 부인은 만족스러워했다. 그 목걸이 속에는 티치아노가 그린 부인의 증조할머니 초상화가 들어 있는데, 아직 한 번도 집 밖으로 나간 적이 없다고 한다. 따라서 확실하게 진짜라고 말할 수 있다. 부인은 어느 부자가 뭔지도 모르고 사들인 그림 이야기는 듣고 싶지도 않았고, 처음부터 가짜라고 믿고 있어서 보고 싶다는 마음도 생기지 않았다. 우리는 빌파리지 부인 자신이 직접 수채화로 꽃을 그린다는 걸 알고 있었으며, 부인이 그린 수채화를 칭찬하는 말을 들은 할머니가 부인에게 그 이야기를 꺼냈다. 빌파리지 부인은 겸손하게도 화제를 바꿨지만, 충분히 알려져 있어 찬사가 하나도 반갑지 않은 화가처럼 놀라는 빛도 기뻐하는 기색도 나타내지 않았다. 부인은, 붓 끝에서 생기는 꽃들이 대단한 게 아닐는지 모르나, 적어도 그것을 그린다는 건 심심풀이나마 우리가 자연의 꽃들과 어울려 사는 것이므로, 특히 꽃을 묘사하려고 더 가까이 가서 바라볼 때, 그 아름다움에 물리는 일이 없다고 말할 뿐이었다. 그러나 빌파리지 부인은 발베크에서는 눈을 쉬게 하려고 수채화도 그리지 않았다.

할머니와 나는, 부인이 대부분의 부르주아들보다 더 '자유주의'임을 알고는 놀랐다. 부인은 예수회 사람들을 교육계에서 추방한 데에 대한 항간의 격분을 오히려 놀라워하여, 그런 일은 군주 정치 아래에서도 늘 있던 일이며, 에스파냐에서도 일어난 일이라고 말했다. 부인은 공화국을 변호하고 그 교권 반대주의를 비난했을 때에도 "미사에 가고 싶어하는 걸 막는 일은, 가고 싶지 않은 걸 억지로 참례시키는 일과 마찬가지로 나쁘다고 생각합니다"라고 말할 정도였다. 또 부인의 입에서 "오늘날의 귀족이라니, 도대체 뭐 하는 것들이죠!" "나한테는, 일하지 않는 인간이란 무가치해요"라는 말까지 나왔지만, 뭔가 짜릿한, 풍미 있는, 잊혀지지 않는 것이 되는 걸 스스로 느꼈고, 오직 그 이유만으로 말한 게 분명했다.

우리는 애써 공평하려고 상대방의 사상을 조심스럽게 고려하면서 보수적인 의견을 비난하기를 삼가며, 바로 그런 상대 가운데 한 사람을 통해, 가끔 진솔한 진보적인 의견이 뚜렷이 드러나는 걸 듣게 되는데—그렇다고 빌파리지 부인의 의견이 사회주의까지 치달은 건 아니었다. 사회주의는 부인이 이유 없이 싫어하는 사상이었다—부인의 그런 이야기를 듣는 가운데 할머니와 나는, 어느새, 이 마음에 드는 말동무의 마음속에는 모든 것에 관한 진리의 척도와 기준이 존재함을 믿게 되었다.

부인이 티치아노의 그림과 기둥 여러 개가 나란히 서 있는 성관의 복도, 루이 필립의 말재주에 대해 비평하는 동안, 우리는 그 말을 곧이들었다. 그러나 이집트의 회화와 에트루리아(Etruria)의 비문(碑文)에 관해서 이야기할 때는 우리를 경탄케 하면서, 현대의 문학작품에 대해서는 어찌나 쓸데없는 말밖에 안 하는지, 그 뛰어난 전문적 연구 속에, 그 진부한 보들레르론에서와 같은 평범함이 없는 것을, 그 학문에 흥미가 끌려서 이쪽에서 과대평가한 탓이 아닐까 하고 의심케 하는 박식한 사람처럼, 내가 빌파리지 부인한테, 지난날 그 부모에게 초대되고 부인 자신도 엿본 일이 있는 샤토브리앙 발자크, 빅토르 위고에 대해 질문하자 내 열광에 찬물을 끼얹고는, 이제 막 대귀족이나 정치가에게 쏘아댄 예리한 화살을 이 작가들에게 돌리고선 그들을 신랄하게 비평하는 것이었다. 그런 비평을 받은 것은, 분명히 그들에게, 적절히 날카로운 유일한 필치로 만족해하고, 무엇보다 과장된 문체의 우스꽝스러움을 피하는 겸허, 자기 말살, 간결한 기술, 참된 가치가 있는 사람만이 거기에 닿을 수 있다고 부인이 배워온 그 임기응변의 재능, 간명과 판단과 치우침 없는 올바름을 분간하는 능력이 부족했기 때문인데, 그래서 부인은 살롱이나 아카데미나 내각 회의에서 발자크, 위고, 비니보다 뛰어나게 보인 사람들, 곧 몰레, 퐁탄, 비트롤, 베르소, 파스키에, 르브랭, 살방디 또는 다뤼 쪽을 망설임 없이 더 마음에 들어 했을 게 틀림없었다.

"당신은 감탄하고 있는 모양이지만 스탕달의 소설도 같아요. 당신이 그런 감탄하는 투로 스탕달에게 말했다면 바로 그 사람을 놀라게 했을 거예요. 내 아버님께서 메리메 댁에서—이분은 적어도 재능있는 분이죠—그분을 만나곤 했는데, 나한테 여러 차례 말씀하시기를 베에르(이게 스탕달의 본명이었어요)는 지독한 속물로, 만찬 석상에선 그런대로 재치 있게 굴었지만, 자신의 저작에 대해선 자랑하지 않았대요. 게다가 발자크 씨의 과장된 칭찬에 대해서 그분이 어떻게 어깨를 흠칫해 보였는지 당신도 이미 아시는 바이고요. 그 점으로 보아 그런대로 괜찮은 분이라 여겼죠."

부인은 그런 위대한 사람들의 친필을 소장하고 있어, 그들과 자기 가문의 특별한 교제를 자랑하면서, 그들에 관한 자기 판단을, 그들과 친히 만날 수 없었던 나와 같은 젊은이들의 판단보다 훨씬 더 옳다고 생각했다.

"나는 그분들에 대해서 말할 자격이 있다고 생각해요. 그분들이 우리 아버님 댁에 오시곤 했으니까요. 재치가 넘치던 생트뵈브 씨도 말씀하셨듯이, 그 사람들과 친히 마주하고, 그 사람들의 가치를 더 정확하게 판단할 수 있던 사람의 말을 믿어야 해요."

이따금, 마차가 경작지 사이의 언덕길로 올라갈 때, 들판을 더 현실적으로 보이게 하며, 옛 어느 거장들이 그림에 귀중한 작은 꽃을 그리고 서명한 듯이 진짜 들판이라는 표시를 내면서, 콩브레의 수레국화와 비슷한 꽃이 망설이며 우리 마차의 뒤를 따른다. 오래지 않아 말이 그것들을 뒤로 멀리하지만, 몇 걸음 더 나아갈 적에 또 다른 수레국화가 우리를 기다리면서, 앞쪽 풀 숲에 그 푸른 별을 뽐내고 있는 모습이 눈에 밟힌다. 그 몇몇은 대담하게도 길섶에까지 나와 자리잡았기에 그런 마주치기 쉬운 꽃들과 머나먼 나의 추억이 함께 이룬 것은 하나의 거대한 별자리였다.

우리는 언덕을 다시 내려갔다. 그러자 도보로, 자전거로, 또는 조그만 이륜마차나 마차로 올라오는 아가씨들이 보였다—화창한 날에 핀 꽃들, 하지만 들판의 꽃과는 달리 그 하나하나가 다른 무엇을 숨기고 있어, 그것이 우리 마음속에 생기게 한 욕망은 비슷한 다른 꽃으로 만족시키지 못하니까—우리는 암소를 모는, 또는 짐수레 위에 비스듬히 누운 농가의 딸, 산책 나온 가겟집 딸, 부모님 맞은편, 사륜포장마차 의자에 앉은 멋있는 아가씨와 엇갈린다. 내가 메제글리즈 쪽으로 혼자서 쓸쓸히 산책하면서 내 팔 안에 안길 농갓집 딸이 지나가주기를 바라던 꿈은, 내 바깥의 무엇하고도 통하지 않는 망상이 아니라, 촌아가씨건 멋있는 아가씨건, 우리가 만나는 아가씨는 전부 그와 같은 꿈을 들어줄 용의가 있다고 나에게 가르쳐준 날, 블로크는 나에게 참으로 또 다른 새 시대를 열어주었으며, 삶의 가치를 바꿔줬던 것이다. 지금은 몸이 불편해 혼자서는 외출도 못하는 나는, 도저히 그녀들과 사랑을 나눌 수 없지만, 그래도 행복했다. 마치 감옥이나 병원에서 태어난 어린이가 인간의 장기로 소화할 수 있는 것은 마른 빵과 조제약밖에 없는 줄로 오랫동안 믿어왔는데, 돌연 복숭아, 살구, 포도가 그저 들에 핀 장식이 아니라, 맛있고 소화가 잘되는 음식인 줄 알았을 때처럼 행복했다. 설령 교도관이나 간호사가 그런 아름다운 과일을 따지 못하게 할망정, 그 어린이에게는 세상이 더 좋게 보이고 생활이 더 다사롭게 보인다. 왜냐하면 우리 외부에서 실체가 욕망에 순응하는 것을 알았을 때, 설령 우리한테 그 욕망이 이뤄지지 않더라도, 욕망이라는 것이 더욱 아름답게 보이고, 한층 강한 믿음을 갖고서 욕망에 의지하기 때문이다. 그리고 보다 큰 기쁨을 안고서 삶을 생각하고, 개인이 욕망에 만족하는 걸 방해하는 우발적이며 특수한, 그러나 소소한 장애를 잠시 우리의 사고에서 떼어버리기만 하면, 우리는 삶에서 욕망의 포만을 떠올릴 수 있다. 지나가는 예쁜 아가씨들의 뺨에 입맞출 수 있다는 걸 안 그날부터, 나는 그녀들의 마음속에 있는 것이 알고 싶어졌다. 또 세계가 더욱 흥미진진하게 보이기 시작했다.

빌파리지 부인의 마차가 바람을 가르며 빨리 달린다. 이쪽으로 오는 소녀가 있어도, 거의 볼 수도 없을 정도다. 그런데도—인간의 아름다움은 사물의 그것과는 달라, 의식과 의지를 가진 독자적인 피조물의 아름다움이라고 느끼고 있으므로—소녀의 개성, 아련한 영혼, 나에게 미지인 그 의지가 놀라울 만큼 줄어들면서도 완벽한 영상으로 그녀의 방심한 눈길 속에 그려지자, 금세 준비가 다 된 꽃가루에 신비하게 반응하는 암술처럼, 나는 그 소녀의 사념에 나라는 인간을 의식시키지 않고서는 그녀를 지나가게 하지 않겠다, 다른 어떤 사내에게 가려는 그녀의 소망을 방해하지 않고서는 지나가게 하지 않겠다, 그녀의 몽상 속에 내 몸이 들어가 자리잡아 그 마음을 휘어잡기까지는 지나가게 하지 않겠다는 욕망의 한결같이 아련하고도 아주 작은 배아(胚芽)가 내 마음에 솟아나는 것을 느꼈다. 그러는 동안 마차는 멀리 사라지고, 아름다운 아가씨는 이미 우리 뒤에 멀리 떨어져, 그녀는 나에 대해, 한 인간을 이루는 개념을 조금도 갖고 있지 않아서, 나를 스치듯 본 그 눈은 벌써 나를 잊어버렸으리라. 내가 그 아가씨를 그처럼 아름답게 여긴 것은, 그 아가씨를 언뜻 보았기 때문이었을까? 그럴 테지. 첫째로, 한 여인의 곁에 멈출 수 없다는 사실, 다른 날 또다시 만나지 못한다는 근심, 그것이 느닷없이 그 여인에게, 병이나 가난 때문에 구경하러 가지 못한 어느 고장이 매력 있게 느껴지는, 혹은 병과 싸워 기어이 쓰러질, 얼마 남아 있지 않은 어두운 나날도 두 번 다시 없는 날이라서 매력 있게 보이는 그런 매력을 준 것이다. 그래서 습관이라는 게 없다면 시시각각 죽음의 위협을 받고 있는 존재들에게—다시 말해 모든 인간에게—삶은 즐거운 것으로 보이리라. 게다가 상상이 우리가 가질 수 없는 것에 대한 욕망으로 좌우되는 거라면, 지나가는 여인의 매력이 일반적으로 통행 속도와 비례하는 길거리의 만남에서, 상상의 비약은 상대의 실체를 완전하게 깨닫느냐 깨닫지 못하느냐와는 관계없다. 들판에서나 시가지에서나, 어둠이 깔리기 시작하고 마차가 조금이라도 빨리 달리면, 우리를 끌고 가는 속도나 사물을 어둠에 빠뜨리는 땅거미 덕분에, 여인의 토르소*[1]는 고대의 대리석상처럼 훼손되는 일 없이, 길 한 모퉁이나 각 상점 안에서 반드시 '아름다움'의 화살을 우리 심장에 쏠 것이다. 그 '아름다움'은 아쉬움에 강하게 자극받는 우리의 상상력이 토막난 모습으로 삽시간에 멀어져가는 한 여인에게 덧붙이는 부분과 현실 세계에서는 다른 것이 아닌가 하고, 때로는 자문자답하고 싶은 그런 아름다움이다.

마차에서 내려 스쳐가는 아가씨에게 말을 걸 수 있었다면, 마차 위에서는

*1 머리와 팔다리가 없이 몸통만 있는 조각상.

볼 수 없었던 피부결의 흠 같은 것에 분명 나는 실망했으리라(그때에는, 그녀의 삶에 비집고 들어가려는 온갖 노력도 돌연 보람 없는 것으로 느꼈을 것이다. 그도 그럴 것이 아름다움이란 하나로 이어지는 가정이어서, 한번 추함이 나타나자, 미지로 열리기 시작한 길이 막히면서 그 가정이 좁아지기 때문이다). 아마도 그녀가 입 밖에 냈을 한마디 말과 그녀 얼굴에 떠오를 미소가 행동을 알아보는 데 뜻하지 않은 열쇠, 암호를 주었을는지 모르나, 그 또한 금세 하찮은 것이 되었으리라. 사실 그럴지도 모른다. 내가 아무리 수많은 핑계를 꾸며대도 나를 놓아주지 않는 엄한 어른과 함께 있었던 만큼, 단 한 번도 탐나는 아가씨를 만난 적이 없었기 때문이다. 처음으로 내가 발베크에 간 지 몇 해가 지났을 때, 일이 있어 아버지의 친구분과 함께 마차로 파리에 가는 도중 어둠 속에 재빠른 걸음으로 걸어가는 한 여인을 언뜻 보고, 모르면 몰라도 일생에 자주 오지 않는 행복의 몫을 예절의 도리 때문에 놓치다니 당치 않다고 생각하여, 한마디 사과도 없이 마차에서 뛰어내려, 그 미지의 여인을 뒤쫓기 시작했는데, 두 갈래로 나뉜 길에서 사라졌다가 세 번째 길에서 다시 찾아, 숨을 헐떡이며, 가로등 밑에서 겨우 마주친 상대는, 어처구니없게도 내가 늘 피해온 베르뒤랭 노부인이었다. 놀란 그분은 너무나 기뻐서 외쳤다. "어머나! 나한테 인사하러 일부러 뛰어와주시다니 고맙기도 해라!"

그해, 발베크에서, 이처럼 아가씨들과 만날 때마다 나는 할머니와 빌파리지 부인한테, 두통이 심하니 나 혼자 걸어서 돌아가는 게 좋겠다고 떼를 쓰곤 했다. 두 분은 내가 내리게 그냥 두지 않았다. 그래서 나는 더 가깝게 보려고 하는 이 아가씨들을 내 수집에(이름도 모르고 움직이는 사람인지라 역사적 건물보다 더 만나기 어려운) 아름다운 아가씨로 보태넣었다. 그렇지만 그 가운데 하나, 내가 바라던 사귈 가능성이 높은 상황에서, 다시 내 눈앞에 나타난 아가씨가 있었다. 그녀는 우유 장수의 딸인데, 농장에서 호텔로 크림을 더 가져온 참이었다. 상대도 내 얼굴을 알아보고 있구나, 옳거니, 나를 유심히 바라보고 있구나 하는 생각이 들면서, 어쩌면 그건 내가 뚫어지게 상대를 보고 있는 데 놀라서 이쪽을 유심히 바라보고 있는 것에 지나지 않는다는 생각도 들었다. 그런데 다음 날, 오전 내내 잠을 자던 나에게, 정오 무렵 커튼을 열러 온 프랑수아즈가 호텔에 내 앞으로 맡겨져 있던 편지 한 통을 내놓았다. 나는 발베크에 아는 사람이 없었다. 따라서 우유 장수의 딸한테서 온 편지라고 확신했다. 그런데 아깝게도, 그것은 베르고트한테서 온 편지였고, 그는 지나가는 길에 나를 만나보고 가려다가 내가 잠들어 있는 걸 알고는 단순히 한마디 적어놓고 갔는데, 그걸 엘리베이터 보이가 봉투에 넣어두었고 나는 그것을 우유 장수의 딸이 보낸 편지로 생각했던 것이다. 나는 몹시 실망하여, 베르고트의 편지를 받는 쪽이 더 어려운 일이며 더 자랑할 만한 일이라 해도, 그 편지가 우유 장수의 딸한테서 온 게 아니라는 사실에 조금도 위로가 되지 않았다. 이 아가씨 또한, 빌파리지 부인의 마차에서 언뜻 본 다른 아가씨들과 마찬가지로 다시 보지 못했다. 다시 만난 아가씨들을 전부 잃는다는 것이 더욱더 나를 불안하게 하여, 그런 우리 욕망을 제한하길 권하는 철학자들의 예지에 수긍이 갔다(그렇지만 이 경우, 철학자는 인간에 대한 욕망을 이야기하려는 것이다. 의식을 소유한 미지의 것*[1]을 대상으로 삼을 때 비로소 욕망은 불안을 일으키니까. 철학이 부귀에 대한 욕망을 왈가왈부한다고 가정하다니 너무나 몰상식하다). 그런데도 나는 그런 예지를 어쩐지 완전하지 못한 것으로 판단했다. 그런 아가씨들과의 재회야말로 현실 세계를 더 아름답게 보여준다고 생각했기 때문이다. 이러한 세계는 모든 시골길에 진귀하지만 흔한 꽃, 하루의 덧없는 보배, 운 좋게 산책로에 돋아나 있어, 아마 둘도 없는 우연만이 삶에 대한 새로운 애착을 주는 이 기쁨을 언제나 맛보지 못하게 했던 게 아니라는 생각이 들었다.

그러나 분명 어느 날에 가서 더 자유로운 몸이 되면, 다른 길에서 비슷한 아가씨들을 만날 수 있겠거니 기대하는 나는 이미, 예쁘게 여겼던 여인의 곁에 살고 싶어한 욕망 속에 있는 개성적인 요소를 망가뜨리기 시작했는지도 모른다. 그 욕망을 인위적으로 생기게 할 수 있다는 그 가능성만으로도, 나는 그 욕망이 환상에 지나지 않는다는 사실을 암암리에 인정하고 있었던 것이다.

빌파리지 부인의 말마따나 담쟁이덩굴로 뒤덮인 성당은 크지 않은 언덕 위에 세워져, 마을이 내려다보이고, 그 마을을 꿰뚫으며 흐르는 작은 내에는 조그마한 다리가 있었다. 이 카르크빌 성당에 부인이 우리를 데리고 가던 날, 할머니는 내가 건물을 구경할 때 혼자 있는 편을 좋아할 거라고 생각해, 부인한테 제과점에 간식을 사러 가자고 권했다. 한눈에 알 수 있는 광장은 거기서 또렷하게 보이고, 그 녹 밑에 햇볕이 금빛으로 내리쬐고 있어, 온통 옛 풍치가 그

---

*1 인간.

숙한 오래된 사물 가운데 그것만 다른 부분인 듯했다. 나중에 거기서 다시 만나기로 하고 이곳엔 홀로 남게 되었다. 혼자서 눈앞에 있는 초록 덩어리 속 성당을 알아보려면, 성당이라는 관념을 좀더 명확히 파악하는 노력이 필요했다. 과연 외국어 번역이나 작문 시간에 익힌 형태에서 한 구절을 떼어내어 연습해야 할 때, 그 구절의 뜻을 좀더 완전하게 파악하는 학생의 경우와 마찬가지로, 한눈에 알아차릴 종탑 앞이라면 몰라도 여느 때와 달리 거의 필요하지 않은 성당이라는 관념에 도움을 받아가면서, 여기 담쟁이 수풀의 아치형은 고딕식 그림 유리의 아치에 해당하는구나, 저기 저 잎들이 나온 것은 기둥 윗부분의 돋을새김 탓이구나 하는 등등의 주의를 한시라도 멈추어서는 안 되었다. 그러다가 바람이 조금 불어와서 움직이는 현관을 살랑거리게 하며, 파문이 빛처럼 파르르 떨면서 넘나들었다. 잎 하나하나가 팔랑이고, 정문 근처의 식물을 부르르 떨게 하면서, 그 길동무 삼아, 물결치고, 쓰다듬으면서, 달아나는 기둥들을 끌고 가는 것이었다.

성당을 떠나 옛 다리 앞에 오니, 마을 아가씨들의 모습이 눈에 띄었다. 아마 주일이기 때문이었으리라. 몸치장한 마을 아가씨들이 서성거리며, 지나가는 사내들에게 이야기를 걸고 있었다. 그중에 다른 아가씨들보다 옷차림은 초라했으나, 어떤 분위기가 그 아가씨들을 지배하고 있는 성싶은—왜냐하면 다른 아가씨들이 말을 건네와도 대꾸를 할까 말까 했으니까—그리고 겉모습도 콧대가 세고 옹고집으로 보이는 덩치 큰 아가씨 하나가 다리의 가장자리에 걸터앉아 두 다리를 늘어뜨리고서, 분명 이제 막 낚아 올린 물고기가 가득한 작은 항아리를 무릎 위에 안고 있었다. 그녀는 햇볕에 그을린 얼굴색에 온순한 눈, 그러나 주위 사람을 멸시하는 눈초리, 섬세하고도 매력적인 조그마한 코를 가지고 있었다. 내 눈길은 그녀의 피부에 쏠리고, 내 입술도 자연스레 나의 시선을 뒤따르고 있었는지도 모른다. 하지만 내가 다다르고 싶었던 것은 오직 그녀의 육체만이 아니라, 그 육체 안에 살고 있는 한 인간이었다. 그런 그녀에게 맞닿으려면 상대의 주의를 끄는 수밖에 없고, 그 안에 뚫고 들어가려면 상대의 마음에 하나의 관념을 불러일으킬 수밖에 없다.

낚시질하는 아름다운 아가씨의 이 내부 세계는 여전히 나에게 닫힌 듯싶었다. 내가 암사슴의 시야 안에 비치고 있기나 하듯이, 나로서는 알지 못하는 어떤 굴절률에 따라서, 내 모습이 그녀 눈동자의 거울 속에 몰래 반사되고 있는 것을 언뜻 본 뒤에도, 내가 그녀의 내부 세계에 들어가 있는지 의심스러웠다. 그러나 내 입술이 그녀의 입술에서 쾌락을 느끼는 것만으로는 충분하지 않고, 그녀의 입술에도 쾌락을 주는 게 필요하듯이, 그녀의 존재 속에 들어가 거기에 자리잡으려는 나라는 관념이, 그녀의 주의를 끌 뿐만 아니라, 그녀의 감탄과 욕망도 이끌어내어 내가 그녀를 다시 만나는 날까지 그 존재 안에 나에 대한 추억을 간직하길 바랐던 것이다. 그렇지만 빌파리지 부인의 마차가 기다리기로 되어 있는 광장이 몇 걸음 안 되는 곳에 보였다. 한순간밖에 없었다. 그리고 이미 그런 모양으로 서 있는 나를 보고 아가씨들이 웃기 시작하는 게 느껴졌다. 주머니에 5프랑이 있었다. 나는 그걸 꺼내, 그 아름다운 아가씨에게 심부름을 부탁하기에 앞서, 내 말을 귀담아듣게 하려고 그녀의 눈앞에 그 한 푼을 잠시 보였다.

"이 고장 분 같아서 부탁합니다만." 나는 낚시질하는 아가씨에게 말했다. "내가 제과점 앞에 가야 하는데 그곳은 아무래도 광장에 있는 듯하군요. 그런데 어딘지 모르겠어요. 그곳에서 마차가 나를 기다리고 있는데 말입니다. 잠깐만! ……혼동하지 않도록 그것이 빌파리지 후작부인의 마차인지 물어봐주세요. 하기야 금세 눈에 띌 겁니다. 말 두 필이 달렸으니까."

나는 그것을 그녀에게 알려 대단한 사람으로 보이고 싶었다. 그런데 내가 '후작부인'이라는, '말 두 필'이라는 말을 입 밖에 내는 순간, 갑자기 마음이 진정되는 걸 깨달았다. 낚시질하는 아가씨가 나를 기억해두리라는 것을, 또 그녀를 두 번 다시 만나지 못할 거라는 두려움이 가시는 동시에, 그녀를 다시 만나고 싶다는 욕구가 조금씩 사라져가는 것을 느꼈다. 이제 막 눈에 보이지 않는 입술로 그녀에게 닿았다는, 내가 그녀의 마음에 들었다는 느낌을 받았다. 이렇게 강제로 상대방의 정신을 빼앗고, 비물질적인 형태로 그녀를 소유했다는 것은, 육체를 소유한 바와 마찬가지로 그녀한테서 신비스러움을 벗긴 것이다.

우리가 탄 마차는 위디메스닐 쪽으로 내려갔다. 돌연 나는 콩브레 이후 그다지 느끼지 못했던 깊은 행복감, 특히 마르탱빌의 종탑이 주었던 것과 비슷한 어떤 행복한 느낌으로 가득 찼다. 그러나 이번에는 그것이 완전하지 못한 채로 남았다. 우리가 접어들고 있는 비탈길 양쪽에서 움푹 들어간 곳에, 수풀로 덮인 오솔길 어귀의 표시임이 틀림없는 듯한 나무 세 그루가, 내가 처음 보는 게 아닌 하나의 그림을 이루고 있는 걸 언뜻 보고 난 뒤에 그런 행복한 느낌이 들었는데, 그처럼 나무 세 그루가 뚜렷이 드러났던 장소가 어딘지 확인할 수 없는 채, 그저 지난날 나에게 친숙했던 장소였다는 느낌만 들 뿐이었다. 따라서 내 정신이 먼 어느 과거와 현재 사이에서 비틀거리자마자, 발베크 부근도 어지럽게 흔들거려, 나는 이렇게 생각했다. 이 산책 전체가 하나의 허구에 지나지 않는 건 아닐까, 발베크는 한 번도 간 적 없는 상상 속의 장소로, 빌파리지 부인은 소설에 나오는 인물이 아닐까, 세 그루의 늙은 나무는, 독서 중인 책 속에서 실제 밖으로 옮겨진 것을 묘사하고 있는데, 이 책에서 잠시 눈을 쳐들면 다시 나타나는 그런 실물이 아닐까 하고 나는 세 그루 나무를 바라보고 또 바라보았으나, 아무래도 내 정신의 힘으론 잡아내지 못하는 어떤 것을 숨기고 있음을 느낀다. 그것은 너무나 멀리 놓여, 우리가 팔을 뻗고 손가락을 펴도, 이따금 그 봉지에 스칠 뿐 무엇 하나 움켜쥘 수 없는 물건과 같다. 그런 때 우리는 팔을 앞으로 더 힘차게 뻗어 더 멀리 다다르도록 노력하려고 잠시 휴식을 취하는 게 보통이다.

그러나 내 정신이 그처럼 힘을 모아 높이 뛰어오르게 하려면 혼자가 될 필요가 있었다. 게르망트 쪽을 산책하던 중 내가 부모님한테서 떨어져 홀로 남겨진 것처럼, 이번에도 얼마나 나 혼자 있고 싶었는지! 기필코 그렇게 해야만 한다는 느낌마저 들었다. 나는 이런 기쁨을 알고 있었다. 이 기쁨이 생각에 생각을 일으키는 어떤 정신의 노력을 요구하는 건 사실이다. 하지만 이 기쁨에 비한다면, 이것을 단념시키는 무사태평의 즐거움 따위는 아주 쓸모없는 것으로 보인다. 대상이 뭔지 알 듯한 이 기쁨, 나 자신이 만들어내야 하는 이 기쁨, 나는 그것을 어쩌다 한 번 느꼈을 뿐이지만, 그때마다, 그 사이에 일어났던 것들이 거의 대수롭지 않게 느껴져, 내가 이 기쁨의 유일한 실물에 집착하면 마침내 참다운 삶을 시작할 수 있으리라 생각했다. 빌파리지 부인의 눈에 띄지 않게 눈을 깜박일 수 있도록, 나는 순간 한 손으로 눈을 가렸다. 나는 그대로 아무것도 생각하지 않은 채 있었지만, 다시 집중하여, 더 강한 힘으로 사고하면서, 나무 쪽으로, 아니 오히려 내 몸속에서 나무를 보고 있는 그 안쪽으로 더 깊이 뛰어들었다. 또다시 나무 뒤에서 알아본 먼저와 같은, 그러나 막연한 대상을 느꼈지만, 그것을 내 쪽으로 데리고 올 수는 없었다.

그러는 동안 마차가 앞으로 나감에 따라 세 그루 모두 눈에 띄게 가까이 왔다. 어디서 저것을 구경하였던가? 콩브레 부근엔 그처럼 작은 길이 탁 트여 있는 데가 한 곳도 없었다. 어느 해 할머니와 함께 요양차 갔던 독일의 시골에는, 그 나무들이 나에게 떠올리게 하는 경치가 들어설 여지가 더더군다나 없었다. 나무 세 그루가 내 삶의 너무나 먼 과거에서 와서 그것을 둘러싸고 있는 경치도 기억에서 지워지고 말아, 읽은 적 없는 작품 속에 갑자기 아는 문장이 눈에 띄어 깜짝 놀라는 페이지처럼, 내 어린 시절의 망각한 책에서 그것만이 겉에 떠오르고 있다고 생각해야 옳은가? 아니면 반대로 이 나무들은 꿈의 풍경에만 속한 걸까? 그 꿈의 풍경은 적어도 나에겐 한결같은 것으로, 내 안에 나타나는 그 풍경의 기이한 모습은, 게르망트 쪽에서 여러 번 경험했듯이, 그 장소 뒤에 숨어 있는 걸로 예감하던 그 신비에 이르려고, 또는 발베크처럼, 알려고 애태우다 그것을 알아버린 날부터 아주 천박하게 보이던 곳에 다시 한 번 신비성을 끌어넣으려고 자지 않으면서까지 치른 노력이 잠자던 중에 객관화된 것에 지나지 않는가? 혹은 그것은 어젯밤 꿈에 나온 새로운 영상인데 벌써 어찌나 가뭇없어졌는지 아주 먼 옛 꿈인 듯 느껴지는 게 아닌가? 아니면 그것은 내가 이제껏 본 적 없는 나무이며, 게르망트 쪽에서 본 적 있는 나무나 풀숲과 마찬가지로, 먼 과거처럼 아리송하고도 파악하기 어려운 뜻을 그 뒤에 감추고 있으므로, 어떤 사념에 떠밀려 뭔가 그와 비슷한 것을 기억 속에서 찾아야 한다는 생각이 들었는가? 또는 그것이 사념조차 감추고 있지 않고 오로지 내 시력의 피로 때문에 이따금 공간에 사물이 두 겹으로 보이듯 시간 속에 그것이 겹쳐 보였는가? 나는 모르겠다. 그러는 사이 나무 세 그루는 내 쪽으로 오고 있었다. 아마도 신비스러운 유령의 출현, 그 예언을 나에게 일러주는 마녀, 또는 노른(Norn)*[1]의 원무(圓舞)인 듯하다. 오히려 나는 그것이 과거의 환영, 나의 어릴 적 친한 친구, 사라져간 친구들로, 그들이 함께 한 추억을 불러낸 거라 여겼다. 망령처럼 나무 세 그루가 나에게 저희들을 데리고 가달라, 생명을 돌려달라고 청하는 듯싶었다. 나는 그 소박하고도 열정 있는 몸짓 속에, 사랑받는 사람이 갑자기 벙어리가 되어, 하고자 하는 말을 할 수 없고, 상대도 알아차리지 못하는 것을 느끼는 이의 무력한 안타까움을 알아보았다. 이윽고 마차는 네거리에 이르러 세 그루 나무를 버렸다. 마차는 나만이 진실이라고 생각하는 것, 나를 진정 행복하게 해주리라 생각하는 것

---

*1 북유럽 신화에 나오는 운명과 예언의 세 여신.

에서 나를 멀리 데려가고 있어, 그 마차가 가는 길은 마치 인생 자체와 비슷했다.

나는 나무가 죽을힘을 다해 팔을 흔들면서 멀어져가는 걸 보았는데, 나한테 이렇게 말하고 있는 듯싶었다. 네가 오늘 우리에게서 배우지 않은 것, 그것을 너는 영영 모르고 말리라, 이 길의 구석에서 네 몸까지 뻗어오르려 애쓰고 있는 곳에 우리를 그대로 뿌리치고 가면 우리가 네게 가져다준 너 자신의 일부는 영영 허무에 빠지리라고. 이제 막 이 장소에서 느낀 기쁨과 불안을, 실상 그 뒤 다시 맞닥뜨렸고, 또 그런 어느 날 저녁 이 같은 감정에—너무나 늦게, 그러나 영원토록—나를 맡겼는데, 그 반면 당장 그 나무 자체에서는, 그것이 나에게 무엇을 가져다주려고 했는지 어디서 그것을 본 적이 있었는지 전혀 알 수가 없었다.

마차가 갈림길에 들어서면서, 더는 세 그루의 나무가 보이지 않게 되었을 때, 빌파리지 부인이 나에게 왜 그런 몽상에 잠긴 얼굴을 하고 있느냐 물었는데, 나는 이제 막 나의 벗을 잃었거나, 나 자신이 죽었거나, 어느 주검을 모르는 이라고 말하거나, 어느 신령을 노하게 한 것처럼 침울했다.

호텔로 돌아가야만 했다. 빌파리지 부인은 자연에 대한 감각도 있고, 할머니보다 차가웠지만, 미술관이나 귀족 저택 말고도 어떤 옛것들의 단순하며 장엄한 아름다움을 알아볼 줄 알아서, 마부에게 인적이 뜸하지만 오래된 느릅나무 가로수가 멋진 발베크의 옛길로 접어들라고 일렀다.

이 옛길에 익숙해지고 나서는, 변화를 구하려고 다니던 길에 들어서지 않는 경우, 돌아오는 길에 샹트렌과 캉틀루의 숲을 가로질렀다. 숲 속, 우리 가까이에서도 서로 우짖는 수많은 새의 모습은 보이지 않으나, 듣는 이가 눈감았을 때와 똑같은 안정을 주었다. 바위에 사슬로 묶여 있는 프로메테우스처럼 마차 안 좌석에 매여 있는 나는, 가만히 오케아니데스*2에 귀를 기울이고 있었다. 그리고 우연히 새 한 마리가 한 나뭇잎에서 다른 나뭇잎으로 건너가는 것을 언뜻 보았을 때, 그 새와 지저귐 사이에 눈에 띄는 유대가 거의 아무것도 없어, 놀라 허겁지겁 푸르르 날아가는 그 작은 몸에서 지저귐의 근원을 보았다는 생각이 들지 않았다.

---

*2 그리스 신화에서 오케아노스와 테티스 사이에 태어난 바다의 님프들.

이 길은 프랑스에서 흔히 부딪치는 허다한 길과 마찬가지로 꽤 가파른 언덕을 올라가자 기나긴 급경사가 나왔다. 그때 나는 이 길에서 중요하게 여길 만한 매력을 발견하지 못하고, 오로지 호텔로 돌아가는 것만이 기뻤다.

그런데 그 뒤에 그것은 내 기억 속에 하나의 계기로 남아, 기쁨의 원인이 되어, 그 뒤 산책이나 여행 중에 지나갈 비슷비슷한 길들이 끊어지지 않으며 금세 이어지고, 그 덕택으로 어느 길이나 내 마음과 직접 통할 수 있을 도화선이 되었다.

왜냐하면 빌파리시 부인과 함께 돌아다녔던 길의 계속인 듯 보이는 길 가운데 하나에, 그 뒤 마차나 자동차가 접어들자마자, 그때의 내 의식은 가장 가까운 과거에 의지하듯(그 사이 모든 세월이 흩어지고) 곧바로 발베크 근방 산책의 인상, 그날 오후의 끝 무렵, 나뭇잎들이 좋은 향내를 풍기고, 짙은 안개가 일기 시작해 마치 그날 저녁 안에 인근 마을 쪽으로 닿지 못할 듯싶은 어떤 이어진 거리, 먼 숲의 고장이기나 한 듯 나무들 사이로 석양이 지는 것을 언뜻 보았을 때에 발베크 근교를 산책하면서 받았던 인상에 의지하게 될 터이기에. 그런 인상은 그 뒤 다른 지방, 비슷한 길거리에서 내가 느끼는 인상에 연결되어 그 두 인상에 공통된 감각인, 자유로운 호흡, 호기심, 노곤함, 식욕, 쾌활 같은 온갖 감각에 둘러싸이면서, 다른 모든 것을 배제하고선 더 세어지고, 어떤 특별한 쾌락 같은, 또 거의 하나의 생활권을 갖춘 견고함을 띤다. 하기야 내가 그런 안쪽에 들어가는 기회는 드물긴 하나, 거기서 줄지어 깨어나는 추억은 육체적으로 지각되는 실재 한가운데, 다만 아무렇지도 않게 환기되고 몽상될 뿐 포착할 수 없는 실재의 대부분을 옮겨놓아, 내가 우연히 지나가는 그런 고장 한가운데서, 심미적인 감정 따위보다 앞으로 영원히 거기서 살고 싶다는 일시적이나 열광하는 욕망을 더 강하게 일으킬 것이다. 그 뒤 나뭇잎 냄새만 맡아도, 빌파리지 부인의 마차 안 맞은편 의자에 앉았던 일, 뤽상부르 공주와 마주치면서 공주가 그 마차에서 빌파리지 부인에게 인사를 건넨 일, 그랑 호텔에 저녁 식사 하러 돌아가던 일 같은 것이, 현재도 미래도 우리에게 가져다주지 못하는 일생에 한 번밖에 맛볼 수 없는, 겉으로 나타낼 수 없는 행복의 하나로써 얼마나 내 앞에 나타나던지!

우리가 돌아가기에 앞서 해가 진 일도 많았다. 나는 빌파리지 부인에게 하늘에 떠오르는 달을 가리키면서, 샤토브리앙이나 비니, 빅토르 위고의 아름다운 표현을 인용하여 들려줬다. 이를테면 '달이 그 우수에 찬 오래된 비밀을 퍼뜨리고 있었다'*1 또는 '다이애나처럼 샘물가에서 눈물방울 떨구고'*2 또는 '어둠은 혼례의 기색으로 가득 찼노라, 엄숙하고도 장엄하게'*3 같은 시구이다.

"아름답다고 생각해요?" 빌파리지 부인이 내게 물었다. "댁이 말한 대로 과연 '천재적'일까요? 나는 언제나 놀라요. 그분이 물론 친구들 사이에서는 뛰어나다는 걸 충분히 인정하면서도, 그분 친구들이 제일 먼저 우롱한 것들을 요즘 분들이 아주 곧이듣는 걸 보면 말이에요. 오늘날처럼 천재라는 표현을 함부로 쓰지 않았어요. 요즘은 작가한테 재능밖에 없다고 말하면 모욕으로 해석하지만요. 샤토브리앙 님의 달빛의 명구를 인용하셨는데, 나는 그 점에 동의할 수 없답니다. 샤토브리앙 님은 이따금 우리 아버님 댁에 오셨죠. 혼자 계실 때는 그래도 유쾌한 분이었는데, 아버님 댁에 여러 사람들이 오시면 금세 거드름을 피워 우스운 꼴이 되고 말거든요. 아버님 앞에서 그분은 국왕 눈앞에 사표를 던졌다느니, 교황 선거회를 지도했다느니 하는 말을 퍼뜨리는 거예요. 그 국왕께 복직을 청해달라고 아버님에게 부탁했던 일, 또 교황 선거에 관해 제정신으로는 할 수 없는 말도 안 되는 억측을 아버님한테 들려줬던 일을 까맣게 잊어버리고 말입니다. 이 교황 선거회는 블라카스 님한테 물어봐야 하지만, 이 분은 샤토브리앙 님과는 딴판이었습니다. 그 달빛의 글귀로 말하면, 저택 주위에 밝은 달밤, 손님 가운데 새로 온 분이 있을 때마다 그 글귀는 우리집에서 순전히 비웃음거리가 되고 말았어요. 그분에게 만찬 뒤 샤토브리앙 님을 모시고 바깥바람을 쐬어보라고 권하죠. 그 두 분이 돌아오면 아버님은 반드시 그 새로 오신 분을 한구석으로 끌고 가세요. '샤토브리앙 님께서 퍽 말솜씨가 좋으시죠?—네에! 그렇더군요—당신한테 달빛에 대해 이야기했죠?—네에, 어떻게 아시죠?—잠깐, 이렇게 말하지 않던가요?' 하고 아버님은 그 글귀를 인용합니다.—'그 그대론데, 정말 이상한 일이군요?—그리고 로마의 들판을 비추는 달빛을 이야기하고요.—아니, 당신은 마법사이시군.' 천만에요, 아버님은 마법사가 아니었습니다. 다만 샤토브리앙 님이 늘 준비해둔 똑같은 글귀를 이용하시고 좋아라 하신 거죠."

---

*1 샤토브리앙의 소설 《아탈라》.

*2 비니의 시 〈목동의 집〉.

*3 위고의 장시 〈잠든 부아즈〉.

비니의 이름이 입 밖에 나오자 빌파리지 부인은 웃음을 터뜨렸다.

"'나는 알프레드 드 비니 백작이올시다'라고 말하는 분. 백작이건 백작이 아니건 하나도 대수로울 게 없는 것을."

그러고 나서 아마도 이 점은 조금 중요하게 생각해선지 다음과 같이 덧붙였다.

"나는 그분이 백작인지 아닌지 확실한 건 모르지만, 어쨌든 보잘것없는 가문이었습니다. 시 가운데에서 자기의 '귀족 투구 꼭대기 장식'*1에 대해 이야기하고 있지만. 그것은 독자를 위해 얼마나 좋은 취미이자 흥밋거리인지! 이 점에서는 뮈세도 같아요. 과장하여 '나의 투구를 장식한 금제 새매'*2라고 말하고 있지만, 한낱 파리 시민에 지나지 않아요. 진짜 귀족은 결코 그 따위 말을 입에 올리지 않죠. 그래도 뮈세는 시인으로서 재능이 있었습니다. 그러나 비니 님의 작품은 《생마르(*Cinq-Mars*)》를 빼놓곤 하나도 읽을 만한 게 없어 어찌나 지루한지 손에서 책이 떨어지고 말아요. 재능도 솜씨도 모자란 비니 님에 비해 몰레 님은 아주 뛰어나서, 비니 님을 아카데미에 받아들이는 자리에서 후련하게 그분의 잘못을 따졌습니다. 어머나, 그 연설을 모르시나요? 그야말로 악의와 무례의 걸작이랍니다."

조카들이 발자크를 애독하고 있는 것을 보자 놀란 그녀는, 그가 '자기를 받아들이지 않았던' 사교계를 묘사했다고 주장하고, 또 사교계에서 일어나지도 않은 일을 마구 떠들어댄 점을 비난했다. 빅토르 위고에 관해선 우리에게 다음과 같이 말했다. 곧 그녀의 아버님 부이용 님은 젊은 낭만주의 작가들 중 친구가 있어, 그 연고로 〈에르나니〉의 초연에 입장했는데, 극이 끝날 때까지 남아 있지 못했을 만큼 이 작가의 운문이 천부의 재질은 있지만 과장이 심해 우스꽝스럽다고 생각했으며, 또 위고가 대시인이라는 칭호를 받은 것은 손을 잘 썼기 때문이고, 그가 사회주의자들의 위험한 망발에 보인 재치 있는 관용의 보수에 불과하다고.

벌써 호텔과 그 등불이 눈에 들어온다. 도착한 첫날 저녁 그토록 적의를 품었던 등불도, 이젠 우리집을 알리는 다정하면서도 보호자 같은 눈길이다. 뿐만 아니라 마차가 출입구 근처에 다가가자, 우리의 늦은 귀가를 막연히 걱정

---

*1 비니의 시 〈순수정신〉.

*2 뮈세의 시 〈A.T.님에게 바치는 소네트〉.

하면서, 부랴부랴 들뜬 얼굴로 출입구 계단에 모여 우리를 기다리고 있는 문지기, 하인들, 엘리베이터 보이와는 이미 친한 사이가 되어 있었다. 이 사람들은 우리 자신이 변하듯이 우리 인생길에서 여러 번 모습을 바꾸어, 그들이 그렇게 잠깐 우리의 습관을 비추는 거울이 되고 있을 때, 그들 속에 착실하고도 정답게 비치고 있는 우리 모습에 우리는 더욱 다사로움을 맛본다. 우리가 오랫동안 만나지 않은 친구들보다 그들을 더 좋아하는 이유도 그들이 지금 우리의 모습을 더 많이 지니고 있기 때문이다.

낮 동안 햇볕을 쬔 그 '현관 안내인'만이 저녁의 싸늘함에 견디지 못해 안으로 들어가 스웨터를 뒤집어쓰고 있었는데, 그 스웨터는, 오렌지빛으로 물들인 그의 늘어진 머리칼이나 뺨의 기묘하게 붉은 꽃과 함께 유리 낀 홀 가운데서 한기를 막은 온실의 식물을 생각나게 하였다. 우리는 필요 이상으로 많은 하인들의 도움을 받으며 마차에서 내렸다. 그처럼 많은 도움이 필요하지 않았지만, 그들은 이 일이 중요하다고 느껴 다들 하나씩 역할을 맡아야 한다고 믿고 있었다. 나는 허기져 있었다. 그래서 보통은 저녁 식사 시간에 늦지 않으려고 방에 올라가지 않는 일이 많았는데—이제는 실제로 아주 내 것이 되고 말아, 보라색 큰 커튼이나 나지막한 서가를 다시 보는 게 나라는 존재와 홀로 마주 있는 것과 마찬가지일 뿐더러 그 안에 있는 사물이 인간처럼 내 모습을 내게 보여주는 방에 올라가지 않고—우리는 다 함께 그대로 홀에 남아서, 지배인이 식사 준비가 다 된 것을 알리러 오기를 기다렸다. 그것은 빌파리지 부인의 이야기를 들을 또 한 번의 기회였다.

"폐를 끼치는군요." 할머니의 말.

"웬걸요, 나는 아주 기뻐요. 재미나요." 할머니의 벗은 평소 꾸미지 않는 태도와는 달리 노래 같은 가락으로 발음을 길게 끌면서, 감미로운 미소를 띠며 대답했다.

사실 그녀는 이것도 자연스럽지 않아, 귀부인이 부르주아에게 함께 있어서 기쁘다든가 자기는 교만한 태도가 없다든가 하는 기색을 나타내야 할 때의 귀족적인 모양새, 받아온 교육 같은 것을 염두에 두고 있었던 것이다. 그녀에게 참된 예의가 모자란다고 한다면, 그 이유는 오히려 그녀의 과도한 예의에 있었으니 까닭인즉, 거기엔 포부르 생제르맹의 귀부인에게만 보이는 특유한 버릇이 있기 때문이다. 이 귀족 동네의 귀부인은 부르주아 계급 사람들 중, 어느 날에 가서는 자기도 불만을 품게 되리라는 운명을 늘 예측하고 있어서, 가능한 모든 기회를 열심히 이용해 부르주아들에게 베푸는 호의의 장부 안에서, 그들을 초대하지 않을 만찬회나 대연회를 쉬이 그 차변(借邊)에 적어넣게 될 그런 대월금을 미리 지급해놓으려고 하는 것이다. 그와 같이 이 계급의 신비한 기운은 빌파리지 부인의 마음을 움직였는데, 전엔 부인 위에 단호하게 군림했으나 지금은 상황도 변하고, 상대방이 다른 걸 모르며, 또 오래지 않아 파리에 가서는 가끔 그녀의 간청으로 우리가 그녀의 집에 찾아가게 되는 줄도 모르고, 마치 호의를 보이는 데 허락된 시간이 짧기라도 한 듯이, 빌파리지 부인을 집요하게 부추겨, 우리가 발베크에 있는 동안 장미와 멜론을 보내고, 책을 빌려주며, 마차로 산책할 수 있게 배려하고, 그리고 진정의 토로 같은 것을 거듭하게 하고 있었다. 그래서—바닷가의 눈부신 광채, 방들에 가지각색으로 번쩍거리는 빛과 넓고 큰 바다 속 같은 훤한 빛, 상인의 도련님들이 마케도니아의 알렉산더처럼 거룩하게 보이는 그 승마 연습과 꼭 마찬가지로—빌파리지 부인의 매일 같은 친절과, 할머니가 여름 동안 너그럽게 받아들인 이 한때의 솔직함은 내 추억 속에 그해 여름의 특징으로 남아 있다.

"어서 외투를 내주어요, 위층으로 그것을 갖다드릴 테니까요."

할머니는 외투를 지배인에게 내주었지만, 그 지배인은 나에게 친절한 사람인지라 그런 실례로 내심 상처입은 듯이 보여, 나는 너무나 죄송했다.

"저 사람 언짢은가 봐." 후작부인이 말했다. "보아하니 당신의 숄을 들기에는 자신이 너무나 지체 높은 귀족이라고 생각하나 봐요. 내가 아직 어렸을 때, 부이용 저택 맨 위층 아버님 방에 느무르 공작[*1]께서 편지와 커다란 신문 다발을 안고 들어오시던 일이 떠오르는군요. 예쁜 목조(木彫)를 아로새긴 문틀 속에 푸른 옷을 입은 공작께서 서 있던 모습이 지금도 눈앞에 선해요. 그 목조는 바가르의 솜씨였던 걸로 기억하는데, 아시다시피 꽃다발을 매는 리본처럼 가느다랗고 유연한 선으로 세공인이 군데군데 조그마한 조개껍데기와 꽃을 만들어낸 그런 거였어요. '이거 받으시오' 하고 공작께서 아버님께 말씀하셨답니다. '문지기가 이걸 당신에게 갖다드리라고 부탁하더군. 그가 하는 말이, 어차피 백작님한테 가시니까 소인이 일부러 여러 층을 올라가는 수고를 덜어도

---

*1 루이 필립의 아들(1814~96).

좋지 않겠습니까, 하지만 끈이 풀리지 않도록 조심해주십쇼 라고 하더군'이라고요. 이제 짐을 내주었으니까 앉으세요, 어서 이쪽으로." 그러고는 부인은 할머니의 손을 잡으면서 말했다.

"괜찮으시다면, 저 안락의자는 좀! 둘이 앉기에는 너무 작고 나 혼자 앉기에는 너무 커서 거북할 거예요."

"그 말씀을 들으니 생각나는군요. 사실 이것과 똑같은 안락의자인데, 내가 오랫동안 지켜오다가 더는 간직할 수 없게 된 게 있어요. 가여운 프라스랭 공작부인께서 우리 어머님에게 주셨던 거라 오랫동안 잘 지켜왔답니다. 어머님은 아주 쾌활한 분이셨지만, 나도 잘 이해할 수 없었던 옛 사고방식을 가지고 계셔서, 처음에는 세 바스티아니 가문의 따님에 지나지 않았던 프라스랭 부인에게 소개되는 일을 꺼려하셨답니다. 한편 프라스랭 부인은 공작부인이므로 자기 쪽에서 먼저 소개받지 않으려 했고요." 빌파리지 부인은 그런 말을 이해 못해 질색했던 걸 까맣게 잊어버리고 덧붙였다. "사실 본가의 슈아죌 부인*2이었다면 그런 자부심도 품을 만하지요. 슈아죌은 실로 대단한 가문이니 말이에요. 루이 르 그로(Louis le Gros) 왕의 누이분이 선조이며, 바시니(Bassigny)에서는 그야말로 왕처럼 위세를 부렸습니다. 인척 관계나 명성으로는 우리 가문이 더 우세하지만 오래된 점으로는 거의 비슷하다고 해도 무방하답니다. 누가 상석에 앉을 것인지 때문에 우스운 일도 여러 번 있었지요. 이를테면 어느 오찬회에서 그 부인 가운데 한 분이 소개되는 데 동의하지 않아서 식사가 한 시간 이상 늦어졌어요. 그런데도 두 분은 절친한 사이가 되어 어머님에게 이런 안락의자를 선물해주셨습니다. 그러나 이제 막 당신이 하셨듯이, 다들 거기에 앉는 걸 거절하셨죠.

어느 날 어머님이 저택 안마당에서 마차 소리가 나는 걸 들으시고 어린 하인에게 지금 온 이가 누구시냐고 물었습니다. '라 로슈푸코 공작부인이십니다, 마님—그래, 모셔라.' 하지만 15분이 지나도 아무도 들어오지 않았습니다. '아니, 라 로슈푸코 공작부인은? 어디 계시지?—계단에서 숨을 고르고 계십니다, 마님.' 어린 하인이 대답했답니다. 이 어린 하인은 시골에서 온 지 얼마 안 되었습니다. 어머님은 하인들을 시골에서 고르는 습관을 갖고 계셨어요. 날 때부

---

*2 이 가문은 이미 11세기 무렵부터 권세 있었던 귀족. 프라스랭네는 슈아죌 가문 출신.

터 눈여겨봐두는 거죠. 좋은 하인을 고용하기 위해 그렇게 하는 겁니다. 또 그것이 잔신경이 가는, 사치스러운 일이기도 하고요. 그건 그렇고, 과연 라 로슈푸코 공작부인이 가까스로 계단을 오르고 있었는데 어찌나 덩치가 크고 뚱뚱한지 그분이 방에 들어올 때, 어머님은 그분을 어디에 앉힐까 궁리하면서 잠시 당황해하셨답니다. 그때 프라스랭 부인이 보내온 가구가 퍼뜩 눈에 띄었어요. '어서 앉으세요' 하고 어머님은 그 의자를 부인 앞으로 내밀면서 말했습니다. 공작부인은 그 의자를 가장자리까지 꽉 채웠죠. 공작부인은 그런 당당한 체구로 언제나 유쾌한 기분을 만들어주는 분이었습니다. '그분이 들어오실 때의 울림이 꽤 인상적이에요' 하고, 우리 벗 한 분이 말한 적이 있답니다. 그러자 어머님은 '돌아가실 때가 더욱 파격적이에요' 하고 대답했는데, 오늘날 유행에 못지않은 신랄한 말투였어요. 라 로슈푸코 부인의 자택에서도 부인을 앞에 놓고 그 옆으로 퍼진 몸매에 대하여 마구 농담했는데, 그 농담에 제일 먼저 웃어대는 분이 바로 부인 자신이었죠. 언젠가 어머님이 공작부인을 방문했을 적에 입구에서 그 남편의 영접을 받으며, 출구 안쪽에 꽉 차도록 서 있는 그 아내를 알아보지 못하여 '어쩌나, 혼자 계십니까? 부인께서 안 계시나요? 계시지 않을 때 와서, 그럼 이만.'—'일부러 찾아와주셔서 고맙습니다!' 하고, 내가 아는 사람 가운데 가장 엉뚱한 사람이며, 또 어느 면에서는 재기가 넘치는 공작이 대답했답니다."

저녁 식사 뒤, 할머니와 함께 방으로 돌아왔을 때 나는 할머니에게 말했다. 우리가 빌파리지 부인한테 감탄한 그 뛰어난 재치, 섬세함, 조심성, 자기에 대한 겸손 따위는 어쩌면 그다지 고귀한 게 아닐지도 모른다. 왜냐하면 그런 것을 더 높게 지니고 있는 이가 몰레와 로메니 같은 사람에 지나지 않았고, 그런 것이 없다고 해도, 일상의 대인 관계야 불쾌하게 될는지 모르겠지만, 샤토브리앙, 비니, 위고, 발자크가 되기에는 아무 지장이 없기 때문이다. 다만 이런 사람들은 허영심이 강하고 판단력이 떨어져 쉽사리 남들의 비웃음거리가 된다는 점에서는 블로크 같겠지만……. 그런데 할머니는 블로크라는 이름을 듣자마자 언성을 높였다. 그리고 빌파리지 부인을 칭찬했다. 애정과 욕심에 끌려 각자의 선택을 다루어 부리는 게 종족 보존의 본능이며, 자손이 더 이상적으로 태어나도록 뚱뚱한 사내는 마른 여인을, 마른 사내는 뚱뚱한 여인을 구하는 게 본능이라 하는데, 그와 마찬가지로 신경질 때문에, 또 비애와 고독에 빠지기 쉬운 내 병적인 성향 때문에 내 행복이 위태롭게 될까 봐 할머니로 하여금 냉철한 판단력을 첫째로 삼게 한 은근한 요구였다. 또 그런 능력이 오로지 빌파리지 부인만의 특징이 아니라 내가 정신의 위안과 안정을 찾을 수 있는 사회, 보세르장*[1], 주베르, 세비녜의 정신이라고는 말 못 하나, 조금이나마 두당(Doudan)*[2]이나 레뮈자(Rémusat)*[3]의 정신이 꽃피는 걸 볼 수 있는 사회 특유의 것으로, 그런 정신이야말로 행복한 인생을, 고귀한 기품을 가져다준다. 그와 반대로 세련된 정신은 보들레르, 포, 베를렌, 랭보를 고뇌에 빠뜨리고 악평으로 이끌었는데 이거야말로 할머니가 손자를 위하여 바라지 않은 정신이었다. 나는 할머니의 말을 막고 그녀를 안았다. 그리고 빌파리지 부인이 입 밖에 낸, 가문을 중요시하는 여성이 나타내는 말에 잘 주목했는지를 물었다. 그처럼 언제나 나는 할머니의 판단에 내 인상을 맡겨왔는데, 할머니의 가르침을 받지 않고서는 그 사람에게 치러야 할 존경의 정도를 모르기 때문이었다. 매일 저녁 내가 할머니한테 가지고 간 것은, 내가 낮 동안에 한 스케치, 할머니 말고는 관심없는 인물들의 스케치였다.

한번은 할머니에게 말했다. "할머니 없인 난 하루도 못 살 거야."—"그럼 못써요." 할머니는 떨리는 목소리로 대답했다. "우린 마음을 더 굳게 먹어야 해. 그렇지 않고서야 내가 여행이라도 떠나는 날엔 넌 어떻게 되겠니? 할머니가 곁에 없더라도 네가 의젓하게 행동하고 아주 행복하길 바란단다."—"며칠 여행하시는 거라면 얌전히 아이처럼 굴지도 모르죠, 그래도 목을 빼고 기다릴걸요."—"그럼, 할머니가 몇 달 동안 여행하는 날엔……(그런 생각만 해도 내 가슴은 죄어들었다), 몇 년…… 아니, 아주 영원히……."

두 사람 모두 입을 다물었다. 얼굴을 마주 볼 용기도 없었다. 그렇건만 나는 내 아픔보다 할머니의 고뇌가 더 괴로웠다. 그래서 창가로 다가가 눈을 딴 데로 돌리며 확실하게 말했다.

"내가 얼마나 모든 것에 쉽게 익숙해지는지 할머니도 아시죠. 가장 사랑하는 이들과 헤어지고 난 며칠 동안이야 괴로울 테죠. 하지만 그분들을 변함없이 사랑함에 익숙해져가다가, 생활도 잔잔해지고 평온하게 되어 떨어져 있어

---

*1 가공인물.

*2 프랑스의 문학자(1800~72).

*3 프랑스의 정치가이자 문학자(1797~1875).

도 견디겠죠. 몇 달이고, 몇 년이고……."

나는 입을 다물고 창 너머만 바라봤다. 할머니는 잠깐 방에서 나갔다. 그러나 다음 날 나는 되도록 무심한 말투로, 하지만 할머니가 내 말에 주의를 기울이도록 신경 쓰면서 철학에 대해 말하기 시작했다. 과학의 새 발견이 끊임없는데도, 신기하게도 유물론이 몰락한 듯 보이고, 영혼이 불멸하며 미래에서 영혼이 다시 만나는 것처럼 보인다고 말했다.

빌파리지 부인이 오래지 않아 우리에게 전처럼 자주 만나지 못할 거라고 미리 알려왔다. 소위르 기병학교 수험 준비를 하고 있는 외손자가 지금 근처 동시에르 병영에 있는데, 몇 주 동안 휴가를 받아 부인 곁에서 지내게 되어, 부인은 외손자와 많은 시간을 보낼 거라고 했다. 이제까지 산책하면서 부인은 그 외손자가 아주 머리가 좋고, 특히 마음씨가 착하다고 자랑해왔다. 때문에 그가 나에게 호감을 갖고, 내가 그의 마음에 드는 벗이 되리라 지레 상상해오다가 그의 도착을 앞두고, 그의 할머니가 나의 할머니에게 터놓고 한 이야기를 통해, 그가 불행하게도 어느 몹쓸 여인의 마수에 걸려 그 여인에게 빠졌고, 그 여인도 그를 놓아줄 것 같지 않다는 사실을 알았다. 그때 나는 그런 사랑은 숙명적으로 정신착란, 범죄, 자살로 끝난다고 확신해온 터라, 아직 만나보기도 전에 내 마음속에서 커진 우리 우정도 아주 짧은 시간밖에 남아 있지 않다고 생각했다. 마치 절친한 사람이 중태에 빠져 앞으로 목숨이 얼마 남지 않음을 들었을 때처럼, 그 우정 앞에 도사린 불행을 생각하고 울었던 것이다.

무더운 어느 날 오후, 나는 호텔 식당에 있었는데 노랗게 바랜 커튼이 내려 들이치는 햇살을 막아 어두컴컴해지고, 그 커튼 틈 사이로 푸른 바다가 이따금 보인다. 그때 바닷가에서 호텔 앞길로 통하는 한길을 큰 키에, 호리호리하고, 긴 목에다 머리를 높이 자랑스럽게 쳐들고, 마치 햇볕을 모조리 받아들인 듯한 갈색 피부에, 머리칼을 금빛으로 번쩍거리면서 날카로운 눈매를 한 젊은이가 지나가는 걸 보았다. 남자로서는 감히 몸에 걸칠 용기가 나지 않을 성싶게 보드라운 흰 천, 그 얇음이 이 식당의 시원함과 또한 바깥 더위와 따가운 볕을 환기시키는 그런 천으로 만들어진 옷을 입고 젊은이는 빠른 걸음으로 걸었다. 외알안경이 끊임없이 떨어지곤 하는 그의 눈은 바다색이었다. 다들 신기한 듯이 그를 바라보았는데, 이 젊은 생루 팡 브레 후작이 이름난 멋쟁이라는 사실을 모두 알고 있었기 때문이다. 최근 젊은 위제스 공작을 위해 결투 입회인을 맡았을 때 입었던 복장은 신문이란 신문에서 죄다 대서특필했었다. 거친 암석으로 둘러싸여 푸르게 반짝거리는 귀중한 오팔 광맥처럼, 군중 한가운데 확연히 그를 나타내는 그 머리칼, 눈, 피부, 풍채의 유별난 특징은 다른 사람과는 별개의 생활을 영위하는 듯싶었다.

따라서 빌파리지 부인이 탄식해 마지않는 여인과 관계하기 전 사교계의 뛰어난 미모의 여인들이 그를 두고 경쟁을 벌일 무렵, 그가 그녀들 가운데 어떤 미녀와 어깨를 나란히 하고 바닷가에 나타나자 그녀는 완전히 스타가 되었을 뿐만 아니라, 이에 못지않게 그에게도 눈길이 쏠렸다. 그 '고상함', 그 젊은 '귀공자'의 경망한 말과 행동, 특히 그 뛰어난 미모 때문에 그를 여성적이라고 말하는 사람까지 있었으나 그렇다고 그 점을 비난하지는 않았다. 그가 얼마나 사나이답고 정열적으로 여자들을 사랑하는지 잘 알고 있기 때문이었다. 빌파리지 부인이 우리한테 얘기한 외손자가 바로 이 사람이었다. 나는 이런 사람과 몇 주일 동안 알고 지내리라 생각하니 황홀해져서, 그가 애정을 모두 내게 기울여주리라 믿었다. 그는 재빨리 건물을 따라서 호텔 앞을 건너갔는데, 나비처럼 그의 앞에서 팔락팔락 날고 있는 외알안경을 뒤쫓는 듯 보였다. 바닷가 쪽에서 온지라 홀의 유리창을 절반까지 채우고 있는 바다가 배경이 되어 그 온몸이 뚜렷이 드러났다. 마치 현대 생활의 정확한 관찰을 전부 드러내고, 모델에게 어울리는 폴로(polo)*1나 골프장의 잔디밭, 경마장, 요트의 갑판 같은 적절한 환경을 고른, 풍경의 앞쪽에 인물을 그리는 프리미티프파 화가들의 현대판 초상화 같았다. 쌍두마차가 호텔 어귀에서 그를 기다리고 있었다. 그 외알안경이 양지바른 길에서 계속해 뛰노는 동안에 빌파리지 부인의 외손자는 이류 연주가에 비해 그다지 탁월할 것 같지 않은 솜씨로 그것도 매우 간단한 대목에서, 거장 피아니스트가 연주해 보이는 그 우아하고도 능란한 솜씨로 마부가 건네준 고삐를 잡았다. 그는 마부와 나란히 앉고 나서 호텔 지배인이 직접 내준 편지 봉투를 뜯으며 말을 달리게 했다.

다음 날, 나는 얼마나 실망했는지! 호텔 안팎에서 그를 만날 때마다—목을 높다랗게 쳐들고, 그 운동, 그 중심인 듯이 춤추는가 하면 달아나는 외알안

*1 말을 타고 하는 공치기.

경의 둘레를 끊임없이 조절하면서 나타나는 그를 만날 때마다—그가 우리한테 접근하려 하지 않는 걸 알았다. 우리가 그의 할머니의 벗인 줄 모를 리 없을 텐데 우리에게 인사조차 하지 않다니! 그리고 빌파리지 부인이, 또 이전에는 노르푸아 씨가 나에게 보인 호의를 떠올리면서 나는 생각했다. 어쩌면 그 사람들은 허울 좋은 귀족일지도 모른다, 아니면 그 사회의 여인들이나 외교관들은 귀족 사회를 지배하는 어떤 비밀 조항에 따라 평민과의 교제에서 내가 알아채지 못하는 교만한 태도를 짓고 있는 게 틀림없다, 그와 반대로 젊은 후작은 가차없이 교만한 태도를 만천하에 나타내는 게 틀림없다고. 나의 지성은 그 반대의 말을 속삭일 수도 있었으리라. 그러나 내가 겪어내고 있는 우스꽝스러운 나이의 특징은—결코 미성숙한 나이가 아니라 오히려 매우 풍요한 나이인데—지성에 의지하지 않는 것, 또 인간의 보잘것없는 속성을 인격에 없어서는 안 될 부분으로 생각하는 것에 있다. 이 나이에는 여러 괴물과 신들에게 둘러싸여 거의 고요를 모른다. 그 뒤에 가서 그 무렵에 한 행동 가운데 지우고 싶은 행동은 거의 하나도 없다. 하지만 반대로 애석히 여기는 것은 그런 행동을 일으킨 자발성을 지니고 있지 않다는 점이다. 뒤에 가서 사물을 좀더 실제적으로 보며, 사회의 다른 부분과 완전히 일치시켜본다. 그러나 청소년기야말로 뭔가를 배우는 유일한 시절이다.

내가 생루 씨의 마음속에서 알아챈 거만, 또 거기에 포함돼 있는 타고난 엄격함 같은 것은 그가 우리 옆을 지나갈 때마다 보인 태도에서 모두 확인할 수 있었다. 빳빳이 세운 등줄기, 늘 높이 쳐든 머리, 바위와 같은 꿋꿋한 눈길, 보통 우리는 설혹 상대가 할머니를 모른다 할지라도 본디 인간이 지닌 어렴풋한 존경심을 품는 게 당연해서, 예컨대 내 경우, 가스등 앞에 서 있을 때와 어떤 노부인 앞에 서 있을 때와는 몸가짐이 아주 달라진다. 그와 같이 남에 대한 존경심의 흔적조차 없는 눈길, 이런 차가운 태도는 며칠 전부터 내가 기대하던 편지, 자신의 호의를 알리기 위해 나한테 써 보내줄 거라고 상상해온 다정다감한 편지와는 거리가 멀었다. 마치 감명 깊은 연설을 해내어 의회와 민중의 열광을 일으키고 있는 줄 상상한 연사가, 그렇게 혼자 망상에 빠져 자기를 위하여 고래고래 소리 지른 뒤 한 번 지어낸 듯한 박수갈채가 가라앉자마자 실망해버려서 세상에 알려지지 않은 보잘것없는 그 지위가 꿈꾼 열광의 장면과는 엄청난 차이인 것을 깨닫는 격이었다.

빌파리지 부인은 우리에게서 그의 오만하고 심술궂은 성미를 드러내는 나쁜 인상을 지우려고 애쓰기 위해선지, 그 외손자(그는 부인 조카딸의 아들인데 나보다 몇 살 위였다)의 무한한 선량함에 대해 이야기했을 때, 사교계에서는 모든 진실을 무시하고 그 사회를 이루는 빛나는 사람들에게 상냥하게 굴기만 하면 아무리 메마른 심성의 소유자라도 뛰어난 심성의 인간으로 쉽게 탈바꿈하는 데에 경악을 금치 못했다. 부인은 외손자의 성질에 대해, 이미 내가 아는 본질적인 특징에 간접적이지만 확증을 덧붙였다. 그것은 어느 날, 아주 좁다란 길에서 두 사람과 만나 빌파리지 부인이 나를 그에게 소개할 수밖에 없을 때였다. 그에게 이름을 일러주는데도 못 들은 듯이, 얼굴의 근육 하나 움직이지 않았다. 그 눈은 친화력을 보이는 아주 희미한 인간미조차 드러내지 않고, 오로지 무감각한 눈길 속에 과장된 표현만 보이는데, 그나마 그것도 없으면 생명 없는 거울과 다르지 않으리라. 다음에 내 인사를 받기 전 나에 관해 뭔가 알아보고 싶은 듯 그 인정머리 없는 눈으로 나를 뚫어지게 바라보며, 의지의 행동이라고 하기보다 오히려 근육의 반사작용인 듯한 황급한 동작으로 그 몸을 빼내, 그와 나 사이에 되도록 간격을 넓게 두면서, 한쪽 팔을 길게 뻗어 멀리서 손을 내밀었다. 이튿날 그가 내게 명함을 보내왔을 때, 어쩌면 결투에 관한 건 아닐까 착각했다. 그러나 그는 문학에 관한 긴 이야기를 한 뒤, 날마다 나와 함께 많은 시간을 보내고 싶다고 말했다. 이 방문 동안 그는 정신적인 것에 매우 흥미를 나타냈을 뿐만 아니라, 전날의 인사와는 다른 호의를 보였다. 그가 다른 이에게 소개될 때마다 그런 인사를 되풀이하는 걸 보고 그제야 나는 이해했다. 그것이 그 가문 특유의 사교적 습관에 지나지 않으며, 그를 훌륭하고 예의 바른 사나이로 키우려고 애쓴 어머니가 그의 몸에 그런 습관을 배게 했다는 사실을. 그는 그런 인사를, 그 멋들어진 복장이나 그 아름다운 머리칼을 생각하는 정도로 별다른 생각 없이 했던 것이다. 처음에 나는 그의 태도에 어떠한 뜻이 있다고 여겼는데 실제로는 아무런 뜻도 없었고, 순전히 습득된 것에 지나지 않았다. 어떤 이와 아는 사이가 되자마자 그 집안에 소개하도록 하는 그의 또 다른 습관도 인사와 마찬가지인 것이었고, 또 이것은 그에게 본능적인 습관이어서 우리가 만난 다음 날, 그는 나를 보자마자 달려들어 인사도 하지 않고 내 곁에 있는 할머니에게 소개해달라고 청했다. 그 성급한 부탁은 구타를 피하는 몸짓이나 끓어오르는 물 앞에서 눈을 감는 행동과 마찬가지로 어떤 방어 본능, 그런 예방 없이 잠시라도 지체하면 큰일 날 성싶은 방어 본능에서 나오는 듯했다.

성미 까다로운 요괴가 그 첫 거죽을 벗어 황홀하고 우아한 모습으로 변하듯 마귀 쫓는 첫 푸닥거리가 끝나자 이 거만스러운 인간이, 내가 여태껏 만난 사람 가운데에서 가장 상냥하고 싹싹한 젊은이로 변하는 걸 보았다. '좋다' 하고 나는 혼잣말을 했다. '나는 그를 오해했다. 환영에 감쪽같이 속았던 것이다. 그러나 첫 환영을 정복했지만 다시 다음 환영에 사로잡히고 말 것이다. 그가 귀족 사회에 열중한 귀공자인데도 그 점을 숨기려고 애쓰고 있기 때문이다.' 그런데 생루의 훌륭한 교양과 친절은 얼마 뒤 내가 추측하고 있는 바와는 아주 다른 사람됨을 드러내고 있었다.

귀족다운 풍채와 거만한 운동가 같은 허울을 하고 있는 이 젊은이는 정신적인 것들, 특히 그 할머니의 눈에는 우습게 보이는 문학과 예술의 근대주의적 작품에만 존경심과 호기심을 품었다. 한편으로는 그 할머니가 사회주의자들의 연설이라고 부르는 것에 동감하여, 제 계급에 깊은 멸시감을 품고, 니체와 프루동*[1] 연구에 많은 시간을 보내고 있었다. 다시 말해 그는 책 속에 틀어박혀 고상한 사상에만 관심을 갖고, 쉬 감동하는 '지식인(intellectuels)' 가운데 한 사람이었다. 그런 생루이지만, 그가 그토록 수많은 내 평소 편견에서 거리가 먼 존재임을 느끼게 하는 추상적인 표현은 나를 감동시키며 한편으론 얼마쯤 질리게 하였다. 그의 아버지가 어떤 분이었는지를 내가 확실히 알게 된 이유는, 내가 막 이미 멀리 흘러간 한 시대의 특수한 멋을 몸에 지닌 몽상가로 유명한 마르상트 백작에 관한 일화가 실린 회상록을 읽고 나서 마르상트 씨가 보낸 생활에 관해 좀더 자세한 점을 알고 싶어하던 나날이었기 때문이었다. 나는 로베르 드 생루가 그 아버지의 아들이 되는 것에 만족하지 않고, 그 아버지의 생활이 영위되었던 예스러운 소설 무대에 나를 안내해주지도 않으며, 오히려 니체와 프루동을 애독할 만한 교양을 쌓아올린 것이 안타까웠다. 그의 아버지야 그와 같은 나의 안타까움을 함께 나누지는 않으리라. 그 아버지 자신도 총명한 사람으로 사교인으로서의 생활을 벗어난 인물이었다. 아들을 자세히 알아볼 겨를이 거의 없었지만, 아들이 자기보다 뛰어난 사람이 되기를

---

*1 프랑스의 무정부주의 사상가이자 사회주의자(1809~65).

바랐다. 또 다른 사람들과 반대로 그는 제 아들에 감탄하기도 하고, 그가 엄숙한 명상 때문에 기분전환 삼던 심심풀이를 저버린 걸 기뻐하기도 하며, 사려와 겸허로 아들이 좋아하는 작가의 작품만 읽고서 로베르가 자기보다 얼마나 나은지 헤아렸으리라.

그런데 그렇듯 허심탄회하고, 자기와 퍽 다른 아들의 가치를 잘 이해했는지도 모르는 마르상트 씨이지만, 로베르 드 생루로 말하자면 어떤 형태로든지 예술이나 삶에 결부되어 있는 것에 가치가 있다고 믿는 인간이므로, 한평생을 사냥과 경마에 몰두하고 바그너에는 하품을 일삼으면서도 오펜바흐*2에 열중해온 아버지에 대하여 애정에 넘치는 추억이 있긴 했지만 거기에 멸시의 감정 또한 조금 섞여 있었다는 건 지극히 서글픈 일이었다. 지적인 가치란 어떤 심미적 형식에 정착하는 일과는 아무 관계도 없음을 이해할 만큼 생루는 총명하지 못했다. 또 그는 마르상트 씨의 '지성'에 대하여, 부아르디외(Boieldieu)*3의 아들 또는 라비슈의 아들이 단순히 상징적인 문학과 가장 복잡한 음악의 신봉자가 되었을 때, 그 아버지인 부아르디외 또는 라비슈에게 품었을지도 모르는 것과 거의 같은 종류의 멸시를 품고 있었다. "나는 아버지가 어떠한 분인지 통 모릅니다." 로베르가 말했다. "취미가 섬세한 분이었지만 그분의 실패는 그분이 살아온 한심한 시대 탓이었죠. 포부르 생제르맹에서 태어나신 것, 〈아름다운 헬레나(La Belle Hélène)〉*4의 시대에 살았던 것, 그게 생활에 파탄을 가져온 거죠. '링(ring)'*5에 열광하는 소시민이었다면 아마 달리 살았을 겁니다. 아버지가 문학을 좋아했다고는 하지만 어디 알 수 있나요. 그분께서 말씀하시는 문학이란 시대에 뒤진 작품뿐이니까." 내 경우에는 생루가 좀 지나치게 진지하다고 생각했는데, 그에겐 내가 좀더 진지해지지 못한 것이 이해가 안 되는 모양이었다. 그는 모든 일을 그것이 지닌 지성의 무게로밖에 판단하지 못한 채, 내가 어느 작품에 느끼는 상상의 매력을 지각 못하면서 하찮은 걸로 판단하고는, 내가—자기보다 우월하다고 믿고 있는 내가—그런 것에 흥미를 가질 수 있음에 놀라워했다.

---

*2 프랑스의 작곡가(1819~80).

*3 프랑스의 작곡가(1775~1834).

*4 오펜바흐 작곡의 오페레타.

*5 체조 경기 가운데 하나.

며칠 사이에 생루는 나의 할머니 마음을 정복하고 말았는데, 그것은 그가 우리 두 사람에게 끊임없이 호의를 보여서만이 아니라, 그가 늘 그렇듯 그 호의를 아주 자연스럽게 보였기 때문이다. 그런데 자연스러움이란—아닌 게 아니라 인간은 그 재주로 자연을 느끼게 하기 때문에—할머니가 무엇보다 좋아하는 성품이었다. 정원도 콩브레의 정원처럼 지나치게 가지런한 화단은 좋아하지 않았고, 요리도 그걸 만드는 데 쓴 재료를 거의 알아보지 못할 만큼 '잡다한 것'을 몹시 싫어했으며, 피아노 연주법에서도 지나치게 정성 들이고 공들인 것을 질색하고, 오히려 루빈슈타인의 바르지 못하고 어긋나기까지 한 음익에 유별난 기쁨을 느끼곤 했다. 할머니는 생루의 복장에서도 이런 자연스러움을 느꼈다. 그가 '풍덩한 맛'도 '꼭 끼는 맛'도 없고, 날이 선, 풀먹인 끈끈함도 없는 미끈한 맵시를 즐기고 있었기 때문이다. 할머니는 이 부유한 젊은이가 사치스러운 생활을 '돈 냄새 풍김' 없이, 잘난 체하는 겉모양 없이 해나가는 무심하고도 자유로운 태도를 더욱 높이 평가하고 있었다. 감동이 금세 얼굴에 나타나는 걸 억누르지 못하는—그건 소년기가 지나면 그 나이의 육체적 특징과 함께 일반적으로 사라지는 것인데—특징을 생루가 아직 간직하고 있음에도, 할머니는 그 자연스러움의 매력을 찾아내고 있었다. 이를테면 기대를 걸지 않았으나 마음속으로 바라고 있던 어떤 것, 오직 인사치레에 지나지 않을망정, 어떤 것을 받으면 그의 내부에 휘발유가 확 타오르는 듯한 기세 사나운 기쁨이 돌연히 일어나, 그 기쁨을 억누를 수도 감출 수도 없어, 기쁨의 주름이 온 얼굴에 만연하게 퍼지고, 너무나 얇은 두 볼은 싱싱한 붉은 혈색을 환하게 드러내보이고, 눈은 당황과 환희로 빛을 뿜었다. 그래서 할머니는 그가 지닌 솔직함과 천진한 아름다운 겉모습에 매우 감탄했는데, 하기야 적어도 내가 친밀히 사귀었을 무렵의 생루라면 그를 잘못 본 게 아니었다.

그러나 지금 나는, 잠시 잠깐 홍조의 생리학적 솔직성과 정신의 이중성이 결코 서로 받아들여지지 않는 인간이 있다는 사실을 알고 있을 뿐더러, 또 그런 인간은 셀 수 없이 많아서, 그 홍조는 다시없이 비열한 기만을 가질 가능성 있는 인간이, 누를 수 없어서 마지못해 남들 앞에서 나타내는 기쁨의, 그 강도의 표시에 불과한 수가 있다. 어쨌거나 할머니가 감탄한 생루의 자연스러움은, 그가 내게 품은 호감을 솔직하게 털어놓는 말투가 좋아서였고, 또 호감의 말도, 할머니의 말씀을 빌린다면 그 이상 적절하고도 진정 어린 건 할머니 자신도 못 찾아냈을 낱말, '세비네와 보세르장'도 서명했을 만한 낱말을 그가 쓴 점에 있었다. 그는 내 결점을 놀리는 데 무람없이—교묘하게 내 결점을 들추어 할머니를 재미나게 하면서—그러나 할머니 자신이 한 것처럼 정답게, 게다가 한편으론 내 장점을 칭찬하면서 했으므로 그 열의 있게 마음 놓고 하는 농담에서는 그 나이 또래 젊은이가 흔히 점잔 빼는 줄로 여기는 겸손과 냉담이 조금도 느껴지지 않았다. 그래서 나의 사소한 불쾌함을 알아채거나, 모르는 사이 주위가 쌀쌀하게 느껴지면 다리 위에 담요를 덮어주기도 하고, 내가 쓸쓸해하거나 기색이 좋지 않으면 아무 말 없이 밤늦도록 내 옆에 머무르며 빈틈없는 배려를 보여주었다. 내 건강 면에서 본다면 좀더 엄격한 편이 아마도 더 바람직했을 테니까, 할머니로서는 그의 그런 배려가 지나친 것처럼 보였지만 한편 나에 대한 애정의 표시로서는 할머니의 마음을 몹시 감동시켰다.

곧 그와 나 사이에 우리가 영원한 벗이 되었음이 시인되었다. 그리고 그가 '우리의 우정'이라고 말했을 때, 그것은 마치 우리 자신만이 존재하는 뭔가 중요하고도 감미로운 것을 말하는 듯했는데, 그사이 그는 이것을—애인에 대한 애정은 빼놓고—삶의 큰 기쁨이라고 불렀다. 그런 말은 내게 어떤 쓸쓸함을 느끼게 하고 거기에 대답하는 데 당황케 했는데, 그와 함께 있거나 이야기하면—아마 상대가 다른 누구라도 같은 결과가 되겠지만—오히려 나 혼자 있을 때에 느낄 수 있는 행복을 조금도 느끼지 못했기 때문이다. 혼자 있으면 감미로운 안락을 가져다주는 그 인상 가운데 어떤 것이 내 마음속에 넘쳐흐르는 것을 느낀다. 그런데 누군가 같이 있게 되거나 벗에게 말을 건네면 금세 내 정신은 빙그르르 방향을 바꿔, 사고의 방향이 나 자신이 아닌 그 대화하는 사람 쪽으로 향해버려, 사고가 그런 반대 방향을 따라가고 있을 때 나는 아무런 즐거움도 얻지 못한다.

먼저 생루 곁을 떠나자, 낱말의 도움을 받아, 그와 함께 지냈던 어수선한 순간에 대해 어떤 질서를 부여한다. 나는 혼잣말을 한다. 나는 좋은 벗을 갖고 있다, 좋은 벗이란 갖기 힘들다고. 그래서 그런 얻기 힘든 행복에 둘러싸여 있다고 느끼자 내 본디 기쁨과는 정반대의 것, 희미함 속에 숨어 있는 뭔가를 나 자신에서 추려내 그것을 밝은 데로 끌어냈다는 기쁨과 정반대의 것을 맛보았다. 로베르 드 생루와 두세 시간을 이야기해도, 내가 한 말을 그가 칭찬해주어도, 나는 내 방에 혼자 남아 일할 준비를 하지 않아서 어떠한 가책, 후회, 피곤을 느낀다. 그러나 혼잣말을 한다. 인간은 저 자신을 위해서만 이지적인 게 아니다, 아무리 위대한 사람들이라도 다른 사람들에게 평가받기를 원했다. 따라서 벗의 정신 속에 나에 대한 높은 평가를 심어준 그 시간을 헛되게 보낸 것으로 생각해서는 안 된다고. 그래서 내가 행복하게 될 거라는 확신이 쉽사리 들어 그런 우정의 행복을 여태껏 느끼지 못했던 만큼 더욱 열렬히, 앞으로 절대 빼앗기지 않기를 바랐다. 우리는 우리 바깥에 머물러 있는 좋은 것들의 잃음을 다른 무엇의 잃음보다 더 두려워하는데, 그건 우리 마음이 그것에 붙들리지 않았기 때문이다. 내게는 우정의 미덕을 행하는 데 남에게 뒤지지 않을 자신이 있었다(그도 그럴 것이 다른 사람들이 집착하는 개인적인 이익은 나에게 아무래도 좋았고, 그것보다 친구의 이익을 늘 생각하는 성미라서). 하지만 내 영혼과 남의 그것 사이에 있는 다름—우리 각자의 영혼 사이엔 저마다 다름이 있다—을 늘리는 대신에 그것을 없애려는 감정을 통해서 내게 우정의 행복을 알 수 있는 힘이 있다고는 느끼지 않았다.

반면에 때때로 내 사고력이, 생루에게는 그 자신보다 더 일반적인 인간, 곧 '귀족'에게 공통되는 요소가 있어 그것이 내적인 정신처럼 그의 팔다리를 움직이고, 그의 행동거지를 다스리고 있음을 분별할 때가 있었다. 그런 때, 그런 요소를 분별할 때, 나는 그의 곁에 있어도 고독해서, 풍경 앞에 서 있기라도 하듯 풍경의 조화만을 이해할 수 있었다. 이제 그는 내 몽상이 깊이 연구하려고 애쓰고 있는 한낱 대상에 지나지 않았다. 로베르가 바로 그런 존재가 아니기를 갈망하던 그 전 시대적인 존재, 매우 오래된 귀족으로서의 존재를 여전히 그에게서 찾아내고서는 나는 어떤 생생한 기쁨, 우정에서 오는 기쁨이 아닌 지적인 기쁨을 느꼈다. 그의 싹싹함이 그렇듯 우아한 기품을 느끼게 하는 정신적·육체적인 민첩함, 내 할머니에게 자기 마차를 내주고 거기에 모시는 거침없는 행동, 내가 추워할까 봐 내 어깨에 자기 외투를 걸쳐주려고 자리에서 뛰어나오는 재빠름 따위에서 내가 느꼈던 바는, 오로지 지성만을 내세우는 이 젊은이의 조상들이 대대로 그랬듯 능숙한 수렵가의 유전적인 유연성, 재산에 대한 조상들의 경멸(로베르에게는 벗들을 환대하려는 목적만이 재산에 대해 품은 기호와 나란히 존재해서, 벗들을 위하여 재산을 헌신짝처럼 내던지게 했는데)만이 아니었다. 특히 그런 대귀족들이 가지고 있었던, 자기가 '남들보다 위'라는 확신 내지는 망상으로, 그 때문에 생루에게는 '남들과 같다'는 점을 나타내는 욕망, 지나치게 친절히 굴지 않으려는 경계심 따위는 유전되지 않았다—그로서는 그런 실상을 전혀 몰라, 평민계급의 가장 성실함이 깃든 친절을 대부분 어색하고 뻣뻣해서 보기 흉하게 여겼다. 이따금 나는 그처럼 내 친구를 하나의 미술품으로 보고, 다시 말해 그를 인형으로서, 그 모든 것을 매어단 일반적 관념에 의해 조정되어 움직이고 있다고 생각해, 그것을 보고 기쁨을 누린다는 사실에 마음이 썩 좋지 않았다. 그를 움직이는 일반적 관념만 해도 그는 그것을 의식하지 않고 있었던 것이며, 따라서 그가 그토록 숱한 중요성을 부여하고 있는 지성과 윤리의 그 개인적인 가치, 그에게 특유한 개인적인 자질에 덧붙이는 것이 하나도 없다고 생각하여, 스스로 나무라기도 했다.

그렇지만 이 일반적인 관념은 어느 정도 신분을 결정짓는 조건이 되어 있었다. 그 정신적 활동과 사회주의 이념은 그로 하여금 옷차림이 단정하지 않은 건방진 젊은 학생들과의 교제를 구하도록 만들었지만, 그럼에도 그 젊은 학생들의 마음속에는 없는 참으로 순수하고 무사무욕한 것이 그에게 있었던 이유는 바로 그가 귀족이었기 때문이었다. 무지하고도 이기적인 계급의 후계자로 자처했기 때문에, 그 귀족 출신이라는 점을 학우들이 모른 체하고 넘어가 주길 진심으로 바라고 있었는데, 반대로 학우들은 귀족 출신이라는 점에 매력을 느껴, 그에게 짐짓 쌀쌀하고 거만하게 굴면서, 그 가문 때문에 그의 마음에 들기를 바라 마지않았다. 그처럼 콩브레의 사회학에 충실한 우리 집안이, 지체 높은 그가 어째서 외면하지 않는지 아연실색할 사람들과, 그는 스스로 교제를 트려 했던 것이다.

어느 날 생루와 내가 모래 위에 앉아 있을 때, 우리가 있는 반대쪽 천막에서, 발베크를 비껴가는 이스라엘 민족의 들끓음에 대한 저주 소리가 들려왔다. 목소리는 "놈들에게 부딪치지 않고서는 두 걸음도 디딜 수 없다"고 외치고 있었다. "내 주의로는 유대 민족에 절대로 적의를 품지 않지만, 여기는 너무 지나쳐. '여어 아프라함, 나, 샤코프를 만났어'라는 말뿐이야. 마치 아부키르 거리*1에 있는 것 같아." 그렇게 이스라엘에 대해 욕설을 퍼붓고 있는 사내가 드디어 천막 밖으로 나왔다. 우리는 눈을 쳐들어 이 반유대주의자를 보았다. 나의 급우 블로크였다. 생루는 곧바로, 블로크가 명예상을 받았던 전국 우등생 콩쿠

---

*1 파리의 제2구. 유대인이 많이 거주함.

르에서 블로크와 만났던 일, 그 다음에 어떤 민중 대학(Université populaire)*1에서도 만났던 일을 블로크가 떠올릴 수 있도록 해달라고 나에게 부탁했다.

생루는 지적으로 뛰어난 친구 누군가가 사교상의 착오를 범하거나 쑥스러운 행동을 할 때마다 그 자신은 대수롭게 여기지 않지만, 그것을 남이 알아차린 걸 친구가 알면 얼굴을 붉히겠지 생각하고, 그 친구의 감정을 상하게 할까 봐 어쩔 줄 몰라했는데, 그런 점에서 나는 예수회 교육이 로베르의 몸에 배어 있는 것을 이따금 알아차리고 잠시 미소를 띠곤 하였다. 그럴 때 자기 자신이 죄라도 범한 듯이 얼굴을 붉히는 건 도리어 로베르 쪽이었다. 예컨대 블로크가 호텔로 그를 방문하러 가겠다고 약속하면서, 다음과 같이 덧붙인 날도 그러했다.

"난 낙타에 짐을 싣고 사막을 지나는 상인의 숙박소같이 멋없는 그런 곳에서 기다리는 건 참을 수 없으며, 또 집시 악단의 연주를 듣고 있으려면 구역질이 나니까, 먼저 놈들을 입 다물게 하고, 바로 자네에게 알리도록 '라이프트(laïft)'*2에게 일러두게."

개인적으로 나는 블로크가 호텔에 오는 걸 그다지 환영하지 않았다. 공교롭게도 그 혼자 발베크에 와 있는 게 아니라 누이들과 함께였는데, 그 누이들에게도 친척과 벗들이 수없이 딸려 있었다. 그런데 그런 유대인들의 한 식민지를 형성하는 일행은 보는 눈에 유쾌하기보다 화려하기 짝이 없었다. 러시아나 루마니아의 지리 교과서에 의하면 그 나라에서는 이스라엘 민족이, 이를테면 파리에서처럼 우대받지 못하거니와 똑같이 닮지도 않았다고 씌어 있는데, 그 점에서 발베크는 그 고장과 똑같았다. 블로크의 사촌누이들과 아저씨들, 또는 그들과 같은 종교를 신봉하는 남녀들이 단 하나의 이질 분자도 섞이지 않고 늘 함께 카지노에 가서 여자들은 '댄스홀'에, 남자들은 바카라 쪽으로 갈라졌을 때, 그들 자체로는 동질, 그 통행을 바라보는 사람들과는 완전히 이질인 행렬을 이루었는데, 그것을 바라보는 측은 전혀 달랐다. 캉브르메르네 집에 드나드는 사교 동아리이건, 지방 재판소장의 당파이건, 크고 작은 부르주아이건, 혹은 파리의 한낱 씨앗 상인이건 해마다 이 고장에서 그들 일행과 얼굴을 마주

*1 1898년부터 1901년에 걸쳐 사회계급 융화를 도모할 목적으로 열린 공개 강좌.
*2 영어의 lift를 잘못 발음한 것이고, 아프라함(Apraham)과 샤코프(Chakop)도 b를 p로, j를 c로 잘못 발음한 것임.

치지만 단 한 번도 인사를 나눈 적이 없으며, 또한 그들을 바라보는 부르주아 아가씨들 쪽도 아름답고, 콧대 높고, 입가에 비웃음을 띠고, 프랑스 대성당의 조각상들처럼 진짜 프랑스적인 아가씨들인데, 그 일행 가운데 상스러운 계집애들이 '해수욕장의 유행'을 지나치게 따른 나머지, 늘 새우잡이를 갔다 오는 것 같은 차림을 하기도 하고, 한창 탱고를 추고 있는 듯한 꼴을 하기도 하는 무리와는 어울리려고 하지 않았다. 그 무리의 남자들은 어떤가 하면 턱시도에 칠피 구두라는 번쩍거리는 차림에도 불구하고, 그 맵시의 과장이 눈에 거슬려 이를테면 화가가 '머리로 짜내는' 멋부리기를 떠올리게 하였다. 다시 말해 《복음서》 또는 《천일야화》의 삽화를 그리는 데, 그 장면이 벌어진 지방을 생각하고, 베드로 성자 또는 알리바바에게, 발베크 '퐁트(ponte)'*3 그대로의 풍모를 가져다 붙이는 필법이다. 블로크는 그 누이들을 내게 소개했는데, 너무나 건방진 그녀들은 들은 척 만 척했다. 그러면서도 흠모의 대상이자 우상인 오빠의 사소한 농담에 까르르 웃어댔다. 그래서 그 무리도, 다른 데와 마찬가지로, 아마도 다른 데 이상으로 수많은 즐거움이나 장점, 미덕으로 차 있을 법하다는 생각이 들었다. 그러나 그것을 몸소 경험하려면 거기에 직접 들어가야만 했을 것이다. 그런데 그 무리란 외부 사람의 마음에 들지 않았고 그들도 그 점을 느끼고 있어, 그런 데에 유대인 배척주의가 있다는 근거를 알아차리고, 거기에 대해서는 단단하고 물샐틈없는 전투대형을 갖추고 있지만, 누구 하나 그것을 돌파하여 길을 틀 생각을 하지 않았다.

'라이프트'라고 발음한 것에 대해 나는 그다지 놀라지 않았다. 그도 그럴 것이, 며칠 전 블로크가 나에게 왜 발베크에 왔는지 묻고서(그와 반대로 그 자신이 이곳에 있는 것은 아주 자연스러운 일이라는 듯이 여기고 있었다), "아름다운 벗을 사귀려고?" 하기에 이 여행은 베네치아로 가는 소망만큼 깊지는 않지만, 내가 오래전부터 품어온 소망 가운데 한 가지였다고 대답하니까, "흥, 그렇겠지, 아름다운 부인들과 소르베나 먹으려고, 진저리나는 이야기를 귀찮게 해대는 이발소 영감과도 같은 존 러스킨 경(卿)의 《베나이스의 돌》을 읽은 척하는 게군" 하고 나에게 대꾸했던 것이다. 이런 점으로 미루어보아 명백히 블로크는, 영국에서 남자는 모조리 경이라고 불릴 뿐만 아니라, 철자 i는 언제나 아이(aï)

*3 룰렛이나 바카라에서 돈을 거는 도박사.

로 발음되는 줄로 믿고 있는 모양이었다. 한편 생루는, 거의 속된 지식이 너무나 몸에 배어 있어 도리어 그런 것을 멸시하고, 그런 지식이 없는 점에 관심을 갖는 나의 새로운 벗이니만큼, 이런 발음상의 오류를 대수롭지 않게 생각하고 있었다. 어느 날 블로크가, 베나이스를 베니스로 발음해야 하며 러스킨이 경이 아닌 사실을 알고는, 로베르가 그때 자기를 어리석게 생각했을 거라고 돌이켜 생각하여 식은땀이 났을 때, 되레 로베르 쪽에서는 늘 마음에 넘치고 있는 너그러움을 마치 가지지 못했거나 한 듯이 죄책감이 들어 블로크가 자신의 잘못을 발견했을 때 낯빛을 붉히려는 것을 미리 알아차리고 오히려 로베르 자신의 얼굴이 붉어짐을 느꼈다.

왜냐하면 로베르는, 블로크가 자기보다 더 그 오류를 중대하게 여긴다고 믿고 있기 때문이다. 사실 블로크는 며칠 뒤 그것을 증명했다. 어느 날 내가 '리프트'라고 발음하는 걸 들은 블로크가 "뭐라고! 리프트라고 하는군" 하면서 이야기를 가로막았을 때였다. 그는 무뚝뚝하고도 거만한 투로 말했다. "하기야 그런 건 대수롭지 않은 거야." 매우 중대한 경우나 그 반대의 경우에도 자존심이 강한 사람들이라면 누구나 내뱉는 어구, 반사작용과 비슷한 이 어구는 블로크의 경우와 마찬가지로 대단치 않은 거라고 내뱉는 본인이 그 문제를 얼마나 중대하게 생각하고 있는가를 나타낸다. 남의 도움도 그치고, 매달려 있는 마지막 희망의 거미줄마저 끊어지자 처음으로 거만스러운 인간의 입이 내뱉는 한심하고도 때로는 비극적인 어구, "뭐! 그런 건 대수롭지 않아, 달리 조치해보지." 그런데 하나도 대수롭지 않은 것에 취하는 조치가 때로는 자살로 끝난다.

다음에 블로크는 나에게 아주 상냥하게 말을 걸었다. 물론 나에게 아주 친절하게 굴고 싶었던 것이다. 그런데도 그는 나에게 이렇게 물었다.

"자네가 생루 팡 브레와 사귀다니 귀족이 되고 싶어서인가?—아주 빗나간 귀족으로 말이야, 자네가 순진한 줄 알았는데—한창 속물근성의 굉장한 위기를 통과하고 있는 셈이군. 안 그래, 자넨 속물이지? 그렇지, 틀려?" 이는 상냥하게 굴려는 마음이 갑자기 변한 게 아니다. 별로 정확하지 않은 낱말이지만, 프랑스어로 '나쁜 교육'이라 부르고 있는 것, 그런 그의 결점이 튀어나왔기 때문이다. 따라서 그 결점을 스스로 깨닫지 못하고, 더구나 남이 그 때문에 언짢아하리라고는 짐작조차 못했다.

인간의 세계에 있어서 저마다에게, 특유한 결점의 다양성이 존재하는 것도 이상하지만 각자에게 균등하게 주어진 덕성이 자주 일어남도 신기한 일이다. 아마도 '이 세상에서 가장 널리 퍼진 것은'*1 양식이 아니라, 착한 마음씨(la bonté)일 것이다. 우리는 아무리 멀리 떨어진 외진 곳이라도 착한 마음씨가 저만치 꽃피어 있는 것을 보고 놀란다. 마치 어느 외딴 골짜기에 다른 곳들과 영락없이 똑같은 모양으로 피어 있는 개양귀비, 또 거기서 보고 아는 것이라고는 이따금 그 외로운 붉은 모자를 파르르 떨게 하는 바람밖에 없는 개양귀비를 본 듯이. 그 착한 마음씨가 이해에 방해되어 이뤄지지 않더라도 변함없이 존재하여, 어떤 이기적인 동기에도 방해받지 않을 때, 이를테면 소설이나 신문을 읽는 동안에 꽃피어, 실생활에서는 살인도 마다하지 않을 인간조차 대중소설 애호가로서의 부드러운 정을 잃지 않고, 약한 사람 편으로, 옳은 사람과 학대받는 사람 편으로 마음을 기울인다. 그런데 미덕이 서로 비슷한 것에 반해, 결점의 다양성도 못지않게 놀라운 것이다. 가장 완전한 사람이라 해도 결점을 가지고 있기 마련이고, 그것이 남의 마음을 언짢게 하거나 격노하게 한다. 어떤 사람은 훌륭한 지성을 갖추고 모든 일을 높은 관점에서 보아 남을 나쁘게 말하는 일이 결코 없다. 그런데 제 스스로 청해 맡은, 이쪽으로 올 매우 중요한 편지를 주머니 속에 넣은 채 까맣게 잊어버려, 그 편지에 씌어 있는 중대한 회합을 망쳐놓고서도 사과도 하지 않은 채 미소만 짓는다. 그도 그럴 것이, 이 사람은 시간에 대한 관념이 없어서 어쩌다가 잊어버리고 마는 것을 자랑으로 삼고 있기 때문이다. 또 어떤 사람들은 자상하고 부드럽고 예민해서 이쪽을 기쁘게 할 것밖에 말하지 않는데도, 어쩐지 다른 생각을 마음에 숨기고 있어 이쪽의 부아를 돋우는 느낌이 든다. 그리고 이쪽을 만나는 걸 기쁨으로 삼고 있어서 한번 만나면 쉽사리 놓지 않아, 이쪽을 진저리나게 할지도 모른다. 또 어떤 사람은 뛰어나게 성실한데, 그 도가 지나쳐 이쪽에 무엇이든 다 알게 하지 않고서는 그만두지 않는다. 이쪽에서 몸이 편하지 않아 만나러 가지 못했다고 변명할 때 당신이 극장에 있는 것을 본 사람이 있다. 당신의 혈색 좋은 낯빛을 보고 온 사람이 있다. 또는 당신이 나를 위해 애써준 교섭이 조금

*1 데카르트의 《방법서설》 중에서 인용.

도 신통하지 않았는데 제삼자까지 수고해주겠다고 하니 당신에겐 별로 폐를 끼치지 않게 됐다고 말하지 않고서는 못 배긴다. 첫 번째 친구라면 당신이 극장에 가 있었다든가, 다른 사람이 도와주게 됐다든가 하는 두 경우에도 모르는 척했을 것이다. 나중 친구는 어떤가 하면, 이쪽의 부아를 돋우는 말을 되풀이하거나 늘어놓거나 하지 않고는 못 배기는 성미라서 "나는 이런 사람이다"라며 그 솔직성에 멍하니 힘주어 말한다.

한편 다른 사람들은 그 과도한 호기심으로 또는 호기심이 눈에 띄지 않아 이쪽을 성가시게 하는데, 호기심이 어찌나 없는지, 최근 가장 떠들썩한 사건을 이야기해도 멍하니 있어 사람을 초조하게 한다. 또 이쪽에서 보낸 편지를 받고서도, 이쪽에 관계가 있으나 받는 쪽엔 관계가 없는 일이 씌어 있는 경우, 몇 달이고 답장을 보내지 않는 친구가 있는가 하면, 또 부탁할 일로 찾아뵙겠다고 서신을 보내와서, 찾아올 친구를 헛걸음시킬까 봐 외출도 못 하고 있는데, 찾아오지는 않고 몇 주일씩 기다리게 하는 친구도 있는데, 까닭인즉 그 서신의 답장을 청하지 않고서도 답장을 받지 못한 데서, 이쪽이 화난 줄 여겼기 때문이다. 또 어떤 사람은 자기 생각만하고 이쪽 형편은 아랑곳없이, 제 기분이 명랑할 때에는 상대가 대꾸 한마디 못하게 혼자 떠들어대고, 이쪽에 아무리 다급한 일이 있더라도 개의치 않고 만나려 한다. 날씨 탓으로 피곤하거나 기분이 나쁘거나 할 때는, 그 입에서 말 한마디 나오게 할 수 없고, 이쪽의 노력에도 힘없는 권태로 맞서, 마치 이쪽에서 하는 말이 들리지 않는 듯 한마디도 대답하려 하지 않았다. 우리 벗들은 저마다 그처럼 여러 결점을 가지고 있으므로 그런 벗을 계속해 좋아하려면—그 재능, 선량함, 정다움을 생각해서—그 결점을 감수하려 하거나, 아니면 오히려 우리의 성의를 다해 그 결점을 계산에 넣지 않으려고 애써야만 한다. 불행히도 벗의 결점을 보지 않으려는 우리의 상냥한 배려도 상대가 장님이거나, 아니면 상대가 남들을 장님으로 여기고 있으므로 끝끝내 그 결점을 버리지 않는 고집에 지고 만다. 자기 결점을 알아채지 못하거나 또는 남이 그 결점을 알아채지 못하는 줄로 여기기 때문이다. 남의 마음을 언짢게 하는 위험은 특히 모르는 사이에 뭐가 일어났는지를 가려내기 어려운 데서 오는 것이어서, 적어도 우리는 조심해가며 절대 자기에 관한 이야기를 해서는 안 된다. 왜냐면 그런 주제에서는 남들 견해와 우리 자신의 견해가 일치하지 않는 게 확실하다고 할 수 있으니까. 남들의 본디 생활을 발견했을 때, 즉 표면적인 세계 뒤에 숨은 원리의 세계를 발견했을 때, 마치 평범한 집인데 그 안을 살펴보니 보물, 도적이 쓰는 짧은 지렛대, 시신으로 가득 찬 것을 보았을 때처럼 놀라웠다. 동시에 우리가 남들이 이러니저러니 하는 말들로 지어낸 우리 자신의 모습에 비해—남들이 우리가 없는 데서 우리에 관해 지껄이는 말을 통해—그들이 우리 생활에 대하여 얼마나 딴판인 모습을 품고 있는지 알 때 우리의 놀라움은 크다. 그러므로 우리가 자신에 대해서 말할 때마다 해가 없으면서도 조심스러운 말로 하고, 듣는 쪽은 보기에 예절 바르고 찬동하는 표정을 짓지만, 뒤꿈치를 돌리고 나면 몹시 성나거나 아니면 몹시 명랑한 표정이 되는데, 어쨌든 우리말에 아주 바람직스럽지 않은 해석을 붙여 사람들 입에 오르내리게 할 게 뻔하다.

위험이 가장 적은 건 우리가 우리 자신에 대한 관념과 입 밖에 내는 말 사이의 부조화로 상대방을 귀찮게 하는 경우인데, 그런 부조화는 대부분 자기가 자신에 관해 하는 얘기를 우스꽝스럽게 여기게 하는 것으로, 음악 애호가인 체하는 사람이 자기가 좋아하는 가락을 콧노래로 부르고자, 그 가락의 분명하지 않은 속삭임을 힘찬 몸짓과 그 가락의 감탄할 점이 전혀 드러나지 않는 찬사로 채우면서 불러대는 흥얼거림과도 같다. 또 자기와 자기의 결점을 말하는 나쁜 습관과 한 덩어리를 이루는 것으로, 자신이 갖고 있는 결점과 아주 비슷한 결점이 남에게 있다는 걸 지적하는 또 다른 나쁜 습관을 덧붙여야겠다. 그런데 말하는 게 언제나 남의 결점일 때 마치 그것이 자기에 관해 얘기하는 완곡한 방법인 듯, 죄를 용서받는 기쁨에 털어놓고 얘기하는 기쁨을 더하는 셈이다.

그리고 또, 우리가 성격을 나타내는 특징에 늘 기울이는 주의로 말하자면, 무엇보다 남들에게서 발견하는 우리의 특징에 주목하는 성싶다. 근시인 사람은 남의 근시에 대해 이렇게 말한다. "게다가 그분의 눈은 뜨나마나 한걸요." 폐병 환자는 아주 튼튼한 사람의 폐에도 여러 의심을 한다. 불결한 사람은 남들이 목욕을 안 하는 사실만 말한다. 고약한 냄새를 풍기는 사람은 누구나 다 고약한 냄새가 난다고 우긴다. 아내에게 속은 남편은 어디서나 아내에게 속은 남편을, 바람난 아내는 여기저기에서 바람난 아내를, 속물은 곳곳에서 속물을 본다. 뿐만 아니라 각자의 악습은 저마다 직업인 양 특별한 지식을 요구하고 발전시켜, 이를 늘어놓길 사양치 않는다. 성도착자는 도착자를 찾아내고, 사교계에 초대된 재단사는 아직 얘기도 나누기 전에 벌써 이쪽의 옷감에 눈독을 들이고 손가락으로 옷감의 질을 만져보고 싶어 안달이 난다. 만약 당신이 치과 의사하고 잠시 얘기를 나눈 뒤에 이쪽의 개인적인 형편에 관한 진실한 의견을 물어볼 것 같으면, 상대는 충치의 개수를 말하리라. 그에게는 이보다 더 중요한 게 따로 없는 듯싶은데, 그런 말투를 주목한 이쪽으로서는 그보다 더 우스꽝스러운 일도 없다. 우리가 남들을 장님이라고 여김은 오로지 자신에 대해 말할 때뿐만이 아니다. 우리는 늘 남들이 장님인 것처럼 행동한다. 우리에겐 저마다 유별난 신령이 붙어 있어, 그 신령이 우리로부터 우리의 결점을 숨기거나 또는 틀림없이 남의 눈에 띄지 않는다고 말함으로써 그 신령은 몸을 씻지 않은 사람에게, 귀에 엉긴 때꼽재기와 겨드랑이 밑에서 나는 땀내에 눈과 콧구멍을 막히게 하여, 아무도 그것을 알아채지 않을 사교계에 저마다 그 때꼽재기와 땀내를 탈 없이 끌고 다닐 수 있다는 확신을 준다. 가짜 진주를 몸에 걸거나 선물이라고 주는 사람은 그게 진짜로 보이리라 상상한다. 블로크는 몸가짐이 바르지 않았고 신경질적인 데다가 속물이며 가난한 가정에서 태어나, 바다의 밑바닥에 있기라도 한 듯, 한없이 무거운 압력을 버티고 있었으니, 겉면에 존재하는 기독교도의 압력뿐만이 아니라, 그의 위에 있는 유대인 계급의 각 층은, 제각기 바로 아래층을 멸시로 짓누르면서, 그의 위에 압력을 가하고 있었던 것이다. 블로크가 유대인 가정에서 유대인 가정으로 올라가면서 자유로운 대기권까지 뚫고 나가려면 몇천 년이 필요했으리라. 차라리 다른 방향에 출구를 새로 만들려고 노력하는 편이 나았다.

블로크가 나에게 속물근성의 위기를 지나가려는 거냐고 말하고, 내가 속물임을 까놓고 말하라며 따졌을 때, 나는 이렇게 대답할 수도 있었을 것이다. '내가 속물이었다면 자네하고 사귀지 않았을걸.' 그러나 나는 그저 심한 말을 하지 말라고 대답했을 뿐이었다. 그러자 그는 변명을 하려 했는데, 그 투가, 먼저 한 말로 되돌아가면서 더 심한 말을 할 기회를 얻는 데 기쁨을 느끼는 교양이 모자란 인간이 하는 말투, 바로 그것이었다. "용서하게." 이렇게, 이제 그는 나를 만날 때마다 말하곤 했다. "자네를 마음 아프게 하고 괴롭힌 건 일부러 심술궂게 군 거지. 그렇지만—일반적으로 인간이란, 특히 자네 친구인 나는 참으로 별난 동물이지—자네는 상상도 못할 걸세. 자네한테 그렇게 심하게 지분거리는 내가 사실은 어떠한 애정을 품고 있는지, 그 애정에 휩쓸리자 자네를 생각만 해도 번번이 눈물이 나네그려." 그러고 나서 그는 흐느꼈다.

그러한 블로크의 고약스런 태도보다 나를 더욱 놀라게 한 것은, 그 대화의 질이 얼마나 고르지 못했는가 하는 점이었다. 인기 많은 작가들을 "놈은 우중충한 바보야, 아주 숙맥이야" 말하곤 하는 이 까다로운 젊은이가 이따금 하나도 재미없는 일화를 무척 유쾌한 듯이 얘기하고, "참말로 이상한 놈"이라며 아주 평범한 사람의 이름을 댔다. 남들의 기지·가치·흥미를 판단하는 이런 두 개의 저울은, 내가 블로크의 아버지와 아는 사이가 될 때까지 계속해서 나를 놀라게 했다.

우리(생루와 나)가 블로크의 아버지를 알게 되리라고는 생각조차 못했다. 그도 그럴 것이 여태껏 블로크는 생루한테 나를 나쁘게 말하고, 나한테 생루를 나쁘게 말하고 있었기 때문이다. 특히 그는 내가 (여전히) 지독한 속물이라고 로베르에게 말했던 것이다. "아니, 그놈은 르그랑댕 씨와 알게 된 게 기뻐서 어쩔 줄 모른다니까." 블로크가 말 하나의 낱말을 그렇게 떼어 발음하는 버릇은 빈정거림의 표시인 동시에 문학 취미의 표시이기도 했다. 르그랑댕의 이름을 한 번도 들은 적 없던 생루는 놀라서 물었다. "그분은 누구시죠?"—"오오! 아주 좋은 놈이죠." 블로크는 웃으며 대답하고서, 추운 듯이 두 손을 윗도리 주머니 속에 찔러넣었는데, 그는 그 순간에 바르베 도르빌리(Barbey d'Aurevilly)*1가 묘사한 인물 따위와는 비교도 안 될 만큼 비범한 시골 귀족의 생생한 모습을 바로 지금 눈앞에서 물끄러미 바라보는 중이라고 믿는 듯했다. '르'를 거듭 발음해, 이 이름을 최상품 포도주인 듯이 맛보면서, 르그랑댕 씨를 묘사해 보이지 못하는 안타까움을 스스로 달래는 것이었다.

그러나 이런 주관적인 즐거움이 남들에게 통할 리 없다. 그는 생루에게 나를 나쁘게 말하면서, 한편으로는 나한테 생루를 나쁘게 말했다. 그다음 날 벌써 우리는 각기 그 험담의 내용을 알아버렸다. 우리 두 사람이 서로 그 험담을 거듭 일러주어서가 아니다. 그랬다면 우리는 큰 죄를 저지른 것으로 여겼으리라. 사실 블로크는, 탄로나는 게 당연한 듯이 거의 불가피한 일처럼 보여 불안한 나머지, 또 어차피 두 사람이 알고야 말 것을 둘 가운데 하나에게 알려두기만 하면 그만큼 확실해질 거라는 생각에 선수를 써서, 생루를 따로 데리고

---

*1 프랑스의 작가(1808~89). 노르망디 지방의 몰락한 귀족으로, 그의 작품에는 부르주아 사회의 속물근성을 배척하는 경향이 있음.

가, 귀에 들어갈 거라고 생각해 일부러 그를 나쁘게 말했다고 털어놓고 '서약의 수호신 크로니온 제우스(Kronion Zeus)*[1]를 걸고' 그를 좋아한다, 그를 위해서면 목숨도 바치겠다고 맹세하며 눈물을 닦았다. 같은 날, 블로크는 나와 단둘이 만날 기회를 만들어 실토하고 나서, 자네를 위해 그런 짓을 했는데, 어떤 사교 관계가 자네한테 좋지 않게 여겨져서, '자네 값어치가 깎일까 봐' 그랬노라고 잘라 말했다. 그러고 나서 술주정뱅이의 감동과 더불어(하긴 그의 도취는 순전히 신경질적이었지만) 내 손을 잡고 이렇게 말했다. "나를 믿어줘. 만약 내가 어제, 자네를, 콩브레를, 자네에 대한 내 한없는 애정을, 이젠 자네가 기억조차 못하는 그 오후의 수업을 생각하면서 밤새도록 흐느껴 울었다는 게 거짓말이라면 암흑의 여신 케르(Ker)가 당장 나를 인간이 피하는 하데스의 문*[2]으로 들어가게 해도 좋아. 아무렴 밤새도록이지. 자네한테 맹세하네. 아아, 왜냐하면 난 남들의 속셈을 훤히 들여다보니까, 자네가 나를 믿지 않으리라는 걸." 사실 나는 그를 믿지 않았고, 또 그가 얘기 도중에 퍼뜩 생각해낸 느낌이 드는 '케르를 걸고' 한 맹세는 묵직한 무게를 덧붙이지 못했을 뿐더러, 그런 고대 그리스에 대한 숭배는 블로크에게 순전히 문학적인 것이었다. 게다가 거짓말에 자기 스스로 감동하기 시작하여 남도 감동시키고 싶어지자 '자네에게 그 정을 맹세한다'고 말하는 게 그의 버릇인데, 이는 진실을 말하고 있다는 점을 믿게 하려는 의도에서라기보다 거짓말하는 히스테리성 쾌락 때문에 입 밖에 내는 말이었다. 나는 그가 하는 말을 믿지 않았지만 탓하지도 않았으니, 어머니와 할머니의 기질을 타고난 나는 더 심한 못된 자에게도 원한을 품을 수 없고, 또 누구에게나 그 죄를 탓할 수 없었기 때문이다.

게다가 블로크도 전적으로 고약한 젊은이가 아니었고, 매우 얌전한 마음씨도 지니고 있었다. 나의 할머니나 어머니같이 허물없는 인간을 낳은 콩브레 종족이 거의 사라지다시피 한 뒤로, 나는 다음과 같은 인간 두 종류 가운데 하나를 택할 수밖에 없었다. 하나는 오직 그 목소리만 들어도 이쪽의 생활을 티끌만큼도 걱정하지 않는 게 금세 드러나는 무감각하지만 신의 있는, 정직한 멍청이, 또 하나는 우리 곁에 있는 동안 우리를 이해하고, 우리에게 애정을 품고 눈물이 나도록 감동하나, 몇 시간 뒤에는 신랄하게 야유하는 것으로 보복하고,

*1 '크로노스(Kronos)의 아들 제우스'라는 뜻.
*2 저승.

그러다가 우리 곁에 다시 오면 여전히 이해심이 깊고, 매력 있으며, 한동안 우리와 같아지는 인간. 이런 두 종류 가운데, 나로서는 도덕적인 가치를 제외하고는, 적이도 교제상 택하는 쪽은 두 번째 인간이라고 생각한다.

"자네를 생각할 때의 내 고통을 자넨 상상조차 못하네." 블로크가 다시 말했다. "결국 말이야, 그건 내 몸속에 있는 유대인적인 일면이지." 그는 마치 '유대인의 피'의 아주 적은 양을 현미경에 대보려고나 하는 듯 눈을 좁히면서, 또 조상 모두가 기독교인 프랑스 대귀족이 사뮈엘 베르나르*[3]를 조상에 끼워넣거나, 또는 더 옛날로 거슬러 올라가, 레위 가문 사람들이, 이른바 자기네들이 거기에서 유래했노라 주장하는 바의 성모를 조상 수에 넣거나 할 때에 프랑스의 아무개 대공이 말했을 법한 투(입속으로만 말했지 입 밖에 내지 못했을)로 비꼬며 덧붙였다. "나는 말이야." 그는 이어 말했다.

"내 유대인 혈통에 속할 수 있는 요소, 하기야 꽤 희박한 요소지만, 그걸 그렇게 내 감정 속에 넣기를 좋아하네그려." 그가 이와 같은 어구를 입 밖에 낸 것은, 이 어구가 그 종족에 관한 사실을 밝히는 데 재치 있고도 용감스럽다고 느꼈기 때문이며, 또한 그 사실의 신빙성을 뚜렷하게 줄여버리는 그의 수단이기도 했다. 마치 부채를 전부 갚아버리려고 결심하면서도 그 절반만을 지출할 용기밖에 없는 구두쇠처럼. 이와 같은 속임수는 대담하게 사실을 발표하려고 하면서도, 그 사실을 왜곡시키는 거짓말을 상당수 섞는 데 있는데, 생각보다 더 널리 전해져, 평소에 그런 수를 쓰지 않는 사람들도, 일생 중의 어떤 위기, 특히 연애 관계의 위기에 닥칠 때, 그 수를 쓰는 기회에 말려들어간다.

이렇게 블로크는 생루에게 나를 나쁘게 말하고, 나에게 생루를 헐뜯었는데, 결국에는 두 사람에게 실토하곤 하는 모든 만찬에 초대하게 되었다. 어쩌면 그는 처음에 생루만 초대하려 했을지도 모른다. 이 있을 법한 속셈은 성과를 거두지 못했으니, 블로크가 어느 날 다음과 같이 나와 생루에게 말했기 때문이다. "친애하는 친구와 아레스(Ares)*[4]의 총애를 받은 검사이자 명기수인 드 생루 팡 브레시여, 파도 소리 우렁차게 울리는 암피트리테(Amphitrite)*[5]의 바닷가, 쾌속선의 임자인 메니에 집안의 천막 근처에서, 소생이 두 분을 오랜만에 우연히 다시 만

---

*3 프랑스의 금융업자(1651~1739). 루이 14세도 자주 그에게 의지했음.

*4 그리스 신화의 군신.

*5 로마 신화의 해신 넵투누스의 아내. 바다의 여신.

난 인연으로, 나무랄 데 없는 마음씨 덕분에 그 이름이 자자한 이의 아버지 거처까지, 이번 주 중 하루, 두 분이 함께 만찬에 참석하러 와주시지 않겠습니까?"

그가 우리한테 이런 초대를 한 것은 생루와 한층 더 긴밀한 유대를 맺고 싶었기 때문이며, 그러면 자신을 귀족 사회에 들어가게 해줄 수 있을 거라 기대했기 때문이다. 만약에 내가 나를 위해 이런 소망을 품었더라면, 그것이 블로크에게 몹시 흉악한 속물근성의 표시로 보였으리라. 그런 속물근성이야말로 내 성질의 일면에 있다는 그의 견해와 일치하지만, 그 또한 적어도 여태껏, 내 성질의 중심이라고는 판단하지 않아왔던 것이다. 그런데 똑같은 소망이라도 그의 경우에는 어쩌면 그가 어떤 문학상의 이용 가치를 발견할지도 모르는, 미지 사회로 전향하고 싶어하는 그 지성의 온당한 호기심의 표시로 느껴졌다.

블로크의 아버지는, 그 아들이 친구 가운데 하나를 만찬에 데리고 오겠다고 말하면서, 야유 섞인 만족스런 말투로 '생루 팡 브레 후작'이라는 작위와 이름을 댔을 때 심한 충격을 받았다. "생루 팡 브레 후작이라고! 허어! 그 녀석!" 블로크의 아버지는 그에게 있어서 사회적 경의의 가장 강한 표현인 이런 욕설을 쓰면서 외쳤다. 그리고 그와 같은 교제를 맺을 수 있었던 아들에게 '정말 놀라운 놈이야. 이 비범한 놈이 과연 내 아들인가?' 하는 뜻을 나타내는 감탄 섞인 눈길을 던졌다. 이 눈길은 내 동료에게 마치 다달의 용돈에 50프랑이 늘기라도 한 듯한 기쁨을 주었다. 그도 그럴 것이 블로크는 가정환경이 거북했고, 또 허구한 날 르콩트 드 릴, 에레디아와 그 밖에 여러 '보헤미안'들을 감탄하는 속에 지내어 아버지한테 빗나간 자식으로 여겨지고 있음을 느껴왔기 때문이다. 그런데 지난날 수에즈 운하의 총재였던 분을 아버지로 모시는 생루 팡 브레와 교제를 맺다니!(허어! 그 녀석!) 이는 '왈가왈부할 게 없는' 결과가 아니고 뭐냐. 망가질까 봐 입체경을 파리에 두고 온 것이 더욱더 유감스러웠다. 블로크 아버지만이 그것을 다루는 기술 내지는 권리를 갖고 있었다. 게다가 그는 그것을 해보이는 게 드물고, 하는 날은 일부러, 대연회에서, 임시 고용된 하인이 많은 날에 한하였던 것이다. 따라서 입체경을 공개할 때에는, 그 자리에 모인 사람들로서는 특권을 즐기는 듯한 분위기가 조성되고, 공개를 주관하는 집주인으로서는 타고난 재능에서 비롯한 성실은 위신이 조성되었는데, 만에 하나라도 입체경 화면이 블로크 씨 자신이 촬영한 것이며, 기계 자체가 그의 발명품이었다면, 그 위신이야말로 더 컸을 것이다.—"어제 살로몽네에 초대받지 못하셨나요?" 하고 친척들 사이에 블로크에 대한 화제가 가끔 입에 오르곤 했다.—"못 받았는데요, 끼지 못했나 보죠!"—"재미나는 일이라도 있었나요?"—"굉장했어요, 입체경의 원판 모두를 공개했거든요."—"그거 분한데요. 실체경의 공개였다면, 살로몽이 그것을 보여줄 땐 기가 막히다니까요."—"하는 수 없죠."

블로크 씨는 아들에게 말했다. "전부 한꺼번에 내놓지 않아도 괜찮아. 그런대로 그 사람은 나중에 즐길 것이 남게 되는 셈이니까." 아버지다운 정으로 아들을 감동시키려고, 기구를 운반시켜올까 하고 수차례 생각해보기는 했던 것이다. 그러나 '물리적 시간'이 부족했다. 아니, 오히려 그만한 시간이 없을 듯했다. 그런데 우리는 그 만찬을 미뤄야 했다. 빌파리지 부인 곁에서 2~3일 지내고 갈 어느 아저씨를 기다리느라고 생루가 멋대로 외출할 수가 없었기 때문이다. 육체 단련, 특히 장거리 도보에 열중해, 그 아저씨가 시골에 있는 별장에서 행차하시는데, 대부분을 걷고, 밤엔 길가에 있는 농장에서 쉬는 형편이라, 발베크에 언제 닿을지 도저히 갈피를 잡을 수 없었다. 그래서 생루는 외출할 수도 없어서, 전신국이 있는 앵카르빌까지, 그가 날마다 애인에게 전보를 치러 가는 걸 내게 부탁했다. 그가 그처럼 간절히 기다리는 아저씨는 팔라메드로 불리는데, 그 이름은 시칠리아 대공이라는 조상에게 이어받은 세례명이었다. 그런데 나중에 내가 역사 서적을 읽는 도중에, 르네상스의 아름다운 메달이라고도 할 만한 이름—사람에 따라서는 틀림없는 옛것이라 말하는—중세 이탈리아 대사법관이나 가톨릭교회의 추기경 같은 이름이 대대로 그 가문에 남아, 교황청에서 내 벗의 아저씨에 이르기까지 자자손손 전해 내려온 것을 알았다. 그때 느꼈던 기쁨은 돈이 없어서 메달 수집함이나 화랑을 마련 못하는 사람들이, 옛 이름들을 찾았을 때의 기쁨이었다(그 이름들은 옛 지도, 조감도, 표지 또는 관습법전같이 참고 자료가 되기도 하고 그 자체로 아름다운 고장 이름과, 또 우리 선조가 라틴 어와 색슨 어에 길이 남을 삭제의 상처를 입혀, 그것이 후세 문법의 엄한 법규가 되어버리고 만, 그 근원에 있던 어법의 결함이나 인종상의 상스러운 말투나 올바르지 못한 발음이, 프랑스 어의 아름다운 어미로 남아서 우리 귀에 우렁차게 울리기도 하는 세례명이다). 요컨대 옛 악기로 옛 음악을 타보려고 비올라 다 감바(viola da gamba)와 비올라 다모레(viola d'amore)*1를 사들이는

*1 두 가지 다 비올라의 종류인데, 크고 작은 것을 구분하여 이름 붙인 것임.

사람들처럼, 그 옛 이름의 울림을 수집한 덕분에 저 혼자만의 연주회를 즐기는, 그런 즐거움을 느꼈다. 생루가 내게 한 얘기에 의하면, 팔라메드는 문을 가장 굳게 닫아건 귀족 사회에서도 유별나게 접근하기 어려운, 교만한, 제 고귀한 태생에 심취한 인간으로 남다른 빛을 띠는 존재이고, 형수와 그 밖의 선택된 몇몇 인물과 함께 페닉스 클럽이라 부르는 모임을 이루고 있었다. 그 모임에서도, 그의 오만한 말과 행동이 어찌나 두려움의 대상이 되고 있었던지, 한번은 그와 벗이 되고 싶은 사교인들이 그의 친형에게 주선을 부탁했는데도 단박에 거절해버릴 정도였다. "어림없는 말씀, 팔라메드에게 소개시켜달라는 부탁일랑 나한테 하지 마시오, 내 안사람이나 우리가 모두 매달려도 도저히 안 될 거요. 어쩌면 당신에게 무뚝뚝하게 대할지도 모르니까 하기 싫소." 자키 클럽에서도, 그는 몇몇 친구와 결탁해 그들 사이에서 지명한 이백 명 정도의 회원에게는 결코 소개되지 않기로 하고 있었다. 그리고 파리 백작네에서는, 그는 그 우아함과 자존심 때문에 '왕자'라는 별명으로 통했다.

생루는 아저씨의 오래된 젊은 시절에 대해 나에게 얘기했다. 아저씨는 날마다 여러 여인을 자기 거처로 데려왔는데, 그 거처라는 게, 두 친구와 함께 쓰는 사내들만의 거처로, 두 친구도 그와 마찬가지로 잘생겨서, 그 때문에 그들을 '레 트루아 그라스(les trois Grâces)'*1라고 불렀다는 것이다.

"그 무렵 이런 일이 있었다는군요. 전부터 어떤 사내가—만약 발자크라면, 지금은 포부르 생제르맹 귀족 사회의 가장 주목받는 대상이라고 말했을 사내이지만, 신통하지 못했던 초기에는 여러 괴상한 취미를 보이던 사내인데, 이 사람이—아저씨에게, 그 독신 남자의 집을 방문하게 해달라고 부탁했다는군요. 그런데 도착하자마자 여인들이 아니라, 나의 아저씨 팔라메드에게 야릇한 고백인지 뭔지를 하기 시작하더래요. 아저씨는 뭐가 뭔지 이해 못하는 척 시치미를 떼고, 그럴싸한 핑계로 두 친구를 데려왔다는군요. 두 친구가 들어오자마자 이 파렴치한을 움켜잡아 발가벗기고 피가 나도록 두들겨 패고는, 영하 10도나 되는 추위에도 바깥으로 발길질해서 내찼더래요. 그래서 반죽음이 된 꼴로 발견됐는데 너무나 심한 봉변이라, 당국이 조사를 시작하려니까, 이 사내는 모진 고생 끝에 겨우 그걸 말렸다는 겁니다. 아저씨도 지금은 그처럼 잔혹

*1 그리스 신화의 카리테스(Charites). 곧 미의 세 여신.

한 짓을 하지 않겠지만요. 사교계 사람들에게는 아주 거만한 그분이, 지금에 와서 서민들에게 얼마나 애정을 드러내고 보호해주는지, 그런데도 그들은 얼마나 또 배은망덕한지 당신은 상상도 못할 겁니다. 어느 호텔에서 그의 시중을 든 하인이 그의 주선으로 파리에 취직되기도 하고, 농사꾼에게 생업 한 가지를 익히게도 했지요. 이런 일이 사교에서와는 대조적인, 그가 갖고 있는 꽤 싹싹한 면입니다." 생루 또한 '그가 갖고 있는 꽤 싹싹한 면, 그의 꽤 싹싹한 면'이라는 표현, 이를테면 자기는 계산에 넣지 않고 '서민'이야말로 전부라는 사고방식을 급속히 만들어내는 매우 귀중한 씨앗을 잉태하고 있는 표현, 요컨대 서민의 자존심과는 정반대인 표현을 싹트게 할 수 있던, 높은 안쪽에 자리잡은 사교 사회의 젊은이에 속해 있었다.

"아저씨가 젊었을 때 온 사교계의 유행이나 풍조를 어떻게 지배하고 좌우했는지 떠올리지도 못할 정도랍니다. 모든 경우에서, 그분이 보기에 가장 마음에 드는, 편하게 느끼는 일을 하곤 했는데, 그것을 곧 속물들이 본떴다는 겁니다. 극장에 있다가 목이 말라 칸막이 좌석 안쪽으로 마실 것을 가져오게 했더니, 다음 주에는 각 좌석 안쪽이 모두 청량음료로 가득하더래요. 비가 많이 온 어느 해 여름, 가벼운 류머티즘으로 몸이 거북한 그가 부드럽지만 따뜻한 여행용 외투를 주문했대요. 여행할 때 거의 무릎덮개로밖에 쓰지 않는 것으로 그 푸른 빛깔과 오렌지 빛깔의 줄무늬를 마음에 들어했는데, 금세 고급 양복점에, 그 단골들한테서 푸른 줄무늬의 폭신폭신한 모직으로 술 달린 외투 주문이 쇄도하더래요. 하루 머물렀던 어느 별장의 만찬회에선 무슨 이유인지, 모든 예절의 격식을 벗어던지고, 그 기분을 내려고 야회복을 지참하지 않고 오후에 입던 평상복 그대로 식탁에 앉은 적이 있었는데, 그 때문에 시골 만찬회에 평상복으로 참석하는 게 그 무렵의 유행이 되었다는 겁니다. 과자를 먹는 데 숟가락이 아니라 포크를 쓰거나, 그분이 고안해서 금은방에 주문한 그릇을 쓰거나 또는 손가락으로 집거나 하면, 그 밖의 식은 쓰이지 않더랍니다. 베토벤의 사중주곡 하나를 몇 번이고 되풀이해서 듣고 싶어(무엇이나 괴상한 생각으로 대하는 그분은 이 방면에도 바보이기는커녕 타고난 재능이 있어서) 매주 음악가들을 초청하여 몇몇 친구들을 위해 연주시킨 일이 있었습니다. 그러자 그해의 최고 풍류는 다름 아닌 몇몇 사람이 모여 실내악을 듣는 일, 바로 그게 됩니다. 하기야 그분은 삶에 권태를 느낀 일이 없나 봐요. 미남이었으니, 사귄 여인도 많을 테고! 더구나 나는 그녀들이 어떤 여인들이었는지 확실히 말할 수 없는 게, 그분의 조심성이 여간 아니거든요. 그러나 그분이 돌아가신 내 아주머니를 곧잘 속인 것은 압니다. 그렇다고 그분이 아주머니한테 상냥하게 굴지 않았던 건 아니며, 아주머니가 그분을 뜨겁게 사랑하지 않았던 것도 아닙니다. 아주머니가 돌아가시자 그분은 몇 해를 두고 슬퍼하며 눈물을 흘렸습니다. 파리에 계실 때면 그분은 거의 날마다 묘소에 가죠."

로베르가 그 아저씨를 기다리면서 그처럼 아저씨에 관한 얘기를 해주던 날은 허탕치고, 그다음 날 아침, 내가 호텔로 돌아가는 길에 카지노 앞을 혼자 지나가다가, 누군가가 멀지 않은 거리에서 나를 바라보고 있는 걸 언뜻 느꼈다. 돌아보니, 큰 키에 꽤 뚱뚱한, 시커먼 윗수염이 있는 마흔 살 남짓한 남자가, 가느다란 짧은 지팡이로 판탈롱을 신경질적으로 치면서, 유심히 보기 위해 크게 뜬 눈으로 나를 뚫어지게 보고 있는 모습이 눈에 띄었다. 순간 그 눈에서 매우 활발한 눈길의 불꽃이 사방으로 퍼져나왔는데, 그것은 어떤 종류의 인간, 예컨대 미치광이 또는 간첩 같은 인간이 모르는 사람 앞에서 어떤 동기 때문에, 여느 머리에 떠오르지 않는 온갖 생각을 일으킬 때의 눈초리였다. 그 남자는 내 쪽으로 마지막 눈길을 흘깃 보냈는데, 대담하고도 신중한, 빠르고도 깊은, 마치 달아나는 순간에 쏘는 마지막 한 발인 듯했다. 그러고 나서 주위를 한 바퀴 훑어본 다음 돌연 먼 산을 바라보는 거만한 모습을 짓더니 별안간 눈길을 광고지 쪽으로 돌려, 어떤 노래 가락을 흥얼거리고, 단춧구멍에 늘어뜨린 들장미꽃을 고쳐 꽂으면서 열심히 광고지 내용을 읽기 시작했다. 그는 주머니에서 수첩을 꺼내, 광고지에 나 있는 구경거리의 제목을 적는 체하고, 회중시계를 두세 번 꺼내며, 검정 밀짚모자를 눈 위로 푹 내려, 누가 오지 않았나 보려는 것처럼 모자 챙에 손을 대고, 꽤 오래 기다린 것을 남에게 보이고 싶어서 하는, 그러나 정말 기다릴 때는 절대 취하지 않는 불만의 몸짓을 하고 나서 이번엔 모자를 뒤로 벌렁 밀어, 위쪽을 짧고 편평하게 깎았으나 양쪽에는 꽤 기다란 비둘기 날개 모양으로 기복을 이룬 머리털을 남긴 머리 모양을 드러내 보이면서, 그다지 덥지도 않은데 몹시 더워 타는 겉모양을 해보이려 한 숨을 내뱉었다. 나는 호텔에 드나드는 깡패가 아닐까 생각했다. 그 깡패가 아마도 며칠 전부터 할머니와 나에게 눈독을 들여오다가, 어떤 악행을 저지르려고 나를 몰래 살펴보고 있는 현장을 들킨 걸 내가 막 알아챈 게 아닐까. 내 눈을 속이려고, 아마도 급작스럽게 태도를 바꿔 먼 산을 바라보는 멍한 겉모양을 나타내려고 했는데 과장되게 보여 그 목적이 적어도, 내가 품었을지도 모를 의심을 없애버리는 것만이 아니라, 내가 모르는 사이에 그에게 입혔을지도 모르는 모욕의 앙갚음을 한다고 여겼다. 즉 내가 남의 주목을 끌 만큼 대단한 인간이 아니라는 생각을 내 머리에 심어주는 데 있는 성싶었다. 그는 도전적인 태도로 상반신을 뒤로 펴고 입술을 바싹 다물며, 윗수염을 비틀어 올리고, 그러고서 그 시선에는 냉정한, 가혹한, 거의 모욕적인 어떤 것을 띠고 있었다. 따라서 그런 기이한 표정이 나로 하여금 도둑이 아닌가, 정신병자가 아닌가 여기게 했던 것이다. 그렇지만 그의 복장은 매우 공들인 것이었는데, 내가 발베크에서 보아온 어느 해수욕객의 복장보다 점잖고도 간소해, 남들이 입고 나오는 눈부시게 희지만 신통하지 않은 옷에 곧잘 기가 꺾이던 내 웃음을 위해서는 마음 놓이게 하는 점이 있었다.

하지만 거기에 할머니가 마중 나와 우리 두 사람은 할머니와 함께 한 바퀴 돌고 나서, 한 시간 뒤에 호텔로 잠시 돌아간 할머니를 그 앞에서 기다리고 있으려니까, 빌파리지 부인이 로베르 드 생루와 아까 카지노 앞에서 나를 뚫어지게 바라보던 낯선 남자와 함께 외출하는 모습이 보였다. 그 눈초리는 아까 내가 그를 알아차리던 순간과 똑같이 번개처럼 빠르게 나를 통해 지나가고, 그러고서 아무것도 안 본 듯이 되돌아가, 앞서보다 좀 낮은 앞쪽의 위치와 가지런히 놓였는데, 무디게 된 것이 마치 바깥이 하나도 보이지 않는 체하면서, 안에 있는 것도 무엇 하나 읽히지 않는 국외 중립의 눈초리, 뜬 눈의 가장자리에 속눈썹을 느끼는 만족감밖에 나타나 있지 않은 눈초리, 어떤 위선자들이 짓는 신심 깊은 체하는 눈초리, 어떤 백치들이 짓는 싱거운 눈초리인 듯싶었다. 나는 그의 복장이 변한 것을 보았다. 지금 입고 있는 옷이 더 수수했다. 아마 바른 멋은 바르지 않은 멋보다 더 산뜻함에 가깝기 때문일 거다. 그러나 그것만이 아니었다. 더 가까이 보고서 느꼈는데, 그 의복에는 화려한 색깔이 거의 없다시피 했다. 그렇게 색깔을 멀리한 것은 그 색깔에 무관심해서가 아니라 오히려 어떤 이유에선지 스스로 그 색깔을 금하고 있기 때문이었다. 그러한 의복에서 보이는 수수함은 감각의 결핍에서 비롯하기보다, 절제에 따르는 데서 비롯하는 수수함과 같은 것으로 느껴졌다. 판탈롱 천의 결에 있는, 짙은 초록빛의 가는 줄기가 양말의 줄무늬와 잘 어울리는 세련된 취미는, 다른 곳의 광나지 않은 아담한 정취의 생기와, 그 한 곳에만 양보가 행해진 관용을 드러내고 있는 한편, 그러한 전체의 수수함 가운데에서, 타이 위의 붉은 반점 하나는, 감히 무람없이 굴지 못하는 것처럼 그 존재가 거의 눈에 띄지 않았다.

"안녕하신가요, 우리 조카, 게르망트 남작을 소개합니다." 빌파리지 부인이 나에게 말했다. 그동안 낯선 그 사람은 나를 보지도 않고서 "반갑습니다" 하고 입속으로 중얼거리고 나서, "어, 허어, 어" 하고 뭔지 알아들을 수 없는 인사말을 억지로 되뇌고 새끼손가락과 집게손가락과 엄지손가락을 굽히고, 가운뎃손가락과 약손가락을 나에게 내밀었는데, 나는 부드러운 염소 가죽으로 된 장갑 밑으로 반지라곤 하나도 끼지 않은 그 손가락을 쥐었다. 그러고 나서 그는 내 쪽으로 눈을 들지 않은 채, 빌파리지 부인 쪽으로 고개를 돌렸다.

"아차, 내 정신 좀 봐." 부인이 웃으면서 말했다. "자네를 게르망트 남작이라고 부르다니. 샤를뤼스 남작을 소개하겠어요. 그렇지만 결국, 큰 잘못은 아니지." 그러고선 부인은 덧붙였다. "그래도 자네는 게르망트네 사람이니까."

그러는 동안 나의 할머니가 나와서, 우리는 다 같이 걷기 시작했다. 생루의 아저씨는 나에게 말을 건네주지 않았을 뿐만 아니라 거들떠보지도 않았다. 그는 주위에 있는 낯선 사람들의 얼굴을 뚫어지게 바라보지만(이 짧은 산책 동안에도 그 몸서리나는 심각한 눈초리를 두세 번, 수심을 재는 납덩어리처럼 지나가는 하찮은 서민들에게 던졌다), 내 판단에 의하면, 그가 알고 있는 사람들에게는 어떠한 순간에도 눈길을 주지 않았다—마치 비밀 사명을 띤 형사가 자기 친구들을 그 직업적인 경계 밖에 놓는 경우처럼. 할머니, 빌파리지 부인, 그 사람이 함께 이야기하게 놔두고, 나는 생루를 뒤로 처지게 했다.

"저어, 확실히 그런가요? 빌파리지 부인께서 당신의 아저씨가 게르망트네 사람이라고 말씀하셨는데."

"그렇고말고요. 물론, 아저씨는 팔라메드 드 게르망트이십니다."

"그런데 콩브레 근방에 성관을 갖고 있는 그 게르망트와 같은 가문인가요, 주느비에브 드 브라방의 후손이라는?"

"바로 그렇죠. 아저씨는 문장학(紋章學)에 조예가 깊으니까. 당신에게 설명하겠지만, 우리 가문의 '명(銘)', 우리 가문 군기의 명은 처음에 콩브레지스였다가 그 뒤로 파사방이 되었어요." 그는 거의 군주에 견줄 만한 성주의 가문만이 갖는 이 명의 특권을 자랑하는 모습을 보이지 않으려고 웃으면서 말했다. "아저씨는 지금 그 성관의 소유자와는 형제간이죠."

그러므로 빌파리지 부인은 게르망트네 가문에 가깝게 속해 있었다. 내가 어렸을 때 오리가 문 초콜릿 상자를 나에게 주었던 귀부인으로서 오랫동안 내 기억에 남은 빌파리지 부인, 그 무렵 그녀가 메제글리즈 쪽의 어딘가에 틀어박혀 있었다고 생각하기보다 더욱더 게르망트쪽에서 먼 존재인 성싶던 그 빌파리지 부인, 콩브레의 안경 상인보다도 빛나지 않고 낮은 지위에 있는 분같이 느꼈던 그 빌파리지 부인은 이제 갑자기 그 가치의 가늠자를 엄청난 높이까지 올리고, 한편 우리가 지닌 다른 대상은 그것과 평행하여 뜻하지 않게 과소평가되었다. 이런 상승과 하락은 우리의 젊은 시절과 젊은 티가 아직 얼마간 남아 있는 생활의 어느 부분에 오비디우스*1의 변신 못지않은 수많은 변신을 가져온다.

"그 성관에는 게르망트네 옛 조상들의 흉상이 모두 남아 있다죠?"

"네, 대단한 구경거리죠." 생루는 비꼬는 투로 말했다. "우리끼리 얘기지만, 내겐 그런 게 다 우스꽝스러워요. 그러나 게르망트에는 좀더 재미나는 게 있습니다! 카리에르(Carrière)*2가 그린 우리 외숙모의 초상화인데 퍽 마음을 감동시키는 작품이죠. 휘슬러나 벨라스케스가 그린 것처럼 훌륭합니다." 생루는 이렇게 덧붙였는데, 초심자다운 열에 들떠 적어도 화가의 위대성을 재는 기준이 정확히 지켜지지 않았다. "귀스타브 모로의 감동적인 그림도 몇 점 있어요. 외숙모는 당신과 친한 빌파리지 부인의 조카뻘 되는 분인데, 그분의 손에서 자랐고, 또한 우리 종조할머니 빌파리지 부인의 조카뻘 되는 지금의 게르망트 공작과 사촌끼리 결혼한 거죠."

"그럼 저 아저씨는?"

"저분은 샤를뤼스 남작의 칭호를 갖고 있죠. 본디 같으면 나의 외할아버지가 돌아가셨을 때, 팔라메드 아저씨는 롬 대공의 칭호를 가졌어야 해요. 저분의 형님이 게르망트 공작이 되기 전까지 가지고 있던 칭호이니까요. 어쨌든 이 집안사람들은 마치 셔츠를 갈아입듯 칭호를 조금 지나치게 남용한다는 게 저분의 의견으로, 대공의 칭호라면 네 벗 가운데에서 고를 수 있었는데, 항간에 항의하는 뜻으로, 눈에 띄게 허심탄회하게, 마음속으로는 크나큰 자부심을 품

---

*1 로마의 시인으로 《변신 이야기》의 저자(B.C. 43~A.D. 17).

*2 프랑스의 화가(1849~1906).

고서, 샤를뤼스 남작의 칭호를 그대로 지닌 거죠. '오늘날에는 모두가 공작이다'라고 저분은 말하죠. '그래도 뭔가 구별할 수 있는 게 필요해. 나는 익명으로 여행하고 싶을 때 대공의 칭호를 쓰지.' 저분의 말로는 샤를뤼스 남작의 칭호보다 예스러운 칭호가 없다는 거죠. 프랑스에서 최초의 남작이라고 자칭하던 몽모랑시 가문의 남작 칭호는 사실 정확하지 않은, 오로지 그 영지이던 일드 프랑스에서만 통한 거였어요. 샤를뤼스 남작의 칭호가 몽모랑시보다 먼저 쓰인 것임을 증명하는 얘기라면, 아저씨는 몇 시간이고 기꺼이 당신에게 설명해줄 겁니다. 그도 그럴 것이, 아주 세련되고 타고난 재능이 많은 분이지만 그런 족보를 따지는 일을 아주 생기 있는 화제로 여기니까요." 생루는 싱글거리며 말했다. "그러나 나는 아저씨와는 달라서, 족보 따위를 따지고 싶지는 않아요. 이것보다 따분하고 시대에 뒤진 케케묵은 이야기는 없다고 생각하니까요. 참말이지 인생은 너무나 짧으니까요."

이때 나는 조금 전에 카지노 근처에서 나로 하여금 돌아다보게 했던 냉혹한 눈초리에서, 언뜻 탕송빌에서 스완 부인이 질베르트를 불렀을 때 나를 뚫어지게 바라보던, 내가 보았던 그 눈초리를 확인했다.

"당신 아저씨, 샤를뤼스 님에게 수많은 여인이 있었다는 얘기였는데, 그 가운데 스완 부인이 끼어 있지 않았을까요?" "오오! 천만에! 아저씨는 스완과 절친한 친구여서, 스완을 늘 매우 두둔합니다. 아저씨가 스완 부인의 애인이었다고는 한 번도 들은 적이 없어요. 당신이 그렇게 여기는 모습을 보이기라도 하면, 사교계에 크나큰 놀라움을 일으킬 겁니다."

내가 그렇게 여기지 않는 모습을 보이기라도 했다면 콩브레에서는 더 깜작 놀랐겠지만, 그에 대답할 용기는 없었다.

할머니는 샤를뤼스 씨가 마음에 든 성싶었다. 확실히 그는 가문과 사교계의 지위 같은 문제를 중대사처럼 얘기했는데, 할머니도 그 점을 알아챘지만 그 여느 때의 준엄성, 바라 마지않지만 가질 수 없는 우월을 남이 마음껏 즐기는 것을 볼 때의 남모르는 선망의 정과 노기가 섞인 준엄성을 조금도 나타내지 않았다. 반대로 할머니는 자기 운명에 만족하고, 좀더 화려한 사교계에 살지 못함을 하나도 섭섭하게 생각하는 기색 없이, 그 지성을 샤를뤼스 씨의 기묘한 버릇을 살피는 데만 써서, 생루의 아저씨에 대해 할머니는 우리가 사심 없이 살피는 대상에서 얻어진 기쁨을 미소로 갚듯이 사심 없는 미소와 거의 공명하는 호의를 갖고서 이야기했다. 게다가 이번 대상이 명사이고 그 잘난 체하는 말이 전부 정당하지 않더라도 적어도 남을 현혹할 만큼 화려하여, 할머니가 흔히 만나는 사람들하고는 뚜렷한 대조를 이루고 있는 듯이 여겨져 더욱 할머니의 호의를 샀다. 그러나 그런 샤를뤼스 씨의 귀족적인 편견을 할머니가 쉽사리 눈감아준 이유가 특히 있다면, 생루가 비웃는 수많은 사교인과는 달리, 샤를뤼스 씨에게서 매우 생기 있는 지성과 감수성이 판별되었기 때문이다. 그렇건만 샤를뤼스 씨는 그 조카처럼, 귀족적인 편견을 보다 뛰어난 재능을 살리기 위해 희생시킨 적이 없었다. 오히려 그 편견과 뛰어난 재능을 서로 어울리게 해왔다. 느무르 가문의 역대 공작 및 랑발 가문의 역대 대공의 후예로서, 그 선조들을 위해 라파엘로·벨라스케스·부셰 같은 화가가 그린 초상화며, 기록 고문서며, 가구며, 장식 융단 따위를 소유하는 샤를뤼스이고 보니, 소장하고 있는 그런 기념품을 두루 구경하는 것만도 한 곳의 박물관, 비할 바 없는 도서관을 '참관하는' 거나 진배없다고 말할 만해, 그 조카가 귀족적인 유산을 모조리 깎아 내렸던 것과는 반대로 그 유산을 마땅한 높은 자리에 올려놓고 있었다. 아마도 또한, 조카보다는 덜 공론가여서, 말만으로는 만족해하지 않고, 남을 살피는 안목이 더욱 현실적이던 그는, 자기 위세를 남들에게 보이는 본질적인 요소를 가볍게 보려 하지 않았으며, 그 위세는 그의 상상에 아무런 욕심 없는 기쁨을 주기도 하였고, 자주 그의 타산적인 활동에 크게 도움되는 보좌역이 될 수 있었던 게 틀림없었다. 이런 사람들과 마음속 이상에 따르는 사람들 사이의 입씨름이란 언제 끝날지 모르는 법이니, 마음속 이상에 따르는 사람은 오로지 그 이상을 이루기 위해 타고난 우월을 스스로 떨치려고 하는데, 그런 사람은 화가나 작가가 뛰어난 솜씨를 버리거나, 예술적인 사람들이 스스로 근대화하거나, 싸움하길 좋아하는 사람들이 온 세계 비무장화의 선구가 되거나, 시민을 굴복시키려는 정부가 민주화하여 가혹한 법률을 폐기하는 것과 비슷하다.

하기야 현실은 흔히 그런 고귀한 노력에 보답하지 않는다. 그런 예술가는 재능을 잃기 쉽고, 그런 국민은 몇 세기에 걸치는 우월성을 유지 못하기 때문이며, 때로는 평화주의가 전쟁을, 관용이 범죄를 증가시킨다. 성실과 해방을 구하려는 생루의 노력을 외적인 결과로 판단한다면 매우 고귀한 것으로 생각할 수 있지만, 한편 그런 노력이 샤를뤼스 씨에게 모자란다는 사실은 오히려 스스로 축하할 만했으니, 그는 게르망트네 성관의 으리으리한 나무 벽을 그 조카처럼 현대식 살림살이나, 르부르와 기요맹*1의 작품으로 바꾸지 않고, 그 공예품 대부분을 자기 집으로 옮겨버렸다. 하지만 샤를뤼스 씨의 이상이 몹시 인공적이라는 사실은 바뀌지 않는다. 또한 이러한 형용사를 이상이라는 말에 연결한다면, 그것은 예술적인 것과 마찬가지로 사교적인 이상이기도 했다. 2세기 전 옛 정치형태에서 온갖 영화와 풍류에 관계했던 여인들을 선조로 모시고, 미모와 희귀한 교양으로 소문이 자자한 여인들이 아니고서는 그에게 그 탁월성을 인정시키지 못했고, 그를 즐겁게 할 수 없었다. 그가 그런 여인들에게 바치고 있던 감탄의 정은, 물론 성실한 것이었으나, 그녀들의 이름에서 불러일으켜지는 역사적이자 어렴풋한 추억들이 도리어 그 감탄의 정 대부분을 차지했다. 마치 현대시라는 이유만으로 거들떠보지도 않고 그보다 못할지 모르는 호라티우스의 오드(ode)*2를 읽는, 문학가의 즐거움 중 한 가지인 고대에 대한 추상과 같은 것이었다. 그러한 여인들 하나하나를 중산계급의 예쁜 여인에 비교한다는 건, 그로서는, 신작로나 결혼식을 그린 현대화에, 옛 그림, 예컨대 그것을 주문해 그리게 한 교황 또는 황제의 옛이야기를 비롯하여 모모 인사들의 손으로 건너갔다는 내력을 알고, 증여, 구입, 노획 또는 상속에 의해 전해내려와 현재 소유자의 것이 되었다는 게, 우리에게 어떤 역사적인 사건 또는 적어도 역사적 흥미가 있는 어떤 인척 관계를, 요컨대 우리가 얻은 지식을 우리에게 떠올리게 하여, 그 그림에 새 가치를 주고, 우리 기억이나 지식을 간수하는 창고가 풍요하다는 느낌을 더하게 하는 옛 그림을 대조시키는 거나 진배없었다. 샤를뤼스 씨가 기뻐하는 것은 다름이 아니라, 그의 것과 비슷한 편견에 의해 몇몇 명문 귀부인들이 혈통이 덜 순수한 여인들과 사귀는 걸 피하면서, 변함없는 그 고귀성을 그대로 지켜 완벽한 채로 그의 예찬에 몸바쳐주는 일이다. 마치 편평한 장미색 대리석 둥근기둥에 의지한 18세기 건축이 새 시대에 아무런 영향도 받지 않은 것처럼.

샤를뤼스 씨는 그런 여인들의 재치와 심정의 진정한 '고귀함(noblesse)'을 찬양하면서, 그처럼 그 낱말의 애매한 뜻에 대해 농담하고, 그 자신이 애매함에 속아왔는데, 거기에는 여러 가지 뒤섞인 개념의 허망성, 이를테면 귀족 사

---

*1 둘 다 프랑스의 인상주의 화가.

*2 서정적인 단시(短詩).

회 관용의, 예술의 혼합물이 있었다. 그것은 또한 나의 할머니 같은 분에게는 위험한 매혹이기도 했다. 상대가 가문의 혈통밖에 생각하지 않고 다른 것에는 무관심한, 예절 모르는 고지식한 귀족의 편견이었다면, 할머니도 매우 우스꽝스럽게 생각했을 테지만, 이번 경우처럼 지적으로 뛰어난 것이 어떤 형태로 나타나자마자, 할머니는 탄복해 마지않아, 왕후들은 라 브뤼에르나 페늘롱 같은 분을 가정교사로 삼을 수 있으므로 모든 사람보다 뛰어나 부러워할 만한 존재라는 사고방식이 된 것이다.

게르망트네 세 사람은 우리와 그랑 호텔 앞에서 헤어져 그 길로 뤽상부르 공주의 오찬회에 갔다. 할머니가 빌파리지 부인에게, 다음에 생루가 할머니에게 작별인사를 했을 때, 그때까지 나에게 한마디도 건네지 않았던 샤를뤼스 씨가 뒤로 몇 걸음 처져 내 곁으로 오더니 말했다. "오늘 저녁, 나는 식사 뒤 빌파리지 아주머니 방에서 차를 마신다네. 부디 할머님과 같이 와주게." 그러고 나서 그는 후작부인 곁으로 돌아갔다.

그날은 일요일이었는데, 호텔 앞에는 계절의 처음과는 달리 합승마차가 없었다. 특히 공증인 부인 같은 이는 캉브르메르네 집에 가지도 않는데 매번 마차를 빌린다는 게 낭비로 여겨져 방 안에 죽치고 앉아 참고 있었다.

"부인께서는 어디 아프신가요?" 누군가가 공증인에게 물었다. "오늘은 안 보이시네요."

"머리가 좀 아프다나 봐요. 더위와 소나기 탓이죠. 그러나 오늘 저녁에는 보이겠죠. 내려오라고 권했으니까요. 틀어박혀 있느니 바깥바람을 쐬면 낫겠죠."

샤를뤼스 씨가 그와 같이 우리를 초대한 까닭은, 그 숙모와 미리 의논한 것으로 의심하지 않았음은 물론이려니와, 오전 산책 동안에 그가 보인 실례를 만회해보려는 뜻이라고 나는 생각했었다. 그런데 빌파리지 부인의 손님방에 들어서서, 그 조카 샤를뤼스 씨에게 인사하려 했을 때, 그는 날카로운 목소리로 친척 가운데 한 사람에게 무척 심한 험담을 계속하고 있어서 그의 주위를 빙빙 돌아도 좀처럼 그 시선을 잡을 수 없었다. 내가 와 있다는 것을 알리기 위해 꽤 크게 인사를 하려고 결심했는데, 그때, 그가 벌써 나를 알아채고 있다는 걸 깨달았다. 왜냐하면 내 입에서 인사말 한마디가 나오기 전에, 내가 머리를 숙이는 순간, 그의 두 손가락이 나한테 잡으라는 듯이 내밀어져 오는 걸 보았기 때문인데, 그러면서도 그는 눈을 돌리지도 대화를 멈추지도 않았다. 기색도 보이지 않고 나를 보고 있었던 것이다. 그리고 이때 내가 깨달은 것은 그의 눈길이 결코 상대방 위로 똑바로 쏠리지 않고 마치 겁에 질린 동물의 눈을, 아니면 허튼소리를 뇌까리며 바르지 못한 상품을 벌여놓으면서 머리를 움직이지 않고서도 순경이 올 듯한 이쪽저쪽을 유심히 살피는 길거리 상인의 눈처럼 끊임없이 이리저리 굴린다는 점이었다.

한편 우리가 온 것을 보고 빌파리지 부인은 기쁜 표정을 지었지만, 우리를 기다리던 기색을 보이지 않아 나는 적잖이 놀랐고, 또 샤를뤼스 씨가 할머니에게 "아아! 뜻밖인데요, 참 잘 오셨습니다. 마침 잘됐군요, 안 그래요?" 말하면서, 그 숙모에게 다짐하는 말을 듣고 나는 더욱 깜짝 놀랐다. 아마도 우리가 들어오는 걸 보고 숙모가 놀라는 것을 알아챘으리라. 그가 악기의 음조를 맞추기 위해 '라' 음을 내는 데 익숙한 사람답게, 그런 놀라움을 기쁨으로 변하게 하려면 그 자신이 기뻐하는 모습을 보이기만 하면 충분하고, 우리 방문을 기뻐 맞이하는 기분을 일으키면 그만이라고 생각하고 있는 게 틀림없었다. 그 점에서 그의 계산은 정확했다. 이 조카에게 큰 기대를 걸고 또 그를 기쁘게 하는 게 퍽 어렵다는 사실을 알고 있는 빌파리지 부인이, 돌연 나의 할머니의 새 가치를 발견한 듯한 태도로 나와 할머니를 환대했으니까. 하지만 나로서는 이해할 수 없었다. 샤를뤼스 씨가 나에게 그날 오전, 그처럼 간략한, 그러나 보기에 계획적인, 그토록 사려 깊은 초대를 한 지 몇 시간도 안 되어 까맣게 잊어버리고, 분명 그의 머릿속에서 나온 생각을, 할머니의 생각인 듯이 "뜻밖인데요"라며 말하다니. 한 인간이 품은 의향에 관한 진실을 알고자 그 인간에게 물어보지 말 것이며, 알아채지 못한 체하며 지나쳐버리는 오해 쪽이 고지식하게 고집스런 질문보다 덜 위험하다는 것을 이해하게 된 나이까지 지녀온 정확성에 대한 거리낌에서, 나는 그에게 말했다. "하지만 보세요. 생각나시죠, 안 그래요, 나에게 오늘 저녁 할머니와 같이 와달라고 청한 사람이 당신이란 걸?" 샤를뤼스 씨는 내 질문을 들었음을 드러내는 아무런 동작도 소리도 없었다. 그것을 보자 나는, 마치 외교관이나 사이가 나빠진 젊은이들이 밝히지 않으려고 결심한 정보를 얻어내기 위해 끈기 있는 그러나 헛된 노력을 하듯이 질문을 되풀이했다. 샤를뤼스 씨는 한사코 대꾸하지 않았다. 나는 아주 높은 곳에서 굽어보며 성격과 교육을 판단하는 이의 미소가 그 입술 언저리에 감돌고 있는 걸 보는 듯했다.

그의 쪽에서 설명을 일절 거부하는지라, 내 쪽에서 한번 찾아보려 했지만, 여러 설명이 있어서 당황될 뿐만 아니라 어느 하나 정확하지 않을지도 모른다. 어쩌면 그가 오늘 아침 내게 말한 것을 기억 못하고 있는지도 모르지, 아니면 내가 잘못 들었는지도 모르고…… 아니, 분명 거만 때문에, 그가 업신여기는 사람을 끌어들이고 싶었던 양 보이기 싫어, 온 것을 온 사람의 뜻으로 돌리고 싶었던 게 틀림없다. 만약 그가 우리를 업신여기고 있다면, 어째서 우리를 오도록 했는가. 아니 오히려, 무엇 때문에 할머니를 오도록 했느냐 말이다. 왜냐하면 나와 할머니 두 사람 가운데에서, 그 저녁에 그가 이야기를 건넨 사람은 할머니뿐이었고 내게는 한마디도 없었으니까. 샤를뤼스 씨는 할머니와 빌파리지 부인과 함께 매우 생기 있게 이야기하면서, 마치 극장 좌석의 안쪽에 있기라도 하듯, 이를테면 두 여인 뒤에 숨어 있었다. 이따금 그 날카로운 눈으로 더듬어 살피는 듯한 눈초리를 돌려, 마치 내 얼굴이 읽어내기 어려운 고문서인 듯 그 진지한, 사색에 깊이 잠긴 듯한 표정을 짓고, 내 얼굴을 눈여겨볼 따름이었다.

그에게 그런 눈이 없었다면 샤를뤼스 씨의 얼굴은 잘생긴 대부분의 남자와 비슷했을 것이다. 나중에 생루가, 게르망트네의 다른 남자들에 대해 "어쩐지, 그들은 팔라메드 아저씨와 달라서 명문다운, 발톱 끝까지 대귀족다운 풍모가 없거든" 하고 말해 명문의 외모, 귀족의 품위가 조금도 신비스럽거나 신기하지 않으며, 내가 샤를뤼스 씨한테서 수월하게 알아보고 특별한 인상을 받지 못했던 그런 요소에 있다는 것을 확실하게 했을 때, 나는 내 환상 가운데 한 가지가 사라지는 걸 느꼈다. 그래도 분을 엷게 바르고 무대에 나온 배우의 얼굴인 양 보이는 이 얼굴에서, 샤를뤼스 씨는 표정을 감추려고 하지만 그게 잘 안 되어, 두 눈은 그곳만 틀어막을 수 없던 균열처럼, 총을 쏘기 위해 성벽에 뚫어 놓은 구멍처럼 되어버려, 그를 보는 사람은 위치에 따라, 그 틈을 통해, 내부에 있는 어떤 병기 같은 것에서 섬광이 튀어나와 느닷없이 여기저기에서 마구 떨어지는 포탄을 뒤집어쓰는 느낌을 받는데, 그 병기로 말하면 주인조차 조금도 안심되지 않는 듯이 자유자재로 다루지 못한 채, 언제 터질지 모르는 불안정한 상태에서, 그것을 몸에 짊어지고 있는 듯했다. 그리고 조심성 있는, 한시도 가만히 있지 못하는 눈의 표정은 그 언저리에서 퍽 넓게 퍼지고 있는 퍼런 동그라미에 이르기까지 얼굴에 똑똑하게 나타난—아무리 꾸미고 손질했더라도 피로의 자극과 더불어, 위급하고 곤란해진 권력자나, 아니면 단순한 위험인물, 그저 비극적인 위험인물의 미행이나 변장을 생각하게 하는 게 있었다. 다른 사람들에겐 없는 그 눈 속의 비밀, 그날 아침 카지노 근처에서 만났을 때, 샤를뤼스 씨의 눈초리를 얼른 수수께끼처럼 생각하게 하던 그 비밀이 뭔지 나는 알고 싶었다. 그런데 내가 지금 그의 친척 관계에 대해 아는 바를 가지고서는, 이젠 그것을 도둑의 눈초리라고 믿을 수 없고, 그의 이야기를 들은 바에 의하면 미치광이의 눈초리라 생각할 수도 없었다. 할머니한테 그토록 상냥하면서도 내겐 냉랭했던 까닭은 아마도 개인적인 반감에서 온 것은 아니었으리라. 왜냐하면 대체로 말해, 여성에게는 친절하여 그녀의 결점에 대해서는 아주 너그럽게 보아 왈가왈부하지 않으나, 그만큼 남성에 대해선, 특히 젊은 남자에 관해선 여인을 싫어하는 이가 갖는, 여인에 대한 증오심을 떠올리게 하는 심한 증오심을 그가 갖고 있었기 때문이다. 생루가 우연히 친척 또는 친구인 두세 명의 '기둥서방'에 대해 그 이름을 입 밖에 냈을 때, 샤를뤼스 씨는 여느 때의 무관심과는 뚜렷이 대조를 이루는 거의 사나운 표정을 지으면서 말했다. "이 녀석은 애송이야." 나는 그가 오늘날 젊은이를 비난하는 것은 그들이 지나치게 여자 같다는 뜻임을 이해했다. "마치 여자 같다"라고 그는 멸시하는 투로 말했다. 그러나 그가 바라는 남성적인 생활에 비해 여성적으로 보이지 않는 생활이 있었을까. 아무리 힘차고 남자다워도 아직 충분하지 않다고 여기는 그에게(그는 도보여행 도중 몇 시간을 걷고 나서 불덩어리 같은 몸을 찬 냇물에 풍덩 던지곤 했다) 사내 녀석이 반지 하나만 끼어도 그로서는 용서 못할 노릇이었다.

하지만 그와 같이 사나이다움을 고집하면서도 극히 섬세한 감수성의 소질을 갖고 있음에는 변함없었다. 빌파리지 부인이, 나의 할머니를 위해 조카에게 세비녜 부인이 머무르던 성관 이야기를 부탁하고, 그 재미없는 딸인 그리냥 부인과 작별했을 때 세비녜 부인의 절망에는 좀 문학 냄새가 난다고 덧붙였더니, 그가 대답했다. "오히려 그 반대죠. 나는 그만큼 진실된 목소리도 없다고 생각해요. 게다가 그때로 말하면 그런 감정이 잘 이해되던 시대이기도 합니다. 라 퐁텐의 모노모타파(Monomotapa)*1는, 꿈속에 친구가 좀 침울한 얼굴로 나타났으므로 그 친구 집으로 달려갔고, '비둘기 두 마리' 가운데 한 마리가 있지 않

*1 〈두 친구〉에 나오는 인물.

은 것을 최대의 불행으로 여기지만, 이런 점이 아주머니한테는, 세비녜 부인이 그 딸과 단둘이 있게 되는 순간을 기다리지 못하는 심정과 마찬가지로 부풀려진 것으로 보이겠지요. 세비녜 부인이 딸과 작별할 때 한 말은 실로 아름답지 않습니까. '이 작별이 내 영혼에게 주는 괴로움을 나는 육신의 아픔처럼 느낀단다. 사랑하는 이가 곁에 있지 않은 몸은 시간에 구애되지 않아. 갈망해 마지않는 시간을 향해 앞으로 나아간단다.'"

할머니는 그 《서간집》 내용이 마치 자기가 하듯이 정확하게 인용되는 걸 듣고 기쁘기 그지없었다. 남성이라도 그 내용을 그토록 깊이 이해할 수 있는 것을 보고 놀라웠다. 샤를뤼스 씨에게 여인 같은 섬세한 심정과 감수성을 발견했다. 나중에 가서, 할머니와 내가 단둘이 있었을 때, 그가 결국 한 여성의 깊은 영향을 받았고, 어머니, 아니면 나중에 딸(만약 애가 있다면)의 깊은 영향을 입을 게 틀림없다고 이야기했다. 나는 나대로 생루에게는 분명 좋아하는 여인이 있다고 생각했다. 그것은 생루의 정부가 생루에게 끼친다고 느껴지는 영향이 머릿속에 떠올랐기 때문인데, 그런 영향으로 미루어보아, 남자와 동거하는 여인이 얼마나 그 남자의 감수성을 세련되게 하는지 알아차릴 수 있었다.

"딸의 곁에 있게 되자, 아마 세비녜 부인도 딸에게 할 말이 없었을 거예요." 빌파리지 부인이 말했다.

"아니죠, 있었을 겁니다. 설령 '우리 말고는 주목하는 이가 없을 정도로 보잘것없는 것'이라고 세비녜 부인이 부르고 있는 것일망정. 어쨌든 세비녜 부인은 딸 곁에 있게 되었습니다. 그것이 가장 좋은 거라고 라 브뤼에르도 말했죠, '사랑하는 이가 곁에 있기만 하면, 이야기를 하건 말건 아무래도 좋다'고요. 그가 말한 그대로입니다. 그게 유일한 행복이죠." 샤를뤼스 씨는 우울한 말투로 덧붙였다. "그런데 그 행복을 말입니다, 한스럽게도 인생이 고르지 못해 맛보는 이가 매우 드물어요. 요컨대 세비녜 부인은 다른 사람들보다 덜 한스러운 생활을 누린 셈이죠. 그 대부분을 사랑하는 이의 곁에서 보냈으니까."

"그건 연애가 아니었다는 것을 잊었구나. 상대가 딸이라는 걸."

"인생에 있어서 중요한 건, 사랑하는 대상이 아니라" 하고 그는 권위 있는, 단호하고도 거의 단정적인 말투로 덧붙였다. "사랑한다는 그 자체입니다. 세비녜 부인이 딸에 대해 느낀 것은, 그 아들인 젊은 세비네가 서방질하는 여자들과 맺은 하찮은 관계와는 비교도 안 될 정도로, 바로 라신이 〈앙드로마크〉 또는 〈페드르〉 속에 그린 사랑의 열정과 닮았어요. 어느 신비주의자의 신에 대한 사랑도 이와 같습니다. 우리가 사랑의 둘레에 긋고 있는 너무나 좁은 경계선은 오로지 삶에 대한 크나큰 무지에서 오는 것이죠."

"아저씨는 〈앙드로마크〉나 〈페드르〉를 아주 좋아하시죠?" 생루는 가벼운 멸시가 섞였지만 여전히 정다운 말투로 아저씨에게 물었다.

"라신의 비극 한 편엔 빅토르 위고 씨의 모든 희곡에 있는 것보다 더 많은 진실이 잠재해 있어." 샤를뤼스 씨의 대답.

"보세요, 역시 몸서리나지요, 사교계는." 생루가 귀에다 속삭였다. "빅토르보다 라신을 더 좋아하다니, 과연 뭔가 괴상해요!" 그는 아저씨의 말에 진정으로 한심한 생각이 들었지만, '과연'과 '괴상'이라는 두 마디를 입 밖에 내어 위안을 받았다.

사랑하는 이한테서 멀리 떨어져 살아야 하는 슬픔에 관한 그와 같은 고찰(이러한 고찰에 감동한 나머지 할머니가 나중에 나에게, 빌파리지 부인의 조카는 그 숙모보다 몇몇 작품을 더 깊이 이해하고 있다. 특히 클럽 회원들 대부분 가운데 단연코 그를 빼어나게 하는 뭔가를 갖고 있다고 말하게끔 만드는데) 속에, 과연 남자들이 좀처럼 보이지 않는 섬세한 감정을 나타냈을 뿐만 아니라, 목청 자체도, 중음(中音)을 충분히 연습하지 못한 알토가, 젊은 남녀가 번갈아 잇는 이중창에서 노래하듯, 그처럼 섬세한 사상을 설명할 때는 높은 가락이 되어, 뜻밖의 부드러움을 띠고, 애정을 하소연하는 약혼녀들이나 수녀들의 합창을 간직하고 있는 듯했다. 여성스러운 게 있으면 전부 몸서리나도록 싫어하는 샤를뤼스 씨인데, 그 목청 속에 그와 같이 한배의 소녀들을 거느리고 있는 것처럼 남에게 보이다니, 얼마나 상심할 노릇이냐. 더구나 그 소녀들은 오직 감상적인 음악을 연주하거나 조바꿈에 한하여 나타나는 것만도 아니다. 자주, 샤를뤼스 씨가 얘기하는 도중에, 그 소녀들의, 기숙생다운, 아양 떠는 여학생다운 쟁쟁 울리는 싱싱한 웃음이, 그 반대쪽에 말솜씨가 능란하면서 교활한 이웃사촌인 심술궂음을 조절하고 있는 것이 들렸다.

그는 그의 가문에 속했던 저택, 마리 앙투아네트가 잔 일도 있고 르 노트르(Le Nôtre)*[1]가 정원을 만든 저택, 지금은 어느 이스라엘 재벌이 사들여 그 소유가 된 저택에 대해서 얘기했다. "이스라엘, 적어도 이게 그들이 갖는 이름인

---

*1 프랑스의 건축가이자 정원 설계사(1613~1700).

데, 이는 고유명사라기보다 오히려 족속, 인종의 명사라고 볼 수 있어요. 아마도 이 족속들은 이름이 없고 오로지 그들이 속해 있는 집단의 이름으로 불릴지도 몰라요. 이런 건 아무래도 좋습니다! 다만 게르망트네 저택이던 것이 지금 이스라엘네에 속하다니!" 그는 외쳤다. "블루아 성관의 그 방이 생각나는군요. 거기에 안내해준 수위가 말했습니다. '이곳은 마리 스튀아르께서 지내시던 방입니다, 그리고 지금 내가 비질합니다.' 물론 나는 이런 명예를 더럽힌 이야기 따위 듣고 싶지 않습니다. 남편과 헤어진 사촌누이 클라라 드 시메의 소식을 알고 싶지 않은 것과 마찬가지죠. 그러나 나는, 아직 손대지 않은 초기 무렵의 저택 사진을 간직하고 있고, 커다란 눈이 아직 사촌형에게만 쏠렸을 즈음의 대공부인 사진도 가지고 있습니다. 사진은 실물의 복사인 것을 넘어, 이제는 존재하지 않는 것을 우리에게 보여줄 때, 거기에 없는 위엄을 조금이나마 되찾아주지요. 그 사진 한 장을 댁에게 드리겠습니다. 그런 종류의 건축에 흥미를 갖고 계시는 듯하니까." 그는 할머니에게 말했다. 이때 호주머니 안에 있는 수놓은 손수건이 색깔의 가두리를 비쭉 내밀고 있는 것을 알아챈 그는, 몹시 수줍음을 타는 듯하나 결코 순진하지 않은 여인이 세심하고 면밀하게, 단정하지 않다고 판단한 교태를 숨길 때 짓는 화난 얼굴빛으로 재빨리 손수건을 들이밀었다.

"생각해보세요." 그는 이어 말했다. "그놈들이 르 노트르의 정원을 깨부수기 시작했습니다그려, 푸생의 화폭을 갈기갈기 찢는 거나 진배없는 죄죠. 이 짓만으로도 그 이스라엘 놈들은 감옥에 들어가야 해요. 하기야" 하고, 잠시 침묵하다가 그는 미소 지으며 덧붙였다. "그 밖에도 거기에 들어가야 할 짓을 많이들 하고 있는 건 틀림없지만! 어쨌든 그 아담한 정취 있는 건축 앞에 놈들의 영국풍 정원이 어떠한 효과를 내는지 상상에 맡기겠습니다."

"그래도 그 가옥은 프티 트리아농(Petit Trianon) 궁전과 같은 양식이지." 빌파리지 부인이 말했다. "마리 앙투아네트께서 프티 트리아농 궁전에 영국풍 정원을 만들게 했지."

"그 또한 가브리엘이 설계한 정면의 미를 망치고 있습니다." 샤를뤼스 씨는 대답했다. "분명히 지금 르 아모(Le Hameau)*2를 부순다면 야만인이겠지요. 그

*2 베르사유 궁전의 정원 한 모퉁이. 프티 트리아농 옆에 있는, 마리 앙투아네트가 전원생활을 즐기던 시골풍 정자.

러나 현대 정신이 어떤 건지 모르지만, 그 점에 관하여, 이스라엘 부인의 변덕이 마리 앙투아네트 왕비의 기념 정원과 똑같은 위신을 갖는다고는, 나는 역시 의심해 마지않습니다."

그러는 동안에 할머니는, 생루가 말리는데도 나한테 자러 올라가라는 몸짓을 하고 있었다. 부끄럽게도 내가 잠자기 전에 자주 슬픔을 느낀다는 사실을 생루가 샤를뤼스 씨 앞에서 이미 암시해버려, 그가 이 점을 사나이답지 않게 여기고 있을 게 틀림없었다. 그래도 나는 잠시 어물어물하다가 방으로 돌아갔는데, 잠시 뒤 방문을 두드리는 소리가 들려서, 누구냐고 묻자 샤를뤼스 씨의 목소리가 대답하여 적잖이 놀랐다. 샤를뤼스 씨는 무뚝뚝한 말투로 말했다.

"샤를뤼스요. 들어가도 괜찮겠소, 여보시게?" 들어선 그는 문을 닫고 나서 같은 말투로 이어 말했다. "아까 조카의 얘기로, 자네는 쉬 잠이 오지 않아 고생한다고. 또 베르고트의 책을 애독하고 있다고 들었네. 짐 가방에 들어 있는 것 가운데 자네가 아직 읽지 않았을 성싶은 책을 한 권 가져왔소. 우울한 시간을 보내는 데 도움이 될까 해서." 나는 감동하여 샤를뤼스 씨에게 사례하고 나서, 생루가 그에게 밤이 되면 불안해하는 내 모습을 말했던 탓으로, 그의 눈에 내가 실제보다 더 어리석게 보이지 않았나 하고 지나친 걱정을 했다고, 그에게 말했다.

"천만에." 그는 더욱 부드러운 투로 대답했다. "잘 모르지만, 자네는 개인적인 값어치라는 걸 못 가지고 있는지도 모르지, 그걸 갖고 있는 사람은 참으로 적다네! 하지만 당분간 적어도, 자네에게는 청춘이 있어. 이거야말로 영원한 매력이지. 게다가 자기가 모르는 감정을 우스꽝스럽다느니 비난받을 만하다느니 하는 건 가장 어리석은 생각이라네. 나는 밤이 좋은데 자네는 무섭다고 하고, 나는 장미 냄새가 좋은데 내 친구는 그 냄새를 맡으면 열이 나지. 그렇다고 내가 그 사람을 나보다 값어치가 못한 사람으로 생각하는 줄 아나? 나는 무엇이나 다 이해하려고 애쓰며 조금도 비난하지 않으려고 조심하지. 요컨대 너무 상심하지 말기를, 나는 그 슬픔이 고통스럽지 않다고 말하는 게 아닐세. 남이 이해해주지 못하는 게 얼마나 슬픈 일인지 나는 잘 아네. 그러나 적어도 자네는 그 애정을 줄 당신의 할머니라는 좋은 분이 계시잖은가. 할머니와 자주 만나고 또 자네의 경우, 그건 하나의 약속된 애정이지, 이를테면 보답받는 애정이란 말일세. 그렇게 말할 수 없는 게 많으니까!"

그는 어떤 물건을 바라보기도 하고, 또 물건 하나를 집어들기도 하면서 방 안을 빙빙 돌고 있었다. 내게 뭔가 알리고 싶은 게 있지만 어떤 말로 해야 할지 모르는 듯한 인상을 받았다.

"베르고트의 책이 또 하나 있는데 가져오라고 하지." 이렇게 덧붙이고선 초인종을 울렸다. 잠시 뒤 보이가 왔다. "우두머리 사환을 불러오게. 이곳에서 영리하게 심부름을 할 수 있는 사람은 그 사람뿐이야" 하고 샤를뤼스 씨는 거만하게 말했다.—"네, 에메 씨 말씀이죠?" 보이의 물음. "이름은 몰라, 아니, 그래그래, 에메라고 부르는 걸 들은 기억이 나네. 빨리 가보게, 급하니까."—"네, 곧 이곳으로 보내겠습니다. 조금 전에 아래에서 그를 보았으니까요." 보이는 잘 알았다는 듯이 대답했다. 몇 분인가 지났다. 보이가 돌아왔다. "저어, 에메 씨는 자는데요. 제가 심부름을 해드리겠습니다."—"아니지, 자네는 그 사람을 깨우면 돼."—"그게 안 됩니다. 여기서 자는 게 아니니까요."—"그럼, 좋아, 그만둬."—"저어." 나는 보이가 나간 뒤에 말했다. "너무 황송하니, 베르고트의 책 한 권으로 충분해요."—"그럴지도 모르겠군." 샤를뤼스는 계속해서 빙빙 돌고 있었다. 몇 분 간 그런 모양으로 돌다가, 잠시 머뭇거린 뒤에 몇 번이고 고쳐 생각하는 모습을 보이면서, 몸을 홱 돌리고 다시 엄해진 목소리로, "잘 주무시게" 하고 한마디 던지고는 나갔다.

밤에 그의 고상한 감정을 들었던 다음 날, 그날은 그가 출발하는 날이었다. 아침나절 바닷가에서 해수욕을 하려는 참에 샤를뤼스 씨가 내게 가까이 와서, 할머니가 기다리고 있으니 물에서 나오는 대로 곧 가보라고 일러주었는데, 내 목을 꼬집으면서 치근치근하게, 야비한 웃음을 지으면서 이렇게 말하는 걸 듣고 나는 깜짝 놀랐다.

"늙은 할머니가 무슨 상관이냐! 안 그래, 꼬마 악당아!"

"뭐라고요? 나는 할머니를 사랑해요!"

"허어." 그는 한 걸음 물러나면서, 차디찬 태도로 말했다. "자네는 아직 젊어, 이 기회에 두 가지를 배울 필요가 있네. 그 하나는 너무나 당연하니까 아무도 암시하지 않고 그냥 두는 감정을 입 밖에 내는 걸 삼갈 것, 또 하나는 남의 말에 대답할 때, 그 뜻을 깊이 생각하지도 않고서 싸움 걸듯 덤벼들지 말 것. 이 두 가지만 조심했다면 조금 전처럼 귀머거리 같은 소리를 하진 않았을 거야. 또 수영복에 그런 닻을 수놓은 우스꽝스러움에다 굴레를 덧붙이는 우스운 짓도 않았을 테고. 어제 베르고트의 책을 빌려주었는데 내게도 필요하니 한 시간 안으로 그 이상야릇한 이름의 우두머리 사환을 통해 보내주게, 그 시각에 설마 자고 있지는 않을 테니까. 어젯밤 자네한테 젊음의 매력에 대해서 말해줬는데 자네에게는 좀 이른 감이 드는군. 젊음의 경솔함과 무분별함, 이해력의 결핍을 지적하는 편이 도움이 되었을걸. 나의 이 작은 샤워를 뒤집어쓰는*[1] 편이 모름지기 이런 해수욕보다 몸에 유익할 거라고 생각하는데, 어떤가. 뭐 그렇게 가만히 있지만 말고, 감기 드니까. 잘 있게, 자네."

그는 아마도 이런 말을 한 걸 뉘우쳤는지 얼마 뒤 나는, 모로코 가죽으로 장정한 무늬 없는 천 위에, 물망초 가지 하나를 엷게 새긴 네모진 두꺼운 가죽을 끼운 책을 받았는데, 그것은 그가 어젯밤 나에게 빌려준 책, 에메가 '외출 중'이어서 엘리베이터 보이의 손을 통해 아까 막 돌려보낸 그 책이었다.

샤를뤼스 씨가 떠나자, 드디어 로베르와 나는 블로크네로 저녁 식사를 하러 갈 수 있었다. 그런데 이 연회 동안에 내가 이해한 바는, 우리의 급우 블로크가 쉽사리 재미있어하는 이야기는 모두 아버지 블로크 씨가 하는 이야기라는 것, 또 블로크가 '아주 괴짜'라고 하는 인간은, 또한 그 아버지가 그렇게 비평하고 있는 당신 친구들 가운데 아무개라는 점이었다. 우리는 어린 시절에 탄복해 마지않는 인물을 몇몇 갖는다. 예컨대 집안에서 누구보다도 재치 있어 보이는 아버지, 형이상학을 가르쳐줌으로써 우리의 어두운 눈을 뜨게 해주는 교수, 우리보다 지식이 앞선 급우(나로서는 블로크가 그러했듯이) 등등이다. 그런 급우는 우리가 아직 '신에 대한 희망'의 위세를 즐겨 부르고 있을 때 이미 그것을 멸시하고, 또 우리가 겨우 르콩트 영감*[2]이나 클로델의 작품에 다다를 때, 이번에는 거꾸로 위세의 가벼운 시구,

> 생블레즈에서, 주에카 섬에서
> 그대는, 그대는 안락하게……

라든가, 또는

---

*1 잔소리를 듣는다는 뜻.
*2 르콩트를 영감이라고 부른 것은 크로델이 프루스트와 거의 같은 나이이기 때문.

파도바는 정말 좋은 곳
훌륭한 법률 박사가 수두룩하다네……
그러나 나 좋아하는 건 폴렌타 요리……
검은 도미노 차림으로 지나가는
토퍼(topper) 입은 여인이라네.

와 같은 것에만 감동하고 그리고, 뮈세의 〈밤〉의 전 시편 중에서는,

대서양이 밀어닥치는, 르 아브르 항구에,
무덤의 풀 곁에 와서
창백한 아드리아 바다가 숨지는
베네치아의, 무시무시한 리도 섬에.

밖에 왼 것이 없다.

그런데 누군가를 완전히 믿고 찬미하고 있을 때, 우리는, 자기가 타고난 재질이나 복에 따라서 판단하면 마땅히 거부하고 말았을 매우 하찮은 것이라도, 그 사람의 것이라는 이유만으로 감탄하면서 기록하거나 인용한다. 말하자면 작가가, 살아 있는 전체 안에서 오히려 죽은 무게를 느끼게 하는 평범한 부분, 실제 인물이나 '상투어'를 그것이 사실이었다는 핑계 밑에 소설에 활용하는 것과 같다. 생시몽의 인물 묘사의 경우도, 그가 감탄의 정 없이 썼을 게 틀림없는 인물이 감탄할 만하고, 그의 벗이었던 매력 있고 재주 많은 남자로서 하나씩 들어 말한 인물의 풍모는 평범한 대로 그치거나 또는 그 말을 알 수 없게 되고 만다. 그는 코르뉘엘 부인 또는 루이 14세에 대해서, 그처럼 날카롭고도 생기 있게 기술하고 있지만, 거기에 그의 의도가 있다기보다는 오히려 경멸하고 싶을 정도였으리라. 하기야 이런 사실은 다른 수많은 작가의 경우에도 있고, 여러 가지 해석을 내릴 수도 있지만, 지금은 다음의 요약만으로 충분하다. 곧 '관찰하고 있을' 때의 정신 상태는 창작할 때의 수준보다 매우 낮다고.

따라서 나의 급우 블로크의 몸 안에는 아들보다도 40년 뒤떨어진 또 다른 아버지 블로크가 도사리고 앉아, 우스갯소리를 뇌까리면서, 내 친구의 안에서, 외적인 실물의 아버지 블로크 못지않게 껄껄 웃어대는 것이었다. 왜냐하면 이

실물의 아버지 블로크가, 듣는 쪽이 자기 얘기를 더 잘 음미할 수 있도록 번번이 나중 말을 두세 번 되풀이하면서 껄껄 웃을 때, 그 껄껄댐에는 아들의 소란스런 껄껄댐이 겹쳐, 그럼으로써 아들은 아버지의 얘기를 식탁에 환영했기 때문이다. 매우 지적인 것을 말한 끝에, 젊은 블로크가 그 가족한테서 받은 지참금을 자랑삼아 보이듯이, 서른 번이나 그 아버지 블로크의 상투어 가운데 어느 한 가지를 되풀이해 이야기한 것도 그런 식이었다. 그 아버지는 젊은 블로크가, 교수 가운데 한 사람, 모든 상을 탄 급우, 혹은 그날 밤 생루와 나같이 현혹할 만한 값어치를 갖춘 누군가를 데리고 오는 중요한 날에만 그 상투어(연미복과 함께)를 내왔다. 예컨대 '어떤 필연적인 이유로, 러일 전쟁에서 일본군이 패하고 러시아군이 승리했는지를 확고한 증거를 내세워 교묘하게 추론한 매우 예리한 군사 평론가' 또는 '그분은 정치계에서는 대실업가로 통하고 실업계에서는 대정치가로 통하는 명사입니다' 따위였다. 때론 이런 이야기는 로스차일드 남작의 이야기와 뤼퓌스 이스라엘 경의 이야기로 바뀌지기도 했는데, 이런 인물은 분명하지 않은 이야기 투로 입에 올라 블로크 씨가 개인적으로 알아온 사람이었다는 암시를 넌지시 주었다.

나 자신도 그 암시에 걸려들었다. 아버지 블로크 씨가 베르고트에 대해 하는 말투로, 그가 베르고트의 옛 친구 가운데 한 분이라고 여겼다. 그런데 그런 유명한 사람들은 블로크 씨가 극장이나 큰길에서 멀찌감치 보았으므로 '안면 없이' 알고 있는 데에 지나지 않았다. 게다가 그는 그들에게 자기 얼굴이나 이름, 인격이 알려져 있지 않은 게 아니며, 그의 모습을 언뜻 보면, 그들이 그에게 인사하고 싶은 은밀한 욕망을 참고 있는 게 틀림없다고 상상하고 있었다. 사교계 사람들은 독창적인 재능이 있는 사람들과 알고 지내며, 그들을 회식에 초대하기도 하는데, 그렇다고 해서 그들을 잘 이해하고 있는 건 아니다. 그러나 사교계에 나가 좀 지내고 보면, 그 사람들의 어리석음에 진저리나, '안면 없이' 알고 지내서 눈에 띄지 않는 무리 속에 살고 싶고, 그런 곳에서야말로 지성이 있다고 생각하게 된다. 나는 이 점을 베르고트에 대해 말할 때에 가서 이해하게 되리라.

블로크네 집에서 블로크 씨 혼자만이 성공을 거두고 있는 건 아니었다. 나의 급우 블로크 또한 그 누이들 사이에서 아버지 이상으로 성공을 거두고 있어, 투덜거리는 투로 끊임없이 그녀들에게 트집을 잡아 따지고 물었는데, 그러한 그가 뚱딴지같은 소리를 하면, 영락없이 그녀들은 눈물이 나도록 웃어댔다. 게다가 그녀들은 오빠의 말투를 흉내내어, 마치 그것이 의무이며 또 지식인이 쓸 수 있는 유일한 것이라는 듯이 유창하게 재잘거리고 있었다. 우리가 도착했을 때, 손위 누이가 손아래 누이에게 말했다. "사려 깊으신 아버님과 존경하는 어머님께 알리러 가야지."—"이봐, 암캐들." 블로크가 누이들에게 말했다. "너희들에게 소개하지. 이분으로 말할 것 같으면 윤나는 석조 건물과 군마가 수없이 많은 동시에르 시가에서 며칠 동안 묵으러 오신, 날랜 마상의 창수(槍手), 생루 기사이시다." 그는 문학에 소양 있는 만큼이나 야비해서, 그 말을 호메로스적이라기보다 오히려 어떤 농담으로 끝맺는 게 예사였다. "이봐, 이봐, 그 아름다운 갈고리 단추가 달린 너희들 페플로스(peplos)*1를 좀더 여며라, 왜들 야단법석이지? 뭐니뭐니해도, 이분이 우리 아버지는 아니지만!" 그러자 블로크 아가씨들은 폭풍우처럼 와르르 웃어댔다. 나는 그녀들의 오빠에게, 베르고트를 읽어보라고 나에게 권해준 것을 얼마나 기뻐했고, 애독했는지 말했다.

아버지 블로크 씨는 베르고트를 멀리서 볼 뿐 베르고트의 생활에 대해서는 극장의 아래층 뒷자리 객석을 통해 아는 정도였고, 그의 작품에 대해서도 겉모습만 문학적인 비평에 의지하여 매우 간접적인 형태로만 알 뿐이었다. 그는 대략의 세상에서 살고 있었다. 거기는 사람들이 허공에 인사하고 거짓 속에서 판단하는 세상이다. 부정확, 부적당하다고 해서 그 사람들의 확신이 줄어드는 게 아니다, 오히려 반대다. 빛나는 교제 관계나 서로 깊이 이해하는 친구를 가질 수 있는 사람은 아주 한정되어 있으므로 그것을 갖지 못하는 사람들은 자존심이라는 고마운 기적으로, 자신을 가장 좋은 몫을 타고난 사람으로 여긴다. 왜냐하면 사회적 단계에 따라 각도를 달리하는 렌즈가 그들로 하여금 자기가 차지하는 단계를 최상의 것으로 생각하게 하기 때문이며, 그들은 자기들이 위인이라고 부르는 이들을, 자기들보다 덜 혜택받은, 불운한, 동정할 만한 인간으로 생각해, 그 사람들과 안면이 없으면서도 나쁜 소문을 퍼뜨리고, 비판하고, 멸시한다. 아주 작은 개인적인 장점을 자존심으로 부풀리고, 그래도 아직 남을 능가할 만한, 필요한 행복의 분량이 모자라는 경우, 선망이 그 차이를 채워준다. 실은 선망이 멸시적인 어구로 표시되면, '그 사람과는 아는 사이

---

*1 고대 그리스의 소매 없는 여성용 긴 윗옷.

가 되고 싶지 않다'를 '그 사람과 아는 사이가 될 수 없다'로 새겨들어야 한다. 이것은 지적인 뜻이다. 그러나 감정적인 뜻은 분명히 '그 사람과는 아는 사이가 되고 싶지 않다'이다. 이렇게 말하는 사람도 그게 속마음이 아니란 걸 안다. 하지만 속마음을 말하지 않는 건 오직 꾀 때문이고, 그렇게 말하는 건 그렇게 느끼기 때문이니, 상대와의 거리를 없애는 데, 다시 말해 행복을 느끼는 데는 그걸로 충분하다.

자기중심주의란 그렇게 저마다에게 이 세상을 발밑으로 내려다보는 왕자 같은 기분을 주지만, 블로크 씨는 호사스럽게도 잔혹하고 비정한 왕이 될 때가 있었다. 이를테면 아침에 초콜릿을 먹으면서, 막 반쯤 펴본 신문의 어느 기사 끝머리에서 베르고트의 서명을 보자 그것을 멸시하는 투로 대강 읽고, 판결을 선고하며, 뜨거운 음료를 꿀떡 삼킬 때마다 사이사이에 "베르고트 녀석, 이제는 차마 눈뜨고 읽을 수 없게 되었군. 빌어먹을 놈 같으니, 이게 글이야, 지랄하는 동물의 아우성이지. 구독 중지다. 엿가락같이 잘도 늘인다! 객설뿐이군!" 하고 뇌까리는 안락한 기쁨을 누렸다. 그러고는 버터빵 한 조각을 입속에 넣는 것이다.

게다가 아버지 블로크 씨의 이런 허망한 권위는 그 자신의 지각 범위를 약간 넘은 곳까지 펼치고 있었다. 먼저 그의 자녀들이 그를 뛰어난 인간으로 여기고 있는 것이다. 자녀에게는 그 부모를 업신여기거나 찬양하거나 하는 경향이 있다. 특히 착한 아들에게는 그 아버지가 언제나 최상의 아버지다. 그 아버지에게 감탄하는 객관적인 이유를 전부 빼놓고서도 그렇다. 그런데 이 객관적인 이유라는 것이, 블로크 씨에게는 절대로 모자라지 않아서, 그는 교육도 받고, 요령도 좋으며, 자녀들에게도 다정했다. '상류 사교계'에서는, 하기야 몰상식한 표준이지만, 하나의 기준에 따르고, 또 잘못된 대로 굳어버린 규칙에 근거해 다른 멋쟁이들 전부와의 비교로 남을 판단하는데, 그 반면 부르주아 생활의 한 구분에서는, 만찬회나 친척들의 야회가 유쾌하고 재미난 분이라고 평판받는 사람들—그러나 상류 사교계에 가선 이틀 밤도 무사히 넘기지 못하는 사람들—의 주위에서 돌고 도는 만큼, 블로크 씨는 친척들간에 더 환영받아 왔다. 끝으로 귀족 사회의 후천적인 권세 따위가 존재하지 않는 이 사회에서는 그 대신에 선천적인 품위가 당치 않게 존중된다. 그러므로 그의 가정에서, 아니 먼 친척들 사이에서도 윗수염을 기른 모양과 코의 높이가 비슷하다고 우기고는, 블로크 씨를 '진짜 오말 공작'이라 일컫고 있었다(클럽 '심부름꾼' 세계에서 모자를 비뚤게 쓰고 윗도리를 몸에 꼭 끼게 입고 외국 사관인 체 뻐기는 녀석이야말로, 그 동료들이 보기에 명사가 아니겠는가).

비슷하다 해도 아주 막연한 것인데, 어떠한 칭호라고 할 만한 것이다. 그러기에 이렇듯 되풀이되곤 했다. "블로크? 어느? 오말 공작의?" 이것은 이렇게 말하는 것과 마찬가지다. "뭐 왕녀? 어느? 왕비(나폴리의)?" 그 밖에도 몇몇 징후가 있어, 사촌들의 눈에는 그를 이른바 품위 있어 보이게 했다. 블로크 씨는 마차 한 대도 가지지 못해서 이따금 회사의 지붕 없는 쌍두사륜마차를 빌려 타고, 몸을 유연하게 비스듬히 눕히면서 두 손가락을 관자놀이에, 다른 두 손가락을 턱에 고이고 불로뉴 숲을 가로질렀다. 그를 모르는 사람이 그 모습을 보고서 '허풍선이'로 생각했다 하더라도, 친척 사이에서는, 세련된 점으로 봤을 땐 살로몽 아저씨가 그라몽 카드루스에게 설교도 할 수 있을 거라는 확신을 더 굳혔던 것이다. 말하자면 불바르의 어느 식당에서 그 신문의 주필과 식탁을 같이 썼다는 이유로, 그가 죽었을 때 〈라디칼〉지의 사교란에 '파리 명사의 모습'으로 평하는 사람이 있었는데, 블로크도 그런 인간 가운데 한 사람이었다.

블로크 씨는 우리, 생루와 나에게 말했다. 베르고트는 블로크 씨가 자신에게 인사하지 않는 이유를 잘 알고 있어, 극장이나 클럽에서 얼굴을 마주치면 눈길을 피하곤 한다고. 생루는 얼굴을 붉혔다. 블로크 씨가 말한 클럽이, 자신의 아버지가 전에 회장이던 자키 클럽일 리가 없다고, 다른 비교적 배타적인 클럽임이 틀림없다고 생각했다. 블로크 씨가 말하기를, 오늘날 같으면 베르고트도 받아들이지 않을 거라고 했기 때문이다. 그러므로 생루가 그 클럽이 루아얄 거리의 클럽이냐고 물었을 때, 그는 '상대를 얕보지' 않았나 철렁했다. 이 클럽은, 생루의 집에서 '타락한' 클럽으로 보고 있어서 몇몇 이스라엘 사람도 함께하고 있는 것을 그는 알고 있었다. "아닐세" 하고 블로크 씨는 아무렇게나, 뻐기는 듯하지만 부끄러운 듯한 모양으로 대답했다. "작은 클럽이지만 대단히 유쾌한 클럽이지. '못난이 클럽'이라는 데일세. 회원 자격 심사는 엄격해."—"뤼피스 이스라엘 경이 회장이시죠?" 아들 블로크가 아버지에게 물었다. 이는 아버지한테 명예로운 거짓말을 할 기회를 마련해주기 위해서인데, 이 대실업가도 생루의 눈에는 그들이 생각하는 만큼 위신을 갖지 못한다는 걸 모르고 있었다.

사실 그 '못난이 클럽'에는 뤼퓌스 이스라엘은 흔적도 없고, 그 회사의 사원이 한 명 있을 뿐이었다. 그런데 이 사원은 사장과 아주 사이가 좋아, 이 대실업가의 명함을 마음대로 쓸 수 있어, 블로크 씨가 뤼퓌스 경이 경영하는 철도로 여행할 때 그 사원으로부터 명함 한 장을 받아온 것이었다. 그래서 아버지 블로크는 "클럽에 들러 뤼퓌스 경의 추천장을 받아 오지"라고 말했던 것이다. 또 명함의 위력으로 차장들의 눈을 현혹할 수 있었다. 블로크 아가씨들은 베르고트에게 더 흥미가 있어, '못난이들'의 뒤를 쫓아가는 대신 화제를 베르고트 쪽으로 돌렸는데, 막내가 세상에 다시없을 만큼 진지한 투(왜냐하면 재능 있는 사람들에 대해 얘기하는 데는 오빠가 사용하는 표현을 쓸 수밖에 없다고 믿고 있어서)로 오빠에게 물었다.

"그 베르고트, 정말 놀라운 녀석이죠? 릴라당(Villiers de L'Isle-Adam)*[1]이나 카튈 망데스*[2]처럼 굉장한 영감의 범주에 들어가죠?"—"나는 그를 여러 번 무대 총연습 자리에서 만났어요" 니생 베르나르가 말했다. "그 사람 좀 반편인 것 같아, 슐레밀 같은 종류의." 샤미소*[3]의 이야기에 대한 이 암시는 그다지 대수롭지 않았지만, 슐레밀이라는 비유는, 블로크 씨가 친밀한 사이의 모임에서는 즐겨 쓰지만, 남들 앞에서는 상스럽고 부적당하게 느껴지는 반독일풍, 반유대풍의 사투리에 속해 있는 것이었다. 그러므로 블로크 씨는 외숙에게 엄한 눈초리를 던졌다. "그분은 재능이 있습니다." 블로크가 말했다.—"어머!" 하고 그 누이가, 그런 조건이라면 나도 용서받을 만하다고 말하듯이 진지하게 소리쳤다.—"작가는 누구나 재능이 있지." 아버지 블로크가 멸시하듯 말했다.—"그래도, 그분은 아무래도 아카데미에 뽑힐 것 같아요." 그 아들은 포크를 들고서 악독하게 비꼬는 모양으로 눈에 주름을 잡으며 말했다. "그럴 리가 있나! 그만한 업적이 없는걸." 이렇게 대답한 아버지 블로크는 아들이나 딸들만큼 아카데미를 멸시하는 성싶지는 않았다. "그릇이 못 돼"—"게다가 아카데미는 어떤 의미로 살롱이지, 그런데 베르고트에게는 사교적인 지위나 신망 같은 게 전혀 없거든."

---

*1 프랑스의 소설가·극작가로 《잔혹한 이야기》, 《미래의 이브》 등을 남김(1838~89).
*2 프랑스의 시인이자 극작가(1841~1909).
*3 프랑스 태생의 독일 작가로서 《페터 슐레밀의 이상한 이야기》가 대표작(1781~1839).

블로크 부인을 유산 상속자로 삼고 있는 아저씨가 말참견했다. 그는 악의라곤 하나도 없는 온순한 인물로, 틀림없이 그 베르나르라는 성만이, 내 할아버지의 타고난 진단의 재능을 눈뜨게 했을 것이다. 그러나 그 성만은 다리우스 왕궁에서 가져와 디욀라푸아 부인에 의해 되살아난 것처럼 보이는*4 얼굴과는 충분히 조화된다고 생각하지 않을지도 모르지만, 그 머리에는 어떤 호사가에 의해 어쨌든 이 수사(Susa)*5풍의 얼굴에 동양적 완성을 주고자 선택된 니생이라는 이름이, 코르사바드(Khorsabad)*6풍의 인두우(人頭牛)가 갖춘 날개를 그의 머리 위에 폈다. 블로크 씨는 이 아저씨를 끊임없이 멸시했는데, 이 수모당하는 이의 반항 없는 순박성에 자극되고, 또 별장의 집세를 니생 베르나르 씨가 지불해주는 은혜를 입었다고는 해도, 자신이 자립하는 것, 특히 아첨까지 해서 이런 부자의 유산을 확보하려고 애쓰지 않음을 나타내 보이고 싶었기 때문이다. 이 외숙은 우두머리 사환 앞에서 무례하게 다루어지는 걸 특히 언짢아했다. 그럴 때 그는 이해할 수 없는 어구를 중얼거렸는데 알아들은 것은 "메스코레스(Meschores)들이 있는 데서"뿐이었다. 메스코레스란 구약 성서에서 신의 봉사자를 가리킨다. 그것을 블로크네 사람들은 하인들을 가리키는 데 쓰면서 늘 재미있어했다. 그도 그럴 것이 기독교 신자도 하인 당사자들도 이 말이 뭘 가리키는지 확실히 모른다는 점이 니생 베르나르와 블로크 씨의 기분 속에 특수한 우월감을, '주인'으로서의 그것과, 선택된 '유대인'의 그것인 우월감을 두 배로 높였기 때문이다. 하지만 만족의 두 번째 원인은, 남이 있을 때에는 반대로 불만의 원인이 되었다. 그때 블로크 씨는 '메스코레스'라는 낱말이 외숙의 입에서 튀어나오는 걸 듣자, 자기의 동양적인 측면이 크게 드러나는 것 같았다. 이를테면 창녀가 점잖은 사내들을 초대한 자리에서, 함께 부른 창녀들이 그 직업을 암시하거나 듣기 거북한 말을 쓰거나 할 때에 약이 오르는 기분이 되는 것이었다. 그러므로 이때도 그 외숙이 이러니저러니 변명했는데, 효과가 있기는커녕 블로크 씨를 발끈하게 해 참을 수 없게 만들었다. 그는 불쌍한 외숙을 매도하는 기회를 놓치지 않았다. "어리석은 말을 점잔 부려야 할 때, 아저

---

*4 고대 페르시아 다리우스 왕조 궁전 유적은, 이란의 남서부 수사(Susa)에서 디욀라푸아 부부와 모르강에 의해 연구되어, 그 일부가 루브르에 복원됨.

*5 페르시아의 옛 수도.

*6 옛 아시리아의 지명.

씨는 꼭꼭 명중시키는군요. 그놈이(lui)*1 이 방에 있다면 첫 번째로 놈의 발을 핥을 사람은 아저씨겠지요." 블로크 씨는 이렇게 외쳤다. 한편 니생 베르나르 씨는 시무룩해져서 사르곤(Sargon) 왕의 고리 모양 턱수염을 접시 쪽으로 숙이고 있었다. 나의 급우 블로크 또한 그 곱슬곱슬한 푸르스름한 턱수염을 기르게 되면서부터, 외할아버지를 닮게 되었다.

"허어, 자네가 마르상트 후작의 자제시라고? 아무렴, 나는 그분을 잘 알지." 니생 베르나르 씨가 생루에게 말했다. 아버지 블로크 씨가 베르고트를 알고 있다고 말한 뜻으로, 말하자면 멀찌감치 보아서도 '안면'이 있다는 의미라 나는 생각했다. 그런데 니생 베르나르 씨는 덧붙였다. "아버님께서는 내 좋은 친구들 중 한 분이셨어." 그러는 사이 블로크는 얼굴이 새빨갛게 되고, 그 아버지는 뱃속이 뒤집히는 얼굴을 했으며, 블로크 아가씨들은 웃음으로 숨이 막히고 있었다. 이는 아버지 블로크와 그 자녀들의 마음속에서 억눌러진 오기의 기호가, 니생 베르나르 씨의 마음속에서는 끊임없이 거짓말하는 습관을 낳았기 때문이었다. 이를테면 여행하는 길에, 호텔에 묵을 때, 니생 베르나르 씨는 자기가 시중꾼을 데리고 여행하고 있다는 사실을 남들에게 보이려고, 다들 모여 있는 식당에 그 시중꾼의 손으로 신문을 전부 가져오게 한다. 아마 아버지 블로크 씨도 그랬으리라. 조카라면 절대로 하지 않았을 것, 즉 호텔에서 사귀는 사람들한테 자기가 상원 의원이라고 말한다. 언젠가는 거짓이라는 게 알려지리라는 걸 뻔히 알면서도, 그 자리에서는 그런 칭호를 자칭하고 싶은 욕망을 억누르지 못하는 것이다. 블로크 씨는 아저씨의 거짓말과 그 거짓말 때문에 당하는 여러 가지 폐해에 여러 번 시달림을 받아왔다. "저분의 말에 마음 쓰지 마시게, 둘도 없는 허풍선이니까." 블로크 씨가 생루에게 소곤댔지만, 생루는 거짓말쟁이의 심리에 더욱 호기심이 생겨 점점 흥미를 느낄 뿐이었다.—"여신 아테네가 인간 가운데 최대의 거짓말쟁이라고 별명 지은 이타카의 오디세우스보다 더 지독한 거짓말쟁이"라고 우리의 친구 블로크가 더 보탰다.—"허어! 설마하니!" 베르나르 씨가 소리쳤다. "내 벗의 자제분과 함께 식사를 하다니 생각

*1 베르고트를 가리킴. 플레이아드판에는 349면 27행의 '이 외숙은 우두머리 사환'에서부터 350면 13행의 '기회를 놓치지 않았다'까지의 문장을 따로 놓고 있다. 이 부분은 초고에는 있지 않고 뒤에 덧붙인 것으로, 이어지는 문장 가운데 인칭대명사 뤼(lui)가 베르고트를 가리키는 것인지 외숙을 가리키는 것인지 분간하기 어렵기 때문임.

도 못했다! 그런데 파리에 있는 내 집에 아버님의 사진 한 장과 편지 몇 통이 있소. 아버님께서는 늘 나를 '아저씨'라고 불렀다네, 까닭은 모르지만 매력적으로 빛나는 분이었지. 기억이 나는걸, 니스에 있는 내 집에서 연 만찬회의 일이. 그 자리에 있던 분은 사르두, 라비슈, 오지에……."—"몰리에르, 라신, 코르네유" 하고 아버지 블로크 씨가 비꼬는 투로 계속하고, 아들이 그 뒤를 이렇게 덧붙여 열거를 끝맺었다.—"플라우투스, 메난드로스*2 칼리다사*3." 니생 베르나르 씨는 모욕을 받자 이야기를 딱 그치고, 고행자처럼 크나큰 기쁨을 단념하면서 만찬의 끝까지 그대로 입을 봉했다.

"청동 투구를 쓴 생루." 블로크가 말했다. "넓적다리에 기름이 잔뜩 낀 이 오리고기를 좀더 드시라, 가금(家禽)의 제물을 바치는 고명하신 사제께서 붉은 포도주를 신에게 올리는 술 삼아 뿌리면서 구운 것이요."

언제나, 아들의 이름난 학우에게 뤼퓌스 이스라엘 경과 그 밖의 이야기 묶음을 다 끌러놓은 다음에 블로크 씨는, 아들이 감동할 만큼 흡족해하고 있는 것을 느끼면, '건방진 학생'의 눈에 '제 모습을 그르치지' 않으려고 물러나곤 했다. 그렇지만 아들이, 이를테면 교수 자격시험에 합격했을 때와 같은 아주 중요한 이유가 있는 경우에는 그 개인적인 친구를 위하여 남겨두고 있는 다음과 같은 비꼬는 견해를 여느 이야기 묶음에 덤으로 보탰는데, 그것이 자기 친구 때문에 일부러 뇌까려지는 것을 보고 젊은 블로크는 몹시 자랑스러웠다.

"정부는 틀려먹었어. 코클랭 씨에게 상의도 하지 않다니! 코클랭 씨는 불만의 뜻을 표했지요."(블로크 씨는 자기가 보수주의자인 것과 극장의 실무자들을 멸시하고 있는 걸 자랑삼고 있는 것이었다)

그러나 두 블로크 아가씨와 그 오빠가 귀까지 빨개질 정도로 감동한 것은, 아버지 블로크 씨가 아들의 두 '학교 친구' 한테 끝까지 늠름하게 보이려고 샹파뉴를 가져오라 명하고, 또 우리에게 '한턱 내기' 위해 그날 저녁 카지노에서 여는 오페라 코미크 극장의 세 자리를 예약해놓았다고 아무렇지 않게 알렸을 때였다. 그는 칸막이 좌석을 얻을 수 없어서 유감이라고 말했다. 전부 찼다는 것이다. 게다가 거기에 자주 간 경험이 있어서 이번에는 아래층 앞자리가 좋을 거라고 생각했다는 것이다. 그 아들의 결점, 이를테면 남에게 보이지 않

*2 각각 고대 로마와 고대 그리스의 희극 작가.
*3 고대 인도의 시인. 〈샤쿤탈라〉 의 저자.

으리라고 여기는 아들의 결점이 무례함이었다면, 부친의 결점은 인색함이었다. 그러므로 샹파뉴라는 명목으로 거품 이는 술을 물병에 조금 담아 내놓고, 아래층 앞자리라는 명목으로 잡아놓은 것은 그것의 반액도 안 되는 아래층 뒷자리여서, 그의 결점의 신성한 작용에 의한 기묘한 확신에서, 그는 식탁에서나 극장에서나(칸막이 좌석은 텅 비어 있었다) 남들이 그의 말과 실행 사이의 차이를 알아차리지 못하는 줄로 믿는 것이었다.

그 아들이 '허리가 깊이 팬 큰 잔'이라는 미사여구로 꾸며댄 바닥이 얕은 잔으로 우리에게 입술을 적시게 한 블로크 씨는 그림 한 폭을 가져와 자랑했다. 그가 일부러 발베크행에 지니고 왔을 만큼 아끼는 그림이었다. 말하기를 루벤스의 것이라고 했다. 생루가 고지식하게 서명이 있느냐고 물었다. 블로크 씨는 얼굴을 붉히면서 틀 때문에 서명이 있는 곳을 잘랐는데, 팔 생각이 없으니까 아무렇지 않다고 대답했다. 그러고 나서 '정부의 기관지에 몰두'해야겠다고 부랴부랴 우리 곁에서 떠났다. 그 기관지의 호수는 쌓이고 쌓여서 온 방 안을 혼잡하게 했고, 또 그는 그것을 읽는 게 '의회에서의 자기 처지에서' 필요하다고 우리에게 말했는데 그의 처지가 정확히 어떤 것인지 뚜렷한 설명을 해주지 않았다.

"목도리를 하고 가야지." 블로크가 우리에게 말했다. "서풍의 여신 제피로스와 북풍의 여신 보레아스가 물고기 많은 바다를 누가 더 많이 차지하느냐 다투고 있고, 구경하고 나서 조금이라도 꾸물대면 자줏빛 손가락을 가진 에오스 신의 첫 빛이 비칠 무렵에야 돌아올 테니까." 그는 우리가 바깥에 나왔을 때, 생루에게 물었다(나는 철렁했다, 왜냐하면 블로크가 그 비꼬는 말투로 꺼내기 시작한 게 샤를뤼스 씨에 대한 이야기라는 걸 금세 알았으므로). "그런데 그저께 아침나절, 바닷가에서 당신이 꼭두각시를 산책시키고 있는 걸 보았습니다."—"나의 숙부죠." 생루는 약간 감정이 상해 대답했다. 공교롭게도 블로크는 '실수'는 피해야 한다는 견해에서 거리가 먼 존재였다. 그는 자지러지게 웃었다. "축하합니다. 진작 알아모셔야 했을걸. 보기에 세련된 인품인데, 드높은 혈통에 속하는 노망한 사람의 참으로 훌륭한 얼빠진 낯짝으로 생각했거든요."—"아주 잘못 생각했군요, 아주 총명한 분입니다." 생루가 사납게 반박했다. "유감인걸요, 그렇다면 옥에 티니까. 게다가 나는 그분하고 아주 가까운 사이가 되려고 했거든요, 그런 영감의 온전한 기계 장치를 저술할 자신이 있으니까요. 지나가는 모습은 정말 웃겨요. 그러나 나는 풍자적인 면은 무시해요. 그 얼빠진 낯짝, 이건 실례, 어쨌든 나를 자주 허리가 부러질 듯 웃게 만드는 그 얼굴과, 문자의 조형미에 열중하는 나 같은 예술가한테는 경멸할 만한 것이죠. 또 나는 당신 숙부님의 귀족적인 면을 도드라지게 강조하겠지만, 이게 바로 처음 보기엔 야릇하지만 엄청난 효과로, 다시 보면 매우 뛰어난 문체로 가슴을 찌릅니다." 이번에는 나한테 말했다. "다른 얘기지만, 자네에게 물어볼 게 하나 있는데, 자네와 함께 있게 되면 번번이 어떤 신령님이, 올림포스에 계시는 행복한 신령님이 그걸 까맣게 잊게 하거든. 알았다면 유익했을 테고 앞으로도 나에게 아주 유익할 일인데 말이야. 저어, 그 미녀 말이야, 아클리마타시옹 공원에서 자네와 만났을 때 자네하고 같이 있던 여인, 낯설지 않은 신사와 긴 머리를 한 젊은 아가씨와 함께 있던 그 여인은 어떤 사람이지?" 나는 그때 스완 부인이 블로크의 이름을 잘 기억 못하고 있음을 눈치챘었다. 그녀가 내게 그의 이름을 다르게 말하고, 나의 급우가 관청에 근무하는 걸로 말했기 때문인데, 그가 과연 어느 관청에 들어갔는지, 그 뒤부터 물어보려 하면서도 잊어왔던 것이다. 그러나 그때 스완 부인의 말투로 미루어보아 블로크는 그녀에게 소개됐을 텐데, 어떻게 그가 지금 그녀의 이름을 모를 수 있을까? 나는 대답 없이 잠시 가만히 있었다. "어쨌든 축하하네." 그는 나에게 말했다. "자넨 그녀가 귀찮지 않겠지. 아클리마타시옹 공원에서 자네와 만나기 며칠 전에 파리의 환상선(環狀線) 열차 안에서 그녀를 만났어. 자네의 심복인 나를 위해 그녀가 그 환상선(Ceinture)*[1]을 풀어주려고 했어. 그렇게 즐거운 순간을 보낸 적은 난생 처음이야. 다시 만나려고 시간과 장소를 정하려 할 때, 마지막 두 번째 역에서, 싱겁게 그녀의 벗이 올라탔지 뭐야." 내가 잠자코 있는 게 블로크의 마음에 들지 않은 듯했다. "실은 말이야." 그는 나에게 말했다. "자네 덕분에 그녀의 주소를 알고, 일주일에 몇 차례, 신령님들이 즐기시는 에로스의 쾌락을 그녀의 집에서 맛보고 싶은데, 그러나 간청하진 않겠어. 파리와 푸앙 뒤 주르 역 중간에서, 세 번이나 계속해서, 게다가 더할 나위 없이 세련된 기교로 나에게 몸을 맡기던 전문가에 대해 조심스런 자세를 취하는 자네이니. 언젠가는 그녀와 다시 만날 테지."

---

*1 '허리띠'라는 뜻도 됨.

나는 이 만찬회 뒤에도 블로크를 만나러 갔고, 그도 답례삼아 나를 찾아왔는데, 마침 나는 외출 중이었다. 프랑수아즈가 나에 대해 묻는 블로크의 모습을 언뜻 보게 되었다. 블로크가 콩브레에 온 적이 있었는데, 우연하게도 프랑수아즈는 그때까지 그를 보지 못했던 것이다. 따라서 그녀는 그저 나와 아는 '분들' 가운데 한 사람이 나를 보러 들른 줄만 알았을 뿐, 수수한 옷차림을 한 이가 '무엇 때문에' 왔는지는 전혀 몰랐으므로, 이렇다 할 감명을 받지 못했다. 그런데 낱말들이나 이름들을 한 번 혼동하면 영영 돌이키지 못하는 까다로운 점에 아마도 그 일부의 근거가 있는 듯싶어서 프랑수아즈의 어떤 사회적인 관념을 나는 영영 이해하지 못하리라는 것을 잘 아는 바이며, 또 그런 경우와 마주쳐 그 의문을 이리저리 궁리해본 지가 오래되었지만, 어째서 블로크의 이름이 프랑수아즈한테 한량없이 으리으리하게 느껴졌는지—하기야 헛된 노력이었지만—그 까닭을 궁리해볼 수밖에 없었다. 왜냐하면 프랑수아즈가 언뜻 보았던 그 젊은이가 블로크 씨라고 내가 말하자마자, 프랑수아즈는 뒤로 몇 걸음 물러설 만큼 놀라고, 그만큼 낙심했기 때문이다. "뭐라고요, 어머, 그분이 블로크 님이야!" 그녀는 땅바닥에 쓰러질 듯이 낙담하며 외쳤다. 그토록 명성 있는 인물이라면 마땅히 이 세상의 위인 앞에 서 있는 길 이쪽에 금세 '알게 하는' 위용을 갖추고 있어야 할 게 아니냐는 듯이. 그리고 역사적인 인물이 평판만큼 빼어나지 않음을 발견한 사람처럼, 심한 충격을 받은 말투, 미래에 어떤 보편적인 회의에 대한 싹을 느끼는 투로 뇌까렸던 것이다.

"뭐라고요, 어머, 그분이 블로크 님이라니! 그것 참, 보고도 모르겠는걸." 여태껏 내가 프랑수아즈에게 블로크를 '과대평가'하기라도 한 것처럼 그녀는 나를 원망하고 있는 듯했다. 그렇지만 프랑수아즈에겐 다음 같은 착한 마음씨가 있었다. "그래도, 어떠한 블로크 님이든 간에 도련님과 마찬가지로 좋은 분임은 틀림없습니다."

프랑수아즈는 오래지 않아, 그녀가 존경하고 있는 생루에 대해서도 환멸을 느꼈다. 생루가 공화파임을 알았기 때문이다. 그런데 프랑수아즈는 이를테면, 그녀가 포르투갈 왕비에 대해 말할 때, 사람들 사이에서는 최상의 존경인 '필립의 누이 아멜리'라는 불경한 말을 쓰지만, 프랑수아즈는 단연코 왕당파였다. 그러나 특히 후작, 그녀의 눈을 현혹한 후작이 공화파를 지지한다니 정말 믿어지지 않았다. 나한테 받은 작은 함이 금으로 된 물건인 줄 알고 진심으로 감사해 마지않던 참에, 보석상이 도금한 것이라고 밝혀주기라도 한 듯이 시무룩한 얼굴을 하고 있었다. 프랑수아즈는 곧 생루에 대한 존경을 취소했는데, 그 뒤 오래지 않아 다시 존경하기 시작했다. 생루 후작인 이상 공화파라니 있을 수 없는 일이고, 다만 이해상으로 그런 척하고 있을 뿐이며, 지금 같은 정부 아래에서는 그렇게 하는 편이 더할 수 없이 커다란 이익을 가져다줄 수 있으리라 생각했던 것이다. 그날부터 생루에 대한 냉담, 나에게 보인 분노가 사라졌다. 그리고 생루에 대해 말할 때는, 언제나 "그분 위선자죠" 하면서, 처음처럼 다시 그를 '존경하고' 있다는 사실, 그를 용서하고 있다는 사실을 잘 이해시키는, 너그럽고도 착한 미소를 짓곤 했다.

그런데 생루의 성실성과 욕심 없음은, 프랑수아즈의 견해와는 정반대로 절대적인 것이고, 이 정신적인 위대한 순결은 연애 같은 이기적 감정에 만족하지 않는다. 예를 들어 나같이 자기 안에서만 정신적인 양식을 얻지 못하는 그런 불가능을 그는 지니지 않았으므로, 나와는 반대로 그를 참된 우애가 가능한 인물로 만들고 있었다.

이에 못지않게 프랑수아즈가 생루에 대해 잘못 생각한 것은, 생루가 얼핏 보기에는 하층민을 업신여기지 않는 듯하지만 실은 그렇지 않으며, 그건 그가 마부에게 화내고 있을 때의 모습만 봐도 알 수 있다고 프랑수아즈가 말했을 때였다. 사실, 때때로, 로베르가 어느 정도 사납게 마부를 나무라는 일이 있었다. 그러나 그것은 계급간 차별보다는, 계급간 평등의 감정의 증거였다. 그는, 그 마부를 조금 냉혹하게 다루었던 걸 꾸짖는 내 말에 대답했다.

"왜 저 사람한테 공손히 말해야 합니까? 저 사람은 나와 평등하지 않습니까? 내 숙부들이나 사촌들과 마찬가지로 내 가까이에 있는 인간 아닙니까? 아랫사람을 대하듯 내가 저 사람을 점잖게 다루어야 한다고 생각하는 모양이군요! 당신은 마치 귀족처럼 말하는군요." 그는 깔보듯 덧붙였다.

사실, 그가 편견과 불공평을 갖고서 대하는 유일한 계급은 귀족이었다. 그리고 일반 시민에 속하는 인간의 뛰어난 점을 쉽사리 믿는 대신, 사교계 인간의 뛰어난 점을 좀처럼 믿지 않는 경향에까지 이르고 있었다. 내가 그의 종조할머니와 함께 만난 뤽상부르 공주에 대해 얘기를 꺼내자, 그는 나에게 말했다.

"좀 모자라지요. 다들 비슷비슷해요. 하기야 그분은 우리하고 먼 사촌간이지만."

사교계 사람들에게 편견을 갖고 있는 생루는 사교계에 드나드는 일이 드물었다. 또 사교계에 대해 업신여기는, 적의를 품은 태도는, '무대에 서는' 여인과 그의 관계를 비통하게 생각하는 정을 그의 근친 사이에 더욱 더하게 했다. 근친들은, 그가 계속하고 있는 그런 관계가 그에게 치명적이라는 것, 특히 남의 명예를 손상시키거나 반항하는 정신을 자라게 했다는 것, 완전히 '낙오하기'까지 그를 '탈선시켜'버렸다는 것을 지적하고 있었다. 따라서 포부르 생제르맹의 경박스런 사람들 대부분은, 로베르의 애인 얘기를 할 때면 인정 사정 없었다. "매춘부들은 그게 직업이니까요." "그런 여인들이라고 해서 남들보다 더 나쁘다는 건 아니죠, 그러나 그녀만은 확실히 몹쓸 여자입니다! 용서 못해요! 우리가 사랑하는 소중한 사람에게 너무 고약하게 굴었으니까." 물론 그런 여인의 올가미에 걸린 사람은 그가 처음이 아니었다. 그러나 남들은 그대로 사교인으로서 즐기고, 정치와 그 밖의 모든 일에서 계속 사교인으로 생각했다. 그런데 생루의 경우, 가족들은 그가 '까다로운 사람'이 되었다고 여겼다. 사교계의 수많은 젊은이로 말하면, 흔히 그 애인이 참된 스승이 되고, 그런 관계가 유일한 도덕 학교 구실을 하여, 그들에게 드높은 교양을 깨우쳐주고, 이해타산을 떠난 교우의 값어치를 가르쳐주는 일이 있다는 사실, 그것 없이는 정신이 가꿔지지 않은 채로 남아, 우정에 부드러운 맛이 없고, 다사로움이 없는, 취미가 없는 인간이 되고 마는 두려움이 있다는 사실을 그의 가족은 이해 못했던 것이다.

하층계급(야비하다는 관점에서는 상류 사회와 닮았지만)에서도, 감수성이 풍부하며 섬세하고 한가한 여인은, 그것을 깊이 이해 못하지만 어떤 우아함에 호기심을 갖고 마음이나 예술의 아름다움을 존중하여, 사내에게 가장 바람직한 돈이나 지위 따위보다 높이 평가받는다. 그런데 생루처럼 젊은 클럽 회원의 애인인 경우, 또는 젊은 직공의 애인인 경우에는(이를테면 전기공도 오늘날에는 참된 기사도 동아리에 한몫 낀다), 연애하는 사내는 그 애인을 감탄하고 존경하는 나머지, 그 정을 애인이 감탄하고 존경하는 것 자체에까지 넓힐 수밖에 없다. 그래서 사내에게는 가치의 척도가 거꾸로 보인다. 여인은 여성으로서의 생리 현상 때문에 약해지는 일이 있고, 설명할 수 없는 신경쇠약에 걸리기도 한다. 그런 증세가 다른 남성에게 일어나거나, 다른 여성, 숙모나 사촌누이에게 일어난다면, 그것을 보고도 이 씩씩한 젊은이는 빙그레 웃고 말 것이다. 그러나 그가 사랑하는 여인이 그런 증세로 괴로워하면 차마 바로 볼 수 없다. 생루처럼 애인을 가진 젊은 귀족은, 애인을 데리고 카바레에 저녁 식사 하러 갈 때, 그 여인에게 필요하게 될지도 모르는 진통제를 주머니 속에 넣고 가는, 비꼬는 투로 들리지 않도록 힘차게 보이에게 명령하는, 소리 없이 문을 닫게 주의시키는, 탁자 위에 거품이 떨어지지 않게 주의시키는 습관을 들여서, 애인이 불편하지 않도록 한다. 이 사내로 말하자면 건강한 몸이라서 여태껏 불편한 느낌을 가져본 적이 없어, 그에게는 그것이 전연 알 바 없는 숨은 세계, 사랑하는 여인을 통해 처음으로 알려진 실재 세계인데, 바로 지금 그런 몸의 여의치 못함을 이해할 필요가 없게 되어도 여인을 측은해하고, 앞으로 몸이 여의치 못함을 느끼는 이가 다른 여인이라도 가여워할 것이다.

생루의 애인은—중세 최초의 수도사들이 기독교도 전체에게 가르쳤듯이—그에게 동물에 대한 연민의 정을 가르쳤다. 그녀가 동물을 몹시도 좋아해서, 여행할 때도 꼭 자신이 기르는 개나 카나리아, 앵무새를 데리고 갈 정도였기 때문이다. 생루는 어머니 빰치는 정성으로 그것들을 돌보고, 동물들에게 착하게 굴지 않는 인간을 짐승 취급했다. 한편 여배우 또는 자칭 여배우, 이를테면 그와 같이 살고 있는 여성은—총명한지는 나도 모르지만 그 솜씨로—그로 하여금 상류 부인들의 사교계를 진저리나는 곳으로 여기게 하고, 야회에 나가는 걸 강제 노동처럼 생각하게 하며, 그가 속물근성의 큰길로 달리는 걸 막고, 경솔하기 쉬운 걸 고쳤던 것이다. 그녀 덕분에 생루의 생활에서 사교적인 교제가 점점 적은 자리를 차지해가고 있는 반면에, 만약 그녀의 이 젊은 애인이 한갓 살롱의 인간에 지나지 않았다면, 허영심과 이해관계가 그 우정을 비웃고, 거칠음이 그 우정에 낙인을 찍었으리라. 그런 교우 관계를 고귀함과 세련됨 쪽으로 이끌어준 게 바로 그녀였다. 그녀는 만약 그녀가 없었다면 아마도 생루가 오해하거나 웃음거리로 삼았을는지 모르는 어떤 감정의 특성을 여러 사내들의 마음속에서 바르게 판단하게 하면서, 여성의 본능으로 생루에게 참다운 우정을 품고 있는 벗들을 그렇지 않은 벗들 사이에서 언제나 재빨리 가려내게 하고, 그런 벗을 택하게 했던 것이다. 그녀는 이 벗에 대한 감사의 마음을 갖게 하고, 그 마음을 벗에게 나타내게 하며, 벗을 기쁘게 하는 것, 벗을 괴롭게 하는 것을 주목시킬 줄 알았다. 그래서 오래지 않아 생루 또한, 그녀가 알려주지 않아도 자기 스스로 그런 것을 근심하기 시작해, 그녀가 오지 않은 이 발베크에서도, 나로서는 그녀를 한 번도 본 적 없고 또 틀림없이 편지에 아직 얘기 안 했을 나에게, 그는 스스로 내가 타고 있는 마차의 창문을 닫아주거나, 내가 기분 나빠하는 꽃을 방 밖으로 가져가거나 했다. 특히 그가 돌아가는 길에 여러 사람들에게 한꺼번에 작별인사를 해야 했을 때, 그 사람들과의 작별을 좀 빠르게 끝내도록 조처하고는 남은 시간을 나와 둘이서 보내, 다른 사람들과 나 사이에 차별을 두고, 나를 달리 대우해주었다. 그의 애인은 그의 정신을 눈에 보이지 않는 세계 쪽으로 터놓고, 그의 생활에 진지함을, 그의 마음에 섬세함을 심어주었건만, 가족들의 눈에는 비치지 않아 눈물과 더불어 뇌까리곤 했다. "그 매춘부는 머지않아 그를 죽이고 말 거야. 그때까지 그를 욕보이고 말이야."

사실 그녀가 그에게 해줄 수 있는 좋은 것을 그녀한테서 전부 빼내고 말아, 지금은 그녀가 그저 그의 끊임없는 괴로움의 원인이었다. 왜냐하면 그녀가 그를 싫어하게 되어 괴롭히고 있었으니까. 그녀는 어느 날부터 그를 어리석고 우스꽝스러운 사내라고 생각하기 시작했다. 그것은 그녀의 친구들인 젊은 작가나 배우들이 그가 어리석고 우스꽝스럽다고 단언했기 때문이며, 그 뒤로 이번에는 그녀가, 자신이 전혀 모르는 의견이나 습관을 바깥에서 받아서 그것을 얻을 때마다 나타내는 열정, 그 무람없음과 더불어 들은 말을 그대로 되풀이하게 되었다. 동료 배우들과 마찬가지로 그녀도 기꺼이 주장하기를, 그녀와 생루 사이에는 뛰어넘을 수 없는 구덩이가 있다, 서로 혈통이 다르기 때문이다, 지적인 그녀에 비해, 다른 의견들이 있겠지만 그는 태생으로 보아 지성의 적이라고 했다. 이 견해는 그녀에게 오묘한 것으로 느껴져, 생루의 더할 나위 없이 하찮은 말끝에서, 몹시 보잘것없는 행동거지에서 그 확증을 잡으려고 했다. 엎친 데 덮친 격으로 그녀의 동료들은 오늘날까지 그녀에게 커다란 기대를 걸어왔다고 주장했다. 그토록 걸맞지 않은 사내와 한 몸이 되어 그 기대를 어기려고 한다, 그런 애인은 머지않아 그녀의 눈 밖에 나고 말 것이다, 그와 함께 산다는 건 그녀의 예술가로서의 삶을 스스로 망치는 일이다 설득했을 때 생루에 대한 그녀의 경멸에 증오의 감정마저 보태져, 그가 그녀한테 죽을병을 감염시키려고 끈질기게 달라붙어 있기나 한 것처럼 혐오를 느꼈다.

그녀는 되도록 그와 덜 만나려고 하면서도 아직 결정적인 결렬의 순간을 미루고 있었는데, 그런 결렬이란 내가 보기에 좀처럼 있을 성싶지 않았다. 생루가 그녀를 위하여 많은 희생을 치르고 있으므로 그녀가 절세미인이 아니고서는(그런데 그는 이렇게 말하면서 그녀의 사진을 끝끝내 보이려 하지 않았다. "그 여인은 미인이 아닌 데다 사진도 잘 찍힌 게 아닙니다. 모두 내가 코닥(Kodak)으로 찍은 순간 사진이라 당신에게 그 여인에 대한 틀린 인상을 줄지도 모르니까요.") 비슷한 희생을 감수해주는 두 번째 사내를 얻기는 힘들 거라고 생각했다. 재능이 없으면서도 자기 힘으로 이름나고 싶어하는 열망, 또 한갓 한 사람의 존경에 지나지 않으나 권위자로 떠받드는 사람에게 받는 존경이(하기야 생루의 애인은 이에 해당하지 않을지도 모르나), 대단치 않은 창부로서도, 때로는 돈을 버는 기쁨 이상으로 결정적인 동기가 될 수 있다는 사실을 나는 미처 생각지 못했다. 생루는 애인의 마음속에 일어나고 있는 것을 잘 이해하지 못했다 하더라도, 그녀가 부당한 비난을 하건, 영원한 사랑을 약속하건 진심에서 나온 거짓 없는 말로 믿지는 않았지만, 그래도 때로는, 헤어질 만할 때에는 헤어질 작정인 그녀의 속셈을 알아채고, 그 때문에, 어쩌면 생루 자신보다도 더 통찰력 있는 그의 연애 유지 본능의 충동을 받아, 또 그의 마음의 가장 크고 맹목적인 애정의 충동과 따로 성립하고 있는 교묘한 실천 능력을 발휘하여, 그녀에 대한 투자를 삼가고, 그녀가 아무 부족 없이 살아갈 만한 엄청난 돈을 집에서 빌려다가, 그것을 그날그날 그녀에게 내주어왔다. 그래서 생루와 정말로 절교할 속셈이었더라도 그녀로서는 '한밑천' 잡을 때까지 냉정히 기다리고 있는 것인지도 몰랐다. 그때로 말하자면 생루한테서 받아온 금액으로 보아 앞으로 아주 짧은 시일 내임이 틀림없었다. 그러나 아무리 짧은 시일이지만 나의 이 새 벗의 행복을—또는 불행을—길게 늘리기 위하여 보태진 나날임에는 변함없었다.

그들 관계의 이런 극적인 때—지금에 와서는 그것이 생루에게도 가장 심하며 잔혹한 단계에까지 이르고 있었다. 왜냐하면 그녀는 짜증이 난다며 그를 파리에 머무르지 못하게 하고 그의 부대 주둔지 바로 옆에 있는 발베크에서 억지로 휴가를 보내게 했으니까—애당초 이 극적인 때는 어느 날 저녁, 생루의 한 숙모 저택에서 비롯했다. 생루는 그 숙모를 졸라대어 그의 여자친구를 부르고, 많은 초대객 앞에서 상징주의 희곡 하나를 낭독시키기로 했다. 여자친구는 이미 한 번 어느 전위 극장의 무대에서 그 희곡을 연기한 일이 있어, 그 작품에 대한 그녀 자신의 감탄을 그와 나누었었다.

그러나 그녀가 손에 커다란 나리꽃 한 송이를 들고, '앙킬라 도미니'*1를 그대로 본뜬 의상이야말로 참다운 '예술의 환상'이라고 로베르를 설득했던 의상을 입고 나타났을 때, 그 등장은 클럽의 남자들과 공작부인들의 이 모임에 미소로 맞이되었는데, 오래지 않아, 낭독의 단조로운 가락, 어떤 낱말의 괴상함, 그 낱말의 거듭되는 반복으로 처음에는 웃음을 참던 사람들도 결국 웃음을 터뜨려 불쌍한 낭독자는 더는 계속할 수 없었다. 그다음 날 생루의 숙모는, 그처럼 괴상한 예술가를 그녀의 집에 출연시켰던 일을 한결같은 목소리로 비난받았다. 이름난 어느 공작은 생루의 숙모한테, 아무리 비난받더라도 어쩔 수 없는 자업자득이라고 솔직하게 말했다.

"너무하셨어요, 그런 너절한 것을 우리 앞에 끌어내지 마셨어야 했습니다! 그 여자에게 재능이라도 있다면 또 몰라요. 그런데 그건 흔적도 없고 또 앞으로도 영원히 없을 겁니다. 딱하기도 하지! 파리는 흔히 말하듯이 그렇게 바보가 아닙니다. 사교계도 숙맥들만 있는 게 아니고요. 그 아가씨야 물론 파리를 놀라게 해줄 속셈이었겠지만 파리는 그렇게 쉽사리 놀라지 않는다, 이 말씀이죠. 우리만 해도 그리 쉽게 골탕먹지 않고요."

여배우는 어떤가 하면, 생루에게 이렇게 말하면서 나가버렸다.

"멍청한 칠면조야. 당신이 나를 얼마나 교양이 없는지, 얼마나 버릇없는 상놈들한테 끌어왔는지 알아요? 까놓고 말해, 거기에 있는 사내치고 나에게 눈짓을 하지 않은 녀석, 발끝을 툭툭 치지 않은 놈이라곤 하나도 없었다고요. 그래서 내가 그런 제안을 물리쳤으니까 앙갚음을 하려고 드는 거예요."

이러한 고자질이 사교계 인간에 대한 로베르의 반감을 매우 심각하고도 비통한 혐오로 변하게 했는데, 그중에서도 특히 혐오의 대상이 된 것은, 도리어 그것에 가장 덜 해당하는, 그에게 헌신적인 집안사람들이었다. 그 사람들은 집안 대표로 파견되어, 생루의 여자친구에게 그와 손을 끊도록 하려 했는데, 그녀는 이런 교섭을 생루한테, 그녀에 대한 그들의 연정의 암시처럼 들려주었다. 로베르는 그 즉시 그들과 절교해버렸지만, 지금처럼 이 여자친구에게서 멀리 떨어져 있을 때 그들이 또는 다른 놈이 그 틈을 타 위임받은 일을 다시 시작

---

*1 로베르 드 몽테스키외의 시집 《푸른 수국》 가운데 1편으로, 실제로 의상을 입고 무대에서 낭독되었다는 기록이 있음.

해서 그녀의 특별대우를 받고 있는지도 모르겠다고 생각했다. 생루는 그런 생각이 들 때면 방탕자들의 얘기를 하며, 그들이 친구를 속이고 아내를 잘못된 길로 빠뜨리려고 그 친구나 아내를 매음굴에 데리고 가서 구경시키기도 한다고 말할 때 그의 얼굴에는 고뇌와 증오의 빛이 어려 있었다.

"난 놈들을 죽인다 해도 개를 죽인 것만큼도 뉘우치지 않습니다. 적어도 개는 온순하고 충실하며, 사람을 배반하지 않으니까. 그놈들이야말로 단두대에 올라갈 만합니다. 빈곤과 부자들의 무자비함 때문에 죄를 저지른 불행한 사람들보다도."

그는 대부분의 시간을 애인 앞으로의 편지나 전보를 보내는 데 보내고 있었다. 그녀 쪽에서 그가 파리에 오는 걸 막으면서, 거리를 두고 그와의 사이를 뒤트는 방법을 생각해낼 때마다 나는 그것을 그의 질린 얼굴에서 읽어낼 수 있었다. 그의 애인은, 그의 어떠한 점을 나무라든지 그 이유에 대해 한 번도 똑똑히 말하지 않았는데, 틀림없이 무엇 때문인지 모르는 게 분명하다. 그는 그저 싫증이 난 것이라 추측하면서도 자세한 설명을 듣고 싶어서 '내가 잘못한 점을 말해주구려. 나는 언제라도 내 잘못을 인정할 각오를 하고 있소'라고 썼다. 그가 느낀 고통은 결과적으로, 자기가 정말 잘못했다고 믿게 해버린 것이다.

그러나 그녀는 막연히 답장을 기다리게 한 뒤에 아무런 뜻도 없는 것을 보내왔다. 그래서 나는 거의 매번 미간을 찌푸리며, 보통은 빈손으로 우체국에서 돌아오는 생루의 모습을 가끔 보았다. 호텔에서 그와 프랑수아즈만이 일부러 편지를 부치거나 찾아오거나 하므로 우체국까지 갔던 것이다. 그는 사랑을 하는 사내의 조바심에서, 프랑수아즈는 하인의 호기심에서(전보를 치려면 그는 더 먼 길을 가야 했다).

블로크네에서 만찬이 있은 지 며칠 뒤, 할머니가 기쁜 듯이, 이제 막 생루를 만났는데, 그가 발베크를 떠나기 전에 사진을 찍어드리겠다고 하더라며 나에게 말하고는, 가장 좋은 옷을 입고, 어떤 모자를 쓸까 망설이고 있는 것을 본 나는, 할머니에게도 저런 유치한 면이 있었나 싶은 놀라움에 조금 화가 났다. 뿐만 아니라 내가 할머니를 잘못 보았던 게 아닌가, 지나치게 높이 평가해온 것이 아닌가, 할머니의 사람됨에 대하여 내가 이제껏 믿어온 만큼 초연한 존재인가, 할머니와는 인연이 먼 것으로 내가 믿어온 것, 그 교태를 할머니 또한 갖고 있는 게 아닌가 하는 생각이 들 정도였다.

나는 사진 촬영 계획, 특히 그 때문에 기뻐하는 듯 보이는 할머니의 만족 때문에 불쾌했지만, 공교롭게 남이 알아차릴 만큼 바깥으로 드러났는지 프랑수아즈가 이를 알아보았다. 프랑수아즈는 감동해 감상적인 설교를 나한테 했는데, 나는 거기에 동의하는 모습을 보이고 싶지 않아, 오히려 본의 아니게 나의 불만을 더하게 했다.

"오오! 도련님, 불쌍하신 큰마님께서는 사진 찍으시는 게 여간 기쁘신 게 아니에요. 이 늙은 프랑수아즈가 손질해드린 모자까지 쓰셨어요. 그대로 하시게 해야 합니다, 도련님."

프랑수아즈의 그와 같은 감수성을 무시해버려도 그다지 심한 짓이 아니라고 나는 확신했다. 모든 일에 나의 본보기인 어머니와 할머니가 자주 그렇게 한 것을 생각해내면서. 그러나 내가 시무룩해 있는 걸 알아챈 할머니가 사진을 찍는 게 내키지 않으면 그만두어도 좋다고 말했다. 나는 그러고 싶지 않아, 그걸 가지고 내가 왜 언짢아하겠느냐고 할머니를 안심시키고, 몸치장하게 내버려두었지만, 사진 찍어준다는 것에 들뜬 듯이 보이는 할머니의 기쁨을 줄어들게 하려고, 듣는 사람의 비위가 거슬리도록 몇 마디 비꼼으로써, 내게도 통찰력과 기개가 있다는 증거를 보였다고 생각했다.

그래서 내가 할머니의 화려한 모자를 보고 말없이 참기만 해도, 적어도 할머니 얼굴에서 기쁜 표정을 가시게 했다. 할머니로서는 그 기쁜 표정이 나를 기쁘게 해줄 거라 생각했지만 내게는 그렇게 비치지 않았다. 사랑하는 이들이 살아 있을 때 우리가 이렇듯 죄받을 짓을 곧잘 하듯이, 그러한 기쁜 표정은 우리가 그 사람을 위해 확보해주고 싶은 행복의 귀중한 형태라기보다도, 오히려 그 사람의 초라한 결함에 대해 화를 내는 걸로 우리 눈에 비친다. 나의 고약한 기분은 특히 그 주일, 할머니가 내게서 달아나려는 듯이 보인 사실, 낮이나 밤이나 잠깐이라도 할머니를 나만의 것으로 둘 수 없었다는 사실, 그런 이유에서 온 것이었다. 오후에 잠깐 할머니와 단둘이 있으려고 돌아왔을 때, 할머니가 안 계시다고 했다. 그렇지 않을 때는 프랑수아즈가 죽치고 들어앉아, 방해가 된다고 들어가지 못하게 한다. 또 생루와 함께 바깥에서 밤을 보내고 나서, 할머니를 빨리 보고 싶다, 빨리 입맞추고 싶다고 생각하면서 돌아왔을 때, 안녕히 주무시라는 인사를 하러 들어와도 좋다는 신호인 나지막한 똑똑 소리를, 칸막이 벽 너머로 기다렸으나 헛되이 감감무소식. 할머니에게는 참으로 신기한 냉담으로, 내가 그처럼 기대하고 돌아온 기쁨을 내게서 빼앗은 걸 조금 원망하면서, 하릴없이 잠자리에 들어가, 어릴 적처럼 가슴을 두근거리며 말없는 벽에 잠시 귀를 기울이다가 눈물 속에 잠들고 말았다.

며칠 전부터 그랬듯이, 그날도 생루는 동시에르에 가야 했다. 오래지 않아 결정적으로 거기에 돌아가게 될 날을 앞두고, 요즘은 오후 늦게 번번이 그곳에 발 묶이는 볼일이 있는 듯했다. 그가 발베크에 없는 게 섭섭했다. 나는 멀리 떨어져, 젊은 아가씨들이 황홀할 만큼 아름다운 모습으로 마차에서 내려, 한 무리가 카지노의 댄스홀, 또 한 무리가 아이스크림 가게로 들어가는 걸 혼자 보고 있었다. 사사로운 하나의 사랑을 가지지 못한, 텅 비어 있는 젊음의 한때, 하지만 곳곳에서 '아름다움'을—마치 연애하는 사나이가 반한 여인에게 하듯 바라고, 찾으며, 보는 그 젊음의 나날 가운데 하나에 이르고 있었다—한낱 실물의 윤곽만으로—멀리서, 뒤에서, 여자를 흘끗 보기만 해도—눈앞에 비춰내어, 어디선가 본 듯한 여인이란 생각에, 가슴을 설레며 걸음을 빨리 하다가, 여인이 사라지자, 분명히 그 여자였는데 하고 언제까지나 반신반의한다. 잘못 본 것을 아는 건 그 여자를 따라잡을 수 있을 때뿐이다.

게다가 상대 없는 괴로움이 더해감에 따라, 나로서는 매우 단순한 기쁨마저, 붙잡기 어렵다는 이유 때문에, 그것을 과대평가하는 경향이 생겼다. 멋진 여자들이 여기저기에서 눈에 띄는 것만 같았다. 왜냐하면 바닷가에 나가 있을 때는 내가 너무 피곤했고, 카지노나 과자점에 있을 때는 내가 너무 소심해서 그 여자들에게 다가갈 수 없었기 때문이다. 그런데도 머잖아 죽을 몸이라면, 인생이 바치는 아름다운 아가씨들을 가까이서, 또 현실적으로는 어떻게 생긴 것인지 알고 싶어서 죽을 지경이었다. 비록 그 인생의 헌납물을 즐길 사람이 내가 아닌 다른 사람일지라도, 또는 아무도 없을지라도, 내 호기심에는 변함이 없었다(사실 그 호기심의 근원에는, 여자를 아쉬워하는 욕망이 있음을 나는 몰랐던 것이다). 생루가 나와 함께 있었다면 댄스홀에 들어갈 용기도 났을 것이다. 나는 혼자, 심심하게 그랑 호텔 앞에 말뚝처럼 서서, 할머니한테로 다시 돌아갈 때가 오기를 멍하니 기다렸다. 그때, 둑의 거의 끝머리에 소녀들 대여섯 명이 마치 이상한 반점이 움직이듯이 이쪽으로 걸어오는 게 보였다. 발베크에서 낯익은 사람들과는 다른 그 모양과 맵시는, 갈매기 한 무리가 어디선지 모르게 날아와서, 바닷가 위를—뒤떨어진 것들은 푸르르 날아 앞선 것들을 따라잡으면서—보조를 맞추며 산책하는 듯하고, 또한 그 산책의 목적이 무엇인지, 새의 정령(精靈)과 같은 아가씨들로서는 환하겠지만, 그녀들의 눈에 비치지 않은 해수욕객들로서는 아리송하게 보였다.

이 낯선 아가씨들 가운데 하나는, 손으로 자전거를 내밀었다. 다른 둘은 골프 '채'를 들고 있었는데 그녀들의 옷차림은 발베크의 다른 아가씨들과는 아주 달랐다. 그야 물론 발베크의 아가씨들 가운데에도 운동에 열중하는 이가 있기는 하나, 그 때문에 특별한 옷차림을 하지는 않았다.

그때는 신사 숙녀들이 날마다 바닷가 둑을 한 바퀴 돌고 막 돌아오는 시각으로, 그들이 마치 어떤 흠을 가지고 있어 자세히 조사하듯이, 지방 재판소장의 부인이 그 신사 숙녀들 위에 손안경의 무자비한 포화를 퍼부었다. 그 부인은 야외 음악당 앞 엄숙한 의자의 줄 가운데 거만하게 앉아 있었는데, 곧 배우들이 비평가가 되어 이 의자에 앉으러 와서, 그들 앞에 줄지어 지나가는 사람들을 평하는 차례가 되는 시각이었다. 둑을 따라 걷고 있는 사람들은 마치 배의 갑판에 있기라도 하듯 하나같이 몹시 몸을 흔들거리며 걸어왔다(왜냐하면 그들은 한쪽 다리를 쳐들 때마다 무의식적으로 한쪽 팔을 흔들고, 눈을 두리번거리며, 어깨를 똑바로 펴고, 몸의 오른쪽에서 한 동작을 그 즉시 왼쪽에서도 하며, 얼굴은 빨갛게 물들어 있었으니까). 그들은 같은 쪽에서 걷고 있는 사람들이나 반대쪽에서 걸어오는 사람들과 부딪히지 않게, 슬그머니 상대를 바라보고, 그러면서도 상대를 거들떠보지 않는 것처럼 보고도 안 본 체하면서, 그러다가 상대에게 부딪치거나 충돌하거나 하는 것은, 셔츠 겉으론 경멸을 나타내지만 그 속으로는 서로 비밀스런 호기심을 품고 있기 때문이었다. 사람들에 대한 그러한 애정—따라서 공포—은, 남들을 기쁘게 하려는 때에도, 놀라게 하려는 때에도, 멸시하는 걸 나타내려는 때에도, 모든 인간에게 가장 강한 동기 가운데 하나이다. 고독자에게 삶의 마지막까지 계속될 만큼이나 절대적인 칩거도 그 근본은 사람들에 대한 일반적인 규정에서 벗어난 애정일 때가 흔한데, 그것이 다른 어떤 감정보다도 강해서, 외출할 때 문지기, 통행인, 불러세운 마부 따위한테 공경을 받지 못하자, 앞으로는 그들에게 안 보이는 게 낫다, 그 때문에 외출해야 하는 어떠한 활동도 단념하는 편이 낫다고 생각하기에 이르렸다.

걷는 사람 가운데에는 속으로 한 생각을 좇으면서, 발작적인 동작, 방황하는 눈길로 마음의 움직임을 드러내고 마는 이들도 있었는데, 그것은 주위 사람들의 조심스러운 비틀걸음같이 주위와 조화되지 않는 것이었다. 그런 모든 행인 속에 섞여서, 내가 아까 언뜻 본 소녀들은, 흠잡을 데 없는 육체의 유연성에서 비롯하는 제멋대로의 몸짓과 다른 인간에 대한 솔직한 업신여김과 더불어, 머뭇거림도 어색함도 없이 앞으로 곧바로 걸어오는 품이, 그 팔다리마다 다른 몸과 완전히 독립해 있는 가운데, 바라는 동작을 정확하게 행동으로 옮기면서, 몸의 대부분은 왈츠를 잘 추는 이의 그 놀라운 부동성을 유지하고 있었다. 어느덧 아가씨들은 내게서 멀지 않은 곳까지 와 있었다. 저마다 다른 모습이지만 하나같이 아름다웠다. 그러나 사실을 말하자면, 나는 조금 전부터 흘깃거리며 감히 똑바로 바라볼 용기도 없어서, 아직 그녀들의 개성을 분간하지 못했다. 르네상스의 어느 그림에 보이는 아라비아인풍의 동방 박사처럼 곧은 코, 거무스름한 살갗으로 다른 아가씨와 대조를 이루고 있는 한 아가씨를 빼놓고, 아가씨들 가운데 하나는 엄하고 끈질기게 보이면서도 웃는 듯한 눈으로, 또 다른 아가씨는 장밋빛 두 볼이 쥐손이풀 꽃을 떠올리게 하는 구릿빛 색조를 띠고 있는 것으로 겨우 구분되었을 뿐이다. 이런 특징도, 아직 그 가운데 어느 것은 이 아가씨보다 저 아가씨에게 부여해 저마다 풀리지 않도록 비끄러매지 못해(이런 신기한 조화가 매우 다양한 모습으로 전개되고 갖가지 색조를 접근시키면서, 그리고 악절이 줄이어 지나가는 순간에는 뚜렷하게 들리지만 금세 잊어버려 하나하나 따로 떼어서는 인식할 수 없는 음악처럼 뒤섞이면서 펼쳐져가는 순서에 따라), 흰 달걀 모양의 얼굴, 검은 눈, 초록빛 눈이 줄지어 나타나는 걸 보았을 때, 그것이 조금 전 나에게 매혹을 가져다준 바와 같은 것인지 몰라, 다른 아가씨들한테서 따로 떼어내어 확정된 아무개 아가씨에게 그것을 돌릴 수가 없었다.

이처럼 한계를 잃어버린 시각에—이 젊은 아가씨들 사이의 구별이야 오래지 않아 가려지겠지만—그 무리를 통해, 조화가 있는 파동 같은 것, 무리를 지어 흘러가 아름다움의 연속적인 이동이 전파되어올 뿐이었다.

아마도 이 젊은 아가씨들이 한결같이 아름다운 벗들로만 동아리를 짠 것은 그저 우연 때문만은 아니다. 그녀들이 (그 태도로 보아 대담하며 변덕스럽고 매서운 성미가 충분히 드러나 있었다) 우스꽝스러운 것과 보기 흉한 것에는 더할 나위 없이 예민하면서도, 지적 또는 정신적인 면의 매력을 느낄 줄 몰라서, 같은 또래의 친구들 가운데에서 사색하기 좋아하거나 감수성이 풍부한 경향 때문에, 소심하고 소극적이며 굼뜬, 곧 이 아가씨들이 틀림없이 '역겨운 성질'이라고 부를, 그러한 성격을 겉으로 드러내는 아가씨들에 대하여 자연히 혐오감을 느끼고 멀리하기 때문이리라. 그뿐 아니라 반대로 맵시, 날램, 육체의 멋이 어울린 다른 아가씨들에게 마음이 끌려 동아리를 짜고 있던 것인데, 그런 형태가 아니고서는 매력 있는 성격의 빤한 모습, 함께 보내는 즐거운 시간의 미래를 떠올릴 수 없었던 것이다. 또한 아마도, 이 아가씨들이 속해 있는 계급, 그것이 어떤 계급인지 명확하게 말할 수 없지만, 그 계급의 진화가 다음과 같은 단계에 이르고 있었던 것인지도 몰랐다. 곧 부유와 여가 덕분에, 또는 보통 사람들에까지 어느 정도 널리 퍼져 있는 새로운 운동 습관과 아직 지적인 훈련이 따르지 않는 육체적인 훈련 습관 덕분에, 어느 사회 환경이, 여전히 고뇌의 빛을 띤 표정을 추구하지 않는 조화롭고도 다작인 조각의 유파와 비슷해, 자연히 아름다운 다리와 허리, 건강하고도 침착한 얼굴, 민첩하고도 꾀바른 모습을 갖춘 아름다운 육체를 수없이 만들어내는 진화의 단계에, 그리스 해안에서 햇볕 쪼이는 조각상처럼 저기, 바다 앞쪽으로 내가 보고 있는 것은, 인체미의 고귀하고도 고요한 전형이 아니었던가.

빛을 내는 혜성처럼, 하나의 동아리가 되어 둑을 따라 나아가는 젊은 아가씨들은, 주위 사람들이 그녀들과는 다른 인간으로 이루어져 있어, 그 인간의 어떠한 고뇌도 그녀들의 마음속에 연대감을 눈뜨게 할 수 없다는 생각을 품고 있기라도 한 듯, 사람들을 거들떠보지도 않는 모양으로, 말하자면 혼자서 움직이기 시작한 기계가 동행인을 피하기 위해 멈출 리가 없는 기세로, 사람을 멈추게 하고는 억지로 길을 비키게 했다. 그녀들이 그 존재를 인정하지 않으려니와 몸에 스치기조차 싫어하는 노신사가, 겁 많고 크게 화를 내는, 그러나 당황하여 우스운 꼴로 달아날 때, 그녀들은 서로를 쳐다보며 웃는 것이었다. 그녀들은 그 동아리 말고는 다른 것에 대하여 업신여기는 모습을 꾸미지 않았다. 마음속에서 우러나오는 업신여김으로 충분했다. 하지만 장애물 하나를 보고서는, 깡충 뛰거나 발 모아 뛰어넘으며 즐거워하지 않고선 그냥 지날 수 없었다. 그도 그럴 것이 그녀들은 넘칠 만큼 젊음으로 가득 차 있었으니까. 젊은 나날에는 우울하거나 조금 몸이 아프거나 할 때도, 그날의 기분보다 나이의 어쩔 수 없음에 따라 젊음을 발산시키지 않고서는 못 배겨, 뛰어넘기 또는 미끄럼타기의 기회를 놓칠세라 성실히 참가하여, 뛰어난 묘기에 변덕 섞인 돌아감으로, 그 느릿느릿한 걸음을—쇼팽의 가장 우수에 찬 야상곡처럼—멈추다가 이어지다가 한다.

마침 그때 늙은 은행가의 부인이 남편을 어디로 데려갈지 망설이다가, 둑길 쪽으로 향하고, 음악당에 의해 바람과 햇볕이 가려져 있는 접의자에 앉힌다. 늙은 남편이 거기에 편히 자리잡은 것을 본 그녀는, 남편에게 읽어주어 기분을 달래려고 신문을 사러 갔다. 그녀가 늙은 남편을 혼자 두고 가는 이 짧은 시간이 5분을 넘긴 적은 한 번도 없었다. 그 시간이 늙은 남편에겐 몹시 길게 느껴졌으나, 그래도 그녀는 가끔 남편을 혼자 두었다. 이것저것 돌보는 데 몸을 아끼지 않으면서도, 늙은 남편이 아직 다른 사람들처럼 살아갈 수 있고, 보호자가 전혀 필요 없다는 느낌을 갖도록, 자주 그렇게 혼자 두었던 것이다. 은행가의 머리 위에는, 음악당이 한번 넘어봄직한 자연의 도약대를 이루고 있었는데, 동아리 가운데 나이 많은 이가 달려오더니, 매우 놀란 노인 위를 뛰어넘었고, 그 날쌘 발이 노인의 해군용 모자를 스쳤다. 그것을 본 다른 아가씨들은 즐거워하고, 특히 인형 같은 얼굴에 초록빛 눈을 한 젊은 아가씨는 크게 재미있어하며, 그 눈은 그런 행동에 감탄과 통쾌함을 나타냈는데, 나는 거기서 얼마간의 겁, 다른 아가씨들에겐 없는 부끄러움과 함께 허세 부리는 수줍음을 알아본 듯했다. "저 노인이 불쌍해서 차마 못 보겠어, 쓰러진 것 같아." 아가씨 가운데 하나가 반은 비꼬는 투의 쉰 목소리로 말했다. 그녀들은 더 걸어가다가 문득 길 한복판에서 걸음을 멈추고, 교통이 멎는 것도 아랑곳없이, 마치 날아오르는 순간 한곳에 모이는 새들처럼 이마를 살며시 모으고, 일정하지 못한 모양으로 밀집한 것을 볼 수 없었던, 그칠 줄 모르고 지저귀는 모임의 무리를 이룬 다음, 바다 위의 둑을 따라, 한가로운 산책을 계속했다.

지금, 그녀들의 매력적인 얼굴은 이제 분명하지 않은, 뒤섞인 것이 아니었다. 나는 그 얼굴들을(하나하나 이름은 모르지만) 저마다 나누고 정리할 수 있었다. 이를테면 늙은 은행가의 머리 위를 뛰어넘은 키 큰 아가씨, 바다 수평선에 불룩한 장밋빛 볼과 초록빛 눈을 뚜렷이 드러내고 있는 키 작은 아가씨, 다른 아가씨들 사이에서 눈에 띄게 곧은 코를 한 거무스름한 얼굴빛의 아가씨, 병아리 주둥이처럼 둥근 선을 그린 조그만 코를 중심으로 흰 달걀 모양 얼굴, 갓난애에게 흔한 얼굴의 아가씨, 그리고 펠르린(pèlerine)*1을 입은 몸집 큰 또 다른 아가씨(펠르린은 이 아가씨를 초라해 보이게 하여, 멋있는 맵시를 너무나 망치고 있어서 금세 머릿속에 다음과 같은 설명이 떠올랐다. 이 아가씨의 부모님은 꽤 훌륭한 집안 출신임에 틀림없는데, 발베크의 해수욕객들과 그 자제들 의복의 우아함보다 초연한 자존심을 더 높이 평가하고 있어서, 하층민이 보아도 지나치게 수수해 보일 옷을 입고 그 딸이 둑을 산책하고 있어도 절대로 아랑곳하지 않는 것이다), 검은 '폴로(polo)*2를 눌러 쓰고 생글생글 웃음 짓고 반짝거리는 눈에, 윤기 없는 통통한 뺨을 한 아가씨들이었는데, 이 마지막 아가씨는 허리를 어색하게 좌우로 흔들며 자전거를 밀고 오다가, 내 곁을 지나칠 때, 너무도 거센 목소리로 어찌나 저속한 말투를 쓰는지(가장 거북한 말은 "내 맘대로 사는 거야"였다), 나는 그녀의 동료인 펠르린 아가씨를 보며 세운 가설을 버리고, 도리어 이런 아가씨들은 전부 자전거 경주장에 드나드는 무리에 속하며, 자전거 선수의 아주 어린 정부임에 틀림없다고 결론지었다. 어쨌든 내 추측에서 어느 것에도, 그녀들의 품행이 좋다는 가정은 나오지 않았다. 첫눈에—웃으면서 서로 얼굴을 바라보는 모양이나, 윤기 없는 뺨을 지닌 아가씨의 끈질긴 눈길이나—그녀들의 품행이 좋지 않다는 사실을 알았다. 게다가 할머니가 너무나 세심한 주의로 늘 나를 감시했으므로, 우리가 하지 말아야 하는 것들은 모두 이어져 있어서, 뿔뿔이 흩어져 존재한다고는 생각지 않았으므로, 노인에게 존경심이 없는 젊은 아가씨라도, 팔십 노인의 머리 위를 뛰어넘는 것보다 더 유혹적인 쾌락이 있다면, 분명 멈칫하고 내닫던 달음박질을 멈출 줄로 생각했던 것이다.

이제 하나하나 독특한 개성을 갖추게 된 그녀들이지만, 동아리의 정신과 자만심에 생기 있는 그 눈길들이 벗에게 쏠리느냐 지나가는 사람들에게 쏠리느냐에 따라, 어떤 때는 안에 절친함을, 어떤 때는 바깥에 건방진 무관심을 잠깐잠깐 드러내면서, 서로의 눈길과 마주보는 의기투합, '다른 동아리'를 만들어 언제라도 함께 산책할 만큼 친밀하게 맺어져 있다는 그 의식. 그것이 그녀들 하나하나 독립된 몸 사이에, 그 몸들이 나란히 천천히 나아가는 동안에, 따스

---

*1 여성용 짧은 케이프.

*2 테 없는 여성용 모자.

하며 똑같은 그림자, 하나의 동일한 대기처럼, 눈에 보이지 않으나 조화로운 유대를 이루고, 그녀들이 인파 속에 유유자적 굽이쳐가는 행렬을 수많은 사람과 구별되게 하면서도, 더불어 그녀들의 몸을 부분적으로 굳게 결합한 하나의 전체로 만들고 있었다.

자전거를 밀고 있는 갈색 머리의 뺨이 통통한 아가씨 곁을 지나칠 때, 한순간 나는 그녀의 웃음 치는 곁눈질과 마주쳤는데, 그것은 이 동아리 생활을 가두어 숨기고 있는 인간미 없는 세계, 나라는 존재에 대한 관념 따위는 도저히 자리잡을 수도 다다르지도 못할 가까이 갈 수 없는 세계였다. 폴로 모자를 푹 내려쓴 아가씨는 동아리 사람들 이야기를 열심히 들었는데, 그 눈에서 내뻗은 검은 빛줄기가 나와 마주쳤을 때 정말 나를 보았을까? 보았다면 그녀의 눈에 내가 어떻게 비쳤을까? 어떠한 세계에서 그녀가 나를 알아보았을까? 이를 말하기가 쉽지는 않다. 이를 테면 망원경 덕분에 이웃별에서 어떤 특수한 징후를 봤다고 해서, 거기에 인류가 살고 있으며 우리를 지켜본다고 결론짓기가, 또 우리를 지켜보며 어떤 생각을 품었는지 결론짓기가 어려운 거나 마찬가지이리라.

그와 같은 아가씨 눈이 반짝반짝 빛나는 동그스름한 돌비늘에 지나지 않다고 생각한다면, 우리는 구태여 탐욕스럽게 그녀의 생활을 알려고 하거나 그 생활을 우리와 연관지으려고 하지 않을 것이다. 그러나 우리는 느낀다. 반사하는 그 작은 원반 속에 반짝거리는 것이 오직 원반의 물질적인 구성 때문만은 아니라는 사실을. 그것은 우리가 잘 모르는 것, 본인이 스스로 만들어낸 관념의 검은 그림자라는 사실을. 그것은 그녀가 알거나 알고 있는 장소에 관한 관념의 검은 그림자다. 이를테면 내게는 페르시아 낙원의 선녀보다 더 매력 있는 이 어린 선녀가 들을 건너 숲을 지나, 페달을 밟으면서 나를 데려다주었을지도 모르는 경기장의 잔디, 경주로의 모래 따위이다. 그녀가 돌아가려는 검은 그림자, 그녀가 작성하는 또는 남이 그녀를 위하여 만든 계획의 그림자라고 느낀다. 특히 욕망, 동감, 반감, 비밀스런 끊임없는 의지를 간직한 그녀 자체라고 느낀다. 그 눈 속에 있는 걸 내 것으로 하지 못한다면, 이 자전거 타는 아가씨를 얻지 못하리라는 걸 나는 알고 있다. 따라서 내게 욕망을 불어넣고 있는 건 그녀의 모든 삶이다. 괴로운 욕망이었다. 그도 그럴 것이 그것은 이룰 수 없는 것이며 또한 나를 도취시키는 것임을 느꼈기 때문이다. 이제껏 나의 삶이던 것이 돌연 내 삶임을 멈추고, 내 앞에 펼쳐져 메우고 싶어 안달이 나는 공간, 이 아가씨들의 삶으로 이루어진 공간의 작은 부분에 지나지 않게 되고 말아, 이 세력의 늘어남, 이제 자신의 증가, 곧 행복이 까마득해 보였기 때문이다. 틀림없이, 나와 그녀들 사이에 아무런 공통된 습관—아무런 공통된 관념—도 없을 터이므로 그녀들과 사귀거나 그녀들을 기쁘게 해주는 걸 더욱 어렵게 만들고 있었다. 그러나 한 미지의 삶에 대한 내 영혼의 갈망—메마른 땅의 맹렬한 갈증과도 같이, 여태껏 물 한 방울도 받아본 적 없던 만큼 더욱더 탐욕스럽게 천천히 맛보며 완전히 빨아들이고 말 듯한 갈망—이 포만의 뒤를 이어 내 마음에 나타난 것은 그녀들과 나 사이에 아무런 공통점이 없다는 그 차이 탓이기도 하며, 아가씨들의 성질과 행위를 구성하고 있는 것 가운데에 내가 알거나 갖거나 한 요소가 하나도 들어가 있지 않다는 의식 탓이기도 했으리라.

반짝거리는 눈을 한 그 자전거 타는 아가씨를 내가 어찌나 바라보았던지 그녀는 눈치챈 듯 가장 키 큰 아가씨에게 뭔가 한마디 했는데, 내게는 들리지 않았지만, 그 말은 아가씨를 웃게 만들었다. 사실 이 갈색 머리 아가씨는 내가 가장 마음에 들어 한 아가씨가 아니었다. 그녀가 갈색 머리라는 바로 그 이유 때문이기도 하고, 또 탕송빌의 작은 고갯길에서 내가 질베르트를 본 뒤로, 금빛 살갗에 적갈색 머리칼의 아가씨야말로 여전히 나에게는 가까이할 수 없는 이상이었기 때문이다. 하지만 질베르트 또한 무엇보다도 그녀가 베르고트와 친하고, 그와 함께 여러 대성당을 구경하러 간다는 후광으로 둘러싸인 아가씨로서 내 눈에 비쳤으므로 유달리 그녀를 사랑했던 게 아니던가. 그와 같은 식으로, 이 갈색 머리 아가씨도, 나를 바라봐 준 것을 알아보았다(그래서 그녀와 사귀는 문에 들어서기가 더 쉬울 거라는 희망을 품었다)는 점으로 나 스스로 기뻐할 수는 없겠는가. 왜냐하면 그녀가 나를 노인의 머리 위를 뛰어넘은 모진 아가씨나, "저 노인이 불쌍해서 차마 못 보겠어" 말하던 잔혹한 아가씨, 저마다 마력으로 남의 마음을 이끌어 떠나지 못하게 하는 다른 아가씨에게 차례차례 전부 소개해줄 테니까. 그렇건만 내가 언젠가는 이 아가씨들 가운데 누군가와 친해질 거라는 가정, 벽에 비치는 햇살처럼 이따금 무의식중에 슬쩍 나에게 뜻 모를 눈길을 던지는 이 두 눈이, 언젠가는 기적적인 연금술로, 말로는 표현 못할 그 눈 사이에, 나라는 존재에 대한 관념이라든가, 나 자신에 대한 우정을 살그머니 들여보내 주리라는 가정, 그녀들이 바닷가를 따라 펼치는 화려한 행렬 속에 언젠가는 나 자신이 함께해 그녀들 사이에 끼리라는 가정, 이런 가정은 어느 행렬을 묘사한 고대의 기둥머리 조각이나 벽화 앞에 서서, 그것을 구경하는 내가 행렬의 성스러운 여인들에게 사랑받아 그녀들의 행렬에 낄 수 있다고 여기는 것과 마찬가지로, 해결 못할 모순을 품고 있는 듯이 보였다.

그러므로 이 젊은 아가씨들을 알게 된다는 행복은 이루어질 수 없는 일이었을까? 그렇다, 내가 이런 행복을 단념하는 건 이번이 처음은 아니었다. 발베크에서만 해도, 마차가 전속력으로 지나치는 바람에 내가 영영 단념해야만 했던 수많은 미지의 아가씨를 떠올릴 수 있다. 또 그리스의 숫처녀들로 이뤄져 있는 듯이 고귀하게 보이는 작은 동아리가 주는 쾌락도, 그 동아리가 뭔가 길거리를 도망쳐 달아나는 듯싶은 요소를 갖고 있는 데서 온 것이었다. 자주 만나는 사이에 어떠한 여성도 그 흠을 드러낼 수밖에 없는 일상생활의 닻줄에서 우리를 억지로 풀어 미지의 나라로 떠나게 하는 이 낯선 이들의 덧없음은, 우리로 하여금 끊임없이 뒤를 밟고 쫓게 만들어 다시는 상상을 멈추지 못한다. 그런데 우리의 쾌락에서 상상력을 벗겨내는 건, 쾌락을 오로지 쾌락으로만 돌리는 것, 곧 쾌락을 무에 이르게 하는 것이다. 이를테면 내가 홍등가 뚜쟁이의 주선으로 이 아가씨들을 만났다고 치고—내가 뚜쟁이를 업신여기지 않는 점은 이미 다른 곳에서 보았을 터—그녀들에게 그토록 미묘한 명암과 아련함을 주는 요소에서 그녀들을 끌어냈다면, 그토록 매혹되지는 않았으리라. 필요한 것은, 현실 대상에 이를 수 없을지도 모른다는 공포에서 생긴 상상력이 하나의 목적을 만들어내고, 그 밖의 다른 목적을 우리한테 숨기며, 삶에서 투철한 사고 대신에 관능적인 쾌락에 빠지게 하여, 쾌락의 참된 모습을 알거나 쾌락의 참된 맛을 보거나 쾌락을 그 분수에 그치고 말게 하는 걸 방해하는 일이다. 식탁에 마련되어 있는 물고기를 처음 보면, 그걸 우리 손으로 잡기 위해 여러 술책과 수단이 필요하다고 생각지 않으나, 낚시질 나간 오후 무료하게 보내는 동안 투명하게 흔들리는 하늘빛 물결 속에, 은빛 비늘이 반짝, 무언가의 그림자가 슬금슬금 소용돌이치면서 수면에 드러날락말락 하려면, 우리와 물고기 사이에 그 소용돌이가 끼여 있어야 한다.

이 젊은 아가씨들은 해수욕장 생활 특유의 사회적인 균형 변화를 혜택받고 있었다. 일상에서, 우리의 값어치를 엿가락 늘이듯 늘이거나 크게 하는 온갖 특권이 여기서는 눈에 띄지 않는 것이다. 반면에 그러한 특권이 있을 거라고 우리가 함부로 추측해보는 인간이 거짓 세력을 펴나간다. 그래서 낯선 여인들이나, 이날 젊은 아가씨들이 내 눈에 비교적 수월하게 퍽 중요한 위치를 차지하게 되고, 그 반대로 내가 가질 수 있는 위치가 그녀들에게 인정되지 않았다.

그러나 중요성으로 보아 작은 동아리의 산책은, 여태껏 언제나 내 마음을 혼란케 해온 도주, 지나가는 여인들의 헤아릴 수 없는 도망 가운데 하나의 요약에 지나지 않는다고 하면, 지금 이곳을 지나가는 아가씨들의 이 달아남은 움직이지 않는 것에 가까울 만큼 느릿느릿한 동작으로 되돌아간 달아남이었다. 그런데 이와 같이 느린 움직임에서는, 다시는 얼굴들이 소용돌이에 휩쓸리지 않고 잔잔하고도 뚜렷해지는데도, 그 얼굴들은 계속 아름답게 보여, 빌파리지 부인의 마차에 몸을 싣고 달렸을 때에 그처럼 자주 생각했듯이, 좀더 가까이 가서 잠깐 멈추고 바라본다면, 얽은 살갗, 납작코, 신통치 못한 눈, 찌푸린 미소, 보기 흉한 몸매 같은 세밀한 점이, 여인의 얼굴과 몸 안에서 내가 틀림없다고 떠올렸던 아름다움을 지워버릴 거라고 느끼던 생각을 품지 못하게 했다. 몸의 아름다운 선이나 생기 있는 얼굴빛을 본 것만으로 바로 넋을 잃을 듯한 어깨나 감미로운 눈길 따위, 늘 마음속에 그 추억이나 선입견을 지녀온 것을 진심으로 덧붙였으므로 달리는 순간에 스치며 보았던 상대를 재빨리 판단한다는 건, 마치 너무 빨리 읽어서, 낱말 한 음절에 대해서도 이것을 다른 낱말들과 구별할 틈 없이, 적혀 있는 낱말 대신 떠오르는 다른 글자를 붙이는 때와도 같은 오류를 범하게 된다.

그런데 이번에는 달랐다. 나는 그 얼굴들을 주의 깊게 보았던 것이다. 그 얼굴 하나하나를, 그렇다고 그 옆얼굴을 모든 방향에서 봤다고는 할 수 없으며, 드물게 마주 보았을 뿐이지만, 어쨌든 꽤 다른 관점 두셋에서 바라보아, 처음 보았을 때에 눈대중해본 선과 색의 갖가지 추측을 고치고, 검토, '교정'을 할 수 있었으며, 차례차례 변하는 표정을 통해 어떤 변하지 않는 육체적인 무언가가 그 안에 들어 있음을 볼 수 있었다. 그래서 나는 굳게 믿을 수 있었다. 파리에도, 발베크에도, 또 여태까지 내 눈을 멈추게 하던 지나가는 여인들을, 그녀들과 더불어 걸음을 멈추고 얘기할 수 있었다고 생각하는 가장 바람직한 가정 밑에 두는 경우조차, 나와 친해지지 않은 채로 그 모습을 드러내다가 사라져가는 이 젊은 아가씨들만큼 나에게 깊은 도취감을 주리라 여긴 존재는 따로 없었다고. 여배우들이든, 시골 아가씨들이든, 종교 단체가 경영하는 여기숙사의 아가씨들이든, 그토록 아름답고 많은 미지의 것에 젖은, 그토록 매우 귀중한, 아닌 게 아니라 실로 가까이 못할 듯 느껴지는 존재를 본 일이 없었다. 이 젊은 아가씨들이, 이 세상의 알지 못하는 행복, 이 세상의 가능한 행복, 참으로 감미롭고 완벽한 본보기였으므로, 이상적 아름다움이 주는 더없이 신비로운 행복은, 어떠한 실수도 일어나지 않는 절대적 조건 속에서 맛볼 수 없을 것 같다는 오로지 지적인 이유를 따지면서 나는 절망을 느꼈다.

우리는 아름다움이 가져다주는 신비한 행복을 바라면서도, 바라지도 않던 여인들에게서 쾌락을 구함으로써—오데트를 알기 전의 스완은 번번이 그것을 거부했지만—결국 또 다른 참다운 쾌락이 무엇인지 모른 채 죽어버린다. 물론 현실에 미지의 쾌락이란 있을 수 없어, 가까이하면 그 신비로움은 꺼지고 오로지 욕망의 투영, 욕망의 신기루밖에 남지 않으리라. 그러나 이런 경우에도, 나는 그것을 자연계 법칙의 필연성 탓으로—만약에 자연계 법칙이 이 젊은 아가씨들에게 적용된다면, 다른 모든 여인에게도 적용될 것이다—대상이 지닌 결함 탓으로 돌릴 수는 없었을 것이다. 왜냐하면 이 대상은 내가 수많은 대상 가운데에서 특별히 택한 것이어서, 식물학자의 자신만만함과 더불어, 이 젊디젊은 아가씨의 꽃들보다 진귀한 꽃무리를 따로 발견할 수 없다는 점을 알고 있기 때문이다. 바로 이러한 순간에 이 젊디젊은 꽃들은 해안 절벽 위 정원을 꾸미는 펜실베이니아 장미 덤불과도 비슷하게 그 화사한 생울타리로 내 앞에 파도의 선을 가리고 있었는데, 그 아름다운 꽃들 사이에 증기선이 오가는 항로가 끼여 있고, 그 증기선이 꽃줄기 하나에서 또 다른 줄기로 이어져 있는 수평선 위를 어찌나 느리게 미끄러져 나가는지, 선체가 벌써 지나간 지 오래된 꽃부리 속에 꾸물대고 있는 게으른 나비 한 마리가, 배가 나아가고 있는 꽃의 첫 꽃잎과 아직까지 뱃머리 사이에 나 있는 조그마한 틈이 한낱 하늘빛 한 조각으로 물들기까지 기다렸다가 날아가도, 분명 배보다 앞서 그 꽃에 다다를 수 있을 만했다.

나는 방으로 돌아갔다. 로베르와 함께 리브벨에 저녁 식사하러 가기로 되어 있고, 또 이런 저녁은 외출하기에 앞서 한 시간 동안 침대에 누워 있어야 한다고, 할머니가 까다롭게 굴었기 때문이다. 이윽고 발베크 의사의 명령으로 외출하지 않는 저녁에도 이런 낮잠을 자게 되었다.

하기야 방으로 돌아가기 위해선, 둑을 떠나, 먼저 출입구 홀 쪽으로 돌아가서, 다시 말해 뒤쪽으로 해서 호텔로 들어갈 필요는 없었다. 콩브레에서 한 시간 남짓 빨리 점심 식사를 하던 토요일 오후에 비견할 만한 여유로, 여름이 한창인 지금은 낮이 몹시 길어져서, 발베크의 그랑 호텔에서 저녁 식사를 차리고 있을 즈음에는, 아직 간식 시간인 것처럼 해가 높다랗게 떠 있었다. 그래서 홈이 있는 커다란 식당 유리창은 둑과 같은 평면에 열린 채로 있었다. 밖에서 그 홈을 낸 나무 틀을 넘기만 하면 식당으로 들어갈 수 있었는데, 나는 그렇게 해서 식당에서 나와 곧장 승강기를 타러 갔다.

안내소 앞을 지나치며 나는 지배인에게 빙긋 미소 지어 보이면서 금세 상대의 얼굴에 그것이 떠오르는 걸 싫지 않게 받아들였다.

그 얼굴은 내가 발베크에 오고 난 뒤, 나의 포괄적인 주의력이 그 얼굴에 방부제를 집어넣어서 조금씩 박물학 표본처럼 변하게 만들었다. 그의 얼굴에 익숙해져, 우리가 읽은 활자처럼 평범하지만, 이해할 수 있는 뜻을 품고, 첫날 그 얼굴에 나타나던 기괴하고도 참을 수 없이 싫은 특징은 흔적도 없어지고 말았다. 그날 내가 눈앞에 본 것은, 지금 잊어버린 인물, 떠올랐다 하더라도 지금처럼 하찮은, 정중하기만 한 인물과 동일시하기 어려울 만큼 알아볼 수 없을 인물이었다. 그것은 그의 만화, 몹시 흉악하고도 거칠며 간략한 만화에 지나지 않았던 것이다. 도착하던 날 저녁처럼 주눅이 들거나 슬퍼지거나 하는 일 없이 나는 벨을 눌러 엘리베이터 보이를 불렀다.

올라가는 기둥에 따라 옮겨져가는 가슴과도 같은 승강기 속에 나와 나란히 서서 올라가는 동안 이제는 엘리베이터 보이 또한 가만히 있지 않고 나에게 이야기를 했다. "이젠 지난달만큼 손님이 많지 않습니다. 떠나기 시작했어요, 낮이 짧아지기 시작했으니까요." 그가 이런 말을 하고 있는 건 사실이 그래서가 아니라, 그가 이 해안의 가장 더운 지방에서 일하기로 되었기에, 우리가 조금이라도 빨리 전부 떠나기를 바라 그런 것인데, 그렇게 되면 호텔이 닫히고, 그는 새로운 자리에 '돌아가기(rentrer)'에 앞서 며칠 동안 자유로운 날을 보낼 수 있기 때문이었다.

게다가 '돌아가다(rentrer)'와 '새로운(nouvelle)'은 모순되는 표현이 아니었다. 왜냐하면 이 엘리베이터 보이에게 '돌아가다(rentrer)'는 '들어가다(entrer)'라는 동사 대신 늘 쓰이는 것이었기에.*1 내가 한 가지 놀란 것은, 그가 '자리(place)'라는 낱말을 입 밖에 낼 만큼 비굴해져 있다는 점이었다. 그는 언어에 신분 제도의 흔적을 지우길 열망하는 현대의 프롤레타리아에 속해 있었으니까. 하기야 잠시 뒤 그는 이번에 '돌아가려'는 '지위'에서는, 좀더 좋은 '제복'을 입고, 더 훌륭한 '대우'를 받을 거라고 나에게 알렸다. '마련해준 옷'이라든가 '급료'라는 낱말이 쓰이지 않게 된, 예의에 어긋나는 말로 느껴졌다. 쓰이는 말은 부조리한 모순에서, 뭐니뭐니해도 '주인들(patrons)' 측에 불평등 개념을 남기고 있어, 나는 언제나 그가 건네는 말이 잘 이해되지 않았다. 이를테면 할머니가 호텔에 계신지 아는 것만이 내 관심사였다고 치자. 그런데 그때 나의 질문에 앞질러 그가 말한다. "마님이라면 막 손님네 방에서 나가신 참인데요." 나는 그 말에 홀려 할머니를 두고 한 말이겠거니 여긴다. "아니죠, 손님네에 근무하시는 그 마님 말입니다." 확실히 없애야 할 부르주아의 옛말에서는, 식모를 사무원이라 부르지 않으니까, 나는 잠시 생각해본다. '이상한데, 우리집에 회사도 없으려니와 사무원도 없는데.' 그러자 퍼뜩 내 머리에 떠오르는 게 있다. 근무자라는 이름이, 카페 사환이 윗수염을 기르듯이, 하인의 자존심 만족이며, 막 나가신 마님이란(아마 커피 가게에 가 있거나, 아니면 벨기에 부인의 몸종이 바느질하는 걸 구경하고 있을) 프랑수아즈를 두고 하는 말이구나 하고. 그런데 그에겐 아직 이 만족만으론 충분치 않았다. 왜냐하면 그는 늘 자기 계급을 측은히 여기면서, 마치 라신(Racine)이 '가난한 사람(le pauvre)……'이라고 말할 때처럼, 단수형을 쓰며 '노동자에서는' 또는 '하층민에서는……'이라며 스스로 말했으니까. 그러나 첫날의 열의와 소심에서 멀어져, 이제 나는 엘리베이터 보이에게 말을 건네지 않았다. 지금에 와선 반대로, 이 엘리베이터 보이가 짧게 건너가는 사이 아무런 대답도 받지 못한 채 서서, 장난감같이 속을 도려낸 호텔을 계속 꿰뚫어 가고 있는 것이었다. 그리고 호텔은 층층마다 우리 주위에, 복도를 여러 갈래로 펼치고, 그 복도 깊숙한 곳에는 빛이 벨벳처럼 부드럽게 하며, 엷어져 출입문이나 안쪽 계단을 가느다랗게 보이게 하여, 렘브란트가 창문틀이나 우물의 도르래를 뚜렷하게 드러내고 있는 그림 속 황혼처럼 햇살은 그 출입문이

---

*1 르(re)는 접두사로 '다시' '도로'라는 뜻이 있는데, 새로운(nouvelle)과는 뜻이 모순되나 엘리베이터를 다루는 사람이므로, 랑트레(rentrer)의 또 하나의 뜻인 '다시 들어가다'의 뜻으로 통한다는 익살.

나 계단을 신비스런, 불안정한 금색 호박(琥珀) 장식품으로 바꾸고 있었다. 또 층마다 양탄자 위에 비치는 아주 여린 금빛이 석양과 화장실 창을 알리고 있었다.

내가 아까 본 젊은 아가씨들이 발베크에 살고 있는지, 정말 어떤 사람들인지 생각해보았다. 욕망이 이런 모양으로 인간의 무리를 선택해 거기로 향하게 되면, 그 무리의 모든 게 감동스럽고, 다음에 몽상의 동기가 된다. 어느 날 나는 둑에서 어느 부인이 이렇게 말하는 걸 들은 일이 있었다. "저이는 시모네 댁 따님의 친구예요." 말투는 마치 "저이는 라 로슈푸코 댁 아드님의 절친한 친구예요"라고 설명하는 사람과도 같은, 아는 체하는 거만함이 섞여 있었다. 그러자 그 말을 들은 상대 얼굴에 '시모네 댁 따님의 친구'라는 복 많은 사람 얼굴을 더 자세히 보려는 호기심이 드러나는 것을 금세 알 수 있었다. 아닌 게 아니라 그렇게 불리는 것은 하나의 특권이라 누구에게나 다 주어지는 일은 아닌 듯싶었다. 귀족계급과는 상대적인 것에 지나지 않으니까. 그래서 가구점 아들이 유행계의 총아가 되어 젊은 웨일스 왕자인 양, 추종자들 위에 군림하는, 그런 값싸고 조촐한 사교계도 있는 법이다.

그 뒤로 나는 그때 해변에서 어떻게 내 귀에 시모네라는 이름이 들렸던가를 생각해내려고 여러 번 애썼다. 주의 깊게 듣지 않았으므로, 애매했고, 그 이름이 A라는 사람을 가리키는지, B라는 사람을 가리키는지도 확실하지 않았다. 그러나 요컨대 하나의 이름이, 그 뒤에 우리한테 몹시 감동 어린 아련함과 신기함을 주는 경우로서, 이럴 때 그 이름은, 끊임없이 우리가 주의를 기울이므로 시시각각으로 그 글자가 마음 깊이 새겨져, 오래지 않아(깨어나는 순간에나, 기절한 뒤에나) 그때의 시간이나 공간의 관념보다 앞서, 거의 '나'라는 낱말보다 먼저, 마치 그 이름의 주인이 오히려 나 자신이기나 한 것처럼, 또 무의식의 몇 분 뒤에 제일 먼저 떠오르는 게 그 이름의 주인이기나 한 것처럼, 다시 생각해내는 첫 낱말이 된다(시모네 댁 딸에 대하여, 이런 일이 나에게 일어나게 되는 것은 몇 년 뒤의 일이다). 내가 왜 만난 첫날부터, 이 시모네라는 이름이 그 젊은 아가씨들 가운데 한 사람의 이름임에 틀림없다고 생각했는지는 모른다. 다만 나는 어떻게 하면 시모네 집안과 아는 사이가 될 수 있을까 끊임없이 생각하게 되었다. 또 시모네 집안사람이 그들보다 뛰어나다고 판단하는 이들을 통해 사귀고 싶었다. 곧 나를 깔보게 하고 싶지 않았기 때문이니, 만약 상대방이 서민층 조무래기 창부들에 지나지 않는다면, 그런 방법으로 사귀기는 쉬웠으리라. 왜냐하면 상대방이 우리를 경멸하는 인간이라면, 그 경멸을 정복하지 않는 한 그 인간을 완전히 알거나 빈틈없이 끌어들일 수 없기 때문이다. 그런데 우리 마음에 여러 여인의 영상이 들어올 때마다 그것을 잊든지, 다른 영상이 그것과 다투어서 제쳐버리든지 하지 않는 경우, 우리가 그런 낯선 영상을 뭔가 우리와 비슷한 정다운 것으로 바꿀 때까지 우리 마음은 좀처럼 편치 않은 법이다. 이 점에 대해 우리의 정신은, 우리 육체와 같은 반작용과 활동을 타고나서 우리 몸이라는 이 유기체는 금세 침입자를 소화하거나 동화시키는 작용을 하지 않고서는 그 안에 이물질이 들어오는 걸 내버려두지 않는다. 시모네 집 딸은 모든 아가씨 가운데 가장 예쁠 게 틀림없으며, 게다가 어쩌면 내 애인이 되었을는지도 모른다는 생각이 들었다. 왜냐하면 두 번이나 세 번, 고개를 반쯤 돌려 나의 눈길을 알아챈 것처럼 보인 단 한 명의 아가씨가 바로 그녀였으므로. 나는 엘리베이터 보이에게 발베크의 시모네라는 집안사람들을 아느냐고 물었다. 그는 모른다고 말하기 싫어서, 그런 이름을 들은 듯하다고 대답했다. 꼭대기 층에 이르자, 나는 그에게 최근 방문자 명부를 갖다달라고 부탁했다.

나는 승강기에서 내려, 바로 방으로 가지 않고 복도 맨 안까지 걸어갔다. 이 층 시중꾼이 바람이 들어오는 걸 조심하면서도 이 시각까지, 복도 맨 끝머리 창문을 열어놓고 있었기 때문이다. 이 창은 바다 쪽으로 나지 않고, 작은 산과 그 골짜기 쪽으로 향해 있었으나, 보통은 그 위에 희뿌연 젖빛 유리창이 닫혀 있어서 좀처럼 그 경치를 볼 수 없었다. 나는 잠깐 머무르는 짧은 순간을, 어쩌다가 언덕 너머까지 보이는 이 '조망'에 경건한 기도를 바치고자 창문 앞에 멈춰 섰다. 호텔 뒤편이 작은 산에 기대 있고, 그 건너편에 얼마 되지 않는 거리를 두고, 그저 가옥 한 채가 있을 뿐인 전망이었지만, 저녁 무렵 멀리 보이는 경치와 빛이 그 가옥에, 아직 그 묵직한 느낌을 지니면서도 귀중한 조각품과 벨벳 보석함 같은 느낌을 주며, 마치 성스러운 유물함을 안치하기 위해 만들어지고, 정해진 날에만 신자가 볼 수 있게 허락되는 금은 칠보의 작은 사원이나 성당이라고 할 그런 모형 건축 같은 모습을 지니고 있었다. 그러나 이 경배의 순간도 벌써 너무 오래 끌었다. 한 손에 열쇠 꾸러미를 쥔 객실 시중꾼이 다른 한 손으로 성당지기 같은 둥근 모자를 살짝 만지면서, 저녁 공기가 맑고 신선하여 그것을 벗어올리지 않은 채 내게 인사하고는, 성골함(聖骨函) 문을 닫듯이 유리창 두 문짝을 닫아, 나의 경배에서, 이 작은 성당과 성스러운 금색 유물을 감추고 말았다.

나는 방으로 돌아왔다. 계절이 지나감에 따라서, 내가 이 시각에 방에 돌아와 창문으로 보는 그림도 달라졌다. 먼저 해가 높고 환히 밝다. 우중충하다는 생각이 드는 것은 날씨가 좋지 않을 때뿐이었다. 그런 시각에, 그 굽이치는 둥그런 파도로 유리를 시퍼렇게 부풀리면서 납 테에 끼워진 한 장의 그림 유리처럼, 유리창 양쪽 기둥 사이에 박힌 바다는, 끝을 이루는 바위의 깊이 팬 가두리 장식 위에, 깃 달린 흰 파도의 세모꼴을 헤아릴 수 없이 풀어놓고 있었다. 그런데 그 흰 파도는, 피사넬로(Pisanello)*1가 그린 깃털이나 솜털처럼, 그 섬세한 기법을 떠오르게 하는, 움직이지 않는 거품이며, 또 갈레(Gallé)*2가 만든 유리 공예품 가운데 하얗게 쌓인 눈을 나타낸, 마치 연유 덩이 같은 칠보였다.

오래지 않아 낮이 짧아져간다. 그리고 내가 방에 돌아올 즈음, 하늘은 보랏빛, 굳어지고, 기하학의 도형 같으며, 덧없고, 이글거리는 태양의 모습(어떤 기적의 표시, 신비스런 나타남의 표상인 듯)으로 낙인찍힌 듯, 제사를 위한 단상 위에 드리운 종교화처럼 수평선을 돌쩌귀 삼아 바다 쪽으로 기울어진다. 한편 낙조의 다른 부분은, 벽에 따라 놓여 있는 낮은 마호가니 책장 유리 속에 점점이 놓여, 나에게 그 하나하나가 단편적인 아름다운 그림을 떠오르게 하여, 마치 옛적 한 거장이 어느 종교 단체를 위하여 만든 성골함 위 여러 정경들이, 하나하나 따로 나란히 박물관의 같은 방에 진열되어, 오로지 참관자의 상상만으로, 그것을 제단 장식벽 유물함의 제자리에 다시 놓는 것이나 마찬가지였다.

그로부터 몇 주일 뒤에, 내가 방에 올라갈 때면 이미 해는 저물어 있었다. 바다 위에는, 콩브레에서 산책하고 돌아오는 길에, 저녁 식사 전에 부엌에 들러 보자고 마음먹었을 때에 칼베르 언덕 위에서 보았던 것과 비슷한, 고기 젤리처럼 엉기고도 칼로 얇게 베어질 듯한 저녁놀 띠가 드리워지고, 그러다가 이윽고, 숭어라는 물고기처럼 이미 차갑고 푸르게 된 바다 위에, 좀 있다가 우리가 갈 예정인 리브벨의 식탁에 나올 연어 살빛과 같은 장밋빛 하늘이 보였는데, 그런 저녁놀을 볼라치면 저녁 식사에 나가려고 옷 갈아입는 기쁨을 새롭게 했

*1 이탈리아의 화가이자 메달 조각가(1395?~1455).

*2 프랑스의 공예가(1846~1904).

다. 해안에 가까운 바다 위에, 그을음처럼 검으면서도 윤나는, 그리고 마노(瑪瑙)*3처럼 단단한, 또 보기에 무거운 듯한 운기(雲氣)가 겹쳐 점점 더 층을 넓히면서 치솟아 올라가려고 하다가, 가장 높다란 운기가 헝클어진 줄기 위에 기울어지면서, 여태까지 버텨온 줄기의 중심 밖으로 비어져나와, 거의 하늘 중간까지 다다른 그 발판을 이끌고 바닷속으로 곤두박질하려는 듯 보였다. 그때 밤의 나그네처럼 멀어져가는 배 한 척이 보인다. 그러자 내가 어느새 열차를 타고 있을 때처럼 방에 처박혀 자야 한다는 속박에서 풀려난 듯한 인상을 받는다. 게다가 한 시간 뒤에 방에서 나가 마차를 타야 하므로, 방에 갇혀 있다고도 느끼지 못했다. 잠자리에 몸을 던진다. 그리고 내 몸의 곁을 따라 지나가는 듯이 보이는 배, 밤이지만, 쓸쓸하고 고요한 가운데 잠들지 않고 무리 지어 있는 백조처럼, 어둠 속을 천천히 움직여가는 것이 놀랍게 보이는 배, 그런 배 안 침대에 누워 있듯, 주위가 바다의 영상으로 둘러싸였다.

그러나 보통의 경우, 그것은 영상에 지나지 않았다. 나는 그런 영상의 색채 밑에, 내가 발베크에 닿았을 때 그처럼 불안하게 느끼던 공허, 불안한 밤바람이 불어대는 바닷가의 쓸쓸한 공허가 입을 딱 벌리고 있는 것을 잊고 있었다. 게다가 방 안에 있어도, 지나가는 모습을 본 그 젊은 아가씨들에 정신이 팔려 있어, 내 마음속에 진정으로 깊은 아름다움의 인상이 생겨나기에 충분히, 고요하고 평안한 상태로 있을 수 없었다. 리브벨에서의 저녁 식사에 대한 기대가 내 기분을 더욱 경박하게 만들어, 이런 때는 나의 사념도 점등 장식으로 밝은 식당에서 나를 훑어보는 여인들의 눈에 되도록 좋게 보이려고 공들여 옷치레하려는 내 육신의 겉에만 머물러 있어, 사물 색채의 뒤를 깊이 파고들어갈 수 없었다. 그리고 만약, 창 아래에 명매기와 제비들이 마치 분수처럼 지칠 줄 모르고 부드럽게 날아, 생명의 꽃불처럼 치솟아 올라가면서, 그 높다란 불화살의 간격이 기다란 수평선 위에 남겨진 움직이지 않는 하얀 줄기로 이어지는 일이 없었다면, 내가 눈앞에 보이는 풍경을 실체에 잇는 그런 자연 현상의 귀여운 기적이 없었다면, 이런 풍경은, 내가 있는 이 장소에서 제맘대로 보이는, 그리고 이 장소와 아무런 관계도 없는, 날마다 변하는 그림의 발췌에 지나지 않다고 생각했으리라.

---

*3 석영·단백석·옥수의 혼합물.

어떤 때는 일본 판화 전람회였다. 곧 달처럼 붉고 둥그런 해가 얇게 오려낸 것처럼 보이는 옆에, 노란 구름이 호수인 듯 보이고, 그 호수와 맞서 검은 칼 몇 자루가 호숫가 나무들처럼 둘레를 그리고 있다. 처음으로 그림물감 상자를 받은 이래 한 번도 본 적 없는 연분홍 모래밭이 한 줄기 큰 강 모양으로 물이 불기 시작한다. 그러자 그 양쪽 가에 있는 쪽배들이 빨리 물에 띄워지기를 애타게 기다리는 듯싶다. 사교적인 두 방문 사이에 화랑에 들른 여인의, 또는 호사가의 경멸적인, 시들해하는 경박한 눈길을 던지며 나는 혼자 중얼거린다. "이상한데, 오늘 저녁 햇빛은 좀 별나군. 하긴 생각해보면, 이 정도로 미묘하고 놀랄 만한 석양도 이미 어디선가 봤지."

내가 기쁨을 맛본 것은 배가 수평선 하늘에 흡수되어 액체가 되고, 수평선 색깔과 같은 색으로 보여서, 마치 인상파의 화폭처럼 배도 수평선도 같은 것처럼 보이는 저녁놀, 오직 선체와 동아줄만 드러나, 그런 사이에 있는 배가 하늘의 몽롱한 푸른색 속에 가늘게, 종이의 무늬처럼 되고 만다. 때로는 넓고 큰 바다가 내 방의 창을 가득 채우는 것 같다. 사실 창 위쪽에, 바다의 푸른색과 같은 한 가닥 선으로 하늘의 띠를 두르고 있어 그것이 바다를 들어올리고 있는 것인데, 언뜻 보기에 같은 빛깔이므로 하늘의 띠까지 바다로 여겨, 그저 조명의 효과로 색깔이 다르게 보인 것으로 해석한 적이 있다. 어느 날, 바다가 창의 아랫부분까지밖에 그려져 있지 않아, 창의 다른 부분이 수평 띠 모양으로 겹쳐진 수많은 구름으로 가득 차, 창유리는 미술가의 구상 또는 특색을 그리면서 '구름의 습작'을 나타내고 있는 듯 보였다.

한편 책장의 여러 진열창은, 똑같은 구름의, 수평차(水平差)로 인한 빛줄기의 온갖 색칠을 비치면서, 근대의 어느 화가들에게 소중한 필법*1인 반복 묘사, 다른 시간에 관찰된 똑같은 대상의 효과를 반복 묘사로 늘어놓아, 그런 시간의 다름이, 움직이지 않는 예술작품이 되어, 어떤 때는 파스텔을 쓰고 어떤 때는 유리를 끼워, 지금 다 함께 같은 방 안에 보일 수 있게 되는 인상을 준다. 때로는 한결같이 회색인 하늘과 바다의 빛깔에 미묘하기 그지없는 세련된 아름다움과 함께 장밋빛이 약간 물들어 있고, 바로 이 순간 창 아래에 잠들어 있던 작은 나비 한 마리가, 휘슬러의 취미인 '회색과 장밋빛 조화의 아래쪽

*1 인상파의 수법.

에, 그 날개로, 이 첼시 태생의 거장이 좋아하는 서명을 그려넣고 있는 듯 보인다. 이 장밋빛도 사라지고, 이제는 바라볼 게 하나도 없다. 나는 잠시 서 있다가 다시 눕기 전에 큰 커튼을 닫는다. 그 커튼 위에 아직 남아 있는 한 가닥 빛줄기가 점점 어두워지고 가늘어지는 것을 침대에서 보았다. 여느 때라면 이미 식탁에 있을 이 시간이, 이렇게 커튼 위쪽으로 사라져가는 것을 그대로 내버려두면서, 나는 슬픔이나 미련을 느끼지 않는다. 그런 점이 이 하루가 다른 나날과는 다른 하루이며, 밤이 단 몇 분 동안 멈추게 하는 세상 끝의 나날처럼 여느 하루보다 길다는 걸 알고 있기 때문이다. 오래지 않아 이 황혼의 번데기에서, 빛나는 변신에 의하여 리브벨 식당의 눈부신 빛이 튀어나오리라는 걸 알고 있기 때문이다.

나는 혼자 중얼거린다, "시간이 됐다." 침대에서 기지개를 켜고, 일어나 몸단장을 끝마치려 한다. 그리고 이런 쓸모없는 시간, 모든 물질적인 짐에서 해방된 시간에 매력을 찾지만, 그때 아래층에서는 다른 사람들이 식사하고 있는데도, 이 저녁 한동안 아무것도 하지 않고 모은 기운을, 몸을 닦고 야회복을 입고 타이를 매는 일, 또 요전번 리브벨에서 눈여겨봐둔 여인을 또다시 만날지도 모른다는 기대에서 오는 기쁨으로 벌써 나를 조종하고 있다. 그 여인이 나를 바라보다가 잠깐 자리를 떠난 것도, 아마 따라오기를 바라서 그랬는지 모른다. 나는 완전히 들떠서 자유로운, 근심 없는 새 생활에 뛰어들기 위해 이런 매력을 몸에 걸쳤다. 이 새로운 생활에는 망설이는 마음을 침착한 생루에게 기대고, 박물학에 나오는 온갖 동식물과 지방의 특산물 가운데, 생루가 주문하여, 예스러운 요리를 이뤄, 나의 식도락과 상상력을 돋울 진품을 골라서 즐기는 새 생활에, 거침없이 몸을 맡기려 한다.

드디어 마지막으로, 내가 식당을 통해 바닷가 둑에서 돌아올 수 없는 날이 왔다. 식당 유리문은 이제 열려 있지 않다. 바깥이 어두워졌기 때문이고, 어두워지면 가난한 사람들이나 구경꾼이, 번쩍거리는 빛에 모여드는 벌레처럼 유리 낀 벌집과도 같은 이 식당의 반들반들 번쩍거리는 바깥벽에, 삭풍에 얼어버린 검은 송아리 모양으로 매달리기 때문이다.

누가 문을 두드렸다. 에메였다. 최근 방문자 명단을 직접 가져왔던 것이다.

에메는 물러가기 전에, 드레퓌스는 그지없는 죄인이라는 말을 하지 않고서는 못 배겼다. "다 알게 되죠." 그는 말했다. "올해는 안 되지만 내년에는 밝혀질 겁니다. 참모 본부와 관계 깊은 어떤 사람이 내게 그렇게 말하더군요. 곧 조사를 마쳐 올해 안으로 완전히 밝힐 수 없겠느냐고 물었더니, 그 사람은 담배를 놓고 말입니다." 에메는 그때의 모습을 그려내려고, 머리와 집게손가락을 흔들며, 그 손님의, 그렇게 너무 까다롭게 물으면 못쓴다는 몸짓을 흉내내면서 계속해서 말했다. "'올해는 안 되지, 에메' 하고 그분이 내 어깨를 가볍게 두드리며 말씀했지요. '올해 안으로는 불가능해, 그러나 내년 부활절에는 해결이 나지!'라고 했답니다." 이렇게 말하는 에메 또한 내 어깨를 가볍게 두드리며 말했다. "그렇습니다. 그분이 한대로 정확하게 해보이면 말이죠." 이 같은 속셈은 높은 분과 그처럼 친하다는 것을 자랑하기 위해서거나, 또는 논지의 가치와 우리가 바라는 이유를, 충분한 지식에 입각해서, 내가 더 잘 판단하도록 하기 위해서일지도 모른다.

방문자 명부의 첫 장에서 '시모네와 가족'이라는 글씨를 보았을 때, 가슴에 가벼운 충격이 일었다. 내 몸 안에는 어린 시절부터 해온 몽상이 몇 가지 남아 있었는데, 거기에는 나와 가능한 한 다른 존재로 된 한 인간이 있어, 다정다감한 애정은 전부 그 인간을 통해 나에게 가져왔다. 그야 물론 애정은 내 마음속에 있고, 마음으로 느끼긴 했지만, 그것을 뚜렷하게 판별하지는 못했던 것이다. 나는 또 한 번 그런 인간을 만들기 시작했다. 그러기 위하여 시모네라는 이름과 바닷가에서 본 고대 예술이나 지오토*1에게도 어울릴 운동 행진을 하던 젊은 육체를 지배하고 있는 조화의 추상을 이용했다. 그 젊은 아가씨들 가운데 누가 시모네 아가씨인지, 또 그중에 그런 이름으로 불리는 아가씨가 있었는지도 몰랐지만, 어쨌든 내가 시모네 아가씨의 사랑을 받고 있다는 것, 생루에게 부탁해서 그녀와 사귀려고 하고 있다는 것을 알고 있었다. 공교롭게, 이 정도의 조건으론 생루로서는 외출 시간을 얼마간 늘리는 허가밖에 얻지 못하고 날마다 동시에르에 돌아가야 했다.

그러나 나는, 그가 조금이라도 군무를 저버리게 하려면, 나에 대한 우정 이상으로, 인간을 연구하는 박물학자와 같은 호기심을 목적으로 할 수 있다고 생각했다. 이를테면 사람들 입에 오르내리는 본인을 보기도 전에, 오로지 과일 가게에 예쁜 회계원 아가씨가 있다는 말만 듣고도, 나는 여러 번 여성미의 새

*1 중세 이탈리아 최대의 화가(1266~1337).

변종을 알려고 하는 호기심에 불탔다. 그런데 이런 호기심을, 내가 목격한 젊은 아가씨들에 대한 얘기를 생루에게 들려줌으로써 그의 마음을 부추기려 했던 것은 잘못이었다. 왜냐하면 생루는 그 여배우의 애인이어서, 그녀에 대한 사랑 때문에 다른 젊은 아가씨에 대한 호기심이 마비된 지 오래였기 때문이었다. 만일 그런 방면에 대한 감각이 조금쯤 다시 살아났더라도 그 애인의 성실성은 자신의 성실성에 달려 있다는 어떤 미신적인 신념을 갖고 있어, 그것을 억눌렀을 것이다. 그래서 우리 둘이 리브벨에 저녁 식사 하러 떠난 것은, 나의 젊은 아가씨들에게 적극적으로 관심을 두겠다는 그의 약속을 받지 못한 채였다.

우리가 도착한 무렵에는 해가 막 저물었으나 아직 환했다. 식당 정원에는 아직 불이 켜져 있지 않고, 낮더위가 식어서 화병 밑바닥에 가라앉은 것처럼 되어 있었다. 그리고 그 안벽에, 공기의 투명하고도 침침한 젤리 막이 단단히 엉겨붙은 듯이 보였고, 땅거미 진 담에 기댄 커다란 장미나무가, 그 담에 어룽어룽한 담홍색 줄을 그려내어, 마치 줄무늬 마노 속의 나뭇가지 수정처럼 보였다. 오래지 않아 우리가 마차에서 내리는 것은 밤뿐이었고, 날씨가 나빠, 잠깐 잔잔해지기를 기다리며 마차 준비를 미룰 때는, 밤이 되어서야 발베크에서 떠나기도 했다. 그러나 그런 날에는 바람 부는 소리를 들어도 슬프지 않았다. 비바람이 계획의 포기, 방 안에 틀어박혀 있는 걸 뜻하지 않음을 알고 있었고, 우리가 보헤미아 음악의 연주에 따라 들어갈 커다란 식당에는 헤아릴 수 없는 등불이, 그 넓은 금의 인두질을 하여 어둠과 냉기를 쉽사리 정복하리라는 것도 알고 있었다. 그래서 나는 소나기를 맞으며 우리를 기다리는 작은 마차 속 생루 옆에 명랑하게 올라탔던 것이다.

나의 주장에도 나라는 사람은 무엇보다 이지의 기쁨을 맛보려고 태어난 사람이라고, 딱 잘라 말해준 베르고트의 말에 힘입어, 앞으로의 일에 대하여, 요즘 얼마간 희망을 되찾은 나였으나, 막상 책상머리에 앉아 문학 평론이나 소설을 끼적거리기 시작하려면 권태를 느끼고 말아서 희망은 나날이 실망으로 변해가는 형편이었다. 나는 생각했다. '결국, 뭔가 쓸 때에 느낀 기쁨이란 아름다운 문장의 가치를 정하는 정확한 기준이 아닐지도 모른다. 그런 기쁨은 흔히 그 가치에 덧붙은 상태에 지나지 않을는지도 모른다. 그런 기쁨이 없다고 해서 아름다운 문장의 가치를 부정할 수는 없다. 어떤 걸작은 하품하면서 구

성되었는지도 모른다.'

할머니는 내가 건강하게 되면 유쾌하게 잘 일할 수 있을 거라고 말하면서 나의 의혹을 달래주곤 했다. 또 주치의는 내 건강 상태가 불러올지도 모르는 중대한 위험을 경고해두는 게 현명하다고 생각하여 만일의 경우를 피하기 위해 지켜야 할 위생상의 온갖 조심을 지시해서, 나는 쾌락보다 대단하다고 느끼던 목적, 틀림없이 내가 내 안에 가지고 있는 작품을 현실화할 수 있을 만큼 건강하게 된다는 목적에 모든 쾌락을 종속시키고 있어, 발베크에 온 뒤로, 끊임없이 세심하게 나 자신을 보살펴왔다. 다음 날 피곤하지 않기 위해서는 밤에 잘 자야 했으므로, 그것을 방해하는 커피 한 잔에, 아무도 내 손이 닿게 하지는 못했으리라.

하지만 리브벨에 도착하자, 금세—새로운 쾌락에 대한 흥분 때문에, 또 며칠을 두고 참을성 있게 짠, 우리를 슬기로움 쪽으로 인도하는 그 줄을 싹둑 자른 뒤에, 예외가 우리를 들여보내는 다른 지대에 내가 와 있었으므로—마치 내일이라는 날도, 실현할 드높은 목적도 전혀 없는 듯, 장래의 목표를 완전하게 지키기 위하여 기능을 다하고 있는 신중한 위생의 그 정확한 기계 장치가 사라졌다. 시중꾼이 내 외투를 받으려고 하자 생루가 나에게 말했다.

"추워지지 않을까요? 그대로 입고 있는 게 좋겠지요, 그다지 덥지 않으니까."

나는 괜찮다고 대답했다. 아마 추위를 느끼지 않았는지 모른다. 그러나 어쨌든 나는, 병에 걸릴 근심, 죽어서는 안 된다는 사정, 일의 중대성 따위는 몰랐다. 나는 외투를 내주었다. 우리는 보헤미안이 연주하는 어떤 군대 행진곡이 들리는 식당에 들어갔다. 쉬운 영광의 길을 가듯이, 음식을 차려놓은 식탁의 줄 사이를 지났다. 그리고 과분한 개선 축하와 무공 표창을 해주는 오케스트라 리듬에 환희의 열정이 용솟음치는 걸 느끼면서, 장중하고도 냉철한 얼굴빛과 권태로 가득 찬 걸음걸이로 열정을 숨긴 우리는, 개선장군처럼 씩씩한 태도로 무대에 올라가서, 호전적인 가락으로 외설스러운 구절을 불러대는 식당의 괴상한 멋쟁이들을 흉내내지 않으려고 애썼다.

이 순간부터 나는 새로운 인간이 되었다. 이제는 할머니의 손자가 아니다. 할머니야 이곳을 떠날 때쯤 해서야 머리에 떠오르겠지, 지금의 나는 식사를 날라주는 사환들의 형제였다.

발베크에서라면 일주일이 걸려도 마셔버릴 용기가 없었을 양의 맥주, 더더구나 샹파뉴까지도—침착하고도 명석한 의식을 가지고 있을 때라면, 이런 음료의 맛은 똑똑하게 느낄 수 있어, 맛있으면 그만큼 몸에 해롭다고 금세 그만둘 테지만—리브벨에서는 맛보기는커녕 흐릿한 의식으로, 포르토(porto)*1 몇 방울을 섞으면서 한 시간 안에 마시고 만다. 그리고 막 연주를 끝낸 바이올리니스트에게, 살 것이 생각나지 않아 한 달 전부터 모아둔 '루이 금화'를 기꺼이 두 푼이나 준다. 몇몇 사환들이 손바닥을 펴 접시를 올려놓고 전속력으로 식탁 사이를 왔다 갔다 하는 것을 보고 있으려니까 접시를 떨어뜨리지 않고 달음박질하는 경주 같았다. 사실 초콜릿 수플레가 뒤집히지 않은 채, 선수의 질주에 영국풍 감자가 흔들리는데도, 출발했을 때와 변함없이 포이약산(産) 어린 양고기 둘레에 고스란히 있는 채 목적지에 닿는다. 그런 사환들 가운데 한 사람, 아주 키가 크며, 훌륭한 검은 머리칼의 깃을 붙이고, 인간이라고 하기보다 희귀한 어떤 새를 떠올리게 하는 낯빛의 사내가, 식당의 저쪽에서 이쪽으로, 쉬지 않고, 목적이 없다고 말하고 싶을 만큼 달리고 있는 것이, 동물원의 큰 새장을 강렬한 색깔과 이상야릇한 흥분의 활개침으로 가득 채우는, 그 '아라(ara)'*2의 한 종류를 떠올리게 하는 것을, 나는 언뜻 깨달았다. 이윽고 주위의 광경은, 적어도 내 눈에 좀더 고상하고 고요한 정돈에 이르렀다.

어지러울 지경의 동작 전부가 잔잔한 조화를 이루어 고정되어간다. 나는 주위의 둥근 식탁들을 바라보았는데, 옛 풍자화에 그려져 있는 수없이 많이 모인 유성 같았다. 그리고 어찌할 수 없는 어떤 인력이 갖가지 유성 사이에 작용하고 있어, 어느 식탁이든, 손님들은 자기가 차지하지 않은 식탁 쪽에만 눈길을 보내고 있다. 예외로, 어느 부유한 자는 이름난 작가 하나를 데리고 오는 데 성공해, 회전 탁자의 효력 때문에, 그 작가한테서 여인들이 경탄해 마지않는 싱거운 이야기를 꺼내는 데 무척 노력하고 있다. 이러한 유성 식탁의 조화는 수많은 사환의 끊임없는 운행을 방해하지 못한다. 그들은 손님들처럼 앉아 있지 않고 서 있기 때문에 더 높다란 안쪽을 운행하고 있다. 그야 물론 그들 가운데 하나가 오르되브르(hors-d'œuvre)*3를 나르고, 포도주 병을 바꾸며, 잔을 더 놓기 위해 달리고 있다. 그러나 이런 특별한 이유가 있다 해도 둥근 식

*1 포르투갈의 포르토에서 나는 포도주.
*2 중남미산의 깃털이 화려한 큰 앵무새.
*3 식사하기 전에 먹는 간단한 요리.

탁 사이를 달리는 그들의 끝없는 경주는 눈앞이 아찔해지고 다시금 질서정연한 순환의 법칙을 찾는 것으로 끝난다. 꽃무리 뒤에 앉아 있는 무시무시한 두 여자 회계원은 끝없는 계산에 열중이지만, 그것은 마치 중세기의 과학적 개념에 따라 이따금 천구(天球)에 일어나는 혼란을 점성학적 계산으로 예측하기 위해 온 마음과 온 힘을 다하고 있는 듯하다.

나는 모든 손님을 얼마쯤 불쌍히 여겼다. 왜냐하면 그들에겐 이 둥근 식탁은 유성이 아니었고, 또 사물의 습관적인 겉모습에서 우리를 해방시켜 거기에 비슷한 점을 깨닫게 하는 분할작용을, 그들이 사물에 실행하지 않았다고 느꼈기 때문이다. 그들은 오로지 아무개와 아무개하고 식사하고 있다는 것, 식사비용이 대략 얼마 들겠다는 것, 내일도 이곳에 와서 식사를 하겠다는 것밖에 생각하지 않는다. 그리고 그때 그들은 틀림없이 급한 볼일이 없기 때문인지, 바구니에 담은 빵을 줄지어 나누어주며 걷는 젊은 수습 사환들의 무리에는 전연 무감각한 듯하다. 그 수습생들 가운데 어떤 자는 너무 어린 탓인지, 우두머리 사환들이 지나치는 길에 쥐어박는 알밤을 얻어맞고 어리벙벙하다가, 서글픈 듯이 망연히, 아득한 꿈을 바라보는 것이었지만 이전에 고용되어 있던 발베크 호텔의 낯설지 않은 손님이 와 있다가, 그에게 말을 건네, 이런 마실 수 없는 샹파뉴 술은 가져가라고 친히 말해주면, 겨우 위로되어 뽐내는 기색이 가득했다.

나는 예민해진 신경의 둔탁한 울림을 들었는데, 그 속에 포함된 만족감은, 그런 감각을 가져다줄 것 같은 바깥 세계의 사물과는 독립된 것으로, 눈감고 그 위를 가볍게 누르자 색채가 느껴지듯이 내가 우연히 몸의 위치나 주의력을 옮기는 것만으로 충분히 느껴지는 만족감이었다. 이미 꽤 많은 포르토를 마셨지만 또 포르토를 주문한 것은, 새 술잔이 가져다줄 만족감을 얻기 위해서라기보다도, 그 전에 거듭 들었던 술잔에서 생겨난 만족감의 결과였다. 음악을 들으면서 음악이 이끄는 대로 그 가락 하나하나에 나의 기쁨을 맡기고, 기쁨도 온순하게 가락 위에 몸을 놓고 두둥실 따라갔다. 자연에서는 아주 드문 우연으로밖에 만나지 못하는 물체를 다량으로 생산하는 화학 공장과도 같은 이 리브벨의 식당이, 내가 산책에서 어쩌다 우연히 만나는 수를 한 해 동안 모은 것보다도 더 많은 여자를, 한꺼번에 이곳에 모아놓고 나로 하여금 그 여자들 마음에서 행복의 가능성을 예감케 하는, 그런 지상의 쾌락의 장소에 모였다.

한편 우리가 이곳에서 듣는 음악은—왈츠, 독일의 소가극, 카페 콩세르*[1]의 샹송 같은, 내게는 다 새로운 것들—이를테면 그것은 공중에 있는 쾌락의 장소이며, 지상의 쾌락 위에 겹쳐져 있어, 그보다 한결 도취시켰다. 왜냐하면 주제마다, 여인처럼 개성적이면서, 그것을 숨기고 있는 즐거움의 비밀을, 여인이 하듯이, 어떤 특권적인 사내를 위하여 남겨두지 않았으니까. 음악의 주제는 나에게 그 비밀을 내놓고, 곁눈질하며, 뜬구름 또는 창부 같은 걸음걸이로 내게 와서, 바싹 몸을 대고 어루만진다. 마치 하루아침에 내가 더욱 매력 있는, 더욱 강한 또는 부유한 인간이 되었기나 한 듯.

나는 똑바로, 그 가락에서 뭔가 가혹한 것을 느끼고 있었다. 이해에서 벗어난 미적 감정, 이성의 반영이 전부 그 속에 결핍되어 있기 때문이다. 그런 가락에는 육체적인 기쁨만이 존재한다. 이런 음악은 질투에 괴로워하는 불행한 남성에겐 더할 나위 없이 무자비한 지옥, 출구라곤 하나도 없는 지옥이다. 그런 남성에게, 그가 잠깐도 잊지 못하고 사랑하는 여인의 유일한 쾌락은, 그녀가 자기 아닌 다른 사내와 맛보는 쾌락밖에 없다는 식으로 시기하게 한다. 그러나 그런 곡의 가락을 작은 목소리로 되풀이하여, 그 입맞춤을 돌려주고 있는 동안, 거기서 느끼는 특유한 관능이 어찌나 나에게 정들어버렸는지, 심란함과 경쾌함을 번갈아 활짝 펴가는 선을 그리면서, 눈에 보이지 않는 기이한 세계로 올라가는 그 주제를 뒤좇아가기 위해서라면, 가장 정다운 부모 곁을 떠나도 좋다는 생각마저 들었다. 그런 기쁨은, 그것이 인간에게 주어져도 그만큼 더한 값어치를 주는 것은 아니지만(왜냐하면 그것은 그 사람만 느끼는 것이니까), 또 우리 삶에서 어떤 여인이 우리를 알아보고서 마음에 들지 않을 때, 그녀는 그때에 우리가 그런 주관적인 내적 행복을 갖고 있는지를 전혀 모르지만(따라서 우리의 내적인 행복은 그녀가 우리에 대해 내린 판단을 바꾸지 않을 때지만), 그래도 나는 나 자신이 더욱 힘찬 인간, 거의 맞설 자가 없는 인간이 된 듯한 기분이 들었다. 이제는 내 사랑이 남의 불쾌함이나 냉소를 받는 그런 게 아니라, 내가 사랑하는 애인과 느닷없이 매우 가깝게 되는, 만남이 현실화될 공감의 분위기와도 같은 그 음악의 감동 어린 아름다움과 매력을 분명히 갖고 있는 듯했다.

---

*1 술이나 음식을 팔면서 시 낭독이나 음악을 들려주는 곳.

이 식당은 고급 창부들뿐만 아니라, 더 고급인 사교계 사람들도 5시에 간식을 먹으러 오거나 만찬회를 열거나 했다. 5시의 간식은 유리 낀, 비좁은, 복도 모양을 한 갤러리에서 이뤄졌는데, 이곳은 현관에서 식당까지 정원을 따라 길게 나 있고(돌기둥 몇 개를 빼놓고), 여기저기 열려 있는 유리창으로 정원과 나뉘어 있을 뿐이었다. 그 결과 바람이 잘 통하는 데다 느닷없이 햇살이 비치다가는 사라지고, 그러다가 간식하는 여인들의 모습을 거의 분간할 수 없을 만큼, 반짝 눈부신 조명이 비치기도 하여, 병의 가느다란 목처럼 비좁게 기다란 장소에 두 개씩 줄지어놓은 식탁에 앉아 있는 여인들이 홍차를 마시거나 서로 인사하려 짓는 움직임마다 아롱거리는 것이, 어부가 잡은 눈부시게 아름다운 물고기들이, 통발이나 어항에 던져져서 서로 포개지고 물 밖으로 반쯤 나온 것에 햇빛이 닿아, 그 비늘의 빛깔이 가지각색으로 변하면서 보는 눈을 부시게 하는 것이나 다름이 없었다.

몇 시간 뒤의 만찬은 물론 식당에서 하는데, 밖이 밝은 데도 불을 켠다. 그래서 정원 안, 저녁놀의 빛을 받아, 저녁의 창백한 유령처럼 보이는 정자 옆에, 소사나무 몇 그루의 청록색 가운데를 마지막 햇살이 뚫고 지나가는 게 아직 보인다. 그리고 그 모습이, 만찬이 벌어진 등불이 밝은 방으로부터 유리창 저편에 나타나 있는 모양은—아까 푸른색과 금색의 복도를 따라, 오후의 끝머리에, 젖어서 반짝이는 그물 속에서 간식을 먹고 있던 여인들에 대해 형용한 것과는 달리—초자연적인 빛을 받은, 창백한, 거대한 초록빛 수족관 안의 식물인 듯싶었다.

이윽고 다들 식탁에서 일어선다. 그리고 손님들이 식사하는 동안에, 이웃 자리를 바라보거나, 그 이름을 대어주거나 하는 데 시간을 보내면서, 그 식탁들 주위의 완전한 응집력 속에 붙잡혀 있었더라도, 그날 저녁을 융숭하게 대접한 자의 주위에 그들을 이끌고 있는 인력은, 식후의 커피를 마시러 오후 늦게 간식을 들었던 복도로 옮기는 시각에 이르자, 힘을 잃고 말았다. 움직이기 시작한 만찬회는 그 이동 때, 흔히 그 미립자의 하나 또는 여러 개를 내버려두게 되고, 그 미립자 무리는, 다른 경쟁 상대의 만찬회 인력을 너무나 세게 받아서, 잠깐 그들 한편에서 탈락하곤 하는데, 그러자 이번에는 그 대신 다른 만찬회의 신사 숙녀들이 들어서서, "아무개 씨한테로 돌아가야 합니다만…… 오늘 저녁 그분의 초대를 받았으므로" 하고 말하면서, 초대받은 쪽으로 돌아가기 전에 아는 사람들에게 인사를 하러 이쪽과 어울리는 것이었다. 그래서 잠깐, 두 꽃다발이 그 가운데 몇 송이를 서로 바꾸었다고나 할까. 그러다가 복도 자체도 비어간다. 흔히 저녁 식사 뒤에도 해가 다 지지 않아, 이 기다란 복도에 등불이 켜져 있지 않고, 유리창 저편 바깥에 가지를 늘어뜨리고 있는 나무들로 가장자리를 둘러친 이 복도가 울창하고 어두컴컴한 공원 속 오솔길처럼 보인다.

때때로 이 어스레한 어둠 속에 여자 손님 하나가 오도카니 앉아 있는 일이 있다. 어느 날 저녁, 나는 거기서 나오려고 지나가는 길에 낯선 사람들 가운데 앉아 있는, 아름다운 뤽상부르 공주의 모습을 알아본다. 나는 걸음을 멈추지 않고 모자를 벗는다. 공주는 나를 알아보고 미소 지으며 인사한다. 그 동작 자체에서 내게로 건네오는 몇 마디는, 그 머리 인사의 훨씬 위쪽으로 선율을 그리면서 올라가지만, 그것은 얼마간 긴 밤인사, 나의 걸음을 멈추게 하려는 게 아니라 오로지 인사를 깍듯이 하려는 인사치레가 가미된 것임에 틀림없다. 그 말은 또렷하지 않은 대로 끝나버렸지만, 알아들은 단 한 가락이 어찌나 감미로운 여음을 남기고 음악적으로 울렸는지, 어두워진 나무들 가지 속에서 밤꾀꼬리 한 마리가 노래하기 시작한 듯하다.

우연히 우리가 생루의 친구 한 무리와 만나, 생루는 그들과 함께 밤을 보내기 위해 가까운 바닷가에 있는 카지노에 가기로 결심하고, 그들과 함께 떠나려고 나 혼자 마차에 태워 돌아가게 할 때, 내가 리브벨에 도착한 뒤로 남의 힘에 기대 온 그 습관의 바꿈을, 이번에는 스스로 내 감수성에 주게 되는—톱니바퀴 장치에 낀 듯한 수동 상태에서, 기계를 역전시켜 거기서 스스로 빠져나와야 하는—수고를 하지 않아도 괜찮은, 누구의 도움도 없이 지나게 될 시간을 되도록 줄이려고, 나는 전속력으로 달려달라고 마부에게 청했다. 마차 한 대가 지나갈 여유밖에 없는 캄캄한 밤길에서 반대쪽에서 오는 마차와 부딪힐 가능성, 자주 내려앉는 불안정한 낭떠러지 지반, 바다 위로 반듯하게 드리워진 비탈을 향한 접근, 그런 것에 맞닥뜨리면서, 나는 그런 위험에 대한 상상과 공포를 이성에까지 이끌어가는 데 필요했을 조금의 노력도 내게 없다는 사실을 알아챘다. 우리에게 하나의 작품을 만들게 하는 것이, 유명하게 되려는 욕망이 아니라 근면하게 일하는 습관이듯이, 미래의 위험에서 우리 몸을 지켜주는 것은 현재의 희열이 아니고 과거에 대한 슬기로운 반성이다. 그런데 이미 리브벨에 닿았을 때부터 나는, 허약한 몸을 도와주려고, 곧 바른 길을 우리에게 걸어가게 하는 이성과 자기 억제의 목발을 멀리 던져버리고, 어떠한 정신적인 운동 부족에 빠져 있었다.

한편 알코올은, 내 신경을 이상하게 긴장시키면서, 이 현재의 찰나라는 것에, 하나의 장점이나 매력을 느끼게 했다. 게다가 그것이 순간의 쾌락을 추구하며 사는 것을 수호할 만큼 나를 극성스러운 과감한 인간으로 만드는 결과를 가져다주지 못했다. 왜냐하면, 나의 흥분이, 현재의 찰나라는 것을, 내 삶의 나머지 것보다 천배나 더 귀중한 것으로 생각하게 하여, 그것을 외따로 떼어놓고 있었기 때문이다. 나는 현재 속에, 영웅처럼, 술망나니처럼 갇혀 있었다. 내 과거는 월식 때의 달처럼 한순간 모습을 가리고, 우리가 미래라고 일컫는 그 그림자를, 이제는 내 앞에 비추지 않았다. 삶의 목적을 그런 과거의 꿈을 이루는 데 두지 않고 현재 찰나의 더할 나위 없는 행복에 두면서 나는 이 찰나보다 멀리에는 눈을 돌리지 않았다. 그러므로 지금 예외적인 기쁨을 느끼는 이 순간, 내 삶이 행복하게 될 수 있다고 느끼는 이 순간, 내 삶이 내 눈에 더욱 값나가게 보여야 마땅하다고 느껴지는 이 순간에, 여태껏 나를 괴롭혀온 근심에서 벗어난 나는, 표면상에 지나지 않는 어떠한 모순에 의하여, 망설임 없이 일어날지도 모르는 사고의 우연에 삶을 맡겼던 것이다. 요컨대 남들에게는 산만하게 뿌려져 있는 부주의나 뜻하지 않은 부상 따위를, 나는 하룻밤 속에 응집시키고 있는 격이었다. 남들은 매일 아무런 필연성도 없이 바다 여행, 비행기 탑승, 자동차 드라이브에 위험을 무릅쓰고 있고, 한편 그들의 집에서는, 그들의 죽음으로써 생활이 파괴되고 마는 식구들이 기다리며, 때로는 그들의 깨어지기 쉬운 두뇌에는, 가까운 날에 햇빛을 보게 하는 게 그 삶의 유일한 이유인 그들의 책에 대한 감각이 붙어 있는 적도 있다. 그와 마찬가지로 리브벨의 식당 안에, 마침 우리가 와 있는 저녁에, 만에 하나라도 어떤 놈이 나를 죽이려고 들어와 있었다면, 나는 이미 현실성 없는 먼 곳으로밖에, 내 할머니, 내 미래, 창작할 책을 보고 있지 않아, 이웃 식탁에 있는 여인의 향기, 지배인의 예절, 연주되고 있는 왈츠의 윤곽 같은 것에 정신 팔려, 현재의 찰나에 밀착해 있고, 그 감각 이상의 확장을 갖지 못하며, 또 그 감각에서 떨어지지 않겠다는 목적밖에 없으므로, 나는 그 감각과 몸을 맞대고서, 몸을 막지도 움직이지도 못한 채 참살되는 대로 맡겼을 것이다. 마치 담배 연기에 마비된 꿀벌이 쌓고 쌓은 수고의 열매인 저 상품과 벌통의 기대를 지키려는 배려가 흔적 없이 없어지듯.

게다가 말해두어야 할 것은, 내 격렬한 흥분과는 대조적으로, 가장 중대한 문제도 무의미한 것으로 전락하고, 드디어 시모네 아가씨와 그 친구들까지 그 속에 포함하고 말았다는 점이다. 그녀들과 벗이 되려는 계획이 지금은 쉽고, 아무래도 좋은 것같이 느껴졌다. 왜냐하면 현재 찰나의 감각만이, 그 야릇한 힘, 그것이 가져다주는 희열(그 감각을 조금만 자극해도, 그것이 그저 이어지기만 해도 크나큰 기쁨이었다) 덕분에, 나에게 중요하다고 느껴졌기 때문이다. 그 밖의 것은—부모, 일, 쾌락, 발베크의 젊은 아가씨 할 것 없이 모두—큰 바람에 이는 물거품보다 더 가벼운 것이 되어, 이제는 이 안의 힘 끝머리와 관련하여 존재하고 있을 뿐이었다. 취했을 때 이뤄지는 주관적 관념주의, 순수현상주의는 기껏 몇 시간 동안이다. 두 가지 다 표면의 현상에 지나지 않고, 숭고한 우리 자아의 함수 하나에 지나지 않는다. 그런데 우리가 참된 사랑을 갖고 있다면, 그 사랑이 그와 같은 상태에서 계속 존재할 수 없는 것도 아니다. 그러나 뭔가 새로운 환경에 있는 것처럼, 알지 못하는 어떤 압력이 그 사랑의 차원을 바꿔버렸다는 느낌이 들어 그 사랑을 이전대로 여길 수가 없다. 하기야 같은 사랑이 존재하고 있다는 걸 알아보기는 하지만, 그것은 제자리에 놓이지 않은, 다시는 우리에게 영향을 미치지 않는 것이 되어, 현재가 주는 감각만으로 만족하고, 그 감각만으로 충분하다. 현재가 아닌 것에 근심하지 않으니까. 공교롭게도 그렇게 가치를 바꾸는 비례상수(比例常數)는, 이런 취한 시간에만 가치를 바꾼다. 이미 대수롭지 않게 된 사람들, 비눗방울처럼 우리가 가볍게 불어버린 사람들도 내일이 되면 다시 그 중요성을 되찾으리라. 아무런 뜻이 없다고 여기던 창작도, 다시 시작하는 새로운 시도가 필요하리라. 더욱 중대한 것은 그런 시간에도 내일의 수학과 같은 어제의 수학이 우리를 지배하고 쏜다는 점인데, 예외적으로 그 순간만은 깨닫지 못할망정, 피할 수 없는 운명에 따라 그 문제와 다시 씨름해야만 하리라. 우리 옆에 정숙한 여인이, 또는 적의를 품은 여인이 있다면, 어제까지는 매우 어려웠던 것이—다시 말해 그녀 마음에 들게 될 것인지의 가능성—지금은 천배나 쉬운 일로 여겨지더라도, 그 자체가 쉬워진 것은 아니다. 오직 우리 눈에, 우리 마음속 눈에, 달리 보일 뿐이기 때문이다. 우리가 여인 앞에서 심부름꾼에게 허물없는 태도를 취해, 인심 좋게 100프랑이나 수고비로 내준 것을 그다음 날이 되어서야 불만스럽게 생각한다면, 그 여인은 같은 불만을 그날 그 순간에 느꼈을 터이므로 불만의 이유는 같으면서, 우리가 그걸 느끼는 게 늦었을 뿐이다. 곧 술기운이 깰 때까지의 시간만큼.

나는 리브벨에 있는 여인을 아무도 몰랐는데, 마치 거울에 비춘 것이 거울의 한 부분을 이루듯이, 그녀들이 내 취기의 일부를 이루고 있으므로 점점 존재가 희미해지는 시모네 아가씨에 비해 천배나 더 탐났다. 금발의 젊은 아가씨 하나, 들꽃을 꽂은 밀짚모자 밑에 우수에 잠긴 얼굴로 잠시 꿈꾸듯 나를 바라보는 여인이 내 뜻에 맞게 보였다. 그러다가 이번에는 다른 여인이 나타나고, 또 세 번째 여인이 나타났다. 끝내는 눈부시게 밝은 얼굴빛을 한 갈색의 여인. 이런 여인들은 거의 다, 나하고는 아니지만 생루하고는 낯설지 않았다.

그는 현재 사랑하고 있는 정부와 알기 전에는, 주로 난봉 부리는 것으로 그치는 사회에서 살아왔기 때문에, 이런 저녁에 리브벨에 저녁 식사 하러 오는 여인들 가운데에서—그녀들의 대부분은 애인을 만나려고, 또는 애인을 찾으려고 바닷가에 왔으므로, 이 리브벨에 그녀들이 와 있는 것은 우연이지만—그 자신 또는 그 친구의 아무개가, 적어도 그녀들과 하룻밤을 보내 알고 있는 여인이었다. 그런 여인들이 사내와 함께일 때는 그는 그녀들에게 인사하지 않았다. 또 그녀들 쪽에서도, 그가 여배우 말고는 어떠한 연인에게도 관심없는 것을 알고 있어, 그런 그에게 특별한 매력을 느껴, 그의 모습을 누구보다도 주의 깊게 바라보지만, 아는 기색은 보이지 않았다. 그런 여인 하나가 쑥덕거렸다. "저분이 생루의 아드님이야. 여전히 그 매춘부를 사랑하나 봐. 대단한 사랑이지. 얼마나 잘난 사내냐! 내 마음에 꼭 들어! 얼마나 멋있어! 어쨌든 팔자 좋은 년도 있지 뭐냐, 아이 속상해. 어디로 보나 멋져. 나는 도를레앙과 함께 지냈을 때에 저분을 잘 알았어. 두 사람이 아주 친했거든. 그즈음에 저분은 난봉만 부렸어! 그런데 지금은 안 그런가 봐, 그 여자를 버리지 않으니 말이야. 참 운 좋은 여자지. 그 여자의 어디가 그렇게 좋은지 모르겠어. 그러니까 어쩌면 저분, 이만저만한 바보인지도 모르지. 그 여자의 꼬락서니라니, 발은 배처럼 크고, 미국 여자처럼 수염도 나고, 속옷이 더럽기는 말도 못 하지! 그 여자의 판탈롱 같은 건 삯바느질하는 계집애도 탐내지 않을 거야. 저 봐, 저분의 눈, 저런 사내를 위해서라면 불 속에 몸을 던져도 좋겠어. 잠깐, 쉿! 나를 알아봤나 봐. 웃지, 어머 어머! 나를 용케 기억하고 있었네. 나에 대한 얘기를 저분에게 잠깐 말해 봐요, 뭐라고 하나."

그녀들과 그 사이에 은밀히 통하는 눈길이 오가는 걸 발견했다. 생루가 그런 여인들을 나에게 소개해주어, 그녀들에게 모임을 청할 수 있고, 또 내가 승낙할 수 없을망정 그녀들 쪽에서 모임을 청해왔으면 얼마나 좋을까 하고 생각했다. 그렇지 않으면 그녀들의 얼굴은—마치 베일에 가려져 있기라도 하듯이—영원히 내 기억에 떠오르지 않을 테니까. 그 얼굴의 소중한 부분, 예컨대 여인마다 다르고, 실제로 본 여인이 아니면 상상해낼 수도 없는 부분, 이쪽에 쏠리어, 이쪽의 욕망에 승낙하고, 욕망이 채워질 것을 약속해주는 눈 속에만 나타나는 그 부분은—그것이 베일에 가려져 있기라도 한 듯이—영영 사라지고 말 테니까. 그렇지만 그렇게 간략해져도, 내게는 그녀들 얼굴이, 내가 정조가 굳은 줄 여기는 여인들 얼굴보다 훨씬 낫게 보이고, 정조가 굳은 여인들처럼 편평하고 오밀조밀하지 않으며, 모두 엇비슷한 것과는 하늘과 땅 차이로 느껴졌다.

분명 내 경우는 생루와 같을 수 없었다. 생루로 말하자면, 그를 모르는 체하고 눈썹 하나 움직이지 않고도 그 속을 환하게 보고, 또는 남에게 보낸 것 같은 긴치 않은 인사말을 통해서도, 그의 기억으로, 잠자리에 흐트러진 머리칼 사이에 황홀해 벌어진 입과 사르르 감은 눈을 떠올려, 지금 그가 보고 있는 것은 화가가 수많은 눈을 속이려고 얌전히 손질한 화폭처럼, 이를테면 잔잔한 한 폭의 화면이었다. 물론 나는 이제껏 그런 여인들 가운데 누구하고도 섞이지 않았으며, 앞으로도 그녀들이 밟아가려는 미지의 길에 휘말려 들어가는 일은 없을 거라고 느껴서, 생루와 달리 그녀들의 얼굴은 닫힌 채로 있었다. 그러나 그 얼굴들이 어떤 가치를 갖고 있다고 생각하기에는, 그 얼굴의 문이 열리리라는 걸 아는 것만으로도 충분했다. 만약에 그 얼굴들이, 사랑의 추억을 금딱지 밑에 넣고 목에 거는 로켓 대신에, 그저 아름다운 메달에 지나지 않았다면, 나는 그것의 가치를 발견하지 못했으리라. 로베르로 말하면, 풍류남아다운 미소 밑에 군인다운 행동의 갈망을 숨기면서, 앉아 있을 때도 거의 엉덩이를 붙이지 못했는데, 그런 그를 잘 관찰해보니까, 그 얼굴의 세모난 힘찬 골격이, 섬세한 문학가보다도 용감무쌍한 궁수에 어울리게 태어난 그 선조의 골격을 얼마나 정확하게 물려받았는지 이해할 만했다. 엷은 살갗 밑에, 호방한 얼개, 봉건적인 건축이 환히 드러나 있었다. 그의 머리는, 쓸모없어진 총 쏘는 구멍이 아직 눈에 띄게 남아 있지만, 안쪽은 수리된 옛 성탑을 떠오르게 했다.

발베크로 돌아가면서, 생루가 나에게 소개해준 미지의 여인들 가운데 아무개에 대해서 나는 쉴 새 없이, 그렇지만 거의 무의식중에, 노래의 후렴처럼 혼잣말을 되풀이했다. "정말 기분 좋은 여인이야!" 물론 이 말은 오래 이어질 판단에서 나왔다기보다는 오히려 흥분된 신경이 말하게 한 것이었다. 그런데도 내가 천 프랑을 갖고 있고, 그 시각에 열려 있는 보석 가게가 있었다면, 나는 미지의 여인에게 반지를 사주었을 것이다. 우리의 시간이 너무나 여러 가지 계획 위에 흘러가는 때, 내일에 가서는 관심을 잃어버리고 말 여러 사람들에게, 너무 지나치게 자기를 내주지 않았나 하는 생각이 든다. 그래도 어제 그 사람에게 말한 것에 책임을 느껴, 그 말에 대한 약속을 지키려고 한다.

이런 밤에 늦게 호텔에 돌아왔을 때, 나는 이제 적의를 보이지 않는 방 안에서 침대를 다시 보고 기쁜 마음을 금치 못했는데, 이곳에 도착한 날, 이런 침대에서 잠자기는 영영 틀렸다고 여기던 것이, 지금은 내 팔다리가 어찌나 지쳤는지 1초라도 빨리 침대에 매달리고 싶었다. 그래서 차례차례, 넓적다리, 허리, 어깨가 완전히, 털요를 덮은 자리에 바짝 붙으려고 했다. 마치 나의 피로가, 조각가처럼 인체의 온 원형을 뜨려고 하듯. 그러나 나는 좀처럼 잠들지 못하고, 날이 밝아오는 것을 느낀다. 안정도 건강도 이미 나에게서 사라져버렸다. 다시는 영원히 그것을 되찾지 못할 거라는 생각이 들어 슬프게 탄식했다. 그걸 되찾으려면 오랜 시간 자야 하리라. 그런데 지금부터 옅은 잠이 든다 해도 어차피 두 시간 뒤에는 교향곡 연주로 깨어날 것이다. 돌연 잠이 온다, 무거운 잠 속에 빠진다. 수면, 그 휘장을 젖히고 드러나는 것은 어린 시절로 되돌아감, 흘러간 세월과 잃어버린 감정의 되찾음, 육신에서의 이탈, 영혼의 윤회, 망자의 소환, 광기의 환상, 가장 원시적인 자연계 쪽으로의 후퇴(우리는 꿈에 곧잘 동물을 본다고 하지만, 이렇게 말할 때 우리는 거의 언제나, 꿈에서는 우리 자신이 동물이며, 사물 위에 확실함의 빛을 던지는 그 이성을 빼앗기고 있다는 점을 잊는다. 꿈에서 우리는 이성 대신에, 의심쩍은 환영을 삶의 풍경에 줄 뿐이다. 그리고 마치 환등의 영사가, 원판이 바뀔 때마다 연달아 바뀌듯, 망각에 의해 순간순간 없어지는 현실은 반드시 앞의 것이 뒤의 것에 의해 교대되어 사라진다), 그 밖에 우리가 알지 못하고 있는 줄 여긴 모든 신비, 그러나 사실 지금 하나의 신비인 사멸과 부활처럼, 우리가 매일 밤 전수받은 신비인 것이다. 내 과거의 어두컴컴한 지대를 잇달아 어슬렁거리는 조명은, 리브벨에서 먹은 저녁 식사가 좀체 소화되지 않아 더욱 방랑이 심해져서, 나를 르그랑댕과 만나는 걸 드높은 행복으로 여기는 인간으로 만들고 말아, 그런 나는 막 꿈속에서 르그랑댕과 이야기하는 것이었다.

그리고 나 자신의 생명조차도, 마치 새 무대장치 뒤에 완전히 가려져서, 말하자면 무대에 놓인 배경 앞에서, 배우가 막간 여흥을 하는 동안, 뒤에서는 장면 전환이 준비되는 것이나 비슷했다. 그럴 때 내가 꿈속의 배경 앞에서 하는 여흥은, 동양의 설화풍이어서, 칸살을 짓는 배경이 너무 가까운 탓에, 나는 자신의 과거에 대해서도, 나 자신에 대해서도 아무것도 모른다. 나는 이해할 수 없는 어떤 잘못 때문에 태형을 받고, 또 갖가지 벌을 받는 한 인물에 지나지 않는다. 그러나 그 잘못이라는 것은 스스로도 알아차리지 못했지만, 포르토를 너무 마셨다는 점이다.

갑자기 깨어, 오래 잔 덕분에 교향곡 연주를 못 들었다는 사실을 깨닫는다. 벌써 오후였다. 노력 끝에 겨우 몸을 일으켜 오후임을 손목시계로 확인한다. 몸을 일으키려는 노력도 처음에는 보람 없이, 여러 번 머리가 베개 위에 떨어져버려 멈춘다. 이렇게 잠깐 곯아떨어짐은, 술기운이건 병의 회복기이건 간에 다른 도취의 경우와 똑같다. 하기야 나는 시간을 보기에 앞서 오전이 지난 것을 확실히 알았다. 어젯밤 나는 텅 빈 무게 없는 인간에 지나지 않아서(앉아 있으려면 드러누워야만 하고 또 잠자코 있으려면 잠들어야만 할 정도로), 몸을 움직이지 않을 수가, 혼잣말을 하지 않을 수가 없어, 이미 밀도도 중심도 잃어버린 채 공간에 던져져서, 그대로 달나라까지 침울한 비행을 계속할 것 같았다. 그런데 잠들어 있는 동안에 내 눈이 시간을 볼 수 없었더라도, 내 몸이 시각을 잴 줄 알아, 때를 재는 것은 겉쪽에 그려진 글자판에 의해서가 아니라, 나의 온 체력을 회복해감에 따라 천천히 늘어나는 그 무게에 의해서였는데, 강력한 큰 시계처럼, 체력을 한 계단 두 계단으로 나의 뇌수에서 몸의 다른 부분으로 내려보내, 이제 몸 안에는, 무릎 위까지 손대지 않은 새 힘이 가득 차 있었다.

옛날에 바다가 우리 생명의 중심이어서 우리가 힘을 회복하려면 거기에 우리 피를 담가야 하는 게 사실이라면, 망각도 정신의 공허도 그와 마찬가지이다. 그런 상태에 있을 때, 우리는 몇 시간 동안 때를 잃어버린 듯이 생각한다.

그러나 그동안 허비되지 않고서 차곡차곡 쌓였던 힘은, 그 양으로, 시계추나 모래시계의 무너져가는 둔덕과 마찬가지로 정확하게 때를 재고 있는 것이다. 그리고 또, 우리는 긴 불면에서 빠져나오지 못하는 이상으로, 이런 긴 수면에서도 좀처럼 벗어나지 못한다. 이와 같이 온갖 일들이 이어지는 경향이 있어, 어떤 마취제가 잠들게 하는 게 사실이라면, 오랫동안 잠잔다는 것은 더욱 강력한 마취제라, 이런 잠 뒤에는 정신이 밝게 깨어나기가 여간 힘들지 않다. 배를 정박시키는 부두를 똑똑히 보면서, 아직도 배와 더불어 물결에 흔들리고 있는 뱃사람과도 같이, 나는 분명 시간을 보기 위해 몸을 일으킬 생각을 가지면서, 내 몸은 줄곧 다시 잠 속에 빠졌다. 상륙이 곤란하다. 그리고 몸을 일으켜 시계 쪽으로 손을 뻗어, 그것이 표시하는 시간과 몹시 피로한 내 다리가 준비하고 있는 풍부한 자료에 의해 드러나는 시각과 맞대어보기 전에 또다시 두세 번 베개 위에 쓰러졌다.

마침내 나는 확실하게 볼 수 있게 되었다. '오후 2시!' 초인종을 누른다. 그러나 다시 금세 졸음에 빠져든다. 이번 졸음은 깨어난 순간에 기나긴 밤이 지나갔다는 안심과 환상을 가진 느낌으로 판단컨대, 앞서 것보다 훨씬 긴 것임에 틀림없었다. 그렇지만 프랑수아즈가 들어왔으므로 이 졸음이 깨졌고, 프랑수아즈 자신도 내가 누른 초인종 소리를 듣고 들어왔으므로 이번 졸음은 다른 졸음보다 긴 것처럼 생각했지만, 또 내 마음에 그처럼 안심과 망각을 가져다주었지만 겨우 30초밖에 지나지 않았다.

할머니가 내 방문을 연다. 할머니에게 르그랑댕의 가족에 대하여 이것저것 물어본다.

나는 이미 안정과 건강을 되찾았다고 말하는 것만으로는 충분하지 않다. 왜냐하면 내게서 어제의 그것들을 떼어놓고 있던 바는, 단순한 거리 이상의 것이었기 때문이다. 나는 하룻밤 동안 역류와 싸워야 했다. 그러고 나서 나는 다시 그것들의 존재 앞에 있을 뿐만 아니라, 그것들이 내 몸 안에 돌아와 있었다. 나의 상념을 조금도 남겨두지 않고, 끊임없이 달아나게 놓아두면서, 텅빈 채로, 언젠가는 풍선처럼 터져버릴 것 같던 내 머리의, 아직도 아픔이 조금 남아 있는 요소마다에 나의 상념은 겨우 제자리를 회복하고, 또 그때까지, 가엾게도, 아무리 기를 써도 활용할 수 없었던 그 기능을 되찾았던 것이다.

또 한 번 나는, 불면에서 벗어나고, 범람하는 신경 발작, 난파의 위험에서 빠져나왔다. 어젯밤, 안정을 잃었을 때에 나를 위협하던 것을 이제는 조금도 겁내지 않았다. 새로운 생활이 내 앞에 열리고 있었다. 이미 기분은 상쾌했으나 아직 피로가 남아 있어, 몸 하나 까닥하지 않고, 그대로 즐겁게 피로를 음미했다. 피로가 내 다리의, 팔의 뼈를 따로따로 헤쳐놓았는데, 이번에는 그것들이 내 앞에 한데 모여, 서로 맞추기만 하면 그만일 것 같아, 우화에 나오는 건축가처럼 노래하면서 쉽게 다시 조립할 수 있을 성싶었다.

갑자기 나는 리브벨에서 본 우수에 젖은, 그 순간에 나를 바라보던 금발의 젊은 여인을 떠올렸다. 하룻밤 동안 다른 수많은 여인이 기분 좋게 느껴졌는데, 지금은 그 여인만이 내 추억의 밑바닥에서 떠올랐다. 그녀도 나에게 마음이 끌리고 있는 듯이 보여, 리브벨의 사환 가운데 하나를 통해서 한마디 해오기를 나는 학수고대했다. 생루는 그 여인을 몰랐지만, 어엿한 집안의 여인일 거라고 말했던 것이다. 그녀를 만나는 것, 끊임없이 만난다는 것은 어려운 노릇, 그러나 그 때문에 모든 준비를 갖추고 있는 느낌이 들어, 나는 그녀만을 생각했다. 철학에서는 자유 행위와 필연 행위라는 말이 자주 쓰인다. 사고가 활동하는 동안에는 상승하지 않고 압축되어 있지만, 우리 사고가 쉬면, 방심의 압력으로, 어떤 추억을 다른 여러 추억과 같은 수준까지 올려, 문득 떠올리는—그 추억은 24시간 뒤에야 우리가 깨닫는 매력을 남몰래, 그리고 다른 추억과 같은 정도로 품고 있으므로—행위보다 더 완전하게 우리를 그 필연에 따르게 하는 것도 따로 없으리라. 또 아마도 이보다 자유로운 행위도 없을 것이다. 왜냐하면 이 행위에는 습관이 작용하지 않기 때문이며 연애를 할 때 절대적으로 어떤 인물의 영상만을 재생시키는, 그 어떤 정신적 괴벽이 아직 없기 때문이다.

그날은 바다 앞에 아름다운 젊은 아가씨들의 행렬이 지나가는 것을 보았던 바로 다음 날이었다. 거의 해마다 발베크에 오는 호텔 손님들 몇몇에게, 나는 그녀들에 대해서 물었다. 그들은 아무것도 알려줄 수 없었지만, 나중에 가서 사진 한 장으로 그 까닭을 설명해주었다. 몰라보게 자라서 달라져버리는 나이, 바로 그런 나이였던가, 아니면 이미 그 나이가 지난 아가씨들로서, 겨우 몇 년 전에, 천막 둘레의 모래 위에 둘러앉아 있는 것을 볼 수 있었던 그 소녀들의, 모양이 안 잡힌 즐거운, 아직 어린애에 지나지 않았던 한 무리가 지금의 그녀들일 줄이야 누가 알 수 있으랴! 몇 년 전만 해도 희고도 어렴풋한 별자리와도 같아, 그 가운데, 다른 소녀들보다 더 반짝이는 두 눈이나, 깜찍한 얼굴이나, 금발을 가려냈다고 생각하자마자, 금세 다시 잃어버려 젖이 흐르는 듯한 몽롱한 성운(星雲) 속에 뒤섞이고 말았으리라.

그 모습이 아주 최근의 일이었다고는 하나, 그녀들이 내 앞에 처음으로 모습을 나타낸 어제의 모습과는 달리, 아마도 눈에 비치는 그녀들의 무리가 아니라, 그 무리 자체가 아니었을까. 그 무렵, 아직 너무나 어려서, 저마다의 얼굴에 개성이 드러나지 않은, 그 인격 형성의 초기 단계에 있던 것이다. 개체가 거의 그 자체로는 존재하지 않고, 그것을 이루는 낱낱의 산호충(珊瑚蟲)보다 오히려 그 산호초로 이뤄지고 있는 원시적인 유기체처럼, 그녀들은 저마다 서로 밀집한 상태로 남아 있었던 것이다. 이따금 하나가 옆의 하나를 넘어뜨린다. 그러자 그녀들 개체 생활의 유일한 표명인 듯싶은 억누르지 못하는 웃음이 그녀들의 모든 걸 단번에 흔들어놓고, 바르르 떨면서 반짝거리는 한 덩어리 젤리 속에, 얼굴빛을 부드럽게 하고 크게 웃는 그녀들의 뚜렷하지 않은 얼굴을 뒤섞고 지워버린다. 그런데 나중에 가서, 어느 날 그녀들이 나에게 주어 간직하게 된 오랜 사진 속의 그 어린애 같은 동아리에는, 이미 나중 아가씨들의 행렬과 같은 수의 얼굴들이 보인다. 그것을 보면, 아가씨들이 이 무렵부터 바닷가 위에 이목을 끄는 독특한 얼룩을 찍었던 것이 느껴지는데, 이 사진 속에서, 그녀들 하나하나의 모습을 따로 알아보는 건 추측으로밖에 할 수 없고, 그 위에 소녀 시절에 일어나는 여러 변화를 고려에 넣는 여지를 남겨놓아야 하며, 다시 만들어내어 본디 얼굴이 다른 개성 위에 침범해, 이를 거듭 틀림없다고 확인해야만 하고, 이 아름다운 얼굴이, 키 큰 몸매와 고수머리를 서로 짝이 되는 것으로 보아, 이전에는 어쩌면 명함판 사진에 나타나 있는 쪼글쪼글한, 발육이 나쁜 찡그린 얼굴이었는지도 모른다고 추측해보기도 한다. 그리고 이 젊은 아가씨들 저마다의 육체적인 특징이 짧은 시일 동안 지나갔으므로, 아주 애매한 기준이 되어버렸지만, 그녀들이 갖는 공통된 것, 집단적이라고도 할 수 있는 것은 그즈음부터 벌써 나타나 있어, 그녀들과 아주 친한 벗들마저 때로는 이 사진을 보고, 하나를 다른 하나로 잘못 알아보는 정도니까, 결국에 가서는 어느 하나만이 몸에 달고 있고 다른 아가씨들이 달고 있는 확실한 액세서리에 의해서밖에 의문을 풀 방법이 없다. 바닷가 둑 위에서 그녀들을 본 날과는 매우 다른 그때부터, 다르면서도 매우 가까운 이 사진의 그때부터, 그녀들이 곧잘 웃음에 빠졌던 것은 어제 내가 본 대로지만, 그러나 이제 그 웃음은 어린 시절의 되풀이되는 웃음이 아니며, 또 비본 내의 피라미 떼가 흩어져 사라졌다가는 잠시 뒤 다시 모여들듯이, 끊임없이 머리를 물에 담갔다가 쳐드는 동작이 따르던, 저절로 터져나오는 웃음이 아니었다. 그녀들의 표정은 이제 자제력을 지니게 되어, 눈을 그것이 뒤따르는 대상 위에 붙들어둘 수 있게 되었다. 그래서 이전의 웃음이나 오래된 사진이 혼동을 일으켰던 것처럼, 창백한 산호충의, 오늘날 낱낱이 떨어져 나누어진 포자체를 구별하지 못하다니, 어제의 내 첫 지각은 몹시 흐릿한, 흔들림이 많았던 게 틀림없었다.

분명 나는 이전에도 몇 번이나 예쁜 젊은 아가씨들이 지나가면, 다시 한 번 만나보고 싶다고 생각했던 일이 있다. 그러나 보통, 마음속에 둔 아가씨들은 두 번 다시 나타나지 않는다. 게다가 기억은, 그 존재를 금세 지워, 그 얼굴도 좀처럼 떠오르지 않게 된다. 우리의 눈도 아마 그녀들도 알아보지 못할 테고, 또 다른 젊은 아가씨들이 지나가는 걸 새로 본다고 해도, 그녀들을 다시는 보지 못할 것이다. 그런데 때로는 오래지 않아 이 거만한 작은 동아리에 대하여 그런 일이 일어나듯이, 우연이 끈기 있게 그녀들을 우리 앞으로 다시 데려오는 일이 있다. 그럴 때 우연은 우리에게 아름다운 것으로 보인다. 왜냐하면 우리가 그 안에서, 우리 삶을 마련하기 위한 조건의 단서, 노력의 계기 같은 것을 가려내기 때문이다. 이런 우연이 없었다면 그녀들의 영상은 다른 것들과 마찬가지로 처음부터 쉽사리 잊어버릴 것이지만, 우연은 우리 기억에 그런 영상을 충실하게 연결시키고, 그것을 쉽사리 떠오르게 하며, 나중에는 그것을 피할 수 없는 숙명으로 만들고, 때로는—다행히도 잠시 잊었다가, 다시 떠올리는 바로 뒤 같은 때—그것을 잔혹한 것으로 느끼게 한다.

오래지 않아 생루가 머무는 마지막 날이 닥쳐왔다. 나는 더 이상 바닷가에서 그 젊은 아가씨들의 모습을 볼 수 없었다. 오후에는 생루가 거의 발베크에 있지 않아서, 나를 위하여, 그녀들에 대한 것을 생각하고, 그녀들한테 나를 다가가게 하는 기회를 만들어내는 노력을 할 수 없었다. 저녁때, 그는 한결 자유로운 몸이라서 변함없이 나를 자주 리브벨에 데리고 갔다. 이런 식당에는, 공원이나 열차 안에서처럼, 평범한 겉모습에 둘러싸여 있으면서, 우연히 이름을 물어보면, 그것이 우리가 상상한 모양으로 있으나마나 한 신참이 아니라, 우리가 자주 소문에 듣는 알려진 장관 또는 공작임에 틀림없다는 사실이 드러나 적잖이 놀라는, 그런 이름난 사람이 몇몇 있는 법이다. 이미 두세 번인가, 리브벨의 식당에서 생루와 나는, 손님들이 돌아가기 시작할 즈음에 한 식탁에 앉으러 들어오는, 큰 키에, 근육이 매우 튼튼한, 이목구비가 고르고, 희끗희끗 세기 시작한 수염에, 꿈꾸는 듯한 눈이 공간에 몽상을 그리듯 허공을 뚫어지게 바라보는 사람을 보았다. 언제나 혼자서 늦게 저녁 식사 하러 오는 이 아리송한 이가 누군지, 어느 날 저녁 우리가 주인에게 물어보니까 그가 대답했다. "뭐라구요, 유명한 화가 엘스티르를 모르셨나요?"

스완이 한번 그 이름을 내 앞에서 입 밖에 낸 일이 있었는데 무슨 얘기 끝에 나왔는지 통 기억이 나지 않았다. 그런데 추억의 누락이, 독서 중 문장 한 부분이 빠져 있을 때 같이, 때로는 불확실성을 부추기는 대신, 오히려 일관된 정확성을 부화시킨다. "그분이라면 스완의 벗이고, 매우 유명한 뛰어난 예술가죠." 내가 생루에게 말했다. 그러자 곧, 엘스티르는 위대한 예술가, 유명한 사람이라는 생각, 이어서 엘스티르가 우리를 다른 손님들과 착각하여 그 재능에 대한 우리의 열광을 알아채지 못하고 있다는 생각이, 생루와 내 가슴속을 전파처럼 지나갔다. 그가 우리 감탄의 정을 전혀 모르는 것도, 우리가 스완과 벗이라는 것도, 우리가 해수욕장에 와 있지 않았다면 틀림없이 그토록 안타까운 일이 아니었으리라. 그러나 감격을 잠자코 견디어낼 수 없는 나이였고, 또 여기선 우리를 알아주지 않는구나 하는 숨막힐 듯한 기분에서, 우리는 둘이서 서명한 쪽지를 썼는데, 당신에게서 몇 걸음 안 되는 곳에 앉아 식사하고 있는 두 사람이, 당신 재능에 대한 열렬한 애호자이며, 당신 벗인 스완의 벗이라고 밝히고, 우리가 당신에게 찬사를 보내는 것을 허락해달라고 했다. 사환 하나가 이 편지를 저명인사에게 전하는 일을 맡았다.

유명하다고 해도, 아직 이 무렵의 엘스티르는 식당 주인이 주장하는 만큼 널리 알려져 있지 않았으며, 그렇게 된 건 아마 몇 해 지나서였다. 그러나 이 식당이 아직 농원에 지나지 않았을 때부터 이곳에 살아온 그는, 이곳에 예술가 마을을 만드는 개척자 가운데 한 사람이었다(하기야 그런 예술가들은 모두 수수한 차양 아래 대기 중에서 식사를 하던 이 농원이 하나의 유행계 중심이 되자 다른 곳으로 옮겨 가버렸고, 엘스티르 자신도 요즘 리브벨에 들르곤 하는 건, 이곳에서 멀지 않은 곳에 함께 살고 있는 그의 아내가 집에 없었기 때문이었다). 하지만 위대한 재능은 아직 인정되지 않은 때조차 어떤 감탄스러운 현상을 필연적으로 일으킨다. 이를테면 이 농원의 주인만 해도, 여행길에 들르는 영국 부인으로, 엘스티르가 지내는 생활에 대해 여러 가지로 알고 싶어 질문하는 이가 한둘이 아닌 것과 엘스티르가 외국인한테서 받는 편지의 수로 보아 그의 재능을 분별할 만했던 것이다. 그때 주인은, 엘스티르가 그림 그릴 때 방해받는 걸 싫어하고, 달 밝은 밤중에 일어나서, 모델 소년을 바닷가로 데리고 가 알몸으로 자세를 취하게 하는 따위를 주목했었다. 그리고 그는, 엘스티르의 그림 가운데 한 폭에서, 리브벨의 어귀에 서 있는 나무 십자가를 알아보았을 때, 수많은 노력이 헛되지 않았으며, 유람객들의 숭배도 근거 없는 것은 아니라고 스스로에게 말했다. "과연 그것이다." 그는 깜짝 놀라 되뇌었다. "네 조각이 그대로 있군! 아무렴! 여간 힘들지 않았겠는걸!"

그러나 그는, 전에 엘스티르에게서 받은 〈바다 위의 해돋이〉 가 재산 가치가 있는 걸 몰랐다.

우리는 엘스티르가 이쪽에서 보낸 서신을 읽고, 그것을 주머니에 넣고 계속해 식사하고, 가지고 온 짐을 가져오라고 부탁하면서, 떠나려고 일어나는 모습을 보았다. 그리고 우리의 교섭이 틀림없이 그의 마음을 언짢게 한 줄로 여겨(아까는 이쪽을 주목하지 않고 그가 떠나지 않을까 그처럼 걱정했는데), 지금은 그가 알아채지 않게 이쪽에서 떠나고 싶을 지경이었다. 우리의 생각이 미치지 않았지만, 무엇보다 중요하게 여겨야만 하는 게 있다. 그것은 엘스티르에 대한 우리의 감격, 그 성실성을 의심하는 사람이 있다면, 우리는 그 사람을 용서하지 않았을 테고, 과연 그 성실성의 증거로, 우리가 기대 때문에 이따금 숨이 막히고, 이 위대한 분을 위해서라면 어떤 어려운 일이나 모험도 마다하지 않을 결심을 표시했을 감격이, 우리가 떠올리는 것처럼 참된 감탄의 정이 아니라는 점이었다. 그도 그럴 것이, 우리는 아직 한 번도 엘스티르의 그림을 본 적이 없었기 때문이다. 우리 감정이 대상으로 삼고 있었던 바는 작품이 아니라 어쩌면 '위대한 예술가'라는 속 빈 관념이며, 우리는 그의 작품을 아직 모르고 있었던 것이다. 우리 감정의 대상은, 기껏해야 공허한 감탄, 신경의 틀, 알맹이 없는 감탄의 감상적인 뼈대, 이를테면 어른이 되면 없어지고 마는 어느 기관처럼 어린 시절에 붙어 있어서 떨어지지 않는 그 무엇이었다. 우리는 아직 어렸던 것이다. 그동안에 엘스티르는 막 문까지 이르고 있었는데, 그때 홱 방향을 바꾸어 우리 쪽으로 왔다. 나는 뭐라고 형용키 어려운 기쁜 두려움에 사로잡혔다. 몇 해 뒤였다면 느낄 수 없었던 감정이었으리라. 왜냐하면 나이가 능력을 감소시키면서, 세상의 습관이 스며들어, 이런 감동을 느끼게 할 만큼 이상한 기회를 끌어 일으키는 모든 사념을 배제하기 때문이다.

엘스티르가 우리 식탁 앞에 앉으려 하면서 건네오는 말 가운데, 나는 여러 번이나 스완을 화제로 삼았는데도, 그는 한마디도 대꾸하지 않았다. 나는 그가 스완을 모르는 게 아닐까 하는 생각이 들었다. 그래도 그는, 나에게 발베크에 있는 그의 아틀리에에 찾아오라고 했다. 생루는 이 초대를 받지 않았고, 엘스티르가 스완과 친분이 있었더라도, 스완의 소개만으로는 분명 얻지 못했을 초대로(그도 그럴 것이, 남성의 삶에서 아무 탈 없이 편안한 정의 영역은 우리 생각과는 달리 넓은 자리를 차지하고 있으므로), 특히 내가 그것을 얻은 것은, 내가 예술을 좋아하는 인간이라고 생각하게 하는 몇 마디를 했기 때문이었다. 엘스티르는 나한테 호의를 아끼지 않았는데, 생루의 호의가 프티부르주아의 상냥함보다 나은 정도라면, 엘스티르의 호의는 생루의 그것보다 나았다. 위대한 예술가의 호의에 비하면 대귀족의 호의라는 건, 아무리 매력이 있더라도 배우의 연기나 거짓 꾸밈처럼 보인다. 생루는 내 마음에 들기를 바라지만, 엘스티르는 남에게 주기를, 자기를 주기를 좋아하는 것이다.

그가 지니고 있는 모든 것, 사상, 작품, 그 밖에 그가 대수롭지 않게 여기는 것을, 그는 그것을 이해하고 있는 듯싶은 사람에게는, 상대가 누구든 기꺼이 내주었으리라. 그러나 자기가 견딜 수 있는 사교 범위가 없으므로, 고독 속에 살면서, 사교계 사람들은 태깔 부린다느니 교양이 없다느니 하고, 권력자는 반역 정신이라 일컫고, 이웃들은 광기라고 부르며, 가족은 이기주의니 거만이니 하고 말하는, 그 야성인의 성격을 간직하고 있었다.

틀림없이 엘스티르도 처음에는, 그의 참된 값어치를 몰라주거나 그의 감정을 상하게 하는 사람들에게 작품을 통해 멀리서 그가 호소하는 걸, 그에 대하여 더욱 고상한 관념을 품게 하는 걸 고독 속에서도 기쁘게 생각했을 것이다. 아마도 그 무렵에 남들에게 무관심해서가 아니라, 오히려 남들을 좋아하므로 혼자 살았으리라. 그리고 내가 다른 날 더욱 사랑스러운 기색을 띠고 질베르트 앞에 나타나려고 먼저 그녀를 단념했듯이, 엘스티르도 어느 사람들을 마음속에 두고, 그들 쪽으로 돌아가고자, 그 자신의 돌아감 없이, 사람들이 그를 사랑하기를, 탄복하기를, 입에 오르내리기를 바라서 그림을 그렸을 것이다.

단념은 언제나 처음부터 온전한 게 아니다. 설령 병자, 수도사, 예술가, 영웅의 단념이라 할지라도, 처음에는 그때까지의 옛 심정으로 그것을 결심하는 것이고, 단념이 우리에게 영향을 미치는 건 나중이다. 그러나 어떤 사람을 마음속에 두고 작품을 만들려고 하더라도, 작품을 만드는 것으로 그는 사회에서 멀리, 그것에 무관심하게 되고, 그 자신을 위하여 살았던 것이다. 고독의 실행이 고독을 좋아하는 성향을 가져다준 것이다. 마치 큰 것에는 처음부터 공포를 느껴 손대지 못하고, 작은 것부터 먼저 어울리고 나서, 거기서 빠져나와 큰 것에 일치하는 일이 있듯이. 큰 것을 알기에 앞서 우리가 걱정해야 할 것은, 그 큰 것과, 그것을 알자마자 금세 멈추고 마는 어떤 기쁨을 어느 정도까지 타협시킬 수 있느냐는 점이다.

엘스티르는 언제나 우리와 이야기하지 않았다. 나는 2~3일 내로 그의 아틀리에에 가보려고 생각했는데, 다음 날 할머니를 모시고 카나프빌의 절벽 쪽 둑 끝까지 갔다가 돌아오는 길에 바닷가로 반듯하게 드리운 작은 길모퉁이에서, 우리는 젊은 아가씨와 엇갈렸다. 억지로 외양간에 끌려가는 가축처럼 머리를 수그린 그 아가씨는 골프채를 손에 들고서, 떼쓰는 한 여인 앞을 걸어갔는데, 보아하니 그 여인은 아닌 게 아니라 아가씨의, 아니면 아가씨 친구의 '영국인 가정교사'인 듯하여 홍차보다는 오히려 진을 좋아할 듯싶은 붉은 얼굴색에다가, 씹는담배를 씹은 검은 자국이 입아귀에 줄을 긋고, 희끗희끗하지만, 아직은 숱이 많은 수염 끝을 그 검은 자국이 갈고리처럼 늘이고 있는, 호가스(Hogarth)*[1]가 그린 초상화 〈제뤼로스〉와 비슷했다. 그 앞을 가는 아가씨는 그 작은 동아리 아가씨와 닮았다. 검은 폴로 모자를 쓰고, 통통한 볼과 무표정한 얼굴에 웃음 짓는 눈을 하고 있던 아가씨였다. 지금 돌아가고 있는 이 아가씨도 검은 폴로 모자를 쓰고 있지만, 이전의 아가씨보다 더 예뻐 보이고, 콧날이 더 곧아 보이며, 그 밑의 옆모습도 더 탐스럽고 통통하게 보였다. 게다가 이전의 아가씨는 창백하고 거만하게 보였는데, 이번 아가씨는 온순하게 길든 여자아이 같고, 얼굴빛도 장밋빛이었다. 그렇지만 같은 자전거를 밀고 있는 걸로 보거나, 같은 순록(馴鹿) 장갑을 끼고 있는 걸로 보거나 그 차이는 틀림없이 그녀를 바라보는 나의 위치, 상황 탓이라고 결론지었다. 왜냐하면 발베크에,

---

*1 영국의 풍자화가(1697~1764).

뭐니뭐니해도 얼굴이 그토록 닮고, 옷차림에 그처럼 똑같은 특징을 모은 아가씨가, 또 하나 있다는 건 거의 있을 수 없는 일이니까. 아가씨는 내 쪽으로 눈길을 흘깃 던졌다. 그러고 나서 며칠 동안, 바닷가에서 작은 동아리를 다시 보았을 때도, 더 나중에 가서 한 동아리를 이루는 모든 아가씨와 사귀게 되었을 때도, 그녀들 가운데 누가—그녀들 가운데에서 가장 그 아가씨와 비슷한 자전거의 아가씨마저—과연, 사실상, 그 저녁, 바닷가 끝머리의 작은 길 모퉁이에서 내가 보았던 아가씨, 하지만 그 행렬 속에서 처음으로 내 눈에 띄었을 때와는 조금 달랐던 그 아가씨였는지, 그것을 확신케 하는 절대적인 방법이 나에게는 없었다.

이 오후부터, 그 이전에 특히 키 큰 아가씨를 마음에 두었던 나였으나, 이날 오후부터 내 마음을 차지하기 시작한 사람은 골프채를 든, 시모네 아가씨로 추측되는 그녀였다. 다른 아가씨들과 걷는 도중에, 그녀는 자주 걸음을 멈추어, 그녀를 매우 우러러보고 있는 성싶은 벗들의 걸음도 어쩔 수 없이 멈추게 하곤 했다. 나는 지금도 그런 모양으로 멈춰선 모습, 그 '폴로' 밑에 반짝거리는 눈을 한 그녀가 환하게 보인다—바다를 배경 삼아 그 영사막 위에 비치는 실루엣, 투명하고도 푸른 공간과, 그때부터 흘러간 때에 의하여 내게서 나누어진 모습, 내 추억 속에 비치는 아주 얇은 한 가닥의 첫 영상, 그 뒤 지나간 세월 속에 내가 자주 비춰 보이던 얼굴의, 그리워 쫓게 된, 그러다가 잊힌, 그러다가 다시 찾아낸 영상, 그리고 내 방에 있는 어느 젊은 아가씨를 보고, 나 자신도 모르게 '그 아가씨!'라고 마음속으로 외치게 할 수 있었던 그 모습이.

그러나 아직 이때에 내가 가장 알고 싶어하던 것은, 아마도 쥐손이풀 꽃 낯빛을 한 초록빛 눈의 아가씨인지도 모른다. 만약에 그 아가씨가 없었다면, 일정한 어느 날에, 내가 보고 싶어하는 아가씨가 누구든 간에, 그것이 한 동아리의 다른 아가씨라면, 충분히 나를 감동시켰으리라. 나의 욕망도, 한번은 오히려 아가씨들 가운데 하나에 이끌리고, 또 한 번은 다른 하나에게 이끌리며, 계속해서—첫날, 내 눈에 비치던 혼란스런 모습처럼—그녀들을 모으고, 따로 떼어놓으며, 그리고 그녀들이 자랑삼아 이루고 있는 성싶은 공동 생활의 활기 있는 작은 무리를 그녀들한테서 따로 만들어내기도 했다. 그녀들 가운데 누군가와 친하게 됨으로써 내가 들어가고 싶다고 생각한 것은—세련된 이교도, 아니면 야만인 가운데 섞인 조심성 있는 기독교도처럼—건강, 무의식, 쾌락, 잔혹,

지성의 결핍, 소란을 다스리는 젊디젊은 모임이다.

내가 엘스티르와 만나 얘기한 일을 듣고, 엘스티르와 친해짐으로써 지적인 이익을 얻을 수 있는 걸 기뻐하던 할머니는, 내가 아직 꾸물대며 그를 방문하지 않는 것을 몰상식하고도 실례되는 짓이라고 여겼다. 그러나 나는 작은 동아리밖에 마음에 없고, 또 그 젊은 아가씨들이 둑을 지나가는 시각이 확실하지 않아, 감히 멀리까지 가지 못했다. 할머니는 또한 나의 맵시에도 놀라고 있었다. 그도 그럴 것이, 지금껏 짐 가방 밑바닥에 내버려두었던 옷가지를 내가 갑작스럽게 생각해냈기 때문이다. 나는 날마다 다른 옷을 입고, 새 모자와 새 타이를 보내달라고 파리에 편지도 써 보냈다.

조가비나 과자 또는 꽃을 파는 예쁜 아가씨의 얼굴이 우리의 사념 속에 또렷한 빛깔로 그려지는 것이, 바닷가에서 보내는 한가하고도 화창한 나날들이, 매일 아침부터 찾아야 하는 목적이라면, 발베크와 같은 해수욕장 생활에 커다란 매력 하나가 더 생긴 셈이다. 그러면 그런 나날은, 그것만으로, 하는 일 없이도, 일하는 나날처럼 방심하지 않는, 바늘 끝처럼 따끔따끔한, 자석처럼 이끄는 힘이 있는 나날이 되고, 오래지 않아 사블레(sablé)*1, 장미꽃, 조가비를 사면서, 꽃 위에 보이는 빛깔처럼 순수하게 아름다운 빛깔을 여인의 얼굴 위에서 보고 즐기려는, 가까운 순간 쪽으로 가볍게 가슴이 꿈틀거리는 나날이 된다. 그리고 적어도, 이 물건 파는 귀여운 아가씨들에게 말을 건넬 수 있으니까, 초상화를 앞에 놓고 있듯이, 한갓 시각이 주는 것 말고도 상상으로 다른 방면을 꾸며보거나, 또 그녀들의 생활을 머릿속으로 만들거나, 그 매력을 부풀리거나 해야만 하는 일을 모면한다. 무엇보다도, 직접 그녀들에게 말을 건네므로, 어디서 몇 시에 그녀들을 만날 수 있는지를 알 수 있다.

그런데 작은 동아리 아가씨들에 관해서는 조금도 그렇게 되지 않았다. 그녀들의 습관을 통 몰라서, 그녀들의 모습이 눈에 띄지 않는 날이 있으면, 그녀들이 없는 이유를 모르는 나는, 그날 나타나지 않은 것이 무슨 정한 일 때문인지, 하루 걸러서밖에 보이지 않는 것인지, 날씨 탓인지 아니면 통 보이지 않는 날이 여러 날 있어 그런 것인지, 여러 가지로 궁리해보았다. 그녀들의 벗이 된 나를 지레 상상해서 그녀들에게 말한다. '저어, 요전날엔 나오시지 않았

*1 파삭파삭한 과자의 하나.

습니까?—'그래요, 토요일이었으니까, 우린 토요일에는 나오지 않아요, 왜냐하면…….' 토요일은 슬프게도, 아무리 용을 써도 소용없다는 것, 바닷가를 사방팔방으로 쏘다녀도, 과자 가게 앞에 앉아 버티어도, 에클레르(éclair)*1를 먹는 체해도, 골동품 가게에 들어가도, 해수욕, 연주, 한사리, 낙양, 밤의 시각을 기다려도, 보고 싶은 작은 동아리를 볼 수 없다는 것을 알기가, 얼마간이라도 그처럼 간단했다면 오죽이나 좋았으랴. 그런데 불행한 날은 아마도 한 주에 한 번 돌아오는 게 아닌가 보다. 그날이 반드시 토요일만도 아닌가 보다. 날씨가 그날에 영향을 미치는 것 같기도 하고, 아주 관계없는 것 같기도 하다. 우연의 일치에 속은 것은 아닌지. 우리 예측도 틀린 것은 아닌지. 그렇지 않는다는 확신이 생길 때까지, 무자비한 시련의 대가를 치르고 얻는 그 열렬한 천문학의 어떤 법칙을 찾아낼 수 있을 때까지 이런 미지 세계의 표면상 불규칙한 운동에서 인내심 많으면서도 냉정한, 얼마나 수많은 관찰을 그러모아야 하는가! 오늘과 같은 요일에는 아직 한 번도 그녀들을 보지 못한 점을 생각해내면서, 그녀들이 오지 않을 거라고, 바닷가에 우두커니 있어도 소용없다고, 나는 혼자 말한다. 그리고 바로 그때 나는 그녀들의 모습을 알아보는 것이다.

반대로, 그 아가씨들 별자리의 돌아옴을 법칙으로 정확하게 맞춘 셈치고, 그 계산에 따라 목을 길게 빼고 있는 날엔, 그녀들이 나오지 않는다. 그러나 그녀들을 그날 볼 것이냐 못 볼 것이냐 하는 이 첫 불안에, 앞으로 영영 못 볼 것이 아니냐 하는 더욱 중대한 불안이 겹치는 날이 오고야 마니, 요컨대 그녀들이 미국으로 떠나갈지 파리로 돌아갈지, 나로선 통 모르는 바라서 내가 그녀들을 사랑하기엔 이것만으로 충분했다. 우리는 누군가를 좋아할 수 있다. 하지만 연정을 마련하는 그 비애, 다시 어쩔 수 없는 정, 안타까운 불안을 터지게 하는 데 필요한 건—또 아마도 정열이 근심스레 껴안으려 하는 것이, 상대보다 오히려 이와 같은 눈앞의 대상인지도 모르지만—불가능성의 위험이다. 연정의 길에서 몇 번이나 되풀이되는 영향력, 그것이 이미 작용했다(하기야 이 힘은 대도시 생활에서 일어나는 일이 많다. 이를테면 여공 아가씨들의 휴일도 모른 채, 우연히 일터에서 나오는 걸 보지 못하는 날 안타깝게 걱정하는 경우처럼). 적어도 그러한 영향력은 내 연정의 길에서 되풀이되었다. 어쩌면 그것은 연정

---

*1 과자의 하나.

과 나누려 해도 나눌 수 없는 것인지도 모른다. 첫 연정의 특징이던 것이, 아마도 추억, 암시, 습관에 의하여 전부 다음 연정에 덧붙여지고, 우리 삶이 차례차례 지나가는 시기를 통해, 가지각색의 겉모습에 보편적인 특징을 줄 것이다.

그녀들을 만날 지도 모르는 시각이 되면 온갖 핑계를 짜내어 바닷가에 나갔다. 한번은 점심을 먹는 동안에 그녀들이 눈에 띈 일이 있어서, 그다음 날 그녀들이 지나가기를 둑에서 한없이 기다려 뒤늦게 점심 먹으러 간 적도 있었다. 식당에 앉아 있는 잠깐, 눈으로 유리창의 푸른색을 흘깃흘깃 보기도 하고, 다른 때에 그녀들이 산책하는 경우에도 그것을 놓칠세라 후식이 나오기 전에 일어나기도 하며, 제일 좋은 시간에도 할머니가 그들이 지나갈 때까지 나를 앉힐 때, 그것을 심술부리는 것인 줄 모르는 할머니한테 화내기도 했다. 앉은 의자를 비뚜로 놓고서 수평선을 넓게 보려고도 애썼다. 그러다가 우연히 그녀들 가운데 하나라도 눈에 띄면, 그녀들이 모두 똑같은 특별한 본질을 나누어 가지고 있으므로, 마치 내 눈앞에 내가 열렬히 갈망하던 꿈, 그렇지만 퍽 고집부려 나에게 맞서던 꿈, 조금 전까지 아직 내 머릿속에밖에 존재하지 않던(하기야 영원히 거기에 괴어 있는 것이지만) 꿈의 한 가닥이 무시무시한 환각 속에 던져져 빙빙 도는 걸 보는 듯한 느낌이 들었다.

나는 그녀들만을 사랑하므로, 그 가운데 하나만을 사랑한다고는 할 수 없었다. 그러면서도 그녀들과 만날지도 모른다는 사실은, 내 나날의 유일한 감미로운 요소이며, 그것만으로 내 마음속에 희망이 생겨났다. 온갖 장애물을 부수고 말겠다는 희망, 한편 그녀들을 만나지 못했을 때에는, 이따금 분노가 따르는 희망이었다. 이런 순간에, 이 젊은 아가씨들은 내 눈에서 할머니의 존재를 가렸다. 그녀들이 머무름직한 고장에 가기 위해서는 어떠한 여행이라도 금세 내 마음에 들었을 것이다. 다른 일을 생각하고 있거니 여기고 있을 때나, 아무것도 생각하지 않을 때도, 나의 사념은 기꺼이 그녀들에게 가 있었다. 그러나 그런 줄 모르고서 그녀들을 생각하고 있을 때, 다시 말해 한층 더 무의식적으로 생각하고 있을 때 그녀들은 나에게 푸르고도 기복이 심한 바다의 움직임이자, 바다를 배경 삼은 행렬의 베어낸 면이었다. 앞으로 그녀들이 있다고 하는 어떤 시가에 가더라도, 내가 다시 보기를 바라는 것은 바다였다. 어떤 사람에 대한 가장 배타적인 사랑은 언제나 다른 것에 대한 사랑이다.

할머니는 내가 지금 골프나 테니스에만 열중하고 있으므로, 할머니가 가장 위대한 줄로 알고 있는 예술가의 일을 구경하며 이야기 듣는 기회를 놓쳐버리고 있는 것에, 얼마쯤 마음 없는 견해에서 생긴 듯한 멸시를 보란 듯이 나타내었다. 업신여김을 받고 있는 내가 전에 샹젤리제에서 예감했고, 그 뒤로 더 잘 실감했던 것은, 한 여인을 사모한다는 건, 오로지 우리가 그 여인에다 우리 영혼의 한 상태를 투사하는 것에 지나지 않는다. 따라서 중요한 것은 여인의 값어치가 아니라, 우리 영혼 상태의 깊이다. 게다가 평범한 아가씨라도 우리에게 주는 감동은, 우리 자신 속의 가장 내밀한 부분을—뛰어난 사람과 얘기할 때 또는 그 사람의 작품을 감탄과 더불어 감상할 때에 그것이 우리에게 주는 기쁨보다 더욱 개인적인, 더욱 심오한, 더욱 본질적인 우리 자신의 부분을—우리 의식에 다다르게 할 수 있다는 점이었다.

드디어 할머니의 주장에 따라야 했는데, 엘스티르가 사는 곳이 둑에서 꽤나 먼, 발베크의 새 거리 가운데 한 곳이라서 더욱더 가기 싫었다. 나는 어쩔 수 없이 한낮의 더위에 해안길을 달리는 전차를 타고, 내가 고대 키메르인의 왕국, 마르크(Mark) 왕의 조국, 또는 브로셀리앙드*1 숲의 유적에 있다고 상상하기 위해, 눈앞에 펼쳐지는 건물의 싸구려 사치를 보지 않으려고 애썼다. 그런 건물 사이에서, 모르면 몰라도 엘스티르의 별장이 가장 사치스러워 보기에 흉한 것 같았다. 그런데도 그가 그곳을 빌려 든 것은, 발베크에 있는 모든 별장 가운데에서, 그곳만이 그에게 넓은 아틀리에를 줄 수 있었기 때문이었다.

눈을 딴 데로 돌리면서 나는 그 가옥의 정원을 건넜는데, 거기에 잔디가 있고—파리 교외의 어느 부르주아의 가옥에도 있을 듯한 작은 것이었다—점잖은 정원사의 작은 석상, 모습이 비치는 유리공, 가장자리를 두른 화단이 있으며, 녹을 지붕 삼은 정자 아래에는 철제 탁자 앞에 흔들의자가 있었다. 그러나 그렇듯 추한 시가라는 첫인상을 받은 뒤에 일단 아틀리에 안에 들어서자마자 나는, 벽 밑에 두른 초콜릿빛 널조각 구멍도 신경 쓰지 않았다. 나는 완전한 행복을 느꼈다. 아틀리에에 있는 온갖 습작에 둘러싸임으로써, 내가 여태까지

*1 원탁기사 이야기의 요술사 메를랭과 요정 비비안이 살았던 브르타뉴의 숲.

현실의 온전한 광경에서 떼어내지 않았던 수많은 형태의 기쁨으로 가득 찬, 시적인 한 인식에까지 스스로 높아지는 가능성을 느꼈기 때문이다. 그리고 엘스티르의 아틀리에는, 이를테면 세계의 새로운 창조의 실험실 같았다. 거기, 여기저기에 놓여 있는 여러 가지 직사각형 화폭 위에, 그는, 우리가 보는 온갖 것을 그리면서, 그것이 빠진 카오스에서 그것을 꺼내서, 이쪽에는 모래 위에 라일락빛 물거품을 부수는 큰 파도를, 저쪽에는 배 한 척의 갑판 위에 팔꿈치를 괴고 있는 흰 면직 옷을 입은 젊은이를 나타내고 있었다. 젊은이의 윗도리와 파도의 물보라는, 그 윗옷이 이제는 아무도 입지 못하는 것이며, 그 물결이 이제는 아무도 적시지 못하는, 말하자면 그 물질성에서 떠난 것인데도, 아직도 그 자체로서 계속 존재하고 있다는 사실에 의해, 이미 하나의 새로운 존엄성을 얻고 있었다.

마치 내가 아틀리에 안에 들어갔을 때, 창조자는 손에 쥔 붓으로, 지는 해의 모양을 끝마치는 중이었다.

주위 창문에는 거의 모두 차일이 내려져 있어서 아틀리에 안은 꽤 시원했으며 한낮의 햇살이 눈부시고 변하기 쉬운, 그 장식을 벽에 붙이고 있는 한 곳을 빼놓고는 어두컴컴했다. 오로지 하나, 겨우살이덩굴로 가두리를 한 작은 직사각형 창만이 열려 있었는데, 좁은 정원 너머로 거리를 향하고 있었다. 그래서 아틀리에 대부분의 공기는 한 덩어리가 되어 어둑하고 투명하며 올이 촘촘했는데, 그 덩어리 여기저기 난 금에, 빛이 새어들어온 곳은, 축축하고 반짝거려, 마치 겉이 이미 깎아 닦아져, 거울같이 번쩍거리거나 무지갯빛으로 빛나는 수정 덩어리 같았다. 나의 청으로, 엘스티르가 계속해서 그림을 그리고 있는 동안, 나는 한 그림 앞에 멈추었다가, 또 한 그림 앞에 멈추면서, 그 어두컴컴한 속을 빙빙 돌았다.

나를 둘러싼 그림 대부분은 그의 작품 가운데 내가 가장 보고 싶었던 제1기나 제2기 수법에 속하는 것이 아니었다. 그 수법은, 그랑 호텔 객실의 탁자 위에 흩어져 있는 영국 미술 평론지가 논하고 있듯이, 신화적인 수법과 그가 일본의 영향을 받았던 수법에 속하는 것으로, 이 두 가지 수법의 훌륭한 대표작이 게르망트 부인 수집품 가운데 있다는 소문이었다. 물론 지금 그의 아틀리에에 있는 것은 거의 이곳 발베크에서 주제를 얻은 바다 그림뿐이었다. 그러나 내가 거기서 분별해낼 수 있었던 것은, 그 그림 하나하나의 매력이, 표현된 사물의 어떤 메타모르포제(變形)*1에 있다는 점이며, 이는 시에서 메타포(暗喩)라고 불리는 것과 비슷하다. 게다가 '아버지이신 천주'께서 온갖 사물과 현상에 이름을 붙임으로써 그것을 창조하셨다고 하면, 엘스티르는 사물에서 그 이름을 없애버림으로써, 또는 다른 이름을 줌으로써 그것을 다시 만들고 있다는 점이었다. 사물을 가리키는 이름은 우리의 참된 인상과는 아무 관계없는, 이성의 개념에 호응하는 게 보통이고, 이성은 그 개념과 관계없는 모든 것을 우리 인상에서 없애버린다.

이따금 발베크 호텔의 내 창가에서, 아침에 프랑수아즈가 빛을 가리고 있는 덮개를 벗길 때 , 또 저녁에 생루와 함께 출발하는 시각을 내가 기다리고 있을 때 햇살의 효과로, 바다의 한 곳, 특히 우중충한 부분을 저 멀리 너른 바다 쪽으로 여기거나 또는 거기가 바다에 속하는지 하늘에 속하는지 모르는 채 뭔가 푸르면서도 움직이는 지대를 기쁨과 더불어 바라보거나 하는 일이 있었다. 그럴 때 나의 이성은 금세 내 인상에 없었던 갈림을 각각의 요소 사이에 다시 세웠다. 따라서 파리의 내 방에서, 뭔가 말다툼 같은, 거의 소동이 아닌가 싶은 소리를 들으면 그것을 그 원인에다가, 예컨대 바퀴 소리를 울리면서 다가오는 마차와 연결시켜보다가, 내 귀가 분명히 들은, 날카롭고 귀에 거슬리는 고함 소리도 나의 이성은 그 소리가 바퀴에서 나지 않는다는 사실을 알고 있으므로, 나는 금세 고함 소리를 지워버렸다. 그런데 자연을 있는 그대로, 시적으로, 우리가 바라보는 순간, 그러한 드문 순간으로 엘스티르의 작품은 만들어져 있었다. 지금 이 아틀리에에서 그가 옆에 놓고 있는 그림 속 바다에 나타난, 그가 가장 자주 쓰는 은유적인 기법 한 가지는, 뭍과 바다를 비교하면서, 그 사이의 모든 경계를 지우는 기법 바로 그것이었다. 같은 화폭 속에 말없이 지칠 줄 모른 채, 되풀이된 그런 비교, 그것이야말로 그 화폭에 다양하고도 힘찬 조화를 가져오고, 이 조화야말로 엘스티르의 그림이 어떤 애호가한테 일으키는 감격의 원인, 때로는 뚜렷이 깨닫지 못하는 원인이었다.

이를테면 엘스티르가 며칠 전에 막 완성한 카르크튀이 항구를 그린 그림 한 폭을 천천히 보았는데, 그 가운데 엘스티르는 작은 시가를 그리기 위해서는 바다에 관한 명사(名辭)*2밖에, 바다를 그리기 위해서는 그 시가에 관한 명사

*1 동물이 자라는 과정에서, 어떤 시기에 형태가 다른 성체로 변하는 현상.

*2 논리학 용어로, 하나의 개념을 언어로 나타내며 명제를 구성하는 데에 요소가 되는 말.

밖에 쓰지 않은 채, 이런 은유적인 기법을 감상하는 이에게 깨닫게 하려고 애썼다. 그 가옥들이 항구의 한 부분을 가리고 있는 건지, 항구 안의 수리장을 가리고 있는 건지, 아니면 이 발베크 지방에 흔히 있듯이, 물굽이로 되어 뭍에 깊숙이 들어가 있는 바다 자체를 가리고 있는 건지, 어쨌든 간에 그 가옥들의 지붕이, 시가를 세우고 있는, 앞으로 나온 작은 곶의 건너편에, 돛대 몇몇을(마치 가옥들 위에 굴뚝이나 종탑이 있듯이) 비죽 내밀고, 그 돛대가 그것이 속해 있는 선체를, 뭔가 시가의 일부분 같은, 뭍의 건축물 같은 것으로 보이게 한다. 그 인상을 더욱 강하게 하는 것은 부둣가를 따라서 정박한 배들이 열을 지으면서도 어찌나 빽빽이 모여 있는지, 그 안의 배와 배에 있는 사람들이 담소하고 있을 정도로 밀집해, 배의 갈림도 물의 틈도 분간 못할 만큼 수많은 어선 무리 때문에, 도리어 그것이 바다에 속해 있지 않은 것처럼 보인다.

예를 들어 크리크베크에 있는 여러 성당의 먼 모습만 해도, 그것을 시가 없이 보기 때문에, 사면이 바다로 둘러싸이고, 태양과 파도의 먼지가 이는 가운데, 하얀 석고인지 물거품으로 부풀어올라 물에서 빠져나온 듯이 보이고, 또 일곱 색깔 무지개의 띠를 두른, 비현실적인 신비스런 화면 한 폭을 구성하고 있는 듯 보인다. 이 화가는 해안의 전체 풍경에서는, 뭍과 대양 사이에 뚜렷한 경계, 절대적인 한계를 알아보지 않도록 눈을 익숙하게 할 줄 알았다. 배를 바다로 밀고 있는 사람들이 모래 위를 달리면서 동시에 물결 속을 달리고 있는데, 그 모래는, 물에 젖은 듯이 축축해 벌써 그 선체를 비치고 있었다. 바다 자체도 정연하게 빛깔이 짙지 않고 모래톱의 고르지 않은 기복에 따라 다르며, 그 모래톱을 원근법에 의해 멀리 점점이 이루어진 것들이 더욱 복잡하게 저미고 있으므로, 멀리 너른 바다에 있는 배 한 척이 조선소의 공사에 반쯤 가려져, 시가 한가운데를 항행하고 있는 듯 보였다. 암벽 사이에서 작은 새우를 채집하고 있는 여인네들은, 물에 둘러싸여 있기도 하고 바위들 원형의 장벽 뒤 옴폭 들어간 곳이, 해수면과 똑같은 수준(뭍에 가장 깊숙이 들어가 있는 양쪽의), 바닷가의 수준으로 낮았으므로, 배와 물결이 곤두박질하는 바다 동굴, 신기하게 그곳만이 파도 가운데 열리고 파도가 피해가는 바다 동굴 속에 있는 것 같았다. 바다가 뭍에 들어가고, 뭍이 이미 바다가 되어 물속이나 땅 위 모두 살 수 있는 인간이 생활하는 항구의 인상을 그림 전체가 주고 있지만, 바다의 요소가 곳곳에 힘차게 넘치고 있다. 그래서 암벽의 가장자리, 부두의 어구

같은 바다가 설렁거리는 곳에, 어떤 자는 고기잡이에서 거기로 돌아가고, 어떤 자는 고기잡이하러 거기서 나오는 시가의 창고, 성당, 가옥들이 수직으로 고요하게 서 있는 앞에, 고꾸라지지 않을 정도로 굽은 배의 기울어짐과 어부들 근육의 알통으로 보아, 그 어부들이 고물 위에 심하게 흔들리고 있는 게 짐작되고, 숙련되어 있지 않으면 땅 위로 나가떨어질 만큼, 맹렬하고 잽싸게 날뛰는 동물의 잔등이에 있는 듯한 느낌을 자아냈다.

산책자 한 무리가 너절한 마차같이 흔들리는 쪽배를 타고 쾌활하게 먼 바다로 나간다. 까불어대지만 조심성 있는 뱃사람 하나가 고삐를 쥔 듯이 그 쪽배의 키를 잡고, 펄럭거리는 돛을 조종하며, 승객들은 한쪽 무게가 지나쳐 배가 뒤집힐까 봐 제자리를 잘 지키고, 그런 모양으로 양지바른 들을 건너, 언덕을 부리나케 뛰어내려가면서 그늘진 경치 안으로 달려간다. 파동이 높았던 직후지만 화창한 아침이다. 그리고 바다 곳곳에 태양과 서늘함을 즐기면서 움직이지 않는 듯 보이는 배들의 잔잔한 안정에는, 먼저 어젯밤 폭풍의 강한 활동을 없애려는 기색이 아직 엿보이는데, 그런 부분의 바다 위는 아주 잔잔해, 배의 반영이 배 자체보다도 튼튼하며 더욱 실물답게 보여서, 오히려 배 자체가 태양열로 증발되는 것처럼 보인다. 게다가 원근법 때문에 그러한 부분도 서로 겹치고 있다. 아니 오히려, 바다의 부분이 아닌 것 같다. 왜냐하면 그 부분 사이에, 물에서 빠져나온 성당, 그리고 시가를 배경 삼은 배와 그 부분이 다른 만큼 차이가 있었기 때문이다. 이어서 이성이 작용하기 시작하여 거기에 있는 것에서 하나의 공통요소를 만들어낸다. 한 곳은 폭풍의 자국에 검으나, 더 멀리 있는 모든 것이 하늘과 한 색으로 하늘처럼 윤나고, 또 한 곳의 태양과 같은 안개와 물거품으로 어찌나 희고, 어찌나 치밀하며, 어찌나 열매 같고, 어찌나 가옥들과 분간 안 되는지, 뭔가 돌둑 또는 눈 덮인 들이 떠오른다. 게다가, 여울에서 빠져나오면서 콧바람을 불어대는 마차와도 같이, 기선 한 척이 몹시 비탈진 경사로, 게다가 물 없이 올라가는 걸 보면서 놀라고 있다가, 잠시 뒤 단단한 고원의 높고도 울퉁불퉁한 넓이 위에, 이번에는 수많은 쪽배가 흔들리고 있는 걸 보고는, 그런 가지각색의 양상을 띠면서 거기에 있는 모든 게 또한 똑같은 바다임을 이해한다.

예술에는 진보도 발견도 없다. 진보나 발견은 오직 과학에만 있다. 또 예술가는 처음부터 모두 자신을 위하여 개인적인 노력을 시작해서, 남의 노력에 의해 도움받지도 방해되지도 않는다고 흔히 사리에 맞게 말한다. 그렇지만 예술이 어떤 법칙을 밝혀내는 한, 먼저 그 법칙이 공업에 의해 대중화되면, 그 이전의 예술은 과거를 돌아보아 독창성을 조금 잃는 것 또한 인정해야 한다. 엘스티르가 화단에 등장한 이래로, 우리는 풍경과 시가의 이른바 '예술적인' 사진을 알게 되었다. 예술 애호가들이 이 형용사로 무엇을 지적하려는 걸까. 그것을 명확하게 하고자 들면, 이 형용사가 보통 잘 알려진 것의 어떤 기발한 형상, 눈에 익숙한 바와는 다른 형상에 적용되는 걸 알 것이다. 기발하다고 하지만 그것은 진실이므로 그 형상은 우리 마음을 두 겹으로 사로잡는다. 그도 그럴 것이, 그것이 우리를 놀라게하고 우리를 습관에서 벗어나게 하며 우리한테 어떤 인상을 불러일으키면서 우리를 우리 자신으로 되돌아가게 하니까.

이를테면 그와 같이 '훌륭한' 사진의 어떤 것은, 한 가지 원근법 법칙을 빛내, 보통 우리가 시가 한가운데서 보아온 대성당을, 반대로 선택된 한 지점에서 잡아, 가옥들보다 서른 배나 더 높게 보이는데, 실제로는 강에서 멀리 떨어져 있는 것처럼 보이리라. 그런데 바깥의 사물이 어떠한 모양으로 있는지 알고 있는 대로 나타내지 않고 우리의 첫인상이 지어내는 그 시각의 착각에 따라 나타내려는 엘스티르의 노력이, 바로 그와 같은 원근법의 어떤 것을 밝혀내려고 하는 데 있었으므로, 그때 그 법칙이 더욱 이목을 끌었다. 왜냐하면 그가 도달한 예술이 처음으로 그런 법칙의 너울을 벗겼으니까. 하나의 강, 그 흐름의 굽이 때문에, 하나의 해안, 양 기슭의 절벽이 보기에 가깝기 때문에, 들 또는 산의 한가운데 사방이 꼭 막힌 하나의 호수를 판 듯했다. 찌는 듯한 여름날에 발베크에서 그린 그림에서는, 바다의 우묵한 곳이 장밋빛 화강암의 암벽 속에 갇혀, 마치 바다가 아닌 것처럼 보이고, 그 바다가 더 멀찌감치서 시작되었다. 대양으로 이어진 것은 갈매기 무리에 의해 암시되는 데 지나지 않으며, 그 갈매기 무리는 구경하는 사람의 눈에 암석으로 보이는 것 위에 빙빙 돌면서, 실은 물방울에 젖으며 물결 위를 날고 있었다.

또 다른 원근법 하나도 이 화폭에서 나왔다. 이를테면 깎아지른 절벽 밑의, 푸른 거울 위 흰 돛의, 마치 거기에 나비가 잠들어 있는 듯한 꼬마 나라의 아담함, 또 그림자의 깊음과 햇살의 희미한 빛깔 사이의 어떤 대조 같은. 그런 그림자놀이도 오늘날에 와서는 사진 때문에 아주 평범한 것이 되었지만, 엘스티르의 흥미를 끌어, 이전에 신기루 그대로를 즐겨 그렸는데, 그런 그림에는, 화창한 날씨의 야릇한 깨끗함이 물속에 비치는 그림자에 돌과 같은 단단함과 광채를 주어선지 아니면 아침 길의 안개가 그림자와 마찬가지로 돌을 기화시켜서인지, 탑을 꼭대기에 얹은 성 하나는, 그 위에 다른 탑 하나를, 그 아래에 거꾸로 된 다른 탑을 완전히 길게 늘린 원형의 성처럼 보였다. 그와 마찬가지로 바다 건너쪽, 숲이 늘어선 줄 뒤에, 또 하나의 바다가 시작되어 있어, 석양에 장밋빛으로 물들어 있는데, 실은 하늘이었다.

빛이 새로운 고체 같은 것을 만들어내어, 그것으로 두들겨 선체를 밀어내고 그림자가 된 선체에서 이번에는 그 고체를 꺼내어, 실질적으로는 평탄하나, 아침 바다의 조명으로 헤아릴 수 없이 부서지는 수면을 수정(水晶) 계단처럼 늘어놓고 있었다. 시가의 다리 밑을 흘러가는 강은 보기에 아무런 맥락이 없는 듯한 관점에서 잡아, 한곳은 호수같이 넓고, 또 한곳은 가는 물줄기같이 가늘고, 또 다른 곳은 시가 사람들이 시원한 저녁 바람을 맞으러 가는, 숲이 우거진 언덕 가운데를 가르고 있었다. 그 시가는 뒤죽박죽이 되어, 시가 전체의 리듬을 갖추고 있는 건 겨우 종탑의 꿋꿋한 수직선뿐, 그 종탑도 밑에서부터 서 있는 게 아니라 오히려 굵은 줄 끝에 매달아 무게의 깊이를 재는 식으로, 개선 행진곡 속에서처럼 박자를 고르게 하면서, 산산조각이 난 강가를 따라, 길은 안개 속에 겹겹이 싸인 가옥들의 혼잡한 온 덩어리를 끝에 늘어뜨리고 있는 듯싶었다. 또(엘스티르의 초기 작품은, 풍경화에 인물을 그려넣어 풍미를 주는 것이 유행한 시대의 작품이었으므로) 절벽 위나 산 밑에 있는 길이, 자연 속의, 반(半)인간적인 부분이, 강이나 바다와 마찬가지로, 원근법에 의하여 보이거나 가려지거나 했다. 그래서 산비탈이건, 폭포의 안개이건, 바다이건, 그 길은 산책자에겐 보이지만 우리에겐 보이지 않고, 구식 옷을 입은 조그만 인물은 그런 쓸쓸한 장소에서 길을 잃어, 심연 앞에 멈추고 있는 듯이 보이는 일이 여러 번 있었는데, 한편 거기보다 300미터 남짓 높은 전나무 숲 속에, 나그네의 발을 돕는 흰 모래의 오솔길이 나 있는 걸 보았을 때, 우리 눈은 뜨거워지고 가슴은 안도의 한숨을 내리쉬는데, 자세히 보니 산비탈이, 폭포나 물굽이를 휘돌면서 그 중간의 구불구불한 길을 우리한테서 가리고 있었다.

현실을 앞에 놓고서 그 지성의 온갖 개념에서 벗어나기 위하여 엘스티르가 치르는 노력은, 그리기에 앞서 자기를 아무것도 모르는 상태에 놓고, 모든 걸 깨끗하게 잊어버리고 마는 이 남자가(왜냐하면 자기가 아는 것은 자기 것이 아니므로), 바로 예외적으로 세련된 지성을 갖춘 것만으로 대단한 노력이었다. 내가 발베크의 성당 앞에서 느꼈던 실망을 털어놓고 말하니까 그가 말했다.

"허허, 그 현관에 실망하셨군요. 그러나 그건 대중이 읽을 수 있는 가장 아름다운 성서 이야기입니다. 성모님과 성모님의 일생을 얘기하는 그 모든 돌을 새김, 그거야말로 중세기가 마돈나의 영광을 위하여 펼치는 긴 경배의 시, 찬송 시의 가장 다정하고도 영감에 가득 찬 표현입니다. 성서의 뜻을 더할 나위 없이 면밀한 정확성을 가지고서 해석하고 있는 한편, 그 늙은 조각가가 얼마나 미묘한 발견을 하고, 얼마나 심오한 사상과 아름다운 시를 발견했는지, 당신이 아신다면! 감히 직접 만지기에는 너무나 성스러운지 성모의 몸을 천사들이 커다란 천에 싸서 나르는, 그 좀처럼 추측하기 어려운 천의 생각(나는 같은 주제가 생탕드레 데 샹 성당에서도 다루어지고 있다고 그에게 말했다. 그는 이 성당의 현관 사진을 봤던 적이 있는데, 성모 주위에 한꺼번에 달려들고 있는 그 작은 촌사람들의 조급한 행동은, 날씬하고 온화한 모습이 거의 이탈리아 것인가 싶은 키 큰 두 천사의 침착함과는 전혀 관련성이 없음을 그가 나에게 지적했다). 성모의 영혼을 가져와 그 몸에 이으려는 천사. 성모와 만난 엘리사벳이 성모의 배를 만지고, 그 부름을 느끼고 놀라워하는 몸짓, 만져보지 않고서는 원죄 없는 잉태를 믿지 않으려고 하던 산파의 붕대로 싸맨 팔, 그리스도 부활의 증거를 표시하려고 성모가 토마스 성자에게 던지는 그 허리띠. 또한 성모가 그 가슴 언저리에서 떼어내 아들의 알몸을 싸는 천, 그리고 그리스도의 한쪽 옆에서 그리스도 교회의 성찬 술인 그 피를 잔에 받고, 그 반대쪽에는, 이미 자기 왕국의 통치가 끝난 유대 교회가, 눈가리개를 하고 반으로 꺾인 홀(笏)을 쥔 채, 머리에서 떨어지는 왕관과 함께, 옛 율법이 새겨진 탁자를 버리고 있습니다. 또 최후의 심판 때, 젊은 아내를 도와 묘에서 나오게 하면서, 안심시키려고 자기 심장에 아내의 손을 갖다대고 그것이 정말 고동치고 있는 걸 보여주는 남편, 이런 게 다 매우 근사한 별난 생각, 꽤 독창적인 게 아닐까요? 그리고 십자가의 환한 빛이 천체의 빛보다 일곱 배나 강하리라고 성서에 적혀 있는 까닭에, 쓸모없어진 해와 달을 가져가는 천사, 아기 예수가 들어가는 물이 알맞게 따뜻한지 보려고 손을 담그는 천사, 구름 사이에서 나와 성모의 이마 위에 화관을 놓는 천사, 높다란 천상의 예루살렘 난간 사이에서 굽어보며 사악한 무리들의 고통과 선택된 이들의 행복을 보고 무서운 듯이 또는 기쁜 듯이 팔을 번쩍 올리고 있는 천사들! 어쨌든 당신이 거기서 보게 되는 건, 하늘의 온 범위, 신학적이자 상징적인 거대한 시 한 권이니까. 그건 상식으로는 여기지 않는 것, 성스러운 것으로, 당신이 이탈리아에서 보게 될 그 어떤 것보다 천배나 뛰어난 겁니다. 이탈리아에서, 도리어 이 합각머리의 돋을새김이, 훨씬 재능이 뒤떨어지는 조각가에 의해 그대로 본떠졌던 것이죠. 왜냐하면 아시다시피, 모든 게 재능의 문제이니까. 모든 인간이 천사인 시대는 없어요. 그런 건 허풍이죠. 그런 시대가 있을 것 같으면 황금시대 이상으로 더 으리으리한 게 될 테니까. 어쨌든 그 정면을 조각한 인간은 대단한 인물입니다. 속 깊은 사상을 가진 사람이고, 당신이 가장 감탄하고 있는 현대 사람들에게 결코 뒤지지 않는 분입니다. 거기에 우리가 함께 가는 날이 있으면, 그 점을 설명해 드리죠. 성모 승천날의 미사 경문 한 구절을 해석한 게 있는데, 그 교묘함은, 르동(Redon)*1도 따르지 못해요."

그가 말하는 이런 광대한 천상계의 광경, 거기에 새겨져 있는 줄 이제서야 이해하는 신학에 근거한 거대한 시편, 그렇지만 이것은 내가 그 앞에 서서 희망에 가득 찬 눈을 크게 떴을 때 보았던 것이 아니다. 높다란 발판 위에 올라서 어떤 통로를 형성하는 그 성자들의 커다란 조각상에 대해 나는 그에게 말했다.

"그 통로는 혼돈의 세기에서 출발해 예수 그리스도에게 이르는 셈이죠." 그가 말했다. "한쪽에 있는 것은 성령에 의한 그리스도의 선조들로, 반대쪽은 유대의 여러 왕, 곧 육체상 그리스도의 선조들이죠. 온 세기가 거기로 모인 셈이죠. 그래서 당신한테 높다란 발판으로 보인 것도 자세하게 들여다보았다면 그 조각상들을 앉히고 있는 게 무엇인지 말할 수 있었겠죠. 모세의 발밑에 금송아지가, 아브라함의 발밑에 숫양이, 요셉의 발밑에는 보디발의 아내에게 귀띔하는 악마가 있다는 걸 아셨을 겁니다."

나는 또한 페르시아풍에 가까운 건물을 기대했다는 것, 그것이 아마도 내가 실망한 원인 가운데 한가지였을 거라고 그에게 말했다. 그는 대답했다. "그래요, 아주 옳은 말이에요. 어떤 부분은 아주 동양적이죠. 기둥 원 부분의 하나가 어찌나 정확하게 페르시아적인 주제를 재현하고 있는지, 지금 남아 있는

*1 프랑스의 화가이자 조각가(1840~1916).

동양적 전통만으로는 설명하기에 모자랄 정도입니다. 조각가가 항해자들이 가져온 작은 상자 같은 것을 본뜬 게 틀림없어요." 과연, 그가 나중에 반은 중국풍인 용들이 서로 삼키고 있는 형태가 보이는 기둥 윗부분의 사진을 보여주었지만, 발베크에서는 '거의 페르시아식 성당'이라는 말이 내 머리에 떠오르게 한 것과는 비슷하지도 않은 건물 전체에 정신이 팔려, 그런 작은 조각은 내 눈에 띄지 않고 지나쳐버렸던 것이다.

아틀리에 안에서 나는 지적인 기쁨을 맛보았지만, 방의 반짝이는 희미한 빛, 미지근한 밝은 칠, 겨우살이덩굴로 가두리를 한 작은 창 끝 촌스러운 길의, 나무들의 간격과 그림자가 오로지 투명으로 흐리게 하고 있는 햇볕에 탄 흙의 오래 견딜 수 있는 힘을 지닌 건조 같은, 우리 정신과는 이를테면 아무런 관계없이 우리를 둘러싸고 있는 것도, 그런대로 내가 느끼는 바를 하나도 방해하지 않았다. 아마도 이 여름날에서 비롯하는 내 무의식의 안락함이, 흘러드는 분류처럼, '카르크튀이 항구'를 보고서 생긴 내 기쁨을 더 크게 한 것이었으리라.

나는 그때까지 엘스티르를 겸허한 사람인 줄 여겼는데, 고맙다는 인사말 가운데 내가 명성이라는 낱말을 입 밖에 냈을 때 그의 얼굴에 침울한 기색이 나타나는 걸 보고, 내가 잘못 생각했음을 깨달았다. 자기 작품의 영속성을 믿는 이들은—엘스티르의 경우도 그렇다—그들의 육체가 한 줌 티끌에 지나지 않을 미래의 한때에, 그 작품을 놓는 습관을 갖는다. 그래서 명성이라는 관념은, 어쩔 수 없이 허무에 대한 반성을 시켜 그들을 우울하게 만든다. 명성의 관념이 죽음의 관념과 떼어놓을 수 없기 때문이다. 뜻하지 않게 엘스티르의 이마를 흐리게 한, 그런 거만스러운 우울의 검은 구름을 없애려고 나는 화제를 바꿨다. "나에게 이런 충고를 해준 사람이 있어요." 콩브레에서 르그랑댕과 나누었던 대화를 생각하면서, 또 그것에 대해 엘스티르의 의견을 듣게 되는 걸 만족스러워하면서 나는 말했다. "브르타뉴에 가지 말라고 충고한 사람이 있었어요. 몽상에 잠기는 경향이 있는 정신에게 해로우니까."—"천만에." 그가 대답했다. "정신이 몽상에 이끌리는 때, 그 정신을 몽상에서 멀리 떼어놓거나, 몽상의 양식을 제한하거나 해서는 안 되죠. 당신이 그 몽상에서 정신을 딴 데로 돌리는 한, 당신의 정신은 몽상을 알 수 없겠죠. 본성을 이해할 수 없으므로 갖가지 사물의 겉모습에 농락받을 겁니다. 몽상하는 게 얼마간 위험하다면, 그것을 낫게 하는 방법은 몽상을 더 적게 하는 게 아니라, 몽상을 훨씬 많이 하는 것, 모든 걸 몽상하는 겁니다. 몽상에 시달리지 않으려면, 자기 몽상을 완전히 알 필요가 있어요. 몽상과 실제 삶 사이는 얼마간 분리가 되어 있고, 또 이 점이 많은 경우에 유익해서, 나는 스스로 묻기를, 어찌 되든 간에 분리를 미리 행동에 옮겨야만 하지 않느냐고 해요. 마치 외과의사가 앞으로 맹장염에 걸리지 않게, 다들 어린 시절에 맹장을 없애야 한다고 주장하듯이."

엘스티르와 나는 아틀리에 안쪽, 맞은편에 거의 촌스러운 좁은 길 같은 골목길이 있는 뜰로 향한 창가에 가 있었다. 늦은 오후의 시원한 공기를 들이쉬기 위해서였다. 나는 작은 동아리의 젊은 아가씨들한테서 멀리 있는 것으로 여겼고, 마지못해 할머니의 부탁을 들어 엘스티르를 만나러 가기로 했을 때, 그녀들을 만나는 희망을 한 번만 희생시키는 줄로 생각했다. 찾는 것이 어디에 있는지 모르고, 우리를 초대한 장소를 다른 이유로 오랫동안 피하는 일이 있었기 때문이다. 머리에서 떠나지 않는 바로 그 존재를 거기서 만나리라고는 꿈에도 생각지 못했다. 나는 멍하니 시골길을 바라보고 있었다. 그것은 아틀리에 바깥, 바로 그 옆으로 통했으나 엘스티르의 집으로는 통하지 않았다. 돌연 거기에 나타난 것은 작은 동아리 가운데, 자전거를 끌고 다니는 아가씨가 그 검은 머리칼 위에 통통한 뺨까지 폴로를 푹 내려쓰고 쾌활하고도 약간 고집 센 눈을 하고서 총총걸음으로 걸어왔다. 그리고 감미로운 미래의 약속에 기적적으로 가득한, 이 행운의 좁은 길 나무 밑에서 그녀가 엘스티르한테 친한 친구 사이의 미소로 인사 보내는 것을 보았다. 그 인사는 나를 위해, 우리 물속과 땅 위 모두의 세계를, 이제껏 이르기가 불가능하다고 생각했던 곳을 잇는 무지개다리였다. 그녀는 화가에게 손을 내밀려고 가까이 오기까지 했으나 걸음을 멈추지 않았다. 나는 그 턱에 조그만 사마귀가 있는 걸 보았다.

"이 아가씨를 아시나요?" 나는 엘스티르에게 물었다. 이분이 나를 그녀에게 소개할 수도, 그의 집에 그녀를 초대할 수도 있으리라 여겼던 것이다. 그러자 촌스러운 환경 속에 조용한 이 아틀리에에 갑자기 다사로움이 더해져 가득 차게 되었다. 마치 어느 집에서 한 어린이가 이미 만족하고 있는데, 그 위에, 후하게 준 좋은 물건과 고귀한 분들이 수북이 준 선물에 싸이면서, 으리으리한 다과회가 자기를 위해 준비되고 있는 것을 알았을 때처럼 엘스티르는 그녀 이름이 알베르틴 시모네라는 것과, 그녀의 벗들의 이름도 알려주었다. 그가 거의 망설이지 않도록 내가 그 벗들의 특징을 꽤 정확하게 그려 보였던 것이다. 그녀들이 어떤 사회계급에 속해 있는지에 대해서 나는 오해했던 것인데, 그것은 발베크에서 저지른 오해와는 반대였다. 말을 타는 상인의 아들을 거침없이 왕자로 생각해왔다. 그런데 산업계와 실업계에 속하는 매우 부유한 프티부르주아 계급의 그 아가씨들을 내가 수상한 사회 환경 속에 두었던 것이었다. 프티부르주아란 처음부터 내 관심 밖의 계급이었다. 나에게 그것은, 천민계급의 신비도, 게르망트 같은 상류 사교계의 신비도 없었다. 바닷가 생활의 눈부신 공허에 어리둥절해진 내 눈이 그녀들에게 지레 어떤 현혹할 매력을 주지 않았다면, 그녀들이 대상인의 딸들이라는 사실만으로는, 아마도 나는 신비를 품지 않은 그런 관념을 정복하려 들지 않았으리라. 프랑스 부르주아 계급이 매우 변화무쌍한 인간 조각의 신기한 아틀리에와 얼마나 비슷한가를, 나는 새삼 감탄하지 않을 수 없었다. 얼굴 윤곽에 얼마나 뜻하지 않은 형태, 독창적인 것, 이목구비의 또렷한 선, 산뜻함, 천진스러움이 있는지! 이런 다이애나*1들과 요정들을 만들어낸 탐욕스런 부르주아 영감들이, 나에게는 가장 위대한 조각가들처럼 느껴졌다. 내가 아직 이 아가씨들의 사회적인 변신을 깨달을 이유도 없는 중에—그도 그럴 것이 이런 모양으로 어떤 착오가 발견되거나, 어느 인물에 관한 개념이 바뀌거나 하는 건 화학 반응처럼 순식간이니까—내가 처음에 자전거 선수나 권투 선수의 정부들로 잘못 생각했던, 언뜻 불량해 보이는 그녀들의 얼굴 뒤로 우리가 아는 그 공증인 같은 가족과 아주 친한 사이가 아닐지도 모른다는 생각이 퍼뜩 들었다. 그러나 알베르틴 시모네가 어떠한 아가씨인지 나는 아직 거의 몰랐다. 그녀도, 어느 날에 가서 나에 대하여 그녀가 어떠한 인간이 될 것인지 몰랐을 게 틀림없다. 바닷가에서 내가 들은 적이 있던 시모네(Simonet)라는 이름도 써보라고 하면, 나는, 그 가족이 철자에 n자가 하나밖에 없는 것을 중히 여기고 있음을 꿈에도 생각 못하고 n을 둘 붙였을 것이다. 사회계급이 낮아지는 만큼 속물근성은 하찮은 것에 집착한다. 하찮은 점으로는 귀족계급의 특권 의식 이상이 아닐지 모르지만, 애매한 점, 가지각색으로 독특한 점으로는 그 이상이어서, 훨씬 더 사람을 놀라게 하는 게 있다. 시모네(Simonnet) 가문에, 크나큰 실패, 혹은 더 나쁜 일을 한 사람이 있었나

*1 로마 신화에 나오는 여신.

보다. 어쨌든 시모네 집안사람들은 n자를 둘 붙여 쓰면 핀잔을 받은 것처럼 번번이 화를 냈나 보다. n을 둘이 아니라 하나만 가진 유일한 시모네 집안이라고 자랑해왔나 보다. 마치 몽모랑시 가문이 프랑스 최초 남작 가문이라고 자랑하듯이. 내가 엘스티르에게 그 아가씨들이 발베크에 살고 있느냐고 물으니까, 그녀들 가운데 몇이 그렇다고 대답했다.

그중 한 아가씨의 별장은 바닷가 끝머리, 바로 카나프빌의 절벽이 시작되는 곳에 있었다. 그 아가씨가 알베르틴의 친구라니까, 내가 할머니와 함께 있었을 때 만났던 아가씨가 알베르틴이라고 믿을 만한 이유가 더 커진 셈이었다. 물론 바닷가로 뻗은 깎아세운 듯한 작은 길이 많고, 다 같은 기울기를 하고 있으므로, 그것이 어느 것이었는지 정확하게 구별하기란 어려울 것이다. 정확하게 떠올려보려 해도, 그 순간에 흐릿해진다. 그렇지만 알베르틴과 그 벗의 집으로 들어간 아가씨가 한 인간, 다시 말해 같은 인물이라는 건 확실했다. 그런데도 그 뒤에 경쾌한 골프복 차림의 갈색 머리 아가씨가 나에게 보인 수많은 영상이 아무리 서로 달라도 겹쳐져 있어서(왜냐하면 그것들이 모두 똑같은 그녀에게 속해 있음을 이제는 알기 때문에), 내 기억의 실을 거슬러 올라가면, 이 같은 인물이라는 핑계로, 마치 안으로 통하는 길을 따라가듯이, 같은 인물에서 떨어지지 않은 채 그 모든 영상을 하나하나 통과할 수 있다. 다만 한 가지, 할머니와 함께 있던 날 엇갈린 아가씨까지 거슬러 올라가려고 하면, 다시 한 번 바깥 세계로 나가야 한다. 거기서 다시 만나는 아가씨가 알베르틴이라는 것이 나에겐 확실했다. 벗들과 어울려 산책하다가, 바다 수평선 위에 비쭉 나오면서, 벗들 사이에 자주 걸음을 멈추던 그 알베르틴임이 틀림없다. 그러나 이런 모든 영상이 어디까지나 할머니와 함께 산책하는 날에 보았던 또 다른 영상과 나누어져 있는 까닭은, 나로선 내 눈에 강렬하게 비친 순간에 같은 아가씨로 느껴지지 않았던 것을, 지난 일을 돌이켜 생각해 억지로 같다고 할 수 없기 때문이다. 확률 계산이 아무리 다짐을 준다 할지라도, 바닷가로 나가는 작은 길 모퉁이에서 그처럼 대담하게 나를 주의 깊게 바라보던 통통한 볼의 그 아가씨, 내가 그 순간에 사랑받았을지도 모르는 그 아가씨와 재회라는 낱말의 엄격한 뜻으로는 나는 영원히 만날 수 없었던 것이다.

이러한 원인에 또 하나의 원인이 덧붙어, 그 위에, 처음 나를 얼떨떨하게 한 집합적인 매력을 저마다 얼마간 지니고 있는 그 작은 동아리의 가지각색인 젊은 아가씨들 사이에서 내 눈의 망설임이 나중에 생긴, 알베르틴에 대한 나의 가장 큰 연정—두 번째 연정—의 시기에서마저 그녀를 사랑하지 않는다는 더할 수 없이 짧은 때를 가진, 어떠한 간헐적인 자유를 나에게 남긴 게 아닐까? 결정적으로 그녀의 위에 시선이 멈추기까지 그녀의 모든 벗 사이를 배회했으므로, 나의 연정은 가끔 알베르틴과 그녀의 영상 사이에 어떤 '빛의 유희'가 들어갈 여지를 남겨, 그 때문에 나의 연정은, 초점이 고르지 못한 조명처럼, 그녀에게 쏠리기에 앞서, 다른 아가씨들의 위로 이리저리 옮길 수 있었다. 내가 느낀 애달픔과 알베르틴의 추상 사이의 관계가 나에게 피할 수 없는 일로 여겨지지 않아서, 이런 애달픔을 다른 아가씨의 영상과 일치시킬 수도 있었으리라. 그런 경우, 순식간의 번개처럼, 나는 현실을 없어지게 할 수 있었다. 그 현실은 질베르트에 대한 내 연정에서처럼(이 연정을 나는 내적인 한 상태로 보고, 내가 사랑하는 여인의 특수한 자질이나 개성 따위, 그 여인을 내 행복에 없어서는 안 될 존재로 만들고 있는 온갖 요소가 내게서 뽑힌 것으로 생각했다), 그저 외적인 현실만이 아니라 내적인 순수한 주관적인 현실이기도 했다.

"그녀들 가운데 하나가 아틀리에 앞을 지나가다 잠깐 들르지 않은 날이 없을 정도랍니다." 엘스티르가 말했다. 그 말을 들으니, 할머니가 찾아가보라고 일렀을 때 바로 방문했더라면, 이미 오래전에 알베르틴과 알게 되었으리라 생각하자 나는 매우 낙심했다.

그녀는 이미 멀리 가서, 이제 아틀리에에서는 그 모습이 보이지 않았다. '둑 위로 가서 그 벗들과 만나는구나.' 나는 생각했다. 거기에 엘스티르와 함께 있게만 된다면 그녀들과 벗이 될 것이었다. 나는 여러 핑계를 꾸며대어 나와 함께 바닷가를 한 바퀴 산책하러 가자고 그에게 권했다. 조금 전 젊은 아가씨가 작은 창틀 안에 나타나기 이전 같은 침착성을 잃어버린 나는, 그때까지 겨우살이덩굴 밑에 그처럼 아름다웠던 작은 창도 이제는 없었다. 엘스티르는, 나와 함께 몇 걸음 걸어도 좋기는 하나, 그리고 있는 부분을 먼저 끝내야 한다고 말하면서, 나에게 안타까움이 섞인 기쁨을 주었다. 그것은 꽃 그림이었다. 그러나 내가 바라는 꽃이 아니었다. 내가 그에게 그려달라고 하고 싶었던 것은, 인물 초상보다도 꽃 그림으로, 그것도 내가 그 앞에서 그토록 자주 헛되이 탐구해보았던 것의 모습을—흰 산사나무, 장밋빛 산사나무, 수레국화, 사과나무 꽃을—그의 천재적 계시를 통해 배우고 싶어서였다. 엘스티르는 그림을 그리면서 나에게 식물학 얘기를 하기 시작했으나 나는 거의 듣지 않았다. 이제는 그 자신만으로는 충분하지 못했다. 그는 오로지 젊은 아가씨들과 나 사이에 필요한 중개자에 지나지 않았다. 조금 전까지 그의 재능은 그에게 야릇한 위세를 갖추게 했는데, 그 위세도 지금은 그가 나에게 소개해줄 작은 동아리의 눈앞에서 나 자신에게 그 얼마간을 주는 한에서만 값어치가 있을 뿐이었다.

그의 일이 어서 끝나기를 기다리며 나는 아틀리에 안을 오락가락했다. 벽쪽으로 겹겹이 쌓인 많은 습작을 손이 닿는 대로 집어 구경했다. 그러다가 엘스티르의 생활에서 꽤 오래된 것으로 보이는 수채화 하나를 꺼냈는데, 그 그림은 어떤 유다른 황홀감을 일으켰다. 그런 작품은 상쾌한 제작일 뿐만 아니라, 또는 매우 독특한, 매우 매력 있는 주제를 다룬 것으로 우리는 그 그림 매력의 일부를 그 주제의 까닭으로 돌린다. 그리고 그 매력은 자연 안에 이미 구체적으로 존재하고 있어 화가는 오직 그것을 찾아내 관찰하고, 재현하면 그만인 것이다. 이와 같은 대상이 화가의 해석 밖에서 아름답게 존재할 수 있음은, 이성에 박해당한, 인간의 본디 물질주의를 우리 마음에 만족시키고, 미학의 추상 관념에 맞서는 힘으로써 이바지한다. 그것은—곧 그 수채화—젊은 여인의 초상화로, 아주 예쁘지는 않으나, 신묘한 여성이 버피색 비단 리본으로 가두리를 한 중산모자와 매우 비슷한 머릿수건을 쓰고 있다. 미텐(mitaine)*1을 낀 손 하나에 불붙인 담배를 들고, 다른 한 손에는 햇볕을 피하기 위한 밀짚으로 된 수수한 가리개인 커다란 정원 모자를 무릎 높이까지 쳐들고 있다. 여인 곁에는, 탁자 위에 장미꽃이 가득한 꽃병이 있었다. 흔히, 이번 경우도 그렇겠지만, 이런 작품의 독특성은, 특히 작품이 첫눈으로 보아서 뚜렷하게 알아차리지 못하는 특수한 상황에서 제작되었다는 점에 있다.

예를 들어 한 여인 모델의 이색적인 분장이 가장무도회 변장인지, 또는 화가가 기분 내키는 대로 입힌 것 같은 한 노인의 붉은 외투가, 교수나 참사관으로서의 가운인지, 아니면 추기경의 붉은 옷인지, 잘 분간할 수 없을 때가 있다. 지금 내가 보고 있는 이 초상의 인물이 띤 모호한 특성은, 잘 이해되지 않는 데다 그 인물이 반쯤 분장한, 옛날의 젊은 무대 배우라는 점에 있었다. 짧으나 부푼 머리칼 위에 얹힌 중산모자, 흰 셔츠 앞쪽에 벌어진 안자락 없는 벨

*1 손가락 둘째 마디까지 노출시키는 여성용 장갑.

벳 겉옷 따위가, 그것이 유행했던 시대와 모델 성별을 알쏭달쏭하게 만들었으므로 이곳에 있는 습작 가운데에서 가장 밝은 그림이라는 사실밖에는, 내가 보고 있는 그림이 무엇인지 잘 모른다. 그리고 그림이 나에게 주는 기쁨도, 엘스티르가 아직 꾸물대고 있어서 젊은 아가씨들과 만나는 기회를 놓치고 말지 않을까 하는 걱정 때문에 흐려질 뿐이었다. 그도 그럴 것이 해가 이미 기울어져 작은 창문 속 아래쪽으로 보였기 때문이다. 이 수채화 속에는, 사실대로 인정되는 것은 하나도 없었고, 오직 이 장면 속의 유용성, 예를 들어 의상이라면 여인이 그걸 입어야만 한다든가, 꽃병이라면 꽃을 꽂아놓기 위한 유용성 때문에 그려진 게 하나도 없었다. 꽃병 유리는 그 자체의 아름다움으로 사랑받고, 물은 마치 그 유리 자체 속에 갇혀 있는 듯하며, 카네이션 줄기는 물같이 투명한, 거의 똑같은 유동성을 지닌 것 속에 잠겨 있는 것 같다. 여인의 옷도 그 자체로 독립된 아름다움, 그 여인의 자매 같은 아름다움을 갖고서 여인의 몸을 두르고 있다. 그리고 모르면 몰라도 옷 같은 공예품도 아름다움에서, 암고양이의 털이나, 카네이션 꽃잎이나, 비둘기 깃과 마찬가지로 섬세하고, 보기에 풍취 있고 뚜렷한 색채가 풍부하여, 그린 자연의 미묘한 창작물에 겨룰 수 있을 성싶다. 가슴받이의 흰빛은, 싸라기눈같이 촘촘한 올에다가, 그 경박한 주름이 은방울꽃 방울처럼 작은 방울을 늘어놓아, 방의 밝은 빛 반사가 별같이 반짝거리는데, 리넨에 수놓은 꽃다발처럼 거기만이 도독하고 미묘한 명암을 나타내고 있다. 벨벳 윗도리는 무지갯빛으로 빛나고, 여기저기 비죽비죽한 데가, 저며진 데가, 복슬복슬한 데가 있어, 그것이 꽃병 속 카네이션이 헝클어진 모습을 떠올리게 한다.

그러나 특히 느껴지는 점은, 재능 있는 연기보다 어떤 관객의 환락에 마비된, 퇴폐한 관능이 주는 자극적인 매력 쪽을 틀림없이 중히 여기고 있을 듯한 젊은 여배우의 이 분장이, 어떠한 부도덕한 것을 나타내고 있었든 엘스티르가 아랑곳하지 않고, 오히려 그러한 애매하고도 야릇한 특징에 마음 끌린 그가, 마치 심미적인 한 요소나 되는 듯이, 일부러 그것을 드러나게 하고 강조하기 위해 온갖 노력을 기울였다는 것이다. 얼굴선을 좇으면, 조금 사내아이 같은 아가씨 얼굴로 스스로 가려지는 듯한 점까지 이르다가, 꺼지고, 좀 있다가 다시 나타난다. 하지만 이번에는 오히려 행실이 고약한, 몽상가의, 여자 같은 젊은이일지도 모른다는 암시를 주면서, 다시 슬쩍 달아나, 그대로 이해할 수 없는 채 끝난다. 꿈꾸는 듯한 애수에 젖은 눈매의 특징도, 도리어 방탕과 극의 세계에 어울리는 액세서리로 강조되어, 보는 사람을 덜 혼란시킨다고는 할 수 없었다. 게다가 그 눈의 표정은 짐짓 꾸민 게 틀림없다는 생각이 들게 하고, 도발적인 의상을 걸치고 애무에 몸을 맡기려는 듯 보이는 이 젊은 인물은, 남모르는 감정과 말 못할 슬픔을 담은 그런 공상적인 표정을 지어 틀림없이 의상을 돋보이게 하는 것에 자극적인 흥분을 느끼고 있다는 생각도 들게 했다.

초상 아래쪽에 씌어 있었다. '미스 사크리팡, 1872년 10월.' 난 참을 수 없었다. "허어, 그건 하찮은 것이죠, 젊었을 때 그린 엉터리 그림이죠. 바리에테 극장의 레뷔를 위한 의상이었어요. 다 오래된 일이죠."—"모델은 누구였습니까?" 나의 이런 질문에 엘스티르 얼굴에는 한순간 놀라는 기색이 나타났지만, 금세 무관심한, 아무래도 좋다는 표정을 지었다. "자아, 어서 그 화포를 돌려주시죠." 그가 말했다. "안사람이 들어오는 소리가 들리는군요. 그야 물론 중산모자를 쓴 이 젊은이는 내 생활과 아무 관계도 없어요. 하지만 안사람에게 지금 이 수채화를 보일 필요는 없지요. 그 시대 연극의 재미나는 재료로서 갖고 있을 뿐이에요." 그러나 엘스티르는 아마도 오랫동안 이 수채화를 보지 않았을 것이다. 그 그림을 뒤로 감추기 전에 주의 깊게 바라봤다. "남겨두는 건 머리 부분뿐이야. 아래쪽은 정말 서툴게 그렸어, 손 좀 봐, 초보자의 솜씨야." 그는 이렇게 중얼거렸다.

엘스티르 부인이 들어와서 우리의 출발이 더욱 늦어지게 되니 정말 딱한 노릇이었다. 창문의 테두리가 오래지 않아 장밋빛이 되었다. 우리의 외출은 쓸모없을 것 같았다. 그 아가씨들을 볼 기회가 없을 듯싶었다. 그래서 엘스티르 부인이 빨리 나가든 늑장 부리든 이미 대수로운 일이 아니었다. 하기야 그녀는 그다지 오래 있지 않았다. 나는 그녀가 몹시 진저리나는 여인이라고 생각했다. 만약에 그녀가 스무 살이고, 로마의 들판에서 소를 몰고 있기라도 하면 아름답게 보였을는지 모른다. 그러나 그 검은 머리칼은 희끗희끗하기 시작했으며, 평범한 여인인데 솔직한 점도 없었다. 왜냐하면 점잔 빼는 거동과 엄숙한 태도가 자기의 조각적인 아름다움에 필요한 조건이라고 여기는 듯싶었으므로. 게다가 그런 조각적인 아름다움은 나이 탓으로 모든 매력을 잃고 있었다. 그 옷차림은 더할 나위 없이 단순했다.

엘스티르가 말끝마다 다정스러운 경의를 품고, "내 아름다운 가브리엘!"이라는 말을 입 밖에 냈는데, 그것을 입 밖에 내는 것만으로도 그에게 감동과 존경의 정이 일어나는 것 같았고, 듣고 있는 이쪽도 감동했지만, 그래도 꺼림칙한 느낌이 들었다. 나중에 신화를 주제로 한 엘스티르의 그림을 알게 되었을 때, 나에게도 엘스티르 부인이 아름답게 보였다. 그때 내가 깨달은 바는, 그의 작품에 끊임없이 나타나 있는 선이나 아라베스크로 요약되는 이상적인 모양, 어떠한 규범, 그러한 것에 대하여 그가 거의 성스러운 성격을 부여하고 있었다는 사실이었다. 왜냐하면 그의 모든 시간, 가능한 한 사고력의 온 노력, 한마디로 말해 온 생애를 그는 그러한 선을 바르게 구별하고, 그것을 더 충실하게 다시 나타내기 위한 끊임없는 노력을 했기 때문이다. 이와 같은 이상이 엘스티르의 마음에 일으켰던 것은 참으로 엄숙하고, 영원히 만족할 줄 모르며, 까다로운, 진정한 예배의 정이었다. 이 이상은 그 자신의 가장 내적인 부분이며, 따라서 그것을 뚜렷이 드러나게 하여 존경할 수도, 거기서 감동을 꺼낼 수도 없다가, 드디어 어느 날, 그것이 바깥에, 한 여성의 몸속에, 다시 말해 나중에 엘스티르 부인이 된 이의 몸속에 실현된 것을 찾는 것이다. 그 여성의 몸속에서만—우리로서 우리 자신이 아닌 것에 대해서만 가능한 일이 있듯이—그의 이상이, 칭찬받을 만한, 감동시키는, 숭고한 것이라는 사실을 깨닫게 된 것이다.

게다가 이 얼마나 안심이냐, 그때까지 그토록 지나친 수고와 더불어 자기로부터 추려내야만 했던 그 '아름다움' 위에 자기 입술을 내려놓다니. 또 지금은 그 아름다움이 신비스럽게 육신을 지니고, 영검스런 영성체의 의식을 위하여 그에게 몸을 맡기고 있다니! 이 무렵 엘스티르는 이미, 사고력만으로 이상이 실제로 이루어지기를 기대하며 젊은 시절을 보냈다. 정신력을 자극하려고 육체의 만족에 기대를 거는 나이, 정신의 피로가 우리로 하여금 물질주의에 기울이게 하고, 활동력의 감퇴가 외적인 영향을 수동적으로 받아들이는 가능성으로 기울이게 하는 나이, 마침내 특수한 대우를 받는 어떤 육체, 어떤 직업, 어떤 생명의 리듬이라는 것이 있어, 그런 것을 만나면 매우 자연스럽게 우리의 이상을 실현할 수 있으며 그때에는 타고난 재능이 없더라도, 다만 어깨의 움직임, 목의 선을 묘사만 해도 걸작을 만들어낼지 모른다고 우리를 이해시키기 시작하는 나이에 이르고 있었다. 이는, 우리의 바깥이나 가까이, 장식 융단 안에, 골동품상에서 발견한 티치아노의 아름다운 사생화 속에, 티치아노의 그림 못지않게 아름다운 애인 속에, 우리가 눈으로 '아름다움'을 어루만지기 좋아하는 나이이다. 이런 점을 깨닫고 보니, 이제 나는 엘스티르 부인을 볼 때마다 기뻤고, 그녀 몸의 우둔함도 구름처럼 사라졌다. 내가 그녀의 육체를 어떤 관념으로, 곧 그녀는 엘스티르가 그린 초상화, 비물질적인 인간이라는 관념으로 채웠기 때문이다. 나에게 그녀는 한낱 초상화였으며, 엘스티르에게도 그랬을 게 틀림없다.

생활이 우리에게 주는 것들은 예술가한테 셈속에 들지 않고, 예술가로서는 그것이 오직 타고난 재능을 나타내는 기회에 지나지 않는다. 엘스티르가 그린 여러 초상화 열 폭을 나란히 놓고 보면, 뭐니뭐니해도 먼저 엘스티르의 그림이라는 걸 느낀다. 다만 재능의 파도가 넘쳐 실생활을 덮어버린 뒤에, 두뇌가 피로해지면, 균형이 조금씩 깨진다. 한사리의 역류 끝에 다시 본디 흐름으로 돌아가는 강처럼, 다시금 실생활이 우위를 차지한다. 그런데 첫 시기가 계속되는 동안, 예술가는 의식하지 못한 타고난 재능에서, 법칙 또는 방식을 조금씩 찾아낸다. 소설가라면 어떠한 상황이, 화가라면 어떠한 풍경이 그에게 소재를 제공하는지 예술가는 안다. 그 소재 자체로는 아무래도 좋지만, 실험실 또는 아틀리에 모양으로 그의 탐구에 필요하다. 어둑어둑한 빛살의 효과와 더불어, 죄의 관념을 여러 가지로 바꾸는 뉘우침과 더불어, 석상처럼 나무 밑에 자세를 취하게 하거나 물속에 반쯤 몸을 잠기게 한 여인과 더불어, 걸작을 만들어낸 것을 예술가는 안다. 그러다가 두뇌의 노쇠로, 그의 타고난 재능이 쓴 소재를 앞에 놓고서도 그의 작품을 만들어낼 수 있는 유일한 지적 노력을 할 만한 기력이 없게 되는 날이 오리라. 그렇지만 소재가 예술가의 마음속에 눈뜨게 하는, 일을 향해 켠 불, 정신적인 기쁨을 느끼므로 소재가 가까이 있음을 행복하게 생각하면서 계속 소재를 탐구하리라. 게다가 그 소재가 다른 것보다 나은 듯이, 그 속에 예술작품 대부분의 요소가 이미 있어, 이를테면 거기에 다 된 작품이 잉태되어 있기라도 한 듯이, 그것을 어떤 미신으로 싸면서, 예술가는 이제 모델의 집으로 자주 다니는 것밖에, 모델을 뜨겁게 사랑하는 것밖에 하지 않으리라. 뉘우친 범죄자의 회한이나 갱생이 그의 소설의 주제가 되었다면, 그 뒤로는 그런 범죄자와 더불어 한없이 이야기하리라. 안개로 어둑어둑해진 고장에 시골집을 사리라. 그는 몇 시간이나 여인들이 미역 감는 걸 구경하는 데 보내리라. 아름다운 천을 모으리라. 이와 같이 생활의 아름다움, 말하자면 뜻 잃은 낱말이야말로, 예술 이쪽에 자리잡은, 그리고 스완이 거기에 멈춰 있는 것을 내가 본 적이 있던 단계로, 타고난 재능의 감퇴와 더불어, 지난날의 타고난 재능을 약동시켰던 갖가지 형태를 우상적으로 우대하고, 더 적은 노력이 들기를 바라면서, 한낱 엘스티르가 점점 퇴보해가게 되어 있는 바로 그 단계였다.

그는 마침내 그 꽃에 마지막 붓질을 했다. 나는 잠깐 그걸 구경하면서 시간을 보냈는데, 그 젊은 아가씨들이 이젠 바닷가에 없으리라는 걸 알고 있으므로 그다지 힘들지 않았다. 그러나 그녀들이 아직 거기에 있는데 이러한 시간 낭비로 기회를 놓치고 있다는 생각이 들었다 해도 나는 그가 하는 작업을 구경했을 것이다. 왜냐하면 엘스티르는 나를 젊은 아가씨들과 만나게 하는 것보다 꽃에 더욱 관심을 두고 있구나 하고 스스로 타일렀을 테니까. 할머니의 성품은 나의 철저한 이기주의와 정반대였는데도, 이 또한 내 성격에도 반영되어 있었다. 내가 아무런 관심을 두지 않으면서도, 언제나 애정과 존경심을 품고 있는 듯이 꾸며 보이는 어떤 상대가 그저 불쾌한 꼴을 당하는 한편 나는 위험에 처한 경우에, 나는 내 몸의 위험을 대수롭지 않게 생각하고 상대의 불쾌함을 중요한 일이나 되는 양 불쌍히 여기는 것밖에 달리 어떻게 할 수 없었으리라. 그도 그럴 것이 사태가 상대의 눈에 비치는 양상을, 내가 생각하는 크기임에 틀림없는 걸로 생각할 테니까. 사실 그대로 말하면, 그 크기는 좀 지나쳐서, 나 자신이 당하는 위험을 분하게 여겨 탄식하지 않을 뿐더러 그 위험 앞에 나아가고, 남들에게 관계되는 위험을 목격한다면, 나 자신이 위험하게 될 기회가 더 많아져도 오히려 남들이 위험에서 벗어나도록 애썼을 것이다.

이는 전혀 나의 명예가 되지 않은 몇 가지 이유에서 비롯한다. 그 한 가지는, 이성으로 사물을 판단하는 한, 내가 특히 생명에 애착을 품어왔더라도, 내가 살아 있는 동안에, 도덕적인 걱정 또는 한갓 신경적인 불안이라든가, 때로는 말하기조차 쑥스러운 어린애 같은 불안이 내 마음을 괴롭힐 때마다, 내게는 목숨을 위태롭게 하는 위험을 가져오면서, 뜻하지 않은 사건이 일어날 때에는, 그 새로운 관심사는 다른 것들에 비하여 매우 가벼운 것으로 느껴져, 오히려 휴식의 정으로 그것을 마중하고, 그것이 즐거움에까지 이르는 적이 있었다. 이렇듯 나는 이 세상에서 가장 용기 없는 인간인데도, 이성으로 생각하고 있을 때에는 내 성질과는 매우 인연이 먼, 상상할 수조차 없었던, 이 위험에 대한 도취라는 걸 알기 시작했던 것이다. 그러나 설령 내가 완전히 평온하고도 행복한 때에, 어떤 위험, 그것도 목숨과 관계되는 위험이 나타났더라도, 누군가 함께 있다면 그 사람을 피난시키고, 나를 위험한 자리에 놓을 수밖에 없었으리라. 수많은 경험으로 늘 그와 같이 기쁘게 행동해온 사실을 알았을 때, 내가 늘 믿어온 것과 확인해온 것과는 반대로, 내가 남들의 의사에 매우 민감하다는 걸 발견하고는 크게 부끄러워했다. 이런 자존심이야 남들이 알 턱 없지만, 허영심이나 거만과는 아무런 관계도 없다. 왜냐하면 허영심이나 거만을 만족시킬 수 있는 것도 나에게는 아무 기쁨도 가져다주지 않았으며, 사실 나는 늘 그런 것을 삼가왔기 때문이다.

그러나 나라는 존재가 그다지 너절한 인간이 아니라는 인상을 줄 만한 사소한 장점을 상대에게 완전히 감추는 데 성공한 내가, 그래도 내 나름의 길이 아니라 상대의 길에서 죽음을 떨쳐버리도록 마음 쓰고 있다는 걸 표시하는 기쁨을 스스로 거절할 수가 없었다. 이럴 때의 나의 동기는 미덕이 아니라 자존심이니까, 상황 또는 사람에 따라 달리 행동하는 것을 당연한 일로 생각한다. 그 점에 대해 상대를 나무라기는커녕, 그 경우 만약에 상대와 마찬가지로 나로서도 그렇게 할 수밖에 없는 어떤 의무감에 동요되었다면, 아마 나도 그렇게 했을 것이다. 나무라기는커녕 나는 상대가 목숨을 아끼는 것이 매우 슬기롭다고 생각한다. 한편으론 내 목숨을 소홀히 하지 않고서는 못 배기면서. 이 점은, 폭탄이 터지기라도 하면 스스로 나아가 내 몸으로 보호해주려 하던 수많은 사람의 목숨이, 나의 목숨보다 값어치가 덜한 것을 인식한 이상, 가장 어리석고 죄스러운 짓으로 느껴졌다. 하기야 엘스티르를 방문한 이날은 이러한 값어치의 차이를 의식하게 되는 때에서 먼 옛날이고, 또 목숨의 위험 같은 문제와는 아무 관계도 없으며, 오직 끝마치지 않은 수채화보다도 열렬히 갈망해 마지않는 나 자신의 기쁨 쪽에 더 큰 중요성을 두는 겉모습을 보이지 않으려는, 고약스런 자존심의 전조에 지나지 않았다.

마침내 수채화가 끝났다. 드디어 밖에 나왔을 때 뜻밖에 늦지 않은 것을 깨달았다. 그만큼 낮이 긴 계절이었다. 우리는 둑 쪽으로 걸어갔다. 그 젊은 아가씨들이 아직 지나갈 것 같은 장소에 엘스티르의 걸음을 멈추게 하려고 얼마나 농간을 부렸는지! 우리 옆에 치솟아 있는 절벽을 가리키면서, 쉬지 않고 그 절벽에 대한 얘기를 청해, 그로 하여금 시각을 잊게 하고 그곳에 멈추게 했다. 바닷가 끝머리 쪽으로 가는 편이 작은 동아리를 붙잡는 기회가 많을 성싶었다. "저기 절벽 가까이에 선생님과 함께 잠시 가보고 싶은데요." 나는 엘스티르에게 말했는데, 젊은 아가씨들 가운데 하나가 몇 번 그쪽으로 가는 것을 마음속에 담아두었기 때문이었다. "저쪽으로 가는 동안 카르크튀이에 대해서 말씀해주세요. 정말이지, 카르크튀이에 가고 싶어요!" 나는 이렇게 덧붙였는데, 그때는 엘스티르의 〈카르크튀이 항구〉에 그토록 힘차게 나타나 있는 새 특징이, 그 바닷가 특유의 가치 때문이 아니라, 오히려 이 화가의 시각에서 비롯하고 있는 것을 생각지 못했다. "그 화면을 보고 나서, 거기는 라즈(Raz)*[1]와 함께 내가 가장 알고 싶은 곳이 됐나 봐요, 하기야 여기서부터 라즈에 가려면 먼 길이지만요."—"그러나 나로서는 라즈의 곶보다 가깝지 않더라도 권하고 싶은 건 아마 카르크튀이 쪽이겠죠." 엘스티르가 대답했다. "라즈의 곶은 감탄할 만하지만, 결국 아시는 바의 노르망디, 또는 브르타뉴의 커다란 절벽과 영원히 같으니까요. 카르크튀이, 그 낮은 바닷가 위에 비쭉비쭉 난 바위들은 아주 별다른 것들이지요. 내가 알기로는 그와 비슷한 것이 프랑스에는 없어요, 오히려 플로리다 주의 어떤 광경을 떠오르게 하죠. 참으로 신기하고 게다가 미개한 고장이지요. 클리투르(Clitourps)와 느옴(Nehomme) 중간에 있는데, 아시다시피 육지에서 가까운 바다 위가 얼마나 황량한지, 해안선의 아름다움은 황홀하죠. 이곳 해안선은 평범하지만, 저쪽은 말할 수 없을 정도로 우아하고 그윽해요."

땅거미가 지기 시작했다. 돌아가야 했다. 엘스티르를 그의 별장 쪽으로 돌아가게 했다. 그때 돌연 파우스트 앞에 메피스토펠레스가 나타났듯이, 길 저쪽에—허약하고 과도한 감수성으로 괴로워하는 나에게는 마치 빠져 있는 듯한, 거의 야만스럽고 잔인하다고도 할 수 있는 생활력, 나의 기질과는 정반대되는 기질의 비현실적이고도 악마적인 객관화이기나 한 듯이—다른 어떤 것하고도 혼동할 수 없는 정수(精髓)의 반점 몇 방울, 젊은 아가씨들의 식충류(植蟲類)*[2] 포자가 몇 개 나타났는데, 그 아가씨들은 나를 안 보는 체하면서도, 나에게 냉소적인 비평을 가하려 한다는 것은 의심할 여지가 없었다. 그녀들과의 만남을 피할 수 없다고 느낀 나는, 엘스티르가 나를 불러주리라는 예상을 하면서도, 물결을 받아넘기려고 하는 해수욕객처럼 등을 돌렸다. 내 유명한 동반자가 걸어가도록 내버려두면서, 나 자신은 딱 멈춰, 뒤에 처진 채, 바로 그 순간에 지

---

*1 브르타뉴의 최첨단에 있는 곶의 하나.

*2 산호·불가사리 등 그 형태가 식물과 비슷한 동물. zoophyte.

나치는 중인 골동상의 진열창 쪽으로, 마치 급작스럽게 그것에 흥미를 느끼기나 한 듯이 몸을 기울였다. 그런 젊은 아가씨들보다도 다른 것을 생각할 수 있는 체하는 것이 나로서도 그다지 나쁜 기분은 아니었다. 그리고 엘스티르가 나를 소개하려고 부를 때 놀라움이라기보다도, 오히려 놀라워하는 겉모양을 짓고 싶은 욕망을 드러내는 어떤 의심쩍은 눈길을 내가 하리라는 것을—그런 경우 누구나 다 서투른 배우이고, 상대의 방관자는 용한 인상학자이다—또 손가락으로 내 가슴을 가리키기까지 해서 "나를 부르시나요?" 묻고, 알고 싶지도 않은 사람들에게 일부러 소개되려고 옛 도자기의 감상을 못하게 된 불쾌한 얼굴을 쌀쌀하게 감추어, 순종과 온순으로 머리를 굽히고 빨리 달려가리라는 걸, 나는 어렴풋이 알고 있었다.

그러는 동안 나는 진열창을 물끄러미 보면서, 엘스티르가 부르는 내 이름이, 바라 마지않는 동시에 위험하지 않은 공 모양으로 나를 때리는 순간을 기다렸다. 젊은 아가씨들에게 소개될 것이 확실해지자, 그 결과로서 나는 그녀들에게 무관심한 태깔을 부렸을 뿐만 아니라, 실상 무관심을 느끼고 말았다. 피할 수 없는 일이 되고 보니, 그녀들과 알게 되는 기쁨이 압축되고 축소되어, 생루와 담소하거나, 할머니와 식사하거나 가까운 곳으로 소풍 가거나 하는 기쁨보다 더 보잘것없이 느껴졌다. 틀림없이 고적에 흥미 없을 아가씨들과 사귀게 되어, 근처로 나가는 소풍을 어쩔 수 없이 소홀히 하게 되면 안타까웠다. 더구나 내가 가지려고 하는 기쁨을 줄이는 것은, 그 실현이 눈앞에 있는 것뿐만 아니라, 주먹구구식인 것에도 원인이 있었다. 유체정역학(流體靜力學)의 법칙과 마찬가지로 엄밀한 법칙이, 일정한 순서에 따라 심상을 형성하고, 형상의 누적을 유지하다가, 막상 사건이 가까이 오면, 그 순서가 뒤죽박죽이 되는 일이 있다. 엘스티르는 나를 부를 것이다. 그러나 내가 여러 차례 바닷가나 방에서 그녀들과 벗이 되는 걸 떠올렸을 때는 전혀 이런 방식이 아니었다. 지금 일어나려고 하는 것은 내가 짐작도 못한 다른 사건이었다. 나는 그것에서 내 희망도, 희망의 대상도 인정할 수 없다. 엘스티르와 함께 나온 것을 거의 후회까지 했다.

하지만 특히 예상했던 기쁨이 줄어들고 만 것은, 이제는 아무것도 그 기쁨을 내게서 빼앗지 못한다는 확신 탓이었다. 그리고 이 확실성의 압박을 벗어나, 마치 탄력에 의한 듯이 기쁨이 본디 높이를 되찾은 것은, 뒤돌아보려고 결심한 내가, 몇 걸음 떨어진 곳에 젊은 아가씨와 함께 멈춰 있는 엘스티르의, 그녀들에게 또 보자고 작별인사를 말하는 모습을 본 순간이었다. 그의 옆에 가장 가까이 있는 아가씨의 얼굴은, 통통하고 눈빛에 반짝거려, 하늘을 조금 보이게 틈을 남긴 과자 같았다. 그녀의 눈은 움직이지 않아도 움직이는 인상을 준다. 마치 강풍이 부는 날, 눈에는 보이지 않아도 대기가 매우 빠르게 하늘을 통과하는 걸 감각으로 알 때와 같았다. 한순간 그녀의 눈길이 나와 엇갈렸다. 마치 뇌우가 쏟아지는 날, 속도가 느릿한 구름에 가까이 가서, 그 곁을 따라가다 그것을 스치고 앞지르는 하늘의 나그네처럼. 그러나 하늘의 나그네들은 서로를 몰라 멀리 떨어지고 만다. 그처럼 우리의 눈길도 한순간 마주치지만, 저마다 앞길에 있는 하늘의 대륙이 장차 어떠한 약속과 홍조를 품고 있는지 몰랐다. 다만 그녀의 눈길이 내 눈길 속을 정확히 지나간 순간만, 그 속도를 늦추지 않은 채 조금 흐려졌다. 그와 같이 갠 밤하늘을, 바람에 밀리는 달은 한 조각 구름 속을 지나, 잠깐 흐려졌다가 금세 그 모습을 다시 드러낸다. 그런데 엘스티르는 나를 부르지도 않고 이미 아가씨들과 헤어졌다. 그녀들은 골목으로 들어갔다. 그는 내게로 왔다. 모두 실패로 돌아갔다.

이미 말했듯이, 알베르틴은 그날 이전같이 내 눈에 보이지 않았다. 또 그 뒤로도 만날 때마다 달리 보였다. 하지만 그 순간에 내가 느낀 것은 한 인간의 풍채와 용모, 중대성, 키의 크기에서의 어떤 변화 또한, 그 인간과 우리 사이에 놓여 있는 어떤 심적인 상태의 변화에 기인하는 것인지도 모른다는 점이다. 그 점에 관한 가장 큰 소임을 맡은 게 확신이다(그날 저녁, 얼마 있지 않아 알베르틴과 벗이 되리라는 확신과 뒤이어 그 확신의 상실은, 내 눈에 그녀를 하찮게 비치게 하고, 뒤이어 한없이 귀중하게 비치게 했다. 몇 년 뒤, 알베르틴이 나한테 성실하다는 확신에 이은 그 확신의 상실은, 비슷한 변화를 가져왔다).

물론 이미 콩브레에서, 나는 어머니 옆에 있을 수 없는 슬픔이, 시각에 따라, 또 내 감수성을 나눈 두 개의 커다란 양식 가운데 내가 어느 쪽에 들어가 있는지에 따라, 더해지거나 덜해지는 것을 보았다. 오후 동안에는 마치 햇빛이 찬란할 때 달빛과 마찬가지로 깨닫지 못하다가, 밤이 오자 조금 전의 새로운 기억이 모두 사라지는 대신에 그것만이 불안한 내 영혼을 지배했다.

그러나 이날, 나를 부르지 않고서 엘스티르가 젊은 아가씨들과 헤어지는 걸 봤을 때, 기쁨이나 슬픔이 우리 눈에 비치는 중대한 변화는, 이 두 가지 심적인 상태의 순환에서뿐만 아니라, 눈에 보이지 않는 확신의 이동에서도 생긴다는 사실을 알게 되었다. 이를테면 이런 확신은 우리한테 죽음을 대수롭지 않도록 생각하게 하는데, 확신이 비현실성의 빛을 죽음 위에 뿌리기 때문이다. 따라서 우리가 음악 야회에 가는 걸 아무리 중대하게 여긴들, 만약에 우리를 단두대에 매달려고 한다는 알림에, 이 야회를 감싸는 확신이 홀연히 사라지고 만다면, 이 야회는 매력을 잃게 된다. 확신이 연출하는 그런 역할을, 내 속에 있는 그 무엇은 알고 있었다. 그것은 의지였다. 그러나 지성이나 감성이 그것을 모른다면 의지가 아무리 안다 한들 헛일이다. 지성과 감성은 우리가 그녀와 헤어지고 싶어하는 줄로 믿고, 오로지 의지만이 우리가 애인에게 집착하고 있는 줄로 알고 있는 경우도 있다. 헤어져도 얼마 지나지 않아 그녀와 다시 만나리라는 우리 확신의 구름으로 지성과 감성의 시야가 흐려졌기 때문이다. 그런데 이 확신의 구름이 흩어지고 갑자기 지성과 감성이 애인이 영영 떠나간 줄 안다면, 그때에는 지성과 감성은 초점을 잃고, 광기에 사로잡힌 듯이 쾌락마저 그지없이 커진다.

확신의 변화는 또한 연정의 소멸이니, 연정은 확신 앞에서 떠돌아다니다가, 한 여인 곁에서 멈춘다. 곧 곁에까지는 갈 수 있지만 그 여인에게 다다르기는 거의 불가능하기 때문이다. 그때부터 머릿속에 그려보기 힘든 그 여인에 대해 생각하기보다, 그 여인을 알 방법에 대해 더 많이 생각하게 된다. 안타까움의 온 과정이 펼쳐지고, 또 우리가 거의 잘 모르는 대상인 여인 위에 우리의 연정을 붙들어두는 데는 그만으로 충분하다. 연정은 끝없이 커지고, 현실의 여인이 그 안에 얼마나 작은 자리를 차지하는가를 우리는 생각해보지도 않는다. 엘스티르가 젊은 아가씨들과 함께 걸음을 멈추는 걸 본 순간처럼, 느닷없이 우리가 불안이나 안타까움을 멈추는 일이 있다면 그 안타까움이야말로 우리의 연정이라서, 마침내 우리가 생각지도 못했던 값어치의 먹이를 덥석 문 순간, 급작스럽게 연정이 사라진 듯이 느껴지는 것이다. 도대체 나는 알베르틴에 대하여 뭘 알고 있었을까? 한두 번 바다를 배경 삼은 옆얼굴뿐이다. 확실히 베로네제가 그린 여인들의 옆얼굴만큼 아름답지 않아서 순전히 심미적인 이유에 따르기라도 했다면 오히려 알베르틴보다 베로네제가 그린 여인들 쪽이 더 좋았으리라.

그런데 내가 어찌 그런 다른 이유를 따를 수 있었겠는가? 불안이 누그러지자 다시 머리에 떠오르도록 할 수 있는 게 그 말없는 옆얼굴일 뿐, 아무것도 남기고 있는 게 없었기 때문이다. 처음 알베르틴을 본 뒤, 나는 날마다 그녀에 대해 수많은 생각을 해봤고, 내가 그녀라고 부르는 인물과 끝없는 내적 대화를 나누며, 그녀에게 질문하게 하고, 대답하게 하며, 생각하게 하고, 행동하게 했다. 시시각각으로 내 마음속에 줄이어 나타나는 공상된 알베르틴의 한없는 계열 속에, 바닷가에서 눈에 띈 실제의 알베르틴은, 맨 앞에 잠깐 얼굴을 나타내고 있는 데 지나지 않아, 마치 긴 흥행 중에, 한 역의 '창조자'인 여배우, 곧 스타가 첫날 상연밖에 출연하지 않는 것과 같았다. 이런 알베르틴은 거의 실루엣에 지나지 않고, 그 위에 겹쳐 놓인 것은 모두가 나의 산물이었다. 이렇듯 연정에서는 사랑을 하는 우리한테서 가져 온 것이—다만 분량에서 보건대—사랑을 받는 상대한테서 온 것보다 많다. 이 점은 가장 현실적인 사랑에서도 그렇다. 더할 수 없이 보잘것없는 것 주위에 생기는 사랑이 있을 뿐만 아니라, 또한 그것으로 계속 존재할 수 있다—개중에는 그런 사랑으로 육체의 소원을 푼 사람들마저 있다.

우리 할머니의 옛 그림 선생으로, 신분이 천한 정부에게 딸을 낳게 한 분이 있었다. 그 애가 태어난 지 얼마 뒤에 어머니가 죽고, 그림 선생도 비탄한 나머지 오래 살지 못했다. 우리 할머니나 몇몇 콩브레 부인들이나, 이 선생 앞에서는 그 여자에 대한 말을 삼갔는데—하기야 선생은 그 여자와 공공연하게 같이 산 것도 아니고, 관계도 아주 제한되었다—그러나 선생이 죽기 몇 달 전에, 어린 딸의 앞날을 보장해주기 위해 종신 연금을 마련하자는 생각을 해냈다. 이 제안을 한 분이 할머니였는데, 친구분들 가운데에는 찬성하지 않은 분도 있었다. 그 이유인즉, 어린 딸이 정말로 그처럼 대단한 문제냐, 스스로 친아버지라고 믿는 아버지의 딸에 지나지 않는 게 아니냐, 어머니라는 사람이 그런 여자이고 보니 과연 누가 친아버지인지 어떻게 알겠느냐 하는 것이었다. 하지만 결국 결심했다. 어린 딸이 사례차 왔다. 밉상인데, 늙은 그림 선생과 닮아 의혹은 사라졌다. 머리칼만이 그런대로 보기 좋아서 한 부인이 딸을 데리고 온 아버지에게 말했다. "머리칼도 참 고와라!" 그러자, 지금 죄 많은 여인도 죽고, 선생도 반송장이 된 상태여서, 이젠 지금껏 모른 체해온 그 과거에 대해 언급해도 괜찮다고 생각한 우리 할머니가 덧붙였다. "아마 혈통인가 봐요. 애 어머니도 이런 고운 머리칼을 하셨던가요?"—"글쎄요." 아버지가 솔직하게 대답했다. "모자를 쓰고 있을 때만 봐서 잘 모르겠는데요."

엘스티르한테로 가야 했다. 나는 유리 속에 비치는 내 꼴을 보았다. 소개되지 않았다는 충격에다, 넥타이가 옆으로 비뚤어지고, 꼴사납게 모자 밑으로 긴 머리칼이 비쭉 나와 있는 걸 알았다. 그러나 그런 꼴이라도, 내가 엘스티르와 있을 때에 그녀들과 만나, 그녀들에게 강한 인상을 주었을지도 모르는 것은 행운이었다. 이날 하마터면 너절한 조끼로 갈아입을 뻔했는데, 할머니가 권하여 예쁜 조끼를 입고, 가장 좋은 짧은 지팡이를 짚고 나온 것도 말하자면 행운이었다. 왜냐하면 우리가 바라 마지않는 사건은 결코 우리가 생각한 대로 일어나지 않으며, 기대할 수 있다고 여긴 유리한 점이 없는 대신에 바라지도 않던 다른 유리한 점이 나타나 전체를 서로 보완하니까. 우리는 처음부터 최악의 경우를 매우 두려워했으므로, 통틀어 살펴보면 오히려 우연이 우리에게 행운을 가져다주었다고 생각하는 적이 더 많다.

"그 아가씨들과 알게 되었더라면 얼마나 좋았을까요." 나는 엘스티르의 곁에 이르면서 말했다.—"그럼 어째서 멀리 있었습니까?" 이게 그가 입 밖에 낸 말이었는데, 속셈을 나타낸 게 아닌 것이, 그가 정말로 내 소원을 들어줄 생각이 있었다면 나를 부르는 거야 아주 쉬웠기 때문이다. 실은 잘못을 저지른 서민이 잘 쓰는 이런 말을 들었으므로 그것을 입 밖에 낸 것이며, 또 군자라 할지라도 어떤 일에서는 서민과 같아, 나날의 빵을 빵장수한테서 사듯이, 일상의 핑계를 서민의 상용어 속에서 잡아내기 때문일 것이다. 이와 같은 말이란 진실의 반대를 겉에 드러내고 있으므로 이를테면 거꾸로 알아들어야 하는, 반사작용의 필연적인 결과, 반사작용의 현상한 사진인지도 모른다. '아가씨들이 서둘러대고 있어서' 또는 그가 특히 그녀들의 눈 밖에 난 나를 그가 부르는 걸 그녀들이 말렸던 걸지도 모른다고 생각했다. 그렇지 않고서는 그녀들에 대해 이것저것 물어보았을 뿐만 아니라, 내가 그녀들에게 관심 있는 것을 그가 잘 알았던 직후라, 나를 부르지 않았을 리가 없었다.

"카르크튀이 얘기를 했죠." 그가 문가에서 작별하기에 앞서 나에게 말했다. "조그맣게 그린 게 있는데, 그 바닷가 모퉁이가 잘 나타나 있습니다. 그림도 그다지 나쁘지 않고, 이건 별문제지만요. 좋으시다면 우리가 우정을 맺은 기념으로 내 그림을 드리고 싶은데요." 그가 덧붙였다. 상대가 바라는 것을 거절한 사람에게 그 대신 다른 것을 주는 격이다.

"혹시 갖고 계시다면 미스 사크리팡의 작은 초상화 사진을 한 장 받고 싶은

데요. 그런데 그 이름은 뭐가 그렇죠?"—"그 모델이 엉터리 소가극에서 맡은 역의 이름이죠."—"하지만 나는 그 여인을 전혀 모릅니다. 보아하니 나와 아는 사이로 생각하시는 모양이지만." 엘스티르는 입을 다물었다. "설마 결혼하기 전의 스완 부인은 아니겠지요." 나는 사실과의 우연한 갑작스러운 부딪침을 느끼고 말했다. 이런 우연한 부딪침은 더할 수 없이 드문 일이지만, 사후에 예감설이라는 것을 성립시키는 데 필요한 어떤 기초를 주기에 충분하다. 단 그 예감설을 부정하는 모든 오류를 잊는 게 필요하지만. 엘스티르는 대꾸하지 않았다. 그건 확실히 오데트 드 크레시의 초상화였다. 그녀는 여러 가지 이유로 그 초상화를 지니고 싶지 않았던 것이다. 그 몇 가지 이유는 너무도 뚜렷하다. 다른 이유도 있었다. 오데트가 얼굴과 몸매를 창조해나가기 이전의 초상화라는 이유였다. 그 뒤, 그녀가 창조한 멋들어진 선을, 미용사, 재봉사, 그녀 자신이—몸가짐, 말하기, 미소 짓기, 손을 놓기, 눈길을 보내기, 생각하기의 방식에서—존중하게 되었다. 황홀하도록 아름다운 아내가 되고 난 오데트의 '결정판'이라고 할 수많은 사진보다, 스완이 그 방 안에 놓아둔 작은 사진 한 장, 팬지꽃을 장식한 밀짚모자 밑에 더부룩한 머리칼이 나오고, 야윈 얼굴에, 마르고 밉상으로 보이기까지 하는 젊은 여인의 작은 사진 쪽을 더 좋아했다면, 이는 연정에 시들한 사내의 타락한 취미임에 틀림없다.

게다가 그 초상화, 스완이 좋아하던 사진처럼, 오데트의 얼굴이 당당하면서도 매력적인 하나의 새로운 형태로 체계화되기 이전의 그 초상화가, 설령 조직화 이전의 것이 아니라 그 이후의 것이었더라도, 엘스티르의 시각은 그런 형태를 망가뜨리기에 충분했으리라. 타고난 예술적 재능이란, 극도의 고온과 마찬가지로 원자의 배합을 파괴하고, 또 반대의 순서에 따르면서 다른 형태에 응하며 원자를 모으는 힘을 가지고 있다. 여인이 얼굴에 더한 인공적인 조화, 밤마다 외출하기에 앞서, 모자의 기욺, 머리칼의 윤택, 눈매의 활기를 고치면서, 거울 속에 그대로 있나 없나 주의 깊게 들여다보고 그대로 있음을 확인하는 그 인공적인 조화, 이것을 위대한 화가의 한눈이 순식간에 부숴버리고, 대신에 그 속마음이 지닌 그림과 여인에 대한 어떤 이상을 충족시키려고 여인의 얼굴을 다시 조립한다. 마찬가지로 어느 나이에 이르자, 흔히 위대한 탐구자의 눈은, 사물 간의 관계를 성립시키는 데 필요한 요소를 곳곳에서 발견하게 되고 또 그런 관계만이 그의 흥미를 끌게 된다. 마치 까다롭게 굴지 않고 손에 들어온 연장과 악기로 만족하는 장인과 연주자가 군말 없이, 이건 안성맞춤이구나 하고 말하는 것과 마찬가지다. 따라서 다음과 같은 일이 있었다.

전에, 가장 고귀한 미인의 전형이던 뤽상부르 공주의 사촌누이가, 그즈음 새로웠던 예술에 열중해, 자연주의 화가 가운데에서도 대가에게 자신의 초상화를 부탁한 일이 있었다. 그런데 그 화가의 눈은 당장 여기저기에서 흔히 보는 걸 찾아냈다. 화폭 위에는 귀부인 대신에 심부름하는 계집애가 그려져 있고, 그 뒤에 기울어진 보랏빛 널따란 배경은 피갈의 광장을 떠올리게 할 만한 것이었다. 그러나 이토록 극에까지 가지 않더라도, 대화가가 그린 여성의 초상화는, 여인의 까다로운 성미—이를테면 여성이 늙기 시작하자 제 딸의 자매이거나 제 딸의 딸같이 보이게 하려고 그대로 젊은 자태인 것을 보이려, 거의 여자아이 같은 옷차림으로 촬영케 하거나, 경우에 따라 자기 곁에 '옷을 멋없게 입은' 딸을 있게 하거나 하는 까다로운 성미—에 만족감을 주려고 하지 않을 뿐더러, 반대로 여성이 감추고 싶어하는 약점을 두드러지게 했다. 이런 약점은, 열병 환자의 얼굴색, 아니 오히려 창백한 얼굴색처럼 작용한다—고온은 '특징'을 가진 만큼 더 화가의 마음을 끈다. 하지만 그 약점은 그만큼 일반 서민 감상자에게는 환멸을 줘서, 여인이 자랑스럽게 뻐대로 버티고 있는 이상, 여인을 맞줄임할 수 없는 오직 하나뿐인 형태로 싸서, 다른 인간의 구름 위 권역 밖에 놓고 있는 이상을, 감상자의 눈앞에서 가루처럼 잘게 부스러뜨린다. 완벽한 모습으로 군림하던 특유한 전형에서 추방된 지금에 와서는 하찮은 여인에 지나지 않아, 그 우월성에 조금도 믿음이 가지 않고 만다. 이제껏 우리가 이런 전형 안에 넣어왔던 게, 오데트의 아름다움뿐만 아니라 그 개성, 그 본인과의 일치까지 넣어와서, 그녀한테서 이런 전형을 벗겨낸 초상화를 앞에 놓자 우리는, '보기 흉하게 그렸군!' 외치고 싶어질 뿐만 아니라, 또한 '조금도 닮지 않았는걸!' 내뱉고 싶어지는 것이다. 우리는 그것이 그녀라고 믿기 어렵다. 그녀라고 인정할 수 없다. 그런데도 그 초상화에 그려진 존재는, 분명히 어디서 본 듯한 기분이 든다.

그러나 거기에 있는 인간은 오데트가 아니다. 그 인간의 얼굴과 몸의 모습은 우리가 잘 알고 있는 것이다. 하지만 떠올리게 하는 건 오데트라는 여인은 아니다. 그녀는 결코 이런 모양으로 서 있은 적이 한 번도 없으며, 여느 때의 자세에게 이렇듯 괴상하고도 도발적인 아라베스크를 그린 적이 없기 때문이다. 다른 여인들, 엘스티르가 그려온 모든 여인을 떠올리게 한다. 그녀들이 설령 아무리 별나더라도, 그가 이와 같이 똑바로 서게 하기를, 활 모양으로 휜 발을 치마 밖으로 비죽 나오게 하기를, 동그란 큰 모자를 손에 들게 하기를 좋아한 여인을 모자에 덮여 있는 무릎 높이에, 앞을 보고 있는 다른 얼굴의 둥근 면에, 잘 어울리게 대응하고 있는 여인을. 요컨대 천재가 그린 초상화는, 여인의 교태와 아름다움에 대한 여성 제멋대로의 개념 같은 것이 정의한 전형을 분해하는 것만이 아니다. 또한 초상화가 설령 옛것이라도, 시대에 뒤진 의상을 입히고 실물을 찍은 사진 모양으로, 그 실물을 예스럽게 보이는 것만으로 그치는 게 아니다. 초상화에서, 시대를 나타내는 것은 여인이 입은 옷의 투뿐만 아니라, 도리어 화가가 그린 투이다. 이 투, 곧 엘스티르의 초기의 투는, 오데트로서는 가장 견딜 수 없는 출생증명서였다. 왜냐하면 그 무렵 그녀의 사진처럼, 그것은 그녀를 알려진 고급 창부 족속의 맨 끝자리에 등록시켰을 뿐만 아니라, 그녀의 초상화를 이미 망각 또는 역사에 속하는 사라진 허다한 모델에 의하여 마네나 휘슬러가 그린 수많은 초상화 가운데 하나로 같은 시대의 것으로 만들었기 때문이다.

엘스티르를 집까지 배웅하는 동안, 그의 곁에서 말없이 이런 생각을 새김질하면서, 나는 그 모델의 근본에 대해서 지금 막 머리에 떠오른 발견에 넋을 잃었다가, 이 첫 발견이 두 번째 발견을 만들었다. 더욱 나를 곤란하게 했던 발견, 화가 자신의 근본에 대한 발견이다. 엘스티르는 오데트 드 크레시의 초상화를 그렸다. 이 천재, 이 현자, 이 은자, 훌륭한 대화의 달인으로 모든 일을 굽어보는 철학자가, 지난날 베르뒤랭네 집 출입을 허락받은 어리석고도 타락한 화가였다는 것이 과연 있을 수 있는 일인가? 그에게 물었다. 베르뒤랭네를 알고, 그때 비슈(Biche) 씨라는 별명으로 불리지 않았느냐고. 그는 당황하지도 않고, 그렇다고 대답했다. 마치 그런 사실 따위는 그의 생활에서 이미 옛것이 되어버린 부분에 속한다는, 내 마음속에 야릇한 환멸이 일어나고 있는 것을 알아채지 못하는 듯. 그러나 눈을 쳐드는 순간, 그는 내 얼굴에서 환멸을 알아보았다. 그의 얼굴에는 불만의 표정이 떠올랐다. 우리는 이미 그의 집에 거의 이르고 있었는데, 지성과 심성이 덜 뛰어난 사람이었다면 이때 그저 무뚝뚝한 작별인사를 하고, 그 뒤 나하고 만나기를 피했을는지도 몰랐다.

하지만 엘스티르가 나에게 취한 태도는 그렇지 않았다. 진정 거장답게—순수한 창조라는 관점에서는, 거장이라는 낱말의 뜻에서, 한낱 거장인 것은 그의 유일한 결점인지도 몰랐다. 왜냐하면 예술가가 정신 생활의 진실 속에 완전하게 살려면 본디 고독해야 하고, 그 제자들에게도 자아를 아껴야 하기 때문이다—젊은이들이 최상 교육을 받을 수 있도록, 만일 그것이 자기에 대한 것이거나 남들에 대한 것이라도, 온갖 상황에서, 거기에 지니고 있는 진실의 부문을 꺼내주려 애쓰고 있었다. 따라서 그는 그 자존심의 앙갚음이 될 것 같은 말보다 나에게 교훈이 될 만한 말을 택했다. 그는 말했다. "아무리 총명한 자라도 그 젊음의 한때에, 뒷날 생각만 해도 불쾌한, 될 수만 있다면 그런 기억을 머릿속에서 지워버리고 싶은 말이나 생활을 하지 않았던 자는 없지요. 그러나 그건 별로 뉘우치지 않아도 좋아요, 왜냐하면 현자가 된다는 건 만만치 않은 수도여서, 먼저 자기가 어리석은 또는 밉살스러운 화신(化身)을 두루 거치지 않고선 그 마지막 화신을 얻지 못하기 때문입니다. 명문 출신의 자손으로, 중학 시절부터 가정교사가 정신의 고귀성과 심적인 아담한 정취를 가르친 젊은이들이 있다는 건 나도 압니다. 그들은 나이 들어 과거를 돌이켜보았을 때, 아마도 거기서 떼어버릴 게 하나도 없을 터이며, 그들이 말한 것을 다 터놓고 떠벌리면서 그것에 서명할지도 모르죠. 하지만 그들은 정신이 가난한 사람들, 실천도 않고서 헛된 이론이나 내세우는 자의 힘없는 자손이며, 그 예지는 소극적이자 열매를 맺지 못하는 불모지입니다. 예지는 배울 수 없는 것이고, 아무도 대신해주지 못하는 나그넷길, 아무도 도와주지 않는 여정을 걸은 뒤에 저 자신이 발견하는 거죠. 왜 그런고 하니, 예지는 사물을 보는 관점이니까. 당신이 감탄해 마지않는 생활, 고귀하다고 생각하는 태도도 아버지나 교사에 의해서 마련된 게 아니라 처음에 생활의 주위를 지배하고 있는 악덕이나 평범함의 영향을 받아 아주 딴판인 출발점에서 일어난 겁니다. 그것은 투쟁과 승리를 나타냅니다. 첫발을 내딛던 때의 우리 모습이 이제 알아볼 수 없게 된 것은, 아무튼 불쾌한 것이었음을 나는 알아요. 그렇지만 그 불쾌한 모습이 부인당해서는 안 됩니다. 그것이 바로 우리가 진실하게 살아왔다는 표시이자, 우리가 영위한 생활과 정신의 법칙에 따라, 모두에게 공통된 생활의 수많은 요소에서, 예컨대 화가라면 아틀리에의 생활에서, 예술가 동아리의 생활에서, 그 생활을 넘어서는 그 무엇을 얻어냈다는 표시이니까."

우리는 문 앞까지 왔다. 나는 아가씨들을 알게 되지 못한 것에 실망했다. 그러나 결국 언젠가는 그녀들을 다시 만나게 되리라는 가능성이 있었다. 다시는 나타나는 걸 못 보리라 여겼던 수평선에, 지금은 그녀들이 다만 지나가버리는 게 아니었다. 그녀들 둘레에 그 커다란 소용돌이, 그녀들에게 가까이 갈 수 없다는, 영원히 달아난 건지도 모른다는 생각이 불러일으킨 불안에 기운을 돋우어, 끊임없이 활동하는, 흔들리는 절박한 욕망의 해석에 지나지 않았으며, 우리 사이를 떼어놓았던 그 커다란 소용돌이가 이제 일어나지 않았다. 그녀들에 대한 욕망, 그것이 가능하다는 것을 알자마자, 실현을 미루어온 다른 욕망들 곁에, 그것을 쉬게 하여 남겨둘 수 있게 되었다. 엘스티르와 헤어지고, 나는 혼자가 되었다. 그러자 갑자기 여태껏 느꼈던 환멸에도, 머릿속에 하나하나 또렷하게 떠오른 것은, 이런 일이 생기리라고는 꿈에도 생각지 못했던 여러 우연이었다. 바로 엘스티르가 그 아가씨들과 친한 사이였다는, 아침까지만 해도 아직 나한테는 바다를 배경 삼은 그림 속의 인물에 지나지 않던 그 젊은 아가씨들이, 나를 알아보고, 더더구나 대화가와 함께 있는 나를 알아보았을 뿐더러, 지금은 이 화가가 그녀들과 벗이 되고 싶어하는 나의 욕망을 알고 있음은 물론이려니와 틀림없이 내 욕망을 도와주리라는 우연이었다. 이런 모든 것이 나한테 기쁨의 원인이었건만, 이 기쁨이 그대로 숨어 있었던 것이다. 이 기쁨은 이를테면 손님과 같아서, 자기가 있는 것을 알리려고, 남들이 떠나버려 우리가 혼자 있게 되기를 기다리고 있었다. 남들이 떠나자 우리는 그 손님의 모습을 알아채고 자아, 당신하고만 있게 되었습니다, 들어봅시다 하고 그에게 말을 시킬 수 있었다.

때로는 이런 기쁨이 우리한테 들어오는 시각과 우리가 기쁨 속에 들어갈 수 있는 시각 사이에 쇠털 같은 시간이 흘러, 그동안 우리가 수많은 다른 사람들과 만나야 하므로, 그 손님이 기다리지 못하지나 않을까 걱정한다. 그러나 그 손님은 참을성이 많으며, 지치지 않고 기다려준다. 다른 사람이 다 가버리자마자, 우리는 금세 그 손님과 마주한다. 때로는 도리어 우리 쪽이 어찌나 피곤한지, 우리의 기력 없는 사고 속에, 우리의 나약한 자아만을 유일한 처소, 유일한 실행의 기반으로 삼는 추억이나 인상을 붙잡아둘 만한 힘이 없을 듯한 생각이 들기도 한다. 그럴 때 우리는 뉘우치리라. 왜냐하면 생존이란 현실 세계의 티끌 속에 마법의 모래가 섞이는 날, 일상생활의 어떤 비속한 사건이 어쩌다가 정열적인 동기가 되는 날밖에 거의 흥미롭지 못하기 때문에. 이런 날에는 가까이 갈 수 없는 세계의 어느 곳이 홀연히 몽상의 빛 속에 온 모습을 나타내 우리 삶 속에 들어오고 그때에 우리는 잠에서 깨어난 듯 삶 속에서 똑똑히 본다, 꿈속에서밖에 보지 못하리라고 여겨온 아주 열렬하게 몽상하던 사람들을. 언제라도 내가 바라는 때에 그 젊은 아가씨들을 알게 되리라는 가능성이 가져다준 안심은, 생루의 출발 준비로 지내게 된 며칠 동안, 그녀들을 계속해서 살펴볼 수 없었던 만큼 더욱더 소중했다.

할머니는 생루가 할머니와 나에게 보인 여러 친절에 사례의 뜻을 표하고 싶어했다. 나는 할머니에게 생루가 프루동 예찬자라는 사실을 말해, 할머니가 사들였던 많은 분량의 철학자 자필 서한을 이곳으로 보내오게 하자는 생각을 할머니에게 주었다. 이 편지가 도착한 날, 그날은 생루가 출발하기 전날이었는데, 생루가 그것을 보려고 호텔에 왔다. 공손하게 한 장 한 장 손에 쥐고 탐독하면서 구구절절 외우려고 애쓰다가 일어나서, 할머니에게 너무 오래 머문 것을 사과하기 시작했을 때, 그는 할머니의 대답을 들었다.

"천만에, 죄다 가져가요, 당신 것이니까요. 주고 싶어서 보내오게 한 거죠."

그는 의지의 간섭없이 마음대로 생기는 육체적인 징후를 억누르기보다 더 참기 힘든 기쁨에 사로잡혀, 벌을 받는 어린애처럼 빨갛게 되었다. 그래서 온몸을 냅다 흔들어대는 기쁨을 억누르려고 기를 쓰는(잘 되지 않는) 그를 보자, 할머니는 입 밖에 낼 수 있는 감사의 말 전부를 받은 것보다 더욱 감동했다. 그러나 감사의 정을 변변치 못하게 나타낸 것을 근심한 그는, 다음 날 병영에 돌아가려고 탄 작은 철도차 창문에 기대면서, 할머니에게 그 점을 잘 변명해 달라고 나한테 부탁했다.

사실 병영으로 말하면 그다지 먼 거리가 아니었다. 발베크와 병영을 오가며, 밤에는 부대로 돌아가던 때에 곧잘 그렇게 한 것처럼, 이번에도 그는 마차로 돌아갈까 생각했다. 하지만 이번에는 아주 떠나버리는 길이었으므로 짐이 많아 아무래도 기차 편으로 보내야 했다. 그래서 그 자신도 기차로 가는 게 더 간단하다고 생각했으며, 겸해서, 마차가 좋으냐 작은 기차가 좋으냐는 문의를 받은 지배인이 '거의 분명하지 않은(équivoque)데요'라고 대답한 의견에 따른 셈이었다. 그런데 지배인이 '거의 분명하지 않은데요'라고 한 말은, 실은 '큰 차이 없이 거의 같다(équivalent)'고 말한 것이었다(요컨대 프랑수아즈가 '둘 다 비슷비슷해요'라고 말하는 뜻에 가까웠다). 생루는 결정했다. "그럼 작은 '토르티야르

(tortillard)'*[1]를 타기로 하지." 피곤하지만 않았다면 나도 동시에르까지 같이 타고 갔을는지도 몰랐지만, 그럴 수가 없어, 우리가 발베크 역에서 머무르고 있는 동안—다시 말해 작은 기차의 기관사가 지각하는 동료들을 기다리거나(그 동료들이 오지 않는 한 기관사는 출발하려고 들지 않았다) 또는 어떤 청량음료를 마시거나 하여 시간을 보내는 동안—나는 일주일에 몇 차례 그를 보러 가기로 약속했다.

블로크도 역에 나와 있었다—생루는 아주 싫어했지만. 이 인간이, 점심 하러, 저녁 식사 하러, 묵으러 부디 동시에르로 와달라고 나한테 하는 자기 말을 엿듣고 있는 것을 알아챈 생루는, 드디어 매우 쌀쌀한 말투, 초대하는 억지 싹싹함을 고치려는, 블로크가 초대를 곧이곧대로 듣지 못하도록 하려는 말투로 그에게 말했다. "동시에르에 내 근무가 한가한 오후에 들르신다면 내 형편이 어떤지 병영에 물어볼 수 있겠지만, 여가가 거의 없어놔서." 또한 로베르는 나 혼자서는 오지 않을까 봐, 또 내가 입으로 말하는 것 이상으로 블로크와 사이가 좋으리라 생각하여, 그렇게 동행자를, 선두자를 내가 가질 수 있게 한 것인지도 몰랐다.

이런 말투, 이렇게 누군가를 초대하면서 오지 않도록 권하는 식이 블로크의 마음을 언짢게 하지나 않았을까 걱정했고, 오히려 생루가 아무 말도 하지 않았던 편이 낫지 않았을까 생각했다. 그러나 그것은 나의 잘못된 생각이었다. 까닭인즉 기차가 출발한 뒤, 나와 블로크가 같이 길을 걸어가면서 내가 호텔 쪽으로, 블로크가 별장 쪽으로 헤어져야 하는 두 길의 갈래까지 이르는 동안, 블로크가 나한테 언제 둘이서 동시에르에 갈 것인지 몇 번이고 물었기 때문이다. 그것도 '생루가 그처럼 싹싹하게 초대해주었는데', 그 초대에 응하지 않으면 자기가 '너무나 예절 모르는 것'이 아닐까 하는 걱정에서. 생루의 초대가 지독하고도 거의 예절에 벗어나는 어떤 말투로 행해졌는지 블로크가 알아채지 못한 것, 아니면 알아채지 못한 체 가장하고 싶었을 만큼 기분이 좋은 것에 나는 한숨 돌렸다. 그렇지만 블로크를 위해, 그가 당장에 동시에르까지 행차하는 어리석음에서 벗어나게 해주고 싶었다. 그러나 블로크가 법석대는 만큼 생루는 그다지 간절한 모양이 아니더라고 맞대 놓고 말하면 그의 비위를 건드릴

*1 꼬불꼬불한 지방 철도 노선. 그 기차.

뿐인지도 몰라 감히 그에게 충고하지 못했다.

그는 매우 서둘러 했다. 그가 가지고 있는 이런 모든 결점은, 더욱 조심성 있는, 남들이 갖지 못하는 그의 뛰어난 재능으로 상쇄되어 왔는데, 이번에는 사람을 성가시게 굴 만큼, 그는 일을 밀고 나가려고 했다. 그의 말대로라면, 이번 주 안, 우리가 동시에르에 가지 않고서는 지낼 수 없다는 것이었다(그는 '우리'라고 말했다. 이유인즉 그가 행차하는 핑계로 내가 가는 것을 얼마쯤 기대하고 있어서 그런 듯싶다). 걷는 동안, 나무에 가려진 운동장 앞에서도, 테니스장 앞에서도, 마을 사무소 앞에서도, 조가비 가게 앞에서도 그는 나를 멈추게 하고, 가는 날을 정하라고 졸랐는데, 내가 응하지 않자 다음과 같이 말하면서 화를 내며 헤어졌다. "귀하의 뜻대로 하시게. 하여간 나는 가야 해. 그분이 초대했으니까."

생루는 할머니에게 사례의 뜻을 변변치 못하게 한 것을 매우 걱정하여, 그 다음다음 날, 그의 부대가 주둔하고 있는 시가로부터 내가 받은 편지 속에, 새삼 할머니에게 감사의 뜻을 전해달라고 부탁해왔다. 편지 봉투 위에 시가의 이름이 우체국 날짜 도장으로 찍힌 것을 보자, 시가가 나 있는 쪽으로 급히 달려와서, 그 성벽 사이, 루이 16세 기병대 안에서, 생루가 나를 생각하고 있는 걸 말해주는 듯한 기분이 들었다. 용지에는 마르상트 가문 문장(紋章)이 있고, 그 문장에는, 한 마리 사자 위에 프랑스 귀족 모자를 본뜬 왕관이 얹혀 있는 것을 알아볼 수 있었다.

'무사히 도착했습니다.' 그는 편지에서 말하고 있었다. '역에서 산 아르베드 바린*[1]의 책으로 찻간의 무료를 덜었습니다(나는 이분이 러시아 작가인 줄 아는데, 외국인으로서는 주목할 만큼 잘 썼다고 생각합니다만, 당신의 감상을 들려주시기 바랍니다. 모든 걸 읽은, 지식의 샘이신 당신이니, 틀림없이 이 책을 알고 계실 테니까). 그리고 이 거친 생활 가운데 다시 돌아와 보니, 발베크에 두고 온 것이라곤 이곳에 하나도 없어, 마치 귀양살이를 하는 느낌이 듭니다. 애정의 추억이나 지성의 매력을 조금도 찾아보지 못하는 생활, 당신은 틀림없이 이 환경을 멸시하겠지만, 그래도 이 환경에 매력이 아주 없는 것은 아닙니다. 전번에 이곳을 떠난 뒤로 모든 것이 달라진 느낌이 듭니다. 왜냐하면 그동안

*1 프랑스의 여류 작가. 본명은 샤를 방상 부인.

에, 내 생애의 가장 중요한 나날 가운데 하나, 곧 우리의 우정이 시작됐기 때문입니다. 나는 이 우정이 절대 끝나지 않기를 바랍니다. 나는 이 우정과 당신에 대해서 단 한 사람, 뜻밖에 내 곁에 와서 한 시간 남짓을 보낸 내 여자친구에게만 말했습니다. 당신과 가까워진다면 그녀가 매우 좋아할 것이며, 또 당신과는 뜻이 맞을 거라고 생각합니다. 그녀 또한 문학에 많은 취미를 갖고 있으니까. 그에 반해 나는 당신과 나의 이야기를 다시 생각하려고, 내가 영원히 잊을 수 없는 그 즐거운 시간을 다시 한 번 살리려고, 동료한테서 외따로 떨어지고 말았습니다. 그들도 훌륭한 젊은이지만, 우리가 하던 이야기를 도저히 이해할 수 없을 테니까요. 당신과 함께 지낸 추억을, 이곳에 도착한 첫날에는, 나 혼자만을 위하여 떠올리고자 해서, 당신한테 편지를 쓰지 말까 했습니다. 그러나 예민한 정신, 몹시 감각이 강한 심성의 소유자인 당신이, 이 거친 기병을 위하여 그토록 깊은 사려를 베풀어주셨고, 앞으로도 나의 거칠음을 벗겨, 조금이나마 예민하게, 조금이나마 당신에게 어울리도록 하려고 애쓰고 계신다면, 나한테서 편지를 받지 않기라도 하면 걱정하시지 않을까 생각했던 겁니다.'

요컨대 이 편지에는 애정이 담겨, 내가 생루를 아직 잘 몰랐을 무렵, 그가 나한테 써 보내리라고 상상하던 편지와 닮았다. 그를 처음 보았을 때, 그 쌀쌀한 응대에 그런 달콤한 몽상에서 금세 깨어나 차가운 현실 앞에 돌아왔던 것인데, 그 현실은 다행히도 결정적인 게 아니었다. 한번 그의 편지를 받은 뒤로는, 점심 시간에 우편물이 올 때마다, 그의 편지가 왔다는 것을 금세 알아차렸다. 왜냐하면 언제나 그의 편지는 그곳에 없는 인간이 보이는 두 번째 얼굴을 갖고 있었기 때문인데, 그 특징(글씨체의 특징) 속에는 콧날이나 목소리 속에서와 마찬가지로, 한 개인의 영혼을 파악하기에 충분한 믿음직스러운 원인이 있었다.

이제는 사환이 와서 식탁의 뒤처리를 하는 동안에도, 작은 동아리의 젊은 아가씨들이 지나갈 성싶은 시각이 아니고서는, 식탁 앞에 그대로 멍하니 앉아 바다 쪽을 보고만 있지 않았다. 엘스티르의 수채화 속 사물을 보고 난 뒤로는, 현실 속에서 다시 발견하려고 애쓰며, 그것들을 뭔가 시적인 것처럼 좋아했다. 이를테면 비뚜로 놓여 있는 칼의 멈춰선 몸짓, 햇살이 노란 벨벳 한 조각을 가운데에 넣은 헝클어진 냅킨의 불룩한 둥글음, 나팔꽃 모양으로 벌어진 형태를 돋보이게 하는 절반이 빈 유리잔, 햇빛이 엉겨 뭉친 것과도 같이 반투명한 유리잔 밑에, 침침하지만 빛에 반짝거리는 남은 술, 용량의 이동, 빛줄기 조명으로 인한 액체의 변형, 이미 반쯤 비워놓은 그릇 속에 있는, 초록빛에서 푸른색으로 푸른색에서 금빛으로 옮아가는 서양 자두 사탕절임 색채의 달라짐, 식도락의 축전이 치러지는 제단과도 같은 식탁보 둘레에 하루에 두 번씩 와서 자리잡는 낡은 의자의 산책, 또 식탁 위의 굴 껍질 밑에 남은, 작은 돌성수반 속에 보이듯이 반짝이는 물 몇 방울 따위를 뭔가 시적인 것처럼 좋아했다. 그런 곳에 아름다움이 있으리라곤 떠올리지도 못 했던 장소에서, 가장 일상적으로 쓰는 사물 속에서, '정물'의 속 깊은 생명 속에서 나는 아름다움을 찾아보려고 했다.

생루가 출발한 지 며칠 뒤, 엘스티르로 하여금 내가 마침내 알베르틴을 만나게 될 조촐한 낮 다과회를 베풀게 하는 데 성공하고, 거기서 알베르틴을 만나게 되었다. 그날 그랑 호텔에서 나왔을 때, 아주 일시적이라고 해도, 싱싱한 용모와 멋(이는 충분한 휴식과 특별한 몸단장에 의한 것이었다)을, 그리고 엘스티르와 벗이라는 믿음을, 알베르틴이 아닌 더욱 흥미 있는 어떤 사람을 정복하기 위해 남겨두지 못하는 것을 나는 안타까워했고, 이것을 전부 알베르틴을 알게 된다는 단순한 기쁨 때문에 소비하는 것을 아깝게 여겼다. 나의 지성은 알베르틴과 벗이 되는 기쁨이 확보된 뒤로는 그 기쁨을 그다지 귀중하지 않은 것으로 판단하게 되었다. 그러나 마음속 의지는 잠깐이라도 이런 착각에 참여하지 않았다. 의지는, 우리의 연속적인 인격의 참을성 많은 꿋꿋한 하인으로, 그늘에 숨고, 업신여김을 받으며, 꾸준히 충실하고, 끊임없이 일하며, 우리 자아에 본질적으로 필요한 것이 모자라지 않는 한, 자아의 변화를 아랑곳하지 않는다. 바라 마지않던 여행이 이뤄지려는 순간에, 지성과 감수성은 과연 그것을 일부러 할 만큼 값어치가 있는지를 스스로 묻기 시작하는데, 한편 의지는 이런 한가한 주인들이, 이 여행을 이루지 못하게 되면 금세 그것을 다시 신기하게 여기기 시작할 것을 알아, 역 앞에서 주인들이 따지며 주저주저 망설이게 내버려둔다.

하지만 기차 출발 시각까지, 의지는 차표를 사고 우리를 차 안에 들여보내는 일을 맡는다. 지성과 감수성이 변하기 쉬운 것과는 정반대로, 의지는 변하지 않지만 잠잠하고, 이러니저러니 따지지 않아서 거의 존재하지 않는 듯하다.

의지의 확고한 결단력에, 우리 자아의 다른 부분들이 따르지만, 그런 부분들은 그들 자신의 결단 없음을 똑똑히 판별하면서도 의지의 존재를 알지 못한다. 나의 감수성과 지성이 알베르틴과 벗이 된다는 기쁨의 가치에 대해 왈가왈부하고 있는 동안, 나는, 감수성과 지성이 이다음의 다른 기회를 위하여 고스란히 남겨두고 싶어했을, 허무하고 덧없는 몸단장을 거울 속에 바라보고 있었다. 그러나 내 의지는 떠나야 하는 시간이 그대로 지나가게 내버려두지 않고, 그러곤 마부에게 엘스티르네 집으로 가기를 명했다. 내 지성과 감수성은 운명의 주사위가 던져진 이상 속은 상하지만 도리없는 일이라고 여길 뿐이었다. 만약 내 의지가 다른 곳으로 가기를 명령했다면, 지성과 감수성은 감쪽같이 속아 넘어갔을 것이다.

잠시 뒤 엘스티르네 집에 닿았을 때, 나는 먼저 시모네 아가씨가 아틀리에에 없다고 생각했다. 비단 드레스 차림에, 모자를 쓰지 않은 한 젊은 아가씨가 앉아 있기는 했으나, 그 탐스러운 머리털도, 코도, 얼굴빛도 눈에 익지 않아서, 이때까지 폴로를 쓰고 바닷가를 산책하는 젊은 자전거의 아가씨를 추려냈던 실체를 거기서 다시 찾아내지 못했다. 그런데도 또한 알베르틴이었다. 하지만 이 점을 알았을 때조차 나는 그녀에게 정신을 빼앗기지 않았다. 젊었을 때는 어떠한 사교장일지라도 거기에 들어가면서, 우리는 옛 자아를 죽이고 다른 인간이 된다. 어떠한 살롱일지라도 하나의 새로운 세계, 거기에 들어서자, 또 다른 정신적인 배경의 법칙에 따르면서, 다음 날 까맣게 잊어버릴지도 모르지만, 그때에 영원히 중요하게 여기는 인물이나, 춤이나 트럼프 놀이에 주의 깊은 눈길을 던진다. 알베르틴과의 담소 쪽으로 나를 이끌어가는 데는, 내가 마음속으로 손톱만큼도 그리지 않은 길, 먼저 엘스티르 앞에 멈추었다가, 다른 초대객 무리 사이를 지나가다가, 그들에게 소개되고, 다음에 음식을 차려놓은 식탁 옆에 들러, 권하는 딸기 파이를 먹고, 그러는 동안 연주하기 시작한 음악을 꼼짝도 않고서 듣는 길을 밟아야만 했는데, 나는 이런 여러 가지 일에 대해 시모네 아가씨에게 소개되는 것과 똑같은 중요성을 주고 있는 자신을 발견했다. 그 소개는 이제 작은 일들 가운데 한 가지에 지나지 않았으며, 조금 전까지는 이곳에 오는 유일한 목적이던 것을 까맣게 잊고 말았다. 하기야 바쁜 생활 속에서, 우리의 참된 행복도 크나큰 불행도 이 같은 길을 밟는 게 아닐까. 1년 내내 기다리던 반가운 답장 또는 치명적인 답장을 애인한테서 받는 건, 많은 다른 사람과 어울리고 있을 때다. 그러나 하던 이야기를 계속해야 한다. 여러 상념이 뒤이어 불어나 수면을 넓혀나가므로, 불행이 닥쳐왔다는 추억, 매우 심각하지만 당장에는 더할 나위 없이 좁고 한정된 추억이 이따금 둔하게 그 수면을 겨우 떠오를 뿐이다. 그것이 불행이 아니라 행복일 경우에도 우리 감정생활의 최대 사건이 일어났다는 것을, 사건이 있은 지 몇 년 뒤에 가서야 생각날지도 모른다. 예컨대 오로지 그런 사건의 기대 속에서만 가던 어떤 사교계 안에서, 천천히 주의할 틈도 없이, 또는 거의 의식할 틈도 없이 사건이 일어나버리는 수가 있을지도 모른다.

조금 멀리 앉아 있는 알베르틴에게 소개하려고 엘스티르가 나를 오라 했을 때, 나는 먼저 에클레르 커피를 먹고 나서, 막 아는 사이가 된 한 노신사, 내 단춧구멍에 꽂힌 장미를 칭찬해주어, 그에게 장미를 드려도 좋다고 생각한 노신사의 얘기에 흥미를 갖고, 노르망디의 어느 장날에 관해 좀더 자세한 것을 얘기해달라고 부탁하는 참이었다. 그다음에 받은 알베르틴의 소개가 나에게 아무런 기쁨도 일으키지 않았다고, 또 내 눈에 어떠한 중대성도 보이지 않았다고 하는 말은 아니다. 기쁨으로 말하면, 물론 나는 좀 뒤에, 호텔에 돌아가 혼자가 되어 본디의 자아로 되돌아왔을 때, 처음으로 알아보았다. 이 점에서 기쁨은 사진과 같다. 좋아하는 상대 앞에서 찍은 것은 사진의 필름 화상에 지나지 않고, 그것을 현상하기는, 나중에, 먼저 자기 속으로 돌아간 뒤, 다른 사람들과 함께 있는 동안에는 출입이 '금지'된 우리 안의 암실을 마음대로 쓰게 되고 난 다음이다.

쾌락을 아는 일이 그처럼 나에게 늦게 왔지만 반대로 이 소개의 중대성은 당장에 내가 느낄 수 있었다. 소개되는 순간에 우리는, 몇 주일 전부터 쫓던 기쁨을 이제야 얻겠구나 하고 갑자기 느끼게 되지만, 그런 유효한 '통행권'을 가진대도 아무런 효과가 없다. 그것을 갖게 됨으로써, 괴로운 추구는 끝이 난다—그런 점에서만은 한껏 환희에 넘칠지 모르지만—그와 동시에, 추구당하는 상대의 존재도 끝이 나는 법이다. 우리의 공상으로 모습이 바뀌어, 도저히 가까워질 수 없을 듯한 불안한 두려움으로 확대된 상대의 존재는, 문득 사라져버린다. 우리 이름이 소개자의 입속에 울리는 순간, 특히 엘스티르가 했듯이 소개자가 우리 이름을 찬사로 가득 찬 주석으로 두르는 순간, 이 기적적인 순간에는, 갑작스레 요정이 어떤 사람에게 다른 사람이 되라고 명령하는 순간과도 같이, 우리가 가까이하려고 바라던 여인은 가뭇없이 사라진다. 어찌 그녀가 이전의 그녀 자신 그대로 있겠는가? 어제만 해도 가엾은 곳에 있던 눈 속에서(방황하는 듯한 눈은 고르지 못한, 절망적인, 초점을 잃은 눈과 결코 만나지 못하리라 생각했다), 그러나 지금은 그 눈 속에—미지의 여인이 우리 이름과, 현실 속의 우리에게 주의를 기울여야 하는—우리가 찾고 있는 의식적인 시선이나 알 수 없는 사고를 바꿔, 기적적으로 아주 간단하게 밝은 거울 속에 비치듯이, 우리 자신의 모습으로 바뀐 것이다. 우리와 딴판인 듯이 느꼈던 것에 대한 우리 자신의 화신(化身)은, 막 소개받은 인물을 우리와 아주 가까운 것으로 변하게 하지만, 상태의 생김새가 아직 그대로 아련해, 그 인물이 신성(神性)일지, 탁자일지 또는 대야일지 의심스러워하는 일이 있다.

하지만 미지의 여인이 우리에게 말하는 인사 몇 마디는, 보는 눈앞에서 5분 동안에 흉상을 만들어내는 밀랍 세공사 같은 민첩함으로, 여인의 형태를 명확하게 할 것이며, 이제껏 우리 욕망과 상상력이 골몰하던 가정을 모두 업신여겨 버릴 결정적인 뭔가를 미지의 여인에게 주리라. 그야 물론, 이 낮 다과회에 오기 전에도, 나에게 알베르틴은 완전한 환영의 여인이 아니었다. 우리 삶에 늘 따라다닐 만큼의 가치가 있는 환영은 지나가는 길에 언뜻 띈 이름 모를 여인뿐이었다. 그녀가 봉탕 부인과 친척이라는 것도, 으리으리하게 확대되는 그 가정의 영역에, 이미 제한을 가하게 되었으며, 가정이 널리 퍼질 수 있는 통로 가운데 한곳을 그것으로 막고 있었다. 내가 젊은 아가씨에게 다가감에 따라, 아가씨에 대하여 알아지는 게 더해감에 따라, 그런 지식은 뺄셈이 되어갔다. 상상력과 욕망이 차지하던 각 부분이, 가치가 몹시 떨어진 개념으로 바뀌기 때문인데, 인생의 영역에서는 그런 개념에 주식회사가 그 이전 주식의 상환 뒤에 발행하는 이른바 이익 배당주에 해당하는 바가 덧붙여 온다. 그녀의 이름, 그녀의 친척 관계가 내 예측에 더해진 첫 제한이었던 것이다. 그녀 바로 옆까지 갔던 내가 그녀 눈 밑의, 뺨 위에 작은 사마귀를 다시 발견하고 있는 동안 그녀의 애교는 두 번째 제한이었다. 끝으로 나를 놀라게 한 것은, 그녀가 '아주(tout à fait)' 대신에 '완전하게(parfaitement)'라는 부사를 쓰는 것을 들었을 때인데, 이를테면 두 남녀에 대해 이야기하면서, 그 가운데 하나에 대해 "그 여자는 완전하게 머리가 돌았어요, 그래도 매우 싹싹하기는 하죠"라고 말하고, 또 하나에 대해 "그분은 완전하게 평범하고 완전하게 진저리나는 사람이죠"라고 말하는 것이었다. 이 완전하게의 사용법은 아무리 익살맞더라도, 자전거 타는 바커스(Bacchus)의 무당, 골프에 열중한 뮤즈(Muse)가 이르고 있다고는 상상조차 못할 만큼의 문화와 문명의 정도를 가리키는 것이라고 하겠다.

하기야 이 첫 번째 변신 뒤에, 알베르틴이 내 눈에 또 한 번 변해 보이지 말라는 법은 없다. 한 인간이 그 얼굴 앞쪽에 배열해 보이는 장점과 단점은, 우리가 다른 방향을 통해 거기로 다가간다면 아주 다른, 마치 시가 안에 일직선으로 질서 없이 흩어져 있는 건물들이, 다른 각도에서 바라보면 안쪽에 사다리꼴로 늘어서 있으며 높이도 상대적으로 알맞듯이 말이다. 내가 알베르틴에게서 발견하기 시작한 것은, 누그러뜨릴 수 없는 겉모습 대신에 매우 겁내는 태도였다. 내가 그녀에게 말한, 그녀가 다른 아가씨들에게 맞춰 쓴 '그 애는 저속해요, 그 애는 익살맞아요'라는 부가 형용사로 미루어 판단하건대, 그녀는 버르장머리가 없기는커녕 착실해 보였다. 끝으로 그녀는 얼굴의 조준점으로서, 관자놀이가 타는 듯이 붉은 게 두드러져서 눈에 거슬렸지만, 그때까지 내가 그녀 얼굴과 연결시켜서 생각해온 그 독특한 눈길은 이미 찾아볼 수 없었다. 그러나 이는 어디까지나 나의 두 번째 보기에 지나지 않으며, 거기엔 틀림없이 다른 것이, 내가 그걸 연달아 통과해야 하는 다른 것이 있었다. 더듬어 찾으면서, 이와 같이 최초의 시각적인 착오를 알아차린 다음에라야, 처음으로 한 인간에 대한 정확한 인식에 도달할 것이다. 그런 인식이 가능하다면. 그러나 그 인식은 불가능하다. 그도 그럴 것이, 우리 눈에 비친 모습이 잇따라 고쳐지는 동안에, 무생물이 아닌 그 자체도 자기를 위하여 변해, 우리가 모습을 다시 파악했다고 생각하자마자, 그것은 이미 자리를 옮기고, 이번에야말로 그것을 똑똑히 보았거니 여겨도, 그건 우리가 이전에 붙잡았던 옛 모습에 지나지 않아, 용케 밝혔다고 여긴 것도 이미 그 모습을 나타내고 있는 게 아니기 때문이다.

그렇지만 한번 흘깃 본 것에 지나지 않는 것, 상상하는 여가를 주는 것으로 향하는 이런 걸음걸이, 이따금 피할 수 없는 실망을 가져올지도 모르나, 이 걸음걸이야말로 우리 감각을 건전하게 하고, 감각의 욕구를 부양하는 유일한 것이다. 게으름이나 소심함 탓에 먼저 상대를 꿈꿔볼 여유 없이, 가는 도중에 바라 마지않던 것의 옆에 감히 멈추지도 않고서 곧장 마차를 몰아, 벗의 집으로 가는 사람들의 생활에 얼마나 침울한 권태의 흔적이 있는지!

나는 막 끝난 다과회를 생각하면서, 엘스티르를 따라 알베르틴 곁으로 가기 전에 내가 먹었던 에클레르 커피와 노신사에게 준 장미꽃 등, 이를테면 모르는 사이에 그때그때 형편에 따라 우리가 택하는 세부, 특수하고도 우연한 배열에 따라서 우리가 첫 대면의 그림을 구성하는 세부를 하나하나 떠올리면서 돌아왔다. 그런데 몇 달 뒤 내가 알베르틴을 알게 된 첫날의 일을 그녀에게 말했을 때 놀랍게도, 에클레르, 남에게 준 꽃 같은, 내게만 중요한 일이라고는 말할 수 없으나, 나밖에 깨닫지 못한 줄로 여기던 여러 가지를 그녀가 모두 떠올리게 만들어 이 첫 대면의 그림이 나에게만 존재하고 있지 않았던 것을 이해하는 동시에, 이 그림을 나 자신보다 더 멀리에서, 다른 시선에서 보는 듯한 인상을 받았다. 이렇듯 나밖에 깨닫지 못한 줄 여긴 여러 가지가 꿈에도 생각지 못한 형태로, 알베르틴의 사념 속에 옮겨 씌어 있는 걸 발견했다. 이 첫날, 내 방에 들어가 다과회에서 가져온 추상을 살펴볼 수 있을 때, 요술쟁이의 공놀리기가 얼마나 용케 이뤄졌는가, 또 바닷가에서 그토록 오랫동안 뒤쫓던 아가씨와는 아무런 관련 없이, 요술사의 능숙한 솜씨로 그 아가씨로 바뀐 한 아가씨와 잠깐 어떻게 담소했는가를 알아챘다. 하기야 그럴 줄 미리 짐작은 했다. 바닷가의 젊은 아가씨는 내 마음속에서 만들어진 존재였기 때문이다. 그런데도 엘스티르와 얘기하면서, 내가 그 아가씨를 알베르틴과 동일시했으므로 이 현실의 알베르틴에 대하여, 나는 상상의 알베르틴에게 바친 사랑의 약속을 지켜야 한다는 도덕적인 의무감을 스스로 느끼고 있었다. 이는 대리인을 통해 약혼한 다음에 중매가 들어온 여인과 결혼해야 한다는 의무감을 느끼는 격이다. 그리고 바른 태도나 '완전하게 평범한' 보잘것없는 말씨나, 타는 듯이 붉은 관자놀이 같은 추상이 가라앉혀주기에 충분한 안타까움은 적어도 한때 내 생활에서 사라졌을망정 그 추상은 내 몸속에 다른 욕망, 당장에는 오누이 사이의 애정과 비슷한, 부드러운, 조금도 고통스럽지 않은 욕망을 일으켜서, 이 새로운 아가씨의 정중한 태도와 수줍음, 뜻밖의 고분고분함이 내 상상력의 헛된 운행을 멈추게 하면서 감동 어린 감사의 정을 우러나오게 하여, 이 아가씨를 꼭 껴안고 싶은 욕구를 끊임없이 느끼게 하고, 언젠가 결국, 이 또한 위험한 욕망이 될 가능성이 있었다. 그 위에 기억은 금세 서로간의 관계없는 필름을 이것저것 찍기 시작하고, 거기에 찍힌 장면 사이의 어떠한 관계도, 어떠한 연속도 흔적 없이 모두 없어지므로 기억이 펼치는 필름의 수집 안에서는, 최신 것이라고 해서 반드시 그 전 것을 망치지는 않는다. 나는 내가 말을 건네던 평범하고도 애처로운 알베르틴 맞은편에, 바다를 배경 삼은 신비스러운 알베르틴을 보았다. 이제 와서는 어느 쪽이나 추상, 곧 그림이며, 두 쪽이 다 진실이라고 생각할 수 없었다. 이 첫 소개의 오후 일에 대해 마지막으로 덧붙이자면, 내가 눈 밑의, 뺨 위에 나 있는 조그만 사마귀를 떠올리려고 하자, 엘스티르의 아틀리에 앞을 알베르틴이 떠나갔을 때 그 창 너머로 보았던, 턱 위의 사마귀가 떠올랐다. 요컨대 그녀를 볼 때마다, 나는 번번이 사마귀가 하나 있는 것을 주목했지만, 나의 헤매는 기억은, 나중에 떠올릴 때 어느 때는 이리로 어느 때는 저리로 그 사마귀를 알베르틴 얼굴 위에서 끌고 다녔던 것이다.

시모네 아가씨가 내가 알고 있는 누구와도 그리 다르지 않은 아가씨인 줄 알면서 어지간히 실망하기는 했으나 발베크 성당 앞에서의 환멸이, 캥페를레에 가고 싶어하는, 퐁타방과 베네치아에 가고 싶어하는 욕망을 막지 못했듯이, 그래도 나는 마음속으로, 알베르틴 자체가 내가 바라 마지않던 그대로의 됨됨이가 아닐망정, 적어도 그녀를 통해 작은 동아리의 그녀 벗들과 알게 되지 않을까 생각했다.

그래도 처음엔 계속 실패하리라 생각했다. 그녀는 앞으로도 발베크에 그대로 있을 터이고, 나 또한 그래, 지나치게 그녀를 만나려 하지 말고 우연히 만날 기회가 오기를 기다리는 편이 가장 좋은 방법이라고 생각했기 때문이다. 날마다 만나면 오히려, 그녀가 멀리서 내 인사에 고개만 끄떡하고 마는 두려움이 많아지니, 그렇게 되는 경우 말없는 인사만이 온 계절을 통해서 날마다 되풀이될 뿐, 그 이상 나아가지 못하리라.

그로부터 얼마 되지 않았을 때였다. 비가 온 뒤라서 거의 냉기가 도는 어느 아침, 둑 위에서 한 아가씨가 내게로 가까이 왔다. 챙 없는 작은 모자를 쓰고 머프*[1]를 끼고 있었다. 엘스티르네 모임에서 봤던 모습과 아주 달라, 이 아가씨를 같은 사람으로 알아보기가 정신적으로 불가능한 조작일 성싶었다. 그렇지만 내 정신은 그것에 성공했다. 그러나 잠깐 놀란 뒤라, 이 잠깐 놀란 나의 기색을 알베르틴이 알아차렸나 보다. 한편 전번에 나에게 강한 인상을 준 그녀의 '정중한 태도'가 생각나, 그때와는 반대의 놀라움을, 거친 말투와 '작은 동아리'다운 아니꼬운 태도를 내게 느끼게 했다. 게다가 보고 있는 각도가 달라

*1 모피 뒷면에 헝겊을 대어서 만든 것으로, 양쪽으로 손을 넣게 만든 토시 모양의 방한용품.

선지, 모자를 깊게 눌러 쓰고 있어선지 아니면 홍조가 늘 있는 것이 아니라서 인지, 관자놀이는 그 얼굴을 보는 시각을 안정시키는 중심 부분이 아니었다.

"날씨도 고약해라!" 그녀가 나에게 말했다. "발베크의 끝없는 여름이란 말은 결국 엄청난 허풍이야. 이곳에서 아무것도 하지 않나요? 카지노의 댄스홀에도 골프장에도 당신이 안 보이니, 승마도 안 하시고. 정말 심심하시겠네! 온종일 바닷가에서 어슬렁대다간 바보가 되지 않을까요? 아아, 그렇군, 볕 쬐기를 좋아하시나 봐요? 한가하시겠네. 당신은 나하고는 아주 딴판인가 보군요. 난 운동이라면 다 좋아하니까! 소뉴의 경마에 안 가셨죠? 우리는 트람(tram)*2 으로 경마장엘 갔어요, 그야 물론 그런 타코(tacot)*3에 타는 것이 당신한테는 재미없겠지만! 두 시간이나 걸렸지 뭐예요? 나의 베칸(bécane)*4이라면 세 번 왕복했을 텐데." 생루가 시골 지선 철도의 작은 기차를 수없이 우회하므로 '토르티야르'라고 아주 천연스럽게 불렀을 때 감탄했던 나는, 알베르틴이 또한 '트람', '타코'라는 낱말을 쉽게 말하는 데 덜컥 겁이 나버렸다. 사물의 명칭을 부르는 식에 능숙함을 느껴, 나의 열등을 확인하고 업신여기지 않나 걱정되었다. 게다가 작은 동아리가 이 철도의 명칭으로 가지고 있는 동의어의 풍성함은 이제껏 내가 알아채지 못한 점이었다.

말할 때, 알베르틴은 머리를 까딱하지 않은 채, 콧구멍을 좁히고, 입술 끝만을 움직였다. 그래서 느릿느릿하고 콧소리 나는 음조의 구성에, 아마도 시골 사람의 유전, 영국적인 태연스러움의 연소한 멋, 외국인 가정교사의 교육, 비후성비염 같은 것이 들어가 있는 듯했다. 이 발성법도 그녀가 상대와 더욱 친해짐에 따라 금세 멈춰 자연히 본디 천진스러운 투로 되었는데, 아직은 듣기에 따라 귀에 거슬리기도 했다. 그러나 이 발성법은 특유한 것이어서 나를 매혹했다. 그녀를 만나는 일 없이 며칠이 지날 때마다, 몸을 똑바로 하고, 머리를 까딱하지 않고 코맹맹이 소리로 '골프장에도 당신이 안 보이니'라고 한 말을, 나는 속으로 되풀이하며 흥겨워했다. 그럴 때, 이만큼 바람직한 사람은 없다고 생각했다.

그날 아침, 우리는 쌍쌍들, 둑의 여기저기에 흩어져 있다가 몇 마디를 주고

---

*2 지선의 작은 기차.

*3 낡은 차.

*4 자전거의 속칭.

받을 때에만 접속선이나 중지선을 설치하고, 그러다가 따로따로 떨어져서 서로 다른 산책을 다시 시작하는 쌍쌍들 가운데 한 쌍이 되었다. 알베르틴의 움직이지 않는 자세를 이용해 그녀의 사마귀가 어디에 자리잡고 있는지 마지막으로 확인했다. 그런데 소나타 중에서 나를 황홀케 했던 뱅퇴유의 한 악절이, 내 기억을 안단테에서 피날레로 방황케 하다가, 드디어 어느 날 악보를 손에 넣어, 스케르초 안에서 그 악절을 찾아내, 처음으로 추상 속에서 악절을 본디의 장소에 고정시킬 수 있었듯이, 어떤 때는 뺨 위에 어떤 때는 턱 위에 있다고 기억했던 사마귀가, 마침내 코 밑, 윗입술 위에 영원히 자리잡게 되었다. 이와 같은 일은 암기하고 있는 시구의 경우에도 일어나, 발견하리라곤 꿈에도 생각지 않은 작품에서 그 시구에 부딪쳐 놀란다.

이때에 태양과 바닷바람에 익은 금빛과 장밋빛으로 동시에 빛나는 아가씨들의 아름다운 행렬이 풀려, 그 화려한 장식의 전체를 바다 앞쪽에, 갖가지 형태의 변화로 자유롭게 펼쳐나가려는 듯, 알베르틴의 친구 아가씨들이 아름다운 다리맵시에 날씬한 몸매로, 그러나 서로 다른 종아리의 모습을 나타내, 바다 가까이 평행선을 따라 걸어, 우리 쪽으로 점점 커지며 다가왔다. 나는 알베르틴에게 잠깐 같이 가도 되느냐고 물었다. 공교롭게 알베르틴은 손을 흔들어 친구들한테 인사하는 것으로 그쳤다. "그대로 가게 하면 나중에 친구분들이 불평할걸요." 나는 그녀들과 함께 산책하고 싶은 기대에서 그녀에게 말했다.

골프채를 든, 이목구비의 균형이 잘 잡힌 한 젊은이가 우리 곁으로 다가왔다. 바카라에 열중해서, 재판소장 부인이 매우 분개하고 있는 젊은이였다. 냉정하고, 그 어떤 것에도 쌀쌀한 겉모양, 명백히 그런 점에 최상의 품위가 있는 줄 생각하는 태도로 그는 알베르틴에게 인사했다. "골프 치고 오는 길이군요, 옥타브?" 그녀가 물었다. "잘 되던가요? 점수는?"—"말 마세요, 엉망입니다."—"앙드레도 거기 있던가요?"—"네, 그 아가씨는 77점이었죠."—"어쩌면, 기록인데?"—"나는 어제 82점이었는걸요." 그는 매우 부유한 실업가의 아들로, 오는 만국박람회(1900년)의 기구에서 어지간히 중대한 소임을 맡기로 되어 있었다. 이 젊은이도 그렇거니와 젊은 아가씨들 동아리의 다른 남자친구들 가운데 몇몇에서 옷차림, 여송연, 영국풍 음료, 말 따위에 관한 지식이 세밀한 점에 나는 놀랐는데—이 젊은이도 그런 지식의 훨씬 세밀한 세부까지 정통해, 학자의 겸손한 침묵에 맞먹는 거만한 정확성에까지 이르고 있었지만—거기에 지적인 교양의 뒷받침 없이 따로따로 발달해 있는 꼴불견에 더욱 놀랐다. 형편에 알맞게 야회복 또는 잠옷을 고르는 데는 아무 망설임이 없지만, 어떤 낱말을 어떤 경우에 쓰는지에는 분별이 없어 심지어 프랑스어의 아주 간단한 문법마저 무시해버렸다. 이 두 가지 교양 사이의 어울리지 않는 상태는, 발베크의 토지 가옥 소유자 조합장인 그의 아버지 때도 같았을 게 틀림없었다. 왜냐하면 얼마 전 벽이란 벽에 그가 붙이게 한 선거민에 대한 공개장에 다음같이 씌어져 있었으니까. '나는 그 점에 관해 시장에게 얘기하려고(on causer)*1 시장을 만나고자 했습니다. 시장은 나의 정당한 불만을 들으려고도 하지 않았습니다.' 옥타브는 카지노에서 보스턴 왈츠, 탱고 같은 모든 경연에서 입상한 바 있었다. 그가 원하기만 한다면, 이런 '해수욕장'의 환경에서 화려한 결혼을 할 수도 있었을 것이다. 그런 환경에서는, 젊은 아가씨들이 비유가 아니라 본디 의미에서 그녀들을 이끄는 '짝'으로 결혼하기 때문이다. 그는 알베르틴에게 "실례합니다" 말하면서 여송연에 불을 붙였는데, 그것은 마치 얘기하면서 급한 볼일을 끝마치는 허락을 구하는 듯했다. 그도 그럴 것이 그는 '아무것도 하지 않고 그대로 있을' 수가 없었으니까. 하기야 하는 일이라곤 아무것도 없었지만. 빈틈없는 무위는, 정신의 분야에서나, 육체와 근육을 움직이는 생활에서나, 지나친 노동과 똑같은 결과를 가져다주게 되는 것으로, 옥타브의 사색 깊은 듯한 이마 밑에 머문 지성의 공허함으로 말하면, 그 잔잔한 겉모양에도, 사물을 생각하려 해도 머리에서 나오는 게 없는 안타까움을 그에게 주는 결과가 되어버려, 과로한 철학자에게 흔히 생기듯이 밤에도 그를 잠들지 못하게 한 것이었다.

이 아가씨들의 남자친구들과 아는 사이가 되면, 더욱더 그녀들과 만날 기회도 늘 거라고 생각한 나는, 그에게 소개되기를 막 부탁하려고 했다. 그러나 "엉망입니다"를 연발하면서 젊은이가 떠나자마자, 나는 그것을 알베르틴에게 말했다. 이렇게 해서 다음번에 소개한다는 생각을 그녀의 머릿속에 불어넣으려 한 것이었다. "뭐라구요?" 그녀는 큰 소리로 말했다. "저런 보잘것없는 젊은이에게 당신을 소개할 수는 없어요! 이곳은 보잘것없는 사람들이 득실거리죠. 저런 사람들은 아무래도 당신과는 얘기 못해요. 저 사람은 골프에 아주 능숙하죠, 그게 전부예요. 나는 잘 알아요, 당신과는 전혀 어울리지 않는다는 걸."—

*1 문법상으로 '말하려고(en parler)'가 옳음.

"그대로 가게 하면 나중에 친구분들이 불평할 거요." 나는 그녀들과 같이 가자고 하기를 기대하면서 말했다.—"괜찮아요, 내가 없어도 괜찮으니까."

우리는 블로크와 마주쳤다. 그는 속뜻이 있는 간사한 미소를 내게 보내면서, 그와 아는 사이가 아닌 알베르틴, 또는 '벗이 아니고서도' 알고 있는 알베르틴이 있으므로, 조금 당황하는 듯, 눈에 거슬리는 엄격한 동작으로 머리를 깃 쪽으로 움츠렸다. "이름이 뭐죠, 저 야만인은?" 알베르틴이 내게 물었다. "어쩌자고 인사하는지 모르겠어, 나를 알지도 못하는 주제에. 그래서 답례하지 않았어요." 나는 알베르틴에게 대답할 겨를도 없었다. 우리 쪽으로 곧장 걸어와서 "얘기 도중에 실례" 하고 블로크가 말했기 때문이다. 블로크가 이어 말했다. "나는 내일 동시에르에 간다는 걸 자네에게 알리고 싶었네. 더 이상 지체하면 실례가 되니까. 생루 팡 브레가 나를 어떻게 생각할지 걱정인걸. 내가 2시 열차를 타겠다는 점을 말해두네. 그 뒤는 자네 마음대로 하게나." 그러나 나는 알베르틴과 다시 만나는 일과 그녀의 친구 아가씨들을 알려고 애쓰는 일밖에 머릿속에 없어서, 동시에르는 그녀들이 가는 곳이 아니며, 내가 거기에 가면 그녀들이 바닷가에 나타나는 시각이 지난 뒤라야 돌아오게 되니까, 마치 지구 끝머리에 있는 것같이 느껴지는 고장이었다. 나는 블로크에게 못 가겠다고 말했다. "그럼, 나 혼자 가지. 아루에(Arouet)*1 선생의 익살맞은 12음보의 두 시구에 따라, 생루에게

> Apprends que mon devoir ne dépend pas du sien,
> Qu'il y manque s'il veut ; je dois faire le mien
> '나의 의무가 그의 의무 여하에 따르지 않음을 알라,
> 그가 저버리고 싶으면 저버리려무나, 나는 끝내 지키리'

라고 말해, 그의 성직 교권주의를 기쁘게 해주겠네."

"꽤 예쁘장한 분이라는 걸 인정하지만." 알베르틴이 나에게 말했다. "나 저런 사람은 싫더라구요!"

---

*1 볼테르를 가리킴.

나는 블로크가 미남이라고는 한 번도 생각해본 적이 없는데, 듣고 보니 그런 성싶었다. 약간 두드러진 이마에, 심한 매부리코, 비상하게 총명한, 그리고 그 총명을 확신하고 있는 듯한 풍모, 이런 점으로 보기 좋은 얼굴을 하고 있었다. 그러나 알베르틴의 마음에 들 수 없는 얼굴이었다. 아마도 어느 정도, 알베르틴의 약점, 작은 동아리의 냉혹성, 감수성의 결핍, 그녀에게 어울리지 않는 것에 대해 아무 거리낌 없이 말하고 행동하는 태도 때문인지도 몰랐다. 그리고 그 뒤에, 내가 두 사람을 소개했을 때, 알베르틴의 반감은 바뀌지 않았다. 블로크가 속해 있는 환경으로 말하면, 사교계에 쏟아지는 우롱과, 그렇지만 '당사자'인 인간이 지니고 있는 예절 바름에 대한 마음속에 가득 찬 경의 사이에, 사교계 풍습과는 다른, 어쨌든 유별나게 고약하고도 세속적인 냄새를 물씬 풍기는 특별한 절충법을 만들어냈다. 누군가에게 소개되었을 때 그는 회의적인 미소와 과장된 존경을 함께 나타내어 머리를 숙이고, 상대방이 남자라면 "뵙게 되어 반갑습니다" 말하곤 했는데, 그 목소리는 하고 있는 말을 비웃는 듯하며, 그 자신은 자기가 상스럽지 않은 인간에 속한다는 점을 의식하고 있는 것이었다. 관습에 따르면서도 이것을 우롱하는(정월 초하루에 "Je vous la souhaite bonne et heureuse(새해에 복 많이 받으십쇼)"라고 말하듯이)*2 대화의 첫 순간부터 총명하고도 꾀바른 태도로, 그는 '교묘한 궤변을 늘어놓았'는데, 그 내용이 자주 진실로 가득해서, 그것이 알베르틴의 '신경을 건드리는' 것이었다. 이 첫날, 그의 이름이 블로크라고 말하니까, 알베르틴이 외쳤다.

"틀림없이 그럴 거라고 생각했는데, 유대인이 틀림없군. 고약한 냄새가 나는 족속은 대부분 그들이라니까." 엎친 데 덮친 격으로, 블로크는 더 뒤에 가서, 또다시 알베르틴을 성나게 하고 말았다. 지식인의 대부분이 그렇듯이, 그는 단순한 것을 단순하게 말할 수가 없었다. 하나하나의 일마다에 재치를 뽐내려는 형용사를 찾아내고서 보편화했다. 이 점이 알베르틴을 진저리나게 했다. 그녀는 자기가 하는 일에 남이 귀찮게 간섭하는 것을 몹시 싫어했는데, 발목을 삐어 가만히 있을 때 블로크가 말했다.

"그녀는 긴 의자에 누워 있도다, 하지만 그 존재는 어디든지 있으니, 끝없이 넓은 골프장과 어딘지 모르는 테니스장을 동시에 오락가락하길 고치지 않는도

---

*2 옳게 말하면 'Je vous souhaite une bonne et heureuse année'인데 'année'를 생략하고 그 대신 막연하게 인칭 대명사 라(la)를 앞에 써서 숨은 뜻을 풍기는 속된 말.

다.” 이것은 ‘문학’[*1]에 지나지 않았지만, 알베르틴은 움직이지 못한다고 말하면서 초대를 거절한 사람들과의 사이에 나쁜 일이 일어날지도 모르겠다고 느꼈으므로, 이런 말을 내뱉는 젊은이의 얼굴과 목소리에 반감을 품기에 충분했으리라.

알베르틴과 나는 한번 같이 외출하기로 약속하고 헤어졌다. 나는 내 말들이 마치 바닥없는 깊은 연못에 돌멩이를 던지듯이 어디까지 떨어지는지, 어찌 되는지 모르고서 그녀와 얘기했던 것이다. 말은 보통 우리가 그 말을 건네는 상대에 의하여 한 뜻을 차지하게 되는 것인데, 그 뜻은 상대가 자신의 실체에서 꺼내는 것이며, 그 같은 말 속에 우리가 넣었던 뜻과는 다르다는 건, 일상생활이 우리에게 잇달아 보여주는 사실이다. 그러나 만약에 우리가 한 여인 곁에 있고, 그 여인의 교육(예컨대 나로서는 알베르틴의 교육)을 짐작 못하며, 그 여인의 경향, 독서, 원칙 따위를 모른다고 하면, 우리말이 그 여인의 마음속에 어떤 것을 불러일으키게 하는지, 동물에게도 어느 정도 사물을 이해시킬 수 있으니까 뭔가 동물의 몸속에 불러일으키는 것보다는 좀 나은 것인지, 우리는 통 모른다. 따라서 알베르틴과 친해지고자 하는 일이 불가능과 접촉하는 게 아니더라도, 미지와 접촉하는 것처럼 느껴져 말을 훈련시키는 일만큼이나 어렵고, 꿀벌을 치거나 장미를 재배하는 것만큼이나 정성 드는 일처럼 느껴졌다.

몇 시간 전만 해도, 나는 알베르틴이 내 인사에 멀리서 응할 뿐일 거라고 생각했다. 그런데 우리는 이제 막 함께 소풍갈 계획을 세우고 작별한 것이다. 알베르틴과 다시 만나면 더욱더 대담하게 되리라고 결심했다. 나는 할 말을 미리 다 짜놓고, 또한(지금은 알베르틴이 다루기 쉬운 아가씨일 게 틀림없다는 인상을 완전히 가졌으니까) 그녀에게 청하는 기쁨조차 미리 다 머릿속에 만들어놓고 있었다. 그러나 정신은 식물처럼, 세포나 화학 원소처럼 영향받기 쉽다. 정신을 담그고 그것을 여러 가지로 변화시키는 매개는 여러 외적인 상황인데, 이것이 새 틀이 된다. 다시 알베르틴과 만났을 때, 그녀가 눈앞에 있다는 사실만으로, 나 자신이 다른 사람이 되어버려, 미리 짜놓은 계획과는 딴판인 것을 말했다. 다음에, 타는 듯이 붉은 관자놀이를 떠올리면서 상냥한 마음은 이해관계를 뛰어넘은 것임을 알베르틴이 깨닫고, 좀더 존중하게 되지 않을까 생각했

*1 베를렌의 《시법(詩法)》의 마지막 시구 ‘그 밖의 것은 다 문학’을 인용.

다. 결국 그녀의 어떤 눈초리, 어떤 미소 앞에 나는 당황해버렸다. 이런 눈초리나 미소는 너그러운 행동을 뜻하고 있을지도 모르지만, 또한 쾌활하고, 마음속에 순결을 지키고 있는 젊은 아가씨의, 얼마쯤 어리석은 명랑함을 나타내고 있는지도 몰랐다. 얼굴 표정도 언어 표현과 마찬가지로 똑같은 표현이 여러 뜻을 품을 수 있는 이상, 나는 그리스어의 어려운 번역문 앞에 앉은 학생처럼 머뭇거렸다.

이번에는 외출하자마자 거의 동시에, 우리는 몸집이 큰 앙드레를 만났다. 전에 재판소장 머리 위를 뛰어넘은 적이 있는 그 아가씨이다. 알베르틴은 그녀에게 나를 소개해야 했다. 그녀 친구의 눈은 유난히 밝고 맑았는데, 그 눈은 마치 어두운 아파트 안에서 반짝이는 바다의 초록빛 반사와 햇빛이 넘쳐흐르게 하고 있는 방의 열린 문과도 같았다.

내가 발베크에 온 뒤로 자주 눈에 띄어 알고 있는 신사 다섯 명이 지나갔다. 어떤 인간일까 여러 차례 마음속으로 궁금해하던 사람들이었다. "그다지 세련된 사람들이 아니에요." 알베르틴이 깔보는 투로 비웃으면서 말했다. "꼬마영감, 머리에 물들이고, 누런 장갑을 끼고, 소 모는 막대기를 들고 있는 이, 어때요, 저 잘난 얼굴, 발베크의 치과 의사, 친절한 분이죠. 뚱뚱이는 시장, 꼬마뚱보말고, 꼬마뚱보는 아마 당신도 본 적이 있을 거예요, 춤 선생이죠. 저분도 어지간히 시시하다나? 우리가 카지노에서 좀 지나치게 소란 피워 의자를 부수기도 하고, 양탄자를 깔지 않은 채 춤추려고 하기 때문에 참을 수 없나 봐요. 그러니 우리에게 상을 줄 리가 없죠. 거기서 제대로 춤추는 건 우리뿐인데. 치과 의사야 친절한 분이니까 치과 의사한테 인사해서 춤 선생을 화나게 해주고 싶었지만, 생트크루아 씨가 함께 있어서 못 했죠. 저분은 도의원, 좋은 가문인데 돈 때문에 공화당 편에 들어서, 어엿한 사람이라면 아무도 저이에게 인사하지 않아요. 우리 아저씨와 관청 관계로 아는 사이지만, 아저씨말고는 우리 집안사람들은 다 그를 모른 체하죠. 비옷을 입은 말라깽이는 오케스트라 지휘자. 어머, 저분을 모르세요? 지휘는 완벽, 〈카발레리아 루스티카나〉*[2]를 듣지 않았군요? 참 이상적이라고 생각해요! 오늘 저녁 저분의 연주회가 있어요. 그러나 우리는 거기에 못가요, 공회당에서 하니까. 카지노에서 한다면 상관없지만, 그리

*2 마스카니(Mascagni, 1863~1945)가 작곡한 악극.

스도상을 떼어낸 공회당엘 간다면 앙드레 어머니께서는 쓰러질 거예요. 아주머니의 바깥어른이 관청에 다니지 않느냐고요? 그게 뭐 대수로운 일인가요? 아주머니는 뭐니뭐니해도 내 아주머니니까. 아주머니라서 좋아하는 건 아니에요. 아주머니는, 나를 하루라도 빨리 치워버리겠다는 소원밖에 없어요. 어머니 대신 나를 정성스럽게 돌봐주시는 분, 게다가 나와는 아무런 관계도 없으므로 거듭 고마운 분이죠. 그래도 말하자면 어머니처럼 내가 사랑하는 친구분이죠, 나중에 사진을 보여드릴게요."

골프 선수이자 바카라의 노름꾼인 옥타브가 우리 쪽으로 다가왔다. 나는 이 젊은이와 나 사이에 한 관계를 발견했다고 생각했다. 왜 그런가 하니, 얘기하는 중에 그가 베르뒤랭네와의 먼 친척이 되고, 게다가 베르뒤랭네 사람들에게서 아주 귀염을 받고 있다는 사실을 알았기 때문이다. 하지만 그는 그 소문난 수요일 모임을 멸시하는 투로 말하고, 또 베르뒤랭 씨가 야회복 예법을 모른다고 덧붙이면서, 그래서 어떤 '뮤직홀' 같은 데서 베르뒤랭 씨와 부딪치면 몹시 난처하고, 마을의 공증인같이 검은 옷에 검은 타이를 맨 신사에게, "여어, 망나니"라고 큰 소리로 불리는 게 아주 듣기 싫다고 말했다. 드디어 옥타브는 우리 곁을 떠났다. 오래지 않아 이번에는 앙드레가, 그 별장 앞에 오자, 우리와 작별했다. 앙드레는 산책하는 동안 내게 한마디도 없이 그대로 별장에 들어가 버렸다. 그녀가 떠나버린 게 더욱 유감스러웠던 것은, 그녀가 얼마나 나에게 쌀쌀히 굴었는지 알베르틴에게 지적하면서, 알베르틴이 그 아가씨 친구들과 나를 친하게 하는 데 잘되지 않는 듯한 어려움을, 내 소원을 풀어주려다가 엘스티르가 첫날에 부딪쳤을는지도 모르는 그 적의(敵意)와 연관 지어 마음속으로 이 생각 저 생각 하고 있을 때, 두 젊은 아가씨, 앙브르사크네 자매가 지나가, 나도 인사하고, 알베르틴도 인사하는 걸 앙드레에게 보이지 못한 점이었다.

나는 이 아가씨들 덕분에 알베르틴에 대한 내 처지가 더 좋아지리라 생각했다. 이 두 아가씨는 빌파리지 부인과 한집안 되는 부인의 딸들로, 이 부인은 뤽상부르 공주와도 아는 사이였다. 앙브르사크 부부는 발베크에 작은 별장을 갖고 있는 대부호인데 매우 소박한 생활을 하고 있어, 언제나 남편은 같은 웃옷, 아내는 수수한 드레스를 입고 있었다. 두 분 다 나의 할머니에게 공손한 인사를 했지만, 그 이상은 없었다. 두 딸은 아주 예쁘고 세련된 옷을 입고 있었으나 도시에서 보는 듯한 우아함으로, 해수욕장 특유의 세련됨은 아니었다.

긴 드레스에, 커다란 모자를 쓴 두 아가씨는 알베르틴과는 다른 인종에 속해 있는 성싶었다. 알베르틴은 이 두 아가씨가 누군지 잘 알고 있었다. "어머! 앙브르사크네 아가씨들을 아시는군요? 그럼 정말 멋진 분들을 아는 셈인데요. 하기야 그 집 사람들은 매우 소박하지만." 그녀는 마치 그것이 모순이나 되는 듯이 덧붙였다. "둘 다 무척 얌전한 분인데, 어찌나 고상한지 카지노에 못 가게 해요. 특히 우리가 있기 때문이죠. 우리야 얌전하지 못하니까. 어때요, 저런 분이 마음에 드나요? 그야 사람에 따라 다르지만. 내게 보기엔 마치 순결한 새끼 거위, 아마 그 점이 귀엽나 보죠. 당신이 저 순결한 새끼 거위를 사랑한다면 마음껏 봉사받겠죠. 정말 저런 사람이 남자들이 좋아하는 생김새인가 봐요. 저분들 가운데 하나가 벌써 생루 후작의 약혼자이니까요. 그런데 그 젊은이를 연모하고 있는 동생에게는 그게 심한 타격이죠. 저이들은 무엇이나 입술 끝으로만 말해서 듣기만 해도 진저리가 나요. 그리고 또 입고 나오는 옷의 우스꽝스러운 꼴이라니, 비단 드레스 차림으로 골프 치러 간다니까. 저 나이로는 너무나 건방진 옷차림이지 뭐예요. 옷맵시 낼 줄 아는 중년 부인들보다 더하지 뭐예요. 저어, 엘스티르 부인, 그분 참 멋있죠."

나는, 엘스티르 부인이 내가 보기엔 몹시 소박한 옷차림 같더라고 대답했다. 알베르틴이 까르르 웃어댔다. "사실이에요, 매우 소박한 옷차림이에요. 하지만 그 옷차림에 매력이 있거든요. 당신 눈에 소박하게 보일 정도까지 이르기에, 많은 돈을 들인 거죠." 엘스티르 부인의 드레스는, 여인의 몸치장 물건들에 대한 틀림없는 취미와 담백한 기호를 갖지 못하는 이의 눈에 띄지 않은 채 지나가버리는 그런 것이었다. 내게는 그런 취미가 없었다. 알베르틴이 나에게 한 말로는, 엘스티르는 그것을 가장 높은 정도로 지니고 있다는 것이었다. 그의 아틀리에를 방문했을 때 나는 그 점을 알아채지 못했을 뿐더러, 또한 아틀리에를 가득 채우고 있는 멋들어진 그러나 담백한 물건들 모두가 그가 갈망하던 감탄할 만한 것들이어서, 그 물건들의 유서를 알고 있는 그가, 그것들을 손에 넣을 수 있는 데 충분한 돈을 벌기까지, 판매에서 판매로 그 행방의 뒤를 밟아 왔다는 사실도 알아채지 못했던 것이다. 하지만 그 점에 대해서는, 알베르틴도 나와 마찬가지로 거의 몰라서 하나도 나에게 일러줄 수가 없었다.

한편 여인의 몸치장에 대해서는, 멋을 부리는 본능이 움직이는 이상, 아마도 자기 몸에 치장할 수 없는 것을 더 공평하게, 더 섬세하게, 부유한 사람들한테서 감상하는 가난한 아가씨들의 부러움으로, 그녀는 엘스티르의 세련된 취미를 곧잘 얘기할 수 있었다. 엘스티르의 취미는 어찌나 까다로운지, 그의 눈에 온갖 여인의 옷차림이 엉망으로 보이고, 또 모든 사람을 하나의 조화, 하나의 미묘한 느낌 속에 넣는 습관을 갖고 있어서, 그는 아내를 위하여 엄청난 값으로 파라솔이나 모자, 외투를 만들게 했다. 그런 걸 멋지다고 생각하게 된 것은 알베르틴한테 배워서이고, 취미 없는 사람이라면 나처럼 어디에 멋이 있는지 알아채지 못할 것들이었다. 게다가 알베르틴은 그림을 좀 그려보았지만 하나도 '소질'이 없다고 털어놓고 말하면서도 조금 그림 솜씨가 있어, 엘스티르에게 크나큰 존경의 마음을 품고 또 엘스티르가 그녀에게 한 말과 보여준 것 덕분으로 그림에 밝고, 그 지식은 〈카발레리아 루스티카나〉 에 대한 열광과는 뚜렷한 대조를 이루고 있었다. 아직 거의 겉으로 보이진 않으나, 실제로 그녀는 몹시 총명해, 입으로 말하는 것들이 어리석지만, 그건 그녀 본모습이 아니었고 환경과 나이 탓이었다. 엘스티르는 그녀에게 다행스러운 영향을 주었지만, 부분적인 것이었다. 지성의 모든 형태가 알베르틴한테는 똑같은 발전 단계에 이르지 못하고 있었던 것이다. 그림에 대한 취미는 옷차림과 온갖 유행의 취미를 거의 따라잡고 있었으나, 음악에 대한 취미는 아직 아득히 멀어 훨씬 뒤쪽에 처져 있었다.

알베르틴이 앙브르사크네 사람들을 알고 있다고 해서 나에겐 조금도 도움이 되지 않았다. 큰일을 치를 수 있는 이가 반드시 작은 일을 치를 수 있는 것이 아니듯, 내가 앙브르사크네 자매에게 인사한 뒤에도, 알베르틴이 동아리의 벗들에게 더 적극적으로 나를 소개하려는 기미가 보이지 않았다. "그런 애들을 대수롭게 생각하다니 사람도 좋으셔라. 그 애들에게 마음 쓰지 말아요, 하찮은 애들이니까. 당신같이 어엿한 분에게 그런 어린 계집애들이 셈에 들어갈 수 있을까? 앙드레만큼은 아주 머리가 좋지요. 착한 아이지만 너무 변덕스러워요. 다른 애들은 정말 머리가 둔해요." 알베르틴과 작별한 뒤, 갑자기 나는, 생루가 약혼녀가 있다는 사실을 나에게 숨긴 것, 또 정부와 관계를 끊지 않은 채 약혼하는 나쁜 짓을 했다는 것이 머릿속에 떠올라 마음 아팠다. 그렇지만 며칠 뒤에 나는 앙드레와 얼굴을 대했다. 이번에는 그녀가 꽤 오랫동안 지껄여대서, 나는 그 틈을 타서 내일 또 만나고 싶다고 말했는데, 그녀는 어머니가 병환이라 혼자 있게 할 수 없다고 대답했다. 이틀 뒤 엘스티르를 만나러 가니까,

엘스티르는, 앙드레가 나한테 매우 호감을 품고 있더라고 말했다.

"아니죠, 처음으로 말한 날부터 그녀에게 호감을 느낀 건 나죠. 다음 날 또 만나자고 청했더니 그녀 쪽에서 안 된다고 하더군요."—"알고 있소, 그녀가 그렇게 말하더군요." 엘스티르가 말했다. "퍽 서운해했으나 여기서 10리 남짓한 곳에 소풍을 가기로 약속이 있었나 봐요. 사륜마차로 가게 되어 있어 취소할 수가 없었다더군요." 이 거짓말은, 앙드레가 나와 친분이 두텁지 않으니까 문제가 되지 않을지 모르나, 태연히 거짓말을 하는 여인과의 교제는 끊어야 했으리라. 왜냐하면 사람은 한번 한 짓을 끝없이 되풀이하니까. 처음, 약속한 장소에 오지 않거나 또는 감기에 걸렸다는 친구를 해마다 찾아가보라. 또 감기로 누워 있다고 하거나 약속한 장소에 안 오거나 할 테니. 못 오는 핑계는 언제나 같은데, 자기 딴에는 경우에 따라 그때그때 핑계를 달리 댄 줄로 여긴다.

앙드레가 나에게 어머니 곁에 남아 있어야 한다고 말한 지 얼마 뒤의 어느 날 아침, 알베르틴을 언뜻 본 나는 그녀와 함께 산책하기 시작했다. 그 모습을 얼핏 보았을 때 지오토의 '우상 숭배'를 닮았구나 생각했는데, 그것은 그녀가 끈 끝에 기묘한 것을 달아 올리고 있었기 때문이다. 그 장난감은 '디아볼로(diabolo)'*1라고 하는 것으로, 지금은 쓸모없게 되어, 그것을 손에 들고 있는 소녀 초상화 앞에 서면, 먼 미래의 비평가들은 마치 아레나 성당에 남아 있는 풍자화 앞에 서기라도 한 듯이, 그 소녀가 손에 쥐고 있는 것에 대하여 논쟁을 벌였으리라. 잠시 뒤 내가 젊은 아가씨들 동아리를 처음 보던 날, 앙드레의 날쌘 발이 스쳐간 그 노신사에 대해서 '저 노인, 불쌍해 차마 못 보겠어' 하고 심술궂은 투로 냉소하던, 초라하고도 인정머리 없는 그 벗이 다가와서 알베르틴에게 말했다. "안녕, 방해되니?" 이 소녀는 성가셔서 모자를 벗어버렸다. 그녀의 머리칼은, 식물의 넋을 잃게 하는 이름 모를 변종처럼, 자디잘게 갈라져 돋은 잎 모양으로 이마 위에 늘어져 있었다. 알베르틴은 모자도 쓰지 않은 그녀를 보고 화가 났을 것이다. 대꾸 한마디 없이 쌀쌀하게 침묵을 지켰음에도 상대는 태연히, 나와의 사이에 알베르틴을 둔 채로 걸었다. 알베르틴은 어떤 때는 그 벗과 단둘이 있게 하고, 또 어떤 때는 그 벗을 뒤에 처진 채 두고 나와 함께 걸어갔다. 나는 본인 앞에서 알베르틴에게 소개하라고 청해야만 했다. 알

*1 장대 두 개와 줄로 공중에서 팽이를 돌리는 놀이.

베르틴이 내 이름을 말하자, '저 노인, 불쌍해 차마 못 보겠어'라고 말했을 때 그토록 잔혹하게 보이던 이 아가씨의 얼굴과 푸른 눈 속에, 진심과 애정이 담긴 미소가 반짝 지나가는 걸 보았다. 그녀는 손을 내밀었다. 머리칼은 금빛, 또 그 금빛은 그것만이 아니었다. 곧 두 볼은 장미색, 눈은 파랬지만 아직 아침의 다홍색 하늘처럼 얼굴 전체에 금빛이 나타나 반짝였다.

금세 불이 붙은 듯, 나는 마음속으로 말했다. 이 아가씨는 아직 어려서 사랑을 하면 수줍어한다. 알베르틴에게 핀잔을 받으면서도, 나를 위하여, 나를 연모하므로 우리를 따라오고 있는 것이다. 남들에게는 매정하지만 내게는 온순하다는 점을 그 웃음 치는 상냥한 눈길로 마침내 내게 털어놓을 수 있는 걸 기쁨으로 삼고 있을 게 틀림없다고. 그러고 보니, 아마도 내가 그녀를 모르고 있을 때부터, 바닷가에서 나를 주목해, 내내 나를 생각해왔는지도 모른다. 그리고 그 노인을 놀려댄 것은 나를 감탄시키기 위함이고, 그 뒤의 나날을 침울한 표정으로 보낸 것은 나와 가까워지지 못해 그랬는지 모른다. 그러고 보니 저녁때 바닷가를 혼자 산책하는 모습을, 호텔에서 몇 번인가 언뜻 본 적이 있다. 아마 그녀는 나를 만날 수 있으리라 생각해 그랬을 것이다. 지금은 작은 동아리 사람들이 없지만 알베르틴이 있으므로 방해받고 있는 그녀가, 이 벗의 점점 심해지는 쌀쌀한 태도에도 우리 뒤를 따라오는 것은, 마지막까지 뒤에 남아 잠시나마 단둘이 되는 기회를 얻어, 가족이나 친구들 모르게 빠져나와 미사 전 또는 골프 뒤에 안전한 곳에서 나와 만나는 약속을 맺고 싶기 때문이라고밖에 느껴지지 않았다. 앙드레와 그녀 사이가 나쁘고, 앙드레가 그녀를 싫어해서 그녀를 만나기가 더욱 쉽지 않았다. "난 오래오래 참아왔어요." 앙드레가 내게 말했다. "그 애의 터무니없는 거짓말, 비열한 짓, 나에게 했던 헤아릴 수 없는 치사한 책략을 다른 벗들 때문에 참아왔어요. 그러나 최근 독설에는 인내심도 바닥이 드러나버렸죠." 그리고 앙드레는 이 아가씨가 퍼뜨리고 돌아다닌 험담을 나에게 이야기했는데, 그것은 과연 앙드레를 악랄하게 중상하는 험담이었다.

그런데 알베르틴이 우리 둘을 두고 갔더라면 그때에 꺼내겠다고 지젤의 눈이 약속한 말은 결국 듣지 못하고 말았다. 왜냐하면 알베르틴이 고집 세게 우리 둘 사이에 끼어들어 더욱더 무뚝뚝한 대꾸를 계속하다가, 지젤이 무슨 말을 해도 단 한마디도 대답하지 않아 드디어 지젤도 물러가버렸기 때문이다.

나는 알베르틴에게 그처럼 불쾌한 태도를 취한 점을 나무랐다. "그래야 좀 조심성 있게 구는 걸 배우죠. 나쁜 애는 아니지만 짓궂어요. 그렇게 무엇에든지 참견할 게 뭐람. 뭣 때문에 찰떡같이 붙는다죠, 부탁도 하지 않았는데? 썩 꺼지라고 말할 뻔했다니까요. 또 그 머리 모양이 뭐예요, 망측하게, 악취미도 이만저만이 아니라니까." 알베르틴이 이렇게 말하고 있는 동안, 나는 그녀의 볼을 물끄러미 보고 있었다. 그리고 그 볼이 어떠한 향기, 어떠한 맛이 날까 생각했다.

이날 그녀는 산뜻하기보다 매끈매끈하고, 보랏빛 도는, 크림 같은, 무늬 없는 장밋빛으로, 초를 칠한 장미 꽃잎을 떠올리게 했다. 사람이 이따금 꽃에 열중하듯 나는 이 꽃에 정열을 느꼈다. "나는 그녀를 주의해 보지 않았는데요." 내가 대답했다.—"그래도 당신은 그 애를 꽤 자세하게 보던데요, 마치 그 애의 초상화라도 그리듯이." 그때 내가 눈여겨보고 있는 것이 그녀 자신이라는 사실에 마음 풀리지 않고 그녀가 말했다. "그렇지만 그 애는 당신 마음에 안들 거예요. 그 애는 전혀 이성의 환심을 사려는 아이가 아니거든요. 당신은 이성의 환심을 사려는 여자아이를 좋아하시죠. 어쨌든 그 애가 찰거머리처럼 붙어다녀 퇴짜 맞는 기회는 없어질 거예요, 곧 파리로 돌아가니까."—"다른 친구분들도 함께 가나요?"—"아뇨, 그 애만. 그 애와 가정교사하고. 시험을 치러야 하니까요. 맹렬히 공부하겠죠, 가엾게도. 생각만 해도 우울해요. 때로는 좋은 문제에 부딪치는 일도 있긴 하지만. 그런 건 정말 우연이죠. 내 친구 가운데, 재수 좋게 이런 문제에 부딪친 애가 있어요. '그대가 당한 사건을 이야기하라.' 운이 좋았죠. 그러나 이런 문제를 다뤄야만 했던 애를 알고 있어요(더구나 필기로), '알세스트와 필랭트*1 가운데 당신은 어느 편을 벗으로 택할 것인가?' 나 같으면 벌린 입이 다물어지지 않을 문제! 뭐니뭐니해도 우리 같은 아가씨들에게 내놓을 문제가 아니지 뭐예요. 여학생은 다른 여자아이들과 사귀지, 남자분을 친구로 삼지는 않으니까(이 말은, 내가 작은 동아리 속에 끼일 기회가 거의 없다는 걸 나타내어, 나를 겁나게 했다). 아무튼 이런 문제가 남학생들에게 출제되었다고 치고, 그것에 대해 할 말이 뭐죠? 숱한 가정이, 이런 문제는 어렵다고 불평하는 글을 〈골루아〉 지에 투고했답니다. 더 말이 아닌 것은 상을 받은 학

---

*1 몰리에르의 〈인간 혐오자(Le Misanthrope)〉 에 나오는 인물.

생들의 우수 답안집에, 주제를 완전히 반대로 다룬 것이 두 편이나 있다는 점. 모든 게 시험관이 어떠한가에 따른다니까요. 한 시험관은 필랭트가 아첨꾼이자 교활한 인간이라고 대답하기를 바랐고, 또 한 시험관은 알세스트에게 탄복할 수밖에 없기는 하나 지나치게 까다로운 인간이라, 친구로서는 필랭트를 택해야 한다고 대답하기를 바란 거죠. 선생들 간에도 의견이 일치하지 않는데 학생들이 어떻게 안다죠, 불쌍한 건 학생들이라니까. 또 이 정도라면 아무것도 아니죠, 문제가 해마다 어려워지니, 원. 그러니 지젤도 있는 마력(馬力)을 다 내지 않으면 통과하기 힘들 거예요."

호텔에 돌아와 보니 할머니가 계시지 않아, 나는 오랫동안 기다렸다. 드디어 할머니가 돌아왔을 때, 나는 뜻하지 않은 일로 이틀 정도 걸리는 여행을 하게 해달라고 졸랐다. 할머니와 함께 식사를 끝내고, 마차를 불러 타고 역으로 몰았다. 지젤은 거기서 나를 보아도 놀라지 않을 것이다. 동시에르에서 파리행 기차를 갈아타기만 하면, 그 객차에는 다닐 수 있는 복도가 있으니까, 가정교사가 조는 동안에, 지젤을 어두운 한구석으로 데리고 가, 내가 파리에 돌아간 뒤에 그녀와 만날 장소를 정할 수 있겠지. 나는 될 수 있는 한 빨리 파리에 돌아가자. 그녀가 보일 의사에 따라, 캉 또는 에브뢰까지 그녀와 함께 가다가 거기서 다음 기차로 발베크에 돌아오자. 그렇지만 내가 그녀와 그 동아리 벗들 사이에서 선택에 망설이던 것, 그녀와 마찬가지로 알베르틴이나 맑은 눈의 아가씨나 로즈몽드한테 사랑받기를 원하던 것을, 그녀가 안다면 어떻게 생각할까? 서로의 사랑이 나를 지젤에게 잇닿게 하려는 지금, 나는 양심의 가책을 느낄 뿐이었다. 더구나 나는 이미 알베르틴을 좋아하지 않는다고 진심으로 지젤에게 딱 잘라 말할 수도 있을 것이다. 이날 아침, 지젤에게 말하려고, 등을 거의 이쪽으로 돌리면서 멀어져가는 알베르틴의 모습을 보았기 때문이다. 실쭉한 얼굴을 옆으로 돌린 그녀의 머리 위에, 그 뒷머리칼이 다른 곳의 그것과는 달리 두드러지게 검어, 마치 물에서 갓 나온 듯이 반짝이고 있었다. 나는 물에 젖은 암탉을 떠올렸고, 또 그 머리칼은, 연보랏빛 얼굴과 신비한 눈길이 이제껏 드러내던 영혼과는 다른 또 하나의 영혼을 나로 하여금 알베르틴 몸안에 나타내게 했다. 이 윤나는 머리칼은, 한순간 내가 그녀에게서 언뜻 볼 수 있었던 전부이자, 그 뒤에도 이것만이 떠올랐다.

우리 기억은 진열창 있는 상점과도 같아, 그 진열창에 어떤 인물의 한 사진을 늘어놓고, 뒷날에 자세가 다른 사진을 진열한다. 그래서 보통 최근의 기억만이 얼마간 눈에 남는다. 마부가 말을 빨리 모는 동안, 나는 지젤이 속삭이는 감사와 애정의 말, 하나같이 그녀의 상냥한 미소와 내민 손에서 생긴 말을 듣고 있었다. 이는 내가 아직 연인이 되지 않았으나 그렇게 되기를 바라 마지않는 삶의 한때에, 아름다움의 육체적인 이상, 곧 언뜻 보고 나서 멀리 얼굴이 아리송하면, 지나가는 어느 여인 속에도 금세 내가 그럴 것임에 틀림없으리라 확인하는 육체적인 이상뿐만 아니라, 또한 나를 열중케 하려는 여인의 정신적인 환영마저—내 어린 시절부터 머릿속에 모조리 씌어 있던 연애극 속에서, 나의 대사를 나누고자 하는 여인의, 언제라도 인간의 육신을 가질 채비가 된 정신적인 환영마저—마음에 품고 있기 때문이다. 그리고 조금이라도 그 소임에 맞는 쓸모 있는 육체를 갖추고 있기만 하면, 어떠한 아가씨도 그런 연애극을 하고 싶어할 거라고 생각했다. 내가 새로운 배역을 만들거나 다시 상연하거나 하는 데 초청하는 새 '스타'가 어떠한 여인일지라도, 그 연극의 줄거리, 사태의 격변은 물론이려니와, 그 대본도 '결정판'의 형식을 유지했다.

며칠 뒤, 우리를 소개하는 데 조금도 서둘지 않았던 알베르틴의 태도에도, 나는 첫날 작은 동아리 사람 전부를 알게 되었다. 그녀들은 모두 발베크에 남아 있었다(단 지젤을 빼놓고. 내가 탄 마차가 역의 건널목 앞에서 오랫동안 멈춘 것과, 시간표가 바뀐 것 때문에, 지젤이 탄 기차에 가지 못해, 내가 도착하기 5분 전에 떠나버렸는데, 하기야 이제 나는 지젤에 대해 생각하지 않았다). 게다가 한 동아리가 아닌 그녀들의 벗, 두서너 아가씨에게도 내 부탁으로 소개받았다. 그러므로 내가 새로 알게 된 한 아가씨에게 품는 기쁨의 기대는, 그 아가씨를 나에게 소개해준 다른 아가씨한테서 오며, 가장 마지막으로 온 아가씨는 별종의 장미 덕분에 얻은 변종 가운데 한 가지와도 같았다. 이렇게 꽃부리에서 꽃부리로 꽃줄을 거슬러 오르자, 변종을 아는 즐거움은 그 변종을 아는 계기가 된 꽃부리 쪽에 나를 되돌아가게 하여, 새 희망과 똑같은 정도의 욕망을 섞은 감사의 정을 품게 했다. 오래지 않아 나는 이 젊은 아가씨들과 나날을 지냈다.

애석하도다! 눈부시도록 싱싱한 꽃 속에, 무정한 세월의 덧없음을 아는 이, 눈에 보이지 않는 미세한 반점을 구별할 수 있으니, 한창 꽃핀 싱싱한 살이 오래지 않아 곧 건조로 또 결실로, 이미 예정된 변함없는 종자의 형태를 지어가리라는 걸 알아본다. 아침 바다가 상쾌하게 부풀게 하는 잔물결, 조수가 눈에 띄지 않을 만큼이나 잔잔한 바다에, 움직이지 않아 그린 듯한 잔물결과 같은 코의 높낮이를 우리는 더할 수 없는 쾌락과 더불어 눈으로 뒤따른다. 인간의 얼굴은 그것을 바라보는 순간에 변하지 않을 듯이 보이는 것이니, 얼굴이 새롭게 바뀌는 과정은 쉽사리 눈에 띄지 않을 만큼 완만하기 때문이다. 그러나 젊은 아가씨들 곁에 그 어머니나 아주머니를 놓고 보면, 얼굴이 지나온 거리를 재기에 충분하여 일반적으로 추한 모양 쪽으로 끌어당기는 내적인 힘의 작용으로, 얼굴은 미처 서른 해도 못 되는 사이에 눈매가 기울어지고, 지평선 너머 쪽으로 저물어 다시는 햇살을 받지 못할 정도로 변하고 마는 거리를 건너리라.

나는 알았다, 자기들의 종족, 자기들의 민족성에서 벗어난 줄로 여기는 사람들에게마저, 그 안에 숨어 있는 유대인적 애국주의 또는 기독교도적 유전과 마찬가지로 뿌리가 깊고, 피할 수 없게 알베르틴의, 로즈몽드의, 앙드레의 장밋빛 꽃차례 그늘에, 그녀들 자신도 모르게 만일의 경우를 위하여 커다란 코, 비쭉 나온 입, 비대함을 남겨두고 있다는 사실을. 이런 것이 겉으로 나타나면 놀라우나, 사실 무대 뒤에서 언제라도 무대에 나올 채비가 되어 있는데, 이를테면 때와 경우에 호응하여, 개인 그 자신에 앞선 본성에서 갑자기 생겨나는, 뜻밖의 피할 수 없는, 드레퓌스주의라든가 교권주의라든가, 민족적이자 봉건적인 영웅주의라든가와 똑같은 것이다. 개인은 그런 본성을 속에 지니면서 변하기 쉬운 개별적인 여러 양상을 띠는데, 그 양상과 본성의 관계를 가리지 못한 채, 생각하고, 살며, 변화하고, 강해지거나 죽는다.

정신적인 면에서도, 우리는 생각보다 더 강한 자연계의 법칙에 의존하여, 우리 정신은, 꽃이 피지 않고 씨를 뿌리는 식물같이, 어떤 벼과의 식물처럼, 미리 여러 가지 특성을 지니고 있는데, 그런 특성을 우리가 택한 줄로 생각한다. 그러나 우리는 2차적인 관념밖에 파악하지 못하며, 그런 관념을 필연적으로 만들어내는 제1원인, 필요에 따라 겉으로 나타나는 제1원인(유대 민족, 프랑스인의 혈통 같은)을 깨닫지 못한다. 2차적인 것이 깊이 고려한 결과처럼 보이고, 근본적인 것이 위생상 무모한 결과로만 보일지도 모르나, 콩과 식물이 형체를 그 종자에서 이어받고 있듯이, 우리를 살리는 관념도 우리를 죽이는 병도 모두 혈통에서 이어받고 있다.

꽃이 피고 나서 저마다 다른 시기에 열매 맺는 식물을 구경하듯, 나는 발베크의 바닷가에서 여러 나이 든 부인네 몸 안으로, 나의 친구 아가씨들이 어느 날 그렇게 될 단단한 종자, 그 무른 덩이줄기를 보았다. 하지만 그런 것은 아무래도 좋다. 지금은 꽃의 계절이다. 따라서 빌파리지 부인이 나를 산책에 초대하더라도, 핑계를 꾸며대어 시간에 얽매이지 않으려고 했던 것이다. 엘스티르한테 가는 것도 나의 새 친구 아가씨들이 함께할 때만 했다. 생루와 약속해 놓고서도 동시에르에 그를 보러 가는 오후의 짬을 내기조차 힘들었다. 사교계 모임, 진지한 대화, 심지어 정다운 담소일망정, 그것이 만에 하나라도 아가씨들과의 외출을 방해하는 것이라면, 나는 마치 식사 시간에 식당에 데려가는 대신 앨범을 구경시키러 데리고 갈 때의 느낌을 받았으리라. 아이든 젊은이든 노년의 부인이든 중년의 부인이든 우리와 사귀다가 마음에 들었거니 여기는 상대가 우리의 시야에 나타나는 경우, 그것이 어떤 불안정한 평면 위에 나타나는데, 우리가 비좁은 시각으로 줄어든 눈을 통해서밖에 그 상대를 의식하지 못하기 때문이다.

그런데 이 젊은 아가씨들 쪽으로 시각을 돌리자 그 시각은 다른 수많은 감각의 대표 격이 된다. 감각의 대표는 냄새, 감촉, 맛 같은 갖가지 특색을 차례차례 찾아나가, 손과 입의 도움을 빌리지 않고서 그와 같은 여러 감각을 맛본다. 그리고 감각 대표는 그 위치를 바꾸거나 한데로 모으는 데에 탁월한 기술을 다 갖춘 덕분에, 욕망을 썩 잘 부려, 아가씨들의 볼 또는 가슴의 빛깔을 보기만 해도, 그 빛깔을 바탕 삼아, 두드림 진단, 맛보기, 접촉 등 실제로는 불가능한 행위를 벌일 수 있어, 마치 장미밭이나 포도밭에서 눈으로 꽃송이, 포도송이를 먹으면서, 그 단 꿀과 과즙을 맛볼 때와도 같은 풍만한 감각을 아가씨들에게 준다.

날씨가 나빠도 무서워하는 일 없이, 비옷을 걸친 알베르틴이 자전거로 소나기 속을 달리는 모습을 여러 번 보았지만, 비 오는 날 우리는 한나절을 카지노에서 보냈다. 그런 날 카지노에 가지 않다니, 나에게는 있을 수 없는 일처럼 느껴졌다. 앙브르사크 자매는 한 번도 카지노에 발을 들여놓은 적이 없어서 자매에게 가장 큰 멸시를 느꼈다. 그러고 나서 아가씨 친구들이 춤 선생에게 장난치는 것에 기꺼이 한몫 끼었다. 우리는 곧잘 감독권을 침해하여, 경영자 또는 사무원의 몇 마디 잔소리를 듣기가 보통이었다. 왜냐하면 아가씨 친구들은,

또한 앙드레도—앙드레로 말하면, 나는 첫날 그 장난이 너무나 심해 디오니소스적인 여자아이로 생각했지만, 사실은 그와 반대로 병약하고 지적인 아가씨였는데, 그해는 건강이 몹시 나빴음에도, 그런 건강 상태에 지배당하기보다 차라리 병자나 건강한 자나 한결같이 쾌활성 속에 녹아들게 하는 자랑스러운 나이의 힘에 지배당했던 것이었다—댄스홀 출입구에 이르기까지, 또 홀에 들어가는 데, 뜀뛰기, 의자 위를 전부 뛰어넘기, 노래 부르면서, 아직 양식이 나뉘지 않은 옛 시대에, 서사시 속에서, 신학의 가르침에 농업 규범을 섞는 고대 시인의 방식으로, 그녀들의 젊디젊은 젊음 속에 온갖 예술을 섞으면서, 미끄럼 타며 뒷걸음질치지 않고 배기는 적이 없었기 때문이다.

첫날에는 가장 쌀쌀하게 보인 앙드레지만, 알베르틴과는 비교도 안 될 만큼 감정이 섬세하며 다정스럽고 예민했으며, 알베르틴에게는 언니처럼 쓰다듬는 듯하고도 부드러운 애정을 보이고 있었다. 카지노에서는 내 곁에 와서 앉고—알베르틴과는 달라—왈츠의 차례를 거절할 줄 알았고, 내가 피로하기라도 하면 카지노에 가는 걸 단념하고 호텔에 오기까지 했다. 나에 대한 우정, 알베르틴에 대한 우정을, 앙드레는 심정과 사물에 대한 속 깊은 이해를 보여주는 섬세한 감각과 더불어 나타내었는데, 아마도 어느 정도 그녀의 병약한 상태 탓이었을 것이다. 앙드레는 언제나 명랑한 미소를 띠고 알베르틴의 유치한 행동, 즐거운 장난을 하자고 하면 천진난만한 기세와 더불어 저항 못할 유혹에 끌리는 마음을 겉으로 드러내는 알베르틴의 유치한 행동을 변명하고 있는 성싶었다. 알베르틴은 나와 함께 얘기하는 편이 좋다는 태도를, 앙드레처럼 단호하게 짓지 못했다…….

골프장에서 먹는 오후 간식 시간이 가까웠는데, 아직 우리가 자리에 그대로 있기라도 하면, 알베르틴은 채비를 차린 뒤에 앙드레한테 와서 말한다. "어서 앙드레, 왜 꾸물거리지? 골프장에 가기로 했잖아."—"가기 싫어, 나 여기 남아 저분하고 얘기할래." 앙드레는 나를 가리키며 대답한다—"그래도 뒤리외 부인이 너를 초대한 걸 알잖아." 알베르틴이 목소리를 높인다. 마치, 나와 함께 남아 있겠다는 앙드레의 생각이 초대되어 있는 걸 모르고 있던 게 틀림없다는 사실로밖에 설명할 수가 없다는 듯이.—"그만 해, 바보같이 소리지르지 마." 앙드레가 대답했다. 알베르틴은 그녀 또한 남아 있으라고 할까 봐 더 고집하지 않고, 머리를 살래살래 흔들고는 "마음대로 하렴" 하고, 마치 몸에 나쁜 줄 알면서도 쾌락을 그만두지 못해 몸을 축내는 병자에게 말하듯이 대답한다. "난 뛰어가야겠어, 네 시계가 느린 것 같으니까." 이렇게 말하고 나서 부리나케 달아난다. "버르장머리 없이 굴죠, 귀여운 애지만." 앙드레는, 귀여워하면서도 비판하는 미소로 그 벗을 감싸주면서 말한다. 이렇듯 놀기 좋아하는 점에서, 알베르틴이 처음 무렵의 질베르트와 뭔가 같은 점이 있다면, 이는 우리가 차례차례 좋아하는 여인들 사이에, 발전이 있기는 하지만 우리 기질이 변하지 않는 데서 비롯하는 어떤 유사점이 존재하기 때문이다. 이 기질이 여인을 선택하는 데, 우리와 정반대인 동시에 우리의 모자람을 채워줄 것 같은 여인, 다시 말해 우리 관능을 만족시키는 동시에 우리 마음을 괴롭히는 데 알맞은 여인을 택하고, 그렇지 않은 여인을 모조리 제쳐놓아 버린다. 그렇게 해서 선택된 여인들은, 우리 기질의 산물, 우리 감수성의 영상, 거꾸로 비친 영상, 바로 '음화(陰畫)'*1이다. 따라서 소설가는 주인공의 생애를 통해, 연달아 일어나는 사랑을 거의 정확히 묘사할 수 있고, 자기 자신을 묘사하는 게 아니라 새로 창조하고 있는 인상을 줄 수가 있는 듯싶다. 왜냐하면 꾸며낸 참신함보다도 반복 속에 그런 힘이 있으며, 이것이 새로운 진실을 암시하기 때문이다.

게다가 소설가는, 이야기가 새로운 생활의 안쪽 다른 위도에 들어감에 따라 뚜렷이 드러나는 변화의 징후를, 여성을 사랑하고 있는 남성의 성격 속에 기록해야 할 것이다. 만약에 소설가가 다른 인물들에 대하여 각각 성격을 묘사하면서, 사랑을 받은 여성에게 어떠한 성격도 주기를 삼간다면, 모르면 몰라도 그 소설가는 또 하나의 진실을 설명하는 셈이 되리라. 우리는 아무래도 좋은 사람들의 성격을 잘 알고 있기는 하지만, 우리 생활과 뒤섞여 있는 이, 이윽고 우리 자신한테서 떼어내지 못하게 되는 이, 그 행동에 대하여 끊임없이 불안한 가정을 세웠다가 허물어뜨려야만 하는 이의 성격을, 어떻게 우리가 파악할 수 있겠는가? 사랑하는 여인의 이것저것을 알고 싶은 마음은, 지성의 바깥으로 뛰어나와 달음박질치는 중에 그 여인의 성격 범위를 지나쳐버린다. 우리는 그 범위 내에 멈출 수도 있겠지만, 결국 우리는 그렇게 하기를 바라지 않을 것이다. 우리의 불안한 탐구 대상은, 여러 가지 모양으로 알맞게 합해져서 살의 현란한 독창성을 만들어내는 그 피부 위의 조그만 마름모꼴과 비슷한, 성

---

*1 사진 용어인 '네거티브(negative)'라는 뜻.

격의 여러 특징보다도 더욱 본질적이다. 우리 직관이 바퀴살 모양으로 내뻗침은 그런 특징을 꿰뚫어, 그 내뻗침이 비추는 영상은 개인 얼굴의 영상이 아니라 해골이 가진 침울하고도 비통한 보편성을 나타낸다.

앙드레는 대단한 부자이고, 알베르틴은 가난한 고아였으므로, 앙드레는 아주 너그럽게 자신의 사치스런 생활을 알베르틴에게 이용시키고 있었다. 지젤에 대한 앙드레의 감정도 내가 생각했던 바와는 딴판이었다. 지젤이 떠난 며칠 뒤에, 이 여학생의 소식이, 아직 다른 아가씨들 하나하나에게 편지 보내지 못한 게으름을 사과하면서, 여행과 도착을 작은 동아리 모두에게 알릴 셈으로 쓴 지젤의 편지를 받은 알베르틴을 통해서 왔을 때, 지젤과 더할 수 없이 사이가 나쁘거니 생각했던 앙드레가, "내일 편지를 써 보내야지, 그 애의 편지를 기다렸다가는 또 언제 올지 모르니까. 그 애는 편지 쓰는 데 아주 게으르거든"이라고 하는 말을 듣고, 나는 적잖이 놀랐다. 그러고 나서 앙드레는 이쪽으로 머리를 돌리며 덧붙였다. "이렇다 할 만한 점이 없을지 모르지만 그래도 그 애는 아주 착해요. 게다가 난 그 애를 진심으로 좋아해요." 그래서 나는, 앙드레의 불화는 오래 가지 않는다고 결론지었다.

앞에서 말한 비 오는 날을 빼면, 우리는 자전거로 절벽 위나 교외로 나가게 되어 있어, 나는 한 시간이나 전부터 몸단장하기에 애쓰며, 프랑수아즈가 내 옷가지를 제대로 준비해놓지 않으면 곧잘 투덜거렸다.

그런데 파리에 있을 때에도 프랑수아즈는, 그 자존심의 비위를 맞추어줄 때면 겸손하고도 겸허하며 애교 있게 구는데, 잘못을 조금이라도 탓하면 기고만장하여 나이 탓으로 굽기 시작한 허리를 거만스럽게 똑바로 세웠다. 자존심이 그녀 생활의 커다란 원동력인지라, 만족과 좋은 기분은 사람들에게 부탁받은 어려운 일과 정비례했다. 발베크에 와서는 시키는 일이 너무나 간단해 거의 늘 얼굴에 불만의 기색을 나타냈는데, 내가 아가씨 친구들을 만나러 가려고 할 때, 모자에 솔질을 해두지 않거나 넥타이가 정돈되어 있지 않거나 한 점을 불평하면, 그 불만이 금세 백배로 늘어나, 엎친 데 덮친 격으로 비꼬는 듯한 거만한 표정마저 섞이는 것이었다. 많은 수고 끝에 대수로운 일을 한 것 같지 않은 데에 짜증이 난 프랑수아즈는, 윗도리가 늘 있던 곳에 없다는 간단한 잔소리에, 얼마나 정성 들여 그것을 '먼지 묻지 않도록 되도록 빨리 챙겨넣는지'를 자랑할 뿐더러, 또한 자기 일에 대한 입버릇의 찬사를 늘어놓으면서, 발베크에

와도 거의 휴가 기분이 나지 않는다는 둥, 이 같은 생활을 하는 사람은 둘도 없다는 둥 한탄했다.

"도대체 자기 옷가지를 이 모양으로 아무렇게나 내버려둘 수 있는지 모르겠네요. 이 뒤죽박죽 속에서 금세 찾아낼 수 있는 할멈이 따로 있는지 찾아보시구려. 마귀라도 갈피를 잡을 수 없을 테니." 그렇지 않으면, 벌겋게 달아오른 눈길을 나에게 쏘면서 여왕 같은 표정을 짓는 것만으로, 잠잠하다가도 문 닫고 복도에 나서자마자 그 침묵이 터진다. 그러자 욕설로 짐작되는 말로 복도가 쩌렁쩌렁 울리지만, 등장인물이 무대에 나가기 전에 무대장치의 받침대 뒤에서 대사 첫마디를 말할 때처럼 똑똑하게 들리지 않았다. 게다가, 내가 아가씨 친구들과 외출할 채비를 하고 있을 때, 모자라는 게 하나도 없고, 프랑수아즈의 기분이 썩 좋더라도 속으로 견디지 못하는 불평을 품고 있다는 것을 알았다. 왜냐하면 그 아가씨들에 대해 말하고 싶은 김에 내가 이것저것 그녀들에 대하여 한 농담을 프랑수아즈가 멋대로 써서 아는 체하는 말을 하고, 만에 하나라도 그것이 사실이라면 프랑수아즈보다는 내가 더 잘 알 일을 나에게 누설하는 겉모양을 지었기 때문인데, 그 내용은 프랑수아즈의 오해에서 생긴 밑도 끝도 없는 것들이었다.

누구나 그렇지만, 그녀 또한 고유한 개성을 갖고 있었다. 인간의 고유한 성격은 결코 똑바른 길과 맞지 않아, 그 기묘한, 그러나 피해갈 수 없는 그 에움길로 우리를 놀라게 한다. 다른 사람은 이러한 에움길을 알아채지 못하지만, 우리에게도 그 길을 지나기란 쉽지 않다. '모자가 제자리에 없다' 또는 앙드레의 이름, 알베르틴의 이름 같은 난처한 점에 부닥칠 때마다, 나는 프랑수아즈 때문에 꼬불꼬불한 형편없는 길로 끌려들어갈 수밖에 없어서 몹시 늦춰졌다. 또 절벽 위, 간식 시간에, 젊은 아가씨들과 함께 먹을 치즈나 샐러드의 샌드위치를 만들게 하거나 타르트를 사오게 하거나 할 때도 마찬가지로, 프랑수아즈가, 그 아가씨들도 그렇게 사사로운 이익에 급급하지 않다면 간식 값쯤이야 차례대로 낼 게 아니냐고 노골적으로 말했는데, 이럴 때 프랑수아즈를 응원하러 온 것은 촌사람의 탐욕과 지속성의 유전이었다. 이런 프랑수아즈의 관점으로 보건대, 망자가 된 욀라리 할멈의 육신에서 떠난 영혼이 엘루아 성자의 몸속에 들어갔다고 하기보다 도리어 더 우아하게 이 작은 동아리 아가씨 친구들의 예쁘장한 몸속에 들어가 있는 성싶었다. 나는 프랑수아즈의 성격이라는 이 정든 시골 길의, 거기서부터 더 앞으로 걸어갈 수 없게 되어버린—다행스럽게도 그다지 오랫동안이 아니지만—가시밭길의 어느 한곳에 부딪히는 아픔을 느껴 화가 머리끝까지 오르면서도, 그 비난을 순순히 듣곤 했다. 그러다가 외출복을 찾아내고, 샌드위치가 준비되어 나는 알베르틴, 앙드레, 로즈몽드, 때로는 다른 아가씨를 찾아가, 걸어서 또는 자전거로 출발하곤 했다.

이전 같으면 궂은 날씨에 이 산책을 하고 싶었을 것이다. 그 무렵 나는 발베크에서 '키메르인의 나라'를 찾아내려고 애써, 그런 험악한 나라에 화창한 날씨가 있을 리 없었고, 있다면 그것은 안개로 덮인 이 고대 지방으로 몰리는 해수욕객들의 저속한 여름이 침입하는 것뿐이었으니까. 그러나 지금은 이제까지 멸시해서 눈을 돌리던 모든 것, 햇살의 효과뿐만 아니라 요트 경기와 경마까지, 이전에는 폭풍우에 물결 높은 바다만 보기를 원했던 것과 같은 이유로 요트 경기나 경마도 한 심미 관념에 이어지고 있다고 생각하여 열심히 구경하려 했다. 이 심미 관념을 품게 된 것은 다름이 아니라, 때때로 아가씨 친구들과 함께 엘스티르를 만나러 가거나, 그 아가씨들이 거기에 있는 날에 엘스티르가 즐겨 보여주던 그림이, 바로 요트 타는 아름다운 여인들을 그린 것, 또는 발베크 부근 경마장을 그린 것이었기 때문이다. 나는 처음에 엘스티르에게, 이런 경주에 모이는 사교계에는 가고 싶지 않다고 수줍어하며 털어놓았다. "그건 당신이 잘못 생각한 거죠." 엘스티르가 내게 말했다. "매우 아름다운 데다 신기하기도 해요. 모두의 눈길이 쏠리는 특별한 존재, 기수(騎手)가 말을 선보이는 장소 앞에, 화려한 카자크를 입고 침울하고도 잿빛을 띤 얼굴로, 날뛰는 말의 고삐를 잡고 말과 하나가 되어 있어요. 프로로서 단련된 기수의 움직임을 드러내 보이거나 그 복장과 말의 의상이 경마장에 벌이는 눈부신 색채의 반점을 뚜렷하게 보이거나 할 수 있다면, 틀림없이 재미있는 일일 겁니다! 경마장의 끝없는 빛살 속에 세상 모든 것이 얼마나 변하는지 모릅니다. 수많은 그림자, 수많은 반사광 같은, 그 장소에서밖에 보지 못하는 이런 것에 경악을 금치 못해요! 거기서 여인들이 얼마나 예쁘게 보이는지 이루 표현 못합니다! 특히 첫날 모임은 황홀하답니다, 폐부를 찌르는 듯한 물의 차가움이 햇살 안에서도 피부에 스며드는 게 느껴지는, 네덜란드풍의 축축한 빛줄기 속에 몰려드는 뛰어나게 맵시 있는 여인들. 분명 바다의 냉기 탓이겠지만 그와 같은 빛줄기 속에, 마차를 타고, 눈에 쌍안경을 대고 오는 여인들을 한 번도 본 적이 없습니다. 그 빛살을 얼마나 그리고 싶었는지, 그래서 일하고 싶은 욕망에 사로잡혀 미친 듯이 경마에서 돌아왔지요!" 그러고 나서 그는 요트 경주회에 경마 이상으로 경탄했다.

그의 얘기를 들은 나는, 옷 잘 입은 여인들이 바다 경기장의 청록색 빛살 속에 잠기는 요트 경주와 같은 운동경기에서의 만남은, 현대 화가에게 마치 베로네제 또는 카르파초가 그토록 그리기 좋아한 잔치와 마찬가지로 흥미진진한 주제가 될 수 있다는 사실을 알았다. "그 비교는 실로 정확합니다." 엘스티르가 말했다. "특히 그들이 그린 마을이 마을만으로, 그러한 잔치가 부분적으로 바다 위에 벌어졌으니까요. 다만 그즈음 선박의 아름다움은 대부분 그 중량감, 그 복잡성에 있었습니다. 지금 이곳에 열리는 것처럼 수상 시합도 있었는데, 카르파초가 〈성녀 우르술라*[1]의 꿈〉에서 그리고 있듯이, 보통은 어느 사절 일행에게 경의를 표하고자 거행한 것이죠. 배들은 덩치가 커서 웅장한 건물과도 같은 구조, 진홍빛 공단과 페르시아 융단을 뒤덮은 도개교(跳開橋)로 부두와 연결되면서, 가지각색의 대리석을 박은 발코니 근처에 버찌색 브로카르(brocart)*[2] 또는 다마스(damas)*[3]를 몸에 걸친 여인들이 있고, 한편 진주를 박거나 베네치아 레이스를 단 검은 소매에 흰 안이 보이는 드레스를 입은 다른 여인들이 구경하려고 발코니에 기대고 있는 것을 보면, 마치 그 배들은 한데 어울려 대베네치아 한가운데 소베네치아를 이루는 땅과 바다 모두의 도시인 듯싶습니다. 도대체 어디서 뭍이 끝나고 어디서 물이 시작되는지, 아직도 궁전인지 이미 배인지, 카라벨*[4]인지 갈레아스*[5] 또는 뷔상토르*[6]인지 가리지 못할 정도입니다."

알베르틴은 엘스티르가 우리 눈앞에 그려 보이는 이런 사치스런 형상, 의상의 세부를 열심히, 주의를 기울여 듣고 있었다. "어머나, 지금 말씀하시는 레이스를 보고 싶어라. 베네치아 레이스가 얼마나 예쁠까." 그녀가 소리쳤다. "게다가 난 얼마나 베네치아에 가고 싶은지 몰라요."—"오래지 않아 틀림없이 가게

---

*1 기독교의 전설적 순교자인 영국의 왕녀.

*2 금박, 비단 따위를 넣어서 수놓은 수단(繡緞).

*3 무늬를 넣은 피륙의 하나.

*4 15~16세기에 특히 탐험에 쓰이던 쾌속 범선.

*5 큰 범선.

*6 베니스 총독의 전용선.

되어 거기 여인들이 입은 호화로운 옷감을 직접 보게 되겠죠. 이제는 베네치아파 그림이라든가 꽤 드물게 성당의 보물 안에만 있고, 때로는 경매에 하나쯤 나오거나 했던 물건이지만요. 그런데 들리는 얘기로는, 베네치아 태생의 예술가, 포르튀니라고 하는 이가 그 제조법의 비밀을 발견했다니까, 몇 년 안으로, 예전에 베네치아가 귀족계급 여인들을 위하여 동방의 무늬로 꾸민 것과 똑같은 호화로운 브로카르를 입고, 여인들이 산책할 수 있거니와 집 안에서도 입을 수 있게 되겠죠. 그러나 그것이 내 마음에 썩 들는지는 모르겠습니다. 현대 여성에게는 지나치게 시대착오가 심한 복장이 아닐는지요, 요트 경주에 그걸 입고 나온다고 하면 말입니다. 현대 유람선으로 말할 것 같으면 '아드리아해의 여왕'이지, 베네치아 시대의 것과는 딴판이니까요. 요트 최대의 매력, 요트 장식이나 요트를 타는 사람의 복장이 지닌 가장 큰 매력은 바다와 관계있는 그 독특한 담백함에 있다고 하겠습니다. 또 그런 바다를 나는 퍽 좋아하고요! 솔직하게 말해, 베로네제 시대의 그것보다 현대 유행 쪽을, 아니 카르파초 시대의 유행보다 좋아해요. 요즈음 요트에서 가장 아름답다고 생각하는 것은—특히 크기가 중간쯤 되는 요트이지, 마치 선박같이 큰 것은 좋지 않아요, 모자와 마찬가지로 스스로 넘을 수 없는 범위가 있으니까—푸르스름하게 뿌연 날씨에, 크림같이 희미한, 무늬 없는, 담백한, 맑은, 회색이 도는 요트입니다. 거기에 마련된 방은 조그만 카페같이 보여야 해요. 요트에 타는 여인들 복장도 마찬가지예요. 우아하게 보이는 건, 무명베나 한랭사(寒冷紗)나, 목공단(木貢緞)이나 양달령의 경쾌한, 흰, 무늬 없는 옷, 햇살을 받아서, 푸른 바다를 배경으로 흰 돛처럼 눈부신 흰빛을 띱니다. 하기야 제대로 옷맵시 낼 줄 아는 여인이 그리 흔하지 않지만, 그래도 조금 멋지게 보이는 분도 있긴 하지요. 경마장에서, 레아 아가씨가 흰 모자를 쓰고 작은 하얀 양산을 받치고 있는 맵시가 정말로 아름답던데요. 그 작은 양산을 손에 넣기 위해서라면 그 대가로 뭐든지 다 내놓겠습니다."

나는 그 작은 양산이 딴 것과 어떻게 다른지 몹시 알고 싶었고, 알베르틴도 다른 이유, 곧 여인의 본능으로 그걸 몹시 알고 싶은 모양이었다. 그러나 프랑수아즈가 수플레를 만들 때 '손대중이지' 말하듯이, 그 양산과 다른 양산의 다름은 그 양산을 만든 손의 마름질에 있었다. "그건 말입니다." 엘스티르가 말했다. "아주 조그맣고 동그란, 중국 양산 같았죠." 나는 몇몇 여인의 양산을 예로 들어보았지만, 전혀 그런 것이 아니었다. 내가 예로 든 양산 모두를 엘스티르는 보기에 망측하다고 했다. 취미가 세련되어 까다로운 이 사람에게는, 넷 가운데 세 여인이 지니고 있으며, 또 그를 소름끼치게 하는 것과 그를 황홀케 하는 아름다운 것의 차이는 더할 나위 없이 작으나, 거기에 가장 중요한 것이 있어서 아무리 호사로운 것을 보아도 머리에서 나오는 게 없는 나와는 반대로, 매우 작은 점에 존재하는 아름다움이 '그것과 똑같이 아름다운 걸 만들려는 의욕 때문에' 그리고 싶은 그의 욕구를 끓어오르게 했던 것이다.

"자아 여기에, 그 모자와 양산이 어떤지 이해하는 아가씨가 있어요." 엘스티르는, 부러운 나머지 눈을 반짝이는 알베르틴을 가리키며 내게 말했다. "부자가 되어 요트를 사고 싶어요!" 알베르틴이 화가에게 말했다. "그때에는 선생님께 조종법을 부탁드리겠어요. 얼마나 멋진 요트 여행을 할까! 그리고 카우스(Cowes)*1의 요트 경주에 나가면 얼마나 좋을까! 또 자동차! 여성이 자동차에 취미를 붙이는 유행, 이걸 어떻게 생각하시죠?"—"좋지 않은데요." 엘스티르가 대꾸했다. "그러나 그렇게 될 겁니다. 그런데 쓸 만한 의상점이 드물어요. 한두 곳 될까, 칼로—레이스를 다루는 게 좀 심하지만—두세, 슈뤼이, 때로는 파캥 같은 의상점 정도. 나머지는 엉망이고."—"그럼, 칼로의 옷과 하찮은 옷 사이엔 많은 차이가 있나요?" 나는 알베르틴에게 물었다.—"물론, 엄청난 차이가 있어요, 바보로군요." 알베르틴이 대답했다. "어머, 이상한 말을 해서 미안해요. 속상하게, 다른 의상점이면 300프랑으로 되는 게 그런 의상점에서는 2천 프랑이나 해요. 그러나 물건은 달라요, 아무것도 모르는 이들 눈에는 비슷비슷하게 보일는지 모르지만."—"정말 그래요." 엘스티르가 대꾸했다. "랭스 대성당의 한 석상과 생토귀스탱 성당의 한 석상만큼 큰 차이가 있다고는 말 못하지만, 그런데 대성당에 대해." 그는, 특히 나를 보고 말했다. 왜냐하면 그건 이제까지 이 젊은 아가씨들이 낀 적이 없던 얘기이자, 그녀들이 아무런 흥미도 느끼지 않을 화제였기 때문이었다. "전에 발베크 성당을, 하나의 큰 절벽으로, 이 고장의 돌로 만든 둑으로 비유해 얘기했는데, 그와는 반대로." 그는 수채화 한 장을 나에게 보이면서 말했다. "보세요! 이 절벽을(여기서 아주 가까운 레 크뢰니에에서 그린 겁니다), 이 힘차면서도 미묘하게 팬 바위를 보세요. 대성당을 떠오르

*1 영국 남해안 와이트 섬의 항구. 해수욕장, 요트 경주장으로 유명함.

게 하죠." 이 말을 듣고 보니 정말로, 장미색 거대한 둥근 천장 그대로였다.

그러나 무더운 낮에 그려진 이 바위는 푸석푸석 타오르고, 열기 때문에 증발되고 있는 듯하며, 그 열기는 바다를 반쯤 삼켜버려, 화면 전체에 걸쳐, 거의 기체화되었다. 햇빛이 마치 현실을 파괴해버린 듯한 그날에, 어둡고도 투명한 피조물들 속에 현실이 엉겨 모여, 그 빛과 대조적으로 오히려 더욱 절실하고도 친근한 생명의 인상을 자아내고 있었다. 즉 그림자의 존재이다. 서늘함에 목마른 듯이 그림자 대부분은, 불타는 듯한 저 너른 바다를 도망쳐 나와, 햇볕이 닿지 않는 바위 밑에 숨었다. 한 부분은 돌고래처럼 물 위를 천천히 헤엄치면서, 이리저리 떠도는 작은 배의 허리에 매달려, 그 반들반들한 푸른 팔다리로, 푸르스름한 바다 위에 선체의 폭을 넓히고 있었다. 그날 더위를 가장 잘 느끼게 하는 것, 그리고 레 크리니에를 모르는 것이 얼마나 유감이냐고 나로 하여금 소리치게 한 것은, 아마도 그런 그림자를 통해 전해진 시원함에 대한 갈망이었으리라. 알베르틴과 앙드레는, 내가 거기에 여러 차례 갔을 거라고 우겼다. 그렇다면, 언제인지 모르나 그 풍경을 보고서도 이처럼 아름다움에 대한 갈망을 일으키리라고는 알지도, 꿈에도 생각지도 않은 채였다. 이런 아름다움은 내가 이제껏 발베크의 절벽에서 찾았던 것처럼 뚜렷하게 자연의 아름다움이 아니라 도리어 건축적인 아름다움에 대한 갈망이었다. 폭풍우의 왕국을 구경하려고 외출했으면서도, 빌파리지 부인과 함께 산책하면서, 흔히 멀찌감치, 나무 사이로 그려진 넓은 바다밖에 보지 못하고, 큰 산과 같은 물 덩어리를 냅다 던지는 듯한 인상을 주기에 충분히 믿음직스러운, 움직이는, 살아 있는 대양을 아직 한 번도 보지 못한 나, 특히 겨울 안개의 수의에 싸여 꼼짝 않는 대양만을 보고 싶어하던 나로서는, 견고한 실체와 색채를 잃어버려 희끄무레한 김에 지나지 않는 바다를, 지금 내가 몽상할 줄은 거의 생각조차 못 했던 것이다. 그러나 엘스티르는 더위에 마비된 그 작은 배 안에서 꿈꾸고 있는 이들처럼, 이런 바다의 매력을 깊이 맛본 결과, 눈에 띄지 않는 썰물의 기색, 참된 이치를 깨달았을 때 사무치는 기쁨이 가져다주는 찰나의 고동마저 화폭 위에 가져다가 붙들어둘 수 있었던 것이다. 그리고 이 마술적인 초상을 보면서, 우리는 달아난 무더운 하루를 그 아주 짧은 잔잔한 우아함 속에 다시 찾아내기 위해 세계를 널리 돌아다니고 싶은 생각밖에 들지 않았다.

그래서 이와 같이 엘스티르네를 방문하고, 그의 바다 그림 한 점, 미국 국기를 우뚝 세운 요트 안에 가벼운 모직물인지 또는 한랭사 옷인지를 입은 한 여인이, 내 상상력에 한랭사 옷과 국기의 정신적인 '복사'를 지어내 금세 이 상상이, 마치 여태껏 그런 것이 나에게 일어난 적이 없듯이, 당장 바닷가에서 흰 베옷과 국기를 보고 싶은 탐욕스런 갈망을 품게 된 회화 한 점을 보기 이전에, 내가 바다 앞에 서서, 한눈에 보이는 해수욕객들을 비롯해, 바닷가에서 입는 옷처럼 희디흰 돛을 올린 요트, 또한 인류의 출현 이전에 이미 그 신비한 삶 자체를 펼쳐온 태고의 파도를 멀리서 바라보고 있다는 확신을 방해하는 모든 것, 심지어 안개와 폭풍우의 해안에 흔하디흔한 속된 여름 광경을 씌우고, 거기에 단순한 멈춤의 때, 곧 음악에서 박자라고 부르는 것과 대등한 것을 뜻없이 흔적 남기고 있는 것처럼 느껴지는 화창한 날에 이르기까지, 이런 모든 걸 내 시야에서 내쫓고자 늘 애써왔다면 지금은 궂은 날씨가 아름다움의 세계 속에 자리잡지 못하는, 어떤 불길한 일같이 되어버린 듯해, 그처럼 강하게 나를 흥분시키는 것을 현실 속에 다시 찾아가고픈 욕망을 깊이 느끼는 동시에, 엘스티르의 화폭에 있는 것과 똑같이 푸른 그림자를 절벽 위에서 굽어보기에 알맞도록 날씨가 좋기를 바라 마지않았다.

그리고 나는 길 가는 사이에도 이전처럼 손으로 시야를 가리려고 하지 않았다. 이전의 나는 자연이라는 것을, 이제껏 만국 박람회 또는 숙녀 모자점에서 나를 싫증으로 하품하게 한 물건 만드는 일과 대립하는 것, 인간 출현 이전의 생명으로 약동하는 것이라고 생각해, 그래서 바다에서는 기선이 가지 않는 부분밖에 보지 않으려고 손가리개를 만들어, 바다를 유사 이전의 것, 뭍에서 떨어져나간 시대와 같은 무렵의 것, 적어도 그리스 초기와 같은 시대의 것으로 상상하려고 했다. 이런 기분이, 블로크가 즐겨 외는 '르콩트 영감'*1의 다음과 같은 시구를 실감 나게 암송케 했다.

> Ils sont partis, les rots des neufs éperonnées
> Emmenant sur la mer tempétueuse hélas!
> Les hommes chevélus de l'héroïque Hellas.
> 충각(衝角)*2 단 배들은 떠났다. 왕들이,

*1 프랑스의 시인 르콩트 드 릴(1818~94)을 가리키는 말.

*2 적의 배를 들이받기 위해 뱃머리에 단 뾰족한 쇠붙이.

폭풍우 인 바다 위에, 장하여라!
용맹한 헬라스의 장발 장정들을 데리고.

나는 이제 숙녀 모자를 만드는 재봉사를 깔볼 수 없었다. 왜냐하면 그녀들이 마지막 구김질에 가하는, 다 된 모자의 리본이나 새털에 가하는 미묘한 손질은, 경마 기수의 동작과 마찬가지로, 그리고자 하는 흥미를 끌 것이라고, 엘스티르가 내게 말했기 때문이다(경마 기수의 동작은 알베르틴을 열중시켜 왔다). 그러나 숙녀 모자를 만드는 여공을 보려면 파리에 돌아갈 때까지 기다려야 했고, 경마나 요트 경주를 구경하려면 다음 해가 되지 않고서는 다시 열리지 않으니까, 다시금 발베크에 오기까지 기다려야만 했다. 엷은 흰 베옷을 입은 여인들을 태운 요트조차 한 척도 눈에 띄지 않았다.

우리는 자주 블로크 자매와 만났는데, 나는 그 아버지의 집에서 저녁 식사 대접을 받은 뒤로 마지못해 인사했다. 나의 아가씨 친구들은 이 자매와 모르는 사이였다. "놀지 못하게 해요, 이스라엘 사람들(israélites)하고는." 알베르틴이 이렇게 말했다. 이즈라엘 사람들(izraélites)이라 하지 않고, 이스라엘 사람들(issraélites)이라고 발음하는 그녀의 말투만으로, 이 말의 시작을 듣지 않고서도, 이 신심 깊은 체하는 가정의 젊은 부르주아 아가씨들, 유대인을 기독교도의 어린아이를 학살하는 종족으로 쉽사리 믿고 있을 게 틀림없는 이 아가씨들의 마음속 깊이 있는 것이, 선택된 민족에 대한 공감이 아니라는 점을 나타내는 데 충분했으리라. "게다가 더러워요, 당신의 저 친구는." 앙드레가 그녀들이 내 진짜 친구가 아님을 잘 안다는 뜻의 미소를 지으면서 내게 말했다. "저 종족에 관계되는 모든 게 다 그렇지." 알베르틴이 경험자와 같은 말투로 대꾸했다. 사실 블로크 자매는 옷을 너무 입은 동시에 거의 반나체, 생기 없는 듯하고도 활발한, 호사로운 듯하고도 초라한 차림이어서 훌륭한 인상을 자아내지 못했다. 아직 열다섯 살밖에 되지 않은 그녀들의 사촌자매 가운데 하나는 블로크 아버지가 여배우로서의 재능을 높이 평가했던 레아 아가씨, 그녀의 취미로 말하면, 그것이 특히 사내들을 향한 것으로 생각할 수 없는 레아 아가씨에 대해, 노골적으로 동경을 보여 카지노 손님들의 눈살을 찌푸리게 했다.

우리는 근교의 농원 식당에서 오후 간식을 먹는 날도 있었다. 레 제코르, 마리 테레즈, 라 크루아 데를랑, 바가텔, 칼리포르니, 마리 앙투아네트 등으로 불리는 농원들이다. 작은 동아리가 택한 곳은 이 마지막 마리 앙투아네트였다.

때로는 농원에 가지 않고, 절벽 위까지 올라가, 거기에 이르러 풀 위에 앉고 나서, 우리는 샌드위치와 과자 꾸러미를 푼다. 아가씨 친구들은 샌드위치를 더 좋아하여, 내가 설탕을 고딕풍으로 꾸민 초콜릿 과자나 살구 파이를 먹는 걸 보고 놀란다. 치즈 샌드위치나 샐러드 샌드위치 같은 낯설고 새로운 음식에 대해서는, 나는 어쩐지 어색해서 말이 안 나왔다. 그러나 과자는 이해심이 있는 듯싶고, 살구 파이는 수다스럽다. 첫 번 것에는 크림의 싱거움이, 나중 것에는 과일의 신선한 향이 있는데, 둘 다 콩브레와 질베르트에 대한 것을 자세히 알고 있다. 질베르트에 대해서는, 콩브레의 질베르트뿐만 아니라 파리의 질베르트도 잘 알고 있다. 파리에 있는 질베르트 집의 간식 때, 내가 그 과자들과 다시 마주했으므로. 그 과자들은 나에게 《아라비안나이트》를 그린 과자 접시를 떠올리게 했다. 그 접시로 말하면 프랑수아즈가, 하루는 《알라딘 또는 신기한 램프》를 또 하루는 《알리바바》, 《깨어난 잠꾸러기》 또는 《모든 보물을 싣고 바소라 항구를 출범하는 뱃사람 신드바드》를 들고 왔을 때, 그 주제가 레오니 고모의 기분을 바꿨던 것이다. 나는 그 접시를 정말 다시 보고 싶었지만, 할머니는 그게 어떻게 됐는지 몰랐으며, 게다가 시골에서 사들인 변변치 않은 접시로 여겼던 것이다. 하지만 어쨌든 간에 그 접시의 그림 장식은, 샹파뉴 지방다운 콩브레의 회색 속에 갖가지 색채로 박혀 있던 것이다. 마치 컴컴한 성당 안에 반짝거리는 보석이 들어간 그림 유리창처럼, 내 방 황혼 속에 비치는 환등의 영사처럼, 갈려 나간 철도선과 작은 정거장 앞의 인도산 미나리아재비나 페르시아산 라일락처럼, 시골 노부인에게 알맞은 우중충한 집 안에 있는 내 왕고모의 중국 도자기 수집품처럼.

절벽 위에 누운 내 눈 앞에 작은 목장들과, 그 위에 겹겹이, 기독교 우주설에서 말하는 일곱 개의 하늘이 아닌 두 겹의 하늘, 하나는 더 짙고—바다—그 위에 더 푸르스름한 하늘만이 보인다. 우리는 간식을 먹는다. 그리고 간식과 함께, 내가 아가씨 친구들 가운데 아무개를 기쁘게 할 수 있는 수수한 선물을 가져오기라도 했으면, 그녀들의 투명한 얼굴에 기쁨이 왈칵 넘쳐 금방 빨갛게 되어, 입은 기쁨을 참을 만한 힘을 잃고 나오는 대로 웃음을 터뜨린다. 그녀들은 내 둘레에 모인다. 서로 바싹 다가붙은 얼굴과 얼굴 사이에, 그것을 떼어놓는 공기가 하늘빛 작은 길을 몇 줄 긋고 있다. 그것은 장미의 작은 숲 한가운데 자신만이 오갈 수 있도록 틈새를 마련하려고 한 정원사의 손으로 트인 작은 길 같다.

장만해온 것을 먹어 치우자, 그때까지 지루하다고 여긴 놀이, 때로는 '탑아, 탑아 쓰러지지 말아라'라는 동요나 '누가 먼저 웃나' 같은 유치한 놀이를 하지만, 지금은 도저히 그만둘 수 없는 놀이였다. 이 아가씨들 얼굴을 여전히 다홍색으로 물들이고 있는 젊음의 여명은—나는 벌써, 그때 나이로, 젊음 밖에 있었다—그녀들 앞에 있는 모든 것을 밝히며, 어느 프리미티프파 화가의 유동적인 화면처럼, 금빛 배경에 그녀들 삶의 더욱 중요하지 않은 세부까지 뚜렷이 드러나게 했다. 대부분의 젊은 아가씨들, 그 얼굴 자체는, 여명의 어렴풋한 붉은빛 속에 뒤섞여 있어, 확실한 얼굴 모습이 아직 거기에서 솟아나 있지 않았다. 거기서 보이는 것은 오로지 매력 있는 한 색채일 뿐, 몇 년 안에 뚜렷한 윤곽으로 될 게 식별되지 않았다. 오늘의 윤곽은 결정적인 요소는 하나도 없고, 자연이 우연하게 기념으로 남긴, 집안 가운데 어느 망자와 한때의 비슷함에 지나지 않았다. 그러나 바로 운명의 순간은 오게 마련이어서, 그때에는 미래에 기대할 게 아무것도 없게 되어, 몸은 엉겨 뭉쳐 다시는 뜻밖의 일을 기대하지 못하도록 바뀌고, 한여름에 벌써 마른 잎이 보이는 나무처럼, 아직 젊은 얼굴 둘레에 빠지거나 희끗희끗해지는 머리칼을 보면서 온갖 희망을 잃는다. 이 빛나는 아침이 어찌나 짧은지, 그 살이 귀중한 밀가루 반죽처럼 아직 반죽되어가는 젊은 아가씨들을 우리는 특히 사랑하는 법이다. 그녀들은 부드러운 물질의 물결에 지나지 않아 그때그때의 이상에 끊임없이 반죽되어, 그런 이상에 지배되는 대로 움직인다.

이를테면 그녀들은 저마다 차례대로, 솔직한, 오롯한, 그러면서도 덧없는 인상으로 빚어진, 쾌활·정색·아양·경악의 작은 상이다. 이 본디로 돌아가지 않는 성질 때문에, 젊은 아가씨가 우리에게 보이는 상냥함에서 다양한 모습과 매력을 느낀다. 물론 이 상냥함은 나이 든 여인에게도 없어서는 안 되는 것이어서, 우리 마음에 들지 않는 여인 또는 우리 마음에 들기를 겉으로 보이지 않는 여인이 뭔가 지루한 규격화로 보인다. 그런데 이런 상냥함 자체도, 어느 나이부터, 그 부드러운 유동성을 얼굴에 일으키지 못하게 되어, 얼굴이 생존경쟁에 굳어져서, 영원히 전투적 또는 깨달음을 얻어 환희에 찬 모습이 된다. 어떤 얼굴은—아내를 자기 위엄 아래에 놓으려는 남편의 끊임없는 지배력 때문에—여성의 얼굴이라기보다 오히려 병사의 얼굴처럼 보이고, 또 어떤 얼굴은 어머니가 자식들 때문에 날마다 견디어온 희생으로 조각되어 사도의 얼굴이 된다. 어떤 얼굴은 몇 년 동안의 항해와 폭풍우를 겪고 늙은 사공의 얼굴이 되어, 오로지 그 복장만이 여성이라는 것을 보이는 데 지나지 않는다. 물론 우리에게 보이는 배려는 우리가 그 여인을 사랑할 때, 그녀 곁에서 지낸 시간에 새로운 매력의 씨를 뿌리기도 한다. 그러나 그 여인은 우리에게 연달아 다른 모습을 보이는 여인이 아니다. 그 쾌활성은 변하지 않는 얼굴 바깥에 남은 표정에 지나지 않는다. 그런데 청춘기는 완전한 굳어짐에 앞서는 것이므로, 우리가 젊은 아가씨들 곁에 있을 때, 그 불안정한 대립 속에 끊임없이 움직이며 늘 변화하는 형태가 주는 산뜻함을 느끼게 되고, 그 대립은 우리가 바다 앞에서 바라보는 자연 원소의 변하지 않는 참조를 떠올리게 한다.

내가 아가씨 친구들과 '고리찾기놀이(furet)'*1 또는 '수수께끼'를 하기 때문에 단순히 사교적인 오후 모임이나 빌파리지 부인과 함께하는 산책만이 아니라, 그 밖의 것도 희생시키려고 했다. 로베르 드 생루가 나에게 여러 번 알려왔다. 내 쪽에서 동시에르에 가지 못한다면, 자기 쪽에서 휴가를 하루 얻어 발베크에서 보내려고 하는데 이쪽 형편이 어떠냐는 내용이었다. 그때마다, 할머니와 함께 집안 볼일로 근처에 가므로 그날 바로 호텔 방을 비우게 된다는 핑계를 꾸며, 그렇게 하지 말라는 뜻을 써 보냈다. 생루는 이 집안의 볼일이라는 것이 무엇이며, 이 경우 어떤 인간이 할머니의 소임을 맡는가를, 틀림없이 그의 종조할머니의 소식을 통해 알고 나를 고약하게 생각했으리라. 그렇지만 내가 사교적인 즐거움뿐만 아니라, 우정의 즐거움마저 그 꽃밭에서 온종일 보내는 기쁨 때문에 희생한다는 것이, 경우에 따라 잘못이 아닐지도 모른다. 이런 희생을 치를 수 있는 인간은—예술가들이 그렇다. 또 나는 오래전부터 내가 예술가가 되지 못하리라고 굳게 믿어왔다—또한 자기 자신을 위해 사는 의무도 갖는다. 그런데 이런 인간에게는 우정이, 이 의무의 모면이자 자기의 포기이다. 우정의 표현 양식인 대화 자체가 피상적인 횡설수설이며, 우리에게 아무 이익도 안 된다. 우리는 한평생 남과 얘기해도 한순간의 공허를 끝없이 되풀이할 뿐일지도 모른다.

---

*1 여러 명이 원을 이룬 다음, 손에서 손으로 반지나 고리를 넘겨, 한 사람이 그 소재를 알아맞히는 놀이.

한편 예술적인 창조의 고독한 작업에서는, 사색의 걸음은 깊이 쪽으로 간다. 더 고통이 큰 것은 사실이지만, 진실을 얻는다는 결과를 향하여 앞으로 나아갈 수 있는, 우리한테 닫혀 있지 않은 유일한 방향이다. 우정은 대화와 마찬가지로 아무런 효과도 없을 뿐더러, 또한 해롭기까지 하다. 왜냐하면 순전히 내적인 방향에서 자기 발전의 길을 발견하는 계율을 지키는 우리 가운데 어떤 인간은 그 벗과 같이 있을 때에 권태의 인상을 느끼기 때문이다. 다시 말해 내적인 깊이 쪽으로 발견의 나그넷길을 가는 대신에, 저 자신의 겉에 머무르는 때에 느끼지 않을 수 없는 권태의 인상인데, 이런 인상 또한 우리가 다시 혼자가 되면 우리를 설득하여, 그런 권태의 인상을 고치게 해서, 벗이 우리에게 한 말을 감동과 더불어 도로 생각하게 하고 그것을 귀중한 재산처럼 여기게 한다. 그러나 우리가 바깥으로 돌을 쌓아올려서 되는 건물과 같은 게 아니라, 자기 수액으로 줄기를 만들고, 줄기에서 마디가 나와, 위쪽으로 잎이 무성해지는 나무와 같은 것이기 때문이다. 동시에, 생루와 같은 착하고, 총명한, 인기 있는 벗한테, 호감받고 존경받는 걸 내가 기뻐했을 때, 그리고 내 의무인 일, 나 자신 안에 있는 어렴풋한 인상을 밝혀내는 일에 지성을 맞춰 쓰지 않고서, 오직 내 벗의 말에만 나의 지성을 맞춰 쓰고 있었을 때 나는 자신에게 잘못을 저지르고 있었으며, 진실로 성장하고 행복해질 수 있는 방향으로 발전하는 것을, 스스로 막고 있었기 때문이다.

나는 벗의 말을 자신에게 되뇌면서―오히려 우리 안에 사는 자아와는 다른 인간, 그 어깨 위에 언제나 힘에 겨운 사고의 짐을 지우고는 안심하는, 그 다른 인간에게, 내 벗의 말을 되풀이시키면서―하나의 아름다움을 찾아내려고 애썼다. 진실로 혼자 있을 때 말없이 추구하는 아름다움과는 다른 아름다움, 로베르나 나 자신이나 내 삶에 더 많은 가치를 줄 수 있는 그런 아름다움이다. 이러한 벗이 나에게 느끼게 하는 아름다움에서는, 나는 마치 고독으로부터 포근히 보호되어, 벗을 위해 나 자신을 희생해도 좋다는 고귀한 소망을 품고 있는 듯한 느낌이 든다. 요컨대 자기를 현실화시킬 수 없는 것이다. 그러나 이 아가씨들 곁에서는 그와는 반대로, 내가 맛보는 기쁨이 이기적인 것일망정, 적어도 그 기쁨은, 우리 고독이 우정에 의해 꾀를 써서 벗어난다고 믿게 하는 거짓에 기초를 둔 것이 아니었으며, 또한 그 기쁨은, 우리가 남과 얘기할 때 말하는 사람이 이미 우리 자신, 곧 남과 뚜렷하게 구별되는 우리 자신이 아니라 남의 본을 뜬 우리라는 걸 시인하지 못하게 하는 거짓에 기초를 둔 것도 아니었다. 작은 동아리의 젊은 아가씨들과 나 사이에 오가는 말은 대부분 재미없고, 본디 말수도 적었으며, 이쪽에서 긴 침묵을 지키는 일이 많았다. 그렇다고 해서 그녀들 쪽에서 말을 건네왔을 때, 그 말을 듣고서 그녀들을 바라보는 것과 똑같은 기쁨, 그녀들 저마다의 목소리 속에서 생생하게 칠해진 그림 한 폭을 발견하는 것과 똑같은 기쁨을 느끼지 않는 것은 아니었다.

나는 더할 수 없는 기쁨과 더불어 그녀들의 지저귐에 귀를 기울였다. 좋아함은 판별하거나 구별하는 걸 돕는다. 새를 좋아하는 사람은 숲 속에서, 일반 사람이 헷갈리고 마는 새 하나하나의 독특한 지저귐을 금세 구별한다. 젊은 아가씨를 좋아하는 사람은 인간의 목소리가 새의 재잘거림보다 다양하다는 걸 안다. 그녀들 하나하나가 가장 음량이 풍부한 악기보다 더 많은 가락을 갖는다. 목소리가 그 가락을 한데 모은 배합이야말로 인격의 끝없는 변화 못지않게 한없이 많다. 아가씨 친구들 가운데 하나와 얘기할 때, 그녀 개성의 독특하고도 유일한 초상이, 표정과 마찬가지로 목소리 억양으로도 마음속에 교묘하게 그려져서 억지로 받아들일 수밖에 없어, 이 두 광경이 자아내는 분위기가 저마다의 영역에서 하나의 독특한 실체를 나타내고 있다는 사실을 알아차렸다. 틀림없이, 목소리 억양도 얼굴선과 마찬가지로, 아직 결정적으로 굳어 있지 않았다. 얼굴이 변해가듯이 목소리도 변해가리라. 어린아이에게는 어떤 선(線)이 있어, 거기서 내보내는 액이 젖의 소화를 돕는데, 그것이 어른이 되면 없어지듯, 이 젊은 아가씨들의 재잘거림에는 어른이 된 여인에게 없는 가락이 있었다. 변화무쌍한 이 악기를, 그녀들은 입술로, 벨리니가 그린 음악을 연주하는 어린 천사들의 부지런과 열심으로 더불어 연주했는데, 이것도 청춘만이 가진 특성이다. 머지않아 이 젊은 아가씨들도 이 감격 어린 확신의 억양을 잃게 되리라.

그러나 당장은, 설령 알베르틴이 빼기는 목소리로 재미있는 이야기를 뇌까려, 그것을 감탄하면서 듣고 있는 좀더 어린 아가씨들이 재채기처럼 참을 수 없을 만큼 기세 사납게 터져나오는 웃음에 사로잡힌다 할지라도, 또 앙드레가 그녀들의 놀이보다 더 유치한 학과에 대해 어린애 같은 고지식한 투로 말하기 시작한다 할지라도, 그 목소리의 가락이 아무리 단순하다 해도 그것에 매력을 주어, 그녀들의 말은 아직 시가 음악에서 거의 나뉘지 않고서 여러 가지 투로 낭독되었던 고대의 시절(詩節)처럼 다양한 가락을 갖고 있었다. 하여간 이 젊은 아가씨들 목소리는, 아직 어린 아가씨 하나하나가 이미 삶에 대해 취하고 있는 태도를 벌써 똑똑하게 나타내고 있었다. 또한 그 태도는 매우 개성적이어서, 그 가운데 한 아가씨를 '그녀는 모든 걸 농담으로 삼는다'고 평하거나, 다른 한 아가씨를 '그녀는 뭐든지 그렇다고 말한다'고 평하거나, 또 다른 아가씨를 '그녀는 도움을 바라면서 말끝을 채 맺지 못한다'고 평한다면 너무 일반적인 낱말을 쓴 셈이 된다.

우리 얼굴은, 표정이 습관에 의해 결정적으로 되어버린 것에 지나지 않는다. 자연은 폼페이의 최후처럼, 요정의 변신처럼 우리를 습관적인 동작 속에 붙잡아두었다. 마찬가지로 목소리 억양은 우리 삶의 철학을 포함해, 인간이 사물에 대해 줄곧 생각하는 바를 품고 있다. 틀림없이 이런 얼굴 특징은 이 젊은 아가씨에게만 있는 게 아니었다. 그 부모에게도 있었다. 개인이란 개인보다 더 일반적인 것 속에 담겨 있다. 이로 미루어보아 부모는 어떤 동작으로 된 얼굴과 목소리 특징만을 우리에게 물려준 게 아니라, 말하는 어떤 방식, 어떤 상투어까지 물려주어, 그것이 목소리 억양 못지않게 거의 무의식적이고 뿌리 깊어, 삶에 대한 뚜렷한 시선을 가리킨다. 하기야 젊은 아가씨의 경우 그녀들이 어느 나이에 이르기까지, 바꾸어 말해 보통 그녀들이 어른이 되기까지 그 부모가 주려고 하지 않는 어떤 표현들이 있다. 그런 표현을 어른이 될 때까지 남겨둔다.

이를테면 엘스티르 친구의 초상화에 대해 얘기했을 때, 아직 머리칼을 등에 내리고 있는 앙드레는, 그녀의 어머니나 결혼한 언니가 쓰고 있는 '매력 있는 사내 같아 보여'라는 표현을 입 밖에 낼 수 없었을 것이다. 그러나 이런 표현도 그녀가 팔레 루아얄 극장에 가게 되면서부터 입에 담을 수 있으리라. 그런데 알베르틴은 첫 영성체 이래, 그 아주머니의 여자친구처럼, '그것 꽤 무시무시한데요'라고 말하는 버릇이 있었다. 또한 그녀에게 주어진 선물로는, 남의 얘기에 흥미를 갖는 체하거나 자기의 뚜렷한 견해를 꾸미는 체하려고 남이 한 말을 되풀이하는 버릇이 있었다. 어느 화가의 그림이 좋더라, 또는 그 집이 예쁘더라고 남이 말하면 이렇게 되풀이하곤 했다. "아아, 좋지! 그분의 그림? 아아, 예쁘지, 그분의 집이?" 요컨대 가족의 유전보다 더 보편적인 것은, 얕보지 못할 힘을 가진 가족 출생지의 풍미 있는 향토색으로, 그녀들은 거기에서 그 목소리를 꺼내고, 그 억양은 바로 거기에 물어뜯고 있는 것이었다.

앙드레가 장중한 가락 하나를 무뚝뚝하게 탔을 때, 그 음성 악기의 페리고르(Parigord) 지방풍의 금선(琴線)은, 그녀의 순 남부 지방적인 얼굴과 참으로 조화를 잘 이루었다. 또 로즈몽드의 잦은 농지거리에는 그녀가 뭐라고 하든 간에, 북부 지방적인 그 얼굴과 목소리의 실체가, 그녀가 태어난 시골의 사투리를 섞으면서 호응하고 있었다. 독특한 억양을 지닌 젊은 아가씨의 타고난 기질과 그녀의 시골 사이에, 나는 아름다운 대화 같은 것을 느낄 수 있었다. 대화이지, 부조화가 아니다. 아무것도 이 아가씨와 그 고향을 나누지 못한다. 그녀는 또한 그 고향 자체이기도 하다. 게다가 향토적인 소재가 천재에게 미치는 반응은, 작품의 개성을 약하게 하기는커녕, 오히려 작품에 활력을 주어, 천재는 향토적인 소재를 마음껏 활용한다. 건축가의 작품이건 가구 장인의 제품이건 음악가의 작품이건, 작품은 여전히 예술가가 지닌 개성의 더없이 섬세한 특징을 반영한다. 이를테면 상리스 지방의 맷돌, 스트라스부르의 붉은 사암을 소재로 삼아 일할 수밖에 별 도리가 없던 예술가가 있는가 하면, 물푸레나무의 독특한 마디를 끝까지 존중한 예술가도 있고, 또 악보를 쓸 때에 음향의 넓이와 한계, 플루트 또는 알토의 가능성을 헤아린 예술가도 있지만, 그렇다고 작품 개성의 아름다움이 덜해지는 것은 아니다.

나는 이 점을 이해했지만, 우리는 그다지 수다스럽게 얘기하지 않았다! 빌파리지 부인이나 생루와 함께라면, 나는 실제로 느낀 이상의 기쁨을 말로 나타냈으리라. 그도 그럴 것이 번번이 피로감과 더불어 그들과 작별했기 때문이다. 그런데 그와는 반대로, 이 젊은 아가씨들 사이에 섞여 누워 있고 보면, 생명의 충만함을 느껴, 이 느낌이 우리 얘기의 빈약함과 적음보다 한없이 강하여, 내 꼼짝 않는 자세와 침묵에서, 행복의 물결로 넘쳐흘러 나와 찰랑거리는 그 물결 소리가 이 젊디젊은 장미꽃들 밑에 사라져가는 것이었다.

회복기에 있는 사람이 온종일 꽃밭이나 과수원에서 쉬고, 그 안일한 일과의 헤아릴 수 없는 하찮은 일 구석구석에까지 꽃향기와 과일 향기가 깊이 스며들듯, 나의 경우도 그 이상으로, 내 눈길이 이 아가씨들 쪽으로 가서 찾아내는 색깔과 향기는 감미롭게 나를 감싸 드디어 나와 한 몸이 되고 말았다. 이러하듯 포도송이는 햇볕에 달콤하게 익어간다. 또 이렇듯이, 더할 나위 없이 단순한 놀이의 완만한 계속은, 바닷가에 누워 짠 바람을 들이쉬며 햇볕에 살을 태우는 일 말곤 하는 일 없는 이들에게와 마찬가지로 내게도 심기의 느슨함을, 무사태평한 미소를, 내 눈까지 닿는 어지럼을 가져다주었다.

때로는 어느 한 아가씨의 상냥한 마음씨가 내 가슴에 널따란 진동을 일으켜 한동안 다른 아가씨들에 대한 욕망을 멀리한 적이 있었다. 그래서 어느 날 알베르틴이 말했다. "누가 연필 가졌니?" 앙드레가 연필을 주고 로즈몽드가 종이를 주자 알베르틴은 모두에게 말했다. "어린 숙녀 여러분, 내가 쓰는 걸 봐서는 안 됩니다." 종이를 무릎에 대고 한 자 한 자 얌전하게 쓴 다음, 그 종이를 "남이 보지 못하게 조심해요" 말하면서 나에게 넘겼다. 나는 종이를 펴고 그녀가 쓴 이런 글을 읽었다. '나는 당신이 정말 좋아요.'

그녀는 느닷없이 성급하고도 엄숙한 태도로 앙드레와 로즈몽드 쪽으로 몸을 돌리면서 소리 질렀다. "아아 참, 이런 쑥스런 말을 쓰는 놀이를 하기보다는 오늘 아침에 받은 지젤의 편지를 보여줘야지. 나 머리가 돌았나 봐, 주머니에 넣고 왔는데 우리한테 도움이 될지도 모르겠어!" 지젤은 학년 말 시험 때문에 지은 작문을, 알베르틴에게 보내어 다른 친구들에게 전해줘야 한다고 생각한 모양이었다. 알베르틴은 어려운 문제가 나올까 걱정했는데, 지젤이 두 문제 가운데 고른 문제는 그 걱정을 뛰어넘었다. 하나는 '지옥에서 소포클레스가 라신에게 〈아탈리〉의 실패를 위로하기 위해 써 보내는 편지'라는 것, 다른 하나는 세비녜 부인이 〈에스더〉의 초연 뒤에 라 파예트 부인에게 참석하지 못함을 얼마나 유감으로 생각하는지를 적어 보내는 편지를 가정할 것'이었다. 그런데 지젤은 극성스런 열심으로 시험관의 마음을 감동시켰을 게 틀림없지만—이 두 문제 가운데, 더 어려운 첫 번째 문제를 택하고, 문제를 주목할 만큼 다루어, 14점이나 따서 심사위원의 칭찬을 받았다. 에스파냐어 시험에서 '잡치지'만 않았더라면 총평 '우'를 받았을 것이다. 지젤이 알베르틴에게 베껴 보낸 작문은 알베르틴의 입을 통해 바로 낭독되었다. 왜냐하면 알베르틴도 앞으로 같은 시험을 치러야 했으므로, 그녀들 가운데 가장 머리가 좋은 앙드레의 충고를 크게 기대했기 때문이다. "지젤은 운이 좋았어." 알베르틴이 말했다.

"여기서 프랑스어 선생이 그 애에게 죽자고 파게 한 문제가 바로 이거니까." 지젤이 적은, 라신에게 보내는 소포클레스의 편지는 다음과 같이 시작했다. "친애하는 벗이여, 당신과 친히 친분 있는 영광도 없이 서신을 올리는 무례를 용서하소서. 하오나 당신의 신작인 비극 〈아탈리〉야말로, 당신이 저의 졸작을 남김없이 연구하셨음을 가리키는 것이 아니올지? 당신은 극의 주역 또는 중요한 여러 인물의 대사에 그치지 않고, 또한 아첨 없이 말하는 것을 허락하신다면, 합창부에서도 아름다운 시를 쓰셨습니다. 이 합창부는 그리스 비극에서 가볍게 볼 수 없는 요소라고 하지만, 프랑스에서는 참으로 새로운 시도라고 하겠습니다. 게다가 정말로 치밀한, 꼼꼼한, 매혹적인, 정교한, 섬세한 당신의 재능이 이 작품에서 하나의 박력에 다다른 사실을 공경하여 축하해 마지않습니다. 아탈리, 조아드야말로 당신의 적수, 코르네유라도 그이 이상 완벽하게 꾸밀 수 없는 인물이라 하겠습니다. 각 성격은 씩씩하고, 줄거리는 간소하고도 힘찹니다. 남녀의 사랑을 동기로 삼지 않은 비극, 이 점에 나는 심심한 찬사를 바치는 바입니다. 가장 널리 알려진 교훈이라해서 반드시 진실하다는 법은 없나 봅니다. 보기를 하나 들어보겠습니다.

> De cette passion la sensible peinture
> Est pour aller au coeur la route la plus sûres.
> 이 정열의 간절한 표명이야말로
> 마음을 가장 정통으로 찌르는구나.

이번에 당신은 그 합창부에 넘치는 종교적인 정서가 사람의 마음을 감동시키는 힘이 적지 않다는 점을 보여주었습니다. 대중은 당황했을는지 모르나, 정말로 아는 사람들은 당신의 공적을 인정할 겁니다. 이 서신을 통해 나의 모든 축하하는 마음을 보내고 싶으며, 아울러 나의 친애하는 동지께 깊은 경의를 표하고자 합니다."

알베르틴의 눈은 이 낭독을 하는 동안 줄곧 반짝거렸다. "어디서 베껴온 것 같아." 그녀는 다 읽고 나자 소리 질렀다. "지젤이 이런 답안을 알 낳듯 낳다니 꿈에도 생각 못했지. 또 이 인용한 시! 도대체 어디서 훔쳐왔을까?" 알베르틴의 감탄은, 물론 그 대상을 바꾸면서, 그 열의와 함께 더욱더 높아져, 끊임없이 그녀의 '눈이 튀어나올' 정도였다. 두뇌가 명석한 연장자로서 물음을 받은 앙드레는 먼저 지젤의 답안을 어떤 비꼼을 섞어 말하고, 다음에 진정한 정색을 서투르게 감추는 경솔한 태도로, 이 편지를 자기식으로 고쳤다.

"나쁘지는 않아." 앙드레는 알베르틴에게 말했다. "그렇지만 말이야, 내가 너라면, 만약 이와 똑같은 문제가 나온다면, 나올지도 모르지, 자주 나오는 문제니까, 나는 그렇게 하지 않아. 나라면 이렇게 하지. 내가 지젤이었다면 흥분하지 않고, 먼저 다른 종이에 계획을 적는 것부터 시작했을 거야. 첫 줄에 문제 설정과 주제 서술, 다음에 전개해나갈 본문 개요, 끝으로 평가, 문체, 결론. 이렇게 전체의 개요를 적어두면 논지의 방향을 알게 되지. 지젤은 처음부터 실수했어. 주제를 서술할 때부터, 더 좋게 말해서 본문에 들어갈 때부터, 안 그래 티틴(Titine)?*1 왜냐하면 이건 편지글이거든. 소포클레스가 17세기 인간에게 편지를 써 보내는데 '친애하는 벗이여'라고 쓸 리가 없단 말이야."—"듣고 보니 그렇군. '나의 친애하는 라신'이라고 해야 맞지." 알베르틴이 벌컥 성을 내면서 분하다는 듯 소리 높여 말했다. "그러는 편이 더 좋았을 거야."—"아니지." 앙드레가 좀 빈정거리는 말투로 대꾸했다. "'님'이라고 적어야 옳았어. 마찬가지로 끝머리를 맺는 데도, 뭔가 다음과 같은 뜻에 해당하는 글을 찾아내야 옳았어, 곧 '부디, 님께서는(아니면, 친애하는 님께서는) 여기 님의 종이 되는 영광을 갖는 뜻을 존경의 정과 더불어 말씀올림을 용서하소서.' 또 다른 부분에서, 지젤이 〈아탈리〉의 합창부가 새로운 시도라고 말했는데, 그 애는 〈에스더〉를 까맣게 잊고 있지. 그리고 다른 두 비극도. 그다지 알려지지 않은 비극이지만, 올해 교수가 그걸 명확하게 분석했거든. 그래서 그 두 비극을 인용하기만 하면, 교수가 주장하는 의견이니까 합격은 따놓은 셈이지. 두 가지는 바로, 로베르 가르니에의 〈유대 여인들〉하고, 몽크레티앙의 〈아망〉이지." 앙드레는 이 두 제목을, 호의적인 우월감을 감추지 못해 그 정을 미소로 드러내면서 인용했는데, 게다가 그 미소는 우아했다. 알베르틴은 좋아서 어쩔 줄 모르는 듯 외쳤다. "앙드레, 굉장하구나. 그 두 제목을 적어주지 않겠니? 생각해봐, 내가 그 문제를 치렀으면 얼마나 좋을까. 구두시험에서도 난 당장 그 제목을 인용해 엄청난 주목을 끌 거야."

하지만 그러고 나서, 알베르틴이 앙드레에게, 적어놓게 그 두 극의 이름을 다시 말해달라고 부탁해도, 그때마다, 이 벗은 알면서도 잊어버렸노라 우기며 죽기로 기를 쓰고 일러주지 않았다. "그리고 말이야." 앙드레는, 좀더 어린 친구들이 느낄까 말까 한 멸시의 말투로, 그래도 남의 감동을 받는 것이 기뻐서,

---

*1 알베르틴의 애칭.

자기라면 이리이리 지었을 거라고 생각하는 그 작문의 방법에 아니꼬운 태깔을 덧붙이면서 말했다. "지옥에 있는 소포클레스는 정보에 밝았을 터. 따라서 〈아탈리〉가 상영된 것이 대중 앞이 아니라, 태양왕과 특권 있는 궁인들 앞이라는 걸 알고 있어야 하거든. 이 점에 대해 지젤이, 물론 아는 사람들의 존경이니 어쩌니 한 말은 아주 틀려먹었다고는 할 수 없지만 좀더 설명이 있어야 옳았어. 불멸의 몸이 된 소포클레스가 예언의 능력을 받았을 게 틀림없으니까, 이렇게 예고해도 상관없지 않으냐 말이야, 곧 볼테르에 의하면 〈아탈리〉는 그저 '라신의 걸작에 그치지 않고 인간 정신의 걸작'이 되리라고." 알베르틴은 이런 말을 모두 삼킬 듯이 듣고 있었다. 그 눈동자는 이글이글 타는 듯했다. 그래서 로즈몽드가 놀이를 시작하자고 꺼낸 말을 몹시 화를 내며 거절했다. "결국" 하고 앙드레가, 여전히 초연한, 거리낌 없는, 좀 비꼬는, 꽤 확신에 찬 열띤 말투로 말했다. "만약 지젤이 전개할 본문의 요지를 침착하게 처음에 적어놓았다면, 나라면 했을 착상을 생각해냈을지도 모르지. 나라면 소포클레스의 합창부와 라신의 그것이 종교적인 영감에서 다름을 지적했을 거야. 또한 소포클레스의 입을 통해 보충을 달게 했을 거야. 라신의 합창부에 그리스 비극의 그것과 비슷한 종교적인 정서의 흔적이 있다고 해도, 그것은 같은 신에 관한 것이 아니라고 말이야. 조아드의 신은 소포클레스의 신과 아무 관계가 없거든. 따라서 본문의 전개가 끝난 뒤, 아주 자연스럽게 이런 결론이 나오게 되지. '신앙이 다른들 어떠랴? 소포클레스는 그 점을 강조하기를 망설이는지도 몰라. 그는 라신의 신념에 상처를 입힐까 봐, 오히려 이 점에 관해서, 포르 루아얄의 스승과 아버지들에 대한 라신의 몇 마디를 슬그머니 끼워넣으면서, 이 좋은 맞수가 지닌 시적 재능의 드높음을 치하하겠지."

감탄하여 어찌나 열심히 들었는지 알베르틴은 얼굴이 뜨거워지며 구슬땀을 흘리고 있었다. "성한 평론가의 판단을 몇 가지 인용하는 것도 나쁘지 않겠지." 앙드레가 다시 놀기에 앞서 말했다. 그러자 알베르틴이 대꾸했다. "아무렴. 다들 그렇게 말하더군. 대체로 가장 존경할 만한 건, 생트뵈브와 메를레의 비평이 아닐까?"—"네 생각이 아주 틀리지는 않아." 앙드레가 대꾸했다. "메를레와 생트뵈브도 나쁘지 않아. 그러나 뭐니뭐니해도 델투르와 가스크 데포세를 인용해야 해." 그녀는 이렇게 말하면서도, 알베르틴이 아무리 졸라도 다른 두 극의 이름만은 적어주지 않았다.

그동안 나는 알베르틴이 내게 넘겨준 종이쪽지의 내용을 생각했다. '나는 당신이 정말 좋아요.' 그런 지 한 시간 뒤, 발베크로 돌아가는 길, 내가 걷기에는 좀 가파른 비탈길을 내려오면서 나는 반드시 그녀와 소설을 쓰리라 생각했다.

우리에게는 자기가 연모에 애타고 있음을 스스로 인정하는 여러 표시가 있다. 그런 표시의 전체로 말미암아 특정한 상태, 이를테면 그 젊은 아가씨들 가운데 아무개가 찾아오는 경우 말고는 어떤 방문객이 와도 나를 깨우지 말라고 호텔에 일러두는 명령, 그녀들을(오기로 되어 있는 아가씨가 누구이건) 기다리는 동안에 뛰는 가슴의 울렁거림, 또 이즈음 수염을 깎으려는데 이발사가 없어 알베르틴, 로즈몽드, 또는 앙드레 앞에 어쩔 수 없이 보기 흉한 꼴로 나타나게 되었을 때에 느끼는 분노 같은 상태, 이런 상태는 모르면 몰라도, 어느 아가씨에 대해서도 번갈아 생겨, 우리가 이름 지어 부르는 사랑이라는 것과는 달랐다. 이를테면 생존 또는 개성이라고 하는 것이 갖가지 유기체 사이에 나누어 쪼개진 식충류(植蟲類)의 삶과 인간의 삶이 다르듯. 그러나 자연과학이 알려주는 바에 의하면, 그와 같은 생물의 조직체란 관찰할 수 있는 것, 마찬가지로 우리 인간의 삶도 아무리 조금씩이라도 이미 진화된 것이어서, 지난날 우리가 상상조차 못했던 상태의 현실성을 긍정하게 되며, 머잖아 곧 이런 상태도 지나고, 다음엔 버리고 만다.

나에게, 몇몇 아가씨들 사이에 함께 나누어진 이 연모의 상태 또한 그와 같았다. 나뉨이라고 하기보다 차라리 공동이라고 하는 편이 낫다. 나에게 다사로운 것, 그 밖의 세상 다른 것과 구별되는 것, 내일 또다시 만나리라는 희망이 내 삶 가운데 최상의 기쁨이 된 만큼 소중해지기 시작한 것, 그것은 흔히 그 젊은 아가씨들 가운데 한 명이 아니라 그 동아리 전체였기 때문이다—몇 번이나 절벽 위에서 보낸 오후, 산들바람이 불던 풀숲에는, 상상력을 자극하는 알베르틴, 로즈몽드, 앙드레의 얼굴이 가지런히 놓이던 시각에 파악한 동아리 전체이다. 또 그중의 누가 나로 하여금 특히 그 장소를 그토록 귀중히 여기게 했는지, 내가 누구를 가장 사랑하고 싶었는지 딱 잘라 말할 수 없었다. 한 연정의 처음에는 그 끝에서처럼 우리는 오로지 그 연정의 대상에 애착해 있지 않고, 오히려 연정이 비롯하는 사랑하고 싶은 욕정(연정의 마지막에 가서는 그것이 남기는 추억)이, 서로 통할 수 있는 매혹의 지대, 어디로 가나 낯선 느낌이 들지 않을 만큼 서로 간에 조화로운 매력 지대를—때로는 한갓 자연의 매력, 식도락 또는 주거의 매력—멋대로 놀며 떠돈다. 그리고 내 경우, 아가씨들 앞에서, 나는 아직 습관에 마비되어 있지 않았으니까, 그녀들을 보는 능력을, 다시 말해 그녀들이 있는 곳에 나갈 때마다 깊은 놀라움을 느낄 수 있었다.

물론 이 놀라움의 한 부분은, 상대가 우리 앞에 나타날 적마다 새로운 모습을 보이는 데 비롯한다. 그러나 언제나 저마다 다양성이 크고, 그 얼굴과 몸의 선이 어찌나 풍요한지, 그 선은 우리가 그 사람 곁에 있지 않으면 우리 기억의 변덕스러운 단순성 때문에 금세 알아보지 못하게 된다. 기억은, 우리 마음을 움직인 어떤 특징을 선택해 이것을 외따로 떼어놓고, 과장하여, 키가 좀 크게 보인 여인을 바탕 삼아 엄청나게 키 큰 여인의 습작을 그려내거나, 〈장밋빛과 금빛의 조화〉*1를 만들어내거나 하는데, 그 여인이 현실의 여인으로 우리 곁에 다시 나타날 때, 그 여인의 모습을 균형 잡고 있는 것, 곧 우리가 잊어버린 다른 온갖 특색이, 두루뭉수리로 우리에게 엄습하여 키를 줄이고 장밋빛을 없애며, 우리가 오로지 추구해온 것을 다른 특징으로 바꾸어놓은 뒤라야, 비로소 처음에 그런 특징을 주목했던 사실을 떠올려, 어째서 나중에 그것을 생각 못했는지 이해할 수 없다. 그곳에 공작이 있었음을 돌이켜 생각하면서 그 앞에 가보지만 거기엔 작약이 있다. 이런 피할 길 없는 놀라움은 이 한 가지만이 아니다. 실은 이런 놀라움 곁에, 추상의 양식화와 현실 간의 차이가 아니라, 전번에 본 인간과 오늘 다른 각도에서 눈앞에 보는 같은 인간 간의 차이에서 생기는 또 하나의 놀라움이 있다. 인간의 얼굴은 참으로 동방의 신통계보학(神統系譜學)*2의 신과 닮았다. 그 한 덩어리의 수많은 얼굴이 갖가지 면 속에 나란히 놓여 있지만, 그것을 한꺼번에 보지는 못한다.

그러나 우리가 놀라는 대부분은, 특히 인간이 우리에게 이전과 똑같은 얼굴을 보이는 데에서 온다. 우리가 아닌 것에서 우리에게 주어진 것은 무엇이나 다—과일의 맛 따위도—그것을 다시 만들어내는 데 비상한 노력이 들게 마련이라 우리는 한 인상을 받자마자, 모르는 사이에 기억의 언덕을 내려가, 그런 줄 모르고서 아주 짧은 시간 안에, 이제 막 느낀 인상에서 매우 멀어진다. 그래서 새 면접은 번번이 우리가 바로 보았던 것으로 우리를 데리고 가는 어떠

---

*1 미국의 화가 휘슬러(1834~1903)의 작품명.

*2 같은 계통의 신 전체를 하나의 상(像)으로 나타내는 사상. théogonie.

한 조정이다. 전에 보았던 것을 우리는 이미 잊어버리고 있는 것이다. 때문에 한 존재를 떠올린다 함은 실제로 그 존재를 잊는다는 뜻이다. 하지만 아직 우리가 볼 줄 아는 동안에는 잊었던 얼굴이 언뜻 눈앞에 나타나자마자 우리는 금세 그것을 알아보고, 빗나간 선을 고칠 수밖에 없다. 그러므로 바닷가의 아름다운 아가씨들과 날마다 갖는 모임을, 나에게 그처럼 유익한 것으로, 마음을 부드럽게 하는 것으로 만든 끊임없고도 풍부한 놀라움은, 발견과 더불어 어렴풋한 기억으로 만들어진 것이었다. 이런 놀라움에 덧붙여, 내가 지레 생각했던 것과 같은 적이 전혀 없고, 오는 모임에 품어보는 기대도 앞서 때의 기대와 비슷하다고 하기보다, 오히려 마지막으로 만났을 때의 아직 또렷한 기억과 비슷한, 그녀들의 행동이 내 마음을 자극해, 산책할 때마다 내가 생각한 계획과는 너무 어긋나며, 그것이 내가 방에서 혼자 머릿속으로 그릴 수 있던 방향과 전혀 다르다는 점을 이해하리라. 이 방향은, 내 마음을 어지럽히고 나서도 그대로 윙윙 울리고 있는 담소의 인상 때문에, 내가 마치 벌집처럼 진동하면서, 돌아올 때는 이미 잊어버려 그 흔적을 찾아볼 길이 없었던 것이다.

어떠한 존재도 우리가 그것을 보지 않게 될 때는 없어진다. 다음에 그것이 다시 나타나면 그건 새로운 창조로, 온갖 창조와 다르지 않더라도 적어도 그 전의 것과는 다르다. 왜냐하면 이런 창조를 지배할 수 있는 최소한의 변화가 이원적이니까. 어떤 이의 힘찬 헤어짐, 대담한 겉모양을 기억해오다가, 다시 그 사람을 만나 이번에는 어쩔 수 없이, 거의 기력 없는 옆얼굴, 꿈꾸는 듯한 부드러움 같은, 전번의 기억에서 빠진 것에 놀란다. 다시 말해 이번에는 오로지 그것에만 마음이 사로잡힌다. 추억을 새 현실에 맞추어볼 때, 우리를 실망시키거나 놀라게 하는 것은 그것일 테고, 다른 기억을 우리에게 일러줌으로써 이를테면 현실에 수정을 한다. 그리고 전번에 빠뜨린, 그 때문에 더욱 눈에 띄는, 더욱 사실에 가까운 수정된 얼굴이 이번에는 몽상이나 추상의 재료가 되리라. 우리가 다시 한 번 보고 싶은 것이, 기운 없는 둥근 옆얼굴, 부드럽고도 꿈꾸는 듯한 표정이리라. 그러자 또다시, 그 다음에는, 날카로운 눈, 뾰족한 코, 꼭 다문 입술에서 느껴지는 의지가 강한 모습이, 우리의 소망과 그 소망에 일치한 대상 사이의 차이를 고치러 오리라. 물론 내가 아가씨 친구들과 함께 있을 때마다 충실하게 되살아오는 순전히 육체적인 그 첫인상은, 그녀들 얼굴에만 관계되는 게 아니었다. 아마도 얼굴보다 더욱 마음을 어지럽게 하는 그녀들의 목소리(왜냐하면 목소리는 얼굴 못지않게 독특하고 관능적인 겉면을 보일 뿐더러, 또한 희망 없는 입맞춤의 현기증을 일으키는, 가까이 갈 수 없는 심연의 한 부분도 보이므로)에도 예민해서, 그녀들의 목소리가 저마다 작은 악기의 독특한 소리와 같으며, 저마다 그 악기에 오롯이 골똘하고 있는 듯하며, 그 악기가 그녀들 각자에게 특유한 부속물 같았다. 어느 억양을 그리면서, 그런 목소리의 한 깊은 선이, 오랫동안 잊힌 뒤에, 나에게 인지되어 곧잘 나를 놀라게 했다. 그래서 그녀들과 새로 만날 때마다 완전한 정확성에 되돌아가기 위해 내가 해야만 했던 수정은, 조율사 또는 성악 선생의 그것인 동시에 또한 도안가의 그것이었다.

이 아가씨들한테서 나에게 퍼지는 갖가지 감정의 물결은, 그녀들이 저마다 멋대로의 팽창을 서로 견제하는 저항으로, 전부터 중화되고 있는 조화로운 응집 상태에 있다가, 어느 날 오후 우리가 고리찾기 놀이를 하고 있을 때, 알베르틴을 위하여 허물어지고 말았다. 절벽 위 작은 숲 속에서 일어난 일이었다. 그날은 사람 수를 늘릴 필요가 있어 동아리 말고 다른 아가씨들 몇몇도 데리고 왔는데, 나는 낯선 두 젊은 아가씨 사이에 끼여, 알베르틴의 옆에 있는 한 젊은이를 부럽게 바라보면서, 마음속으로, 내가 저 자리에 있다면, 이 뜻하지 않은 짧은 시간 동안에 그녀의 손을 만질 수 있겠구나, 이런 기회는 또 없을 텐데, 어쩌면 나라는 존재를 그녀 마음속 깊이 전할 수도 있을 텐데, 하고 생각했다. 아니, 알베르틴의 손과 닿는 것은, 그것이 아무런 결과를 가져다주지 못하더라도 오직 그것만으로도 감미로웠을 것이다. 물론 그녀의 손보다 고운 손을 본 적이 없었던 것은 아니다. 그녀의 친구들 가운데, 앙드레의 손만 해도 여위고 더 섬세하고 어떤 생명 같은 것—이 아가씨의 명령에 따르면서도, 독립된 고유한 생명—을 갖고 있으며, 나태와 기나긴 꿈과 급작스럽게 손가락 사이를 펴는 행동과 더불어, 마치 고상한 사냥개 모양으로 날씬하게 그녀의 무릎 위에 곧잘 늘어뜨렸는데, 이를 주제 삼아, 엘스티르가 손을 여러 번 그려보았던 것이다. 그 습작의 하나로, 앙드레가 불을 쬐고 있는 그림에는, 그 손이 불빛을 받아 두 가을 잎처럼 금빛이 돌아 투명했다. 그러나 더욱 통통한 알베르틴의 손은, 잡는 순간 그 압력에 잠시 눌리다가 금세 탄력을 되찾아 독특한 감촉을 주었다.

알베르틴 손의 압력에는 관능적인 부드러움이 있고, 그 살갗의 연한 보랏빛 어린 장밋빛과 잘 어울렸다. 그녀의 손을 잡기라도 하면, 비둘기의 구구거리는 소리 또는 어떤 외침 같은 좀 단정치 못한 그녀의 킬킬 웃음의 울림을 듣듯이, 이 아가씨의 몸속에, 그녀의 육감 깊숙이, 이쪽의 몸을 들여보내는 느낌이 들었다. 그녀는 그 손을 잡는 이에게 커다란 기쁨을 주는 여성이자, 서로 다가가는 젊은 남녀 사이에 악수를 공공연하게 허락된 행위로 정한 것을 문명에 감사하고 싶어지게 하는 그런 여성이었다. 예의라는 독단적인 습관이, 만약에 악수를 다른 행위로 바꿔버렸다면, 나는 날마다 만질 수 없는 알베르틴의 손을 보고는, 뺨의 풍미를 알고 싶어하는 호기심 못지않게 강렬한, 손의 감촉을 알고 싶은 호기심을 품었으리라. 하지만 설령 고리찾기 놀이에서 그녀의 이웃이 되었더라도, 내 손 사이에 그녀의 손을 오랫동안 쥐는 기쁨에서, 나는 오로지 그 기쁨에만 잠겨 있지는 않았을 것이다. 그때까지 소심해서 속내 이야기를 할 수 없던 고백이나 의사 표시를 어떤 손의 쥠을 통해 전하려고 했으리라. 그녀 또한 손을 꽉 잡아 그 뜻을 받아들인 표시를 나타내기가 얼마나 수월했을까! 얼마나 아기자기한 즐거움의 공모, 얼마나 다사로운 즐거움의 시작인가! 나의 사랑이 그렇게 그녀 곁에서 몇 분 동안 보낸다면, 그녀와 알게 된 뒤로 처음인 큰 진전을 볼 수 있지 않겠는가. 그런 시간은 너무나 짧아 오래지 않아 끝나리라. 왜냐하면 이 놀이가 오래가지 않을 게 틀림없으니까.

먼저 끝나면 너무 늦으리라는 것을 깨닫자, 나는 그대로 가만히 있을 수가 없었다. 나는 내 손에 돌아온 반지를 일부러 들켜 술래가 되어 한가운데로 나가자, 반지가 어디로 갔는지 알아차리지 못한 체하면서 눈으로 뒤좇아, 그것이 알베르틴의 옆사람 손에 이르는 순간을 기다렸다. 알베르틴은 있는 힘을 다해 웃어대면서, 놀이 재미로 얼굴이 온통 장미처럼 빨개져 있다. "우리는 예쁜 숲에 바로 있다." 앙드레가 우리를 둘러싼 나무를 가리키면서 나에게만 보내는 눈길로 미소 지으며 말했다. 그 눈길은 우리 둘만이 서로 통할 수 있는, 그리고 이 놀이가 시적인 분위기에 알맞다는 점을 지적할 수 있는 지적인 사람이라고 말하는 듯이, 온 놀이 친구들의 머리 위로 미소를 보내오는 성싶었다. 앙드레는 그런 미묘한 정신의 섬세함을 밀고 나가다가 저도 모르게 노래까지 불렀다.

"지나갔네, 숲의 흰 족제비가 이곳으로 지나갔네, 숙녀 여러분, 이곳으로 지나갔네, 예쁜 숲의 흰 족제비가(Il a passé par ici, le furet du Bois, Mesdames, il a passé par ici le furet du Bois joli)."*1

이 민요의 악보는 위와 같음(라루스 백과사전). 노래 부르는 품이, 마치 트리아농에 가면 루이 16세풍 연회를 베풀지 않고 못 배기는 사람들 같고, 민요를 그것이 불린 환경 속에 노래시켜 흥겨워하는 이들과 같았다. 나라면, 설령 그런 생각을 할 틈이 있었더라도, 반대로 그것을 행동에 옮기는 데 매력을 느끼지 않았을 테니까 틀림없이 즐겁지 않았을 것이다. 내 정신은 이때 아주 다른 곳에 팔려 있었다. 놀이하는 남녀는 내가 멍청해 반지를 잡지 못하는 것에 놀라기 시작했다. 나는 아름다우며 무관심한, 쾌활한 알베르틴을 바라보고 있었다. 겨냥하는 이의 손에 반지가 멈출 때에 그 곁으로 가려는 속셈을 짐작 못하는 알베르틴, 그녀의 의심을 받지 않을 술책을 못 쓴다면 분명 그녀는 화낼 것이다. 놀이에 열중한 알베르틴의 긴 머리칼이 반쯤 풀어져, 굽이진 타래로 뺨 위에 늘어져 있어, 그 머리칼의 건조한 갈색이 불그레한 혈색을 더욱 곱게 드러나도록 했다. 로라 디앙티이나 엘레오노르 드 귀엔이나, 그 자손으로 샤토브리앙의 사랑을 흠씬 받은 여인처럼 땋아 늘인 머리를 하고 있었다. "언제나 머리칼을 조금 늘어뜨리는 게 좋겠습니다." 나는 그녀에게 다가서면서 그 귀에 속삭였다.*2

갑자기 반지가 알베르틴의 옆사람에게 넘어갔다. 그러자 곧 달려들어, 난폭하게 손을 벌리고 반지를 잡았다. 그 젊은이는 나 대신 원의 가운데로 나가고, 나는 그가 있던 알베르틴의 곁에 앉았다. 조금 전만 해도, 그 젊은이의 손이 반지를 돌리는 가는 끈을 스치면서 줄곧 알베르틴의 손에 부딪히는 것을 보며 부러워했다. 그런데 막상 내 차례가 되고 보니 그런 맞닿음을 구하기에

---

*1

*2 로라 디앙티는 티치아노의 〈두 거울을 든 미녀〉의 모델이고, 엘레오노르는 중세의 왕비임.

는 너무나 소심하고, 그런 맞닿음을 맛보기에는 너무나 감격스러워, 너무 빨리 뛰어 고통스러운 심장의 고동밖에 아무것도 느끼지 못했다. 한순간, 알베르틴이 몰래 알리는 시늉으로 그 동그란 장밋빛 얼굴을 이쪽으로 기울이고, 반지를 갖고 있는 체 꾸미면서, 술래를 속이고, 반지가 돌아가는 쪽을 술래가 보지 못하게 하려고 했다. 이런 알베르틴의 눈길이 보내는 암시가 그 술책을 가리키는 줄 나는 금세 알아챘지만, 그래도 놀이의 필요에 따른 순전히 가장된 의사 표시, 그녀와 나 사이에 없었던 비밀스런 화합의 표시가 그렇게 그녀의 눈 속에 지나가는 걸 보고 당황하면서, 이제부터 우리 둘 사이에도 그것이 가능할 듯싶어 그렇게 되면 얼마나 숭고하게 다사로울까 생각했다. 이런 생각에 열중하고 있을 때, 알베르틴의 손이 가볍게 내 손을 누르고, 어루만지는 듯한 부드러운 손가락이, 내 손가락 밑에 슬그머니 들어오는 것을 느꼈다. 그와 동시에 나에게 눈을 깜박거려 들키지 않게 하려고 애쓰는 것을 보았다. 그러자 단번에, 그때까지 나 자신의 눈에 보이지 않던 수많은 희망이 덩어리가 되었다. '그녀는 놀이를 이용하여 나를 좋아한다는 사실을 내가 느끼도록 하는 것이다.' 그렇게 생각해 나는 너무나 기뻤는데, 알베르틴이 성난 목소리로 말하는 것을 들었을 때, 단박에 거기서 굴러떨어지고 말았다. "빨리 잡아요, 한 시간 전부터 넘기고 있는데 어쩌자고 꾸물꾸물하죠?" 어찌나 슬픈지 얼떨결에 가는 끈을 놓쳐, 술래가 반지를 언뜻 보고 그것에 달려들어 내가 다시 한가운데로 나가자, 내 둘레를 계속해 돌고 있는 과격한 원무를 바라보며, 놀리기 좋아하는 아가씨들의 재촉을 받으며, 그것에 대꾸하기 위해 억지웃음을 웃으면서 들어가야만 했다. 한편 알베르틴은 계속해 말하고 있었다. "주의하지 않고서 다른 사람들 방해만 하니 놀이가 돼야지. 다음부터 놀이하는 날에는 이분을 부르지 말기로 해, 앙드레. 아니면 내가 오지 않겠어." 앙드레는 놀이 따위 아랑곳없이 '예쁜 숲'의 노래를, 로즈몽드도 그다지 확신 없이 좇아하는 마음에서 그 뒤를 따라 노래를 부르고 있었는데, 알베르틴의 비난을 얼버무리려고 나에게 말했다.

"당신이 그토록 구경하고 싶어한 레 크뢰니에가 여기서 얼마 안 되는 거리에 있어요. 자아, 바보들이 어린애 장난을 하는 동안 거기에 데려다드리죠. 가는 길에도 예쁜 작은 길이 있어요." 앙드레가 어찌나 나한테 상냥하게 굴던지, 가는 도중, 나는 알베르틴에 대해, 그녀의 사랑을 받기에 알맞은 방법으로 생각하는 것을 이것저것 얘기했다. 앙드레는, 그녀도 알베르틴을 매우 좋아하고, 아주 매력적이라 생각한다고 대답했다. 그렇지만 이 벗에 대한 나의 찬사는, 그다지 앙드레를 기쁘게 하지 못한 듯 보였다. 갑자기 어린 시절의 그리운 추억에 감동하여 나는 옴폭한 작은 길 안에 멈춰 섰다. 둘레가 뚜렷이 드러난 빛나는 잎들이 무성하게 길가에 비어져나와, 산사나무 덤불, 아아, 봄이 간 지 오래여서 꽃 진 산사나무 덤불을 막 알아봤던 것이다. 내 주위에, 옛 마리아를 공경하는 달의, 일요일 오후의, 잊어버린 신앙의, 잘못의 분위기가 감돌기 시작했다. 나는 되도록 이 분위기를 붙잡고 싶었다.

내가 또다시 멈추자 앙드레는 내 마음을 어여삐 짐작하고, 내가 그 작은 떨기나무 잎과 잠깐 얘기하는 대로 내버려두었다. 나는 꽃의 소식을 그 잎들에게 물어보았다, 경솔하고, 예쁘장하며, 신심 깊은, 명랑한 젊은 아가씨들과도 같은 그 산사나무 꽃들의 소식을. "그 아가씨들은 벌써 오래전에 가버렸어요." 잎사귀들이 대답한다. 아마도 이 잎들은, 내가 그 아가씨들의 절친한 벗이라고 내세우는 남자치곤 그녀들의 습관을 너무나 모른다고 생각한 게 틀림없었다. 절친한 벗이긴 하나, 다시 만나자는 약속을 해놓고서도 오랜 시간 만나지 않았다. 그래도, 질베르트가 아가씨에 대한 나의 첫사랑이었듯이, 산사나무는 꽃에 대한 내 첫사랑이었다. "그래, 나도 알아요. 6월의 한가운데 즈음에 가버리죠." 나는 대꾸했다. "그러나 그 아가씨들이 이곳에서 살던 장소를 보는 것만도 참 기쁘군요. 내가 병상에 누워 있을 때 어머니가 데리고 와, 나를 보러 콩브레의 내 방에 왔죠. 그리고 우리는 마리아를 공경하는 달엔 토요일 저녁마다 만났어요. 이곳에서도 아가씨들이 나들이 갈 수 있나요?"—"그야 물론이죠! 게다가 이곳에서 가장 가까운 생드니 뒤 데제르 성당에서도 그 아가씨들을 옆에 두고 싶어하죠."—"그런데 지금 만나려면?"—"그건 좀! 내년 5월이 되지 않고서는."—"하지만 그때에는 그녀들이 여기에 오겠죠?"—"해마다 정확하게."—"그렇지만 내가 이곳을 옳게 찾아낼지 모르겠는걸요."—"아니죠! 그 아가씨들은 어찌나 쾌활한지 찬송가를 부를 때 말고는 웃음을 그치는 일이 없어요, 그러니 못 찾을 리가 없지요, 오솔길의 끝머리에서도 그 향기로 알아볼 겁니다."

나는 앙드레를 따라잡아, 다시 알베르틴을 칭찬하기 시작했다. 끈기 있게 되풀이해두면 앙드레가 전하지 않을 리가 없다고 생각했기 때문이다. 그런데도 알베르틴이 그런 칭찬을 알았다는 말은 영영 듣지 못했다. 그래도 앙드레는 마음에 대해서 알베르틴보다 이해가 깊었고, 친절한 점에서도 좀더 세련되었다. 그녀의 싹싹한 마음씨는, 가장 재치 있게 남을 기쁘게 할 수 있는 눈길이나 낱말, 행위를 찾아내거나, 사람을 슬프게 할지도 모르는 생각은 말하지 않거나, 놀이의 한때뿐만 아니라 오찬회나 원유회까지 희생시켜서(더구나 그것이 희생이 아니라는 겉모양을 짓고서) 슬픔에 잠긴 남녀 친구들 옆에 남아, 경박한 즐거움보다 단둘이 조촐하게 있는 편을 더 좋아한다는 사실을 상대에게 보여주었다. 그러나 좀더 앙드레의 사람됨을 알게 되었을 때, 그녀는 남의 걱정을 하기 싫어하는 용감한 겁쟁이—그런 인간의 희생적인 용기야말로 특히 값어치 있는 것—따위에 속한다고 해도 좋았다. 정신의 탁월함에서, 감수성에서, 자신을 좋은 벗으로 보이려고 하는 고귀한 의사에서, 그녀가 늘 겉으로 나타내고 있는 착함이, 실은 그녀 성질의 밑바탕에 없다고 해도 상관없었다. 알베르틴과 나 사이의 가능성 있는 애정에 대하여, 앙드레가 나에게 말해주는 그럴듯한 이야기를 듣고 있으면, 그녀가 그것이 이루어질 수 있게 온 힘을 써줄 듯한 생각이 들었다. 그런데 어쩌면 우연인지도 모르지만, 그럴 의향만 있다면 손쉬운 것, 나를 알베르틴에게 연결해줄 수 있는 더할 나위 없이 하찮은 것도 앙드레는 절대 쓰지 않았다. 그래서 알베르틴의 사랑을 받고 싶어하는 나의 노력이, 이 노력을 방해하려는 비밀스런 술책을 앙드레의 마음에 일으키지 않았더라도, 적어도 기색으로 나타내지 않는 노여움을 앙드레 마음속에 불러일으키지 않았다고는 나도 딱 잘라 말할 수 없다. 또 이 노염과 싸우는 데 앙드레 자신이 난처해했는지도 몰랐다. 착한 마음씨를 보이는 데 앙드레가 갖고 있는 수많은 세련된 솜씨에, 알베르틴은 도저히 적수가 못 되었을지는 모르나, 나는 뒷날에 가서 알베르틴의 깊은 호의를 믿었던 만큼 앙드레의 호의에 확신을 가질 수 없었다. 알베르틴의 들뜬 태도에도, 앙드레는 늘 다정하며 너그럽게 행동하고, 애정 깊은 벗으로서의 말이나 미소를 보였다. 아니, 그 이상으로 대했다. 빈곤한 벗이 제 사치스런 생활을 이용하게 하고, 그 벗을 행복하게 해주려고, 아무 이해관계 없이, 왕의 총애를 얻고자 하는 아첨꾼보다 더 큰 수고를 하는 걸 나는 날마다 보았다. 누군가 그녀 앞에서 알베르틴의 가난을 불쌍히 여겼을 때, 앙드레의 다정스러움은 이목을 끌 만했고, 슬퍼하는 그윽한 말은 듣기에 부드러웠다. 그리고 그런 알베르틴을 위해서는 부유한 벗을 위해 하는 경우보다 천배나 더한 걱정을 하곤 했다.

그러나 누가, 알베르틴은 남들이 말하는 만큼 가난하지 않나 보다고 주장하기라도 하면, 거의 분별 못할 정도의 검은 구름이 앙드레의 이마와 눈에 그늘지어 언짢은 기분이 느껴졌다. 또 누가, 뭐니뭐니해도 그녀가 알베르틴을 시집보내는 게 생각보다 수월할 거라는 말까지 하면, 앙드레는 있는 힘을 다해 항변해 거의 성이 나서 되풀이했다. "흥! 시집 못 갈걸! 난 잘 알아, 그래 여간 걱정이 되는 게 아니야!" 나에 대해서도 마찬가지였다. 남이 나에 대해 뭔가 언짢은 말을 해도 그녀는 결코 그것을 내게 고자질하지 않을 성격인데, 이런 성격은 동아리 아가씨들 가운데 그녀뿐이었다. 게다가 만약에 나 자신이 그런 얘기를 하기라도 하면, 곧이듣지 않는 체하거나 악의 없는 얘기로 해석하거나 했다. 한마디로 말해 요령 좋다는 인간 능력의 집성(集成)이다. 이런 집성의 소유자는, 이를테면 우리가 결투 장소에 나갈 때, 우리를 보고 치하하고 나서, 결투까지 할 이유야 없었는데 하고 덧붙임으로써, 어쩔 수 없는 일이 아니었지만, 우리가 증명해보인 용기를 우리 눈에 더 크게 보여주려고 한다. 이러한 사람들은 같은 경우에 다음처럼 말하는 이들과 정반대이다. "결투까지 하게 되어 정말 난처하시겠소, 그러나 한편으로 생각해보면 그런 모욕을 그대로 삼킬 수야 없으니, 당신으로서는 달리 어쩔 수가 없었겠죠."

하지만 모든 일에는 두 가지 면이 있는 법이라서, 친구가 우리한테 우리에 대한 모욕적인 소식을 전하는 데 속으로 기뻐하거나 또는 적어도 무관심한 경우, 이는 친구가 그 소식을 말하면서 거의 우리 처지가 되어 생각해주지 않고서, 마치 풍선을 찌르듯이 침이나 칼끝으로 우리 피부를 찌르는 걸 증명하는 일이라면, 또 다른 친구가 우리 행위에 대해 남들에게 들은 것, 우리 행위에 대해 그 자신이 품은 의견 가운데 우리가 불쾌하게 생각할 것을 언제까지나 우리에게 숨기는 경우, 이 요령 좋은 기교도 꽤 많은 거짓의 분량을 증명하는 것이라 하겠다. 이런 친구에게 정말로 악의가 없고, 남들이 하는 말이 우리에게 줄지도 모르는 고통을 그 친구가 느끼는 것이라면, 아무리 숨겨도 예의에 어긋나는 것이 아니다. 나는 앙드레의 경우가 그렇다고 생각했지만, 절대로 그렇다는 확신이 있는 건 아니었다.

우리는 작은 숲에서 나와 사람들이 잘 오가지 않는 그물 같은 오솔길 하나를 지나왔다. 앙드레는 이런 오솔길을 썩 잘 알았다. 그녀가 갑자기 말했다.

"자아, 여기가 당신이 오고 싶어한 레 크뢰니에예요, 당신은 운이 좋았어요. 시각도, 빛줄기도 엘스티르가 그린 그대로이니." 그러나 나는, 고리찾기 놀이 가운데 그 모양으로 희망의 꼭대기에서 굴러떨어진 슬픔에 잠겨 있었다. 그래서 이때, 느닷없이 발밑에, 더위를 피해 바위 사이에 웅크리고 있는 바다의 여신들, 엘스티르가 숨어 있다가 용케 잡은 그 여신들의 모습을, 레오나르도의 그림에서 보는 듯한 아름다운 우중충한 밝은 빛 속에 구별할 수 있었지만 여느 때 같으면 느꼈을 기쁨은 알아차리지 못했다. 바위 옆으로 슬그머니 피한 신기한 그림자의 요정들이 날쌔게 움직이다가는 잔잔해지고, 햇살의 소용돌이가 치자마자 재빨리 바위 밑으로 미끄러지듯 들어가 굴 속에 숨을 태세로 있다가, 햇살의 위협이 지나가자, 바위 근처 또는 해조 옆에, 절벽과 빛이 바랜 대양을 부스러뜨리는 태양 밑에 그 모습을 살짝 나타낸다. 그리고 잠깐 대양의 엷은 잠을 감시하는 듯한 이 경솔하고도 태연한 여인들은, 그 끈적끈적한 몸과 짙푸른빛 눈의 주의 깊은 눈길을 물 위에 나타날 듯 말 듯하게 보인다.

우리 둘은 다른 아가씨들한테로 돌아갔다. 이제 나는 내가 알베르틴을 사랑하고 있다는 걸 알고 있었다. 하지만 유감스럽게 나는 그 뜻을 그녀에게 알리려는 생각을 하지 않았다. 내 연정이 잇달아 애착하는 상대가 거의 같아도, 샹젤리제에서 놀던 시절 이후, 내 사랑의 개념이 달라졌기 때문이다. 한편 사랑하는 여인에게 고백하고, 자신의 애정을 털어놓는 걸 사랑에 필요한 주된 장면으로 생각하지 않았으며, 또 사랑은 외적인 현실이 아니라 오로지 주관적인 기쁨으로밖에 여기지 않았기 때문이다. 그리고 이 기쁨만 해도 알베르틴은 내가 그것을 느끼고 있는 줄 모를 만큼, 이를 유지하기에 필요한 것을 기꺼이 대줄 거라고 생각했다.

돌아가는 길에, 알베르틴의 모습은 다른 아가씨들한테서 발산되는 빛 속에 뒤섞여, 나에게 존재하는 유일한 것은 아니었다. 그러나 햇빛이 있는 동안, 구름보다는 고르고 일정한 형태지만, 언뜻 보아 작은 흰구름처럼밖에 보이지 않는 달도, 오래지 않아 햇빛이 사라지자 곧 그 본디의 힘을 발휘하듯이, 내가 호텔에 돌아왔을 때 내 마음속에 솟아올라 빛나기 시작한 것은 유독 알베르틴의 모습뿐이었다.

내 방이 갑자기 새롭게 보였다. 물론 오래전부터 이 방은 도착 첫날밤의 적의에 찬 방이 아니었다. 우리는 꾸준히 우리 주위의 거처를 우리에게 알맞게 바꿔나간다. 그리고 습관이 그런 주위를 아무렇지 않게 생각해감에 따라, 우리 불쾌감의 객관적 대상인 알록달록한 색채라든가, 널따란 공간이라든가, 고약한 냄새 같은 해로운 요소를 없앤다. 이렇게 되고 보니 방은, 나를 괴롭히는 힘은 물론이려니와 나를 기쁘게 하는 힘도, 이미 나의 감수성에 미치지 못했다. 그것은, 눈부시게 햇빛을 반영하며 점점 멀어지는 돛이, 한순간 더운 김처럼 땅에 닿지 않도록 하얗게 뒤덮고 있는 듯한 빛으로 젖은 푸른 하늘을, 물이 반쯤 담긴 물거울에 어른거리게 하는 수영장과도 같은, 화창한 낮들의 큰 통도 아니거니와, 그림같이 아름다운 저녁들의 순수하게 심미적인 방도 아니었다. 내가 거기서 오랜 나날을 보내서 이제는 보고도 눈에 띄지 않게 된 방이었다. 그런데 이제 막 눈을 바로 뜨고 이 방을 다시 보기 시작했다. 더더구나 이번은, 연애의 눈길이라고 할까, 그런 이기주의자의 시선에서였다. 그러니 비스듬하나 아름답게 보이는 거울, 유리 낀 우아한 서가 따위, 만에 하나라도 알베르틴이 나를 보러온다면 나에게 유리한 인상을 그녀에게 줄 게 뻔하지 않은가. 바닷가 또는 리브벨 쪽으로 줄달음치기에 앞서 잠깐잠깐 지내던 임시 거처로 보이는 대신, 내 방이 새삼 현실적이고도 친밀한 것이 되어 새롭게 보였다. 알베르틴의 눈을 갖고서 방 안에 있는 가구 하나하나를 유심히 바라보며 감상했으므로.

고리찾기 놀이를 한 지 며칠 뒤, 우리는 너무 멀리까지 산책을 해서, 메느빌에서 자리가 두 개 있는 작은 이륜마차 두 대를 얻어내, 이것을 타고 돌아가면 저녁 식사 시간쯤 다다를 거라고 모두가 좋아했다. 그러나 알베르틴에 대한 내 연정이 커질 대로 커져서, 나는 로즈몽드와 앙드레에게 나와 함께 타자고 차례차례 제의하고 알베르틴에겐 한 번도 물어보지 않았다. 나중에 일부러 앙드레와 로즈몽드에게 같이 타자고 하면서 시간, 길, 외투 같은 이차적인 형편을 살펴보아, 내가 알베르틴과 함께하는 게 가장 적절하다는 결론이 내 의사가 아닌 듯 남들의 입에서 나오게 하여, 나는 마지못해 알베르틴과 함께하는 양 꾸미게 되었다. 이 어찌 한탄할 노릇이 아니겠는가, 연모의 정에는 상대를 오롯이 동화하려는 경향이 있는데, 오가는 담소만으로는 상대를 먹을 수 없어, 이 귀로 도중에 알베르틴이 아무리 내게 상냥하게 굴어도 소용없었다. 그녀를 그녀 집 앞에 내려놓았을 때 그녀가 내게 행복감을 남겨주었지만, 출발 때보다 더욱 그녀에게 허기진 나로서는, 이제 막 단둘이 지낸 짧은 시간이, 그것에 연이은 시간의, 그것만으로는 대수롭지 않은 서곡으로밖에 느껴지지 않았다. 그렇지만 이 서곡에는 또한 첫 꽃처럼 뒤에 가서 다시 찾을 길 없는 매력이 있었다. 나는 아직 알베르틴에게 아무것도 요구하지 않았다. 알베르틴은 내가 원하는 바를 떠올릴 수 있었겠지만 확신은 없어서, 내가 그저 뚜렷한 목적 없는 교제를 목표로 삼고 있는데 지나지 않다고 추측했을는지도 몰랐다. 이 목적 없는 교제에서, 나의 아가씨 친구는, 뒷날에 가서, 예측한 놀라움이 풍성하고도 감미로운 어렴풋함, 곧 로마네스크(romanesque)*[1]를 찾게 되었다.

그 다음 주에 나는 알베르틴을 만나려고 그리 애쓰지 않았다. 앙드레 쪽을 더 좋아하는 척했다. 연정이 생길 때 상대 여인에 대하여, 여전히 그 여인의 사랑을 얻을 수 있는 미지의 남성으로 있고 싶다고 생각한다. 그러나 마음속으로는 그 여인을 갈망한다. 그 여인의 몸보다는 그 주의를 끌고, 그 마음에 닿기를 간절히 바란다. 편지 속에 심술궂은 글을 슬쩍 적어 그 냉담한 여인이 이쪽에 상냥함을 구하러 오게 한다. 이래서 연애는, 사랑하지 않을 수 없거니와 사랑받지 않을 수도 없는 톱니바퀴 장치의 서로 어긋난 운동 속에, 정확한 기술로 우리를 끌어간다. 다른 아가씨들이 낮 공연에 가는 시간을, 나는 앙드레와 보내기로 했다. 앙드레가 그런 낮 공연을 나 때문에 기쁘게 희생시키리라는 사실을, 또 싫더라도 비교적 저속한 기쁨에 애착한다는 관념을 남이나 그녀 자신에게 주지 않으려고, 고매한 정신에서, 그것을 희생시키리라는 사실을 나는 알고 있었다.

이렇듯 매일 저녁 앙드레를 독점하려고 마음 썼는데, 이는 알베르틴을 시새우게 하려는 생각에서가 아니라, 알베르틴 눈에 내 위신이 커지게, 적어도 내가 사랑하고 있는 이가 그녀이지 앙드레가 아니라는 점을 알려주면서도 내 위신이 떨어지지 않게 하려는 생각에서였다. 나는 이 점을, 알베르틴에게 고자질할까 봐 앙드레에게도 말하지 않았다. 앙드레와 함께 알베르틴에 대해 말할 때는 일부러 냉담한 체했는데, 아마도 앙드레는 쉽사리 곧이듣는 듯한 겉보기와는 달리, 이런 점에는 아마 나보다 덜 속았는지도 모른다. 앙드레는 알베르틴에 대한 나의 무관심을 믿는 체하기도 하고, 알베르틴과 나 사이에 될 수 있는 한 빈틈없는 결합을 원하는 체하기도 했다. 반대로 무관심을 믿지도 않았

---

*1 로망(roman)에서 파생한 말. 본디 소설적·공상적·정열적인 것 또는 사람의 뜻.

으며 결합을 바라지 않았는지도 모른다. 그녀의 벗인 알베르틴에게 별로 관심이 없다고 앙드레에게 말하는 동안에도 나는 단 한 가지밖에 생각하지 않았다. 곧, 발베크 근처에 며칠간 묵으러 와 있으며, 오래지 않아 알베르틴이 거기에 가서 사흘간 지내기로 되어 있는, 봉탕 부인과 친교를 맺고자 애쓰는 일이었다. 물론 나는 이 앙드레에게 희망을 털어놓지 않았고, 또 알베르틴의 가족에 대해 그녀와 얘기할 때면 될 수 있는 한 방심한 태도를 지었다. 앙드레의 또렷한 대꾸는, 나의 본심을 의심스러워하는 기색이 하나도 없었다. 그렇다면 도대체 왜, 그런 어느 날, 그녀가 이렇게 말하는 실수를 했을까? "마침 알베르틴의 아주머니를 만났어요." 물론 그녀는 "아무렇게나 내뱉는 당신의 말 속에서, 난 정확히 꿰뚫어 볼 수 있어요, 당신이 알베르틴의 아주머니와 친교 맺는 일밖에 생각하고 있지 않다는 걸"이라고는 말하지 않았다. 그러나 '마침'이라는 낱말은, 앙드레 머릿속에 나한테 숨기는 게 예의라고 여기는 어느 개념이 있다는 것과 관련되어 있는 성싶었다. 이 낱말은, 인간의 말이 전화기 속에서 전류로 변한 다음에 다시 말로 들려오듯이, 듣는 이가 직접 알아들을 수 있게 고안된 논리적이고 합리적인 형식을 갖고 있지 않았지만, 참뜻을 이해시킬 수 있는 어떤 눈길이나 몸짓과 같은 계통에 속해 있었다. 그래서 내가 봉탕 부인에게 관심을 두고 있다는 개념을 앙드레의 머리에서 없애고자, 다시는 봉탕 부인에 대해 방심한 투로 말하지 않을 뿐더러 악의를 품고서 말하기까지 했다. 전에 그런 괴상한 여인과 만난 일이 있는데, 그런 봉변을 두 번 다시 당하고 싶지 않다고 잘라 말했다. 그런데 말과는 반대로 어떻게 해서든지 부인을 만나려고 애쓰는 것이었다.

나는 엘스티르에게, 절대 아무에게도 말하지 말고 봉탕 부인에게 내 말을 꺼내 함께 앉도록 하는 수고를 해달라고 졸랐다. 엘스티르는 부인에게 소개해 주겠다고 약속했지만, 내가 원하는 바를 놀라워했다. 왜냐하면 그는 부인을 간사한 계책이나 부리는 업신여겨야 할 여인, 남에게 흥미가 끌리는 만큼은 남의 흥미를 끌지 못하는 여인으로 판단하고 있었기 때문이다. 내가 봉탕 부인을 만나면, 이 사실이 머잖아 앙드레에게 알려진다고 생각한 나는, 차라리 그녀에게 미리 말해두는 편이 좋겠다고 여겼다. "가장 피하려고 애쓰는 것을 도저히 벗어날 수 없나 보죠." 나는 이렇게 첫머리를 꺼냈다. "봉탕 부인과 만나는 일처럼 지긋지긋한 건 또 없는데, 달아날 수 없을 것 같군요, 엘스티르가 나를 부인과 함께 초대할 테니."—"나는 그걸 한시도 의심한 적이 없어요." 앙드레는 기분 나쁜 말투로 소리 질렀는데, 그동안에, 잔뜩 화가 난 그녀의 눈은 커지고, 눈빛은 변해서 뭔가 눈에 보이지 않는 것에 끌리고 있었다. 앙드레의 이 말은, 하나의 사고를 가장 질서정연하게 서술하고 있진 않았지만, 이렇게 요약할 수 있다. '나는 잘 알아요, 당신이 알베르틴을 사랑한다는 걸. 그리고 알베르틴의 가족에게 접근하려고 여러 방면으로 손쓰고 있다는 걸.' 그러나 '그걸 한시도 의심한 적이 없어요'라는 말은, 내가 앙드레에게 부딪쳐서, 그녀에게 억지로 사실대로 말하게 한 사상의, 다시 짜 맞출 수 있는 조잡한 단편들이었다. '마침'과 마찬가지로, 이 말은 이차적인 뜻밖에 없었다. 다시 말해 (곧바른 단언이 아니라) 누군가에 대한 존경 또는 경계심을 일으키게 하여, 우리와 그 사람 사이를 틀어지게 하는 말이었다.

알베르틴의 가족에게 무관심하다고 내가 말했을 때, 앙드레가 그 말을 믿으려고 하지 않은 이상, 앙드레는 내가 알베르틴을 사랑하고 있다고 생각하리라. 그리고 틀림없이 그것이 앙드레의 마음을 상하게 한 것이었다.

앙드레는 그 벗과 나의 만남에서 보통 제삼자로 참석하곤 했다. 그렇지만 알베르틴과 둘이서만 만나게 되는 날도 있었다. 이런 날을 나는 열에 들뜬 듯한 상태로 기다리곤 했는데, 막상 그날이 오자, 결정적인 것을 나에게 가져다주지 않아, 결국 중요한 날이 되지 못한 채 지나가, 중요한 소임을 금세 다음 날로 미루지만, 다음 날도 소임을 완수하지 못해, 그 다음에서 그 다음으로, 물결처럼, 그 꼭대기는 다음의 꼭대기로 옮겨가곤 했다.

고리찾기 놀이를 하던 날부터 한 달 남짓하게 지나, 소문에 알베르틴이 다음 날 아침, 봉탕 부인이 머무르고 있는 곳으로 이틀쯤 묵으러 가기로 되어, 이른 아침에 기차를 타야 하므로, 지금 함께 지내고 있는 벗들에게 폐를 끼치지 않고서, 첫 기차에 탈 수 있게 승합마차를 이용할 수 있는 그랑 호텔로 오늘 밤 묵으러 온다고 들었다. 나는 이 소문을 앙드레에게 말했다. "아무래도 믿을 수 없군요." 앙드레는 불만스럽게 말했다. "게다가 그건 당신의 소망에 아무런 도움도 주지 않을걸요, 알베르틴이 혼자 호텔에 온대도 당신을 안 만날 게 뻔하니까요. 그건 예의에 어긋나거든요." 이렇듯 그녀는 조금 전부터 아주 좋아하게 된 형용사 '뻔하다'를 쓰면서 덧붙였다. "알베르틴의 속마음을 잘 아니까 당신한테 이런 말을 하는 거예요. 당신이 만나든 못 만나든 내게 무슨 상관이 있나요? 난 아무래도 좋아요."

이때 옥타브가 와서 우리 이야기에 함께하고, 앙드레에게 어제 친 골프의 득점을 거침없이 지껄여댔다. 다음에 또 산책 중이던 알베르틴이 수녀가 묵주를 다루듯이 디아볼로를 굴리면서 왔다. 이 놀이 덕분에, 알베르틴은 혼자서도 몇 시간 동안 심심하지 않을 수 있었던 것이다. 그녀가 우리와 함께하자마자, 고집 세게 보이는 그녀의 코끝이 내 눈에 띄었다. 요즘에 그녀를 생각할 때에 내가 빠뜨렸던 것이다. 그녀의 검은 머리칼 밑에, 반듯하게 드리운 이마의 모습이 내가 간직해온 흐릿한 모습과 대립했다—이번이 처음은 아니었다—한편으로, 그 하얀 이마가 내 눈에 강렬하게 파고드는 것이었다. 회상의 티끌에서 나오면서, 알베르틴이 내 앞에 다시 구성되었다. 골프는 혼자서 즐기는 습관을 준다. 디아볼로가 주는 습관도 확실히 그렇다. 그렇건만 우리와 함께한 뒤에도 알베르틴은 수다 떨면서 그 놀이를 계속했다. 친구들이 찾아와도 뜨개질을 멈추지 않는 부인처럼.

알베르틴이 옥타브에게 말했다. "빌파리지 부인이 그녀의 아버지한테 이의를 적어 보냈나 봐(나는 이 '봐'라는 낱말 뒤에서, 알베르틴 특유의 말투 가운데 한 가지를 들었다. 내가 그런 말투를 잊어버렸었구나 하고 확인할 때마다, 그 말투 뒤에서 알베르틴의 프랑스 사람다운 꿋꿋한 표정을 언뜻 보았다는 기억도 같이 떠올랐다. 내가 보이지 않았더라도, 그런 말투 속에, 민첩하고도 얼마간 시골티 나는 그녀의 특징 가운데 어떤 것을 그녀의 코끝에서 보듯이 알아봤을 것이다. 그녀의 목소리는, 미래의 광선 전화기가 재현하리라고 말들 하는 목소리처럼, 몸속에 똑똑하게 시각적 영상을 드러내고 있었다). 빌파리지 부인이 아버지께 불평을 써 보냈을 뿐만 아니라, 발베크의 행정 책임자에게도 편지를 써서, 둑에서 디아볼로 놀이를 못하게 해야 한다고 했나 봐. 누가 디아볼로의 팽이로 그분 얼굴을 맞혔대."

"그래요, 나도 들어서 알지요. 쑥스러운 짓이죠. 그렇지 않아도 여기엔 심심풀이가 없는데."

앙드레는 이 대화에 끼지 않았다. 알베르틴이나 옥타브도 그랬지만, 그녀는 빌파리지 부인을 몰랐던 것이다. 그래도 앙드레가 말했다. "그분이 왜 그런 소동을 부렸는지 모르겠어." "캉브르메르 노부인도 팽이에 맞았지만 불평 한마디 하지 않던데."—"그 차이를 설명해볼까요." 옥타브가 성냥을 그어대면서 점잖게 대꾸했다. "내 생각으로는, 캉브르메르 부인이 사교적인 여성이라면, 빌파리지 부인은 출세를 제일로 치는 여인이라는 거죠. 오늘 오후 골프 치러 가시겠습니까?" 그러고 나서 그는 우리 곁을 떠났고, 앙드레 또한 떠났다. 나는 알베르틴과 단둘이 남았다. "좀 봐요." 알베르틴이 말했다. "내 머리, 당신이 좋아하는 모양으로 땋았어요, 이 머리채를 보세요. 이런 꼴을 다들 놀려대지만, 누구를 위해 내가 이렇게 하는지 아무도 몰라요. 우리 아주머니도 놀려대겠죠. 그래도 나는 그 까닭을 말하지 않을래요." 나는 알베르틴의 볼을 옆으로 보았다. 전에는 자주 창백하게 보였는데 이렇게 보니, 맑고 윤택해서, 어느 겨울날 아침, 한 부분에 햇볕이 든 돌이 장밋빛 화강암인 듯하고도, 기쁨을 내뿜고 있는 듯이 보이던 그 광택을 띠고 있었다. 이때 알베르틴의 볼을 보고 느끼는 기쁨도 그와 같이 생생했으나 산책과는 다른 것에 대한 욕망, 입맞춤의 욕망 쪽으로 나를 이끌었다. 나는 그녀가 호텔에 머문다는 계획이 정말인지 물어보았다. "정말이에요." 그녀가 말했다. "오늘 밤, 나 당신 호텔에 묵어요, 그리고 좀 감기든 것 같으니까, 저녁 식사 전에 잠자리에 들래요. 침대 곁에서 내 저녁 식사를 구경하려면 오세요. 식사 뒤 당신이 좋아하는 걸 하며 놀기로 해요. 내일 아침 역에 와주면 기쁘겠는데, 그래도 이상하게 보일까 봐 걱정이에요. 앙드레에겐 말하지 않았어요, 그 애는 약으니까. 다른 애들한테는 말했으니까 역에 나올 테죠. 그래서 아주머니한테 누가 고자질이라도 하면 정말 시끄러울 거예요. 그나저나 오늘 밤은 함께 보낼 수 있어요. 이 사실만은 아주머니도 전혀 모르실 테죠. 앙드레에게 인사하러 갈래요. 그럼 나중에. 일찍 와요, 둘이서 오래오래 놀 수 있게." 그녀는 미소 지으며 이렇게 덧붙였다. 이 말을 들은 나는, 질베르트를 사랑할 무렵보다 더 먼, 사랑이 한갓 외면뿐이 아니라 실제로 이루어질 수 있는 실체처럼 느껴지던 시절까지 거슬러 올라갔다. 샹젤리제에서 만났던 질베르트는, 내가 홀로 되자 금세, 내 마음속에서 되찾아내는 그녀와는 다른 여성이었는데, 그에 반해 내가 날마다 만나는 현실의 알베르틴, 부르주아의 편견으로 가득 차고, 그 숙모에게는 모든 것을 솔직하게 털어놓는 듯싶은 알베르틴은, 한 번에 상상의 그녀와 하나가 되었다. 내가 아직 그녀를 알기 전에, 둑에서 나를 몰래 훔쳐보는 듯했던 알베르틴, 멀어져가는 내 모습을 보면서 마지못해 발길을 돌린 듯했던 알베르틴이었다.

할머니와 함께 식사하러 갔을 때, 나는 마음속에 할머니가 모르는 비밀을 느꼈다. 알베르틴으로서도 같은 처지인지라, 내일 그녀의 벗들이 그녀와 같이 있을 때, 우리 둘 사이에 어떤 새로운 것이 일어났는지 모를 터이며, 봉탕 부인도 조카딸의 이마에 입맞출 때, 그녀들 둘 사이에, 나라는 존재가, 남몰래 나를 기쁘게 할 목적으로 땋아 늘인 머리채 모양으로 있는 것을 모르리라. 그 조카딸과 인척 관계이며, 상을 당하거나 축하할 일이 있을 때 같이하는 사이라는 것 때문에 이제까지 그처럼 봉탕 부인을 부러워하던 나, 이 내가 지금은 알베르틴한테 그 숙모 이상의 존재가 되고 만 것이다. 숙모 곁에 있어도, 알베르틴이 생각하는 사람은 나다.

잠시 뒤 무슨 일이 일어날지 나는 잘 몰랐다. 어쨌든 이제는 그랑 호텔도 오늘 밤도 공허하다고는 생각지 않았다. 이것들 안에 내 행복이 포함되어 있었다. 알베르틴이 차지한 골짜기 쪽 방에 올라가려고, 나는 승강기 벨을 눌렀다. 승강기의 자리에 앉는 것 같은 사소한 동작마저 내 마음과 직접 관계가 있으므로 몹시 즐거웠다. 기계를 올리는 줄에서도, 올라온 몇 층계 속에서도, 나는 내 환희로 물질화된 장치나 계단밖에 보지 않았다. 그 장밋빛 몸이라는 귀중한 실체를 숨기고 있는 방에 이르는 거리는 복도를 몇 걸음 걷기만 하면 된다. 그 방은, 거기서 앞으로 어떠한 더없이 즐거운 행위가 벌어진들, 통지받지 못한 숙박객에게, 다른 모든 객실과 똑같이 시치미를 떼어, 늘 준비해둔 손님방의 겉모양을 유지할 것이며, 가구들도 어떤 현상을 목격한들 집요하게 침묵을 지켜, 굳게 쾌락을 보관해, 절대 그 비밀을 남에게 밝히지 않으리라. 층계참에서 알베르틴 방까지의 몇 걸음, 이제 아무도 멈추게 할 수 없는 몇 걸음을, 나는 더할 바 없는 기쁨과 더불어 신중하게, 새로운 원소에 잠겨가듯이, 앞으로 나아가면서 천천히 행복을 옮기고 있는 듯, 그와 동시에, 전능의 힘을 갖췄다는 알 수 없는 감정과 예전부터 내 소유였던 유산을 이제야 받으러 들어간다는 감정을 품으면서 견디었다.

그러자 느닷없이 생각났다. 의심한 것이 내 잘못이다, 그녀가 나에게 자리에 들어가 있을 때 오라고 말하지 않았느냐. 뻔한 일, 나는 기쁨에 어쩔 줄 몰라, 가는 도중에 서 있는 프랑수아즈를 하마터면 넘어뜨릴 뻔했다. 나는 눈을 번쩍거리며 알베르틴의 방으로 달려갔다. 나는 침대에서 자고 있는 알베르틴을 발견했다. 목이 환히 드러난 흰 속옷 때문에 그녀의 얼굴 균형이 여느 때와 다르고, 침대 속에서 따뜻해진 건지, 감기 탓인지, 아니면 식사 때문에 충혈되어 선지 더욱 장밋빛으로 보였다. 몇 시간 전, 둑 위, 바로 옆에서 보았던 그녀의 얼굴빛을 떠올렸다. 그 생생하게 윤기 나는 볼의 풍미를 마침내 막 맛보려는 참이었다. 나를 기쁘게 하려고 다 풀어 가볍게 땋아 늘인 검고 기다란 머리채 한 가닥이 뺨 위를 내리긋고 있었다. 생글생글 웃는 얼굴로 나를 빤히 보고 있었다. 그녀의 옆, 창문 속 골짜기가 달빛에 환했다. 내 눈에 들어오는 알베르틴의 적나라한 목, 지나치게 장밋빛인 두 볼이 어느새 나를, 도취(다시 말해 이승의 현실을 이제 현실 속이 아니라, 내가 억누르지 못한 감각의 분류 속에 던지고만), 나라는 존재 속에 전전하는 끝없으면서도 파괴할 수 없는 삶과 이에 비해 너무나 빈약한 바깥 세계의 삶 사이의 균형이 깨어지고만 듯한 도취 속에 빠뜨리고 말았다. 창 속 골짜기 곁에 보이는 바다, 메느빌의 첫 절벽의 불룩한 젖가슴, 달이 아직 한가운데에 올라 있지 않은 하늘, 이 모든 것이, 나의 눈동자로서는 깃털보다 더 가볍게 지닐 수 있을 것같이 보여 눈동자가 눈꺼풀 사이에서 저항하며 부풀어, 다른 수많은 무거운 짐, 세계의 온 산을 그 눈동자의 섬세한 표면에 들어올리려고 하는 것을 나는 느꼈다.

내 눈은, 둥근 수평선을 갖고서도 이제는 충분히 가득 차지 않았다. 내 가슴을 부풀게 하는 끝없이 큰 호흡에 비하면, 자연이 내게 가져다줄 수 있는 어떠한 생명도 얇게 보이며, 바다의 숨결도 너무나 짧게 보였다. 입맞추려고 알베르틴 쪽으로 몸을 기울였다. 이 순간에 죽음이 나를 덮치기로 되어 있었던들 그건 내게 관계없는 것으로, 아니, 있을 수 없는 것으로 생각했으리라. 왜냐하면 목숨이 내 밖에 있지 않고 내 안에 있었으니까. 한 철학자가 내게 말하기를, 그대는 먼 어느 날 죽으리라, 자연의 힘은—그 숭고한 발밑에 그대 따위야 티끌 한 알에 지나지 않는 그 자연의 힘은—그대가 죽은 뒤에도 오래도록 계속되리라, 그대가 죽은 뒤에도 그 동그랗게 불룩한 절벽, 그 바다, 그 달빛, 그 하늘은 여전히 존재하리라고 했다면 나는 연민의 미소를 금치 못했을 것이다. 어찌 그것이 가능할 것인가, 어찌 이승이 나보다 더 계속될 수 있을까. 이 몸이 이승 안에서 죽어 없어지지 않는 이상, 이승이 이 몸 가운데 포함되어 있는 이상, 이승이 이 몸을 채우기는커녕 이승 아닌 다른 수많은 보물을 쌓아놓을 빈자리를 이 몸에 느끼면서, 한구석에 하늘, 바다와 절벽을 건방지게 내던지고 있는 이 몸인데?

“아서요, 초인종을 울릴까 보다.” 알베르틴은, 내가 입맞추려고 덮쳐오는 걸 보고서 빽 소리쳤다. 그러나 나는 생각해보았다. 숙모가 알지 못하게 적당히 조처하면서, 젊은 아가씨가 남몰래 젊은이를 오게 한 건, 아무것도 하지 않기 위해서가 아니다. 하기야 기회를 이용할 줄 아는 인간은 대담하게 일을 치러 성공한다고. 흥분 상태에 놓인 나에게, 알베르틴의 동그란 얼굴은, 밤에 켜는 등불 때문인 것처럼 내적인 불에 밝아지면서, 또렷또렷하게 두드러진 모양으로, 움직이지 않는 듯하나 어지러울 지경으로 회오리치는 바람 속에 휩쓸리는, 미켈란젤로가 그린 〈천지 창조〉의 수많은 얼굴들처럼, 활활 타는 천체의 회전인 양 빙빙 돌고 있는 듯이 보였다. 처음 보는 이 과일의 냄새, 맛을 막 보려는 참이었다. 길고 요란스럽게 찌르릉거리는 소리가 들렸다. 알베르틴이 젖 먹던 힘을 내어 초인종을 울렸던 것이다.

나는 이제껏 알베르틴에 대하여 품어온 연정이 육체를 탐하는 정에 기초한다고는 생각지도 않았다. 그렇지만 이날 밤 경험의 결과로 실제 그런 소유가 불가능하다고 느꼈을 때 그리고 첫날, 바닷가에서 알베르틴을 보고 제멋대로인 여자아이일 게 틀림없다고 여긴 뒤로, 갖가지 중간 단계의 추측을 거쳐, 그녀가 단연 품행이 단정한 아가씨라는 결론이 내려진 듯 생각했을 때, 또 그날 밤부터 이레가 지나 숙모네 집에서 돌아온 알베르틴이 “용서해드리죠, 당신의 마음을 괴롭혀서 스스로도 뉘우칠 정도예요. 다시는 그러지 마세요” 하고 쌀쌀하게 말했을 때, 언젠가 블로크가 나한테, 그럴 의사만 있다면 어떠한 여인이건 손안에 넣을 수 있다고 말했을 적에 내 마음에 생겼던 바와는 반대로, 현실의 젊은 아가씨 대신에, 밀랍 인형과 알게 된 것처럼, 그녀의 생활에 끼어들고 싶은 욕망도, 그녀가 어린 시절을 지낸 고장에 따라가고픈 소망도, 그녀에게 운동 생활의 첫 걸음을 배우고 싶은 희망도 점점 그녀한테서 멀어지게 되었다. 이것저것에 대해 그녀가 생각하고 있는 바를 알고 싶은 지적인 호기심은, 그녀를 안을 수 있다는 확신이 사라지면서 없어졌다. 나의 몽상도, 육체 소유의 희망에 기운을 돋워주지 못하게 되자 이내 그녀를 버렸다. 나는 처음부터 몽상을 육체 소유의 희망과는 관계없는 것으로 생각해왔건만, 이때부터 몽상은 자유를 되찾아—어느 날 어느 아가씨에게서 발견했던 매력에 따라, 특히 사랑받을 가능성이나 기회를 어렴풋이 예상한 아가씨에게—알베르틴의 아가씨 친구들 가운데 아무개에게, 먼저 앙드레 쪽으로 옮아갔다. 그렇지만 만약에 알베르틴이 존재하지 않았다면, 그 뒤의 나날에 앙드레가 나에게 보인 귀여움에 점점 더 큰 기쁨을 느끼기 시작한 현상이 아마 생기지 않았으리라.

알베르틴은 그녀 곁에서 내가 당한 망신을 아무에게도 얘기하지 않았다. 그녀는 그 훌륭한 체격 때문에, 특히 어딘지 모르게 풍겨나오는 신비스러운 애교와 매력적인 생활력의 축적 속에 그 원천이 있어, 그런 타고난 혜택을 입지 못한 이들이 그 샘에 목을 축이러 오는지도 모르는 애교와 매력 때문에, 아주 어릴 때부터 가정, 친구들, 사교계에서, 더 아름다운 이들, 더 부유한 이들보다 많은 인기를 차지해온 어여쁜 아가씨들 가운데 하나였다. 또한 그녀는 사랑을 알 나이가 되면서부터는 물론이고, 그 이전에도, 본인이 바라는 이상의 것을 남들이 요구해오는, 본인이 줄 수 있는 이상의 것을 남들이 바라는, 그런 인간에 속해 있었다.

어려서부터 알베르틴은 그녀를 찬미하는 어린 동무 네댓 명에게 둘러싸여 있었다. 그 가운데에는 알베르틴보다 뛰어났고, 본인도 그 점을 알고 있는 앙드레도 섞여 있었다(그리고 알베르틴이 무의식적으로 행사하는 매력이 작은 동아리의 근원이었으며, 그 기초 역할을 했는지도 모른다). 이 매력은 꽤 폭넓게 비교적 훌륭한 교제 사회까지 퍼져 있어서, 그런 가정에서 파반(pavane) 춤을 추는 경우, 좋은 집안의 아가씨보다 알베르틴에게 부탁하는 정도였다. 그래서 지참금 한 푼도 없는 데다, 그녀를 떨쳐버리고 싶어한다는 수상한 소문이 들리는 봉탕 씨의 신세를 지는 가난한 생활을 하면서도 여러 가정의 만찬뿐만 아니라 체류에 초대되기까지 했다. 그녀를 초대하는 이들은, 생루의 눈으로 보면 기품이 조금도 없는 사람들이지만, 이런 사람들과 아는 사이가 아닌 매우 부유한 로즈몽드나 앙드레의 어머니들 처지에서는 뭔가 대단한 관록 있는 인물같이 보이는 이들이었다. 그래서 알베르틴은 해마다 몇 주일 동안, 프랑스 은행의 이사 겸 대철도 회사 대표이사의 가정에서 지냈다. 이 실업가의 부인은 중요 인물들을 초대했는데 앙드레의 어머니에게는, 자기 '면회일'을 알린 적이 한 번도 없었다. 앙드레 어머니는 이 부인을 무례하다고 여겼지만, 그 가정에서 일어나고 있는 일에 커다란 관심을 두고 있었다. 그래서 해마다 딸 앙드레에게 알베르틴을 별장에 초대하라고 권했다. 혼자 힘으로는 여행할 방편이 없는 아가씨, 그 숙모가 거의 돌보아주지 않는 아가씨에게 바닷가에서 휴가를 지내게 해준다는 것은 자선 행위가 되기 때문이라고, 앙드레 어머니는 말했다.

앙드레 어머니로서는 알베르틴이 자기와 딸의 귀염을 받고 있다는 사실을 은행 이사와 그 부인이 안다면 자기와 딸에게 호의를 품을 거라는 기대를 걸고 있을 리 없었고, 더더구나 알베르틴이 솜씨 좋게 자기를 은행가의 집에 초대되도록, 적어도 딸인 앙드레를 은행가의 원유회에 초대되게 해주리라는 희망을 품고 있을 리도 없었다.

다만 매일 저녁 식사 때, 알베르틴이 얘기하는 것, 거기에 있는 동안에 은행가의 저택에서 일어난 일, 거기에 초대된 사람들, 거의 전부가 그녀가 보았거나 그 이름을 들어서 아는 사람들에 대해 얘기하는 것을 듣고서, 깔보는, 흥미 없다는 겉모양을 꾸미면서도 마음속으로는 황홀해하는 것이었다. 보았거나 이름을 들어서밖에 그 사람들을 모른다는 것, 다시 말해 직접 그 사람들과 아는 사이가 아니라는 것(그런데도 그녀는 그 사람들을 '오래전부터' 아는 사이라고 했다)을 생각하면, 앙드레의 어머니는 거만하고도 방심한 듯한, 입술 끝으로 그 사람들에 대해 알베르틴에게 질문하면서, 가슴에 우울의 아픔을 느꼈는데, 우두머리 사환에게, "이 완두콩이 너무 단단하다고 요리장에게 일러요" 하고 잔소리를 함으로써 침착성을 되찾아, '생활의 현실'로 되돌아오지 않았다면, 그녀 지위의 중요성이 불확실하고 불안하게 느껴지는 것을 막지 못했으리라. 이런 잔소리를 하고서야 그녀는 마음의 평온을 되찾았다. 그리고 앙드레의 결혼 상대가 집안이 훌륭한 것은 물론, 자기와 마찬가지로, 요리장 한 사람과 마부 두 사람을 부릴 수 있을 정도로 유복한 가정의 자제여야 한다는 결심을 다시금 굳혔다. 그만한 고용인을 부린다는 것은, 지위의 확실한 증거, 지위의 진실한 증명이었다. 그러나 알베르틴이 아무개 부인과 함께 은행 이사의 별장에서 회식했다는 것, 그 부인이 이번 겨울에 알베르틴을 초대까지 했다는 것은, 앙드레 어머니로서는 알베르틴에게 어떤 특별한 조심을 하게 하는 원인이 되어, 그것이 알베르틴의 불행한 신세 탓에 마음속에서 일어나는 연민과 멸시의 정에 빈틈없이 이어졌다. 이 멸시의 정으로 말하면, 봉탕 씨가 자기 처지를 부정해서—막연하나 파나마 운하와 관련된 사건이라는 소문—정부와 한통속이 됐다는 사실로 더욱 커진 것이었다. 그렇다고 해서, 한마디라도 알베르틴의 가문을 비천하게 생각하는 투로 말하는 이들에게, 앙드레의 어머니가 진실에 대한 애정에서, 경멸의 벼락같은 소리를 버럭 지르지 않는 것은 아니었다. "뭐라고요, 가장 좋은 집안이에요. n이 하나밖에 없는 시모네(Simonet) 가문이랍니다."

물론 이런 모든 게 세월의 흐름에 따라 바뀌어, 돈이 한 가지 소임을 단단히 맡고, 높은 기품이라는 것이 남에게 초대받는 데 도움이 될지언정, 시집가는 데 아무런 보탬이 되지 않는 사회라서, 남들에게 아무리 특별대우를 받을지라도 그것이 알베르틴에게는, '그만하면 참을 수 있는' 결혼에 조금도 유익한 영향을 미칠 성싶지 않았고, 그것으로 가난과 상쇄되지도 않을 것처럼 남들의 눈에 보였으리라. 그러나 이것만으로는, 혼인에 미치는 영향을 기대 못한다고 하나, 이런 '성공'은 심술 사나운 어떤 어머니들에게 부러움을 사서, 이 아낙네들과 벗이 아닌 은행 이사의 부인이나 앙드레 어머니 같은 사람들에게, 알베르틴이 '가문의 아이'로서 대우받는 것을 보고는 펄펄 뛰며 화를 냈다. 그래서 이런 어머니들은, 그녀들 그리고 앞에 열거한 두 부인과 똑같은 벗에게 말하기를, 그 두 부인이 진실을 안다면 화를 낼 거라고 하는 것이었다. 즉 알베르틴이 어느 댁에 갔을 때(또 '그 반대도 마찬가지') 딴 댁에서 친한 나머지 조심성 없이 입 밖에 낸 것을, 다시 말해 알려지고 보면 관련된 자가 한없이 기분 나빠할 자질구레한 비밀을 이것저것 지껄인다는 것이었다. 이처럼 시기하는 아낙네들은, 그런 말이 입에서 입으로 옮겨가, 그 때문에 알베르틴과 그 보호자들의 사이가 틀어지도록 침이 마르도록 되풀이했다. 하지만 이런 고자질이 흔히 그렇게 되듯이, 하나도 효과를 거두지 못했다. 그런 말을 지껄여대는 이의 악의가 너무나 빤히 보여 도리어, 말 꺼낸 사람에 대한 멸시가 더 높아질 따름이었다. 앙드레 어머니는, 알베르틴에 대해 계속 같은 태도라, 의견을 바꿀 리는 없었다. 알베르틴을 '불행한', 그러나 뛰어난 성격의 소유자, 남을 기쁘게 하는 일밖에 생각지 않는 아가씨로 여기고 있었다.

알베르틴이 얻은 이런 인기가, 자기 한 몸에 도움이 될 듯한 실제 효과를 하나도 행사할 것 같지 않았지만, 늘 남에게 요구되므로 자기를 내밀 필요가 없는 인간이 갖는 눈에 띄는 특징(같은 이유로, 그러나 반대로 사교계 최상급에서, 유행의 멋을 한 몸에 모으고 있는 여인에게도 비슷한 것이 보이는 특징), 자기가 얻고 있는 인기를 내보이지 않고 숨기려고 하는 특징을 알베르틴의 사람됨에 적어넣었던 것이다. 어떤 사람에 대해, 알베르틴은 절대 "그분은 나를 보고 싶어해"라고 말하지 않고, 모든 사람에 대해 언제나 호의를 갖고서 말하므로, 뒤를 쫓아가 사귐을 나누고 싶어하는 게 오히려 그녀인 듯싶었다. 몇 분 전, 그녀가 모임을 거절했으므로 가혹한 비난을 그녀에게 퍼부은 젊은이가 화제에 올라도, 공공연히 그 젊은이에게 복수하거나 앙심을 품기는커녕, 참으로 상냥한 분이라며 칭찬하는 것이었다. 알베르틴은 남의 마음에 드는 걸 귀찮게 여기기까지 했다. 그래서 남에게 마음을 써야만 했다. 하지만 그녀의 타고난 성질은 남을 기쁘게 하는 것을 좋아했다. 남을 기쁘게 해주는 걸 지나치게 좋아하는 나머지, 타산적인 사람이나 출세 제일주의자들에게 특별한 거짓말을 할 수 있을 정도였다. 하기야 이런 불성실은, 수많은 사람들 마음속에 아이를 밸 수 있을 때의 세포와 같은 상태로 있는데, 한 가지 행위로 단 한 사람을 기쁘게 하는 것만으로는 만족하지 않은 데에 불성실성이 있다.

예를 들어 알베르틴의 숙모가 그다지 재미있지 않은 다과회에 조카딸을 억지로 데리고 가려 한다. 그러자 알베르틴은, 거기에 감으로써 숙모를 기쁘게 해드렸다는 정신적인 이익을 끌어낸 것만으로 만족해도 좋으리라. 그런데 그 댁의 부부에게 공손히 접대를 받자, 알베르틴은, 오래전부터 뵙고 싶어 이 기회를 타서 숙모의 허락을 애원했노라고 말하는 편이 좋겠다고 생각한다. 이것만으로는 아직 충분하지 않다. 이 다과회에, 알베르틴의 친구 가운데 비탄에 잠긴 아가씨도 참석해 있다. 알베르틴이 그 아가씨에게 말한다. "나는 말이야, 너를 혼자 내버려두고 싶지 않았어. 내가 네 곁에 있어주면 너도 좋을 거라고 생각했어. 이 자리를 피해 다른 데로 가고 싶으면 좋을 대로 해. 뭐니뭐니해도 슬퍼하지 않는 네 얼굴이 보고 싶으니까."(게다가, 이 또한 그녀의 진정이다.)

그렇지만 때로는 꾸며낸 목적이 실제 목적을 망가뜨리는 일이 있었다. 이를테면 알베르틴이 한 친구의 일로 부탁할 게 있어 어떤 부인을 만나러 간다. 그러나 이 선량하고 동정심 많은 부인 댁에 다다르자, 모르는 사이에 오직 하나의 행위를 갖가지로 활용한다는 원리에 따르고 만 젊은 아가씨는, 오로지 이 부인과의 재회에서 맛보리라고 느껴왔던 기쁨 때문에 찾아왔다는 겉모습을 꾸미는 편이 좀더 다정스럽다고 생각한다. 이 부인은 알베르틴이 순수한 우정 때문에 먼 길을 일부러 와준 데 그지없이 감동한다. 사뭇 감격한 부인의 모습을 보면서, 알베르틴은 더욱더 부인이 좋아진다. 다만 여기에 기대에 어긋난 일이 생긴다. 순수한 우정으로 찾아왔다고 거짓으로 우기던 그 우정의 기쁨이 어찌나 생생하게 느껴지는지, 이제 와서 친구의 일을 부탁하기라도 한다면, 부인이 실제로 진지한 정을 의심하지 않을까 걱정한다. 부인은 알베르틴이 친구의 일을 부탁하러 왔다고 생각할 테고, 사실 그대로이다. 그러나 알베르틴이 부인을 만나는 순수한 기쁨을 갖고 있지 않다고 결론지을 것이다. 이것은 틀렸다. 그래서 알베르틴은 친구 일을 부탁 못한 채 돌아오고 만다. 마치 여인의 정표를 얻고자 하는 기대로 갖은 친절을 다한 남자가, 이 친절한 행위의 고상한 품을 지키는 나머지 사랑 고백을 못하고 말듯이.

또 다른 경우에, 본디 목적이 그 뒤에 생각난 부수적인 목적 때문에 희생되었다고 말할 수 없을망정, 전자가 후자와 매우 상반되어 있으므로, 알베르틴이 뚜렷이 드러내는 한쪽의 목적을 듣고서 기뻐하는 사람도, 다른 한쪽의 목적을 알았다면, 그 기쁨은 금세 가장 심각한 슬픔으로 변하고 말았으리라. 이 이야기가 좀더 앞으로 나아가면, 이런 모순이 더 잘 이해될 것이다. 여기서는 전혀 다른 사실의 예를 들어, 이런 모순은 인생이 나타내는 갖가지 경우에 참으로 자주 일어난다고만 말해두겠다. 한 남편이 애인을, 자신이 속한 부대 주둔지에 살게 한다. 그 아내는 파리에 머무르지만, 그 사실을 대충 알고 비탄에 잠겨, 남편한테 질투의 편지를 써 보낸다. 그러던 차, 애인이 파리에 가서 하루를 보내야 하는 일이 생긴다. 그녀의 집요한 부탁에, 남편은 애인을 데려가게 되고, 24시간의 휴가를 얻는다. 그러나 사람됨이 착한 남편은, 아내를 괴롭히고 있는 것이 가슴 아파, 아내가 있는 곳으로 가서 진정에서 솟아나는 눈물을 몇 방울 흘리며 말한다. 당신의 편지를 보고 어쩔 줄 몰라, 당신을 안심시킬 겸 포옹하러 겨우 빠져나왔다고. 이렇듯 남편은 단 한 번의 여행으로 첩과 아내 모두에게 사랑의 증거를 보이는 수를 발견했다. 하지만 아내가 어떤 이유로 남편이 파리에 왔는지 알게 되면, 그 기쁨은 틀림없이 슬픔으로 변할 것이다. 어쨌든 간에 이 실없는 남편을 보는 걸, 거짓말로 괴로워하는 것보다 더 기쁘게 생각하지 않는다면.

이와 같은 일석이조의 방법을 늘 같은 형태로 실행하는 것같이 보인 사람들 가운데 노르푸아 씨가 있다. 그는 이따금 사이가 틀어진 두 친구의 중재를 맡아 남의 일을 잘 돌봐주어서 누구보다도 친절한 사람이라 여기게 했다. 그러나 그는 부탁하러 온 사람을 도우려고 하는 걸로 보이는 데에만 만족하지 못해, 또 한 사람에게도 맡고 있는 알선을, 전자의 부탁 때문만이 아니라 후자의 이익을 생각해서 하는 것처럼 간접적으로 나타냈는데, '남의 일을 가장 잘 돌보아주는 이' 앞에 있다는 선입관을 품은 후자에게 쉬이 그 시사가 이해되었다.

이런 식으로 두 장면에 등장하여, 무대 용어로 1인 2역을 맡아서, 노르푸아 씨는 결코 인기를 떨어뜨리는 위험에 빠지는 일 없이, 그 여러 수고함은 그가 얻은 신용의 일부를 남에게 넘겨주기는커녕 없어지게 했다. 한편 있는 힘을 다할 때마다 두 배로 돌아오는 듯하며, 이에 따라 더욱더 남의 일을 잘 돌봐주는, 친구라는 명성, 일을 부탁하면 그 알선이 칼로 물 베듯 끝나지 않고, 관련한 두 사람에게 받는 감사가 증명하듯이 반드시 적절한 효과를 거두는, 참으로 남의 일을 잘 돌봐주는 사람이라는 평판을 쌓아갔다. 이 이중성을 가진 친절은 노르푸아 씨 성격의 중요한 일부였는데, 모든 인간이 다 그렇듯이 나쁜 이면을 갖고 있었다. 그는 자주 관청에서도 나의 아버지에게 이바지한 걸로 생각하게 하면서, 사실 아버지를 이용했다.

바라지도 않은 인기를 얻어, 자기 성공을 떠들썩하게 퍼뜨릴 필요가 없던 알베르틴은, 밉상의 여인이라면 세상에 알리고 싶어했을, 침대에서 나와 있었던 장면에 대해 침묵을 지켰다. 그리고 그 장면에서 그녀가 보인 태도가 나는 아무래도 꺼림칙했다. 단연 품행이 단정하다는 가정만 해도(알베르틴이 나에게 안기는 것을 격하게 거부한 까닭은 그 탓이리라. 이 가정은, 내 친구 아가씨 성격의 밑바닥에 있는 선량함, 성실성에 대한 나의 개념에서 떼어낼 수 있는 것이었다), 나는 여러 차례 그것을 다시 고치지 않고는 못 배겼다. 이 가정은 알베르틴을 보았던 첫날에 내가 세웠던 가정과는 얼마나 반대되는 것이었는지! 다음에, 나에게 보인 또 다른 수많은 얌전한 행동(어루만지는 듯한, 때로는 근심스러워하는 듯한, 걱정되는 듯한 얌전함, 내가 특히 앙드레를 좋아하는 데 대한 시샘)이 여기저기에서 몰려들어, 내 팔에서 벗어나려고 초인종을 잡아당긴 그 거친 몸짓을 물에 잠기게 했다. 그럼 어쩌자고 침대 옆에서 밤을 지내러 오라고 나에게 청했을까? 어쩌자고 애정 어린 말을 줄곧 지껄여댔을까? 한 젊은이를 만나고 싶어, 그 젊은이가 자기보다 다른 아가씨 친구를 더 좋아할까 봐 그 젊은이를 기쁘게 해주려고, 그 밤은 자기 곁에서 지내도 다른 친구 아가씨들이 모를 거라고 로마네스크한 말을 하고 나서, 그와 같이 단순한 기쁨을 젊은이에게 거절하다니, 그리고 그것이 자기에게 기쁨이 안 되다니. 젊은이를 만나고 싶어한 목적이 대체 무엇일까?

그나저나 나는 알베르틴의 품행이 그렇게까지 어질다고는 생각지 않았다. 그 거친 몸짓에는 뭔가 교태스러운 원인, 이를테면 자기 몸에서 불쾌한 냄새가 나는 줄 여겨, 그것이 나를 기분 나쁘게 하지나 않을까 두려워한 원인, 아니면 소심한 원인, 예를 들어 사랑 장난의 실태를 잘 몰라, 내 신경 질환의 상태가 입맞춤을 통해 전염되는 줄로 알고 있던 게 아닌가 스스로 묻기에 이르렀다.

나를 기쁘게 해줄 수 없었던 걸, 그녀는 확실히 유감으로 생각해선지 나에게 금으로 만든 작은 연필을 주었는데, 그 속마음에는 이쪽의 다정스러움에 감동하면서, 그 다정스러움이 요구하는 것에 응하기를 승낙하지 않고, 그 대신 다른 것으로 호의를 보이려고 하는 이들의 너그러운 도리의 어긋남이 있었다. 평론으로 소설가를 만족스럽게 해야 하는 비평가가, 대신에 소설가를 만찬에 초대하고, 공작부인은 속물을 극장에 함께 데려가지 않고, 자기가 가지 않는 저녁의 칸막이 좌석권을 상대에게 보낸다. 그와 같이 최소의 것을 행할 뿐 중대한 것은 조금도 해주려 하지 않는 사람들은 그들이 받는 마음의 거리낌에 무엇을 하지 않고서는 못 배긴다. 나는 알베르틴에게 말했다. 이런 연필을 받아 몹시 기쁘긴 하지만 그래도 당신이 호텔에 숙박하러 왔던 밤에 입맞춤을 허락했다면 그쪽이 더욱더 기뻤을 거라고. "그렇게 해주었다면 얼마나 기뻤을까! 왜 그랬나요? 그처럼 사납게 거절하다니, 나는 퍽 놀랐습니다." 그러자 그녀가 대답했다. "내가 놀라는 건 당신이 그 일에 놀랐다는 바로 그 점이에요. 내가 취한 태도가 당신을 깜짝 놀라게 했다니, 그럼 어떤 아가씨와 가까운 사이였나 묻고 싶은데요."—"당신 마음을 아프게 한 것은 매우 유감이지만, 지금에 와서도 나는 똑똑하게 내가 잘못했다고는 말할 수 없습니다. 내 생각에 그런 행동은 하나도 대단한 것이 아닙니다. 쉽사리 남의 마음을 기쁘게 할 수 있는 아가씨가 그런 것을 승낙하지 않다니 이해가 안 갑니다." 나는 덧붙여, 어찌하여 그녀와 그녀의 친구들이, 여배우 레아의 여자친구에게 치명상을 입혔는지 떠올리면서, 알베르틴의 도덕관념을 얼마쯤 믿으면서도 한편으로는 의심하고 있음을 나타내려 했다.

"나는 말입니다. 젊은 아가씨라면 무슨 짓을 해도 괜찮으며 부도덕한 것은 전혀 없다고 말하려는 게 아닙니다. 그래서 저어, 언젠가 당신들이 이야기하던 발베크에 사는 그 소녀와 어떤 여배우 사이의 괴상한 관계 같은 것을 난 더럽다고 생각합니다. 어찌나 더러운지 정말이라고 믿지 않으며, 그 소녀를 몹시 미워하는 이들이 지어낸 말이라고 생각할 정도죠. 그런 일이 있을 법하지도, 있을 수도 없다고 생각해요. 그러나 입맞추게 한다는 것, 더구나 한 친구에게 입맞추게 한다는 게, 당신이 나를 친구라고 말하는 이상, 뭐 그렇게……." "당신은 내 친구예요, 하지만 당신을 알기 전부터 많은 벗이 있어요. 여러 젊은이들과도 아는 사이, 물론 당신만큼이나 모두 나에게 우정을 갖고 있지요. 그런데도 감히 그 같은 짓을 하려고 한 사람은 한 명도 없었어요, 알밤 두 대를 맞을 줄 알고들 있으니까. 하기야 그들은 그런 짓을 꿈에도 생각지 않고 좋은 친구 사이로서, 정답게, 담백하게 악수만 했지, 입맞춤이니 뭐니 따위를 말한 적이 한 번도 없었어요, 그렇다고 해서 우정이 줄거나 한 일도 없었지요. 그러니 내 우정을 소중히 생각한다면 이대로 만족할 줄 알아야 해요. 당신을 어지간히 좋아하지 않았다면 용서하지 않았어요. 하지만 당신이 나 같은 걸 대수롭게 여기지 않는 게 뻔해요. 당신 마음에 드는 애는 앙드레죠, 솔직히 털어놓으시라니까. 결국, 당신이 옳아요, 앙드레가 나보다 더 상냥하고, 또 매력이 있으니! 정말, 사내들이란!"

요즘의 환멸에도 이런 솔직한 말이 도리어 알베르틴에 대한 깊은 존경심을 일으키고, 내 가슴에 매우 감미로운 인상을 주었다. 아마도 이 인상이 한참 뒤에 가서 나에게 중대하고도 난처한 결과를 가져다주었는지 모른다. 왜냐하면 알베르틴에 대한 내 애정의 중심에 언제까지나 존재하게 되는 거의 가정적인 정감, 도덕적인 핵심은 이 감미로운 인상을 통해 이뤄졌으니까. 이 같은 정감은, 가장 큰 고뇌의 원인이 될 수도 있다.

그도 그럴 것이, 한 여인 때문에 진정 괴로워하려면 그 여인을 완전히 믿은 뒤라야 하니까. 얼마 동안 도덕적인 존경과 우정의 이 싹은 내 영혼 가운데 하나의 대치석(待齒石)*[1]처럼 남아 있었다. 이것이 그와 같이 자라지 않고서, 내가 처음으로 발베크에 머문 마지막 몇 주일 동안은 물론이려니와, 그 다음해에 걸쳐 계속 무기력하게 있었다면, 이 따라감만으로는 내 행복에 맞서 아무런 힘도 갖지 못했으리라. 뭐니뭐니해도 내쫓는 게 꼼꼼한 처사일 테지만, 낯선 환경 가운데 혼자 외롭게, 약하디약하게, 해로움 없이 얼마간 있을 듯하여, 위협하지 않고 그대로 그 자리에 있게 내버려두는 불청객처럼 그 따라감은 내 몸 가운데 있었다.

*1 석조 건축 맨 아래에 다음 공사에 이어서 할 수 있도록 남겨두는 치열상의 돌을 말함.

나의 몽상은 이제 자유를 되찾아, 알베르틴의 아가씨 친구들 가운데 아무 개에게 옮겨가도 상관없으나, 가장 먼저 앙드레로 옮겨갔다. 하지만 그 앙드레의 상냥한 친절도, 그것이 알베르틴에게 알려진다는 것이 확실하지 않았다면, 나는 아마도 그것에 그처럼 감동하지 않았을 것이다.

물론 오래전부터 앙드레를 유달리 좋아하는 체해왔으므로—함께 이야기를 하거나 애정을 고백하는 습관이 들어—이를테면 연정의 재료가 그녀를 위하여 다 준비되어 있는 셈이어서 거기에 여태껏 모자랐던 진정만을 덧붙이기만 하면 그만이었는데, 이제 다시금 자유롭게 된 내 심정이 그럴 의사만 있다면 그것을 충족시킬 수 있게 된 것이다. 그러나 내가 앙드레를 진정으로 사랑하기에는, 그녀는 너무나 지적이고 신경질적이며, 너무나 병약하고, 너무나 나와 닮았다. 알베르틴이 지금 나에게 텅텅 비어 있는 것으로 보였다면, 앙드레는 내가 몹시 잘 알고 있는 것으로 가득 차 있었다. 처음으로 바닷가에서 앙드레의 모습을 보던 날, 운동 열에 정신 나간 육상 선수의 정부라고 생각했는데, 나중에 앙드레가 나에게 한 말로는, 운동은 의사의 명령에 따라 신경쇠약과 영양장해 치료를 위해 시작한 것으로, 그녀에게 가장 즐거운 시간은 조지 엘리엇의 소설을 번역하는 시간이었다. 처음 앙드레가 어떤 아가씨인지 잘못 본 나는, 그 결과에 실망했지만, 이 환멸은 사실 나에게 조금도 중대한 일이 아니었다.

이에 반해 잘못된 생각은, 거기서 연정이 생기게 되고, 그 연정이 어쩔 수 없게 되고 나서 처음으로 잘못되었다고 알아차릴 때는 반드시 고뇌의 원인이 된다. 이런 잘못된 생각은—내가 앙드레에 대해 범한 잘못된 생각은 고뇌가 일어나지 않은 점에서 이와 다르다고 말할 수 있으며, 오히려 반대일지도 모르지만—처음 만나서 상대에 대해 그릇된 생각을 품는 경우, 흔히 그리고 앙드레를 처음 만났을 때에 특히 그러했는데, 상대의 실제 모습이나 태도보다도, 그렇게 되고 싶다고 상대가 원하는 모습이나 태도에, 지나치게 주의를 기울이는데 기인한다. 겉모습, 꾸민 태도, 흉내, 좋은 사람이건 나쁜 사람이건 다른 수많은 사람에게 칭찬받고 싶은 욕망에 말과 행동에 거짓 꾸밈이 덧붙는다. 어떤 선량함, 어떤 너그러움 못지않게 시련을 견디지 못하는 파렴치와 잔혹성이 있다. 자선 사업으로 유명한 사람 속에서 자주 허영심이 강한 수전노를 발견하듯이, 방탕한 말로 허풍을 떨면, 아무리 도덕적인 선입관에 가득 찬 어엿한 아가씨일지라도 메살리나*[1]를 떠올리게 한다. 나는 앙드레를 건강하고 원시적인 인간인 줄 여기고 있었는데, 사실 그녀는 건강을 찾고 있는 인간에 지나지 않았다. 그녀가 건강하다고 여겼던 사람들 대부분과 마찬가지로. 그들은 마치 불그레한 얼굴에 흰 플란넬 웃옷을 입은 뚱뚱한 관절염 환자가 당연히 헤라클레스가 아니듯, 사실은 건강하지 않았다. 그런데 건강하게 보이므로 사랑한 여인이 사실 병자에 지나지 않고, 마치 유성의 빛을 받은 것에 지나지 않으며, 어떤 물체가 그저 전기를 통과시키는 것에 지나지 않듯이, 실은 그 건강을 다른 것에서 받고 있고, 이것이 우리 행복과 관련된 상황도 있다는 것이다.

어쨌든 앙드레는 로즈몽드와 지젤처럼, 아니 그녀들보다 더 알베르틴의 벗이었으며, 알베르틴의 생활을 같이 꾸려나가, 알베르틴의 행동거지를 그대로 닮아, 그녀들과 만난 첫날은 좀처럼 그 둘을 구별할 수 없을 정도였다. 그 매력의 중심이 바다를 배경 삼아 뚜렷이 나타나는 데 있는, 한창 핀 장미 줄기와도 같은 이 아가씨들 사이에는, 내가 그녀들을 아직 모르던 무렵, 그 가운데 누군가 하나의 나타남이, 그 작은 동아리가 멀지 않은 곳에 있음을 나에게 알려주어 그토록 내 가슴을 울렁거리게 한, 그 무렵과 변함없이 서로 나뉘어 떨어질 수 없는 체제가 지배하고 있었다. 나는 지금도 마찬가지로 그 가운데 누군가 하나를 보면 기쁨을 느꼈는데, 그 기쁨 속에는, 내가 뚜렷하게 말할 수 없는 어떤 비례로, 그 작은 동아리가 뒤이어 나타나는 것을 머지않아 눈으로 본다는 기쁨이 섞여 있었으며, 설령 그날 작은 동아리가 뒤이어 오지 않더라도, 그 하나와 그녀들에 대해 얘기하는 기쁨과 내가 바닷가에 나왔더라고 그녀들에게 알려지리라는 걸 아는 기쁨이 섞여 있었다.

이제는 오직 첫 나날의 매력만이 아니라 되도록 사랑을 해볼까 하는 말 그대로의 본심이 그녀들 사이에서 망설이고 있었다. 그토록 아가씨들 하나하나가, 자연스럽게 다른 하나와 바뀌었다. 나의 가장 큰 슬픔은, 내가 좋아하는 이 아가씨들 가운데 한 아가씨한테 버림받는 게 아니었으리라. 그 아가씨가 나를 버린다면 나는 금세 그녀를 특히 좋아했을 것이다. 왜냐하면 이 모든 아가씨 사이에 어렴풋하게 감돌고 있는 슬픔과 꿈의 모두를 그 아가씨에게 매어뒀을 테니까. 그리고 그녀들 가운데 한 아가씨한테 버림받는 경우에서도, 내가

---

*1 로마 황제 클라우디우스의 아내., 타락한 성의 상징으로 불림.

그 아가씨를 통해 무의식적으로 미련을 느끼는 것은 그 동아리의 아가씨들 전부이므로, 머잖아 그녀들의 눈에 내가 곧 온갖 위신을 잃어버리는 걸 유감스럽게 생각할 것이다. 그도 그럴 것이, 그녀들 전부에게 나는 한데 뭉쳐진 연정을 바쳤기 때문이고, 그것은 정치가나 배우가 대중에 대하여 품는 애정이기 때문이다. 정치가나 배우는 대중의 인기를 한 몸에 받은 뒤에 버림을 당하면 마음을 달랠 길이 막히고 만다. 알베르틴의 호의를 얻을 수 없었지만, 어제저녁 나에게 모호한 눈길을 던지면서, 어떤 한마디를 말하고는 헤어진 아무개 아가씨에게 갑자기 여러 기대를 품고, 그 눈길 덕분에 이따금 온종일 내 욕망을 그 아가씨 쪽으로 돌리곤 했다.

그녀들의 변하기 쉬운 얼굴들은 비교적 고정된 표정이 나타나기 시작하면서 분간할 수 있게 되고, 게다가 확실하지 않고도 펴서 늘일 수 있는 화폐의 초상 모양으로 변하게 되어, 내 욕망은 그만큼 더 제멋대로 그녀들 사이를 오락가락했다. 얼굴과 얼굴 사이에 있는 다름에, 그 눈·코의 길이나 넓이에 있는 똑같은 다름이 들어맞을 리 없지만, 코·눈의 생김새는 아가씨들이 보기에 아무리 비슷하지 않아도, 서로 거의 겹쳐놓을 수 있을 만한 정도였다. 그러나 우리가 가지는 얼굴에 대한 인식은 결코 수학적이 아니다. 먼저 우리 인식은 부분을 측정하는 것부터 시작하지 않고, 하나의 표정, 얼굴 전체를 시작점으로 삼는다. 이를테면 앙드레에게는, 섬세하고도 온화한 눈이, 가늘고도 비좁게 오뚝한 코에 알맞게 닿아 붙어, 그 콧날이 가느다란 곡선을 한 줄 긋고 있는 듯, 두 눈의 미소 안에, 먼저 두 줄로 나눈 섬세한 의도가, 그 콧날의 한 선을 따라올 수 있도록 하고 있는 듯했다. 똑같이 미묘한 또 다른 선이 앙드레 머리칼 속에, 바람이 모래밭에 자국낸 선같이 부드럽고도 깊은 고랑을 내고 있었다. 이런 점이 유전임에 틀림없는 게, 앙드레 어머니의 새하얀 머리카락도 대지의 기복에 따라 높고 낮은 눈처럼, 여기 부풂을 짓고, 저기 고랑을 지으면서 같은 모양으로 물결치고 있었다. 확실히 앙드레의 코가 지닌 가느다란 윤곽에 비하면, 로즈몽드의 코는 튼튼한 토대 위에 세워진 높다란 탑처럼 넓은 겉면을 보이고 있는 성싶었다. 아주 작은 것이 지어내는 다름 사이에 엄청난 다름을 생각하게 하는 힘이 표정에 있더라도—한낱 보잘것없는 것이 그것만으로 아주 특유한 표정 하나, 개성 하나를 창조할 수 있어도—그녀들의 얼굴을 상쇄할 수 없는 듯이 보이게 한 것은 그런 더할 수 없이 작은 선이나 특유한 표정만이 아니었다. 내 아가씨 친구들의 얼굴 사이에는, 빛깔이 또한 더욱 깊은 차이를 붙이고 있었다. 그 차이는 빛깔이 적지 않게 얼굴에 주는 색조, 곧 얼굴빛의 변화무쌍한 아름다움에 의하여 생겨났는데, 그 얼굴빛이 어찌나 대조적이던지 나는 로즈몽드 앞에서도—유황빛 도는 어떤 장미 빛깔로, 그 바탕 위에 초록빛 도는 눈빛이 반짝이고 있었다—또 앙드레 앞에서도—흰 뺨이 검은 머리로 한결 돋보이는—같은 즐거움, 낮의 햇볕이 내리쬐는 바닷가에서 쥐손이풀, 밤의 어둠 속에 피는 동백꽃을 번갈아 바라보기라도 하는 것 같은 즐거움을 느꼈다.

하지만 특히 얼굴의 차이는, 빛깔이라는 이 새 요소에 의하여, 선의 더없이 작은 차가 엄청나게 크게 보이게 되어, 면과 면의 관계가 전혀 달라졌기 때문에 생겨, 빛깔은 얼굴빛을 주는 동시에, 얼굴 넓이의 뛰어난 생산자, 아니면 적어도 그걸 바꾸는 자이다. 그래서 그다지 다르지 않은 지음새로 이루어진 듯한 얼굴들도, 다갈색 머리털의 불꽃에 비치어 장미색으로 물들거나, 흰 빛줄기에 부옇고 희미한 빛깔로 밝아짐에 따라, 늘어나기도 하고 또는 넓어지기도 하면서 다른 것이 되었다. 마치 한낮에 보면 한갓 종이의 고리로 만든 것에 지나지 않는, 러시아 발레에 따른 장식이 박스트(Bakst)*1 같은 천재의 생각으로 이뤄진 것이라면, 무대에 비치는 담홍색 또는 달빛 같은 조명에 따라, 어떤 궁전의 겉에 터키 구슬 같이 단단히 박히거나 또는 정원 한가운데 벵골 장미처럼 부드럽게 꽃피거나 하듯이, 이와 같이 낯설지 않게 되면 우리는 그것을 곧잘 비교해보는데, 그건 화가로서지 측량가로서가 아니다.

알베르틴도 그 아가씨 친구들의 경우와 똑같았다. 어떤 날은 파리해, 우중충한 낯빛, 시무룩한 모습, 이따금 어떤 보랏빛 투명체가 바다에서 일어나듯 눈 속에 비스듬히 내려와, 그런 그녀의 모습은 귀양살이의 슬픔을 맛보고 있는 듯했다. 또 어떤 날엔, 여느 때보다 더 매끈한 그녀의 얼굴은, 그 바깥에 바른 겉치레에 여러 욕망을 붙게 하여 욕망이 더 안으로 들어가지 못하게 했다. 그럴 때 옆쪽에서 흘깃 그녀를 보기만 하면, 밀랍으로 만든 흰 초같이 혈색을 잃은 두 볼도, 장미 빛깔의 속까지 환하게 보여서, 그 볼에 입맞추고 싶어지고,

---

*1 러시아의 화가이자 무대미술가(1866~1924).

그 속에 피하고 있는 다른 얼굴빛을 따라잡고 싶어진다. 또 어떤 때는, 행복이, 매우 잘 움직이는 밝은 빛으로 두 볼을 담그고 있었다. 그 때문에 변하기 쉬운 것으로 보이게 된 살갗이, 살갗 밑의 눈 같은 것을 드러내 보이고, 그로 인해 살갗 빛깔이 다른 색으로 보였는데, 그러나 살갗도 살갗 밑의 눈도 다른 물질로 된 것으로는 보이지 않았다. 때로는, 아무런 생각 없이, 언뜻 그녀 얼굴을 물끄러미 바라봤을 때, 그 얼굴에 깨알 같은 갈색 주근깨가 듬성듬성 나고, 그 안에 푸른 색깔로 눈에 띄는 두 점이 떠다니고 있었는데, 그런 얼굴이 어떻게 보면 방울새의 알 같기도 하고, 또 어떻게 보면, 다듬어지지 않은 갈색의 보석 가운데, 두 곳만을 가공하고 윤을 낸 희뿌연 젖빛의 마노, 하늘빛 나비의 투명한 두 날개인 양 두 눈이 반짝이고 있는 마노와도 같았다. 또 그 눈 속에, 살이 거울로 되어, 몸의 다른 부분을 바라보느니보다 더욱 우리를 영혼에 다가가게 하는 환상을 주었다.

하지만 더욱 흔히, 그녀는 더욱 화려했고 생기 있었다. 때로는 흰 얼굴 안에, 단 한 점, 코끝만이 장미 색깔이었다. 그때의 코는, 놀려대며 같이 놀고 싶어지는 앙큼한 어린 고양이의 코같이 조그마했다. 때로는 두 볼이 어찌나 매끈한지, 바라보는 눈길이, 그 장미색 에나멜 위를 마치 세밀하게 그려낸 칠보 그릇의 겉면을 미끄럼 타듯 미끄러졌고, 또한 그녀의 검은 머리칼이 성기게, 몇 가닥 엉키며 가려, 볼의 빛깔을 더욱 우아하고 그윽하게 보이도록 했다. 그 볼의 혈색이 시클라멘(cyclamen)과 같은 보랏빛 도는 장미색에 이르는 적이 있었다. 그리고 때로는 충혈되거나 열이 있거나 하여, 병적인 얼굴빛을 떠올리게 하고, 내 욕망을 더한층 육감적인 것으로 낮추면서 그녀의 눈에 뭔가 더욱 퇴폐적인, 불건전한 것이 보였을 때, 그 볼 색깔은 어떤 장미의 우중충한 자줏빛, 거의 거무스레한 연지가 되는 적이 있었다.

이처럼 알베르틴은 한 사람 한 사람이 달랐다. 무대에 비치는 빛살의 끝없는 변화 유희에 따라, 색·꼴·성격이 변하는 무희의 모습처럼. 뒷날 내가 어느 알베르틴을 생각하고 있는지에 따라, 나 자신이 다른 인물이 되는 습관을 갖게 된 것도, 아마도 이 무렵에 내가 그녀 가운데 비춰본 인간이 그토록 가지각색이었기 때문인가 보다. 내가 시새우는 인간, 무관심한 인간, 제멋대로 즐겨노는 인간, 우울한 인간, 노하기 쉬운 인간으로 다시 만들어지는 건, 되살아나는 추억의 우연에 의해서만이 아니라, 똑같은 하나의 추억으로도 그것을 감상하는 나의 여러 가지 방식으로 인하여, 거기에 끼워넣는 내 확신의 정도에 따라서이다. 우리는 늘 이런 확신에 되돌아와야 하는데, 확신은 거의 언제나 우리가 모르는 사이에 우리 영혼을 가득 채우고, 게다가 우리의 행복으로서는, 우리가 현재 만나고 있는 인간보다 더욱 중요한 것이다. 왜냐하면 우리는 이러한 확신을 통해서 상대를 바라보기 때문이며, 이 확신이야말로 현재 보이는 인간에게 한동안 중요성을 지정해주니까. 엄밀히 말한다면, 나는 그 뒤로 알베르틴에 대한 내 생각 하나하나에 다른 이름을 붙여야 옳았고, 또한 그때의 나에 따라 결코 똑같은 모습을 나타내지 않은 알베르틴의 하나하나에도 다른 이름을 붙여야 옳았다. 그렇듯 다양한 알베르틴은, 그 다양한 바다—편의상 내가 단수로 그저 바다라고 불렀지만 사실은 연이어 변하던 다양한 바다—와 닮아 있었다. 그리고 그토록 다양한 바다 앞에, 또 하나의 요정, 알베르틴이 뚜렷이 드러나 있었다.

그러나 무엇보다도—이야기 속에서, 어느 하루의 날씨가 어떠어떠했다고 말하는, 그와 같은 방법, 아니 훨씬 효과적인 방법으로—알베르틴을 보았던 그날그날의 내 영혼을 지배한 확신에, 나는 번번이 이름을 붙여야 옳았다. 그때그때 바다의 모습과 분위기에 따라 인물의 모습과 분위기를 다시 만들어낸 확신이었다. 마치 바다의 모습이 거의 눈에 보이지 않을 정도의 구름에 따라 좌우되었다. 구름은 한곳에 모이거나, 움직이거나, 풀어지거나 도망쳐 달아나면서 사물 하나하나의 색채를 바꾼다. 어느 날 저녁, 엘스티르가, 그 젊은 아가씨들과 함께 걸음을 멈추고서도, 나에게 아가씨들을 소개해주지 않았을 때는, 확신은 깨지고 구름은 흩어져, 멀리 가버린 그녀들의 영상이 갑자기 더욱더 아름답게 되었지만, 며칠 뒤 그녀들과 아는 사이가 되었을 때는, 구름이 다시 그녀들의 빛을 가리며, 마치 베르길리우스의 레우코테아*[1]처럼, 그 불투명하고도 부드러운 모습으로, 그녀들의 모습을 내 눈에서 가려버린다.

물론 그녀들의 얼굴은 그것을 알아보는 방법을 그녀들과 나누는 얘기, 내 의사에서 나오는 질문으로 어느 정도까지 얘기를 하게 하여, 가정한 것의 검토를 반증에서 구하는 실험자처럼 얘기를 여러 가지로 바꾸었던 만큼 더욱 값어치를 줄 수 있던 얘기를 통해 파악한 이래, 내게는 그 뜻이 모두 달라졌

*1 그리스 신화에 나오는 카드모스의 딸 이노가 바다에 투신하여 바다의 여신이 된 뒤의 이름.

다. 요컨대 멀찌감치 아름답고도 신비롭게 보인 사물과 인물에, 그것이 아름다움도 신비도 없는 것인 줄 알아차릴 만큼 접근함은, 실로 존재하는 문제를 푸는 한 가지 방법, 다른 것도 있지만 분명 한 가지 방법이다. 그것은 우리가 마음 내키는 대로 택할 수 있는 위생법 가운데 하나, 그다지 권할 만한 위생법이 못 될지 모르지만, 삶을 이어가는 데 어떤 안정을 주고, 또한—최상에 이르고 보면, 최상이라는 것도 대수로운 게 아닌 것을 이해시켜, 아무런 미련도 없이—죽음을 받아들이게 하는 것이다.

나는 이 젊은 아가씨들 머릿속에, 순결에 대한 경멸감, 변덕 부린 나날의 추억이 가득 차 있다는 선입감 대신, 도덕적인 교훈으로 가득 차 있다는 인식을 품게 되었다. 그러한 교훈을 부르주아 사회에서 받았던 그녀들이, 그 때문에 위축되었는지도 모르지만, 그 덕분에 이제껏 온갖 잘못에서 몸을 지켜왔던 것이다. 그런데 인간은, 아무리 보잘것없는 것에 대해서도, 처음부터 그릇되게 생각했을 때 예측이나 추억의 착오가 악의 있는 험담의 출처나 대상을 틀린 방향에서 잃어버린 그 장소를 찾아내게 할 때, 설령 착오를 발견하더라도, 그것을 진실로 바꾸지 않고 또 다른 착오로 바꿔넣기 마련이다. 나는 그녀들의 생활방식과, 그녀들을 대할 때 취하는 나의 행실에 대하여, 그녀들과 정답게 담소하면서, 그 얼굴 위에서 읽어낸 순결이라는 낱말에서 온갖 결과를 끌어내고 있었다. 그러나 너무 빨리 판독할 때에 잘못 읽듯이, 어쩌면 내가 경솔하게 읽었는지도 모른다. 순결이란 글자가 거기에 씌어 있지 않았던 것이, 내가 처음 라 베르마를 듣던 낮 공연 프로그램에 쥘 페리(Jules Ferry)*1의 이름이 씌어 있지 않았던 것이나 마찬가지인지도 모른다. 그 이름이 씌어 있지 않았어도, 개막극(開幕劇)을 쓴 이가 틀림없이 쥘 페리일 거라고, 내가 노르푸아 씨에게 주장하는 데 방해가 되지 않았던 것이다.

그것이 작은 동아리의 아가씨 친구들 가운데 누구든 간에, 내가 가장 나중에 본 얼굴이, 어째서 나에게 떠오르는 유일한 얼굴이 아니었는가 하면, 어떤 사람에 대한 우리 회상에서, 지성이, 우리 일상의 관심사와 가까운 이익에 들어맞지 않는 모든 것을 젖혀버리기 때문이다(그러한 일상의 관심사가 연정이고, 그 연정이 이제껏 충족되지 않아 채워지기를 희망하는 가운데 사는 경우에는 특

*1 프랑스의 변호사이자 정치가(1832~93).

히 그렇다). 일상의 관심사와 가까운 이익은, 지나간 나날의 사슬이 풀어지는 대로 내버려두고, 우리가 삶의 나그넷길을 걸으면서, 어둠 속에 없어진 사슬의 고리와는 딴판인 금속의 맨 끝만을 꽉 쥐고 있는 일이 수두룩하여, 우리가 지금 있는 고장 밖에 현실로 여기지 않는다. 나의 첫인상은 전부 멀리멀리 가버려, 나날이 그 모습이 바뀌어가는데, 그것에 맞서는 힘을 기억 속에서 구할 수가 없었다. 그 젊은 아가씨들과 함께, 담소하며, 간식을 먹으며, 놀이를 하는 동안, 나는 그녀들이 벽화에서처럼, 바다를 배경 삼아 줄지어 걸어가는 것을 내가 보았던 그 무자비하고도 육감적인 아가씨들과 같은 아가씨들이라는 사실을 생각조차 못했다.

지리학자, 고고학자가 우리를 칼립소*2의 섬에 데려가고 또 그들의 손으로 미노스*3의 궁전을 발굴하기는 한다. 그러나 칼립소는 이미 한 여성에 지나지 않으며, 미노스는 어떠한 신성함도 가지지 않은 왕에 지나지 않는다. 더할 나위 없이 실제적인 이 인물들의 속성이었음을 역사가 우리에게 가르치는 장점이나 단점 또한, 우리가 똑같은 이름을 지닌 전설 속 인물들에게 돌리던 장점이나 단점과는 다르기 일쑤이다. 마찬가지로 처음 며칠 동안 지어낸 우아한 해양 신화도 전부 흐트러지고 말았다. 하지만 가까이할 수 없는 줄 여기던 것, 또 가까이 지내고 싶었던 것과 허물없이 보내는 때가 얼마간이라도 이따금 있게 됨은, 전혀 아무래도 좋은 게 아니다. 처음부터 불쾌하게 생각하던 사람들과의 교제에서, 어쩌다가 그들과 어울려 맛보게 된 기쁨 가운데조차 그들이 용케 숨긴 결점이 스민 쓴 뒷맛이 오래도록 남는다.

그러나 내가 알베르틴과 그 아가씨 친구들 사이에 이룬 친교에서는, 그 근원에 있는 참된 기쁨이, 어떠한 인공도, 억지로 익힌 과일에, 햇볕에 익지 않은 포도에 주지 못하는 향기가 남아 있다. 첫 무렵의 한때, 그녀들은 내겐 초자연적인 존재였다. 그 뒤, 나도 모르는 사이에, 그녀들과의 그지없이 평범한 관계 가운데 여전히 어떤 초자연성을 남겼다고 하기보다 오히려 우리 관계가 조금도 평범하지 않도록 예방했다. 지금 나와 아는 사이가 되어 나에게 미소 짓는 그 눈, 하지만 전에는 그 눈웃음의 뜻을, 내 욕망이 그토록 탐욕스럽게 추구했던 그 눈은, 첫날, 마치 다른 우주에서 비추는 빛처럼 내 눈길과 마주쳤던 것

*2 그리스 신화에 나오는 오기기아 섬에 사는 요정. 오디세우스가 7년 동안 같이 살았음.
*3 그리스 신화에 나오는 크레타 섬의 왕. 죽은 뒤에는 명부의 재판관이 됨.

이다. 내 욕망이, 해안 절벽 위에 비스듬히 누워, 그저 나에게 샌드위치를 내밀기도 하고 수수께끼를 내기도 하는 그 아가씨들의 살갗에, 어느새 빛깔과 향기를 어찌나 넓게, 어찌나 골고루 뿌렸던지, 오후 동안 나는 몸을 길게 펴고서는 현대 생활에서 고대의 위대성을 구하고자, 발톱을 깎는 여인에 〈가시를 뽑는 소년〉*[1]의 고귀성을 주는 화가, 또는 루벤스와 같이 신화의 감흥과 경치를 이루려고 아는 사이의 여인들로써 여신을 지어내는 화가들처럼 내 둘레의 풀속에 흩어져 있는, 아주 반대되는 모습의, 갈색과 금색의 그 아름다운 육체를 바라보았다. 일상생활이 그 몸에 채운 평범한 알맹이를 틀림없이 한 알도 빼지 않고서, 그렇건만(일부러 그 육체의 천국과도 같은 기원을 떠올리지 않고서) 마치 헤라클레스 또는 텔레마코스*[2]가 되어, 요정들 한가운데에 노닥거리고 있기라도 한 듯이, 그 육체를 바라보는 것이었다.

그러는 와중에 연주회도 열리지 않았다. 고약한 날씨가 이어졌다. 내 친구들이 발베크를 떠났다. 제비처럼 다 함께 간 것은 아니지만, 같은 주일 동안 하나 둘 떠났다. 알베르틴이 첫 번째로 갑작스레 가버렸는데, 그녀를 오라고 하는 일도, 심심풀이도 별로 없건만 어째서 그처럼 급히 파리에 돌아갔는지, 그때나 뒤에나, 아무도 몰랐다. "그 아가씨는 이렇다저렇다 한마디 없이 훌쩍 떠났대요." 프랑수아즈가 이렇게 투덜거렸는데, 속으로는 우리도 그같이 하기를 바라고 있었으리라. 우리가 남아 있는 것이, 프랑수아즈의 처지에서는, 이미 많은 수가 줄었지만, 그래도 호텔에 남아 있는 몇 안 되는 손님 때문에 붙잡혀 있는 고용인들에게, '공돈을 낭비하게 되는' 지배인에 대하여, 실없는 짓으로 보였던 것이다. 손님들 대부분이 떠난 지 오래여서 호텔도 곧 문 닫을 예정이었다.

호텔이 이처럼 쾌적한 적은 없었다. 그러나 지배인의 생각은 그렇지 않았다. 이미 하인이라고는 아무도 문 앞에 지키고 있지 않은 으슬으슬한 객실들 옆을 따라서, 그는 복도를 성큼성큼 오락가락했는데, 새 프록코트를 입고, 넥타이를 끊임없이 갈아매면서, 그 생기 없는 얼굴은 이발사가 어찌나 공들여 광을 냈는지 살의 한 부분을 화장품 셋을 섞어 버무려놓은 듯했다(이런 몸단장은, 난방 장치를 설치하거나 종업원을 확보하는 것보다 싸게 먹혔던 것이다. 예컨대 자선 사업에 10만 프랑을 낼 수 없게 된 사람이, 전보를 가져다준 배달부에게 술값

*1 교황청 미술관에 있는 청동상.
*2 그리스 신화에서 오디세우스와 페넬로페의 아들. 아버지의 행방을 찾아다님.

으로 5프랑의 봉사료를 줌으로써 그런대로 힘들지 않게 넓은 도량을 보일 수 있듯이). 좋은 여름이 지나간 이 호텔 안에서 느껴지는 처량함에 바깥공기를 불어넣으려고 하는 그는 마치 공허를 시찰하는 듯, 자신의 훌륭한 옷차림 덕분에, 옛적에 자기 왕궁이었던 폐허에 자주 나오는 왕의 유령처럼 보였다. 갈려나온 노선의 작은 기차가, 승객이 별로 없어 다음 봄까지 운행이 멎었을 때, 그는 유달리 불만의 기색을 나타냈다. "이곳 결점은 이 진동 기관*[3]이죠." 지배인이 이렇게 말했다. 그는 결손에도 다음 해를 위하여 대규모 계획을 세우고 있었다. 호텔 경영에 미사여구를 맞춰 쓸 때, 그는 그것을 정확하게 구사할 수 있어, 그 결과로 호텔 경영을 자찬하는 말이 튀어나왔다. "내게는 충분한 참모가 없었나 봐요, 하기야 식당 쪽에 솜씨 좋은 부대를 만들었지만." 그는 말했다. "하지만 추격병*[4]에 좀 모자란 점이 있었습니다. 내년에야말로 창을 쓰는 멋진 병사단을 조직하는지 보십시오." 어쨌든 B.C.B. 지선 운행이 멎어, 그는 하는 수 없이 이륜마차를 보내, 편지를 찾아오게 하고 때로는 손님을 안내해야만 했다. 나는 여러 번 마부 옆자리에 태워달라고 부탁하여, 그 덕분에 콩브레에서 지낸 겨울처럼 어떤 날씨에도 산책할 수 있었다.

그렇지만 때로는 옆으로 세차게 들이치는 비로, 게다가 카지노는 이미 닫혀 있어서 할머니와 나를 방 안에 가둘 때가 있었다. 방들은 바람 불 때의 배 밑바닥처럼 거의 텅텅 비어 있었다. 그러자 석 달 동안 아는 사이가 되지 않은 채 한지붕 밑에서 지낸 사람들, 렌의 재판소장, 캉의 변호사 회장, 미국에서 태어난 한 부인과 그 딸들 가운데, 날마다 새 인물이, 항해 중일 때처럼 우리 방에 찾아와, 우리와 담소를 나누거나, 무료한 시간을 덜 지루하게 보내는 방법을 생각해내거나, 숨은 재주를 보이거나, 우리에게 신기한 놀이를 가르쳐주거나, 또 그쪽에서 우리를 초대하여 차를 들거나, 또는 음악을 듣거나, 시각을 정해 한데 모이거나 정말 즐거울 수 있는 기분전환을 함께 궁리하는 것이었다. 그러한 것이 우리를 즐겁게 했다고는 하지 못해도, 적어도 지루한 시간을 견디도록 도와주었다. 이를테면 내일이면 차례차례 출발하여 끊어지고 말 교제를, 체류의 끝머리에 와서 드디어 맺게 되었다. 내가 말한 바 있는 부유한 젊은이,

---

*3 진동 기관(les moyens do commotion)은 지배인이 교통 기관(les moyens de communication)이라고 말할 셈으로 한 오용.

*4 원어는 샤쇠르(chasseur)로 호텔이나 식당에 제복 입은 종업원이란 뜻도 됨.

그 친구인 두 귀족 가운데 한 사람, 며칠 묵을 예정으로 다시 온 여배우 등과도 아는 사이가 되었다. 또 친구 하나가 파리에 돌아가, 이제 이 작은 사교 단체는 세 명이 되었다. 그들이 나에게 식당에 가서 같이 저녁 식사를 하지 않겠느냐고 물었다. 나중에 생각해보니, 내가 거절하는 편이 그들로서는 좋았던 것이다. 그러나 그들은 가능한 한 아주 상냥하게 초대했고, 사실 초대는 부유한 젊은이가 하는 것이지만(다른 두 사람이 그 손님에 지나지 않아), 젊은이가 함께하고 있는 친구, 모리스 드 보데몽 후작이 상당한 가문의 자손이었으므로, 본능적으로 여배우가 나에게 와주지 않겠느냐고 물으면서, 내 마음을 기쁘게 해주기 위해 말했던 것이다.

"와주시면 모리스가 퍽 기뻐할 거예요."

그러고 나서, 홀에서 내가 세 사람을 만났을 때, 부유한 젊은이는 나서지 않고 보데몽 씨가 나에게 말했다.

"우리와 함께 저녁 식사를 하지 않겠습니까?"

요컨대 나는 발베크의 생활을 아주 조금밖에 이용하지 못했다. 이런 생각이 들자, 발베크에 다시 오고 싶다는 소망이 간절하게 일어났다. 발베크에 머문 날이 너무나 짧은 듯했다. 내 친구들의 의견은 달라서, 발베크에 그대로 머물 셈이냐고 편지로 물어왔던 것이다. 또 그들이 봉투 위에 적어야만 했던 게 발베크라는 지명이었다. 그것을 보자 새삼스럽게, 창문이 들판이나 거리로 나 있지 않고, 큰 바다를 향하고 있으며, 한밤에 바다의 소란한 소리를 듣고, 잠들기에 앞서 쪽배인 양, 내 졸음을 그 소리에 내맡겨온 사실에, 물결과 더불어 뒤섞인 이 생활이, 마치 졸면서 배우는 학과처럼, 나도 모르는 사이에, 물결의 매력에 대한 관념을 실질적으로 내 속에 스며들게 했을 거라는 환상을 품었다.

지배인은 내년엔 더 좋은 방을 드리겠다고 말했지만, 내가 있는 방에 애착을 느낀 지 이미 오래되었다. 방에 들어올 때도 방충제 악취가 나지 않았다. 처음에 쉽사리 세우지 못했던 나의 정신도, 정확하게 방의 높이에 익숙해졌으므로, 파리에 돌아와 천장이 낮은 내 방에 눕게 되었을 때, 나는 정신이 정반대의 대우를 받게 할 수밖에 없었다.

그나저나 사실 발베크를 떠나야만 했다. 벽난로도 난방 장치도 없는 이 호텔에 더 오래 머무르기에는 추위와 습기가 지나칠 정도로 몸에 스며들었던 것이다. 하기야 이 마지막 몇 주일 간의 일들을 나는 대부분 금세 잊어버렸다. 발베크를 생각할 때 거의 변함없이 머리에 떠오르는 것은, 화창한 아름다운 계절 동안, 오후에 알베르틴이나 그 아가씨 친구들과 함께 외출하기로 되어 있어서, 아침마다, 할머니가 의사의 명령에 따라, 나를 억지로 어둠 속에 잠자게 한 그 순간들이었다. 지배인은 내가 있는 층에서 시끄럽게 굴지 말라고 명령하고, 그 명령이 잘 지켜지고 있는지를 이따금 몸소 살피러 왔다. 빛살이 너무나 눈부셨으므로, 첫날 저녁에 그토록 나에게 적의를 드러냈던 커다란 보랏빛 커튼을, 나는 될 수 있는 한 오랫동안 그대로 치고 있었다. 그러나 햇살이 통하지 않도록 프랑수아즈가 저녁마다 그녀만이 풀 수 있게 핀으로 커튼을 잡아매고, 이불, 붉은 모직으로 된 탁자 덮개, 여기저기서 주워 모은 천으로 틈새를 막았지만, 아무래도 빈틈없이 들어맞게 할 수가 없었다. 아침이 되면, 방의 어둠이 완전하지 못하고, 빨간 아네모네 꽃잎 같은 것이 융단 위에 뿌려져, 나는 그 가운데를 잠시 벗은 발로 밟으러 가지 않고서는 견디지 못했다. 창문 맞은편에, 군데군데 햇살을 받고 있는 벽 위에는, 아무것도 버티고 있지 않은 동그란 금색 통이 수직으로 걸려, 사막에서 히브리 민족을 이끄는 불기둥처럼 천천히 이동하고 있었다. 나는 다시 잠자리에 들었다. 하지만 아침이 나에게 권하는 유희의, 해수욕의, 산책의 즐거움을, 몸을 움직이지 않은 채 오로지 공상으로 한꺼번에 맛볼 수밖에 없게 된 나는, 환희에 심장이 요란하게 고동쳤다. 고정되어 있으면서 한창 활동 중에 있는 기계가, 자리에서 빙빙 돌아감으로써 그 에너지를 발산시킬 수밖에 없듯이.

나는 아가씨 친구들이 둑 위에 있는 걸 알고 있지만, 그 모습은 볼 수 없었다. 그러는 동안에 그녀들은, 바다의 울퉁불퉁한 사슬 고리 앞을 지나간다. 그 바다 저쪽에, 이탈리아의 옛 작은 마을처럼 푸르스름한 물결의 봉오리 한가운데 새처럼 앉아, 리브벨(rivebelle)*1의 작은 시 거리가, 태양에 산산이 토막나, 구름 사이의 트인 하늘 속에 이따금 가물거린다. 아가씨 친구들의 모습은 볼 수 없었지만(프랑수아즈가 '신문 기자'라고 일컫는 신문팔이의 외침 소리, 놀이하는 어린이들과 해수욕객들이 서로 떠드어대는 소리가, 바다새들의 울음소리처럼, 잔잔하게 부서지는 물결 소리에 구두점을 찍으면서, 내가 있는 전망대 같은 방까

---

*1 직역해서 아름다운 바닷가 또는 물가.

지 올라올 때에), 나는 그녀들이 있는 것을 짐작하며, 그 웃음소리가 네레이스*[1]들의 웃음소리처럼 잔잔한 물결 소리에 휩싸여 내 귀까지 올라오는 것을 듣는다.

“우리는 한참이나 바라보았어요.” 저녁에 알베르틴이 말한다.

“당신이 내려오지 않나 하고 그런데 당신 방 덧문이 닫힌 채 있더군요, 연주가 시작되는 시간인데도.” 사실 10시에 창문 밑에서 연주가 요란스럽게 울리곤 했다. 끊임없이 방울방울 미끄럼 타고 흐르는 물결 소리가, 악기 소리 사이사이에, 그 울림을 다시 계속한다. 그 물결은, 그 수정의 소용돌이 무늬 속에 바이올린의 선율을 포함하며, 바다 밑 음악의 간헐적인 메아리 위에 그 거품을 뿜어나오게 하고 있는 성싶다. 아직 아무도 내가 옷을 입을 수 있게 옷가지를 가져다주려고 오지 않아 조바심이 나기 시작한다. 정오가 되자, 드디어 프랑수아즈가 들어온다. 이렇게 연이어 몇 달 동안, 폭풍우를 얻어맞으며, 안개 속에 앞이 보이지 않은 줄 상상했기에 그토록 오고 싶어하던 이 발베크에 화창한 날씨가 이어졌던 것이다. 화창한 날씨가 어찌나 눈부시고 한결같은지, 프랑수아즈가 창문을 열려고 왔을 때, 창문 바깥쪽 벽 모퉁이에 변함없는 빛깔로 흰 태양의 늘 같은 부분을 보리라, 매번 어김없이 기대할 수 있었다. 그러니 여름의 표시로서 태양의 변함없는 빛깔이, 그 감동이 덜어지고, 생기 없고도 변변치 못한 칠보의 빛깔보다 더 우중충하게 보였다. 그래서 프랑수아즈가 출입문 위쪽 창에서 핀을 뽑고, 천을 뗀 뒤, 커튼을 잡아당기는 동안에, 헐벗어가는 여름 햇빛이, 우리 늙은 하녀가 금으로 된 옷 속에 방부제를 써서 지녀온 것을 드러내기에 앞서, 주의 깊게 한 겹씩 속옷을 벗겨가고 있기라도 한, 호화로운, 몇천 년 전의 미라처럼, 죽어버린, 기억할 수 없는 옛것인 듯했다.

*1 그리스 신화에 나오는 바다의 요정. 복수로는 네레이데스라고 함.

제3편

게르망트 쪽

Le Côté de Guermantes

레옹 도데*[1]에게 바친다
《셰익스피어의 여행》,
《상속자》,
《검은 별》,
《망령들과 살아 있는 사람들》,
《영상의 세계》,
그리고 그 밖에 많은 걸작을 쓴
작가에게,
둘도 없는 친구에게
감사와 상찬의
증거로서,

M.P.

*1 1867~1942. 소설가 알퐁스 도데(1840~97)의 아들이자 '악시옹 프랑세즈'의 유력한 지도자였던 작가·비평가. 통렬한 풍자와 반유대주의 논객으로도 유명하다. 프루스트는 젊은 시절부터 도데 집안과 교류했는데 특히 레옹의 동생 뤼시앵 도데(1878~1946)와 친하게 지냈다. 그러나 아카데미 콩쿠르의 회원인 레옹이 제2편 《꽃피는 아가씨들 그늘에》가 콩쿠르상을 받을 수 있도록 애써주었으므로, 프루스트는 그에 감사하는 마음으로 이 헌사를 쓴 것이다. 또한 1920년 1월호 〈신프랑스 평론〉지에 발표된 〈플로베르의 '문제'에 대하여〉란 글에서도 프루스트는 레옹 도데를 절찬한 바 있음.

I

새벽녘 새들의 지저귐도 프랑수아즈에겐 무미건조하게 들렸다. 하녀들이 뭐라고 조잘거릴 때마다 프랑수아즈는 소스라쳤다. 하녀들이 오락가락하는 발소리에 무슨 일이 있는가 하고 속이 답답했다. 말하자면 우리가 이사를 온 것이다. 물론, 먼저 살던 '7층'에서 하녀들이 덜 소란스러웠던 것은 아니다. 그러나 프랑수아즈는 그녀들과 잘 아는 사이여서 그 기척을 정겹게 들어왔다. 그런데 지금 여기서는 아무런 소리가 나지 않을 때도 조심스럽게 신경을 곤두세웠다. 이제껏 살아온 큰길 옆의 시끄러움과는 달리 새로 이사 온 곳은 조용했으므로 행인이 부르는 노랫소리가(약한 목소리일 때도 오케스트라처럼 멀리서도 똑똑하게 들려), 타향살이 신세가 된 프랑수아즈의 눈에 눈물을 글썽거리게 했다. 그러므로 우리가 살아온 '곳곳에서 존경받던' 집을 떠나야만 했을 적에, 그녀는 슬퍼하며, 콩브레의 관습에 따라 눈물을 흘리면서 이곳은 세상에서 가장 훌륭한 집이라고 단언하고는 이삿짐을 꾸렸는데, 나는 그러한 그녀를 비웃었다.

그러나 한편으로 옛것을 쉽사리 버리는 만큼이나 새것에 동화하기가 쉽지 않은 나는, 그녀가 아직 우리를 잘 알지 못하는 문지기한테 존경의 표시를 받지 못해 풀이 죽어 있는 모습을 보자, 이 할멈이 친근하게 느껴졌다. 프랑수아즈만이 나를 이해해줄 성싶었다. 프랑수아즈 밑에서 일하는 젊은 하인은 아무리 봐도 그렇지 못할 것 같았다. 콩브레풍과는 영 딴판인 젊은 하인은, 살림살이를 새로 이사한 집으로 옮겨 들이거나 다른 거리로 이사하는 것이, 마치 보고 듣고 만지는 사물의 신기함으로 여행하는 듯한 휴식을 만끽하는 휴가라도 누리는 줄 아는 모양이다. 그는 시골에 온 기분으로 들떠 있었다. 코감기마저, 유리창이 잘 닫히지 않는 열차 안으로 불어오는 바람처럼 시골을 구경하고 왔다는 상쾌함을 그에게 가져다주었다. 자주 여행하는 주인을 모시는 일이 그가 늘 품어온 소망이어서, 재채기할 적마다, 비로소 꽤 좋은 일자리를 얻었다고 기뻐했다. 따라서 나는 이 젊은 하인에게 한 번 생각해 볼 가치도 두지 않고, 곧 프랑수아즈에게로 갔다. 이사 올 때, 아무래도 좋았던 내가 프랑수아즈의 눈물을 비웃어서 할멈은 나의 쓸쓸함에 얼음장 같은 냉랭한 태도를 보였는데, 할멈도 나만큼 슬펐기 때문이다. 신경질적인 사람들의 '감수성'이라는 것은, 그들의 이기심을 키운다. 그들 자신의 심신이 여의치 못함에 점점 더 깊은 주의를 기울이면서도 남들이 심신의 여의치 못함을 여봐란듯 보이는 데는 참지 못한다. 프랑수아즈는 자신이 느끼는 고통은 아무리 작을지라도 그냥 넘기지 않으면서 내가 괴로워하니까 고개를 돌려버렸다. 나는 내 고통을 불쌍히 여겨주는, 아니 오로지 알아주는 것만으로도 기쁜데 그것을 느낄 수도 없었다. 내가 새로 이사 온 집에 대해 이러니저러니 입을 열려고 하자마자, 바로 외면했다. 게다가 이사 온 지 이틀 뒤, 이사로 아직 '열'이 안 떨어져 있던 내가, 막 소 한 마리 꿀꺽 삼킨 왕뱀처럼 멀뚱멀뚱한 눈이 '소화'해야 할 엄청나게 긴 옷장 때문에 관자놀이가 지근지근 아프도록 오목하게 들어갔는데도, 떠나온 지 며칠 안 된 집에 두고 온 옷가지를 찾으러 가야 한다고 했던 프랑수아즈는 돌아오더니 뜬구름과도 같은, 여성 특유의 간사스런 투로 말했다. 이전 큰길에선 숨이 탁탁 막힐 것만 같더라, 찾아가는 데 여러 번 길을 잃어 헤맸다, 그런 불편한 계단은 처음 보았다, '나라 하나' 떼어준들, 백만금을 준들—이는 터무니없는 가정—거기에 돌아가 살 것 같냐, 모든 것이(다시 말해 부엌과 복도) 이번 집 쪽이 잘 '배치'되어 있다고. 그러니 말할 때가 왔나 보다. 이 집은 게르망트 저택에 속하는 아파트였다. 우리가 이곳으로 이사 온 이유는 할머니에게는 말하지 않았지만, 할머니 건강이 안 좋아 좀더 맑은 공기가 필요했기 때문이다.

어느 나이에 이르면,*[1] 고장 이름, 사람 이름은, 우리가 그 이름 속에 부어넣었던 알 수 없는 것의 형상(形像)을 우리에게 보인다. 그와 동시에 실재(實在)

---

*1 이하 1절은 프루스트의 소설을 관철한 중요한 사상의 하나인 상상력의 문제와 관련되어 있다. 프루스트는 1913년 7월쯤 《잃어버린 시간을 찾아서》의 이름을 정하기 어려웠을 때, 친구 로베르에게 제1권 《이름의 시대》, 제2권 《언어의 시대》, 제3권 《사물의 시대》로 하는 것이 어떨지 묻는다. 이것은 각각의 대상을 파악하는 모든 단계를 가리키는 제목이라 생각된다. 즉 《이름의 시대》는 단지 이름에 의해 대상을 상상하는 단계, 《언어의 시대》는 단순한 기호로서의 언어의 단계, 《사물의 시대》는 대상의 진실이라 할 수 있는 단계일 것이다. 이러한 문제에 대한 관심은 이미 제1편 제3부의 '토지의 이름·이름', 제2편 제2부의 '토지의 이름·토지' 등 각 부분의 기술이나 제목에도 단적으로 나타남.

의 고장을 우리에게 가리켜, 형상이 실재와 다름없음을 확인할 수밖에 없게 만들어, 우리는 이름이 내포하지 못하나 이름과 떼어놓지도 못하는 혼을 찾아 한 도시로 나가게 된다. 은유적인 그림에서 그러하듯이, 이름이 개성을 부여하는 것은 도시나 강 따위의 자연현상에만 그치는 것이 아니고, 이름이 갖가지 색으로 알록달록 칠하거나 불가사의로 가득 채우는 것은 물질세계뿐만 아니라 인간 사회 또한 마찬가지다. 그러고 보면, 온 숲에 숲의 신령이, 물에는 물의 신령이 있듯, 성마다 저택마다 이름난 궁궐마다 그 귀부인이나 요정을 갖게 마련이다. 때로는, 그 이름 속에 몸을 숨긴 채, 상상 속에 사는 요정은 우리 공상의 삶이 변하는 대로 그 모습을 달리한다. 이와 같이, 내 마음속에서 게르망트 부인을 둘러싸고 있는 분위기는 여러 해 동안, 환등*2이나 성당 그림 유리창의 반사에 지나지 않다가, 이와는 전혀 다른 꿈이 급류의 습기로 젖게 되자, 그 빛깔이 바래기 시작했다.

그렇지만 우리가 그 이름에 상응하는 실재 인물에 가까이 가면 요정은 사라지게 마련이니, 그때는 그 인물에 이름이 빛을 반영하기 시작하여, 그 인물에 요정다운 티가 하나도 남지 않기 때문이다. 그래서 우리가 그 인물 곁에서 멀어지면 요정은 살아날지 모르나, 그 인물 곁에 그대로 남으면 요정은 영영 죽고 만다. 마치 멜뤼진(Mélusine) 요정*3이 사라지는 날 소멸하게 되어 있는 뤼지냥 가문처럼, 그 이름과 함께 사라진다. 그러자 연달아 다시 칠한 빛깔 밑에, 처음 우리가 영영 사귀지 못할 낯선 여인의 아름다운 초상화를 드디어 발견했는지도 모를 이름은, 지나치는 한 여인과 아는 사이인지를, 그 여인에게 인사해야 옳은지를 가리는 데 참고하는 한낱 신분증명 사진에 지나지 않게 된다. 그러나 흘러간 어느 해에 느린 한 감각이—거기에 녹음한 여러 예술가의

*2 콩브레에서 화자가 어린 시절에 환등으로 본 주느비에브는 중세 전설에 나오는 인물이지만, 이것은 게르망트 집안의 선조라고 말하는 브라반 백작으로 이어지고, 콩브레 교회에 그려진 게르망트 집안의 부인이나 영주와 관련되어 화자의 상상을 유혹함.

*3 이미 제3권에 그 이름이 나온다. 멜뤼진은 중세 소설《멜뤼진》(1387)에 처음으로 나타난 요정으로 보통은 아름다운 여성의 모습을 하고 있지만, 토요일마다 하반신이 뱀이 된다는 전설의 인물. 그녀는 토요일에는 절대로 자신의 모습을 보지 않는다는 약속으로 레몽댕 백작과 결혼하고, 그를 위해 뤼지냥 성을 짓지만, 비밀이 알려져 달아났다고 한다. 이 멜뤼진 전설과 이어진 뤼지냥 집안은 10세기경부터 호와트 지방에서 알려진 백작이지만, 일족에게 불행이 있을 때마다 그 성에서는 멜뤼진이 외치는 소리가 들려왔다고 함.

음성과 양식(樣式)을 보존하는 음악의 녹음기같이—그때 우리 귀에 울려온 특별한 음색 그대로 그 이름을 우리에게 들려주는 것을 기억에 가능케 한다면, 듣기에 변함없는 이름인데도 우리는 같은 철자가 우리한테 연이어 나타나고 모든 꿈의 여러 가지를 서로 떼어놓는 거리를 느낀다. 잠깐은 그림 그리는 데 쓰는 작은 튜브에서 짜내듯이, 옛 봄에 듣던 지저귐에서, 서투른 화가처럼, 하나의 화폭에 펼친 우리의 모든 과거에, 비슷한 의식적인 기억과 관습적인 색조를 줄 때, 그 나날을 생각해낸다고 믿는다. 그 나날의 신비스런, 싱싱한, 잊어버린, 바로 그 음색을 뽑아낼 수 있다. 그런데 이와 반대로, 과거를 이루는 각 순간은 본디 그것을 지어내고자, 이제는 우리가 모르는 당시의 색채를 유일한 조화 속에 썼던 것이다. 이를테면 어떤 우연으로 몇 해 뒤에 게르망트라는 이름이, 페르스피에*[1] 따님의 혼인날에 내가 감촉한 그대로의 소리, 오늘날의 울림과는 아주 다른 울림을 다시 띠면서, 젊은 공작부인의 부푼 깃장식을 벨벳처럼 윤나게 한, 몹시 부드러운, 몹시 빛나는, 몹시 신기한 그 연보랏빛과 꺾지 못할 협죽도꽃이 다 핀 듯한 하늘빛 미소에 밝게 반짝이는 그 두 눈을 나에게 돌려준다면, 그 옛 색채는 아직도 나를 황홀하게 만들 것이다. 그때 게르망트라는 이름은 산소 또는 다른 기체를 넣은 작은 풍선과도 같았다. 이걸 터뜨려 안의 공기를 빼내려면 어떤 때는 햇살을 날아가게 하고, 어떤 때는 햇살을 성구실의 붉은 모직 융단 위에 펼쳐, 장밋빛에 가까운 쥐손이풀 꽃의 눈부신 혈색과, 축제의 고귀함을 간직하는 희열 속에, 이를테면 바그너풍의 따사로움을 거기에 씌우는 비의 전조, 광장 한 모퉁이에서 불어오는 바람으로 살랑거리는 산사나무의 향기 섞인, 그해의 콩브레 공기를 나는 호흡한다. 그러나 갑자기 실체가 꿈틀거려, 오늘날 죽고만 철자 가운데, 그 꼴을 다시 잡아 아로새김을 감촉하는 이런 드문 순간을 떼놓더라도, 실용의 목적으로밖에 이름을 쓰지 않는 일상생활의 어지러운 회오리 속에, 마치 너무나 빨리 빙빙 돌아 회색으로 보이고 마는 일곱 색깔의 팽이처럼, 이름이 모든 빛깔을 잃었다. 한편 반대로 몽상에 빠질 때 우리는 과거에 되돌아가고자, 우리 몸을 끌어넣고 있는 부단한 움직임을 늦추고자, 멈추고자 하면서, 곰곰 생각해볼 때, 여태껏 흘러간 생애 중에, 단 하나 이름이 연달아 보이는 여러 빛깔이, 점차로 나란히, 동

---

*1 이것은 주느비에브의 후손인 게르망트 집안의 부인으로서 화자가 상상 속의 세계에서 만들어낸 게르망트 공작부인의 영상이 처음으로 현실의 그녀와 부딪친 날의 경험.

시에 서로 뚜렷하게 따로따로 나타남을 다시 본다.

나의 유모가—누구에게 경의를 표시하려고 작곡했는가, 아마도 오늘날에 이른 나 자신과 마찬가지로 모르고서—〈게르망트 후작부인께 영광 있으라〉는 옛 노래를 부르면서 나를 잠재웠을 적에, 또는 그런 지 몇 해 뒤, 게르망트의 나이 든 원수(元帥)가 샹젤리제에서 걸음을 멈추고 "그 녀석 귀엽군" 하고 말하며, 주머니용 봉봉 상자에서 초콜릿 봉봉을 꺼내주어 내 유모의 가슴을 자랑으로 부풀게 했을 적에, 그 게르망트라는 이름이 내 눈에 어떤 모양으로 드러났는지, 그야 물론 지금의 나로선 모르겠다. 나의 첫 어린 시절이야 이미 내 몸 안에 없고, 외적인 것이니, 태어나기 전에 생긴 일들처럼, 남의 얘기를 통해 알 따름이다. 하지만 그 뒤, 이 같은 이름이 내 사념 속에 연이어 일고여덟 가지 다른 모습을 띠기에 이르렀다. 처음 모양들이 가장 아름다웠다. 나의 몽상은 점점 버틸 수 없게 되는 장소를 현실 때문에 어쩔 수 없이 포기해버려, 좀 뒤쪽으로 새로 자리잡다가, 끝내는 더 뒤쪽으로 물러서게 되었다. 이와 같이 게르망트 부인이 변함에 따라 내 귀에 들려와서 몽상을 수정하는, 이렇고 저렇고 하는 말에 해마다 늘어가는 그 이름에서 생겨난 저택도 변하곤 했다. 저택은 구름 또는 호수의 표면처럼 반사경이 된 그 돌 속까지 나의 몽상을 반영했다. 그 높은 데 올라가서 영주와 그의 부인이 신하들의 생사를 결정하던 성탑(城塔), 오렌지 빛 광선의 띠에 지나지 않는 두께 없는 성탑은—화창한 오후, 내가 자주 부모님과 함께 비본 내(川)의 흐름을 따라 산책하던, '게르망트 쪽'으로 이르는 길 끝에—공작부인이 나에게 은어 낚시질을 가르쳐주기도 하고, 그 주위를 둘러친 낮은 벽을 장식하고 있는 보랏빛과 불그스름한 꽃송이 이름을 일러주던 곳이었다. 맑은 물이 콸콸 흐르는 땅으로 변하고 말았다. 그리고 이곳이야말로, 여러 시대를 거치는 사이 황금빛으로 물들고 꽃장식을 한 성탑같이, 호기로운 게르망트 가문이, 나중에 노트르담 드 파리와 노트르담 드 샤르트르가 솟아오른 하늘 둘레가 아직 텅 비어 있었을 무렵, 벌써 프랑스를 짓눌러 서 있던 세습(世襲)의 땅, 시정 그윽한 영지였다. 그 무렵 대성당은 마치 대홍수*[2]를 피해 아라라트(Ararat) 산꼭대기에 머물렀던 노아의 방주처럼,

*2 구약성서 창세기 제8장에 의하면 신은 〈대홍수〉를 일으킨 뒤에 노아와 그의 가족과 방주에 있던 모든 생물을 구하기 위해 지상에 바람을 일으켰다. 그러자 물이 땅을 뒤덮고 방주는 7월 17일에 아라라트 산에 이른다고 함.

하느님의 진노가 진정되었는지 살펴보려고 걱정스런 얼굴을 창에 기대는 장로들과 의인(義人)들이 서성거리고, 그들이 앞으로 지상에 번식할 식물과 동물을 넘치도록 가져 와서 소 몇 마리가 탑에까지 도망쳐 나와 그 지붕 위를 한가롭게 거닐면서 샹파뉴 평야를 멀리 내려다본다. 날이 저물어 보베*[1] 시가를 떠난 나그네가, 가지 친 시커먼 대성당의 날개 표면이 석양의 금빛 영사막을 편 채 맴돌면서 뒤따라옴을 보지 못했을 무렵. 이 게르망트, 이는 소설의 장면처럼, 나로서는 떠올리기 힘든, 그만큼 오히려 더 맨눈으로 판별하고픈 공상의 풍경, 역에서 20리 남짓한 곳에, 갑자기 문장(紋章)의 수많은 특성으로 스며들게 되는 실제의 땅과 길 한복판에 핀 공상적인 풍경이었다. 나는 그 이웃 여러 고장 이름을 마치 파르나소스 또는 헬리콘*[2] 산기슭에 자리잡고 있는 고장인 듯 떠올리고 보니, 그 이름은 신비한 현상이 나타나는 데 필요한—지형학상의—물질적 조건처럼 귀중하게 느껴졌다. 나는 콩브레 성당의 그림 유리창 밑 부분에 그려져 있는 여러 문장을 떠올려본다. 그 동네 곳곳에, 세기에 걸쳐, 온갖 영주권(領主權)의 표시가 가득했다. 그것은 몇 세기에 걸친 이 명가가 결혼을 통해 얻거나 사들임으로써 독일, 이탈리아와 프랑스 여기저기에서 모은 영토의 표시다. 북방의 광대한 땅, 남방의 강력한 도시들이 모두 하나가 되어 게르망트 가문을 이루고, 그 실체는 잃어도 하늘빛 들판에 녹색 무대의 탑과 은빛 성곽을 우의적으로 새기고 있다. 나는 게르망트 가문의 유명한 벽걸이 얘기를 들은 적이 있으므로, 실드베르(Childebert)*[3]가 자주 사냥하러 갔다는, 유서 깊은 숲 기슭, 전설적이고도 맨드라미 빛의 이 기명 위에, 그 푸르고도 조금은 거친 중세기풍 벽걸이가 구름처럼 뚜렷이 드러나 보이는 것만 같았다. 이 땅의 신비로운 안쪽, 그 몇 세기 전으로 들어가, 여행하듯이 숨은 비밀을 찾아내려면, 이 고장의 종주(宗主)이자 부유한 상인의 귀부인인 게르망트 부인을 파리에서 잠시 가까이하는 것만으로도 될 성싶다. 마치 부인의 얼굴과 말씨가 수목이 무성한 숲과 시내의 풍토색 짙은 매력이나, 그 가문의 기록과 문서에 실린 관습과 마찬가지로 예스런 특성을 지니고 있음에 틀림없기라도 한 듯이. 그러나 그 무렵 나는 생루와 아는 사이였다. 그에게서 별장이 게르망트라고

*1 파리 북부에 있는 도시.

*2 파르나소스산, 헬리콘산 모두 그리스 코린트 지협을 동쪽에서 굽어보는 산.

*3 메로빙거 왕조의 프랑크 왕(495~558).

불리게 된 것은 그리 오래되지 않은, 그 가문이 그것을 차지한 17세기부터였다고 들었다. 게르망트 가문은 그때까지 근처에 살았고, 칭호도 그 고장에서 따지 않았던 것이다. 게르망트 마을은 별장에서 이 이름을 받았으며, 별장을 향하여 세워졌고, 또 마을이 별장의 전망을 망치지 않도록, 그때의 봉건적인 강제력으로 길들의 선을 그었으며, 가옥들의 높이를 제한했다. 그 벽걸이는 부셰(Boucher)*4가 그린 것으로 게르망트 집안의 어느 예술 애호가가 19세기에 사들여, 애호가 자신이 그린 보잘것없는 사냥 그림과 나란히, 값싼 붉은 무명 커튼을 친 매우 추악한 응접실에 놓여 있었다. 이것을 드러낸 생루가 성 안에 게르망트라는 이름과 관계없는 요소를 들이밀어서, 나는 계속해서 건축물의 돌 공사를 오로지 철자의 울림에서만 발굴할 수가 없게 되었다. 그러자 호수 속에 비치던 성은 사라지고, 게르망트 부인 주위에 그 저택으로 나타난 건, 파리에 있는 그 저택, 게르망트 저택이었다. 그 이름들이 투명감을 가려서 어둡게 만들 방해물은 하나도 없었으므로 그 이름처럼 투명했다. 성당이라는 말이 오직 성전뿐만 아니라 신자의 모임도 뜻하듯이, 게르망트 저택도 공작부인과 생활을 함께하는 모든 사람을 포함하고 있었다. 하지만 이러한 지인들을 내가 눈으로 본 적이 없어서 나로선 저명하고도 시적인 이름이 많았으며, 이들 또한 단지 이름에 지나지 않는 이들하고만 사귀는 인간들뿐이므로 요컨대 공작부인 주위에, 기껏해야 멀어짐에 따라 얻게 되는 광대한 무리를 펼치면서, 오로지 부인의 신비를 더욱 크게 하고 그것을 지키는 구실을 할 뿐이었다.

부인이 베푸는 연회의 초대 손님으로서 상상하는 건 털끝만한 육체도, 털끝만한 수염도 없는, 어떤 신도 신지 않은, 싱거운 말을 입 밖에 내지 않는, 또는 사리에 맞는 자못 인간다운 독창적인 말도 입 밖에 내지 않는 이들뿐이라서, 이들의 이름이 일으키는 소용돌이는 게르망트 부인이라는 작센 자기인 작은 인형 둘레에, 물질적인 것을 들이밀기로는 도깨비의 향연이나 유령의 무도회보다 적어, 유리로 된 그 저택에 진열창의 투명성을 간직하고 있었다. 그 뒤 생루가 나한테 그의 큰어머니의 예배실 전속 사제와 정원사에 관한 일화를 이야기했을 때, 게르망트 저택은—예전에 루브르궁전이 그랬을지도 모르듯—파리 한가운데, 괴상하게 여전히 효력이 있어서 아직도 공작부인이 봉건적 특권을 행

*4 프랑스의 화가(1703~70).

사하는 옛 법 덕분에, 상속받아 소유하는 땅으로 둘러싸인 하나의 성이 되었다. 그러나 이 마지막 저택마저, 우리 식구가 게르망트 저택 바로 옆에 있는, 부인의 아파트와 이웃한 아파트 가운데 하나에서 빌파리지 부인과 나란히 살게 되자 사라지고 말았다. 이는 아직 몇몇 남아 있을지 모르는 예스런 주택 가운데 하나, 현관 앞쪽 넓은 마당에—민주주의의 밀물이 가져온 충적물(充積物)인지, 아니면 갖가지 생업이 영주의 주위에 몰려 있던 좀더 옛 시대의 유물인지—가게 뒷방, 일터뿐만 아니라 건축 기사의 심미적 노력도 철저하지 못한, 대성당의 옆면에 기생하고 있음을 목격하는 그것들처럼, 구두 가게 또는 옷 수선 가게, 닭을 기르고 꽃을 키우는 문지기 겸 헌신 파는 가게 따위가 그 옆쪽에 자리잡고, 그 안쪽 '저택을 이루는' 안채에 '백작부인'이 계시고, 이분이 말 두 필이 끄는 구식 사륜마차에 몸을 실어, 문지기 오두막의 작은 정원에서 빠져나올 때, 금련화 몇 송이를 모자에 꽂고서(거리에 있는 귀족 저택마다 명함을 놓고자 이따금 내리는 시중꾼을 마부 옆에 데리고) 외출할 때, 지나치는 문지기 애들이 가옥의 채용자인 부르주아들에게 미소를 분명치 않게 보내거나 손을 약간 흔들어 인사하거나 하다가, 그 건방진 싹싹함과 모든 사람은 평등하다는 교만한 태도에 어리둥절하기도 하는, 예스런 주택 가운데 하나였다.

우리 식구가 이사 온 집 안뜰 안쪽에 사는 귀부인은 우아하고도 아직 젊은 공작부인이었다. 이분이 바로 게르망트 부인으로, 프랑수아즈 덕분에 나는 꽤 빨리 저택에 관한 정보를 들었다. 까닭인즉 게르망트 사람들이(프랑수아즈는 이를 아래쪽·밑쪽이라는 말로 자주 가리켰다) 프랑수아즈의 마음을 끊임없이, 프랑수아즈가 엄마의 머리칼을 매만져 꾸며주는 동안에 아무래도 참지 못하고 눈을 슬쩍 안마당으로 던지면서, "저런저런, 수녀 두 분이네. 틀림없이 아래쪽에 가나 봐요"라든가, "어머나, 부엌 창가에 탐스런 꿩들은 어디서 생겼는지 물어보나마나, 공작께서 사냥하신 거지요?" 하고 묻는 아침부터, 내 잠자리를 정돈하는 동안에 피아노 소리나 샹송 메아리를 듣고서, "아래쪽에 손님이 왔나 봐요, 흥겹네요" 하고 결론을 내리고서, 지금은 백발이 성성한 머리 밑, 단정한 얼굴에 젊은 시절의 생생하고도 얌전한 미소를 지으면서 콩트르당스(contredanse)*[1]에 나오듯 순식간에 그 얼굴을, 그때 그 순서에 맞도록 멋있게

*1 네 쌍 또는 여덟 쌍의 남녀가 마주선 자세로 추는 춤, 카드리유.

섬세하게 화사하게 꾸며대는 밤에 이르기까지 사로잡고 있었기 때문이다.

그러나 게르망트네 생활이 프랑수아즈의 관심을 가장 또렷하게 일으켜 더할 나위 없는 만족과 불만을 준 순간은 두 정문 문짝이 활짝 열리며 공작부인이 사륜마차에 올라타는 바로 그 순간이었다. 이 순간은 보통 우리집 하인들이 점심이라고 일컫는, 아무도 방해 못하는 엄숙한 유월절(유대민족의 3대 축일의 하나)과 같은 의식을 마치고 난 지 얼마 되지 않은 때이다. 이 의식 동안 하인들을 부리는 것은 절대 '금기(禁忌)'여서, 아버지조차 초인종을 누르지 못했다. 하기야 아버지는 한 번을 울리건, 다섯 번을 울리건 하인들은 그 소리에 아랑곳하지 않으므로 이 금기를 범한대도 헛수고이며 아버지로서도 나중에 큰 손해가 없다는 것을 알고 있었다. 왜냐하면 프랑수아즈는(늙어가면서 무슨 일에 관해서나 머리를 쳐드는 기회를 놓치지 않았으므로) 필연코, 그 뒤 종일, 아버지한테 작고 붉은 설형(楔形) 문자로 뒤덮인 얼굴을 나타내서인데, 그 글자는 좀 판독하기 어렵긴 하나, 프랑수아즈가 푸념한 기나긴 기록과 불만의 심오한 이유를 밖으로 펼치고 있었기 때문이다. 게다가 프랑수아즈는 무대 옆을 향해서 대사를 말하듯, 우리 식구가 뭐가 뭔지 분간 못하는 말을 늘어놓는 것이었다. 프랑수아즈는 이를—우리 식구는 실망시키는 '분한', '분개시키는' 말로 여기고 있었는데—우리 식구한테 하는 말로는 '소리 내어 말하는 작은 미사'의 성스런 나날을 지내고 있다고 했다.

마지막 의식도 끝나자, 초기 그리스도 교회에서처럼 미사를 거행하는 사제이자 신도의 한 사람이기도 한 프랑수아즈는 마지막 포도주 잔을 들이켜고, 목에서 냅킨을 벗어 붉은 액체와 커피 묻은 입술을 닦고 나서 고리 속에 접어 넣고, 열심인 체하려고, "자아, 포도주를 좀더 드시죠, 맛있는데요"라고 말하는 '그녀의' 젊은 시중꾼에게 수심에 잠긴 눈으로 고마워하고는, 곧 '이 비참한 부엌 안'이 너무 덥다는 핑계로 창을 열러 갔다. 그리고 창의 손잡이를 돌려 바람이 들어오게 하는 동시에 교묘하게 안마당 안쪽을 무관심한 듯 흘낏 보면서 공작부인의 외출 채비가 아직 다 되어 있지 않다는 것을 확인하고, 말을 매단 마차를 멸시와 열기가 넘치는 눈으로 잠시 보다가, 이 한순간의 응시를 먼저 땅 위의 사물에 돌렸다가, 하늘 쪽으로 쳐들었는데, 그러기에 앞서 대기의 따사로움과 해의 뜨거움을 피부로 느끼면서 하늘이 맑게 개었다는 사실을 환히 알고 있었다. 그리고 프랑수아즈는 콩브레의 부엌 안에서 꾸르르꾸르르 울던 비둘기와 똑같은 비둘기들이, 봄마다 보금자리를 지으러 오는, 바로 내 방 굴뚝 꼭대기, 지붕의 한 모퉁이를 물끄러미 바라보았다.

"아아! 콩브레, 콩브레." 프랑수아즈는 한탄했다(프랑수아즈가 이 기도를 올리는 데 실은, 거의 노래하는 듯한 가락은 아를의 여인과 같은 그 얼굴과 마찬가지로 남부 태생임을 의심케 하고, 그녀가 비탄에 잠겨 그리워하는 고향이 살러 온 고장이 아니었는지 의심케 할지도 모른다. 그러나 이는 착각일 수밖에 없는 것이, 어떤 지방도 그 '남부'가 없는 곳이 없기 때문이며, 또 남부 지방 주민의 특징인 장단의 감미로운 온갖 조옮김을 발음하는 사부아 사람과 브르타뉴 사람을 얼마나 자주 만나는가!). "아아! 콩브레, 언제 너를 다시 본다더냐, 가여운 땅! 언제 네 산사꽃과 라일락꽃 아래 물새 소리와 어느 누가 속삭이듯 졸졸 흐르는 비본 시내의 소리를 들으면서, 편안한 나날을 보낼 수 있단 말이냐. 우리 도련님이 쉴 새 없이 울려대는 저 지긋지긋한 초인종 소리를 안 듣고 말이야. 아무튼 내가 저 빌어먹을 복도를 온종일 뛰어다니게 해야 직성이 풀리는 거야. 그토록 나를 볶아대면서도 도련님은 내 걸음이 빠르지 않다더군. 그러니 초인종이 울리기도 전에 내 귀가 그 소리를 알아들어야 하는 거야. 또 1분이라도 늦어보라지, 도련님은 화가 머리끝까지 올라 있거든. 이 몸의 팔자라니! 그리운 콩브레야! 어물어물하다간 어쩌면 내가 죽고 나서, 돌처럼 무덤구덩이에 던져질 때 너를 다시 보겠구나. 그렇게 되고 보면, 네 예쁘고도 새하얀 산사꽃 냄새도 영영 못 맡겠지. 하지만 말이다, 죽음의 잠 속에서도, 살아 있는 동안 나를 괴롭히던 저 따르릉 소리가 들리겠지."

그러나 프랑수아즈의 넋두리는 안뜰 한구석에 터 잡은 재봉사의 아는 체하는 소리에 멈췄다. 이 재봉사는 전에 우리 할머니가 빌파리지 부인을 찾아가던 날 매우 마음에 든 그 사내로, 프랑수아즈도 적잖게 호감을 가지고 있었다. 우리 아파트의 창문이 열리는 소리를 듣자 머리를 쳐들어, 그는 벌써부터 아침 인사를 하려고 그녀의 주의를 끌고자 애쓰고 있었다. 프랑수아즈의 매력은 나이와 불만과 화덕의 더위로 둔해진 우리집 늙은 식모의 부루퉁한 얼굴을 한껏 광을 내어 쥐피앙 씨 쪽으로 돌리는 것이었다. 신중하고 애교 있게 친근감과 수줍음을 두루 섞어, 프랑수아즈는 그 재봉사에게 우아한 인사를 해보였지만, 소리 내서 답례하지는 않았다. 왜냐하면 안마당을 바라보아 엄마의 분부를 어겼을망정 감히 창 너머로 수다 떨 만큼 분부를 무시할 용기야 없을 테니까. 프랑수아즈에 의하면, 그랬다가는 마님에게 '날벼락'을 맞을 것이 뻔했다. 프랑수아즈는 쥐피앙에게 말 두 필을 매단 사륜마차를 가리키면서 '훌륭한 말이군요!'라고 말하는 시늉을 했는데, 실은 '얼마나 늙어 빠진 말이람!' 하고 중얼거렸을 뿐이었다. 특히 쥐피앙이 자기에게 낮은 목소리로 소곤소곤하면서도 잘 들리도록 입에 손을 가져다 대고서 다음과 같이 대답하려는 것을 알고 있었기 때문이다. "댁도 원하신다면야 못 갖겠어요? 게다가 더 훌륭한 것도 말이오. 한데 저런 따위를 원하시지 않으니까."

그러자 프랑수아즈는 '취미는 저마다 다르게 마련, 우리 집안은 검소함을 첫째로 삼는다오'라는 뜻에 가까운, 겸손하고도 어물어물하는, 좋아서 어쩔 줄 몰라 하는 듯한 몸짓을 한 뒤에, 엄마가 올까 봐 창문을 닫았다. 원한다면 게르망트 집안보다 더 많은 말을 가질 수 있다는 이 '댁'은 우리 식구를 두고 하는 말이었는데, 그러나 쥐피앙이 프랑수아즈를 보고 '댁'이라 한 말은 옳았으니, (프랑수아즈가 쉴 새 없이 기침을 해대어 온 집안이 그 감기에 걸릴까 봐 전전긍긍했을 때, 감기 들지 않았다고 약 올리는 냉소와 더불어 우겨대는 그 자존심과 같은) 순전히 사사로운 만족을 느끼는 경우를 제외하면—어떤 동물과 식물이 하나가 되어, 동물이 먹이를 잡아먹고 소화한 뒤에, 완전히 같게 될 수 있는 찌꺼기를 받아먹고 자라는 식물처럼—프랑수아즈는 우리와 공생(共生)하고 있기 때문이다. 적반하장 격으로 우리 가족의 미덕, 재산, 생활 상태, 지위 따위를 가지고 프랑수아즈의 자존심이 보잘것없는 만족을 할 수 있도록 고심해 만들어내는 소임을 맡아하는 게 우리 식구였다. 프랑수아즈의 자존심은—식사 뒤 창가에서 바깥공기를 한 모금 들이마시는 일을 용인하는 옛 관습에 따라, 점심이라는 의식을 자유로이 거행한다는, 물건을 사러 가서 거리를 잠시 거닌다는, 일요일에 그녀의 조카딸을 만나러 외출한다는 인정된 권리에 덧붙여—그 삶에 없어서는 안 될 만족의 일부를 이루고 있었다. 따라서 프랑수아즈가 이사 온 지 며칠 동안—아직 우리 아버지의 명예로운 직위를 아무도 모르는 가옥 내에서—코르네유*[1]의 극중에서 보는, 또는 약혼녀나 고향을 애타게 그리워한 끝에 자살하고 마는 병사의 붓끝으로 표현되는 강한 뜻으로서의 '상심(傷心)', 프랑수아즈가 스스로 말하는 '울증(鬱症)'에 걸려서 의기소침했던

*1 피에르 코르네유(1606~84), 프랑스 극작가. 프랑스 연극의 아버지로 특히 고전극을 확립함.

것이 이해될 것이다. 프랑수아즈의 답답증은 바로 쥐피앙에 의해 재빨리 씻은 듯 나았다. 쥐피앙이 프랑수아즈에게, 만일 우리 식구가 말을 가지기로 결심했다면 프랑수아즈가 느꼈을 기쁨, 이와 똑같이 생생하고도 더욱 품위 있는 기쁨을 당장 마련해주었기 때문이다. '참 좋은 분이야, 쥐피앙 같은 이들이야말로 (하고 프랑수아즈는 이미 알고 있는 낱말에 새 낱말을 기꺼이 동화시키면서) 충직한 분들이지, 얼굴에 그렇게 씌어 있거든.' 사실 쥐피앙은, 우리네가 마차와 말을 소유하지 않았지만 그러기를 원하지 않기 때문이라는 점을 모두에게 이해시킬 수도, 가르칠 수도 있었다.

이 프랑수아즈의 친구는 관청에 일자리가 생겼으므로 자기 집에 있는 일이 드물었다. 그는 처음엔 우리 할머니가 그 딸인 줄 알았던 '여자아이'와 함께 조끼를 지었는데, 할머니가 빌파리지 부인을 찾아갔을 때에는, 아직 애송이지만 치마를 썩 잘 지을 줄 알던 그 여자아이가 부인복 재봉사가 된 뒤로 솜씨가 빛을 잃고 말았다. 이 여자아이는 처음에 부인의상점에서 '수습'으로 밑자락 장식을 깁는 일, 단추 달고 주름 잡는 일, 갈고리단추로 허리띠를 맞추는 일을 하다가, 금세 두 번째 수습 자리에 올라갔다가, 첫 번째 자리에 올라가, 상류사회의 부인들 가운데에서 단골이 생기자, 제 집, 곧 이 안마당에 있는 가게에서 전 의상점의 동료 한두 사람을 조수로 쓰면서 함께 일하게 되었다. 그렇게 되자 쥐피앙은 있으나마나 한 존재가 되고 말았다. 그 여자아이는 지금은 다 컸지만, 어쩌다가 조끼를 만들어야 하는 일도 많을 것이다. 그러나 동료 아가씨들이 돕고 있어 누구의 손도 필요치 않았다. 따라서 쥐피앙은 다른 직장을 구했다. 처음에는 정오에 마음대로 집에 돌아오다가, 그때까지 그가 보좌만 하던 사람의 후임자가 되고부터는, 저녁 식사 전에는 못 돌아오게 되었다. 그가 '정직원'으로 일하게 된 것은 다행히 우리가 이사 온 지 몇 주일 뒤였다. 그래서 쥐피앙의 친절은, 그토록 견디기 힘든 이사의 처음 무렵을 프랑수아즈가 그다지 심한 고통 없이 넘길 수 있도록 많은 도움을 주었다. 하기야 그가 이와 같이 '과도기의 영약'으로서 프랑수아즈에 대하여 거둔 효용을 무시하는 바는 아니지만, 내가 보기에 쥐피앙의 첫인상이 그다지 마음에 들지 않았던 것은 인정해야 한다. 멀리서 보면 살찐 뺨과 혈색 좋은 낯빛이 좋은 인상을 주었을지 모르나, 몇 걸음 거리에서는 다정다감한 듯한, 슬픈 듯한, 꿈꾸는 듯한 눈길에 넘치는 두 눈은 그런 인상을 아주 망치면서, 중병을 앓고 있는 사람이나 애통한 초상을 막 치른 사람을 떠올리게 했다. 그는 물론 그런 사람이 아니었을 뿐더러, 입을 열자마자(말투는 아무런 결점이 없었지만) 오히려 냉랭하고 빈정거리길 잘했다. 그의 눈길과 말투 사이의 이런 어긋남에서 호감이 가지 않았는데, 이것에는 그 자신도, 마치 모든 이가 예복을 입은 모임에 홀로 짧은 저고리 차림인 손님처럼, 또는 전하에게 말씀을 올려야 할 처지에 놓였는데, 정확히 뭐라고 말해야 좋을지 몰라 우물쭈물 엉뚱한 말로 난처함을 피하는 사람처럼 당황함을 느끼고 있는 것 같았다. 반대로 쥐피앙의 말투는—단순한 비교에 지나지 않지만—매력이 있었다. 아마도 눈을 통한 얼굴의 이런 범람에 맞장구치려는지(그의 사람됨을 알고 나서는 그 눈을 주목하지 않게 되었다) 나는 곧 그에게서, 드문 지성, 틀림없이 아무 교양 없이, 그저 서둘러 읽어낸 책 몇 권 덕분에 더할 나위 없이 교묘한 언어 구사의 묘법을 터득한, 또는 동화하고 있다는 뜻으로서, 내가 여태껏 만난 사람 가운데 가장 문학적인 천성을 판별했다. 내가 아는 사람들 가운데 가장 천부적인 재질이 있는 이들은 전부 요절해버렸다. 그러니 나는 쥐피앙의 목숨도 오래 못 갈 거라고 확신했다. 그에게는 착함, 연민의 정, 아주 섬세한 정, 더할 나위 없는 너그러움이 있었다. 프랑수아즈의 생활에서 그가 맡아한 소임은 오래지 않아 없어도 괜찮은 것이 되고 말았다. 프랑수아즈가 그 소임을 다른 사람으로 채울 줄 알았기 때문이다.

출입 상인이나 딴 집의 하인이 우리집으로 물건이나 우편물을 가져왔을 때마저, 프랑수아즈는 온 사람을 거들떠보지 않는 체하고, 오로지 초연한 태도로 의자를 가리키고 나서, 하던 일을 계속하면서도, 방문한 사람이 어머니의 회답을 기다려 부엌에서 보내는 몇 분을 어찌나 능란하게 이용했는지 '이 집에 없는 건, 그것을 원치 않기 때문이다'라는 확신을 머릿속에 뚜렷하게 새기지 않고서 돌아가는 이가 거의 없다시피 했다. 하기야 우리가 '약간의 돈'(생루가 부분관사라고 일컫는 용법을 모르는 프랑수아즈인지라, avoir d'argent이나, apporter d'eau라고 하는데)*[1]을 가지고 있다는 것은, 다시 말해 우리가 재산가임을 남에게 이토록 알리고 싶어한 것은, 부유밖에 없는 부귀, 미덕 없는 부유가 프랑수아즈의 눈에 세상에서 가장 좋은 것으로 보였기 때문이 아니라, 부귀 없는 미덕이란 그녀의 이상이 아닌 지 오래였기 때문이다. 부귀란 그녀에게

*1 옳은 용법은 avoir de d'argent.

있어서 미덕의 필수 조건 같은 것으로, 미덕도 부귀 없이는 값어치나 매력이 없었을 것이다. 프랑수아즈는 이 두 가지를 거의 가려내지 못하다가, 드디어는 하나에 또 하나의 특성을 돌려, 미덕 속에 뭔가 안락함을 요구하고, 부귀 속에 뭔가 신앙심을 일으키는 힘을 인정하기에 이르렀다.

창문을 닫고 나자(그렇지 않으면 엄마가 '이루 상상도 못할 욕설을 늘어놓았을' 것이다) 프랑수아즈는 재빨리 땅이 꺼지도록 한숨을 내쉬면서 부엌 식탁을 정돈하기 시작했다.

"라 셰즈 거리에도 게르망트라는 저택이 있던데요." 시중꾼이 말을 꺼냈다. "그 댁에서 내 친구 하나가 일했죠. 마부 조수로. 그리고 내가 아는 사람 가운데, 그렇다고 친구가 아니라 그 처남이지만, 게르망트 남작 댁의 사냥개를 돌보는 하인과 같은 연대(聯隊)에 종사하던 이가 있기도 해요." "아무러면 어때, 우리 아버지도 아닌데(Et après tout allez-y donc, c'est pas mon père!)"라고 덧붙인 시중꾼은 그해 샹송의 후렴을 곧잘 콧노래하듯이, 새 농지거리를 얘기 속에 끼워넣는 버릇이 있었다.

프랑수아즈는 벌써 나이 든 여인의 피곤한 눈으로, 게다가 머나먼 허공 속에 콩브레의 전경(全景)을 보고 있는지라 이 말에 숨은 농담을 분간 못 했지만, 농담이 있다는 것은 알아챘다. 앞뒤의 말과 연결이 없었고, 익살꾼으로 통하는 그가 힘주어 내던진 말이었으니까. 그래서 프랑수아즈는 호의 있는 환한 얼굴로 미소 지었는데, 마치 '언제나 저렇다니까, 우리 빅토르는!' 하고 말하는 듯싶었다. 게다가 프랑수아즈는 기뻐했으니, 이런 종류의 재치있는 말을 듣는다는 것은, 모든 계급의 인사들이 그것을 위해서라면 서둘러 몸치장도 하고, 감기도 마다치 않는 상류 사회의 품위 있는 기쁨에 미칠 수야 없지만, 좀 비슷한 데는 있다는 사실을 알고 있었기 때문이다. 그리고 또 프랑수아즈는 이 시중꾼을 친구라고 믿고 있었는데, 공화정체(共和政體)*[1]가 성직자에게 취하려는 가공할 조치를 그가 매번 화를 내며 비난했기 때문에 속을 터놓을 수 있는 친구라는 생각까지 하고 있었다. 그러나 프랑수아즈는 아직 이해하지 못했다.

---

*1 1905년 12월 9일에 프랑스는 오랜 현안이었던 정교분리법을 공표하고, 이에 따라 종교에 대한 국가의 원조는 폐지되어, 교회재산은 국가에 수용되게 되었다. 이때부터 교회재산의 조사 등을 둘러싸고 각지에서 충돌이 일어났다. 여기서 시중꾼이 말하고 있는 비난은 이 문제에 관련됨.

우리의 가장 가증스러운 적은, 우리를 반박하고 설복시키려 드는 자들이 아니라, 우리를 슬프게 하는 소문을 지어내거나 과장하는 자들, 그리고 그러한 소문에다가 그럴듯한 겉모습을 조금도 부여하지 않는 사람들이라는 사실이다. 그러한 겉모습이라도 있다면 우리 고통도 덜할 수 있어서, 의기양양한 고약한 놈이라고 우리에게 말함으로써 우리를 약 올리려는 자에게, 오히려 조금쯤 존경심마저 가질지 모른다.

"공작부인은 그 댁의 친척*2이겠지." 프랑수아즈는 다시 안단테부터 곡조를 시작하는 이처럼 라 셰즈 거리의 게르망트 집안으로 화제를 되돌리면서 말했다. "누가 말해주었는지 잊어버렸지만, 그 댁의 한 분이 공작 댁 사촌누이하고 결혼했다더군. 아무튼 같은 '핏줄'이야. 게르망트는 큰 가문이니까!" 하고, 파스칼이 종교의 진리를 이성과 성서의 권위 위에 세웠듯이 이 가문이 위대한 근거를 그 구성원의 수와 빛나는 명성 위에 세우면서 공손히 덧붙였다. 왜냐하면 이 두 가지에 대하여 '큰'이라는 낱말밖에 가지고 있지 않아, 프랑수아즈에겐 두 가지가 한 가지로밖에 형성하지 않은 듯했기 때문이다. 따라서 프랑수아즈의 낱말은 어떤 보석같이 군데군데 흠이 나, 이것이 프랑수아즈의 사념에까지 검은 그림자를 드리우고 있었다.

"콩브레에서 10리 남짓한 곳, 게르망트에 성을 가진 댁이 공작부인*3 댁이 아닐까. 그렇다면 알제(Alger)의 사촌누이와 친척들일 거야."(어머니와 나는, 이 알제의 사촌누이라는 분이 누구일까 오랫동안 생각해보았는데, 드디어 프랑수아즈가 알제라고 하는 이름은 실은 앙제(Angers)*4라는 도시를 두고 하는 말인 것을 알았다. 먼 데 있는 것이 가까운 데 있는 것보다 더 알려지기 쉽다. 프랑수아즈는 정월 초하루에 우리집으로 오는 보기 흉한 대추야자 열매 때문에 알제라는 이름을 알고 있었는데, 앙제라는 이름은 모르고 있었다. 프랑수아즈의 말은 프랑스어 자체처럼, 특히 그 지명은 오류투성이였다) "공작부인 댁 집사에게 이에 대해 말해보려고 했지…… 그런데 그 사람 이름이 뭐라더라?" 예

---

*2 프랑수아즈는 allié(동맹국, 친척 등의 뜻)과 alliance(동맹관계, 친척관계의 뜻)를 합쳐 alliancée라는 말을 만들어냄.

*3 원어는 eusse. 이것도 프랑수아즈의 조어로 남성 복수 대명사 강조형이 eux인 점에서 그 말미의 x를 sse로 바꾸면 여성 복수가 된다고 생각했을 것이다. 여성 복수의 강조형은 elles.

*4 프랑스 서부의 멘강 연안에 있는 하항 도시.

의상 질문을 하듯이, 프랑수아즈는 스스로 묻고 대답했다. "아아 그렇지! 앙투안이라고 하더군" 하고 앙투안이 정식 칭호라도 되는 듯 말했다. "이에 대해 말해줄 수 있는 이가 이 사람밖에 없거든. 그런데 이 집사의 꼴 좀 보소. 진짜 신사, 유식한 체하는 품이, 혓바닥이 빠졌는지 지껄이는 걸 까맣게 잊어버리고 만 것 같아. 말을 걸어도 회답조차 하지 않거든." 프랑수아즈는, 세비녜 부인이 편지에 쓰듯이 '회답하다'라는 문자를 덧붙여 말했다. "그러나" 하고 프랑수아즈는 마음에도 없는 말로 "냄비 속에 익히는 것을 잊지 않는 한, 난 남의 일에 간섭하지 않아. 아무튼 그 사람은 다 어설퍼. 게다가 용감한 사내도 아니고 말야"라고 덧붙였다(이 평가를 듣고서는 프랑수아즈가 용기에 관한 의견을 바꿨다고 여길지 모른다. 콩브레 시절 프랑수아즈에 의하면, 용기는 인간을 야수로 만든다고 했지만, 의견은 하나도 변하지 않았다. 용감한 사람은 오로지 부지런한 사람이라는 뜻에 지나지 않았다). "남들의 말로는 그 사람은 까치처럼 도둑질도 잘한다는군. 하지만 항상 남의 험담을 곧이 믿어야 쓰겠어? 공작부인 댁에서는 하인들이, 문지기 집의 고자질에 나가버린다는군. 문지기 부부가 질투가 많아서 공작부인을 부추기나 봐. 하여간 그 앙투안이 진짜 위선자로, '앙투아네스'도 그 점으론 제 남편을 당하지 못한다고 말할 수 있겠지." 프랑수아즈는 이렇게 덧붙이며, 앙투안이라는 이름에서, 이 집사의 아내를 가리키는 여성 명사를 찾아내는 데, 문법상의 창작을 하는 중, 틀림없이 수사(chanoine)와 수녀(chanoinesse)를 무의식적으로 떠올렸나 보다. 프랑수아즈가 그렇게 말한 것은 그리 큰 잘못이 아니었다. 지금도 노트르담 근처에 샤누아네스(Chanoinesse)라는 거리가 있는데(수사들만이 살던 것을 미루어보건대), 옛 프랑스인들이 붙인 이름 같고, 실제로 그녀들과 같은 시대 사람이었다. 게다가 몇 마디 끝에 곧, 이 여성 명사를 만드는 식의 새로운 보기를 들었다. 프랑수아즈가 "그러나 확실한 일인데, 게르망트의 성은 공작부인의 것이고, 그 고장에선 그분이 여면장(女面長)님*1이지. 대단하지."

"과연 대단하군요." 하인은 비꼬아 말한 것을 알지 못한 채 자신 있게 말했다.

"아니, 정말 대단하다고 생각하나? 하지만 말이야, 저이들로서는 면장이나

*1 원어는 mairesse. 이것은 면장(面長) maire의 부인이라는 뜻이지만, 프랑수아즈는 이것을 여면장이라고 말하고 있음.

여면장이 된다는 게 대수롭지 않은 일이야. 만에 하나라도 게르망트의 별장이 내 것이라면, 파리에 좀처럼 나오지 않을 거야. 그렇지만 주인님과 마님처럼 신분 좋은 분들이 언제라도 가고자 하면 마음대로 갈 수가 있어 아무도 말리지 않는데, 콩브레에 안 가시고 이 비참한 도시에 남아 계시다니 무슨 생각이 있으시겠지. 모자라는 게 아무것도 없는데 어쩌자고 고향으로 돌아가시지 않는지 모른다니까. 죽을 때까지 기다리시려나? 나 같으면 먹을 양식만 있고, 겨울에 몸 따뜻하게 해줄 장작만 있다면, 벌써 옛날에, 콩브레에 있는 오빠 집에 갔을 거야. 거기선 적어도 사는 느낌이 들지. 사방을 둘러봐야 이런 집들도 눈에 띄지 않고, 고요하기 짝이 없어. 밤중에 20리 밖에서 개골개골 우는 개구리 소리가 들려올 정도니까."

"멋진 곳이군요, 가정부님." 젊은 하인은 마치 곤돌라에서의 생활이 베네치아 특유의 것인 양, 개구리가 운다는 특징이 콩브레 특유의 것인 듯이 감격하여 외쳤다.

게다가, 시중꾼보다 우리집에 고용된 지 얼마 되지 않은 하인은 그 자신에게는 별로 흥미롭지 않으나 프랑수아즈로서는 흥미 있는 얘기를 곧잘 하였다. 또 요리사로 대우할라 치면 무시무시하게 얼굴을 찡그리는 프랑수아즈 쪽에서도, 프랑수아즈를 가리키는 낱말로 '가정부님'이라는 존칭을 쓰는 하인에게, 이류 왕족이 자기한테 '전하'라고 불러주는 마음씨 착한 젊은이들한테 느끼는 호의를 가지고 있었다.

"적어도 내가 하는 일과 어느 계절에 사는지 알거든. 파리와는 달라. 이곳처럼 부활절이 되어도 성탄 무렵같이 앙상한 미나리아재비조차 피지 않는 곳과는 달라. 또 내 늙어빠진 몸을 일으킬 적에만 가느다란 종소리를 듣는 것도 아니야. 거기서는 한 시간마다 들려, 작은 종이지만 말이야. 그때마다 '우리 오빠가 들에서 돌아오네'라고 들리고, 저물어 가는 해도 보이고, 지상의 행복을 위해 종소리가 나. 여기선 낮이구나 하면 밤이 돼, 잠자리에 들어가 뭘 하고 사는지 짐승처럼 통 모른다니까."

"메제글리즈 쪽도 매우 아름다운 곳인 모양이죠, 가정부님." 젊은 하인은 좀 추상적인 방면으로 잡아든 얘기대로 끌고 나가면서, 우연히 우리 식구가 식탁에서 메제글리즈 얘기를 한 바를 떠올리면서 한마디 끼어들었다.

"아! 메제글리즈." 프랑수아즈는 이렇게 말하면서 누군가가 이 메제글리즈의 콩브레, 탕송빌이라는 이름을 입 밖에 낼 적마다, 늘 미소를 지었다. 이 이름들이 프랑수아즈 생활의 일부를 이루고 있어서, 이를 바깥에서 만나거나 애기 중에 듣거나 하면, 이를테면 교단 위에서 설마하니 그 이름이 굴러떨어져 들리리라 생각 못했던 현시대의 아무개 시인이나 인사를 언급할 적에 교사가 교실 안에 불러일으키는 쾌활함과 퍽 가까운 기쁨을 느꼈다. 또한 이 기쁨은 그 고장이 남들하고는 아무 인연이 없고, 같이 놀던 옛 소꿉동무들이라는 데서 기인하기도 하였다. 그래서 물어보는 그들에게, 그들의 재치를 발견하기나 한 듯이 미소 지었던 것이다. 왜냐하면 그들의 질문에서 자기 자신을 되찾았으므로.

"그래요, 당신 말대로 메제글리즈는 아름다운 곳이지." 프랑수아즈는 살짝 웃으면서 말했다. "그런데 말이야, 어디서 어떻게 메제글리즈 애기를 들었지?"

"어디서 메제글리즈 애기를 들었냐구요? 잘 알려진 곳인 걸요. 애기해주던데요, 귀가 아플 정도로요." 하인은 우리에게 관계되는 무슨 일이 남들에게 어느 정도로 중요한지를 객관적으로 확인하려 할 때마다, 그 일을 불가능하게 하는 정보제공자 특유의 죄스러운 얼버무림으로 대답했다.

"아무렴! 거기서 말이야, 화덕 밑에 쭈그리고 있기보다 벚나무 밑에 있는 편이 좋은 만큼이나 좋지."

프랑수아즈는 욀라리*[1]에 대해서마저 착한 여인으로 애기했다. 왜냐하면 욀라리가 죽고 나니, 프랑수아즈는 자기 집에 먹을 것이 다 떨어져, '굶어 뒈지게 된'*[2] 주제에, 어쩌다 부자의 선심 덕분에, '아니꼽게 구는' 건달을 싫어했듯이, 욀라리도 그녀가 살아 있을 동안은 싫어했던 것을 까맣게 잊어버리고 말았기 때문이다. 욀라리가 매주 숙모에게서 '잔돈푼을 우려내는' 솜씨가 참으로 귀신같았던 것을, 이제 프랑수아즈는 가슴 아파하지 않았다. 이 숙모에 대해서 프랑수아즈는 언제나 입에 침이 마르도록 찬사를 늘어놓았다.

"그럼 그 무렵 콩브레에 계시던 댁이 우리 댁 마님의 사촌시누 댁이었나요?" 젊은 하인이 물었다.

"아무렴, 옥타브 마님 댁이지 아아! 정말 성녀 같은 분이셨어. 그 댁엔 필요

---

*1 제1권에 나오는 노처녀로 아픈 레오니 고모를 돌보러 와서는 용돈을 받아 간다. 프랑수아즈는 이것을 좋게 생각하지 않았음.

*2 원어는 crever la faim. 프랑수아즈의 말. 굶어 죽을 것 같다는 뜻의 표현으로 보통은 crever de faim이지만, crever la faim도 속어적 표현으로 la crever라고도 말함.

한 것이 언제나 다 있고, 좋은 것, 맛있는 것이 지천으로 쌓여 있고, 정말 친절한 마님이셨어. 자고 새끼도, 꿩도, 무엇이나 조금도 아끼지(프랑수아즈는 동사 'plaindre'를 라 브뤼에르*3와 마찬가지로 '아끼다'라는 뜻으로 사용했다) 않으시고, 하루에 손님이 대여섯 분이나 와도 고기가 모자라는 적이 없고, 그 고기도 상등품이었어. 백포도주와 적포도주도 있고, 필요한 것은 다 있으니까 친척이 와서 몇 달이나 몇 해를 묵든 간에 다 마님의 비용(dépens)*4이었지(이 비난은 조금도 우리의 비위를 거스르지 않았다. 왜냐하면 프랑수아즈가 쓴 'dépens'이라는 낱말이 법률 용어에 제한되지 않고, 오직 '비용'이라는 뜻만으로 쓰이던 시대에 속했으니까). 정말이지, 그 댁에서 허기진 배를 안고 돌아오는 사람은 하나도 없지. 주임 사제님께서도 여러 번이나 진정으로 말씀하셨어. 주님 곁에 갈 것이 뻔한 여인이 있다면 그분이야말로 거기에 속한다고 말이야. 가여운 마님, 그 작은 목소리로 '이봐요, 프랑수아즈, 이제 나는 다 먹었지만, 내가 먹고 있는 거나 매한가지로 모두에게 맛나게 해드려' 하시던 말씀이 지금도 귀에 들리는 것 같아. 물론 마님 자신을 위해서 하신 말씀이 아니지. 겉으로 보아 그분은 버찌 한 꾸러미 만큼도 무게가 안 나갔으니까. 그만한 무게도 없어서, 그분은 내 말에 귀도 안 기울이시고, 의사의 진찰도 받으시려고 하지 않았지. 아아! 거기선, 음식을 빨리 먹지 않아도 되었지. 하인들이 양껏 먹는 걸 좋아하셨거든. 여기선, 오늘 아침만 해도 빵껍질을 털어버릴 틈도 없었다니까. 모든 일이 그저 재빨리 돌지."

프랑수아즈는 특히 아버지가 드시는 토스트 빵의 비스코트*5에 화가 나 있었다. 잘난 체하려고, 또 자기를 '쫓아내기' 위해서, 아버지가 비스코트를 드시는 줄로 알고 있었다. "아무렴요." 젊은 하인이 찬성하여, "난 그런 일을 본 적이 없거든요"라고 말했다. 마치 세상 모든 일을 두루 보기나 한 것처럼, 가슴속에 천 년간의 경험이 쌓여 있는데, 온 나라와 관습에 걸쳐 살펴본들 비스코트라는 것은 한 조각도 보이지 않기라도 한 듯이 하인이 말했다. "그렇고말고" 하고 집사가 중얼거리며, "하지만 다 달라지겠지. 캐나다에서 노동자들이 동맹

---

*3 Jean de La Bruyère(1645~96). 프랑스의 모럴리스트. 《사람은 가지가지》의 저자.

*4 소송비용.

*5 누렇게 구운 딱딱한 빵, 보존식으로 일종의 건빵.

파업을 일으켰다고 하니까. 요전날 저녁 장관이 주인님한테, 그 때문에 20만 프랑을 벌었다고 하더군." 집사의 마음속에는 뇌물받는 일을 비난할 생각이 조금도 없었으니, 그 자신이 청렴결백하지 않아서가 아니라, 모든 정치가가 부패했다고 여겨, 뇌물 따위야 조무래기 도둑질만큼 가볍게 보였기 때문이었다. 집사는 이 역사적인 실토를 과연 정확히 들었는지 다시 생각해보지도 않았거니와, 범죄자 자신이 아버지에게 털어놓았는데도 아버지가 장관을 문 밖으로 내쫓지 않았다는 있음직하지 않는 일에도 놀라워하는 기색이 없었다. 그러나 콩브레의 철학은, 프랑수아즈에게 캐나다의 동맹 파업이 비스코트 사용에 영향을 주었으면 하는 기대를 할 수 없게 하였다. "세상이 이대로 있는 한, 우리 하인들을 종종걸음 치게 하는 상전이 있을 테고, 상전의 변덕을 받아주는 하인들이 있겠지"라는 프랑수아즈의 말이 영원한 종종걸음의 이론에도 불구하고, 점심시간을 재는 데 틀림없이 프랑수아즈와 똑같은 자를 쓰지 않는 어머니가 벌써 15분 전부터 말하고 있었다. "무엇들 하는 거지. 식탁에 앉은 지 두 시간이 넘었는데." 그래서 어머니는 머뭇거리며 서너 번 초인종을 울렸다. 프랑수아즈, 그녀의 시중꾼, 집사는 초인종 소리를 부르는 소리로 듣지 않고, 얼른 대령하려는 눈치도 보이지 않았으며, 마치 음악회가 다시 이어지기 전에 휴식 시간은 몇 분밖에 없구나 하고 느낄 때에, 악기를 조절하는 소리 정도로밖에 들리지 않는지, 귓등으로 듣고 있었다. 그 때문에 초인종이 다시 울리기 시작하여 더욱더 집요해지자, 우리집 하인들도 그 소리에 주의를 돌리기 시작하다가, 앞선 소리보다 좀더 세게 울리는 초인종 소리에 더 한가히 있을 여유가 얼마 남지 않고, 일을 다시 시작할 때가 가까웠음을 알아차리면서, 한숨을 내쉬며 제자리로 가서, 하인은 문 앞에 담배 피우러 내려가고, 프랑수아즈는 우리 식구에 대해, 예를 들어 '그 분들 좀 화나셨나 봐' 하고 잠시 반성한 뒤, 7층에 있는 제 방에 옷가지를 챙기러 올라가고, 집사는 내 방에 편지지를 달래러 와서, 재빨리 개인 편지를 써서 부치는 것이었다.

게르망트 집안의 집사는 거만한 태도에도 불구하고, 프랑수아즈가 이사 온 지 며칠 안 되어 게르망트 집안이 아주 옛날의 권리 덕분에 이 저택에 사는 것이 아니라, 최근에 빌려 들어왔다는 일, 저택의 옆면에 나 있는(내 눈으로 보지 않았지만) 정원이 어지간히 비좁아 이웃해 있는 정원들과 비슷비슷하다는 것을 일러주었다. 그래서 드디어 나는 그 정원에 봉건 시대의 교수대도, 방비가 된 방앗간도, 비밀실도, 기둥 있는 비둘기장도, 빵 굽는 너절한 화덕도, 세금 10의 1을 물건으로 거두는 광도, 감옥도, 고정된 다리나 오르내리는 다리, 곧 가교(假橋)도, 하물며 다리 건너가는 통행세 징수소도, 다리를 내렸다 올렸다 하는 선로 바꿈 틀도 성벽에 건 현장이나 석표(石標)도 없다는 것을 알았다. 그러나 발베크의 물굽이가 그 신비성을 잃어버려 나로서는 지구상에 있는 다른 어떤 소금물의 수량과도 바꿀 수 있는 하찮은 부분이 되고 말았을 때, 이거야말로 휘슬러*[1]가 은빛 도는 푸른빛의 조화로움 속에 그린 유광색(乳光色)의 물굽이라고 말하면서, 엘스티르가 대번 나에게 그 개성을 돌려주었던 것처럼, 게르망트라는 이름, 그 이름부터 생겨난 마지막 저택이 프랑수아즈의 입방아 밑에 산산조각이 나는 것을 보았을 즈음, 아버지의 옛 친구가 어느 날, 공작부인에 관해 언급하면서 우리한테 다음과 같이 말했다. "공작부인은 생제르맹 귀족 동네에서 최고 자리를 차지하죠. 그 집은 생제르맹 동네의 첫째가는 집입니다." 생제르맹 귀족 동네의 첫째가는 살롱, 첫째가는 집이지만 내가 공상해온 갖가지 거처에 비하면 보잘것없는 곳이었다. 그렇긴 하나 이 집에는 또한, 마지막 것임에 틀림없겠지만, 소박하면서도 뭔가 그 본질에서 떠나 저편에 어떤 비밀을 가지고 있었다.

그래서 나에겐, 게르망트 부인의 '살롱'에서, 그 벗들 가운데 그녀의 이름이 지닌 신비성을 찾아내는 능력이 더욱더 필요했던 것은 아침에 도보로 외출하거나, 오후에 마차로 외출하는 그녀의 모습을 보았을 때, 그 모습에서 이름의 신비성을 찾아내지 못해서였다. 그야 이미 콩브레 성당에서, 게르망트 부인은 한순간에 모습을 바꿔, 게르망트라는 명문의 빛깔과 비본 냇가의 오후를 느끼게 하는 빛깔과는 딴판의 두 볼을 갖고서, 벼락 맞은 내 몽상 대신 내 앞에 나타난 일이 있다. 마치 신령 또는 요정인 몸이 백조나 버들의 모습으로 탈바꿈한 뒤로는, 자연의 법칙에 따라 물 위에 가볍게 미끄러지고, 또는 부는 바람에 나풀거리듯. 그렇지만 이런 반영이 사라지고, 그녀에게서 눈을 떼자마자 저녁놀의 장밋빛과 초록빛의 반영이 노질에 부서졌다가 다시 돌아온다. 그리고 내 사념의 적막 속에서는 이름이 금세 그 얼굴의 추억을 스스로 순응시키고 말았던 것이다. 그런데 지금은 자주 창가에서, 안마당에서, 거리에서 그녀의 모

---

*1 미국의 화가(1834~1903). 주로 런던과 파리에서 일을 했다. 인상주의와 일본미술의 영향을 받으면서 그림과 음악의 관계를 중시함.

습을 보곤 하였다. 그래서 적어도 나는, 그녀 속에 게르망트라는 이름을 꼭 맞추어넣을 수도 없고, 이 여자야말로 게르망트 부인이라고 생각하기가 어쩐지 어려워지면, 내 지력이 요구되는 행동의 끝까지 가지 못하는 내 정신의 무력함 탓으로 돌렸다. 그러나 그녀, 우리의 이웃인 그녀도 같은 잘못을 범하고 있는 듯싶었다. 아니, 도무지 무관심하여, 나만큼도 마음에 두지 않고, 그것이 잘못인 줄 꿈에도 모르고 과오를 범하고 있는 듯싶었다. 그러므로 게르망트 부인은 마치 자신이 남들과 같은 평범한 여인이 된 줄 여기면서 몸에 걸치면 그녀와 동등할 수 있는, 어쩌면 능가할지도 모르는 의상의 우아함에 동경해 마지않는 듯, 유행을 좇는 데 급급함을 그 옷에 드러내 보이고 있었다. 부인이 거리에서 멋진 옷차림을 한 여배우를 감탄하며 물끄러미 바라보고 있는 것을 목격한 일도 있다. 그리고 아침, 그녀가 걸어서 외출하기에 앞서서, 그 속으로 가까이 갈 수 없는 생활을 지나가는 사람들 속으로 끌고 다니면서 그들의 속됨을 뚜렷이 눈에 띄게 하면서도, 행인들의 의견이 자기를 재판하는 법정이라도 되는 것처럼, 거울 앞에서, 아무런 저의도 냉소도 없이 바쁘게, 궁중(宮中) 연극에서 시녀 역을 맡기로 승낙한 왕비처럼, 그녀보다 지체가 낮은 멋진 여인이라는 역을 연기하는 모습을 언뜻 엿볼 수 있었다. 그리고 신화에 있듯이 고귀한 태생을 망각하고서, 너울이 잘 걸려 있는지 거울 속을 들여다보고, 소매를 반듯하게 매만지며, 외투를 바로잡기도 하는 부인의 모습이, 마치 온몸이 신령인 백조가 동물인 백조의 동작을 다하고, 부리 양쪽에 그린 눈을 지니고도 못 보며, 신령인 몸을 잊고서, 백조인 양, 단추나 우산에 냅다 달려드는 듯했다. 그러나 처음으로 보는 거리의 모습에 낙심한 나그네가, 미술관을 찾아다니다가, 시민과 사귀다가, 도서관에 가서 공부하다가 어쩌면 이 도시의 매력을 이해할지 모른다고 생각하듯, 내가 만일 게르망트 댁에 드나들게 된다면, 부인의 친구가 된다면, 부인의 생활 속에 섞인다면 그때에야 비로소 이 여성의 이름이 오렌지빛 꾸러미에 빠져 남들에게 숨기고 있는 진정한, 객관적인 실체를 알 수 있을 줄로 생각했다. 드디어 우리 아버지의 친구분이 게르망트 집안의 환경은 생제르맹 귀족과는 아주 다른 것이라고 말했기 때문이다.

내가 떠올리는 게르망트 집안의 생활은 이제껏 겪었던 바와는 전혀 다른 샘에서 흘러나와 아주 특별한 것임에 틀림없을 성싶어, 내가 전에 교제하던 사람들이나 현실 사람들이 공작부인의 모임에 나가는 것은 상상도 할 수 없을 정도였다. 왜냐하면 별안간에 성격을 바꿀 수 없으니, 이들은 모임에서도 내가 알고 있는 비슷비슷한 얘기를 할 테고, 이들의 상대도 아마 몸을 낮춰 같은 인간이 쓰는 말로 대답할 것이다. 모임이 진행되는 동안, 생제르맹 귀족 동네의 첫째가는 살롱 안에, 내가 경험한 때와 똑같은 때가 흘러가는데, 이는 있을 수 없는 일이기 때문이다. 사실, 내 정신은 어떤 장애에 부딪쳐 어찌할 바를 몰랐다. 예수 그리스도의 한 몸이 성체(聖體)의 빵 안에 계시다 함도, 내 방에까지 아침마다 가구를 터는 소리가 들려오는, 센 강 오른쪽 둑 위 변두리 지역의 이 첫째가는 살롱보다는 아리송한 신비로 느껴지지 않았다. 그러나 나를 생제르맹 귀족 동네에서 격리하고 있는 경계선은 오로지 관념적인 것이기 때문에 오히려 현실적인 것으로 여겨졌다. 나는 적도(赤道) 반대쪽에 깔려 있던 게르망트 집안의 신발 바닥 닦는 깔개도 이미 귀족 동네에 들어와 있음을 느꼈다. 그것은 어느 날 게르망트네 현관문이 열린 채 있어서 나와 마찬가지로 그것을 보신 어머니가 몹시 해졌다고 하신 신발 닦는 깔개였다. 그러니, 이따금 내가 우리네 부엌 창 너머로 언뜻 볼 수 있는 만큼의, 게르망트네 식당, 붉은 벨벳을 드리운 가구들이 놓인 어두컴컴한 화랑(畫廊) 같은 게, 어찌 나에게 생제르맹 귀족 동네의 신비스런 매력을 띠고 있는 듯이, 본질적으로 생제르맹의 일부를 이루고 있는 듯이, 지리학상으로 거기에 자리잡고 있는 듯이 보이지 않겠는가? 그 식당에 초대받았다 함은 생제르맹 귀족 동네에 가고, 거기 분위기를 호흡했다는 것이며, 식탁 앞에 앉기에 앞서 화랑에 있는 가죽 씌운 소파에 게르망트 부인과 나란히 앉아 있는 이들은 모두 생제르맹 귀족 동네의 인사들인데? 그야 물론 생제르맹 귀족 동네 아닌 어느 다른 곳의 모임에서 굳이 떠올리려 하면 번갈아 마상(馬上) 시합이나 공유 사냥터의 모습을 띠는 이름에 지나지 않는 이런 인간들 가운데 하나가, 멋부리는 속된 사람들 가운데 위엄 있게 뻐기고 있음을 이따금 볼 수 있을 것이다. 그러나 이곳 생제르맹 귀족 동네의 첫째가는 살롱, 어두컴컴한 화랑에서는 이들밖에 없었다. 이들은 귀중한 재료로서, 크고 화려한 집을 버티고 있는 기둥들이었다. 게르망트 부인이 자주 드나드는 사람들끼리의 모임에서까지 택해서 초대하는 이들은, 오로지 이들 중에서다. 음식을 차려놓은 테이블 둘레에 모인 열두 손님은 생트샤펠 성당*[1]

*1 생트샤펠 성당은 프랑스 파리에 있는 왕실예배당으로 성 루이의 사명으로 13세기에 지어진 뛰어난 고딕양식의 성당이다. 그 하나하나의 기둥에는 12사도의 상이 한 사람씩 새겨져 있음.

의 황금 사도상같이 성탁(聖卓) 앞, 축성(祝聖)된 상징적인 기둥들이었다. 저택 뒤, 높다란 벽에 둘러싸인 작은 정원, 여름이면 게르망트 부인이 저녁 식사 뒤에 거기로 리큐어 술과 오렌지 주스를 날라오게 하는 작은 정원에 대해 말하면, 밤 9시와 11시 사이—가죽 씌운 소파와 똑같이 위대한 힘을 부여받은—철제 의자에 앉자, 대번에 생제르맹 동네 특유의 산들바람을 호흡하지 않고서야, 마치 아프리카에 가 있지 않고서도 사하라 사막에 있는 피기그(Figuig)*1의 오아시스에서 낮잠 자는 것이나 매한가지로 있을 수 없는 일이라고, 어찌 내가 생각하지 않겠는가? 어떤 사물이나 인물을 따로 구별하거나, 분위기를 조성할 수 있는 건 상상력과 신념밖에 없다. 아아, 생제르맹 귀족 동네의 이런 그림 같은 경치, 자연스러운 보잘것없는 일들, 지방색 짙은 진품, 예술작품, 틀림없이 그 가운데 내 발을 영영 들여놓지 못할 것이다. 그러니, 난바다에서(영영 뭍에 닿을 희망도 없이) 치솟은 회교 사원의 긴 첨탑이나 첫눈에 띈 야자수나 이국의 산업이나 수풀의 한 조각이라도 바라보듯이, 물가에 놓인 낡은 신발 닦는 깔개를 보고 가슴을 설레면서 만족했던 것이다.

그러나 나로서는 게르망트 저택이 그 현관 어귀에서 시작되었지만, 공작의 판단으로는, 저택에 딸린 터가 훨씬 넓게 뻗어 있는 것이 틀림없다. 공작은 가옥을 빌려 사는 이 모두를, 놈들의 이견 따위야 안중에 두지 않아도 괜찮은 소작인, 상놈, 국가의 재산을 훔친 자로 생각하여 아침마다, 창가에서 잠옷 바람으로 수염 깎고, 날씨가 덥거나 춥거나 속옷 바람, 파자마 바람, 긴 털이 숭숭 난 희귀한 빛깔의 스코틀랜드 모직물인 윗도리 바람, 입고 있는 윗도리보다 더 짧은 밝은 빛깔의 팔르토(paletot)*2 바람으로 안마당에 내려온다. 그러고는 말고삐를 잡는 하인 가운데 하나에게 새로 사들인 말의 고삐를 잡아 눈앞에서 달리게 하였다. 말이 한두 번 쥐피앙 가게의 진열창을 박살내, 쥐피앙이 그 변상을 청구하자 공작은 분통을 터뜨렸다. "공작부인이 이 가옥 안과 구역 안에서 베푸는 여러 은혜를 생각하지 않고서, 놈이 우리에게 무언가 요구하다니 더러운 짓이군." 게르망트 씨는 말했다. 하지만 쥐피앙은 공작부인이 어떤 '은혜'를 베풀어주었는지 전혀 모르겠다는 태도로 한 걸음도 양보하지 않았다. 하

---

*1 모로코 북동부, 알제리와의 국경 부근에 위치한 오아시스 도시.
*2 짤막한 외투.

기야 게르망트 부인은 은혜를 베풀긴 베풀었지만, 모든 사람에게 고루고루 베풀 수는 없는 노릇이라, 한 사람에게 거듭한 은혜의 기억은, 또 한 사람에게는 그만큼 은혜를 받지 못한 불만을 일으키게 하는 이유가 되기도 한다. 은혜를 떠나 다른 관점에서도, 공작의 눈에 이 구역은—실로 넓은 지역에 걸쳐—그 안마당의 연장, 그 말이 달리는 더 넓은 경기장 주로(走路)로밖에 비치지 않았다. 새로 사들인 말이 맨몸으로는 어떻게 달리는가 보고 나서, 말을 수레 앞에 달아 고삐 잡은 하인을 마차에 따라 달리게 하여, 눈앞에서 근처 거리를 여러 번 왕복시키면서, 공작은 밝은색 옷차림으로, 입엔 여송연, 뒤로 젖힌 머리, 번쩍거리는 외알안경이라는 의젓하고도 거드름 부리는 자세로 보도 위에 떡 버티고 서 있다가, 마부 자리에 올라타 손수 말고삐를 잡아 몰아본 뒤, 새 마차를 타고 정부를 만나러 샹젤리제로 나가는 것이었다. 게르망트 씨는 안마당에서 제 계급 사회와 얼마간 연관 있는 부부 두 쌍에게 인사했다. 한 쌍은 그의 사촌뻘 되는 부부인데, 노동자 내외처럼 집에 남아서 자녀를 돌보는 일이라곤 없었다. 날마다 아침부터 아내는 아내대로 '스콜라(Schola)'*3에 대위법(對位法)과 둔주곡(遁走曲)을 배우러, 남편은 남편대로 아틀리에에 목각이나 가죽 세공을 하러 나갔기 때문이다. 또 한 쌍의 부부는 노르푸아 남작 부부로, 아내는 의자를 빌려주는 여인처럼, 바깥양반은 장의사의 일꾼같이 늘 검은 옷을 입고, 날마다 여러 성당에 가려고 외출했다. 이 부부는 우리네와 아는 사이인, 전직 대사*4의 조카뻘 되는 사람이다. 바로 이 때문에, 우리 아버지가 계단의 둥근 천장 밑에서 대사를 만나, 대사가 어디서 나왔는지 이해가 가지 않던 일이 있었다. 왜냐하면 아버지는 그토록 유력한 인물, 유럽의 가장 저명한 인사들과 관계를 맺어와서, 속빈 귀족 명사들에게 아주 무관심하게 보이던 이가, 알려지지 않은, 성직자를 옹호하는, 편협한 이런 귀족들과 교제하고 있을 리가 없다고 생각되었기 때문이다. 이 부부는 이 아파트에 산 지 얼마 되지 않았다. 바깥양반이 게르망트 씨와 인사말을 나누고 있는 중에, 쥐피앙이 그에게 한마

*3 처음은 성악가를 양성하다가 뒤에 일반 음악 학교가 됨.

*4 제3권 처음에 등장하는 외교관 노르푸아 후작을 가리킨다. 그는, 게르망트 공작 부부의 숙모로 여기서 살고 있는 빌파리지 후작부인의 애인이었다. 따라서 노르푸아 후작이 여기에 나타난 것은 빌파리지 남편과 만나기 위함이지 조카 부부를 만나기 위한 목적은 아니었을 것임.

디 건네기 위해서 안마당으로 나왔는데, 칭호를 정확히 몰라서 그만 '노르푸아 님'이라고 불렀던 것이다.

"뭐! 노르푸아 님*[1]이라고! 허어, 정말 놀랐는걸! 참으시오! 오래지 않아 이놈이 당신을 그냥 노르푸아라고 부를 거요!" 게르망트 씨는 남작 쪽을 돌아다보면서 외쳤다. 쥐피앙이 자기를 '공작님'이라고 부르지 않아서 전부터 품어온 울분을 마침내 발산할 수 있었던 것이다.

어느 날 게르망트 씨는 우리 아버지의 전문 분야에 관련되는 일에 대하여 물어볼 일이 생겨, 정중하게 찾아온 적이 있었다. 그 뒤부터 그는 이웃으로서 아버지한테 무언가를 여러 차례 부탁하게 되었다. 어떤 일을 골똘히 하는 아버지가, 아무도 만나지 않기를 바라면서 계단을 내려오고 있는 모습을 언뜻 본 공작은, 당장에 외양간의 일꾼들을 팽개치고, 안마당에 나오는 아버지에게로 달려왔다. 그러고는 옛날 왕의 시중꾼들에게 물려받은 시중들기 좋아하는 습성으로 아버지의 외투 깃을 바로잡아주고, 아버지의 손을 잡아 제 손 안에 꼭 쥐고는, 나인처럼 뻔뻔스럽게 애무까지 하면서 자신의 귀중한 살에 아낌없이 닿게 하고 있는 것을 보이려고 했다. 그리고 몹시 못마땅해 도망치려는 생각만 하는 아버지를 문 바깥까지 끌고 나오는 것이었다. 또 하루는, 부인과 함께 마차에 몸을 싣고 외출하려는 찰나 우리와 엇갈렸을 때, 그는 우리에게 예의 바르게 인사했다. 그는 부인에게 내 이름을 일러주었음에 틀림없지만 그것이 뭐 부인에게 내 이름이나 얼굴을 떠올리게 할 만한 행운이었을까? 게다가 그저 가옥을 빌려 사는 사람 중 하나로서 지명되는 것이 얼마나 너절한 소개인가? 이보다 우리 할머니를 통해 찾아와달라는 뜻을 전했던 빌파리지 부인의 소개로 만나는 편이 나을 것이다. 내가 문학을 지망하고 있는 줄 알고서, 찾아오면 몇몇 작가를 만날 것이라고 덧붙여 말했었다. 그러나 아버지는 내가 사교계에 드나들기에 아직 어리다고 여기고, 내 건강 상태를 늘 걱정하여, 새삼스러운 외출의 쓸데없는 기회를 주고 싶어하지 않았다.

게르망트 부인의 하인들 가운데 하나가 프랑수아즈와 자주 수다를 떨어서, 공작부인이 자주 가는 살롱의 이름 몇몇을 대는 소리가 내 귀에 들렸지만, 그 살롱들을 머릿속에 그려내지는 못했다. 그 살롱들도 그녀 삶의, 내가 그녀의

*1 귀족의 칭호인 de나 le를 빼놓은 결례를 탓하는 말.

칭호를 통해서밖에 보지 못하는 삶의 일부가 되자마자, 상상조차 할 수 없는 것이 아니었나?

"오늘 밤에 파름 대공부인 댁에서 그림자놀이 대야회가 있지만, 우리는 못 가죠. 5시에 마님께서 샹티이행 열차를 타시거든요. 오말[*2] 공작 댁에서 이틀쯤 지내시려고요. 몸종하고 시중꾼만 따라가죠. 나는 이곳에 남고요. 파름 대공부인께서는 그리 만족하지 않을걸요, 그분은 네 번인가 다섯 번 공작부인께 편지를 보내셨거든요." 하인이 말했다.

"그럼 올해는 게르망트 성에 못 가시나요?"

"거기 못 가는 건 이번이 처음일 거예요. 공작님이 신경통에 걸려서, 의사가 거기에 난방장치가 다 되기 전에는 못 간다고 금해서요. 전에야 해마다, 1월까지 거기에 있었죠. 만일 난방장치가 되지 않으면, 아마 마님께서는 칸에 있는 귀즈 공작부인[*3] 댁에 며칠 동안 가시겠죠, 아직 확실하진 않지만."

"그럼 극장에는 가시나요?"

"이따금 오페라 극장에 가시죠. 때로는 파름 대공부인이 예약한 밤 공연에도 가고요. 이 공연은 매주 있는데 아주 멋진가 봐요. 연극도 오페라도 다 있고요. 우리 댁 마님은 좌석을 예약하기 싫어하시지만, 그래도 어떤 때는 마님 친구분의 칸막이 좌석, 또 어떤 때는 다른 친구분의 칸막이 좌석에 가시는데, 보통은 게르망트 대공부인, 공작님 사촌뻘 되는 분의 부인의 특별 좌석에 가시죠. 이분은 바비에르 공작의 누이시죠만…… 아니, 쉬지도 않으시고 그냥 위층으로 올라가십니까?" 하인은 말한다. 게르망트 집안과 혼동하면서도, '상전'이라는 것에 일반적인 정치적 관념을 품고 있어서, 프랑수아즈도 어느 공작 댁에서 일하는 여인인 듯이 정중한 예의를 표했다. "건강하시군요, 마님."

"아이구! 이 빌어먹을 다리가 없다면야! 평지라면 아직 잘 달리건만(평지는 안마당이라든지, 거리라든지, 프랑수아즈가 걸어다니는 것이 싫지 않은 곳, 다시 말해 평탄한 지면이라는 뜻이었다), 이런 그악스런 계단이고 보니. 안녕, 어쩌면

---

*2 1822~97. 루이 필립의 넷째 아들로 샹티이 성의 소유자. 몇 번이나 망명과 외국 추방을 겪었지만, 죽은 뒤에는 샹티이 영지를 프랑스 학사원에 기부하기를 밝혀 귀국이 허가되었다. 1890년 무렵에는 자주 샹티이에 명사를 초청함.

*3 이 인물을 실존 인물이었던 이사벨라 드 오를레앙(1878~1961)으로 보고 있다. 그녀는 1899년 같은 오를레앙 집안의 귀즈 공작과 결혼했음(두 사람은 사촌지간임).

오늘 밤 뵙게 될지 모르지만."

공작(duc)의 아들은 공자(prince)라는 칭호를 지니는 예가 많고, 아버지가 죽을 때까지 그 칭호를 간직한다는 얘기를 하인이 들려주어 프랑수아즈는 이 사람과 더욱더 이야기하고 싶었다. 확실히 귀족 예찬은 귀족에 대한 반항 정신을 섞는 동시에 또 이를 받아들이면서, 대대손손 프랑스의 흙에 재배되어, 서민의 마음속에 깊이 뿌리박혀 있음에 틀림없다. 왜냐하면 프랑수아즈에게 나폴레옹의 천재라든지 무선전신이라든지를 얘기해봤자 그 주의를 끌 수 없어, 벽난로의 재를 끌어내거나 이부자리를 까는 동작을 잠시도 느리게 하지 못하지만, 이런 특수성을 알거나, 게르망트 공작의 차남은 올레롱 공자라고 부르는 게 관례라는 말을 듣기만 해도, 프랑수아즈는 '그거 멋있네요!'라고 외치고, 그림 유리창 앞에 서 있듯이 잠시 멍청히 서 있기 때문이었다.

또한 프랑수아즈는 공작부인한테 편지를 자주 가져와서 친하게 된 아그리장트 대공의 시중꾼 입을 통해, 사교계에 생루 후작과 앙브르사크 따님의 결혼 얘기가 파다하고, 결혼이 거의 결정됐다는 사실을 들어 알고 있었다.

게르망트 부인이 그의 생활의 이동 장소인 그러한 별장, 그 칸막이 좌석은 그녀의 아파트 못지않게 신비스러운 장소로 여겨졌다. 파름 게르망트 바비에르 드 귀즈라는 칭호는 게르망트 부인이 방문하는 별장이나 마차 바퀴 자국에 따라 그녀의 저택과 연결된 나날의 파티를 다른 모든 생활과 구별했다. 이런 별장 생활 속에, 이런 연회 중에 게르망트 부인의 삶이 연이어 존재한다고 나에게 일러준들, 나에게는 이런 삶이 하나도 뚜렷하지 않았다. 별장 생활이나 파티가 각각 공작부인의 삶을 다르게 한정하고 있긴 하지만, 그저 그 삶의 신비성을 바꿨을 뿐, 조금도 새어나오지 않고, 칸막이로 보호되어, 병 속에 갇힌 채 모든 사람의 삶의 물결 한가운데 오로지 두둥실 떠돌고 있을 뿐이다. 공작부인은 사육제 무렵 지중해 근방에서 점심을 먹기도 했으나, 귀즈 부인의 별장 안에 한했다. 거기서 파리 사교계 여왕은 두 겹으로 누빈 흰 피케 드레스 차림으로 수많은 대공부인 가운데, 남들과 똑같은 한 손님에 지나지 않는다. 그것만으로 나에게는 더욱 감동적이고, 마치 수석 발레리나가 발 가는 대로 동료 발레리나들의 자리를 하나하나 차지해가듯 새로워져서 더욱 그녀다웠다. 게르망트 부인이 그림자놀이를 구경한다면 파름 대공부인의 야회, 연극과 가극을 구경한다면 게르망트 대공부인의 칸막이 좌석 안에서뿐이다.

우리는 한 개인의 몸속에 그 사람의 생활의 모든 가능성, 그가 아는 이들, 그가 막 헤어지고 온 이들 또는 만나러 가려는 이들의 추억을 국한한다. 따라서 프랑수아즈의 입을 통해, 게르망트 부인이 파름 대공부인 댁의 점심 식사에 걸어갈 거라고 듣고 나서, 정오 무렵, 비단으로 수놓은 살빛 드레스 차림인 부인이 석양의 구름과도 같은 얼굴색으로 자택에서 내려오는 모습을 보았다면, 그때 내 눈앞에는 조가비 속에서, 장밋빛 진주처럼 윤이 나는 조개에 끼인 것처럼, 그 작은 부피 속에 담겨 있는 생제르맹 귀족 동네의 온갖 환락이 보이는 것이었다.

우리 아버지가 근무하는 부서에 A.J. 모로라는 분이 있었는데, 이분은 같은 성의 다른 사람들과 구별하고자, 늘 이름 앞에 그 두 머리글자를 붙여, 모두에게 간단히 A.J.라고 불리고 있었다. 그런데 사정은 잘 모르지만, 이 A.J.가 오페라 극장의 특별공연 입장권을 손에 넣어 아버지에게 보냈다. 처음 보고서 실망한 뒤로는 다시 보러 가지 않던 베르마가 〈페드르〉의 1막에 출현하기로 되어 있어서 할머니는 그 입장권을 아버지한테서 얻어 나에게 주었다.

사실을 말하자면, 나는 몇 해 전 그토록 내 마음을 설레게 했던 베르마의 목소리를 듣게 되는 이번 기회를 그다지 소중히 여기지 않았다. 또 이전에 건강과 안정을 뿌리치고서까지 좋아했던 것에 대한 내 무관심을 확인하자 한 가닥 우수의 정이 없지도 않았다. 까닭인즉, 내 상상력이 예상한 현실의 귀중한 몇몇 조각을 가까이 살펴봤으면 하는 바람이 그 무렵보다 식은 것도 아니고, 오로지 이젠 내 상상력이 그 귀중한 조각을 위대한 여배우의 대사 낭독법 중에 두지 않는다는 것이다. 지난날 베르마의 연기 속에, 그 비극적인 예술 속에 두고 왔던 나의 내적인 신념을, 엘스티르를 방문한 뒤로, 옮겨놓았던 곳이 몇몇의 장식 융단, 몇몇의 현대 그림 위에 옮겨놓았기 때문이다. 그러니 내 신념, 내 소망은 이제 베르마의 대사 낭독법이나 동작에 끊임없는 예찬을 올리지 않게 되고, 내 마음속에 지니던 그 '복사체'도 점점 빛을 잃고 만다. 마치 생명을 유지하려면 끊임없이 양분을 줘야만 하는, 고대 이집트의 죽은 사람들의 또 다른 '복사체', 곧 미라처럼 시들고 말았다. 베르마의 예술은 보잘것없이 초라하게 되고 말았던 것이다. 심오한 영혼도 전혀 존재하지 않는 예술이 되고 말았던 것이다.

아버지가 준 입장권으로 오페라 극장의 큰 계단을 올라갈 때, 내 앞의 한 사내를 언뜻 보고서 처음에는 샤를뤼스 씨인 줄 알았다. 말씨나 태도가 그와 꼭 닮았기 때문이다. 그가 극장 관계자에게 뭔가를 물어보려고 머리를 돌릴 때 잘못 본 것을 알았지만, 그래도 그 낯선 사내의 옷차림뿐만 아니라, 그를 기다리게 하는 개찰원과 좌석 안내원에게 말하는 투로 미루어보아, 나는 그를 샤를뤼스 씨와 같은 사회 계급의 사람이라고 직감했다. 왜냐하면 개성을 제쳐놓더라도, 이 무렵에는 아직도 이 귀족계급의 멋부리는 온갖 부유한 남자들과 은행계나 실업계의 멋부리는 부유한 남자들 사이에는 현저한 차이가 있었기 때문이다. 재벌계의 한 사람이 아랫사람에 대하여 거만하고 딱딱거리는 말투로 제멋을 부리는 줄 여기는 것도, 미소 띤 온화한 대귀족은 겸허와 인내하는 모습으로 여느 관객들 가운데 하나인 체하는 것을 수양 높은 자의 특권으로 생각하는 듯이 보였다. 이와 같이 다른 사람에게는 넘을 수 없는 특수한 작은 세계를 호인다운 미소 밑에 감추고 있는 것을 보고서, 유복한 은행가의 아들들은 하나같이 하찮은 인간으로 여겼으리라. 만일 최근에 발행된 잡지에 초상이 실린 오스트리아 황제의 조카로, 마침 이 무렵 파리에 와 있는 작센 대공과 놀랍도록 닮은 것을 알아채지 못했다면 말이다. 나는 그가 게르망트 집안사람들과 각별한 사이임을 알고 있었다. 내가 개찰원 앞에 이르자, 작센 대공, 또는 그인 듯싶은 사내가 미소 지으면서 하는 말이 들려왔다. "좌석 번호를 모르겠군요. 내 사촌누이뻘 되는 분이 자기 칸막이 좌석을 물어보면 된다고 해서요."

그는 역시 작센 대공이었던 모양이다. 그가 '나의 사촌누이뻘 되는 분이 자기 좌석을 물어보면 그만이라고 해서요'라고 입으로 말했을 적에 머릿속으로 그의 눈이 보고 있던 이는 아마도 게르망트 공작부인(그렇다면 부인이 그 사촌동서의 칸막이 좌석 안에서 상상할 수 없는 그녀 삶의 몇 순간을 보내고 있는 모습을 이번 기회에 엿볼 수 있겠는데)이었을 것이다. 그래서 미소 띤 독특한 그 눈길과 소박한 몇 마디는, 올지 모르는 행복과 확실치 않은 위세가 번갈아 뒤를 잇는 촉각으로써(추상적인 공상이 미치지 못할 만큼이나) 내 마음을 애무했다. 적어도 개찰원에게 이 몇 마디를 건네면서, 그는 내 일상생활의 평범한 하루저녁에, 새로운 세계 쪽으로 트인 우발적인 통로를 이어놓았다. 칸막이 좌석이라는 낱말을 입 밖에 낸 뒤에 그에게 지시되어 들어선 복도는 축축하고 갈라져, 바다 동굴로 물의 요정들이 있는 신화 속 왕국으로 통해 있는 듯했다.

내 눈앞에 연미복 차림의 신사가 멀어져 가고 있을 뿐이다. 그렇지만 나는 그가 작센 대공이며 게르망트 공작부인을 만나러 가고 있다는 생각을, 마치 형편없는 반사 망원경을 다루듯 정확히 그에게 초점을 맞추지 못해 그의 몸 곁에 이리저리 돌아다니게 하고 있었다. 또 그는 혼자지만, 그의 몸 바깥에 있는 이 생각이 환등처럼 만져지지 않는, 거대하면서도 다른 사람의 눈에는 띄지 않는 그리스 용사 곁에 머무르면서 신*[1]처럼 앞장서 그를 인도하고 있는 것 같았다.

정확히 머리에 떠오르지 않는 〈페드르〉의 시구를 생각해내려고 애쓰면서 내 자리에 앉았다. 내가 암송해본 시구는 필요한 운각(韻脚)의 수*[2]가 모자랐는데도, 이를 세어보려고도 하지 않아서 균형 잃은 것과 고전적인 시구 사이에 공통된 운율이 하나도 없는 듯했다. 이 기괴한 시구를 알렉상드랭*[3]으로 고치기 위해 여섯 음절을 없애야 한다고 해도 나는 별로 놀라지 않았으리라. 그러나 돌연 그 시구를 떠올리니, 신기하게도 인간답지 않은 세계의 설명 못할 거칠음이 없어졌다. 그러자 곧 시구의 음절이 알렉상드랭 운율을 차지하고, 나머지 것은 수면에 꺼지는 거품처럼 쉽사리 가볍게 떨어져 나갔다. 내가 죽을 힘을 다하여 싸우던 그 거대한 여분이 사실은 단 하나의 운각에 지나지 않았던 것이다.

매표소에서 아래층 앞자리 표를 몇 장 팔고 있었는데, 표를 사서 들어가는 이들이야 속물 또는 좀처럼 가까이서 볼 기회가 없는 인사들을 유심히 보고 싶어하는 호기심 많은 이들이었다. 과연, 여기서 공공연하게 구경할 수 있는 것이 평소에 숨겨오는 실제 사교 생활의 단편임에 틀림없었다. 왜냐하면 파름 대공부인이 그 벗들에게 칸막이 좌석, 2층 앞자리, 1층 칸막이 특별석을 나눠 주고 있어 관객석은 마치 살롱 같아 저마다 자리를 바꾸기도 하고, 여기저기 절친한 여인 곁에 앉기도 했기 때문이다.

내 곁에는 평범한 이들이 있었는데, 그들은 정기 회원들을 모르는데도 누군

---

*1 아테나를 가리킴.

*2 운각(韻脚)의 원어는 pied. 이것은 원래 그리스, 라틴 시에서 음절의 단위였다. 프랑스 시에 있어서도 이 호칭이 쓰인 적이 있지만, 그 때는 두 음절이 하나의 운각이 되고, 어떤 때는 음절과 같이 보여 일정하지 않음.

*3 고전극에서는 '알렉상드랭(alexandrin)'이라고 불리는 12음절로 구성된 시구가 쓰인다. 라신의 〈페드르〉도 이 형식의 운문극(韻文劇).

지 아는 체하고 싶은 마음에 커다란 목소리로 그 이름을 부르기도 하였다. 그들은 정기 회원들이 저희 살롱에 얼굴을 내밀듯 와 있다고 덧붙여 말했는데, 그것은 상연되는 희곡에 주의를 기울이지 않는다는 뜻이었다. 그러나 일어나고 있는 현상은 그와 반대다. 베르마를 듣고자 무대 앞좌석에 자리잡은 뛰어난 재능의 학생은 낀 장갑을 더럽히지 말 것, 옆자리의 관객을 방해하지 말 것, 잘 지내기 위해 덧없는 눈길 뒤에 이따금 미소를 띨 것, 관람석에서 언뜻 본 지인의 눈길과 마주쳐도 불손한 태도로 피할 것만을 생각하다가, 당황과 망설임 끝에 인사하러 가려고 결심하고서 가려는데 세 번 징소리가 울리고, 홍해(紅海)*[1] 속 히브리인처럼 남녀노소의 넘실거리는 물결을 헤치며 밀어닥치는 이들의 옷들을 찢고 신발을 짓밟아 소스라쳐 깜짝깜짝 몸을 곤두세우거나 말거나 부랴부랴 제자리에 도망쳐온다. 한편 사교계 인사들은 칸막이벽을 걷어치운 높다란 작은 살롱 안, 또는 나폴리풍 붉은 좌석에 겁내지 않고서, 우유 탄 홍차를 마시는 작은 카페 안에 있기라도 하듯(발코니로 된 특별실의 뒤) 좌석에 앉아 있었으므로—오페라 예술의 전당을 버티고 있는 둥근 기둥의 금빛 몸에 무심히 손을 대고서—그들의 좌석 쪽으로 종려나무와 월계수 잎을 내밀고 있는 것처럼 조각된 두 얼굴이 자기들에게 바치고 있는 분에 넘치는 명예에 감동하지 않고 있으므로, 오직 그들만이 희곡을 구경할 정신의 여유가 있었을 것이다. 단, 그럴 만한 지성이 있었다면.

처음에 어렴풋한 어둠밖에 없다가, 언뜻 눈에 보이지 않는 보석의 빛, 이름난 두 눈의 인광(燐光)이라 할까, 아니면 검은 배경에 뚜렷이 드러난 앙리 4세*[2]의 큰 메달이라 할까, 오말 공작의 기울인 옆얼굴이 눈에 띄었는데, 이 공작에게 모습이 보이지 않는 한 귀부인이 소리쳤다. "공작님 외투를 벗겨드리죠." 이 말에 공작이 대답했다. "아니 이거, 죄송해서, 앙브르사크 부인." 그녀는 그런 막연한 사양에 아랑곳없이 외투를 벗겨, 이와 같은 영광 때문에 여러 사람의 선망을 한 몸에 받았다.

---

*1 구약성서 '출애굽기' 제14장 삽화.

*2 1553~1610. 부르봉 왕조의 시조이다. 위그노 파였지만, 마르그리트 드 발루아와 결혼 직후 성 바르톨로메오 신교도 학살이 일어나자 구교로 개종해서 죽음을 면한다. 그 뒤에도 신교, 구교로 두 번의 개종을 거듭한 끝에 '낭트칙령'을 발포하여 종교내란을 종식시켰다. 구교도에 의해 암살당함.

그러나 칸막이 좌석 안은 거의 어디나, 저승에 살고 있는 흰 신령들이 우중충한 벽에 몸을 기대고 숨어서 눈에 띄지 않은 채 있었다. 그렇지만 무대가 진행됨에 따라 어렴풋이 인간 형상인 그들의 모습이 융단 벽걸이로 수놓인 어둠 속에서 하나 둘씩 몽롱하게 빠져나와, 밝은 쪽으로 나앉아 그 반라(半裸)의 몸을 떠올리면서도, 모두가 하나같이 명암이 교차되는 수직선 위에 머물러 있는 그 가운데서, 화려한 거품처럼 너울거리는 가벼운 깃털 부채 뒤에서 넘실대는 파도를 따라 움직이는가 싶은, 진주로 꾸민 진보랏빛 머리 밑에 환한 얼굴이 드러나 있었다. 그 경계에서 시작하는 것이 아래층 앞자리이다. 이것은 오로지 인간들이 사는 곳으로 투명하고도 어두컴컴한 왕국과는 떨어져 있었다. 평평한 수면 여기저기에, 물의 신령들의 맑고도 반짝거리는 눈들이 경계선 구실을 하고 있었다. 왜냐하면 물가에 놓인 보조 의자, 아래층 앞자리 괴물들의 형태가 오직 광학(光學)의 법칙에 따라, 입사각(入射角)의 크고 작음에 따라서 그 여신들의 눈 속에 그려져 있었기 때문이다. 마치 아무리 유치한 영혼이라도 우리 영혼과 비슷한 혼을 지니고 있지 않음을 알고 있는, 외부 현실의 두 부분—광물과 우리하고는 관계가 없는 인간들—에 대해 미소나 눈길을 보내는 것이 우리에게는 주책없는 것이라고 여겨진다. 이와 반대로 그들의 영역 안쪽에서는 찬란한 바다 아가씨들이 낭떠러지의 우툴두툴한 곳에 매달린 털보 트리톤(Triton)*3이나 반들반들한 자갈에 파도가 실어다준 미끄러운 해초를 붙인 듯한 머리에다 눈이 수정알 같은 바다의 반인반신(半人半神) 쪽을 끊임없이 돌아다보며 미소 짓곤 하였다. 아가씨들은 때때로 그들 쪽으로 몸을 기울여 봉봉 과자를 내밀었다. 이따금 물결이 방긋이 열려, 늦게 와 생글거리는 새 네레이데스*4가 부끄러운 듯이 교태를 지으며 들어와서 어둠 속에 꽃을 피웠다. 그러다가 막이 내리자, 그녀들을 수면에 이끌었던 지상의 아름다운 선율을 듣지 못한다고 단념한 그녀들은 단번에 물속으로 잠겨 어둠 속에 사라지고 말았다. 그러나 가까이 갈 수 없는 여신들이 인간의 행동을 엿보려는 가벼운 호기심에 이끌려 그 문턱에 얼굴을 내밀고 있는 모든 은신처 가운데 가장 유명한 곳이 게르망트 대공부인의 칸막이 특별석이라는 이름으로 알려진 캄캄한 어둠이

---

*3 그리스 신화에 나오는 반인반어의 해신.

*4 그리스 신화의 네레우스와 도리스의 딸로 바다의 님프. 50명이나 100명이라고도 하며 바다 밑 궁전에서 노래를 부르고 춤을 춘다고 함.

었다.

위대한 여신이 하급 신들의 놀이를 멀찌감치서 통솔하는 양, 대공부인은 산호초처럼 붉은 옆면으로 놓인 소파의 약간 안쪽, 거울인 듯싶은 흐릿한 폭넓은 반사경 곁에 제멋대로 앉아 있었는데, 그 반사는 눈부신 바다의 수정 속에, 빛살 하나가 깎아 세운 듯 영롱하게 파놓은 어떤 단면을 떠오르게 했다. 바다의 꽃이 피는 계절인 듯 깃털이자 화관(花冠)인 새 날개처럼 솜털이 많은 희고도 커다란 꽃이 대공부인의 이마에서 그 한쪽 볼을 따라 내려오고, 예쁘장하며, 사랑스럽고도 생기 있는 유연성과 더불어, 꽃이 볼의 곡선을 따르면서, 핼시언(halcyon)*1 둥우리 속 장밋빛 알처럼 얼굴을 반쯤 숨기고 있는 듯이 보였다. 대공부인의 머리칼 위에, 눈썹까지 내려왔다가 결국 목 언저리에 내려오면서, 남쪽 바다에서 따는 흰 조가비에 진주를 섞어 짠 헤어네트가 파도에서 조금 전에 나온 바다의 모자이크처럼 널리고, 이따금 그늘에 잠겨 들어가나, 잠겨도 그 속에서, 대공부인의 눈에 반짝거리는 움직임으로 사람이 있다는 것을 드러내고 있었다. 대공부인을 반음영(半陰影)의 다른 그리스 전설 시대의 아가씨들보다 훨씬 윗자리로 놓는 아름다움은, 하나같이 육체적이고 포괄적으로 그 목덜미에, 어깨에, 팔에, 허리에 새겨져 있는 것이 아니었다. 오히려 그 모습의 우아한 미완성의 선은 보이지 않는 수많은 선의 정확한 시발점, 불가피한 시초로 어둠에 비친 이상의 한 가닥 스펙트럼처럼 그녀의 몸 둘레에 자아내는 선의 길이를 늘여볼 수밖에 없었다.

"저이가 게르망트 대공부인이라우." 내 옆자리에 앉은 여인이 같이 온 사내에게 '대공부인(princesse)'의 p를 거듭 발음해, 그런 칭호가 우스꽝스럽다는 듯이 말했다. "저인 진주를 아끼지 않나 봐. 내가 저만큼 갖는다면 저 꼴로 과시하지 않겠어요, 꼴사납거든요."

하지만 관객석에 누구누구 왔나 살피려고 두리번거리는 이들은 대공부인을 알아보자, 마음속에 아름다움의 정당한 옥좌가 솟아오름을 느꼈다. 실제로 뤅상부르 공작부인이나 모리앙발 부인이나 생퇴베르트 부인이나 그 밖의 여러 귀부인이나, 그 얼굴임에 틀림없다고 확인케 하는 것은 언청이 위쪽에 달린 커다란 붉은 코라든지, 잔털이 난 주름살투성이의 양 같은 것이었다. 하기야 이

*1 바다 위에 마련한 둥우리에 알을 낳고 그것을 까려고 물결을 잔잔하게 한다는 전설의 물새.

런 풍모도 주목을 끌기에 충분했다. 그러한 특징은 글씨와 마찬가지로 관례의 가치밖에 없으므로, 당당하고도 유명한 이름을 넌지시 읽게 했기 때문이다. 그러나 또한 이런 얼굴은 밉상이어도 무언가 귀족의 표적으로 품위만 있다면 귀부인의 얼굴이 밉건 곱건 대수냐는 생각을 하게 되었다. 하지만 이름 글자 대신에 그 자체로서도 아름다운 형태, 곧 나비나 도마뱀이나 꽃 한 송이 같은 것을 그린 몇몇 화가들처럼 '아름다움이야말로 서명(署名) 가운데에서 가장 고귀한 것일지도 모른다'라고나 하듯이, 대공부인이 칸막이 좌석 한 귀퉁이에 표시해놓고 있는 것은 그 아름다운 자태와 얼굴 생김새였다. 왜냐하면 여느 때도 친하게 지내는 이들밖에 극장에 데리고 오지 않는 게르망트 바비에르 부인의 참석은 귀족 사회에 정통한 이들의 눈에, 그 칸막이 특별석이 그려내보이는 그림의 가장 훌륭한 진짜 증명서로 보이기 때문이다. 이를테면 뮌헨과 파리에 있는 저택에서 보내는 대공부인의 특별한 일상생활의 한 장면을 떠올리게 했기 때문이다.

우리 상상력은 늘 수록된 곡과 다른 것을 연주하는 고장 난 오르그 드 바르바리(orgue de Barbarie)*2와 같아서, 내 귀가 게르망트 바비에르 대공부인에 관한 얘기를 들을 적마다 16세기 한 작품의 추억이 내 마음속에서 노래하기 시작했다. 그런데 부인이 연미복 차림의 뚱뚱한 신사에게 얼음 봉봉을 내밀고 있는 것을 본 지금, 나는 그런 연상에서 벗어나야 했다. 물론 나는 그녀나 그 초대객들 모두가 남들과 같은 인간이라고 단정한 것은 아니었다. 그들이 거기서 하는 행동은 오직 놀이에 지나지 않는다. 즉 그들 실생활의 서막으로서(실생활의 중요한 부분을 영위하는 곳은 이곳이 아님에 틀림없다) 내가 모르는 의식으로 그들이 동의하여, 봉봉을 내밀고 또 이를 거절하는 체하는 꾸밈, 마치 번갈아 발가락 끝으로 우뚝 서서 스카프 둘레를 빙그르르 도는 발레리나의 걸음처럼 미리 정해진 뜻없는 몸짓을 하고 있음을 나는 잘 알아차렸다. 누가 알랴? 봉봉을 내미는 순간에 어쩌면 여신이 그 비꼬는 말투로(그녀의 미소가 보였으니까), '봉봉을 마시지 않겠어요?' 하고 말했는지도 모른다. 그런들 대수냐? 여신이 반인반신(半人半神), 오래지 않아 실제 생활을 다시 영위할 때까지 둘 모두 마음속에 요약하고 있는 숭고한 사념이 뭔지 알고서, 이 놀이에 응

*2 손잡이를 돌려서 연주하는 수동 풍금.

하여 똑같이 숨은 뜻이 있는 듯한 퉁명스러움과 더불어 '아뇨, 버찌 쪽이 좋지요'라고 대답하는 반인반신에게 건네는 이런 말에, 메리메풍이나 메이야크(Meilhac)*1인, 고의적인 퉁명스러움을 나는 그윽한 세련됨으로 생각했을 것이다.

그리고 나는 내게는 평이한 것이자, 메이야크 같으면 거기에 마구 넣었을 것이라고 추측하는 것, 시와 크나큰 사념이 결여되어서, 유독 우아한 것, 관습적으로 우아한 것, 그 때문에 더 숨은 뜻이 있으면서 교훈이 되는 〈신진 여배우의 남편〉*2 장면과 똑같은 탐욕과 더불어 이 대화에 귀를 기울였을 것이다.

"저 뚱보는 가낭세 후작이죠." 내 옆자리 남자가 아는 체하며 말했는데, 등 뒤에서 수군거리는 이름을 잘못 들었던 것이다.

팔랑시 후작*3은 내민 목, 갸웃한 얼굴, 외알안경 안쪽에 붙은 동그란 큰 눈을 뜨고서 투명한 그늘 안에 유유히 눈길을 왔다 갔다 하며, 수족관 유리 칸막이 너머, 호기심 많은 관객 무리를 모르는 체, 아래층 앞자리의 관객들 따위야 안중에 없는 듯했다. 이따금 후작은 숨을 헐떡이다 오랫동안 눈길을 멈추었다. 관객은 후작이 어디가 아파서 그런 건지, 잠들어 있는 건지, 유영(遊泳)하고 있는 건지, 알을 낳고 있는 중인지, 아니면 그저 숨만 헐떡헐떡 쉬고 있는 건지 보고도 몰랐을 것이다. 그 특별석에 자못 익숙한 태도와 대공부인이 봉봉을 내밀 적에 취한 무관심한 태도 때문에, 후작만큼 나에게 선망의 정을 부추긴 이도 따로 없었다. 대공부인이 봉봉을 내밀면서 다이아몬드같이 고운 눈빛을 던진 그 순간에 지성과 우정이 다이아몬드에 녹아버리는 듯싶었다. 그러다가 눈이 휴식을 취하게 되자, 순전히 물질적인 아름다움, 한낱 광석의 광채로 되돌아가, 가느다란 반사를 돌리기만 하면 아래층 뒷자리 깊숙이까지, 그 신성의, 수평의 것이 찬란하게 빛나고 있지 않은가. 그렇지만 이제 베르마가 연기하는 〈페드르〉의 막이 올라가기 시작해서 대공부인은 특별석 앞쪽으로 나왔다. 그러자 대공부인 자신이 무대의 출연 인물인 것처럼, 다른 빛의 경계를 통과하는 동시에, 그 몸치장의 빛깔만이 아니라 그 물질마저 변하는 것을 보았다. 이미 물의 세계에 속하지 않는, 물기 없어 보이는 칸막이 특별석에 대공

---

*1 프랑스의 극작가(1831~97).

*2 메이야크와 알레비가 함께 만든 희극.

*3 제2권에 이 장면과 아주 비슷한 팔랑시 후작의 초상화가 나옴.

부인이 네레이데스의 탈을 벗고서 자이르(Zaïre) 또는 오로스만(Orosmane)*4 으로 분장한 비극의 여배우처럼 희고 푸른 터번을 두르고 나타났다. 다음에 대공부인이 맨 첫 줄에 앉았을 때, 그녀 두 볼의 장밋빛 진주모를 아늑히 보호하고 있는 헬시언의 둥우리가 실은 유연하고도 번쩍거리는, 부드럽기가 벨벳 같은 낙원의 거대한 새였음을 나는 보았다.

이러는 사이, 허술한 옷차림에 못생기고 작달막한 여인이 불꽃 튀는 눈을 하고 두 젊은이를 데리고 들어와서, 내 자리에서 몇 걸음 안 되는 자리에 앉는 바람에 나의 눈길은 게르망트 대공부인의 특별석에서 돌려지게 됐다. 드디어 막이 올랐다. 연극과 라 베르마에 대하여, 세계의 끝까지 가서라도 관찰하고 싶은 비상한 현상을 놓칠세라, 마치 천문학자가 혜성 또는 일식을 세밀하게 관측하고자 아프리카나 서인도 제도에 설치하러 가지고 가는 감도가 강한 사진 건판처럼 내 정신을 잔뜩 긴장시키던 지난날, 구름(배우들의 좋지 않은 기분, 관객 중의 뜻하지 않은 사건) 몇 점이 가장 높은 강도로 일어나 구경거리를 망치지 않을까 전전긍긍하던 지난날, 그 상연물을 위해 제단으로 바쳐진 극장에 가지 않고서는 도저히 최고의 조건으로 관람할 수 없는 줄로 알았던 것이다. 거기에 라 베르마가 선정한 카네이션을 단 개찰원들, 허술한 옷차림의 사람들로 가득 찬 아래층 뒷자리 위로 내민 칸막이 좌석 아래쪽, 라 베르마의 사진이 든 프로그램을 파는 여자들, 거리의 작은 공원 마로니에, 그때 나와 인상을 같이하고, 함께 속내 이야기를 하여, 나의 인상과 떼어놓을 수 없을 듯한, 비록 조그만 부속품일지라도, 붉고 작은 장막 밑에 나타나는 그녀의 모습과 일체를 이루고 있는 성실었던 것이다. 〈페드르〉, '고백의 장면'*5, 라 베르마는 지난날의 나에게는 어떤 절대적인 존재였다. 일상 경험의 세계에서 멀리 위치하여, 그 스스로 존재하고 있어 이쪽에서 저쪽으로 가야만 했다. 될 수 있는 한 깊이 그 속으로 파고들어갔더라도, 내 눈과 영혼을 아주 크게 벌렸더라도 나는 조금밖에 흡수하지 못했을 것이다. 그러나 나에게 삶은 얼마나 쾌적하였던가! 내가 보내는 생활의 하찮음이야, 옷을 입거나, 외출 채비를 하는 따위의

*4 둘 다 볼테르의 희곡 〈자이르〉에 나오는 인물.

*5 〈페드르〉 제2막 제5장. 아테네의 왕비 페드르가 남편의 자식(즉 자신의 의붓아들) 이폴리트에게 사랑을 고백하는 유명한 장면.

때와 마찬가지로 하나도 대수롭지 않았으니, 저편에 엄연히, 접근하기 힘든, 모조리 소유하기 불가능한, 더욱 견실한 현실, 〈페드르〉와 라 베르마의 대사의 어조가 있었으니까. 완성된 무대 예술에 관한 몽상으로 포화 상태에 빠진 채(그때 낮의 어느 순간에, 또 어쩌면 밤의 어느 순간에 내 정신을 분석했다면, 그러한 몽상의 상당량을 뽑아낼 수 있었을 것이다), 나는 마치 전기를 내뿜는 전지와도 같았다. 그러다가 병중에 내가 그 병으로 죽지 않을까 생각했어도 라 베르마만큼은 구경하러 가지 않고서 못 배기는 지경에 이르고 말았을 것이다. 그런데 지금은 멀리서 보면 창공의 한 조각 같으나, 가까이 가보니 사물을 평범하게 보는 시야 안에 들어오는 언덕처럼, 그 모든 것이 이미 절대의 세계를 떠나버려, 이제 다른 것들과 똑같은 것, 내가 거기에 있으므로 인식되는 것에 지나지 않았다. 배우들도 내가 아는 사람들과 본질적으로 같은 사람들로, 〈페드르〉의 시구를 되도록 잘 낭송하고자 애쓸 뿐이며, 그 시구 또한 온갖 몽상에서 분리된 숭고하고도 개성적인 본질을 형성하지 못하지만, 조금이나마 뛰어나 그 시구가 섞여 있는 프랑스 시의 방대한 전체로 되돌아갈 채비가 된 시구였다. 고집 세고 부지런한 내 소망의 대상이 이미 존재하지 않더라도, 해마다 모습을 바꾸면서도, 위험을 꺼리지 않고서 나를 갑작스런 충동으로 이끌어 가는 부단한 몽상, 이 몽상에 쏠리기 쉬운 성미가 여전히 존속하고 있는 만큼, 나는 더욱더 심각한 실망을 느꼈다. 아파도 어느 저택에 있는 엘스티르의 한 폭 그림이나 고딕풍 벽걸이를 보고자 외출하는 날은 베네치아로 떠나는 날이나 라 베르마를 구경하러 가던 날이나, 또는 발베크에 가던 날이나 어찌나 비슷비슷했는지, 나는 미리, 현재 내가 희생을 치르며 보러 가는 대상도 얼마 안 가서 나의 관심 밖으로 밀려나고, 당장에야 잠 이루지 못하는 수많은 밤과 허다한 고통스런 발작을 무릅쓰고 싶어하나, 그즈음에 이르러서는 저택 근처를 지나가면서도 그 그림, 그 벽걸이를 구경하러 들르지 않을지도 모르리라는 것을 느꼈다. 나는 그 대상이 불안정해서 내 노력의 덧없음을 느끼는 동시에, 노력이 의외로 컸다는 사실도 느꼈다. 마치 신경쇠약 환자들이 다른 사람의 두 배로 피곤하듯이 말이다. 어쨌든 그때까지 나의 몽상은 몽상에 이어질 수 있는 모든 것을 돋보이게 하는 버릇이 있었다. 늘 어느 쪽으로 방향을 돌려 같은 꿈의 둘레에 집중되는 가장 관능적인 욕망 속에서마저, 첫 동기로서, 한 이념, 내 목숨을 바쳐도 아깝지 않은 한 이념을 인식할 수 있었을 것이다. 그렇다면 그 이념의 중심에, 오후에 콩브레의 정원에서 책을 읽는 도중에 빠진 몽상 가운데서 본 것처럼 극치라는 관념이 있었던 것이다.

이제 나는 아리시, 이스멘네, 이폴리트*[1]의 어조와 연기 속에 주목했던 애정이나 분노의 올바른 의도에 대하여 지난날과 같은 관대함은 갖지 못한다. 이 배우들—지난날과 같은 배우들—이 한결같은 영리함과 더불어, 어떤 때는 그 목소리에 쓰다듬는 듯한 억양이나 미리 계산된 모호함을 띠게, 어떤 때는 그 동작에 비극적인 넓이 또는 애원하는 듯한 감미로움을 깃들이게 하고자 애쓰지 않아 그런 것이 아니다. 그들의 어조는 그 목소리를 '조용히, 밤 꾀꼬리처럼 노래하라, 쓰다듬듯 하여라' 하며 억누르기도 하고, 아니면 그와 반대로 '노발대발하라'고 명령하는 때는 그 목소리에 달려들어 광란 속에 휩쓸어가려고 애쓰기도 하였다. 그러나 순응하지 않는 목소리는 어조와는 엉뚱하게 여전히 그 형이하(形而下)의 결점과 매력, 평소의 속됨과 거드름을 지닌 타고난 목소리 그대로 남아 있어서 암송된 시구에 따라 정서가 달라지는 법 없이, 음향의 현상인지 사회의 현상인지 뭔지 모르는 앙상블(ensemble)을 벌이고 있었다.

마찬가지로 이 배우들의 동작은 그 팔이나 페플럼*[2]에게 '위엄을 가져라'라고 말하고 있었다. 그러나 팔다리는 이 말에 순응하지 않고, 어깨와 팔꿈치 사이에 맡은 역을 전혀 알지 못하는 이두근을 멋대로 움직여, 일상생활의 따분함을 나타내고, 라신의 섬세한 명암 대신에 근육의 연결만을 계속해서 드러내고 있었다. 그들이 쳐든 옷자락은 직물의 무의미한 유연성만이 맞설 뿐 낙하의 법칙에 의해 다시 수직으로 떨어지고 있었다. 이 순간, 내 옆에 있던 키 작은 여인이 외쳤다.

"박수도 안 치네! 저 꼬락서니 좀 봐! 너무 늙었어, 별수 없지, 저렇게 되기 전에 그만둬야 했을걸."

주위 사람의 '쉬쉬' 소리에 키 작은 여인과 같이 있는 두 젊은이가 그 여인을 조용히 시키려고 애써, 그 여인의 분노는 이제 눈 속에서만 활활 타고 있었다. 하기야 그 분노는 성공과 명성에 보낼 수밖에 없었다. 막대한 돈을 번 라베르마지만 남은 거라곤 빚밖에 없었기 때문이다. 늘 일이나 친구와 만날 약속을 하면서도 이를 이행 못 하니, 그녀는 파리의 온 거리에 약속을 취소하는

---

*1 세 인물 다 〈페드르〉에 등장함.

*2 웃옷이나 블라우스의 허리 아랫부분에 부착된 짧은 치마.

사과장을 지참한 심부름꾼을 달리게 하고, 한 번도 묵으러 가지도 않고서 미리 아파트 방을 계약하고, 개를 씻기기 위해 엄청난 양의 향수를 써버리며, 곳곳의 극장 지배인에게 위약금을 지불하기도 하였다. 더 이상 돈을 낭비할 길도 없었을 뿐더러 클레오파트라만큼 음탕하지는 않아도 그녀는 세계의 여러 왕국과 지방의 도시에서 속달우편을 부치거나 마차를 빌리거나 하는 것으로 있는 돈을 탕진하는 방법을 찾아냈을 것이다. 그런데 그 키 작은 여인은 좋은 기회를 갖지 못했던 여배우로, 라 베르마에게 극심한 증오를 품어왔던 것이다. 라 베르마가 이제 막 무대에 나왔다. 그러자 기적, 어젯밤에 아무리 애써도 기억하지 못하다가 다음 날 아침에 눈뜨니 모조리 외우고 있는 과제처럼, 또한 아무리 노력해도 떠오르지 않다가, 그들에 대해 생각하지 않을 때, 언뜻 눈앞에 살아 있을 때 모습 그대로 되살아나는 고인의 모습처럼, 내가 그토록 그 본질을 파악하려고 열심히 애썼을 때는 달아나던 라 베르마의 재능은 지금, 잊은 지 몇 년 뒤, 이 무관심한 시간에 명백한 힘과 더불어 내 마음에 감탄의 정을 받아들이게 하였다. 예전에는 이 재능을 외따로 떼어놓고자, 나는 이를테면 내가 보고 들은 것에서 배역 자체를 떼어버리려고 했다. 배역이라는 것은 〈페드르〉를 맡아하는 모든 여배우의 공통된 배역이었기 때문에 미리 연구하여 그것을 빼고, 남겨진 것으로 부인의 재능만을 모을 수 있도록 사전에 머리를 짜냈다. 하지만 내가 배역 밖에서 알아차리고자 애쓰던 그 재능은 오로지 그 배역과 하나를 이루고 있었다. 이와 같은 위대한 음악가일 경우에도(피아노를 연주하는 뱅퇴유의 경우가 이의 좋은 보기일 것이다) 그 연주는 방청객으로 하여금 연주자가 과연 피아니스트인지 전혀 모를 만큼 뛰어난 피아니스트와 하나를 이루니(여기저기 빛나는 효과를 거두는 손가락의 화려한 묘기나 어떻게 감상해야 할지 모르는 방청객이 유형(有形)의 현실 중에서 재능을 발견한 줄로 여기는 가락의 확산 따위를 느끼게 하지 않아서) 그 연주는 연주자가 해석한 것으로 가득 차, 어찌나 투명하게 되었는지 방청객의 눈에 연주자의 모습이 보이지 않고, 걸작으로 향해 나있는 창문에 지나지 않기 때문이다. 나는 아리시의, 이스메네의, 이폴리트의 목소리와 몸짓을 위엄 있는 또는 섬세한 가두리처럼 둘러친 의도를 뚜렷하게 판별할 수 있었다. 그런데 〈페드르〉 역은 안에 의도를 감추고 있어, 내 정신은 거기에 깊숙이 흡수되어 있어서 흘러나오지 않는 그 보배, 그 효과를 용케 어조와 동작에서 잡아 뽑지도, 한결같은 그 표면의 단일

성에서 이해하지도 못했다. 아리시나 이스메네의 대리석 같은 목소리에 스며들 수 없었으므로 목소리 위에 넘치는 눈물이 흐르고 있는 것이 보였는데, 정신에 맞서는 무생물의 찌꺼기를 한 방울도 남기고 있지 않은 라 베르마의 목소리는 여분의 눈물을 그 목소리 둘레에서 가려내지 못하게 하고, 마치 물질적인 특성이 아니라 영적인 뛰어남을 칭찬하는 말로, 저이는 아름다운 목소리를 가진 사람이라는 호평을 받은 위대한 바이올리니스트의 악기처럼, 고루고루 섬세하게 갈고 닦고 있었다. 그리고 고전적인 풍경화에 사라진 요정 대신에 생기 없는 샘 하나가 있듯이, 뚜렷하고도 구체적인 의도는 제 것으로 만든, 차갑고도 야릇한 밝음을 지닌 음색의 어떤 뛰어난 질로 변하고 있었다. 시구 자체가 입술 밖으로 소리 나게 하는 것과 똑같은 밀어내는 힘으로, 넘치는 물에 떠내려가는 나뭇잎처럼, 그녀의 가슴 위로 쳐들리는 듯이 보이는 라 베르마의 두 팔, 그녀가 천천히 이루어왔던 무대 위에서 보이는 태도는 그녀가 앞으로도 고쳐 나가려니와, 동료들의 동작 속에 그 흔적이 엿보이는 따위의 추리와는 다른 깊은 논리에 따라 만들어진다. 그것은 그 본디의 의사를 잃은 채, 어떤 빛나는 방사(放射) 속에 녹아들면서 풍요하고도 복잡한 갖가지 요소를 〈페드르〉라는 배역 주위에 빛나게 하고 있다. 매혹된 관객이 이를 예술가의 결실로 생각지 않고 타고난 재주로 여기는 여러 추리로 이루어진 자세로 보고 있다. 흔늘거리거나 한결같게 몸에 붙어 있는 품이 살아 있는 것같이 보이며, 나약하고도 추위를 잘 타는 고치처럼 고뇌 둘레에 실을 토해 축소시키는, 절반은 이단적이고 절반은 장세니스트(Janséniste)*1적인 고뇌를 통해 짜진 듯이 보이는 그 흰 너울 자체, 이런 모든 것은 목소리도 자세도 동작도 너울도 시라는 이념의 이 화신(化身)(이 화신은 인간의 육체와는 달리, 불투명한 장애물이 아니라, 정화(淨化)되고 영화(靈化)된 옷)의 둘레에서 보충의 겉모양에 불과한 영혼을 숨기는 대신에 오히려 영혼을 더 찬란히 빛내어, 영혼이 이에 동화되고, 그 속에 퍼져 있는 겉모양에 지나지 않았으며, 또한 반투명하게 된 갖가지 실체의 몇 겹 흐름, 그 몇 겹을 꿰뚫고 나오는 갇힌 중심의 광선을 더욱 다양하게 굴절시키고, 광선을 둘러싼 불꽃에 스며든 물질을 더욱 광대하게, 귀중하게, 아름답게 하는 흐름에 지나지 않았다. 이와 같이 라 베르마의 연기는 라신 작품

---

*1 엄격을 주지로 삼는 종파.

을 둘러싼, 천재의 입김으로 만들어진 제2의 작품이었다.

사실을 말하면 내 인상은 이전의 경우보다 좋았으나 다른 것은 아니었다. 다만 연극의 천재라는, 추상적이자 틀린 선입관에 대립시키지 않았을 뿐이고, 연극의 천재란 바로 그것임을 이해했던 것이다. 처음으로 라 베르마를 구경했을 적에 내가 기쁨을 못 가졌다면, 이는 그 이전 샹젤리제로 질베르트를 만나러 갔을 때처럼 너무나 큰 소망을 품고 구경하러 갔기 때문이라는 생각이 곧 들었다. 어쩌면 이 두 실망 사이에는 그런 비슷함뿐만 아니라, 더욱 깊은 유사함도 있었을 것이다. 매우 개성적인 어떤 인물이나 작품(또는 연기)에서 받는 인상은 특수하다. 우리는 '아름다움', '양식의 넓이', '감동'이라는 관념을 지니고 있어서, 부득이한 경우 이를 하찮은 재능이나 단정한 얼굴에서 언뜻 본 듯한 착각을 일으키기도 한다. 하지만 주의 깊은 정신은 눈앞에, 정신이 그것과 지적으로 대등하지 못하는 하나의 형태, 거기서 미지의 것을 끄집어내야 하는 형태가 집요하게 어른거림을 본다. 정신은 날카로운 소리와 기이하게 울어대는 가락을 듣는다. 정신은 생각해본다. '아름다움이냐? 내가 느끼는 바가 감탄이냐? 이게 빛깔의 풍요함이냐? 고귀함이냐, 힘이냐? 하고. 그러자 이에 다시 응하는 것은 날카로운 목소리, 신기한 질문의 가락, 모르는 인간에서 비롯하는 횡포한 인상, 빈틈없이 물질적이라서 그 안에 '연기의 넓이'를 위해 남아 있는 빈자리가 조금도 없는 인상이다. 또 이 때문에 정성을 다 들여 귀담아듣는 경우 가장 심하게 우리를 실망시킬 것임에 틀림없는 것은 정말 아름다운 작품이니, 우리 관념의 수집품 가운데 개성적인 인상에 대응할 만한 관념이 하나도 없기 때문이다.

이게 바로 라 베르마의 연기가 나에게 보인 점이었다. 그 대사의 어조야말로 확실히 고귀하고 총명한 어조였다. 이제야 나는 폭넓은 시적인 힘찬 연기의 값어치를 이해했다기보다, 신화와 아무 관계없는 별에 마르스,*1 베누스,*2 사투르누스*3라는 이름을 붙이듯, 그것에 이런 칭호를 붙이는 것을 시인했다고나 할까. 우리는 한 세계에서 또 하나의 세계를 느끼고, 생각하며, 이름을 붙이고, 그 두 세계 사이에 서로 들어맞는 다리를 이을 수 있으나, 그 헤아리지 못

---

*1 로마 신화의 군신인 동시에 화성.

*2 미의 여신인 동시에 금성.

*3 농경의 신인 동시에 토성.

할 간격을 메우지 못한다. 처음으로 라 베르마의 연기를 구경하러 간 날, 한마디의 대사라도 놓칠세라 귀 기울여 듣고 나서, '우아한 연기', '독창성'이라는 관념에 이를 연관시키는 데 조금 난처해 박수를 친 것은 잠시 덧없는 느낌을 받은 뒤였다. 게다가 그 박수는 내 인상 그 자체에서 생겨난 것이 아니라, '드디어 라 베르마를 구경했다'고 생각하는 기쁨, 선입관에 이어진 듯한 박수였다. 그때, 내가 넘어야 했던 것은, 얼마간 이런 간격, 이런 단층이었다. 그리고 개성적인 인물이나 작품과 미의 관념 사이에 있는 차이는 개성적인 인물이나 작품이 우리에게 느끼게 하는 바와 그것에 대한 애정이나 감탄 사이에도 깊게 존재한다. 그러므로 개성적인 인물이나 작품을 알아보지 못한다. 나는 라 베르마를 구경할 때(내가 질베르트를 사랑할 즈음 그녀를 만났을 적에 그랬듯) 기쁨을 맛보지 못했던 것이다. '감탄할까 보냐'라고 속으로 중얼거렸던 것이다. 그렇긴 하나 그때 나는 여배우의 연기를 깊이 연구하기에 여념이 없었고, 그것에만 골몰했었으며, 거기에 포함되어 있는 것을 모두 받을 수 있게 힘껏 내 사념의 창문을 열려고 애썼다. 이제야 나는 그것이 바로 감탄임을 알 수 있었다.

라 베르마의 연기만이 두드러져 보였을 뿐인 이 비범한 천재적인 능력은 오로지 라신의 천재적 재능이었을까?

처음에 나는 그렇게 생각했다. 그러다가 관객의 열광 속에 〈페드르〉의 막이 내리자 나는 그게 잘못된 생각임을 깨달았다. 〈페드르〉가 상연되는 동안, 내 옆자리에 있던 나이 든 부인은 그 작달막한 허리를 젖히며 비스듬히 앉아서, 얼굴 근육을 굳히고, 팔짱을 가슴 위에 턱 끼고서, 남들의 박수에 낄까 보냐, 이목을 끌 만한 반대 의사를 더욱 뚜렷하게 보이려고 하였으나, 아무의 눈에도 띄지 않았다. 다음 희곡은 명성을 떨치지 않고, 또 상연되는 때밖에 존재하지 않아서, 지난날 나로서는 보잘것없는 특유한 것으로 생각한 새작품의 하나였다. 그러나 고전극이라면 영원히 남을 걸작이, 무대 앞 아래쪽에서 비치는 빛의 길이와 같은 상연 시간의 연극처럼, 상연 시간 속에 압축되어 있는 환멸을 맛보지 않아도 되었다. 게다가 관객의 마음에 들고 있음을 피부로 느끼면서 머지않아 유명해질지도 모를 기다란 대사마다, 그것이 과거에 알려져 있지 않던 만큼, 나는 앞으로 얻을 명성을 예상했다. 이런 정신작용은, 어느 걸작이 처음으로 햇빛을 볼 적에 같은 작가의 다른 작품 제목과 구별되지 않고 흐리멍덩 나타났던 맨처음을 떠올리는 것과 정반대이다. 이 배역도 머지않아 〈페드르〉의 배역에 이어 라 베르마의 명연기 목록에 실릴 것이다. 그 배역 자체는 문학적인 가치가 없었다. 하지만 라 베르마는 이 배역에서도 〈페드르〉 못지않게 훌륭했다. 그래서 나는 이 비극 여배우가 그 걸작을 창조하기 위한 하나의 재료에 지나지 않고, 그 작품 자체는 아무래도 좋다는 것을, 마치 내가 발베크에서 알게 된 위대한 화가 엘스티르가 보잘것없는 학교 건물과 그 자체가 걸작인 대성당에서 우열을 가릴 수 없는 두 그림의 주체를 발견했듯이 이를 이해했다. 또 엘스티르가 집, 짐수레, 인물들을 같은 질로 보이게 하는 광활한 빛의 효과 안에 녹이듯, 라 베르마도 평범한 여배우라면 따로따로 뚜렷이 드러나게 할 낱말들을 고르게 녹여 편편하게, 또는 높이 올린 위에다 두려움이나 애정으로 뒤덮고 있었다. 물론 낱말마다 고유의 억양이 있었고, 라 베르마의 어조 또한 시구의 운을 알아듣는 데 방해되지 않았다. 하나의 운, 다시 말해 앞의 운과 비슷하면서도 다르고, 또 다른 어떤 운이 앞 운으로 인해 나와 거기에 새로운 관념이라는 변주를 넣는 것을 들으면서, 사념과 운율이라는 두 양식이 겹쳐 나감을 느끼는 것은 그것만으로 이미 질서 잡은 복잡성의, 곧 아름다움의 첫 요소가 아닌가? 하지만 이와 동시에 라 베르마는 낱말들과 시구를, 아니, 긴 '대사'마저도 그보다 더 광대한 앙상블 속에 들여보냈는데, 경계선에서 그것이 걸음을 멈추자 가로막히지 않을 수 없음을 본 것이 하나의 매력이었다. 이와 같이 시인은 내닫는 낱말을 잠시 운의 근처에서 주춤하게 만들기를 즐거워하고, 음악가는 오페라 가사가 반항하나 그것을 끌어넣는 같은 리듬 속에 여러 가지 가사 섞기를 즐겨 한다. 그러므로 현대 극작가의 대사 속에도, 라신의 시구에도 라 베르마는 고뇌·고귀·정열의 넓은 형상을 집어넣을 수 있었는데, 이는 라 베르마가 지어낸 걸작으로, 거기에 그녀가 마치 다른 여러 모델을 그린 초상화들 속에서도 늘 같은 화가를 알아보듯 인지되었다.

이제 나는 한순간에 사라져 다시 나타나지 않는 조명 속에 한순간 라 베르마가 드러나는 아름다운 색채 효과와 온갖 자세를 지난날처럼 정지시킬 수 있기를 바라지도 않았고, 라 베르마에게 같은 시구를 여러 차례 되풀이시키고 싶지도 않았다. 나의 옛 소망은 시인, 비극 여배우, 그녀의 무대를 설치하는 뛰어난 무대 장치가의 의사보다 더 까다롭게 요구가 많았고, 또 입 밖에 나온 순간에 시구가 풍기는 매력, 끊임없이 변화하는 불안정한 동작, 뒤이어 옮기는 그림은 무대 예술이 창조하고 싶어하는 덧없는 결과이자 순식간의 목적이며 뜬구름 같은 걸작으로 극에 지나치게 열중한 관객이 그걸 고정시키려 들면 부서지고 말 것임을 이해했다. 나는 또한 앞으로는 라 베르마를 다시 구경하고 싶지도 않았다. 그녀에게 만족한 것이다. 대상이 질베르트이건 라 베르마이건, 내가 너무나 감탄해버려 그 감탄의 대상에 환멸을 아니 느낄 수 없을 때, 미리 내일의 인상에 어제의 인상이 나에게 거부한 기쁨을 요구하는 것이었다. 지금 막 느낀 기쁨, 더 유효하게 쓸지도 모르는 기쁨을 찾으려 하지 않고서, 지난날 학교 친구가 말하는 것을 믿었을 때처럼 '그야 물론 나는 라 베르마를 첫째로 꼽지'라고 말하면서도, 내가 좋아하는 여배우라고 단언하거나, 또 '첫째' 자리를 얻은 것이 나에게 얼마간 위안을 가져다주지만, 라 베르마라는 천재는 정확히 표현되지 않았다는 막연한 느낌이 들었다.

이 두 번째 희곡이 시작되는 순간, 나는 게르망트 부인 쪽을 바라보았다. 부인은 절묘한 선을 그리면서 그 칸막이 특별석 뒤쪽으로 머리를 돌리는 참이었고, 나는 그 움직임을 뒤쫓았다. 초대받은 손님들이 일어서서 또한 출입구 쪽을 뒤돌아보자 생겨난 두 울타리 사이를 여신처럼 태연하고도 위엄 있게, 그러나 그토록 늦게 도착하여 상연 중에 다들 일어나게 한 일을 미안해하는 체하는 미소에서 풍겨나오는 야릇한 상냥함과 더불어, 흰 모슬린을 걸친 게르망트 공작부인이 들어왔다. 공작부인은 곧장 사촌동서 쪽으로 가서, 맨 앞줄에 앉아 있는 금발의 젊은이에게 정중히 인사한 뒤 동굴 깊숙이 들떠 있는 성스런 바다 괴물들 쪽으로 되돌아가, 자키 클럽의 그 반신반인들—특히 이 순간 내가 가장 되고 싶은 사람은 팔랑시 씨였다—에게 열다섯 해 동안 그들과 날마다 사귀어온 것을 암시하는 옛 친구로서의 절친한 인사를 하였다. 이 사람 저 사람에게 손을 내맡기는 동안, 부인은 하늘색으로 빛나는 상냥한 눈길을 친구들에게 보내고 있었는데, 나는 그 시선이 신비하게 느껴졌지만, 수수께끼를 풀 수가 없었다. 만일 내가 그 프리즘을 분해하고, 그 결정(結晶)을 분석할 수 있었다면, 아마도 이 순간에 나타나 있던 알 수 없는 생활의 본질이 밝혀졌을 것이다. 게르망트 공작이 부인의 뒤를 따라 왔다. 그 외알안경의 반사광, 번쩍이는 흰 치아, 카네이션이나 주름 잡은 와이셔츠 앞섶의 새하얀 빛 때문에 그의 눈썹, 입술, 연미복의 검은빛은 별로 표가 나지 않았다. 머리를 움직이지 않은 채 손을 내밀자 공작은 자기 자리를 양보하는 상대들의 어깨에 손을 내리면서 앉으라고 분부하고, 금발의 젊은이 앞에서 정중하게 허리를 굽혔다. 들리는 말로는 공작부인은 그녀가 이른바 과장(프랑스 정신에 철저하고 절제 있는 부인의 견지에서는 당장 게르망트풍의 시와 열정으로밖에 느껴지지 않는 단어)이라 일컫는 것을 사촌동서가 하기 좋아한다고 비웃고 있다고 한다. 따라서 오늘 밤 사촌동서가 '가장(假裝) 무도회용'으로밖에 여겨지지 않는 옷차림을 하고 있을 것이라 짐작해, 사촌동서에게 취미 교육을 강의해주고 싶어하는 듯했다. 대공부인의 머리에서 목까지 내려와 있는 경탄할 만한 부드러운 새털과 조가비와 진주의 헤어네트 대신에, 공작부인은 머리에 깃털 장식 하나를 꽂고 있었는데, 그것이 매부리코와 튀어나온 눈을 굽어보는 품이 새의 볏 같았다. 목과 어깨는 새하얀 모슬린의 눈 같은 물결에서 드러나, 그 위에 백조의 깃털 부채가 막 내려앉다가, 이어서 드레스 위에 앉았는데, 금속인지 다이아몬드인지로 만든 막대 모양이나 염주알 모양의 보석 세공을 앞가슴께에만 꾸민 산뜻한 의상이 그녀의 몸매를 영국풍의 날씬한 곡선으로 그려내고 있었다. 그러나 두 옷차림은 서로 아주 달라도, 대공부인이 그때까지 차지하던 자리를 사촌동서에게 내준 뒤에 사촌동서 자매간에 서로 돌아다보며 저마다 상대에게 감탄하고 있는 모습이 보였다.

틀림없이 그다음 날 게르망트 부인은 대공부인의 너무 복잡한 머리 장식에 관해 말할 때 미소를 띠겠지만, 그래도 역시 매력적이고 멋지다고 말했을 것이다. 또 대공부인은 취미상, 사촌동서의 옷차림은 뭔가 좀 차갑고, 무미건조하며, 옷장색 냄새가 나는 것이 있다고 생각하면서도 그 빈틈없는 절제에 세련됨을 발견했을 것이다. 게다가 둘 사이에는 교양으로 미리 생긴 조화와 인력이 의상뿐 아니라 자세의 대조마저 중화하고 있었다. 말씨나 태도의 우아함이 둘 사이에서 잡아당기는 눈에 안 보이는 자력선(磁力線)에 팽창하기 쉬운 대공부인의 본성은 사라져버리고, 공작부인의 단정한 선 쪽으로 끌려 상냥한 매력으로 변하고 있었다. 지금 상연 중인 연극에서 라 베르마가 개성적인 시를 얼마나 발산하고 있는지를 이해하려면, 라 베르마가 맡은 배역, 그녀만이 할 수 있는 배역을 누구라도 좋으니 다른 여배우에게 시켜볼 수밖에 없듯, 눈을 들어 2층 앞자리를 보기만 하면, 두 칸막이 좌석 속에 게르망트 대공부인과 스스로 비슷하거니 여기고 있는 '배합'이 모리앙발 남작부인에게 한갓 괴상한 잘난 체하는, 교양 없는 모양을 주고 있을 뿐이다. 한편 게르망트 공작부인의 옷차림과 멋을 흉내내고자 인내와 돈이 드는 노력을 보더라도 캉브르메르 부인을 무미건조하고도 뾰족한 철사 위에 박은 까마귀 깃을 머리털 속에 꼿꼿이 세운 어느 시골 기숙생으로 만든다. 아마도 캉브르메르 부인이 있는 곳은 칸막이 좌석(아래에서 보면 공간을 나눌 때 쓰는 붉은 벨벳 끈으로 사람들의 꽃을 담은 큰 바구니를 극장 천장에 매달고 있는 듯 보이는 맨 위층의 칸막이 좌석마저)이 그해의 가장 빛나는 여인네들만 모아놓고, 하루살이 같은 파노라마를 구성하고 있는 곳이 아닐까. 그 파노라마는 오래지 않아 죽음·추문·질병·불화 따위로 변하겠지만, 아직 회고하여 폭탄이 터진, 또는 대화재의 첫 불꽃의 전조였다고 생각하는 무의식적인 기다림과 고요하기 짝이 없는 마비 상태의 무궁하고도 비극적인 이 순간에, 주의·온기·현기·먼지·우아·권태로 말미암아 움직이지 않는 파노라마를 이루고 있는 이 극장은, 어쩌면 캉브르메르 부인에게 어울리지 않는 자리였는지 모른다.

캉브르메르 부인이 이 극장에 와 있는 것은 파름 대공부인이라는 분이 진짜 귀족 대부분이 그렇듯 속물근성이 없는 대신, 스스로 예술이라 여기는 취미와 마음속으로 동등하게 여기고 있는 자선을 베풀고 싶은 소망과 자존심에 휩쓸려, 캉브르메르 부인 같은 상류 사회에 참여 못하나 자선 사업과 관계있는 부인들에게도 극장의 몇 자리를 나누어주고 있었기 때문이다. 캉브르메르 부인은 게르망트 공작부인과 대공부인에게서 눈을 떼지 않았다. 그녀는 이 두 귀부인과 별로 친분이 없어서, 인사를 구하는 모습을 짓지 않아도 괜찮은 만큼 그러기가 더욱 쉬웠다. 그렇긴 하나, 이 두 귀부인 댁에 초대받았다는 것은 그녀가 10년 동안 꿋꿋한 인내로 추구해온 목표였다. 그녀는 앞으로 5년 안에 이 목표는 틀림없이 이루어지리라고 계산하고 있었다. 그러나 고질병에 걸려 있을 뿐더러, 의학상의 지식이 있다고 자부하는 터라, 병이 낫지 않을 것이라고 스스로 믿고 있었으므로 그때까지 목숨을 부지 못할까 봐 걱정하고 있었다. 그래도 얼마간이나마 이 밤 동안 모든 부인네가 아르장쿠르 부인의 동생인 젊은 보세르장 후작을 볼 것이라 생각해 기뻐했다. 그는 이 두 사회 전부 자주 드나들고, 이류 사회의 부인네들은 그가 곁에 있기만 해도, 일류 사회의 부인네들 눈에 돋보이리라 생각해 좋아들 했다. 젊은 보세르장 후작은 다른 칸막이 좌석들을 망원경으로 볼 수 있도록 캉브르메르 부인의 뒤쪽에 가로놓인 의자에 앉아 있었다. 그는 칸막이 좌석들에 있는 사람들과 다 아는 사이여서, 뒤로 젖혀진 맵시 있는 풍채와 아름다운 금발의 섬세한 얼굴로 푸른 눈에 미소를 띠고, 경의와 친근감을 잘 조화시켜 상반신을 일으켜 인사를 한다. 궁정의 거드름스러운 대귀족을 그린 옛 판화처럼, 그가 앉아 있는 비스듬한 직사각형 틀 속에 그 모습이 뚜렷이 새겨져 있었다. 그는 그렇게 자주 캉브르메르 부인과 함께 극장에 가는 것을 승낙했다. 실내에서도, 나가는 곳에서도, 복도에서도, 그는 거기에 있는 화려한 여자들 무리 한가운데서도 그녀 곁에 씩씩하게 남아, 다른 친구들을 난처하게 하고 싶지 않아선지, 또 보잘것없는 동반을 하고 있어선지 그들에게 말 건네기를 피했다. 그때, 게르망트 대공부인이 몸 뒤에 비길 데 없는 외투 자락을 질질 끌면서 디아나*[1]처럼 아름답고도 가볍게 지나가, 모든 사람을 뒤로 돌리고, 모든 눈을 끌었을 적에(누구보다도 캉브르메르 부인의 눈을 더 끌었다), 보세르장 씨는 곁에 있는 여인과 대화에 열중하여 대공부인의 정답고도 눈부신 미소에 대해서도, 마지못한 듯이, 이런 상황에서 상냥하게 대하기는 난처하다는 듯한, 점잖은 겸손과 정감 어린 냉담함으로 응대할 뿐이었다.

캉브르메르 부인은 칸막이 특별석이 대공부인에게 속한 것인 줄 몰랐더라도, 좌석 임자에게 상냥하게 굴려고, 게르망트 부인이 자못 재미나는 듯이 극과 객석에 눈길을 주고 있는 것을 보고는, 이분이 초대받은 손님인 줄 알았을 것이다. 그러나 이런 원심력과 동시에 상냥하려고 하는 같은 욕망에 의해 움직이는 반대 방향의 힘이 공작부인의 주의를 자기 자신의 의상, 머리에 꽂은 깃털, 목걸이, 가슴옷에 돌리게 했을 뿐더러, 또한 옆에 있는 대공부인의 의상에도 주의를 돌리게 하고 있었다. 그녀 자신은 이 사촌동서의 신하·노예이며, 이곳에 온 것은 오로지 대공부인을 만나기 위해서고, 이 칸막이 좌석의 주인이 떠나고 싶은 마음이 든다면 어디든지 따라갈 각오라고 말하는 듯했다. 다른 객석의 사람들은 전부가 신기한 낯선 이들이 합해진 것으로밖에 보이지 않았는데, 그렇긴 하나, 이 극장 안에 부인의 친구들이 많고, 또 다른 주에 부인은 그들의 좌석에 초대되어 가서, 그때 또한 배타적으로 상대적인, 매주의 충성스런 표시를 빼놓지 않았다. 캉브르메르 부인은 이날 밤 공작부인을 보고 적잖이 놀랐다. 공작부인이 늦게까지 게르망트에 있는 것을 알고 있어, 아직도 그곳

---

*1 로마 신화에 나오는 달의 여신으로 수렵과 순결의 수호신.

에 있는 줄 추측했던 것이다. 그러나 파리에 재미있거니 생각하는 구경거리가 있으면, 게르망트 부인은 사냥꾼들과 차를 마시고 나서 곧 마차를 준비시켜, 해질 무렵 서둘러 출발해 어스름한 숲을 지나 큰길로 나와 콩브레에서 기차에 올라타 저녁에 파리에 나타난다는 얘기를 들은 적이 있었다. '아마 저분은 라 베르마를 구경하려고 일부러 게르망트에서 왔나 봐.' 캉브르메르 부인은 이렇게 생각하면서 감탄해 마지않았다. 그러자 그녀는 언젠가 스완이 샤를뤼스 씨와 같은 그 애매한 횡설수설로 '공작부인은 파리에서 가장 고귀한 분들 가운데 한 분이죠, 고르고 고른, 가장 세련된 엘리트이시죠'라고 하는 말을 들었던 일이 떠올랐다. 나로 말하면 게르망트라는 이름, 바비에르라는 이름, 콩데라는 이름에서 두 사촌동서의 삶과 사상을 상상하고 있었으므로(얼굴은 실제로 보았으므로 얼굴에서 상상할 수 없었다), 〈페드르〉에 관한 세계 최고의 비평가 의견보다 오히려 두 분의 의견이 듣고 싶었다. 왜냐하면 비평가의 의견에서 지성밖에, 나보다는 우수하나 결국 같은 성질의 지성밖에 발견하지 못할 테니까. 하지만 게르망트 대공부인이 생각하고 있는 것은 이 두 시적 인물의 성질에 관해 매우 귀중한 참고 자료를 나에게 주어서 나는 그녀들의 이름의 도움으로 상상하여 비합리적인 매력을 추측하기도 하였고, 또 열에 들뜬 사람 같은 갈망과 동경으로 나에게 〈페드르〉에 관한 그녀들의 의견을 표시해달라고 요구하게 한 것은 내가 게르망트 쪽으로 산책할 무렵의 어느 여름날 오후의 매력이었다.

캉브르메르 부인은 두 사촌동서가 어떤 몸치장을 하고 있는지 보려고 하였다. 나는 그 몸치장이 그녀들 특유의 것임을 의심하지 않았다. 붉은 깃 또는 푸른 안자락을 단 옷이 옛날에는 오로지 게르망트 가문과 콩데 가문의 고유한 것이라는 뜻이 아니라, 오히려 그 아름다움의 장식인 동시에 몸의 연장이기도 한 깃이 고유한 새의 것이라는 뜻에서도 그런 것을 의심하지 않았다. 이 두 부인의 몸치장은 그 내부 활동이 눈 같은 또는 알록달록한 물질로 변하는 것처럼 보였다. 또 내가 내 눈에 띈 게르망트 대공부인의 몸짓이 숨은 이념에 상통함을 의심하지 않던 몸짓과 마찬가지로 대공부인의 이마에서 내려오는 깃도, 사촌동서의 금박으로 꾸민 눈부신 코르사주도 각각 하나의 뜻을 가지고, 두 여인 각자의 유일무이한 속성인 듯 보여 나는 그 뜻을 알고 싶었다. 공작새를 유노*[1] 여신과 떼어놓을 수 없듯이, 극락조는 대공부인과 떼어놓을 수 없을 성싶었다. 미네르바*[2] 여신의 술 장식을 늘인 번쩍거리는 방패와 마찬가지로, 공작부인의 금박으로 장식한 코르사주를 어느 여인도 빼앗지 못할 것 같았다. 그리고 차갑고 생기 없는 비유화가 그려져 있는 극장의 천장*[3] 따위보다 자주 이 칸막이 특별석으로 내 눈을 돌렸을 때, 거기에 언뜻 보인 것은 마치 늘 끼어 있는 두꺼운 구름이 기적적으로 갈라지면서 잠시 드러난 눈부신 하늘에서 붉은 차일 아래 한데 모인 신들이 두 하늘 기둥 사이로 인간의 연극을 지켜보는 듯한 광경이었다. 나는 이 순간적인 신격화를 어지러운 심정으로 물끄러미 바라보았는데, 어지러운 심정에는 그 신들에게 알려지지 않고 있다는 느낌이 주는 안도감도 조금 섞여 있었다. 공작부인은 그 남편과 함께 한 번 나를 본 적이 있긴 하나, 물론 그걸 기억할 리 없었고, 또 칸막이 특별석에 앉아 있는 탓에 부인이 아래층 앞자리의 관객이라는 이름 없는 집합적인 녹석(madrépore)*[4]을 바라보듯 이쪽을 보는 것을 나는 괴로워하지 않았다. 왜냐하면 다행히도 일반 관객 가운데 나라는 인간이 녹아 있음을 느껴서인데, 바로 이 순간, 굴절의 법칙으로 푸른 두 눈의 냉랭한 흐름 속에 나라는, 개체로서의 생존을 잃은 단세포 동물의 어렴풋한 꼴이 비친 게 틀림없어, 나는 그녀의 눈이 반짝 빛나는 것을 보았다. 여신에서 여인으로 둔갑해 갑자기 몇 천 배나 더욱 아름답게 보이는 공작부인은 자리의 가장자리 위에 올려놓고 있는 흰 장갑 낀 손을 내 쪽으로 들어 우정의 표시로 흔들어 보였다. 내 눈은 무의식적으로 타올라 대공부인의 눈과 뒤섞이는 것을 느꼈다. 대공부인의 사촌동서가 누구에게 인사를 보내고 있는지 보려고 흘끗 움직인 대공부인의 눈만으로 무의식적으로 타올랐는데, 나를 알아보았던 공작부인은 그 미소의 반짝이는, 천상의

*1 로마 신화의 여신. 유피테르(Jupiter)의 아내로 그리스 신화의 헤라에 해당한다. 공작새를 총애했음.

*2 로마 신화의 여신으로 그리스 신화의 아테나에 해당한다. 유피테르의 머리에서 갑옷을 입은 채 튀어나왔다고 함.

*3 제2제정(帝政)의 대표적 건축 오페라 극장은 샤를 가르니에(1825~98)의 설계로 1861년에 착공하여 1865년에 완성된 것으로 그 천장에는 쥘 위젠 르네뷔(1819~98)의 비유화가 그려져 있다. 1964년에는 이것 대신에 마르크 샤갈(1887~1985)의 천장화가 그려져 현재에 이르고 있음.

*4 석산호의 한 종류.

소나기를 내 몸 위에 내렸다.

요즘 아침마다, 그녀가 외출하는 시간을 앞질러, 나는 멀리 돌아서 그녀가 보통 내려오는 거리 모퉁이에 숨어 있는다. 그녀가 곧 지나갈 거라는 생각이 들었을 때, 반대 방향을 보면서 방심한 얼굴로 되올라가다가, 그녀와 같은 높이에 이르자마자, 뜻밖이라는 표정으로 그녀 쪽을 향해 눈을 돌렸다. 처음 며칠 동안, 나는 꼭 그녀와 만날 수 있도록 집 앞에서 기다렸다. 마차 문이(내가 기다리고 있지 않은 수많은 사람을 지나가게 하면서) 열릴 적마다, 그 흔들림은 내 마음속에 퍼지다가 한참 뒤에야 가라앉았다. 왜냐하면 아는 사이도 아니면서 이름난 여배우에게 열중한 나머지 극장의 배우 출입문 앞에 서서 꼼짝 않고 기다리는 이도, 막 나타나려고 하는 중죄인이나 위인을 욕하거나 찬양하려고 모인 격노한, 또는 심취한 군중도 감옥이나 궁전 안에서 나오는 기척을 들을 적마다, 여태껏, 이 귀부인이 나타나기를 기다리고 있을 때의 나만큼, 마음속에 심한 동요를 못 느꼈기 때문이다. 그녀는 간소한 옷차림이면서도(살롱이나 관객석에 들어갈 때의 걸음걸이와도 아주 다른) 우아한 걸음걸이로써, 아침나절의 산책을—나에게 있어서 산책하는 이는 세상에 그녀밖에 없었다—한 편의 우아한 시(詩), 더할 나위 없이 섬세한 장신구, 화창한 날씨의 아주 신기한 꽃으로 만들 수 있었다. 그러나 사흘 뒤, 문지기한테 내 술책을 들키지 않으려고, 더 멀리, 공작부인이 보통 지나가는 어떤 모퉁이까지 갔다. 그 극장의 밤 공연이 있기 전에도 날씨가 좋을 때는 자주 이와 같이 점심 전에 잠깐 외출하고, 비가 온 뒤에는 해가 반짝 나자마자 몇 걸음 걷기 위해 나온다. 햇살에 금빛으로 변한 아직 물기를 머금은 보도 위, 태양이 황금빛으로 물들인 안개 이는 네거리에서 가정교사 뒤를 따르는 한 여학생이나 흰 소매를 펄럭이며 우유 배달 아가씨가 오는 것을 언뜻 보자, 나는 꼼짝하지 않고서, 벌써 미지의 삶 쪽으로 뛰어가려는 내 가슴에 손을 가져갔다. 아가씨(때로는 그 뒤를 내가 따라가기도 한)가 어느 거리로, 몇 시에, 어느 문으로 사라지는지 잘 기억해두려고 하였다. 다시 만나고자 노력하기로 결심하면서 내 마음속에 품은 그런 모습은 다행히 내 기억에 깊이 새겨지는 일이 없었다. 병약한들, 아직 한번도 일을 시작하거나 책을 쓰거나 하는 용기를 갖지 못했던들 뭐가 대수로우냐는 느낌이 들어 그다지 쓸쓸하지 않게 되었기 때문이다. 예전에 내가 그토록 메제글리즈의 숲 속에 나오게 하고 싶었던 그 미지의 미녀들은 저마다 그녀만이 채워줄 수 있을 듯한 쾌락적인 욕망을 선동하였다. 하지만 파리의 거리거리가 발베크의 모든 길처럼 미녀들이 곳곳에 꽃피우고 있다는 것을 안 뒤, 이 세상은 더욱더 살기 좋고, 삶은 더욱더 재미난 것으로 느껴졌다.

오페라 극장에서 돌아오자, 내가 며칠 전부터 다시 보고 싶어한 그 아가씨만이 아니라 게르망트 부인의 모습도 보였다. 몸집이 크고, 경쾌한 금발을 높이 쌓아 올리고, 사촌동서의 특별석에서 내게 보낸 미소 속에 애정을 약속하던 모습이다. 난 프랑수아즈가 일러준 대로, 공작부인이 걷는 길을 따라가겠지만, 그 전전날 목격한 두 아가씨를 다시 만날 수 있도록 수업과 교리 문답에서 나오는 것을 놓치지 않도록 애쓸 것이다. 그러나 그동안, 이따금, 게르망트 부인의 반짝거리는 미소, 그것이 내 마음에 일으키는 감미로운 감각이 다시 살아났다. 내가 하고 있는 바를 잘 모르는 채, 나는 그것을(이제 막 받은 보석류의 단추가 옷에 어떤 효과를 내는지 그것을 여인이 바라보듯이) 오래전부터 품어온 낭만적인 관념, 알베르틴의 냉담, 지젤의 너무 이른 출발, 또 그 이전, 고의로 질베르트와 지나치게 질질 끈 소원함 때문에 내 마음속에서 사라졌던 것(이를테면 한 여인의 사랑을 받는다든가, 그 여인과 동거를 한다는 생각)과 나란히 놓고자 하였다. 다음에 거리에서 본 두 아가씨의 모습을 그런 관념에 하나하나 접근시켜보다가, 그 즉시 나는 공작부인의 추억을 그것에 맞추려고 하였다. 하지만 이런 관념에 비하면 오페라 극장에서의 게르망트 부인의 추억은 눈부신 빛을 내는 혜성의 긴 꼬리 곁의 작은 별만큼이나 미미하였다. 게다가 나는 게르망트 부인을 알기 오래전부터 이런 관념을 잘 알고 있었다. 그런데 추억 쪽은 그와 반대로, 불완전하게 지니고 있었으며, 때로는 잊어버리기도 하였다. 이 기억이 다른 아름다운 여인의 모습과 마찬가지로 내 안에서 잠시 떠다니다가, 그보다 훨씬 먼저 생겨난 나의 낭만적인 생각과 조금씩 독특하고도 결정적으로—다른 모든 여인의 모습을 배제한—합쳐지는 데에 필요했던 시간, 그것을 가장 똑똑히 떠올리던 바로 이 몇 시간 동안에 나는 그 회상이 어떠한 성질의 것이었는지를 생각해봐야만 했다. 그러나 그때에는 그것이 앞으로 나에게 얼마나 중요하게 될 것인지 몰랐다. 다만, 내 마음속에서 게르망트 부인과의 첫 밀회로서 그 회상은 즐거웠다. 그것은 최초의 스케치이고, 그것만이 진정한 것, 그것만이 실제 인생에 근거해 그린 것, 그것만이 현실적인 게르망트 부인이라고 말할 수 있다. 똑똑히 마음에 두려고는 않고, 그것을 잘 유지했던 몇 시간은, 어쨌든 그 회상은 즐거운 것이었음이 분명하다. 왜냐하면 아직 이때에는 자유롭게, 서두르지 않고, 지치지 않고, 필연적인 것이나 불안한 것을 섞지 않고, 내 사랑의 상념이 그 회상과 맺어졌기 때문이다. 이윽고, 이러한 생각들에 의하여 회상이 결정적인 것으로 굳어감에 따라서, 그것은 더욱 강한 힘이 생기기 시작했지만, 회상 자체는 막연한 것이 되고 말았다. 그리고 얼마 안 가서 본래의 모습은 찾아볼 수 없게 되었다. 또한 막연한 몽상 속에 그것을 완전히 바꿔버리고 말았을 것이다. 왜냐하면 게르망트 부인을 만날 적마다, 내가 상상하던 바와 현재 보고 있는 것 사이에 뚜렷한 거리를 느꼈기 때문이다. 그 거리는 그때그때에 따라서 같지는 않았지만, 날마다 게르망트 부인이 거리 한 모퉁이에 나타나면 그 훤칠한 키, 가벼운 머리털 밑에 맑은 눈빛의 얼굴, 내가 보고 싶던 모든 것을 똑똑히 볼 수 있었다. 그러나 몇 초 뒤에 일부러 만나러 온 체하지 않으려고 먼저 눈길을 돌렸다가 공작부인 앞에 갔을 때에 얼른 쳐다보면, 눈에 띄는 것은 바깥공기 탓인지 뾰루지 탓인지 모를, 얼굴의 붉은 반점이었다. 그 뾰로통한 얼굴이 〈페드르〉에서 본 밤의 친절과는 너무나 동떨어진 시무룩한 고갯짓으로 내가 날마다 꼬박꼬박 놀란 듯한 표정으로 하는 인사에 대답했지만, 아무래도 그녀는 못마땅한 것 같았다. 그렇긴 하나, 며칠 동안, 두 아가씨의 추억은 게르망트 부인의 추억과 내 애정 관념의 지배권을 차지하려고 어울리지 않는 힘을 갖고서 싸운 끝에, 드디어 후자가 보통의 경우 마치 혼자서 떠오르듯이 되살아 나오게 되고, 그러는 사이에 두 경쟁자는 스스로 사라졌다. 결국 자발적으로, 뜻대로 좋아서 하듯이, 애정에 관한 나의 모든 사념을 게르망트 부인의 추억 쪽으로 옮기고 말았다. 나는 이제 교리문답의 아가씨도, 우유 배달 아가씨도 떠오르지 않았다. 그렇지만 나는 이제 일부러 거기에 보러 갔던 것, 극장에서 미소 속에 약속된 애정도, 금발 아래의 옆얼굴과 밝은 얼굴도(이는 멀리서만 그렇게 보였을 뿐) 거리에서 다시 발견하기를 원치 않았다. 지금 나는 게르망트 부인이 어떤 모양을 한 분인지, 무엇으로 그분을 알아보는지 말할 수 없는데, 그도 그럴 것이 그녀의 얼굴이 옷과 모자처럼 날마다 다르기 때문이다.

어찌하여 어느 날, 푸른 두 눈 언저리에 균형 있게 나눠진 매력 안에 코의 곡선이 흡수되고 만 듯한, 부드럽고도 반들반들한 얼굴이 보랏빛 카포트

(capote)*1를 쓰고 앞쪽에서 다가오는 것을 보고서, 즐거운 충동으로, 게르망트 부인을 언뜻 보지 않고선 못 돌아가는 줄 알았는가? 또 어찌하여 어느 날, 뭔가 이집트의 여신같이, 날카로운 눈으로 가로지른 붉은 한쪽 뺨에 따라, 새부리 같은 코가 바다의 푸른빛 토케*2 밑 옆얼굴로 지름길에 나타나는 걸 보고서, 어제와 똑같은 동요를 느꼈으며, 똑같은 무관심을 가장하여 똑같이 멍하니 눈을 딴 데로 돌렸는가? 한번은 새부리가 있는 여인일 뿐만 아니라, 거의 새와 같은 여인을 보았다. 게르망트 부인의 옷도 토케도 다 모피로 만들어 한 조각의 천도 보이지 않아서, 두툼한, 고른, 담황갈색의 부드러운 새털이 짐승의 털 같기도 한 독수리처럼, 자연스럽게 털이 나 있는 듯이 보였다. 이 타고난 깃털 한가운데, 작은 머리는 새부리처럼 구부러뜨리고, 튀어나온 눈은 찌르는 듯 날카롭고도 푸르렀다.

어느 날, 내가 게르망트 부인을 언뜻 보지 못한 채 몇 시간 동안 이리저리 거리를 산책하다가, 느닷없이, 귀족적이자 평민적인 이 거리 구획의 두 저택 사이에 끼어 있는 우유 가게 안에서 '프티 스위스(petit-suisse)'*3를 보여달라고 하는 중인 맵시 있는 여인의 낯설고 아리송한 얼굴이 뚜렷이 드러났다. 그리고 누군지 분간할 사이 없이, 다른 어느 모습보다 재빨리 나에게 닥쳐온 번개처럼, 공작부인의 눈길이 나를 쏘았다. 또 한번은 그녀를 언뜻 보지 못하고서 정오 종소리를 들으니, 더 기다려봤자 헛수고일 줄 알고, 쓸쓸히 집으로 돌아가는 길로 접어들어 실망에 잠긴 채, 멀어져가는 마차를 멀거니 바라보다가, 퍼뜩 한 귀부인이 마차 승강구에서 했던 눈인사가 나에게 보낸 것인 줄 깨달았다. 느슨하게 풀린 창백한 얼굴 또는 반대로 팽팽한 생기 있는 얼굴은 동그란 모자 또는 깃털 장식 밑에 내가 그녀라고 알아보지 못하게 했던 낯선 여인의 얼굴을 지어낸 그 귀부인이 게르망트 부인이었고, 인사를 받고서도 답례조차 하지 않았음을 깨달았다. 또 때로는 집에 들어가는 길에 문지기 방 모퉁이에서 공작부인을 만나기도 했는데, 남의 눈치를 살피는 듯한 눈초리를 내가 몹시 싫어하는 밉살스런 문지기가 그녀에게 큰절을 하고 있는 중이었으며, 또한 틀림없이 '고자질'하고 있었을 것이다. 왜냐하면 게르망트 집안 하인들 모두 창

---

*1 외투에 달린 두건.
*2 테가 없고 위가 부푼 여성용 모자.
*3 크림으로 된 생치즈.

문의 커튼 뒤에 숨어서 들리지 않는 대화를 부들부들 떨며 엿들었는데, 그 결과로 공작부인은 '문지기 녀석'이 팔아넘긴 아무개 하인의 외출을 막았기 때문이다.

게르망트 부인이 보이는 얼굴은 옷차림 전체 속에 어떤 때는 좁게, 어떤 때는 넓게, 끝없이 변하는 상대적인 넓이를 차지한 얼굴이 연이어 다른 모양으로 나타나므로 내 연정은 그 육신과 옷이 바뀌는 모든 부분의 어느 점에도 붙일 수 없다. 게다가 날에 따라 자리를 바꾸는 육신과 옷을 그녀가 바꾸거나 거의 온통 새롭게 하더라도 내 마음의 동요야 달라지지 않았으니, 새 옷깃이나 낯선 뺨으로 게르망트 부인을 느꼈기 때문이다. 내가 사랑하는 이, 그것은 이 모든 걸 움직이는 눈에 보이지 않는 인물이었다. 바로 그녀였다. 그 반감이 나를 슬프게 하며, 그 접근이 내 마음을 뒤집어엎고, 그 삶을 내 손안에 교묘하게 잡아 그 친구들을 내쫓고 싶어하는 그녀였던 것이다. 그녀가 푸른 깃털을 곧바로 세우건 또는 불같은 낯빛을 보이건, 그 행위는 내 눈에 중대성을 잃은 적이 없었다.

이렇듯 내가 매일같이 아침나절에 외출하기 위해 채비하는 걸 도와줄 때 프랑수아즈가 나타내는 차가움과 비난과 연민에 넘친 얼굴에서 간접적으로 깨닫지 않았다면, 나는 게르망트 부인이 날마다 나와 만나게 되는 걸 몹시 귀찮게 여기고 있음을 스스로 느끼지 못했으리라. 프랑수아즈한테 내 옷가지를 내달라고 말하자, 주름살투성이인 쭈그렁밤송이 같은 그녀 얼굴에 바람이 거슬러 이는 것을 느꼈다. 나는 프랑수아즈의 믿음을 얻어보려는 시도조차 하지 않았다. 해본댔자 성공할 가망이 전혀 없다고 느꼈기 때문이다. 프랑수아즈는 우리에게, 곧 나의 가족과 나에게 뭔가 불쾌한 일이 일어날 기미가 있을 때에 곧바로 알아채는 힘, 언제까지나 나에게 그 성질이 아리송한 힘을 지니고 있었다. 아마도 그건 초자연적인 것이 아니라 프랑수아즈가 독점하고 있는 정보망으로 설명할 수 있었으리라. 우편이 유럽의 식민지에 어떤 정보를 전달하기 며칠 앞서 야만족이 이를 알고 있는 일이 있는데, 사실은 정신 감응*4에 의해서가 아니라, 언덕에서 언덕으로 횃불을 올려 전달된 것이다. 마찬가지로 나의 산책이라는 특수한 경우에서도 어쩌면 게르망트 부인의 하인들이 길 가는 도

*4 심적 내용이 지각에 의하지 않고 곧바로 전달되는 현상, 곧 텔레파시.

중에 불가피하게 나를 만나는 데 진저리난다고 마님이 하는 말을 듣고, 이 얘기를 프랑수아즈에게 되풀이하여 말했는지도 모른다. 물론 부모님은 프랑수아즈가 아닌 다른 아무개에게 내 시중을 맡길 수도 있을 테지만, 나에게 별로 득이 되지 않을 것이다. 프랑수아즈는 어떤 뜻에서 다른 하녀들보다 덜 하인다웠다. 사물을 판단하는 투로 보나, 착하고도 동정심 많고, 엄하고도 거만하며, 꾀바르고도 고집스런 태도에, 흰 살갗에 손만이 붉은 것을 보면 프랑수아즈는 그 부모가 '어엿한 제 집에 잘 살다', 어찌어찌하다 망해, 하는 수 없이 종살이하러 나온 시골 아가씨다웠다. 프랑수아즈가 우리집에 있다는 것은 전원생활이 나그네 쪽으로 온다는 거꾸로 된 여행 덕분에 전원의 공기와 농촌의 생활이 50년 이래 우리집에 옮겨져 있다는 뜻이었다. 마치 지방 미술관의 진열창이 아직도 어느 촌구석 사람들이 세공하거나 짜는 신기한 물건 때문에 지방색을 띠듯, 파리에 있는 우리 아파트는 전통적이자 지방색 짙은 감정으로 고취된 프랑수아즈의 말, 매우 예스런 규율에 따르는 말씨로 꾸며져 있었다. 그래서 프랑수아즈는 색실로 수놓듯 어린 시절의 벚나무와 새들, 아직도 눈앞에 선하다는 어머니의 임종 자리를 그대로 말할 수 있었다. 그런데도 파리에 일하러 왔을 때부터 프랑수아즈는 다른 층 하인들의 사상이나 법해석에 동조하고 말았다—물론 누구나 다 그녀의 처지에 놓이면 그럴 테지만—우리에게 표시해야만 하는 경의를 채우는 셈으로 5층의 식모가 늘 제 여주인에게 쓰는 거친 말씨를 우리에게 되풀이하면서, 어찌나 하인다운 만족에 도취해 있던지, 태어나서 처음으로 우리는 5층의 아파트 임차인과 어떠한 연대가 있음을 느끼면서, 우리도 고용주라는 생각이 들 정도였다. 이런 프랑수아즈의 성격 변화는 어쩌면 피할 수 없었을지도 모른다. 어떤 생활 형식은 너무나 이상해서 어차피 어떤 결점을 낳을 수밖에 없다. 이를테면 왕이 베르사유 궁전에서 궁인(宮人)들과 지낸 생활 또는 고대 이집트의 파라오나 도제(doge)*1의 생활과 같은 기이한 생활도 그렇거니와 또 왕의 생활 못지않게, 아첨꾼인 궁인들의 생활도 그러했던 것은 다 아는 사실이다. 하인들의 생활 또한 더욱더 기묘해서 그저 습관이 우리 눈을 가리고 있을 따름이다. 하지만 설령 프랑수아즈를 해고했더라도, 나는 똑같은 하인을 계속 부려야 하는 운명이었나 보다. 왜냐하면 한참 뒤

*1 옛날 제노바와 베네치아의 집정관.

에 가서 다른 여러 사람이 나의 하인으로 들어왔는데, 이미 하인에게 공통적인 결점을 지니고 있으면서도, 나하고 지내는 사이에 프랑수아즈와 마찬가지로 순식간에 변했던 것이다. 공격의 법칙은 반드시 반격을 예상해야 한다는 말마따나, 내 성격의 우툴두툴함에 몸을 다칠세라, 누구나 다 그 성격 속에 나의 톡 튀어나온 부분에 꼭 들어맞는 부분을 파놓고 있었다. 반면에 나의 결함을 이용하여 거기에 꼭 들어맞는 도드라진 부분을 박고 있었다. 나는 이런 결함도 도드라진 부분 못지않게 몰랐으니, 바로 그것이 결함이었기 때문이다. 그러나 내 하인들은 점점 뻔뻔해져서 그것을 나에게 가르치려 들었다. 내가 타고난, 언제나 변함없는 결점을 안 것은 그들도 언제나 변함없이 같은 결점에 물드는 것을 보아서이다. 이를테면 그들의 성격은 내 성격의 음화판(陰畫版)이었다. 전에 사즈라 부인이 하인들을 가리켜 '그 종족, 그 종류'라고 말했을 때, 어머니와 나는 크게 웃었다. 그런데 어찌하여 내가 프랑수아즈를 다른 하인과 바꾸고 싶은 마음이 일어나지 않았는지는, 갈아본댔자 누구나 할 것 없이 반드시 하인이라는 일반 종족에 속하며, 나의 하인이라는 특수한 종류에 속하고 말 것이라는 바로 이런 예감임을 말해두고자 한다.

프랑수아즈 얘기로 되돌아와서, 나는 프랑수아즈 얼굴에 다 준비된 애도의 빛을 미리 보지 못한 채 어떤 굴욕을 느낀 적이 단 한 번도 없었다. 프랑수아즈가 날 불쌍히 여기는 데 약이 올라 그와 반대로 성공을 거두었다고 우겨대려고 했을 때, 나의 거짓말은 그 공손한, 하지만 뚜렷한 불신과 확신을 갖는 마음에 보람 없이 부서지고 말았다. 왜냐하면 프랑수아즈는 진실을 알고 있었기 때문이다. 진실을 입 밖에 내지 않고, 마치 아직 입 속 가득히 있는 것을 겨우 맛난 한 조각만 삼킨 듯이 오로지 입술을 오물오물 움직였을 뿐이었다. 과연 진실을 입 밖에 내지 않았을까? 적어도 나는 오랫동안 그렇게 믿었었다. 그때는 아직 사람이 남에게 진실을 알리는 건 말을 통해서라고 생각했기 때문이다. 뿐만 아니라 남들이 나한테 한 말은 예민한 내 정신에 그 변하지 않는 뜻을 어찌나 뚜렷하게 찍는지, 아무개가 나를 좋아한다고 말했으면서도 좋아하지 않는 따위의 일은 있을 수 없을 성싶었다. 예를 들어 프랑수아즈가 신문에서 우편으로 신청하는 즉시 만병통치약 또는 수입을 백 배로 올리는 비결을 무료로 보내준다고 아무개 신부 또는 신사가 낸 광고를 읽으면 그걸 의심할 수 없을 것 같았다(그 반면에, 단골 의사가 코감기에 잘 듣는 아주 간단한 연고를 프랑수아즈에게 주자, 더 심한 고통을 잘 견디어내면서도, 훌쩍거리며 '코가 간질간질하다'라고 한탄하면서 어찌할 줄 몰라 한다). 그러나 최초로 프랑수아즈가 본보기를 보여준 바로는(이 작품의 끝머리에 가서 보는 바와 같이 나중에 더 친근한 인물에게 새삼 더 고통스럽게 실례(實例)를 제시당했을 때 이해한 것이지만), 진실을 나타내는 데 말로 할 필요 없이, 말에 기대함이 없이, 말을 전혀 헤아리지 않고서도, 외부의 갖가지 표적에서, 물질세계의 대기 변동에 해당하는, 성격의 눈에 보이지 않는 어떤 현상 따위에서 오히려 더 확실히 진리를 이해할 수 있을 것 같다는 점이다. 진실과는 다른 바를 말하는 한편, 몸과 행위(프랑수아즈는 이것을 정확히 해석했다)의 수많은 무의식적인 고백으로 진실을 나타내는 일이 그때의 내게도 자주 있었으므로, 나는 이 점을 짐작할 수도 있었으리라. 그러나 그러기에는 내가 때로 거짓말쟁이나 협잡꾼이 되고 있다는 것을 알고 있을 필요가 있었다. 그런데 거짓말과 협잡은 내게도 모든 사람의 경우와 마찬가지로, 매우 절박하고도 우연하게 자기방어를 위해, 어떤 특별한 이익을 위해 일어나므로, 고상한 이상을 지향하는 내 정신은 내 성격이 그늘에서 그런 하찮은 긴급한 일을 저지르는 걸 내버려두고 거들떠보지도 않았던 것이다.

프랑수아즈가 나에게 상냥하게 구는 저녁, 내 방에 그대로 앉아 있어도 좋으냐고 물어왔을 때, 그녀의 얼굴이 투명하게 된 듯, 호의와 솔직함이 보이는 듯했다. 나중에 안 일이지만 경솔한 점이 있는 쥐피앙이 그 뒤 나에게 누설하기를, 나라는 사람됨이 내 목을 달아매는 밧줄만큼의 값어치도 없는 주제에 가능한 한 온갖 고생을 다 시키려 든다고, 프랑수아즈가 말하더라는 것이 아닌가. 쥐피앙의 말은 여태껏 의심할 여지없이 프랑수아즈가 나를 썩 좋아하며 기회가 있을 때마다 나를 칭찬해 마지않는다는 모습과는 아주 다른 프랑수아즈와 내 관계를 그 즉시 내 앞에 미지의 빛깔로 찍어냈으므로, 나는 다음과 같은 사실을 깨달았던 것이다. 우리가 눈으로 보는 사물의 양상이 실제와 다른 것은 물리적 세계만이 아니다. 짐작하건대 다른 모든 현실도 이와 마찬가지로, 우리가 알고 있다고 생각하는 바와는 다른 모양일 것이다. 만약 우리의 눈과 구조가 다른 눈을 가진 생물, 또는 나무나 태양이나 하늘에 대해 동일한 가치를 부여하는 눈과는 다른 비시각적인 지각 기관을 가진 생물이 깨달은 단면이 있다면, 그것은 나무도, 태양도, 하늘도 우리 눈에 비치는 것과는 달라질 것이다. 이와 같이 쥐피앙이 나에게 현실 세계를 한번 열어 보인 갑작스런 엿보기는 나를 소스라치게 하였다. 아직은 내가 별로 걱정하지 않던 프랑수아즈의 뒷면이 나타났을 뿐이었다. 그렇다면 모든 사회적 관계 속에서도 마찬가지였을까? 사랑마저 그렇다면, 앞으로 그것이 나를 어떤 절망에 빠뜨릴까? 이는 미래의 비밀이었다. 당장 문제는 프랑수아즈에게만 관련되어 있다. 프랑수아즈가 쥐피앙에게 했던 말은 진심이었을까? 그저 쥐피앙과 나 사이를 틀어지게 하려고 그랬을까, 아니면 쥐피앙의 딸을 자기 대신 들어오지 못하게? 그래서 늘 나는 프랑수아즈가 나를 좋아하고 있는지 아니면 몹시 싫어하고 있는지 확실하게 알 수 없다는 사실을 깨달았다. 또 이와 같이 한 인간은 내가 생각했던 모양으로 그 장점, 결점, 계획, 우리에 대한 의사와 함께(울타리 너머로 온 화단이 환히 바라다보이는 정원처럼) 뚜렷하지도 고정되어 있지도 않고, 우리가 결코 들어갈 수 없는 그늘, 그것에 대한 직접적 인식이 존재하지 않는 그늘로, 인간의 말과 행위의 도움 덕분에 우리는 그 그늘에 관해 수많은 신념을 지어내나, 그 신념은 어느 것이든 불충분하고도 모순투성이의 지식을 줄 뿐이며 또 우리는 그 그늘 속에 증오와 애욕의 불꽃이 불타는 것을 똑같이 진실인 것처럼 번갈아 공상할 수 있다는 관념을 처음으로 내게 가르쳐준 사람이 바로 프랑수아즈였다.

나는 진심으로 게르망트 부인을 사랑하고 있었다. 내가 신에게 구할 수 있는 최대의 행복은 그녀에게 온갖 재앙을 내리시어, 망하게 하고, 인망을 잃게 하며, 나와 그녀 사이를 떼어놓고 있는 모든 특권을 빼앗아 거처하는 집도 인사해주는 사람도 없어져 나에게 도움을 구하러 오게 하는 데 있었다. 나는 게르망트 부인이 그렇게 하는 장면을 상상해보기도 하였다. 뿐만 아니라 밤이 되어 대기 또는 나 자신의 건강 상태가 변해 옛 인상들이 적혀 있는 잊혀진 어떤 두루마리를 내 의식 속에 가져온 적도 있었다. 마음속에 갓 생겨난 새롭게 바꾸는 힘을 이용하거나 여느 때는 알아차리지 못한 사념을 마음속에서 판독하는 데 그걸 쓰거나 마침내 일을 시작하는 대신에, 나는 오히려 비참한 구렁텅이 속에 떨어진 공작부인이 유력한 재산가가 된 나한테 애원하러 온다는 순전히 허무맹랑한 곡절이 많은 소설을 쓸데없는 말과 몸짓에 지나지 않는, 표면상 파란이 심한 투로 꾸며대기를, 소리 높여 지껄여대기를 좋아했다. 이와 같이 공상하는 데, 내 집에 공작부인을 맞이하면서 할 말을 소리내어 지껄이는 데 몇 시간을 보냈어도, 사태는 여전히 그대로다. 나는 실제로는 갖가지 우월한 점을 전부 한 몸에 가지고 있을지 모르는 여성을 사랑하는 여인으로 택하고 말아, 그 때문에 그 눈에 아무런 위엄도 보일 수가 없었다. 왜냐하면 공작부인은 귀족인 데다가 최고 재산가에 못지않은 재력가로, 이분을 유행계의, 이를테면 모든 사람의 여왕으로 삼는 그 개인적인 매력을 셈속에 넣지 않더라도 말이다.

아침마다 일부러 부인과 엇갈리게 가는 것이 그녀의 마음을 언짢게 하는 줄 알았다. 그러나 2~3일 그렇게 하지 않고 꾹 참는 용기가 내게 있었더라도, 내게는 크나큰 희생으로 느껴졌을 이 근신이 어쩌면 게르망트 부인의 눈에 띄지 않거나, 알아채지 못했거나, 알아차리더라도 내 의사와는 관계없는 어떤 일탓으로 돌리거나 했을 것이다. 실상 나는 나 자신을 도저히 불가능한 처지에 빠뜨리지 않고서는, 그녀의 길목을 지키지 않고는 못 배겼으리라. 오랫동안 헤어졌다가 우연히 다시 만나 잠시나마 그 주의의 대상이 되고픈 욕구, 그 인사를 받는 인물이 되고자 하는 끊임없이 되살아나는 욕구가, 부인의 마음을 언짢게 한다는 슬픔보다 강했으니까. 나는 당분간 멀리 가야 했지만, 그럴 만한 용기가 없었다. 그렇게 하자고 이따금 생각하긴 했다. 그래서 가끔씩 프랑수아즈에게 여행 가방을 꾸리라고 했다가, 잠시 뒤 풀라고 이르곤 했다. 구식으로 보이지 않으려는 마음과 모방의 정령은 아주 자연스럽고도 몸에 익숙한 표현형식을 해치게 하므로 프랑수아즈는 딸이 쓰는 말에서 표현을 빌려, 이러는 나를 딩고(dingo)*[1]라고 말했다. 프랑수아즈는 내가 이런 꼴인 게 마음에 들지 않아, 내가 늘 '이리 흔들 저리 흔들한다'라고 말했다. 현대인과 대적하고 싶지 않을 때, 그녀는 생시몽의 어구*[2]마저 썼으니까. 게다가 내가 주인답게 말하는 것이 프랑수아즈의 마음에 더욱 들지 않은 것도 사실이었다. 그러는 것이 나에게 자연스럽지 않으며 어울리지 않다는 것을 프랑수아즈도 알고 있어서, 이

---

*1 오스트레일리아산 들개. 곧 게으름뱅이를 말함.

*2 생시몽(1675~1755)의 《회상록》이 화자의 어머니와 할머니의 애독서인 것은 이미 말했지만, 여기서는 '이리 흔들 저리 흔들한다'(원어는 balancer)라는 말의 사용 방법이 생시몽적이라고 말한 것이다. 하지만 이것은 스탕달이나 발레리에게도 조금씩 보여 생시몽만의 용법이라고는 할 수 없음.

를 번역하여 말하기를 '의사가 거기에 따르지 않는다'라고 하였다. 나에게는 게르망트 부인과 가까워지는 방향으로 떠나는 용기밖에 없었으리라. 이는 불가능한 일이 아니었다. 부인에게 말 건네고 싶은 사념의 단 한 가지라도 결코 부인에게 다다르지 못하리라 느끼면서 아침나절 거리를 외로이 창피하게, 언제까지나 아무런 진전이 없을 듯한 그런 제자리 돌기의 산책을 하고 있느니보다, 게르망트 부인한테서 멀리 떨어진 곳, 그러나 부인이 사람을 사귀는 데 까다로운 걸 아는 그녀의 벗인 아무개, 나를 존중하고, 부인에게 나에 대한 것을 말할 수 있으며, 또 부인한테서 내가 바라는 바를 얻어주지 못할망정, 적어도 부인에게 이를 알려줄 것이다. 아무튼 부인에게 이러저러한 전언을 맡아 해줄지를 그 사람과 의논할 수 있을 테니까, 이것만으로 외롭고도 묵묵한 내 몽상에도 입 밖에 내는 말의 활동적인 새 형태를 줄 수 있을 것이다. 그래서 그 형태는 거의 하나의 실현, 하나의 진전으로 더욱더 부인 가까이 있게 되는 셈이 아닐까? '게르망트네 사람들'의 신비로운 생활을 누리면서 그 일원인 부인이 무엇을 하고 있는지는, 끊임없는 내 몽상의 대상이었다. 공작부인의 저택이나 그 파티에 거리낌 없이 드나들며 부인과 긴 대화를 나눌 수 있는 아무개를 지렛대 쓰듯이 하면서 간접적으로나마 거기에 끼어든다면, 이는 아침마다 길에서 바라보는 것보다 거리는 멀지만 더욱 효과 있는 접촉이 아닐까?

생루가 나에게 보이는 우정이나 존경이 내 분수에 맞지 않는 것 같아, 나는 여태껏 그것에 무관심했다. 그러나 갑자기 그것이 소중하게 여겨졌다. 생루가 우정이나 존경을 부인에게 말해주었으면, 그렇게 하도록 생루에게 부탁할 수 있다면 오죽 좋으랴 생각했다. 그도 그럴 것이 사람은 사랑을 하게 되자마자, 자기가 갖는 아무리 사소한 특권이라도 상대가 모르는 거라면 사랑하는 여인에게 모조리 늘어놓고 싶기 때문이다. 마치 일상생활에서 실격자들과 진저리 나는 사람들이 그렇게 하듯. 상대 여인이 그런 특권을 몰라주는 걸 안타까워하다가, 눈에 안 띄는 바로 이런 뛰어난 능력을 여인이 알고 더 좋아할지 모른다고 생각하여 스스로 위로하려고 애쓰게 마련이다.

생루는 그의 말처럼 일 때문인지, 아니면 애인과 벌써 두 차례나 헤어질 뻔하여 비탄에 빠져 있어선지 파리에 못 온 지 오래였다. 그는 여러 차례 나한테 부대 주둔지로 자기를 찾아와주면 참으로 기쁘겠다고 말한 적도 있거니와, 그가 발베크를 떠난 지 이틀 만에, 이 친구한테 받은 첫 편지 봉투에서 주둔지의 지명을 읽고 나는 큰 기쁨을 느끼기도 했던 것이다. 그 고장은 넓고 아득한 풍경이 떠오를 만큼 발베크에서 그다지 먼 곳이 아니며, 갠 날에는 멀리 끊어졌다 이어졌다 하는 음향의 안개 같은 것이 자주 나부껴—늘어선 미루나무가 구불구불 굴곡지어 눈에 보이지 않는 냇물의 흐름을 그려내듯—훈련 중인 연대의 이동을 나타냈다. 그래서 거리와 광장의 대기마저, 어떤 씩씩한 음악적 떨림을 계속하게 되어 짐수레나 시가전차의 아주 평범한 음향까지도, 조용해진 뒤까지 환각에 익숙해진 귀에 사라져가는 나팔 소리처럼 메아리치며 지나가는, 넓은 들판에 둘러싸인 귀족적이자 군대적인 작은 도시 중 하나였다. 파리에서 그다지 멀지 않아서 급행을 타면 그날로 어머니와 할머니 곁으로 되돌아가 내 침대에서 잘 수 있었다. 이것을 깨닫자마자 나는 벅찬 욕망에 시달려, 파리에 돌아오지 않고서 그 도시에 머무르겠다는 결심을 할 만한 기력도 없어졌다. 그렇다고 짐꾼이 내 가방을 합승 마차까지 들어다주는 것을 막을 만한 힘도 없어 그 뒤를 따라가다가 집에서 자기를 기다릴 할머니도 없는 여행자가 자기 짐을 감시할 때처럼 멍청해져서, 하고 싶은 생각을 그만둔 뒤에 도리어 자못 분별 있어 보이는 인간처럼 얼른 마차에 올라서, 기병대 병영이 있는 거리 이름을 마부에게 일러주었다. 이날 밤, 생루가 내 짐을 푸는 호텔에 자러 와서 이 미지의 도시와 처음 접하는 불안을 덜어주리라 나는 생각했다. 위병 하나가 생루를 찾으러 가고, 내가 11월 바람에 메아리치고 있는 이 거대한 배 앞 면회실에서 기다리고 있으려니, 벌써 저녁 6시 무렵이라 잠시 정박한 어느 이국 항구에 상륙하듯, 그 안에서 두 사람씩 비틀거리면서 쉴 새 없이 많은 사람들이 거리로 나오고 있었다.

생루가 외알안경을 가슴 앞에 대롱거리면서 춤추듯 달려왔다. 나는 그가 놀라 기뻐하는 모양을 보고 싶어서 이름을 알리지 않았다.

"아니, 야단났군." 그는 나를 보자 귀까지 빨개지면서 느닷없이 외쳤다. "일주일 휴가가 오늘로 끝나요, 앞으로 일주일은 외출 못 하거든요!"

그는 누구보다도 발베크에서 내 저녁의 고민을 자주 보았으며 달래주어 알고 있는지라, 내가 이 첫 밤을 혼자 보내게 된다는 생각으로 투덜거리자 그는 한탄 소리를 그치고 내 쪽으로 머리를 돌려 빙그레 미소를 보였다. 하나는 직접 눈으로, 또 하나는 외알안경을 통해 한결같지 않은 다정한 눈길을 보내왔는데, 둘 다 나를 만난 감동을 암시하고, 또한 내가 늘 이해 못 했던 것이나 지금은 소중하게 된 그 중대사, 곧 우리의 우정을 넌지시 알리고 있었다.

"어쩐다! 어느 호텔에 묵으신다? 정말이지 우리가 하숙하는 호텔은 못 권하겠는걸. 박람회장 옆인데 축전이 벌어지는 참이라 여간 시끄럽지 않거든요. 거기보다 플랑드르 호텔이 낫겠어요, 18세기의 예스런 작은 궁전인데, 옛 태피스트리가 있어요. 거긴 꽤 '예스런 역사적인 저택'을 '이루고' 있으니까요."

생루가 '이루다(faire)'라는 말을 '……인 듯하다(avoir l'air)'의 뜻으로 쓰는 것은 입 밖으로 나오는 말이 글로 쓰이는 말처럼 때때로 이와 같이 말의 뜻을 바꾸고, 표현을 세련되게 할 필요를 느끼기 때문이다. 신문 기자들이 가끔, 그들이 쓰는 수식어가 어느 문학유파에서 비롯하는 건지 전혀 모르는 것과 매한가지로, 생루가 쓰는 말은 그 어법마저도 다른 탐미주의자 세 명의 모방이었는데, 그는 세 사람과 다 아는 사이가 아니었으나 그 어법만은 간접적으로 그에게 주입되어 있었다. "그리고 또"라고 그는 결론지었다. "이 호텔은 당신의 청각 과민에도 꽤 적당해요. 옆방에 손님이 없을 테니까요. 이거야 뭐 사소한 특징인 줄 나도 알아요, 결국 내일 다른 여행객이 오지 말라는 법도 없으니 이런 믿을 수 없는 목적으로 일부러 그 호텔을 택할 필요도 없지요. 아니, 내가 거기를 권하는 건 겉모양 때문이죠. 방들이 꽤 있을 만하고, 가구들이 모조리 예스럽고 편안해서 어딘지 모르게 아늑한 기분이 들거든요." 하지만 생루만큼 예술가답지 않은 내게는 예쁜 집에서 받는 기쁨이 참으로 천박하고, 거의 아무것도 아니어서, 지난날 콩브레에서 어머니가 잘 자라는 밤인사를 하지 않았을 적에 느끼던 것, 또는 발베크에 도착하던 날 쇠풀 냄새 나는 높다란 천장의 방에서 느낀 것처럼 고통스런 불안이 시작됨을 진정시킬 수 없었다. 생루는 나의 고정된 눈길에서 이 점을 알아챘다.

"하지만 그 예쁜 궁전 따위야 개의치 말아요, 얼굴이 새하얗군요. 그런데 나는 아무것도 모르고 태피스트리가 어쩌니저쩌니 지껄이다니, 당신이야 볼 마음조차 없을 텐데. 당신이 쓸 방이야 잘 알고, 개인적으로는 썩 기분 좋은 방이라고 생각하지만, 당신같이 감수성이 예민한 사람은 그렇지 않은 것도 이해가요. 내가 당신을 이해 못 한다고 생각 말아요. 같은 것을 느끼지는 못하지만, 당신 상황이 되어볼 수는 있답니다."

하사관 하나가 마당에서 말을 도약시키는 훈련에 몹시 열중해, 병사들의 경례에 응하지 않고서 방해되는 이들에게 욕설의 일제사격을 퍼붓다가, 생루를 보고 미소를 보내면서 생루가 한 친구와 같이 있는 것을 언뜻 보고는 경례했다. 그러나 그 말은 거품을 물면서 뒷발로 곧추섰다. 생루는 말 머리에 덤벼들어, 재갈을 잡아 용케 진정시키고 나서 나에게 돌아왔다.

"아무렴요." 그는 말했다. "당신이 느끼는 그 괴로움을 이해해요. 하지만 어쩔 수가 없네요." 다정스레 손을 내 어깨에 놓으면서 이렇게 덧붙였다. "만일 당신 곁에 있을 수 있다면, 아마 내일 아침까지 담소하면서 당신의 쓸쓸함을 조금이나마 덜어줄 수 있을 텐데 하고 생각하니 말입니다. 책을 여러 권 빌려주겠지만 그 기분대로라면 못 읽을 테고, 그렇다고 당장 내 근무를 바꿀 수도 없으니. 애인이 와서 벌써 두 번이나 계속해서 그렇게 했거든요."

그러고 나서 그는 자신의 난처함과 또한 의사처럼 어떤 약이 내 병에 알맞을지 궁리하느라 눈살을 찌푸렸다.

"달려가서 내 방에 불을 지피게." 그는 지나가는 한 병사에게 일렀다. "어서 빨리, 꾸물대지 말고."

다시 내 쪽으로 얼굴을 돌린 그의 외알안경과 근시안의 눈길은 우리 두 사람의 크나큰 우정을 암시하고 있었다.

"이거! 당신이 이곳, 내가 당신을 그토록 그리워한 이 병영에 와 있다니, 내 눈을 믿지 못하겠군요, 꿈같군요. 아무튼 건강은 좀 좋아졌나요? 조금 있다가 다 이야기해줘요. 내 방에 올라가요. 마당에 너무 오래 있지 않는 게 좋아요. 바람이 세니. 나야 아무렇지 않지만, 당신은 익숙하지 않아 감기에 걸릴까 걱정이 됩니다. 일, 시작했습니까? 아직? 당신은 참으로 이상한 사람이에요, 만일 내게 당신만한 소질이 있다면 아침부터 저녁까지 계속 쓰겠는데. 아무것도 하지 않는 편이 더욱 재미나시나. 나 같은 평범한 사람들은 늘 쓰고 싶어하는데, 할 수 있는 사람들이 쓰려고 하지 않다니, 참으로 유감스럽군요! 아참, 할머님의 안부를 물어보지 않았군요. 할머님께서 주신 프루동을 잘 간직하고 있죠."

키가 큰 의젓하고도 위엄 있는 장교 하나가 유유하고도 엄숙한 걸음걸이로 계단에 나타났다. 생루는 장교에게 경례 붙여 손을 군모 높이에 올리는 동안 계속 부동자세를 취했다. 그런데 어찌나 힘을 주어 서둘러 차려 자세를 취했던지, 경례가 끝나자 곧 어깨 다리와 외알안경의 위치를 모조리 바꾸면서 급히 손을 축 떨구어, 부동의 순간이라기보다, 오히려 갓 생겨난 과도한 운동과 시작하려는 운동을 서로 상쇄하고 있는 떨리는 긴장의 순간이었다. 그러는 동안에 장교는 가까이 오지 않은 채, 조용히, 호의 있게, 품위 있게, 위엄 있게, 다시 말해 생루와 대조적인 모습으로, 그 또한, 하지만 서두르지 않고 군모 쪽으로 손을 올렸다. "중대장에게 한마디 해둬야겠는 걸요." 생루는 나에게 속삭였다. "미안하지만 내 방에 먼저 가서 기다려주겠어요? 4층 오른쪽으로 두 번째 방입니다. 곧 뒤따라가죠." 이렇게 말하더니, 건들거리는 외알안경을 얼굴에 건 채, 침착하고 위엄 있는 상관 쪽으로 달려갔다. 이때 중대장은 끌어온 말에 오르기에 앞서, 짐짓 점잔 빼는 몸짓으로 몇 가지 명령을 내리고 있었다. 마치 나폴레옹 제정 시대의 전투에라도 출전하는 듯한 역사화 속 인물 같은 느낌을 주었지만 알고 보면 자기 집, 동시에르에 근무하는 동안만 세 들어 사는 집으로 돌아가는 참이었던 것이다. 게다가 그 주택이 있는 곳은 이 나폴레옹 숭배자를 비꼬기라도 하듯이, 진작부터 '공화국 광장'이라는 이름으로 불리고 있었다. 나는 계단을 오르기 시작했지만, 못투성이라 한 걸음마다 발이 미끄러질 듯싶었다. 벽지도 바르지 않은 방들이 보이고, 침대와 배낭이 두 줄로 가지런히 늘어서 있었다. 병사 하나가 생루의 방을 가르쳐주었다. 나는 닫힌 문 앞에 잠시 섰다. 어떤 기척이 들려왔기 때문이다. 뭔가를 움직이고, 뭔가를 떨어뜨리고 있었다. 방이 비어 있는 것이 아니라 누군가 있음을 느꼈다. 그러나 지핀 불이 타고 있을 따름이었다. 불이야 가만히 있을 수 없게 마련이라, 장작을 매우 서투르게 이동시키고 있었던 것이다. 나는 방에 들어섰다. 불이 장작 한 개비를 굴러 떨어지게 하고 나서 또 한 개비를 태웠다. 불은 움직이지 않을 때도 속된 사람들처럼 소음을 내고 있으니, 불꽃이 타오르고 있음을 본 뒤에야 불꽃 튀기는 소리임을 뚜렷이 알긴 하였지만, 만일 벽 너머 쪽에 내가 있었다면, 누가 이제 막 코를 풀고 있거나 거닐고 있거나 하는 소리인 줄 알았을 것이다. 드디어 나는 방 안에 앉았다. 리버티(liberty)*1 벽걸이와 18세기 독일의 옛 피륙이 다른 건물에서 내뿜는 망측하고, 무미하며, 검은 합처럼 곰팡내 나는 냄새에서 이 방을 보호하고 있었다. 여기라면, 이 호감 가는 방 안이라면 나도 행복하며 안온하게 식사하고, 잘 수 있을 것 같았다. 탁자 위 사진들과 나란히

*1 리버티는 런던 리젠트 거리에 있는 백화점. 원래 리버티프린트는 꽃무늬가 놓인 면직물이나 실크를 가리켰지만, 지금은 직물 전체를 꾸미는 꽃무늬를 일컬음.

있는 공부 책 덕분에 생루가 방 안에 있는 듯한 느낌이 들었다. 장작불을 통해 사진들 가운데 내 것과 게르망트 부인의 것을 알아보았다. 벽난로에 익숙해진 장작불은 열심히, 조용히, 충실히 기다려 누워 있는 짐승처럼 이따금 숯을 떨어뜨려 불씨를 부스러뜨리거나, 또는 벽난로 안쪽을 화점의 혀로 핥거나 할 뿐이었다. 내 귀에 생루의 회중시계가 내는 똑딱거리는 소리가 들려왔는데, 그다지 멀리 있지 않는 것이 틀림없었다. 이 똑딱 소리는 줄곧 자리바꿈했는데, 회중시계를 눈으로 보지 못했기 때문이다. 내 뒤에서, 앞에서, 오른쪽에서, 왼쪽에서 들려오는 것 같다가, 때로는 아주 멀리 있는 듯이 들리기도 하였다. 단번에 나는 탁자 위에서 회중시계를 발견했다. 그러자 똑딱 소리는 일정한 장소에서 들려와 다시는 움직이지 않았다. 똑딱 소리를 듣고 있는 것이 아니라, 거기에서 똑딱 소리를 보고 있는 것이니, 소리에는 장소가 없기 때문이다. 적어도 우리는 소리를 움직임에 연결시킨다. 따라서 소리는 우리가 움직임을 예상하는 데 도움이 되고, 움직임을 불가피하고도 자연스러운 것으로 볼 수 있게 한다. 솜마개로 귀를 꼭 막은 환자라면 그러한 불 소리도 듣지 못하게 될 수도 있다.

이 순간에 생루의 벽난로 속에서 같은 소리를 되풀이 내고 있는 불, 뜬 숯과 재를 만들어내느라 애쓰면서 뒤이어 그 화단(火壇)에 떨어뜨려 버리는 불과 똑같은 불의 소리를 듣지 못하게 될 것이다. 더더구나 일정한 사이를 두고서, 동시에르의 대광장에 음악의 날개를 치며 지나가는 전차 소리를 못 듣는 일이 물론 때로는 있다. 그때 병자가 책을 읽는다면, 책장은 신의 손으로 넘겨지기라도 하듯이 소리 없이 젖혀질 것이다. 목욕탕에 채우는 둔한 물소리는 약해지다가, 가늘어지다가, 하늘 높이 지저귀는 새 소리처럼 사라진다. 소음이 물러가 가늘게 되는 동시에 우리에 대한 그 도전적인 힘을 전부 잃어간다. 금방 머리 위 천장을 흔들어대는 것같이 느껴진 마차 소리에 얼빠졌다가, 이번엔 산들바람과 더불어 길바닥에서 장난하는 나뭇잎들의 살랑거림처럼 가볍고, 쓰다듬는 듯한, 머나먼 소리를 모으는 데 즐거워한다.

트럼프로 혼자서 '점쳐보기'를 하다 갑자기 카드 소리가 들리지 않게 되고 이윽고 트럼프를 움직이지 않았는데도 트럼프 스스로 움직이며, 트럼프놀이를 하고픈 이쪽 의사에 앞질러, 이쪽과 함께 놀기 시작한 것이 아닌가 하고 여긴다. 이러고 보니, 사랑을 하는 경우(사랑만이 아니라 삶에 대한 사랑, 명예에 대한 사랑도 더하기로 하자, 이 두 가지 감정을 잘 아는 이들이 있을 듯싶으니까), 소음에 맞서서, 소음이 그치기를 애원하는 대신에 귀를 틀어막는 사람들처럼 행동해야만 할 게 아니겠는가, 또 그들을 모방하여 우리의 주의력과 방어력을 우리 자신에게 돌려, 우리가 사랑하는 외적 인간이 아니라, 그 인간으로 말미암아 고통받은 우리 능력 자체를 정복할 대상으로 삼는 게 좋지 않을까 하고 생각해볼 수 있다.

소리의 문제로 되돌아와서, 바깥귀길을 틀어막는 솜마개를 더 두껍게 하면, 머리 위쪽에서 어린 소녀가 소란스럽게 뚱땅거리고 있는 곡이 피아니시모(pianissimo, 매우 여리게)가 된다. 기름에 적신 솜마개로 막으면, 당장 그 횡포에 가옥 전체가 복종해 그 권위마저 바깥에 미친다. 피아니시모만으로는 충분하지 않다. 솜마개는 삽시간에 건반을 닫게 만들고 음악 연습도 갑자기 끝난다. 머리 위쪽에 거닐고 있는 신사가 불현듯 걸음을 멈춘다. 마차와 전차의 오감도 마치 황제의 행차를 기다리듯 차단된다. 또 이와 같이 그 소리를 약하게 함은 잠을 자게 하는 대신에 때로는 도리어 어지럽게 한다. 어제만 해도 그치지 않는 소음이 거리 안이나 집 안의 동정을 연달아 그려내고, 지루한 책이 그렇듯이 우리를 잠들게 하였다. 그러나 오늘은 우리의 잠 위에 펼쳐진 고요의 표면에, 다른 것들보다 더 세게 뭔가 부딪치자, 한숨같이 가벼운, 다른 소리와 아무 관련 없는, 불가사의한 울림이 들려온다. 그 울림에 대한 설명을 요구하는 소리가 잠을 깨우기에 충분하다. 이와 반대로 병자의 고막을 틀어막는 솜마개를 잠시 빼니, 갑자기 음의 빛과 음의 햇살이 눈부시도록 다시 나타나 우주에 되살아난다. 여태껏 귀양 갔던 소음의 한 무리가 전속력으로 돌아온다. 마치 음악 천사들의 성가 합창을 듣듯, 목소리의 부활에 참석한다. 텅 비었던 거리는 순식간에 노래하는 천사의 재빠르고도 잇단 날갯짓 소리로 넘친다. 방 안에서까지 병자가 이제 막 프로메테우스처럼, 불이 아니라 불의 소리를 창조하기 시작한다. 이처럼 솜마개를 더 또는 덜 끼는 거야말로 외부 세계의 음향을 가감하는 두 페달을 번갈아 밟는 것이나 진배없다.

그렇지만 순간적이 아닌 음의 말살법도 있다. 완전한 귀머거리는 바로 자기 옆에서 우유를 데우는 데에도 주전자 뚜껑을 연 채 지켜보면서, 눈보라의 반사와도 같이 새하얀 북극의 반사가 나타나기를 주시해야 한다. 그 흰빛이 바로 선구적인 예고이니, 파도를 가라앉히는 그리스도처럼*[1] 그 신호에 따라서 전기 스위치를 끄는 편이 현명하다. 달걀과도 같이 부글부글 끓어오르는 우유의 막이 벌써 여러 차례 비스듬히 넘실거리면서 정상에 닿아, 크림을 주름 잡으면서 기우뚱거리는 몇몇 돛을 둥글게 부풀리고, 그 가운데 하나를 진주모 빛을 띠게 하여 폭풍 속으로 돌진케 한다. 전원을 꺼서 폭풍을 알맞은 때에 가라앉히면, 그 돛은 모두 빙글빙글 돌다가 목련 꽃잎이 되어 둥둥 떠다닐 것이다. 병자가 곧바로 필요한 조치를 취하지 않았다면, 오래지 않아 그의 책과 회중시계는 이 우유의 밀물이 가져온 새하얀 바다에 삼켜져서 겨우 머리만 내놓고, 늙은 하녀의 도움을 청해야만 하리라. 그럼, 그가 유명한 정치가이건 또는 뛰어난 작가이건 하녀는 그에게 다섯 살 난 어린애만큼도 철들지 않았다고 말할 것이다. 또 때로는 마법의 실내, 닫힌 문 앞에 조금 전까지 거기에 없었던 이가 모습을 나타내는 일이 있다. 이는 들어오는 기척이 나지 않던 손님, 지껄이는 말이 싫어진 사람으로서는 아늑한 소인형극에 나오는 인물처럼 오로지 몸짓만 하는 손님이다. 아주 귀머거리가 된 사람은 하나의 감각을 잃는 것이 하나의 감각을 얻는 것과 마찬가지로 세계에 아름다움을 보태므로, 소리가 아직 창조되지 않았던, 거의 낙원 같은 지상을 이제야 그는 황홀하게 산책한다. 천 길이나 되는 폭포도 그의 눈으로만, 고요하고 깨끗하기가 잔잔한 바다보다 더한, 수정의 넓은 평면을 천국의 폭포처럼 펼친다. 귀머거리가 되기에 앞서, 그로서는 소음이 사물의 움직임에 대한 원인을 지각하는 형태였으므로, 소리 없이 움직이는 물체는 원인 없이 움직이는 듯이 보이고, 온갖 음향성인 성질을 벗어던진 물체는 자연 발생적인 행동을 나타내며, 마치 살아 있는 듯하다. 스스로 움직이고, 멈추며, 타오른다. 역사 이전의 날개 달린 괴물인 듯이 스스로 날아간다. 이웃 없는 적막한 귀머거리 집에서 고질이 극도에 이르기 전부터, 이미 더할 나위 없는 조심성을 보이며 묵묵히 행하던 시중은 몽환극(夢幻劇)에 나오는 나라님을 위해 일어나듯이, 이제는 묵묵한 이들에 의해 뭔가 내밀한 것으로 안정되어 있다. 또한 몽환극의 장면에서처럼 귀머거리가 창문에서 바라보는 건물—병영, 성당, 청사—은 무대 장치에 지나지 않는다. 어느 날 그것이 와르르 무너진다면, 먼지구름을 일으키며 눈에 보이는 폐허를

*1 구약성서 '출애굽기' 제14장 삽화.

남길지 모르나, 무대의 궁전보다 비물질적이기 때문에(하기야 그만큼 가느다랗지는 않지만), 무거운 석재를 떨어뜨리면서도 야비한 음향으로 순결한 고요를 더럽히지 않고서, 건물은 마법의 세계 가운데 무너질 것이다.

상대적인 것이긴 하나, 조금 전부터 내가 있는 병영의 작은 방을 지배하던 정적은 깨졌다. 문이 열려 생루가 외알안경을 떨어뜨리면서 기운차게 들어왔다.

"이봐요, 로베르, 당신 방이 참으로 기분 좋군요." 내가 말했다. "이곳에서 식사도 하고 잘 수도 있게 허락해주면 좋겠는데!"

실상 만일 그것이 금지되어 있는 것이 아니었다면, 병영이라는 이 커다란 공동체 속에 불안을 모르는 질서 정연한 다수의 의지, 근심을 모르는 다수의 정신이 살아가는 평온과 경계와 빈틈없는 이 분위기에 보호되어, 나는 심심치 않은 어떠한 휴식을 이곳에서 맛보았을까. 이곳에서는 시간이 활동의 형태를 띠고 있어서, 시간을 알리는 다른 곳의 구슬픈 종소리도 듣기에 즐거운 군대 나팔 소리로 바뀌어, 그 명랑한 여음은 부스러져 가루가 된 듯이 끊임없이 도시 길거리에 떠돌고 있었다.—들릴 것이 확실한 목소리이고 음악적인 목소리이다. 왜냐하면 그것은 복종에 대한 권력의 명령일 뿐만 아니라, 행복에 대한 예지의 명령이기도 하기 때문이다.

"그럼 혼자 호텔에 가느니 나와 같이 이곳에 묵는 게 좋다는 말이군요." 생루가 웃으며 이렇게 말했다.

"아니! 로베르, 혼자 호텔에 가는 일로 나를 놀리다니 좀 심한데요. 내가 혼자 호텔에 못 가고, 거기에 가면 몹시 고통 겪을 줄 당신은 다 아니까."

"그거, 잘 됐군요." 그가 말했다. "나 또한 당신이 오늘 저녁 이곳에 묵는 게 좋겠다고 생각하던 참이었으니까요. 그래서 중대장에게 허락을 구하러 갔다 왔죠."

"허락해주었습니까?" 나도 모르게 큰 소리로 외쳤다.

"말썽 없이."

"고맙군요!"

"아니 뭐. 그럼 당직병을 불러 우리 둘의 식사를 차리라고 일러야겠어요." 그가 덧붙이는 동안, 나는 얼굴을 돌려 눈물을 감췄다.

여러 차례, 생루의 동료 중 한둘이 들어왔다. 그는 그들을 매번 내쫓아버렸다.
"꺼져, 오합지졸."
나는 생루에게 그들을 그냥 있게 하라고 부탁했다.
"천만의 말씀, 당신을 귀찮게 할 거예요. 교양이라곤 한 푼어치도 없는 놈들이라, 경마라든가 말 털의 빗질 따위밖에 이야기할 줄 모르거든요. 그리고 내가 애타게 기다리던 이 소중한 시간을 그들이 망쳐놓을 테고. 물론 동료들의 변변치 못함을 말한다고 해서, 군대에 몸담고 있는 사람이 모두 지성이 없다는 뜻은 아니랍니다. 그렇긴커녕, 이곳에는 훌륭한 소령이 한 사람 있답니다. 이분의 강의에서는 군사 역사를 하나의 증명처럼, 어떤 대수학처럼 다루죠. 미학상으로 보아도 그건 번갈아 귀납적이 되고 연역적이 되는 아름다움이 있죠, 당신이 감탄할 만한."
"그분이 내가 이곳에 남아 있는 걸 허락한 중대장입니까?"
"천만에요. 대단치 않은 일로 당신이 '고마워한' 인간이야말로 세상에 다시없을 바보 천치니까. 군대 급식이나 복장에 관련된 일을 맡아보기에 더없이 알맞은 그 작자는 급식 당번 중사와 재봉일 하는 어른과 함께 몇 시간이고 보낸답니다. 그게 바로 그 작자의 본성이죠. 그런 주제에 이곳에 있는 놈들이 다 그렇듯 그 작자도 지금 내가 말한 감탄할 만한 소령을 매우 멸시하죠. 아무도 이 소령과 사귀지 않아요. 그는 프리메이슨(Freemason)*[1]인 데다 고해성사를 하러 가지 않거든요. 보로디노 대공*[2]은 단연코 이 프티부르주아를 집에 초대하지 않겠죠. 대공의 증조부가 소작인이었으므로, 나폴레옹의 전쟁이 없었다면 저 또한 틀림없이 소작인 태생이었을 인간이고 보니 얼마나 뻔뻔스런 짓이냐 이 말입니다. 하기야 놈은 자기가 사교계에서 차지하는 이도 저도 아닌 얼치기 위치를 좀 알긴 아나 봐요. 자키 클럽에 통 나오지 않는 게, 거기에 나오면 있기가 거북한 모양이죠, 자칭 이 대공 녀석은." 로베르는 이렇게 덧붙이며 같은 모방 정신에 이끌려, 선생들의 사회 이론과 친척들의 사교적 편견을 채택하기에 이르러, 깨닫지 못하는 사이에, 민주주의에 대한 애정에 제정 시대 귀족에 대한 멸시의 정을 합하고 있었다.

---

*1 평화와 행복의 실현을 목표로 하는 세계주의 운동의 국제적인 조직을 가진 비밀결사, 또는 그 회원.

*2 중대장의 이름.

나는 그의 외숙모 사진을 물끄러미 바라보았다. 그리고 생루가 이 사진을 가지고 있는 이상, 어쩌면 이걸 나에게 줄는지도 모른다고 생각하자 생루가 더욱더 소중히 여겨지는 동시에, 이 사진과 바꾸는 거라면 대단치 않은 일로 느껴지는 별의별 봉사를 마다하지 않을 성싶었다. 이 사진은 지금까지 여러 번 만나온 게르망트 부인과의 재회와도 같은 것이기 때문이다. 아니 그 이상으로, 오랫동안 헤어졌다가 우연히 다시 만나, 마치 우리 둘 사이의 관계가 급작스럽게 진전하여, 게르망트 부인이 정원용 모자를 쓴 채로 내 곁에 걸음을 멈추고, 처음으로 그 토실토실한 볼과 목덜미의 구부러진 곳, 그 눈썹꼬리(여태껏 부인이 빠르게 지나갔으므로, 내 인상이 얼떨떨하고, 기억도 희미하여 눈에 보이지 않던 것)를 마음껏 구경시켜주는 만남과도 같은 것이었기 때문이다. 또 이와 같이 자세히 바라보는 일은 이제껏 세운 깃의 옷차림을 한 것밖에 보지 못해 여인의 드러난 목과 팔을 물끄러미 바라보는 것만큼이나 내게는 관능적인 발견이자 특별 대우였다. 바라보기를 거의 금지하고 있는 듯한 얼굴선을 나에게 유일하게 가치 있는 기하학 개론 가운데에서 연구하듯, 이 사진으로 연구할 수 있을 것이다. 나중에 로베르의 얼굴을 언뜻 보았을 때, 그 또한 그의 외숙모 사진과 얼마간 같다는 사실을 알았다. 그의 모습이 외숙모의 모습에서 직접 생겨나지 않았더라도, 이 두 얼굴은 같은 혈통을 받았으므로 내게는 거의 똑같이 감동을 주는 신비에 싸여 있었다. 콩브레 시절의 내 환상 속에 돋은 게르망트 부인 얼굴의 특징, 매부리코와 날카로운 눈은—그것과 비슷하고 매우 섬세한 살갗의 날씬한 다른 영상 속에—그 외숙모의 그것에 거의 겹쳐놓을 수 있는 로베르의 얼굴에서 오려내 만든 느낌이 있었다. 신화시대에 여신과 새가 더해져 생겨난 듯 보이므로 신성한 새의 영광에 싸여 있으면서 홀로 남은 그 종족, 게르망트 가문의 독특한 몇몇 얼굴 특징을 바라보면서 나는 부러움을 금치 못하였다.

그 이유는 알지 못하고, 로베르는 나의 감동에 자극되었다. 게다가 따스한 불과 샹파뉴 술이 만든 안락한 기분에 내 감동은 더욱 커져 술이 내 이마에 땀방울을, 눈에 눈물방울을 구슬처럼 맺히게 하였다. 또 요리로 더욱 흥이 더해져 있었다. 나는 그것을 마치 자기가 알고 있지 않은 어느 생활 속에서 거기에 없으리라고 여겼던 것(이를테면 사제의 주택에서 진수성찬을 먹고 있는 자유사상가처럼)을 목격하는 때, 누구나 느끼는 문외한의 경탄과 더불어 먹었다.

그다음 날 아침 눈을 뜨자, 인근 사방을 전망하는, 매우 높은 곳에 있는 생루의 창가로 가서, 이 근방 풍경을 알고자 호기심에 가득 찬 눈길을 던졌다. 어제 내가 너무 늦게, 근처 풍경이 이미 어둠 속에 잠들고 있는 시각에 도착해서 그것을 똑똑히 분간할 수 없었던 것이다. 그러나 이처럼 아침 일찍 깨어나, 내가 창문을 열자 눈에 비친 것은 못가에 있는 별장의 창에서 보이는 듯한 풍경이 아직 희고 부드러운 새벽 안개의 옷, 거의 뭐가 뭔지 조금도 분간 못하게 하는 옷 속에 싸여 있는 것뿐이었다. 하지만 연병장에서 말들을 돌보고 있는 병사들이 말 털의 빗질을 끝낼 즈음에, 아침 안개도 걷힐 것을 나는 알고 있었다. 그때까지 나는 앙상한 언덕 하나가 이미 그림자를 벗은 그 등을 병영 쪽으로 우뚝 세우며, 호리호리하고 까슬까슬한 살을 드러내는 것밖에 볼 수 없었다. 서리 탓에 구멍이 숭숭 뚫린 장막 너머로, 처음으로 나를 물끄러미 바라보고 있는 이 낯선 것에서 나는 눈을 떼지 않았다. 그러나 병영에 오는 습관이 들고부터는 언덕을 눈으로 보지 않고서도 거기에 언덕이 있다는 의식, 따라서 없는 이들, 죽은 이들을 생각하듯이, 다시 말해 그 존재를 이제 거의 믿지 않고서, 내가 생각하는 발베크의 호텔이나 파리의 우리집보다 더욱 현실적이 되었다. 그 언덕이 거기에 있다는 의식은 동시에르에서 받았던 보잘것없는 인상 위에 나도 모르게 반사된 언덕 형태를 영원히 그려넣었다. 이 아침을 비롯해서, 언덕을 바라보는 데 시각의 중심인 듯싶은 안락한 이 방에서 생루의 당번병이 마련한 초콜릿이 주는 따스함의 인상 위에 반사된 언덕 형태를 그려넣었다(그것을 바라보고 있을 뿐만 아니라 다른 행동을 하려는 사념, 거기에 산책하러 가자는 의사는 자욱한 안개 때문에 실현 불가능했다). 언덕의 형태를 흡수하며, 초콜릿 맛과 그때 내 사념의 모든 씨실에 이은 채, 이 안개는 내 생각이 전혀 그것에 미치지 않는데도, 그때의 내 모든 사념을 적시고 말았다. 마치 발베크에 대한 내 인상에 변하지 않은 금덩이가 이어져 있거나 또는 거무스름한 사암(砂岩)의 바깥 층계에 가까이 있다는 것이 콩브레에 대한 내 인상에 컴컴한 배경을 주고 있는 듯하다. 하기야 안개는 아침 늦게까지 끌지 않아, 해가 처음에 보람 없이 화살 몇 대를 쏘아대 무수한 광택의 장식줄을 붙이다가 이윽고 안개를 물리치고 말아 언덕이 햇살에 거무스름한 등성이를 드러낼 수 있었다. 한 시간 남짓 뒤, 내가 마을 쪽으로 내려갔을 때, 햇살이 단풍 든 나뭇잎의 붉은 빛깔에, 벽에 붙은 선거 광고지의 푸른색과 빨간색에 흥분의 빛깔을 덧붙여, 흥분은 나 자신의 기분마저 들뜨게, 노래 부르면서, 요란스럽게 포석을 밀게 하여, 나는 기쁜 나머지 껑충껑충 뛰고 싶은 걸 겨우 참았다.

그러나 이튿날부터, 나는 호텔로 돌아가야 했다. 그리고 나는 어차피 거기서 쓸쓸할 줄 알고 있었다. 그것은 그대로 맡아 넘기지 못하는 냄새 같은 것으로, 내가 태어난 이래 어떤 새 방이나 곧 모든 방이 나에게 풍기는 것이었다. 평소 내가 사는 방 안에 나는 없었다. 내 사념이 다른 곳에 머물러 그 대신 습관만을 보내왔던 것이다. 그런데 모르는 고장에 가면 나만큼 예민하지 않은 습관이라는 이 하녀에게 내 몸을 돌보도록 맡길 수는 없다. 나는 습관보다 앞서 떠나 혼자 도착하고, 거기서 몇 해 만에 다시 만나는 '자아', 하지만 여전히, 콩브레 시절 이래, 풀지 않은 여행 가방 곁에서 위안받을 길도 없이 울어대면서, 발베크에 처음으로 닿은 뒤부터 성장하지 않은 그대로의 '자아'를 주위 사물과 맞닿게 해야 했던 것이다.

그런데 나는 잘못 생각했다. 나는 쓸쓸함에 잠길 틈도 없었다. 잠시도 혼자가 아니었기 때문이다. 그것은 옛 궁전으로, 현대식 호텔에서 쓰지 못 하는 사치의 지나침이 남아 있는 곳이자, 온갖 실용적인 겉치레를 떠나, 한가로움 속에 어떤 생명 같은 것을 갖고 있었다. 이를테면 사방으로 뻗은 복도를 따라가면, 그것이 목적 없이 오락가락하는 모습에 끊임없이 엇갈리고, 휴게실은 복도처럼 길며, 손님방처럼 장식한 현관은 주택의 일부를 이루고 있다기보다 오히려 거기에 살고 있는 듯했고, 어느 방도 들어갈 수 없게 되어 있으나, 방들은 내 방 주위를 어슬렁거리고 있다가, 곧 그들의 손님들—한가로운, 그러나 시끄럽지 않은 이웃들, 예약된 방들 문에 소리 없이 머무는 걸 허락받은 과거 수종들의 유령들(이들은 내가 오가는 길에 만날 때마다 나한테 소리 없는 상냥함을 드러냈다) 같은 그들의 손님들—을 보이러 왔다. 요컨대 숙소라는 관념, 우리의 현실 생활을 내포하며, 오로지 추위와 남들의 눈을 막아주는 한낱 그릇이라는 관념은 사람의 무리에 못지않게 실제적인 방들의 집합인 이곳에 전혀 적용할 수 없었다. 참으로 조용한 삶의 하나이지만, 먼저 들어가고 나서는, 만나고, 피하며, 맞이해야만 하는 곳이었다. 18세기 이래, 예스러운 금빛 기둥 사이, 색칠한 천장의 구름 밑에 활개 펴고 누워 있는 큰 손님방을 들뜨리지 않고자 하는 애씀 없이, 존중하는 마음 없이는 바라볼 수 없었다. 그리고 더욱 친근한 호기심이 들게 하는 것은 몇몇 작은 방들인데, 그것들은 균형 따위는 아랑곳없이, 객실 둘레를 수없이 달음질치고, 정원까지 무질서하게 달아났지만, 그 정원에는 다 망가진 3단짜리 층계를 통해 쉽사리 내려갈 수 있었다.

만일 내가 승강기를 타지 않고, 큰 계단에서 남의 눈에 띄지 않고서 외출하거나 돌아오거나 하려면, 이제 쓰지 않는 내밀한 작은 계단이 발판을 놓아주고 있는데, 어찌나 교묘하게 차곡차곡 놓여 있던지, 한 걸음 두 걸음 발 옮겨 가기에, 마치 색채와 냄새, 미각에서 가끔 우리에게 독특한 육감적인 감동을 일으키는 것과 같은 종류의 완전한 균형이 잡혀 있는 듯싶었다. 그러나 오르내리는 특수한 쾌감을 이곳에 와서 알았다. 마치 지난날, 평소에는 몰랐던 숨쉬는 행위가 끊임없는 관능의 기쁨일 수 있다는 사실을 알기 위해 알프스에서 숨 쉬어야 하는 것과 비슷하다. 이 계단은 내가 친숙하기에 앞서 허물이 없어져, 마치 내가 아직 감염되지 않은 습관, 내 것이 될 때까지 약해질 리 없는 습관을 지레 맛보는 달콤한 맛을 가지고 있거나, 또는 어쩌면 그것이 날마다 접대한 옛 주인들의 혼이 그 속에 놓여 하나가 되고 있거나 하듯, 처음으로 그 위에 내 발을 디뎠을 때, 나는 오래 쓴 것 특유의 수고를 덜게 해주었다는 느낌을 받았다. 방문을 여니, 이중문이 내 등 뒤에서 스스로 닫혔다. 휘장이 정적을 들여보내, 그 안에서 나는 왕이 된 듯한 도취감을 느꼈다. 아로새긴 구리로 장식한 대리석 난로는 오집정관 정부(五執政官政府)*[1] 시대의 예술로 착각했지만, 나에게 불을 대접했다. 그리고 다리가 짧은 안락의자는 난롯가에 깔려 있는 양탄자 위에 앉은 것과 마찬가지로 안락하게 몸이 따스해지는 걸 도와주었다. 벽들은 방을 그러안아, 이를 다른 세계에서 떼어놓았지만, 방을 완전하게 하는 것을 들여보내 가둬놓기 위해 책상 앞에 벌리고, 그 양쪽에 침대를 내려놓는 곳의 높다란 천장을 버티는 두 둥근 기둥이 있는 침대 넣는 장소를 남기고 있었다. 또 방에는 넓이가 같은 작은 개인 방 두 개가 안쪽으로 나 있고, 그 하나는 이곳에 명상을 구하러 오는 사람들을 향기롭게 하려고, 붓꽃 열매의 관능적인 묵주를 벽에 늘어뜨리고 있었다. 이곳에 내가 틀어박혀 있는 동안에도 문들을 열어놓고 있으면 문들은 사실의 조화로움을 깨뜨리지 않은 채 사실을 세 배로 보이게 하는 것만으로는 만족하지 않고, 집중의 기쁨에

*1 프랑스 대혁명 뒤의 정부(1795~99).

이어 확대의 기쁨을 내 시선에 맛보게 할 뿐더러, 또한 여전히 침범할 수 없는 나의 고독, 하지만 갇혀 있지 않은 내 고독의 기쁨에 자유로운 느낌을 덧붙였다. 이 사실은 외따로 떨어져 아름다운 안마당을 마주보고 있었다. 이튿날 아침, 나는 창문 하나 없는 높은 벽으로 둘러싸여 환한 하늘에 밝은 부드러움을 더해주는 단풍나무 두 그루 말고는 아무것도 없는 그 안마당을 보자, 다시없는 친근함을 느꼈다.

나는 자기 전에 방을 나와 나의 요정의 모든 영역을 두루 답사하고 싶었다. 긴 복도를 따라 걸어나가니, 복도는 조금도 졸리지 않은 나에게 한구석에 놓인 안락의자, 스피넷(spinet),*2 콘솔(console)*3 위의 시네라리아꽃을 꽂은 도자기병, 옛 그림틀 속에 있는 푸른 꽃을 꽂고 꽃가루를 뿌린 머리털에 카네이션 꽃다발을 손에 쥔 옛날 귀부인의 모습 같은 것을 모두 보이며, 연이어 나한테 경의를 나타내게 했다. 끝머리에 이르니 나가는 문이 조금도 열려 있지 않은 빈틈없는 벽이 나에게 '이젠 되돌아가야 하네, 하지만 말이야, 여긴 자네 집이나 마찬가지야' 하고 꾸밈없이 말했다. 부드러운 양탄자도 홀로 남아 있지 않으려고, 만일 오늘 밤 잠 이루지 못하거든 맨발로 이곳에 와도 괜찮다고 덧붙였다. 또 들판을 바라보고 있는 덧문 없는 창문들이 '우린 밤새 울 테니 언제 오든 아무도 깨우는 게 아니야. 그런 걱정일랑 말게' 하고 다짐했다. 그저 휘장 뒤에 작은 사실이 숨겨져 있는 것을 발견했을 뿐인데, 작은 사실은 벽에 막혀 달아나지 못해, 어쩔 줄 몰라, 거기에 몸을 숨기고, 달빛에 푸르게 물든 둥근 창으로 겁난 듯이 나를 바라보고 있었다. 나는 잠자리에 누웠다. 하지만 털이불, 작은 기둥, 작은 벽난로 같은 존재가 파리에 있을 때와는 달리 나의 주의를 긴장시켜, 여느 때처럼 몽상할 수 없었다. 수면을 싸고, 이에 작용하며, 이를 바꾸고, 추억 계열의 이것저것과 같은 동일 평면에 이를 옮기는 것이 이처럼 특수한 주의 상태이므로, 이 첫날 밤, 내 꿈을 가득 채운 형상은 평소 내 잠이 이용하던 바와는 전혀 다른 기억에서 꾸어온 것이었다. 잠들면서 평소의 기억 쪽으로 끌려들어 가려고 하더라도, 몸에 익숙하지 않은 침대나 몸을 뒤칠 때에 팔다리 위치에 돌릴 수밖에 없는 쾌적한 주의력, 이것만으로도 내 꿈을 고치거나 잇거나 하기에 충분했다. 수면은 바깥 세계의 지각과 비슷하다.

*2 건반이 달린 발현 악기의 하나. 작은 하프시코드.

*3 창과 창 사이에 붙인 까치발 탁자.

우리 습관이 조금 변하는 것만으로도 수면은 시적이 되고, 옷을 벗고 무심코 침대에서 잠들어버리는 것만으로도 수면의 차원이 변하며, 그 아름다움이 느껴진다. 깨어나, 회중시계가 4시를 가리키는 것을 보고, 새벽 4시가 지나지 않았는데도 하루가 다 지나간 듯한 기분이 든다. 그만큼 이 몇 분간의 잠은 어느 황제의 금으로 만든 천구(天球)처럼 어떤 신권(神權) 덕분에 크게 가득 차 넘쳐 하늘에서 굴러 내려온 듯하다. 아침, 할아버지가 채비를 다 차려, 메제글리즈 쪽으로 산책하러 떠나려고 나를 기다리고 있거니 하는 생각에 시름하다가, 날마다 창문 아래를 지나가는 군대의 나팔 소리에 잠이 깼다. 그러나 두세 번—내가 이를 말하는 까닭도 인간은 생활을 잠 속에 잠그지 않으면 안 되고, 생활은 잠 속에 가라앉아, 반도(半島)가 바다에 둘러싸여 있듯이 밤마다 잠에 둘러싸이기 때문이다—끼워 넣어진 잠은 음악의 충격을 견디어낼 만큼 단단해, 나는 아무 소리도 듣지 못했다. 어느 아침에는 잠시 그 충격에 지기도 하였다. 하지만 아직 깊이 잠자고 난 쾌적한 부드러움에 잠긴 채, 내 의식은, 마치 미리 마취된 기관이, 마취가 깨끗이 가실 때에 가벼운 화상처럼 살을 지져 고친 흔적을 느낄 뿐, 처음에는 그 소작에 무감각하듯, 날카로운 피리 소리의 뾰족한 끝에 부드럽게 닿고 있을 뿐 피리 소리는 상쾌한 아침의 지저귐처럼 의식을 어루만지고 있었다. 고요가 음악으로 옮아가는 이 짧은 중단이 있은 뒤, 다시 나의 수면이 시작되고, 이윽고 용기병이 지나가버린 뒤에 맑고 또렷한 소리의 꽃다발이 화려한 마지막 봉오리를 빼앗길 때까지 이어진다. 길게 뻗은 꽃줄기에 가볍게 닿는 내 의식의 층은 매우 좁고 아직도 잠 속에 깊이 빠져 있으므로, 나중에 생루가 나한테 군악을 들었느냐고 물을 때, 낮에 거리를 걷다가 예사로운 소리에서 그것을 떠올릴 때처럼, 그 군악 소리도 아주 공상적인 것은 아니었던가 하는 생각이 들 만큼 매우 불확실하다. 어쩌면 나는 깨어날까 봐, 또는 그와 반대로 깨어나지 않을까 봐, 또 군대의 행진을 구경 못 할까 봐, 꿈속에서 군악을 들었을 뿐인지도 모른다. 왜냐하면 소음이 나를 깨울 거라고 생각했던 순간에 그대로 잠들어 있을 때, 잠시 얕은 잠에 빠져 있으면서도 깨어나 있는 줄로 여겨, 내 졸음의 영사막 위에 갖가지 광경을 흐릿한 그림자로 비추는 적이 자주 있기 때문인데, 졸음이 그것을 구경 못 하게 하나, 내가 거기에 있다는 착각이 든다.

낮에 하려던 것을, 졸음에 빠지고 나서, 오로지 꿈에서만, 다시 말해 졸음의 굴절을 받은 뒤, 깨어나 있을 때에 밟아가는 길과는 다른 길을 따라가면서 이루는 적이 과연 있다. 같은 역사도 달리 꾸며 다른 종말을 짓는다. 어쨌든 잠자는 동안에 생활하는 세계는 너무나 달라, 잠들기 힘든 이들은 무엇보다 먼저 현실 세계에서 빠져나가려고 애쓴다. 여러 시간 동안 눈감고서, 눈뜨고 있을 때와 똑같은 사념을 죽도록 거듭한 끝에 이들은, 조금 전 순간이 논리 법칙과는 뚜렷한 모순인 추리의 무게에 허덕였음을, 또 지금의 명백성, 이 짧은 '무심(無心)'은, 문이 열려 어쩌면 당장에 현실의 시각에서 도망쳐 나와, 거기서 얼마간 멀리 정지할 테고, 그것이 얼마간 '단'잠을 줄 것이라는 사실을 뜻하고 있음을 깨닫기라도 한다면 기운을 되찾을 것이다. 그러나 이들이 현실에 등 돌리는 때에 벌써 큰 걸음을 내디뎌, 마녀처럼 '자기암시'가 공상의 병이나 신경병 재발의 흉악하기 짝이 없는 잡탕을 끓이면서, 의식 못 하는 졸음 중에 졸음을 멈출 수 있을 만큼 심해진 발작이 터지는 시기를 노리고 있는 첫 동굴에 이른다.

거기서 멀지 않은 곳에 비밀스런 정원이 있고, 미지의 꽃들처럼 흰독말풀의 졸음, 인도 대마의 졸음, 에테르에서 짜낸 갖가지 졸음, 벨라도나의, 아편의, 쥐오줌풀의 졸음 같은 서로 다른 졸음이 피어 있는데, 이 꽃들은 예정된 낯선이가 와서 꽃봉오리에 손을 대어 피게 하여, 놀라 감탄해 마지않는 이의 마음속에 그 꿈의 향기를 오래오래 퍼지게 할 날까지 닫힌 채로 있다. 정원 한구석에 수도원이 있고 그 열린 창에서 잠들기 전에 배운 학과를 복습하는 소리가 들려오는데, 깨어나고 나서야 이를 알리라. 그동안, 깨어남의 전조가, 마음속의 자명종을 똑딱 소리 나게 하고, 우리의 염려가 자명종을 곧잘 조절해놓아서, 가정부가 들어와서 '7시입니다'라고 할 때 우리는 벌써 깨어날 준비가 모두 되어 있다. 사랑의 여러 슬픔에 대한 망각이 어렴풋한 추억으로 가득 찬 악몽으로 이따금 일이 멈추고 좌절되다가도 금세 다시 시작해 쉴 새 없이 일하는 방, 꿈의 세계로 열린 방의 어두운 벽 안쪽에는 눈뜬 뒤에도 꿈의 기억이 걸려 있는데, 그 모양이 어찌나 컴컴한지 대낮에 비슷한 사념의 햇살이 우연히 그 위에 스칠 때에야 비로소 그것을 언뜻 알아차리곤 한다. 잠들었을 때 꿈의 어떤 것은 이미 잘 조화된 것이 분명하지만, 어찌나 알아볼 수 없게 되어버렸는지 확인할 수 없는 우리는 그것을 부랴부랴 땅속에 파묻기에 여념이 없다. 예컨대 너무 빨리 썩은 시체라든가, 또는 아무리 솜씨 좋게 다시 고쳐내는 자라

할지라도 본디 모습으로 돌려놓을 수 없는, 아무런 손도 쓸 수 없는, 지독하게 망가져 거의 한 줌의 먼지가 다 된 것처럼.

철책 옆에 채석장이 있고, 이곳에 깊은 잠이 두뇌를 단단히 잘라버리기 위한 재료를 구하러 오는데, 그 잿물이 어찌나 단단한지 잠든 자를 깨우려면, 잠든 자의 의지가, 금빛 나는 아침에도, 젊은 지크프리트처럼, 도끼를 힘껏 여러 차례 내리쳐야만 한다. 그 저편에 또한 악몽이 있고, 의사는 이 악몽이 불면보다 우리를 더욱 피곤하게 한다고 어리석게 우기지만, 실제로는 그와 반대로 악몽은 생각에 잠긴 이로 하여금 주의에서 도망 나올 수 있게 한다. 악몽이 보이는 변덕스러운 앨범에서, 고인이 된 친척이 뜻하지 않은 큰 재앙을 당하다가, 곧바로 회복한다. 회복하기까지, 우리는 친척을 좁은 쥐틀 안에 잡아둬, 거기서 흰쥐보다 더 작아지고, 커다란 붉은 얼룩으로 뒤덮이며, 얼룩마다 깃 하나를 세우고서, 우리와 키케로(Cicero)*1풍의 담소를 나눈다. 이 앨범 곁에서 회전하는 깨어남의 원반이 돌고, 그 덕분에 우리는 50년 전에 허물어진 집으로 곧 돌아가야 한다는 귀찮음을 잠깐 치르는데, 이 집의 영상도 잠이 멀어짐에 따라 다른 수많은 영상에 차츰 지워져, 드디어 우리는 원반이 회전을 멈췄을 때밖에 나타내지 않는 영상, 다시 말해 뜬눈으로 보는 것과 일치하는 영상에 이른다.

때로는 내 귀에 아무 소리도 들리지 않은 적도 있었다. 좀 있다가, 잠든 동안에 활력이 갑절이 된 그 날쌘 식물성의 힘이, 헤라클레스를 보살펴 키우는 요정들처럼 우리에게 가져다준 것을 모두 소화하면서, 조금 몸도 무겁고, 기운이 넘쳐, 우리를 거기서 꺼내주는 데 큰 기쁨을 맛보는, 구덩이 속에 떨어지듯 하는 그 잠 속에 빠져 있었기 때문이다.

이것을 납덩어리 같은 잠이라고 부른다. 이와 같은 잠이 그친 다음에도 잠시 자기 자신이 한낱 납으로 된 인형에 불과한 느낌이 든다. 나 자신은 이제 아무도 아니다. 그럼 어떻게 잃어버린 것을 찾듯 자기 사념이나 개성을 찾다가, 남의 '자아'가 아니라 자신의 '자아'를 되찾고 마는가? 왜, 다시 생각하기 시작할 때, 우리 가운데 들어가 있는 것이 먼저의 개성과 다른 개성이 아닌가? 선택을 강요하는 것을 못 보는데, 어찌하여, 자기가 될 수 있을 인간 몇 백

---

*1 고대로마의 문인·철학자·변론가·보수파 정치가.

만 가운데에서, 그 전날 자기였던 인간 위에 바로 선택의 손길을 놓는가(잠이 정말 깊었든지 또는 꿈이 자기 자신과 아주 다른 것이었든지). 실제로 중단이 있던 때, 우리를 이끌고 가는 것이 뭔가? 말 그대로 죽음이 있었다. 거기에는, 마치 심장의 고동이 멈추고 나서 인공호흡으로 되살아나는 때와도 같은 죽음이 실제로 있었다. 틀림없이 방은, 우리가 한 번밖에 보지 못한 것일망정, 그보다 더 옛 추억이 걸려 있는 추억을 깨닫게 하는지도 모른다. 아니면 우리가 지금 의식하는 어떤 추억이 우리 자신 속에 잠자고 있었는지도 모른다. 잠이라는 정신이상의 이 고마운 발작 뒤, 깨어남에 따르는 부활은, 요컨대 잊어버린 이름씨, 시구, 노래의 후렴을 다시 찾아내는 때에 생기는 것과 비슷함에 틀림없다. 그리고 아마 죽은 뒤 영혼의 부활 또한 기억 현상으로서 이해될 수 있는지 모를 일이다. 잠에서 깨어나자, 겨울로 접어드는 빛나고 서늘한 늦가을 아침의 햇빛이 눈부신 하늘에 마음 끌리는 동시에, 서늘함에 기가 질리면서도, 눈에 보이지 않는 그물에 걸린 채 공중에 남아 있는 듯한 금색 또는 장미색을 띤 두세 빛의 필치만으로 잎사귀가 그려져 있는 나무를 보려고, 나는 머리를 쳐들어, 이불 속에 몸을 반쯤 파묻은 채 목을 길게 내밀었다. 나는 마치 탈바꿈하고 있는 번데기처럼, 같은 환경에 적응하지 못하는 여러 부분을 가진 이중적인 생물이었다. 눈에는 빛깔만 있으면 충분하여, 따스함에 별로 관심 없는데, 가슴은 따스함을 근심하여 빛깔에는 마음 쓰지 않았다. 나는 벽난로에 불을 지폈을 때에야 잠자리에서 나와, 좋은 파이프처럼 불붙어 연기 내고 있는 불을 쑤셔 일으키면서, 서늘한 아침에 따스함이라는 요소를 일부러 덧붙이고 나서, 연보랏빛과 금빛이 도는 영롱하게 투명하고도 아늑한 아침의 그림을 바라보았다. 불은 파이프와 마찬가지로, 물질적인 안락 위에 쉬고 있으므로 거친 동시에, 그 뒤에 순수한 형상을 그려내고 있으므로 섬세한 기쁨을 나에게 주었다. 화장실에는, 검고 흰 꽃무늬를 뿌린 요란한 새빨간 벽지가 발라져 있었는데, 아무래도 이것은 내 눈에 익숙해지기 힘들 것 같았다. 그러나 그것은 내 눈에 새롭게 보일 뿐, 그다지 충돌할 일도 없고, 그저 일어날 때의 나의 명랑과 콧노래를 줄어들게 할 뿐, 나를 개양귀비 같은 중심에 가둬놓고 세계를 바라보게 할 뿐이어서, 우리 부모님 댁과는 방향이 달라, 신성한 공기가 흘러드는 이 새로운 집의 유쾌한 병풍 너머로, 나는 파리에 있을 때와는 전혀 달리 세계를 보았다. 어느 날, 나는 할머니가 보고 싶다거나 할머니가 병으로 괴로워하지 않을까 하는 근심으로 불안하기도 하고, 또는 하다가 말고 파리에 그대로 두고 온, 좀체 진전 안 되는 일이 생각나서 불안하기도 했으며, 때로는 또한 이곳에 와서까지 나에게 닥치는 어떤 곤란에 불안하기도 하였다. 이러한 근심 하나 둘이 나를 잠 못 이루게 함으로써 순식간에 나의 모든 존재를 가득 채우는 슬픔 앞에서 속수무책이었다. 그래서 호텔에서, 나는 생루에게 한마디 적은 쪽지를 인편으로 병영에 보냈다. 만일 틈을 보아 그렇게 할 수 있다면—그렇게 하기가 매우 어렵다는 것을 알고 있었지만—잠시 와주었으면 정말 좋겠다는 내용의 쪽지였다. 한 시간쯤 지나 생루가 왔다. 그가 벨을 울리는 소리를 듣자, 나는 내 불안에서 벗어나는 느낌이 들었다. 그 불안은 나의 힘에 겨운 것이었지만, 그는 그것보다 강하다는 사실을 나는 알고 있었다. 그래서 내 주의가 불안에서 떠나 그것에 결말을 짓는 그의 쪽으로 갔던 것이다. 들어오자마자 그는 나의 주위에 상쾌한 바깥공기, 아침부터 그가 크나큰 활력을 발휘한 바깥공기, 내 방과는 전혀 다른 활기로 넘치는 환경을 풍겨 나는 즉시 이것에 알맞은 반응으로 순응했다.

"오라고 해서 미안합니다. 좀 걱정되는 일이 있어서요, 짐작할 테지만."

"천만에, 오직 당신이 나를 만나고 싶어하는 줄 생각해, 매우 기뻤습니다. 당신이 나를 불러준 게 참으로 기뻤습니다. 그건 그렇고 무슨 일이죠? 순조롭지 않은가요, 그럼? 도와줄 일이라도 있나요?"

그는 내 설명을 듣고 나서, 시원시원하게 대답했다. 그러나 그는 말을 꺼내기 전에도 나를 그와 비슷한 인간으로 만들고 있었다. 그를 그토록 바쁘게, 민첩하게, 만족하게 하고 있는 중대한 직무에 비하면, 조금 전까지 내가 한시도 견디어내지 못한 근심걱정 따위야, 그에게도 그렇게 느껴졌듯이 하찮은 것으로 여겨졌다. 내 꼴이야말로, 며칠 동안 눈을 뜰 수 없다가, 불러온 의사가 솜씨 좋게 살그머니 그 눈꺼풀을 벌려 모래 한 알을 꺼내 환자에게 보여, 환자가 낫고 기운을 되찾는 꼴이었다. 나의 모든 근심거리는 생루가 보내겠다고 약속한 전보 한 통으로 해결되었다. 삶이 아주 다르게, 매우 아름답게 보여, 힘에 넘친 나머지 나는 움직이고 싶었다.

"이제부터 어쩔 셈이죠?" 나는 생루에게 물었다.

"곧 가야 합니다. 한 시간 안에 행진이 있으니까 내가 나가야죠."

"그럼 일부러 여기에 오기가 퍽 난처했겠군요?"

"난처하진 않았습니다. 중대장이 당신을 위해서니 아주 싹싹하게 곧 가보라고 말합디다. 하지만 그런 친절을 함부로 쓰는 모습을 보이고 싶진 않군요."

"그렇지만 내가 아침 일찍 일어나서 당신이 훈련하는 곳에 간다면 매우 재미나겠는데요, 쉬는 동안 어쩌면 당신과 함께 이야기할 수도 있고 말입니다."

"난 그러기를 권하지 않겠습니다. 별로 자지 못했고, 물론 대수롭지 않은 일이지만 그 일로 머리가 아팠으니까요. 하지만 이젠 괜찮으니 다시 베개를 베고 자도록 해요. 그럼 신경세포의 광물 성질을 지닌 물질을 없어지게 하는 데에 기막힌 효험이 있을 겁니다. 금세 잠들면 안 돼요. 창 아래 우리 군악대가 지나갈 테니까. 그러고 나서는 조용하겠죠, 그럼 오늘 저녁 식사 때 만납시다."

그러나 며칠 뒤, 생루의 친구들이 저녁 식사 자리에서 펼치는 전술론에 흥미를 갖기 시작했는데, 마치 음악을 전공하는 사람이 오케스트라 연주자들의 생활과 가까이 접할 수 있는 카페에 자주 출입하는 데에 기쁨을 맛보듯, 갖가지 지휘관을 좀더 가까이 보는 것이 내 나날의 소망이 된 뒤로는, 나는 연대가 야외에서 훈련하는 모습을 자주 보러 갔다. 연병장에 이르기까지 꽤 걸어가야 했다. 저녁 식사 뒤 졸려서 이따금 현기증 난 듯이 머리가 앞으로 꾸벅꾸벅하였다. 그 다음 날, 군악대의 소리를 듣지 못한 것을 알아차렸다. 마치 발베크에서, 생루가 나를 리브벨로 저녁 식사에 데리고 가던 저녁의 다음 날, 바닷가의 연주회를 듣지 못했던 것처럼. 또 몸을 일으키려는 순간에, 나는 노곤해서 그렇게 할 수 없음을 느꼈다. 근육과 영양 보급을 하는 뿌리의 마디마디가 피로 때문에 예민해져서, 보이지 않는 깊은 땅속에 몸을 묶어놓고 있는 것만 같았다. 몸에 힘이 넘치고, 목숨이 내 앞에 더 길게 널리고 있는 느낌이 들었다. 콩브레에서의 내 어린 시절, 게르망트 방향으로 산책하던 다음 날에 느낀 쾌적한 피곤에까지 내 몸이 물러갔기 때문이다. 우리가 어려서 살던 어느 집의 정원에 다시 들어서면, 그 옛날의 자기로 잠시 되돌아갈 때가 있다고 시인들은 주장한다. 하지만 이는 매우 무모한 순례로, 용케 성공하는 일도 있지만 그에 못지않게 환멸로 끝나는 적도 많다. 변하지 않는 장소, 갖가지 세월과 동시대의 것, 이것을 우리 자신 속에서 찾는 편이 차라리 낫다. 거기서는, 잠을 잘 잔 밤에 따르는 심한 피로가, 어느 정도까지, 우리에게 도움이 될 수 있다. 아무튼 푹 든 잠은, 땅속 깊이 감춘 잠의 광산 속 길, 어제의 반영도, 기억의 희미한 빛도 이미 내적 독백을 밝히지 못하는 화랑에 우리를 내려보내려고

(내적 독백이 거기까지 이를 수 있다고 가정한다면), 우리 몸의 응회암(凝灰岩)과 흙을 잘 파내어서, 근육이 파들어가서 얽힌 뿌리를 비틀어 새 삶을 호흡하는 곳에, 어린 시절에 놀던 정원을 발견하게 한다. 이 정원을 다시 보려면 나그넷길을 떠날 필요 없이, 되찾고자 내부로 파들어가야 한다. 전에 지상을 덮었던 것도 이제 그 위에 있지 않고 밑에 있다. 죽은 도시를 방문하려면 여행만으로 충분하지 않으며, 발굴이 필요하다. 너무나 덧없는 우연한 어떤 인상이 이러한 유기적 분해보다, 더욱 정묘한 정확성으로, 가벼운, 비물질적인, 엄청난, 정확한, 불후한 비약으로, 교묘히 우리를 과거로 데려가는 것이다.

이따금 나의 피로가 더욱 심한 적이 있었다. 자지도 쉬지도 못하면서 며칠 동안 훈련을 구경하러 따라다닌 탓이다. 그때 호텔에 돌아오는 것이 얼마나 즐거웠는지! 침대에 기어들자, 17세기 선조들이 즐겨 읽던 '이야기'로 가득 차 있는 이들처럼, 마술사나 요술사들의 손아귀에서 드디어 벗어난 듯한 생각이 들었다. 그날 밤의 잠과 그다음 날의 늦잠은 그야말로 귀여운 선녀 이야기였다. 귀엽고도, 어쩌면 또한 고마운. 아무리 고약한 고뇌인들 그 나름의 피난처가 있게 마련이라, 별수 없는 경우에는 언제라도 휴식을 얻을 수 있다는 생각이 들었다. 그러나 이러한 생각이 나를 엉뚱한 결과로 데리고 갔다.

훈련이 없고, 생루가 외출할 수 없는 날에는 그를 만나러 여러 번 병영까지 갔다. 병영은 멀었다. 시가에서 빠져나와 구름다리를 건너야 했는데, 이 구름다리 양쪽에는 조망이 트여 있었다. 좀 강한 산들바람이 거의 늘 이 고지에 불어와, 연병장의 3면에 지어져 있는 건물에 가득 차서, 병영은 바람의 동굴처럼 쉴 새 없이 으르렁거렸다. 로베르는 무슨 군무에 종사하고 있어, 그의 방문 앞이나 식당에서 기다리면서, 소개해준 친구들과 담소하거나(오래지 않아 로베르가 없을 것이 뻔한데도, 이 친구들을 만나러 왔다), 창 너머로 내 몸에서 100미터 아래쪽에 벌거벗은 들판, 하지만 이곳저곳 새로 씨 뿌린 곳이 아직 비에 젖은 채 햇빛에 반짝반짝 잿물 입힌 반투명의 맑음과 광택의 녹지대를 수놓고 있는 들판을 구경하고 있는 동안, 나는 어쩌다 로베르에 대한 얘기들을 하는 걸 듣는 일이 있었다. 그러자 로베르가 얼마나 사랑받고 있으며 인기 있는지 쉽게 알 수 있었다. 다른 기병 중대에 속한 수많은 지원병 가운데, 귀족 사교계에 끼지 못하고 이를 바깥에서만 바라보고 있는 유복한 부르주아 젊은이들 간에, 그들이 생루의 성격에 대해 알고 있는 점에서 일어나는 호감은, 토요일 저녁 휴가를 얻어 파리에 갔을 적에, 로베르가 위제스 공작이나 오를레앙 대공과 카페 드 라 페에서 밤참을 먹는 모습을 흔히 목격하는 따위가 그들의 눈에 비친 로베르의 위세로 늘어나고 있었다. 또 이 때문에, 그의 예쁘장한 얼굴, 어색한 걸음걸이, 경례, 외알안경을 줄곧 뛰뛰게 하는 것에, 너무 높은 군모랑 지나치게 날씬하고 지나치게 짙은 장미색 천의 판탈롱 같은 '변덕스러움' 속에, 그들은 '세련'이라는 관념을 넣어서, 연대에서 가장 멋쟁이 장교들에게나, 내가 병영에 묵는 데 신세진 당당한 중대장(지나치게 일부러 엄숙하게 꾸미는 데 비해 거의 평범하기 짝이 없는 것 같았다)에게도, 멋이 없다고들 단언했다.

친구 하나가, 중대장이 새로 말 한 필을 사들였다고 말했다. "가지고 싶은 말을 모조리 사들이지. 난 일요일 아침, 아카시아 가로수길에서 생루를 만났는데, 말 타는 품에 또 다른 멋이 있더군!" 또 하나가 이렇게 대꾸했는데, 사정을 잘 알고 하는 말이었다. 왜냐하면 이 젊은이들이 속해 있는 계급은 귀족 사교계의 인사와 교제하지 않았지만, 풍족한 부와 여가 덕분에 돈으로 살 수 있는 멋에 관한 경험에서는 귀족과 다를 바 없었기 때문이다. 기껏해야 그들의 멋에는, 옷을 예로 들어본다면, 내 할머니의 마음에 썩 들던 생루의 자유롭고도 소홀한 멋보다 어딘지 모르게 지나치게 공들인, 너무나 완전한 점이 있었다. 대은행가의 아들이나 증권업자의 아들에게는, 극장에서 나와 굴 요리를 먹는 중에 옆 식탁에서 생루 하사관을 보는 것이 어지간한 감동이었다. 휴가를 마치고 돌아온 월요일 병영에서 얼마나 수다스런 이야기꽃을 피웠는가! 로베르와 같은 중대 소속인 그들 가운데 하나는, 로베르한테서 '매우 상냥하게' 인사받았노라 수다 떨고, 같은 중대가 아닌(그런데도 생루가 자기를 알아보았다고 여기고 있는) 또 하나는, 자기 쪽으로 두세 번 외알안경을 돌리더라고 수다를 떨었다.

"그렇지, 우리 형님도 '라 페'에서 그를 보았다고 하더군." 정부 집에서 하루를 보내고 온 또 하나가 말했다. "입고 나온 옷이 좀 폭이 넓어 잘 어울리지 않던데?"

"조끼는 어떻고?"

"흰 조끼가 아니라, 종려나무 잎 같은 것이 달린 연보라 조끼라더군, 놀랍게!"

고참병들 또한(이들은 자키 클럽도 모르는 서민들로, 오로지 생루를 매우 부유한 하사관 부류, 파산했거나 아니거나, 겉으로 번드르르한 생활을 해서, 수입 또는 빚이 어지간히 많고, 졸병들에게 인심 좋은 지원병들을 모두 몰아넣는 하사관 부류에 넣고 있었다) 생루의 걸음걸이, 외알안경, 판탈롱, 군모 따위를 귀족적이라고 생각하지는 않았으나 그래도 꽤 흥미 있고도 의미심장한 것으로 여겼다. 그들은 이러한 특징이야말로 연대의 하사관 가운데 가장 인기 있는 인물의 성격이나 풍채, 아무에게도 없는 아니꼬운 태도, 상관들이 어찌 생각한들 아랑곳없다는 멸시임을 알아보았는데, 이런 게 그들에게는 병졸에 대한 그의 선량함에서 비롯하는 자연스러운 결과처럼 느껴졌다. 어느 고참병 하나가 입성 사납고 게으른 분대에서, 생루가 쓰고 있는 군모에 관해 풍취 있게 자세히 이야기할 때 병영 안에서 아침마다 마시는 커피, 또는 오후에 침대에서 자는 낮잠이 더 즐겁게 여겨지는 것이었다.

"높이가 내 옷 꾸러미만 하지."

"어림도 없는 말을 다 하네, 아무리 자네 옷 꾸러미만큼 높을라구." 젊은 문학사인 지원병이 군대 사투리를 섞어 쓰면서 신병 티를 보이지 않으려는 동시에, 일부러 반대말을 하여, 실로 재미나는 사실의 확증을 얻으려고 말참견을 하였다.

"그렇던가, 내 옷 꾸러미만큼은 높지 않나? 자네는 재보았군. 그런데 말이야, 중령 녀석, 영창에 처넣을 듯이 그를 노려보더군. 하지만 우리의 호걸 생루는 기가 죽기는커녕, 태연자약하게 오락가락, 머리를 내렸다 올렸다, 줄곧 외알안경을 번쩍거리거든. 중령이 뭐라고 할지 구경거리야. 하긴 아무 말도 않겠지, 마음에 들지 않을 게 뻔하지만. 그러나 그 군모 하나로는 별로 놀라운 게 아냐. 시가에 있는 그의 숙소에는 그런 게 서른 개 이상 있다고 하니까."

"어떻게 그걸 안다지, 빌어먹을 만년 중사놈의 입을 통해선가?" 젊은 문학사는 최근에 배우기 시작한 새 문법 형식, 제 말을 그것으로 꾸미는 게 자랑스러운 문법 형식을 늘어놓으면서 아는 체하며 물었다.

"어떻게 그걸 아느냐고? 두말할 것 없이 그 당번병의 입을 통해서지!"

"아아, 그놈 말이군. 팔자 좋은 녀석 말이지!"

"아무렴! 녀석은 나보다 확실히 주머니가 뜨뜻하단 말이야! 어디 그뿐인가, 생루가 녀석에게 옷은 물론 이것저것 다 주거든. 녀석은 피엑스에도 제대로 못 갔지. 그런데 생루가 와서 부엌데기놈에게 말했다는군, '그에게 잘 먹여주기 바라오, 대가는 얼마든지 지불할 테니'라고 말야."

고참병은 하찮은 말을 보상하려고, 말투를 흉내내면서 억양을 높였는데, 이 평범한 흉내가 큰 갈채를 받았다.

나는 병영에서 나와 그 주위를 한 바퀴 산책했다. 그리고 매일 저녁 생루가 친구들과 함께 하숙하고 있는 호텔에서 그와 같이 식사하는 시각이 되기까지, 두 시간 남짓 쉬거나 책을 읽거나 하려고, 해가 뉘엿뉘엿 저물기 시작하자 호텔 쪽으로 걸음을 돌렸다. 광장 위쪽에는, 저녁놀이 화약고 같은 성탑 지붕에 벽돌 빛깔에 잘 어울리는 장밋빛 작은 구름을 수놓아, 벽돌 빛깔을 놀의 반영으로 부드럽게 하면서 조화를 이루고 있었다. 아무리 움직여도 고갈되지 않을 것 같은 생명의 흐름이 내 신경에 넘쳐흘러, 광장의 포석에 한 발이 닿을 때마다 퉁 퉁겨져, 발뒤꿈치에 메르쿠리우스(Mercurius)의 날개가 돋친 듯하였다. 샘들 가운데 하나가 붉은 저녁 빛으로 가득 차 있고, 또 다른 샘에는 이미 달빛이 물에 젖빛을 띠게 하고 있었다. 이 샘들 사이에서 어린애들이 고함을 버럭버럭 지르며 놀면서도, 귀제비나 박쥐와 같이 어떤 시각의 필연성에 따라 하듯이 원을 만들고 있었다. 호텔 옆, 지금은 저축은행과 군대 본부가 들어서 있는 옛 궁전과 루이 16세의 밀감밭의 건물이 푸른 가스등 빛으로 안에서 밝게 비추고 있었고, 그것을 아직 훤한 건물 밖에서 보면, 18세기풍의 높고 커다란 창문에 남아 있는 저무는 해의 반영과 아름다운 조화를 이루고 있었다. 마치 노란 거북딱지로 만든 머리꾸미개가 밝고 명랑한 얼굴에 잘 어울리는 것과 같은 느낌이어서, 나에게 빨리 난로와 램프 곁으로 돌아가라고 권하는 것만 같았다. 램프는, 내가 묵는 호텔 정면에서 혼자 닥쳐오는 땅거미와 맞서 싸우고 있어, 이 때문에 나는 어둠이 아주 깊어지기 전에, 맛있는 음식을 먹으러 방에 들어가는 사람처럼 즐겁게 방으로 들어갔다. 방에 들어가도 나는 바깥에 있던 때와 똑같은 충만감을 유지했다. 예를 들면 벽난로의 노란 불길, 저녁놀이 중학생처럼 장밋빛 소용돌이를 낙서한 거친 푸른 천장 벽지, 학생용 종이 한 묶음과 잉크병이 베르고트의 소설책과 더불어 나를 기다리는 둥근 탁자에 깔린 기묘한 모양의 천 따위다. 그 뒤, 그런 것이 계속해서, 내가 다시 찾으려고만 하면 언제라도 꺼낼 수 있을 듯한 어떤 묶음과 특수한 실존을 가득 포함하고 있는 것 같았다. 나는 이제 막 떠나온 병영, 바람개비가 빙빙 바람에 도는 병영에 대한 생각을 즐겁게 하였다. 수면 위까지 오른 물 통하는 관 속에서 호흡하는 잠수부처럼, 초록빛 칠보의 수로를 내고 있는 들판을 굽어보는 그 높다란 전망대, 그 병영을 내 숨줄이 달린 곳으로 느끼게 하는 것은, 나로서는 건강에 바른 생활, 자유로운 대기에 이어져 있는 점 따위였다. 그런 병영의 헛간과 건물 안에 내가 언제라도 환영받음을 알고, 가고 싶을 때에 들어갈 수 있음이, 그렇게 오래 이어지기를 바라 마지않는 소중한 특권으로 여겨지기도 하였다.

7시 무렵에 나는 옷을 갈아입고 나서, 생루와 함께 저녁 식사를 하려고 그가 묵고 있는 호텔로 다시 갔다. 거기까지 걸어가는 것이 좋았다. 어둠이 깊었으며, 또 사흘째부터 어둠이 내리자마자 눈이 올 듯싶은 찬바람이 일기 시작했다. 걸어가는 동안 게르망트 부인에 대한 생각을 잠시라도 멈추지 말아야 마땅할 것이, 로베르의 주둔지에 찾아온 까닭도 오로지 그녀에게 접근하고 싶어서였으니 말이다. 하지만 추억도 슬픔도 변하기 쉬운 것. 회상이나 비애가 거의 알쏭달쏭할 정도로 멀리 가버려 영영 떠났구나 여기는 날도 있다. 그러면 우리는 다른 것에 주의를 기울인다. 이 시가의 여러 거리도 내게는 아직, 살기에 익숙해진 거리처럼 한곳에서 다른 곳으로 통하는 한낱 통로가 아니다. 이 낯선 세계에 사는 이들의 삶이 틀림없이 불가사의하게 느껴져, 흔히 어느 집 불빛이나 환한 유리창은 내가 어울리지 못할, 진실하고도 신비로운 생존의 장면을 눈앞에 나타내 어둠 속에 오래오래 발길을 멈추게 하였다. 이곳 불의 정령이 밤장수의 선술집을 내 눈에 다홍색 그림으로 나타내고, 그 안에 두 하사관이 허리띠를 의자에 풀어놓고서, 걸음을 멈춘 길가는 이의 눈에, 그 순간 실제로 있는 모습 그대로 불러일으키면서도, 무대에 나온 인물처럼 마법사가 어둠에서 그들을 떠오르게 하는 줄 꿈에도 모르는 채 트럼프 놀이에 열중하고 있었다. 조그만 골동품 상점 안, 반쯤 녹아든 촛불이 판화에 불그레한 빛을 비추면서 그걸 첫 빛깔로 변하게 만들고 있는 한편, 어둠과 맞서 싸우면서 커다란 램프의 빛이 가죽 기구를 검게 태우고, 사금이 반짝이는 비수에 니엘로(niello)*[1]로 상감(象嵌)하고, 솜씨 나쁜 묘사에 지나지 않는 그림에 예스러운 색이나 대가의 칠 같은 귀중한 도금을 입히고 있어, 가짜와 서투른 그림밖에 없는 이 지저분한 상점을, 더할 나위 없이 귀중한 렘브란트의 그림으로 보이게

*1 유황에 은·동·납 등을 섞은 흑색 합금. 금은 세공품의 상감에 씀.

하였다. 때로는 해묵은 널따란 아파트에까지 내 눈을 쳐들어, 그 덧문이 닫히지 않았고, 거기에 물속과 땅 위 양쪽에서 다 살아가는 남녀가 매일 저녁, 낮 동안과 다른 원소 속에 사는 데 순응되어서, 어둠이 내리자 끊임없이 램프라는 샘에서 솟아나, 돌과 유리로 된 안벽의 가장자리까지 철철 넘칠 만큼 방을 채우는 기름기 많은 액체 속을 슬슬 헤엄치며, 몸을 옮기면서, 그 속에 금빛 나는 농후한 소용돌이를 번지게 하고 있는 걸 보았다. 다시 걸음을 옮겨, 흔히 대성당 앞을 지나가는 어두운 골목길에 들어서니, 지난날 메제글리즈 길에서처럼, 내 욕망의 힘이 걸음을 멈추게 했다. 한 여인이 불쑥 나타나 내 욕망을 만족시키려는 성싶었다. 어둠 속에서 갑자기 여인의 옷에 스치는 촉감을 느끼기라도 하면, 기세 사나운 기쁨이 솟아올라, 이 스침이 우연으로 여겨지지 않아서, 겁내 비켜 지나가는 여인을 껴안으려고 했다. 이 고딕풍 골목길은 나에게 무척 현실감을 주어서, 여기서 한 여인을 유괴해서 쾌락을 누릴 수 있었다면, 그 여인이 밤마다 거기 서서 손님을 낚는 매음부로 겨울, 낯선 고장, 어둠과 중세기에서 그 신비성을 빌려온 것에 지나지 않더라도, 우리 둘을 합치려고 하는 건 옛 쾌락이었다고 나는 믿을 수밖에 없었을 것이다. 나는 앞일을 생각해보았다. 그러자 게르망트 부인을 잊으려고 하는 것이 무서운 일로 느껴졌으나, 사리에 맞는, 또 처음으로 가능한 일로 생각하는 동시에, 아마도 쉽사리 잊을지도 모른다는 생각이 들었다. 이 거리의 괴괴한 정적 속에, 앞쪽에서 지껄이는 소리, 웃어대는 소리가 들려왔는데, 얼큰히 술에 취해 어슬렁어슬렁 귀가하는 이들이 내는 소리임에 틀림없었다. 나는 걸음을 멈추고 그들을 보았다. 소리가 들려오는 쪽을 물끄러미 바라보았다. 그러나 오래 기다려야만 했다. 주위의 정적이 어찌나 깊던지 아직 먼 기척이 아주 똑똑하게 힘차게 울려왔기 때문이었다. 드디어 어슬렁어슬렁 걸어오는 이들이 다다랐는데, 내 생각대로 앞쪽이 아니라 먼 뒤쪽에서 왔다. 길들이 가로세로 교차하고, 가옥이 빽빽한 탓에 울림의 굴절로 인해 이런 착각이 일어난 건지, 아니면 소리의 원인을 알 수 없을 때에 그 소리나는 위치를 정하기가 매우 어렵기 때문인지, 나는 거리뿐만 아니라 방향마저 틀렸던 것이다.

바람이 사나워졌다. 눈이 올 듯한, 가시처럼 따끔따끔한 바람이었다. 큰길로 다시 나와 작은 전차에 뛰어올랐는데 출입구 옆에 있던 한 장교가, 상대를 못 보고 있는 듯하나, 추위에 보기 흉한 빛깔이 된 얼굴로 보도를 지나가는 우둔

한 병사들의 경례에 응하고 있었다. 돌연 가을이 껑충 뛰어 초겨울에 접어들면서 북쪽으로 가장 먼저 끌어넣은 듯한 이 시가에서, 병사들의 얼굴이 브뢰겔(Brueghel)*1이 그린, 쾌활하고도, 먹고 마시기 좋아하는, 동상 걸린 촌사람들의 빨간 얼굴을 떠올렸다.

생루와 그 친구들이 모이는 장소인 호텔에는 축제가 막 벌어지고, 근방 사람들과 다른 고장 사람들이 속속 모여들었는데 꼬챙이에 꿴 영계들이 빙빙 돌고, 돼지고기가 석쇠에 구워지며, 아직 살아 있는 바닷가재가 호텔 주인이 이른바 '영겁의 불'이라 일컫는 것 속에 던져지는, 붉은빛을 띤 부엌이 들여다보이는 안마당을 내가 곧장 건너가는 동안 새로 도착한 이들이 무리지어 안마당에 몰려들어(옛 플랑드르파 거장이 그린 〈베들레헴에서의 인구 조사〉답게) 주인 또는 조수들 가운데 하나에게(이 조수는 상대의 외모가 썩 좋지 않으면 일부러 시가에 있는 다른 숙소를 가르쳐주었다) 식사나 숙박을 할 수 있는지 물어보고들 있었다. 한편 한 사환이 퍼드덕거리며 몸부림치는 닭의 목을 비틀어 쥐고서 그 앞을 지나가고 있었다. 이곳에 처음 온 날, 친구 생루가 기다리는 작은 방에 들어가기 전에 건너간 큰 식당에는 수많은 물고기, 암탉, 꿩, 누른도요, 비둘기가 갖가지로 꾸며져 김이 무럭무럭 나는 채, 숨이 끊어질 지경으로 가빠하는 사환들 손에 옮겨지고 있었으며, 이것 또한 중세기의 순박함과 플랑드르풍 과장과 더불어 그려진 성서 속 한 장면을 떠올렸다. 숨이 가쁘나 더 빨리 나르려고 마루 위를 미끄럼 타고 가는 사환들이 그런 요리를 커다란 식탁 위에 내려놓자마자, 당장 토막이 났지만, 거기에—내가 도착했을 때 식사가 거의 끝 무렵이어서—손도 안 댄 채 수북이 쌓여 있었다. 마치 요리의 풍부함과 그것을 나르는 이들의 분주함이, 손님들의 주문에 응해서라기보다, 오히려 세심하고 면밀하게 글자 그대로 순서대로 줄지어 늘어선 성전, 동시에 지방 생활에서 빌려온 실물의 잘게 나눔을 통해 순박하게 빛낸 성전에 대한 경의에 또 요리의 풍성함과 사환들의 분주함을 통해서 잔치의 광채를 눈들에 비치려는 심미적이자 종교적인 마음 씀씀이에 대응하고 있는 듯하다. 사환들 가운데 하나가 식당 끝머리, 음식 그릇 놓는 데 옆에 꼼짝 않고 서서 생각에 잠겨 있었

*1 네덜란드의 화가(1520?~69). 플랑드르 미술의 대표적 풍경·풍속 화가.

다. 나한테 식사가 준비되어 있는 곳이 어느 방인지 대답하기에 충분할 만큼 홀로 침착함을 지니고 있어 보이는 이 사환에게 물어보고자 나는 늦게 오는 사람들의 요리가 식지 않게 여기저기 불피운 풍로(그런데도 식당 가운데 거대한 인형의 손에 식후에 먹는 과자와 과일이 들려 있고, 때로는 이것을, 수정으로 만든 오리 같지만 실은, 매일 아침 요리사 겸 조각사가 플랑드르풍의 좋은 취미에서 날마다 벌겋게 단 쇠로 아로새긴 얼음으로 된 오리 날개를 받치고 있었다) 사이를 빠져나가, 다른 사환들에게 부딪혀 넘어질 위험을 무릅쓰고, 곧장 이 사환 쪽으로 걸어갔다. 나는 이 사환의 모습에서, 이러한 성스러운 주제에 으레 따르는 인물을 언뜻 알아본 줄로 생각해서, 다시 보니 남들은 아직 추측도 못 하는 신이란 존재의 기적을 이미 반쯤 예지하고 있는 듯한 꿈꾸는 표정, 코가 납작한, 순박한, 서투르게 그려진 얼굴을, 그는 세심하고 면밀하게 제 얼굴에 복사하고 있었다. 그 위에 아마도 시일이 가까운 잔치 때문인지, 이 보조 구실에 모든 꼬마 천사와 최고 천사들 가운데에서 모은 전국적인 보충이 더해졌다. 열네 살 남짓한 얼굴을 금발로 둘러친 어린 음악 천사가, 실상은 아무 악기도 연주하지 않지만, 징인지 접시 무더기인지 앞에서 꿈꾸고 있는 동안, 덜 어린 천사들은 프리미티프파*[2] 그림에 나오는 날개처럼 몸에서 늘어진 끝이 뾰족한 냅킨을 쉴 새 없이 펄럭여 공기를 저으면서, 드넓은 식당을 휘저으며 다니고 있었다. 종려 가지로 가려져(그 너머로 멀찌감치 바라보니 사환들이 지극히 높은 천상계에서 이제 막 내려온 듯했다), 일정하지 못한 이 지대에서 도망쳐 나와, 나는 생루의 식탁이 있는 작은 방까지 길을 헤치고 갔다. 거기에 생루와 늘 같이 식사하는 친구들, 평민 한둘을 제외하고, 귀족 출신인 친구들이 있었다. 귀족 출신 친구들은 학생 시절부터 이 평민 출신 친구를 알아내 기꺼이 사귀어왔던 것이다. 상대가 공화주의자일망정, 깨끗한 손을 가지며, 미사에 가기만 하면 원칙상 부르주아에게도 적의를 품지 않고 있음을 보여주었다. 처음 왔을 때, 우리가 식탁 앞에 앉기에 앞서, 나는 생루를 식당 한구석에 데리고 가서 남들이 보는 앞에서, 그러나 우리가 하는 말이 그들에게 들리지 않도록 그에게 말했다.

"로베르, 이런 말 하기에 때와 장소가 적당하지 않지만 오래 걸리지 않아요.

---

*2 미개 민족의 예술. 14~15세기 또는 중세적 요소를 지닌 화가나 작품.

병영에 가서는 당신에게 물어보는 걸 번번이 잊어버리거든요, 탁상에 있는 것이 게르망트 부인의 사진이 아닌지?"

"그렇습니다. 나의 아주머니시죠."

"아, 정말 그랬군, 내 머리가 돌았군, 전에 듣고서도 잊어버리다니. 틀림없이 친구분들이 초조해 하겠으니 빨리 얘기를 끝냅시다. 모두 이쪽을 흘끔흘끔 보니 차라리 다음에 할까요? 별로 중요하지 않으니까."

"상관없으니 그냥 말해요, 친구들이야 얼마든지 기다려주니까."

"아닙니다, 난 예의를 지키고 싶은걸요, 다 좋은 분들이니. 그리고 또 썩 궁금한 일도 아니고요."

"그분을 아십니까, 그 친절한 오리안을?"

그 '친절한 오리안'이라고 말했건 그 '착한 오리만'이라고 말했건, 생루가 게르망트 부인을 아주 착한 사람으로 생각하고 있다는 뜻은 아니었다. 이 경우, 착한, 뛰어난, 친절한 따위의 형용사는 오직 '그'를 강하게 할 뿐, 둘 모두 아는 인물이나, 자기만큼 친밀한 사이가 아닌 상대에게 뭐라고 할지 모르는 인물을 가리키는 데 쓰인다. '친절한'이라는 형용사는 이를테면 부차적으로, '자주 만나십니까? 또는 '그분을 뵌 지 여러 달인데요' 또는 '오는 화요일에 만나죠' 또는 '그녀도 이제 그리 젊지는 않겠죠'라는 말이 나오기까지 쓰인다.

"그분의 사진이라니 너무나 재미나는데요, 지금 우리 가족이 세 들어 있어서 그분에 관한 신기한 소식을 듣는데(뭐라고 꼬집어 말하기 난처하지만), 문학적인 입장이라 할까, 이해하겠지만, 뭐라고 할까, 발자크적인 입장에서 많은 흥미를 끌어서죠, 총명한 당신이니 첫마디에 이해하겠죠. 그러니 빨리 끝냅시다, 친구분들이 내 교양을 어떻게 생각하겠습니까?"

"아니, 뭐 전혀 언짢게 생각하지 않을걸요. 당신은 정말 뛰어난 분이라고 말해두었으니까, 저 사람들이 오히려 당신보다 더 기가 죽어 있을 겁니다."

"고맙군요. 저어, 게르망트 부인께서는 내가 당신을 안다는 걸 모르시겠죠, 안 그렇습니까?"

"글쎄, 모르겠는데요. 지난여름 뒤로는 그분을 만나 뵌 적이 없어 놔서, 그분이 파리로 돌아간 뒤론 휴가를 못 얻어, 거기에 가보질 못했기 때문에."

"내 말은 다름이 아니라, 듣자니 그분께서는 나를 아주 바보로 여긴다는군요."

"설마, 난 그리 못 믿겠는데요. 오리안이 재주 있는 여인은 아니지만 그렇다고 바보도 아니거든요."

"아시다시피, 보통 당신이 내게 품는 호감을 남들에게 알리건 말 건 난 상관없어요, 난 자존심 따위 없으니까. 따라서 나를 여러모로 칭찬해 친구들에게 말하는 게 유감이죠(친구들 쪽으로 곧 갑시다). 하지만 게르망트 부인에게는, 당신이 나를 어떻게 생각하는지, 좀 부풀려 말해준다면 더 큰 기쁨이 없겠어요."

"아무렴 기꺼이 하고말고요. 나에게 부탁하는 게 고작 그것뿐이라면 어렵지 않죠. 그런데 그분이 당신을 어떻게 생각한들 그게 뭐 대수롭습니까? 농담으로 하는 말인가 싶네요. 아무튼 그쯤이야 모두 앞에서 우리 둘만 있을 때나 얘기할 수 있는 일이 아닙니까? 이처럼 서서 불편하게 얘기하다가 몸이 피곤하기라도 하면 어쩐다죠. 둘이서 얘기할 수 있는 기회가 얼마든지 있어서 하는 말입니다만."

나로 하여금 로베르에게 말 꺼내는 용기를 주었던 것이 바로 이 불편함이었다. 남들이 보는 것이 내게는 핑계가 되어, 덕분에 나는 퉁명스러운 투로 앞뒤가 맞지 않은 말을 할 수 있었고, 벗에게 공작부인이 그의 친척이라는 걸 잊었다고 한 거짓말을 쉽사리 감출 수 있었으며, 또 내가 그와 친하고, 총명하다느니 따위를 게르망트 부인에게 알리고 싶어하는 동기에 대하여 대답할 수 없을 만큼 당황했을 질문을, 그가 나에게 던질 틈도 주지 않을 수 있었다.

"로베르, 당신같이 총명한 사람이, 친구를 기쁘게 하는 것을 이러니저러니 따질 것이 아니라, 그걸 해줘야 한다는 걸 이해 못하다니 놀랐는데요. 난 당신의 부탁이라면 무엇이건, 또 당신이 뭔가 나한테 부탁하기를 여간 바라고 있지 않지만, 다짐하건대 당신에게 그 설명을 구하지 않을 거요. 나 또한 바라는 바와 동떨어진 것을 부탁할지도 모르죠. 게르망트 부인하고 별로 아는 사이가 되고 싶지는 않지만, 당신을 떠보기 위해서라면 게르망트 부인과 함께 저녁 식사를 하고 싶다고 말했을지도 모릅니다. 물론 당신이 그렇게 해주지 않았을 게 뻔하지만."

"그렇게 해주었을 뿐만 아니라, 앞으로도 그렇게 하죠."

잃어버린 시간을 찾아서제3편 게르망트 쪽 "언제?"

"이번에 파리에 가는 즉시, 3주 안에, 틀림없이."

"어디 그때 봅시다, 하기야 그분이 원치 않겠지만 뭐라고 감사해야 좋을지 모르겠군요."

"천만에, 하찮은 일입니다."

"그런 말 말아요, 대단한 일이죠, 이제야 당신이 어떠한 친구인가 알았으니까. 내가 당신한테 부탁하는 일이 중요하건 중요하지 않건, 불쾌하건 유쾌하건, 내가 가장 원하는 것이건 오직 당신을 떠보려는 것이건, 아무래도 좋은 게, 당신이 그렇게 하는 말로 섬세한 지성과 아름다운 마음씨를 보여줬어요. 바보 같은 친구라면 어쩌고저쩌고 따졌을 텐데."

지금까지 그가 했던 것이 바로 그런 따짐이었다. 하지만 나는 그의 자부심을 자극하여 그를 꼼짝 못 하게 하려고 이런 말을 했는지도 모른다. 어쩌면 또한, 유일하게 가치를 알아볼 수 있는 기회는 보통 중요하게 보여지는 단 하나, 곧 내 사랑에 도움이 될 수 있는 그 이용성에 있다고 생각하여 진정에서 이런 말이 나왔는지도 모른다. 다음에 나는 속마음과 행동이 다른 속셈에선지, 아니면 감사의 정에서, 이해관계에서, 또 자연이 로베르를 창조했을 적에 그에게 부여한 그 외숙모인 게르망트 부인과 똑같은 모습으로 인해 생겨난 애정의 참된 넘침에선지 이렇게 덧붙였다.

"이젠 친구들 쪽으로 가봅시다. 그런데 내가 부탁한 것은 두 가지 가운데 하나, 덜 중요한 쪽인데, 다른 하나가 내게 더 중요하지만, 당신이 거절할까 봐서. 우리 두 사람 사이에 서로 벗하는 게 싫은가요?"

"싫을 리가 있겠습니까, 이봐요! 환희! 기쁨의 눈물! 경험한 바 없는 더없는 행복이여!"*1

"고맙군……. 당신한테 고마워요, 당신이 먼저 그렇게 하도록! 이것만으로도 나는 아주 기쁘니, 게르망트 부인에 대해 애쓰고 싶지 않으면 안 해도 괜찮아요, 허물없이 하는 말만으로도 만족하니까."

"두 가지 다 하죠."

"저어, 로베르! 잠깐" 하고 식사 중에 나는 또다시 생루에게 말을 건넸다.

"아까 그 이야기, 참 우스워요. 왜 그런지 모르지만—지금 내가 말한 귀부인이 누군지 압니까?"

"네."

---

*1 파스칼의 말.

"누구를 두고 하는 말인지 아나요?"
"왜 그런 말을 하세요. 당신은 나를 저능아라고 생각하고 계신가 보죠?"
"그러면 그분의 사진을 내게 주지 않겠습니까?"
처음에는 그저 사진을 빌려달라고 할 셈이었다. 그러나 말이 입 밖에 나오는 찰나, 겁이 나서, 나의 뻔뻔스런 부탁임을 깨달아, 그런 기색을 나타내지 않으려고 말을 일부러 노골적으로 꾸며, 마치 아주 당연한 노릇인 듯이 부탁을 크게 하고 말았다.
"안 됩니다, 먼저 그분의 허락을 받아야 하니까요." 그는 대답했다.
그는 금세 얼굴을 붉혔다. 나는 그가 어떤 속셈을 품었고, 내게 어떤 속마음을 두고 있으며, 어떤 도덕의 제한 밑에, 내 연정을 얼렁뚱땅 도우리라는 것을 알아채어, 그가 미웠다.
그렇지만 이제 그와 단둘이 아니라 친구들이 끼고 나서부터, 생루가 나에게 얼마나 다른 태도를 보이는지 알자 마음이 뭉클해졌다. 그가 더 친절했더라도 내가 그것을 고의라고 생각했다면 아무렇지도 않았겠지만, 나는 그것을 무의식적인 것으로 느꼈다. 아마도 내가 없는 자리에서 그가 나에 대해 지껄이는 것과, 단둘이 있을 적에는 입 밖에 내지 않은 것만으로 이루어져 있는 듯싶었다. 물론 단둘이 있을 때 나는, 그가 나와 얘기하는 것을 즐거워한다고 추측했지만, 그런 기쁨은 거의 언제나 표현되지 않았다. 여느 때는 그런 기색 없이 음미하던 나의 같은 이야기가, 이에 그가 기대를 걸던 효과, 친구들에게 미리 알린 바와 들어맞는 효과를 친구들에게 미치고 있는지, 지금 그는 곁눈질로 살피고 있었다. 첫 무대에 나온 여배우의 어머니라 한들, 딸의 대사와 관객의 태도에 그 이상주의를 기울이지 않았을 것이다. 나하고 단둘이라면 빙그레 미소 짓고 말았을 한마디를 내가 입 밖에 내어도, 그는 친구들이 잘 알아듣지 못했을까 봐, '뭐요, 뭐라고요?' 하는 말로 나에게 되풀이하도록 해 친구들의 주의를 거기에 집중시키고 나서, 곧 친구들 쪽으로 얼굴을 돌려, 고의가 아닌 너털웃음과 더불어 그들을 바라보면서 모든 사람을 웃음 속에 끌어넣음으로써, 처음으로 나에게, 그가 나를 어떻게 생각하고 있는지 친구들에게 자주 밝혔음에 틀림없는 사념을 보여주었다. 그래서 나는 마치 신문지에서 제 이름을 읽는 이처럼 또는 거울 안에서 제 모습을 보는 이처럼, 단번에 바깥에서 나 자신을 언뜻 보았다.

이러한 어느 날 밤, 나는 어쩌다 블랑데 부인에 관한 꽤 우스운 이야기를 하려다가 바로 그만두었다. 생루가 이미 그 이야기를 알고 있으며, 또 이곳에 도착한 다음 날 그에게 그 이야기를 하려니까 '벌써 발베크에서 얘기하셨는데'라고 하면서 가로막았음을 떠올렸기 때문이다. 따라서 나는 그가 그 이야기를 모른다고 말하고는 매우 재미있겠다면서 계속하기를 권하는 걸 보고 적잖이 놀랐다. 나는 그에게 말했다. "깜빡 잊었군요. 듣는 중에 곧 기억나겠죠."―"천만에, 당신이 혼동하는군요. 한 번도 그런 이야기를 한 적이 없으니, 어서 말해요"라는 그의 대답. 그래서 내가 이야기를 계속하는 동안, 그는 어떤 때는 나에게, 어떤 때는 친구들에게 열에 들뜬 듯이 황홀한 눈길을 번갈아 쏟고 있었다. 모든 사람의 웃음 속에 얘기를 끝냈을 때 비로소 나는, 이 이야기를 들으면 친구들이 내 기지의 뛰어남을 알리라고 그가 생각했던 것을 깨닫는 동시에, 그가 이 이야기를 모르는 체했던 것이 그 때문이었음을 깨달았다. 우정은 이런 것이다.

세 번째 저녁, 여태껏 두 차례밖에 서로 얘기를 나눌 기회가 없던 그의 친구들 가운데 하나가 나와 꽤 오랫동안 이야기를 했다. 그러고 나서 나는 그가 나와 담소한 기쁨을 생루에게 속삭이는 말을 들었다. 사실 우리는, 남자들 사이에 있는 그 친화력, 육체적인 매력을 기초로 삼지 않을 때에 아주 신비스러운 유일한 것으로 보이는 친화력 가운데 한 가지의 으리으리한 장막으로 남들에게서 따로 떨어져 보호받으며, 비우지 않는 소테른산 백포도주 잔을 앞에 놓고 거의 온 저녁을 함께 담소로 보냈다. 마찬가지로 생루가 나에게 품고 있는 정도, 발베크에서는 그와 같은 수수께끼의 성질을 띠고 있는 것같이 보였다. 그것은 우리가 나누는 대화의 흥미와 섞이지 않고서, 모든 물질적인 유대에서 벗어나, 눈에도 보이지 않고, 손으로 만질 수도 없지만, 연소 가스처럼 그 몸 안에 존재함을 느끼고, 미소 지으면서 그도 그 점에 대해 언급할 정도였다. 어쩌면 또, 하룻저녁에 이곳에 생겨난 그 친화력에는, 몇 분 사이에 이 작은 방의 온기 속에 필 꽃처럼 더욱더 놀라운 뭔가가 있었는지도 모른다. 로베르가 발베크에 대한 얘기를 꺼내자, 정말 앙브르사크 아가씨와 결혼하기로 결정되었는지 그에게 묻고 싶은 마음을 참을 수 없었다. 그는 나에게 딱 잘라, 그건 결정되어 있지 않을 뿐더러, 아직 문제된 적도 없었거니와, 아가씨의 얼굴조차 본 적이 없다고 했다. 만일 이 순간에 내가 이 혼담을 얘기하고 다니던 사교계의 아무개들을 만났다면, 그들은 당장 나에게 생루가 아닌 아무개와 앙브르사크 아가씨의 혼담, 앙브르사크 아가씨가 아닌 어느 아가씨와 생루의 혼담을 알렸을 것이다. 그들이 최근에 했던, 이와는 반대되는 예언을 그들에게 떠오르도록 했다면 그들은 깜짝 놀랐으리라. 이런 장난이 언제까지나 이어질 수 있도록, 한 사람 한 사람의 이름 위에 될수록 많은 엉터리 소문을 계속해서 쌓아갈 수 있게 하기 위해 자연은 이런 장난에 탐닉하는 사람들에게, 모든 것을 쉬 믿고 싶어하는 버릇만큼이나 잊기 잘 하는 기억력을 주었다.

생루는 또한 이 자리에 와 있는 친구들 가운데 하나에 대해서도 내게 말했는데, 그는 이 사람과 특히 사이가 좋았으니, 이 동아리 가운데에서 드레퓌스 사건의 재심에 찬성하는 사람은 그들 둘뿐이었기 때문이다.

"흥! 그 사람, 그 사람은 생루와는 달라요, 뭣도 모르고 그저 거기에 미친 자입니다." 새 친구가 이렇게 말했다. "녀석은 확고한 신념조차 없어요. 처음에 녀석은 말했죠. '기다려보게, 내가 잘 아는 이가 거기에 있다네, 마음씨가 섬세하고 착한, 부아데프르 장군이 말이야. 그분의 의견이라면 주저없이 받아들일 수 있지.' 그런데 부아데프르가 드레퓌스의 유죄를 이야기한 걸 알자, 부아데프르는 이제 한 푼의 가치도 없어지고 말았어요. 성직 지상주의, 참모부의 편견에 구애되어, 녀석이 성실하게 판단을 가리지 못하는 거죠. 하기야 이 친구처럼 성직 지상주의에 편드는 인간도 없겠지만, 적어도 드레퓌스 사건 전까지 말입니다. 그러나 녀석은 말하기를, 어쨌든 진실은 밝혀지네, 사건이 소시에 장군 손으로 넘어갔으니까. '이분이야말로 강철 같은 불굴의 소유자야'라고 합디다. 그런데 소시에가 에스테르하지(Esterhazy)*1의 무죄를 선고하자, 이 친구는 그 판결에서, 드레퓌스에겐 불리하지 않고, 소시에 장군에게 불리한 새로운 해석을 발견했다니까요. 소시에 장군의 눈을 어둡게 한 게 군벌 정신이었다는 거죠(덧붙여 말하지만, 이 친구는 교권주의자이자 군국주의자거든요, 적어도 전에는 그랬답니다. 지금 이 친구를 뭐하는 작자로 생각해야 좋을지 몰라서 하는 말이죠), 녀석의 가족은 녀석이 그런 사상을 품고 있음을 알고 나서는 비탄에 잠겨 있답니다."

---

*1 드레퓌스 대위가 근무했던 부대의 소령.

“여러분” 하고 나는, 나 혼자 외따로 있는 것처럼 보이지 않으려고, 반은 생루 쪽으로, 반은 그 동료 쪽으로 몸을 돌려 그들을 대화에 참여시키기 위해 말했다. “우리가 환경의 영향을 받는다고 해도, 그것은 특히 지적 환경에서 심합니다. 제 사상에 살아가는 게 인간입니다. 인간보다 사상의 수효가 훨씬 적어요. 때문에 같은 사상을 가진 인간은 다 비슷비슷합니다. 사상에는 육체적인 것이 하나도 없으므로, 어떤 사상을 가진 인간을, 오로지 육체적으로 둘러싸고 있는 데 지나지 않는 사람들은, 그 사상을 조금도 고치지 못합니다.”

이때 젊은 군인 하나가 미소 지으며 나를 가리키면서 “뒤로크, 뒤로크와 똑같아”라고 말했으므로, 내 얘기는 생루에 의해 멈춰졌다. 나는 그 말이 무슨 뜻인지 몰랐으나, 수줍어하는 표정에서 호의 이상의 것을 느꼈다.

그러나 생루는 이 비교에 만족하지 않았다. 친구들 앞에서 나를 찬연히 빛나게 하고 있는 환희보다 곱절 되는 환희의 열광에 빠져, 제일 먼저 결승점에 닿은 말을 짚수세미로 비벼주듯 나를 어루만지면서 극히 수다스럽게 나에게 되풀이했다. “당신은 내가 아는 한 가장 총명한 사나이죠.” 게다가 그는 덧붙였다. “엘스티르와 쌍벽을 이룹니다. 이 말이 당신 비위에 안 거슬리겠죠, 안 그래요? 이해하겠죠, 이것도 신경 쓴 거니까. 예를 들어 아무개가 발자크한테 ‘당신이야말로 현세기의 가장 위대한 소설가올시다, 스탕달과 쌍벽’이라는 뜻으로 말입니다. 신경 쓴 거니까, 이해하겠죠, 실은 크나큰 찬사라는 걸. 틀립니까? 당신은 스탕달을 인정하지 않나요?” 그는 내 판단력을 솔직하게 믿는 투로 덧붙였는데, 신뢰의 정이 그의 초록색 눈에, 거의 어리디어린, 귀엽게도 생글거리며 묻는 기색으로 나타나 있었다. “아아! 그래요, 당신도 나와 같은 의견이군요. 블로크는 스탕달을 싫어하던데, 그건 그가 바보라서 그렇죠. 《파르마 수도원》이야말로 대단한 작품이 아닙니까? 당신이 나와 똑같은 의견이라니 기쁘군요. 《수도원》에 나오는 인물 가운데 누가 가장 마음에 듭니까? 말해 봐요.” 그는 어린애같이 극성스럽게 내게 졸라댔다. 위협하는 듯한 그 육체의 힘이 이 질문에 어떤 무시무시한 느낌마저 주고 있었다. “모스카? 파브리스?”*[1] 나는 겁이 나, 모스카에게는 노르푸아 씨를 연상시키는 뭔가가 있다고 대답했다. 그러자 젊은 지크프리트 생루의 폭소. 내가 덧붙여, “그러나 모스카 쪽이 훨씬

*1 《파르마 수도원》에 나오는 인물들.

현명하고, 덜 건방지죠"라고 채 끝맺기도 전에, 나는 로베르가 실제로 손뼉 치며, 브라보를 외치고 숨이 막힐 만큼 웃어대며, "바로 맞았어요! 멋져! 굉장해요!" 하고 고함지르는 소리를 들었다.

내가 말하고 있을 때, 생루에게는 이에 대한 남들의 칭찬까지 필요 없는 것으로 느껴 침묵을 강요했던 것이다. 그리고 누군가가 소음을 냈다고 해서, 오케스트라 지휘자가 지휘봉을 딱 두드리면서 연주를 멈추듯, 그는 교란자를 꾸짖어, "지베르그, 남이 말할 때는 잠자코 있는 법이오. 나중에 말하시지" 하고 나서, 나한테 "어서 계속하죠"라고 말했다.

처음부터 다시 시작하라고 할까 봐 잔뜩 겁나 있던지라, 나는 한숨 돌렸다.

"그리고 사상이라는 것은" 하고 나는 계속했다. "인간의 이해에 상관할 수 없는 동시에 거기서 이익을 누릴 수도 없는 것이라서, 사상가는 이해로 인한 영향을 받지 않습니다."

"어때, 여러분 입이 열이 있어도 일언반구도 없네그려." 생루는 내가 위험한 줄타기라도 하고 있는 듯 염려해 불안스러운 눈으로 지켜보다가 내 말이 끝나자마자 버럭 소리질렀다. "뭐라고 했었소, 지베르그?"

"이분의 얘기를 듣는 중에 뒤로크 소령과 똑 닮았다는 생각이 든다고 말하려던 거죠. 소령의 얘기 투와 똑같거든."

"나 또한 여러 번 그런 생각을 한 적이 있지." 생루가 대꾸했다. "여러 비슷한 점이 있지만, 이분에게는 뒤로크에게 없는 점이 수없이 많소."

스콜라 칸토룸(Schola Cantorum)에서 교육받은, 이 생루의 친구의 형이 아주 새로운 음악에 대하여, 조금도 그 부모, 사촌형제, 클럽의 친구들같이 생각지 않고, 음악 학교의 다른 학생들처럼 옳게 생각하고 있듯이, 이 귀족 출신의 하사관도(내가 이 하사관에 대한 얘기를 블로크에게 했을 때, 블로크는 이 하사관에 대해 야릇한 생각을 품었다. 왜냐하면 블로크는 저와 한편이라는 말을 들어 감동하면서도, 귀족 태생과 종교적이자 군대적인 교육 때문에, 이 하사관을 먼 나라 태생에 못지않은 이국적인 매력을 띤, 더할 나위 없이 별다른 인간으로 떠올렸기 때문이다), 이 무렵에 운운하기 시작하고 있듯이, 드레퓌스파 일반의 공통점인, 또 블로크에게 특유한 '정신 상태'와 비슷한 것, 가정의 전통이나 직업상 이해관계도 아무 영향을 미치지 못하는 '정신 상태'를 지니고 있었다. 생루의 사촌형제 가운데 하나가 동양의 어떤 젊은 왕녀와 결혼했는데, 이 왕녀가 빅토르 위고나 알프레드 드 비니에 못지않은 시구를 쓴다고 소문이 자자하였으나, 그런데도 이 점에서 생각해낼 수 있는 것과는 다른 정신, 《아라비안나이트》의 궁전 속에 갇혀 사는 동양 왕녀의 정신을 지니고 있거니 추측들 한 것도 이와 같은 예다. 이 왕녀와 가깝게 지내는 특권을 가진 작가들은 환멸이라기보다 오히려 기쁨을 맛보았는데, 그것은 셰에라자드*[1]의 인상이 아니라, 알프레드 드 비니나 빅토르 위고와 같은 재질을 가진 여인의 인상을 주는 화술 때문이었다.

나는 이 젊은이와 로베르의 그 밖의 친구들과, 또 로베르 자신과 함께, 병영의 일, 주둔 부대의 장교들, 군사 전반에 관한 것에 대해 이야기하기를 좋아했는데, 특히 이 젊은이와 이야기하는 것이 즐거웠다. 우리가 그 환경 속에서 먹고, 얘기하며, 현실 생활을 누리는 사물, 아무리 작은 사건이건, 그것을 보는 정도가 엄청나게 커졌으므로, 이런 어마어마한 과대평가 때문에, 거기에 없는 다른 사물들은 그 사물들과 대항할 수가 없어서, 마치 꿈처럼 덧없는 것으로 보이기 시작한 덕분에, 나는 병영의 여러 인물들에게, 내가 생루를 만나러 갔을 때에 병영 마당에서 잠깐 보거나 깨어났을 때 창 밑을 지나가는 연대에서 언뜻 보거나 하는 사관들에게 흥미를 느끼기 시작했다. 생루가 탄복해 마지않는 소령에 대해서도, '미학상으로 보아도' 나를 감탄시킬 만하다는 군사 역사 강의에 대해서도 자세하게 알고 싶었다. 생루의 어느 군더더기 말은 보통 헛말이기 쉽지만, 어떤 때는 그가 능히 파악할 수 있던 심원한 사상의 완전한 소화를 보인 적이 있음을 나는 알고 있었다. 공교롭게, 이 순간 군인의 견지에서, 로베르는 특히 드레퓌스 사건에 골몰해 있었다. 하지만 같이 식사하는 이들 중에서 생루 혼자 드레퓌스파여서, 그는 이 문제에 대해 좀처럼 언급하지 않았다. 같이 식사하고 있는 친구들은 재심에 기세 사납게 반대했고, 식탁의 이웃, 나의 새 친구만이 예외였지만, 이 친구의 의견도 가을바람에 오락가락하는 갈대처럼 줏대 없어 보였다. 탁월한 장교로 통하는 동시에, 군대에 맞서는 불온 세력을 두세 차례나 일일 명령으로 꺾은 바 있어, 드레퓌스 반대파로 통하는 대령에 심취해 있던 자, 내 옆자리 친구는, 이 지휘관이 드레퓌스의 유죄에 의혹을 품고 있는 성싶은 확언 몇 마디를 누설했음을 듣고 나서는, 여전히 피카

*1 《아라비안나이트》의 여주인공.

르(Picquart)*2에게 존경을 품고 있었다. 어디서 새어나오는지 모르나 대사건을 둘러싸고 으레 생겨나는 풍문들과 마찬가지로, 대령이 드레퓌스파라는 소문도 아무튼 근거가 막연했다. 왜냐하면 좀 뒤에, 이 대령이 전직 정보국장을 심문하는 소임을 맡았을 적에 보기 드문 준엄과 경멸로 그를 다루었으니까. 하여튼 대령에게 직접 알아볼 수 없는데도, 내 옆 친구는—가톨릭교의 한 귀부인이 유대 부인한테, 주임 사제가 러시아에서 있었던 유대인 학살을 비난하지만, 몇몇 유대인의 너그러움을 감탄하더라고 알리는 어조로—생루에게 공손히 말했다. 대령은 드레퓌스파에 대해—적어도 드레퓌스파의 어떤 사람에 대해—사람들의 입에 오르내리고 있는 만큼 완고하고 사리에 어두운 소견 좁은 적수가 아니라고.

"그야 그렇겠지." 생루가 말했다. "영리한 인간이니 말이오. 그러나 뭐니뭐니 해도 태어난 계급의 편견과 특히 교권주의에 눈이 멀지" 하고 나에게 말했다. "그런데 뒤로크 소령, 당신에게 애기한 군사 역사 교수, 이분이야말로 참으로 우리의 사념을 떠받치는 분이죠. 하기야 그렇지 않다면 내가 놀랐을걸요, 지성이 탁월할 뿐만 아니라 급진 사회주의자 프리메이슨 단원이니까 말입니다."

공공연히 드레퓌스파를 두둔하는 생루의 말에 마음 상한 그 친구들에게 예의를 지키려는 동시에 나중 말이 훨씬 더 재미나기도 해, 나는 옆에 앉은 친구에게, 그 소령이 군사 역사에 관해 미학상으로 뛰어난 아름다움을 증명했다는 것이 사실인지 물어보았다.

"절대적으로 사실이죠."

"어떤 뜻으로 하는 말입니까?"

"예를 든다면, 당신이 전쟁사의 작자가 쓴 책을 읽는다 가정하고, 그 군사적인 서술 가운데에서 읽는 모든 것, 가장 보잘것없는 사실이나 가장 작은 사건도 도로 찾아내야만 하는 어떤 사상의 표식에 지나지 않고, 책에 있던 글자를 지우고 다시 글자를 적어넣은 양피지에서처럼, 가끔 거기에 다른 몇 개의 사상이 그 속에 간직되어 있다는 거죠. 그래서 어떤 과학이나 예술 못지않은 지적인 조화가 거기에 있고, 또 그게 정신을 충분히 만족시킨다는 뜻이죠."

"폐가 안 되면, 몇 가지 예를 들어주세요."

*2 드레퓌스 사건 때의 대령(1854~1914). 뒤에 육군 장관이 됨.

"당신에게 예를 말하긴 어렵죠." 생루가 참견했다. "이를테면 어느 군단이 뭔가를 시도했다는 글을 당신이 읽었다고 칩시다. 더 앞으로 나아가기 전에, 그 군단의 이름이나 그 편성은 이미 어떤 의미를 지니죠. 만일 그 작전이 그 군단에 의해서 처음으로 시도된 게 아니라면, 또 같은 작전에서 다른 군단이 등장한다고 하면, 이는 틀림없이 그 전의 군단이 이 작전 때문에 전멸했든가, 심한 손상을 입었든가 해서, 더 이상 작전을 끌고 나가지 못하는 상태에 있다는 것을 나타낼지도 모릅니다. 그래서 현재 전멸한 군단이 어떤 곳이었는지 알아볼 필요가 있죠. 만일 그것이 강력한 공격을 위해 남겨둔, 돌격 선발대였다면 질이 떨어지는 새 군단은 모든 군단이 패한 곳에서 성공을 거둘 승산이 거의 없는 셈이죠, 더더구나, 전투의 처음 무렵이 아니라면, 이 새 군단은 오합지졸로 이뤄져 있는지도 모르고, 이는 아직 교전국이 어느 정도의 힘을 남기고 있는지, 그 전투력이 상대의 전투력에 뒤지게 된 시기의 가까움을 밝히는 것이라, 이로써 그 군단이 시도하려는 작전에 다른 의미가 나타나게 됩니다. 왜냐하면 만약 군단이 손실을 회복하지 못할 상태라면, 작전이 성공하더라도 오래지 않아 수량적으로 결정적인 전멸 쪽으로 치닫게 할 따름이니까요. 게다가 그 군단에 대항하는 쪽의 편성단위를 나타내는 번호도 의의가 있죠. 의미가 없는 게 아닙니다. 예를 들어 그것이 훨씬 약소한 편제단위로, 이미 적의 중요한 여러 군단을 격퇴했다면, 작전 자체도 성격이 달라지죠. 지키던 진지를 잃고 말 테지만 얼마 동안 진지를 버티었음이 큰 성공인지도 모르니까. 만약 몹시 적은 병력만으로 적의 아주 중요한 병력을 무찌를 수 있었다면 말이에요. 이해했을 테지만, 동원된 군단을 분석함에서도 이와 같은 중대사를 발견하는 정도이고 보니, 진지 자체, 진지에서 내려다보이는 도로, 군단에 필요한 철도, 수비하는 보급에 대한 연구야 물론 더 중대한 일이죠. 먼저 지리적인 모든 배경이라 부르는 것을 조사해야 해요." 그는 껄껄 웃으면서 덧붙였다(과연 이 '지리적인 모든 상황'이라는 표현이 꽤나 그의 마음에 들었는지, 그 뒤 이 표현을 쓸 적마다 몇 달이 지나도 그는 같은 웃음을 보였다). "교전군의 한쪽 군대가 작전을 준비하는 중, 그 정찰대 중 한 소대가 적 부대로 인해 적 진지 근처에서 섬멸되었음을 읽었다고 하면, 거기서 당신이 이끌어낼 수 있는 결론 가운데 하나는, 한쪽 군대가, 자기 쪽 공격을 실패시키고자 적이 어떠한 방어 공사를 하고 있는지 정찰하려 했다는 겁니다. 한 지점에서 유달리 맹렬한 활동이 개시됨은,

그 지점을 점령하려는 욕망을 나타내기도 하려니와, 또한 적을 거기에 붙잡아 두려는, 적이 공격한 지점에서 적에게 응수하지 않으려는 욕망을 나타내는 경우도 있죠. 또는 그 지점에 병력이 감소됨을 이러한 세찬 기세의 배가로 감추려는 위장 공격에 지나지 않는 경우도 있어요(이런 공격이야말로 나폴레옹이 전쟁에서 즐겨 쓴 고전적인 위장 공격이죠). 한편 사용법의 의미, 거기에 있을 법한 목적, 따라서 거기에 병행하거나 뒤따르거나 하는 기동 따위를 이해하려면, 사령부가 공표하는 것이기보다(그런 공표는 적을 속이려는 데, 있을 법한 패배를 감추려는 데 쓰도록 마련한 것인지도 모르니까), 오히려 그 나라의 군사 조례(條例)를 검토해보는 게 지름길입니다. 한 군대가 해보고자 한 기동은, 비슷한 정세에 적용되는 조례에 규정돼 있는 것이라고 추측해도 괜찮아요. 이를테면, '정면공격에는 측면공격이 따르니'라고 그 조례에 규정돼 있다고 합시다. 만일 측면공격이 실패로 돌아갔을 때, 사령부가 그건 정면공격과 아무 관계없는 그저 견제공격에 지나지 않노라 주장한다면, 진실을 찾아낼 가망성은 조례 안에 있지 사령부의 말 속에 있는 게 아니거든요. 또 고려해볼 점은 각국 군대를 지배하는 조례뿐만 아니라 그 전통, 관습, 가르침도 참고해야 해요. 군사 활동 위에 부단히 작용 또는 반작용을 되풀이하는 외교 활동의 연구도 소홀히 해서는 안 되죠. 당장 잘 이해가 안 가는, 보기에 하찮은 작은 사건도 오래지 않아, 적이 원군을 기대하면서, 이 작은 사건이 드러내고 있는 것처럼, 그 원조가 없었으므로, 실제로 전략 계획의 일부밖에 실행하지 못한 이유를 설명해줄 겁니다. 그래서 당신이 군사 역사를 읽을 줄 안다면, 일반 독자에게는 확실하지 않은 이야기도 알 수 있죠. 마치 미술관을 방문한 문외한이 아리송한 색채에 어리둥절하거나 정신 못 차리거나 두통을 일으키거나 하는 그림이, 그 그림 속 인물이 입고 있는 옷이나 손에 쥐고 있는 물건을 볼 줄 아는 애호가로서는 합리적인 듯이 순리적인 이야기로 여겨지는 것처럼 될 겁니다. 그러나 그림의 경우, 인물이 신성한 술잔을 들고 있음을 주목하는 것만으로는 충분치 않고, 어째서 화가가 술잔을 들게 했는가, 무엇을 상징하려는 건가 알아야 하듯, 그런 군사 작전은, 그 직접 목적을 제외하고는, 보통 그 전투를 지휘하는 장군의 머릿속에서 옛 전투를 본뜬 것으로, 이를테면 옛 전투는 새 전투의 과거, 도서관, 박학한 지식, 어원 같은 거죠. 단 지금 나는 전투의 지역상, 뭐랄까, 공간상의 일치를 말하는 게 아닙니다. 일치하는 적도 있죠. 싸움터가 몇 세기에 걸쳐 단 한 번만 싸움터인 적이 없었거니와 앞으로도 없을 거예요. 거기가 싸움터였다면, 거기를 좋은 싸움터로 만든 지세, 지질학상 특징, 적을 괴롭히는 데 알맞은 결함(예를 들어 적을 두 동강 내는 강) 따위의 여러 조건을 갖추고 있기 때문이죠. 따라서 옛 싸움터가 될 겁니다. 아무 방이나 화가의 아틀리에가 못 되듯, 아무 곳이나 싸움터가 못 되거든요. 안성맞춤인 장소가 있는 거죠. 다시 말하지만, 지금 내가 말하고 있는 건 그 점이 아니라, 인간이 모방하는 전투의 형태, 전략의 모사(模寫) 같은 것, 전술의 모작(模作)같은 것, 이를테면 울름(Ulm) 전투,*[1] 로디(Lodi) 전투,*[2] 라이프치히(Leipzig) 전투,*[3] 칸나에(Cannae) 전투*[4]를 말하는 겁니다. 앞으로 전쟁이 또 일어날지도 모르지만, 만일 일어난다면 반드시(사령관이 의식하고 기도하는) 칸나에식 전투, 아우스터리츠(Austerlitz)식 전투,*[5] 로스바흐(Rosbach)식 전투,*[6] 워털루식 전투, 그 밖의 여러 옛 전투 방식이 그 속에 포함되겠죠. 어떤 이들은 숨김없이 말합니다. 슐리이팬 원수와 팔켄하우젠 장군이 적군을 모든 전선에 걸쳐 고정시키면서, 그 양쪽 날개에서 공격해 들어가, 특히 오른쪽 벨기에 방면에서 쳐들어간다는 한니발식 칸나에 전투를 프랑스에 맞서 계획했다고 말이죠. 한편 베른하르디(Bernhardi)*[7]는 프리드리히 대왕의 전술진 쪽을 택해, 칸나에식 전투보다 로이텐(Leuthen)*[8]식 전투를 바랐다고요. 다른 사람들은 이처럼 노골적으로 자기 견해를 털어놓지는 않으나, 당신에게 보증하고 하는 말인데, 보콩세유 알죠, 요전날 당신에게 소개한 중대장이요, 장래가 유망한 장교죠. 이 사람이 자기의 프라첸(Pratzen)*[9]식 소공격법을 맹렬히 연구해, 구석구석까지 친히 통해서, 머릿속에 소중히 간직하고 있는데, 만일 어느 때고 그걸 써먹을 기회가 온다면, 실수하지 않고, 대규모로 치러내 우리나라에 이바지할 겁니다. 리볼리(Rivoli)*[10] 전투의 중심 돌파,

*1 독일의 뷔르템베르크 주. 나폴레옹이 여기서 오스트리아군을 1805년에 무찌름.
*2 이탈리아의 도시. 나폴레옹이 오스트리아군을 이곳에서 1796년에 무찌름.
*3 독일 작센의 공업 도시. 나폴레옹이 여기서 1813년에 연합군에 패함.
*4 이탈리아의 북부 도시. 이곳에서 기원전 216년에 한니발이 로마군을 무찌름.
*5 오스트리아의 도시. 나폴레옹이 여기서 1805년에 오스트리아·러시아 연합군을 무찌름.
*6 독일 작센의 마을. 이곳에서 수비즈가 프리드리히 2세에게 패함(1757).
*7 독일 장군이자 군사 역사가(1849~1930).
*8 지명(地名). 여기서 있었던 전투를 말함.
*9 싸움터의 이름.
*10 이탈리아의 마을. 나폴레옹이 이곳에서 1797년에 오스트리아군을 무찌름.

이것도 앞으로 전쟁이 일어난다면 또 되풀이되겠죠. 이건《일리아드》처럼 케케 묵은 게 아니거든요. 덧붙여 말하지만, 이젠 정면공격을 거의 금지하고 있어요. 1870년*11의 잘못을 거듭 저지르기 싫으니까, 그렇지만 뭐니뭐니해도 공격하고 볼 일, 공격이 있을 따름이죠. 단 한 가지 나를 당황하게 하는, 시대에 뒤진 망령난 녀석들만이 이 훌륭한 원칙에 반대하고 있지만, 나의 가장 젊은 교련 선생 가운데 하나인, 두뇌가 비상한 망쟁(Mangin)*12이 수세에도 여지를(물론 임시적인 여지를) 남겨두려 하였다는 점이에요. 이분이 수세가 공세 및 승리의 서두였던 아우스터리츠 전투를 보기로 인용할 때 대꾸할 말이 궁색합니다그려."

생루의 이러한 이론들은 나를 즐겁게 해주었다. 이러한 이론은 나로 하여금, 나의 동시에르 생활에서, 백포도주를 마시면서 이야기를 듣고 있는 사관들에 대해, 어쩌면 내가 속고 있지 않다는 바람직스러운 생각마저 품게 하였다. 비록 지금은 존재하지 않으나 그에 못지않을 만큼 내 눈에 축소된 오세아니아 왕과 여왕, 네 사람이 짝이 된 식도락가 무리, 젊은 난봉꾼, 르그랑댕의 매부 등등을 내가 발베크에 있을 동안에 거대하게 보이게 하던 그 확대하는 힘으로, 백포도주는 사관들에게 귀여운 반사를 던지고 있었다. 오늘 나를 즐겁게 해주는 것이, 여태껏 늘 그랬던 바와는 달리 내일 나에게 아무래도 좋지 않은 것이 될지도 모른다. 지금 나는 아직 이러한 존재지만, 그러한 존재도 오래지 않아 사라질 운명에 놓이게 될지도 모른다고 생각했다. 왜냐하면 이러한 며칠 저녁, 내가 군대 생활에 관한 모든 것에 품고 있는 열렬하고도 덧없는 열정에, 생루가 전술에 관해 이제 막 나한테 한 이야기로, 변하지 않는 성질을 가진 지적인 기초를 더했기 때문이며, 이것이 어지간히 강하게 내 흥미를 끌어, 나는 나 자신을 속이려 들지 않고서도 다음과 같이 믿을 수 있었다. 먼저 이곳을 떠난 뒤에도 이 친구들이 동시에르에서 하는 일에 계속 흥미를 느낄 테고, 짧은 시일 내에 이 친구들의 곁으로 오리라고. 그렇지만 이 병법(art de la guerre)이라는 것이 정신적인 의미로 하나의 예술(art)임에 틀림없음을 더 확인하고자, 나는 생루에게 말했다. "재미있군요, 그런데, 좀 걱정스러운 게 하나 있습니다. 내가 전술에 열중할지도 모른다는 느낌이 들지만, 그러려면 전술이 다른 술(術)

---

*11 이 해에 프랑스가 패전한 프로이센—프랑스 전쟁을 가리킴.

*12 프랑스의 장군(1866~1925). 1914년부터 1918년까지 전쟁에 참전함.

과 어느 점에서나 다르지 않음을, 법칙을 아는 것만으로는 다가 아니라는 걸 먼저 확신하고 싶어요. 당신은 여러 사람이 여러 전투를 본떴다고 말했죠. 현대의 전투 배후에 옛 전투를 본다는 건, 당신 말마따나 과연 미학적으로 생각해서, 이 사념이 얼마나 내 마음에 드는지 이루 말할 수 없네요. 하지만 그렇다면, 사령관의 재능은 대수롭지 않나요? 사령관이야 실상 법칙을 적용할 따름인가요? 아니면 과학적으로 보아, 두 병의 상태가 겉으로 보기에는 같은 징후를 나타내고 있지만, 아마도 그 경험에서 얻은 듯싶은 새로운 판단의 상황에서, 이 경우는 오히려 이렇게 하는 게 낫다, 어떤 경우에는 수술하는 게 좋다, 어떤 경우에는 수술을 삼가는 게 낫다고 느끼는 위대한 외과 의사가 있듯 명장이 있는 게 아닐까요?"

"물론, 나도 그렇게 생각합니다! 나폴레옹을 봐요. 모든 법칙이 공격을 명하고 있을 때도 막연한 예감이 그것을 말리자 공격을 그만두었죠. 이를테면 아우스터리츠 전투나, 또는 1806년에 란(Lanne)*[1]에게 보낸 훈령을 봅시다. 그러나 다른 장군들이 나폴레옹의 용병술을 교조주의적으로 본뜬다면 전혀 반대의 결과가 나오죠. 1870년 전쟁 때에도 그런 실례가 수두룩해요. 하지만 적이 어찌 나올지 해석하는 마당에도, 적이 현재 하고 있는 것은 여러 해석을 허용하는 한 징후에 지나지 않아요. 추리와 지식에만 매달리면 그 해석 하나하나가 똑같이 사실임직하게 되고 맙니다. 마치 어떤 복잡한 병의 상태에서, 세계의 모든 의학 지식을 가지고서도 눈에 보이지 않는 종기가 악성이냐 아니냐, 수술해야 하느냐 마느냐를 정하기에 역부족이듯. 직감, 테베(Thebae)*[2] 부인식의 예견(알겠죠)이 명장의 마음에 결심을 가져다주고, 명의의 머릿속에 결정을 가져다주죠. 그러므로 나는 당신에게 한 가지 보기를 보이려고, 전투의 첫머리에서 정찰이 어떠한 뜻을 갖는지 얘기한 겁니다. 그러나 정찰이 여러 다른 사실을 뜻할지도 모르죠. 예를 들어 공격하고자 하는 지점과는 다른 곳을 공격하려고 하는구나, 라고 적에게 믿게 하거나, 실제의 작전 준비를 적이 탐지 못하게 막을 치거나, 필요하지도 않은 지점에 적군으로 하여금 모여들 수밖에 없게 하여 거기에 묶어두어 꼼짝 못하게 하거나, 적이 얼마나 병력을 배치하고 있는지 확인하거나, 그걸 탐색하거나, 어쩔 수 없이 돌아가는 형편을 드러나게

---

*1 나폴레옹의 절친한 벗, 육군 원수.

*2 이집트 중부의 옛 도시.

하거나 하는 사실을 뜻할지도 모르죠. 때로는 어느 작전에 대군을 출동시켜도 그 작전이 진짜 작전이라는 증거가 아닌 적도 있어요. 왜냐하면 작전이 한낱 가장에 지나지 않지만 그 가장이 적을 속이는 기회가 많도록, 정말로 실행에 옮기는 경우도 있으니까요. 이 관점에서, 당신에게 나폴레옹의 여러 전쟁을 얘기할 틈이 있었다면, 다짐하지만 우리가 배우고 있는 이런 간단한 고전적인 병법을, 우리가 야외에서 훈련하는 것을 구경하러 오겠죠, 어슬렁어슬렁 한가로운 산책 삼아. 아차, 당신이 아프다는 걸 깜박 잊었군요, 용서하시게! 그런데 싸움터에 나가서 자기들의 후방에 총사령부의 신중한 경계, 투철한 판단과 심원한 탐구가 있음을 느낄 때, 마치 물질의 빛에 지나지 않으나, 암흑의 공간을 파헤치고서 선박들에게 위험을 알리는 정신의 내뻗침이라 일컬어도 괜찮은 등댓불을 앞에 둔 듯 감동한다는군요. 당신한테 오로지 전쟁의 문학만 말하는 게 어쩌면 내 잘못인지도 모릅니다. 사실 흙의 성분과 바람과 햇볕의 방향이 나무가 자라가는 쪽을 가리키듯, 야전이 벌어지는 때의 여러 조건, 군대를 유리한 곳으로 옮길 때 그 지방의 지세 따위가, 장군이 여러 계획 가운데에서 택할 계획을 이를테면 지휘하고 또 제한하는 거죠. 그래서 첩첩산중 기슭을 따라서, 연이은 골짜기 속을, 어느 평야 위를, 눈사태처럼 웅대한 미와 필연성을 갖고서, 군대가 행진한다고 거의 예언할 수 있는 겁니다."

"사령관 마음속에서 하는 선택의 자유니, 상대의 계획을 알아내려는 적의 마음속에서 일어나는 예감이니, 아까 당신이 나에게 가르쳐준 것을 이제는 부인하고 있는 거네요."

"천만의 말씀! 우리가 발베크에서 함께 읽은 그 철학책이 생각나나요, 현실세계에 비해 가능세계의 풍요함을 말입니다. 바로 그거예요! 전술에서도 마찬가지죠. 일정한 상황에서, 거기에 대처하는 네 가지 작전 가운데, 장군이 그 하나를 택할 수 있어요, 마치 병환이 의사가 그러리라 예상한 갖가지 진전을 치를지도 모르듯. 이 점에서 또한 인간의 약함과 위대함이 새로운 불안의 원인이 되는 겁니다. 까닭인즉, 이 네 가지 계획 가운데 어떤 우연의 이유(임시적인 목적을 이루어야 한다든가, 시간이 제한되어 있다든가, 또는 병력이 적으며 보급이 부족하다든가)가 장군으로 하여금 첫 번째 계획, 그 밖의 계획보다 덜 빈틈없으나, 싼 비용으로 신속히 실행할 수 있는 데다, 군대의 양식을 얻는 데 더 넉넉한 지방을 전투 지역으로 삼는 첫 번째 계획을 택하게 되었다고 합시다. 이 첫 번째 계획을 실행에 옮기고 보니, 반신반의하던 적도 오래지 않아 이 계획을 알아차리겠지만, 장군은 장애가 너무나 큰지라 성공 못할지도 몰라서—내가 인간의 약함에서 생기는 운이라고 이름 붙인 게 바로 이겁니다—이를 포기하고, 둘째 번, 셋째 번 또는 넷째 번 계획을 시도할지도 모르죠. 그러나 또한, 적이 공격받을 거라곤 꿈에도 생각 못한 지점에서 불시에 공격할 수 있도록 적을 한 지점에 고착시키고자, 오직 위장으로—내가 인간의 위대성이라 한 게 바로 이거죠—첫 번째 계획을 시도했을지도 몰라요. 이와 같이 울름 전투에서, 서쪽에서 출동 준비를 기다리던 마크(Mack)*[1]가 무사하거니 믿던 북쪽을 통해 적에게 포위당했죠. 하기야 이건 그다지 좋지 않은 예입니다. 이 울름 전투는 포위전의 뛰어난 전형인지라, 앞으로도 되풀이해서 일어날 거예요. 앞으로 장군들이 영감을 받는 고전적인 본보기일 뿐만 아니라, 결정을 이루는 표준형처럼, 이를테면 필연적인(가장 순수한 필연, 때문에 선택이나 변화의 여지가 있는) 형태이니까. 하지만 이 따위야 아무래도 좋아요, 이런 틀은 결국 인위적인 거니까. 우리가 읽은 철학책으로 돌아와서 논리의 원칙 또는 과학의 법칙처럼, 현실은 거의 그 틀에 순응하지만, 위대한 수학자 푸앵카레(Poincaré)가 수학은 엄밀하게 정확한지 확실치 않다고 한 말을 떠올려 봐요. 내가 당신에게 말한 조례만 하더라도, 결국 이차적인 중요성을 가진 것, 게다가 때때로 변하는 거죠. 그래서 우리 기병은 1895년식 야외 근무를 하고 있는 것인데, 이건 시대에 뒤진 거라고도 말할 수 있어요. 왜냐하면 기병의 전투에는 습격이 적에게 미치는 경악이라는 심리적 효과밖에 거의 아무것도 없다고 여기는, 고리타분해서 쓰이지 않게 된 원칙 위에 선 것이니까. 그런데 우리 선생들 가운데 가장 두뇌가 명석한 이들, 기병대에서 가장 훌륭한 이들, 특히 내가 당신에게 얘기한 바 있는 소령 같은 분은, 이와는 반대로, 승패의 열쇠는 말 그대로 검과 창이 휘두르고 찌르는 뛰어난 육박전을 통해 얻으며, 더 완강한 쪽이 정신적으로 승리할 뿐만 아니라, 공포감도 주고 실질적으로도 승리할 것이라고 생각하고 있어요."

"생루의 말이 옳아요, 이번 야외 근무에는 틀림없이 그 진화의 흔적이 보이겠죠." 내 옆의 남자가 말했다.

---

*1 오스트리아의 장군.

"자네의 찬동을 받다니 나쁘지 않군, 내 친구에게 자네의 의견이 내 의견보다 더 깊은 인상을 준 것 같으니 말이야." 생루는 동료들과 나 사이에 이런 공감이 생겨난 것에 좀 약이 올라선지, 아니면 공감을 공공연히 인정하여 이를 축복함이 고상하다고 여겨선지 웃으면서 말했다.

"게다가 나는 조례의 중요성을 너무 깎아내렸나 봅니다. 조례는 변한다, 이는 확실하죠. 그러나 그때까지 조례는 군대의 정세, 작전 계획과 집중 계획을 좌우해요. 조례가 그릇된 전략을 반영한다면, 그게 패배의 주요 원인이 될지도 모릅니다. 이런 건 다 당신에게는 좀 너무 전문적인 일이에요." 그가 말했다. "요컨대 전술의 진화를 촉진하는 것은 전쟁 자체임에 틀림없죠. 전투 동안에도, 그게 좀 오래 끌면, 교전군의 한쪽이 적의 성공과 실수가 주는 교훈을 이용하거나, 적의 수단 방법을 개량하거니와, 적도 한 술 더 뜹니다. 그러나 이건 다 옛일이에요. 포병의 무시무시한 진보와 더불어, 앞으로 또 전쟁이 일어난다면 미래의 전쟁은—매우 짧아, 배운 것을 실제로 이용할 엄두도 내기 전에, 평화가 찾아오겠죠."

"그렇게 신경 쓰지 말아요." 나는 생루가 이 얘기에 앞서 했던 말에 대꾸했다. "당신 얘기에 열심히 귀를 기울였으니까요!"

"자네가 다시는 화내지 않고, 또 내가 얘기해도 괜찮다면." 생루의 친구가 다시 말을 꺼냈다. "자네가 지금 말한 것에 덧붙여서, 전투가 서로 모방해 겹친다면 이는 사령관의 두뇌 탓만이 아니라고 말하겠네. 사령관의 하나의 오산(이를테면 적의 실력에 대한 인식 부족)이 산하 군대에 엄청난 희생, 몇몇 부대가 이 희생을 참으로 숭고한 자기희생으로 완수하여, 맡은 임무가 다른 전투에서 다른 부대의 임무와 비슷할 테니까, 역사상으로 서로 교환할 수 있는 보기, 1870년으로만 제한해서 예를 들어본다면, 생프리바*2에서의 프러시아 친위대, 프뢰슈빌레와 뷔상부르*3에서의 알제리 저격대 같은, 보기로서 인용될 희생을 요하는 결과를 가져오는 일이 일어날지도 모르지."

"허어! 서로 교환할 수 있는, 바로 맞았어! 멋진데! 자네 머리가 좋군." 생루가 말했다. 특수한 일 밑에 일반적인 일이 보일 적마다 그렇듯, 나는 이 마지막 두 보기에 무관심할 수 없었다. 그렇지만 사령관의 재능이야말로 내 흥미를 끄는

---

*2 메스 근방의 마을. 1870년 8월 18일의 격전지.

*3 두 곳 다 알자스 지방의 마을. 1870년 전투의 격전지.

일이어서, 언제 도움이 되는지, 또 재능 없는 사령관이라면 적에 맞설 수 없는 상황을 천재적인 사령관은 어떠한 방법으로 만회하는지 알고 싶었는데, 생루의 얘기로는 이런 만회가 가능했고, 또 나폴레옹이 몇 번이나 해냈다는 것이었다. 또 군사상의 가치라는 게 뭔지 이해하려고, 새 친구들이 귀찮아하거나 말거나, 내가 이름을 알고 있는 장군들 가운데 누가 사령관으로서의 재능이 풍부한지, 전략가로서의 재능이 많은지 그들에게 물어보았는데, 그들은 조금도 귀찮아하는 기색 없이 끝까지 친절하게 대답해주었다.

나는 나누어진 느낌이 들었다—멀리 우리 주위에 펼쳐져 있는 서늘한 깊은 밤에서뿐만 아니라(밤의 어둠 속에 이따금 기적 소리가 들려와, 이곳에 있는 기쁨을 한결 실감나게 하였고, 또는 시각을 알리는 종소리도 들려왔지만, 이 젊은 이들이 군도를 차고 돌아가야 하는 시각은 다행히 아직 멀었다) 외부적인 갖가지 염려, 거의 게르망트 부인에 대한 추억에서도 나누어진 느낌이 들었다. 이는, 그 동료의 친절이 부피를 더 가하듯이 덧붙은 생루의 호의 덕분이려니와, 또한 이 작은 식당의 따뜻함, 식탁에 차려져 있는 세련된 요리의 맛 덕분이기도 하였다. 요리는 내 공상에도 식욕에도 똑같은 기쁨을 주었다. 이따금 자연에서 추려낸 작은 천연물 조각, 그 안에 바닷물 몇 방울이 그대로 남은 굴의 꺼칠꺼칠한 성수 그릇, 또는 마디 많은 포도송이의 첫 가지와 노란 잎이, 먹을 수 없는 까닭에, 도리어 하나의 풍경처럼 멀리 시적으로 아직 굴과 포도송이를 둘러싸고 있어, 식사 동안에 연달아, 포도나무 그늘의 낮잠과 바닷가 산책의 인상을 불러일으켰다. 또 어느 밤에는, 직접 요리를 예술품처럼 자연의 틀 속에 담아 내놓아 그 재료의 본디 특성을 드러나게 하기도 하였다. 생선을 갸름한 오지그릇에 담아 내왔는데, 푸르스름한 풀잎에 놓인 그 생선은, 산 채로 끓는 물에 던져졌을 때의 모습대로 몸이 뒤틀려 있었으나 게, 새우, 홍합 등, 조개류나 작은 갑각류의 껍데기에 빙 둘러싸여 마치 베르나르 팔리시(Bernard Palissy)*[1]가 만든 오지그릇에서 불쑥 튀어나온 듯하였다.

"나 샘이 나, 화가 나요." 생루가 반은 웃고, 반은 진정으로 말하면서, 내가 그 친구와 둘이서만 길디긴 얘기를 한 것을 암시했다. "저 친구가 나보다 더 총명하다고 생각하는 거요? 나보다 저 친구를 더 좋아하는 거요? 그러니까 저

*1 프랑스의 도공(1510?~89?).

친구밖에 없다는 거요?"(여인을 몹시 사랑하는 사내, 여인을 좋아하는 남자 무리 안에서 살아가는 사내는, 남들이 그다지 순진하지 못한 말이라고 생각해서 감히 입 밖에 내지 않는 농담을 서슴지 않고 한다.)

모두 대화에 끼게 되자, 생루의 마음을 거스를까 봐 드레퓌스 사건에 대해 언급하기를 피했다. 그렇지만 일주일 뒤, 그의 두 동료는, 이런 군대적인 환경 속에서 살아가면서, 그가 극성스런 드레퓌스파이며, 거의 반군국주의자인 게 실로 신기하다고 얘기했다.

나는 자세히 이야기하고 싶지 않아서, "그 까닭은 환경이 미치는 영향이 생각보다 크지 않기 때문이죠……" 하고 말했다.

물론 나는 여기서 그칠 작정이었고, 또 며칠 전 생루에게 내보인 생각을 되풀이하고 싶지 않았다. 그런데도 그 말을 거의 그대로 되풀이한 이상, 나는 "이와 똑같은 얘기를 요 전날……" 하고 덧붙여 그 변명을 하려고 했다. 그러나 나는, 생루가 나와 다른 몇몇 인물에 대해 품은 우정 어린 존경심을 성실하게 기대하고 있었다. 이 감탄의 정이 어찌나 그 상대들의 사상과 빈틈없는 동화를 완성했는지, 이틀이 지나자 생루는 그 사상이 제 것이 아님을 까맣게 잊어버리곤 하였다. 그래서 나의 수수한 주장에 관해서도, 생루는 그것이 분명 늘 제 두뇌에 있어왔기라도 하듯, 또 내가 그의 땅에서 줍기라도 한 듯, 이를 뜨겁게 환영해 동의해야 한다고 생각했다.

"그렇고말고! 환경은 아무래도 좋아요."

내가 그 말을 가로막거나 또는 이해 못할까 봐 힘주어 말했다.

"진정한 영향은 지적 환경의 영향이에요! 사람들은 모두 각자의 사상으로 만들어진 인간이죠!"

잠시 말을 멈추다가, 뱃속의 음식을 잘 소화한 사람처럼 미소를 띠는 동시에 외알안경을 떨어뜨리고서, 나사송곳 같은 눈길을 내 쪽으로 똑바로 돌리면서 "같은 사상을 가진 인간은 다 비슷비슷하죠" 하고 도전하는 것처럼 나에게 말했다. 그는 이 말만은 정말 잘 기억하고 있었지만, 겨우 며칠 전에 내가 그에게 했던 말이라는 사실은 티끌만큼도 기억나지 않는 게 틀림없었다.

내가 매일 저녁 같은 기분으로만 생루의 단골 식당에 온 것은 아니다. 마음속에 품은 어떤 추억이나 슬픔이, 이제는 깨닫지 못하고 있을 만큼 멀리 가버리는 때가 있는가 하면, 그것이 다시 돌아와 오랫동안 곁에서 떠나지 않는 경우도 있다. 식당 쪽으로 가려고 거리를 지나오면서, 게르망트 부인을 그리워한 나머지 숨이 막힐 듯한 저녁도 있었다. 내 가슴의 일부가 능숙한 손에 의해 잘려 나가, 그것과 같은 부피인 비물질인 고뇌로, 서로 비슷한 분량의 그리움과 애정으로 갈아넣은 것 같았다. 꿰맨 자리가 아무리 잘 아물었다고 한들, 한 인간에 대한 그리움이 내장 대신에 있고서야 어떻게 속 편한 나날을 보내겠는가. 그리움이 내장보다 더 넓은 자리를 차지하고 있는 듯하고, 그런 느낌이 끊임없이 들며, 더더구나 자기 몸의 일부를 '생각해야' 하다니 이 얼마나 까다로운 일이냐! 덕분에 자만심이 드는 것 같다. 산들바람에도 숨 가쁜, 애타는 한숨을 땅이 꺼져라고 내쉰다. 나는 하늘을 쳐다보았다. 갠 하늘이면 혼자 중얼거렸다.
"어쩌면 부인이 시골에 있어, 같은 별을 보고 계실지 모르지. 또 누가 아는가, 식당에 도착하자, 로베르가 나한테 '좋은 소식이 있어요, 아주머니한테서 편지가 왔는데 당신을 만나고 싶다더군요, 이곳에 오는 도중이랍니다'라고 할지." 내가 게르망트 부인에 대한 생각을 실어 보내곤 하던 곳은 창공만이 아니다. 좀 부드러운 바람이 지나가자, 지난날 메제글리즈의 밀밭 안에 질베르트의 전언을 가져왔듯이 부인의 전언을 나에게 가져오는 듯한 느낌이 들었다. 우리는 늘 변함이 없다. 어떤 사람에 대해서 품고 있는 감정 속에, 그 사람에 의해서 일깨워진 잠자는 여러 가지 요소를 옮겨넣지만, 그것은 그 사람 자신하고는 아무런 상관도 없다. 그리고 우리 속의 그 무엇인가가 그런 특수한 감정을 더 진실된 것에 접근시키려 애쓴다. 즉 인류에 공통되는 일반적인 감정과 이으려고 한다. 한 사람 한 사람이 우리에게 일으키는 고통은 오로지 그 일반 감정으로 통하는 한 방편에 지나지 않는다. 내 고통에 얼마간의 기쁨이 섞여 있었다면, 그 고통이 보편적인 사랑의 작은 부분임을 내가 알고 있기 때문이다. 질베르트에 관해 느끼던 슬픔, 또는 콩브레에서의 저녁, 엄마가 내 방에 남아 있지 않았을 때의 슬픔, 또는 베르고트의 어느 작품의 추억을 지금 내가 괴로워하는 번민 속에서 다시 인식한 줄 여겨선지(학자의 정신 속에서 원인이 결과에 이어져 있듯이 뚜렷하게는, 게르망트 부인, 그 쌀쌀함, 그 부재가 이 번민에 연결되어 있지 않았지만), 나는 게르망트 부인이 그 원인이 아니라고 결론짓지 못했다. 신체의 병이 난 자리와는 다른 부분에 널리 퍼져 있어서, 막상 의사가 그 정확한 병의 원인 지점을 건드리면, 금세 퍼져버리는 성질을 띤 생리적 고통이 있는 게 아닐까? 그런데도 실제로 의사의 손이 거기에 닿기까지는, 널리 퍼진 고통이 도무지 포착할 수 없고 숙명적인 것으로 느껴져서, 우리는 그것으로 설명할 수도, 병의 원인을 밝혀내지도 못한 채, 고칠 수 없는 것으로 여기고 있었다. 식당 쪽으로 가면서 나는 생각했다. '벌써 2주나 게르망트 부인을 보지 못했구나' 하고(2주쯤이야 나 아닌 사람, 게르망트 부인에 관한 한 시간을 분으로 셈하고 있는 나 아닌 사람에게는 엄청나게 오랜 것으로 느껴지지 않는다). 나로서는 이제 별들과 산들바람뿐만 아니라 시간의 수학적 분할까지 뭔가 애달프고도 시적인 것을 띠었다. 이제는 하루하루가 확고한 바탕 없는, 언덕의 흔들리는 꼭대기 같았다. 한편으론 나는 망각 쪽으로 내려갈 수 있을 듯한 느낌이 들고, 다른 한편으로는 공작부인을 다시 만나고 싶은 소망으로 이끌려갔다. 이와 같이 나는 끊임없이 양쪽에 마음이 쏠려, 안전한 균형을 지키지 못했다. 어느 날 '오늘 저녁 아마 편지가 왔겠지' 하는 생각이 들어 식당에 들어서면서 씩씩하게 생루에게 물었다.

"파리에서 무슨 소식 없나요?"

"있어요." 어두운 얼굴을 지으며 생루는 대꾸했다. "나쁜 소식이야."

슬퍼하고 있는 게 생루만이며, 소식이라는 것이 그의 정부한테서 온 것임을 알고 나는 안도의 한숨을 내쉬었다. 그러나 그 결과로 로베르가 오랫동안 나를 그 외숙모 댁에 못 데리고 갈지 모른다는 사실을 깨달았다.

편지를 통해선지, 그를 만나러 아침 일찍 열차를 타고 와선지 모르나, 그와 그 정부 사이에 싸움이 터진 것을 나는 들어 알았다. 이제껏 그다지 심하지 않은 싸움을 벌이곤 했는데, 번번이 해결할 수 없을 듯이 보였다. 왜냐하면 그녀가 어두운 방에 틀어박힌 채 저녁 식사에도 나오지 않고, 이유를 물어도 대답하지 않고, 화가 나 손바닥으로 쳐대자 엉엉 더 소리 높여 우는 어린애처럼 요령부득한 일로 발버둥치며 울고불고하는 고약한 성미였기 때문이다.

생루가 이번 불화에 몹시 상심했다고 말하면, 독자가 그 상심을 너무 단순하게 또 잘못 생각할지도 모른다. 혼자가 되었을 때, 생루는 자신의 강한 태도를 보고 존경의 정을 품고서 물러간 정부의 모습만 머릿속에 떠올라, 처음 몇 시간 동안 맛보았던 불안도 다시 어쩔 수 없는 것 앞에 끝나버리고 마는 동시에, 불안의 소멸이 어찌나 감미로운 것인지, 불화가 한번 확실해지면, 그로서는 화해에 따르는 매력 같은 것마저 얼마간 느낄 정도였다. 그러고 나서 얼마 뒤 그가 상심하기 시작한 바는, 어떤 번민, 이차적인, 뜻하지 않은 일이었는데, 이런 불안의 밀물은 그녀와 관련 있는 수많은 사념, 곧 어쩌면 그녀가 화해하고 싶어할지도 모른다는 것이다. 내 한마디를 기다리는 거다. 기다리는 동안에 복수 겸 그녀가 어느 저녁, 어떤 곳에서, 어떤 행동을 할는지 모르지, 그런 일이 그녀에게 일어나지 않게 당장 전보를 치면 무사하겠지, 또는 이쪽이 빈둥빈둥 시간을 허비하는 사이, 다른 놈팡이들이 이때를 이용하고 있는지도 모르지, 며칠 지나고 보면 그녀를 되찾기엔 너무 늦을 것이라는 생각들이 쉴 새 없이 그의 마음속에 밀려왔다. 이런 일이 다 있을 법하면서도 하나도 종잡을 수 없는 게, 정부의 입이 밤톨같이 단단해, 이 침묵이 그의 고민을 어찌나 갈팡질팡하게 하는지, 드디어 그는 그녀가 과연 동시에르에 숨어 있는 건지, 아니면 인도로 훨훨 떠나버린 건지 생각하기에 이르렀다.

침묵은 힘이라고 하였다. 그것과는 아주 다른 뜻이지만, 사랑을 받고 있는 이가 일방적으로 밀고 나가면 침묵은 무시무시한 것이다. 침묵은 기다리는 이의 불안을 증가시킨다. 서먹서먹한 존재보다 가깝게 지내고 싶은 소망을 유인하는 것도 따로 없으려니와, 또 침묵만큼 넘기 힘든 장벽이 따로 있겠는가? 침묵은 형벌이라고 되풀이해 말했다. 감옥 안에서 침묵을 강요받은 자는 그 때문에 미치겠지. 그러나 사랑하는 사람의 침묵을 견뎌내기란—침묵을 지키기보다 더—지독한 형벌! 생루는 생각해보았다. '그녀가 이다지 소식을 보내오지 않다니 도대체 뭘 하고 있는 걸까? 설마가 사람 죽인다고 딴 놈들과 함께 나를 속이는 게 아닐까?' 또 이렇게도 생각해보았다. '그녀가 이토록 소식을 끊을 만한 짓을 내가 했단 말인가? 나를 미워하는 거야, 영영.' 그리고 그는 자신을 책망했다. 이와 같이 침묵은, 과연 질투와 뉘우침으로 그를 미치게 하였다. 설상가상으로, 감옥의 침묵보다 더 잔혹한 이런 침묵은 그 자체가 감옥이다. 두 사람 사이에 있는 이 공허한 조작은 물론 비물질성 울타리임에 틀림없지만, 뚫고 들어갈 수 없는 것이라서 버림받은 자의 시각의 빛은 이를 관통할 수 없다. 곁에 없는, 한 여인이 아니라 무수한 여인, 저마다 어떤 다른 배신행위를 하고 있는 무수한 여인을 나타내는 이 침묵보다 더 가공할 조명(照明)이 있겠는가? 때로는 갑자기 불안이 풀려, 로베르는 머잖아 침묵이 곧 멈출 것 같은, 학수고대하던 편지가 올 것 같은 생각이 들었다. 그는 편지를 눈앞에 선하게 보고 있고, 편지가 오고 있으며, 기척 하나하나에 귀를 기울이고 있고, 벌써 갈증을 축이고 있으며, '편지다! 편지야!'를 중얼거리고 있다. 이렇게 애정의 오아시스라는 허깨비를 엿본 뒤, 그는 가엾은 침묵이라는 현실의 사막 속에 발을 구르는 신세로 되돌아갔다.

때때로 그는 불화의 온갖 시달림을 하나도 빼놓지 않고 미리 겪었다. 불화를, 마치 이뤄지기 희박한 해외 이주를 목적으로 잡무를 정리하는 이들처럼 모면할 수 있다고 여기는 적도 있었는데, 이런 사념은, 병자의 가슴에서 떼어낸 심장이 몸에서 떨어져나가 계속해서 팔딱 팔딱거리듯, 내일 어디에 몸둘지 모르는 채 남들에게서 떠나 잠시 버둥거린다. 어쨌든 정부가 돌아오리라는 희망은 마치 전투에서 살아 돌아오리라는 신념이 죽음에 맞닥뜨릴 수 있는 힘을 주듯, 그에게 불화를 참아내는 용기를 주었다. 습관은 인간에게서 생겨나는 식물 가운데, 비옥한 흙을 가장 필요로 하지 않으며, 보기에 무척 황량한 바위에서도 제일 먼저 뻗어나가는 것이다. 처음엔 그가 불화를 흉내삼아 했는지 모르지만, 결국 습관이 될지도 모른다. 그러나 불확실함이 그의 마음속에서 그 여인의 추억에 결부된, 연정과 비슷한 어떤 상태를 유지하고 있었다. 하지만 그는 꾹 참고 그녀에게 편지를 써 보내지 않았다(어쩌면 정부와 함께 그대로 사느니 차라리 그녀 없이 사는 편이 훨씬 덜 고통스러울지 모른다고 생각하면서, 또는 헤어진 투에 대해, 그녀의 변명을 기다리는 편이, 그녀가 그에 대해 품고 있는 줄로 여기는 정, 애정이 아니더라도, 적어도 존중과 존경의 정을 그대로 간직하게 만들 거라고 생각하면서). 그는 최근 동시에르에 설치한 전화를 걸러 가서, 그가 정부의 곁에 들여보낸 몸종에게 소식을 묻거나 지시를 내리기만 하였다. 하기야 이런 통화도 혼잡하여 시간이 오래 걸렸다. 왜냐하면 도시의 추함에 관한 문학 친구들의 의견에 따라, 하지만 무엇보다도 그 동물들—개, 원숭이, 카나리아와 앵무새 따위—을 고려하여(그 동물들이 끊임없이 울부짖는 소리에 파리의 집주인이 울화통을 터뜨리고 말았다), 로베르의 정부는 베르사유 근방에 있는 작은 셋집에 이사해서, 그러는 동안에 그는 동시에르에서 밤에 한숨도 자지 못했다. 한번은 그가 피로에 녹초가 되어 내 방에서 잠깐 얕은 잠에 빠졌다. 그러다가 냅다 지껄이기 시작하더니 달려가려는, 뭔가 막으려는 시늉을 하며 중얼거렸다. '그 신음 소리야, 넌…… 넌 못…….' 그가 깨어났다. 나에게 꿈을 꾸었다고 말했다. 시골에 있는 중사의 집에 간 꿈. 중사가 그 집의 어느 방에 그를 접근 못하도록 애썼다. 생루는 중사가 아주 부유하고 품행이 올바르지 못한 중위, 제 정부를 매우 탐내고 있는 줄 알고 있는 중위에게 방을 빌려주고 있는 것을 알아챘다. 난데없이 꿈속에서, 번번이 정부가 쾌락으로 황홀해지는 순간에 지르는 단속적이고도 고른 신음이 그의 귀에 또렷하게 들려왔다. 그는 중사에게 그 방에 데려가달라고 억지로 덤벼들었다. 중사는 그의 지나친 무례에 화가 난 듯한 표정을 지으면서, 거기에 못 가게 그를 우격다짐으로 막았다는 꿈인데, 로베르는 이 꿈을 영영 잊지 못할 것이라고 말했다.

"쑥스러운 꿈이네요." 그는 아직도 식식거리며 덧붙였다.

그러나 나는 이 말이 있은 지 한 시간 안에, 그가 정부에게 화해를 구하고자 여러 번 전화를 걸어보려고 했던 것을 바로 눈치챘다. 우리 아버지가 얼마 전 집에 전화를 놓았지만, 이것이 생루에게 많은 도움이 될지 알 수 없었다. 게다가 부모님에게, 뿐만 아니라 부모님의 거처에 설치된 기계에 생루와 그 정부 사이의 중개인 역할을 시킨다 함은, 설령 여인이 품격 있고도 감정이 고상한 분이라 한들, 그다지 예절 바른 일은 아닐 듯싶었다. 생루가 꾸었던 악몽은 조금 지워졌다. 방심하는 듯한 물끄러미 바라보는 눈을 하고서 그는 이 잔혹한 나날 동안 나를 찾아왔는데, 이 나날이 하루하루 연이어 지면서, 그 정부가 어떠한 결심을 취하는지 로베르가 스스로 묻고 답하며 단단한 금속으로 만든 어느 층계의 훌륭한 곡선과 같은 것을 내게 그려 보였다.

마침내 그녀가 그에게 용서해주겠는지 물어왔다. 그는 즉시 절교에서 벗어났음을 알아차리는 동시에, 화해의 여러 불리한 점을 깨닫고 말았다. 게다가 그는 벌써 덜 괴로워하여, 어쩔 수 없는 고통을 거의 감수하고 있었다. 하지만 그녀와의 관계를 다시 시작한다면 틀림없이 몇 달 안에 전처럼 괴로워질 것이다. 그는 오랫동안 망설이지 않았다. 그가 조금 망설인 것은 아마도 이제 정부를 되찾을 수 있음이 확실했기 때문이다. 되찾을 수 있다는, 따라서 그렇게 할 수 있다는 굳은 믿음이 있었기 때문이다. 단지 그녀는 제 마음의 안정을 되찾고자 그가 정월 초하루에 파리에 오지 않기를 부탁했다. 그런데 그는 그녀와 만나지도 않으면서 파리에 갈 만한 용기가 없었다. 한편 그녀는 여행이라면 함께 가도 괜찮다고 말했지만, 정식으로 휴가를 얻어야 했고, 보로디노 대위는 이를 허락하지 않을 것 같았다.

"난처한데, 우리가 숙모댁에 방문하는 날이 점점 더 연기되니 말이에요. 틀림없이 부활절에는 파리에 돌아가겠죠."

"그때는 게르망트 부인 댁에 못 갈걸요. 난 그 무렵에 발베크에 있을 테니까. 그러나 아무래도 상관없는 일이죠."

"발베크에? 아니 거기엔 팔월에야 가지 않나요?"

"하긴 그렇지만, 내년에는 내 건강 때문에 더 일찍 보낼 테니까요."

그의 걱정은, 그가 나한테 한 얘기에 따라, 내가 그 정부를 나쁘게 판단하지나 않을까 하는 것이었다. "그녀의 성미가 사나운 건 그저 감정에 너무 솔직하고 외롭기 때문이지 사실 뛰어난 여인이에요. 그녀가 가진 시적인 세련됨을 당신은 상상도 못 할 겁니다. 해마다 만령제(萬靈祭)*[1]에는 브뤼주*[2]에 가서 지내요. 정말 '멋지죠', 안 그래요? 당신도 한번 만나보면 알게 될 겁니다. 훌륭한 여성이란걸……." 그는 그 여성을 둘러싸고 있는 문학가라는 사람들이 쓰는 말씨에도 물들어 있어서, "그녀에게는 뭔가 별과 같은 것, 예언적인 것마저 있어요. 내 말뜻을 알아듣겠죠, 성직자에 가까운 시인이라는 뜻을."

나는 식사하는 동안, 그가 파리에 오기를 기다리지 않고서도, 생루가 숙모에게 나를 초대하도록 부탁할 수 있는 핑계를 찾아보았다. 그런데 그 핑계를 준 것은 생루와 내가 발베크에서 알게 된 화가인, 엘스티르의 그림을 다시 보고 싶다는 나의 소망이었다. 하기야 핑계라곤 하지만 조금은 본심이기도 하였으니, 엘스티르를 방문할 때마다 내가 그의 그림에서 구해 마지않던 것이, 그림 자체보다 더 좋은 것, 정말 해빙, 진정한 시골 광장, 바닷가의 살아 있는 여인들을 이해하며 좋아하도록 이끌어달라는 것이었는데(적어도 산사의 오솔길 같은, 내가 깊이 연구할 수 없었던 현실을 그 그림에 요구하고 싶었다. 그림이 언제까지나 그 현실의 아름다움을 내 마음속에 간직해주기를 바라서가 아니라, 그 아름다움을 나에게 밝혀주기 위해서), 지금은 반대로 내 소망을 부추기는 것은 한 그림의 독창성과 매력이며, 또한 내가 특히 보고 싶은 것은 엘스티르의 다른 그림들이었기 때문이다.

그리고 또, 보잘것없는 그의 그림에마저, 더욱 뛰어난 화가의 걸작과는 다른 것이 있는 듯 느껴졌다. 그의 작품은 넘지 못할 경계를 진, 비할 바 없는 소재로 된 닫힌 왕국과도 같았다. 그에 관한 연구를 실은 잡지는 아주 드물었지만, 그것을 열심히 모으는 동안에, 나는 그가 풍경과 정물을 그리기 시작한 것이

---

*1 11월 1일.

*2 벨기에 서북부의 도시.

최근이며, 신화적인 주제의 그림(나는 그 중 두 점의 사진을 그의 아틀리에에서 본적이 있다)부터 그리기 시작해서, 그 뒤로 오랫동안 일본화의 영향을 받았음을 알았다.

그의 온갖 수법의 특징이 잘 살아 있는 몇몇 작품이 지방에 흩어져 있었다. 가장 훌륭한 풍경화 가운데 하나인 앙들리(Andelys)*[1]의 어떤 집이야말로, 맷돌용 석재로 만든 창틀에 찬란한 그림 유리를 끼운 집이 있는 샤르트르 근방의 마을에 못지않게 소중하게 여겨져서, 여정을 북돋워 마지않는 것이었다. 그 걸작의 소유자, 한길을 향한 초라한 집 속에 점성가처럼 틀어박혀서 엘스티르의 그림이라는, 이 세계를 비추는 거울 하나를 조용히 바라보고 있는 인물, 아마도 수천 프랑을 던져 그 그림을 사왔을 사나이 쪽으로, 어떤 중요한 일에 대해서 같은 생각을 지닌 사람들의 마음이나 성격을 하나로 만드는 그 공감에 의해 끌려가는 자신을 느꼈다.

그런데 내가 좋아하는 이 화가의 중요한 세 작품이, 그 잡지 가운데 하나에 씌어 있는 바로는 게르망트 부인의 소장이라는 것이었다. 따라서 생루가 그 정부의 브뤼주 여행을 나에게 알려주던 저녁, 요컨대 마음속으로 이리저리 숙고한 끝에, 나는 식사 중 여러 친구들 앞에서 퍼뜩 생각난 듯 불시에 그에게 말할 수 있었다.

"저어, 우리가 얘기했던 부인에 대해 마지막으로 몇 마디 하겠는데 괜찮나요? 당신 엘스티르를 기억하죠, 발베크에서 나와 친해진 화가 말입니다."

"기억하다뿐인가요, 잘 알죠."

"내가 그를 얼마나 숭배했었는지도 기억하나요?"

"물론이죠, 우리 둘이 그에게 보낸 쪽지도."

"좋아요, 좋아요, 그러면 말이죠, 가장 중요한 이유는 아니지만, 그 부인과 아는 사이가 되고 싶어하는 이유는 말이죠……. 그런데 당신은 내가 어느 부인을 두고 하는 말인지 압니까?"

"아무렴요! 퍽도 빙빙 돌려 말하네요!"

"그분 댁에 매우 아름다운 엘스티르의 그림이 있다는군요."

"처음 듣는걸요."

---

*1 센 강 하류에 있는 시가.

"틀림없이 엘스티르는 부활절에 발베크에 있겠죠, 알다시피 요새는 1년 내내 거의 그 해안에서 지낸다니까. 내가 파리를 떠나기 전에 꼭 그 그림을 보고 싶군요. 당신이 숙모님과 썩 사이가 좋은지 모르겠지만, 내가 그분한테 거절당하지 않으면서 나를 솜씨 있게 돋보이도록 주선해줘요. 당신이 가지 않을 테니, 당신 없이 그림을 보러 가도 괜찮도록 부탁해줄 수 있나요?"

"그러죠, 책임질게요. 내가 그 일을 맡겠습니다."

"로베르, 당신이 얼마나 고마운지요!"

"고마워하는 거야 기쁘지만, 이제는 너라고 불러주면 더욱 고맙겠어요. 그렇게 부르자고 당신이 약속했으니, 또 당신이 말을 놓자고 했으니까."

"슬그머니 떠나려고 모의하는 게 아니기를 바랍니다." 생루의 친구 하나가 나에게 말했다. "알다시피 생루가 휴가를 떠난다 해도 별로 변하는 게 없을 테고, 우린 여기 그대로 있으니까요. 당신에게는 아마 덜 흥미롭겠지만, 우리가 온 힘을 다해 생루가 없다는 것을 잊도록 애써보죠!"

사실 로베르의 정부가 혼자 브뤼주에 가리라 다들 믿고 있을 무렵에, 이제껏 완고하게 반대 의견이던 보로디노 대위가, 하사관 생루에게 브뤼주행 장기 휴가를 허락했다는 소식이 알려졌다. 사정은 이러했다. 숱 많은 머리털이 크나큰 자랑인 보로디노 대공은, 나폴레옹 3세 옛 이발사의 제자로 지낸 적이 있는, 이 거리에서 가장 유명한 이발사의 꾸준한 단골이었다. 보로디노 대위는 이 이발사와 사이가 아주 좋았으니, 그의 위엄 있는 행동거지에도 불구하고, 비천한 이들에게는 자연스럽게 대했기 때문이다. 그러나 이발사는, '포르투갈 향수', '수브랑의 향수', 머리인두, 면도칼, 가죽 숫돌 따위의 대가가 머리 감는 요금, 이발 요금 등등과 함께 적잖은 액수로 불어난, 무려 5년 동안 밀린 외상을 지불하지 않는 대공보다, 어김없이 꼬박꼬박 요금을 치르며, 마차와 말을 많이 갖고 있는 생루 쪽을 더 높이 평가하고 있었다. 생루가 정부와 함께 여행가지 못해 고민하고 있다는 얘기를 듣자, 이발사는 흰 보를 턱밑에 댄 대장의 머리를 뒤로 젖혀놓고, 목에 면도칼을 대는 순간에 열심히 그 얘기를 대공에게 해댔다. 이렇듯 한 젊은이에게 아름다운 여인이 잘 따른다는 이야기는 귀족 출신인 대위의 얼굴에 보나파르트풍의 너그러운 미소를 자아냈다. 그가 아직 값을 치르지 않은 계산서를 생각해봄직도 하나, 어느 공작의 추천이라면 불쾌하기 짝이 없을 것을, 이발사의 추천이고 보니 몹시 유쾌했다. 그의 턱에는 아직 비누 거품이 가득한데 그 자리에서 휴가 허가의 약속이 맺어지고, 그날 저녁 안으로 서명되었다. 늘 자기 자랑을 늘어놓는 버릇이 있는 데다, 거짓말 잘하는 재주로, 사뭇 자기 공인 듯이 적당히 꾸며낸 이야기를 하는 이발사가 이번만은 분명히 생루에게 좋은 일을 해주고서도 조금도 생색을 내지 않았을 뿐만 아니라, 또한 마치 허영이 거짓말을 필요로 하였지만, 거짓말을 할 필요가 없고 보니 겸양에 자리를 양보하듯, 로베르에게 한마디도 꺼내지 않았다.

로베르의 친구들이 입을 모아 나에게 말하기를, 내가 더 오래 동시에르에 머물러 있거나 또는 어느 때고 이곳에 다시 오거나, 로베르가 없더라도 그들의 마차나, 말, 집, 여가도 나에게 맡기겠노라 했는데, 이는 이 젊은이들이 그들의 풍요로운 생활이나 젊음, 활력을 병약한 나에게 바치는 큰 도량임을 나는 뼈저리게 느꼈다.

"그런데 어째서" 하고, 생루의 친구들은 내가 머물러 있기를 고집하고 나서 계속해 말했다. "해마다 이곳에 안 오시죠? 이곳의 조용한 생활이 마음에 드셨을 텐데! 게다가 마치 노병같이 연대 안에서 일어나는 갖가지 일에 흥미를 느끼시고."

왜냐하면 지난날 학창 시절에, 학우들에게 테아트르 프랑세즈 배우들의 우열을 꼽게 한 것처럼, 내가 그 이름을 알고 있는 여러 장교들을, 어느 정도 감탄을 받을 만한지, 그 감탄의 정도에 준해서 분류해달라고 그에게 계속 부탁했기 때문이다. 늘 다른 장군들의 선두에 그 이름이 인용됨을 들어온 장군 하나, 예컨대 갈리페(Galliffet),*[1] 또는 네그리에(Négrier)*[2] 대신에, 생루의 친구들 가운데 하나가, "아니지, 네그리에는 가장 평범한 장군들 가운데 하나입니다" 하면서 포(Pau)*[3]라든가 게슬랭 드 부르고뉴(Geslin de Bourgogne)*[4] 같은 새로운, 풋내 나는 풍치 있는 이름을 입 밖에 내면, 나는 이전에 티롱(Thiron)*[5] 같

*1 프랑스의 장군(1830~1909). 1899년 발데크 루소 내각의 육군 장관(1899~1905 재임).

*2 프랑스의 장군. 아프리카 전투와 통캥 전투에서 이름을 날림(1839~1913).

*3 프랑스의 장군(1848~1932).

*4 프랑스의 장군.

*5 프랑스의 배우(1830~1891).이라든가 페브르(Febvre)^각주시작^코메디 프랑세즈의 회원(1835~1916).

은 진부한 이름이 아모리(Amaury)*6라는 맑고 산뜻한 이름의 돌연한 개화로 납작해지는 것을 보던 때와 같은 즐거운 놀라움을 느꼈다. "네그리에보다도 뛰어나다고요? 어떤 점에서? 예를 들어주시지요." 나는 연대의 소위·중위·대위 장교들 사이에까지 심한 차이가 있기를 바라 마지않았고, 그 차이가 근거 속에 군인으로서 어떠한 것이 탁월하다고 하는지, 그 탁월의 진수를 파악하고 싶었다. 내 눈에 가장 자주 띄어서 그 사람에 대해 이러니저러니 하는 말을 가장 흥미 있게 들었을지도 모르는 이들 가운데 하나는 보로디노 대공이었다. 그러나 생루도 그의 친구들도, 그를 제국 근위대에 비할 바 없는 정돈을 확보하고 있는 훌륭한 장교로서 정당히 인정하면서도, 하나같이 그 인물을 좋아하지 않았다. 프리메이슨에 들어가서, 다른 장교들과 그다지 교제하지도 않으며, 다른 장교들에 비해 특무상사의 험상궂음을 남기고 있는 병졸 출신인 몇몇 장교들에 대해서 말할 때와는 분명히 다른 말씨로 그에 관해서 말들 하지만, 그들은 보로디노 씨를 다른 귀족 출신인 장교들 수에 넣고 있지 않은 듯했다. 사실 생루에 대한 태도를 보더라도, 보로디노 씨는 다른 장교와는 달랐다. 다른 장교들은 로베르가 하사관에 지나지 않는 것, 그러므로 여느 때는 깔보고 있을 게 틀림없는 상관 집에 그가 초대받는 것을 보면 그의 세도 있는 가족이 기뻐할지도 모른다는 것을 이용하여, 젊은 중사에게 도움이 될 만한 고관이 참석할 때는 그를 식탁에 초대하는 기회를 놓치지 않았다. 유독 보로디노 대위만이 로베르와의 관계를, 하기야 번드르르하게, 군무 말고는 관계를 가지려고 하지 않았다. 그의 할아버지가 나폴레옹 황제에 의해 원수 및 대공 겸 공작(prince-duc) 지위를 받게 되었고, 드디어는 결혼을 통해 나폴레옹 가문과 인척이 되었으며, 다음으로 그 아버지가 나폴레옹 3세의 사촌누이와 결혼했는데, 쿠데타가 있은 뒤 두 차례나 장관을 지낸 바 있는 대공은, 이와 같은 족보에도 불구하고, 생루나 게르망트 가문에서 본다면 대수롭지 않다는 것을 느꼈기 때문이다. 그런데 게르망트 가문 쪽으로서는, 그가 그들과 같은 입장에서 있던 적이 없어서, 그를 거의 셈속에도 넣지 않았다. 그는 생루의 눈에는, 자기가—호엔촐레른(Hohenzollern)*7 가문의 인척인 자기가—진정한 귀족으로 보이지 않고, 소작인의 손자로 보이리라 짐작하고 있는 반면에, 생루를 나폴레옹

*6 오데옹 극장의 배우.

*7 프로이센의 왕자. 곧 빌헬름 가문.

황제에게 백작 작위를 받았던 사내—포부르 생제르맹에서 이를 가리켜 다시 된 백작이라 부른다—의 아들, 황제께 애원하여 도지사 한자리를 얻었다가, 다음에, 편지에 '각하'로 쓰이며, 황제의 생질이기도 한 장관, 보로디노 대공전하의 지위보다 형편없이 낮은 관직을 얻어낸 사내의 아들로 여겼다.

황제의 생질 이상인지도 모른다. 최초의 보로디노 대공부인은 나폴레옹 1세의 총애를 흠뻑 받았다는 소문이 자자해, 엘바 섬에까지 따라갔고, 두 번째 보로디노 대공부인은 나폴레옹 3세의 총애가 두터웠다고 하니까. 그래서 여느 사람이 보로디노 대위의 평온한 얼굴에서 나폴레옹 1세, 타고난 모습으로서가 아닐망정 적어도 일부러 꾸민 가면의 위엄으로서 나폴레옹 1세의 풍모를 다시 보았다고 하면, 특히 그 우울하고도 선량한 듯한 눈과 늘어진 수염 속에 뭔가 나폴레옹 3세를 떠올리게 하는 것이 있었다. 너무나 닮아, 그가 세당(Sedan)*1 전투 뒤, 포로가 된 나폴레옹 3세와 동행하는 허가를 청하였다가 비스마르크에게 거절당했을 때의 일인데, 그를 기꺼이 끌고 오게 한 비스마르크는 우연히 눈을 쳐들어 물러가는 이 젊은이를 보고, 갑자기 그 닮음에 몹시 놀라 생각을 고쳐서 그를 다시 불러, 다른 자들에게 거절했던 허가를 그에게 내렸다고 한다.

보로디노 대공이(평민 출신인 쾌활한 두 부관을 곧잘 초대하면서도) 생루나 연대에 있는 생제르맹 귀족 사회의 다른 이들과는 스스로 교제하려고 하지 않았던 까닭은 황족다운 존엄의 높이에서 그들을 모두 깔보면서, 이 하급자들을 둘로 나누고 있었기 때문인데, 그 한쪽은 하급자인 줄 아는 이들, 이들하고는 기꺼이 교제하였고, 또 한쪽은 그가 결단코 받아들이지 못하는 무리, 하급자인 주제에 스스로 우월하다고 여기고 있는 이들이었다. 그러므로 연대의 모든 사관이 생루를 환대하고 있는데도, 어떤 원수에게 특별히 이 젊은이를 추천받은 바 있는 보로디노 대공은 군무상에서만 친절하게 대해주는 데 그쳐(하기야 생루의 근무는 모범적이었다), 이를테면 생루를 초대할 수밖에 없는 특별한 경우를 빼놓고서는 자택에 초대한 적이 한 번도 없었다. 그런 특별한 경우가 내가 머무는 동안에 있었으므로, 그는 생루에게 나를 데리고 오도록 청했다. 그날 저녁, 중대장의 식탁에 참석한 생루를 보면서, 나는 이른바 옛 귀족과

---

*1 프랑스 아르덴 지방의 시가. 1870년 9월 나폴레옹 3세가 프러시아군에 패한 곳.

나폴레옹 제정 시대의 귀족이라는, 이 두 귀족 사이에 있는 차이를, 저마다 꾸민 태와 멋 속에서까지 쉽사리 가릴 수 있었다. 있는 이지력을 다 써서 거부하더라도, 이미 그 핏속에 물들어 있는 결점을 가진 계급, 적어도 한 세기 이래 실제의 위엄을 행사하지 못해, 이제는 필수 교양의 일부를 이루는 거만한 상냥함을 진지한 목적 없이 오로지 심심풀이식으로 연습한 승마나 검술 따위의 훈련으로밖에 보지 않는 계급, 이 계급 출신인 생루는 제 무람없는 태도가 상대를 흡족하게 하며, 제 버릇없음이 상대의 낯을 세우는 줄 여길 만큼, 이 계급의 귀족이 깔보는 부르주아를 만나면, 소개된 부르주아가 어떠한 인간이든 간에, 그 이름을 들은 적이 없던 인간이든 간에, 그 사람의 손을 정답게 잡고 담소하면서(쉴 새 없이 다리를 꼬고 있다가는 풀고, 발을 손에 쥔 채 단정하지 않은 모양으로 뒤로 번듯이 걸터앉아) 그를 '나의 친애하는'이라고 부르곤 했다. 이와는 반대로, 혁혁한 공로의 보수로 받은 막대한 세습재산이 남아 있는 한 그 작위도 본디 의의를 그대로 간직하는 귀족에 속하는 보로디노 대공, 수많은 사람을 지휘하여 사람 부리는 줄 알 것이 남들에게 틀림없는 높은 관직의 기억을 떠오르게 하는 보로디노 대공은—분명하지 않더라도, 개인적이자 뚜렷한 의식 중에서가 아니더라도, 적어도 태도나 행동으로 그 점을 드러내고 있는 몸에서—제 계급을 아직도 유력한 특권으로 여기고 있었다. 생루가 어깨를 툭툭 치거나 팔을 잡거나 하는 평민들에게, 보로디노 대공은 위엄 있는 딱딱함을 보냈는데, 그때에 위대함으로 가득 찬 조심성이, 타고난 미소를 자아내는 순박성을, 진지한 온정과 고의의 거만이 동시에 새겨져 있는 가락으로 완화하고 있었다. 이는 틀림없이 탁자 위에 팔꿈치를 짚거나 발을 손에 쥐거나 하는, 생루의 아니꼬운 태도가 냉대를 받았을 궁정(宮廷), 보로디노 대공의 아버지가 최고의 벼슬을 했던 궁정과 중대한 대사의 직에서 그가 그다지 멀리 떨어져 있지 않기 때문이다.

또한 나폴레옹 1세가 자기의 원수(元帥)·귀족을 선출했고, 제3세가 풀드(Fould)*2·루에르(Rouher)*3를 발견했던 크나큰 저수지인 중산계급을, 그가 별로 멸시하지 않는 탓이기도 했다. 군대를 지휘하는 것보다 더 능한 것이 없는 황제의 아들인지 손자인지는 틀림없지만, 그 아버지와 할아버지의 전념이나

*2 나폴레옹 3세의 재무장관(1800~1867).

*3 나폴레옹 3세 치하 장관(1814~1884).

염려는 적용해볼 만한 대상이 없어서, 보로디노 씨의 신념 속에 실제로 살아남을 수가 없었다. 그러나 한 예술가가 땅 위에서 사라진 지 오랜 세월이 지난 뒤에도 그 정신은 그가 만든 조각상을 계속 실물처럼 보이게 하듯, 그런 전념이나 염려는 보로디노 씨에게 옮아가는 동시에 물질화되고 육신화하여, 그의 얼굴에 나타나 있는 것이 바로 그 전념이었다. 그는 목소리에 지닌 나폴레옹 1세의 활기로 기병 하사를 꾸중하고, 나폴레옹 3세의 꿈꾸는 듯한 우울과 더불어 담배 연기를 내뿜었다. 평복을 입고 동시에르 거리를 걸을 때는 중산모자 밑에서 새어나오는 어떤 눈빛이 대위 주위에 황제의 남모를 외출을 빛나게 하였다. 그가 베르티에 원수와 마세나 원수를 인솔하듯 특무상사와 물건을 대줄 하사를 데리고 중사실에 들어갈 때, 모두 부르르 떨었다. 병사의 판탈롱 감을 선택할 때, 그는 탈레랑(Talleyrand)*1을 실패하게 하며, 알렉산드르(Alexandre)*2를 기만할 만한 눈초리를 옷을 마련해주는 하사에게 쏘았다. 때로는, 검열하는 도중, 걸음을 멈추고, 감탄할 만한 푸른 눈을 꿈꾸게 하면서 윗수염을 비비 꼬며, 새 프러시아와 이탈리아를 건설하는 듯했다. 그러다가 곧 나폴레옹 3세에서 나폴레옹 1세로 되돌아오면서, 그는 정돈된 옷이 윤나지 않음을 지적하기도 하고, 병사가 먹는 일반 음식을 맛보고 싶어하기도 했다. 자택에서의 사생활에서는, 그가 부르주아 계급인 장교들의 부인들에게(그 장교들이 프리메이슨 단원이 아니라는 조건 아래) 보이는 것은 대사가 아니고선 소유 못할 하늘빛 세브르(Sèvres) 자기의 접시뿐만이 아니다(그의 아버지가 나폴레옹에게서 받은 접시로, 그가 살고 있는 산책길에 마주한 시골풍 가옥 안에서 더욱 귀중하게 보였다. 마치 손님이 많아 번창하는 농가 주막으로 설비된 옛 저택의 촌스런 찬장을 보고 나그네가 기쁨과 더불어 감탄해 마지않는 희귀한 도자기처럼). 또한 황제에게서 받은 그 밖의 선물, 곧 '태어난' 신분의 좋음이 어떤 사람들에게는 일생 동안 지극히 부당한 추방을 당하지 않아도 괜찮게 했다면, 해외 사절의 자리에 나가 있어도 감탄하는 주목을 끌었을 그 고상하고도 싹싹한 예의, 무람없는 거동, 친절, 우아함, 그 밖에 감청색 잿물 밑에 갇힌 빛나는 영상, 불가사의하고도 반짝거리는, 살아남은 눈길의 유물도 보였다.

대공이 동시에르에서 중산계급 사람들과 맺고 있는 교제에 관해, 다음과 같

*1 프랑스의 주교이자 정치가(1754~1838). 1834년 빈 회의 때 프랑스를 대표함.
*2 여기서는 러시아 황제 알렉산드르 1세를 말함.

은 일을 말해둘 필요가 있다. 중위는 피아노를 썩 잘 연주했고, 군의관 부인은 음악원에서 일등상을 탄 사람처럼 노래했다. 이 군의관 부부는 중위 부부와 마찬가지로 매주 보로디노 씨 댁에서 저녁 식사를 했다. 이들은 대공이 휴가를 얻어 파리에 갈 때마다, 푸르탈레스 부인이나, 뮐라 가문 따위에서 저녁 식사를 하는 것을 알고는 이를 자랑으로 삼았으리라. 그러나 이들은 이따금 서로 말하곤 했다. "그는 한낱 대위에 지나지 않아, 우리가 그의 집에 찾아가는 것을 매우 기뻐하지. 게다가 우리는 진정한 친구거든." 그런데 될 수 있으면 파리와 가까운 임지에 부임하는 운동을 오래전부터 해온 보로디노 씨로 말하면, 보베(Beauvais)로 전임이 결정되자 거기로 이사해, 동시에르 극장이나 자주 점심을 시켜 먹었던 작은 식당과 마찬가지로 음악가 부부 두 쌍을 깨끗이 잊어버리고 말았다. 이들은 크게 화가 났으니, 저녁 식사에 자주 초대받았던 중위도 군의장도 그 뒤 한평생 대공의 소식을 받지 못했다.

어느 날 아침, 생루는 우리 할머니에게 내 근황을 알리는 소식을 적어 보내고, 그 글 안에서, 동시에르와 파리 사이에 전화가 개통되었으니 나와 통화해 보는 생각을 암시했노라고 내게 털어놓았다. 요컨대 그날 할머니가 나를 전화로 불러낼 테니, 4시 15분 전에 우체국에 가 있으라는 것이었다. 그때 전화는 아직 오늘만큼 일반적이지 않았다. 그렇지만 습관은 우리가 접하는 성스러운 힘에서 순식간에 그 신비성을 벗겨놓는지라, 곧바로 통화가 되지 않아 내 마음에 생겨난 것은, 그저 아주 오랜 시간이 걸리는, 매우 불편한 것이라는 생각뿐, 나는 불평을 해댈 생각조차 없었다. 지금 우리 모두가 그렇듯이 나는, 우리가 말 건네려는 상대가 사는 도시 안(우리 할머니의 경우는 파리였다), 우리가 있는 곳과 다른 하늘 아래, 반드시 같지만은 않은 날씨에다, 우리가 모르는 상황, 근심 가운데(상대는 우리한테 이런 일들을 말하려고 한다), 제 탁자 앞에 앉아 있다가, 우리 변덕이 명하는 순간, 단번에 몇 백 리를 뛰어넘어(잠겨 있는 모든 환경과 함께) 우리 귓가에 와 있는 상대를, 눈에 보이지 않으나 지금 이때에, 금방 우리 곁에 나타나게 하는 돌연한 변화, 이 탄복할 요술이 내 생각에는 그다지 빠르지 않았다. 그리고 우리는 옛이야기에 나오는 인물 같으니, 인물이 소망을 밝히는 동시에 마법 부리는 아가씨는 책을 뒤적이거나, 눈물을 흘리거나, 꽃을 따거나 하는 그 할머니 또는 약혼녀를 이상하도록 뚜렷하게, 바로 곁이지만 아주 멀리, 실제로 그녀가 있는 같은 곳에 나타내 보인다. 이 기적을 행하려면 우리 입술을 마법의 나무 조각에 가까이 대고—때로는 너무 오랜 시간이 걸리기도 하지만—'주의를 게을리하지 않는 처녀'를 부르기만 하면 그만이다. 날마다 목소리를 듣긴 하나 그 얼굴을 본 적 없는 처녀들이야말로, 현혹하는 어둠 나라의 문을 엄중히 감시하는 우리의 수호천사이기도 한 처녀들 눈에 보이지 않기는 하지만, 자리에도 없는 사람을 우리 곁에 솟아오르게 하는 전능한 아가씨들. 끊임없이 소리의 항아리를 비우고, 채우며, 옮기는 저승세계의 다나이데스(Danaides),*[1] 우리가 아무도 못 듣도록 여자친구에게 소곤소곤 속내 이야기를 속삭일 적에, '몇 번' 하고 잔혹하게 외쳐 빈정거리는 독살스러운 아가씨, 늘 성나 있는 신비의 시녀, 눈에 보이지 않는 성마른 수녀. 전화교환원 아가씨들! 우리의 부름이 울리자마자, 도깨비들이 가득한 어둠 속, 우리 귀만이 터놓은 어둠 속에, 가벼운 소리—추상의 소리—가 제거된 소리로, 그리운 이의 목소리가 우리에게 말한다.

그녀다, 우리에게 말하는 것은 그녀의 목소리다, 거기 있는 것이다. 하지만 얼마나 먼가! 오랜 여행을 하지 않고서는 못 만난다는 어려움에 부딪치기라도 한 듯, 귓전에 울리는 그녀의 목소리를 불안 없이 들을 수 있었던 것이 도대체 몇 번인가! 더할 나위 없이 즐겁게 보이는 화목 속에도 실망을 주는 것이 있다는 사실, 손을 뻗기만 하면 붙잡을 수 있을 듯한 순간에도 사랑받은 이들한테서 우리가 얼마나 멀리 있을 수 있는지, 나는 여느 때보다 더 절실히 느꼈다—실제로 존재하는 것이다, 귓전에 울리는 그 목소리는—사실 멀리 떨어져서! 그러나 또한 영원한 갈라짐의 전조이기도 한 것이다! 여러 번, 아주 멀리서 나에게 말하는 모습도 볼 수 없는 그녀의 목소리에 이렇게 귀를 기울이면서, 한번 떨어지면 다시 올라오지 못하는 심원에서 그 목소리가 부르짖는 듯한 생각이 드는 동시에 나는 앞으로 어느 날, 어떤 목소리가 이와 같이(내가 영원히 다시 보지 못할 육신에 이미 깃들이지 않고서, 홀로) 되돌아오면서, 영영 유해로 된 입술에 스쳐갈 때에 내가 포옹하고 싶은 말을 내 귀에 속삭일 때, 내 가슴 조일 불안을 경험했다.

---

*1 그리스의 아르고스(Argos) 왕인 다나오스(Danaos)의 딸들. 자신의 남편들을 죽였으므로 구멍 뚫린 항아리에 물을 채우는 형벌을 받았음.

그날, 동시에르에서는 유감스럽게도 기적이 일어나지 않았다. 내가 우체국에 이르렀을 때, 이미 할머니의 통화 신청이 걸려온 뒤였다. 나는 전화실로 들어갔으며, 그곳엔 이미 선이 이어져 있었다. 누군가 말하고 있는데, 이 사람은 대꾸하는 이가 없음을 모르는 게 틀림없는 것이, 내가 수화기를 귀에 대니, 이 나뭇조각이 어릿광대처럼 지껄이기 시작했으니까. 나는 인형 극장에서 하듯 수화기를 제자리에 놓으면서 상대를 속였다. 하지만 상대는 어릿광대처럼, 내가 수화기를 다시 들어 귀에 대자마자 또다시 지껄이기 시작했다. 나는 마침내 안 되겠구나 단념하고, 수화기를 걸어두어, 마지막 순간까지 수다스럽게 지껄이는 요란한 둥근 토막의 진동을 진압하고 나서 전화교환원을 찾아가니, 잠깐 기다리라고 했다. 다음에 내가 말하기 시작하니 잠시 침묵 끝에 단번에, 내가 잘 알던 그 목소리가 들려왔다. 사실 '귀에 익은'이라고는 할 수 없다. 왜냐하면 여태껏 할머니가 나한테 얘기할 때마다 나는 번번이 눈이 큰 자리를 차지하고 있는 그 얼굴의 열린 부분으로 하는 말을 열심히 들어왔으니까. 그런데 그 목소리만을 듣는 것은 그날이 처음이었다. 목소리가 전부이며, 모습과 함께하지 않고서 이처럼 홀로 나에게 다다른 찰나, 그 목소리의 균형이 변한 듯했으므로, 나는 할머니의 목소리가 얼마나 부드러운지 발견했다. 하기야 그토록 부드러운 적이 없었는지도 모른다. 왜냐하면 할머니는 내가 멀리 떨어져 쓸쓸해함을 느껴, 여느 때는 교육의 '주의'상 억눌러 숨겨둔 애정을 마음껏 드러내도 괜찮다고 믿었으니까. 부드러웠지만 또한 얼마나 슬픈 목소리였는가. 먼저 온갖 엄함을, 남에게 맞서는 온갖 요소를, 이기적인 모든 것을—인간의 목소리에서 그 예가 없을 만큼—거의 다 걸러낸 다정스러움 자체였으니까! 다정다감으로 연약한 목소리는 곧바로 깨어질 것 같았고, 청순한 눈물의 흐름 속에 사라질 성싶었다. 다음에, 목소리만을 귓전에 듣고, 얼굴이라는 가면 없이 그것을 보았으므로, 나는 처음으로, 삶을 보내는 동안에 목소리에 상처낸 슬픔을 주목했다.

내 가슴을 찢는 듯한 새로운 인상을 준 건 오로지 목소리뿐이었나? 아니다. 오히려 목소리의 이 격리는, 또 하나의 격리, 처음으로 나와 떨어진 할머니의 고독이라는 상징, 상기, 곧바로 나온 결과 같은 것이었다. 평소 할머니가 나에게 시키는 명령이나 금지, 내가 할머니에게 품고 있는 애정을 중화하고 마는 복종의 귀찮음과 반항의 울화는 이 순간에 싹 가시고 말았으며, 또 앞으로도 그럴지 몰랐다(이제는 할머니가 나를 가까이에 두려고 하지 않고, 내가 동시에르에 아주 머물러 있기를, 어쨌든 되도록 오래 머무르기를 바라는, 그러면 내 건강과 일에 도움이 될지 모른다는 말을 하는 중이었으니까). 또한 내 귀에 바싹 댄 이 작은 종 속에서 들려온 것은 여태껏 날마다 그것을 균형 잡히게 해온 상반되는 압력으로 떨쳐버리는 것, 그러자마자 저항할 수 없는 것이 되고 말아, 우리의 애정을 몽땅 내 마음속에 일게 했다. 할머니가 나한테 머물러 있으라고 말하니까 나는 돌아가고픈, 불안하고도 미칠 것 같은 욕구가 일어났다. 지금부터 나를 내버려두는 이 자유, 할머니가 승낙하리라고는 꿈에도 생각지 못했던 이 자유는, 언뜻 나에게 할머니 사후(내가 아직 할머니를 사랑하고 있는데도 할머니가 영영 나를 버리고 가버리는 때)의 자유처럼 슬프게 느껴졌다. 나는 "할머니, 할머니" 하고 외치며, 할머니를 꼭 껴안고 싶었지만, 내 곁에는 그 목소리, 할머니가 앞으로 죽을 때, 어쩌면 나를 찾아 되돌아올지도 모르는 유령처럼 손에 닿을 수도 없는 목소리뿐이었다. "말씀하세요" 하고 외쳤으나 별안간 목소리가 들리지 않아, 나는 더욱 외로워졌다. 이제 할머니는 내 목소리를 못 들으며, 나와 통화 중이 아니었고, 우리가 서로 맞대고 있는 것이 아니었으며, 서로 목소리가 들리는 것이 아니어서, 나는 소리의 어둠 속을 더듬어가면서 계속해 할머니를 불러대고, 할머니의 부름 소리 또한 어둠 속을 헤매고 있음에 틀림없다고 느꼈다. 아주 먼 지난날, 어린아이였을 무렵, 어느 날 사람들 속에서 할머니를 잃었을 적에 느꼈던 근심, 할머니를 못 찾을까 봐서 그러기보다, 할머니가 나를 찾고 있는 것을 느낌으로써, 내가 할머니를 찾고 있는 줄 할머니가 생각하고 있음을 느낌으로써 일어난 근심, 이미 대꾸할 수 없는 이에게, 말하지 않던 것이나 불행하지 않다는 확언을 들려주고 싶은 이에게, 말하는 날에 내가 느낄지 모르는 안타까움과 꽤 비슷한 근심, 이와 같은 근심으로 내 가슴이 고동치고 있었다. 내가 지금 막 어둠 가운데 잃어버린 것이 이미 그리운 분의 혼백이었다는 생각이 들었다. 홀로 전화기 앞에 서서, 나는 헛되이 계속해 "할머니, 할머니" 하고 불러댔다. 마치 혼자가 된 오르페우스가 죽은 아내의 이름을 불러대듯. 나는 우체국에서 나와 로베르를 만나러 식당에 가서, 파리에 돌아오라는 전보가 쉬 올 것 같으니, 어찌 되든 간에 열차 시간표를 알고 싶다고 그에게 말하기로 했다. 그렇지만 이 결심을 행동으로 옮기기에 앞서, 나는 마지막으로 한 번만 '어둠'의 아가씨들, 말의 '사자', 얼굴 없는 여신을 불러내고 싶었다. 그러나 변덕스러운 '문지기 아가씨들'은 이젠 다시 불가사의한 문을 열어주려 하지 않았다. 어쩌면 그럴 수가 없었을지도 모른다. 그녀들이, 여느 때처럼 존경할 만한 인쇄술 발명자 구텐베르크*1나 인상파 그림 수집가이자 자동차를 좋아하는 젊은 귀공자 와그람(Wagram)*2(이 사람은 보로디노 공작의 조카였다)에게 여러 차례 간청해도 보람 없이, 구텐베르크도 와그람도 대답 없이 그 애원을 물리쳐, 나는 아무리 불러도 눈에 보이지 않는 세계는 그대로 귀머거리로 있으리라 느끼면서 떠났다.

로베르와 그 친구들 곁에 이르자, 나는 내 마음이 그들과 함께 있지 않고, 내 떠남이 이미 바꾸지 못할 결정이라곤 입 밖에 내지 않았다. 생루는 내 말을 곧이곧대로 믿는 모양이지만, 나중에 안 바로는, 내 망설임이 거짓이며, 내일 내가 이곳에 없으리라는 것을 처음부터 알아챘다고 한다. 음식이 식는 걸 꺼리지 않고, 그와 그의 친구들이 내가 타고 갈 파리행 열차를 시간표에서 찾는 동안에, 으스스 춥고 별이 반짝이는 밤 속에 이동하는 기적이 들려왔지만, 나는 이곳에서 여러 밤 동안 친구들의 우정과 기적들이 멀리 지나가는 데서 받아왔던 똑같은 평화로움을 이제 확실히 맛보지 못했다. 그렇지만 그들은 이 밤에도, 나에게 평화로움을 준다는 이 소임을 다른 꼴로 저버리지 않았다. 이제 나 혼자서 내 출발을 생각하지 않아도 괜찮았을 때, 기운찬 친구들, 생루의 동료들과 더욱 힘센 것, 낮이나 밤이나 동시에르와 파리 사이를 오가는 열차, 요 며칠을 돌아다보아 할머니와의 오랜 떨어짐을, 답답하고도 견딜 수 없게 한 것을 부숴버리고, 언제라도 돌아갈 수 있게 하는 열차, 이 두 가지의 더욱 건강하고 정상적인 활동력이, 내가 실행하고 있는 것에 쓰임을 느꼈을 때, 출발도 덜 짐스러웠다.

"자네 말이 정말이고 아직 떠날 셈이 아니라는 걸 의심치 않아." 생루가 웃으며 말했다. "하지만 떠나더라도 내일 아침 일찍 작별인사하러 와주게, 그렇지 않으면 자네를 못 만날지도 모르니까. 내일 난 시가에 나와 점심을 먹기로 했네, 연대장이 허락해주었어, 2시까지 병영에 돌아가야 해, 오후 내내 행진이 있으니까. 여기서 3킬로미터 남짓한 집에서 점심을 먹네만, 틀림없이 그 집 주인

---

*1 활판 인쇄술을 발명한 독일의 인쇄업자(1400~1468).

*2 오스트리아의 마을로, 1809년에 나폴레옹이 오스트리아군을 무찌른 곳. 여기서는 보로디노 중대장의 조카 이름.

은 나를 2시까지 병영에 돌아가게 해주겠지."

생루가 말을 끝내자마자 묵고 있는 호텔에서 심부름꾼이 왔다. 우체국에서 전화에 나와달라는 전갈이었다. 우체국 문 닫는 시간이 임박했으므로 나는 바로 달려갔다. 교환원이 나에게 하는 대꾸 중 '시외전화'라는 낱말이 잇달아 곧 튀어나왔다. 할머니가 걸어온 것이 틀림없어 안타깝기 그지없었다. 우체국 마감 시간이 다 되어갔다. 드디어 통화가 연결되었다. "할머니? 할머니?" 영어 악센트가 심한 여인의 목소리가 나한테 대답했다. "응, 그런데 당신 목소리가 누군지 모르겠는걸." 나야말로 누구 목소리인지 알지 못했다. 그리고 할머니는 나를 '당신'이라고 부르지 않았다. 마침내 까닭을 알았다. 목소리의 임자인 어떤 할머니가 전화로 찾는 젊은이는 내 이름과 거의 비슷한 이름을 지녔으며, 호텔 별관에 묵고 있는 이였다. 내가 할머니에게 전화를 걸려던 바로 그날 나를 불러냈으니, 나는 전화를 걸어온 사람이 할머니임을 잠시도 의심치 않았다. 그런데 실은 우연한 일치로, 우체국과 호텔이 거듭 실수한 것이었다.

그다음 날 아침, 내가 늦게 움직여서 생루를 만날 수 없었다. 그는 근방의 저택에 점심 먹으러 이미 떠난 뒤라 자리에 없었다. 오후 1시 30분쯤, 나는 어찌 되든 간에 병영에 가서 그가 돌아올 때까지 기다릴 결심을 하고, 가는 도중에 큰길을 건너가고 있을 때, 내가 걸어가는 같은 방향으로, 2인승 이륜마차 한 대가 달려오는 것을 보는 동시에, 내 옆을 지나가 몸을 피해야만 했다. 하사관이 눈에 외알안경을 끼고 마차를 몰고 있었다. 생루였다. 그의 옆에는 그를 점심에 초대했던 친구가 앉아 있었는데, 로베르가 저녁 식사 하는 호텔에서 한 번 만난 적이 있었다. 로베르 혼자가 아니라서 나는 감히 그를 부르지 못했지만, 마차를 세워 나를 태워주기를 바라면서, 낯선 이가 있는 탓으로 여겨졌던, 모자를 마구 흔들어대는 인사로 그의 주의를 끌었다. 나는 로베르가 근시안임을 알고 있긴 했으나, 나를 흘끗 보기만 하면 틀림없이 알아보리라 믿었다. 과연 그는 내 인사를 알아채고 답례했지만 마차는 멈추지 않았다. 전속력으로 마차를 달리면서, 미소 없이, 얼굴 근육 하나 움직이지 않은 채, 그는 오로지 군모의 가장자리에 잠시 손을 올렸을 뿐이었다. 마치 알지 못하는 병졸에게 답례라도 하듯. 나는 병영까지 달려갔지만 먼 거리였다. 도착했을 때, 군대가 마당에 정렬하고 있어 그곳에 못 있게 했다. 생루에게 작별인사를 못 했으므로 섭섭해하면서, 그의 방으로 올라가보았으나, 이미 거기에는 없었다. 군대의 정렬을 구경하고 있는 몸이 아픈 병사들, 행군이 면제된 신병, 젊은 학병, 고참병 한 무리에게 나는 생루에 대해서 물어볼 수도 있었다.

"생루 중사를 못 보셨습니까?" 내가 묻자,

"벌써 아래로 내려갔는데요." 고참병은 대답했다.

"나는 못 보았습니다." 학병이 말했다.

"자넨 그를 못 보았군." 고참병은 이제 나를 염두에 두지 않고 말했다. "우리의 인기인 생루를 자넨 못 보았네그려, 새 바지가 근사하더군! 중대장이 그 꼴을 보았다면, 장교의 나사(羅紗)*[1]거든!"

"허어! 놀라운 일인데요, 장교의 나사라니 말입니다." 이렇게 말한 젊은 학병은 아파서 방에 남아 행군에 나가지 않았는데, 얼마간 불안을 느끼면서도 고참병들과 무람없이 굴려고 하였다.

"장교의 나사란 저런 나사인가요."

"뭐라고?" 바지 얘기를 했던 고참병이 화를 내며 물었다. 그는 젊은 학병이 바지가 장교 나사로 되어 있는 것을 의심하자 화가 났는데, 이 고참병은 팡게른 스테르당이라는 마을에서 태어난 브르타뉴 사람으로, 마치 영어나 독일어를 배우듯이 가까스로 프랑스 말을 배웠으므로, 감정이 격해오는 것을 느꼈을 때, 그는 '뭐라고?'를 두세 번 연이어 말하며 그 사이에 할 말을 찾아내려 했다. 이런 준비를 한 뒤에 서두르지 않고, 발음이 익숙하지 못한 점을 조심하면서, 다른 낱말보다 더 잘 알고 있는 낱말을 되풀이하는 데 그치면서, 웅변을 털어놓았다.

"허어! 저런 나사냐고?" 그는 화를 내며 대꾸했는데, 분노의 강도가 점점 더해감에 따라 어조는 점점 느릿느릿해졌다. "허어! 저런 나사라네! 내가 자네에게 장교 나사라고 한 바에는 내가 자네에—게—그렇게—말—한—바에는, 그렇게—말—했으니까, 그렇게 내가 알고, 생각하기 때문이야. 쓸데없는 허풍을 늘어놓을 필요가 없지 않느냐 말이야."

"허어! 그러면" 하고, 이 논법에 굴복당한 학병이 신음했다.

"저기 보세요, 중대장이 지나가네요. 아니, 저기 생루 쪽을 좀 보세요. 다리를 내민 꼴을 보게나, 그리고 저 머리 꼴을. 저게 하사관입니까? 또 저 외알안

---

*1 양털 또는 거기에 무명, 명주, 인조 견사 따위를 섞어서 짠 모직물.

경, 참말이지 용한 녀석이군요."

내가 있는 것 따위에는 아랑곳하지 않는 이 병사들에게, 나는 같이 창 너머로 구경시켜달라고 부탁했다. 그들은 내가 구경하는 것을 막지도 않았으며, 물러서지도 않았다. 보로디노 중대장이 말을 종종걸음치게 하면서 의젓하게 지나가, 아우스터리츠 전투에 임하는 환상을 품고 있는 듯한 모습이 보였다. 몇몇 통행인이 병영의 철책 앞에 모여 군대가 출동하는 것을 구경하고 있었다. 말 위에 똑바로 세운, 좀 살찐 얼굴, 당당하게 불룩한 볼, 명쾌한 눈을 똑바로 뜬 대공은 어떤 환상에 사로잡혀 있음에 틀림없었다. 마치 전차가 우르르 지나간 뒤의 정적이, 막연한 음악적인 고동에 줄무늬를 그려넣고 있는 듯한 생각이 들 때마다 나 자신이 환상에 사로잡혀 왔듯이. 생루에게 작별인사를 못해서 매우 섭섭했으나, 나는 결국 떠났다. 할머니 곁으로 돌아가는 것이 나의 유일한 근심이었기 때문이다. 이날까지 이 작은 시가에 있으면서, 내가 할머니 혼자 무엇을 하고 계실까 생각했을 때, 나와 함께 있는 할머니를 떠올리면서도, 그 상상 가운데 내 모습을 지워, 이런 삭제가 어떠한 결과를 가져오는지 예상하지도 않았다. 그러다가, 여태까지 꿈에도 생각해보지 않던, 갑자기 그 목소리를 통해 불러일으켜진 할머니의 환상, 실제로 내게서 떨어져 나가며, 미처 내가 그렇게 여겨본 적이 없었던 바이지만, 나이 들어, 이에 하는 수 없이 참고 따르고 있는 할머니의 환상, 지난날 발베크로 떠났을 적에 엄마가 계시리라 내가 떠올렸던 빈 아파트에서 이제 막 내 편지를 받은 할머니의 환상에서, 이제야 나는 할머니의 품에 안겨, 한시바삐 석방되어야만 했다.

슬프도다. 이 환상 그대로의 모습이야말로 할머니한테 나의 돌아옴을 알리지 않고서 손님방에 들어가, 거기서 할머니가 책을 읽고 있는 모습을 발견했을 때 내가 눈으로 본 것이었다. 나는 손님방에 들어가 있었다고 하기보다 오히려 아직 거기에 들어가 있지 않았다고 하는 게 옳았다. 할머니는 내가 들어와 있는 줄 몰라, 누가 들어오면, 숨길 일을 몰래 하다가 들킨 여인처럼, 한 번도 나에게 보이지 않던 사색에 잠겨 있었기 때문이다. 나로 말하면—오래 이어지지 않으나 귀가하고 나서 잠깐 갖는 그 특권, 자기 자신의 부재를 언뜻 목격하는 능력 덕분에—모자를 쓴 나들이 외투 차림을 한 관찰자, 목격자, 그 집의 한식구가 아닌 낯선 자, 다시 보지 못할 장소를 필름에 찍은 사진사에 지나지 않았다. 내가 할머니를 언뜻 본 순간에 내 눈에 기계적으로 찍힌 것은 아무튼 사진임이 틀림없었다. 극진히 사랑하는 이들을 만나보는 때, 우리는 반드시 생기 있는 체계 속, 부단한 애정의 끝없는 움직임 속에서 그들을 본다. 애정은 그들의 얼굴이 나타내는 형상을 우리 의식에 보내기에 앞서, 그걸 제 소용돌이 속에 끌어들여, 우리가 그들에 대해 늘 품어온 관념 위에 다시 던져, 관념에 밀착시켜, 관념과 같게 한다. 할머니의 이마와 뺨 위에 할머니 정신 속에서 가장 미묘하고도 변하지 않는 것을 간파해온 이상 어찌, 여느 모든 눈길이 어떤 마술이며 또 사랑하는 얼굴이 과거의 거울인 이상 어찌, 할머니의 몸 안에서 둔해져 변해 있었는지도 모르던 것을 못 보겠는가. 설령 삶의 가장 하찮은 것을 구경하는 데 있어서마저, 사념을 지닌 우리의 눈이, 고전극을 연기하듯, 행위에 협력하지 않는 모든 형상을 무시하고, 목적을 뚜렷하게 할 수 있는 것밖에 기억하지 않는다 할지라도.

그러나 바라보는 게 우리의 눈이 아니고, 순전히 물질적인 사진의 원판이라고 한다면, 이를테면 학사원 마당에서 보이는 건, 합승마차를 소리쳐 부르고 있는 학사원 회원의 모습이 아니라 마치 술에 취해 있거나 땅이 빙판이기나 하듯, 비틀거림, 뒤로 나자빠지지 않으려는 조심, 넘어짐의 포물선이리라. 결단코 보아서는 안 되는 것을 우리 눈에 숨기려고 우리의 슬기롭고도 경건한 애정이 때맞게 달려온다. 어떤 우연의 잔혹한 농간이 방해하는 때와 마찬가지로, 애정이 눈에 선수를 빼앗겨, 눈이 첫 번째로 그 장소에 이르러, 제멋대로, 필름식으로 기계적으로 작용하여 존재하지 않게 된 지 오래지만, 애정이 그 죽음을 우리에게 드러내지 않으려던 사랑받은 사람 대신에, 날마다 수백 번이나 애정이 친근하고도 거짓된 유사로 덮고 있는 새 사람을 보려는 때 또한 그렇다. 그래서 제 얼굴을 거울 속에 들여다본 지 오래되어, 늘 제 생각 중에 스스로 지닌 이상적인 모습에 따라 보이지 않는 얼굴을 구성하는 병자가, 거울 속에서 지나치게 초췌한 얼굴 한가운데, 이집트 피라미드처럼 커다란 코의 비스듬한 솟음을 보고서는 뒤로 물러나듯—할머니가 아직 나 자신이던 나, 내 마음속에서 늘 과거의 동일한 자리, 잇달아 겹친 추억의 투명을 통해서밖에 할머니를 보지 않았던 나는, 난데없이, 새로운 세계, 때의 세계, '저이도 꽤 늙었구나' 하고들 우리가 말하는 남들이 사는 세계에 소속되는 우리집 손님방 안에서, 난생처음이자 한순간(그게 금세 사라졌으니까), 소파 위, 등불 아래, 붉고 둔하고도 속된, 병약한 얼굴을 한, 알지 못하는 한 노부인이 기진맥진한 자세로 꿈꾸는 듯, 좀 멍한 눈을 책 위에 굴리고 있음을 언뜻 보았다.

게르망트 부인이 소장하고 있는 엘스티르의 그림을 구경하러 가고 싶다는 나의 부탁에, 생루는 '그러죠, 내가 책임지죠'라고 말해주었다. 또 불행하게도 과연, 게르망트 부인에 대해 책임진 사람은 생루뿐이었다. 남들을 형태로 나타내는 작달막한 모습을 머릿속에 등장시키면서, 이것을 제멋대로 조종하는 때, 우리는 남들을 쉽사리 책임진다. 물론 이런 때에도, 우리는 자기와 다른 저마다의 성미에서 생기는 갖가지 어려움을 참작하며, 정반대되는 성향이나 버릇을 누그러뜨리고자, 그 성미에 강한 영향을 주거나, 이해관계를 따지거나, 설득하거나, 감동시키거나 하는 방법을 틀림없이 쓰기는 쓴다. 그러나 우리 성미와 그렇게 다른 것도, 그렇겠거니 떠올리는 게 또한 우리의 성미이며, 그런 어려움을 치워버리는 것도 우리다. 그러한 효과적인 동기를 부여하는 것도 우리다. 우리 뇌리에서 남들에게 되풀이시키며, 우리 멋대로 행동하게 하는 그 행동, 이것을 실생활에서 실행하려 할 때, 모든 일이 변해, 우리는 물리칠 수 없는 뜻하지 않은 저항에 부딪친다. 그 저항 가운데 가장 강한 것은, 사내를 좋아하지 않는 여인의 마음속에, 그 여인을 좋아하는 사내가, 냄새가 역한 어쩔 도리 없는 혐오감을 주는 저항임에 틀림없다. 그래서 몇 주일인지 오랫동안, 생루는 아직 파리에 오지 않았으나 그동안에 그 큰어머니한테 나를 초대하라는 부탁의 편지를 틀림없이 써 보냈는데도, 한 번도 부인에게서 엘스티르의 그림을 보러 오라는 전갈을 받지 못했다.

나는 이 가옥에 사는 또 다른 인간한테도 냉대를 받았다. 바로 쥐피앙이다. 내가 동시에르에서 돌아오는 길로 내 방에 올라가기에 앞서, 그에게 인사하러 갔어야 마땅한 줄로 그는 생각하고 있었던 걸까? 그럴 리 있겠느냐, 별다른 일이 아니라고 어머니가 말해주었다. 프랑수아즈가 어머니한테, 쥐피앙의 사람됨이 저 모양으로, 이유 없이 별안간 뾰로통하는 일이 있노라 얘기했던 것이다. 늘 때가 좀 지나야 뾰로통한 기색이 가시곤 하였다.

그러는 사이 겨울도 끝나갔다. 우박 섞인 소나기와 폭풍우의 몇 주일이 지나, 어느 아침, 굴뚝 안에서—바닷가에 가고픈 소망으로 내 가슴을 흔들어대는 꼴 없는, 탄력 있는 음침한 바람 대신에—벽에다 보금자리를 잡고 있는 비둘기의 꾸르르 소리가 들려왔다. 무지갯빛으로 빛나며, 첫 히아신스처럼 보드라운 연보라 음향의 꽃을 내뿜으려고 볼록한 가슴을 살그머니 벌려 첫 화창한 날씨의 포근함, 눈부심, 노곤함을, 아직 닫힌 내 방 안에 열린 창처럼 들여보내는 비둘기. 이 아침 나는, 피렌체와 베네치아에 갈 예정이던 그해 이래 잊어버리고 있던 카페 콩세르의 노래를 흥얼거림에 스스로 놀랐다. 그토록 대기는, 그날그날의 우연한 날씨에 따라 우리 육체 조직에 깊이 작용하며, 우리가 잊어버리고 있던 컴컴한 저장고에서, 기억이 읽지 못 하는 새겨진 멜로디를 꺼낸다. 오래지 않아 의식이 돌아온 몽상가가 이 음악가의 반주를 하고, 나는 마음속에서 그것을 들으면서, 처음에는 무엇을 노래하고 있는지 몰랐다.

보기 전에는 매력을 느꼈지만, 발베크에 도착해서 그 성당을 보자마자 매력을 발견 못했던 까닭이야 유독 발베크에만 특유한 것이 아니라, 피렌체, 파르마, 베네치아에 가더라도, 내 공상은 눈앞에 보는 바와 딱 들어맞을 수는 없을 것이라고 나는 똑똑히 지각했다. 이 점을 절실히 느꼈다. 그와 마찬가지로 정월 초하루 저녁, 어둠이 깔릴 무렵, 광고 붙인 기둥 앞에 서서, 나는 축일을 여느 날과 매우 다르다고 여기는 게 착각임을 발견했다. 그렇지만 나는, 부활 전 주일을 피렌체에서 보내려고 생각했던 무렵의 기억이, 계속해서 부활 전 주일을 이를테면 꽃의 도시 분위기로 하거나, 부활제에 뭔가 피렌체풍인 것을 더하는 동시에, 피렌체에 뭔가 부활제풍인 것을 띠게 하는 걸 어쩔 수 없었다. 부활절은 아직 멀었다. 하지만 내 앞에 널려 있는 나날 중에서, 부활 전 주일이 중간에 핀 나날들의 끝머리에 아주 뚜렷이 드러나 있었다. 명암의 인상 속에 멀리 보이는 마을의 어느 가옥들처럼 한 햇살에 물든 채, 부활 전 주일은 태양을 한 몸에 간직하고 있었다.

날씨가 더욱더 포근해졌다. 부모님조차 내게 산책하기를 권하여, 나의 아침나절 외출을 계속하는 핑계를 마련해준 셈이었다. 나가는 길에 이따금 게르망트 부인을 만나므로 그걸 그만둘까도 했었다. 하지만 내가 언제나 이 외출을 생각하고 있는 것도 실은 이 때문이고, 매번 외출하는 새 핑계를 찾아내게 하는 것도 이 때문이며, 또한 그것은 게르망트 부인과는 아무 관계도 없었다. 부인이 존재하지 않더라도 같은 시각에 산책했을 것이라고 쉽사리 나를 이해시키기도 했다.

슬프구나! 나로서는 부인 말고는 다른 인간과 만나는 게 아무래도 좋은 무관심거리였다면, 나 말고는 어떠한 인간과 만나는 것도 부인으로서는 견딜 수 있을 만한 일일 거라고 여겼다. 아침나절의 산책 중, 부인 또한 바보로 판단하고 있는 여러 바보들로부터 인사받는 적이 있었다. 그러나 부인은 그들의 나타남을 기쁨의 약속으로 생각지 않았을망정 적어도 우연의 결과로 생각하고 있었다. 때로는 그들의 걸음을 멈추게 했는데, 왜냐하면 인간은 자기 자신에게서 빠져나오고 싶은, 남들의 영혼이 보이는 환대를, 그 영혼이 아무리 수수하고 추한들 낯선 영혼이라면 받아들이고 싶은 욕구를 갖는 순간이 있기 때문이다. 한편 내 마음속에서, 부인이 발견하는 게 부인 자신이라는 것을 알자 그녀는 격노했다. 그러므로 나는 부인을 보는 이유와는 다른 이유로 같은 길에 접어들었을 때조차, 부인이 지나치는 순간에 죄인처럼 벌벌 떨었다. 그래 이따금, 지나칠지도 모르는 행동을 중화하려고, 부인의 인사에 겨우 대답할까 말까 하거나 또는 인사 없이 물끄러미 바라보거나 했는데 결과적으로는 부인을 더욱더 짜증나게 하여, 더욱더 나를 거만하고도 버르장머리 없는 놈으로 여기게 했을 뿐이었다.

부인은 요즘 가벼운 옷이라기보다는 밝은 빛깔 옷을 입고 거리를 내려왔는데, 벌써 봄이 된 듯이, 귀족이 사는 옛 저택들의 널따란 정면들 사이에 끼어 있는 좁다란 상점들 앞, 버터나 과일, 채소를 파는 여인들 가게의 차양에는 볕을 막으려고 발이 드리워져 있었다. 양산을 펴고, 거리를 건너가는 것이 보이는 이 부인이야말로, 권위자의 의견대로, 그러한 동작을 오롯하게 하며, 그것을 뭔가 감미로운 것으로 만드는 기술에서 현대의 가장 위대한 예술가로구나 하고 나는 생각했다. 그러는 사이에도 부인은, 여기저기 흩어져 있는 이 호평을 전혀 모르는 채 앞으로 걸어왔다. 호평에 조금도 아랑곳하지 않는 그 비좁고도 완고한 몸은 얇고 상깃한 보랏빛 비단 목도리 밑에 비스듬히 뒤로 휘어 있었다. 침울하고도 밝은 눈은 앞쪽을 멍하니 바라보다가, 어쩌면 나를 언뜻 보았는지, 입술 끝을 깨물고 있었다. 부인이 토시를 고치고, 가난한 자에게 적선하고, 꽃 파는 여인에게서 제비꽃 다발을 사고 하는 모습을, 나는 뛰어난 화백이 붓을 달리게 하고 있는 것을 구경하는 때와도 같은 호기심을 갖고서 바라보았다. 그러다가 내가 있는 거리의 높이에 이르자, 부인은 나한테 인사하면서 때로는 가느다란 미소를 덧붙였는데, 그것은 마치 나를 위해 뛰어난 수채화 한 폭을 그려준 데다가 헌정사(獻呈詞)까지 덧붙여 써준 격이었다. 부인의 옷 하나하나가 자연스러운, 당연한 분위기로, 그 영혼 특유한 모습의 영사로 보였다. 부인이 외식하러 나가는 사순절의 어느 아침, 옷깃을 초승달 모양으로 가볍게 도려낸, 밝은 빨간 벨벳 옷을 입은 모습을 만난 적이 있다. 게르망트 부인의 얼굴은 금발 밑에 꿈꾸는 듯했다. 이런 인상에 나는 여느 때보다 덜 쓸쓸했으니, 그 표정의 우수와 옷의 강한 빛깔이 부인과 그 밖의 것 사이를 떼어놓는 어떠한 깊은 가둬둠이, 나를 안도시키는 뭔가 불행하고도 고독한 기색을 부인에게 던지고 있었기 때문이다. 그 옷은, 부인이 갖고 있으리라고 내가 미처 알아채지 못하던 심정, 어쩌면 내가 위로할 수 있을지 모르는 심정의 빨간 빛살이 부인의 둘레에 구상화한 것으로 보였다. 부드럽게 물결이 이는 천의 신비로운 빛 속에 숨은 부인은 초기 기독교 시대의 어느 성녀를 떠오르게 했다. 그러자 나는 이 순교자를 구경함으로써 괴롭힌 게 부끄러웠다. '하지만 잘 생각해보면 거리는 모든 사람의 것.'

'거리는 모든 사람의 것'이라고 거듭 생각하면서, 이 말에 다른 뜻을 주며, 동시에 자주 비에 젖어, 이따금 이탈리아 옛 도시의 거리인 듯이 귀중하게 되는 어수선한 거리에서, 실상 게르망트 부인이 비밀스런 생활의 한때를 일반 생활에 섞어, 모든 사람과 팔꿈치를 스치면서, 위대한 걸작처럼 멋들어지게 공짜로 아무에게나 제 모습을 구경시키는 것에 나는 감탄해 마지않았다. 밤새도록 뜬눈으로 보내다시피 하고 나서 아침부터 외출하니까, 오후에 집안사람들이 나한테 좀 드러누워 잠을 청해보라고 말했다. 잠들기엔 이것저것 생각할 것도 없이, 오히려 습관이 훨씬 더 필요하고, 또한 아무것도 생각하지 않는 편이 좋다. 그런데 오후에는 이 두 가지 모두가 나에게 없었다. 잠들기 전에 오래오래 사색에 잠기는 탓에 잠들지 못하는 듯했고, 또 잠들었어도 사념의 조각이 머릿속에 남아 있었다. 그것은 거의 어둠 속의 한 가닥 희미한 불빛에 지나지 않으나, 먼저 내가 잠을 이루지 못할 거라는 생각을 졸음 가운데 반영시킬 만큼 환하여 다음에 이 반영의 반영, 곧 잠들지 않고 있다는 생각을 품으면서 실은 잠들고 있었다는 생각이 반영돼, 그 다음에 새 굴절로 깨어난다……. 하지만 이 또한 새 잠으로, 이 잠을 자는 동안 나는 내 방에 들어온 친구에게, 아까 잠들었으면서도 잠들지 않은 줄 여겼다고 얘기하려고 한다. 이러한 반사의 그림자는 매우 가려내기 어렵다. 이를 파악하려면 섬세하고도 예민한, 아주 헛된 지각이 필요할 것이다. 따라서 나중에 베네치아에서 해가 진 지 얼마 있다가 어둠이 다 깔렸다는 생각이 들었을 때, 어떤 광학적인 발판(페달)의 작용인

양 운하의 수면에 무한히 유지하는 빛의 마지막 가락의, 그 모습은 보이지 않으나, 메아리 덕분에, 내 눈에, 거꾸로 쓰러진 궁전의 그림자가 영영 그런 모양인 듯이, 잿빛 황혼에 물든 수면에 더 검은 벨벳으로 비치고 있음을 본 일이 있다. 내 꿈의 하나는, 잠들지 못하는 동안, 공상이 머릿속에 자주 나타내려고 하던 것, 어떤 바닷가 풍경과 그 중세 시대의 과거를 종합한 것이었다. 잠든 속에서 나는, 그림 유리창에 그려져 있듯이 물결이 잔잔한 바다 한가운데 고딕풍 시가가 있는 걸 본다. 해협이 시가를 둘로 나누고 있다. 초록빛 물이 내 발밑까지 퍼져온다. 물은 건너 물가에 있는 동양풍 성당을 잠그고, 다음에 14세기에 아직 존재하던 가옥들을 잠그고 있어, 그 가옥 쪽으로 건너가는 건 세월의 흐름을 거슬러 올라가는 셈이다. 이 꿈을 꾸는 동안에는 자연이 예술을 배우며, 바다는 고딕풍이 되고, 나는 불가능한 일에 닿기를 바라며, 현재에 다가간다고 믿는 것을 이미 여러 번 꿈꾼 듯한 생각이 들었다. 그러나 과거 안에서 늘어나거나, 새로운 것에 친근한 느낌이 드는 것은 잠든 사이에 사람이 떠올리는 것의 특성인지라, 나는 잘못 생각한 줄 여겼다. 이와 반대로, 사실 이런 꿈을 내가 여러 번 꾸었음을 깨달았다.

잠을 특징짓는 기능저하의 현상도 나의 잠 속에 반영되어 있었지만, 그 방식이 상징적이었다. 어둠 속에서 나는 방에 있는 친구의 얼굴을 알아보지 못했으니 눈감고 자기 때문이며, 꿈꾸면서도 쉴 새 없이 수다스러운 이치를 지껄이는 내가 그 친구에게 말을 건네려고 하자마자 소리가 목에 걸림을 느꼈으니, 잠자는 동안에는 똑똑히 말하지 않기 때문이고, 내가 친구들 쪽으로 걸어가려고 하나 걸음을 옮길 수 없었으니, 자면서 걷다니 말도 안 되는 일이기 때문이며, 돌연 친구 앞에 나타나 있는 게 부끄러웠으니, 옷 벗고 자기 때문이다. 이와 같이 잠긴 눈, 닫힌 입술, 매인 다리, 알몸인 꼴로 나의 잠 그 자체가 비추는 모습은, 조토가 입에 뱀을 물게 함으로써 '선망'을 나타낸 그 뛰어난 비유화, 스완이 내게 준 그 상징화와 같았다.

생루가 겨우 몇 시간 머물 예정으로 파리에 왔다. 숙모한테 내 일을 얘기할 기회가 없었다면서 꾸밈없이 스스로를 속여가며 내게 말했다. "너무 불친절해, 오리안은 이미 지난날의 오리안이 아냐. 사람이 변했어. 자네가 마음속에 품을 가치가 조금도 없는 여인일세. 자네가 아까워. 내 사촌누이 푸아티에한테 자네를 소개하려고 하는데 어떤가?" 이렇게 덧붙였는데, 그것이 나에게 조금도 기쁘지 않으리라고는 알아차리지 못했다. "젊고 현명한 여인이니 자네 마음에 들 걸세. 내 사촌 푸아티에 공작과 결혼했지. 이 사내도 좋은 사람이지만 그녀한테는 좀 모자라. 그 사촌누이에게 자네 얘기를 했지, 자네를 데려 와달라고 하더군. 그녀는 오리안보다 더 예쁘고 젊네. 얌전한 여인이자 썩 좋은 여인이지." 이런 새로운 표현은—그만큼 열심히—로베르가 요즘에 쓰기 시작한 것인데, 아주 섬세하다는 뜻이었다. "푸아티에 공작부인을 드레퓌스파라고 말하지 않네만, 그녀의 환경도 헤아려봐야 해. 그나저나 그녀가 말하더군, '만약 드레퓌스가 무죄라면, 마귀섬에 갇히다니 참으로 무시무시한 일이군요!'라고 말이야. 자네 이해하겠지, 안 그래? 그리고 또 옛 가정교사들에게 여러 가지로 많은 도움을 주고 있지. 그들을 뒷문 계단으로 올려보내지 않도록 하고 있다네. 다짐하네만 썩 좋은 인간이야. 오리안도 속으로 이 여인을 싫어하지, 자기보다 이 여인 쪽이 더 영리하다는 걸 느끼고 있으니까."

게르망트네 한 사내종 신세까지—이 사내종은 공작부인이 외출했을 때조차 약혼녀를 만나러 갈 수 없었으니, 가면 그 즉시 문지기가 일러 바쳤다—걱정해서 동정해 마지않는 프랑수아즈였으므로, 생루가 방문했을 때 자신이 집에 없었던 것을 몹시 마음 아파했는데, 이는 프랑수아즈가 요즘 자주 외출하기 때문이다. 내가 그녀에게 일이 있는 날에는 어김없이 외출하고 없었다. 번번이 오빠와 조카딸, 특히 얼마 전부터 파리에 와 있는 그녀의 딸을 만나러 가기 때문이었다. 프랑수아즈가 행하는 이런 친밀한 가족적인 방문은, 그녀의 시중을 받지 못해 일어나는 나의 성가신 기분을 이미 부채질했는데, 생탕드레데 샹 성당의 계율에 따라, 지켜야만 하는 일 가운데 하나처럼 프랑수아즈가 그 방문 하나하나를 말하리라 짐작했기 때문이다. 그러므로 나는 매우 심술궂은 기분 없이는 그 변명을 한 번도 들은 적이 없었으며, 또 심술궂은 기분은, 프랑수아즈가 "내 오빠를 만나고 왔습니다, 내 조카딸을 만나고 왔습니다"라고 말하지 않고, "오빠를 만나고 왔습니다, 지나는 길에 조카딸에게(또는 푸줏간을 하는 조카딸에게) '들러' 왔습니다" 하는 그 말투에 자극되어 절정에 이르렀다. 그 딸로 말하자면, 프랑수아즈는 딸이 콩브레에 돌아가주길 바라는 성싶었다. 그러나 딸은 멋쟁이 아가씨같이, 준말(하지만 속된)을 쓰면서, 콩브레에서 지내는 날엔 랭트랑(L'Intran)*1 하나 없어 아주 지루할 것이라고 말했다. 산악 지방에 사는 프랑수아즈의 동생 집에는 더욱 가기 싫어했는데, 프랑수아즈의 딸은 '재미있는(intéressant)'이라는 반대말에 무시무시하고도 새로운 뜻을 주면서 말했다, "산악 지방은 전혀 재미나지 않으니까요." 그녀는 '바보들만 있는' 곳, 수다스러운 여자들, '촌아낙네'들이 먼 친척 관계를 내세워 "아니 너, 돌아가신 바지로의 딸이 아니냐?"고 말할 메제글리즈에 돌아갈 마음이 들지 않았다. '파리 생활을 맛보고 난 지금'의 그녀로서는, 거기에 돌아가 정착하느니 차라리 죽는 편이 나았으리라. 그렇지만 전통주의자인 프랑수아즈는, 딸이 "저어, 어머니, 외출 못 하면 내게 속달을 보내면 되잖아요" 말할 때, 신출내기 '파리지엔'이 드러내는 혁신 정신에 만족스러운 미소를 보냈다.

날씨가 다시 추워졌다. "외출? 뭣 하러? 죽으려고?" 이렇게 말하는 프랑수아즈는, 딸이랑 오빠랑 푸줏간을 하는 조카딸이 콩브레에 가서 지내는 주에는 집에 그대로 있기를 좋아했다. 게다가 자연계에 대한 레오니 고모의 학설을 암암리에 전하는 마지막 신봉자, 프랑수아즈는 계절에 어긋난 이 날씨에 대해 말하면서 "하느님의 진노가 남아서요!" 덧붙였다. 그러나 나는 프랑수아즈의 탄식에 우울이 가득한 미소로 대답할 뿐이었다. 어차피 날씨가 좋아질 테니까 그러한 예언에 더욱더 무관심했다. 벌써 나는 피에졸레(Fiesole) 언덕에 빛나고 있는 아침 해를 보았으며, 그 햇살에 몸을 녹이고 있었다. 햇살의 기운에, 나는 저절로 미소 지으면서 눈꺼풀을 반쯤 뜨다가 감다가 했다. 그리고 흰 알맹이의 단단한 석고 등처럼, 눈꺼풀은 희미한 장밋빛으로 가득했다. 이탈리아에서 또다시 울려오고 있는 것은 종만이 아니었다. 이탈리아가 종소리와 함께 왔다. 성실한 내 손님은, 전에 하려 했던 여행 기념일 축하 꽃에 모자람이 없었는데, 왜냐하면 지난해 사순절의 끝무렵에 우리가 출발 준비를 할 때처럼 파리에 다시 추운 날씨가 온 뒤부터, 가로수길 마로니에, 플라타너스, 우리집 안마당에 있는 나무를 잠그는 물기를 잔뜩 머금은 차가운 공기 속에, 베키오 다리에 핀 노랑 수선화, 아네모네가 청순한 물그릇에 담겨 있듯이, 이미 그 잎을 반쯤 틔우고 있었으니까.

언젠가 집 근처에서 아버지가 노르푸아 씨를 만났을 때에 그분이 어디에 가

---

*1 석간신문 〈랭트랑지장 *L'Intran-sigeant*〉의 준말.

던 길이었는지, 이제 A.J.를 통해 알았다고 아버지가 우리에게 얘기했다.

"빌파리지 부인 댁에 가는 길이었어, 부인하고는 절친한 사이야, 통 몰랐는데. 인간미가 그윽한 분, 뛰어난 부인인 모양이야. 너도 가 뵈어야 하겠더라" 하고 나에게 말했다. "그런데 정말 놀랐는걸. 그분이 나한테 게르망트 씨를 아주 탁월한 인간이라고 얘기하더란 말이야. 나는 언제나 그를 교양 없는 이로 생각했는데. 사물을 그지없이 잘 알고, 취미가 완벽한 분인 모양이야, 제 성씨와 인척 관계를 무척 뻐긴다지만. 하기야 노르푸아의 말로는, 그의 신분은 이곳뿐 아니라 유럽에서도 대단하다는군. 오스트리아 황제나 러시아 황제까지 그를 친구로 대우한대. 노르푸아 영감이 내게 말한 바로는, 빌파리지 부인이 너를 아주 좋아하고, 또 네가 그분 살롱에 가면 재미있는 사람들을 알게 된다는 거야. 노르푸아 영감이 너를 많이 칭찬하더구나. 부인의 살롱에 가면 그분을 만날 거다. 네가 작가가 될 셈이라면 뭔가 도움이 되는 충고를 해주실 거야. 네가 작가밖에 될 것 같지 않으니 말이다. 그 길로 훌륭한 일생을 얻을지도 모르나, 내가 너를 위해 바라는 건 그게 아니야. 하지만 너도 오래지 않아 어른이 될 테고, 우리도 언제까지나 네 곁에 있지 못하니까, 네가 타고난 직업에 따라가는 걸 방해해서는 안 되겠지."

만일, 적어도, 내가 쓰기 시작할 수만 있다면! 한데(유감스럽게도! 다시는 술을 마시지 않거나, 일찍 자리에 눕거나 잠자거나, 건강을 유지하거나 하는 것과 마찬가지로) 어떠한 상태에서 이 일을 시작해본들, 열중과 방법과 기쁨과 더불어, 산책을 그만두면서, 산책을 미루면서, 일의 보상으로 남겨두면서, 건강이 좋은 한 시간을 이용하면서, 아파서 쉬어야만 하는 날을 활용하면서 해본들, 늘 노력의 결과로서 나오는 것은, 마치 어느 마술에서, 아무리 미리 트럼프를 고루고루 섞어놓아도 반드시 끄집어내는 트럼프 카드처럼 불가피한, 쓴 자국은 그림자조차 없는 새하얀 종이 한 장이었다. 나라는 인간은, 기어코 실현되고 마는 습관, 일하지 않는, 자리에 눕지 않는, 자지 않는 습관의 꼭두각시에 지나지 않았다. 이 습관에 반항하지 않을 것 같으면, 하루가 이바지하는 첫 상황에서 습관이 마음대로 꺼낸, 습관 멋대로의 행동에 맡긴다는 핑계에 만족할 것 같으면 내 몸에 그리 큰 해가 미치지 않아서, 새벽녘에 결국 몇 시간 동안 잠들고, 책도 좀 읽고, 과도한 짓을 그다지 하지 않는다. 그러나 만일 습관을 막으려고 일찍 자리에 들고, 물밖에 안 마시고, 일하려고 한다면, 습관이

화를 내어, 강한 수단의 힘을 빌려, 내 몸을 정말 병자로 만들어버려서, 나는 어쩔 수 없이 주량을 두 배로 늘리고, 이틀 동안 자리에 들어 있어, 책도 읽을 수 없어서, 마음속으로 기약하기를, 다음에는 좀더 철이 나자, 다시 말해 좀 덜 슬기롭게 되자꾸나 하고 마치 반항하면 박살 날까 봐 도둑맞는 대로 그냥 있는 피해자처럼 하는 것이었다.

아버지는 그 사이에 게르망트 씨와 한두 번 만났는데, 지금은 노르푸아 씨한테 공작이 주목할 만한 사람이라는 말을 들어서, 그 이상으로 눈여겨보게 되었다. 마침 우리 식구는 안마당에서 빌파리지 부인에 대해 얘기했다. "그이 말로는 공작의 큰어머니라더군, 비파리지(Viparisi)라고 발음한대. 뛰어나게 총명한 부인이라면서, '재치 책상'을 갖고 있다고까지 덧붙여 말하더군." 아버지는 회상록에서 한두 번 읽은 바 있는 그 표현의 막연함에 감명받으면서도, 그것에 뚜렷한 의미를 두지 않았다. 아버지를 매우 존경하고 있던 어머니는 빌파리지 부인이 재치 책상을 갖고 있는 사실을 아버지가 소홀히 여기지 않는 것을 보자, 그 사실이 어떤 중대한 일이라고 판단했다. 할머니를 통해 늘 후작부인이 얼마큼 값어치 있는 여인인지 알고 있었지만, 어머니는 그때부터 바로 부인을 호의적으로 생각하게 됐다. 그때 몸이 조금 편치 않던 할머니는, 첫 방문에 마음 내켜하지 않다가, 다음에는 무관심해지고 말았다. 우리 식구가 새 아파트에 이사 온 뒤부터, 빌파리지 부인은 여러 차례 할머니한테 찾아와달라고 청하였다. 그때마다 번번이 할머니는 요즘에 외출하지 않는다는 답장을 써서 보냈는데, 웬일인지 모르나 할머니는 직접 편지를 봉인하지 않는 습관이 있어, 프랑수아즈에게 시켰다. 나는 어떤가 하면, 그 '재치 책상'을 머릿속에 뚜렷하게 그려보지 않았더라도, 발베크의 노부인이 '책상' 앞에 자리잡고 있는 걸 본들 별로 놀라지 않았을 테고, 또 사실 그러했다.

게다가 아버지는, 자유 회원으로서 학사원(Institut de France)*[1]에 입후보할 생각이라 대사의 후원이 많은 표를 얻어줄 수 있을 만큼 유력한지가 알고 싶었다. 실은 노르푸아 씨의 후원에 감히 의혹을 품지 않으면서도, 확신을 갖지 못했던 것이다. 노르푸아 씨는 자기 혼자 아카데미를 대표하는 체하려고, 아버지

---

*1 5개 아카데미, 곧 프랑스 한림원(Académie française), 금석학·문학 한림원(Académie des inscriptions et belles-lettres), 과학 한림원(Académie des sciences), 미술 한림원(Académie des beaux-arts), 윤리학·정치학 한림원(Académie des sciences morales et politiques)으로 구성됨.

의 입후보에 가능한 온갖 방해를 놓을 거다. 게다가 요새는 이미 다른 후보자를 후원하고 있으므로 특히 더 방해할 거라고, 근무하는 관청에서 누군가가 일러주었을 때, 아버지는 그것을 험담으로밖에 여기지 않았다. 그렇지만 르루아 볼리외(Leroy Beaulieu)*2 씨가 아버지에게 입후보하기를 권해 당선 가능성을 계산해주었을 때, 아버지는 이 경우에 기대할 수 있는 동료 중, 이 유명한 경제학자가 노르푸아 씨의 이름을 꼽지 않는 걸 보고 강한 인상을 받았다. 아버지는 전직 대사에게 이 점을 직접 물어보려고 하지 않았으나, 내가 빌파리지 부인네에서 아버지의 선거에 대한 확실한 소식을 갖고 돌아오기를 바라고 있었다. 그 방문이 급박해졌다. 틀림없이 아카데미 표의 3분의 2를 확보할 수 있다는, 노르푸아 씨의 선전이 아버지한테 더욱더 사실임직하게 생각된 까닭은, 대사의 친절이 세상에 잘 알려져 있는 바로, 그를 아주 싫어하는 사람들마저, 그처럼 남의 일을 돌봐주기를 좋아하는 이가 따로 없는 줄 인정하고 있었기 때문이다. 한편 아버지가 근무하는 관청에서 그의 두둔이 다른 모든 관리보다 훨씬 두드러지게 아버지 위로 미치고 있었다.

그즈음 아버지는 또 한 사람과도 우연히 만났는데, 그것은 먼저 그를 놀라게 했고, 매우 화나게 했다. 꽤 가난하여 파리 생활을 한댔자 드문드문 친구 집에 머무는 것이 고작인 사즈라 부인과 어느 날 거리에서 마주쳤다. 사즈라 부인만큼 아버지를 진저리나게 하는 여인도 없는지라, 어머니는 한 해에 한 번 부드럽고도 애원하는 듯한 목소리로 아버지한테 말해야만 했다. "여보, 사즈라 부인을 한 번만 집에 초대해야겠어요, 그분은 그리 오래 머물지 않을 테니까." 또는 "이봐요 여보, 무리한 부탁이 있어요, 사즈라 부인네에 다녀오세요. 당신을 괴롭히기 싫지만 그렇게 해주시면 참 고맙겠어요." 아버지는 웃고 나서, 조금 화내는 얼굴로 그 집을 방문했다. 그래서 사즈라 부인이 진저리났음에도, 아버지는 길에서 부인과 우연히 만나자 모자를 벗으면서 그녀에게 다가갔다. 그러나 사즈라 부인은, 나쁜 짓을 저지른 죄인이거나 또는 앞으로 지구 반대편에 살아야 한다고 선고받은 자에게 예의 삼아 억지로 하는 차가운 인사를 건넬 뿐이었다. 아버지는 기가 막혀 화난 채로 돌아왔다. 그다음 날 살롱에서 어머니는 사즈라 부인을 만났다. 사즈라 부인은 어머니에게 손을 내밀지 않았

*2 윤리학·정치학 한림원의 회원.

으며, 막연하고도 쓸쓸하게 미소 지을 뿐이었다. 마치 어린 시절에 같이 놀았지만, 방탕한 생활을 보내고, 중노동 형벌을 받는 죄인 또는, 더 고약하게, 이혼한 사내와 결혼했으므로, 그 뒤 모든 관계를 끊어버린 사람에게 하듯 말이다. 그런데 우리 부모님은 늘 사즈라 부인에게 깊은 경의를 표하기도 하고 또한 경의를 불어넣기도 하였다. 그런데(어머니는 모르고 있었지만) 사즈라 부인은 콩브레 출신 중에서 유일한 드레퓌스파였다. 쥘 멜린(Jules Méline)*1 씨의 친구, 나의 아버지는 드레퓌스의 유죄를 확신하고 있었다. 관청 동료가 드레퓌스 사건 재심 청원서에 서명하기를 요구해왔을 때, 아버지는 불쾌한 얼굴로 한마디로 잘라 이를 거절했다. 내가 반대편에 따르고 있는 것을 알자, 아버지는 여드레 동안이나 내게 말을 건네지 않았다. 아버지의 의견이 어떤지 다 알려져 있었다. 아버지를 거의 민족주의자로 취급할 정도였다. 가족 중에서 유독, 고결한 의혹에 불타고 있는 성실던 할머니는 어떤가 하면, 드레퓌스의 무고 가능성을 들을 때마다, 머리를 설레설레 저었다. 그때 우리는 그 의미를 몰랐지만, 보아하니 그것은 더욱 진지한 생각을 할 때 남에게 방해된 이가 하는 동작과 비슷했다. 어머니는 아버지를 사랑하는 마음과 내가 슬기롭기를 바라는 희망과의 틈바구니에 끼여 불분명한 태도를 취해, 이를 침묵으로 나타냈다. 끝으로 (국민군으로서의 의무야 그의 장년 시대 악몽이었으나) 군대를 찬미해 마지않는 할아버지는, 콩브레에서, 연대가 산울타리 앞을 행진하는 모습을 보며 연대장과 군기가 지나갈 때 모자를 벗지 않고 구경한 적이 단 한 번도 없었다. 이런 모든 것은, 내 아버지와 할아버지의 욕심 없는 고결한 생활을 속속들이 알고 있는 사즈라 부인으로 하여금, 이 두 분을 '불의'의 지지자로 여기게 하는 데 충분했다. 인간은 개인의 죄는 용서하지만, 개인이 단체의 죄악에 가담하는 건 용서하지 않는다. 아버지가 드레퓌스 반대파인 줄 알자, 사즈라 부인은 자기와 아버지 사이에 여러 대륙과 몇 세기를 가로놓았다. 시간과 공간에서 이와 같이 광대한 거리를 두고서는, 부인의 인사가 아버지의 눈에 띄지 않던 모양이던 것, 둘 사이를 떼어놓고 있는 몇몇 세계를 뛰어넘을 수 없을 듯한 말과 악수를 그녀가 꿈에도 생각해보지 않던 것을 이것이 설명해준다.

파리에 오기 전, 생루는 나에게, 빌파리지 부인 댁에 데리고 가겠다고 약속

*1 프랑스의 정치가(1838~1925).

했다. 나는 생루에게는 말하지 않았으나, 거기에서 게르망트 부인을 만나기를 기대했다. 생루는 자기 애인과 함께 셋이서 식당으로 가 점심 식사를 하자고 내게 청했다. 식사 뒤 그 애인이 우리를 무대 연습에 안내한다고 하였다. 우리는 오전 중 파리 근교에 살고 있는 그 애인을 찾아가기로 했다.

우리가 점심 식사를 할 식당은(돈을 낭비하는 젊은 귀족의 생활에서 식당은 아라비아 이야기에 나오는 피륙 상자와 마찬가지로 중요한 소임을 맡아한다) 에메가 발베크의 계절이 오는 동안까지 지배인으로 근무할 거라고 나에게 알려주던 곳이냐고, 내가 생루에게 물었다. 여러 번 여행을 꿈꾸면서도 좀체 행동으로 옮기지 못하는 나로서는 발베크에 대한 추억이라기보다 발베크 자체의 일부 같은 사람을 만나는 건 커다란 매력이었다. 내 강의가 나를 파리에 묶어 놓았을 때도, 그 사람은 해마다 거기에 가서, 여전히 7월의 기나긴 오후 끝 무렵 손님들이 저녁 식사 하러 오기를 기다리며 석양이 지기 시작해 바닷속에 잠기는 모습을, 큰 식당의 유리창 너머로 바라보고 있으려니와, 그 유리창 뒤쪽에는, 석양빛이 사라질 무렵, 머나먼 푸르스름한 배들의 까딱도 하지 않는 날개가 유리 상자에 든 이국 밤의 나비로 보이리라. 발베크라는 강력한 자석에 맞붙어 닿아 그 자신도 자기(磁氣)를 띠게 된 이 지배인은, 이번엔 나를 끌어당기는 자석이 되고 있었다. 나는 그와 담소함으로써 그나마 발베크와 통하기를, 파리에 있으면서 여행의 매력을 조금이나마 나타내고 싶었다.

약혼한 사내종이 어젯밤에 또다시 약혼녀를 만나러 가지 못했다고 투덜거리는 프랑수아즈를 내버려두고 나는 아침 일찍 집을 나섰다. 프랑수아즈는 사내종이 우는 모습을 봤던 것이다. 사내종은 문지기를 후려갈길 뻔했지만 꾹 참았다. 일을 잃고 싶지 않았으니까.

문 옆에서 나를 기다리기로 되어 있는 생루네에 도착하기에 앞서, 콩브레 이래 얼굴을 보지 못했던 르그랑댕을 만났다. 이젠 아주 머리털이 희끗했으나 젊고도 순진한 모습은 그대로였다. 그는 걸음을 멈췄다.

"허어! 오랜만이오." 그는 나에게 말했다. "멋쟁이군, 프록코트까지 입으시고! 그런 정복을 입기라도 한다면 내 독립 정신은 따르지 않을걸. 보아하니 사교계 인사가 되셔서 방문을 행하는 중임에 틀림없군! 나처럼 반쯤 허물어진 어느 묘 앞에 가서 멍하니 몽상하기엔, 이 큼직한 나비넥타이에 이 윗도리를 하고도 괜찮소이다. 알다시피 나는 그대의 마음과 혼이 지닌 아름다움을 존중하오. 다시 말해서 그대가 이교도 사이에 그 아름다움을 버리러 간다는 게 나로서는 매우 섭섭하기 짝이 없다는 말이오. 나로서는 잠시도 숨쉴 수 없는, 살롱의 구역질 나는 공기 속에 잠시라도 남아 있을 수 있다면, 그건 그대가 장래를 파괴 쪽으로 밀고 가는 것이며, 예언자의 저주 쪽으로 빠뜨리는 거요. 여기서도 빤히 보이오, 그대는 '경박한 심정들', 저택의 사회와 교제하고 있소이다. 이야말로 현대 부르주아의 악덕이지! 흥, 귀족놈들! 놈들의 목을 모두 댕강 자르지 않았다니 공포 시대의 죄가 또한 가볍지 않다 하겠소. 놈들은 전부, 한낱 음침한 바보가 아닐 때는, 음험한 방탕자라오. 요컨대, 가엾군, 그런 게 그대에게 재미있다면! 그대가 어느 다과회에 가 있는 동안, 그대의 늙은 벗은 그대보다 더 행복하리라, 홀로 교외에서 장밋빛 달이 보랏빛 하늘에 솟아오름을 바라볼 테니까. 사실 나는 이 땅에 거의 속하지 않아, 이곳이 유배지 같은 느낌이 든다오. 나를 이 땅에 붙잡아두어 다른 세계로 달아나지 못하게 하기엔 만유인력의 법칙이 가진 온 힘이 필요하오. 난 다른 유성의 인간이지. 잘 있게, 비본 냇가에 사는 촌놈이자 다뉴브 강가 촌놈의 예스러운 솔직함을 언짢게 생각하지 마시게. 내가 그대를 존중하고 있는 증거로써, 내 최근 소설을 보내드리지. 하지만 그대는 그 소설을 좋아하지 않겠지, 그대에게는 퇴폐성이 모자란 것이자, 세기말적인 것이 아니니까. 너무나 담백하고 성실한 소설이니까. 그대에게 필요한 건 베르고트야, 그대가 고백했듯이, 쾌락을 섭렵하는 미식가의 마비된 입천장을 다시 살려내는 연한 꿩고기야. 그대의 동아리에서는 아마 나를 늙은 병자로 생각하겠지. 쓰는 것에 마음을 기울이는 게 내 잘못이고, 이제는 유행에 뒤진 거야. 그리고 또 민중의 생활은 유행에 따르는 속된 그대의 멋쟁이 여인들을 재미나게 할 만큼 특별한 것도 아니고 말이야. 자아, 가시게. 때로는 그리스도의 말씀을 떠올리시도록. '이를 행하라, 그리하면 영생하리라.' 잘 있게, 친구."

나는 르그랑댕과 헤어질 때 그다지 불쾌하지 않았다. 어떤 추억은 공통된 친구와 같은 것, 그것은 화해할 줄 안다. 봉건 시대의 폐허가 쌓인 곳, 미나리아재비가 퍼져 있는 들판 한가운데 놓인 작은 나무다리는, 우리 둘, 르그랑댕과 나를 비본의 두 냇가처럼 연결하고 있었다.

봄이 시작됐는데도 가로수길 나무들에는 새잎이 겨우 돋아나기 시작한 파리를 떠나, 외곽 열차가 생루와 나를, 그의 애인이 사는 교외의 마을에 내려놓았을 때, 작은 뜰마다 꽃이 활짝 핀 과실나무의 새하얗고 커다란 가설 제단*[1]으로 꾸며진 모습을 구경한다는 건 하나의 경이였다. 그것은 어느 한 시기에 일부러 멀리서 사람들이 구경하러 오는, 별난, 시적인, 잠시의 향토적인 축제 가운데 하나같았는데, 허나 그것은 자연이 베푸는 축제였다. 벚꽃은 흰 칼집처럼 어찌나 조밀하게 가지에 붙어 있던지, 아직 추운 이 맑은 날에, 멀찌감치, 거의 잎도 꽃도 보이지 않는 가지만 앙상한 나무 사이에, 다른 데는 녹고 거기만 아직 남아 있는 눈을 본 줄로 여길 만했다. 그러나 큰 배나무들은 집집마다, 수수한 안마당마다, 보다 넓은, 보다 한결같은, 보다 눈부신 흰빛으로 덮고 있어, 마을의 온 가옥이, 온 울타리가, 같은 날에 첫 영성체 미사를 올리고 있는 것 같았다.

파리 근교에 있는 이러한 마을에는 감사(監司)*[2]와 왕후의 애첩 따위의 '야외 오락장'이던, 17세기와 18세기 정원이 그 어귀에 아직도 있다. 한 원예가는 길보다 낮은 그러한 정원 하나를 이용해서 과수 재배를 하고 있었다(아니 그보다, 그저 그때 크고 넓은 과수원의 규모를 답습하고 있었는지도 모른다). 오점형(五點形)으로 심은 배나무들은, 내가 봐온 것보다 덜 들쭉날쭉하게 간격을 두고서, 낮은 벽으로 나뉘어, 흰 꽃의 커다란 마름모꼴을 이루고 있는, 그 각 변을 빛이 가지각색으로 물들이고 있어서, 지붕 없이 한데에 있는 그 방들은 크레타 섬에서 발견할 수 있을 것 같은 '태양궁(太陽宮)'의 방인 듯했다. 그리고 앞쪽을 바라봄에 따라, 햇빛이 봄물에 비치듯이 과수장(果樹檣)*[3] 위에 장난하러 와서, 하늘빛이 가득한 가지들의 창살 모양 산울타리 사이사이에 반짝이면서, 햇볕을 받아 부글부글 끓는 꽃의 새하얀 거품을 여기저기 부서뜨리는 걸 보자, 물고기를 낚으려고 또는 굴을 기르려고 잘게 나눈 바다의 구획이나 칸막이 저수지가 떠올랐다.

그것은, 깃발이나 상품 따먹기의 미끄러운 장대 대신에 큰 배나무 세 그루가, 지방의 공식 축제를 축하하려고 흰 견수자로 우아하게 장식된 뒤쪽에, 금빛으로 햇볕에 구워진 낡은 면사무소가 있는 예스러운 마을이었다.

---

*1 길거리에 설치된 임시 제단(祭壇).

*2 지사(知事)와 같은 옛 벼슬.

*3 가지를 편편하게 하기 위한, 과실나무 뒤쪽의 벽 또는 장치.

여기 오는 동안만큼 로베르가 그 애인에 대해 애정 있게 얘기한 적이 없었다. 나는 느꼈다, 오직 그녀만이 그 마음속에 뿌리박고 있음을. 물론 그는 군대에서의 장래, 사회적 지위, 가족, 이런 모든 것에 무관심하지 않았으나, 그 애인에 대한 아주 보잘것없는 것에 비하면 하나도 셈속에 들지 않고 있음을. 그녀만이 그에게 소중했다. 게르망트네 사람들보다도, 이 세상의 왕을 전부 합친 것보다도 훨씬 소중했다. 그녀의 됨됨이가 누구보다도 뛰어난 본성으로 되어 있다는 원칙을 생루 자신이 세웠는지는 모르겠으나, 그는 그녀의 살에 닿는 것밖에 고려도, 걱정도 하지 않았다. 그녀를 통해, 그는 괴로울 수도, 행복할 수도, 어쩌면 남을 죽일 수도 있었다. 진실로 그에게 흥미로운 것, 그의 열정을 돋우는 것이라고는, 그 애인이 바라는 것, 그녀가 하려 하는 것, 지금 일어나고 있는 것, 곧 특권 있는 이마 아래, 얼굴이라는 좁다란 공간 안에서, 기껏해야 덧없는 표정으로 판별할 수 있는 것뿐이었다. 그 밖의 모든 일에 예민한 그가 오로지 그녀를 언제까지나 계속해 부양하며 간직하려고 장래의 화려한 결혼마저 고려했다. 그가 그녀를 평가하고 있는 가치가 얼마큼인지 누군가 생각해보았던들, 그 거액을 결코 떠올릴 수 없을 거라고 나는 생각한다. 그가 그녀와 결혼하지 않은 까닭은 실천적인 본능이 그에게 다음과 같이 깨닫게 했기 때문이다. 곧 앞으로 자기에게 기대할 게 없어지자마자 그녀는 그를 버리거나 적어도 제멋대로 살아갈 것이다, 내일에 대한 기대로써 그녀를 붙들어 나가야 한다고. 그는 아마도 그녀가 자기를 사랑하지 않는지도 모른다고 가정하고 있었으니까. 그야 물론, 사랑이라 일컫는 보편적인 탈이—온 남성에게 그렇게 하듯—그로 하여금 그녀는 자기를 사랑하고 있다고 이따금 강제로 믿게 했으리라. 그러나 사실상 그는, 그녀가 자기에게 그런 애정을 품고 있은들, 돈 때문에만 자기와 그대로 유대를 맺고 있는지 누가 안다더냐, 또 자기에게 기대할 게 아무것도 없어지는 날이야말로 그녀는(문학 친구들의 이론에 희생되어, 자기를 사랑하면서도 그랬을 거라고 그는 생각했다) 부랴부랴 자기를 버리고 갈 거라고 느끼고 있었다.

그는 나에게 말했다. "오늘 그녀가 상냥하게 군다면 그녀의 마음을 기쁘게 해줄 선물을 할 테야. 그녀가 부쉬롱 보석상에서 발견한 목걸이야. 요즘 내 형편으론 좀 비싸, 3만 프랑이거든. 하지만 불쌍하게도 그녀에겐 이 세상의 재미라는 게 많지 않아. 아주 기뻐하겠지. 그녀가 나한테 그 목걸이 얘기를 했거든, 또 어쩌면 그걸 사줄 벗이 있다고도 말하더군. 정말이라고 곧이곧대로 믿지 않아, 우리집 출입 보석상이기도 한 부쉬롱과 나는, 어떠한 일이 있든 간에 내가 살 때까지 잡아두기로 타협했거든. 자네가 그녀를 만난다고 생각하니 기쁘기 그지없네. 얼굴은 그다지 미인은 아니지만, 알다시피(그는 정반대로 생각하면서 오래지 않아 나의 경탄을 더욱더 크게 하려고 그렇게 말하는 것이 뻔했다) 무엇보다도 놀라운 판단력을 가졌네. 자네 앞에서야 아마 삼가서 많은 말을 안 하겠지. 그래도 나는 그녀가 나중에 자네에 대해 뭐라고 할는지 지레 즐겁네. 알다시피, 여느 사람이 아무리 애써도 깊이 캐낼 수 없는 것들을 그녀가 말한다네. 그녀에겐 정말이지 뭔가 피티아(Pythia)*1다운 점이 있단 말이야!"

그녀가 사는 집에 가는 도중, 우리는 작은 정원들 옆을 따라갔는데, 나는 걸음을 멈추지 않을 수 없었다. 정원마다 배꽃과 벚꽃이 활짝 펴 눈부셨기 때문이다. 어제만 해도 세 들지 않던 빈 가옥처럼 텅 비어 아무도 살지 않았을 텐데, 어제 도착한 이 새 손님들로 지금은 난데없이 가득 차고 아름답게 단장되어 있어, 철망 너머로 그 손님들의 아름다운 흰옷을, 작은 길의 모퉁이에서 볼 수 있었다.

"여보게, 자네는 저걸 구경하며, 시적 기분에 잠겨 있고 싶은 모양이니 여기 그대로 있게. 그녀가 사는 집이 가까우니 내가 가서 데리고 오겠네." 로베르가 말했다.

기다리는 동안, 나는 어슬렁어슬렁 걸으면서 조촐한 정원들 앞을 지나갔다. 내가 머리를 쳐들자 창가에 있는 젊은 아가씨들이 이따금 눈에 들어왔다. 그러나 한데에서도, 2층까지 이르지 않을 높이에, 여기저기, 가볍고도 나른나른, 싱싱한 보랏빛 때때옷을 입은 채, 잎 그늘에 고개 숙인 어린 라일락 꽃송이가, 그 초록빛 중이층(中二層)에까지 눈을 쳐드는 길 가는 이에 아랑곳없이 산들바람에 한들거리고 있었다. 나는 그것을 보자, 봄의 따스한 오후 나절, 황홀한 시골풍 장식 모양으로, 스완 씨네 정원 출입구에 보이던 보랏빛 꽃무리를 떠올렸다. 나는 오솔길로 접어들었다. 그 길은 목장으로 이어진다. 콩브레와 마찬가지로, 거기는 찬바람이 살을 에는 듯 불고 있었다. 하지만 비본 냇가에 있을 듯한 농촌의 기름지고 축축한 땅 한가운데, 그 동무의 한 무리와 마찬가지로

*1 델포이에 있는 아폴로 신전의 무녀.

어김없이 모여, 큰 하얀 배나무 한 그루가 우뚝 서, 물질화되어 닿을 수 있는 빛의 막처럼, 산들바람에 바르르 떠는 꽃, 햇살에 은빛으로 매끈하게 윤나는 꽃을 웃으며 흔들면서 햇볕에 마주 대하고 있었다.

갑자기, 생루가 애인과 함께 나타났다. 그 애인은 생루에게 사랑의 전부이자, 삶의 가능한 온갖 다사로움인데, 그 인격은 마치 성궤 속에 갇혀 있듯 성스럽게 갇혀 있고, 내 친구의 상상력을 끊임없이 차지하고 있는 대상이기도 하며, 영영 그가 알 것 같지 않고, 그 눈길과 육신의 너울 뒤에 뭐가 있는지 그가 스스로 묻고 답하는 것이다. 그때 나는 그 여인에게서 금방 '라셸 캉 뒤 세뇌르'를 알아보았다. 몇 해 전(이 사회의 여인은 그럴 의사가 있으면 눈 깜빡할 사이에 환경을 바꾼다), 갈봇집 마누라에게 '그럼, 내일 저녁, 손님이 와서 내가 필요하시면 불러주세요' 말하던 여인을.

그리고 과연 '그녀가 불려와서', 방 안에 손님과 단둘이 되었을 때, 손님이 무엇을 요구하는지 잘 아는 그녀인지라, 꼼꼼한 여인의 조심성에서인지 또는 의식적인 몸짓에서인지 열쇠로 문을 잠근 뒤, 제 몸을 진찰하려는 의사 앞에서 하듯 몸에 걸친 옷가지를 훌훌 벗기 시작한다. 벗는 도중 그치는 건 '손님'이 홀랑 벗은 몸꼴을 싫어해, 속옷 바람으로 있어도 괜찮다고 이르는 때뿐이었다. 마치 매우 귀가 밝은 의사가, 환자 몸을 차갑게 할까 봐 속옷 너머로 호흡과 심장의 고동을 듣는 것으로 그만두듯. 온 생애, 온 사념, 온 과거, 그녀를 소유할 수 있던 뭇 사내가 나에게 아무래도 좋아, 이를 그녀가 내게 얘기한들, 나야 예의상 듣는 둥 마는 둥 했을 이 여인에게, 생루의 불안이나 고민, 사랑이 집중되어—나로서는 기계 장난감에 지나지 않는 것에—끝없는 고뇌의 대상, 생존의 가치마저 가진 대상이 되기까지 했던 것이다. 이런 두 요소를 나눠놓고 보니(왜냐하면 나는 '라셸 캉 뒤 세뇌르'를 갈봇집에서 알았기 때문에), 남성이 그 때문에 살고, 괴로워하며, 자살하는 따위의 여인 대부분은, 여인 자체로서는, 또는 제삼자로서 보면, 내가 보는 라셸과 비슷한 존재일 거라는 사실을 깨달았다. 그녀의 삶을 알고 싶어하는 애절한 호기심을 품는 자가 있다고 생각하니 나는 벌린 입이 다물어지지 않았다. 세상에 둘도 없이 흥미 없는 일이지만, 그녀의 화냥질에 대해 얼마든지 로베르에게 알려줄 수 있었을 것이다. 그것을 들으면 그가 얼마나 괴로워했을까! 그런데 그는 모든 일을 제쳐놓고 그것을 알려고 했다니, 헛되이!

처음 사귈 때부터 상상력이 강하게 작용하는 경우, 예를 들면 이 여인같이 작은 얼굴의 배후에도, 그 상상력이 얼마나 수많은 것을 수놓는지 나는 모두 깨달았다. 또 거꾸로, 수많은 꿈의 대상이던 것도, 현실에 인지한 극히 저속한 점과 서로 어긋나면, 비참하게도 물질적이고 하나도 값어치 없는 요소로 분해되고 마는 일이 있다는 걸 깨달았다. 갈봇집에서 20프랑으로 내게 제공했을 때 내게는 20프랑의 값어치도 비싸게 보이던 것도, 그곳에서 나에겐 20프랑을 벌려고 애가 단 여인으로밖에 보이지 않던 것도, 만약에 아무개가 그녀를, 알고 싶어하는, 붙잡아 간직하기 어려운 신비스런 인간으로 상상하기 시작만 하면, 백만금보다, 그 가족의 애정보다, 선망의 대상인 온갖 지위보다 더 값어치 있을 수 있다는 점을 나는 이해했다. 곧 로베르와 내가 본 것은 여위고 같은 좁은 얼굴임에 틀림없었다. 그러나 우리 둘은 그동안에 아무 공통점이 없는 반대되는 두 길을 통해 그 얼굴에 이르렀으며, 앞으로도 우리가 보는 그 얼굴은 같지 않으리라. 그 눈초리, 미소, 입술의 움직임을 가진 얼굴을, 나는 오로지 20프랑으로 내가 바라는 것을 전부 하는 하찮은 여인의 얼굴로서 바깥에서 알았던 것이다. 그러므로 그녀의 눈초리, 미소, 입술의 움직임은 개성적인 것이 하나도 없는 일반적인 행동을 뜻하는 것으로밖에 내 눈엔 보이지 않아, 그 밑에서 하나의 인간을 찾으려는 호기심을 품지 않았으리라. 이를테면 출발점에서 나에게 주어졌던 것, 승낙을 표하는 그 얼굴은, 로베르에게는 수많은 희망, 의혹, 근심, 몽상을 건너 돌진해 나가는 궁극의 결승점이었다! 그렇다, 20프랑이면 나에게도, 다른 누구에게도 주어졌던 것을 남의 소유가 안 되게 독점하고자 그는 100만 프랑 이상을 썼던 것이다. 어째서 그가 20프랑 값으로 그녀를 향락 못했는지, 그것은 어느 순간의 우연, 몸을 내맡길 마음이 있는 듯한 여인이, 그날따라 다가가기 어렵게 만드는 어떤 이유, 어쩌면 다른 밀회가 있어 몸을 피하는 한순간의 우연 탓인지도 모른다. 상대가 감상적인 사내일 경우, 여인이 그런 줄 알아채지 못하고도, 알아챘다면 더더구나 가공할 놀이가 시작된다. 실망을 이겨내지도, 그 여인 없이 지낼 수도 없는 사내는 여인을 따라다니는데, 여인은 사내를 피하느라 마침내는 구할 기력조차 없어진 미소 하나 때문에, 여인이 남자에게 주는 사랑의 마지막 표적 하나에 지불하는 대가의 천배를 지불하고 만다. 특히 판단의 유치함과 고민에 맞닥뜨린 비겁의 뒤섞임 때문에, 한 아가씨를 가까이하기 어려운 우상으로 삼는 어리석음을 저지른 경우,

이 사내가 정신적 사랑의 보증을 기만하지 않으려고, 그 사랑의 마지막 표적 하나도, 또는 첫 입맞춤도 영영 얻지 못하는, 또는 감히 원하지 않는 적도 있다. 그러니 이 사내가 더할 나위 없이 사랑하는 여인의 입맞춤이 어떠한 것인지 영원히 모르는 채 삶을 떠나는 것은 얼마나 크나큰 괴로움이겠는가. 그렇지만 생루는 운 좋게, 라셀의 사랑의 표적 전부를 용케 얻을 수 있었다. 그 사랑의 표적이 20프랑 금화 한 닢으로 누구에게나 소유되었던 것이라는 사실을 지금 그가 알았다면, 그는 물론 몹시 괴로워했을 테지만, 그래도 또한 그것을 독점하기 위해서라면 백만금이라도 내던졌을 것이다. 왜냐하면 아무리 괴이한 일을 들어 알았던들—인간이 지닌 힘의 한계를 넘은 것으로, 인간 의사가 어떠함에도 불구하고, 어느 위대한 자연 법칙의 작용으로만 생기는 것이기에—그는 지금 걸어가는 길에서 벗어날 수 없었을 테니까. 또 그 길에서는 그 얼굴도 그가 이미 지어낸 몽상으로밖에 그에게 나타날 수 없었다. 이 여윈 얼굴의 무표정은 두 줄기 대기의 지대한 압력에 짓눌린 종이 한 장처럼 서로 마주치지 않고서 이제 막 그녀에게 이르고 있는 두 무한(그녀가 그 두 가지를 떼어놓고 있어서)으로 균형 잡고 있는 듯했다. 로베르와 나는 둘 다 그녀를 바라보았으나, 같은 신비의 면에서 그녀를 보고 있지는 않았다.

'라셀'이 나에게 아무래도 좋은 여인으로 보인 것은 아니다. 인간의 상상이 가진 강력한 힘, 사랑의 고뇌를 지지하는 환상이야말로 위대한 것으로 여겨진다. 로베르는 내가 감동하고 있는 모양을 눈치챘다. 나는 바로 앞 정원에 있는 배나무와 벚나무 쪽으로 눈을 돌려 그 꽃의 아름다움에 감동하고 있는 줄 그가 여기도록 하였다. 또 조금은 그 꽃의 아름다움에도 똑같이 감동하고 있었다. 또한 그 아름다움은 눈으로만 보지 않고 마음속에서도 느끼는 사물을 내 몸 가까이 가져다주었다. 내가 정원에서 본 이러한 나무들을 마음속에서 이국의 신들로 여겼음은, 마들렌(Madeleine)*[1]이 어느 날(그 축일이 멀지 않은) 어떤 동산에서 인간 모습을 보고 '산지기인 줄 여긴' 때처럼 틀린 생각이 아니지 않겠는가? 황금시대의 추억을 지키기에, 현실은 사람이 상상하는 바와는 다르다는 약속의 보증자, 시의 찬란함이나 순결한 자의 으리으리한 광채가 거기에 빛날 수 있으며 이를 받을 만하게 노력한다면 반드시 보상되리라는 약속의 보증

*1 막달라 마리아를 가리키는 말. 요한복음 제20장 15절 참조.

자, 휴식에, 낚시질에, 독서에 상서로운 그늘 위에 신기하게 기울어진 커다란 흰 생물, 천사들이 아니겠는가? 나는 생루의 애인과 몇 마디 나누었다. 우리 셋은 마을을 질러갔다. 마을의 집들은 다 더러웠다. 그러나 유황 비에 타버린 듯한 가장 너절한 오두막집들 쪽에도, 저주받은 시가에 하루 동안 걸음을 멈춘 불가사의한 나그네, 빛나는 천사가 똑바로 서서 그 집 위에 활짝 꽃핀 청순한 날개를 크게 펼쳐 눈부신 보호자가 되어 있었다. 그것은 배나무였다. 생루가 나를 끌고 몇 걸음 앞섰다.

"자네와 단둘이 있으면 좋겠는데. 아니, 자네와 단둘이서 점심을 먹고, 아주머니 댁에 가는 시간까지 둘이서만 지내는 게 더 좋지. 한데 나의 불쌍한 저 사람이 점심 식사를 큰 기쁨으로 삼고, 나에게 상냥하게 대하니 거절 못했네그려. 그리고 또 자네의 마음에 들 거야, 문학을 좋아하는 예민한 여인이니까. 또 저 사람과 함께 식당에서 점심 하는 게 썩 유쾌하거든. 뜻에 맞는, 단순한, 언제나 모든 일에 만족해하는 여인이거든."

그렇지만 바로 이날 오전에, 틀림없이 단 한 번만, 로베르가 애정에 애정으로써 천천히 층을 쌓아 나가던 여인한테서 잠시 벗어나, 그에게서 몇 걸음 떨어진 곳에서 난데없이 또 하나의 라셀을 보았을 거라고 나는 생각한다. 그녀의 복사체지만, 전혀 다른 한낱 매춘부에 지나지 않는 모습을 하고 있었다. 우리는 꽃이 활짝 핀 과수원을 뒤로하고, 파리에 돌아가는 열차를 타려고 갔는데, 그때 역에서, 우리로부터 몇 걸음 떨어져 걸어가던 라셀이, 그녀와 마찬가지로 속된 두 '암탉'의 눈에 띄어 소리치는 인사를 받았다. 처음에 라셀이 혼자인 줄 안 그 가운데 하나가 소리질렀다. "이봐, 라셀, 함께 타자. 뤼시엔과 제르멘도 열차 안에 있어. 마침 자리도 비었어. 어서 와, 함께 롤러스케이트장에 가는 길이야." 그러고 나서, 그녀들을 호위하고 있는 애인, 두 '점원'을 소개하려다가, 라셀이 좀 당황해하는 기색을 눈치채고 눈을 쳐들어 주위를 살피다가 우리 모습을 언뜻 알아보고 변명하면서 인사했는데, 라셀도 좀 당황해하면서도 정다운 투로 인사했다. 그녀들은 가짜 수달피 깃을 단 두 불쌍한 어린 매춘부로, 생루가 처음 만났을 때의 라셀과 거의 비슷한 몸짓이었다. 생루는 그녀들과 만난 일도 없고, 그 이름조차 몰랐다. 그런데 자기 애인과 매우 친한 사이인 듯한 것을 보자, 자기가 꿈에도 생각해보지 못한 어떤 생활, 자기와 함께하는 생활과는 영 딴판인 생활, 20프랑 금화 한 닢으로 여인을 사는 생활을 어쩌면 라셀이 보냈던 것이 아닌가, 어쩌면 지금도 보내고 있는 것이 아닌가 하는 생각이 들었다. 그는 그런 생활을 짐작할 뿐이었으나, 그 한가운데, 그가 알고 있는 그녀와는 다른 라셀, 저 두 어린 매춘부와 닮은 라셀, 20프랑짜리 라셀을 또한 본 것이다. 요컨대 이 순간 라셀의 모습이 그의 눈에 둘로 나뉘어 보여, 그는 자기의 라셀에게서 몇 걸음 떨어진 곳에 보잘것없는 매춘부인 라셀, 실제의 라셀(단, 매춘부인 라셀이 그렇지 않은 라셀보다 더욱 사실답다는 가정 아래)을 언뜻 본 것이었다. 이때 로베르는 다음과 같은 생각을 품었으리라. 즉 해마다 라셀에게 10만 프랑을 계속 줄 수 있게, 끝내는 부유한 아가씨와 결혼하거나 이름을 팔거나 하는 처지가 되는 예측과 함께 살아가는 이 애욕의 지옥에서, 어쩌면 쉽사리 인연을 끊을 수 있을지 모른다. 저 두 점원이 적은 돈으로 매춘부들의 특별대우를 받듯, 나도 애인의 특별대우를 몇 푼 안 들이고 누릴 수 있을지 모른다고. 하지만 어찌한다냐? 그녀에겐 아무 잘못도 없는 바에야. 덜 베푼다면, 그녀가 덜 싹싹해질 테고, 그를 매우 감동시키던 것을 말하지 않을 테고, 편지에 쓰지 않을 텐데. 여태껏 그는 그녀가 해온 귀여운 말을, 그녀가 얼마나 귀여운 여인인지 내세우려고 애쓰면서 동료에게 조금 보란 듯이 뻐기며 이용해왔던 것이다. 자기가 그녀의 생활비를 호사스럽게 대주고 있음을, 사진 위에 쓴 헌정사나 전보문의 끝머리 구절이, 가장 간략하고도 귀중한 형태로 변한 돈의 변형이라는 점을, 이 희귀한 라셀의 친절에 돈을 치르고 있다고, 무엇이든 간에 그녀에게 주고 있음을 입 밖에 내지 않고서 그것을 자존심이나 허영심 탓이라고 딱 잘라 말해서는 거짓말이 될 것이다. 그렇지만 고지식한 추측에서, 어리석게도 우리는 쾌락 때문에 돈을 지급하는 모든 애인에게도 남편들 대부분에게도, 자존심이라든가 허영심이라든가 하는 낱말을 쓴다. 생루는 자신의 위대한 가문이나 잘생긴 얼굴 덕분에 쉽사리 허영심을 만족시키는 따위의 온갖 쾌락을 공짜로 사교계에서 얻으려면 얻을 수 있음을 알아차릴 만큼 똑똑했고, 또 라셀과 관계를 계속해 나가면, 그와 반대로, 사교계에서 얼마간 배척받게 되어, 인기도 떨어지는 것을 알 만큼 총명하기도 했다. 아니, 자기가 사랑하는 여인에게서 편애의 표시를 거저 얻은 양으로 보이고 싶은 이 자존심은, 단순히 사랑의 결과이기도 하며, 자기가 뜨겁게 사랑하는 여인한테 자기도 사랑받고 있는 것처럼 자기 자신에게나 남에게 보이고 싶은 욕구이기도 하다. 찻간으로 올라가는 두 암탉을 내버려두고서, 라셀이 우리에게 왔다.

그러나 그 여인들의 가짜 수달피 깃과 점원들의 멋부린 모양에 못지않게, 뤼시엔과 제르멘이라는 이름이 한순간 새 라셀의 마음을 꽉 붙들었다. 순간 로베르는, 미지의 친구들, 추잡한 정사, 유치한 향락의 오후와 함께, 피갈 광장의 생활을, 파리 안에 상상했다. 그 파리 안, 클리시 큰길부터 거리들의 햇빛은, 자기가 애인과 함께 산책했을 때의 햇빛과 같은 것으로 느껴지지 않았다. 왜냐하면 사랑과 사랑에 따르는 번민은, 취기처럼, 외계의 사물 모습을 우리 눈에 다르게 보이는 힘이 있으니까. 파리 한가운데에 또 하나의 파리가 있는 게 아닌가 하고, 그는 의심해보았다. 그녀와의 관계가 기이한 생활의 탐험처럼 느껴졌다. 그도 그럴 것이, 그와 함께 있을 때의 라셀이 얼마간 그가 생각하는 대로인 라셀이었다고 할지라도, 라셀이 그와 함께 보내고 있는 시간은 그녀의 실제 생활의 일부이다. 그가 그녀에게 베푸는 막대한 돈으로 보아 가장 귀중한 부분이기도 하고, 그녀가 여러 벗에게 선망의 대상이 되기도 하며, 돈을 모은 뒤에는 시골로 은퇴하거나 큰 극장에 등장하거나 하는 날이 오게 하는 부분이기 때문이다. 로베르는, 뤼시엔과 제르멘은 어떤 여자냐, 만일 라셀이 그 여자들의 찻간에 들어갔다면 그녀들에게 뭐라고 말하겠느냐, 만일 로베르와 내가 없었다면, 스케이트를 탄 뒤, 올림피아 선술집에서 더할 수 없을 환락으로 끝났을지도 모르는 하루를, 그녀와 친구들이 함께 어울려 뭣들 하고 보내겠느냐 따위를 라셀에게 물어보고 싶었을 것이다. 한순간, 여태껏 그에게 지루하게 보였던 올림피아 선술집 근처가 그의 호기심과 번민을 일으켰다. 또 만일 로베르를 알지 않았다면, 라셀이 어떤 때는 거기로 가서 20프랑 금화 한 닢을 벌었을지도 모르는 코마르탱 거리에 비치는 이 봄 햇살도 그의 마음에 막연한 향수를 주었다. 그러나 라셀에게 물어본들, 대답은 고작 침묵 아니면 거짓말, 또는 그에게는 너무나 고통스러운 동시에 아무것도 설명해주지 않는 무엇인 줄 지레 알고 있는 바에야 새삼 물어본들 무슨 소용이 있겠는가? 라셀의 이중성은 너무나 오래 이어졌다. 역무원들이 승강구의 문을 닫고 있어, 우리는 일등칸에 빨리 탔다. 라셀의 몸에 걸친 으리으리한 진주를 보고서, 로베르는 그녀가 큰 값어치 나가는 여인인 사실을 떠올렸다. 그는 라셀을 애무하고—인상파 화가가 그린 듯한 피갈 광장에서 그녀를 보았던 그 짧은 순간을 빼놓고—그가 지금까지 늘 그렇게 해왔듯이 안으로 모셔 물끄러미 바라보는 제 마음속에 그녀를 다시 모시는 동시에, 열차가 떠났다.

그녀가 '문학 애호가'라는 것은 사실이었다. 그녀는 생루가 술을 너무 마시는 것을 나무라는 때를 빼놓고는 책, 새 예술, 톨스토이주의에 대해 쉴 새 없이 지껄였다.

"그래요! 당신이 나와 1년 동안 함께 살 수 있다면, 틀림없이 나는 당신에게 물만 마시게 하겠어요, 그럼 당신 몸이 더욱더 좋아지겠죠."

"좋았어, 그렇게 하자고."

"그러나 당신도 알다시피 나에겐 할 일이 많아서(왜냐하면 무대 예술을 매우 중시하고 있어서). 게다가 당신 집안사람들이 뭐라고 할는지?"

그러고 나서 그녀는 로베르의 가족을 비난하는 말을 나에게 하기 시작했다. 내가 듣기에 꽤나 옳은 비난인 것 같아, 샹파뉴 술에 대해서는 좀처럼 라셀의 분부를 듣지 않는 생루도, 이 비난에는 전적으로 동의했다. 그를 위해 술의 해로움을 근심하며, 그 애인의 좋은 영향을 십분 느낀 나는, 가족 따위는 두들겨 내쫓아버리라고 그에게 충고하고픈 기분이었다. 내가 드레퓌스 사건에 대한 말을 너무 쉽게 꺼내서 이 젊은 여인의 눈에는 눈물이 괴었다.

"불쌍한 순교자." 그녀는 흐느낌을 참으면서 말했다. "놈들이 그를 거기서 죽일지도 몰라요."

"진정해, 제제트, 그이는 돌아올 거야, 풀려날 거야, 잘못이 밝혀질 거야."

"그러나 그렇게 되기 전에 그이는 죽고 말 거야! 하여튼 그이의 자녀들은 누명을 쓰지 않을 테죠. 하지만 그이가 어떠한 고통이든 견뎌야 하는 것을 생각하니 몸서리나요! 그런데 말이에요, 로베르의 어머니께서는 신앙심이 두터운 분이신데도, 그이가 잘못이 없더라도 악마섬에 그대로 둬야 한다고 말씀하신다니, 이 어찌 무서운 일이 아니겠어요!"

"그렇지, 그대로야, 어머니가 그렇게 말한다네." 로베르는 인정했다. "내 어머니시니, 어머니한테 비난할 점은 나에겐 아무것도 없어. 그러나 물론 어머니는 제제트처럼 감수성이 예민하지는 않아."

사실 이런 식사, '지극히 즐거운 것'은 늘 재미없이 지나가곤 하였다. 왜냐하면 생루는 수많은 사람이 모이는 장소에 자기 애인과 같이 있으며, 금세, 그녀가 거기에 있는 뭇 사내를 물끄러미 바라보고 있구나 상상하여 우울해지고 말기 때문이다. 그래서 그녀 쪽은 그의 나쁜 기분을 알아채고는, 아마도 그

걸 돋우는 것이 재미나선지, 아니면 틀림없이 그의 태도에 마음이 상해, 어리석은 자존심에서, 그걸 누그러지게 애쓰는 모양을 짓고 싶지 않아선지 아무개에게서 눈을 떼지 않는 시늉도 하였는데, 더욱이 이 시늉은 반드시 순전한 놀이만도 아니었다. 과연 극장이나 카페에서 우연히 그들의 옆자리에 있는 신사라든가, 아주 단순히, 그들이 잡아탄 합승마차의 마부 따위가 뭔가 보기 좋은 것을 갖추고 있기만 해도, 로베르는 금세 시새움에 부추김 당해서, 애인보다 먼저 그 사내를 주목했던 것이다. 곧바로 그는, 발베크에서 나에게 말한 바 있는, 재미 보고자 여성을 타락시켜 능욕하는 더러운 놈들 가운데 하나라고 생각하여, 애인에게 저 사람에게서 눈길을 돌리라고 애원해, 도리어 그 사람을 그녀 시선의 표적이 되게 했다. 그런데 때로는 로베르의 의심이 정통으로 맞는 일도 있어서, 그녀는 그를 놀려대기를 그치고 그를 진정시키고 난 뒤, 어떤 일을 보러 혼자 가는 것을 그에게 승낙받아, 그동안에 미지의 사내와 담소하기도 하고, 가끔 밀회를 약속하기도 하며, 때로는 한때의 기분을 빨리 해치우는 틈을 만들기도 하였다.

우리가 식당에 들어서자마자, 로베르가 걱정스러운 얼굴을 짓는 것을 나는 똑똑히 보았다. 까닭인즉, 발베크에서 우리가 알아채지 못했던 것, 평범한 동료들 한가운데, 에메가, 수수한 빛과 더불어, 아주 무의식중에 낭만적인 분위기를 퍼뜨리고 있음을 로베르가 곧 주목하고 말았기 때문이다. 그 낭만적인 분위기는 일생 중 몇 해 동안 산뜻한 머리칼과 그리스풍의 코에서 나오는 것으로, 그러한 얼굴 덕분에 에메는 다른 수많은 사환들 가운데 두드러지게 눈에 띄었다. 다른 사환들로 말하면 거의 모두가 어지간히 나이 들어 위선적인 사제와 신앙심을 가장하는 고해 신부, 특히 구파의 희극 배우 따위의 특색을 뚜렷이 드러낸 무시무시하게 추한 전형의 진열이었다. 이 희극 배우의 설탕 덩어리 같은 이마로 말하면 오늘날에 와서는, 그들이 시중꾼 또는 대주교의 배역을 맡아하던, 폐지된 작은 극장의 수수하게 역사적인 휴게실에 걸어놓는 초상화의 수집품에서밖에 거의 발견 못 하는 것으로, 이 식당은 엄선된 사환 모집과 어쩌면 세습적인 채용법 탓인지, 마치 고대 점쟁이를 양성하는 기관처럼 엄숙한 전형을 지니고 있는 성싶었다. 공교롭게, 오페라풍의 위대한 사제들 행렬이 다른 식탁 쪽으로 우르르 몰려가는 사이에, 에메가 우리의 모습을 알아보고 주문을 받으러 왔다. 에메는 내 할머니의 안부를 물었다. 나는 나대로 그의 부인과 자녀들의 소식을 물었다. 그는 열심히 대답했다. 한 집안의 좋은 아버지였으니까. 그는 총명한 정력 있는, 그러나 공손한 풍채였다. 로베르의 애인은 야릇한 주의로 그를 물끄러미 보기 시작했다. 하지만 가벼운 근시안 때문에 남에게 숨겨진 깊이를 지닌 듯한 인상을 주는 에메의 오목한 눈은, 그 무표정한 얼굴 가운데서 아무 반응을 나타내지 않았다. 그가 발베크에 오기에 앞서 몇 년 동안 근무했던 시골의 호텔에는, 그의 얼굴을 그린 예쁜 소묘가 오늘날 좀 누렇게 바래진 대로, 외젠 대공*1의 조상처럼, 거의 늘 비어 있는 식당 한구석, 늘 같은 자리에 수년 동안 보여왔는데, 그렇다고 호기심 많은 눈길을 자주 끌지는 못했을 것이다. 따라서 오랫동안, 정통한 사람을 만나지 못해, 틀림없이 그는 제 얼굴의 예술적인 가치를 모르는 채 지냈고, 게다가 냉정한 기질이었는지라 남의 눈에 띄려고도 하지 않았다. 기껏해야 그 시가에 잠시 머무르고 지나가는 파리지엔이 눈을 쳐들어 그를 바라보고, 열차를 타기 전에 자기 방에 시중하러 오라고 그에게 부탁해서 시골의 착한 남편과 하인이라는 그 생활의 흐리멍덩하고도 단조로운, 속 깊은 공허 속에 아무도 영영 발견하지 못할 비밀, 내일 없는 일시적 기분의 비밀을 감춘 것이 고작이었다. 그런데도 에메는 젊은 여배우의 눈이 집요하게 자기 몸에 쏠리고 있는 것을 알아차렸음에 틀림없었다. 어쨌든 그것이 로베르에게 들키지 않을 리가 없어, 그의 낯빛이 홍조를 띠는 것을 나는 보았다. 그가 감정의 격동을 느꼈을 때에 다홍색으로 물드는 것처럼 생생하지는 않았지만, 희미하게 얼굴 전체에 퍼졌다.

"저 지배인이 퍽 흥미 있나 보군, 제제트?" 에메를 갑작스레 물러가게 하고 나서 로베르가 애인에게 물었다. "남이 보면 그를 모델로 습작하는 줄 알겠소."

"흥, 또 시작이군요. 이럴 줄 알았다니까!"

"뭐가 또 시작이라는 거지, 여보! 내가 잘못했다면, 아무 말도 하지 않겠어. 하지만 적어도 나에겐 당신이 저 하인에 대해 조심하라고 경고할 권리가 있지. 나는 저놈을 발베크에서 알았는데(그렇지 않다면 내가 왜 상관하겠어), 이 세상에 둘도 없는 제일가는 깡패야."

그녀는 로베르에게 순종하려는 듯이, 나와 문학 이야기를 나누기 시작해, 이 담소에 로베르도 끼였다. 나는 그녀와 담소하면서도 지루하지 않았으니, 내

---

*1 오스트리아의 장군(1663~1736).

가 좋아하는 책들에 대해 그녀가 썩 잘 알고 있으며, 그녀의 의견이 내 의견과 거의 일치했기 때문이다. 그러나 나는 빌파리지 부인의 입을 통해 그녀가 재능 없다는 말을 들은 적이 있었으므로, 이 교양에 그다지 중요성을 두지 않았다. 그녀는 여러 가지에 대해 교묘하게 농담을 했다. 그래서 만약 문학가와 화가들의 결말을 성가시도록 쓰려고 하지 않았다면 참으로 재미있었을 것이다. 게다가 그녀는 결말을 아무것에나 썼다. 예컨대 그림을 보고 그것이 인상파의 것이라면, 또는 오페라를 구경하고 그것이 바그너풍의 것이라면 '아아! 이거 좋구나!'라는 버릇이 들어서, 어느 날 한 젊은이가 그녀의 귀에 입맞추었을 때, 그녀가 부르르 떠는 시늉을 하는 것에 감동한 사내가 수줍어하자 "그래요, 감각으로 이거 '좋구나' 느꼈어요" 하고 그녀가 말했다. 그러나 특히 내가 놀란 점은, 로베르에게 독특한 말투를(하기야 이 표현은 어쩌면 그녀를 통해 알게 된 문학가한테서 그에게 전해온 것인지도 모르지만), 그녀가 그 앞에서, 그가 그녀 앞에서 불가피한 언어이기나 하듯 사용하고 있는 것인데, 그것에 기발한 점이 하나도 없음을 두 사람 다 깨닫지 못했다.

식사 중, 그녀가 손을 어찌나 서투르게 놀리는지, 무대에서 연기할 때도 틀림없이 매우 어설픈 재주를 보이겠거니 상상하게 할 정도였다. 사내를 너무 좋아해, 자기 몸의 구조와 다른데도 그 몸에 최대의 쾌락을 주는 것이 뭔지 당장 짐작하는 여인들의 그 감동어린 선견지명으로써, 그녀가 능란함을 되찾는 것은, 사랑에서뿐이었다.

연극이 화제에 오르자, 나는 대화에 끼지 않았다. 이 화제에 관해 라셸이 너무나 악의를 품고 있었기 때문이다. 사실 그녀는 연민어린 말투로, 베르마를 변호하면서, 생루의 비난에—라셸이 생루 앞에서 가끔 베르마를 공격하던 증거이기도 하였다—대꾸했다. "아니죠! 천만의 말씀, 훌륭한 분이에요. 물론 그녀가 연기하는 것은 이젠 우리를 감동시키지 않으며 우리가 탐구하는 바와는 전혀 들어맞지 않지만, 그래도 그분을 그녀가 나타난 시대에 놓고 봐야 해요. 우리는 그분의 덕을 많이 입고 있답니다. 그분은 많은 일을 했답니다, 아시다시피. 뿐만 아니라 그분은 충직한 여인이자 도량이 큰 여인이기도 하고요. 물론 우리의 흥미를 끄는 것들을 그분은 안 좋아하지만, 그래도 옛날에는 꽤 인상 깊은 얼굴과, 재능의 멋진 소질을 가졌던 여인이죠."(손가락은 온갖 미적인 판단에 똑같이 가락을 맞추는 게 아니다. 그림에 대해서라면 기름 물감으로 가득 찬 뛰어난 작품임을 보이기에 엄지손가락을 불쑥 내미는 것으로 충분하다. 그런데 '재능의 멋진 소질'인 경우는 더 까다롭다. 두 손가락이 필요하다, 아니 오히려 두 손톱이 필요하다, 마치 먼지를 털어버리려고 하듯이) 그러나—이는 예외적인 일—생루의 애인은 비꼬는 투와 자기가 더 우월하다는 투로 유명한 여배우들에 대해 지껄여, 나를 화나게 했다. 그 여배우들보다도 라셸 쪽이 열등하다고—이는 내가 잘못 생각한—내가 믿어 마지않았기 때문이다. 내가 그녀를 평범한 여배우로 생각함에 틀림없다는 사실도, 그와 반대로 그녀가 멸시하고 있는 여배우들에게 내가 큰 존경심을 품고 있다는 사실도 그녀는 충분히 알아챘다. 하지만 그녀는 화내지 않았다. 그도 그럴 것이, 그녀의 재능이 그렇듯, 아직 알려지지 않은 위대한 재능 속에는, 아무리 자신감을 갖고 있더라도 어떤 겸허가 있기 때문이고, 또 우리가 남에게 요구하는 존경을, 숨은 타고난 재능이 아니라, 얻은 지위에 비례하도록 하기 때문이기도 하다(한 시간 뒤에 극장에서 생루의 애인이 그토록 가혹한 판단을 내린 바로 그 배우들에게 극진한 경의를 표하는 모습을 볼 것이다). 그러므로 내 침묵이 아무리 작은 의혹을 그녀의 마음에 남겨놓았을망정, 그녀는 서슴지 않고 저녁에 함께 식사하자고 우기며, 나와 담소하는 것보다 흥미 있는 일은 없다고 잘라 말했다. 우리는 아직 극장에 가 있지 않았지만(점심 식사 뒤에 그곳으로 가게 되어 있었다) 옛 단원들의 초상화가 걸려 있는 극장 휴게실에 있는 듯한 기분이 들 만큼 사환들의 얼굴이, 우수한 배우들의 한 시대와 더불어 사라진 듯한 얼굴들을 하고 있었다. 그들은 또한 아카데미 회원과 같은 얼굴을 하고 있었다. 그들 가운데 하나가, 음식을 차려놓은 식탁 앞에 서서, 쥐시외(Bernard de Jussieu)*1 씨가 그랬을지 모르는 초연한 호기심을 가진 표정을 하고서 배를 살피고 있었다. 그 양쪽에 있는 다른 사환들은, 마치 정각 전에 닿은 국립학회 회원들이 남에게 들리지 않는 몇 마디를 서로 소곤대면서 청중에게 던지는 듯한 호기심과 냉정으로 가득 찬 눈길을 실내에 던지고 있었다. 그들은 단골손님들 사이에 알려진 얼굴들이었다. 그러는 사이, 콧구멍이 벌름한, 입술이 위선자답지 않은, 라셸이 사투리로 말했듯이 '성직자 냄새가 나는' 신참자가 나타나, 저마다 이 선발된 신입생을 흥미 있게 바라보았다. 그러나 아마도 에메와 단둘이서 있고자 로베르를 쫓아버리려

*1 프랑스의 식물학자(1699~1777).

고 해선지, 이윽고 라셸은 이웃 식탁에서 친구 하나와 같이 식사하고 있는 젊은 주식 상인에게 추파를 던지기 시작했다.

"제제트, 부탁이니 저 젊은이를 그렇게 흘끔흘끔 보지 마." 생루가 말했다. 생루의 얼굴에는 조금 전까지 망설이던 홍조가 큰 핏빛 구름으로 몰려와, 그 심술난 얼굴을 부풀게 하는 동시에 어둡게 했다. "혹시 당신이 여기서 구경거리가 될 예정이라면, 난 혼자 식사를 대강 끝내고 극장에 가서 당신을 기다리는 편이 좋겠어."

이때 심부름꾼이 에메에게 와서, 마차 승강구로 몇 마디 하러 와달라는 한 신사가 있다고 전했다. 심부름꾼이 오기만 하면 자기 애인에게 전달하는 사랑의 전언일까 봐 늘 전전긍긍하는 생루가 유리 너머로 바라보아, 사륜마차 안에서, 손에는 검은 줄무늬가 있는 흰 장갑을 끼고, 단춧구멍에 꽃을 단, 샤를뤼스 씨를 알아보았다.

"저것 보게." 그는 나에게 목소리를 낮추어 말했다. "내 가족은 이런 곳까지 내 뒤를 쫓네그려. 여보게, 나로선 할 수 없는 일이라 자네에게 부탁하네만, 자네는 지배인과 잘 아는 사이니(녀석은 우리를 팔아먹을 것이 확실하거든), 녀석에게 마차로 가지 말라고 일러주게. 내 얼굴을 모르는 다른 사환을 대신 보내기만 하면 그만이니까. 난 숙부의 사람됨을 알거든. 사환이 나를 보지 못했다고 말하면 숙부는 나를 찾으러 이 안까지 올 분이 아니지, 이런 장소를 아주 싫어하거든. 제기랄, 여자 뒤꽁무니만 줄줄 따라다니는 주책망나니인 주제에, 자기 행실의 보따리는 풀어놓지 않고 걸핏하면 내게 설교를 늘어놓거나 내 뒤를 쫓다니!"

에메는 내 지시를 받자 즉시 부하 하나를 보내, 지배인은 지금 매우 바빠서 나올 수 없으며, 혹시 그 신사가 생루 후작에 대해 물어본다면, 그런 분은 모르겠다고 말하기로 했다. 마차는 곧 떠났다. 그런데 생루의 애인은 우리가 낮은 목소리로 쑥덕거린 얘기를 알아듣지 못해서, 자기가 추파를 던졌으므로 로베르가 책망한 그 젊은이에 대한 얘기인 줄 여기고, 욕설을 터뜨리기 시작했다.

"얼씨구! 저 젊은이를 두고 하는 얘기죠? 억측해주시니 고맙지 뭡니까. 별꼴 다 보지! 이런 상태에서 식사하다니 입맛이 더 당기네요! 제발 이분의 말을 귀담아듣지 마세요, 오늘따라 심보가 좀 삐뚤어져 있으니까요." 그녀는 나에게 덧붙였다. "시새움하는 모양을 짓는 것이 신사다운 일이다, 멋들어진 일이라고 여기므로 이분이 그런 말을 한다니까요."

그러더니 그녀는 발과 손으로 신경질적인 태도를 보이기 시작했다.

"하지만 제제트, 불쾌한 건 나야. 당신은 저놈 눈에 우리를 우스꽝스럽게 보이도록 하고 있단 말이야, 저놈은 당신이 아양을 떠는 줄 알 거야. 보아하니 가장 나쁜 놈인 듯한데."

"난 반대예요. 저 남자, 내 마음에 꼭 드는걸. 보기에도 황홀한 눈을 가진 분이거든. 여성을 바라보는 그 모습만 봐도, 저분이 얼마나 여성을 아끼는지 느껴지거든요."

"당신 미쳤대도, 내가 여기서 나갈 때까지만이라도 잠자코 있어." 로베르가 소리질렀다. "거기! 내 소지품을 가져다주게."

나는 그의 뒤를 따라가야 할지 어쩔지 몰랐다.

"그만둬, 나 혼자 있고 싶어." 그는 지금 막 애인에게 하던 투로, 마치 나에게 화내듯이 말했다. 그의 노기는, 마치 오페라에서 여러 번 되풀이 노래하는 줄거리의 뜻도 성질도 전혀 다른 동일 악절, 같은 정서로 들어맞는 악절과 같았다. 로베르가 나가버리자, 그의 애인은 에메를 불러 이것저것 물어보았다. 다음에 그녀는 내가 에메를 어떻게 생각하는지 알고 싶어했다.

"재미스런 눈이죠, 안 그래요? 나에게 뭐가 재미나는 것인지 아시겠어요? 그건 말이에요, 저이가 뭐를 생각하는지 아는 것, 저이한테 자주 시중받은 것, 저이를 여행에 데리고 가는 것 따위죠. 하지만 그뿐, 마음에 드는 이를 전부 사랑해야만 한다면, 그야말로 몸서리날 거예요. 로베르가 그런 생각을 하는 것이 틀렸어요. 그건 다 내 머릿속에서만 생기고 끝나니, 로베르는 큰 배에 탄 듯 마음 턱 놓아도 좋으련만(그녀는 여전히 에메를 물끄러미 바라보고 있었다). 저것 좀 보세요. 까만 눈을 하고 있군요, 그 눈 밑에 뭐가 있는지 알고 싶어라."

이윽고 심부름꾼이 그녀에게 와서, 로베르가 특별실에서 그녀를 기다리고 있다고 알렸다. 그는 다른 출입구를 통해 빠져나가, 식당을 다시 건너지 않고서 점심 식사를 마치러 거기에 가 있었던 것이다. 그래서 나는 외톨이가 되었는데 뒤이어 로베르가 이번엔 나를 부르러 사람을 보냈다. 들어서니, 로베르가 마구 퍼부은 입맞춤과 애무에 깔깔대면서 그의 애인은 소파에 누워 있었다. 둘이서 샹파뉴 술을 마시고 있었다. 그녀는 이따금 '안녕 여보' 하고 그에게 말했다. 이 문구를 최근에 배워서, 이를 다정스러움과 재치가 있는 최신어로 생각하고 있었기 때문이다. 나는 점심을 먹는 둥 마는 둥 하였고, 기분도 좋지 않아, 르그랑댕의 말이 별로 영향을 미치지 않았지만, 나는 이 첫봄의 오후를 식당의 작은 방에서 시작하여 극장의 무대 뒤에서 끝내리라 생각하니 후회가 막심하였다. 지각하지나 않을까 걱정돼 시계를 보고 나서, 라셸은 나에게 샹파뉴 술을 권하며, 터키 담배 한 개비를 꺼내주고, 코르사주에서 장미 한 송이를 떼어주었다. 그때 나는 생각했다. '이 하루를 그다지 후회하지 말자꾸나. 이 젊은 여인 곁에서 보낸 시간이 헛된 것은 아니다. 돈으로 쉽사리 살 수 없는 우아한 것, 장미 한 송이, 향기 진한 담배, 샹파뉴 술 한 잔을 이 여인에게서 받았으니까.' 내가 이렇게 생각한 까닭은, 그것이 이 지루한 시간에 미적인 품격을 부여해, 그럼으로써 정당화하고, 구하기도 한다는 생각이 들었기 때문이다. 아마도 나는, 내 권태를 위로하는 이유가 있었으면 하는 요구를 느끼는 자체가, 내가 미적인 것을 하나도 느끼지 않고 있다는 사실을 이미 증명하고 있다고 생각해야 마땅했으리라. 로베르와 그 애인은 어떤가 하면, 몇 분 전에 싸운 것도 내가 그 자리에 있던 것도 까맣게 잊고 있는 듯했다. 두 사람 다 그 낌새를 보이는 말은 한마디도 하지 않았으며, 그것에 대한 변명도, 그것과 지금의 태도가 대조를 이루고 있는 데 대한 변명도 찾지 않았다. 그들과 함께 샹파뉴 술을 마신 탓에, 나는 리브벨에서 느끼던 도취(틀림없이 전혀 같지 않은)를 조금 느꼈다. 태양이나 여행이 주는 도취를 비롯해 피로나 술의 도취에 이르기까지 온갖 종류의 도취뿐만 아니라 바다의 깊이를 나타내듯이 갖가지 '심도(深度)'를 가짐에 틀림없는 도취의 정도도, 우리 마음속, 바로 그것이 다다른 깊이에, 저마다 특수한 인간을 알몸으로 놓는다. 생루가 있는 방은 작았는데, 방을 꾸미는 유일한 거울은 특별한 것으로 어디까지나 이어지는 먼 경치 속에 서른 대의 경대를 반사하는 듯한 느낌이 들도록 놓여 있었다. 틀 꼭대기에 놓인 전구는, 저녁에 켜지는 동시에 그 자체와 비슷한 서른 개 반영의 행렬을 이으면서, 홀로 술 마시는 손님에게마저, 취기에 흥분한 감각과 주위의 공간이 여럿으로 되는 듯한 생각, 홀로 비좁은 작은 방에 갇혀 있으면서도 '파리 정원'의 작은 길보다 환하고도 끝없는 곡선으로 더 멀리 뻗어 있는 어떤 것을 지배하고 있는 듯한 생각을 줄 것이 틀림없었다. 그런데 그때에 나도 술꾼이어서, 갑자기, 거울 안에서 술꾼을 보려는 순간, 언뜻 나를 노려보고 있는 흉악망측한 낯선 얼굴을 보았다. 도취의 환희는 혐오보다 강했다. 쾌활한 탓인지 또는 아무 거리낌 없는 기분 탓인지, 내가 그 얼굴에 미소 지으니, 그 얼굴도 미소로 응했다. 여러 감각이 아주 센 순간의 덧없고도 강력한 세력 밑에 있는 듯한 느낌이 어찌나 들었는지, 내 유일한 애수는, 내가 지금 막 거울 속에 본 망측한 자아야말로 어쩌면 죽을 때의 그것인지도 모른다, 한평생 다시는 그 낯선 얼굴을 영영 만나지 못할 거라고 생각한 것이 아니었는지도 모른다.

로베르는 고작 내가 그의 애인 앞에서 좀더 빛을 내지 않으려고 하는 것이 불만이었다.

"여보게, 자네가 오늘 아침 얘기하던 그 신사, 속물근성과 천문학을 섞은 그 신사를, 저 사람에게 얘기해주게. 난 기억이 잘 안 나니." 이렇게 말하면서, 그는 그녀를 곁눈질로 보았다.

"하지만 여보게, 지금 자네가 말한 것 말고는 다른 게 별로 없는걸."

"딱도 하이. 그럼 샹젤리제에서 있었던 프랑수아즈의 일들을 얘기하게, 저 사람이 매우 기뻐하겠지."

"옳아, 옳아! 보베*[1]라면 늘 프랑수아즈에 대해 얘기해주죠." 그리고 생루의 턱을 손으로 잡으면서, 별난 말이 생각나지 않아, 그 턱을 빛 쪽으로 끌어당기면서, '안녕, 여보!' 하고 되풀이했다.

내 눈에, 배우들이 그 대사와 연기에서, 오로지 예술적인 진실의 보유자들이라고 보이지 않게 되고부터, 나는 배우 그 자신에만 흥미를 갖게 되었다. 나는 익살스러운 옛 소설의 인물들을 구경하는 셈치고, 순진한 아가씨로 분장한 여배우가 지금 막 객석에 들어온 젊은이의 수려한 얼굴에 홀려, 극중에서 젊은 주인공이 지껄이는 사랑의 고백을 먼산바라기 하며 한 귀로 듣고 한 귀로 흘려버리는 한편, 이 극중의 젊은 주인공 또한 가까운 객석에 앉은 노부인의 몸에 달린 으리으리한 진주에 얼이 빠져, 사랑의 기다란 대사를 불같이 굴리면서도 노부인 쪽에 타는 듯한 추파를 던지고 있는 모습을 보는 게 재미있었다. 이와 같이, 특히 생루한테 배우들의 사생활에 대해 여러 가지를 들은 덕분에, 나는 이야기되는 연극 밑에서, 말 없는 표정이 풍부한 극을 또 하나 보았

*1 로베르의 애칭.

다. 하기야 이 연극은 하찮은 것이지만 나에겐 흥미로웠다. 왜냐하면 배우 얼굴 위에 하얀 분을 바른 마분지로 된 다른 얼굴이, 낱낱의 배역에 대사를 붙인 채, 한 시간 안에 조명 속에 그것이 싹터 꽃핌을 느꼈으니까. 또한 극중 매력 있는 인물들의 덧없고도 생기 넘치는 이러한 개성을, 구경하는 이들이 좋아하고, 감탄하며, 동정하고, 극장을 떠나서도 또 한 번 보고 싶어하나, 극중에서 차지하던 상황을 이미 잃은 배우로, 배우 얼굴이 이미 보이지 않는 각본이나 수건이 지워버리는 기분으로, 그것은 벌써 붕괴되고 만다. 간단히 말해, 극이 끝나는 즉시 붕괴가 끝나므로, 그것이 흔적도 없는 여러 요소로 되돌아간다. 그래서 그 개성들은, 사랑하는 이의 육체가 죽어 해체하듯이 자아의 실재성을 의심하게 하고, 죽음에 대해 명상하게 한다.

프로그램 가운데 하나는 보고 듣기에 몹시 딱했다. 라셀과 그 친구 대부분이 싫어하는 한 젊은 여인이, 옛 샹송을 부르며 데뷔하기로 되어 있는데, 그 여인은 앞으로의 꿈이나 가족의 기대를 거기에 모두 걸고 있었다. 이 젊은 여인은 우스울 정도로 엉덩판이 두드러져 있었고, 예쁜 목소리지만 지나치게 가늘고, 너무 흥분한 나머지 감동에 더 약해져서, 그 힘찬 근육과 좋은 대조를 보였다. 라셀은 객석에 남녀 친구를 여러 명 숨겨놓고, 첫 무대에 나오는 여인이 겁 많은 줄 알아, 그들에게 야유하게 시켜 어쩔 줄 모르게 하여서, 나중에 지배인이 계약을 파기할 만큼 대실패로 끝나도록 얼빠지게 하기로 짰다. 이 가련한 여인의 첫 가락이 울리자마자, 그 때문에 불러 모아진 몇몇 남자 관객은 크게 웃으며 등을 돌리기 시작하고, 음모에 가담한 몇몇 여인은 소리 높여 깔깔대기 시작해, 피리 같은 가락을 뽑을 때마다 고의의 폭소가 더해 난장판이 되고 말았다. 불쌍한 여인은 화장 밑에 식은땀을 흘리면서도 잠시 맞서려고 하다가, 관객을 둘러보면서 애원하는 듯한 비탄에 잠긴 비열한 눈길을 던졌지만, 야유하는 소리를 더 크게 할 뿐이었다. 모방의 본능, 기지와 대담성을 보이려는 욕망이, 미리 그 얘기를 듣지 않았던 예쁜 여배우들까지 동조하고, 그녀들이 심술궂은 공범의 눈짓을 남들에게 던지며 까르르 웃어대기 시작해서, 곡목이 아직 다섯이나 남아 있는데도, 두 번째 샹송의 끝 무렵에, 무대감독은 막을 내리게 했다. 나는 왕고모가 할머니를 약올리려고 할아버지에게 코냑을 마시게 할 때, 할머니의 괴로움에 마음 쓰지 않았듯이, 이 사건에 마음 쓰지 않으려고 노력했다. 악의라는 관념이 내게는 너무나 고통스러운 것이었기 때문이다. 그렇지만 불행에 맞서 싸워야 하는 불쌍한 사람이 제 자신을 스스로 측은히 생각할 틈도 없을 때의 고통을, 우리는 모두 공상으로 만들어내므로, 불행에 대한 연민은 아마도 그다지 정확하지 못할지도 모르려니와, 마찬가지로 악의도 틀림없이 심술궂은 마음속에, 우리가 공상만 해도 가슴 아픈 그 순수하고도 쾌락적인 잔혹성을 가지고 있지는 않으리라. 증오가 그 사람에게 그것을 불어넣고, 노기가 그에게 주는 것이다. 그다지 기쁘지도 않은 극성과 활발을. 그것에서 쾌락을 끌어내려면 사디즘이 필요할 것이다. 악인은 자기가 괴롭히는 상대도 악인이라고 믿는다. 라셀은 틀림없이 다음과 같이 생각했을 것이다. 곧 자기가 괴롭힌 여배우는 누구에게나 흥미롭지 않을 여인이다, 어쨌든 그녀를 야유함으로써 좋은 취미의 앙갚음을 하며, 하찮은 동료들에게 교훈을 주고 있다고. 그나저나, 나는 그 사건에 대해 언급하기 싫었으니, 나에게 그것을 막을 용기도 힘도 없었기 때문이고, 또 희생자의 좋은 점을 들어서, 이 첫 무대의 여인을 함부로 죽인 이들 감정을 잔혹성의 만족과 비슷하게 하는 것도 나에게 너무 괴로웠을 테니까.

그러나 이 상연의 서막은 나에게 다른 방식으로 흥미로웠다. 그것은 나에게, 생루가 라셀에 대해 어떠한 환각의 희생자가 되고 있는지, 그 환각의 본질을 깨닫게 하는 동시에, 또 그 때문에, 그녀가 이날 아침 꽃이 활짝 핀 배나무 밑에 보였을 적에, 로베르와 내가 그 애인에 대해 품고 있는 영상 사이에 하나의 심연이 놓여 있음을 깨닫게 하였다. 라셀은 대수롭지 않은 극에서 거의 간단한 단역을 맡았다. 그런데 연기하고 있는 모습을 보니 그녀는 전혀 다른 여인 같았다. 라셀의 얼굴은 거리를 두고 봐야—반드시 객석과 무대 사이의 거리만이 아니라, 세상 자체가 더욱 커다란 극장임에 틀림없지만—비로소 그 선이 뚜렷하고, 따라서 가까이 보면 선이 흐릿해지는 생김새였다. 곁에서 보면 흐릿해, 성운처럼, 주근깨와 여드름의 은하수가 있을 따름이었다. 적당한 거리에 두고 보면 그런 것이 다 없어져 눈에 안 띄고, 주근깨가 지워진, 여드름이 없어진 두 볼에서, 초승달처럼 날씬하고 말끔한 코가 떠올라, 보는 이는, 라셀의 주목거리가 되고, 자주 만나며, 자기 곁에 두고 싶어했을 텐데, 이런 건 다 그녀를 가까이 보고서는 절대로 일어나지 않는 욕망이었다. 그것은 내가 아니라 생루가 무대에서 그녀를 처음 보았을 때 그랬다. 그때, 그는 어떻게 하면 그녀에게 다가가, 그녀와 알게 될 수 있을까 숙고한 끝에, 신기한 영역—아무렴 그녀가 사는 영역—을 마음속에 활짝 열어보았으나, 거기에서 감미로운 빛이 나왔을 뿐, 들어갈 수 없을 성싶었다. 몇 해 전 그가 지냈던 지방의 시가에 있는 극장에서 나오며 생각하기를, 그녀에게 편지를 써서 보내다니 미친 짓이려니와, 그녀는 답장도 하지 않을 것이라 생각하면서 배우들의 출입구에서 조금 전 무대에 나왔던 예쁜 모자를 쓴 여배우들의 쾌활한 무리가 우르르 나오는 모습을 보았을 때, 일상의 현실과는 비교도 안 될 만큼 뛰어난 세계, 자기 마음속에서 욕망과 꿈으로 꾸민 세계에서 사는 이를 위해서라면 자기 재산과 명예를 다 내던질 각오를 했다. 문가에는 여배우들과 아는 사이인 젊은이들이 상대를 기다리고 있었다. 인간이라는 장기의 졸(卒)의 수효로 말할 것 같으면 저마다 짝을 지을 수 있는 수효보다는 적어서, 알 만한 사람이라곤 하나도 없는 극장에서 다시 만나리라고 생각지 않던 이를 우연히 만나, 그것이 신의 섭리같이 느껴졌다. 만약에 우리가 그곳에 있지 않고 다른 곳에 있었더라도 두말할 것도 없이 그 대신에 다른 우연이 일어나고, 거기서 다른 욕망이 생겨나며, 거기서 다른 친구를 만나 그 욕망을 거들어줄 것이다. 라셀이 극장에서 나오는 모습을 보기에 앞서, 생루의 꿈의 세계로 통하는 황금문이 그녀를 다시 가둬버렸으므로, 주근깨와 여드름 따위는 아무래도 좋았다. 그렇지만 이제 혼자가 아니라서, 특히 극장에서 하던 만큼 몽상하는 힘마저 없었으므로, 주근깨나 여드름이 그의 마음을 언짢게 하였다. 그러자 무대 위 그녀는, 이제 생루가 그녀의 모습을 보지 못했지만, 계속해서 그의 모든 동작을, 마치 우리 눈에 안 보이는 시간에도 그 인력으로 우리를 지배하는 별들처럼 지배하고 있었다. 그러므로 로베르의 기억에 남아 있지도 않은 아름다운 얼굴을 한 여배우에 대한 욕망의 결과로, 그는 우연히 거기에 와 있는 옛 친구에게 달려가, 특징 없이, 주근깨투성이인 여인(왜냐하면 같은 여인이어서)에게 소개해달라고 부탁했다, 나중에 두 여배우 중 어느 쪽이 진짜 라셀인지 똑똑히 알게 되겠지 하고 생각하면서. 그녀는 매우 바빠, 그때는 생루에게 말을 건네지 않았고, 며칠 뒤에 가서야 겨우, 그 동료들과 헤어진 그녀를 집까지 바래다주었다. 그는 이미 그녀를 사랑하고 있었던 것이다. 꿈꾸려는 욕구, 꿈에서 본 여인에 의하여 행복해지고 싶은 욕망만 있다면, 여인이 며칠 전부터 극장 무대에 우연히 나타난 낯선, 냉대한 여인에 지나지 않더라도, 그 여인에게 자기 행복의 기회를 전부 맡기기까지 그리 많은 시간이 걸리지 않는 법이다.

막이 내리고 나서, 내가 왔다 갔다 하기가 겁난 무대 쪽으로 우리가 갔을 때, 나는 생루에게 큰 목소리로 말하려고 했다. 나로선 익숙지 않은 이런 장소에서 어떻게 해야 할지 몰랐기 때문에 어느덧 나의 태도는 우리 대화에 완전히 지배되어 그랬거니와, 내가 대화에 아주 빠져들어 얼빠져 있다고 남들이 생각했을 테고, 내가 그 장소에 어울리는 표정을 짓지 않아도 당연하다고 여겼을 것이다. 말하려는 것에 정신이 팔려, 나는 겨우 그곳에 있다는 의식만 있었을 뿐이다. 빨리 해치우려고 머리에 떠오른 첫 화제를 잡았다.

나는 로베르에게 말했다. "알다시피 동시에르를 떠나는 날 자네에게 작별인사를 하려 했지만, 얘기할 기회가 영 없었네그려. 거리에서 자네한테 손을 흔들어 인사했다네."

"그 얘기는 그만하게." 그는 말했다. "유감이었지. 바로 병영 근처에서 만났지만, 내가 이미 지각했으므로 멈출 수 없었다네. 내 가슴도 몹시 쓰렸어."

그렇다면 그는 나를 알아보았던 것이다! 그가 군모에 손을 올리면서, 나를 알아본 기색을 보이는 눈길도 하지 않고서, 멈출 수 없음을 섭섭해하는 표시의 몸짓도 없이 나에게 보내던, 남을 아주 깔보는 인사를 나는 또다시 떠올렸다. 그 순간에 나를 알아보지 못한 체했던 이 꾸밈은, 명백히 그로서는 모든 일을 아주 간단하게 만들어버렸을 것이 틀림없다. 그러나 나는 그가 그토록 빨리, 첫 번째 인상을 드러내는 표정을 짓지 않고서 태연할 수 있었던 데 어리둥절해지고 말았다. 발베크에서 이미 나는, 피부가 어찌나 투명한지 어떤 감정의 급작스런 몰려듦이 환히 나타나는 그 얼굴의 순진한 성실함에, 그의 몸은 예의범절에 맞게 숨김을 수없이 할 만큼 놀라운 훈련을 받아와서, 마치 일류 배우처럼, 그가 연대의 생활에서나 사교계의 생활에서나 그때그때 적절한 역할을 할 줄 아는 인간임을 주목했던 것이다. 그 역할 가운데 하나로 그는 나를 깊이 아끼며, 거의 나의 형제인 양 내게 행동했다. 그렇다. 그는 내 형이었고, 지금 또다시 형이 되었지만, 그날의 한순간, 그는 나와 모르는 딴 사람, 고삐를 잡고, 눈에 외알안경을 쓰고, 무표정하게 한 손을 군모의 챙에 올려 나를 향해 예절 바르게 거수경례를 한 남남이었다!

뛰어난 무대장치가의 재주가 손질하고 계획한 조명과 원근을 가미한 것을 다 벗길 만큼 가깝게 보니, 아직 서 있는 무대장치야말로 꼴사나울 뿐만 아니라, 라셀도 가까이서 보니 엉망이었다. 그녀의 매력적인 코 양날개는, 무대장치의 입체감과 마찬가지로 관객석과 무대 사이, 배경 안에 남아 있었다. 그건 이미 그녀가 아니었으며, 나는 그 동일인이 숨어 있는 그녀의 눈 덕분에 그녀인 줄 알아보았을 뿐이다. 조금 전까지 그토록 빛나던 그 젊은 절세미인의 자태도, 빛도 사라지고 없었다. 그 대신, 우리가 달을 가까이서 보면, 장밋빛이나 금빛으로 보이지 않듯이, 조금 전까지 매끈하던 이 얼굴에서, 나는 오로지 우툴두툴, 주근깨, 여드름 구멍을 식별할 뿐이었다.

신문기자들 또는 여배우들의 친구인 사교계 인사들이 거리에서 하듯이 서로 인사하고, 담소하며, 담배 피우는 한가운데, 챙 없는 검은 비로드 모자를 쓰고, 수국 빛깔의 짧은 바지를 입고서, 바토가 그린 앨범의 한 페이지처럼 뺨을 붉게 칠한 한 젊은이가 있는 것을 언뜻 보고 나는 호기심이 생겼다. 입가에 미소를 띠고, 눈길을 위로 돌린 채, 손바닥으로 우아한 형태를 그리면서, 신사복이나 프록코트를 입은 점잖은 사람들 사이를 가볍게 뛰어 미친 듯이 황홀한 꿈을 좇는 그 젊은이는, 그 사람들과는 다른 인종으로 보였다. 그들 생활의 시름하고는 아무런 상관도 없으며, 그들이 지닌 문명의 관습보다는 오래되고, 자연 법칙에서 완전히 벗어나 있으므로, 짙은 화장을 한 그 젊은이가 가볍고 꾸밈없게 뛰놀면서 그리는 자연스런 아라비아 무늬를, 늘어진 장막 사이로 좇는 일은, 군중 속에 휘말려든 길 잃은 나비 한 마리를 보는 일만큼이나 아늑하고 신선한 그 무엇이었다. 그러나 그 순간에, 생루는 앞으로 출연할 막간 여흥의 몸놀림을 마지막으로 연습하고 있는 이 무용가에게, 라셸이 지나친 주의를 기울이고 있다고 생각하자 얼굴빛이 어두워졌다.

"한쪽만 바라보는군." 그는 어두운 얼굴로 그녀에게 말했다. "당신도 알다시피 저런 사당패는 그들이 줄 타고 한바탕 좋은 시절을 누리다가 마침내는 떨어져 허리를 분지르고 마는 밧줄만한 값어치도 없어서, 나중에 틀림없이, 당신의 주목을 끈 일을 부풀려 자랑할 녀석이야, 게다가 당신은 옷 갈아입으러 의상실에 가야 해. 이러다간 또 늦겠는걸."

신사 세 명—세 명의 신문기자—은 생루의 험상궂은 낯빛을 보고서, 가까이 와서 우리가 말하는 것을 듣고 재미있어했다. 그리고 무대장치를 건너편에 세우고 있었으므로, 우리도 그들 쪽으로 나가야 했다.

"아! 나 저이가 누군지 알아요, 내 친구인걸." 라셸은 여전히 무용수를 바라보면서 외쳤다. "저것 봐, 얼마나 잘해요, 저 작은 손을 자기 몸 전부인 듯이 놀리는 걸 봐요!"

무용수는 그녀 쪽으로 머리를 돌렸다. 그러자 그 풍채는 그가 되고자 연습하고 있는 실프(Sylph)*[1]로 둔갑하여, 회색이 도는 그 영롱한 눈망울이 빳빳한 속눈썹 사이에 바르르 떨며 반짝거리고, 미소가 입가에서 넘쳐 붉게 칠한 뺨까지 번졌다. 다음에 젊은 여인을 재미나게 하려는지, 마치 감탄해 마지않노라고 칭찬받은 가락을 환심사려는 생각에서 콧노래 부르는 가수처럼, 그는 손바닥의 동작을 다시 시작해, 모방자다운 교묘함과 더불어 그 자신을 흉내내며, 어린애같이 귀여운 동작을 보였다.

"어머나! 저를 흉내내는 저 솜씨, 정말 친절하기도 해라." 라셀은 손뼉치면서 이렇게 외쳤다.

생루가 처량한 목소리로 그녀에게 말했다. "부탁이니 제발 그런 꼴사나운 구경거리가 되지 말라니까, 참을 수 없어. 당신이 한마디라도 더 했다간, 맹세코, 난 당신을 집에 바래다주지 않고 가버릴 테야. 자아 어서, 고약스런 짓을 하지 말라구." 그는 나를 돌아다보면서, 발베크 이래 내게 보여온 염려와 함께 덧붙였다. "담배 연기 속에 그대로 있지 말게, 자네 몸에 해로울 거야."

"흥! 가라지, 얼마나 다행이야!"

"미리 말해두지만, 두 번 다시 당신 곁에 안 갈 테야."

"누가 말리겠어요."

"이봐, 당신이 얌전히 굴면 목걸이를 사주겠다고 약속을 했지만 이렇게 나온다면……."

"아무렴! 이럴 줄 알았다니까. 굳게 약속해놓고도 나중에 안 지킬 줄 뻔히 알았다니까. 당신은 고작 돈이나 자랑하고 싶으시겠지만, 난 당신같이 욕심이 없어요. 당신 목걸이 따위는 개에게나 주시구려, 그걸 이 몸에 걸어줄 아무개가 또 있으려나."

"나 말고는 아무도 당신에게 그걸 못 주지, 잘 놔두라고 부쉬롱에게 말했거든, 나 말고는 팔지 않겠다는 약속을 했다고."

"잘했구려. 나를 협박하려고, 미리 짜놓았군요. 정말 마르상트(Marsantes), 마테르*[2] 세미타(Mater Semita)야. 피는 못 속인다니까." 라셀은 조잡한 오역에 기

*1 스위스의 의학자이자 연금술사인 파라켈수스(Paracelsus, 1493~1541)가 생각한 공기의 정령.
*2 '어머니'라는 뜻.

초를 둔 어원을 빌려서 대꾸하였다. 왜 오역인가 하면, 세미타는 '오솔길(sente)'을 뜻하지 '유대인(Sémite)'이라는 뜻은 아니기 때문이다. 이 별명은 생루가 드레퓌스파를 편들고 있으므로 민족주의자들이 그에게 붙인 것이고, 한편 그의 의견은 이 여배우 때문이기도 했다(인류학자들이 레비 미르푸아 가문과 친척 관계인 것밖에는 아무래도 유대 민족의 흔적을 찾아낼 수 없는 마르상트 부인을 유대인으로서 대우하기는, 누구보다도 그녀가 못할 것이다). "그렇지만 다 끝장본 건 아니지, 아무렴 그렇고말고. 그런 약속 따위야 한 푼의 값어치도 없지. 당신은 나를 배신했어요. 부쉬롱한테 이 점을 알아듣도록 말하고, 목걸이 값으로 두 배를 줄 테야. 어떻게 되나 곧 알려드릴 테니, 안심하라구요."

로베르 쪽이 더 옳았다. 그러나 상황은 번번이 착잡하게 마련이라 백배나 더 옳은 사람도 한 번 과실을 범하는 수가 있다. 그리고 나는, 그가 발베크에서 말한, 불쾌하기 짝이 없는, 하지만 매우 순진한 다음 같은 말을 떠올리지 않을 수 없었다. 곧 '그리하여 나는 여인을 꼼짝 못하게 하죠'라는 장담을.

"내가 목걸이에 대해 한 말을 오해하나 보군. 나는 정식으로 약속하진 않았어. 당신과 헤어지게끔 하는 행동만 당신이 하는 이상, 목걸이를 당신에게 주지 않는 게 당연하지 않을까. 그걸 가지고 배신이니, 욕심이 많다느니 어쩌니 하니 통 이해 못하겠는걸. 내가 돈푼이나 있다고 자랑하다니 그런 말은 아예 하지도 마. 난 돈 한 푼 없는 빈털터리라고 늘 입버릇처럼 당신한테 말했잖아. 그걸 그런 뜻으로 해석하다니 당신 잘못이지. 나한테 무슨 욕심이 있어? 알다시피 내 유일한 욕심은, 당신이지."

"얼씨구절씨구, 마음대로 떠들어대시구려." 그녀는 수염을 깎아주는 사람의 손짓을 하면서 비꼬아 말했다. 그리고 무용수를 돌아다보면서 "어쩜! 정말 그 손짓이 썩 좋아. 나는 여자지만 저 흉내는 못낼 거야" 하고 말하고는 무용수 쪽으로 몸을 돌려, 그에게 경련을 일으킨 로베르의 얼굴을 가리키면서, "저걸 봐, 괴로워하는 꼴을" 하고, 한순간 가학적인 잔혹성의 충동에 빠져 말했지만, 그렇다고 이런 충동이 그녀가 생루에게 품고 있는 애정의 참다운 느낌과 어떤 관계가 있는 건 아니었다.

"잘 들어, 두 번 다시 말하지 않아. 별짓을 다 한들 소용없어. 당신은 여드레 안으로 세상의 온갖 후회와 한탄을 도맡게 될 거야, 난 두 번 다시 돌아오지 않을 테니까. 이별의 술잔도 가득히 깨끗이 작별하겠으니 조심해야지, 소 잃고 외양간 고치는 격으로, 당신이 뉘우치는 날, 이미 때늦은 후회일 테니."

아마 그는 진심이었으리라. 애인과 이별하는 고뇌도 어떤 조건 속에서 그녀 곁에 그대로 있는 고민보다는 덜 심하게 느꼈을 것이다.

"한데 여보게." 그는 나에게 덧붙여 말했다. "여기 이대로 있지 말게, 기침이 나올 테니."

나는 빠져나갈 구멍을 막고 있는 무대장치를 그에게 가리켰다. 그는 모자에 가볍게 손을 대고, 기자에게 말했다.

"기자 양반, 여송연을 버리지 않으시려오, 연기가 내 친구의 몸에 해로우니."

그의 애인은 그를 기다리지 않고, 무대 뒷방 쪽으로 가다가 뒤돌아보면서, 일부러 듣기 좋게 꾸민, 애티가 나는 순진한 목소리로, 무대 구석에서 무용수에게 말을 건넸다.

"저런 귀여운 손짓으로 수많은 여성을 녹이겠지. 그대 자신이 여자 같아, 그대라면 썩 잘 어울릴 거야, 나하고 내 친구 하나와 셋이서."

"내가 아는 한 담배 피우지 말라는 법은 없다고 생각하는데요. 몸이 아플 때는 자기 집에 있으라지." 신문기자의 말.

무용수는 여배우에게 뜻깊은 미소를 지었다.

"부탁이야! 그만둬, 사람 미치겠네." 그녀는 무용수에게 외쳤다. "일이 복잡해진다니까!"

"어쨌든, 여보시오. 댁은 그다지 상냥하지 않은데." 생루는, 끝난 사건을 돌이켜보아 그것에 판결을 내리는 이처럼 확고한 모습과 더불어, 여전히 정중하고도 부드러운 투로 신문기자에게 말했다.

그때 나는 생루가 머리 위로 팔을 뻗는 걸 보았다. 마치 내 눈에 보이지 않는 이에게 신호하는 것처럼, 또는 오케스트라의 지휘자처럼, 사실—심포니나 발레 중에서, 지휘봉을 한 번 흔듦과 함께 기세 사나운 리듬이 우아한 안단테에 이어 나타나는 이상의 전이도 없이—지금 막 공손한 말이 끝나는 동시에, 그 손이 신문기자의 볼에 소리도 요란하게 따귀 갈기는 것을 나는 보았다.

외교가들의 절도 있는 대화, 미소 담은 평화의 기술에 이어, 공격이 공격을 부르는 처절한 전운이 감도는 요즘, 서로 적이 되어 피투성이 되는 꼴을 목격한들 나는 별로 놀라지 않았을 것이다. 하지만 내가 아무리 생각해봐도 이해할 수 없는 것은(국경의 개정만이 아직 문젯거리일 때에 두 나라 사이에 전쟁이 일어나거나, 또는 긴장의 끝무렵이라고 하는데 병자가 죽거나 하는 것을 이치에 맞지 않는 일이라고 생각하는 사람들처럼) 어찌하여 생루가, 싹싹함의 티를 나타내는 그 말을 한 직후, 결코 그 말에서 생겨나지 않은 짓, 말이 알리지 않은 짓, 인간의 권리를 범할 뿐만 아니라, 인과의 근본마저 무시하면서, 일시적인 노기의 발작에 빠져 팔을 쳐든 짓, 무(無)에서 창조된 짓을 하게 되었느냐, 이 점이었다. 기자는 따귀의 기세 사나움에 비틀거리며, 새하얗게 되더니, 잠시 머뭇거리다가, 다행히도 덤비지는 않았다. 그 친구들은 어떤가 하면, 하나는 재빨리 외면해, 무대 뒤쪽을 바라보면서 명백히 거기에 없는 아무개를 눈알이 빠지도록 노려보고, 또 하나는 눈 속에 먼지가 들어간 체하고는 아픈 듯이 낯을 찡그리며 눈꺼풀을 비벼대기 시작하고, 셋째*[1]는 다음과 같이 냅다 소리치면서 쏜살같이 달려갔다.

"아차, 막이 열리나 봐, 제자리에 못 가겠는걸."

나는 생루에게 말을 건네고 싶었지만, 그의 몸과 마음이 어찌나 무용수에 대한 분노로 가득 차 있는지, 분노가 바로 그 눈동자 겉에 달라붙어 있었다. 피부 밑의 뼈대처럼, 분노가 두 볼을 팽팽하게 해서, 안의 동요가 바깥에는 완전한 부동으로 나타나, 느슨함이 없어, 내 한마디를 받아 대하는 데 필요한 '여유'조차 없었다. 기자의 친구들은 모든 일이 아무 탈 없이 끝장났음을 보자, 아직 전전긍긍하면서 그의 곁으로 돌아왔다. 그러나 친구를 저버렸음을 부끄러워하며, 그들은 그들이 전혀 아무것도 알아채지 못했던 것으로 친구가 믿기를 바라 마지않았다. 따라서 그들 가운데 하나는 눈 속에 먼지가 들어간 것을, 또 하나는 막이 열리고 있는 줄 알아 잘못 민첩한 행동을 한 것을, 세 번째 사람은 지나가던 사람이 자기 형과 영락없이 닮은 것을 누누이 늘어놓았다. 그들은 친구가 그들 마음의 움직임을 함께 나누지 않았던 것을 얼마간 불쾌하게 생각하는 기색마저 나타냈다.

"뭐라구, 그걸 몰랐다구? 그럼 자네는 눈이 밝지 않네그려?"

"다시 말해서 자네들이 다 겁쟁이였다는 거지." 따귀 맞은 기자가 중얼댔다.

이왕 벌인 거짓 연극에 어긋나지 않게, 친구가 뭐라 하는지 그 뜻을 알아듣지 못하는 체해야만 하는 마당에, 그들은 앞뒤가 모순되게—그런 줄 모르고

*1 이러고 보니 신문기자가 네 명이 되어 앞뒤가 모순됨—플레이아드판 주.

서—이런 형편에 흔히 쓰는 문구를 토해냈다. "흥분하고 있네그려. 성내지 말게. 화가 잔뜩 났구먼!"

나는 이날 아침, 꽃이 활짝 핀 배나무 앞에서, '라셸 캉 뒤 세뇌르'에 대한 로베르의 사랑이 환상에 빠져 있는 것을 알았다. 이와 반대로, 그 사랑에서 생겨나는 괴로움이 얼마나 현실적인지도 알았다. 한 시간 전부터 그가 느껴온 고뇌는 사라지지 않았지만, 쉴 새 없이 점점 졸아들어 몸 안으로 들어가, 대기 중에 있는 유연한 부분이 그 눈 속에 나타났다. 생루와 나는 극장을 나와 먼저 좀 걸었다. 나는 지난날 자주 질베르트가 오는 것을 보던 곳, 가브리엘 큰길 모퉁이에서 잠시 걸음을 멈췄다. 한순간 그 머나먼 인상을 생각해내려 했다가, '달음박질'로 생루를 따라잡으려고 가는 중, 옷차림이 썩 좋지 못한 사내가 로베르에게 바싹 가서 말을 건네려는 모양을 보았다. 나는 그 사내가 로베르와 개인적으로 친한 친구이거니 생각했다. 그런데 둘은 점점 더 서로 간격을 좁히고 있는 듯 보였다. 단번에, 하늘에 어떤 현상이 나타나듯, 달걀 모양 여러 개가 생루 앞에, 불안전한 별자리를 만들기에 가능한 모든 위치에 눈이 빙빙 돌 만큼 빠른 속도로 닿는 것이 보였다. 투석기(投石器)로 쏘아댄 듯한 그것들은 적게 보아 일곱 개인 듯했다. 그렇지만 그건 생루의 두 주먹이, 언뜻 보아 이상적이자 장식적인 전체 속에서 자리바꿈하는 속도로 인해 그 수가 많아 보였을 따름이었다. 그러나 이 불꽃은 생루가 가하고 있는 연타에 지나지 않았으며, 그 성질이 심미적이라고 하기보다는 공격적이라는 점은, 먼저 옷차림이 별로 좋지 못한 사내가 아주 당황하는 동시에 턱이 빠지고 피를 흘리는 것으로 보아 드러났다. 이 사내는 왜 그러느냐고 물어오는 이들에게 거짓 설명을 하며, 외면하고, 결국 생루가 내 쪽으로 멀어져가는 모습을 보면서, 원망하는 듯, 기가 죽은 듯 멍하니 서 있었지만, 분노의 기색은 하나도 없었다. 이와 반대로 생루의 낯빛은 두들겨맞지 않았는데도 분노로 가득 차, 내 곁에 왔을 때도 아직 눈에 노기가 번쩍번쩍했다. 이 사건은, 내 상상과는 달리, 극장에서 따귀 갈긴 일과는 아무런 관계도 없었다. 잘생긴 군인 생루가 지나가는 걸 보고 열에 들뜬 산책자가 뭔가 그에게 제의했던 것이다. 내 벗은 밤의 어둠이 깔리기까지 기다리지 않고 위험을 무릅쓴 이 '못된 놈'의 대담성에 놀라서 대낮, 파리 중심가에서 감행한 강도를 신문이 보도하는 때와 같이 몹시 분노하면서, 제의받았던 일을 얘기했다. 그렇지만 두들겨맞은 사내 쪽에도 변명할 만한 여지가 있는 것이, 내리받이로 굴러가는 욕망은, 오직 아름다움만 봐도 이미 승낙을 받은 듯이 여길 만큼 재빨리 향락에 접근하니까. 그런데 생루가 잘생겼다는 점에는 논의의 여지가 없었다. 그가 이제 막 먹인 듯한 주먹질은, 아까 그에게 가까이 온 자와 같은 인간들에게 진지하게 반성시킨다는 점에서 도움이 되지만, 행실을 고치고 사법의 징벌을 모면하게 할 만큼 장기간에 걸쳐 효력이 있는 건 아니다. 따라서 생루는 앞뒤 생각 없이 난타를 먹였지만 이런 징벌은 법의 도움이 될망정, 풍습을 순화하는 데는 역부족이다.

이런 사건들, 특히 이 가운데 어느 것에 마음이 걸려, 로베르는 잠시 혼자 있고 싶은 생각이 든 게 틀림없었다. 왜냐하면 잠시 뒤 로베르가 나에게, 일단 여기서 헤어져, 나 먼저 빌파리지 부인 댁에 가달라고 부탁했으니까. 그는 그 댁에서 나와 다시 만날 예정이지만, 이미 우리가 함께 반나절을 지냈다는 인상을 주느니보다, 지금 막 파리에 도착한 겉모양을 짓기 위해 우리가 함께 들어가지 않는 편이 좋다고 생각했던 것이다.

발베크에서 빌파리지 부인과 알게 되기 전에 내가 추정했듯이, 빌파리지 부인이 사는 환경과 게르망트 부인이 사는 환경 사이에는 커다란 차이가 있었다. 빌파리지 부인은, 명문 출신으로, 결혼으로 그에 못지않게 명문인 다른 가문에 들어갔으면서도, 사교계에서 큰 자리를 차지하지 못하는 부인들 가운데 한 분으로, 그 살롱에 모이는 이들로 말하면, 조카딸 또는 올케뻘 되는 공작부인 두세 명, 왕족 한두 분, 집안과 옛 교제 관계가 있는 사람들이며, 이 밖에는 삼류 사람들, 곧 부르주아 신분인 시골 귀족이랑 몰락한 귀족뿐으로, 이런 이들이 있으므로, 오래전부터 그 살롱에는, 친척 관계라든가 옛 친교의 의리상 하는 수 없이 찾아오는 때를 빼놓고는, 멋쟁이들과 속물들의 발길이 뜸하였다. 물론 나는 한순간에 어째서 빌파리지 부인이 발베크에 있을 적에, 그때 나의 아버지가 노르푸아 씨와 함께한 에스파냐 여행에 대해 우리보다 더 자세하게 알고 있었는지 쉬이 이해할 수 있었다. 하지만 가장 빛나는 여인들마저 대사보다 신분이 낮은 애인을 자랑삼는 사교계에서, 20년에 걸친 빌파리지 부인과 대사의 교우 관계가 후작부인이 당한 망신의 원인이었다는 가정은 천부당만부당한 생각이었다. 게다가 틀림없이 대사는 오래전부터 후작부인의 옛 벗에 지나지 않았다. 빌파리지 부인은 지난날 그 밖에도 다른 연애 사건을 저질렀을까?

그 즈음은 지금보다 정열적인 성질인지라, 지금은 몸과 마음이 가라앉은 경건한 노년을 보내고 있지만, 노년의 빛깔이 조금은, 타오르고 다 타버린 그 몇 해의 재인지도 모르는, 부인이 오랫동안 살던 지방에서 어떤 추문, 이를 모르는 새 세대 사람들이 그 결과만을 살롱의 흠투성이인 구성에서 확인하며, 그것만 없다면 초라하지 않은 산뜻한 살롱이 되었을 추문을 피할 수 없었을까? 부인의 조카가 별명 붙인 그 '독설'이 그때에 부인에게 적을 만들었을까? 아니면 이 독설이 부인을 부추겨, 남성들 사이의 인기를 이용하여 여러 여인에게 복수를 가했을까? 이는 다 있을 수 있는 일. 빌파리지 부인이 정숙함과 선량함에 대해 얘기하던 그 형용하기 어려울 만큼 감정이 섬세하고도 예민한 방식—표현하는 말뿐만 아니라 그 억양에도 참으로 미묘한 명암이 있는—으로 보아, 이 가정을 부인할 수 없다. 왜 그런고 하니, 어떤 미덕에 대해 잘 말할 뿐만 아니라 그 매력도 몸소 느끼며 여러모로 이해하는 이들(사실 모두 제 회상록 속에 훌륭한 미덕을 그려내겠지만)은, 미덕을 실행한 과묵한, 거칠고 기교 없는 세대에서 가끔 생겨났으나, 그들 자신은 이 세대에 참여하지 않았기 때문이다. 이런 세대는 그들 속에 반영되어 있으나 줄곧 이어지지는 않는다. 그 세대가 지녔던 성격 대신에, 행동에 이바지하지 않는 감수성과 지성이 있다. 빌파리지 부인의 평생에 추문이 있건 없건 그런 건 부인의 명성이 지워버렸을 테고, 이 지성, 사교계의 여성이기보다 오히려 이류 작가의 지능과 비슷한 지성이야말로, 확실히 부인이 사교계에서 몰락한 원인이었다.

확실히 빌파리지 부인이 특히 설교하는 건, 중용이니 절도니 하는 그다지 핏기 없는 미덕이긴 했다. 그러나 절도에 대해 꼭 들어맞는 투로 말하려면 절도만으로는 모자라고, 절도 없는 격정을 전제로 하는 작가적인 장점이 필요하다. 빌파리지 부인은, 발베크에서 어떤 대예술가의 타고난 재능을 이해 못하며, 고작 부인이 할 수 있는 일이라곤 위대한 예술가들을 교묘하게 우롱하고, 자기 이해력 부족을 재치 있는 우아한 형태로 나타내는 데 지나지 않는 것뿐이다. 하지만 이 재치나 우아함도 부인의 경우처럼 높고 보니—다른 면으로 보아, 가장 고상한 걸작을 무시하는 데 발휘하긴 했지만—그 자체가 참된 예술적인 특질이 되어 있었다. 그런데 이와 같은 특질은 온갖 사교적인 지위에 대해 의사의 이른바 병적인 분해작용을 하는데, 어찌나 잘 분해하는지 아무리 튼튼한 사회의 토대라도 오래 견디지 못한다. 예술가들이 재능이라 일컫는 것도 상류 사회의 눈으로 보면 순전히 건방진 주장이다. 상류 인사들은 예술가들이 사물을 보고 판단하는 시선에 설 수도 없고, 예술가가 어떤 표현을 고르거나 어떤 비교를 해보는 경우에 이끌리는 그 특수한 매력을 영 이해 못해, 예술가에게 권태와 짜증을 느껴 반감이 생겨난다. 그렇지만 그 대화에서, 또 후년에 발간한 회상록에 대해서도 같은 말을 할 수 있는데, 빌파리지 부인은 뛰어난 사교상의 우아함을 보였을 따름이다. 큰일을 깊이 파고들지 않고서 겉핥기로 지나가고, 때로는 그것을 판별조차 못하고서, 부인은 자기가 살아온 세월—물론 부인은 그것을 매우 올바르고, 매우 아름답게 그리기도 했지만—속에서, 그것이 보여준 가장 시시한 것 말고는 거의 쓰지 않았다. 그러나 저술은 지적이지 않은 문제만을 다루더라도 또한 지적인 일이라, 책이나 대화에서(이는 조금도 다르지 않다), 하찮은 것의 완전한 인상을 나타내려면, 순전히 하찮은 인물로서는 할 수 없는 어느 정도의 진귀함이 필요하다. 어떤 여성이 쓴 회상록으로, 걸작으로 여겨지는 책 가운데에서, 사람들이 경쾌한 우아함의 귀감이라고 인용하는 글을 보아도, 나는 번번이, 이와 같은 경쾌함에 이르려면, 일찍이 작가가 얼마간 묵직한 학문과 딱딱한 교양을 가져야 하고, 또 여성으로서는, 틀림없이 그 친구들에게 유식한 체하는 밉살스러운 여자로 보일 것이라고 생각해본다. 따라서 문학적인 장점과 사회적인 단점 사이의 결합은 불가피한 것이려니와, 오늘날 빌파리지 부인의 회상록을 읽어보아도, 페이지마다 부가형용사와 은유의 글로 가득 차, 독자는 르와르 부인 같은 속물, 게르망트 댁을 방문하는 길에 후작부인네 집에 명함을 놓고 갔는지는 모르나, 의사나 변호사의 아낙네들 사이에 끼여 제 사회적인 격을 떨어뜨릴까 봐 부인의 살롱에 발을 들여놓은 적이 없을 만큼 속물인 르와르 부인이 대사관 계단에서 늙은 후작부인에게 보냈을 것임에 틀림없는, 정중하지만 냉랭한 인사를 마음속에 그려낼 수 있으리라. 여류 작가, 빌파리지 부인은 젊은 시절에 그 하나였는지도 모른다. 그리고 그 무렵 배운 학문에 도취되어, 자기보다 지성이 뒤지는, 교양이 낮은 사교계 사람들에게, 상처받은 쪽에서는 평생토록 잊지 못할 신랄한 독설을 퍼붓지 않고서는 못 배겼나 보다.

그리고 재능은 상류 사회 사람들이 '완벽한 여인'이라 일컫는 것을 만들어 내고자, 사회에서 성공하게 하는 갖가지 장점에 인공적으로 덧붙이는 부속물이 아니다. 그것은 보통 수많은 뛰어난 품성이 모자라거나, 또는 우리가 책에서 깨닫지 못하는 생활의 과정에서 뚜렷하게 느낄 수 있는 또 하나의 표시인 감수성, 예컨대 어느 경우의 호기심, 어느 경우의 변덕, 즐거움을 얻으려고 여기저기 가고픈 욕망, 사교상 교제 관계의 확장과 유지를 목적으로, 또는 간단한 그 운용을 위해 여기저기 가고픈 욕망 같은 감수성이 우리를 차지하는 어떤 심적인 기질의 소산이다. 나는 발베크에서, 빌파리지 부인이 호텔의 홀에서 시중꾼들 가운데 갇혀, 거기에 있는 사람들을 거들떠보지 않는 장면을 본 적이 있다. 하지만 나는 그 회피를 무관심 탓이라 생각지 않고, 부인이 늘 그것에 거리끼지 않고 있는 듯한 느낌이 들었다. 부인은 자기 집에 초대할 만한 작위를 갖지 않은 아무개들과 벗이 되고자 열중했는데, 그런 이들이 간혹 이목이 수려한 줄 알고 있었기 때문이며, 또는 그런 이들이 부인이 알고 있는 범위의 인간과는 다른 듯한 생각이 들었기 때문이기도 하였다. 사귀어온 사람들이 결코 자기를 놓아버리지 않으리라 믿어 마지않던 부인이라서 아직 그들을 존중하지 않던 이 시절에, 그들은 모두가 생제르맹 귀족 동네에 속한 이들이었다. 부인이 가려낸 이 보헤미안, 프티부르주아에게, 부인은 끈질기게 초대장(받는 편이 그 가치를 옳게 평가할 수 없는)을 보내야 했는데, 이 끈질김으로 인해 한 가정의 주부가 맞아들이는 손님보다는 오히려 제외되는 사람들에 의하여 살롱의 가치를 가늠하는 습관에 젖은 속물들은 부인의 가치를 점점 낮게 평가하게 되었다. 확실히, 청춘의 한순간에서, 혹시나 빌파리지 부인이, 귀족의 고상한 꽃 한송이에 속한다는 만족에 싫증이 나서, 몸소 그 중에서 삶을 영위하는 사회의 사람들을 비방하는 데, 일부러 자기 위치를 망가뜨리는 데 재미를 느꼈다고 하지만, 한번 그 위치를 잃고 보니, 부인은 이를 소중히 생각하기 시작했다. 부인은 공작부인에게, 이들이 감히 말하지도 행하지도 못하는 것을 전부 말하고 행하면서, 자기가 이들보다 뛰어나다는 점을 보이고 싶어했다. 그러나 가까운 친척을 제외하고, 그 밖의 공작부인들이 자기 집에 오지 않게 되고 보니, 부인은 위세가 줄어든 느낌이 들어 또 한 번 지배하고픈 마음이 들었다. 하지만 재기가 아니라 다른 형태로 그러고 싶었다. 부인이 그토록 떨쳐버리려고 고심했던 상대들을 전부 끌어당기고 싶었다. 얼마나 수많은 여인의 삶이, 게다가 조금도 알려지지 않은 삶이(왜냐하면 삶마다 그 연륜에 따라 다른 세계를 가지게 마련인데, 늙은이의 조심성은, 젊은이들이 어떤 과거의 관념을 스스로 만들어내어, 모든 주기를 포착하지 못하게 하기 때문이다),

이와 같이 대조를 이룬 시기로 나뉘어, 그처럼 쾌활하게 바람에 날리던 두 번째 중에 있는 것을 다시 찾기에 마지막을 다 써버렸는가! 어떠한 식으로 바람에 날렸는가? 젊은이들은 눈앞에 늙고 존경할 만한 빌파리지 부인을 본 만큼, 또 오늘날의 엄격한 회상록 작가가 흰 덧머리 밑에 어찌나 위풍당당한지, 지난날 그때에 어쩌면 더할 나위 없는 즐거움이던 유쾌한 밤참 먹는 버릇이 있는 분이었다는—아마도 오래전부터 무덤 속에 누워 있는 이의 재산을 먹는—생각을 갖지 못하는 만큼, 이를 떠올리기가 더 힘들다. 그 고유한 태생으로 간직하고 있는 위치를 끈기 있고도 자연스러운 솜씨와 더불어, 격파하는 데 종사했더라도, 하기야 이 멀리 떨어진 시대에서마저, 빌파리지 부인이 그 위치에 큰 가치를 주지 않았다는 뜻은 전혀 아니다. 마찬가지로 신경쇠약 환자가 아침부터 저녁까지 고독과 무위의 삶을 살더라도, 그렇다고 해서 견디기 쉬운 게 아니라, 그가 자기를 감옥에 갇힌 몸으로 붙잡아두는 그물에 새 코를 더 다는 데 서두르는 동안에도, 그에게 무도회나 사냥, 여행만을 꿈꾸게 한다. 우리는 매 순간 우리 삶에 형태를 주려고 애쓰나, 우리가 되고자 하는 인간이 아니라, 현재 있는 인간의 모습을 소묘처럼 마지못해 본뜨면서 그렇게 한다. 르와르 부인의 오만한 인사야말로 빌파리지 부인의 진정한 본성을 어떤 방식으로 나타낼 수 있을지도 모르는데, 이는 빌파리지 부인의 소망에 조금도 부합하는 것이 아니었다.

르와르 부인이(스완 부인의 입버릇처럼) 후작부인의 세력을 꺾어버리고 있는 순간에마저, 물론 빌파리지 부인은 어느 날, 마리 아멜리 왕비*[1]께서 부인에게 '나는 그대를 딸처럼 사랑해요' 라고 말씀하신 일을 떠올리면서 스스로 위로삼았을지도 모른다. 그러나 이처럼 남모르는, 숨은 왕후의 호의도 국립 음악학교의 옛 일등상 증서처럼 먼지투성이로 후작부인의 머릿속에만 존재했다. 사교계의 진짜 승리는 생활을 창조하는 것, 설령 그것이 없어져도 그날 안에 다른 원인이 뒤따르므로 승리의 혜택을 입은 자가 그것을 유지하거나 입 밖에 내려고 애쓰지 않아도 괜찮은 것, 그뿐이다. 왕비의 이와 같은 고마운 말씀을 떠올렸더라도 빌파리지 부인은, 르와르 부인이 지니고 있는 것, 곧 초대받는 영속적인 능력과 이 고마운 말씀을 기꺼이 맞바꿨을 것이다, 마치 식당에서, 알

---

*1 프랑스의 왕비. 루이 필립 왕의 아내.

려지지 않은 예술가, 그 천재가 수줍은 표정에도, 해진 윗도리의 구식 마름질에도 씌어 있지 않은 예술가가, 사회의 최하급인 무면허 주식 중개인이지만 옆자리에서 두 여배우를 데리고 점심 먹는 젊은이, 끊임없이 아첨하는 달음박질로, 지배인, 집사, 사환들, 심부름꾼들이 우르르 몰려오고, 동화극 장면처럼, 설거지꾼들까지 부엌에서 줄지어 나와 인사하러 오는 동안에, 술창고 사환도 늦을세라 지하실에서 햇볕 쪽으로 올라오다가 다리를 삐었는지 손에 든 술병처럼 먼지투성이가 된 채 다리를 절룩절룩, 눈부셔하면서 앞으로 나와 하는 인사를 받는 젊은 무면허 주식 중개인의 신세가 되고 싶듯이.

그렇지만 빌파리지 부인의 살롱에서 르와르 부인의 모습을 볼 수 없는 것은 살롱 주인을 매우 섭섭하게 했지만, 참석한 손님 대부분의 눈에는 안 띄었다는 점도 말해둬야겠다. 그들은 우아한 사교계에만 알려져 있는 르와르 부인의 특별한 지위를 통 몰랐으며 또 오늘날 빌파리지 부인의 회상록 독자가 그렇게 믿어 마지않듯 파리에서 가장 찬란한 것임을 의심하지 않았다.

노르푸아 씨가 나의 아버지에게 했던 권고에 따라, 생루와 헤어진 뒤 처음으로 내가 빌파리지 부인을 찾아갔더니, 보베산 융단으로 된 소파와 으리으리한 안락의자 따위가, 무르익은 딸기의 보랏빛에 가까운 장밋빛으로 뚜렷이 드러나 있는, 노란 비단을 드리운 손님방에 부인이 있었다. 게르망트 가문과 빌파리지 가문의 사람들을 그린 여러 초상화와 나란히 마리 아멜리 왕비, 벨기에 왕비, 주앵빌(Joinville) 대공,*[1] 오스트리아 황후의 초상화가 있었다. 모두 모델이 된 본인에게서 받은 것이다. 예스러운 검은 레이스의 보네*[2]를 쓴 빌파리지 부인은(손님이 아무리 파리풍이 되더라도, 하녀들에게 쿠아*[3]를 씌우고, 소매 넓은 옷을 입히는 것이 장사 솜씨 좋은 줄로 여기는 브르타뉴 지방의 호텔 주인과 마찬가지로, 토착적인 또는 역사적인 색채에 대한 주의 깊은 본능에 따라, 부인은 그 모자를 지금껏 지니고 있었다), 작은 사무용 책상 앞에 앉아 있었다. 이 책상 위에는 붓과 팔레트, 그리기 시작한 꽃 수채화와 나란히 컵이나 접시, 찻잔에 들장미, 백일홍, 공작고사리가 담겨 있다. 마침 방문객이 한꺼번에 우르르 몰려들어온 참이었는데, 그 꽃들은 마치 18세기 목판화에다가 점포대를

*1 루이 필립의 아들(1818~1900).
*2 챙 없는 헝겊 모자. 지금의 나이트캡과 같음.
*3 여자용 헝겊 모자. 지금은 주로 시골 여자만이 씀.

벌여놓은 듯한 아담한 정취를 띠고 있었다. 후작부인은 별장에서 돌아오는 길에 감기가 걸려서 일부러 손님방을 따뜻하게 했는데, 내가 들어갔을 때 와 있던 사람들 가운데에는 고문학자가 한 명 있었다. 그날 아침 빌파리지 부인은 부인 앞으로 보내온 역사적 인물들의 자필 편지를 이 학자와 함께 분류해, 그녀가 집필하는 회상록에 고증 재료로서 그 편지들의 복사판을 넣기로 했다. 또 부인이 몽모랑시 공작부인의 초상화를 유산으로 받아 소장하고 있다는 풍문을 듣고서, 프롱드(Fronde)당에 대한 자기 저술에 사진판으로 넣을 수 있도록 그 초상화의 복사를 허락받으러 온, 점잔 부리면서도 소심한 역사가가 있었다. 이러한 방문객들에 이제 젊은 극작가로 통하는 나의 옛 친구, 블로크가 끼여 있었는데, 후작부인은 이후 직접 베푸는 마티네*4 공연에 계속해서 출연할 배우들을 무보수로 마련해주기를 그에게 기대하고 있었다. 과연 사회의 만화경은 한창 빙글빙글 도는 중이며, 드레퓌스 사건이 유대인들을 사회계급의 최하층에 떨어뜨리려는 참이었다. 그러나 한편, 드레퓌스 사건의 태풍이 아무리 맹위를 발휘해도 소용없었으니, 성난 파도가 최고조에 달하는 건 폭풍우의 첫 무렵에서가 아니다. 그리고 또 빌파리지 부인은, 집안사람들이 유대인을 적대시하여 노발대발 욕설을 퍼붓거나 말거나, 여태껏 드레퓌스 사건에 전혀 아랑곳하지 않아왔기에 그것에 하나도 개의치 않았다. 끝으로, 동아리를 대표하는 우두머리 격 유대인들이 이미 위기에 처해 있을 때에, 아무도 그 존재를 모르는 블로크 같은 젊은이들은 안중에 없는지도 몰랐다. 그는 지금 턱에 '염소수염'이 뾰죽하였고, 코안경을 걸쳤으며, 긴 프록코트를 입고, 손에는 파피루스(papyrus)*5 두루마리와 같은 장갑을 들고 있다. 루마니아인, 이집트인과 터키인은 유대인을 몹시 싫어할지도 모른다. 하지만 프랑스의 살롱에서는, 이들 국민간의 차이는 별로 눈에 띄지 않아, 이스라엘 사람도 사막 오지에서 나오기라도 한 듯, 몸을 하이에나처럼 구부리고, 고개를 갸웃이 기울이고 들어와, '살람(salams)'*6을 계속하면서 등장하는 모습은 동양 취미를 완전히 만족시킨다. 오로지 그러기 위해서는 유대인이 '사교계'에 속하지 말아야 한다. 그렇지 않으면 유대인의 풍모가 쉽사리 경(卿)의 겉모양을 취하게 되고, 그 행동거지가 너

*4 연극이나 오페라·음악회 등의 주간흥행.

*5 고대 이집트 사람이 종이 대신으로 글 쓰는 데 사용한 풀〔紙草〕.

*6 유대인의 인사.

무나 프랑스화해, 순응하지 않는 그 코가 금연화(金蓮花)*1처럼 엉뚱한 방향으로 뻗어나와 솔로몬의 코보다 마스카리유(Mascarille)*2의 코를 떠올리게 한다. 그런데 블로크는 '귀족 동네'의 체조에 연해지지도, 영국과 에스파냐의 잡교에 고상해지지도 않고서 유럽 사람의 옷을 입고 있을망정 여전히, 이국 취미 애호가의 눈에는, 드캉(Decamps)*3을 그린 유대인처럼, 신기한 풍미 있는 구경거리였다. 종족의 놀라운 힘은 수세기나 저 밑에서 현대의 파리까지, 우리나라 극장의 복도까지, 우리나라 관청의 창구 뒤까지, 장례식까지, 거리까지, 견고한 밀집 군단을 진출시키고, 그 대군은 현대식 모자를 보기 좋게 쓰고, 프록코트를 활용하지만, 본디를 잊어버린다. 결국 다리우스의 궁전 문 앞에 있는 수사의 기념 건축물의 기둥머리 조각에, 예복 차림으로 그려진 아시리아의 법관들과 똑같은 모습으로 남아 있다(한 시간 남짓 지나서, 샤를뤼스 씨가 오직 미학적인 호기심과 향토색에 대한 애호에서, 이름이 유대풍인 듯하다고 물어왔을 때, 블로크는 이 물음을 반유대적인 악의에서 나온 것으로 생각했다). 하기야 종족의 변하지 않는 성질에 대해 언급하고 보면, 그 차이를 그대로 두는 편이 나은 그 모든 민족, 유대인, 그리스인, 페르시아인에게 받는 인상이 정확하게 전달되지 않는다. 우리는 고대의 그림을 통해 옛 그리스인의 얼굴을 알고 있고, 수사 궁전의 합각(合閣)*4에서 아시리아인의 얼굴을 본 일도 있다. 그런데 사교계 자리에서 어느 부류에 속하는 오리엔트 사람들을 만나면, 신을 내리게 하는 술법의 힘이 출현시킨 초자연적인 인물을 눈앞에 두고 있는 듯한 느낌이 든다. 우리는 그저 겉의 형상밖에 몰랐던 것이다. 그제서야 그 형상이 깊이를 띠고, 3차원으로 확장되고, 움직이기 시작한다. 그리스의 젊은 여인, 부유한 은행가의 따님이, 그 시절의 유행에 따라, 역사적인 동시에 심미적인 어떤 발레에서, 그리스 예술을 살과 뼈로 상징하는 발레리나들 가운데 하나인 듯하다. 하기야 극장에서는 무대장치가 그런 모습을 진부하게 만들지만. 이와 반대로 터키 여인이나 유대인 남자가 손님방에 들어오는 걸 볼 때, 실상 영매(靈媒)의 힘으로 불러온 존재인 듯, 그 모습에 생기를 주면서, 더 신기하게 만든다. 우리를 당황

---

*1 불전에 바치는 황금빛 연꽃.

*2 몰리에르(1622~73)의 희극에 나오는 음험하고도 교활한 인물.

*3 프랑스의 화가(1803~1860).

*4 지붕 위 양옆에 '人'자 모양을 이루고 있는 각.

하게 하는 몸짓을 행하는 듯하는 것은 영혼이다(아니 그보다, 차라리 이런 영매에 의한 구현으로는 적어도 지금까지 영혼을 축소한 작은 것이라고 할까), 우리가 여태껏 미술관에서만 엿보아온 영혼, 뜻없는 동시에 초월적인 삶에서 빠져나온, 옛 그리스인의, 옛 유대인의 영혼이다. 피하는 젊은 그리스 여인의 몸 안에서, 우리가 헛되이 껴안으려고 하는 것은, 지난날 꽃병의 허리에 감탄한 그 모습이다. 만약 빌파리지 부인의 손님방 빛 속에서 블로크의 사진을 찍기라도 했다면, 심령사진에서 볼 수 있는 것과 마찬가지로, 인간에게서 나오지 않은 것 같으므로 보는 이의 눈을 어지럽게 하는, 그래도 인간과 너무나 닮아서 보는 이의 눈을 속이는 영상을 얻었을 것이다. 더 일반적으로 말하면 우리가 함께 생활하는 환경에서는 이들이 하는 이야기의 무의미한 말에 이르기까지, 우리에게 초자연의 인상을 안 주는 것이 없다. 우리는 이 가련한 일상 세계에서는, 점을 치는 회전 탁자 둘레에 모이듯이 둘러앉아, 무한의 신비에 대한 이야기를 기대하는 천재마저도—지금 막 블로크의 입에서 튀어나온, '내 중산모자에 조심하시도록'과 같은—이런 말밖에 뱉지 않는다.

"아무렴요, 장관 따위." 빌파리지 부인은 내가 들어와서 끊긴 대화의 실마리를 이으면서, 특히 나의 옛 친구한테 건네는 투로 이어 말했다. "그 사람 얼굴 따위 아무도 보고 싶어하지 않았답니다. 어릴 때였지만, 지금도 기억나요. 한번은 폐하께서 나의 할아버지께 드카즈(Decazes)*[5] 님을 무도회에 초대하도록 부탁하셨죠. 이 무도회에서 나의 아버지께서는 베리 공작부인*[6]과 춤추기로 되어 있었습니다. '그렇게 해주면 매우 기쁘겠네, 플로리몽' 하고 폐하께서 말씀하셨답니다. 할아버지께선 귀가 좀 멀어서, 카스트리(Castries)*[7] 님으로 잘못 들으시고는 아주 당연한 부탁이라고 생각하셨습니다. 드카즈 님에 대한 것인 줄 알자, 할아버지께서 잠시 화를 내셨으나, 복종해, 그날 저녁 드카즈 님에게, 오는 주에 개최하는 무도회에 부디 참석하시는 영광을 주십사 하는 뜻의 편지를 써 보냈습니다. 그 시절이야 예의 발랐거든요. 할아버지도 요즘처럼 명함에 '다과회' 또는 '무도의 다회' 또는 '음악의 다회'라고 쓴 몇 자를 보내는 것으로는 만족 못했을 거예요. 하지만 예의를 알고 있는 한편, 무례한 말과 행동도

*5 공작, 루이 18세 치하의 장관.
*6 샤를 10세의 아들인 베리 공작의 부인(1798~1870).
*7 후작(1727~1802).

할 줄 알았죠. 드카즈 님은 초대를 승낙했습니다만, 무도회 전날, 나의 할아버지께서 몸이 불편하여 무도회를 취소했다는 통지를 받았지요. 할아버지께선 폐하의 분부에 따랐으나, 드카즈 님을 무도회에 못오게 했던 거예요……. 그럼요, 몰레 씨는 잘 기억하지요, 재주 있는 분이었습니다. 비니 씨를 아카데미에 환영했을 때 연설에서 그 증거를 보여주셨습니다만, 여간 점잔 부리는 분이 아니었어요. 손에 중산모자를 들고서 자기 집 만찬에 내려오던 모습이 아직도 눈에 선합니다."

"허어! 이거 어지간히 고약스런 속물근성이 제멋대로 행동하던 시절을 썩 잘 떠올려주는데요. 자기 집에서 손에 모자를 들고 있는 것이 틀림없이 그때의 관습이었을 테니까요." 블로크는 현장 목격자한테 지난날 귀족 생활의 세밀한 특징을 배우는 이 드문 기회를 이용하고 싶어서 말했다. 한편 후작부인의 임시 비서 격인 고문서학자는, 감동어린 눈길을 부인에게 던지면서, 마치 우리한테 '어떠냐 말이다, 이분은 뭐든지 다 아신다, 누구와도 다 친하시다, 뭐든지 여쭤보게나, 참으로 비상한 분이시니' 말하고 있는 듯했다.

"천만에." 빌파리지 부인이 대답하면서, 조금 있으면 다시 그리기 시작할 공작고사리를 담근 유리컵을 몸 가까이 당겨놓았다. "그건 그저 몰레 님의 버릇이었어요. 나의 아버지께선 집에서 모자를 들고 계신 적이 없어요. 물론 폐하께서 오셨을 때는 예외지만. 폐하께서는 어디에 가시나 거기가 바로 그분의 집이니까요. 그 집 주인 또한 그때는 자기 집 손님방에 있으면서도 방문객에 지나지 않거든요."

"아리스토텔레스가 그 제2장에서 말하기를……." 프롱드당의 역사가, 피에르 씨가 입을 열어보았는데, 어찌나 머뭇거렸는지 아무도 그것에 주의를 기울이지 않았다. 몇 주일 전부터, 여러 치료에도 낫지 않는 신경쇠약성 불면증에 걸린 그는 잠자리에 눕기를 단념하고, 피로에 몸을 가누지 못해, 일 관계로 어쩔 수 없을 때밖에 외출하지 않았다. 남들에게는 매우 간단하나 그에게는 그렇게 하기가 달에서 내려오는 만큼이나 힘든 이러한 원정을 자주 되풀이할 수 없어서, 그는 자기 생활의 돌연한 비약에 최대한 효용을 주게끔 남들의 생활이 오래가는 것으로 이루어져 있지 않다는 사실에 자주 대면하여 깜짝 놀랐다. 도서관에 가는데도, 웰스(H.G. Wells)*1의 소설에 나오는 인간처럼 기계적으로 벌

*1 영국의 소설가이자 문명 비평가(1866~1946).

떡 일어나 프록코트 차림으로 가보는데, 때로는 그 문이 닫혀 있는 일이 있었다. 다행히 그는 빌파리지 부인을 그분 댁에서 만날 수 있어서 초상화를 구경할 참이었다.

블로크가 그의 첫마디를 잘랐다.

"정말" 하고 블로크는, 빌파리지 부인이 왕의 방문에 관한 예식에 대해 지금 막 한 말에 대답했다. "나는 그런 줄 통 몰랐는데요(마치 자기가 그걸 모르는 게 이상한 일이기라도 하듯)."

"바로 이런 방문에 관해, 어제 아침 내 조카인 바쟁이 나에게 한 어리석은 농담을 아십니까?" 빌파리지 부인은 고문서학자에게 물었다. "조카가 자기 이름을 알리는 대신에, 나를 만나뵙기를 청하고 있는 분이 스웨덴 여왕님이라고 전갈해왔답니다."

"허어! 그분이 그런 말을 그처럼 아무렇게나 부인에게 전했다구요! 그거……." 블로크가 외치고 있는 동안, 역사가는 엄숙한 소심과 더불어 미소 짓고 있었다.

"나도 꽤 놀랐어요, 시골에서 온 지 며칠 안 되거든요. 좀 조용히 있고 싶어서, 내가 파리에 있는 걸 아무에게도 말하지 않았는데, 어떻게 스웨덴 여왕께서 내가 있는 줄 벌써 아셨을까 하는 생각이 들더군요." 빌파리지 부인은, 스웨덴 여왕의 방문도 그 자체만으로는 이 집 마님으로서 하나도 이상한 일이 아니라는 사실을 알고 놀라는 손님들에게 아랑곳없이 이어 말했다.

아침나절 빌파리지 부인은 고문서학자와 회상록 집필을 위한 자료를 조사했다고 하는데, 지금은 앞으로 그 회상록의 독자가 될 이들을 대표하는 표준 독자들에게, 모르는 사이에 그 서적의 구성과 효과를 시험하고 있었다. 빌파리지 부인의 살롱은 진정한 뜻으로 멋들어지다고 부르는 살롱과는 구별될는지도 모른다. 멋들어진 살롱에는 부인이 받아들이고 있는 대부분의 중류계급 부인들이 없었을 테고, 그 대신에 르와르 부인이 드디어 끌어들이고만 빛나는 부인들이 보였을 테지만, 이 미묘한 차이를 그 회상록에서 판별할 수는 없다. 그 책의 내용 가운데, 저자의 평범한 교제 관계 가운데 어느 것은 거기에 언급할 기회도 없이 사라진다. 한편 찾아오지 않았던 부인들도 없지 않아 있으니, 이 회상록이 제공하는 장소가 어쩔 수 없는 제한을 받아서 극히 적은 수의 인물밖에 나타날 수 없고, 만일 나타나는 인물이 왕후나 역사적인 중요 인물이라면, 회상록이 멋에 대해 대중에게 미칠 수 있는 최고의 인상은 들어맞는 셈이다. 르와르 부인의 의견으로는, 빌파리지 부인의 살롱은 삼류였다. 그리고 빌파리지 부인에게 르와르 부인의 의견은 큰 타격이었다. 하지만 오늘날에는 르와르 부인이 어떠한 여인이었는지 아무도 모르니, 그 의견도 사라졌다. 한편 스웨덴 여왕이 자주 드나들고, 오말 공작, 브로이 공작, 티에르(Thiers),*1 몽탈랑베르, 뒤팡루(Dupanloup)*2 대주교 같은 이들이 자주 드나들던 빌파리지 살롱이야말로, 호메로스와 핀다로스(Pindaros)*3 시대 이래 변함없는 후세, 왕가나 또는 왕가에 가까운 고귀한 태생이라든가, 왕이나 민중의 우두머리나, 저명인사들과의 친하게 사귐이 부러운 신분으로 보이는 후세에게 가장 빛나는 19세기 살롱의 하나로 여겨지리라.

그런데 빌파리지 부인은 이런 모든 것을 얼마간, 현재의 살롱이나 추억 속에 가지고 있었다. 추억은 이따금, 가볍게 손질되었는데, 부인이 살롱을 과거로 이어가는 데 도움이 되기도 했다. 게다가 노르푸아 씨는 이 여자친구에게 참다운 지위를 되살려줄 수 없는 대신에 그에게 조력을 구하는 외국이나 프랑스의 정치가, 그리고 그에게 아부하는 유일한 수단은 빌파리지 부인을 자주 찾아뵙는 일이라는 사실을 터득하고 있는 이들을 부인에게 데리고 왔다. 르와르 부인도 아마, 이런 유럽의 저명인사들과 아는 사이였을 것이다. 그러나 유식한 체하는 여인들의 티를 피하는 쾌적한 부인답게, 그녀는 총리에게 동양 문제에 대해 얘기하기를 삼가는 동시에, 소설가나 철학자들에게 사랑의 본질을 얘기하는 것도 삼갔다. 한번은 그녀가, 잘난 체하는 여인이 묻는 말에 대꾸했다. "사랑을 어떻게 생각하시나요?"—"사랑? 나 자주 그걸 하지만 그 얘기를 한 적은 없답니다." 그녀의 집에 문단과 정계의 저명인사들이 왔을 때, 그녀는 게르망트 공작부인이 그렇게 하듯이, 포커를 시켰을 뿐이었다. 그들도, 빌파리지 부인이 강요하는 일반 관념에 대한 진지한 대화보다 포커 쪽을 더 재미있어했다. 그러나 이런 대화는, 사교상에서는 쑥스러운 것인지 모르나, 빌파리지 부인의 '회상록'에, 코르네유의 비극에서와 마찬가지로 자서

*1 프랑스의 역사가이자 정치가(1797~1877).

*2 오를레앙 주교(1802~1878). 아카데미 프랑세즈 회원. 제2제정기에 로마 교황에 맞서는 프랑스 사교계의 대표적 실력자. 《여성 교육에 대한 글》이 있음.

*3 그리스의 서정시인(B.C. 522~442).

전에서도 효과가 많은 그 뛰어난 부분, 그 정치적인 논설을 제공했다. 게다가 빌파리지 부인의 살롱 같은 것들만이 후세에 남을 수 있으니, 왜냐하면 르와르 부인 같은 여인네들은 글을 쓸 줄 모르니까, 또 쓸 줄 알더라도 그럴 틈이 없을 테니까. 빌파리지 부인 같은 여인네들의 경멸이야말로 문학적 소질이 르와르 부인 같은 여인네들에게 경멸당한 원인이더라도, 르와르 부인 같은 여인네들의 문학 경력에 필요한 여가를 유식한 체하는 부인들에게 마련해주어 빌파리지 부인 같은 여인네들의 문학적 소질에 기묘하게 이바지한다. 이 세상에 잘 쓴 책이 몇 권 있기를 바라시는 신께서, 그 때문에 르와르 부인 같은 여인네들의 마음속에 그런 멸시의 정을 넣으시니, 까닭인즉 르와르 부인 같은 아낙네들이 빌파리지 부인 같은 아낙네들을 만찬에 초대할 것 같으면, 후자가 곧바로 펜을 놔두고 8시에 외출하도록 마차 준비를 시키리라는 것을 아시기 때문이다.

잠시 뒤에 느릿느릿하고 엄숙한 걸음걸이로 키 큰 노부인 한 분이 들어왔는데, 쳐든 밀짚모자 밑에, 마리 앙투아네트처럼 땋은 굉장한 흰 트레머리가 보였다. 그때의 나는 모르던 일이지만, 그녀는 그 무렵까지 파리 사교계에서 볼 수 있던 유명한 세 부인 가운데 한 분이며, 빌파리지 부인처럼 명문 태생으로, 시대의 어둠 속에 사라져간 어떤 이유, 지난 그 시절 멋을 자랑하던 노인만이 우리에게 얘기해줄 수 있을 어떤 이유 때문에, 다른 곳에서는 접대하기 싫어하는 인간의 찌꺼기밖에 접대 못 하는 신세에 이르러 있었다. 이 세 노부인들은 저마다, 자기를 의리상 찾아주는 빛나는 조카딸, 곧 각자의 '게르망트 공작부인'이 있었지만, 다른 두 분 가운데 한 분의 '게르망트 공작부인'을 자기 집에 이끌 수는 없었으리라. 빌파리지 부인은 이 세 부인들과 친한 사이였어도, 좋아하지는 않았다.

아마도 세 부인의 사회적 지위가 자기와 어지간히 비슷해 좋지 않은 인상을 받았나 보다. 그리고 또 모나고, 유식한 체하며, 제 집에서 여는 촌극의 수로 살롱다운 환상을 지어내려고 애쓰는 이 부인들 사이에는, 안온하지 못한 생활을 계속하는 중 꽤 재산이 줄어든 탓에 마치 생존 경쟁이라도 하듯이 배우의 무보수 출연을 기대하거나 이용하려고 다툼이 벌어졌다. 게다가 마리 앙투아네트와 같은 트레머리를 한 노부인은 빌파리지 부인을 볼 적마다 게르망트 공작부인이 금요일 모임에 와 있지 않은 것을 생각할 수밖에 없었다. 노부인의 위안은 이 금요일에 노부인의 게르망트에 해당하는 푸아 대공부인이 좋은 친척으로서 결코 결석하지 않는 사실이었다. 푸아 대공부인이야말로 이 노부인의 게르망트 부인이며, 게르망트 공작부인과 절친한 벗이었으나, 빌파리지 부인을 방문한 일이 한 번도 없었다.

그런데도 말라케 강둑의 저택으로부터, 투르농 거리, 라셰즈 거리, 생토노레 동네의 살롱으로, 끊기 어려운 썩은 유대가 명성을 잃은 세 여신을 잇고 있었다. 도대체 어떠한 정사, 어떤 불경한 불손 때문에 세 여신에게 벌이 내렸는지, 나는 어느 사교계의 신화 사전이라도 뒤져서 알아내고 싶었다. 똑같이 고귀한 태생, 똑같은 현재의 쇠퇴 상태는, 그녀들을 부추겨 서로 미워하는 동시에 서로 자주 찾아가게 하는 데에 크게 기여했을 것이다. 그리고 그녀들은 저마다 상대를, 제 손님들에게 예의를 다 지키는 편리한 수단으로 여겼다. 그 자매가 사강 공작 또는 리뉴 대공과 결혼한, 작위 높은 부인에게 소개받는다면 어찌 그 손님들이 이제야 자기도 굳게 닫힌 귀족 동네로 뚫고 들어 왔구나 하는 생각을 않겠는가? 하물며 신문은 진정한 살롱보다 이런 사이비 살롱 쪽에 대해 더 크게 실으니 말이다. 친구한테 사교계에 데려다달라고 부탁받은 상류 사회의 자제들(생루를 필두로)마저 이렇게 말하곤 했다. "빌파리지 아주머니 댁에, 또는 X아주머니 댁에 데리고 가지. 재미나는 살롱이니까." 그 편이 이 노부인들의 멋진 조카딸이나 조카며느리 집에 그 친구를 데리고 가기보다 쉽다는 사실을 알고 있기 때문이다. 나이 많은 영감님들, 이 영감님들에게 얘기 들어 알고 있는 젊은 여인네들이 나에게, 그 노부인들이 사교계에 받아들여지지 않는 까닭은 그 본디 행실이 너무 문란했기 때문이라고 말했다. 소행이 문란한들 상류가 못될 것도 없지 않느냐고 내가 비난하자, 그것은 오늘날 알려져 있는 모든 상식을 벗어난 행위라고 말하는 것이었다. 단정하게 앉아서 점잔 빼는 그 노부인들의 문란한 행실은, 비난하는 이들의 말을 들으면, 내가 떠올릴 수 없는 것, 선사 시대의 거대함, 매머드 시대와 맞먹는 그 무엇이 되는 것이었다. 즉 머리카락이 하양, 파랑, 장밋빛인 세 파르카(Parca)*[1]는 셀 수 없을 정도의 남성들을 불행에 빠뜨린 것이다. 요즘 사람들은 이런 신화 시대의 악덕을 과장하고 있다고 나는 생각한다. 마치 그리스인이 인간을 가지고 이카로스

---

*1 운명을 주관하는 세 자매 여신.

(Ikaros)*[2]나 테세우스(Theseus)*[3]나 헤라클레스를 만들었지만, 그 인간은 그것을 신격화한 후세 사람과 별로 다르지 않았던 것과 같다. 그러나 우리는 그 인간이 다시는 악덕을 발휘 못하는 상태가 되고 나서야 비로소 한 인간의 총결산을 하며, 완수되어가기 시작하는 사회적 징벌, 확인된 사회적 징벌의 크기로만, 범했던 죄의 크기를 재고, 떠올리며, 부풀린다. 참으로 경솔한 여인들, 영락없이 메살리나 같은 여인들은, '사교계'라는 상징적 인물의 화랑에, 반드시 적어도 일흔 살 난 부인의 엄숙한 모습, 거만하게 되도록 많은 이를 초대하지만, 진정 초대하고 싶은 이를 초대 못 하는, 행실에 좀 결점 있는 여인들도 그 집에 가려들지 않는, 교황께서 해마다 '황금 장미'*[4]를 보내오는, 때로는 라마르틴의 젊은 시절에 대해서 쓴 저술로 아카데미 프랑세즈에서 상을 받은 귀부인의 엄숙한 모습을 갖추고 나타난다. "안녕하세요, 알릭스." 빌파리지 부인은 흰머리를 마리 앙투아네트처럼 땋은 부인에게 말했다. 이 노부인은 모인 사람들을 날카로운 눈길로 바라보면서 자기 살롱에 도움이 될 만한 어떤 조각이 있지 않나 살피고 있었다. 있다면 자기 눈으로 발견해야 하니, 빌파리지 부인이 여간 심술 사납지 않아 그것을 숨기리라는 것을 노부인은 의심치 않았기 때문이다. 따라서 빌파리지 부인은 자기 집에서 공연할 예정인 촌극과 같은 극을 말라케 강둑의 저택에서도 따라 할까 봐 노부인에게 블로크를 소개하지 않으려고 조심했다. 하기야 그건 앙갚음에 지나지 않았다. 왜냐하면 노부인은 그 전날 리스토리 부인을 불러 시 낭독을 시켰는데, 이 이탈리아 여배우를 빌파리지 부인에게서 가로챘는지라 시 낭독회가 끝날 때까지 빌파리지 부인이 모르도록 조심했기 때문이다. 빌파리지 부인이 그 일을 신문에서 읽고 노하지 않게, 죄책감을 안 느끼는 양 그 얘기를 하러 온 것이다. 빌파리지 부인은 블로크와 달리 나라면 소개해도 지장이 없다고 생각하여 강둑 거리의 마리 앙투아네트에게 내 이름을 말했다. 그러자 이 부인은 나이 들어도 쿠아즈보(Coysevox)*[5] 여신의 선, 지난날 젊은 멋쟁이를 호리고 또 지금도 엉터리 문

---

*2 아버지 다이달로스(Daidalos)와 함께 밀초로 만든 날개를 달고 크레타 섬을 탈출했으나, 너무 태양에 접근했다가 날개가 녹아서 이카리아(Ikaria) 바다에 떨어져 죽었음.

*3 아테네의 아이게우스(Aegeus)의 아들로서, 아테네를 통일한 영웅.

*4 교황이 덕성 높은 여성에게 보내는 훈장.

*5 프랑스의 조각가(1640~1720).

필가들이 짧은 시에서 찬양하고 있는 선을 유지하려고 되도록 움직이지 않으면서—게다가 유별난 불행을 당한지라 끊임없이 아첨을 강요하는 사람들에게 공통된, 거만한, 그러나 촌스러운 태도가 몸에 배고 말아—쌀쌀한 위엄을 지어 머리를 가볍게 끄떡하고 나서 곧 다른 쪽으로 돌려 마치 나 따위는 거기에 없다는 듯 무시했다. 두 목적을 가진 그 태도는 마치 빌파리지 부인에게 다음과 같이 말하고 있는 성싶었다. "보세요, 벗이 한두 사람 온들 아무래도 좋아요. 그리고 젊은이 따위야—조금도 독설을 하려는 것이 아니지만—난 흥미 없어요." 하지만 15분 뒤에 물러갈 때, 부인은 소란을 틈타 내 귀에 대고 다음 금요일 세 분 가운데 한 분과 함께 그녀의 칸막이 좌석에 오라고 말했다. 세 분 가운데 한 분의 으리으리한 이름은—더구나 그분은 슈아죌 가문 태생이었다—내게 굉장한 인상을 주었다.

"이봐요, 몽모랑시 공작부인에 대해 뭘 쓰고 싶어하시는 줄 아는데." 빌파리지 부인은 뾰로통한 낯으로 프롱드당 역사가에게 말했다. 그것은 실쭉하기 잘하는 몸의 오그라듦, 늙음에서 오는 생리적인 분함으로, 그리고 옛 귀족들의 거의 농부 같은 말투를 흉내내려는 선멋*[1]으로 말미암아, 어느새 부인의 남다른 친절함이 주름 잡히게 하고 말았던 것이다. "그분의 초상화를 보여드리죠, 루브르 미술관에 있는 모사화의 원화(原畫)랍니다."

부인은 붓을 꽃 곁에 놓고서 일어섰다. 그러자 그때 허리에 보인 작은 앞치마, 그림물감으로 더러워지지 않으려고 걸치고 있는 그 앞치마가, 헝겊 모자와 큰 안경이 주고 있는 거의 시골 여인 같은 인상을 더 짙게 하고, 홍차나 과자를 가져오는 집사, 몽모랑시 공작부인(프랑스 동부의 가장 유명한 수녀원 가운데 하나의 수녀원장)의 초상을 밝히려고 부인이 부른 제복 입은 사내종 같은 하인들의 화려한 옷차림과 대조적이었다. 모두 일어나 있었다. "꽤 재미나는 일은 우리네 왕고모들께서 흔히 수녀원장으로 계시던 그런 수녀원에, 프랑스의 왕녀들이 들어가지 못했던 점이죠. 매우 엄중한 수녀원이었답니다." 부인이 말했다. "왕녀들이 들어가지 못했다니, 왜 그렇죠?" 블로크가 어리둥절해하며 물었다. "프랑스 왕가가 신분 낮은 가문과 혼인을 맺은 뒤로 대(代)가 아직 얼마 지나지 않았기 때문이죠." 블로크의 놀라움은 더 커졌다. "신분 낮은 가문과

---

*1 17세기 전반 프랑스 사교계를 풍미했던 잘난 체하는 취미와 경향. 프레시오지테.

혼인을, 프랑스 왕가가요? 도대체, 왜요?"—"메디치 가문과 혼인했거든요." 빌파리지 부인은 아주 자연스러운 투로 대답했다. "이 초상화 아름답죠, 안 그래요? 보존 상태도 완벽하고요." 부인이 덧붙였다.

"이봐요." 마리 앙투아네트처럼 머리를 땋은 부인이 말을 꺼냈다. "기억나시죠, 내가 댁에 리스트를 데려왔을 때, 그가 이걸 모사화라고 말했던 일을."

"음악에 대해서라면 리스트의 의견에 따르겠지만 그림에 관해선 천만에! 게다가 그분 이미 망령 들어 있고, 또 정말 그런 말을 했는지 기억나지 않네요. 게다가 리스트를 데리고 온 사람은 당신이 아니죠. 나는 그 전에 사인 비트겐슈타인 대공부인 댁에서 그분과 함께 여러 번 식사했거든요."

알릭스의 일격은 빗맞아, 그녀는 묵묵히 선 자세로 움직이지 않았다. 분을 더덕더덕 발라 그 얼굴이 돌 같았다. 옆얼굴이 고상해서, 부인은 짧은 외투로 가려진 삼각형의 이끼 낀 대좌(臺座) 위에 서 있는, 공원의 깨어진 여신상 같았다.

"허어, 이것 또한 아름다운 초상화군요!" 역사가가 말했다.

문이 열리고 게르망트 공작부인이 들어왔다.

"어서 와요." 빌파리지 부인은 머리 하나 까딱하지 않고 말하면서 앞치마의 주머니에서 한 손을 꺼내 막 들어온 상대에게 내밀었는데, 금세 접대하는 행동을 그치고 역사가 쪽으로 몸을 돌렸다. "이건 로슈푸코 공작부인의 초상화죠……."

성깔 있어 보이는, 얼굴이 잘생긴 젊은 하인(완벽성을 잃지 않을 정도로 가장자리를 깎은 듯한 얼굴, 조금 붉은 코, 좀 불그레한 살갗은, 마치 최근 조각칼로 도려낸 몇몇 자국을 남기고 있는 듯했다)이 명함 놓인 쟁반을 들고 들어왔다.

"후작부인을 뵙고자 이미 여러 차례 오신 그분이십니다."

"내가 손님 접대하는 중인 걸 그분에게 말했나?"

"말씀들 하시는 걸 그분이 들었습니다."

"그럼 하는 수 없지, 들어오시게 해. 전에 소개받은 분이죠." 빌파리지 부인이 말했다. "여기에 꼭 초대해주십사 졸라대지 뭐예요. 나는 한 번도 그분이 오는 걸 허락하지 않았어요. 그래도 다섯 차례나 일부러 오셨으니, 남을 화나게 해선 못쓰죠. 이봐요." 부인은 나에게 말하고, "그리고 이봐요" 하고 프롱드당의 역사가를 가리키면서 덧붙였다. "내 조카딸, 게르망트 공작부인을 두 분에게 소개합니다."

역사가는 나와 마찬가지로 정중히 머리 숙이고 나서, 이 인사 뒤에 뭔가 진정어린 감회를 토로해야 한다고 생각해선지, 두 눈을 빛내며 입을 벌리려다가 게르망트 공작부인의 모양을 보고는 맥이 빠지고 말았다. 부인은 자유자재로 움직이는 상반신을 이용해 그것을 앞으로 내밀면서 과장되게 정중한 인사를 하고 나서 얼굴도 눈도, 마치 앞에 누가 있는지 알아보지 못하는 듯이 그것을 똑바로 제자리로 돌렸다. 코웃음치는 한숨을 한 번 내더니, 역사가와 나를 보고 받은 인상이 시시한 것임을 뚜렷이 드러내고자, 무료한 주의력의 절대적 무력 상태를 증명하는 정확성으로 콧방울의 어떤 운동을 했을 뿐이었다.

귀찮게 굴었다는 손님이 들어와, 순진하고도 열성 있는 태도로 곧장 빌파리지 부인 쪽으로 걸어갔다. 르그랑댕이었다.

"뵙게 되어 매우 고맙습니다, 부인." 그는 '매우'라는 낱말에 힘주어 말했다. "참말 얻기 어려운 미묘한 기쁨을 늙은 고독자에게 주셔서, 그 기쁨의 울림을 말하자면……."

그는 나를 알아보고, 갑자기 말을 멈췄다.

"이분에게 《잠언집》 작가의 안사람, 로슈푸코 공작부인의 아름다운 초상화를 보이고 있던 참이죠, 우리 집안에 전해 내려오는 거랍니다."

게르망트 부인, 그녀는 알릭스에게 인사하면서, 올해도 예년같이 방문할 수 없었음을 사과했다. "마들렌을 통해 댁 소식을 들어왔어요." 그녀가 덧붙였다.

"그분이야 오늘 아침도 우리집에서 식사하셨죠." 말라케 강둑의 후작부인은 빌파리지 부인이라면 절대로 이렇게 말할 수 없으리라는 생각에 만족스러워하며 말했다.

그러는 동안 나는 블로크와 이야기했는데, 그 아버지가 그에 대한 태도를 바꿨다는 소문을 들어, 블로크가 내 생활을 부러워할까 봐, 나는 그의 생활 쪽이 틀림없이 더 행복할 거라고 말해주었다. 이 말은 그저 나의 상냥함에서 나온 것이었다. 그런데 상냥함은 자존심 강한 이들에게 쉽사리 그들의 행운을 믿게 하고, 또는 남들이 그렇게 믿기를 바라는 욕망을 주게 마련이다. "아무렴, 나 사실 참으로 즐거운 생활을 보내고 있네." 블로크는 행복에 젖어 있는 모양으로 말했다. "세 친구가 있다네, 더 이상 하나도 바라지 않아. 귀여운 애인이 하나 있고 보니 한없이 행복하네. 제우스 영감이 이토록 많은 행복을 준 인간은 드물지." 그는 특히 뽐내어 내게 부러움을 일으키려 하였나 보다. 또한 어쩌면 그의 낙천주의 속에 어떤 독창성이 있기를 바라는 소망이 있었는지 모른다. 그의 집에서 열린 댄스파티에 못 가서 내가 좋았냐고 묻자, 그는 남의 일처럼 단조로운 무관심한 말투로 "암, 썩 좋았네, 더할 나위 없는 성공이야. 참말 황홀하였네" 하고 대답하는 걸 보아, 흔히들 말하는 "아니 뭐! 별거 아니었어" 따위의 평범한 대답을 하고 싶지 않은 것이 뻔했다.

"그와 같은 말을 들으니 나의 흥미는 무한히 깊어갑니다." 르그랑댕이 빌파리지 부인에게 말했다. "까닭인즉 바로 요전 날 나는 부인께서 로슈푸코와 퍽 닮으셨다고 생각했으니까요. 표현법의 기민한 명확성, 뭐랄까, 모순된 두 마디로 된 것이라면, 단단한 질의 고속도(rapidité lapidaire)라던가 영원한 순간 촬영(instantané immortel)과 같은 표현이지요. 나는 오늘 저녁 부인께서 말씀하시는 것을 전부 적어두려고 했습니다만, 그러기보다 모두 기억해두겠습니다. 부인의 말씀은, 주베르의 말인 줄 압니다만, 기억력도 참 좋으십니다. 주베르를 읽은 적이 없으시다구요? 그것 참 유감인데요! 부인 마음에 꼭 들었을 텐데! 오늘 저녁 안으로 주베르의 작품을 보내드리죠, 그의 재능을 부인께 선보이는 게 무한한 영광이니까요. 그는 부인만큼 힘차지 않지요. 하지만 그는 우아하고 아름답습니다."

나는 당장 르그랑댕에게 인사하러 가고 싶었으나, 그는 줄곧 되도록 내게서 멀리 떨어져 있었다. 아마도 빌파리지 부인한테 세련된 표현으로는 무슨 일에 대해서나 해대는 아첨을 나에게 들리게 하고 싶지 않아서였을 것이다.

부인은 조롱이라도 당한 듯이 웃으면서 어깨를 으쓱하고 역사가 쪽으로 몸을 돌렸다.

"이쪽은 유명한 마리 드 로앙 슈브뢰즈 공작부인, 처음엔 뤼인 님과 결혼했던 분입니다."

"이봐요, 뤼인 부인의 얘기가 나와 말인데 요랑드가 생각나네요. 요랑드가 어제 우리집에 왔답니다. 당신이 저녁에 아무 약속도 없는 걸 알았다면 당신한테 사람을 보내 오시라고 했을걸. 뜻밖에 리스토리 부인이 오셔서 카르멘 실바(Carmen Sylva)*1 왕비의 시를 그 작자 앞에서 낭독했답니다. 어쩌나 아름다운지!"

---

*1 루마니아의 엘리자베트 왕비의 필명.

'방심해서는 안 돼!' 빌파리지 부인은 생각했다. '저이가 요전 날 볼랭쿠르 부인과 샤포네 부인한테 소곤댄 것이 틀림없이 이것이구나'—"난 한가했어도 가지 않았을 거예요." 빌파리지 부인이 대꾸했다. "리스토리 부인의 낭독을 그 한창 시절에 들은 일이 있거니와, 이제는 한물갔거든요. 그리고 또 카르멘 실바의 시를 무척 싫어하고요. 한번은 아오스트 공작부인이 리스토리를 이곳에 데리고 온 적이 있는데, 단테의 《지옥편》 한 구절을 낭독했답니다. 그거야말로 천하일품."

알릭스는 이 일격에도 끄떡없이 버뎠다. 석상같이 버티고 있었다. 그 눈은 날카로우나 빈 듯하고, 코는 귀족답게 활 모양으로 휘어 있었다. 그러나 한쪽 뺨은 거칠었다. 초록빛에 장밋빛이 섞인 이상하고 가벼운 비대 증식이 턱 언저리에 퍼져 있었다. 겨울이 다시 오면, 어쩌면 그녀를 쓰러뜨릴지도 모른다.

"저어, 그림을 좋아하시면, 몽모랑시 부인의 초상을 구경하세요." 빌파리지 부인은 또다시 시작하는 찬사를 멈추게 하려고 르그랑댕에게 말했다.

그가 멀리 가 있는 기회를 타, 게르망트 부인은 냉소적으로 질문하는 눈길로 큰어머니에게 그를 가리켰다.

"르그랑댕 님이지." 빌파리지 부인은 작은 소리로 말했다.

"캉브르메르 부인이라는 누이가 있지, 하기야 이름을 말한들 자네나 나나 모르지만."

"아뇨, 그분을 잘 알아요." 게르망트 부인은 한 손을 입에 가져다 대면서 외쳤다. "아니, 아는 사이는 아니지만, 그 바깥분과 어디서 만나는 바쟁이 왠지 모르나, 나를 찾아가보라고 그 뚱뚱보 여인에게 말했나 봐요. 그분의 방문이 어떠했는지 이루 말할 수 없어요. 런던에 갔었던 이야기를 꺼내더니 영국의 그림을 전부 나한테 주워섬기지 뭐예요. 그러나저러나 여기서 나가는 길로 그 괴물 댁에 명함을 집어넣으러 갑니다. 쉬운 일이 아니죠, 죽어간답시고 늘 집에 죽치고 있고, 누군가 거기에 저녁 7시에 가거나 아침 9시에 가거나 기다렸다는 듯 딸기 파이를 내놓으니까요. 암 괴물이구말구요." 게르망트 부인은 큰어머니의 의심스러워하는 눈길을 보고 말했다. "어처구니없는 분이죠, '플뤼미티프(plumitif)'*1라던가, 아무튼 그런 따위 낱말을 쓴답니다."—"'플뤼미티프'라

---

*1 속어로 글씨를 베껴 써주는 직업을 가진 사람.

니 무슨 뜻이지?" 빌파리지 부인은 조카딸에게 물었다—"알 게 뭐예요!" 공작 부인은 짐짓 분개하는 모습으로 외쳤다. "알고 싶지도 않고요. 나는 그런 프랑스 말을 입에 담지 않거든요." 그러다가 큰어머니가 플뤼미티프라는 낱말 뜻을 정말 모르는 것을 알자, 자기가 언어의 순수성을 고집하는 사람이자 학식 많은 여인임을 나타내는 만족감을 맛보기 위해, 또 캉브르메르 부인을 우롱한 다음 큰어머니까지 우롱하려고, 그녀는 짐짓 꾸민 심술의 나머지가 억누르던 미소와 함께 말했다. "그렇지, 누구나 다 알아요, 플뤼미티프는 문필가, 플륌(plume)*2을 쥔 사람을 가리키는 말이죠. 하지만 소름끼치는 말. 속이 뒤집힐 것 같은 말이죠. 그 따위 말을 어떻게 입 밖에 낸담……. 어머나, 저분이 그 오빠라니! 전혀 몰랐어요. 그렇지만 생각해보니 알 만하군요. 그 누이 또한 침대 밑 깔개처럼 비굴하고, 회전 책장의 지식밖에 없거든요. 오빠 못지않게 아첨 잘하고 귀찮게 구는 분. 오누이 사이라는 걸 점점 알 만해요."

"앉거라, 홍차를 좀 들지." 빌파리지 부인은 게르망트 부인에게 말했다. "직접 따라서. 자네야 자네 종조모님들의 초상을 볼 필요도 없지, 나만큼 잘 알고 있으니까."

빌파리지 부인은 이윽고 다시 제자리에 가서 앉더니 그림을 그리기 시작했다. 다들 다가갔다. 나는 그 틈을 타 르그랑댕 쪽으로 가서, 그가 빌파리지 부인 댁에 와 있는 걸 전혀 잘못이라고 생각지 않으며, 내가 얼마나 그의 감정을 해치는지, 동시에 해치는 의도가 있다고 믿게 하는지 꿈에도 생각해보지 않고서 말했다. "저어, 내가 살롱에 와 있어도 괜찮은 셈이군요, 당신도 와 계시니까." 르그랑댕 씨는 이 말에 (적어도 며칠 뒤에 그가 나에게 내린 판단이지만) 내가 속속들이 고약한 젊은 놈이라 죄악밖에 좋아하지 않는다고 단정했다.

"먼저 인사할 정도의 예의쯤 가졌을 만한데요." 그는 손도 내밀지 않고, 내가 꿈에도 모르던 심술궂고 상스러운 목소리로 대꾸했다. 그 목소리는 그가 여느 때 말하던 것과 합리적인 연관이 조금도 없고, 오히려 그가 지금 느끼고 있는 것과 가장 직접적이자 감명적인 다른 연관을 갖고 있었다. 이는 우리가 느끼는 바를 언제까지나 감추려고 결심하는 경우, 우리는 그것을 나타내는 방식 따위를 결코 생각해보지 않기 때문이다. 그런데 돌연, 지금까지 몰랐던 추

*2 붓, 펜.

악한 짐승 한 마리가 냅다 소리 지른다. 간혹 그 억양은 결점이나 죄악의 이런 본의 아닌 고백, 간결하고도 거의 억누를 수 없는 이런 고백을 듣는 이로 하여금 겁나게 하는 경우가 있다. 마치 범인이 아무도 몰랐던 살인을 고백하지 않고선 못 배겨 완곡하고 야릇하게 느닷없이 털어놓는 자백이 겁나게 하듯. 물론 나는 관념론, 주관론마저, 위대한 철학자들이 여전히 대식가이고 또는 집요하게 아카데미에 입후보하는 데 지장이 안 되는 줄 잘 알고 있었다. 그러나 사실 르그랑댕은, 그의 노기나 짝짝함의 경련적인 동작이 전부 이 세상에서 좋은 자리를 얻자는 욕망에서 나오는 것이고 보면, 자기가 딴 세계에 속해 있노라 그토록 자주 되풀이할 필요가 없지 않은가.

그는 낮은 목소리로 계속했다. "물론 그래, 어떤 곳에 와달라고 스무 번이나 연거푸 시달리고 보면, 설령 내게 나의 자유를 지키는 권리가 있다손 치더라도, 무례한 놈같이 행동할 수가 없어서."

게르망트 부인은 자리에 앉아 있었다. 그녀의 이름은, 그것이 칭호로 호위되고 있듯, 그녀의 육체에 공작 영지의 풍치를 덧붙이고 있었다. 그것은 그녀 주위에 비쳐, 살롱 한가운데 그녀가 앉아 있는 팔걸이 없는 의자 둘레에, 게르망트 숲의 금빛 나는 그늘진 산뜻함을 넘치게 하였다. 오직 나는 인간과 고장의 닮은 점을 공작부인 얼굴에서 좀처럼 읽기 쉽지 않은 데 적잖이 놀랐다. 그 얼굴에는 식물적인 것은 하나도 없고, 기껏해야 볕에 그은 두 뺨의 붉은 자국만이—게르망트라는 이름이 문장(紋章)처럼 그려져 있어야 옳았는데—대기 속에서 오래도록 말을 타던 영상은 아니더라도, 적어도 바깥에서 장시간 말을 탄 것처럼 보이게 했다. 나중에, 공작부인이 내 관심 밖에 나가게끔 되었을 때, 나는 부인의 여러 특징을 알았다. 특히(당분간 아직 가릴 줄 모르는 채 이미 내가 그 매력을 받고 있는 것에 한해서 말하면) 그녀의 눈에는 마치 프랑스 어느 오후의 푸른 하늘이 갇혀 펼쳐지고, 반짝이지 않을 때에도 늘 빛에 젖어 있다. 그리고 목소리가 있다. 첫 목쉰 소리에, 거의 상스럽게 들리는 목소리지만, 거기에 콩브레 성당의 돌층계 위나 광장에 있는 제과점 지붕같이, 시골 햇볕의 굼뜨고 기름진 금빛이 굴러다녔다. 그러나 이 첫날에 나는 하나도 판별 못하였고, 내 열렬한 주의력은 느꼈을는지도 모르는 조금의 것마저도 금세 증발시켰다. 아무튼 게르망트 공작부인이라는 이름이 모든 이에게 가리키는 것은 바로 그녀구나 하고 나는 생각했다. 이 이름이 뜻하는 불가사의한 삶을 이 몸이 담고 있으며, 이 몸은 이제 막 이 살롱 안, 모든 사람 가운데 그 생활을 들이밀고 있었다. 살롱은 이 생활을 사방에서 에워싸, 이 생활은 살롱에 강렬한 반작용을 일으켰는데, 어찌나 강렬한지 나는 그 생활이 뻗어나가 그치는 자리에, 경계를 정하는 나부끼는 술 장식을 보는 느낌이 들었다. 양탄자 위 푸른 목공단 치마의 불룩함이 두드러지게 하고 있는 주변 안에, 또 공작부인의 맑은 눈동자 속에 가지고 있었다. 여러 가지 걱정이나, 추억, 눈동자에 가득한 이해할 수 없는, 멸시하는, 재미있어하는, 알고 싶어하는 사념, 눈동자에 비치는 낯선 영상 따위가 서로 교차하고 있었다. 이런 식으로 내가 빌파리지 부인의 다과회에서가 아니라 후작부인의 야회에서 게르망트 부인을 만났더라면 좀 덜 감동했을 것이다. 이런 '낮' 다과회는 부인들로서는 나들이 도중 잠깐의 멈춤이니, 일보고 온 대로 모자를 쓴 채, 발길 닿는 일련의 살롱 속에 바깥공기의 질을 가져다주고, 지붕 없는 사륜마차의 덜그럭 소리가 들리는 열린 높은 창보다 오후 끝 무렵의 파리를 더 잘 보여준다. 게르망트 부인은 수레국화로 꾸며진 카노티에*[1]를 쓰고 있었다. 그 수레국화가 나에게 떠올린 것은, 내가 여러 번 그것을 따던 콩브레의 밭고랑이나 탕송빌의 산울타리에 잇닿아 있는 비탈에 비친 오랜 옛 햇볕이 아니라, 게르망트 부인이 조금 전에 라 페 거리에서 그 속을 지나온 바로 그 순간대로의 황혼의 냄새와 먼지였다. 비웃는 듯한 막연한 미소를 띠던 그녀는 꽉 다문 입술을 비쭉거리며, 신비로운 생활의 맨 끝에 달린 촉각인 두 파라솔 끝으로 양탄자 위에 몇몇 동그라미를 그리고 있었다. 보이는 것과 자기 자신 사이에 있는 모든 접촉점을 떼어버리는 것으로 시작하는 무관심한 주의력을 가지고, 그 눈길로 우리 하나하나를 번갈아 훑어보다가, 다음에 긴 의자와 안락의자를 검열했는데, 그때 그러는 그 눈길은 낯익은 것, 거의 인간이나 다름없는 것의, 하찮은 존재라도 일깨우는 그 인간적인 공감으로 화목하게 하는 것이다. 그런 살림살이들은 우리와는 달리 막연히 그녀의 세계에 속했고, 큰어머니의 생활과 연결되어 있었던 것이다. 눈길이 보베산 융단을 깐 의자에서 거기에 앉아 있는 사람 쪽으로 돌아오자 아까와 똑같은 날카로움, 똑같은 비난, 큰어머니에 대한 게르망트 부인의 존경 때문에 입 밖에 내지 못하나, 만약 그녀가 안락의자 위에서 우리 존재가 아니라 기름 자국이

---

*1 챙이 좁고 편편한 밀짚모자.

나 먼지 덮개의 존재를 확인했더라면 마음속으로 퍼부었을 비난의 기색을 띠었다.

뛰어난 작가 G……가 들어왔다. 빌파리지 부인에게 인사하러 왔는데, 이러한 방문을 늘 고역처럼 생각했다. 공작부인은 그를 만나 기뻤으나 그에게 몸짓하지 않았다. 하지만 물론 그가 아주 자연스럽게 그녀 곁으로 왔다. 그녀가 갖춘 매력, 요령, 꾸미지 않는 태도로 보아 그는 그녀를 재원으로 여겨왔던 것이다. 뿐만 아니라 예의상 그녀 곁으로 가야 할 의무가 있었다. 그는 사람됨이 쾌활하고 유명했으므로, 게르망트 부인이 그를 여러 번 식사에 초대해 부인과 그 남편과 셋이서 마주앉은 적도 있거니와, 또 가을에 게르망트에서, 이 친밀한 사이를 이용하여, 그를 만나보고 싶어하는 왕가의 부인들과 함께 저녁 식사에 부른 적도 있었기 때문이다. 그도 그럴 것이, 공작부인은 어떤 부류의 명사들을 즐겨 초대했기 때문이다. 그러나 상대가 독신이라는 조건이 붙어 있었고, 설령 결혼한 몸이라도 명사들은 부인을 위해 그 조건을 완수하였다. 그들의 아내라야 한결같이 얼마간 속되어, 파리에서 가장 멋있는 미녀들밖에 모이지 않는 살롱에서는 남의 눈에 거슬린다. 그래서 늘 아내 없이 초대되었다. 그래서 공작은 상하기 쉬운 감정을 미리 달래고자 본의 아닌 홀아비들에게 설명했는데, 아내는 부녀자를 초대 않는 버릇이 있다, 부녀자와 교제하는 걸 견디지 못한다, 마치 의사의 지시에 따르기라도 하듯, 마치 의사가 냄새나는 방에 그대로 있지 말 것, 너무 짜게 먹지 말 것, 뒤쪽으로 걷지 말고, 코르셋을 매지 말라고 하는 말투였다. 물론 이 명사들은 게르망트네 집에서 파름 대공부인, 사강 대공부인(이분의 소문을 늘 듣는 프랑수아즈는 문법상 이와 같은 여성형이 반드시 필요한 줄 여겨서, 마침내 이분을 사강트라고 부르기에 이르렀다), 그밖에 여러 부녀자를 만났으나, 그런 여인들이 와 있는 것을, 그녀들이 한집안 사람, 또는 빼놓을 수 없는 어린 시절의 친구들이구나 여겨 옳은 일이라고 생각했다. 부녀자들과 교제할 수 없다는 공작부인의 괴상한 병에 대해 게르망트 공작이 해준 설명을 이해했건 말건, 명사들은 그 설명을 아내에게 전했다. 그 가운데 어느 아내는, 그 병은 질투를 숨기는 핑계에 지나지 않고, 공작부인 혼자 숭배자들의 모임을 지배하려고 하기 때문이라고 생각했다. 좀더 소박한 아내들은 공작부인에게는 남다른 취미가 있는 데다가 추잡한 과거마저 있는지 모른다, 그래서 부녀자가 부인 집에 찾아가려 들지 않아 부인은 어쩔 수 없는 사정에 제 변덕이라는 이름을 붙이고 있는 것이라고 생각했다. 가장 마음씨 좋은 아내들은 남편이 공작부인의 재능을 한껏 추어올리는 말을 듣고서, 공작부인은 다른 여인보다 훨씬 뛰어났는지라 여인들과 사귀는 게 갑갑한 것이다, 여인네들은 아무것도 말할 줄 모르니까, 라고 판단했다. 사실 부인은 왕족 신분으로 특별한 흥미를 주지 않는 이상 부녀자들 곁에 있으면 따분해했다. 그러나 제외된 아내들이, 부인은 문학이나 과학, 철학을 논하고자 사내들만 초대하려 한다고 상상했다면 틀린 생각이었다. 왜냐하면 부인은 적어도 뛰어난 지성인과는 그런 것을 논하지 않았으니까. 위대한 장군의 따님은 아무리 허영에 골똘해 있는 중이라도 군대에 관한 일에 경의를 가지는 법이니, 이와 똑같은 가풍에 따라 티에르, 메리메, 오지에(Augier)*1와 친교 있던 부인네의 손녀답게 부인은 무엇보다 먼저 자기 살롱에 지식인의 자리를 보존해야 한다고 생각해온 한편, 명사들을 게르망트네에 맞이하는 데 호의적이고도 친숙하게 대해, 재사(才士)들을 마치 한가족처럼 생각하는 버릇이 있다. 그 사람의 재능에 현혹되지 않고, 그의 작품에 대해서는 이야기를 않는다. 하기야 이야기를 한대도 그들에게는 흥미가 없는 것이다. 게다가 메리메풍의, 메이약과 알레비풍의 재치, 그것이 부인의 재치였는데, 그것이 부인에게, 전 시대의 입으로 말하는 감상주의와 정반대로, 과장된 문구나 고상한 정감의 표현을 전부 뺀 대화를 하게 하여, 시인이나 음악가와 함께 있을 때도, 먹고 있는 음식이나 앞으로 하려는 트럼프 놀이에 대해서밖에 지껄이지 않음을 멋의 하나로 생각하게 했다. 이러한 자제는 사정 모르는 제삼자를 얼떨떨하게 만들어 이상하다는 느낌마저 주었다. 게르망트 부인이 어느 유명한 시인과 함께 모시고 싶다는 초대를 받고, 호기심에 들떠 정한 시각에 닿는다고 하자, 공작부인은 시인한테 한창 날씨 이야기를 하고 있다. 모두 식탁 앞에 앉는다. "이런 달걀 요리를 좋아하십니까?" 부인이 시인에게 묻는다. 시인은 좋아한다고 대답하고, 부인도 동조한다(이 시인은 부인네 것이라면 게르망트에서 보내오게 하는 지독한 능금주까지 진미로 느꼈으니까). "이분께 달걀을 드려요, 더." 부인이 집사한테 분부하는데, 그 동안 근심스러운 제삼자는, 시인의 출발에 앞서 온갖 장애를 무릅쓰고 시인과 부인이 회합하는, 조처를 취한 이상 확실히 서로 말하려는 의사가 있던 것

*1 프랑스의 극작가(1820~1889).

을 학수고대한다. 그러나 게르망트 부인이 기지 넘치는 농담이나 교묘한 일화를 말하는 기회가 있는데도, 그대로 계속 식사하고, 접시가 하나 둘 치워진다. 그러는 동안 시인은 여전히 식사를 하고 있으며, 공작도 부인도 그가 시인이라는 사실을 잊어버린 것 같다. 이윽고 식사가 끝나, 시에 대해 한마디 말도 없이 작별인사를 나눈다. 다 좋아하는 시문이건만, 지난날 스완이 나에게 조금 맛보게 해준 것과 비슷한 신중성에서 아무도 시에 대해 말하지 않는다. 이 신중성은 오로지 점잖음 탓. 하지만 제삼자로서는 좀 생각해보면 거기에 뭔가 매우 애수적인 것이 있어, 게르망트네의 식사 분위기야말로 흔히 수줍은 애인들이 헤어지는 순간까지 평범한 것밖에 말하지 않고 수줍음 탓, 스스러움 탓, 또는 서투름 탓으로 고백하고 나면 더욱 행복하게 될 크나큰 비밀을 가슴에서 입으로 옮기지 못한 채 함께 보내는 그 몇 시간을 불러일으킨다. 하기야 한마디 더 해야 할 것은, 심오한 것에 대해 침묵을 지켜서 그것을 언급하는 순간을 허탕치게 하는 것이 공작부인의 특징이라고 하나, 부인의 경우 꼭 그렇지만은 않다는 점이다. 게르망트 부인은 젊은 시절을 지금과는 조금 다른 환경, 오늘날 살고 있는 환경과 마찬가지로 귀족적이나 덜 으리으리한, 특히 덜 경박한, 그리고 교양 깊은 환경에서 보냈다. 현재 그녀의 신중하지 못하고 가벼운 생활에 보다 견고한 어떤 기반을 남겨두고, 부인이 거기에(학자인 체하기를 극히 싫어하는지라 매우 드물게) 빅토르 위고 또는 라마르틴의 어떤 인용을 찾으러 가는 일마저 있는데, 그 인용이 아주 적합하여, 실감나는 아름다운 눈길을 담아서 외우면, 남을 놀라게 하고 매혹하고야 말았다. 뿐만 아니라 이따금, 건방진 생각 없이, 적절하게, 간략하게, 아카데미 회원인 어느 극작가에게 총명한 충고를 해, 한 장면을 약하게 하거나 종말을 바꾸게 하는 일도 있었다.

빌파리지 부인의 살롱에서도 꼭 페르스피에 아가씨의 결혼식 때 콩브레 성당 안에서와 마찬가지로, 내가 게르망트 부인의 몹시 인간다운 미모 속에, 그 이름이 가진 미지를 파악하기 어려웠더라도, 적이나 부인이 이야기할 때만은, 그 심원하고도 신비로운 담소에, 중세의 장식 융단이나 고딕풍 그림 유리 같은 야릇함이 있을 거라고 나는 생각해왔다. 그러나 게르망트 부인이라 일컫는 이의 입에서 들려오는 말씨에 실망하지 않으려면, 설령 부인을 좋아하지 않더라도, 그 말씨가 세련되고 아름다우며 깊은 것만으로는 모자라, 부인 이름의 마지막 철자가 지닌 그 맨드라미 빛깔, 처음 본 날부터 그것이 부인에게서 느껴지지 않음을 놀라워하여, 내 사념 속에 숨겨둔 그 빛깔을 비쳐야만 했을 것이다. 그야 물론 나는 빌파리지 부인, 생루, 그 지능이 조금도 비범하지 않은 이들이, 이 게르망트란 이름을, 지금 찾아 오고 있는 이, 또는 함께 식사하기로 되어 있는 이의 이름에 지나지 않듯이 이 이름 속에 황금빛으로 물드는 숲의 모양, 신비스런 시골의 한구석을 감지하는 기색 없이 함부로 발음하는 것을 이미 들은 적이 있었다. 하지만 고전 시인이 품은 깊은 의도를 남에게 알리지 않을 때처럼 이는 그들의 선멋임에 틀림없거니와, 나 또한 게르망트 공작부인이라는 이름을 다른 것과 비슷비슷한 이름인 듯 아주 자연스러운 투로 입 밖에 내면서 그 선멋을 애써 흉내내었다. 하기야 모두 부인을 매우 지성 있는 여인, 재치 있는 대화를 하는 여인, 가장 흥미로운 작은 무리에 둘러싸여 사는 여인이라고 딱 잘라 말했다. 나의 몽상에 편드는 말이었다. 왜냐하면 그들이 지성 있는 동아리니 재치 있는 대화니 말할 때, 내가 상상하는 것은 내가 생각해온 바와 같은 지성(설령 위대한 두뇌를 가진 지성이더라도)이 전혀 아니고, 이 무리를 이루는 이들도 결코 베르고트와 같은 사람들이 아니니까. 그렇지 않고 나는, 지성이라는 낱말을 숲에 생기는 싱싱함에 담뿍 젖은, 금빛 나는, 이루 형용하기 어려운 능력이라 이해하고 있었다. 이와 같이 특수한 능력에 대한 나의 기대는, 게르망트 부인이 아무리 지적인 말씨를 함부로 지껄인들('지적'이라는 낱말을 철학자나 비평가가 쓰는 경우의 뜻에서), 하찮은 대화 가운데 요리법 또는 성관의 살림살이에 대해서 이야기하거나 이웃 부인네들 또는 친척의 이름을 인용하기만 하는 경우보다(그러면 적어도 부인의 생활이 내 머리에 떠올랐을 것이다) 더욱 실망했을지도 모른다.

"바쟁이 여기 있는 줄 알았는데요, 찾아뵈러 오겠다고 했거든요." 게르망트 부인은 큰어머니에게 말했다.

"그 사람 못 보았다, 여러 날 동안이나." 빌파리지 부인은 격하기 쉬운 화난 투로 대꾸했다. "못 보았어, 아니지 한 번 보았나 봐, 스웨덴 왕비님이라고 스스로 내방을 알린 그 재미난 장난 이후."

게르망트 부인은 웃으려고 한쪽 입술을 마치 제비꽃을 씹듯 바싹 다물었다.

"우리 어제 블랑슈 르루아 댁에서 그 왕비님과 함께 식사했어요. 아마 몰라보실 거예요, 그분 아주 뚱뚱해졌거든요, 어디 안 좋으신가 봐요."

"마침 이분들에게 이야기하고 있었단다, 네가 왕비님을 개구리 모양으로 보았던 일을."

게르망트 부인은 쉰 듯한 목소리 하나를 들려주었는데, 그것은 양심의 거리낌이 없도록 콧방귀 뀌고 있다는 뜻이었다.

"그런 재미난 비유를 했던가요, 그렇다면 지금에 와서는 용케 소갈이 큼직하게 된 개구리입니다. 아니지, 전혀 그렇지 않아요, 그 크기가 전부 배에 모여 있거든요, 오히려 잉태 중인 개구리입니다."

"참말 네 비유가 우습구나." 빌파리지 부인은, 손님들한테 조카딸의 재치를 보이는 것이 속으로 어지간히 자랑스러워 말했다.

"우습다기보다 뭐니뭐니해도 독단적인 비유죠." 게르망트 부인은, 스완이 그렇게 했을 것같이 골라잡은 이 형용사를 비꼬아서 뚜렷이 드러나게 하며 대답했다. "왜 그런고 하니 사실은 잉태 중인 개구리를 본 적이 없거든요. 아무튼 남편인 왕이 죽은 뒤로 전에 없이 쾌활해 다시는 왕 같은 건 바라지 않는다는 그 개구리, 다음 주 안에 집에 식사하러 오시기로 되어 있어요. 어쨌든 간에 큰어머님께 미리 알리겠노라 말했어요."

빌파리지 부인은 분명치 않게 중얼거리면서 덧붙였다.

"왕비님께서 그저께 메클랑부르 부인 댁에서 저녁 식사 하셨다더라. 안니발 드 브레오테가 거기 갔다 와서 내게 이야기하더구나, 꽤 익살스럽게 말이야."

"그 만찬회에 바발보다 더 재치 있는 한 분이 계셨어요." 게르망트 부인은 이렇게 말하면서, 브레오테 콩살비 씨와 얼마나 절친한 사이인지 이런 애칭으로 불러 나타내려고 하였다. "베르고트 님이에요."

나는 베르고트가 재주가 뛰어난 사람으로 여겨지리라곤 꿈에도 생각해보지 않았다. 더구나 나는 그를 지적인 인종에 섞여 사는 이, 다시 말해 내가 아래층 특별석의 자줏빛 휘장 밑에서 언뜻 보았던 신비스런 세계와는 아주 먼 존재로 여겼다. 한편 브레오테 씨는 그 신비스런 세계에서 공작부인을 웃기며 부인과 함께 신들의 언어로 상상도 못하던 것을 완성했다. 즉 포부르 생제르맹 동네 사람들 사이의 대화이다. 나는 그 균형이 깨지고 베르고트가 브레오테 씨의 위를 지나감을 보고 슬펐다. 그러나 특히 게르망트 부인이 빌파리지 부인한테 하는 말을 듣고 보니, 〈페드르〉를 구경한 저녁 내가 베르고트를 피해 그에게 가지 않던 일이 애석했다.

"그분은 내가 사귀고 싶은 유일한 분." 이렇게 덧붙이는 공작부인의 마음속에, 이를테면 정신상의 조수 때, 이름난 지식인에 대한 호기심의 밀물이 중간에서 귀족적인 속물근성의 썰물에 부딪히는 것을 본 느낌이 들었다. "아는 사이가 되면 정말 기쁠 텐데!"

베르고트를 소개해주는 거야 내게는 누워서 떡 먹기였지만, 그러면 게르망트 부인에게 나에 대한 나쁜 감정을 줄 거라고 여겼는데, 결과는 그 반대로, 틀림없이 부인이 나에게 그녀의 특별석에 오라고 신호하고 또 어느 날 이 위대한 작가를 데리고 와달라고 부탁하게 되었을 것이다.

"그분 그다지 상냥하지 않은가 봐요. 누가 그분을 코부르 님께 소개했는데 그분 한마디도 안 하더래요." 게르망트 부인은 한 중국인이 종이로 코를 풀더라는 얘기를 하듯 이 신기한 사실을 알리면서 덧붙였다. "그분 한 번도 '각하'라고 하지 않더래요." 그녀에게는 신교도가 교황께 알현하는 자리에서 교황 앞에 무릎 꿇기를 거부하는 것과 마찬가지로 중대한 그 일이 이상하다는 듯 덧붙였다.

베르고트의 이러한 특이점에 흥미를 느꼈다고는 하나, 그녀가 그걸 비난할 점으로 생각하는 기색은 없었다. 오히려 정확히 어떤 종류인지 그녀 자신도 모르면서 어떤 장점으로 돌리고 있는 성싶었다. 베르고트의 특이성을 이해하는 이와 같은 괴상한 방식에도, 나는 그 뒤, 게르망트 부인이 베르고트를 브레오테 씨보다 더 재치 있다고 말해 많은 사람을 깜짝 놀라게 하는 것을 소홀히 보지 않기에 이르렀다. 이런 뒤집어엎는, 고립된, 하지만 어쨌든 옳은 의견은, 이처럼 남보다 우수한 몇몇 사람들에 의해 세상에 나온다. 그러자 그것이 다음 세대가 영원히, 구태여 구애하지 않고서 정하는 가치 등급의 첫 둘레를 그려낸다.

벨기에의 대리대사, 인척 관계로 빌파리지 부인과 육촌 간이 되는 아르장쿠르 백작이 절뚝거리며 들어왔다. 이어 두 젊은이, 게르망트 남작과 샤텔르로 공작이 들어왔다. 게르망트 공작부인은 샤텔르로 공작한테 "안녕, 프티 샤텔르로" 하고 먼산바라기 모양으로 의자에서 움직이려고도 하지 않은 채 말했는데, 부인이 이 젊은 공작 어머니의 벗이었고, 젊은 공작이므로 어려서부터 부인에게 지극한 존경심을 품어왔기 때문이다. 큰 키, 호리호리한 몸매, 피부나 머리칼이나 금빛, 그야말로 게르망트네의 전형인 이 두 젊은이는 큰 손님방에 넘치는 봄 저녁 빛살의 한 응결체인 듯싶었다. 그 무렵에 유행하던 습관에 따라, 두 젊은이는 실크해트를 몸 곁 방바닥에 놓았다. 프롱드당 역사가는 면사무소에 들어선 농부가 그 모자를 어찌할 바 몰라 하듯 두 젊은이가 난처해하고 있는 줄로 생각했다. 그들의 어색함과 수줍음을 자비롭게도 도와줘야 한다고 여긴(오로지 망상) 프롱드당 역사가는 이렇게 말했다.

"아냐 아냐, 방바닥에 놓지 마시오, 망가지니까."

게르망트 남작의 눈은, 눈동자의 면을 비스듬히 내리감고서 거기에 돌연 노골적이고도 예리한 푸른 색깔을 흘려 마음씨 좋은 역사가를 서늘하게 하였다.

"빌파리지 부인께서 내게 소개하신 저 사람 누구라고 하셨죠?" 남작이 나에게 물었다.

"피에르 님." 나는 작은 목소리로 대답했다.

"무슨 피에르?"

"피에르가 그의 이름입니다. 대단한 역사가죠."

"흥…… 저 사람이!"

"그런 게 아니라, 모자를 방바닥에 놓는 건 남자분들의 새 습관이랍니다." 빌파리지 부인이 설명했다. "나도 당신같이 그 습관에 익숙하지 않아요. 하지만 조카인 로베르가 늘 응접실에 놓고 오는 것보다야 이편이 낫습니다. 나는 조카가 모자 없이 들어오는 걸 보면 시계방 주인 같다고 말해주고, 시계태엽을 감으러 왔느냐 물어본답니다."

"후작부인께서 아까 몰레 님의 모자에 대해 말씀하셨는데, 우리는 오래지 않아 아리스토텔레스처럼 모자에 관한 한 장(章)을 작성할 수 있게 될 것입니다." 프롱드당 역사가는 빌파리지 부인의 간섭에 조금 기운이 나 말했는데, 목소리가 아직 약해 나밖에는 아무도 듣지 못했다.

"참으로 놀라운 분이셔, 공작부인은." 아르장쿠르는 G와 얘기하고 있는 게르망트 부인을 가리키면서 말했다. "살롱 안에 한 인물이 보이는구나 하면 반드시 부인 곁에 있어요. 물론 그 자리를 차지하는 이야 가장 권위 있는 이뿐. 날마다 보렐리[*1] 님, 쉴랭베르제[*2]나 아브넬[*3] 님일 수야 없지만. 그러나 그때엔

---

*1 시인.

*2 역사가.

*3 경제사가.

피에르 로티 군 또는 에드몽 로스탕이 그 자리에 있을 겁니다. 어제저녁, 두도빌네 댁에서, 여담이지만, 부인께서 에메랄드 꽃관을 쓰신 데다, 자락이 긴 당당한 장밋빛 드레스 차림이라 으리으리하셨는데, 그 자리에서 부인은 한쪽에 데샤넬 님을, 또 한쪽에 독일 대사를 거느리고, 중국 문제로 그들에게 맞서고 계셨답니다. 다른 사람들은 공손히 먼 간격을 두고 있어서 얘기의 내용이 들리지 않는지라 당장 전쟁이 터지는 게 아닌가 하고들 생각했다니까요, 정말이지 집회를 주관하시는 왕비님의 모습이라고 할까."

저마다 빌파리지 부인이 그림 그리는 것을 구경하려고 다가왔다.

"이 꽃이야말로 하늘의 장밋빛이군요." 르그랑댕이 말했다. "다시 말해 장미색 하늘빛이군요. 푸른 하늘 빛깔이 있듯이 장밋빛 하늘 빛깔이 있으니까요. 하지만" 하고 그는 목소리를 낮춰 부인한테만 들리게 속삭였다. "나는 그래도 부인께서 그리시는 사생화의 그 비단같이 보드랍고 살아 있는 살빛 쪽을 택하겠습니다. 정말이지, 부인께선 피사넬로나 반 호이줌(Van Huysum)*4의 세밀 정물화를 멀찌감치 물리치셨는데요."

예술가는, 아무리 겸손하대도, 경쟁자들보다 높이 평가되는 것을 마다하지 않지만, 오직 경쟁자의 참된 가치는 인정하려고 애쓰게 마련이다.

"댁에게 그런 인상을 주는 거야, 그분들이 우리가 모르는 그 시대의 꽃을 그렸기 때문이죠. 하지만 그분들은 조예가 매우 깊었답니다."

"아아, 그 시대의 꽃이라, 얼마나 교묘한 말씀이신지!" 르그랑댕이 외쳤다.

"과연 아름다운 벚꽃을 그리시는군요…… 아니면 하얀 수선인가요?" 프롱드당 역사가는, 꽃에 대해선 망설임이 있었으나, 목소리에는 확신이 있었다. 이것도 모자 사건을 이미 잊어버렸기 때문이다.

"아뇨, 이건 사과나무 꽃이죠." 게르망트 공작부인이 큰어머니한테 말했다.

"옳다, 과연 너는 어엿한 촌사람이구나. 나처럼 꽃을 다 구별할 줄 알고."

"음, 그렇군, 사실이야! 그런데 사과나무 꽃의 계절이 벌써 지났다고 생각했습니다." 프롱드당 역사가는 변명 삼아 무턱대고 말했다. "천만에, 지나긴커녕, 꽃봉오리도 트지 않은걸요. 2주 아니면 3주 뒤라야 꽃필까?" 빌파리지 부인의 소유지를 관리한 경험이 좀 있어 시골의 사물에 통하는 고문서학자가 말했다.

---

*4 18세기 네덜란드의 화가.

"그럼요, 그것도 아주 이르게 피는 파리 근교에서. 노르망디, 이를테면 이 사람의 아버지 댁." 부인은 샤텔르로 공작을 가리키면서 말했다. "바닷가에 마치 일본의 병풍같이 현란한 사과밭이 있는데, 진짜로 장밋빛이 되는 건 오월 스무날이 지나서입니다."

"나는 가본 적이 없답니다." 젊은 공작이 말했다. "거기 가기만 하면 건초열(乾草熱)이 나서요, 이상하게도."

"건초열이라, 처음 듣는데." 역사가의 말.

"요즘 유행하는 병이죠." 고문서학자의 말.

"시간과 장소에 따라 다르죠. 사과가 여는 해라면 아무렇지 않을지도 모릅니다. 여러분 노르망디의 속담을 아시죠. 사과가 여는 해에……."*1 순 프랑스 인이 아닌데도 파리지엔인 체하려는 아르장쿠르 씨가 말했다.

"말한 대로야." 빌파리지 부인은 조카딸한테 말했다. "이건 남부산 사과나무란다. 한 꽃장수가 받아주십사 하고 이 가지를 보내왔구나. 뜻밖이죠, 발르네르 님" 하고 고문서학자 쪽으로 몸을 돌리고, "꽃장수가 사과나무 가지를 내게 보내다니? 하지만 나이 들어도 난 여러 사람들과 사귀고, 절친한 이들이 있답니다" 하고 웃으면서 덧붙였다. 그 미소를 보통 고지식함에서 비롯한 것이라 여겼으나, 내가 보기에, 부인은 이만큼 훌륭한 벗이 있으면서 꽃장수와 친함을 자랑하는 것이 그 나름대로 재미있다고 생각했기 때문인 듯싶다.

이번에는 블로크가 빌파리지 부인이 그리고 있는 꽃을 감상하러 가려고 일어섰다.

"염려 없습니다, 후작부인." 자기 의자에 돌아오면서 역사가가 말했다. "가끔 프랑스 역사를 피로 물들인 혁명이 설사 다시 일어난들—또 우리가 사는 요즘에야 일어날 수도 없지만" 하고, 이 살롱 안에 '불온 분자'가 있지 않나(의심조차 않는데도) 살펴보듯 신중하게 돌아보면서 덧붙였다.—"이만한 솜씨에다 다섯 손가락이 있고 보면, 기필코 난처한 처지를 벗어나시고말고요."

프롱드당 역사가는 자기 불면증을 잊고 있었는지라 어떤 안정을 맛보고 있었다. 그러다가 엿새나 잠 이루지 못한 것을 느닷없이 떠올리자, 마음에서 생

*1 '지금은 못 주니, 풍년에나 보자'라는 뜻. 이 말은 Ça me donne la fièvre des foins, 직역하면 '그건 나에게 꽃의 열을 준다', 곧 거기 가기만 하면 건초열(la fièvre des foins)이 나서'라는 말을 받아넘긴 익살.

긴 심한 피로가 두 다리에 냅다 몰려와, 어깨가 축 처지고 비탄에 잠긴 얼굴이 노인처럼 아래로 늘어졌다.

블로크는 감탄의 정을 표하는 몸짓을 하려고 했는데, 그만 팔꿈치의 일격으로 가지 꽂은 꽃병을 넘어뜨려 물이 몽땅 융단 위에 쏟아졌다.

"참말이지 선녀의 손가락을 가지셨습니다." 후작부인에게, 그때 등을 내 쪽으로 돌리고 있어서, 블로크의 실수를 보지 못한 역사가가 말했다.

그러나 블로크는 이 말을 자기에게 해대는 줄 여겨 실수한 부끄러움을 오만한 말과 행동으로 숨기려고 말했다.

"하나도 대수롭지 않소이다, 내 몸이 젖지 않았으니까요."

빌파리지 부인이 초인종을 울리자 사내종이 들어와 융단 자리를 훔치고 유리 조각을 주웠다. 빌파리지 부인은 오후 파티에 두 젊은이와 함께 게르망트 부인도 초대하고 나서 그녀에게 이렇게 부탁했다.

"지젤과 베르트(도베르종과 드 포르트팽 두 공작부인을 두고 하는 호칭)한테 잊지 말고 말해다오, 두 시간쯤 전에 도우러 와달라고 말이야." 이는 마치 임시 고용한 집사들한테 미리 와서 잼을 만들라는 것이나 진배없었다.

빌파리지 부인은 왕족 친척이나 노르푸아 씨에 대해, 역사가나 블로크나 나를 대하는 만큼의 상냥함을 전혀 보이지 않았다. 또 부인에게 그들은 우리의 호기심을 끄는 먹이로 삼을 따름인 흥미밖에 없는 듯했다. 그들한테 자기가 썩 또는 덜 훌륭하다는 것이 문제가 되는 여인이 아니라, 그들의 아버지나 큰아버지도 아끼는 까다로운 누이이고 보니 그들을 어렵게 여길 필요가 없다는 사실을 부인은 알고 있었기 때문이다. 그들 앞에서 빛나보려고 한들 아무 소용도 없었을 것이다. 그런들 부인이 놓인 처지의 강약을 그들에게 속일 수 없거니와, 그들은 누구보다도 부인의 과거를 잘 알고 있으며, 부인이 태어난 명문 혈통을 존경하고 있었기 때문이다. 그러나 특히 부인에게 그들은 다시 열매 맺지 못할 죽은 나무의 찌꺼기에 지나지 않았으니, 그들이 부인한테 그들의 새 친구를 소개하거나 그들의 즐거움을 나누거나 하지 않을 테니까. 부인은 5시 모임에서 그들의 참석 또는 그들에 대해 얘기하는 가능성밖에 얻을 수 없었으므로, 뒤에 나온 부인의 회상록에서와 마찬가지로 작은 모임 앞에서 회상록의 연습 같은 것, 첫 낭독회에 지나지 않았다. 그리고 부인이 이러한 귀족 친척들을 써서 흥미를 끌고, 현혹하며, 얽매놓고 보려는 상대, 코타르 측, 블로크

측, 이름난 극작가나 온갖 프롱드당 역사가 측이야말로 빌파리지 부인에게는 ―상류 사회의 일부가 그녀 집에 가지 않는 대신에―활기, 새로움, 기분전환, 삶이었다(그 때문에 때론 그들에게 게르망트 공작부인과 만나게 해줄 만한 값어치가 있었다, 그렇다고 그들이 공작부인과 친해진다는 뜻은 아니지만). 또 그 업적에 흥미 있던 주목할 만한 인물들과 만찬을 같이하거나, 갓 상연된 희가극 또는 무언극을 그 작자를 시켜 그녀 집에서 재상연하거나, 신기한 구경거리의 특별 좌석을 여러 개 예약하거나 하였던 것이다. 블로크가 나가려고 일어선다. 그는 꽃병을 넘어뜨린 일 따위야 하나도 대수롭지 않노라 큰소리쳤지만, 작은 소리로 한 말은 그것과 다르고, 마음속으로 생각한 바는 더욱 달랐다. "손님을 적시거나 다치거나 하지 않도록 꽃병을 놓을 줄 알 만큼 훈련시키지 않을 바에야, 하인이라는 사치스러운 것을 갖지 말아야지." 그는 나직하게 투덜거렸다. 그는 실수를 저질러도 저질렀다고는 인정하지 않는 주제에 저질렀음을 견디지 못하고, 그 때문에 온 하루를 망치는 예민하고도 '신경질'적인 사내였다. 몹시 노한 그는 앞이 캄캄한 느낌이 들어 다시는 사교계에 얼굴을 내놓기 싫었다. 화풀이가 좀 필요한 순간이었다. 다행히 잠시 뒤, 빌파리지 부인이 그를 붙잡으러 갔다. 부인은 친구들의 의견을, 또 반유대주의 물결이 일기 시작하고 있음을 알고 있기 때문인지, 아니면 방심해선지 아직 블로크를 모여 있는 사람들에게 소개하지 않았다. 그런데 블로크는 사교계의 관습에 익숙지 않아, 돌아갈 때에는 예의상, 인사해야 한다고 생각했다. 다만 무뚝뚝한 인사이다. 그래서 그는 여러 번 고개를 숙이고, 수염 난 턱을 옷깃 속에 움츠리고 모든 사람을 차례차례, 안경 너머 차갑고 불만스런 표정으로 노려보았다. 그런데 빌파리지 부인이 그것을 막았다. 그녀 집에서 상연하기로 되어 있는 단막극에 대해 아직 말하고 싶은 것이 있고, 한편 노르푸아 씨와 가까워져 만족할 때까지는 그를 떠나고 싶지 않다는 이유였다(부인은 노르푸아 씨가 들어오지 않는 것이 이상했다). 하기야 소개할 것까지도 없었다. 왜냐하면 블로크는 아까 말 꺼냈던 두 여배우에게, 유럽의 엘리트가 자주 드나드는 모임 중 하나이니, 자기들의 명예를 위해, 후작부인 댁에 무료로 노래하러 오도록 설득할 결심을 이미 하고 있었기 때문이다. 게다가 그는, 조형미의 감각과 더불어 서정적 산문을 낭독하는 '청록색의 눈에, 헤라 여신같이 아름다운' 한 비극 여배우를 추천까지 했다. 그러나 그 여배우의 이름을 듣고 빌파리지 부인은 거절했다, 생루의 여인이었기에.

"좋은 소식이 있어요." 부인은 내 귀에 속삭였다. "그 관계도 한쪽 날개가 상해 둘은 오래지 않아 헤어지겠죠. 이 일에서 한 장교가 고약한 역할을 맡아했는데도." 부인은 이렇게 덧붙였다(왜냐하면 로베르의 집안에서는, 이발사가 간절히 원하여 브뤼즈행을 허가한 보로디노 씨를 죽일 듯 미워하기 시작해 수치스러운 관계를 조장했다고 그를 비난하고 있어서). "매우 나쁜 사람입니다." 빌파리지 부인은 게르망트네 사람이라면 아무리 타락한 사람이라도 쓰는 어진 말투로 말했다. '매우(trés)'라는 말의 '매'에 힘을 주면서 되풀이했다. 부인은 보로디노 씨가 온갖 주색잡기에 한몫 끼고 있다고 믿는 성싶었다. 하지만 후작부인의 경우 상냥함이 주된 습성이었으므로, 흉악무도한 부대장(보로디노 대공이라는 그의 이름을, 제정(帝政)을 셈속에 넣지 않는 여인답게 부인은 비꼬아 과장해 발음했다)에 대한 찡그린 엄한 표정은, 나와 막연히 공모했음을 표시하는 기계적인 눈 깜박임과 함께 내게 보내는 다정한 미소로 바뀌었다.

"나는 생루팡브레를 꽤 좋아합니다." 블로크가 말했다. "못된 놈이지만, 아주 교양이 있으니까요. 나는 교양 있는 인간을 좋아합니다. 매우 드물거든요." 그는, 그런 수다를 늘어놓는 그 자신이 몹시 교양 없어서, 그 수다가 얼마나 남을 불쾌하게 하는지 깨닫지 못하고 계속했다. "그의 흠 잡을 데 없는 교양을 뚜렷이 나타낸다고 생각하는 증거 하나를 말씀드리겠습니다. 한번은 내가 어느 젊은이와 함께 있는 그를 만난 적이 있습니다. 말 두 필에 찬란한 가죽 끈을 직접 건 다음, 아름다운 바퀴가 달린 이륜마차에 올라타려는 참이었습니다. 귀리와 보리로 배부른 말이고 보니 빛나는 채찍으로 몰 필요가 없죠. 그는 우리를, 곧 그 젊은이와 나를 소개했는데, 젊은이의 이름이 내 귀에 안 들리지 않겠어요, 그도 그럴 것이, 소개된 상대의 이름은 결코 안 들리게 마련이니까." 그는, 그것이 그 아버지가 곧잘 하는 농담이라서 웃으며 덧붙였다. "생루팡브레는 전처럼 담담하고, 그 젊은이한테 과도한 애를 쓰지 않고, 조금도 거북한 기색이 없더군요. 그런데 말입니다, 며칠 뒤 나는 우연히 그 젊은이가 뤼퓌스 이스라엘 경의 아들이라는 걸 알았지 뭡니까!"

이 이야기의 끝머리는 첫머리만큼 불쾌감을 안겨주었다. 그 이야기를 들은 사람들에게 이해가 안 갔기 때문이다. 과연 뤼퓌스 이스라엘 경은, 블로크나 그 아버지에게는, 생루 따위가 그 앞에 나가면 부들부들 떨어야 하는 거의 왕

같은 인물이었는데, 그와 반대로 게르망트네의 환경에서는, 사교계가 너그럽게 묵인하는 한낱 외국 벼락부자에 지나지 않아, 그런 인물과 친교하는 걸 뽐내다니, 그럴 생각도 없거니와 어림없는 생각이었다!

"나는 그걸 뤼퓌스 이스라엘 경의 대리인을 통해 알았습니다. 이분은 아버지의 친구로 아주 대단한 사람이죠. 아니 절대적으로 신기한 인물이죠." 블로크는 몸소 지어내지 않은 확신에만 기울이는 그 망설이지 않는 정력과 더불어, 감격하는 말투로 덧붙였다.

"그건 그렇고, 여보게." 블로크는 낮은 목소리로 나에게 속삭였다. "생루는 재산이 얼마나 될까? 자넨 이해하겠지만, 내게 아무래도 좋은 그런 걸 자네한테 물어보는 이유는 발자크적인 관점에서야, 이해하지. 무엇에 투자하고 있는지, 프랑스의 유가 증권, 외국의 유가 증권, 토지를 가지고 있는지 자네 그것도 모르나?"

나는 그것에 대해 아무것도 알릴 수 없었다. 낮은 소리로 말하기를 그친 블로크는, 창문을 열어도 괜찮은지 큰 소리로 묻고 나서, 대답도 기다리지 않은 채 창 쪽으로 갔다. 빌파리지 부인은 감기에 걸려 열면 안 된다고 말했다. "열어서 몸에 안 좋으시다면야!" 블로크가 실망해 대답했다. "하지만 덥긴 하군요!" 그리고 웃기 시작하면서 그는, 눈으로는 좌중을 한 바퀴 둘러보면서, 빌파리지 부인에 반대하는 지지자를 희망했다. 교양 있는 이들 가운데 지지자는 단 한 사람도 안 나왔다. 한 사람도 꾀어낼 수 없어 쌍심지 켠 두 눈은, 단념하는 듯 다시 평온해졌다. 그는 패배에 대해서 선언했다. "적어도 22도, 아니 25도일걸요? 별로 놀라지 않아요. 거의 땀에 흠뻑 젖었습니다. 반들반들한 목욕탕 속에 몸을 담그고, 향유를 몸에 바르기 전에야, 내겐, 강의 신 알페이오스의 아들, 슬기로운 앙테노르처럼, 땀을 식히려고, 아버지인 강물 속에 몸을 담글 만한 능력이 없답니다." 그리고 자신의 건강에 적용하면 좋을 듯한 의학상의 학설을 남에게 들려주고픈 욕구에서, "이게 몸에 좋다고 생각하는 분이라면야 딴 소리 없지! 하지만 나는 정반대라고 생각합니다. 바로 이게 감기의 원인입니다."

블로크는 노르푸아 씨와 가까워진다는 생각만 해도 여간 기쁘지 않은 모양이었다. "드레퓌스 사건에 관한 이야길 듣고 싶군요." 그는 이렇게 말했다. "그런 정신 상태를 나는 통 이해할 수 없어요, 그래서 그런 고명하신 외교관과 인터

뷰한다면 꽤 재미날 겁니다." 블로크는, 대사보다 열등하게 보이지 않으려고 빈정대는 말투로 이렇게 말했다.

빌파리지 부인은 블로크가 또다시 큰 소리로 말해서 곤란했으나, 그 고문서학자의 국수주의 사상이 부인을 이를테면 쇠사슬로 묶고 있는 고문서학자가, 그 귀에 들리기엔 너무 멀리 있는 것을 보고는 대수롭지 않게 생각했다. 그러다가 블로크가, 처음부터 그를 소경으로 만든 그 나쁜 교양의 귀신에 이끌려, 그 아버지의 농담이 생각나 웃으면서 이렇게 물어오는 걸 듣고는 참을성 많은 부인도 언짢아했다.

"그분이 쓴 해박한 논문에서 어떤 반박할 수 없는 이유로 러일 전쟁은 러시아의 승리, 일본의 패배로 끝날 거라고 증명하는 구절을 읽었습니다만, 그분 좀 망령 들지 않았습니까? 아까 그 자리*[1]에 앉기 전에, 마치 발에 바퀴가 있는 것처럼 미끄러지듯 달려간 사람을 보았는데, 아무래도 그분 같던데요."

"설마! 잠깐 기다려요." 후작부인은 덧붙였다. "대체 뭘 하고 계시나, 저 사람은."

부인은 초인종을 울렸다. 하인이 들어오자, 그녀의 오랜 벗이 그 시간의 대부분을 그녀의 집에서 보내고 있는 것을 감추기는커녕 도리어 여봐란듯이 보이고 싶었으므로,

"노르푸아 님한테 가서 여기 오시라고 말씀드려요, 내 서재에서 서류를 정리하고 계시는 중이니까. 20분 안에 오시겠다고 해놓고, 벌써 1시간 45분이나 기다리게 하시니 원. 그분은 드레퓌스 사건에 대해 당신이 원하는 것을 다 말씀하시겠지." 그녀는 뾰로통한 말씨로 블로크에게 말했다. "그분은 요즘 일어나는 일에 그다지 찬성하지 않아요."

왜냐하면 노르푸아 씨는 현 내각과 사이가 나쁘기 때문이다. 그리고 노르푸아 씨는 정부의 중요한 사람들을 빌파리지 부인 댁에 데려오지는 않았지만 (아무튼 부인은 대귀족의 마님다운 품위를 간직했고, 노르푸아 씨가 마지못해서 맺고 있는 교제 말고는 초연히 있었다), 부인은 그를 통해 세상이 돌아가는 형편을 알고 있었다. 마찬가지로 현 체제의 정치가들도 빌파리지 부인에게 소개해주기를 노르푸아 씨한테 감히 부탁하지 못했다. 그러나 몇몇은 중대 사태를

*1 속어로 뒷간을 말함.

당해 그의 도움이 필요할 때, 시골에 있는 부인 댁까지 그를 만나러 갔다. 주소를 알고 있어서 성관에 갔다. 하지만 성관 마님을 뵙지 않았다. 그래도 저녁 식사 때 부인은 말했다. "누군가 당신에게 폐 끼치러 왔는지 알아요. 일이 잘 되어가나요?"

"그다지 급하지 않으시죠?" 빌파리지 부인은 블로크에게 물었다.

"아뇨, 별로, 몸이 편치 않아 물러가려고 했죠. 비시(Vichy)에 온천 요법을 하러 가자는 얘기까지 나온 정도니까요, 담낭 치료 때문에." 그는 이 말을 심술궂게 비꼬는 투로 똑똑히 발음하면서 말했다.

"어쩌면, 마침 나의 종손인 샤텔로도 거기에 가기로 되어 있으니, 둘이서 함께 짜보는 게 좋겠군요. 아직 그 애가 있나? 얌전한 애랍니다." 빌파리지 부인은 아마도 진정으로 말했다. 그녀가 친히 알고 있는 둘이 서로 못 친할 이유가 하나도 없다고 생각했을 것이다.

"글쎄요, 종손 되는 분이 좋다고 할는지, 나는 그분을 모르니까……. 그분이 저기 있군요." 블로크는 감지덕지 당황해 대답했다.

집사는 아까 분부받은 전언을 노르푸아 씨에게 제대로 전달하지는 못한 성싶었다. 왜냐하면 노르푸아 씨는 밖에서 이제 막 들어와 아직 이 댁 마님을 뵙지 않고 있는 양 보이려고, 응접실에서 무턱대고 한(내 눈에 익은) 모자를 집어들고 와서, 빌파리지 부인의 손에 정중하게 입맞추면서, 오랜만의 만남을 표시하는 큰 관심과 더불어 부인의 근황을 물었기 때문이다. 그는 빌파리지 후작부인이 이런 연극의 그럴듯함을 미리 무용지물로 만들어놓았던 것을 모르고 있었다. 하기야 부인이 노르푸아 씨와 블로크를 옆방에 데리고 감으로써 이 연극을 뚝 끊었지만. 블로크, 그가 아직 노르푸아 씨인 줄 모르는 이에게 다들 보이는 상냥함, 또 대사가 거기에 답례하는 틀에 박힌 듯한, 우아하고도 은근한 인사를 본 블로크는, 그런 의례에 기가 죽음을 느끼는 동시에 저 사람이 자기한테는 인사도 하지 않을 것이라는 생각에 울화가 치밀어, 아무렇지 않은 듯 나한테 물었다. "누구야, 저 바보 녀석은?" 하기야 어쩌면, 노르푸아 씨의 인사 모양이 블로크의 머릿속에 있는 가장 좋은 것, 현대 사회의 가장 곧바른 솔직성에 거슬려 우스꽝스럽게 생각한 것이 얼마쯤 본심인지도 모른다. 어쨌거나 블로크 자신이 그 인사의 대상이 되는 순간 그의 눈에 우스꽝스럽게 보이고, 그를 기뻐서 어쩔 줄 모르게까지 했다.

"대사님." 빌파리지 부인이 말했다. "소개합니다. 이분은 블로크, 이분이 노르푸아 후작님." 보통은 노르푸아 씨를 거칠게 다루면서도 입으로는 늘 고집스럽게 '대사님'이라고 불렀다. 이는 예의범절이면서도 대사라는 지위에 대한 과도한 경의, 후작에 의해 심어진 존경 때문이고, 어떤 사람에 대해 서먹서먹한 정중한 태도를 보이기 때문이었다. 점잖은 부인 살롱에서의 이런 태도는 다른 손님들에게 제멋대로 구는 태도와 뚜렷이 대조를 이루어 금세 그 애인임을 알리고 만다.

노르푸아 씨는 푸른 눈길을 흰 수염 속에 빠뜨리고, 블로크라는 이름이 표시하는 온갖 명성과 위엄 앞에 머리 숙이는 양 그 큰 키를 공손히 굽히고 중얼거렸다. "만나 뵈어 기쁩니다." 한편 이런 인사를 받은 젊은 쪽은 감동했으나, 이름난 외교관의 태도가 지나치게 공손하다고 생각하여, 서둘러 고쳐 "무슨 말씀을, 뵈어서 기쁜 건 접니다!" 하고 말했다. 그러나 노르푸아 씨가 빌파리지에 대한 호의 때문에, 이 오랜 애인이 소개해주는 낯선 사람마다 되풀이하는 이러한 의례도 부인의 눈에는 블로크에게 충분한 예절을 다한 것으로 보이지 않아, 부인은 블로크한테 이렇게 말했다.

"알고 싶은 것은 뭐든지 이분한테 물어보세요. 옆방이 더 편하다면 이분을 데리고 가세요, 기쁘게 당신과 담소하실 테니. 드레퓌스 사건에 대해 이분에게 여쭤보고 싶어하는 줄 알았는데요." 부인은, 노르푸아 씨가 그러기를 기뻐할지 염두에 두지 않고 말했다. 마치 몽모랑시 공작부인의 초상화를 역사가가 잘 볼 수 있게 불 비추기에 앞서 그 아름다움에 대한, 또는 홍차를 내놓기에 앞서 그 맛에 대한 동의를 묻는 생각밖에 없듯.

"이분에게 큰 소리로 말하세요." 부인은 블로크에게 말했다. "귀가 좀 어두우시니까, 하지만 당신이 알고 싶어하는 걸 무엇이든 말씀해주실 거예요. 비스마르크, 카부르(Cavour)*[1]를 잘 아니까요. 안 그래요?" 부인은 큰 소리로 말했다. "비스마르크를 잘 알았어요?"

"요즘 어떤 작업을 하시나?" 노르푸아 씨는 다정하게 내 손을 쥐면서 다 안다는 눈짓과 더불어 이렇게 물었다. 나는 이 기회를 타, 그가 예의범절의 표시로 들고 있어야 한다고 생각하여 가져온 그 모자를 친절하게도 그의 손에서

---

*1 이탈리아의 독립투사(1810~1861).

빼앗았다. 그가 손에 잡히는 대로 들고 온 것이 내 모자임을 알아차렸기 때문이다. "자네 언젠가 머리칼을 네 가닥으로 자르듯 좀 지나치게 꾸민 소품을 내게 보인 일이 있었지. 나는 자네에게 내 의견을 솔직히 말했네. 자네가 쓴 것은 종이에 적어넣는 수고를 할 만한 가치가 없다고. 요즘 어떤 걸 준비하시고 있나? 내 기억으론 자넨 베르고트에 열중했지." "그만! 베르고트에 대한 욕을 하지 마세요." 공작부인이 외쳤다. "나는 묘사가로서의 그의 재능을 왈가왈부하는 게 아닙니다, 공작부인, 아무도 그런 생각을 하지 않습니다. 그는 커다란 구성을, 세르뷜리에(Cherbuliez)*1처럼 솔질하듯 쓱쓱 하지 않더라도, 끌이나 동판 조각으로 새길 줄 알죠. 하지만 현대는 혼동하나 봅니다. 소설가의 본분은 겉장이나 삽화를 정교한 끌로 맵시 나게 그리기보다 오히려 줄거리를 맺고 심정을 드높이는 데 있다고 생각합니다. 나는 오는 주일 그 충직한 A.J.님 집에서 자네 춘부장을 뵐 걸세." 그는 내 쪽으로 머리를 돌리면서 덧붙였다.

나는 그가 게르망트 공작부인에게 말 건네는 모습을 보고서, 전에 내가 그에게 스완부인 댁에 갈 수 있게 도와달라고 했던 부탁은 거절했지만, 어쩌면 게르망트 부인을 방문하기 위한 도움은 아끼지 않을 거라는 생각이 언뜻 들었다. 나는 그에게 말했다. "내가 숭배해 마지않은 또 한 분은 엘스티르입니다. 게르망트 공작부인께서 엘스티르의 훌륭한 작품, 특히 그 감탄할 만한 붉은 순무 다발의 그림을 갖고 계시나 봐요. 그 그림을 전람회에서 보았는데 꼭 다시 한 번 보고 싶군요. 그 그림이야말로 걸작이죠!" 만일 내가 유명 인사이고, 가장 좋아하는 그림이 뭐냐고 물어온다면, 나는 그 붉은 순무 그림을 댔을 것이다.

"걸작이라고?" 노르푸아 씨는 놀라는 동시에 비난하는 투로 외쳤다. "그건 그림이라 할 수 없지. 한낱 단순한 소묘지(옳은 말이었다). 그런 속필 조묘화(粗描畫)를 걸작이라 부른다면 에베르(Hébert)나 다냥부브레(Dagnan-Bouveret)*2의 〈성모상〉을 뭐라고 말하겠소?"

"아까 로베르의 애인을 거절하시는 걸 들었는데." 게르망트 부인은, 블로크가 대사를 옆방으로 데리고 가자 큰어머니에게 말했다. "뉘우치실 게 조금도 없다고 생각해요. 아시다시피 눈뜨고 보지 못할 여배우, 재능의 그림자조차 없는

*1 스위스의 소설가(1829~1899).
*2 두 사람 모두 19세기 후반 프랑스의 화가.

데다 괴상하기 짝이 없는 여인이랍니다."

"그런데, 어떻게 그 여인을 아십니까, 공작부인?" 아르장쿠르의 말. "어머나, 그녀가 어느 누구네보다 앞서 우리집에서 연기한 걸 모르시나요? 그렇다고 별로 그걸 자랑삼지 않지만요." 게르망트 부인은 웃으면서 말했다. 그렇지만 그 여배우가 여러 입에 오르내리고 보니, 그 여배우의 우스꽝스러움을 첫 번째로 맛보았던 것을 알리는 일이 유쾌했다. "자아, 이제 물러가야지." 부인은 이렇게 말했지만 움직이려고는 하지 않았다.

그녀는 남편이 들어오는 것을 보았던 것이다. 그리고 지금 입 밖에 낸 말로, 신혼 나들이를 함께 온 모양처럼 보이는 우스움을 암시했지, 늙어가는데도 여전히 젊은이의 생활을 보내는 이 씩씩한 거한과 그녀 사이에 자주 일어나는 까다로운 관계를 암시한 것은 결코 아니었다. 차 탁자를 둘러싸고 있는 수많은 사람들 위에, 명사수인 그가 겨누어 딱 맞히는 과녁의 흑점같이 정확히 눈 가운데 머무른 작고 동그란 눈동자의 상냥한, 깜찍스러운, 석양 빛살에 좀 부신 듯한 눈길을 이리저리 보내면서 공작은, 마치 그토록 화려한 모임에 겁나듯, 드레스 자락을 밟지나 않을까 담소에 방해가 되지 않을까 겁내듯, 감탄해 마지않는 신중하고도 느릿느릿한 걸음으로 나아갔다. 얼근히 취한 이브토(Yvetot) 왕*3의 끊임없는 미소, 옆구리에 상어 지느러미같이 흐느적거리는 반쯤 편 손, 옛 벗이나 소개되는 낯선 이들에게 구별 없이 쥐어지는 그 손, 그것만으로 몸짓 한 번 하지 않은 채, 또 유약하고도 게으르고도 늠름한 그 시찰을 멈추지 않은 채, 오직 입속으로 "안녕하시오, 안녕한가, 여어 블로크 씨, 반갑소, 안녕하시오, 아르장쿠르"라고 중얼대면서, 모두의 열성을 만족시킬 수 있었다. 그는 내 곁에 와서 내 이름을 들었을 때, 특별한 호의를 보여, 내 비위를 맞추려고 덧붙였다. "안녕하신가 이웃분, 춘부장께서도 건강하시고, 참 좋은 분이셔! 알다시피 우리는 매우 친한 사이라오." 그는 빌파리지 부인한테만 큰 예의를 표시했는데, 부인 쪽은 앞치마에서 한 손을 내면서 머리를 끄떡여 인사했을 뿐이다.

남들이 점점 가난해지는 사회에서 어마어마한 부호, 그 거부의 관념을 끊임없이 몸에 동화해온 그에겐, 대귀족의 자부심이 부호의 자부심과 겹쳐, 전자

*3 민요에 나오는 인심 좋은 왕.

의 세련된 교양이 간신히 후자의 건방짐을 억누르고 있었다. 하기야 그 아내에게 불행의 불씨가 된 그의 여자복은, 오로지 그 이름과 재산 덕분만이 아니라는 것을 이해하고 있었다. 그는 또한 매우 아름다워서, 옆얼굴에 어떤 그리스 신 같은 순수함, 선의 뚜렷함이 드러나 있었다.

"정말 그녀가 댁에서 연기했습니까?" 아르장쿠르가 공작부인에게 물었다.

"그럼요, 손에 나리꽃 다발을 들고 또 다른 나리꽃은 드레스에 달고 낭독을 하러 왔답니다."(게르망트 부인은 빌파리지 부인처럼 일부러 어떤 낱말을 심한 사투리로 발음했다. 큰어머니처럼 r을 굴리지는 않았지만)

노르푸아 씨가 마지못해 블로크를 단둘이서 이야기하기에 알맞은 작은 문 안에 데리고 가기 전에, 나는 나이 든 외교관 쪽으로 되돌아가서 잠시 나의 아버지를 위해 아카데미 회원 의석에 대한 이야기를 슬쩍 한마디 했다. 그는 처음에 그 얘기를 다음으로 미루고 싶어했다. 나는 발베크에 가니까 그러면 안 된다고 반대했다. "뭐요! 발베크에 또 간다고? 자네 진짜 유랑자군!" 그는 그렇게 말한 다음 내 말을 들어주었다. 내가 르루아 볼리외의 이름을 말하자, 노르푸아 씨는 의심 많은 눈초리로 나를 노려보았다. 아마도 그가 르루아 볼리외 씨에게 내 아버지에 대해 좋지 않은 말을 해서 이 경제학자가 아버지한테 그걸 고자질했을까 봐 걱정하고 있구나 하고 나는 상상했다. 금세 그는 아버지에 대한 진정으로 생기 도는 듯한 표정을 지었다. 말 꺼내는 이가 그렇게 하지 않으려 하지만 억제 못할 신념이 침묵하려고 더듬거리는 노력을 없애 느릿느릿 말하다가 느닷없이 한마디가 불쑥 나오듯, "아냐, 아니지" 하고 그는 동요하며 말했다. "자네 춘부장께선 입후보해선 안 되네. 춘부장의 이해관계로 보나, 그 자신을 위해서나, 또 그 따위 모험으로 손상받을지도 모르는 춘부장의 크나큰 가치를 존중해 입후보하지 않으셔야 하네. 춘부장은 그 이상으로 훌륭하신 분이셔. 설령 당선해보았자 잃을 게 많지. 얻는 건 하나도 없을걸. 다행히 춘부장께서는 입담이 좋지 않으셔. 그런데 내 동료들 사이에선 그것만이 중요해. 왈가왈부하는 게 늘 되풀이하는 것이라도 말일세. 춘부장은 인생에 중요한 목적을 가지고 계셔. 거기에 곧장 매진하셔야지, 아카데모스 동산*1의 덤불, 덤불인지 아닌지 모르나 아무튼 꽃보다 가시가 많은 덤불을 쏘다니는 배

*1 플라톤이 학원을 창설한 곳.

회일랑 마시고. 하기야 춘부장은 몇 표밖에 얻지 못하실 거요. 아카데미는 입후보자를 받아들이기에 앞서 실지 수습을 시키고 싶어하니까. 지금은 손 써볼 것이 하나도 없다네. 몇 해 뒤라면 모르지만. 어쨌든 아카데미 그 자신이 춘부장을 모시러 와야 해. 아카데미는 알프스 저편 이웃의 '파라 다 세(Farà da sé)'*2를 미신적으로, 아니 고맙게도 행동에 옮긴다네. 르루아 볼리외가 이에 대해 내 마음에 거슬리는 식으로 말했소. 게다가 자세히 보니 그는 춘부장과 결탁하고 있는 모양이더군?……아마도 나는, 그가 항상 솜이나 광산물에 골몰해 있어서 비스마르크의 말마따나 무게를 헤아릴 수 없는 것의 역할을 무시하고 있다는 사실을 좀 따끔하게 느끼도록 했는지 몰라. 무엇보다 먼저 피해야 할 것은 춘부장의 입후보이고, 이것이 '프린키피스 오브스타(Principiis obsta)'*3라네. 춘부장의 친우들이 낙선이라는 기정사실에 맞닥뜨리게 되면 난처한 처지에 빠질 걸세. 여보게" 하고 그는 갑자기 솔직한 태도를 보이면서 그 푸른 눈으로 가만히 나를 보며 말했다. "춘부장을 무척 아끼는 내가 이런 말을 한다면 자네가 뜻밖으로 생각할지 모르는 것을 말함세. 다름이 아니라, 바로 내가 춘부장을 좋아하기에(춘부장과 나는 떼려야 뗄 수 없는 친우, 이를테면 둘 다 아르카데스 암보(Arcades ambo)*4이지), 춘부장께서 국가에 어떠한 이바지를 할 수 있는지, 법조계에 그대로 계시면 어떠한 난관에서 국가를 구할 수 있는지 바로 내가 알고 있기에, 애정에서, 헤아릴 수 없는 존경심에서, 애국심에서, 나는 춘부장한테 투표하지 않겠소! 게다가 이 뜻을 비쳤다고 생각하오(나는 그의 눈 속에 르루아 볼리외의 엄격한 아시리아풍 옆얼굴이 언뜻 보이는 느낌이 들었다). 따라서 내 표를 춘부장한테 던지는 건 내게는 어떤 변절이 될 테지." 노르푸아 씨는 몇 차례 되풀이해서 그의 동료를 화석처럼 시대에 뒤떨어진 사람들로 여겼다. 거기에는 여러 가지 이유가 있지만, 어쨌든 클럽이나 아카데미의 회원이라면 누구라도 동료들에게 자기와는 정반대인 성격을 부여하고 싶어하는데, 이는, "그야 내 힘으로만 되는 일이라면" 하고 말할 수 있는 편의 때문이기보다, 오히려 자기가 얻은 자격을 그만큼 힘들고 그토록 자랑스러운 것으로

*2 '스스로 이루리라'라는 이탈리아의 격언.

*3 '애초에 막아라'라는 라틴어.

*4 '둘 다 아르카디아 사람', '둘 다 악당'이라는 라틴어인데, 여기서는 단지 '친한 친구'라는 뜻으로 쓴 말.

보이는 만족감 때문이다. "나는 자네 집안을 위해, 춘부장께서 10년 아니면 15년 뒤에 당당히 당선되는 쪽을 바라 마지않소." 그는 이렇게 결론지었다. 내가 듣기에 시기심이 아니더라도 적어도 남의 일을 돌보아주기 싫어하는 성미에서 나온 말로 판단했던 말이, 나중에 가서 선거 자체의 결과로, 다른 뜻을 가지게 됐다.

"당신은 프롱드당이 반란을 일으킨 동안의 빵값에 대해 학사원의 화제로 삼을 의사가 없으신가요?" 프롱드당 역사가는 조마조마해하며 노르푸아 씨에게 물었다. "그러시면 대단한 성공(선전의 뜻으로 한 말)을 거두실 텐데요." 그는 소심하고도 다정스레 대사에게 미소 지으면서 덧붙였다. 그 다정스러움은 눈꺼풀을 추어올리게 하고 두 눈을 하늘처럼 크게 뜨게 했다. 나는 이 눈을 본 적이 있는 듯한 느낌이 들었는데, 그렇지만 이 역사가는 비로소 오늘 알게 된 사람에 지나지 않는다. 그런데 갑자기 떠올랐다. 나는 이와 똑같은 눈길을 브라질 태생의 한 의사에게서 본 적이 있었다. 그 의사는 내가 겪고 있는 호흡곤란을 식물 액체의 터무니없는 들이쉼으로 고치겠노라 주장했다. 그가 나를 더 정성 들여 치료하도록, 나는 코타르 교수와 아는 사이라는 걸 그에게 말했더니 그는 마치 코타르와 이해관계라도 있는 듯, "이 치료법이야말로, 당신이 교수에게 말해준다면 의학 아카데미에서 큰 반향을 일으킬 재료가 될 겁니다!" 그는 구태여 감히 강요하지는 못했으나, 내가 아까 프롱드당 역사가의 눈 속에서 보고 감탄한 것과 똑같이 겁 많은 속셈이 있는, 애원하는, 의심하는 투로 나를 바라보았다. 물론 이 두 사람은 서로 아는 사이도 아니려니와 거의 비슷하지도 않으나, 심리 법칙은 물리 법칙처럼 어떤 일반성을 갖는다. 필요조건이 같으면, 같은 눈길이 온갖 인간 동물을 비추니 지구상의 멀리 떨어진 지점, 서로 본 적 없는 두 지점을 같은 아침 하늘이 비추듯. 빌파리지 부인이 그림 그리는 것을 구경하려고 모두 좀 수선스럽게 가까이 모여들었으므로, 내 귀에 대사의 대답이 들리지 않았다.

"우리가 누구 얘기를 하는지 아시나요, 바쟁?" 게르망트 부인이 남편에게 물었다.

"물론 알지." 공작의 대답. "그 사람이야말로 우리가 일급 여배우라고 일컫는 것과는 영 딴판이지."

"딴판이죠." 게르망트 부인은 이어 아르장쿠르 씨한테 말했다. "그 이상 우스꽝스러운 것을 상상 못해요."
"익살맞기까지 했지." 게르망트 씨가 참견했는데, 그의 기묘한 말투는 사교계 인사들에게 바보가 아니냐는 말을 들었으며 문필가들에게는 지독한 숙맥으로 보였다.
"이해가 안 가요." 게르망트 부인은 이어 말했다. "어떻게 로베르가 그런 여인을 사랑할 수 있었는지. 그야 나도 그 일만은 이러니저러니 따지지 말아야 한다는 건 알아요." 부인은 철학자가 된 듯, 환멸을 겪은 감상가가 된 듯 예쁘게 입을 비죽거리며 덧붙였다.
"아무나 아무거나 사랑할 수 있다는 건 나도 알아요. 또" 하고 그녀는 덧붙였다—왜냐하면 그녀는 아직 신문학을 깔보고 있긴 하였으나, 아마도 신문에 의한 대중화 또는 사교계의 대화를 통해 신문학이 그녀의 몸에 스며들어 있어서—"그게 바로 사랑의 아름다운 점이고, 바로 그게 사랑을 '신비'롭게 만드는 거예요."
"신비라! 솔직히 말하면 나에게 좀 강한 표현이라고 생각합니다. 사촌누님." 아르장쿠르 백작이 말했다.
"그렇고말고요, 아주 신비스러워요, 사랑은." 공작부인은 상냥한 사교계 부인답게 부드러운 미소를 띠며 다시 말하기 시작했는데, 거기에는 모임의 한 남자에게 〈발키리〉 속에 있는 게 소음만이 아니라고 잘라 말하는 바그너파 같은 불굴의 신념도 있었다. "하기야 요컨대, 왜 한 인간이 남을 사랑하는지 그 까닭은 모르죠. 아마도 제삼자가 생각하는 까닭과 전혀 다를지 몰라요." 부인은 웃으면서 덧붙여, 이제 막 쏟아낸 사념을 그 해석으로 단숨에 물리치고 말았다. "하기야 결국 우리는 아무것도 모르죠." 부인은 회의적이고도 피곤한 듯이 이렇게 결론지었다. "그러니 가장 '총명한' 처신은 애인의 선택을 이러쿵저러쿵 말 것, 이거예요."
그런데 이 원칙을 세운 뒤 그녀는 금세 생루의 선택을 비난하며 그 원칙을 깨뜨렸다.
"그렇다손 치더라도 우스꽝스러운 여인에게 매력을 느끼다니 어이없어요."
블로크는 생루에 대해 우리가 하는 말을 듣고, 또 생루가 파리에 있다는 걸 알아채고는 듣는 이로 하여금 매우 분하게 할 만큼 심한 악담을 늘어놓았다. 그러나 그는 증오심을 품기 시작하여, 그 증오심을 채우기 위해서라면 물불을 가리지 않고 덤벼들 기세였다. 자기는 드높은 성품의 소유자, 라 불리(그가 멋지다고 믿어 마지않는 운동 동아리)에 드나드는 무리는 도형장에 보내야 마땅한 놈들이라는 원칙을 세우고 난 블로크는, 그런 놈들에게 가하는 일격마다 칭찬받을 만한 것으로 생각했다.

그는 라 불리에 드나드는 친구들 가운데 하나에게 소송을 제기하련다는 말까지 꺼냈다. 이 소송 과정에서 그는 용의자가 조작을 증명할 수 없을 엉터리 진술을 할 속셈이었다. 하기야 블로크는 이 계획을 실행에 옮기진 않았으나, 그렇게 하면 상대를 더욱 절망시키고 당황케 하리라 생각했다. 그런들 왜 나쁘다는 것인가, 두들겨 패려는 멋밖에 모르는 인간, 라 불리 회원, 그런 놈들과 맞서는 마당에 어떤 무기인들 마다할까 보냐, 특히 무기를 드는 손 임자가 블로크 같은 성자이신데?

"그렇지만 스완을 보세요." 아르장쿠르 씨가 이의를 꺼냈다. 그는 사촌누이가 입 밖에 낸 말뜻을 드디어 겨우 깨닫자 그 정확성에 놀라, 제 마음에 들지 않았을 여인을 사랑한 이들의 예를 기억 속에서 찾아내고 있었던 것이다.

"스완이라면 전혀 달라요." 공작부인이 대꾸하였다. "스완 부인의 사람됨이 무척 바보스러워 놀라기야 몹시 놀랐지만요, 우스꽝스럽진 않았고, 게다가 예뻤어요."

"아이구, 맙소사." 빌파리지 부인은 불만스런 목소리로 투덜거렸다.

"어쩌면! 예쁘다고 생각지 않으셨나요? 그럼요, 스완 부인은 여러모로 남의 넋을 호렸어요. 퍽 예쁜 눈, 예쁜 머리칼, 또 옷치레가 훌륭했고 지금도 훌륭해요. 지금에야 스완 부인이 더러운 꼴이 되었다는 걸 인정하지만, 지난날 그분은 홀딱 반할 만큼 미인이었답니다. 그나저나 샤를이 그녀하고 결혼했다는 점은 역시 유감이죠, 아주 쓸데없는 짓이었거든요." 공작부인은 그다지 빼어나지 않은 것을 말한 줄 여기다가, 아르장쿠르 씨가 냅다 너털웃음을 치는 바람에, 재미나다 생각해선지, 아니면 그저 웃어주는 이를 친절하다고 생각해선지, 재치의 매력에 다정스러움의 매력을 더하려고 아양 떠는 듯이 그를 바라보며 끝 구절을 되풀이했다. 부인은 계속 말했다.

"그래요, 그럴 필요가 없었다니까요. 그러나 결국 그녀는 매력이 있어서 귀염받은 것도 충분히 이해가 가요. 그런데 로베르의 아가씨로 말하면, 확실히 말해두지만 우스워 죽을 만큼 이상해요. '취하기만 한다면 병(甁) 같은 것은 아무래도 좋다'*[1]라는 그 오지에의 낡아빠진 말을 쳐들어 이의를 주장해오리라는 것도 압니다. 그런데 로베르는 취하긴 취했는지 모르나, 병의 선택에 고약한 취미를 보이고 말았어요! 첫째, 그녀가 내 살롱 한가운데 한 계단을 만들게 하는 건방진 생각을 품었다고 상상해보세요. 그래도 이건 보잘것없는 일, 안 그래요? 설상가상 그녀는 계단 위에 넙죽 엎드려 있겠다고 말하지 뭐예요. 게다가 그녀가 낭독한 것을 당신이 들었다면, 나야 그 한 장면밖에 모르지만, 그런 극은 좀체 떠올리지 못할 거라고 믿어요. 〈일곱 공주〉란 제목이에요."

"〈일곱 공주〉라, 허어 그거 참, 속물근성인데!" 아르장쿠르 씨는 큰 소리로 외쳤다. "가만있자, 나 그 작품을 전부 알아요. 작가가 그걸 왕께 헌정했는데 왕께서 뭐가 뭔지 하나도 이해 못하셔서 내게 설명해보라고 분부하신 일이 있습니다."

"혹시 사르 펠라당(Sâr Peladan)*[2]의 것이 아닌지요?" 프롱드당 역사가는 예민성과 시대감각을 보이려고 물었는데, 목소리가 낮아 그 질문은 아무도 듣지 못했다.

"어쩌면! 〈일곱 공주〉를 아신다고요?" 공작부인이 아르장쿠르에게 대답했다. "축하합니다! 나 그 가운데 한 공주밖에 모르지만, 그것만으로 나머지 여섯 공주를 알고 싶은 호기심이 싹 없어졌어요. 나머지 여섯 공주가 내가 본 공주와 비슷비슷하다면야!"

'기막힌 바보군!', 부인이 내게 한 푸대접에 화가 나 있던 나는 생각했다. 마테를링크(Maeterlinck)*[3]에 대한 그 완벽한 몰이해를 확인한 나는 어떤 쓴 만족감을 느꼈다. '저런 사람 때문에 내가 아침마다 몇 킬로나 걸어다니다니, 사람도 참 좋으시군! 이제 원치 않는 건 내 쪽이다.' 이와 같은 말을 나는 나 자신에게 하였다. 그러나 그 말은 내 생각과는 정반대였다. 그것은 말을 위한 말이었다. 우리 자신이 혼자 있기엔 너무 흥분하여, 다른 말상대가 없어서 자신을 상대로, 진심 없이 남과 하듯 말하고픈 순간에 우리가 자신에게 말하듯.

공작부인은 이어 말했다. "얘기한대도 상상 못하시겠지만 우스워서 숨도 못

---

*1 'qu'importe le flacon pourvu qu'on ait l'ivresse!' 이 말은 오지에의 글이 아니라 뮈세(Musset)의 극시 〈잔과 입술〉의 헌시에 나오는 한 시구.

*2 프랑스의 신비주의 작가(1858~1918).

*3 벨기에의 극작가, 시인(1862~1949). 〈일곱 공주〉는 이 극작가의 작품.

쉴 지경이었답니다. 모두 뒤질세라 너무 웃어대어서, 그 여자는 샐쭉해지고, 로베르도 속으론 나를 여전히 원망하고 있어요. 하지만 나는 뉘우치지 않아요. 왜냐하면 낭독이 잘 되었다면 그 아가씨가 또 왔을지도 모르고, 또 그렇게 되면 마리 에나르가 얼마나 기뻐할지 생각하면 말이에요."

가족 사이에서 로베르의 어머니, 에나르 드 생루의 미망인인 마르상트 부인을 그렇게 불렀다. 이는 부인의 사촌자매이자 또한 마리라는 이름을 가진 게르망트 바비에르 대공부인과 구별하기 위해서이며, 대공부인 쪽에는 조카, 사촌형제와 동서들이 혼동을 피하려고, 때론 남편의 세례명, 때론 부인 자신의 다른 세례명, 곧 마리 질베르가 되고, 또는 마리 에드비즈가 되는 식으로 덧붙였다.

"먼저 그 전날 연습 같은 게 있었는데, 볼만했어요!" 게르망트 부인은 비꼬아서 계속하였다. "상상해보세요, 그녀가 한 구절을, 아니 한 구절의 4분의 1도 낭독 못한 채 멈추고, 과장이 아니라, 5분 동안이나 아무 말도 못했어요."

"허어 그거 참!" 아르장쿠르 씨가 큰 소리로 외쳤다.

"나는 될 수 있는 한 공손히 그거 좀 이상하지 않느냐고 넌지시 말해보았어요. 그랬더니 그녀의 대답인즉, '대사를 낭독할 때 반드시 나 자신이 그걸 창작하는 중인 듯해야 합니다'라고 또박또박 말하더군요. 생각해보니, 굉장하죠, 이 대답!"

"그러나 나는 그 아가씨의 시 낭독이 서툴지 않다고 여겼는데요." 두 젊은이 가운데 하나가 말했다.

"그녀는 자신이 낭독한 게 뭔지 몰라요." 게르망트 부인은 대꾸했다. "게다가 그 낭독을 들어볼 필요가 없었답니다. 나리꽃을 들고 온 걸 본 것만으로 충분했어요. 나리꽃을 보고서 그녀가 연기 못하는 배우라는 걸 금세 알아챘거든요!"

모두 웃었다.

"큰어머님, 요전 날 스웨덴 왕비의 일로 놀려서 화나지 않으셨습니까? 사죄하러 왔습니다."

"아냐, 화나긴커녕, 배고프다면 간식을 먹을 수 있게 해주마."

"어서, 발르네르 님, 아가씨 역을 하세요." 빌파리지 부인은, 늘 하는 농담으로 고문서학자에게 말했다.

게르망트 씨는 곁의 융단자리 위에 모자를 놓고 안락의자에 털썩 주저앉아 있다가, 몸을 일으켜, 내놓은 여러 프티 푸르*[1] 접시를 만족스러운 듯이 살펴보았다.

"기꺼이 들겠습니다, 고상한 모임과 친숙하게 되어가니까요. 바바*[2] 하나 주실래요, 맛있어 보이는군."

"이분 아가씨 역을 썩 잘하셨습니다." 아르장쿠르 씨는, 모방 정신을 발휘해 빌파리지 부인의 농담을 되풀이했다.

고문서학자는 프티 푸르의 접시를 프롱드당 역사가에게 권했다.

"일 솜씨가 이만저만 미끈하지 않습니다." 프롱드당 역사가는 소심하게, 또 모두의 공감을 얻으려고 말했다.

그래서 그는, 이미 자기처럼 했던 이들 쪽으로 슬그머니 공모의 눈길을 던졌다.

"저어 큰어머님." 게르망트 씨는 빌파리지에게 물었다. "내가 들어오니까 나간 꽤 풍채 좋은 그분 누구죠? 공손히 인사해온 것으로 보아 아는 이가 틀림없는데 기억이 안 나요. 아시다시피 나는 사람의 이름을 뒤섞어놔서요, 매우 난처한 노릇이지만." 그는 만족한 듯이 말했다.

"르그랑댕 님이지."

"그렇지, 오리안의 사촌자매로, 그 어머니는 틀림없이, 그랑댕네 소생이었죠. 잘 알죠, 그랑댕 드 레프르비에입니다."

"아냐." 빌파리지 부인이 대답했다. "그것과는 아무 관계없다. 아까 그분은 아무 칭호 없는 그랑댕, 그저 그랑댕. 하지만 그 집안사람들은 뭐라도 좋으니 칭호를 가지고 싶어 그것만을 생각하지. 아까 그분의 누이가 캉브르메르 부인이란다."

"이봐요, 바쟁, 큰어머님이 말씀하시는 분을 당신 잘 알면서." 공작부인은 화를 내며 목소리를 높였다. "요전 날 당신이 나를 찾아오게 한다는 묘한 생각을 했던 그 거대한 초식 동물의 오빠예요. 그녀가 한 시간 남짓 있어서, 난 미칠 뻔했다고요. 그런데 낯선 암소 같은 사람이 집 안에 들어오는 것을 보고서 그 사람 쪽이 미쳤구나 생각하기 시작했답니다."

---

*1 한 입에 넣을 수 있는 작은 과자.

*2 버찌술에 적신 건포도를 넣은 카스텔라.

"들어봐요, 오리안, 그분이 당신의 방문일을 내게 묻지 않겠어, 그러니 그분에게 실례되는 말을 할 수야 없잖아. 그러고 보니 당신 좀 과장하는구려, 그분 암소 같지 않아." 게르망트 씨는 투덜대는 투로, 그러나 미소짓는 눈길을 슬그머니 좌중에 던지는 것을 잊지 않으며 덧붙였다.

그는 아내의 웅변이 남의 반론으로 자극받을 필요가 있다는 것을 알고 있었다. 이를테면 한 여인을 암소로 여길 수 없다고 양심의 소리에서 나온 반론이다(그렇게 하면 게르망트 부인이 첫 비유에 한 술 더 떠서 최상급 명언을 토하게 되는 때가 자주 있었다). 그래서 공작은 마치 열차 같은 데서 야바위꾼의 바람잡이가 되어 나오듯이, 아내가 잘해내게끔, 넌지시 도우려고 천연덕스럽게 나오는 것이었다.

"그야 그녀가 암소 같지 않은 건 나도 인정해요. 왜냐하면 암소 떼 같으니까." 게르망트 부인이 외쳤다. "나는 그 암소 떼가 모자 쓰고 손님방에 들어와서 안녕하시냐고 묻는 걸 보고는 얼떨떨했어요. 한편으론 나는 '암소 떼야, 너 정신 나갔니, 네가 나와 사귈 수야 없지 않니, 암소 떼인 네 신세라서' 하고 대꾸하고 싶었어요. 또 한편으론, 기억을 더듬어본 끝에, 나는 그 캉브르메르를 한번 찾아오겠노라 말한 도로테(Dorothée) 왕녀*[1], 마찬가지로 어지간히 소 같은 그 분인 줄로만 알고, 하마터면 전하라고 부르고 존댓말을 쓸 뻔했지 뭐예요. 그녀 또한 스웨덴 여왕과 똑같은 새 모래주머니가 있어요. 그런데 그 강습은 전술법에 따라 먼저 원거리 사격으로 준비되었던 거예요. 언제부터인지 모르나 나는 그녀의 명함 포격을 받아와, 여기저기 온 살림살이 위에서 발견했답니다. 마치 광고지처럼, 그런데 그 선전의 목적이 뭔지 몰랐어요. 내 집에서 눈에 띄는 거라곤 '캉브르메르 후작과 후작부인'뿐, 거기에 주소가 씌어 있는데, 어딘지 기억나지 않거니와 그걸 결코 이용하지 않을 결심이랍니다."

"그러나 왕비님을 닮다니 큰 명예인데요." 프롱드당 역사가의 말.

"천만에, 현대에 와선 왕이건 왕비건 대수로운 게 아닙니다!" 게르망트 씨는, 자유를 존중하는 근대 정신의 소유자인 체, 또한 실은 소중히 여기고 있는 왕족과의 관계를 존중하지 않는 체하려고 말했다.

자리에서 일어선 블로크와 노르푸아 씨가 우리 곁으로 왔다.

---

*1 스웨덴의 왕녀.

"이분한테 드레퓌스 사건에 대해 얘기하셨습니까?" 빌파리지 부인이 말했다.
노르푸아 씨는 눈을 천장 쪽으로 치떴으나, 미소를 지었다. 마치 마음속의 여인*[2]이 복종하기를 강요하는 그 변덕이 심하다는 것을 나타내기라도 하려는 듯이 말이다. 그래도 그는 매우 싹싹하게, 프랑스가 겪고 있는 무시무시한, 치명상이 될지 모르는 몇 해에 대해 블로크한테 이야기했다. 그것은 노르푸아 씨가 열광적인 드레퓌스 반대파임을 뜻할 것이다(블로크는 노르푸아 씨에게 드레퓌스의 결백을 믿노라 말했는데). 따라서 그 대사가 얼마나 싹싹하고, 상대방의 주장을 옳다 하며, 서로가 같은 의견임을 의심치 않고, 정부를 공격하기 위해 상대와 굳게 뭉치는 태도를 보여 블로크의 자만심을 쓰다듬고 호기심을 부채질하였다. 노르푸아 씨가 뭐라고 꼬집어 말하지 않았으나, 블로크와 같은 의견이노라 말 없는 가운데 인정하고 있는 성싶은 그 중요점은 뭔가? 도대체 그는 이 사건에 대해 둘을 한 동아리로 할 수 있는 어떤 의견을 가졌을까? 블로크는 자기와 노르푸아 사이에 있는 듯한 불가사의한 일치가 있는 것에 놀랐지만, 특히 빌파리지 부인이 블로크의 문학상 일에 대해 노르푸아 씨한테 꽤 상세히 얘기해놓고, 정치 문제에만 한하지 않아서 더욱 놀랐다.
"당신은 현대 사람이 아니군." 전 대사가 블로크한테 말했다. "또 그 점을 나는 아주 좋다고 생각하오. 당신은 이해관계를 초월한 연구가 이미 존재하지 않는 현대, 추잡한 것이 아니면 어리석은 것밖에 대중에게 팔리지 않는 이 현대의 사람이 아니오. 당신이 힘쓰고 있는 노력이야말로 만일 우리나라에 정부다운 정부가 있다면 마땅히 장려되어야 하오."
블로크는 온 세상이 침몰 중인데 유독 물 위에 떠 있는 기분이 들어 기쁜 표정이 얼굴에 가득하였다. 그러나 그 점에서도 그는 뚜렷한 설명을 듣고 싶었고, 노르푸아 씨가 어떤 어리석은 짓에 대해 말하는 것인지 알고 싶었다. 블로크는 수많은 이들과 같은 길에서 일하는 느낌이 들어, 자신을 그토록 예외적이라곤 믿지 않았던 것이다. 그는 드레퓌스 사건에 얘기를 돌렸지만, 노르푸아 씨의 의견을 종잡을 수 없었다. 그는 그 무렵 신문에 자주 이름이 나오는 장교들에 대해 노르푸아 씨한테 얘기를 들으려 하였다. 그 장교들은 같은 사건에 말려든 정치가들보다 훨씬 강한 호기심을 일으켰다. 그들이 정치가들처럼 전

*2 Dolcinée, 여인(돈키호테의 애인 이름인 돌시네아에서 따옴).

부터 알려진 이들이 아니라, 특별한 복장을 하고, 보통 사람들과는 다른 생활과 경건하게 지켜온 침묵 속에서, 백조가 끄는 쪽배에서 내리는 로엔그린처럼, 이제 막 나타나 말하기 시작했기 때문이다. 블로크는 아는 사이인 국수파 변호사 덕분에, 졸라의 소송 공판에 여러 번 참석할 수 있었다. 그는 일반 콩쿠르나 대학입학 자격시험을 치르는 때처럼, 샌드위치 도시락과 커피병을 들고, 아침에 공판정에 와서, 저녁에야 퇴장했는데, 이 습관의 변화가 신경을 긴장시켜, 그것이 커피와 재판의 흥분으로 극에 달해, 그가 거기서 나오자 그곳에서 일어난 모든 일에 어찌나 열중했는지, 저녁에 집에 돌아가서도 아름다운 꿈속에 다시 잠기고 싶을 정도였다. 또 두 파의 사람들이 드나드는 식당으로 친구를 만나러 달려가, 그날 일어난 일을 한없이 거듭 이야기하고, 권력자가 된 듯한 오만한 말투로 야식을 주문하며, 그것으로써 일찍 시작된 하루, 제대로 점심을 못 먹은 하루의 공복과 피로를 회복한 적이 있다. 인간은, 줄곧 경험과 공상 둘 사이를 오락가락하는지라, 아는 이들의 이상적 생활을 깊이 캐보고 싶고, 또 그 생활을 떠올려본 적이 있는 이들과는 실제로 알고 싶어하게 마련이다. 블로크의 질문에 노르푸아 씨는 이렇게 대답했다.

"두 장교가 진행 중인 사건과 관련되어 있는데, 나는 두 사람에 대해 한 분(미리벨*1 씨)이 얘기하는 걸 들은 적이 있소. 이분의 판단에 나는 큰 믿음을 품소만, 두 장교를 매우 존경하더군. 두 장교는 앙리 중령과 피카르 중령이오."

그러자 블로크는 큰 소리로 외쳤다. "하지만 제우스의 딸, 아테네 여신은 인간 정신 속에, 남의 정신 속에 있는 것과 반대되는 것을 각각 주었습니다. 이 두 가지는 두 마리 사자같이 맞싸우죠. 피카르 중령은 육군에서 훌륭한 지위를 차지했는데, 그 운명의 신은 본디 그의 것이 아닌 쪽으로 그를 끌어왔습니다. 민족주의자들의 칼이 그의 가냘픈 몸을 산산조각 내 육식 동물이나 송장 기름을 먹는 새들의 먹이로 삼을걸요."

노르푸아 씨는 아무 대답도 하지 않았다.

"저 두 분은 구석에서 뭘 숙덕거리고 있는 거죠?" 게르망트 씨가 노르푸아 씨와 블로크를 가리키면서 빌파리지 부인에게 물었다.

"드레퓌스 사건에 대해서야."

---

*1 Miribel. 전 참모총장.

"원, 저런! 그런데 마침 열렬하게 드레퓌스파를 지지하는 자가 있는데 누군지 아십니까? 절대로 맞추지 못할 걸요. 누군고 하니 내 조카 로베르! 게다가 자키 클럽에서, 여러 회원이 그런 엄청난 말을 들었을 때엔, 죽여라, 괘씸하다 하고 발칵 뒤집혔답니다. 일주일 뒤에는 그를 회원 후보로 추천하려고 했는데……."

"그렇겠죠." 공작부인이 말을 가로막았다. "만일 다들 질베르(게르망트 대공)처럼 유대인을 깡그리 예루살렘에 보내라고 늘 주장하는 이들이라면야……."

"허어, 그럼 게르망트 대공은 내 의견과 아주 같은 걸요." 아르장쿠르가 말참견했다.

공작은 아내를 자랑으로 삼았으나, 사랑하지는 않았다. 그는 매우 '자신만만'해, 간섭받는 것을 아주 싫어한 데다가, 가정에서는 보통 아내에게 사납게 굴었다. 말참견당한 고약한 남편과 들어주지 않는 웅변가의 두 노기로 부르르 떤 그는 딱 그치고 공작부인을 노려보았는데, 그 서슬에 좌중은 어색해졌다.

"어쩌자고 질베르와 예루살렘의 얘기를 꺼내는 거요?" 그는 드디어 입을 열었다. 그러곤 다시 부드러운 말투로 덧붙였다. "그런 게 문제가 아냐, 그러나 만에 하나라도 우리 가문의 하나가 자키 클럽 입회를 거절당한다면, 특히, 그 아버지가 10년 동안이나 회장을 지낸 바 있는 로베르가 그렇게 된다면, 그야말로 심각한 사태라고 당신도 생각할 거요. 어쨌든 회원들이 그 말을 듣곤 얼굴에 경련을 일으키며 눈을 부릅뜨더군. 나도 그들이 틀렸다고는 말 못해. 당신도 알다시피 나는 개인적으로는 인종에 대해 아무 편견도 없고, 그런 편견 따위를 시대에 뒤진 것으로 보며, 또 시대와 더불어 걸어갈 셈으로 있지만, 그렇더라도 이른바 생루 후작이라는 인간이 드레퓌스파가 되어서야 쓰겠소, 안 그렇소!"

게르망트 씨는 '이른바 생루 후작이라는 인간'이라는 구절에 힘을 주어 발음하였다. 그렇지만 그는 이른바 '게르망트 공작'이라는 쪽이 더욱 대단한 것임을 잘 알고 있었다. 그러나 그의 자존심이 게르망트 공작이라는 칭호의 우월성을 스스로 떠벌리는 경향이 있었다면, 이 칭호를 깎아 밀어내는 것은 좋은 취미의 법칙이라기보다 상상의 법칙인지도 몰랐다. 인간은 멀리 떨어져 있는 것, 남들 속에 있는 것을 더 아름답게 보게 마련이다. 왜냐하면 공상에서의 원근법을 규정하는 일반 법칙은 일반인과 마찬가지로 공작들에게도 적용되기 때문이다. 공상의 법칙뿐만 아니라 언어 법칙도 그렇다. 그런데 언어의 두 법칙 가운데 하나가 이 경우에 해당할지도 모른다. 그 하나는, 인간은 태어난 계급의 사람들이 아니라 속해 있는 정신적인 계급의 사람들처럼 나타내고 싶어한다는 것, 그러므로 게르망트 씨는 귀족에 대해 이야기하는 경우에도 그 표현법에서는 '이른바 게르망트 공작이라는 인간'이라고 말하는 프티부르주아에 속해 있었다. 스완이나 르그랑댕 같은 교양인이라면 그렇게 말하지 않았을 것이다. 공작이라도 통속적인 상스러운 소설을 쓰고, 설령 상류 사회의 풍물을 그린들, 귀족 칭호가 거기에 아무 도움이 안 되며, 또 귀족적이라는 형용사가 한 평민의 작품에 마땅히 주어지기도 한다. 그런데 이 경우에 '이른바 ……이라는 인간'이라고 하는 말을 게르망트 씨가 어느 부르주아의 입을 통해서 들었을까? 아마 게르망트 씨도 확실하지 않을 것이다. 언어의 또 다른 법칙, 마치 어떤 질병이 갑자기 나타났다가 사라진 다음 소문도 안 들리고 말듯, 아메리카의 잡초 씨앗이 여행용 담요의 털에 묻어와 철도 선로의 비탈에 떨어져, 그것이 프랑스에 싹튼다, 이와 비슷한 우연에선지 아니면 자연 발생인지 까닭이야 잘 모르나, 이따금 수많은 표현법이 생겨나 같은 일정 기간, 그러자고 짠 일도 없는 이들의 입에 오르는 것을 듣는다. 그런데 그와 마찬가지로 어느 해, 나는 블로크가 그 자신의 얘기를 말하는 것을 들었다. "뭐니뭐니해도 가장 매력적이고, 빛나고, 퍽 신중한, 아주 까다로운 이들이, 총명한, 뜻에 맞는, 없어서는 안 될 사람이라고 느낀 이는 단 한 사람밖에 없다고 알아차렸는데, 그건 블로크였으니까." 그리고 블로크를 모르는 다른 젊은이들의 입에서, 오로지 블로크라는 이름을 그 자신의 이름으로 바꿨을 뿐 똑같은 미사여구가 나오는 것을 들은 적이 있는데, 그와 마찬가지로 나는 여러 번 이 '이른바 ……이라는 인간'이라고 듣게 되었다.

"별수 있소." 공작은 계속했다. "그 클럽을 지배하는 정신을 생각한다면 그런 것을 이해할 만하지."

그러자 공작부인이 대답했다. "특히 우스운 일은 우리를 아침부터 저녁까지 프랑스 조국동맹*[1]을 가지고 괴롭히는 그 어머니의 사고방식이 그러니까요."

"그렇군, 그러나 그 어머니만이 아니오. 허풍떨지 말아요. 또 하나 놀아난 여

*1 드레퓌스 반대주의로 결집한 지식인의 동맹으로 모리스 바레스, 브륀티에르, 르메트르가 가담함.

자, 가장 바닥에 있는 방탕녀가 문제지. 이 여자가 그에게 더 강한 영향을 미쳤어, 바로 드레퓌스 씨와 같은 나라 사람이지. 이 여자가 로베르에게 자기의 정신상태(état d'ésprit)를 감염시킨 거예요."

"공작님은 그런 정신 상태를 표현하는 새 낱말이 있는 걸 모르시나 보군요." 재심 반대 위원회의 서기인 고문서학자가 말했다. "'망탈리테(mentalité)'*2 라고 합니다. 정확히 같은 뜻인데, 적어도 아무도 무슨 뜻인지 모릅니다. 최신 가운데 최신, 이를테면 '최신 유행'입니다."

그렇지만 블로크라는 이름을 듣고 난 그는, 블로크가 노르푸아 씨한테 여러 질문을 하는 것을 불안스럽게 보았다. 그런데 그 불안이 후작부인의 마음속에 다르나 똑같이 강한 불안을 일으켰다. 고문서학자에게 조마조마 그 앞에서 반드레퓌스파인 체하고 있는 부인은, 조금이라도 '조합'과 관련이 있는 유대인을 초대한 것을 그가 알아차린다면 비난을 받을까 봐 전전긍긍했던 것이다.

"흠! 망탈리테라, 적어놓았다가 다시 써볼까." 공작은 말했다(말로만 하는 게 아니라, 공작은 '인용문'이 가득한 작은 수첩을 가지고 다니다가 그것을 대연회에 앞서 읽어보았다). "망탈리테라, 마음에 들어. 이런 새 낱말, 누가 확 퍼뜨리는 새 낱말이 있지만, 오래가지는 못하죠. 최근, 어떤 작가의 '탈랑튀외(talentueus)*3 사람이다'라는 글을 읽었습니다. 무슨 뜻인지 아십니까. 그 뒤로는 그 낱말을 두 번 다시 읽지 못했습니다만."

"그러나 망탈리테는 탈랑튀외보다 더 잘 쓰이고 있습니다." 프롱드당 역사가는 대화에 끼어보려고 말했다. "나는 교육부의 한 위원회 일원입니다만 거기서 몇 번이나 이 낱말을 쓰는 것을 들었고, 또한 나의 클럽, 동아리 볼네에서도, 또 에밀 올리비에*4 씨네의 만찬회에서도."

"저야 교육부에 참석하는 명예를 가진 바 없거니와" 하고 공작은 일부러 공손하게 그러나 그 입이 미소를 참지 못하며 그 눈이 기쁨에 반짝이는 눈길을 모두에게 던질 수밖에 없을 만큼 깊은 자부와 함께 대답해, 그 눈길의 비꼼을 받아 역사가는 얼굴을 붉혔다.

"저야 교육부에 참석하는 명예를 가진 바 없거니와" 하고 그는 제 말에 취한

*2 정신 상태.
*3 재능 있는.
*4 제2 제정기의 정치가. 1913년 사망.

듯 천천히 되풀이했다. "또한 동아리 볼네에도 들지 못했습니다(저는 위니옹과 자키에만 들었죠). 그런데 당신은 자키에 가입한 회원이십니까?" 그는 역사가에게 물었다. 역사가는 점점 얼굴을 붉히면서 뭔가 함부로 말하는 듯한 냄새를 맡으며 그 정체를 몰라 팔다리를 부들부들 떨기 시작했다. "저야 에밀 올리비에 씨네에서 저녁 식사를 한 적조차 없어놔서, 실은 망탈리테라는 낱말을 몰랐습니다. 아마 당신도 그럴 테지, 아르장쿠르…… 어째서 드레퓌스가 배반했다는 증거를 보일 수 없는지 아시오? 그건 드레퓌스가 육군 장관 부인의 애인이기 때문인 것 같소, 극비로 말하는 바에 의하면."

"허어! 나는 총리 부인의 애인인 줄 알았는데요." 아르장쿠르의 말.

"누구나 할 것 없이 그 사건을 가지고 이러니저러니 말이 많으니 지루해요." 게르망트 공작부인이 말했다. 부인은 사교적인 입장에서 아무에게도 고분고분 따르지 않는다는 점을 늘 보이고 싶어했다. "그 사건은 유대인이라는 관점으로서는 나에게 조금도 중요하지 않아요, 나의 벗 가운데 유대인이 없거니와, 덕분에 언제까지나 아무것도 모르는 채 지낼 셈이니까요. 하지만 그렇다고 해서, 저 부인네들은 사상이 온건하다, 유대인 상점에서 아무것도 안 산다, 또는 그 파라솔 위에 '유대인을 죽여라'라는 글자를 쓰고 있다고 해서, 우리가 모르고 지냈을 뒤랑네 뒤부아*[1]네 아낙네들을, 마리 에나르*[2] 또는 빅튀르니엔이 우리에게 떠맡긴다는 건 질색이에요. 나는 어제 마리 에나르네 집에 가봤죠. 지난날 그 집은 재미있었죠. 그런데 지금은 거기 가보면 평생 회피해온 사람들, 또 어느 말 뼈다귀인지 모르는 사람들이 드레퓌스 반대파라는 핑계로 우글거려요."

"아니지, 육군 장관의 부인입니다. 적어도 규방에 도는 소문으로는." 공작이 이어 말했다. 공작은 이런 식으로 대화중에 왕조 시대풍이라고 여기고 있는 표현*[3]을 곧잘 썼다. "요컨대, 아시다시피 나 개인으로서는 나의 사촌 질베르와 정반대의 의견을 가지고 있습니다. 나는 질베르처럼 봉건적이 아닙니다. 만

---

*1 뒤랑(Durand)이나 뒤부아(Dubois) 등은 프랑스에서 가장 흔한 성으로 우리나라의 김씨·이씨 등에 해당함.

*2 생루의 어머니 마르상트 부인.

*3 왕조 시대풍 표현으로 규방(ruelle)을 말함. 16, 17세기의 상류 사회 부인들이 손님을 만나고 사교·문학의 살롱이 되었던 규방(閨房).

일 내 친구라면, 흑인과도 산책하고 또 제삼자나 제사자의 의견 같은 건 걱정하지 않을 겁니다. 그렇지만 이른바 생루라는 인간이 우리 모두의, 볼테르보다 또 내 조카보다 현명한 우리 모두의 사념에 엇갈리는 장난을 치다니 말이나 되오. 더구나 클럽에 처음으로 자기를 소개하기 일주일 전에, 내가 감정의 곡예라고 일컫는 그런 짓을 하다니! 좀 심해! 아니지, 아마 그 매춘부가 그를 선동했는지 모르지. 그렇게 하면 '지식인' 사이에 끼게 될 거라고 그를 설득했을 거야. 지식인, 이것이 그 녀석들의 '크림 샌드위치'니까. 하기야 이 때문에 꽤 재미나는, 그러나 매우 신랄한 재담은 했지만."

그러고 나서 공작은 공작부인과 아르장쿠르 씨만 들리도록 목소리를 낮추어 마테르 세미타(Mater Semita)*4라는 말을 인용했다. 사실 이 말은 자키 클럽에서 이미 입에 오르내리고 있었다. 그도 그럴 것이, 털이 난 모든 종자(種子) 가운데 가장 튼튼한 날개가 붙어 있어서 터진 자리에서 가장 먼 거리까지 퍼뜨려지는 것은 역시 농담이기 때문이다.

"그 설명은 여성학자 같은 이분에게 청해도 좋지만" 하고 그는 역사가를 가리키면서 말했다. "그러나 근거가 없는 이상 더 언급하지 맙시다. 나는 사촌누이 미르푸아처럼 집안의 선조를 예수 그리스도 이전 레위 부족까지 거슬러 올라갈 수 있다고 우기는 대망을 품지 않거니와, 우리 가문에는 유대인의 피가 한 방울도 섞이지 않았다는 것을 훌륭히 증명해보이겠습니다. 그렇지만 우리를 우롱하려고는 말아야지, 내 조카의 그럴듯한 의견이 항간에 커다란 물의를 일으킨 것은 확실합니다. 하물며 페젠삭은 와병중이니까, 뒤라스가 앞장서겠죠. 아시다시피 뒤라스는 앙바라(embarras)*5하기를 좋아하니까." 공작은 이렇게 말했는데, 그는 어떤 낱말의 정확한 뜻은 영 파악하지 못하여, 앙바라를 한다(faire des embarras)를 잘난 체하다가 아니라 골치 아픈 일을 일으킨다는 뜻으로 알고 있었다.

"아무튼, 설령 그 드레퓌스가 무죄라도" 하고 공작부인은 가로막았다. "그는 그것을 조금도 증명하지 못하고 있네요. 그 섬에서 보내온 편지를 보세요, 얼

---

*4 라틴어로 직역하면 근원. 민족주의자들은 이 오용된 라틴어를 '유대인의 어머니'라는 뜻으로 간주하고 드레퓌스파의 의견에 찬동하는 생루의 어머니 마르상트 부인의 혈통까지 의심함.

*5 방해·난처함.

마나 바보스럽고 과장된 것인지! 에스테르하지 씨가 드레퓌스보다 잘난 사람인지 아닌지는 모르지만, 글재주에서는 더 멋지고 특색 있어요. 그러니 드레퓌스파 사람들에겐 흥미롭지 않은 일임에 틀림없죠. 무고자를 돌려치지 못하는 게 그들로서는 얼마나 서운할까?"

모두 폭소하였다. "오리안의 말을 들으셨습니까?" 게르망트 공작은 빌파리지 부인에게 열심히 물었다. "응, 매우 익살스럽구나." 이런 대답으론 공작의 성에 차지 않았다. "그런데 내겐 하나도 익살스럽지 않습니다, 아니, 익살스럽건 말건 상관없습니다. 나는 재치라는 걸 전혀 존중 안 합니다." 아르장쿠르가 반대했다. "마음에도 없는 말을 하고 있네." 공작부인이 작은 목소리로 중얼거렸다. "그건 내가 대의원 노릇을 한 관계로 으리으리하나 아무 뜻 없는 연설을 들어왔기 때문인지도 모르죠. 나는 대의원에서 논리를 특히 존중할 것을 배웠습니다. 아마 그 덕분에 내가 재선되지 않았지만. 농담이니 익살이니 나는 개의치 않습니다." "바쟁, 조제프 프뤼돔(Joseph Prudhomme)*1 흉내는 내지 말아요. 여보, 당신만큼 재치를 좋아하는 분이 또 있으려구." "내 말을 끝까지 들어봐요. 나는 바로 어떤 종류의 익살에 무감각하므로 아내의 재치에 감탄합니다. 아내의 재치야말로 옳은 관찰에서 나오니까요. 아내는 남자같이 사리를 따지고, 작가처럼 나타내죠."

블로크는 노르푸아 씨를 재촉해 피카르 중령에 대한 이야기를 시키려 하고 있었다.

"중령의 진술*2이 필요하게 된 것은 논의할 여지도 없소." 노르푸아 씨가 대답했다. "정부는 거기에 좀 무엇인가 수상한 것이 있을지 모른다고 생각했지만. 그는 그런 소신을 터놓고 말하여 수많은 동료에게 심한 비난을 받긴 했으나, 내 생각에 정부는 중령에게 발언시킬 의무가 있었지. 그런 막다른 골목에서는 빙그르르 도는 정도로는 못 빠져 나오지, 그러면 진흙탕에 빠질 위험이 있거든. 장교 그 사람으로 말하면, 그 진술은 첫 법정에서 참으로 좋은 인상을 주었소. 말쑥한 추격 기병(騎兵)의 제복을 꼭 맞게 입고, 실로 단순하고 솔직한 말투로 자기가 보았던 것과 믿었던 바를 말하며, '군인의 명예를 걸고(이 구절

---

*1 프랑스의 만화가 모니에(Monnier, 1805~1877)가 창작한 인물로서, 하찮은 것을 점잔 빼며 말하는 소시민 유형.

*2 드레퓌스가 아닌 진범인이 있다고 진술함.

에서 노르푸아 씨의 목소리는 애국적인 가벼운 트레몰로(tremolo)로 떨렸다) 이것이 나의 신념이올시다'라고 말했을 때 감명 깊었음을 부인 못하오."

'그렇다, 이분은 드레퓌스파다, 이제는 의심할 여지도 없다.' 블로크는 이렇게 생각했다.

"그런데 처음 그가 모았던 공감을 말끔히 빼앗아가게 된 것은 문서과 직원인 그리블랭과의 대심(對審)이었다오. 이 늙은 관리, 두말하지 않는 이 사내의 진술을 들었을 때(노르푸아 씨는 다음의 말을 확신을 갖고 힘주어 강조했다), 이 늙은 관리가 윗사람 눈을 똑바로 노려보며, 겁도 없이 윗사람을 안절부절못하게 하는 걸 보고, 또 대꾸를 허용치 않는 말투로 '그러지 마시오, 중령님, 아시다시피 나는 결코 거짓말한 적이 없고, 아시다시피 지금도 진실을 말합니다'라고 하는 말을 들었을 때, 바람의 방향이 휙 돌았고, 피카르 씨는 다음 법정에서 하늘과 땅을 흔들려 했으나 헛일, 완전한 실패로 끝났다오."

"아냐, 아무리 생각해도 이분은 반드레퓌스파야, 확실해. 하지만 피카르가 거짓말을 했다고 생각한다면, 어째서 그 폭로를 헤아리며, 그 폭로에 매력을 느끼고 있는 듯 진실로 믿고 있는 듯 상기시킬까? 만일 그와 반대로, 피카르를 양심을 털어놓는 정의의 지사로 본다면 어째서 그리블랭과의 대심에서 그가 거짓말한 걸로 가정할까?" 블로크의 혼잣말.

노르푸아 씨가 블로크한테 블로크와 같은 의견인 듯이 말하는 까닭은, 노르푸아 씨가 열렬한 반드레퓌스파로 현 정부가 우유부단한 것으로 보고, 드레퓌스파와 같은 정도로 정부를 적대시하고 있는 데서 온 것인지도 모른다. 그리고 또 정치상, 노르푸아 씨가 대수롭게 생각하는 것은, 더 심각한, 차원이 다른 어떤 것이어서 그 처지에서 본다면 드레퓌스 사건 따위는 중요한 대외 문제를 근심하는 애국자의 주의를 끌지 못하는 하찮은 부수적인 사건으로 생각해서인지도 모른다. 아니, 어쩌면 노르푸아 씨의 정치적 신중성에서 비롯하는 행동 원칙은 오직 형식 문제, 절차와 적시성의 문제에만 적용되므로, 마치 철학에서 순 논리만으로는 존재의 문제를 해결할 수 없듯, 근본적인 문제를 해결하는 힘이 없었기 때문인지도 모른다. 또는 이 신중함 자체가 이런 문제를 취급하는 위험을 감지시켜, 그 때문에 조심성에서 이차적 상황밖에 얘기하려 들지 않았는지도 모른다. 그러나 노르푸아 씨가 이 정도로 신중한 성격이 아니고 또 이 정도로 오로지 형식적인 정신이 아니며, 만일 할 뜻만 있다면, 앙리의, 피카르의, 뒤 파티 드 클랑의 역할에 대해, 또 사건의 모든 점에 대해서 진실을 말할 수 있을 것이라고 믿었다. 사실 블로크는, 노르푸아 씨가 그런 모든 것에 관한 진실을 알고 있으리라 생각지 않았다. 장관들과 아는 사이인데 어찌 진실을 모를까 보냐? 물론 블로크는 정치적인 진실은 매우 명철한 두뇌를 가진 자라면 재구성될 수 있는 것이라고 생각했다. 그러나 또한 일반 대중과 똑같이, 진실은 늘 이의 없는 구체적인 형태로 대통령이나 총리의 기밀 서류 속에 들어가 있어, 대통령이나 총리는 이를 장관에게 문서로 알리는 거라고 상상하고 있었다. 그런데 정치상의 진실이 설령 참고 자료를 포함하는 경우라도, 참고 자료에 뢴트겐 사진 이상의 가치가 있는 일은 드물다. 일반인은 환자의 병이 뢴트겐 사진에 전부 똑똑히 나와 있다고 생각한다. 하지만 사실은 그렇지 않고, 사진은 한낱 판단의 한 요소를 제공할 뿐, 그 요소에 다른 요소가 많이 합쳐져, 그것에 대해 의사의 추리가 작용되어, 거기서부터 의사는 진단을 내린다. 그러므로 정치의 진실은, 소식통에 가까이 다가가 막상 잡았다고 여기자마자 빠져나간다. 마찬가지로 드레퓌스 사건에 한해서 말한다면, 그 뒤 앙리의 자백에 이어 자살*[1] 같은 큰 소동이 났을때, 이 사실은 드레퓌스파인 각료와 또 스스로 문서 위조를 발견했으며 심문을 행한 카베냐크(Cavaignac)와 키녜(Cuignet)*[2]에게 정반대로 해석되었다. 뿐만 아니라 드레퓌스파의 각료들, 빛깔이 같은 그들 사이에마저, 같은 증거물로 판단할 뿐만 아니라 같은 정신으로 판단하는데도, 앙리의 역할은 전혀 반대로 설명을 받았으니, 어떤 자는 앙리를 에스테르하지의 공범자로 보고, 어떤 자는 그와 반대로, 이 역할을 파티 드 클랑이 한 것으로 보고, 곧 적인 키녜의 설에 가담하여, 동지인 레나크와 완전히 대립하였다. 블로크가 노르푸아 씨에게서 꺼낼 수 있던 것은, 부아데프르 참모장이 로슈포르 씨에게 비밀을 누설한 것이 사실이라면 이는 아무래도 섭섭하기 짝이 없는 일이라는 것이 고작이었다.

"육군 장관이 적어도 인 페토(in petto)*[3]하게 틀림없이 참모장을 저주했을 거요. 내 생각으로는 정식 취소는 쓸모없는 일이 아니었을 거요. 그러나 육군 장

---

*1 드레퓌스를 모함하려고 위증을 하였다가, 그것이 폭로되자 자살했음.

*2 육군 장관과 대위. 이 두 사람은 앙리의 허위를 발견했음에도 드레퓌스파에 반대함.

*3 '속으로, 은근히'라는 이탈리아어.

관은 그 취소문에서 인테르 포쿨라(inter pocula)*4 매우 노골적으로 나타냈고, 하기야 나중에 가서 수습할 수 없는 파탄을 일으킨다는 건 아주 경솔하니까."
"하지만 그 증거 서류는 분명히 가짜입니다." 블로크는 말했다.
노르푸아 씨는 이 말에 대꾸하지 않고, 앙리 오를레앙 대공*5이 행한 시위 운동에 찬성할 수 없다고 말했을 뿐이다.
"게다가 그런 시위운동은 법정의 냉정성을 흐려놓고 어차피 한심한 동요를 조장하는 게 고작이오. 물론 반군국주의의 음모를 진압해야 하나, 우익 무리가 선동하는 소동, 나라 사랑하는 마음에 이바지하긴커녕 나라 사랑하는 마음을 이용하려고 드는 소동은 달갑지 않네. 프랑스는 고맙게도 남미 공화국이 아냐, 그러니 혁명 선언문 따위를 내는 장군의 필요성을 느끼지 않소."
블로크는 드레퓌스가 유죄냐 무죄냐 하는 문제에 대해 노르푸아 씨한테 이야기시킬 수도, 또 현재 진행 중인 이 국내 사건에 내려질 판결에 대한 예상을 이야기시킬 수도 없었다. 그 대신 노르푸아 씨는 그 판결의 결과에 대해 자세한 이야기가 하고 싶은 듯했다.
"만일 유죄라 해도, 아마 파기될 거요, 증인의 진술이 이렇게 많은 사건에서, 변호사한테 지적되는 형식상의 결점이 없는 경우가 드무니까. 앙리 오를레앙 대공의 맹공격에 대해 결론을 말한다면, 그건 그 춘부장의 취미라고는 생각지 않소."
"댁은 샤르트르*6가 드레퓌스파라고 생각하시나요?" 공작부인은 웃으면서 눈을 동그랗게 하고, 볼을 장밋빛으로 물들이며, 프티 푸르 접시에 얼굴을 박은 채, 눈썹을 찌푸리며 물었다.
"천만에, 나는 다만 그 점에 그 집안의 정치감각이 있다는 걸 말하고 싶었습니다. 그 네크 플루스 울트라(nec plus ultra)*7 감탄할 클레망틴 공주로, 그 아들 페르디낭 대공이 소중한 유산처럼 지킨 그 정치감각이. 뷜가리(Bulgarie) 대공이 설마하니 에스테르하지 소령을 품에 안기야 하겠습니까."
"한 졸병을 껴안는 편이 좋았을걸." 게르망트 공작부인이 중얼댔다. 부인은

*4 '술김에'라는 라틴어.
*5 루이 필립 왕의 손자. 우익임.
*6 오를레앙 대공의 아버지.
*7 '더 나아갈 수 없는, 궁극'이라는 라틴어.

주앵빌*[1] 대공 댁에서 자주 뵐가리 대공과 저녁 식사를 했는데, 한번은 뵐가리 대공이 질투하지 않느냐고 묻기에 "그럼요, 지금 하고 계신 팔찌에"라고 대꾸한 적이 있었다.

"오늘 저녁 사강 부인의 무도회에 안 가십니까?" 노르푸아 씨는, 블로크와 대화를 끊으려고 빌파리지 부인한테 물었다. 하기야 대사는 블로크가 마음에 안 든 것이 아니다. 그 뒤 우리에게 꾸밈없이, 또 아마도 블로크의 말씨에 그 무렵 그만둔 신(新)호메로스풍의 흔적이 얼마간 남아 있는 탓인지 말하기를, "저 사람 조금 옛 풍으로 장중하게 말하는 투가 꽤 재미나오. 라마르틴 또는 장 바티스트 루소처럼 '뮤즈 자매 박사'라곤 못 하지만. 요즘 젊은이들 가운데 그런 이가 드물어, 우리는 얼마쯤 낭만파였다오"라고 하였다. 그러나 노르푸아 씨는 말상대가 아무리 별나게 보였더라도 대화가 지나치게 길었다고 생각했다.

"아뇨, 나는 이제 무도회에 안 가요." 그녀는 노마님답게 우아한 미소를 띠며 대답했다. "여러분은 다 거기 가시죠? 당신들 같은 나이에 맞는 일이죠" 하고, 샤텔로 씨, 애인, 블로크를 한 시선 속에 넣으면서 덧붙이며, "나도 초대받았어요" 하고, 그것을 자랑하듯 짐짓 농담인 체하면서 "일부러 그 사람이 나를 초대하러 왔답니다"라고 말했다(그 사람은 사강 대공부인이었다).

"내겐 초대장이 없어 놔서." 블로크는, 빌파리지 부인이 초대장을 주겠지 생각하며, 또 사강 부인도, 일부러 몸소 초대하러 간 분의 친구를 맞으면 기뻐할 테지 생각하면서 말했다.

그러나 후작부인은 대꾸하지 않고, 블로크도 두말하지 않았다. 그는 부인과 함께 다른 중대한 일이 있었으며, 그 때문에 이틀 뒤의 회합을 청하러 왔기 때문이다. 누구나 연자방앗간 안처럼 드나드는 루아얄 거리의 동아리*[2]를 탈퇴하기로 했노라는 두 젊은이의 말을 듣고서, 그는 빌파리지 부인한테 자기를 받아들이게 해달라고 부탁하고 싶었다.

"그 사강네는 어지간히 엉터리시고, 요령부득한 속물이 아닙니까?" 그는 빈정거리듯 말했다.

"천만에, 우리가 그 종류에서 최상으로 치죠." 파리풍 농담을 전부 익힌 아르장쿠르 씨가 대답했다.

---

*1 루이 필립 왕의 3남. 클레망틴 공주의 동생이자 뵐가리 대공의 숙부.

*2 사강네 집을 가리키는 말.

그러자 블로크가 반은 비꼬는 말투로 "그럼 이른바 이번 시기의 성전(盛典), 일대 사교 집회라는 건가요?"

빌파리지 부인은 게르망트 부인한테 쾌활하게 물었다.

"사강 부인의 무도회를 일대 사교 성전이라고 보니?"

"내게 그런 것을 묻지 마세요." 공작부인은 비꼬아 대답했다. "나는 사교적 성전이라는 게 뭔지 모르거니와, 사교계 일은 내가 알 바가 아니에요."

"어어! 그 반대라고 생각했는데요." 게르망트 부인이 진심으로 그렇게 말한 줄 생각한 블로크가 얘기했다.

그는 드레퓌스 사건에 대해 수많은 질문을, 노르푸아 씨가 짜증이 날 정도로 계속해서 해댔다. 노르푸아 씨는 딱 잘라 말하기를, '잠깐 보기'에, 파티 드 클랑 대령은 두뇌가 좀 흐리멍덩한 것 같다, 비상한 냉정성과 분별력과 학식이 필요한 예심이라는 미묘한 일을 이끌어 나가기엔 적임자가 아닌 것 같다고 하였다.

"사회당이 왁자지껄하게 그의 머리를 요구하고, 악마섬에 수감된 드레퓌스를 즉시 석방하라고 요구하는 걸 나는 아오. 그러나 우리는 아직 제로 리샤르(Gérault-Richard)*3 씨 일당에게 무릎을 꿇을 만큼 몰락했다고는 생각지 않소. 지금까지 이 사건은 통 밝혀지지 않았소. 어느 쪽에서 똑같이 숨겨야 할 비열한 점이 없다고는 하지 않아 당신네 쪽 의뢰인(드레퓌스)을 조금이나마 이해관계를 떠나 옹호하는 어떤 이들이 선의를 품고 있을지도 모른다는 것, 나는 이에 반대하지 않소! 하지만 아시다시피 지옥에도 선의의 포석이 깔려 있다고 하니까." 그는 교활한 눈짓을 하고서 덧붙였다. "요점은 정부가 좌파의 손안에 있지 않다는 인상, 뭔지 모르는 군벌(군벌은 한 나라의 군대가 아니라고 나는 생각하오만)의 명령에 손발이 매여 있지 않다는 인상을 주는 데 있소. 물론 새 사실이 나타나면 재심 절차가 취해지는 건 당연하지. 그 결과는 누구의 눈에도 선하오. 따라서 재심을 청구함은 열린 문을 통과하는 거요. 그렇게 되는 날 정부는 당당히 발언할 수 있고 아니면 가장 중요한 특권을 스스로 땅에 떨어뜨리고 말 거요. 닭 머리에 당나귀 몸뚱이니 하는 식의 횡설수설로는 이제 모자라. 드레퓌스에게 재판관을 붙여야만 하오. 그런데 이는 매우 쉬운 일

---

*3 사회당 대의원(1860~1911).

이오. 왜 그런고 하니, 자신을 스스로 중상하길 좋아하는 우리의 평온한 프랑스에서는, 참과 정의의 말을 듣게 하려면 하는 수 없이 망슈(Manche)*1를 건너가야 한다고 여기거나 또는 여기게 하는 버릇이 있지만, 그것은 보통 스프레(Sprée)*2 쪽으로 돌아가는 길에 지나지 않는데, 베를린에만 재판관이 있는 것이 아니기 때문이오. 하지만 정부가 한 번 행동을 시작하면 당신네는 정부가 하는 말을 듣겠소? 공민으로서의 의무를 다하라고 정부가 권하면, 당신네는 정부 쪽에 가담하겠소? 정부의 애국적인 부름에 당신네는 귀를 막지 않고서 '네'라는 대답을 하겠소?"

노르푸아 씨는 이런 질문을 블로크에게 격렬하게 해댔는데, 그것이 내 친구 블로크를 아주 겁나게 하면서도, 또한 그를 흡족하게 하였다. 대사는 그를 통해 한 정당 전체에 말을 건네고, 마치 블로크가 그 당파의 기밀을 맡아 머잖아 곧 취할 결정의 책임을 인수할 수 있을 듯 물어오는 성싶었기 때문이다. 노르푸아 씨는 블로크의 대표자다운 대답을 기다리지 않고서 계속하였다. "만일 당신네가 재심 절차를 결정하는 법령의 잉크가 채 마르기도 전에, 어떤 음험한 군호에 따라 무기를 버리지 않고, 어떤 눈에는 정책상의 울티마 라티오(ultima ratio)*3로 보이는 보람 없는 반정부 입장을 지켜, 천막 속으로 물러가 배를 태우는 짓을 한다면, 이는 당신네의 손해가 될 것이오. 당신네는 질서를 어지럽힌 선동자들의 포로요? 그들에게 충성을 맹세했소?" 블로크는 대답하기가 난처했다. 노르푸아 씨는 대답할 틈도 주지 않았다. "만일 그 반대가 사실이라면(나도 그럴 거라고 믿지만), 또 만일 사건이 중죄 재판소로 넘겨지는 날, 불행하게도 당신네 우두머리와 친구들 가운데 어떤 자들에겐 없을 성싶은 것, 즉 정치 판단이 좀 있다면, 만일 당신네가 불난 데의 도둑 같은 무리에 끼어들지 않는다면 천만다행이오. 참모 본부 전체가 용케 궁지를 벗어날지 장담 못하지만 적어도 그 일부가 화약에 불붙이지 않고서 무사히 체면을 유지한다면 그것만으로도 불행 중 다행이오. 하기야 정당한 권리를 주장하고, 처벌되지 않은 범죄가 너무도 많은 상태를 끝장내는 것은 당연히 정부가 할 일이오, 물론 사회당이나 정체 모를 군대들의 선동에 따라서가 아니고." 그는 이렇게 덧붙이면서 블로크

*1 영국 해협을 바라보는, 프랑스 북서부의 현.
*2 베를린 시내를 동에서 서로 흐르는 강.
*3 '마지막 수단'이라는 라틴어.

의 눈을 뚫어지게 보았다. 거기에는 아마 적의 진영 안에서도 도움을 마련해보려는 보수파 특유의 본능이 들어 있었다. "정부의 행동은 어디에서 나왔든, 힘겨운 과격한 주장 따위는 마음에 두지 말고 행해야 하오. 정부는 다행히 드리앙(Driant)*4 대령의 명령에도, 또 그 반대의 극인 클레망소 씨의 명령에도 따르지 않고 있소. 직업적인 선동가들, 이들의 머리를 꽉 눌러 두 번 다시 쳐들지 못하게 해야 하오. 프랑스 국민 대부분은 질서 속에서 일하길 바라고 있소! 그 점에 대한 나의 신념은 굳소이다. 하지만 여론을 계몽하기를 두려워해서는 안 되오. 만일 양 몇 마리가, 우리의 라블레 선생께서 잘 아시는 양들이, 곤두박질해 물에 뛰어든다면, 양들에게 그 물은 탁하다, 우리나라 사람이 아닌 놈들이 위험한 밑바닥을 감추려고 일부러 흐려놓은 것이라고 가르쳐야 옳소. 또 정부는, 본질상 자기 권리, 곧 정의의 여신을 활동시키는 권리를 행사하는 경우, 소극적 태도로 마지못해 하는 겉모양을 지어서는 못쓰오. 정부는 당신네의 충고를 받아들일 것이오. 만일 재판상 과오가 있었던 게 확인된다면, 정부는 압도적인 다수의 지지를 받아 자유롭게 활동할 수 있을 것이오."

"당신은" 하고 블로크는, 다른 사람들과 동시에 소개받았던 아르장쿠르 씨 쪽으로 머리를 돌리면서 말했다. "당신은 물론 드레퓌스파죠, 외국에선 다 그러니까요."

"그건 주로 프랑스 사람들 사이의 문제입니다. 안 그래요?" 아르장쿠르 씨는, 상대가 지금 막 그와 반대되는 의견을 낸 이상, 상대가 갖고 있지 않은 것이 뚜렷한 의견을 상대에게 돌리는 그 유별난 방약무인과 더불어 대답했다.

블로크는 얼굴을 붉혔다. 아르장쿠르 씨는 주위를 둘러보면서 빙긋이 웃었다. 이 미소는, 다른 방문객들에게 보내는 동안, 블로크에 대한 악의에서 우러나온 것이었는데, 끝으로 블로크에게 멈췄을 때는, 그가 지금 막 들은 말에 화낼 만한 핑계를 없애기 위해(그렇더라도 그 말은 심했다) 다정스러움으로 부드러워졌다. 게르망트 부인은 아르장쿠르 씨의 귀에다 뭔가 속삭였다. 내 귀에 들리지 않았으나 틀림없이 블로크의 종교에 대한 것인 듯싶었다. 이 순간 게르망트 부인 얼굴에, 입에 오른 사람이 눈치채지 않을까 하는 염려가, 어쩐지 망설이는 듯한, 부자연스러움을 주고, 거기에 자기와 근본적으로 유대 없는 인종

*4 전술 문필가이자 정치가(1855~1916).

을 보고 느끼는 호기심 많고도 심술 사나운 기쁨이 섞이는 그런 표정이 지나갔기 때문이다. 블로크는 형세를 만회하려고 샤텔로 공작 쪽으로 머리를 돌리면서 말했다. "당신은 프랑스 사람이니까, 외국에선 다들 드레퓌스파라는 걸 확실히 아시겠죠, 프랑스에서는 외국의 사정을 전혀 모른다고 하지만. 게다가 당신은 이야기해볼 만한 분이라고 알고 있습니다. 생루가 말하더군요." 그런데 이 젊은 공작은 모두가 블로크에게 적의를 가지고 있는 것을 감지했으며, 사교계에 흔히 있듯이 비겁했다. 게다가 격세유전으로 샤를뤼스 씨한테 이어받은 성싶은, 잘난 체하는 신랄한 재치를 부려 말했다. "당신과 드레퓌스를 논하지 않음을 용서하세요. 하지만 이런 문제는 야벳족*[1]끼리만 논하는 것이 내 주의랍니다." 블로크만 빼놓고 모두 빙긋 웃었다. 블로크는 자기 조상이 유대계인 데에 대해, 시나이산에 조금 인연이 있는 제 어느 부분에 대해 비꼬는 말씨를 늘어놓는 버릇이 있었다. 그런데 아마도 준비되어 있지 않아선지, 내부 기계의 제동기가 블로크의 입에서 그런 미사여구 대신 다른 대사를 튀어나오게 하였다. 결국 "어떻게 알았습니까? 누가 말했나요?"라는, 마치 죄수의 아들이나 되는 듯한 것밖에 우리는 듣지 못하였다. 한편 그의 이름은 아무리 좋게 보아도 그리스도 교도로는 통하지 않고, 용모가 용모인 만큼, 그의 놀라움에 어딘지 모르게 어린 티가 있었다.

노르푸아 씨가 해준 얘기로는 만족하지 못해, 그는 고문서학자 쪽으로 가까이 가서 그에게 빌파리지 부인 댁에 이따금 파티 드 클랑 씨나 조제프 레나크 씨가 보이지 않느냐고 물었다. 고문서학자는 아무것도 대답하지 않았다. 이 사람은 민족주의자로, 오래지 않아 내란이 일어날 테니까, 교제 상대를 고르는 데 더욱 신중을 기해야 한다고 끊임없이 후작부인에게 잔소리해 왔다. 그는 블로크가 조합(組合)의 스파이로, 정보를 수집하려고 온 것이 아닌지 의심하고, 이제 막 블로크가 한 질문을 당장 빌파리지 부인에게 알리려고 갔다. 부인은 블로크를 적어도 교양 없는 자, 노르푸아 씨의 지위를 위해 아마도 위험한 자인지 모른다고 판단하였다. 마침내 부인은 고문서학자를 만족시키고 싶었다. 상대는 부인에게 어떤 두려움을 불어넣는 유일한 인물이자, 부인은 큰 효험 없이 그 가르침을 받아왔다(아침마다, 그는 부인에게 〈프티 주르날〉 신문에

*1 구약성서 〈창세기〉에 따르면, 노아의 세 아들, 셈·함·야벳 가운데 셈의 후손은 유대인, 함의 후손은 흑인, 야벳의 후손은 아리아 인이 되었다고 함.

실리는 쥐데 씨의 논설을 읽어주었다). 따라서 부인은 블로크에게 두 번 다시 오지 말라는 뜻을 알리고 싶어, 가지고 있는 사교 백과사전 속에서, 귀부인이 자택에서 어떤 자를 내쫓는 장면, 남이 상상하듯 손가락질하거나 눈을 부릅뜨거나 하는 짓이 전혀 없는 장면을 아주 자연스럽게 찾아냈다. 블로크가 작별인사를 하려고 부인 곁으로 다가갔을 때, 부인은 큰 안락의자 속에 푹 파묻혀 아련한 비몽사몽에서 반쯤 깨어난 듯했다. 졸음에 잠긴 눈길은 겨우 진주와 같은 희미한 예쁜 빛을 반짝였다. 블로크의 인사말은, 후작부인의 얼굴에 겨우 기운 없는 미소를 띠었을 뿐, 단 한 마디도 얻어내지 못했고, 또 부인은 손조차 내밀지 않았다. 이 장면은 블로크를 아주 놀라게 했으나, 뭐니뭐니해도 여러 사람이 보고 있는 자리라서, 그는 이런 장면이 질질 끌리면 자기에게 불리할 것이라 생각해, 잡아주지 않는 손을 억지로 잡아쥐었다. 빌파리지 부인은 마음이 언짢았다. 하지만 고문서학자와 반드레퓌스파를 당장 만족시키고 싶으면서도, 뒤를 두고 싶어선지, 부인은 다만 눈꺼풀을 내려 눈을 반쯤 감았을 뿐이었다.

"잠드셨나 보죠." 블로크는 고문서학자한테 말했는데, 고문서학자는 후작부인이 자지 않음을 느껴 뾰로통했다. "안녕, 부인." 블로크가 외쳤다.

후작부인은 눈에 아무것도 보이지 않는 죽어가는 이가 입을 벌리고 싶은 듯 입술을 오물거렸다. 다음에 부인은, 블로크가 부인도 '얼간이'가 되었구나 굳게 믿고 멀어져가는 동안 생기를 되찾아 아르장쿠르 후작 쪽으로 머리를 돌렸다. 호기심에 가득 차 이토록 야릇한 사건의 진실을 밝히려는 일념에서, 블로크는 며칠 뒤 부인을 만나러 다시 왔다. 부인은 그를 매우 정중하게 맞이했는데, 마음씨 착한 여인이며, 고문서학자가 자리에 없었고, 블로크가 그녀의 집에서 상연하기로 되어 있는 촌극에 집착하였으며, 또 요컨대 그때는 바라 마지않는 귀부인 역을 했기 때문이다. 이 귀부인 역은 그날 저녁 여러 살롱에서 일제히 칭찬받아 평판을 자아냈는데, 이미 진실과는 아무 관계 없는 소문으로 퍼졌다.

"공작부인, 아까 〈일곱 공주〉에 대해 말씀하셨는데, 아시다시피 (나는 그것을 자랑으로 삼지 않으나) 그…… 뭐랄까, 그 문서의 저자는 나와 같은 나라 사람이죠." 아르장쿠르 씨는 비꼬아 말했는데, 그 비꼼에는, 입에 오르내리고 있는 작품의 저자를 남들보다 더 잘 알고 있다는 만족감도 섞여 있었다. "그래요, 그는 벨기에 사람이죠, 국적은." 그가 덧붙였다.

"정말요? 하지만 나, 당신이 〈일곱 공주〉와 조금이라도 관계가 있다고는 말하지 않겠어요. 당신에게나 또 당신 나라 사람들에게나 다행한 일이지만, 당신은 그 보잘것없는 작품의 저자와 닮지 않았어요. 나는 매우 친절한 벨기에 사람들을 알죠. 먼저 당신, 그리고 당신네 왕. 왕은 좀 소심하나 재치가 풍부하시죠. 그리고 나의 사촌뻘 되는 리뉴네 사람들, 그 밖에도 많이. 그래도 다행히 당신 말투는 〈일곱 공주〉의 저자와 아주 달라요. 게다가 속을 털어놓고 말하면, 이 얘기는 지긋지긋해요, 뭐라 해도 하찮은 작품이니까. 그런 이들은 사상이 없는 걸 숨기려고 일부러 아리송하게 나타내고, 필요할 때는 웃음거리가 되기도 하는 사람들이에요. 그 속에 뭔가 있다면 대담하게 나타내는 것도 좋다고 생각해요." 부인은 진지한 투로 덧붙였다. "거기에 사상이 있는 이상. 보렐리의 작품을 보셨는지 모르지만 그걸 별나다고 생각한 이들도 있으나, 나는, 설령 돌을 맞더라도" 하고 부인은 커다란 위험이 없는 걸 깨닫지 않고서 덧붙였다. "솔직히 말해 그건 한없이 신기하다고 생각했어요. 그에 비해 〈일곱 공주〉는! 일곱 가운데 하나가 내 조카에게 얼마나 다정한지 모르나, 나는 가족의 감정을 부추길 수 없어서……."

공작부인은 갑자기 입을 다물었다. 한 부인이 들어왔는데 로베르의 어머니, 마르상트 자작부인이었기 때문이다. 마르상트 부인은 포부르 생제르맹에서 천사처럼 상냥한 마음을 가진, 대단한 인물로 여겨지고 있었다. 나도 그런 말을 들었고, 또 별로 놀랄 만한 이유도 없었는데, 그 무렵 부인이 게르망트 공작의 친누이라는 사실을 몰랐기 때문이다. 그 뒤 이 사회에서, 침울하고, 순결하며, 희생되고, 그림 유리창에 그린 이상의 성녀처럼 숭배받는 여성이, 사납고, 방탕하며, 야비한 형제들과 같은 핏줄기에서 태어났다는 것을 들을 때마다 나의 놀라움은 컸다. 무릇 형제자매는, 게르망트 공작과 마르상트 부인이 그렇듯 똑같은 얼굴인 경우 같은 마음을 나눠 가졌음이 틀림없다고 생각했기 때문이다. 마치 한 인간이 순간의 착함과 순간의 악함을 품을 수 있으나, 만일 그 생각이 좁은 사람이라면 넓은 견해로, 또 냉혹한 사람이라면 숭고한 희생을 기대할 수 없듯이 말이다.

마르상트 부인은 브륀티에르*[1]의 강의를 듣고 있었다. 부인은 포부르 생제르

*1 프랑스의 문학사가이자 비평가(1849~1906).

맹을 감격시키며, 또 그 성녀와 같은 생활 태도로 동네 사람들을 교화했다. 그렇지만 예쁜 코와 예리한 눈은 형제인 게르망트 공작과 많이 닮았으므로, 나는 아무래도 마르상트 부인을 그 동생인 공작과 같은 지적·도덕적 종족으로 분류하게 되었다. 여성이라는, 아마도 불행하다는, 동정을 한몸에 모으고 있다는 사실만으로 다른 피붙이와 그토록 다를 수 있다니, 마치 무훈시(武勳詩)*2에서 사나운 형제들 누이의 몸에 온갖 미덕과 우아함이 모여 있다는 것과 마찬가지로, 나는 믿기 힘들었다. 자연은 옛 시인들만큼 자유롭지 않기 때문에, 거의 오로지 한 가족에 똑같은 요소만을 사용했음이 틀림없다고 생각했고, 또 바보와 시골뜨기를 빚어내는 것과 비슷한 재료로, 바보스러움의 흔적도 없는 위대한 두뇌, 사나움의 얼룩이 하나도 없는 성녀를 빚어낼 만한 혁신력이 자연에 있으리라고는 생각하지 않았다. 마르상트 부인은 커다란 종려 무늬가 있는 흰 능견 드레스를 입고 있었다. 드레스 위에 천으로 만든 꽃들이 뚜렷이 드러났는데, 검은색이었다. 이는 3주 전 사촌뻘 되는 몽모랑시 씨를 잃었기 때문인데, 그래도 부인은 여러 방문을 하고, 작은 연회에 상복 차림으로 가곤 하였다. 정말 귀부인이었다. 부인의 혼은 대를 걸러 듬성듬성 나타나는 집안의 유전으로 인해, 궁전 생활의 가벼운 말과 행동, 그것이 지니는 천박하고도 엄격한 것으로 가득 차 있었다. 마르상트 부인은 그 아버지나 어머니의 죽음을 오래도록 슬퍼하는 기운이 없었건만, 사촌이 죽고 한 달 동안은 하늘이 무너져도 색깔 있는 옷을 몸에 걸치지 않았다. 내가 로베르의 벗이자 로베르와 같은 사회의 인간이 아니라서, 부인은 나에겐 싹싹함 이상으로 대했다. 이 호의에는 짐짓 부리는 수줍음, 이를테면 너무 긴 치맛자락이 지나치게 자리를 차지하지 않을 만큼 유연한 자세이나, 조신하여 허리를 꼿꼿이 세우려고 몸 쪽으로 끌어당기는, 그런 당기는 목소리의, 눈길의, 사념의 단속적 수축의 동작 같은 수줍음이 따르고 있었다. 좋은 수신이라 하나 너무 글자 그대로 해석하지 말아야 한다. 이런 부인네들 대부분은 전속력으로 방종한 생활에 빠지는데, 그래도 거의 어린애 같은 버릇만은 결코 잃지 않는다. 마르상트 부인은 대화에 좀 아양부리는 투가 있었다. 이를테면 베르고트나 엘스티르 같은 평민에 대한 말마다, "나는 베르고트 님을 만나 뵈어, 엘스티르 님과 알게 되어 영광

---

*2 봉건 제후나 기사의 무용담을 노래한 중세 프랑스 서사시.

이에요, 큰 영광이에요(J'ai eu l'honneur, le grand honneur)"라고, 낱말을 떼면서, 뚜렷하게 하면서, 게르망트네 특유한 억양으로 갖가지 높낮이를 붙여 발음하기 때문이다. 이는 자기의 겸허함에 탄복시키려 함에선지, 아니면 게르망트 씨가, 사람들이 좀체 '영광입니다'라는 말도 하지 않는 요즘 상스러운 풍습에 항의하고자 예스러운 말씨로 되돌아가려는 것과 통하는 취미에선지도 모른다. 이 두 가지 까닭의 어느 것이 사실이건 어쨌든 마르상트 부인이 "영광이에요, 큰 영광이에요"라고 말할 때, 부인은 큰 소임을 완수하는 줄, 또 가치 있는 사람들의 이름을 대우할 줄 안다는 것을 보이는 줄 여기고 있음이 느껴졌다. 마치 가치 있는 사람들이 그녀의 성관 근처에 있는 경우, 그들을 성관에 맞이하듯, 한편 그 집안의 수가 많고, 매우 아끼며, 말투가 느린 데다 설명하기를 좋아하는 지라, 부인은 친척 관계를 이해시키고 싶어, 온 유럽에 퍼져 있는 집안의 이름을 툭하면 주워섬기게 되었는데(남을 놀라게 할 생각은 추호도 없고, 애처로운 농부나 훌륭한 밀렵 감시원에 대해 말하는 것만큼밖에 진심으로 좋아하지 않았는데), 이것을, 부인만큼 명문이 아닌 이들은 고깝게 생각하였고, 좀 영리한 이들은 어리석은 짓으로 비웃었다.

시골에서 모두 마르상트 부인을 좋아한 것은 행실이 착하기 때문이지만, 특히 여러 대 전부터 프랑스 역사상 가장 고귀한 피밖에 섞여 있지 않은 혈통의 순수함이 부인의 행동에서 평민이 일컫는 '아니꼬운 태도'를 모두 없애버려, 부인을 흠잡을 데 없이 솔직한 사람으로 만들었기 때문이다. 불행하고 가난한 여인을 거리낌 없이 포옹하고, 장작 한 마차를 가지러 성관에 오라고 하기도 했다. 조금의 흠도 없는 완벽한 그리스도 신자라는 평판이었다. 부인은 아들 로베르를 거대한 부잣집 딸과 결혼시키고 싶었다. 귀부인이라 함은 귀부인 놀이를 하는 것이다. 즉 어느 정도 솔직하고 담백한 체하는 일이다. 그것은 무척 돈 드는 놀이로, 남들이 알기를, 저이는 간소하지 않아도 괜찮은 이, 다시 말해 돈 많은 이라는 조건에서밖에 황홀하게 못하는 담백함의 유희다. 그 뒤, 내가 부인을 만난 적이 있다고 얘기했을 때 누가 말하였다. "그분의 황홀한 점을 알아차렸을 테지." 그러나 참된 아름다움은 아주 특수하고 새로운 것이라서, 그 황홀한 점을 아름다움이라고 인정하기는 힘들었다. 나는 그날 그저 부인이 아주 작은 코와 매우 푸른 눈에, 긴 목을 가진 쓸쓸한 모습이구나 생각했을 뿐이다.

"이봐요." 빌파리지 부인이 게르망트 공작부인에게 말했다. "좀 있으면 자네가 사귀기 싫어하는 여인이 올 거야. 그 때문에 자네가 귀찮아할까 봐 미리 알리는 거야. 하기야 안심해도 좋아, 앞으로 다시는 초대하지 않을 테니까. 하지만 오늘 한 번만은 오기로 되어 있단다. 스완의 아내야."

스완 부인은, 드레퓌스 사건이 커가는 걸 보고, 또 남편의 태생 때문에 그녀에게 화가 돌아올까 봐, 남편한테 죄수의 무죄에 대해 절대 왈가왈부하지 말기를 신신부탁했다. 그러나 남편이 없을 때, 그녀는 왈가왈부하지 않기는커녕 가장 열렬한 민족주의를 공공연히 주장했다. 하기야 이 점은 베르뒤랭 부인을 흉내냈을 뿐이었다. 베르뒤랭네에서는 몰래 숨어 있는 부르주아적 유대인 배척주의가 깨어나 이미 열광 상태에 이르고 있었다. 스완 부인은 이런 태도 덕분에, 결성되고 있는 유대인 배척자 사회의 부인 연맹에 가입하게 되고, 몇몇 귀족계급 사람들과도 교제를 맺게 되었다. 스완과 아주 친한 게르망트 부인이, 그런 귀족들을 본뜨기는커녕, 스완이 아내를 소개하고 싶다고 숨김없이 소망하는 것을 거꾸로 늘 들어주지 않았다는 사실은 이상하게 느껴질지도 모른다. 하지만 나중에 알다시피 그것은 공작부인의 특수한 성격, 이러저러한 일을 꼭 해야 할 '까닭이 없다'고 판단하는, 또 그 사교적인 매우 독단적인 '자유 의지'가 결정한 것을 횡포하게 강요하는 성격의 결과였다.

"미리 알려주셔서 고마워요." 공작부인이 대답했다. "사실 진저리날 거예요. 그러나 얼굴을 아니까 기회 보아 일어나겠어요."

"다짐하지만, 오리안. 그분은 기분 좋은 사람이야, 훌륭한 분이야." 마르상트 부인이 말했다.

"그럴지도 모르죠. 하지만 난 그것을 몸소 다짐해볼 필요를 못 느껴요."

"레디 이스라엘 댁에 초대받았니?" 빌파리지 부인은 화제를 바꾸려고 공작부인에게 물었다.

"다행히, 나는 그분을 몰라요." 게르망트 부인이 대답했다. "그분에 대한 것이라면 마리 에나르에게 물어보세요, 잘 아니까. 왜 아는지 이상하지만."

"사실 그분하고 사귀었어요." 마르상트 부인이 대답했다. "내 실수죠. 그러나 두 번 다시 사귀지 않을 결심이에요. 아주 고약한 사람인데 그 고약한 짓을 감추려고도 하지 않아요. 하기야 우리는 모두 지나치게 남을 믿고, 지나치게 너그러웠어요. 그쪽 사람하고는 다시는 교제하지 않겠어요. 같은 피를 나눈 시골의 옛 친척들한테는 문을 닫고, 유대인들한테는 문을 열어놓았으니. 이제야 그들의 사례를 똑똑히 보았습니다. 원참! 할 말이 없군요, 사랑스러운 내 아들이 철이 덜 들어 미친 소리만 하고 다니니." 부인은, 아르장쿠르 씨가 로베르를 암시하는 말을 듣고서 덧붙였다. "그런데 로베르를 보셨습니까?" 부인은 빌파리지 부인에게 물었다. "오늘이 토요일이니까 파리에 와서 24시간 지낼 수 있을 테고, 그렇다면 확실히 댁에 왔을 거라고 생각하니까요."

실은 마르상트 부인은 아들이 휴가를 받았으리라고는 생각지 않았다. 그러나 아무튼, 휴가를 받았더라도 빌파리지 부인네에는 오지 않을 것이라고 생각해, 이곳에 왔을 것이라고 여기는 체함으로써 그것으로 아들이 여태껏 방문하지 않았음을, 감정을 품기 쉬운 큰어머니에게 용서 받으려는 속셈이었다.

"로베르가 여기에! 하지만 로베르한테선 엽서 한 장 못 받았다. 발베크 이래 못 보았을 거야."

"바쁘니까요, 할 일이 많아서." 마르상트 부인의 말.

눈에 띌까 말까 한 미소가 게르망트 부인의 속눈썹을 떨리게 하고, 부인은 파라솔 끝으로 양탄자 위에 그리고 있는 원을 물끄러미 보았다. 공작이 너무나 터놓고 아내를 버려둘 때마다 마르상트 부인은 늘 명백히 친동생에게 맞서 시누이 편을 들었다. 시누이는 이 두둔에 대한 고마움과 양심의 추억을 지녀, 로베르의 엉뚱한 짓을 절반밖에 노여워하지 않았다. 이 순간 문이 다시 열리더니 로베르가 들어왔다.

"어쩌면, 생루 얘기들을 하니까."*1 게르망트 부인의 말.

문 쪽으로 등을 돌리고 있는 마르상트 부인은 아들이 들어오는 것을 보지 못했다. 언뜻 알아보았을 때, 이 어머니의 마음에 기쁨이 날갯짓처럼 파닥파닥 치고, 마르상트 부인의 몸은 반쯤 들어올려지며, 얼굴이 꿈틀거리고, 놀란 눈으로 로베르를 보았다.

"어머나, 너 왔니! 잘됐다! 뜻밖이다!"

"음! 생루 얘기들을 하니까라, 알아 모셨습니다." 벨기에 외교관이 별안간 크게 웃으며 말했다.

"의미심장한 말이죠." 게르망트 부인이 퉁명스럽게 대꾸했다. 익살 섞인 이야

---

*1 '호랑이도 제 말하면 온다'는 우리나라 속담이 있는데, 프랑스에서는 호랑이 대신 '루(loup)', 곧 늑대를 씀.

기를 매우 싫어하는 부인인데, 어쩌다가 제 자신을 비웃는 모양으로 그런 이야기가 나왔을 뿐이었다. "안녕, 로베르, 그런데 이 외숙모를 아주 잊어버리기냐." 부인이 말했다.

두 사람은 잠시 함께 얘기했는데, 아마도 내 이야기였던지, 생루가 어머니에게 가까이 가는 동안, 게르망트 부인이 나를 돌아다보았다.

"안녕, 요즘 건강하세요?" 부인의 말.

그녀는 내 몸 위에 푸른 눈빛을 비 오듯 붓고, 잠시 주저주저, 팔을 펴 내밀며, 몸을 앞으로 구부렸다가, 마치 작은 떨기나무를 잡아 휘었다가 손을 놓으면 본디 자세로 돌아가듯 재빨리 뒤로 젖혔다. 부인은 이와 같은 태도를, 생루의 불 같은 눈길 아래, 멀리서 외숙모가 좀더 바람직한 태도로 나오기를 죽을 힘을 다해 지켜보는 불 같은 눈길 아래서 취했다. 대화가 끊어질까 봐 생루는 대화의 흥을 돋우러 와 나 대신 말하였다.

"그다지 좋지 않아요, 좀 과로해서요. 하지만 외숙모를 좀더 만나뵈면 좋아질지도 모르죠. 솔직하게 이 사람이 외숙모를 무척 보고 싶어했거든요."

"그래, 다정하셔라." 게르망트 부인은, 마치 내가 그녀에게 외투를 가져다주기라도 한 듯 일부러 싱거운 투로 말했다. "기쁘기 그지없어라."

"자아, 나는 잠깐 어머니 곁에 가려네, 내 의자를 내주지." 생루는 그 외숙모 곁에 나를 억지로 앉히면서 말하였다.

우리는 둘 다 잠잠해졌다.

"아침에 때때로 언뜻 뵈었습니다." 부인은, 마치 나에게 소식을 전하기라도 하듯, 마치 내가 부인을 알아보지 못하기라도 한 듯 말하였다. "건강을 위해서라면 아주 좋은 일이에요."

"오리안", 작은 목소리로 마르상트 부인이 말했다. "생페레올 부인을 만나러 가겠다고 말했죠. 미안하지만 만찬에 나를 기다리지 말라고 그분에게 전해주지 않겠어요? 로베르가 왔으니 나는 집에 있겠어요. 이 또한 미안한 부탁이지만 지나는 길에 집에 들러 로베르가 좋아하는 여송연을 당장 사놓도록 일러주세요, '코로나'라는 이름인데, 떨어졌거든요."

로베르가 가까이 왔다. 생페레올 부인이라는 이름을 비로소 들었던 것이다.

"그건 또 누구죠, 생페레올 부인은?" 그는 놀란 듯이 또렷한 투로 물었다. 사교계에 대한 것을 하나도 모르는 체하고서.

"그러지 마라, 잘 알면서." 그의 어머니가 말했다. "베르망두아의 누님이 아니냐, 네가 무척 좋아한 멋진 당구대를 주신 그분이야."

"뭐라구요, 베르망두아의 누님이라구요, 전혀 몰랐는데. 정말 우리 가문은 놀라워." 그는 몸을 반쯤 내 쪽으로 돌리며 말했는데, 블로크의 의견을 빌리는 동시에 그 말투까지 무의식중에 흉내내어 "크건 작건 생페레올이라 일컫는 이들, 이제껏 들은 적 없는 사람들과 사귀겠다(한마디마다 마지막 자음을 떼면서), 무도회에 가겠다, 지붕 없는 사륜마차를 타고 산책하겠다, 사치한 생활을 보내겠다, 굉장하군."

게르망트 부인은 억지 미소를 삼키듯 가볍고 짧고 센 소리를 목구멍에서 냈는데, 마치 친척 관계로 그렇게 해야만 하는 범위 안에서, 조카의 생각에 편드는 걸 나타내기 위한 것이었다. 이때 파펜하임 문스터부르크 바이니겐 대공에게서 노르푸아 씨한테, 여기에 와 있는지 알려달라는 전갈이 왔다.

"모시러 가세요." 빌파리지 부인이 전 대사한테 말하자 전 대사는 독일 수상을 마중하러 나섰다.

그런데 후작부인은 그를 불러 세우고 물었다.

"잠깐만, 그분에게 샤를로트 황후의 미니아튀르를 보여야 할까요?"

"그럼요, 매우 기뻐하겠죠." 대사는 이런 우대가 기다리고 있는 장관의 행운이 부러운 듯 자신 있는 투로 말하였다.

"암! 그분은 정말 온건파랍니다." 마르상트 부인이 말했다. "외국인에게는 드문 일이죠. 하지만 나는 알아보았거든요. 반유대주의의 화신이랍니다."

대공의 이름은 그 첫머리의 철자가—음악에서 말하듯이—어택*[1]되는 대담성에, 철자를 운각으로 나누는 더듬거리는 반복에, 게르만적인 약동성과 동시에 점잔 빼는 소박함, 중후한 '멋스러움'을 지니고 있어서, 그것이 18세기 독일의, 빛이 희미하고 가느다랗게 아로새긴 금박 무늬 뒤에 라인풍 그림 유리창의 신비를 펼치는 검푸른 칠보와도 같은 '하임' 위에 마치 초록빛 도는 가지인 양 불쑥 튀어나오고 있었다. 이 이름은 그것을 이루는 갖가지 이름 속에 내가 아주 어렸을 때 할머니와 함께 간 적이 있던 독일의 작은 온천 마을, 괴테의 산책으로 이름난 산과 이 산의 포도밭에서 나는 유명한 토산주(土産酒)—호메로

*1 음표나 악구를 명확히 시작하는 연주법.

스가 작중의 영웅들에게 붙인 형용사처럼 격조 높은 복합명을 가진 포도주—를 우리가 곧잘 그곳 퀴르호프 호텔에서 마시던 작은 온천 시가의 이름을 포함하고 있었다. 그래서 대공의 이름이 발음되는 것을 듣자마자, 내가 그 온천장을 떠올리기에 앞서 그 이름은 줄어들고, 인간미를 띠며, 내 기억 속의 작은 자리에서도 자기에게 충분하다고 보고, 거기에 친근하게, 비속하게, 그림같이, 감미롭게, 가볍게, 그리고 뭔가 허용된, 지정된 것 같은 모습으로 들러붙는 듯했다. 게다가 게르망트 씨는 대공의 밑바탕을 설명하면서 여러 칭호를 주워섬기는 바람에, 나는 하천이 꿰뚫어 흐르는 어느 마을, 내가 치료를 끝내고 저녁마다 모기 속을 배 타고 간 하천이 꿰뚫고 흐르는 마을의 이름, 또 의사가 산책하러 가기를 허락하지 않을 성싶은 먼 숲의 이름도 알아들었다. 과연 영주의 군주권이 근처 고장에 퍼져, 지도 위에 나란히 읽히는 몇몇 고장의 이름을 칭호의 나열 속에 새로 결합시키는 것도 이해할 만했다. 그러므로 신성 제국의 대공이자 프랑켄 왕조의 시종(侍從)이 쓴 투구와 면갑(面甲) 밑에서 내가 본 것은, 오후 6시의 햇살이 나를 위해 여러 번 걸음을 멈추던 그리운 땅의 모습이었다. 라인 백작이자 팔라티나 선거후(選擧侯)인 대공이 들어오기까지는 적어도 그랬다. 그도 그럴 것이 나는 순식간에 알았기 때문이다. 대공이 땅의 신령이나 물의 신령이 번식하는 숲과 하천, 루터나 르와 게르만 왕 루이의 추억을 간직하고 있는 옛 도성이 솟은 매혹적인 산에서 얻는 수입을, 살롱형 자동차를 다섯 대, 파리와 런던의 저택, 오페라 극장에 월요일 특별석 하나, '프랑세 극장'의 '마르디(mardis)'*2에도 특별석 하나를 사는 데 쓰고 있다는 것을. 나에겐 그가, 재산이나 나이가 같으나 오직 시적인 태생을 받지 못한 이들과 별로 다르지 않은 듯했고, 그 자신도 그렇게 믿지 않는 것 같았다. 그는 여느 사람의 교양과 이상을 가지며, 제 신분을 기뻐하나 오직 신분이 주는 이익에 지나지 않고, 이제 그에겐 인생에 단 하나의 야심밖에 없었으니, 그것은 윤리학·정치학 한림원*3의 원외 회원에 뽑히는 일이므로, 빌파리지 부인 댁을 찾아온 것이었다.

그 아내는 베를린에서 가장 보수적인 도당의 우두머리이지만, 그가 처음부터 후작부인에게 소개되기를 바란 것은 아니었다. 몇 해 전부터 학사원에 들

*2 화요일의 특별 흥행.
*3 프랑스 학사원을 구성하는 다섯 아카데미 가운데 하나.

어가려는 야심에 시달려온 그는, 불행하게도 자기에게 투표해줄 성실은 아카데미 회원의 수가 아무래도 다섯 명을 넘지 않는다는 사실을 보아왔다. 그는 노르푸아 씨가 혼자서도 능히 여남은 표를 좌지우지하며, 교묘한 거래 덕분으로 몇 표를 더 보탤 수 있다는 걸 알고 있었다. 따라서 둘 다 러시아에서 대사로 있을 때 알게 되어서 노르푸아 씨를 방문하고, 그를 구슬리고자 있는 힘을 다해 왔다. 그러나 아무리 싹싹하게 굴어도 헛일, 후작에게 러시아의 훈장을 수여하게 해도, 외교 논문에 그 이름을 인용해도, 상대는 은혜를 모르는 사내로, 여태껏 호의를 셈속에 넣지 않는 태도로 나와, 그의 입후보를 한 걸음이나마 진전시키기는커녕 제 표도 약속해주지 않는 후작이었다! 틀림없이 노르푸아 씨는 매우 공손하게 대공을 맞이했고, 또한 대공이 틈을 내어 '누추한 곳까지 왕림해주신 데' 황송하다며 대공 댁에 가기도 했다. 그리고 이 튜턴*[1] 기사가 "당신의 동료가 되고 싶은데요" 하고 서슴없이 말하자, 감개무량한 투로 "그럼 얼마나 좋겠습니까!"라고 대답했다. 코타르 의사라면 틀림없이 이렇게 생각했을 것이다. '어떠냐, 그가 내 집에 왔다. 나를 자기보다 뛰어난 인물로 여기므로 그쪽에서 오고 싶었던 것이다. 그는 나에게 내가 아카데미 회원이 된다면 얼마나 좋겠냐고 말했다. 이 말은 아무튼 의미심장하다. 제기랄! 그가 나한테 투표하겠노라 말하지 않는 까닭은, 틀림없이 그 생각을 안 하기 때문이다. 내 위력을 지나치게 이러쿵저러쿵 말하는 것을 보니, 그는 내가 가만히 있어도 호박이 저절로 굴러온다, 바라는 대로 표가 모인다고 생각하는 게 틀림없다. 그래서 제 표를 준다고는 하지 않는 것이다. 그러니 지금 둘만 있는 자리에서 그를 막바지로 몰고 가 이렇게 말하면 그만이다. "내게 투표하시오", 그럼 못 하겠다곤 않겠지.' 그러나 파펜하임 대공은 순진한 사람이 아니었다. 코타르 의사라면 '교활한 외교관'이라 이름 지었을 인물로 노르푸아 씨가 자기 못지않게 교활한 것도, 어느 후보자한테 투표하면 기쁘게 해줄 수 있는지 스스로 알아차리지 못하는 사내가 아닌 것도 알고 있었다. 대공은 대사직을 맡아하는 동안, 또 외무부 장관으로서, 지금처럼 자신을 위해서가 아니라 나라를 위해, 상대가 어디까지 나오려고 하는지 뭘 말하지 못하게 하는지 미리 아는 회담을 여러 번 겪은 적이 있었다. 외교 용어에서 이야기한다 함은 제공한다는 뜻이

---

*1 1128년경 예루살렘에 창립된 기독교 군단의 기사를 뜻하는데, 독일인을 비꼬아 일컫는 말.

라는 사실도 모르지 않았다. 그 때문에 그는 노르푸아 씨에게 생탕드레 대수장(大綬章)을 수여하게 했던 것이다. 그러나 나중에 그가 노르푸아 씨가 행한 회담에 대해 정부에 보고해야 했다면, 전보로 '당치 않은 일을 했는 줄 앎'이라고 보냈을지도 모른다. 그도 그럴 것이, 그가 학사원 이야기를 다시 꺼내자마자 노르푸아 씨는 거듭,

"그건 동료들을 위해 매우 고마운 일입니다. 당신이 그들을 생각해주시니 그들로서는 무한한 영광으로 느끼리라 생각합니다. 이는 우리의 습관을 좀 벗어난 흥미 깊은 입후보입니다. 아시다시피 아카데미는 퍽 보수적이라, 조금 새로운 소리가 나기만 해도 모조리 겁냅니다. 나 개인으로서는 그런 못된 점을 비난해 마지않습니다. 내 동료들에게 비난을 퍼부은 적도 한두 번이 아니죠! 한 번은 융통성이 없다는 말까지 내 입에서 튀어나왔답니다." 그는 엷은 미소를 띠며, 마치 연주의 효과를 노리듯 독백풍인 작은 목소리로, 그 효과가 어떤지 살피려는 늙은 배우처럼 푸른 눈을 비스듬히 흘긋 대공 쪽으로 던지면서 덧붙였다.

"이해하시죠, 대공님. 나는 당신같이 뛰어난 분이 손해보리라 미리 아는 승부에 손대는 것을 그냥 보고 싶지 않습니다. 내 동료들의 사념이 지금처럼 구태의연한 이상 삼가시는 것이 현명한 일이라 생각합니다. 하기야 이대로 간다면 묘지가 될지도 모르는 이 학사원에 만일 좀더 새로운, 좀더 생기 있는 정신이 움터 나온다면, 만일 당신을 위한 기회가 생겼다고 판단하면 나는 첫 번째로 당신에게 이를 알려드리겠습니다."

'생탕드레 훈장은 실패였다'고 대공은 생각했다. '협상은 제자리걸음이다. 그가 바란 것은 그게 아니다. 헛물켰는걸.'

이는 대공과 똑같은 수업을 쌓은 노르푸아 씨도 할 수 있을 추론이었다. 노르푸아식 외교관이 거의 무의미한 공식 발언에 경탄해 마지않는 그 유식한 체하는 어리석음을 우리는 비웃을 수 있다. 그러나 그들의 유치함에는 그 반면이 있다. 유럽 및 그 밖에 여러 나라의 균형 상태, 이를 평화라 일컫는데, 이를 확보하는 천칭에서, 선의나 미사여구, 간청 따위는 거의 무게가 나가지 않으며, 진짜 무게는 다른 데에 있으니, 즉 상대가 매우 강한 경우, 교환 조건으로써 욕망을 채울 가능성이 상대에게 있는지 없는지를, 외교관들은 안다. 이런 종류의 진리, 이를테면 내 할머니같이 전혀 사리사욕 없는 이들은 이해 못하

는 진리와 노르푸아 씨와 폰 ***[*1]대공은 여러 번 씨름해왔다. 프랑스와 전쟁 직전 상태에 놓였던 여러 나라에서 대리대사를 맡은 노르푸아 씨는, 사태가 어찌 되어가는지 근심하면서도, 그 사태가 '평화'라는 낱말이나 '전쟁'이라는 낱말로 나타내지지 않고, 그것이 가공할 낱말이건 또는 축복된 낱말이건 듣기에 평범한 낱말, 외교관이 암수표의 도움으로 당장 해독하는, 프랑스의 체면을 세우고자 그 못지않게 평범한 낱말로 대꾸하면 상대 나라의 장관이 금세 전쟁을 간파하는 낱말로 통고해오리라는 걸 알고 있었다. 그뿐만 아니라, 결혼시키려는 두 사람의 첫 만남을 짐나즈(Gymnase) 극장의 공연에서 우연히 마주친 형태로 이루어지게 하는 옛 관습과 비슷하게, 운명이 '전쟁'이라는 또는 '평화'라는 낱말을 구술하는 대담은 흔히 장관실이 아니라, 장관과 노르푸아 씨가 둘이 같이 가서, 솟아나오는 광천의 샘물을 작은 유리잔으로 받아 마시는 쿠르가르텐(Kurgarten)[*2]의 의자에서 나누었다. 두 사람은 말없는 가운데 우연히 맺은 약속에 의하여, 치료 시간에 만나서, 먼저 함께 몇 걸음 산책한다. 한가로운 산책처럼 보이나, 둘 모두 이것이 총동원령과 마찬가지로 비극적인 것을 알고 있다. 그런데 대공은 학사원에 대한 소개라는 사사로운 사건에서도, 외교관이란 직업에서 해온 바와 똑같은 귀납법, 겹친 부호를 꿰뚫는 같은 해독법을 썼던 것이다.

물론 나의 할머니나 할머니와 닮은 이들이 이런 타산을 모른다고 하지만, 모르는 사람이 이들뿐이라고는 할 수 없다. 부분적으로 말해서, 일정한 직업에 종사하는 여느 인간은 직관력의 부족으로, 나의 할머니가 숭고하고 욕심없이 편안한 탓에 빠진 것과 똑같은 무지에 빠진다. 겉으로 보아 가장 순진한 행동이나 말의 진짜 동기를, 이해관계 속에 살아간다는 어쩔 수 없음 속에서 찾아내야 하는 경우, 남녀를 가리지 않고, 부양받는 이들에게까지 흔히 내려가야 한다. 돈을 내려고 하자 여인이 "돈 따위 얘기 마세요" 한다. 이 말은 음악이라는 '아무것도 아닌 박자'로 계산해야 하고, 또 나중에 그 여인이 "당신은 나를 너무 고생시켰어, 여러 번 사실을 숨겼어, 더 못 참겠어" 하고 쏘아대면, 이를 '다른 보호자가 더 많이 준다'는 말뜻으로 해석해야 한다. 그 위에 그것은

---

*1 이 ***는 자필 복사판에 나와 있는데, 이미 대공으로 선택된 이름을 되풀이하기를 소홀히 하였음.

*2 온천장.

사교계 부인에 어지간히 가까운 창녀의 말씨에 지나지 않는다. 불량배들은 더욱 뚜렷한 본보기를 보인다. 노르푸아 씨나 독일의 대공은 불량배들과 한패는 아니었으나, 평소 국민과 똑같은 면에서 사는 데에 익숙해왔고, 국민이란 아무리 위대한들 또한 이기주의와 간계(奸計)에 사는 존재이므로, 이것은 힘으로 또는 그것이 갖는 이해에 대한 배려로만 길들일 수 있다. 그런데 그 이해관계 때문에 국민을 살육에까지 밀고 가는 수가 있으며, 그 살육도 흔히 어떤 상징적인 뜻을 품고 있으니, 싸움하는 데 대한 단순한 머뭇거림 또는 거부가 그 나라로서는 '멸망'을 뜻하기 쉽기 때문이다. 그런데 이런 것이 온갖 외교 문서에 전혀 적혀 있지 않아, 국민은 스스로가 평화주의자라고 생각한다. 국민이 전의를 품는 것은 증오나 앙심을 통한 본능에서지, 노르푸아풍의 외교관한테 경고를 받아 국가 우두머리에게 결단을 내리게 한 갖가지 이유에 의해서가 아니다.

그다음 겨울, 대공은 중병을 앓다가 낫기는 했으나, 심장이 회복할 수 없을 만큼 상하고 말았다. '제기랄!' 그는 생각했다. '학사원 건에 시간을 허비해선 안 되겠다. 어물어물하다간 임명되기 전에 죽을지 모르지. 그럼 얼마나 한스러우랴.'

그는 최근 20년간의 정치에 대해 논문 한 편을 써서 〈양세계 평론〉지에 발표하고, 그 글에다 노르푸아 씨에 대한 최상급 아첨문을 여러 번 썼다. 노르푸아 씨는 대공을 찾아가 감사의 뜻을 나타냈다. 감사의 뜻을 뭐라 나타내야 할지 모르겠노라고 그는 덧붙였다. 대공은 자물쇠 구멍에 다른 열쇠를 끼워본 사람처럼 "이것도 아니군" 하고 중얼거렸다. 노르푸아 씨를 배웅했을 때 조금 헐떡거림을 느꼈다고 생각했다. '빌어먹을, 원기 왕성한 그놈들은 나를 입회시키기 전에 뒈지게 할 것이다. 서둘러야지.'

바로 그날 저녁, 그는 오페라 극장에서 노르푸아 씨를 만났다.

"친애하는 대사님." 대공이 노르푸아 씨에게 말했다. "오늘 아침 감사의 뜻을 어떻게 나타내야 할지 모르겠다고 하셨는데, 매우 과분한 말씀입니다. 내게 갚아야 할 것이 하나도 없으니까요. 하지만 염치없이 그 말씀을 곧이 믿겠습니다."

노르푸아 씨는 대공이 그의 수완을 높이 평가해온 것 못지않게 대공의 수완을 높이 평가하고 있었다. 그는 파펜하임 대공이 자기에게 무언가 요구하려는 것이 아니라, 무언가 제의하려는 걸 당장 이해하고 싱글벙글 싹싹하게 귀담아듣기 시작했다.

"이런 말을 하면 나를 아주 경솔한 사람이라고 생각하실 테지만 내가 무척 소중히, 곧 이해하시려니와 전혀 다른 뜻에서 소중히 여기는 두 여성이 있습니다. 최근 파리에 와서 앞으로도 오래 살 생각인 바로 내 아내와 장 대공비입니다. 두 여인은 가까운 날 만찬회를, 특히 영국 왕과 왕비에게 경의를 나타내고자 베풀려고 하는데, 두 여인의 꿈은 그 회식자에게 어떤 분을, 아는 사이는 아니지만 둘 다 매우 존경하며 사모하고 있는 분을 소개해드리고 싶다는 것입니다. 사실 나는 두 여인의 소망을 어떻게 채워줄지 모르다가, 조금 전에 참으로 우연히 당신이 그분을 알고 있다는 걸 알았습니다. 그분이 바깥출입을 안 하시고 극히 적은 사람들, 해피 퓨(happy few)*[1]밖에 안 만나시는 걸 압니다만, 당신이 내게 보여주시는 호의를 가지고 나를 도와주신다면, 반드시 그분은, 나를 그분 댁에 소개하는 일, 그래서 내가 그분한테 대공비와 내 아내의 소망을 전하는 일을 허락하실 것이 틀림없습니다. 어쩌면 그분은 영국 왕비와 함께 식사하러 오실지도 모르고, 또 지루하지 않다면 부활제 휴가를 볼리외에 있는 장 대공비 댁에서 우리와 같이 지내러 오실지 누가 압니까. 그분은 빌파리지 후작부인이라고 하십니다. 솔직히 말해 그와 같은 문예 살롱의 단골이 된다는 희망에, 학사원 입후보를 단념해도 적이나 위안되고, 근심 없이 견디어낼 것 같습니다. 그분의 살롱에서도 똑같은 지성의 교제와 미묘한 대화를 나누니까요."

대공은 자물쇠가 저항하지 않아 마침내 이 열쇠가 들어맞은 것을 느끼고는 이루 말할 수 없이 기뻤다.

"그와 같이 어느 것을 고를 필요는 없습니다, 친애하는 대공님." 노르푸아 씨가 대답했다. "말씀하시는 살롱만큼 학사원과 손발이 잘 맞는 곳도 따로 없으니, 그야말로 아카데미 회원의 못자리라고 해도 좋습니다. 당신의 부탁을 빌파리지 후작부인께 전하겠습니다. 아주 기뻐하실 겁니다. 당신 댁에 식사하러 간다는 건, 좀체 외출하시지 않으니까 쉽지 않을 테지만, 당신을 그분에게 소개해드릴 테니 몸소 설득해보시지요. 특히 아카데미 건은 단념하시지 말기를. 내

*1 영어로 행복한 소수인(少數人).

일부터 2주 뒤에, 나는 르루아 볼리외 댁에 점심 식사를 하러 가서, 거기서 르루아 볼리외와 함께 중대한 회의에 참석합니다. 그런데 르루아 볼리외 없이는 선거를 할 수 없습니다. 나는 이미 그에게 당신 이름을 말해놓았는데, 물론 그 사람도 당신 이름을 잘 알고 있습니다. 그는 몇 차례 반대 의견을 꺼냈습니다. 그러나 그는 다음 선거에 내 편의 지원이 필요한 처지니까, 나는 다시 한 번 부딪쳐볼 생각입니다. 나는 당신과 나를 맺은 진정어린 우정을 그에게 솔직히 얘기하겠습니다. 만일 당신이 입후보한다면, 나는 내 편 모두에게 당신한테 투표하라고 부탁하리라는 걸 그에게 숨기지 않겠습니다(대공은 깊은 안도의 숨을 내쉬었다). 또 내 편이 많다는 사실은 그도 압니다. 만일 그의 협력을 확보만 한다면 당선은 따놓은 것입니다. 그날 저녁 6시에 빌파리지 부인 댁에 나오십시오. 그러면 안에 모시고 들어가 그날 오전의 회담을 보고드리겠습니다."

이와 같은 경과로 파펜하임 대공은 빌파리지 부인을 방문하게 되었던 것이다. 그런데 그가 말을 꺼냈을 때 나는 깊은 환멸을 느꼈다. 그때까지 나는 생각지도 못했던 것이지만, 한 시대의 사람들에겐 한 나라의 사람들 사이보다 더 강하고도 보편적인 특징이 있어서, 미네르바의 확실한 초상까지 실려 있는 그림이 든 사전을 보면, 가발을 쓰고 주름 깃을 단 라이프니츠*2는 마리보*3나 사뮈엘 베르나르*4와 그다지 다르지 않건만, 한 나라 사람들 사이엔 하나의 사회계급 이상으로 강한 특징이 있다. 그런데 그 특징은 엘프(elf)*5의 스치는 소리와 코볼트(kobold)*6의 춤 소리가 들릴 거라고 내가 기대했던 말씨를 통해서가 아니라, 그에 못지않게 시적인 유서를 증명하는 어떤 변음을 통해서 내 앞에 나타났다. 그것은 작은 키에, 상기된, 배불뚝이 라인 백작이 빌파리지 부인 앞에, 절하면서, 알자스 지방의 문지기와 똑같은 사투리로, 이렇게 말한 사실이다. "퐁슈르 마탐 라 마르키즈(Ponchour, Matame la marquise)."*7

"홍차를 드릴까요, 아니면 타르트를 조금 드릴까요, 퍽 맛나요." 게르망트 부인은 되도록 상냥히 굴려고 나에게 말했다. "나는 이 집에 와선 내 집처럼 손

*2 독일의 철학자(1646~1716).
*3 프랑스의 극작가(1683~1763).
*4 프랑스의 은행가(1651~1739).
*5 풍신(風神).
*6 산신(山神).
*7 정확한 발음은 '봉주르 마담……'이며 '안녕하십니까, 후작부인'이라는 뜻.

님을 접대한답니다." 부인은 목쉰 웃음소리를 꾹 참는 듯한 뭔가 목구멍소리에 주는 비꼬는 말투로 덧붙였다.

"이봐요." 빌파리지 부인이 노르푸아 씨에게 말했다. "아카데미 건으로 대공께 말씀드릴 게 있는 걸 잊지 마세요."

게르망트 부인은 눈을 내리감고, 시간을 보려고 손목을 4분의 1쯤 돌렸다.

"어쩌나, 생페레올 부인 댁에 들러 가려면 큰어머님께 인사해야 할 시각이네, 또 르와르 부인 댁에서 저녁 식사를 하고."

그러고 나서 그녀는 나한테 작별인사도 없이 일어섰다. 부인은 이제 막 스완 부인의 모습을 언뜻 보았던 것이다. 스완 부인은 나를 만나 어지간히 거북한 모양이었다. 드레퓌스의 무죄를 굳게 믿는다고 누구보다 먼저 나한테 말했던 일을 떠올린 것이 틀림없었다.

"어머니가 나를 스완 부인에게 소개하지 않으면 좋겠는데." 생루는 내게 말했다. "옛 매춘부야. 남편이 유대인이라서 우리한테 민주주의를 떠들어대지. 이크, 팔라메드 아저씨가 왔군."

스완 부인이 여기 온 것은 며칠 전 생긴 일 때문에 나의 유별난 흥미를 북돋았다. 그 일은 한참 뒤에 여러 결과를 가져오므로 자세히 이야기할 필요가 있는데, 결과는 그때 가서 자세히 적겠다. 이 방문의 며칠 전, 나는 뜻하지 않은 방문, 내 종조할아버지의 옛 사내종의 아들, 얼굴도 모르는 샤를 모렐의 방문을 받았다. 이 종조할아버지(그 집에서 내가 장밋빛 옷차림을 한 부인을 만났던 인물인데)는 지난해 죽었다. 그 시중꾼은 나를 보러 오고 싶다는 의사를 여러 번 보여왔다. 방문의 목적이 뭔지 몰랐으나, 오면 기꺼이 만날 셈이었다. 그가 종조할아버지를 진정으로 추모하고 있으며, 기회 있을 때마다 성묘하고 있다는 사실을 프랑수아즈를 통해 들어 알고 있었기 때문이다. 그런데 고향에 몸조리하러 가야 했고, 거기에 오랫동안 머무를 셈인 그는 아들을 대신 보냈던 것이다. 나는 열여덟 살쯤 되어 보이는 잘생긴 소년이 들어오는 걸 보고 깜짝 놀랐다. 취미가 좋다기보다 오히려 사치스런 옷을 입어, 뭐니뭐니해도 어쨌든 시중꾼으로 보이지 않았다. 게다가 그는 처음부터 그 출신인 하인 신분과의 유대를 끊으려고 하였고, 만족스러운 미소를 띠며 콩세르바투아르를 수석으로 나왔다고 나에게 알렸다. 그 방문의 목적은 이러하였다. 그 아버지는 종조할아버지 아돌프가 남긴 유물 가운데, 우리 부모님한테 보내기에 적합지 않다고 판단했던 것들을 따로 놓아두었다가, 내 나이의 젊은이라면 흥미 있을 거라고 생각했던 것이다. 그것은 종조할아버지가 사귀어온 이름난 여배우, 고급 창부들의 사진으로 종조할아버지가 가정생활에서 방수벽으로 분리해놓은 늙은 탕아 생활의 마지막 회상이었다. 젊은 모렐이 그것을 내게 내보이는 동안, 나는 그가 짐짓 대등하게 말하려는 걸 알아챘다. 그는 되도록 '주인님'이라 하지 않고, '당신'이라 말하는 것에 기뻤는데, 그 아버지는 우리 부모님한테 말할 때 '삼인칭'밖에 쓴 적이 없었던 것이다. 사진에는 거의 다 '내 최고의 벗에게'라는 헌사가 씌어 있었다. 가장 은혜를 모르며 신중한 한 여배우는 '여러 벗 가운데에서 가장 뛰어난 분에게'라고 써놓았다. 그렇게 쓰면, 종조할아버지가 전혀 그런 존재가 아니라, 정반대로 가장 잘 해준 벗, 그녀가 이용한 벗, 호인, 거의 늙은 바보 같은 존재라고 떠들어댈 수 있었음이 확실했다. 젊은 모렐은 자신의 출신에서 벗어나려고 애썼으나 소용없이, 늙은 시중꾼 눈에 존경할 만하고도 뛰어나게 보인 아돌프 종조할아버지의 그림자가, 아들의 어린 시대와 젊음 위에 거의 신성하게 끊임없이 감돌고 있음을 느꼈다. 내가 사진을 들여다보고 있는 동안, 샤를 모렐은 방 안을 살피고 있었다. 내가 사진을 어디에 간직해둘까 찾고 있으려니까, 그가 물었다. "당신 방 안에 종조할아버지님의 사진이 한 장도 보이지 않다니 어찌 된 일이죠?"(그 말투에 비난의 뜻을 나타낼 필요가 없을 만큼 말 자체가 비난이 담겨 있었다) 나는 얼굴이 붉어지는 걸 느껴 더듬거렸다. "하지만 종조할아버지 사진이 내게 아마 없지." "뭐라구요, 그토록 당신을 사랑하시던 아돌프 종조할아버지님의 사진을 단 한 장도 안 가졌습니까? 그럼 내 아버지께서 가지고 있는 수많은 사진 가운데에서 하나 골라 보내드리죠. 그걸 저 옷장, 바로 종조할아버지님이 물려준 저 옷장 위 가장 좋은 자리에 놓아두기를 바랍니다." 하기야 내 방 안에 아버지나 어머니의 사진도 한 장 없었으니까, 아돌프 종조할아버지의 사진이 없다고 해서 그토록 화낼 일은 못 되었다. 그러나 모렐의 아버지로서는, 내 종조할아버지가 집안의 가장 중요한 인물이며, 우리 부모는 그 빛을 받고 있는 데 지나지 않는다고 생각했음을 짐작하기에 어렵지 않았거니와, 또 그렇게 보는 투를 그 아들에게 가르쳤던 것이다. 그에 비하면 나는 가장 높이 평가되고 있었다. 종조할아버지가 날마다 그 시중꾼에게 내가 라신이나 볼라벨 같은 인물이 될 것이라고 말해

왔으므로 모렐은 나를 종조할아버지의 양자나 귀애하는 아들로 여기고 있었다. 나는 모렐의 아들이 상당한 '출세주의자'임을 금세 알아챘다. 그러므로 그날 그는 조금 작곡을 하고 시에 곡을 붙일 수 있으니, 혹시 '귀족' 사회에서 중요한 지위를 차지한 시인을 모르느냐고 물어왔다. 나는 한 시인의 이름을 대었다. 그는 그 시인의 작품을 몰랐으며, 이름조차 들은 적이 없어서 그것을 수첩에 적어두었다. 그런데 그가 그 시인에게 서신을 보내, 그 시인의 작품을 열광적으로 찬미하는 자로서 그가 지은 소곡(小曲)을 작곡했으니, 만일 작사자가 ○○○ 백작부인 댁에서 그 소곡을 들려준다면 고맙겠다는 뜻을 전한 것을 나는 알았다. 이는 좀 성급하고 뱃속이 들여다보이는 짓이었다. 화가 난 시인은 대꾸도 하지 않았다.

게다가 샤를 모렐은 야심과 함께, 더욱 구체적인 현실에 대해 강한 기호를 지니고 있는 성싶었다. 그는 안마당에서 조끼를 깁는 쥐피앙의 조카딸에게 눈길이 갔다. 마침 '색다른' 조끼가 필요하다고 했으나, 내가 보기에 이 젊은 아가씨가 그에게 강한 인상을 주었다. 그는 망설임 없이 나한테 아래로 내려가 그를 아가씨에게 소개해달라고 부탁했다. "그러나 당신 집안과의 인연은 입 밖에 내지 않도록, 알아들으셨습니까, 내 아버지에 대해 꼭 비밀을 지켜주시겠지요. 오로지 당신 벗 가운데 대예술가로만 말해주십쇼, 이해하시죠. 상인들에겐 좋은 인상을 주어야 하니까요." '친구라 부를 만한 관계(Cher ami)'가 아니라는 것은 알고 있으니까. 그 아가씨 앞에서 '물론 친한 선생(Cher Maître)이라곤 부르지 못할망정…… 만일 좋다면, 친애하는 대예술가(Cher grand artiste)' 정도로 불러달라는 암시이건만. 그에게 '칭호 붙이기'를 피하고, 그가 말하는 '당신'에 대해 '당신'으로 대꾸하는 것으로 그쳤다. 그는 몇 가지 비로드 천 가운데 새빨간 것을 골랐는데, 너무나 화려해서 그가 아무리 고약한 취미가 있다 하더라도 그 뒤 그 조끼를 한 번도 입을 수 없었다. 아가씨는 두 수습공과 함께 다시 일하기 시작했는데, 서로 감명이 있었나 보다. 샤를 모렐을 '같은 사회'의 인간(다만 더 멋있는, 더 부유한)이라 여기고, 아가씨의 마음에 몹시 들었나 보다. 그의 아버지가 보내온 사진 가운데에서, 엘스티르가 그린 미스 사크리팡(즉 오데트)의 초상 사진을 발견하고 깜짝 놀라서 샤를 모렐을 정문까지 배웅하며 말했다. "당신이 설명해줄 수 없는 일인지도 모르지만, 종조할아버지께서 이 여인과 친한 사이였는지? 종조할아버지 생애의 어느 시절에 이 여인을 놓아야 좋을지 통 모르겠는데, 스완 님 때문에 그것이 알고 싶거든……." "아버지가 이 여인에 대해 특히 당신의 주의를 끌도록 나에게 일러줬는데 깜박 잊고 말하지 않았군요. 사실 이 화류계 여자는 당신이 마지막으로 종조할아버지님을 만나 뵙던 날 그 댁에서 점심을 들었지요. 아버지는 당신을 들여보내도 좋을지 어떨지 몰랐답니다. 보아하니 당신은 그 경솔한 여인의 마음에 썩 들어, 또다시 당신을 만나고 싶어했답니다. 그러나 바로 그 무렵 집안에, 아버지의 얘기에 따르면 갈등이 생겨, 그 뒤 당신은 종조할아버지님을 한 번도 찾아뵙지 않았다고 합니다." 이 순간 그는 쥐피앙의 조카딸에게 멀리서 작별인사를 하려고 미소를 보냈다. 그녀도 그를 물끄러미 바라보며, 선이 고른 그의 야윈 얼굴, 가벼운 머리칼, 맑은 눈매에 틀림없이 마음을 빼앗겼으리라. 나는 그의 손을 잡으면서, 스완 부인을 생각하고, 앞으로는 스완 부인을 '장밋빛 옷차림의 부인'과 같은 사람으로 보아야 한다는 뜻밖의 생각을 하였다. 그만큼 이 두 여인은 내 기억 속에서는 동떨어진 다른 인물이었다.

샤를뤼스 씨는 오래지 않아 스완 부인 곁에 앉았다. 그는 어느 모임에 나가건, 사내들을 멸시하여, 여인들의 환심을 사며, 가장 우아한 여성 곁에 금세 다가가서, 그 여인의 몸치장으로 자기 자신이 돋보이는 느낌을 받았다. 남작의 프록코트 또는 연미복은 남작을 어느 색채 화가가 완성한 검은 옷차림의 사나이, 검은 옷이나, 곁에 있는 의자 위에 눈부신 외투를 놓고, 그것을 위에 입고 가장무도회에 가려는 사나이의 초상화와 닮게 하였다. 이런 대면은 보통 왕가의 부인이 상대인데, 샤를뤼스 씨는 덕분에 그가 좋아하는 특별대우를 받을 수 있었다. 그 결과 예를 들어, 어느 파티에서 주인 마님이 남작에게만 앞쪽 한 부인석 자리를 내주고, 다른 사내들은 뒤쪽에서 서로 떠다밀며 법석거리기도 하였다. 게다가 귀부인한테 재미있는 이야기를 큰 목소리로 정신없이 (그렇게 보였다) 지껄이고 있는 샤를뤼스 씨는, 남들에게 인사하러 가지 않아도, 예절을 지키지 않아도 되었다. 선택된 여인이 그에게 지어주는 향긋한 문 뒤에서 그는 살롱의 한가운데 있으면서도 마치 극장의 칸막이 좌석에 있듯 외떨어져 있어서, 누가 그에게 와서, 이를테면 그의 말상대인 미인 너머로 인사할 때, 여인과의 대화를 멈추지 않고 아주 짧게 대꾸해도 괜찮았다. 물론 스완 부인은 그가 함께 있는 것을 자랑삼아 보이고 싶은 계급의 여인이 아니었다. 그러나 그는 그녀에 대한 감탄, 스완에 대한 우정을 공공연히 드러냈으며,

그녀가 그의 호의를 기뻐하는 걸 알고 있었고, 또한 그 자신도 그 자리에서 가장 아름다운 여자와 연관되어 남의 입에 오르내리는 일이 기뻤다.

하기야 빌파리지 부인은 샤를뤼스 씨의 방문을 진심으로 기뻐한 것은 아니다. 샤를뤼스 씨는 큰어머니에게 중대한 결점이 있다고 생각하면서도 큰어머니를 매우 좋아했다. 그러나 이따금 화난 서슬에, 당치 않은 불만에, 일시적 감정을 억누르지 못하고, 격하기 그지없는 편지를 써 보내, 여태껏 마음속에 새겨두지 않았을 만큼 자질구레한 일까지 늘어놓았다. 여러 실례 가운데, 다음 같은 사실, 발베크에 머물면서 자세히 알게 된 사실을 인용할 수 있다. 빌파리지 부인은 발베크의 피서 생활을 길게 늘이는 데 충분한 돈을 가져오지 않은 것이 근심되어, 그렇다고 구두쇠인지라, 쓸데없는 비용이 들까 봐 파리로부터 송금해오기가 싫어, 샤를뤼스 씨한테 3천 프랑을 빌린 일이 있었다. 한 달이 지나 샤를뤼스 씨는 하찮은 일로 큰어머니에게 화가 나, 그 금액을 전신환으로 갚으라고 독촉했다. 그런데 그가 받은 돈은 2,990 몇 프랑이었다. 며칠 뒤 파리에서 큰어머니를 만나 다정스럽게 담소한 끝에, 송금을 맡은 은행이 저지른 착오를 그가 아주 부드럽게 지적했다. "아니다, 은행의 착오가 아니다. 전신환을 보내는 데에 6프랑 75상팀의 비용이 드니까." 빌파리지 부인이 대답했다. "알고 하신 바에야 그만이죠." 샤를뤼스 씨가 대꾸했다. "나는 다만 그걸 모르시는 경우를 위해서 말했을 뿐입니다. 왜냐하면 그런 경우 만일 은행이 나만큼 큰어머님과 가깝지 않은 분에게 그렇게 했다면 큰어머님을 난처하게 만들었을 테니까요." "아냐, 아니다. 은행의 착오가 아니다." "결국 큰어머님이 완벽히 옳았습니다." 샤를뤼스 씨는 큰어머니의 손에 애정 깊게 입맞추면서 명랑하게 결론지었다. 사실 그는 티끌만큼도 큰어머니를 원망하지 않았다. 그저 이 작은 인색함에 쓴웃음을 지었을 뿐이다. 그러나 며칠 뒤 가문의 어떤 일로 큰어머니가 그를 농락하기 위해 '자기에게 맞서는 큰 음모를 꾸몄다'고 여겼다. 게다가 바보스럽게도 큰어머니가 실업가들을 방패로 삼았는데, 바로 그 실업가들이 큰어머니와 한통속이 되어 그와 맞서고 있거니 의심쩍어한 이들이라, 그는 분노에 넘친 무례한 말을 늘어놓은 편지를 큰어머니에게 보냈다. "나는 복수하는 걸로 만족치 않으니, 큰어머니를 웃음거리로 만들겠습니다" 하고 으름장을 놓았다. "나는 내일부터 그 전신환 이야기와 빌려드린 3천 프랑에서 6프랑 75상팀을 제하고 보내온 이야기를 온 천하에 떠벌리고 다니겠습니다. 큰

어머님의 명예를 훼손하겠습니다.” 그런데 그러기는커녕 그다음 날, 편지에 심한 글을 적었음을 진심으로 뉘우친 그는 빌파리지 큰어머니에게 사죄하러 갔다. 하기야 전신환의 이야기를 이제 새삼 누구한테 지껄일 필요가 있을까? 복수심 없이, 진심으로 화해를 구하는 지금에 이르러 전신환 이야기 따위야 물론 하지 않았을 것이다. 그러나 그전에 큰어머니와 사이가 매우 좋았으면서도 곳곳에 이 이야기를 퍼뜨린 적이 있다. 악의 없이, 웃기기 위해, 또 실없었으므로 지껄여댔다. 그가 퍼뜨렸다는 것을 빌파리지 부인은 몰랐다. 그래서 제 입으로 잘한 노릇이라고 말한 적이 있는 일을 누설하여 창피주려는 속셈을 편지를 통해 안 그녀는, 그때에 자기를 속였구나, 자기를 아끼는 체하면서 거짓말하였구나 하고 생각했다. 이런 일이 이제는 다 가라앉았으나, 둘은 저마다 상대가 자기를 어떻게 생각하고 있는지 정확히 몰랐다. 물론 이는 점점이 이어지는 불화의 조금 특수한 경우에 지나지 않는다. 블로크와 그 친구들의 불화와는 다른 종류였다. 나중에 알겠지만 샤를뤼스 씨와 빌파리지 부인을 제외한 사람들하고의 불화도 또한 다른 종류였다. 그런데도 우리가 서로 남에게 품는 의견, 친구끼리의, 가족끼리의 관계가 겉으로만 고정되어 있지, 실은 바다와 같이 한없이 움직이고 있다는 사실을 기억해야 한다. 그래서 금슬이 좋아 보인 부부 사이에 이혼이란 소문이 나는가 하면, 오래지 않아 부부가 짝을 애정 깊게 말하게 되고, 우리가 허물 없는 벗인 줄 여기던 친구가 짝을 욕하는가 하면, 우리의 놀라움이 미처 가시기도 전에 다시 화해를 하고, 나라와 나라 사이에도 잠깐 사이에 동맹을 맺고 깨고 하기가 일쑤다.

“어렵쇼, 아저씨와 스완 부인 사이가 뜨거운걸.” 생루가 내게 말했다. “그런데 어머니는 아무것도 모르고 방해하러 왔군. 순결한 자에겐 모든 일이 순결하니라!”

나는 샤를뤼스 씨를 물끄러미 바라보았다. 회색의 앞 머리칼. 외알안경으로 눈썹이 쳐들린 채 미소짓고 있는 한쪽 눈, 붉은 꽃을 꽂은 단춧구멍, 쉴 새 없이 경련하여 눈길을 끄는 삼각형의, 이를테면 움직이는 세 정점을 이루고 있었다. 나는 그에게 감히 인사하지 못하고 있었다. 그쪽에서 아무 표시도 해오지 않았기 때문이다. 그런데 그는 내 쪽으로 머리를 돌리지 않고 있음에도, 나를 보았음은 확실하였다. 그 으리으리한 암자색 외투가 남작의 무릎까지 펄럭대는 스완 부인에게 어떤 이야기를 뇌까리면서도, 샤를뤼스 씨의 두리번거리는 눈은 마치 경찰이 올까 봐 두려워하는 길거리 장사치의 눈처럼, 살롱의 구석 구석까지 살펴 거기에 있는 이들을 모두 발견하고 있는 것이 틀림없었다. 샤텔로 씨가 인사하러 왔는데, 샤를뤼스 씨의 얼굴엔 이 젊은 공작이 눈앞에 나타나기 전에 이미 알아본 기색이 전혀 없었다. 그와 같이 이곳처럼 사람 수가 많은 모임에서, 샤를뤼스 씨는 한정된 방향이나 누구에게 보내는지 모르는 미소, 다가오는 이들의 인사보다 먼저 존재하여서, 이 사람들이 그 범위 안에 들어왔을 때, 그들에 대한 상냥함의 뜻이 전부 벗겨지고 마는 미소를 끊임없이 띠고 있었다. 어쨌거나 나는 스완 부인에게 인사하러 가야 했다. 그런데 부인은 내가 마르상트 부인과 샤를뤼스 씨를 알고 있는지 몰라, 꽤 냉랭한 태도를 보였다. 내가 소개해달라고 부탁할까 봐 걱정이 되었을 것이다. 그래서 나는 샤를뤼스 씨 쪽으로 다가갔는데, 곧 뉘우쳤다. 내가 썩 잘 보였을 텐데, 그는 그런 기색을 조금도 나타내지 않았다. 내가 샤를뤼스 씨 앞에서 몸을 굽혔을 때, 내민 팔의 길이 이상 가까이 오지 못하게 하는 그 몸에서 떨어져 있는, 한 손가락, 이를테면 주교 반지야 끼고 있지 않으나 그것을 끼는 일정한 곳을 입맞추게 하려고 내밀고 있는 듯한 한 손가락을 발견했으니, 남작이 모르는 사이에, 그 오래 계속된 미소 속에, 누구에게 보내는지 모를 비어 있는 흩어짐 속에 억지로 침입(그는 그 책임을 내게 돌리고 있는 듯하였다)해온 걸로 내 꼴이 보였을 것이다. 이 차가움은 스완 부인의 차가움을 분해하는 데 그다지 힘이 되지 않았다.

"네 얼굴빛을 보니 매우 피곤하고 들떠 있는 것 같구나." 마르상트 부인은 샤를뤼스 씨에게 인사하러 온 아들한테 말했다.

사실 로베르의 눈길은 이따금 심원에 닿았다가 마치 바다 밑에 이른 잠수부처럼 금세 떠올랐다. 로베르가 닿자마자 괴로워 금세 떠나 잠시 뒤 되돌아가는 그 밑바닥은, 애인과 관계를 끊었다는 관념이었다.

"괜찮다" 하고 그 어머니는 그의 얼굴을 쓰다듬으면서 덧붙였다. "괜찮다, 자기 아이가 이런 얼굴빛인 걸 보면 좋단다."

그러나 이 애정이 오히려 로베르를 성가시게 하는 것 같아, 마르상트 부인은 아들을 손님방 뒤쪽으로 데리고 갔다. 거기에는 노란 비단을 드리운 창가에, 보베산 비단을 씌운 안락의자 몇 개가 미나리아재비 밭에 핀 다홍색 불꽃처럼 보랏빛 장식 융단을 빈틈없이 모이게 하고 있었다. 혼자가 된 스완 부인은 내가 생루와 절친하다는 걸 알아차려, 그녀 곁에 오라고 내게 손짓하였다. 만난 지 오래라서 나는 무슨 말을 해야 좋을지 몰랐다. 나는 양탄자 위에 놓여 있는 많은 모자 가운데 내 모자를 눈으로 찾아냈지만, 단 하나, 게르망트 공작의 것이 아닌데도 그 안감에 G자가 붙어 있고 그 위에 공작의 관이 그려 있는 모자가 도대체 누구의 것일까, 이상하게 생각하였다. 방문객의 이름을 다 알고 있었지만 이 모자의 임자일 듯한 사람은 한 사람도 생각나지 않았다.

"정말 노르푸아 씨는 호감을 주는 분입니다." 나는 스완 부인한테 그를 가리키면서 말했다. "로베르 드 생루는 저이를 좋게 보지 않지만……."

"맞아요." 그녀가 대답했다.

부인의 눈이 뭔가 내게 숨기고 있는 것을 알아본 나는 부인에게 따져 물었다. 벗이라곤 거의 없다시피한 이 살롱에서 어떤 이의 마음을 차지한 모습을 하는 게 기뻐선지, 부인은 나를 구석으로 끌고 갔다.

"생루 씨가 당신에게 말하려 한 것은 확실히 이거예요." 부인은 내게 말하였다. "하지만 그분에게 말하지는 마세요. 나를 실없는 사람으로 여길 테고, 그의 존경을 잃고 싶지 않으니까, 아시다시피 난 매우 '신사적'이거든요. 최근 샤를뤼스가 게르망트 대공부인 댁에서 저녁 식사를 했는데, 왜 당신에 대한 말이 나왔는지 모르지만 노르푸아 씨가 이렇게 말했나 봐요—어리석은 말이니 그 때문에 신경 쓰진 마세요, 아무도 대수롭게 생각하지 않았으니까, 누구의 입에서 나온 말인지 너무나 잘 아니까—곧, 당신은 절반 히스테리에 걸린 아첨꾼이라고요."

노르푸아 씨처럼 아버지 친구분인 그가 나에 대해 태연하게 심한 욕을 할 수 있다는 것에 대해서 놀람을 금치 못한다고 이전에 독자에게 말한 적이 있다. 그런데 내가 스완 부인과 질베르트에 대해 말했던 옛날의 감동이 나를 모르는 줄 여겼던 게르망트 대공부인에게 알려졌음을 알자 나는 더 큰 놀라움을 느꼈다. 우리의 행동이나 말이나 태도 하나하나는 어떤 중간 지대에 의하여 '세상'에서 그것을 직접 보고 듣지 않는 사람들과 나누어져 있다. 그리고 이 중간 지대의 삼투도(滲透度)는 무한히 변화하므로, 우리로서는 헤아릴 수가 없다. 전파되기를 강하게 바랐는데(이를테면 전에 내가 뿌린 좋은 씨앗 가운데 하나쯤 돋아나겠지 생각하여, 스완 부인에 대해 모든 사람에게 모든 기회에 말한 감격적인 말) 그 말 대부분이 자주 그 소망 자체 때문에 순식간에 꺼지고 마는 걸 경험으로 알았다. 하물며 자신도 잊어버린 보잘것없는 말, 자기가 입 밖에 내지 않았던 말, 다른 말의 불완전한 반사작용으로 길에서 이뤄진 말이, 한 번도 그 걸음을 멈추지 않고서, 끝없이 멀리 떨어진 곳까지—이 경우 게르망트 대공부인 댁까지—옮아가서, 우리를 신들의 잔치에서, 웃음거리로 삼으리라고는 꿈에도 생각지 못한 일이었다. 우리가 기억하는 우리 자신의 행동은 아무리 가까운 이웃이라도 모르건만, 말했음을 우리 자신이 잊어버린 말, 또는 우리가 말한 적이 없는 말이 다른 세계까지 폭소를 자아내러 간다. 그리고 우리의 말과 행동에 대해 남들이 품는 영상이 우리 자신이 품는 그것과 닮지 않은 건 마치 소묘와 그 잘못된 복사의 다름과 같으니, 검은 선이 있는 곳에 아무것도 그려지지 않거나 흰 곳에 이해할 수 없는 선이 나기도 한다. 하기야 복사 못한 부분이 우리가 자기만족에서 본 것에 지나지 않은 비현실적인 선이고, 덧붙인 듯 보이는 것이 오히려 우리 자신의 것인데, 그저 너무나 몸에 밴 것이라 우리 눈에 띄지 않을 수도 있다. 그러므로 그다지 닮지 않은 성싶은 괴상한 원판도 때로는 물론 달갑지 않으나 뢴트겐 사진의 원판처럼 심각하고도 유익한 진실을 지닌다. 그렇다고 그걸 보고 자기라고 인정할 리는 없다. 여느 때 거울 앞에서 제 아름다운 얼굴이나 아름다운 상반신에 미소 짓는 이에게 뢴트겐을 보인다면, 바로 그 자신의 모습이라고 하는 배의 염주를 보고는, 마치 전람회를 구경하는 이가 젊은 여인의 초상 앞에 와서 목록을 보니, '누워 있는 단봉낙타'라고 씌어 있을 때처럼 틀리지 않았나 의심할 것이다. 그 뒤, 자신이 또는 남이 그리는지에 따라 다른 영상의 차이를, 나는 나 아닌 남들에 대해서도 깨닫게 되었다. 그런 이들은 그들 자신이 찍은 자기 사진의 수집 한가운데 태평하게 사는 동안 주위에선 무시무시한 영상이 찡그리고 있는데, 평소에 그들 자신의 눈에 안 보이나, 만일 우연히 그것을 가리켜 '이게 자네다'라고 말한다면 그들은 너무 놀라 입을 다물지 못하리라.

몇 해 전이라면 나는 '어떤 이유'로 내가 노푸아 씨에 대해 그토록 호의를 품었는지 스완 부인에게 기꺼이 말했을 것이다. 그 '이유'는 스완 부인과 사귀고 싶은 마음이 간절했으니까. 그러나 나는 이제 그런 욕망이 없거니와, 질베르트를 사랑하지도 않았다. 한편 나는 스완 부인을 내 어린 시절의 장밋빛 옷차림의 부인과 같은 사람으로 보기가 어려웠다. 그래서 나는 그 순간에 내 마음을 빼앗은 여성에 대해 말했다.

"아까 게르망트 공작부인을 만나셨습니까?" 나는 스완 부인에게 물었다.

하지만 공작부인이 스완 부인에게 인사하지 않아서, 스완 부인은 공작부인을 관심 없는, 같이 있어도 눈에 안 띄는 이로 여기는 겉모양을 짓고 싶었다.

"글쎄, 레알리제(réalisé)*[1] 못했어요. 자각하지 못했죠(Je n'ai pas réalisé)." 그녀는, 영어에서 직역한 말을 쓰면서 무뚝뚝한 말투로 대답했다.

그렇지만 나는 게르망트 부인만이 아니라 부인과 가까이 지내는 모든 사람에 대해서도 정보를 얻고 싶었다. 그래서 블로크와 똑같이, 대화에서 상대를 기쁘게 해주지 않고서 오로지 자기에게 흥미 있는 점만을 멋대로 밝히려 드는 인간의 둔함을 가지고 게르망트 부인의 생활을 뚜렷하게 머릿속에 그려보려고, 르와르 부인에 대해 빌파리지 부인한테 물었다.

"응, 알죠." 부인은 짐짓 멸시하는 투로 대답했다. "큰 재목상의 딸이에요. 요즘 사교계에 드나든다지만 나는 나이가 나이니만큼 새 친구를 만들고 싶지 않아요. 아주 재미있고 상냥한 분들하고 사귀어온 나는, 정말이지 르와르 부인 따위는 안중에도 없어요."

후작부인의 시녀 노릇을 하고 있는 마르상트 부인이 나를 대공에게 소개했는데, 부인의 소개가 미처 끝나기 전에 노르푸아 씨도 열띤 말로 나를 대공에게 소개했다. 내가 이제 막 소개되었으니까 다시 나를 소개해도 자기의 신용에 상관없으니 안성맞춤이라 생각했는지, 아니면 명사라도 외국인은 프랑스 살롱들의 사정을 잘 몰라, 상류 사회의 젊은이를 소개받았다고 여길지도 모른다고 생각했기 때문이었는지, 아니면 대사 자신의 추천이라는 무게를 더한다는 그런 특권의 하나를 행사하기 위해서, 또는 왕족에게 소개되고 싶으면 두 추천자가 필요하다는 대공에게는 나쁘지 않은 관습을 대공을 위해 부활시키는 회고 취미에서였는지.

빌파리지 부인은 노르푸아 씨한테 이야기를 걸었는데 르와르 부인과 아는 사이가 아니라도 별로 애석할 게 없다는 것을 내게 그의 입으로 들려줄 필요를 느꼈기 때문이다.

"안 그래요, 대사님, 르와르 부인은 흥미 없는, 이곳에 오는 어느 여인들보다 훨씬 못한 사람이고, 그러니 내가 그런 사람을 초대하지 않는 게 당연하지 않

*1 영어의 리얼라이즈(realize), 곧 '깨닫다' '실감하다'의 뜻으로 쓴 말.

아요?"

오기에서인지 또는 피곤해서인지, 노르푸아 씨는 그저 고개를 숙여 답했을 뿐인데, 그것은 매우 공손하면서도 아무런 뜻도 없었다.

"대사님." 빌파리지 부인이 웃으면서 말했다. "별 우스운 사람들도 많아요. 글쎄 오늘 당신 손에 입맞추는 게 젊은 여인의 손에 입맞추기보다 더 기쁘다고 곧이듣게 하려고 한 분이 방문했답니다."

나는 금세 르그랑댕을 두고 하는 말인 줄 알았다. 노르푸아 씨는 가볍게 눈을 깜박거리며 미소 지었다. 마치 그것은 퍽 자연스런 욕망으로 그것을 느끼는 이를 비난할 수 없다는 듯, 또 소설의 맨 처음 같아, 그로서는 부아즈농(Voisenon)*[1]풍의, 또는 크레비용 피스(Crébillon fils)*[2]풍의 도덕에 어그러진 관용으로써 용서도 하려니와 권할 마음마저 있다는 듯이.

"젊은 여인의 손이라지만 지금 내가 보고 있는 것을 만들어내지 못하는 게 수두룩합니다." 빌파리지 부인이 그리기 시작한 수채화를 가리키면서 대공이 말하였다.

그리고 그는 최근 전시된 팡탱 라투르(Fantin-Latour)*[3]의 꽃 그림을 보았느냐고 부인에게 물었다.

"그 그림은 일류죠, 요즘 말마따나 거장의 작품, 팔레트 명수의 작품이죠." 노르푸아 씨가 잘라 말했다. "그렇지만 말입니다. 빌파리지 부인의 꽃 그림하고는 아무래도 비교가 안 되죠. 부인 그림 쪽이 꽃의 빛깔이 더 잘 나타나 있거든요."

옛 정인(情人)으로서의 두둔, 아첨하는 버릇, 한 도당에서 공인한 의견, 그런 것이 전직 대사에게 그런 말을 하게 하였다고 가정해도, 이런 말은 사교계 인사들의 예술에 대한 판단력이 얼마나 참된 취미 없음 위에 서 있는지 증명하였다. 그들의 예술에 대한 판단력은 참으로 제멋대로여서 대수롭지 않은 일이 그들로 하여금 고약한 몰상식으로 내닫게 하여, 도중에서 그들을 멈추게 하는 실감을 만나지 못한다.

"꽃을 안다고 해서 뭐 자랑스러울 건 하나도 없어요. 나는 늘 시골에서 살아

---

*1 호색 소설가(1708~1775).

*2 호색 소설가(1707~1777).

*3 프랑스의 화가(1836~1904).

왔거든요." 빌파리지 부인은 겸손히 대답했다. "하지만" 하고 부인은 대공에게 상냥히 덧붙여 말했다. "내가 어렸을 적에 꽃에 대해서 다른 시골 아이들보다 조금쯤 진지한 관념을 품게 된 것은, 선생님 나라의 매우 뛰어나신 분, 슐레겔(Schlegel)*4 선생님 덕분이랍니다. 나는 그분을 나의 숙모인 코르들리아(카스텔란 원수 부인)께서 데리고 갔던 브로이에서 만났죠. 르브랭 님, 살방디 님, 두당 님이 선생님한테 꽃 이야기를 시키던 일이 제법 기억나는군요. 나는 아주 어려서, 선생님이 말씀하시는 것을 잘 이해할 수가 없었죠. 하지만 선생님은 나하고 놀이하는 것을 재미있어하시고, 당신 나라에 돌아가셔서는, 언젠가 리셰 골짜기에 사륜마차를 타고 산책을 갔을 때, 나는 그분의 무릎 위에서 잠들고 말았지만, 그 산책의 기념으로 훌륭한 식물 표본을 보내주셨죠. 나는 그 표본을 아직도 소중히 간직하는데, 그것 없이는 거들떠보지 않았을 꽃의 갖가지 특징에 주목하는 것을 그 표본이 가르쳐주었답니다. 바랑트 부인이 브로이 부인의 글을 발표했을 때, 그것은 브로이 부인의 사람됨처럼 아름답고도 부풀려진 것이지만, 나는 그 안에서 슐레겔 선생님의 그런 대화 몇 가지를 발견하고 싶었죠. 그러나 브로이 부인으로 말하면 자연 안에서 종교론을 위한 재료밖에 찾지 않는 분이었답니다."

로베르는 살롱 안쪽에서 나를 불렀다. 그는 어머니와 함께 거기에 갔던 것이다.

"여러 가지 신경 써줘서 고마웠네." 나는 그에게 말했다. "어떻게 사례한다지? 내일 함께 저녁 식사 하지 않겠나?"

"내일, 자네만 좋다면. 하지만 그때는 블로크와 함께야. 아까 문 앞에서 블로크를 만났네. 처음에 잠시 차가운 태도를 짓다가, 왜냐하면 그가 보낸 편지 두 통에 본의 아니게 답장을 보내지 못했거든(그것이 그의 감정을 상하게 했다고는 말하지 않았으나, 나는 알아들었다). 그러고선 어찌나 다정하게 구는지 친구에게 등을 돌릴 수 없었지. 우리끼리 얘기지만, 적어도 그의 처지로선, 생사를 같이할 기세인 우정이야."

나는 로베르가 잘못 생각했다고는 여기지 않는다. 블로크가 심한 욕을 하

*4 독일의 학자(1767~1845).

는 건 보통의 경우 상대가 그에게 돌려주지 않는다고 그 스스로가 여긴 강한 호감의 결과였다. 그런데 그는 남의 생활을 좀체 생각해보지 않으려니와, 남이 병들었거나 여행 중이거나 바쁜 일로 틈이 없다고는 꿈에도 생각지 않아, 일주일쯤의 침묵이 그에겐 의식적인 무관심에서 비롯하는 것으로 지레 짐작했다. 그래서 친구로서의, 또 뒤에 가서 작가로서의 그 고약한 세찬 기세를, 나는 뿌리 깊은 것이라곤 결코 여기지 않았다. 그의 세찬 기세에 대해 차가운 위엄으로 또는 진부한 말로 응하기라도 하면 그는 기승을 부리듯 공격에 기세를 올려 기고만장하지만, 뜨거운 공명 앞엔 흔히 항복하곤 하였다. "친절하게 대해주었다는 말이 나왔지만" 하고 생루는 계속하였다. "자넨 내가 자네한테 친절했다고 하지만, 난 조금도 친절하지 않았네. 외숙모가 말씀하기를, 자네 쪽에서 외숙모를 피하고 있다, 말 한마디 건네주지 않는다고 하더군. 혹시 자네가 뭔가 언짢게 생각하는 게 있지 않나 걱정하시더군."

나에게 다행스럽게도, 설령 내가 그런 말에 속아 넘어갔더라도, 당장에라도 발베크로 출발하려는 생각 때문에, 게르망트 부인을 다시 만나보려고 하지 못했을 터이며, 그러니 내가 부인에 대해 언짢게 생각하는 것이 하나도 없다는 점을 확실히 말하고, 부인이야말로 나에 대해 뭔가 언짢게 생각하고 있다는 증거를 억지로라도 보이게 할 수는 없었을 것이다. 나는 부인이 엘스티르의 그림을 보러 가는 기회조차 주지 않았음을 떠올리는 걸로 충분하였다. 하기야 이는 환멸이 아니었다. 부인이 그런 말을 꺼내리라곤 전혀 기대하지 않았으니까. 내가 부인의 마음에 안 든다는 사실, 부인의 사랑을 받을 가망이 없다는 사실을 나는 알고 있었다. 기껏해야 내가 받을 수 있는 것은, 내가 파리를 떠나기까지 부인을 다시 못 볼 테니까, 그 호의 덕분에, 구석구석이 감미로운 인상을 받아, 불안과 슬픔이 섞인 추억이 아니라, 그 인상을 그대로 한없이 늘여서 발베크로 가지고 가는 일이었다.

마르상트 부인은 끊임없이 로베르와의 담소를 멈추곤 나에게, 얼마나 자주 로베르가 내 말을 했는지, 얼마나 로베르가 나를 좋아하고 있는지 말하였다. 부인이 어찌나 내게 친절하게 굴었는지 괴로울 정도였다. 그런 친절한 태도에서 나는, 어머니가 오늘 아직 실컷 보지 못한 이 아들, 어서 단둘이 있고픈 아들을, 나 때문에 화나게 할까 봐 전전긍긍하는 기색을 느꼈기 때문이다. 그래서 부인은 아들에게 미치는 지배력이 나의 위세만 못하다고 느껴, 내 위세를 잘 이용해야 한다고 믿어 마지않았던 것이다. 그전에 내가 블로크에게, 블로크의 외할아버지뻘 되는 니생 베르나르 씨의 소식을 묻는 것을 엿들은 바 있는 마르상트 부인은, 그분 혹시 니스에 머물던 분이냐고 내게 물었다.

"그렇다면 마르상트 씨가 나와 결혼하기 전 그곳에서 그분과 사귀었어요. 그분에 대해 뛰어난, 마음씨가 섬세하고도 너그러운 분이라고 남편이 여러 번 말씀했답니다."

블로크라면 '한번도 거짓말을 하지 않았다니, 믿을 수 없는 일'이라고 생각했으리라. 나는 줄곧 마르상트 부인에게, 로베르가 나보다는 부인에게 더 깊은 애정을 지니고 있음을, 부인이 내게 적의를 표시한들 부인을 나쁘게 말해 모자간을 떼어놓으려는 사람은 아니라고 말하고 싶었다. 그러나 게르망트 부인이 돌아가자 더욱 자유롭게 로베르를 관찰할 수 있게 된 나는, 그때야 비로소 그의 몸 안에 어떤 노기가 다시 치솟아, 그의 굳은 어두운 얼굴에 드러나려는 걸 언뜻 보았다. 그가 오후의 시비 장면을 떠올려, 정부에게 그토록 학대받고도 말 한마디 없이 물러난 것을 나한테 부끄럽게 생각하고 있는 것이 아닌가 하고 나는 걱정했다.

별안간 그는 그의 목에 팔을 두른 어머니를 뿌리치고, 나에게 와 나를 빌파리지 부인이 아직 앉아 있는 작은 꽃 카운터 뒤로 데리고 가, 작은 손님방 안으로 따라오라는 몸짓을 했다. 내가 꽤 빠른 걸음으로 그쪽으로 가고 있을 때, 샤를뤼스 씨는 내가 출입구 쪽으로 가는 줄 알고는 담소하고 있던 파펜하임 씨 곁을 느닷없이 떠나 빙그르르 돌아 내 앞에 이르렀다. 나는 그가 안에 G자와 공작의 관이 붙은 모자를 집어드는 걸 불안한 마음으로 바라보았다. 작은 손님방 문틀에서 그는 나를 보지 않은 채 말했다.

"보아하니 자네도 이제 사교계에 나오게 됐으니, 나를 보러 찾아주는 기쁨을 갖게나. 하지만 좀 복잡하긴 해." 먼산바라기 같고도 타산적인 겉모양으로, 마치 함께 그 기쁨을 실현할 수단을 짜두는 기회를 한번 놓치기라도 하면 영영 다시 펴지 못할까 걱정되는 기쁨에 대한 것인 듯 덧붙였다. "나는 좀체 집에 없으니, 편지를 보내게나. 그러나 이런 일은 더 유유히 설명하는 게 좋지. 나는 곧 돌아가려오. 나와 같이 몇 걸음 거닐어 보실까? 잠시밖에 붙잡지 않을 테니."

"주의하십쇼." 나는 그에게 말했다. "착각으로 딴 분의 모자를 집으셨습니다."

"내 모자를 내가 집는데 안 되나?"

조금 전 나 자신에게 일어난 일도 있고 해서, 누군가 그의 모자를 가져갔으므로, 그는 모자 없이 돌아가기가 뭐해 손에 잡히는 대로 하나 집어든 것이 틀림없다. 그래서 내게 그 속임수를 들켜 당황하고 있다고 가정했다. 나는 고집하지 않았다. 나는 먼저 생루한테 몇 마디 해야겠다고 그에게 말했다. "그는 지금 그 바보인 게르망트 공작과 얘기 중이죠." 내가 덧붙였다. "자네 재미있는 말을 하는군, 형에게 그렇게 말함세." "아니! 이런 게 샤를뤼스 씨의 흥미를 끌 거라고 생각하십니까?"(나는 혹시 이 사람에게 형이 있다면 그 형 또한 샤를뤼스라는 이름일 거라고 상상했다. 생루가 이 점에 대해 발베크에서 몇 가지 설명해주었지만, 나는 그 설명을 전부 잊어버리고 말았다) "누가 자네더러 샤를뤼스 씨에 대해 말하던가?" 남작은 거만한 태도로 물었다. "로베르 곁으로 가게나. 나는 자네가 오늘 아침, 로베르가 그 명예를 더럽히는 계집과 같이 벌인 부어라 마셔라 함부로 행동한 점심에 한몫한 걸 아오. 자네는 마땅히 로베르에게 미치는 영향력으로 그가 우리 가문의 명예에 더러운 망신을 줘서 그 가엾은 어머니와 우리 전부를 얼마나 비통하게 하는지 깨닫게 해야 옳단 말씀이야."

상스럽다는 그 점심에서 주로 에머슨, 입센, 톨스토이가 화제에 올랐으며, 젊은 여인은 로베르한테 물밖에 마시지 말라 설교했노라고 나는 대꾸하고 싶었다. 자존심이 상한 걸로 아는 로베르를 얼마간 위로해보려고, 나는 그의 정부를 변명하려 했다. 이 순간에, 그녀에 대한 노기에도 불구하고, 비난을 퍼붓고 있는 상대가 그 자신임을 나는 몰랐다. 선남과 악녀 사이의 싸움에서 옳음이 온전히 선남 쪽에 있는 경우라도 보잘것없는 하나가 악녀 쪽에 적어도 어떤 점에서 잘못이 없다는 겉모양을 주기 일쑤다. 그런데 다른 모든 점, 그것을 여인은 아랑곳하지 않으므로, 선남이 조금이라도 여인에게 미련이 있고, 여인과 헤어져 기가 죽어 있기라도 하면, 의기 쇠퇴가 그를 세심하게 만들어, 자기에게 퍼부은 당치 않은 비난을 떠올려서 거기에 얼마간 근거가 있는 게 아닐지 생각해보게 마련이다.

"그 목걸이 건에선 내가 잘못했나 봐." 로베르가 말했다. "물론 악의로 그런 건 아니야. 그러나 상대는 이쪽과 똑같은 입장에서 생각하지 않거든. 그녀는 어려서 무척 고생했지. 그녀의 눈으로 본다면 나야 뭐니뭐니해도 돈으로 다 된다고 믿는 부자, 부쉬롱 보석상을 좌우하는 데 또는 법정에서 소송에 이기는

데 빈자가 맞서지 못하는 부자지. 그야 물론 그녀도 심했어, 그녀의 행복만 찾던 내게 말이야. 하지만 나는 다 이해하네, 내가 돈으로 그녀를 마음대로 할 수 있음을 깨닫게 하려 했다고 그녀가 믿고 있는 건 틀린 생각이지. 나를 그토록 사랑하는 그녀, 지금 무슨 생각을 하고 있을까! 불쌍도 하지, 알다시피, 정말 다정다감한 그녀야, 말 못할 정도로 나를 위해 자주 탄복할 일을 해주었네. 지금쯤 얼마나 슬퍼하고 있을까! 아무튼 무슨 일이 일어난들 나는 그녀한테 비열한 놈으로 보이고 싶지 않아. 부쉬롱 상점에 달려가서 목걸이를 구해 오겠네. 누가 알아? 내가 그런 행동을 하는 걸 보고서 그녀도 제 잘못을 인정할지. 여보게, 그녀가 지금 괴로워하고 있다고 생각하니 견딜 수 없네그려! 자기가 괴로워하는 것쯤이야 뭐가 괴로운지 아니까 아무것도 아니지. 그러나 그녀가 괴로워하고 있는데 그 괴로움이 나에겐 보이지 않는다고 생각하니 미칠 것 같아. 그녀를 괴로워하게 내버려두기보다 차라리 다시 안 만나는 편이 좋아. 하는 수 없다면 나 없이 행복하기를, 그게 내가 원하는 전부야. 들어보게, 알다시피, 내게는, 그녀와 관계된 것은 다 무한한 것, 우주의 어떤 일로 느끼네. 그러니 보석상에 달려갔다가 그녀한테 가서 용서를 빌겠네. 내가 거기 갈 때까지 그녀는 나를 어떻게 생각할는지? 적어도 내가 곧 간다는 걸 알아주었으면! 어찌 되든 간에 자네 그녀의 집에 와주지 않겠나. 누가 알아, 모든 일이 잘될지. 어쩌면" 하고 그는 이런 꿈을 감히 믿지 못하는 듯 미소 지으면서 말했다. "우리 셋이 시골로 저녁 식사 하러 갈지 몰라. 하지만 아직 알 수 없네. 그녀를 다루기가 서툴러 놔서. 불쌍하게, 내가 또 그녀의 마음을 상하게 할지도 몰라. 그리고 또 그녀의 결심이 꼼짝 안 할지도 모르지."

로베르는 갑자기 나를 어머니 쪽으로 끌고 갔다.

"안녕히 계세요." 그는 어머니한테 작별인사를 했다. "아무래도 떠나야겠습니다. 언제 또 휴가로 돌아올지 모르겠습니다. 아마 한 달 뒤는 무리겠지만. 알게 되는 즉시 편지 쓰겠습니다."

물론 로베르는 어머니와 함께 사교 자리에 나왔을 때, 남들에게 보내는 미소와 인사와는 반대로 어머니에 대해 몹시 화난 태도를 지어야 한다고 생각하는 아들들 가운데 하나는 결코 아니었다. 피붙이에 대한 예의의 어긋남이 의례적인 태도에는 으레 따르게 마련이라고 생각하는 사람들의 이 가증스러운 복수만큼 세상에 흔한 것은 없다. 불쌍한 어머니가 무슨 말을 한다 할지라도, 아들은 억지로 끌려오기라도 한 듯이, 제 출석의 대가를 비싸게 지불시키려는 듯, 어머니가 머뭇거리며 꺼내보는 주장에도, 비꼬는, 정확한, 잔혹한 반격을 가하여 꼼짝 못하게 한다. 어머니는 이 뛰어난 아들의 의견에 금세 굽히지만, 그것으론 아들은 무기를 버리지 않아, 어머니는 아들이 없는 자리에서 누구한테나 계속해서 아들 자랑을 하지만 아들 쪽은 어머니에 대해 신랄하기 짝이 없는 독설을 아끼지 않는다. 생루는 전혀 그런 인간이 아니지만, 라셀의 부재가 일으킨 불안이, 이유야 다르나 그런 아들들이 어머니에게 하는 짓 못지않게 그를 어머니에 대해 무자비하게 만들었다. 그가 입 밖에 낸 말에, 아까 아들이 들어오는 것을 보고 억누르지 못했던 그 날갯짓과 같은 경련이 또다시 마르상트 부인의 눈을 아들에게 비끄러매고 있었다.

"뭐라고, 로베르, 떠난다고? 진심이냐? 귀여운 아가야! 너와 단둘이 지낼 수 있는 단 하루인데!"

그리고 거의 낮은, 매우 자연스러운 투로, 아들에게 연민의 정, 아들로서는 참기 힘들지 모르는, 또는 무익하고 고작 아들을 성가시게 할지 모르는 연민의 정을 불어넣지 않게 온 슬픔을 애써 쫓아버리는 목소리로, 한낱 이치를 타이르듯이 덧붙였다.

"그럼 옳지 못하다는 걸 너도 알지."

그러나 부인은 아들의 자유를 침해하지 않음을 보이려고 이 소박성에 많은 소심을 가하고, 기쁨을 방해한다고 비난받지 않게 많은 애정을 더하여, 생루는 그 자신 속에 하나의 감동 가능성 같은 것, 다시 말해 애인과 하룻밤을 지내는 데의 장애를 깨달을 수밖에 없었다. 그래서 그는 화나기 시작했다.

"섭섭하지만, 착하건 착하지 않건, 할 수 없는 노릇입니다."

그리고 그는 어머니를 비난했지만, 그 비난은 자기가 받아야 한다고 느끼고 있을 것이다. 그와 같은 이기주의자들은 최후의 승리를 얻는다. 처음부터 자기 결심은 흔들리지 않는다고 정하고 있으므로, 그 결심을 버리도록 남이 그들 마음속에 불러일으키는 정이 가슴 치는 것일수록, 그들은 그 정에 맞서는 자기 자신을 비난하지 않고, 정에 맞서지 않을 수 없게 만드는 이를 비난한다. 그래서 그들의 무정함은 최고의 잔인성에까지 이르기도 하는데, 이 잔인성은 상대가 괴로워하거나, 이치를 따지거나, 비겁하게 연민의 정에 맞서 행동하는 고통을 주거나 하는 주책없는 이라면 더욱더 그 사람을 죄인으로 만들고 만다. 하기야 마르상트 부인은 스스로 그 이상 고집하지 않았다. 아들을 붙잡지 못하리라는 것을 알았기 때문이다.

"나 가네." 그는 내게 말했다. "그런데 어머니, 이 사람 곧 방문해야 할 곳이 있으니 오래 붙잡지 마세요."

마르상트 부인은 내가 있어도 조금도 기쁘지 않다는 것은 알고 있지만, 그래도 로베르와 함께 떠나지 않고, 부인한테서 그를 채가는 놈이 친구라고 오해받지 않는 편이 좋았다. 나는 로베르에 대한 애정보다는 부인에 대한 연민의 정에서 아들의 행동에 어떤 변명을 찾아내고 싶었다. 그러나 처음에 말을 꺼낸 것은 부인이었다.

"불쌍도 하지, 내 말에 상심했을 게 틀림없어요. 아시겠어요, 어머니는 다 이기주의자죠. 그 애는 좀체 파리에 안 오니 기쁨이 있겠어요. 아직 그 애가 떠나지 않았다면 다시 붙잡고 싶어요. 물론 붙잡아두려는 게 아니라, 원망하지 않는다고, 그 애가 옳았다고 말해주려고요. 괜찮다면 계단 위에 가봐도 될까요?"

우리는 계단까지 가 보았다.

"로베르! 로베르!" 부인은 소리쳤다. "소용없어요. 떠났네요, 늦었습니다."

이러고 보니 나는 로베르를 그 애인과 손끊게 하는 사명을 바로 몇 시간 전에 로베르가 애인과 같이 아주 살 셈으로 가출하는 것을 거들어주고 싶었던 만큼이나 기꺼이 떠맡고 싶은 심정이었다. 손을 끊는 경우라면 가족은 나를 그의 나쁜 친구라고 불렀을 것이다. 그렇지만 나는 몇 시간을 두고 같은 인간이었다.

우리는 다시 살롱으로 돌아왔다. 생루가 돌아오지 않는 걸 본 빌파리지 부인은 의심쩍어하는, 비웃는, 인정머리 없는 눈길을, 너무나 질투하는 아내 또는 너무나 애정 깊은 어머니(이들은 남의 눈에 희극으로 보인다)를 가리키면서 '저런, 한바탕 소나기가 지나갔네'라는 뜻을 나타내는 눈길을 노르푸아 씨와 교환하였다.

로베르는 으리으리한 목걸이를 가지고 애인 집에 갔는데, 그 목걸이는 타협 뒤 그녀에게는 주지 않기로 한 것이었다. 하기야 결과는 마찬가지였다. 그녀가 그것을 안 받고, 그 뒤에도 영영 받지 않았으니까. 로베르의 어떤 친구는 그녀가 이런 욕심 없음의 증거를 보인 것을, 로베르를 단단히 비끄러매기 위한 속셈의 하나라고 생각했다. 그렇지만 그녀는 돈에 욕심이 없었다, 아마도 셈하지 않고서 펑펑 쓰는 돈의 힘을 빼놓고는. 나는 그녀가 빈곤자들이라 여긴 이들에게 주책없이 함부로 시주하는 것을 본 일이 있다. "지금쯤 라셀은 폴리 베르제르(Folies-Bergère)*1에서 엉덩이를 흔들고 있을 거야. 라셀은 수수께끼야. 진짜 스핑크스야." 로베르의 친구들이 라셀의 욕심 없는 행동에 비위가 상해서 로베르에게 욕을 하기도 했다. 그런데 부양받는 몸이고 보면 마땅히 물욕이 심하련만, 그런 생활 속에 피어난 알뜰한 마음씨로, 애인의 호의에 스스로 자질구레한 제한을 가하는 여자가 얼마나 많은가!

로베르는 애인의 온갖 부정을 거의 모르고 있었다. 라셀의 실생활, 날마다 그와 작별하고 나서 비로소 시작하는 생활에 비하면 하찮은, 미미한 것에만 머리를 썩이고 있었다. 그는 그런 부정을 거의 다 모르고 있었다. 설령 그것을 일러주었던들 라셀에 대한 그의 믿음을 흔들어놓지 못했으리라. 왜냐하면 인간이 사랑하는 상대를 전혀 모르고 산다는 것이 복잡다단한 사회 속에 나타나는 고마운 자연의 법칙이니까. 이쪽에서, 사랑에 들뜬 사내가 혼자 말한다. "그녀는 천사 같은 사람이다. 내게 몸을 맡기지 않을 거야. 그러니 난 죽을 수밖에, 그렇지만 그녀는 나를 사랑하지, 사랑하고 있으니까 어쩌면...... 아니지, 그럴 리 없지......!" 이렇듯 사내는 욕망에 흥분되어, 기대에 안달복달, 얼마나 많은 보석을 여인의 발밑에 놓고, 여인의 근심을 없애려고 돈을 꾸러 바쁘게 달리는지 모른다! 그런데 유리 칸막이의 저쪽, 마치 수족관 유리막 앞에서 구경꾼들이 주고받는 대화처럼 대화가 안 통하는 유리 칸막이 저쪽에서 관중이 말한다. "그녀를 모르지? 그거 다행이군. 저년이 얼마나 수많은 사내를 등쳐 먹고 신세를 망쳐놓았는지 모르네. 순 사기꾼이야, 술책이 능한!" 그리고 이 술책이 능하다는 형용사에 대한 한 절대로 틀리지 않는 것이, 그 여인을 진정 사랑하지 않고 그저 건성으로 좋아하는 의심 많은 사내마저 친구들에게 말한다. "아니지 아냐, 돈에 몸 파는 여자가 아닐세. 물론 두세 번 바람나긴 했지만, 돈으로 살 수 있는 여인은 아닐세. 사려면 엄청나게 들걸. 저 여자하곤 5만 프랑 아니면 거저지." 그런데 그는, 그녀 때문에 5만 프랑을 쓰고, 그녀를 휘어잡았다. 그런데 그녀 쪽은, 하기야 그러기에 사내 자신 속에서 한 공모자, 누구나

---

*1 직역하면 '미친 목녀(牧女)'. 1867년에 설립한 레뷔 극장.

가진 자존심이라는 놈을 발견하여, 그로 하여금 그녀를 거저 휘어잡았다고 이해시킬 수 있었다. 이것이 사회다. 가장 알려진, 평판이 좋지 못한 존재가, 요컨대 감미롭고도 부드러운 조화의 진귀라는 비호 밑에 있어 어떤 인간에겐 결코 식별되지 않고 만다. 파리에는 생루가 인사조차 하지 않게 된 점잖은 두 사람이 있었다. 두 사람의 얘기를 할 때면 그는 목소리를 떨고, 그들을 여인들의 착취자라고 욕하였다. 이 두 사람은 라셸 때문에 파산했기 때문이다.

"스스로 책망하는 건 단 한 가지." 마르상트 부인은 아주 낮은 목소리로 말했다. "로베르한테 착하지 않다고 한 말입니다. 그와 같이 훌륭하고, 더없이 착한 아들인데, 모처럼 만나, 착하지 않다고 말했으니, 나는 차라리 몽둥이맛을 보는 편이 좋겠어요. 좀체 즐거움도 없는 그 애가 오늘 저녁 어떤 즐거움을 누린들, 그 즐거움이 그런 옳지 못한 말로 그르칠 테니 말이에요. 그러나 이봐요, 바쁘시니까 당신을 붙들지 않겠어요."

마르상트 부인은 불안한 얼굴로 말했다. 그 불안한 얼굴은 로베르에 대한 일로, 그녀는 진심이었다. 하지만 부인은 바로 사교 부인으로 돌아가 진정한 태도를 버렸다.

"당신과 몇 마디 얘기한 게, '재미나고, 기쁘고, 흡족'했어요. 고마워요! 고마워요!"

그리고 겸손한 태도로 부인은 고마워하는 도취된 듯한 눈길로, 마치 나와 나눈 대화가 생애에서 겪은 가장 큰 기쁨 가운데 하나라도 되는 듯 나를 눈여겨봤다. 이 매력적인 눈길은 가지와 잎 모양의 흰 드레스에 단 검은 꽃과 썩 잘 어울려, 요령 아는 귀부인의 눈길이었다.

"전 급하지 않습니다, 함께 돌아가기로 한 샤를뤼스 씨를 기다려야 하니까요."

빌파리지 부인은 이 마지막 말을 들었다. 난처해하는 표정을 지었다. 이때 빌파리지 부인의 마음속에 겁을 주고 있는 성싶은 것은, 그것이 이런 종류의 감정과 무관한 일이 아니었다면, 내게는 수치심으로 느껴졌을 것이다. 그러나 이런 가정은 내 머릿속에 떠오르지도 않았다. 나는 게르망트 부인에게, 생루에게, 마르상트 부인에게, 샤를뤼스 씨에게, 빌파리지 부인에게 만족하여, 숙고하지도 않고, 들떠 멋대로 지껄이고 있었다.

"내 조카 팔라메드와 같이 돌아가시려나?" 부인이 내게 물었다.

빌파리지 부인이 그토록 존중하는 조카와 친한 게 부인한테 매우 좋은 인상을 줄 것이 틀림없다고 생각한 나는, "그분이 함께 돌아가자고 하더군요" 하고 기쁘게 대답했다. "나는 기쁩니다. 게다가 그분하고는 부인께서 생각하는 것보다 더 친합니다. 더 친해지기 위해서라면 나는 무엇이나 다 할 작정입니다."

난처해하는 얼굴빛에서, 빌파리지 부인은 걱정하는 기색으로 된 듯싶었다. "기다리지 말아요." 부인은 나한테 걱정하는 모양으로 말했다. "그는 파펜하임님과 얘기 중이지. 당신한테 한 말을 벌써 까맣게 잊었나 봐요. 어서, 떠나시라구, 그가 등을 돌리고 있는 틈을 타서 어서 빨리."

나로선 서둘러서 로베르와 그 애인을 다시 만나러 갈 필요가 별로 없었다. 그러나 빌파리지 부인이 어찌나 나를 떠나보내고 싶어하는지, 부인께서 아마도 조카와 얘기해야 할 중대한 일이 있나 보다 생각한 나는 작별인사를 했다. 부인 옆에 게르망트 씨가 올림포스의 신처럼 당당하게 앉아 있었다. 막대한 재산에 대한 온 팔다리에 퍼진 의식이, 마치 재산이 도가니에서 녹아 단 한 개의 인간 형상으로 굳어버리기라도 한 듯, 이 매우 값나가는 인간에게 비상한 비중을 주고 있다고나 할까. 내가 작별인사를 하자, 그는 의자에서 공손히 일어났다. 그 꼴을 본 나는 생기 없이 꽉 들어찬 3천만 프랑의 덩어리가 옛 프랑스의 교양으로 움직여져, 내 앞에 우뚝 서 있는 느낌이 들었다. 페이디아스(Pheidias)*1가 순금으로 만들었다고 하는 올림포스의 유피테르 상을 보는 느낌이었다. 충분한 교양이 게르망트 씨에게 미친 힘, 적어도 게르망트 씨의 육체에 미친 힘(왜냐하면 이 힘은 공작의 정신을 그만큼 지배 못하여)은 그러한 것이었다. 게르망트 씨는 자기가 한 재미있는 이야기엔 웃었지만 남의 이야기엔 웃지 않았다.

계단에서, 나를 부르는 소리가 내 뒤로 들려왔다.

"이게 나를 기다리는 건가, 여보게."

샤를뤼스 씨였다.

"좀 걸어도 괜찮겠소?" 안마당에 나왔을 때 그는 나에게 무뚝뚝하게 말했다. "안성맞춤인 합승마차를 만날 때까지 걸읍시다."

---

*1 기원전 5세기경 그리스의 조각가.

"내게 할 말이 있나요?"

"암! 있고말고, 자네에게 할 말이 있었지. 그러나 해야 좋을지 모르겠소. 물론 내 생각에 이 얘기가 자네에겐 헤아릴 수 없을 정도의 이익을 가져다줄 출발점이 될 수 있지. 하지만 나같이 차차 안온한 생활을 하고픈 나이에, 그것이 대단한 시간의 소비, 모든 질서의 흩뜨림을 내 생활에 가져오리라는 예감도 드는군. 그런데 말씀이야, 자네라는 인간이 내가 그토록 골치를 앓을 만한 값어치가 있는지 의심스럽고, 또 그것을 결정할 만큼 나는 자네를 잘 모른단 말일세. 게다가 내가 많은 수고를 아끼지 않을 만큼 자네를 위해 해주려는 일을, 자네는 원치 않을지도 모르고 말이야. 솔직히 다시 말해, 여보게, 나한테 그 일은 귀찮은 노릇에 지나지 않거든." 그는 힘차게 낱말을 또박또박 떼어 발음하면서 되풀이했다.

그렇다면 그런 일을 꿈에도 생각하지 말자고 나는 쏘아붙였다. 이 협상의 결렬이 그의 취미에 맞지 않았나 보다.

"이런 말치레는 무의미해." 그는 신랄하게 말했다. "그럴 만한 가치가 있는 인간을 위해서 수고하는 일만큼 즐거운 건 없지. 뛰어난 인간에게는 예술의 연구도, 골동 취미도, 수집도, 정원 가꾸기도, 모두 에어자츠(Ersatz),*2 대용품, 알리바이에 불과하네. 우리는 디오게네스*3처럼 통 속에서 인간을 찾고 있어. 우리는 마지못해서 베고니아를 재배하고, 주목(朱木)을 가지치기 하지만, 그건 주목이나 베고니아가 만만하기 때문인 거요. 그러나 수고할 만한 값어치가 있다는 확신이 서면 인간이라는 떨기나무에 시간을 쓰고 싶어하지. 모든 문제는 여기에 있소, 자네야 자네 자신을 조금쯤 알 테지. 자네한테 그만한 값어치가 있는가 없는가?"

"나 때문에 아무에게도 걱정 끼치기 싫은데요. 하지만 내 기쁨으로 말하면, 무엇이든 당신한테서 오는 거라면 더 크겠지요. 그처럼 내게 마음 쓰시고 도와주시려 하는 데 깊이깊이 감격합니다."

놀랍게도 이 말에 그는 거의 진심을 토로하며 고마워했다. 그 무뚝뚝한 말투와는 어긋나는, 또 발베크에서 이미 나에게 강한 인상을 준 그 되풀이되는 허물없는 태도로 나에게 팔짱을 끼며 말했다.

---

*2 '대체물, 대용품'이라는 독일어.

*3 '통 속의 철학자'로 알려진 시노페 태생인 견유학파(犬儒學派)의 철학자(B.C. 400?~323).

"자네 나이 또래에 있기 쉬운 철없음에서, 자네들은 우리 사이에 뛰어넘을 수 없는 깊은 구릉을 팔지도 모르는 말을 간혹 꺼내지. 그런데 자네가 지금 한 말은 그와는 반대로 바로 내 마음에 짜릿하게 닿는, 어쩌면 자네를 크게 도와주고 싶게 하는 말일세."

샤를뤼스 씨는 나와 팔짱을 낀 채 걸으며, 멸시를 섞었으나 애정어린 그런 말을 하면서, 어떤 때는 뚫어지도록 내 얼굴에 눈길을 고정시키고—날카로운 그 사나움은 내가 발베크의 카지노 앞에서 그를 처음 언뜻 본 아침, 아니 그보다 몇 해 전, 탕송빌의 정원 안, 장미꽃 가시덤불인가, 그 무렵 그의 정부인 줄 여긴 스완 부인 옆에서, 이미 내게 강한 인상을 주었던 것—또 어떤 때는 여기저기 눈길을 휘두르며, 교대 시각이라 꽤 많이 지나가는 합승마차를 유심히 살피곤 했는데, 그 눈길이 어찌나 집요한지 마부들은 그가 타려는 줄 알고 마차를 여러 대 멈춰 세웠다. 그러나 샤를뤼스 씨는 마차를 그대로 보내곤 했다.

"알맞은 건 하나도 없군." 그는 말하였다. "이건 모두 램프가 문제야.*[1] 여보게, 이제 자네한테 하려는 제의가 순전히 사리사욕 없는 봉사적인 것이라는 점에 오해 없기를 바라네."

나는 그의 이야기 투가, 발베크에서보다 훨씬 더 스완의 투와 닮았음에 놀랐다.

"자네는 영리하니까, 내 제의가 '교제의 결핍'이나 고독과 권태를 두려워하는 데서 나왔다곤 생각하지 않겠지. 내 가문에 대해 자네한테 말하지 않겠네, 왜냐하면 프티부르주아 계급(그는 이 낱말을 만족감과 더불어 발음하였다)에 속하는 자네 또래의 소년은 프랑스 역사를 알 거라고 생각하니까. 사교계 인사들은 책을 읽지 않아 사내종들에 대해서 아는 것이 없다네. 옛 왕의 사내종은 대귀족들 가운데에서 뽑혔지. 그래서 지금 대귀족들이 사내종들과 거의 같지만, 자네같이 젊은 부르주아들은 책을 읽지. 그래서 내 가문에 대한 미슐레*[2]의 훌륭한 글을 알고 있소. '짐은 게르망트 가문의 위력을 잘 보았노라. 그들에 비하면 프랑스의 가련한 국왕은 파리의 궁전 속에 갇힌 몸이나 진배없노라'는 글을. 내 형편 문제는 말하고 싶지 않네만, 〈타임스〉지에 실려 꽤

*1 돌아가는 방향에 따라 램프의 빛을 바꿈.

*2 프랑스의 역사가(1798~1874).

반응을 일으킨 기사가 그것을 언급하고 있으니까 자네도 아마 알겠지. 오스트리아 황제, 이분은 늘 내게 호의를 보이시어 나와 의형제를 맺고 싶다고 하신 분인데, 최근 알려진 한 회담에서 이렇게 말씀하신 적이 있소. 만일 샹보르(Chambor) 백작*3의 측근에 나만큼 유럽 정계 사정을 속속들이 꿰뚫은 인물이 있었다면, 백작은 오늘날 프랑스 왕이 되었을 거라고 하셨소. 나는 곧잘 이런 생각을 하네, 여보게. 내 몸속에, 미약한 재능의 탓이 아니라 언젠가는 자네도 알게 될 갖가지 경우 탓으로, 경험의 보물, 어떤 매우 귀중한 비밀문서를 가지고 있다고 말씀이야. 나는 그것을 나 자신을 위해 써야 한다고는 생각지 않네만, 내가 30년이나 걸려 얻은 것, 나만이 가지고 있는 것을 몇 달 사이 한 젊은이에게 전수하면 젊은이한테 값으론 치지 못하는 이익이 될 거요. 나는 현대의 기조(Guizot)*4 같은 사람이 그 생애의 몇 해를 걸려야 아는 비밀, 그 덕분에 어떤 사건이 전혀 다른 양상을 띠는 비밀을 배우는 데 느끼는 지적인 기쁨을 말하는 게 아니오. 나는 오직 과거의 사건뿐만 아니라 또한 경우의 이어짐을 말하는 거요(이것은 샤를뤼스 씨가 좋아하는 표현인데, 이 표현을 입 밖에 낼 때 흔히 그는 기도라도 하듯 두 손을, 뻣뻣한 손가락을 합쳤다. 이 엉킴을 통해 뭐라고 똑똑히 말하지 않는 갖가지 경우와 그 이어짐을 이해시키려는 듯). 내가 과거뿐만 아니라 미래에 대해서도 아무도 모르는 설명을 들려줌세."

샤를뤼스 씨는 얘기를 멈추고, 빌파리지 부인 댁에서 그 소문이 나왔을 때에 안 듣는 체하던 블로크에 대한 질문을 내게 하였다. 그리고 말하고 있는 것에서 동떨어진 어조, 다른 것을 생각하는 듯 단순한 예의상 기계적으로 말하는 어조로, 그는 나의 친구가 젊으냐, 잘생겼느냐 따위를 물었다. 만일 블로크가 그의 말을 들었다면, 샤를뤼스 씨가 드레퓌스파 또는 반대파인지 아는 데에, 이유야 매우 다르지만, 노르푸아 씨의 경우보다 더욱 고생했을 것이다. "사물을 배우려면, 자네 친구 가운데 몇몇 외국인이 있는 것도 나쁘지 않네." 샤를뤼스 씨가 블로크에 대해 묻고 나서 말했다. 블로크는 프랑스 사람이라고 나는 대답했다. "허어! 나는 그 사람이 유대인인 줄 알았네"라는 샤를뤼스 씨의 말. 유대인은 프랑스인일 수 없다는 이 선언으로 말미암아 나는 샤를뤼스 씨를 여태껏 만난 어느 누구보다 심한 드레퓌스 반대파라고 생각했다. 그런데

*3 샤를 10세의 손자. 한평생 오스트리아에서 망명 생활을 함.
*4 프랑스의 역사가이자 정치가(1787~1874).

반대로 그는 드레퓌스가 반역죄로 고소된 데 항의했다. 그러나 이런 투였다. "신문에선 드레퓌스가 조국에 죄를 범했다고 쓰는 모양이더군, 그런 논조인 모양인데, 나는 신문 따위엔 하나도 마음을 안 쓰거든. 손을 씻는 셈치고 읽네만 흥미를 끌 값어치야 없지. 어쨌든 그런 죄는 없어요, 자네 친구의 동국인*1이 유대국을 배신했다면 조국에 죄를 범한 게 되지만, 도대체 그 사람은 프랑스와 어떤 관계가 있다는 거요?" 나는 만약 전쟁이 일어나면 남들과 마찬가지로 유대인도 동원된다고 반대했다. "그럴지도 모르지. 그러나 그것이 무모함이 아니라곤 아무도 단언할 수 없네. 세네갈 사람 또는 마다가스카르 사람들을 오게 한들, 그들이 진심으로 프랑스를 지키리라곤 난 생각 안 하오, 또 당연한 일이야. 드레퓌스는 차라리 재류 외국인법 위반죄를 선고받아야 옳아요. 이런 얘기는 그만둡시다. 자네 친구한테, 유대 교회의 제전에, 할례식에, 유대교 성가회에 나를 참석시켜달라고 부탁해줄 수 없을까. 어디 홀을 빌려 성서극을 보여줄 수 없을까, 마치 라신이 《구약 시편》에서 뽑은 극을 생시르(Saint-Cyr)*2의 여학생들이 루이 14세의 심심풀이를 위해 연기했듯이 말이야. 아니면 웃기는 놀이라도 마련해주지 않겠소. 이를테면 자네 친구와 그 아비 사이의 싸움으로 다윗이 골리앗을 치듯 아들이 아비를 치는 싸움 같은. 어지간히 재미나는 희극이 될 거요. 내친 김에 자기 어미를, 아니 우리집 부엌 할멈의 말투로 하면, 제 어미를 장작 패듯 두들겨 패는 장면도 좋고 말씀이야. 그것이야말로 썩 훌륭하여 적잖이 우리 마음에 들 거요. 어때, 어린 친구, 우린 이국적인 구경을 좋아하니까, 또 유럽 사람이 아닌 계집을 때리는 건, 늙고 못생긴 계집에게는 마땅한 벌이야." 차마 귀로 못 들을, 거의 미친 소리를 하면서, 샤를뤼스 씨는 내 팔을 아프도록 죄었다. 나는 샤를뤼스 씨의 친척이, 그가 이제 막 몰리에르풍의 악의 있는 사투리를 쓰는 이로 상기시킨 그 부엌 할멈에 대해, 남작 대신으로, 그 감탄할 착함의 예를 여러 가지 드는 걸 떠올려, 여태껏 그다지 연구 안 된, 한 마음속의 착함과 악함의 관계—여러 가지 있을 테지만—를 세운다면 재미날 것이라고 생각하였다.

어쨌든 블로크 어머니는 이미 죽었고, 또 블로크 아버지로 말하면 아주 눈이 나빠질지도 모르는 놀이를 어느 정도까지 좋아서 하는지 의심스럽다고 나

*1 드레퓌스를 가리키는 말.

*2 17세기 말에 생긴 여학교.

는 그에게 알렸다. 샤를뤼스 씨는 화난 듯하였다. "죽다니 그 여인은 큰 잘못을 저질렀군그래. 나빠진 눈으로 말하면, 바로 유대교가 장님이라서, 복음서의 진리를 못 보지. 아무튼 생각해보시게, 가련한 온 유대인이 그리스도 교도의 어리석은 광기 앞에 떠는 이때에, 나 같은 인간이 그들의 연기를 재미있어 해주는 게 그들한테 얼마나 명예스러운가!" 바로 이때 나는 블로크의 아버지를 보았다. 아마 아들을 마중가는 것이리라. 그는 우리를 못 보았는데, 나는 샤를뤼스 씨한테 저 사람을 소개해주겠다고 제의했다. 이 제의가 동행자의 노기를 얼마나 폭발시킬지 미처 몰랐던 것이다. "나를 저 사람에게 소개한다! 자넨 인간의 값어치를 조금도 가리지 못 하네그려! 그렇게 호락호락 사귀어지는 내가 아닐세. 지금의 경우, 소개자가 젊고 소개되는 사람은 자격이 없으므로 거듭하여 합당치 않네. 기껏해야, 만일 지금 막 초안을 얘기한 아시아풍의 구경을 어느 날 보여준다면, 저 추악한 영감에게 친절한 몇 마디를 걸지. 그것도 아들한테 무수히 두들겨 맞는다는 조건으로. 그렇다면 내 만족의 뜻까지 표하겠네."

하기야 블로크 씨는 우리에게 전혀 주의하지 않았다. 그는 사즈라 부인에게 큰절을 보내는 중이었고, 부인도 그 절을 달갑게 받고 있었다. 나는 그 꼴을 보고 놀랐다. 지난날 콩브레에서, 부인은 나의 부모님이 젊은 블로크를 집에 맞이하는 것에 몹시 화가 나 있었기 때문이다. 그녀는 그만큼 유대인 배척자였다. 그런데 며칠 전 드레퓌스 운동이 돌풍처럼 블로크 씨를 부인 곁까지 날려 보냈던 것이다. 블로크의 아버지는 사즈라 부인을 호감 가는 분이라 생각하고, 특히 부인의 유대인 배척주의와 뜻을 맞췄으니, 그것을 부인이 지닌 신념의 성실함과 그 드레퓌스 옹호론의 진실한 증거로 생각했고, 그리고 또한 부인이 그에게 허락한 방문에도 가치를 더했기 때문이다. 그는 사즈라 부인이 그의 앞에서 얼떨결에 "드뤼몽(Drumont)*3 님은 재심론자들을 신교도와 유대인과 한통속이라고 주장해요. 이렇게 혼동하다니 고맙지 뭐예요!" 말했을 때도 마음 상하지 않았다. 그는 집에 돌아와서 우쭐거리며 니생 베르나르 씨에게 말했다. "베르나르, 사즈라 부인은 편견이 있더군!" 그러나 니생 베르나르 씨는 아무것도 대답하지 않은 채 천사와도 같은 눈길을 하늘로 쳐들었다. 유대인의 불행을 슬퍼하며, 기독교 신자들과의 우정을 떠올리면서, 세월이 흘러감에 따

*3 프랑스의 정치가로서 유대인 배척주의자(1844~1917).

라, 그 까닭이야 나중에 아시리라, 점점 아니꼽게 태깔부리게 되어, 오늘날에 와서는 라파엘전파가 그린 원귀(怨鬼, larve)*1에 마치 단백석(蛋白石) 속에 빠진 머리칼처럼, 수염을 더럽게 꽂아넣은 모습을 하고 있었다.

남작은 여전히 나에게 팔짱을 낀 채로 다시 말했다. "드레퓌스 사건은 단 하나 불리한 점이 있소. 그것은 사회를(선량한 사회라고는 말하지 않네, 사회가 이런 찬사를 받을 만한 자격이 없어진 지 오래니까) 샤모(Chameau), 샤멜르리(Chamellerie), 샤멜리에르(Chamelière)*2라는 신사 숙녀, 처음 보는 연놈들의 침입으로 파괴한다는 거요. 사촌들 집에 가서도 이런 연놈을 만나는데, 그들이 반유대주의인지 뭔지 하는 프랑스 애국 연맹의 회원이기 때문이고 보니, 정치상의 의견이 당연히 계급의 높낮이를 정해주는 감이 없지 않단 말씀이야."

샤를뤼스 씨의 이런 말투는 그가 게르망트 공작부인과 한 핏줄임을 더욱 드러냈다. 나는 두 사람의 닮은 점을 강조해 말했다. 내가 게르망트 공작부인을 모르는 줄 여기는 것 같아, 나는 그에게 그가 피하려고 하던 오페라 극장의 밤을 상기시켰다. 그는 내 모습을 전혀 못 보았노라 힘주어 말해 나도 곧이들을 뻔했다. 그러나 그런 지 오래지 않아 작은 사건이 생겨, 샤를뤼스 씨는 아마도 너무나 자부심이 강해 나와 함께 있는 것을 남의 눈에 보이길 싫어했다고 생각하게 되었다.

"자네에 대한 내 계획으로 돌아가세." 샤를뤼스 씨는 말했다. "어떤 사내끼리는, 여보게, 한 비밀 결사가 있는데 뭐라고 말 못하지만, 현재 그 안에 유럽의 주권자가 네 분이나 들어 있다네. 그런데 그 가운데 한 분, 독일 황제의 측근자가 그의 공상을 고치려 드네그려. 이는 아주 중대한 일로 어쩌면 전쟁을 유발할지도 모르지. 암, 여보게, 바로 그렇소. 병 속에 중국의 공주를 붙들어 둔 줄 여기는 사내의 이야기를 아시겠지. 그건 미친 생각이지. 그런데 그는 치료를 받고 나왔네. 하지만 광기가 낫자마자 바보가 됐다네. 고치려 들지 말아야 하는 병이 있게 마련이니 그 병이 있음으로써 더 중병에 걸리지 않기 때문이라네. 내 사촌 중 하나는 위병으로 뭘 먹어도 소화가 안 됐지. 아무리 훌륭한 위 전문의가 치료해봐도 효능이 없었네. 그래 내가 그를 어느 의사(이 사람

---

*1 고대 로마에서, 생전에 죄를 지었거나 또는 비참한 죽임을 당한 자의 유령. 이 풀이를 하는 이유는, 이 'larve'라는 명사는 유충(幼蟲)이라는 말이기도 하기 때문임.

*2 이것들은 모두 낙타(상것들)와 관계되는 말인데, 여기서는 고유명사로 쓰고 있음.

도 매우 별난 분이라서 할 얘기가 많은데)에게 데리고 갔다네. 이 의사는 병이 신경성인 것을 당장 알아채고, 환자를 설득해 위가 견디어낼 테니 먹고 싶은 것을 겁없이 먹어보라고 일렀지. 그런데 사촌의 몸엔 신장염도 있었거든. 위가 소화한 것을 신장이 끝내 배설할 수 없게 되고 말아, 사촌은 원인 모르는 위병을 안고 어쩔 수 없이 건강관리를 하여 오래 사는 대신에, 위는 나았지만 신장이 못 쓰게 되어 마흔 살에 죽었소. 자네의 일생을 미리 내다보아 하는 말이네만, 누가 아나, 자네가 옛 위대한 인간 같이 될는지, 주위 인간이 무지한 가운데, 친절한 정령에게서 수증기와 전기의 원리를 들은 위인처럼 말이오. 어리석은 체 마시게, 겸허한 태도로 사양하지 마시게. 내가 자네에게 큰 도움을 준다면, 자네 또한 내게 그에 못지않은 도움을 주리라 믿어 의심치 않소. 나는 사교계 인사들에게 관심을 갖지 않은 지 오래요. 내겐 이제 정열밖에 없소. 아직 순결한 영혼, 미덕으로 불탈 수 있는 영혼에 내가 아는 것을 이용해서 내 삶의 잘못을 속죄하고자 하는 정열밖에 없소이다. 여보게, 난 크나큰 슬픔을 겪었네. 언젠가 얘기하겠지만, 난 아내를 잃었소, 더할 나위 없이 아름답고, 고귀하며, 흠잡을 데 없는 아내를. 내게는 젊은 친척이 있소. 하지만 그 녀석들은, 내가 지금 말하는 정신적 유산을 받을 값어치가 없다고는 말하지 않네만 받을 능력이 없지. 어쩌면 자네야말로 이 유산을 이어받을 수 있는 적임자, 내가 그 삶을 지도하고 높일 수 있는 사람인지? 그럼 내 삶마저 높아질 거야. 자네에게 외교상의 중대 사건을 가르치는 중에 나 자신도 그것에 취미를 새삼 가지게 되어, 자네가 한몫 끼는 흥미로운 일을 함께 시작하게 될지도 모르지. 하지만 이를 알기 전에, 자네를 자주, 매우 자주, 매일같이 만나야 하오."

나는 샤를뤼스 씨가 보이는 뜻밖의 열렬한 기분을 이용해, 그의 형수를 만나게 해줄 수 없느냐고 부탁해보았다. 그러나 그 순간, 내 팔이 전기에 닿듯 세차게 뿌리쳐졌다. 그것은 샤를뤼스 씨가 조금 전까지 광대한 영감을 받던 '우주'의 법칙을 방해해온 어떤 이유에서 그의 팔을 내 팔에서 재빨리 빼냈기 때문이었다. 지껄이면서도, 그는 사방을 두리번거리다가, 마침 아르장쿠르 씨가 건널목에서 불쑥 나오는 걸 겨우 언뜻 보았던 것이다. 우리를 보고서 벨기에의 공사는 난처한 표정을 짓고, 의심쩍어하는 눈길, 게르망트 부인이 블로크에게 던진 다른 인종에게 보내는 그 눈길과 거의 같은 눈길을 내게 던지고 우리를 피하려 했다. 그런데 샤를뤼스 씨는 결코 그의 눈을 피하려 들지 않음을 보이고 싶은 듯, 상대를 불러 긴치 않은 말을 하였다. 그리고 아르장쿠르 씨가 나를 못 알아볼까 봐선지, 샤를뤼스 씨는 나를 그에게 소개하기를 빌파리지 부인의, 게르망트 공작부인의, 로베르 생루의 친구이자, 그 자신 샤를뤼스 씨도 내 할머니의 옛 친구로 할머니에 대해 품고 있는 호의의 약간을 손자인 나에게 기꺼이 옮겨가지고 있다고 말했다. 그렇지만 나는, 빌파리지 부인 댁에서 소개될까 말까 하던 아르장쿠르, 이제 막 나의 가정에 대해 샤를뤼스 씨가 길게 지껄인 아르장쿠르 씨가, 나에게 한 시간 전보다 더 냉담하게 된 것을 눈치챘으며, 그 뒤 매우 오랫동안 그는 나와 만날 때마다 그런 태도를 지었다. 그날 저녁 그는 조금도 호감이 없는 호기심 많은 눈으로 나를 살피고, 헤어질 때 망설인 뒤 내게 손을 내밀었다가 곧 안으로 굽히는, 어떤 사나운 저항을 이기려는 것 같았다.

"난처한 일이군." 샤를뤼스 씨는 말했다. "아르장쿠르란 놈은 태생은 좋으나 교양이 없고, 외교관으로선 무능하며, 남편으로선 가증스러운 난봉꾼, 연극에 나오는 간특한 놈으로 위대한 것을 이해할 수 없는 주제에 위대한 것을 부수는 힘만 있는 녀석이라오. 어느 날 우리의 우정이 기초를 쌓게 된다면 위대한 것을 이해하는 힘이 될 테고, 또 자네가, 계속될 성싶은 것을 심심풀이로, 실수로 또는 고약한 심보로 부수는 그런 당나귀 같은 바보들의 발길질에서 나와 마찬가지로 우리 우정을 막아주길 바라 마지않소. 불행하게도 사교계 인간의 대부분은 그런 거푸집으로 만들어졌거든."

"게르망트 공작부인은 매우 영리하신가 봐요. 아까 전쟁이 일어날지 모른다고 얘기하셨는데, 부인께서도 그 점에 대해 특별한 지식을 가지셨나 봅니다."

"그녀에겐 그런 게 하나도 없소이다." 샤를뤼스 씨는 무뚝뚝하게 대답했다. "여성은, 하기야 대부분의 남성도 마찬가지지만, 내가 말하고자 하는 것에 대해 아무것도 이해하지 못하오. 내 형수로 말하면 발자크의 소설에 나오는 시대, 여인이 정치에 영향을 미치는 시대에 여태껏 살고 있는 줄 상상하는 쾌적한 여인이라오. 그녀와 사귐은 사교상의 교제가 다 그렇듯 지금 자네한테 유감스러운 작용을 미치고 있을 따름이오. 또 이것이 바로, 아까 그 바보가 방해했을 때 내가 자네한테 말하려던 첫 번째 일이오. 나를 위해 치러야 하는 첫 희생—내가 자네에게 은혜를 베풀어감에 따라 더 많은 희생을 요구하겠지만—그것은 사교계에 나가지 않음이오. 나는 아까 그런 가소로운 모임에 자네가

와 있는 걸 보고 무척 괴로웠소. 자네는 말하겠지, 나도 거기에 와 있지 않았느냐고. 그러나 나에겐 그것은 사교 모임이 아니라, 친척 방문이라네. 나중에 자네가 성공하여 명성을 얻었을 때 재미로 잠깐 사교계에 얼굴을 보이는 거야 괜찮겠지. 그때에 내가 자네한테 얼마나 도움이 될지 새삼 말할 필요도 없네. 게르망트 저택과, 자네 앞에 문을 크게 여는 수고를 할 만한 값어치가 있는 온갖 저택의 '세잠(Sésame)'*1은 바로 내가 쥐고 있소. 나는 판정자라, 언제까지나 한 세대의 지배자로 있을 작정이란 말씀이야. 현재 자네는 한낱 세례 지망자일세. 자네가 높은 데 참석하는 건 뭔가 빈축을 사는 게 있다는 거지. 뭐니뭐니 해도 추잡함을 피해야 하오."

샤를뤼스 씨가 빌파리지 부인 댁 방문에 대해 지껄이고 있으니까, 나는 그에게 그와 후작부인과의 정확한 친척 관계, 후작부인의 태생을 묻고 싶었는데, 그 질문이 내가 바라는 바와는 다른 꼴로 입에 올라, 빌파리지 가문이 뭐냐고 묻고 말았다.

"허어, 대답하기 쉽지 않은걸." 샤를뤼스 씨는 말했지만, 그 목소리는 얼음 위를 밟는 듯하였다. "가문이 뭐냐고 묻는 것과 마찬가지 질문인데, 곧 리앵(rien)*2이지. 무엇이든 과감히 행할 수 있는 나의 큰어머니는, 티리옹이라는 소인과 재혼함으로써, 프랑스의 가장 위대한 이름을 허무 속에 빠뜨리는 변덕을 부렸소이다. 이 티리옹이란 자가 소설에서 하듯, 멸망한 귀족 이름을 가져도 지장없겠지 생각하였다네. 역사는 그가 라 투르 도베르뉴라는 이름에 마음이 끌렸다, 그가 툴루즈와 몽모랑시라는 이름 사이에서 망설였다고는 말하지 않네만. 아무튼 그는 다른 걸 택해 빌파리지 님이 됐다네. 1702년 이래 빌파리지라는 이름이 없었으니까, 내 생각에 그는 겸손하게, 파리 근교의 작은 고장, 빌파리지에 소송 대리 사무소 또는 이발소를 소유한 빌파리지의 한 신사임을 의미하려고 했던 것이오. 그런데 큰어머니는 이런 말을 안 들었소—하기야 큰어머니는 아무 말도 못 듣는 나이였으니까. 그러고는 이 후작 칭호가 집안에 있었다고 우겨, 까닭이야 모르나, 우리 모두에게 편지로 알렸지. 일을 규정대로 하고 싶었던 것이오. 가질 권리도 없는 이름을 스스로 붙인 바에는, 내 친

*1 참깨. 여기서는 《아라비안나이트》에서 알리바바가 적 굴의 문을 여닫을 때 읜 주문을 뜻함, 곧 열쇠.

*2 하찮은 것.

구 아무개가 하듯 떠들썩하게 하지 않는 편이 제일이지. 그 뒤가 희극이지, 큰어머니는 진짜 빌파리지 가문, 고인이 된 티리옹 가문과는 친척도 사돈의 팔촌도 안 되는 빌파리지 가문에 관계되는 온갖 그림을 수집했소. 큰어머니의 성관은 진짜이건 가짜이건 그 초상화들의 독점 장소 같은 것이 되었고, 그 불어나는 물결 밑에 대수롭지 않은 어떤 게르망트네 사람과 어떤 콩데네 사람의 초상화가 사라져야만 했다오. 그림 장수들은 해마다 큰어머니한테 그것을 위조해오지, 큰어머니의 시골 식당엔 생시몽의 초상화까지 있소. 생시몽 생질의 첫 결혼 상대가 빌파리지 씨였다는 이유에서요."

빌파리지 부인이 티리옹 부인에 지나지 않는다 함은 내가 그 살롱의 잡다한 사람들을 보았을 때 머릿속에 일기 시작한 가치 전락을 완성하였다. 칭호나 이름이 거의 최근의 것인데도 한 여인이 왕족과 친하다는 점을 이용해 그 시대 사람들뿐만 아니라 후세까지 현혹하다니 당돌하다고 생각했다. 부인이, 내가 어린 시절에 그렇게 보이던 분, 귀족 티가 하나도 없던 분으로 되돌아가면, 부인을 둘러싸고 있는 쟁쟁한 친척 관계가 부인하고는 관계가 없는 사람들처럼 보였다. 부인은 그 뒤에도 우리 집안에 친절했다. 내가 이따금 부인을 찾아뵙고 부인도 때때로 내게 선물을 보내주었다. 그러나 나는 부인이 포부르 생제르맹 거리 사람이라는 인상이 전혀 들지 않거니와, 포부르 생제르맹에 대해서 뭔가 묻고 싶은 것이 있더라도, 부인은 맨 꼴찌가 되었을 것이다.

샤를뤼스 씨가 계속해서 말했다. "사교계에 나간다면 자네는 자네 처지를 불리하게 하고, 자네 지능과 성격을 망칠 뿐이오. 게다가 자네는 특히 교우 관계에 정신차려야 하오. 자네 집안에 지장이 없다면 애인을 몇이라도 가지시오. 나하곤 상관없는 일이고 그러기를 권하기까지 할지도 모르오, 어린 장난꾸러기, 오래지 않아 면도해야 할 어린 장난꾸러기." 그는 내 턱을 만지면서 말했다. "하지만 사내 친구의 선택은 훨씬 중요한 일이오. 젊은이 열 명 가운데 여덟 명까지가 영영 돌이킬 수 없는 누를 입히는 꼬마 깡패, 고약한 놈이라네. 내 조카 생루 말인데, 부득이한 경우라면 자네한테 좋은 친구요. 허나 자네의 장래라는 관점에서 본다면, 자네한테 아무런 도움이 안 될 친구지. 그 점이라면 나만으로 충분하오. 요컨대 나와 있기가 간혹 물릴 때, 생루하고 같이 돌아다녀도 내가 믿는 바로는 대단한 지장은 없을 것 같소. 적이나 생루에 한해서, 요즘 흔히 눈에 띄는 마치 트뤼쾨외르(truqueur)*1 같은, 무고한 희생자를 내일 교수대에 보낼지 모르는 여자 같은 놈이 아니지(나는 '트뤼쾨외르'라는 은어의 뜻을 몰랐다. 아는 사람이라도 나와 마찬가지로 놀랐을 것이다. 사교계 인사들은 기꺼이 은어 쓰기를 좋아하는데, 뒤가 구린 점이 있는 이들은 구린 점에 대해 겁 없이 지껄이는 걸 보이고 싶어한다. 그들의 눈에 무고의 증거. 그러나 그들은 척도를 잃어버려, 어느 정도를 넘으면 농담도 매우 특수한, 귀에 거슬리는 것이 되고 말아, 고지식함의 증거이기보다 오히려 타락의 증거가 되는 걸 미처 깨닫지 못한다). 생루는 남들과 다르지. 아주 상냥하고, 아주 건실한 인간이지."

나는 이 '건실하다'라는 형용사에 샤를뤼스 씨가 붙인 억양이, 마치 여공 아가씨를 건실하다고 말하듯 '덕성스럽다', '얌전하다'라는 뜻을 주고 있는 듯싶어 미소를 금치 못했다. 이 순간 합승마차가 반대쪽으로 지나갔다. 젊은 마부가 제자리를 비운 채, 마차 속 방석에 앉아, 얼근히 취한 모습으로 마차를 몰고 있었다. 샤를뤼스 씨는 큰 소리로 마차를 딱 세웠다. 마부는 잠시 협상하였다.

"어디로 가시죠?"

"자네 가는 쪽으로."(이 말에 나는 놀랐다. 샤를뤼스 씨는 같은 빛의 제등을 단 합승마차를 이미 여러 대 거절했기 때문이다.)

"하지만 다시 내 자리에 올라가기 싫은데요. 마차 안에 그대로 있어도 괜찮습니까?"

"좋아, 다만 덮개를 내리게. 그럼 내 제안을 잘 생각해보시오." 샤를뤼스 씨는 나와 헤어지기 전에 내게 말했다. "잘 생각해보게, 며칠 여유를 줄 테니 편지를 보내시오. 되풀이하네만 매일 자네를 만나, 먼저 자네의 성실함과 다른 사람에게 말하지 않는다는 보증을 받을 필요가 있소. 하기야 자네는 이미 그 보증을 보이고 있는 성싶네만. 그러나 이제까지 나는 겉모양에 여러 번 속아서 다시는 겉모습을 신용하고 싶지 않소. 제기랄! 보물을 포기하기에 앞서 적이나 어느 손에 내놓는지 알아야 하지 않겠소. 아무튼 내가 자네에게 이바지하려는 것을 생각해보시게. 자네는 불행하게도 헤라클레스처럼 센 근육을 못 가진 듯하네만, 갈림길에 서 있소. 미덕으로 인도하는 길을 택하지 않았음을

---

*1 사기꾼. 은어로는 남색가.

평생 뉘우치지 않도록 하시게." 이렇게 말하고 나서 그는 마부에게 물었다. "아직 덮개를 안 내렸나? 내가 손수 용수철을 접네. 게다가 자네 꼴을 보니 아무래도 내가 마차를 몰아야겠군."

그가 마차의 한쪽, 마부 옆에 뛰어오르자 마차는 재빨리 떠났다.

나로 말하면, 집에 돌아가자마자, 조금 전에 블로크와 노르푸아 씨가 나눈 대화와 짝을 이루는 것—하지만 나타난 형태는 손쉽고, 서로 어긋나며, 노골적이지만—에 부딪쳤다. 그것은 드레퓌스파인 우리집 집사와 반드레퓌스파인 게르망트네 집사와의 입씨름이었다. 상층부, 프랑스 조국 연맹과 인권 옹호 연맹에 속하는 지식인들 사이의 진위(眞僞) 대립은 과연 대중의 하층부까지 퍼져가고 있었다. 레나크 씨는 전혀 알지 못하는 사람들을 이심전심으로 조롱했다. 그렇건만 그에겐 드레퓌스 사건은 한갓 반박 못할 정리(定理)로서 그 이성 앞에 제출되었으니, 과연 그는 이제껏 들은 적 없는 합리적 정책의 놀라운 성공(혹자는 프랑스에 화가 되는 성공이라 하지만)으로 이 정리를 증명했다. 두 해 사이 그는 비요(Billot) 내각을 클레망소 내각으로 대치하고, 여론을 뿌리째 흔들어놓아, 피카르를 감옥에서 꺼내, 은혜를 모르는 군인을 국방 장관에 앉혔다. 대중을 조종하는 이 합리주의자 자신도 그 조상에 의해 조종되고 있었는지 모른다. 최고 진실을 담은 철학 체계인들, 끝까지 분석해보건대, 하나의 감정 이유가 논자로 하여금 그토록 떠벌리게 하는 것으로 보아, 어찌 드레퓌스 사건 같은 단순한 정치 사건에서 그렇지 않기를 가정하겠는가? 블로크는 드레퓌스파의 상황을 논리상 택했노라 믿고 있으나, 또 한편 그 코, 피부와 머리칼이 혈통으로 좋건 싫건 주어진 것임을 알고 있었다. 물론 이성이란 가장 자유로운 것, 그렇지만 이성도 스스로 가하지 않은 어떤 법칙에 따르게 마련이다. 게르망트네 집사와 우리집 집사의 경우는 독특했다. 프랑스를 위부터 아래까지 둘로 가른 드레퓌스 옹호론과 드레퓌스 반대론 흐름의 물결 소리는 꽤 잔잔하였으나, 이따금 내는 메아리는 심각했다. 일부러 사건을 피하는 얘기 가운데, 아무개가 슬그머니 정치 뉴스, 보통은 터무니없는 헛소문이지만 반드시 바람직한 뉴스를 꺼내는 것을 들으면, 그 예측 대상에서 희망의 방향을 유도할 수 있다. 그와 같이 한편으로는 겁먹은 선전,*1 또 한편으로는 성스러운 분

*1 반(反)유대적 애국주의의 선전.

노*2가 몇몇 지점에서 충돌하고 있었다. 내가 집에 돌아와서 들은 두 집사의 이론은 이 원칙에서 벗어나 있었다. 우리네 집사는 드레퓌스가 유죄임을 내비치고, 게르망트네 집사는 드레퓌스가 무죄임을 암시하였다. 이는 그들의 소신을 감추기 위해서가 아니라, 심술과 극성맞은 승부심 탓이었다. 우리집 집사는 재심이 될지 확신이 없어서, 그것이 틀리는 경우를 위해, 게르망트네 집사에게서 옳은 주장이 깨졌다고 믿는 기쁨을 미리 빼앗아두고 싶었던 것이다. 게르망트네 집사는 재심이 거부되는 경우, 만약 드레퓌스가 무죄라면, 우리집 집사가 결백한 사람이 악마섬에 주저앉는 것을 보고 더욱 한탄하리라 생각했던 것이다. 문지기는 그들의 입씨름을 물끄러미 바라보고 있었다. 나는 게르망트네 하인 신분 안에 분열의 불씨를 붙인 사람이 문지기가 아니라는 인상을 받았다.

위층으로 올라가보니 할머니의 용태가 좋지 않았다. 며칠 전부터 별 까닭 없이 할머니는 건강을 투덜대고 있었다. 병들고 나서야 비로소 우리가 우리 혼자 사는 것이 아니라, 다른 세계의 존재와 이어져 산다는 것을 깨닫게 마련이다. 심연이 우리와의 사이를 떼어놓는 존재, 우리를 알지도 못한 채, 우리를 이해시킬 수도 없는 존재, 그것은 우리의 육체다. 길에서 무서운 강도를 만났을 때 우리 불운에 동정하게 만들 수는 없을망정, 강도 자신의 이해관계를 타일러서 그 마음을 움직일 수는 있을지도 모른다. 그러나 우리 육체의 동정을 구함은 소귀에 경 읽기다. 소에겐 우리 말이 바람소리만큼의 뜻이라도 있을까, 이런 것과 한평생을 살아갈 우리 존재임을 안다면 오싹 소름이 끼칠 것이다. 할머니는 우리 쪽으로 늘 주의를 돌리고 있었으므로 병환을 깨닫지 못하고서 지나칠 때가 많았다. 너무 심하게 아프면 치료하고자 아픈 원인을 이해하려고 애썼다. 육체가 무대인 병적 현상이 할머니의 사념엔 그대로 아리송하고도 포착할 수 없는 것이라 할지라도, 그 현상과 똑같은 물질계에 속하는 이들, 마치 어떤 외국인의 대답을 듣고서 그 말을 통역해달라고 동국인을 찾아가듯, 육체가 말하는 것을 이해하고자 인간 정신이 결국 문의하고 마는 이들에겐 명백했다. 그들이야말로 우리 육체와 얘기할 수 있으며, 육체의 노여움이 중한지 또는 곧 가라앉을지 우리에게 일러줄 수 있다. 그래서 코타르를 할머니 옆에

*2 우익의 무법에 대한 분노.

불렀는데, 코타르는 할머니가 병들었다는 우리의 첫마디에, 교활한 미소를 지으며 "병환? 설마하니 꾀병은 아니겠죠?" 하고 물어 우리를 애타게 하고 나서, 환자의 흥분을 진정시키려고 우유 섭생법을 해보았다. 밤낮 우유 넣은 국을 먹었지만 효험이 없었는데 이는 할머니가 소금을 많이 넣었기 때문이다. 그즈음, 소금의 해로움을 모르고 있었던 것이다(비달(Widal)*1이 아직 그 발견을 못 했으므로). 의학이란 의사들의 연달은 모순된 오류의 집약이니까, 어떠한 명의를 부른대도, 보통의 경우, 몇 해 뒤에 틀림이 확인될 진실을 애원하게 마련이다. 그러므로 의학을 믿음은 미친 짓일지도 모르나, 실은 믿지 않는 쪽이 더 미친 짓이다. 나중에 이 오류 더미에서 몇몇 진실이 나왔기 때문이다. 코타르는 체온을 재보라고 권하였다. 체온계를 가져왔다. 거의 관의 모든 높이 속에 수은이 비었다. 작은 통 바닥에 웅크린 은빛 살라망드르(salamandre)*2가 겨우 분간되었을 뿐이다. 살라망드르는 죽은 것 같았다. 유리관을 할머니의 입안에 넣었다. 그러나 오래 넣어둘 필요 없이, 작은 마법사는 점치는 데 오래 걸리지 않았다. 보니 그것은 멈춰, 탑 중간 높이에 앉아, 옴짝달싹하지 않은 채, 우리가 물어본 숫자, 할머니의 영혼이 아무리 자신에게 물어보아도 가르쳐주지 않는 숫자, 38.3도를 똑똑하게 가리키고 있었다. 처음으로 우리는 불안을 느꼈다. 우리는 운명의 기호를 지우려고 체온계를 세게 흔들었다. 마치 표시된 온도와 함께 신열을 내릴 수 있듯. 아뿔싸! 이성 없는 꼬마 점쟁이가 이 대답을 엉터리로 하지 않았음이 명백했다. 그다음 날, 체온계를 할머니의 입술 사이에 다시 물리자마자, 꼬마 예언자는, 떳떳한 확신, 우리 눈에 안 보이는 사실에 대한 직관으로 껑충 뛰어오르듯 같은 점에 와 멈추더니 꼼짝하지 않으면서, 반짝이는 막대기로 또다시 그 숫자, 38.3도를 가리켰다. 다른 말 없이, 우리가 아무리 원하고 바라고 부탁해도 듣지 않고, 그것이 마지막 경고이자 협박인 듯싶었다.

그래서 우리는 예언자로 하여금 무리로 그 대답을 수정하도록 하려고, 같은 세계에 속하는 더 강력한 존재인 다른 한 명의 존재에 호소하였다. 그는 육체에 심문하는 데 만족하지 않고 육체에 명령할 수 있는 존재 당시 아직 쓰이지 않았던 아스피린 같은 계통에 속하는 해열제였다. 우리는 체온계를 37.5도 이상 내려가지 않게 하였다. 그렇게 하면 그 이상 올라갈 리가 없으리라 생각했

---

*1 프랑스 세균 학자(1862~1929). 1896년 장티푸스 진단법으로 비달 반응을 발견하였음.
*2 샐러맨더, 불도마뱀. 불 속에 산다는 동물.

기 때문이다. 우리는 그 해열제를 할머니에게 먹이고 나서 다시 체온계를 넣었다. 꿋꿋한 문지기한테 높은 사람을 움직여 얻어낸 상관 명령서를 보이자 문지기는 정식 명령으로 보고 "좋소, 군소리 않겠소, 이것으로 됐으니 지나가시오"라고 대답하듯, 주의를 게을리하지 않는 탑지기도 이번엔 움직이지 않았다. 그러나 실쭉한 탑지기는 이렇게 말하는 듯하였다. "이런 게 무슨 소용이 있습니까? 당신이 키니네를 알고 있으니까, 키니네는 나에게 움직이지 말라 명령하겠죠, 한 번, 열 번, 스무 번. 그러곤 키니네는 지칠 테죠. 나는 키니네를 잘 알아요. 영원히 계속하진 못해요. 그러니 더 중태에 빠지겠죠."

그때 할머니는 깨달았던 것이다. 할머니 몸속에 자신보다 인간의 몸을 잘 알고 있는 녀석의 현존, 선사(先史) 종족과 같은 시대에 산 녀석의 존재, 선주자—생각하는 인간의 창조보다 훨씬 전의—의 현존을 말이다. 할머니는 이 수천 년 동안의 인척이, 머리에, 심장에, 팔꿈치에, 좀 사납게 더듬어오는 것을 느꼈다. 인척은 장소를 답사하고, 선사적 싸움을 위해 모든 준비를 하였다. 그 싸움은 바로 시작됐다. 삽시간에 큰 구렁이는 짓눌려, 신열은 강력한 화학 원소에 정복되었다. 할머니는 자연계를 가로질러, 모든 동물과 식물을 뛰어넘어서 이 원소에 감사하고 싶었다. 할머니는 식물의 창조보다 더 오래된 원소와 몇 세기를 건너 이야기 나눴음에 감동하고 있었다. 체온계 쪽은 더 오래된 신에게 잠시 정복당한 파르카처럼 은빛 물레 가락을 움직이지 않았다. 오호라! 다른 어떤 녀석, 인간이 쫓을 수 없는 신비한 사냥거리를 사냥하려고 제 몸속에 설치한 어떤 녀석이 날마다 무정하게도 우리한테 단백량(蛋白量)을 알려왔다. 양은 적었으나, 이 또한 눈에 안 보이는 어떤 완강한 상태와 관계가 있지 않나 느낄 만큼 일정했다. 언젠가 베르고트가 나에게 불르봉 박사에 대해, 그분은 나를 진저리나지 않게 할 의사, 겉으로 보기에 괴상하지만, 내 지능의 특이성에 적합한 치료법을 찾아낼 의사라고 말했을 때, 경계 본능이 자극되어, 그 본능이 내 지성을 복종시킨 일이 있었다. 그러나 우리의 관념은 변화한다. 견해는 처음에 우리가 마주 대하는 여러 저항을 이겨 나가, 이미 준비된 풍부한 지적인 저장, 견해를 위해서라고는 우리 자신도 모르던 지적인 저장을 양분으로 삼는다. 안면이 없는 아무개에 대해 들은 이야기가 우리 머릿속에서 그리는 그 위대한 헤아림, 천재라는 견해를 일으키는 힘을 갖고 있는 일이 여러 번 있듯, 나는 지금 마음속으로, 박사에 대해 남보다 깊은 시력을 지녀 진실을 통찰하는 이로부터 받는 무한한 믿음의 정을 기울이고 있었다. 물론 그가 오히려 신경병 전문가이고, 샤르코(Charcot)*1가 죽기 전에 그에게 신경학계, 정신병학계를 지배하리라 예언했던 것을 알고 있었다. 그 자리에 있던 프랑수아즈는 "어머! 모르지만, 그럴지도 모르죠"라고 말했는데, 샤르코도 불르봉도 그녀로서는 처음 듣는 이름이었다. 그런데도 전혀 거침없이 '그럴지도 모르죠'라고 말하였다. 그녀의 '그럴지도 모르죠', 그녀의 '아마도', 그녀의 '모르지만'은 이런 경우 귀에 거슬렸다. "프랑수아즈는 지금 문제되는 것을 아무것도 알지 못하니까 모르는 것이 당연해요. 그런데 아무것도 모르는 주제에 어떻게 그럴지 모른다느니 아닐지 모른다느니 씨부렁거린다죠? 아무튼 샤르코가 불르봉에게 한 말이야 모른다고 못할 테지, 우리가 자네한테 말했으니까 알 테지, 그러니 그 '아마도', 그 '그럴지도 모른다'고 하는 건 당치 않아요, 확실하니까" 하고 대꾸해주고 싶은 마음이 들었다.

특히 뇌와 신경 분야가 권위이지만, 나는 불르봉이 명의이자 훌륭한 인물로, 창의 있는 깊은 지성의 소유자임을 알고 있는지라, 어머니한테 부탁해 그를 불렀다. 이분이라면 병을 정확히 간파해 치료할지도 모른다는 희망이 있었기 때문이며, 입회 의사를 부르기라도 하면 할머니가 겁낼지도 모른다는 걱정도 있었지만, 결국은 불렀다. 어머니를 결심시킨 것은, 모르는 사이 코타르의 영향을 받아, 할머니가 거의 외출도 하지 않고, 침대에서 떠나지 않는 일이었다. 할머니는 라파예트 부인에 대해 쓴 세비녜 부인의 글, "그분이 외출하지 않으려는 걸 미친 짓이라고들 하더군요. 저는 그처럼 급하게 판단하는 이들보고 '라파예트 부인은 미치지 않았습니다'라고만 말해두었습니다. 그분이 외출하지 않은 것이 옳았음을 알게 하려면 그분의 죽음이 필요했습니다"로 우리에게 헛되이 대답했다. 불려온 불르봉은, 그에게 들려주지 않은 세비녜 부인이 잘못이라고 말하진 않았지만, 적어도 할머니가 잘못이라고 말했다. 그는 놀라운 눈길을 할머니 몸 위에 쏟으면서, 그 눈길 속에 어쩌면 환자의 용태를 속속들이 살핀다는 착각, 또는 자연스러운 것 같으나 실은 기계적으로 되어버리고 만 듯한 그런 착각을 환자에게 주고픈 욕구, 또는 아주 딴 것을 생각하고 있는 걸 보이고 싶지 않은 욕구, 또는 환자를 압도하고픈 욕구를 담아 할머니의 몸 위에 쏟

*1 프랑스의 의사(1825~1893).

으면서, 진찰도 하지 않고, 베르고트에 대해 말하기 시작했다.

"암 그렇고말고요, 부인, 탄복할 만하죠. 좋아하시는 게 옳고말고요! 그런데 어느 작품을 가장 좋아하십니까? 아아! 정말! 사실 그 작품이 가장 훌륭합니다. 아무튼 가장 구성이 잘 짜인 소설입니다. 거기에 나오는 클레르는 참으로 매력 있죠. 남성 인물 가운데 누구에게 제일 호감이 가십니까?"

나는 처음, 그가 이와 같이 할머니한테 문학 얘기를 시키는 것은 자신이 의학에 진저리내고 있기 때문이라 생각했다. 어쩌면 견문이 넓음을 보이고 싶어하기 때문인지도 모른다. 아니, 그보다 치료상의 목적에서, 환자에게 믿음을 가지게 하고, 그가 걱정하지 않음을 환자에게 보여, 병의 상태를 잊게 하기 위해서인 줄 알았다. 그러나 뒤에 나는 정신과의로서 특히 탁월하고 두뇌에 대해 조예가 깊던 그가 그러한 질문으로 할머니의 기억력이 완전한지를 확인하려고 했음을 깨달았다. 그는 침울한 눈을 고정시키고, 마지못해 말하듯 할머니의 생애에 대해 조금 질문했다. 그러다가 돌연, 진실을 언뜻 보아 기어코 그것을 맞힐 결심을 한 듯, 남아 있는지도 모르는 마지막 망설임을 떨쳐버리면서 그 물결에서 벗어나자고, 우리가 할지도 모르는 온갖 이의에서 벗어나자고 애쓰는 듯한 몸짓을 먼저 보인 뒤, 명석한 눈으로 할머니를 물끄러미 보며, 겨우 단단한 뭍에 올라온 듯이 자유로이, 잔잔하고도 마음을 사로잡는 말투, 온갖 억양을 지성이 은은하게 하는 말투로 한 마디 한 마디 떼면서(하기야 그 목소리는 이 왕진 동안 줄곧 여느 때처럼 남의 마음을 쓰다듬는 듯했고, 또 헝클어진 눈썹 아래 비꼬는 눈이 착함에 넘치고 있었다),

"부인, 먼 장래나 가까운 장래, 부인이 어떻게 하시느냐에 따라 그것이 오늘 당장일지도 모르지만, 부인이 아무렇지 않은 것을 깨닫고 똑같은 생활을 다시 시작하시는 날 건강하게 되십니다. 부인께선 식사도 안 하시고 외출도 안 하신다고 말씀하셨죠?"

"하지만 선생님, 조금 열이 있으니."

그는 할머니의 손을 만졌다.

"아무튼 지금은 없는데요. 그리고 또 그건 좋은 핑계입니다! 열이 39도나 되는 결핵 환자들에게도 바깥공기를 쐬게 하고, 영양 요법을 시키는 걸 모르십니까?"

"하지만 나 단백도 좀 나와요."

"그런 건 모르는 편이 좋습니다. 부인께선 내가 언젠가 정신적인 단백이란 이름으로 쓴 것에 걸리셨습니다. 인간은 모두 몸이 편치 않은 동안 단백의 작은 변동쯤은 일으키죠. 그런데 의사는 그것을 지적하여 서둘러 만성으로 만들어버립니다. 의사는 의약으로 한 가지 병을 치료하는(적어도 이따금 있다고 합니다) 반면에 세균보다 천 배나 악성인 병원체를 주사하여 건강체에 열 가지 병을 일으킵니다, 곧 자기가 병자라는 관념을. 이와 같은 신념은 모든 체질에 강하게 작용하는데, 신경질적인 분들에게는 특히 효과적으로 작용합니다. 그런 분에게, 등 뒤에 닫혀 있는 창을 열려 있다고 말해보십쇼, 재채기하기 시작합니다. 수프 속에 마그네슘을 넣었거니 여기게 하면 복통을 일으키고, 커피가 여느 것보다 진하다고 하면 밤새도록 눈을 못 붙입니다. 부인, 내가 부인의 눈을 보는 걸로, 부인의 말투를 듣는 것만으로, 뭐랄까, 부인과 꼭 닮은 따님과 손자를 보는 걸로, 부인께 내 할 일이 뭔지 아는 데 충분치 않다고 생각하십니까?"

"만약 선생님이 허락하신다면, 할머니께서 샹젤리제의 고요한 가로수길, 지난날 네가 그 앞에서 곧잘 놀던 월계수 숲가에 앉아 계시는 것도 좋겠지." 어머니는 나에게 말하면서 간접적으로 불르봉한테 의논하였다. 그 때문에 어머니의 목소리는 나에게만 건네는 말이었다면 없었을, 뭔가 서먹서먹하고도 공손한 투를 띠고 있었다. 의학박사는 할머니 쪽으로 머리를 돌리고 나서, 전문지식 못지않게 여러 면에 박식한 분이라서 이렇게 말했다.

"샹젤리제에 가시도록, 부인, 손자분이 좋아하는 월계수 숲가에. 월계수는 몸에 좋죠. 심신을 깨끗이 하니까요. 아폴론이 큰 구렁이 피톤을 정복한 뒤 델포이에 개선했을 때 손에 쥔 것이 월계수 가지입니다. 아폴론은 그와 같이 해서 독사의 무서운 독을 막으려 했던 것입니다. 월계수는 해독제 가운데에서 가장 오래된, 가장 존중할 만한, 또 덧붙여 말하면—이것은 치료학상으로나 예방학상으로서 가치 있는 것이지만—가장 아름다운 것입니다."

의사들이 아는 것의 대부분은 병자들로부터 배운 것이므로, 의사들은 '환자'의 체험이 누구나 같다고 믿기 쉽다. 전에 돌본 환자에게 배운 고찰을 가지고 지금 돌보는 환자를 놀라게 하고 싶어한다. 따라서 농부와 담소할 적에 사투리를 써서 상대를 깜짝 놀라게 하려는 파리지엔 같은 교활한 미소를 짓고, 불르봉 박사는 할머니에게 말했다. "아무리 센 수면제라도 약효가 없을 때에 마침 바람이 솔솔 불어오면 잠드실 겁니다." "잠이 오기는커녕 선생님, 바람이 불면 잠잘 수 없어요." 그러나 의사들이란 격하기 쉬운 분들이다. "아앗!" 불르봉은 눈살을 찌푸리면서 중얼댔다. 마치 발등을 밟히기라도 한 듯, 또 폭풍우의 밤에 할머니가 못 주무시는 것이 그에게 가해진 모욕이기라도 한 듯. 그래도 그는 자존심이 지나치게 세지 않았으며, 또 '초월자'이니만큼, 의학을 지나치게 믿지 않는 것이 의무라고 믿고 있어서, 재빨리 철학자다운 본디 평온을 되찾았다.

어머니는 베르고트 친구의 입을 통해, 할머니가 아무렇지 않다는 보증을 받고 싶어, 의사의 말을 뒷받침하기 위해, 할머니의 사촌자매뻘 되는 한 분이*[1] 신경병을 앓아, 콩브레 집의 침실에 일곱 해나 갇힌 채, 한 주일에 한두 번밖에 침대를 떠나지 않았다고 덧붙였다.

"그것 보세요, 부인. 나는 그 일을 몰랐지만, 눈에 선합니다."

"하지만 선생님, 나는 그 사촌자매하고는 전혀 달라요. 그와 반대로 내 의사는 나를 그대로 자게 할 수 없답니다." 할머니가 말했다. 박사의 이론에 조금 화가 나서인지 아니면 할 수 있는 한 이론을 내세워 박사의 반박을 받아, 박사가 떠나고 나면, 이 고마운 진단에 대해 마음속에 아무 의혹도 품을 필요가 없기를 바라서인지.

"물론이죠, 부인. 인간 전부가—이런 낱말을 써서 죄송합니다만—다 정신착란일 수야 없습니다. 부인은 다른 정신병이지, 지금 말한 것은 없어요. 어제 나는 신경쇠약 환자를 위한 요양소를 방문했습니다. 정원에 한 사내가 걸상 위에 우뚝 서서 브라만교의 행자처럼 움직이지 않고, 보기에 몹시 괴로운 듯한 자세로 목을 숙이고 있더군요. 뭘 하고 있느냐 물으니까, 그는 옴짝달싹도, 머리를 돌리지도 않은 채 대답하기를 '선생, 나는 심한 류머티즘 환자이자 감기 들기 쉬운 체질이죠. 아까 운동을 지나치게 하였는데, 어리석게 몸을 덥게 하는 동안 내 목이 플란넬에 붙어 있었지 뭡니까. 만일 지금 몸의 열을 떨어뜨리기에 앞서 목을 플란넬에서 떼기라도 하면, 필연코 목이 비뚤어지거나 아마도 기관지염에 걸리거나 할 테죠'라고 해요. 사실 그는 그렇게 되겠죠. '당신은 완전한 신경쇠약이에요. 당신은 과연 신경쇠약이에요'라고 나는 말해주었습니다.

---

*1 레오니를 말함.

그러자 그가 그렇지 않다는 증거로 무슨 이유를 꺼낸 줄 아십니까? 이 요양소의 환자 가운데 체중을 달아보는 괴벽을 가진 이들이 있어, 체중을 다는 데 하루를 다 보내지 않도록 저울에 맹꽁이자물쇠를 채울 필요가 있는데도, 그는 체중을 달아보기가 싫어, 남이 억지로 저울 위에 올려놓아야 한다는 것입니다. 그는 남들의 괴벽을 안 가진 데 의기양양, 그 또한 제 괴벽이 있고 그것이 다른 괴벽을 막아주고 있음을 생각해보지도 않는 거죠. 이런 비유에 언짢아하지 마십쇼. 왜냐하면 감기 들까 봐 감히 목도 돌리지 못하는 이 사내야말로 우리 시대의 가장 위대한 시인이니까요. 이 불쌍한 괴벽 환자는 내가 알고 있는 한 가장 높은 지능을 가진 자입니다. 신경질이라 불린대도 참으세요. 부인께선 땅의 소금인 이 으리으리하고도 애처로운 한 무리에 속하십니다. 우리가 아는 위대한 것은 다 신경질적인 인간한테서 나왔습니다. 종교를 세우고 걸작을 구성한 이는 신경질적인 인간이지 다른 인간이 아닙니다. 세상은 그들한테 어떤 은혜를 입고 있는지, 특히 그들이 그 은혜를 주기 위해 어떤 고초를 겪었는지 영영 모르겠죠. 우리는 오묘한 음악, 아름다운 그림, 천만 가지 진미를 맛보지만 그것들을 지어낸 이들은 불면증, 눈물, 경련성의 웃음, 두드러기, 천식, 간질, 그리고 그런 것보다 더 고약한 죽음에 대한 불안을 얼마나 치렀는지 모릅니다. 죽음에 대한 불안이야, 부인도 겪으셨죠." 그는 할머니에게 미소를 지으며 덧붙였다. "그렇다고 고백하세요, 내가 왔을 때 몹시 불안해하셨으니까. 부인은 자신을 병자, 어쩌면 중병 환자라고 여겼습니다. 부인께서 당신 몸속에서 어떤 병환의 징후를 발견한 줄로 여겼는지 누가 알겠습니까. 또 부인은 잘못 생각하시지 않았으니, 그 징후를 가지셨거든요. 신경쇠약이란 천재적 모방자입니다. 썩 잘 모방해내지 못하는 병환은 하나도 없어요. 소화 불량 환자의 위의 거북함, 임신 기간의 구역질, 심장병의 부정맥, 결핵 환자의 열증세를 감쪽같이 흉내냅니다. 의사를 속일 정도니, 어찌 환자가 안 속겠습니까? 암요! 부인의 아픔을 비웃는 게 아니라, 나는 아픔의 정체가 뭔지 모르고선 치료를 기도하지 않습니다. 안 그렇습니까, 속내 이야기는 서로 해야 진짜죠. 신경병 없는 위대한 예술가란 없다고 말씀드렸는데, 그뿐만 아니라" 하고 그는 엄숙하게 집게손가락을 세우면서 덧붙였다. "위대한 학자도 없습니다. 더 말씀드린다면, 그 자신이 신경병에 걸리지 않고서는, 신경병의 명의는커녕, 신경병을 옳게 다루는 의사조차 없습니다. 신경 병리학상으로 보아, 그다지 어리석은 말을 안 하는 의사란, 비평가가 시를 짓지 못하는 시인이고, 순경이 그 짓을 안 하는 도둑이듯, 반쯤 나은 병자입니다. 나는 부인처럼 자신이 단백뇨 환자라고는 여기지 않으며, 신경성에서 오는, 식사나 바깥공기에 대한 공포감도 없습니다만, 문이 닫혀 있는지 스무 번이나 일어나보지 않고선 잠이 안 옵니다. 내가 어제 목을 안 돌리는 시인을 만난 그 요양소에, 실은 방을 예약하려고 갔는데, 우리끼리 얘기지만, 남들의 병환을 치료하는 데 너무 지쳐 내 병이 더할 때 거기 가서 휴가를 몸조리로 보내죠."

"하지만 선생님, 나도 그런 치료를 해야 하나요?" 할머니는 겁이 나서 물었다.

"그럴 필요 없습니다, 부인. 지금 호소하시는 따위의 징후는 내 한마디 앞에 굴하고 말 테니까요. 그리고 또 부인 곁에는 어떤 강력한 것, 내가 이제 부인의 의사로 임명한 것이 있습니다. 그것은 부인의 탈, 부인의 신경과민입니다. 그 탈을 고치는 방법을 안다 해도, 나는 고치기를 삼가겠습니다. 그것을 지배하는 걸로 충분합니다. 탁상에 베르고트의 작품이 있군요. 신경쇠약이 낫는다면 이것을 안 좋아하게 되겠죠. 그런데 이것이 마련해주는 기쁨을, 그런 기쁨을 도저히 부인께 주지 못할 건전한 신경하고 바꾸는 권리가 내게 있을까요? 아니 그런 기쁨 자체가 강력한 약, 아마 가장 강력한 약일 겁니다. 마님 신경의 힘을 결코 비난하지 않습니다. 오직 내 말을 듣거나 부탁할 뿐입니다. 신경의 힘에 부인을 맡기겠습니다. 그 힘이 기계를 뒤로 돌리기만 하면 그만입니다. 이제까지는 산책을 하거나, 충분한 영양식을 먹는 데 힘을 썼는데, 이번에는 식사를 하거나, 책을 읽거나, 외출을 하거나 갖가지 심심풀이하는 데 쓰면 그만입니다. 피곤하다곤 말씀 마십쇼. 피곤은 그렇거니 여기는 생각이 기관에 나타난 것입니다. 먼저 피곤이란 말을 생각지 마시옵길. 누구에게나 있는 일이지만, 혹시나 몸의 사소한 불편을 느끼신다면, 그것은 몸이 아무렇지 않은 거나 같사온데, 왜냐하면 몸의 편치 않음은 탈레랑 씨의 뜻 깊은 말마따나, 부인을 가상의 건강자로 만들 테니까요. 어떻습니까, 그것이 부인을 고치기 시작했군요. 부인께서 생기 찬 눈, 좋은 얼굴빛을 하시고, 한 번도 기대지 않고 똑바로 앉아 내 얘기를 듣고 계시며, 벌써 30분이 지났는데도 그런 줄 알아채지 못하시는군요. 그럼 부인, 그만 실례하겠습니다."

불르봉 박사를 배웅하고 어머니 혼자 있는 방에 들어오니, 몇 주일 전부터 가슴을 답답하게 하던 슬픔이 사라졌다. 나는 어머니가 그 기쁨을 터뜨릴 것이고, 나의 기쁨을 볼 거라고 느꼈다. 내 곁에서 곧바로 한 사람이 감동에, 달리 비유하면, 아직 닫혀 있는 문으로 머잖아 곧 누가 겁내주려고 들어오리라 아는 때에 느끼는 공포와 좀 닮은 감동에 빠지려는 순간을 조마조마하게 기다리는 그 어쩔 수 없음을 나는 실감하였다. 나는 어머니한테 한마디 하려는데, 목소리가 떨리고, 눈물에 젖어, 오래오래 어머니의 어깨 위에 머리를 파묻고 울어대며, 슬픔이 내 생활에서 떠나버린 것을 아는 지금, 도리어 슬픔을 맛보며, 받아들이며, 그리워하였다. 마치 사정으로 실행 못하고만 어진 계획에 흥분하기 좋아하듯이. 프랑수아즈는 우리의 기쁨에 참여치 않음으로써 내 분통을 터뜨렸다. 프랑수아즈는 사내종과 고자질 잘하는 문지기 사이에 터진 무시무시한 싸움 때문에 얼빠지고 말았던 것이다. 공작부인이 친절한 마음에서, 사이에 들어, 겉보기로는 화해를 시키고, 사내종을 용서해주어야 했다. 사실 공작부인은 착한 분이라서, 부인이 '수다'를 엿듣지만 않았다면 이곳은 이상적인 일자리였다.

이미 며칠 전부터 할머니의 상태가 좋지 않다는 사실을 알고 문안 편지가 오기 시작하였다. 생루는 내게 다음같이 써 보냈다. "나는 자네의 소중한 할머니께서 편치 않은 이 틈을 타 비난보다도 더 심한 말을 자네한테 하고 싶진 않네. 또 자네 할머니께서는 이 일과 아무 관계없네. 그러나 내가 자네 행동의 불성실을 결코 잊지 않는다든가, 자네의 기만과 배신을 용서치 않는다든가, 설사 암시적으로 넌지시 말한다면 그것은 거짓말이 되네." 하지만 다른 친구는 할머니의 병환이 대단치 않다고 판단하여 또는 병환조차 모르고서, 내일 샹젤리제에서 만나, 거기서부터 한 집을 방문하고, 시골에 나가 재미나는 만찬회에 참석하자고 요구해왔다. 나는 이미 이 두 가지 재미를 물리칠 이유가 없었다. 이제부터 불르봉 박사의 충고에 따라 많이 산책해야 한다고 할머니에게 말했더니, 할머니는 곧바로 샹젤리제가 어떨까 하고 말하는 것이었다. 그러니 내가 할머니를 거기에 데리고 가서, 할머니가 앉아 책을 읽는 동안, 친구들과 다시 만나는 장소를 의논하기야 누워서 떡 먹기, 또 서두르면 친구들과 같이 빌다브레행 열차에 탈 틈도 있을지 모르지 않는가. 그러나 나가려고 하자 할머니는 피곤하다고 외출하기를 꺼렸다. 하지만 불르봉의 가르침을 받은 어머니는 용기를 내어 할머니를 꾸짖고, 나가게 했다. 할머니가 또다시 신경쇠약에 빠지는 건 아닌가, 그러고 나서 다시 못 일어나는 건 아닌가 하는 생각에 어머니는 거의 울다시피 하였다. 할머니가 외출하기에 안성맞춤인 이토록 쾌청하고 따뜻한 날씨는 그리 흔하지 않다. 천천히 움직이는 태양은 발코니의 굳음을 여기저기 깨뜨려 그 속에 보드라운 모슬린을 넣고, 석재에 미지근한 살가죽, 모호한 금색 무리를 주고 있었다. 프랑수아즈는 딸에게 '튀브(tube)'*1를 보낼 틈이 없어서 점심이 끝나자마자 나갔다. 그러나 그 전에 쥐피앙네에 들러, 할머니가 외출에 입고 나갈 짧은 외투를 몇 바늘 고치게 한 것은 잘한 일이었다. 나도 마침 이때 아침 산책에서 돌아와, 프랑수아즈와 함께 재봉사 집에 갔다. "젊은 주인이 당신을 이곳에 데리고 오셨나요, 당신이 젊은 주인을 데리고 오셨나요, 아니면 좋은 바람이 불어 우연히 두 분이 함께 들어오셨나요?" 쥐피앙이 프랑수아즈에게 말했다. 학교 공부를 못했을망정, 쥐피앙은 게르망트 씨가 아무리 노력해도 문장 구성법을 저절로 위반하는 만큼이나 문장 구성법을 존중하였다. 프랑수아즈가 떠나고, 짧은 외투가 수선되자, 할머니도 옷치장을 해야 했다. 할머니는 어머니가 곁에 있겠다는 것을 굳이 거절한 뒤, 혼자 오래오래 몸치장을 하였다. 그래서 나는 이제 할머니의 몸이 건강하다는 사실을 알거니와, 부모님이 살아 있는 한 무엇에나 부모님을 남의 뒤로 미루는 그 괴상한 무관심과 더불어, 내가 친구들과 만나는 약속을 하고 또 빌 다브레로 만찬을 하러 가기로 되어 있다는 사실을 아시면서도 이토록 늑장 부려 지각할지도 모르게 만들다니, 할머니도 여간 이기주의자가 아니구나 생각했다. 초조한 나는, 준비가 다 되어간다는 전언을 두 번이나 들은 뒤, 끝내 먼저 내려가고 말았다. 할머니는 내가 반쯤 열린 유리문 근처에 이르렀을 때, 이런 경우 늘 하는 버릇대로 지각의 용서를 빌지 않은 채 급해서 옷보따리를 반이나 잃어버리고 온 사람처럼 얼굴이 붉어지고 얼떨떨한 모습으로 겨우 나를 따라왔다. 반쯤 열린 문 사이로 물 흐르는 소리 같은 미지근한 바깥공기가 저택의 차디찬 벽 사이에 마치 저수지를 터놓은 듯 들어오고 있었다. 허나 조금도 벽을 데우지 않고서.

"저를 어째, 네가 친구를 만나러 간다면, 내가 다른 외투를 입을 걸 그랬구

---

*1 속달우편.

나, 이건 좀 초라해."

나는 할머니가 들떠 있음에 놀라, 늦을세라 무척 서둘러대었던 것을 알아챘다. 샹젤리제에 닿아, 가브리엘 거리의 어귀에서 합승마차를 내렸을 때, 할머니가 나에게 말도 건네지 않고 몸을 돌려, 내가 어느 날 프랑수아즈를 기다린 적이 있는, 녹색 철망을 친, 그 예스러운 작은 정자 쪽으로 걸어가는 걸 나는 보았다. 아마 구역질이 나는지 입에 손을 대고 있는 할머니의 뒤를 따라 정원 한가운데 세운 작은 야외극장의 계단을 올라가니, 그때에 거기 있던 바로 그 공원 문지기가 여전히 '후작부인' 곁에 있었다. 감시소에는 마치 야회 서커스에서, 출연할 준비가 되어 얼굴에 분가루를 칠한 어릿광대가 출입구에서 손수 자릿세를 받듯, '후작부인'이 떡 버티고 사용료를 받고 있었는데, 여전히 고르지 못한 큰 콧마루에 망측한 흰 가루를 더덕더덕 바르고, 붉은 덧머리에 빨강 꽃을 단 검은 레이스의 헝겊 모자를 올려놓고 있었다. 그러나 그녀는 나를 알아보지 못했나 보다. 공원 문지기는 초목의 감시는 그만두고 초목과 같은 색의 제복을 입은 채 그녀 곁에 앉아 지껄여대고 있었다.

"여전히 여기 있군. 은퇴할 생각이 없나 보군." 그가 말했다.

"내가 은퇴하다니 천만의 말씀을 다 하시네. 여기보다 좋은 곳이 있다면 어디 말씀해보시구려. 이곳보다 더 안락하고 쾌적한 곳을. 그리고 또 늘 사람들이 오락가락하니 심심치 않겠다, 이야말로 내가 말하는 작은 파리. 손님들이 세상일을 시시각각으로 알려주시니까. 이봐요, 나간 지 5분도 안 되는 그 손님, 그분은 엄청나게 지위 높은 판사님. 그런데 말씀이야." 그녀는 목소리를 높였다. 만약 공원 문지기가 이 단언의 정확성을 의심쩍어하는 얼굴을 보이기라도 하면 이 말을 폭력으로라도 밀고 나갈 듯 "8년도 전부터, 잘 들어보세요. 날마다 3시 종이 땡 울리는 신호로 그분이 왕림하시어, 늘 예절 바르고, 말씨가 조용하고, 더럽히는 적 한 번 없이, 작은 볼일을 보면서 신문을 읽는 데 30분 이상 걸리곤 했답니다. 단 하루만 그분이 안 왔어요. 3시에 나는 그것을 깨닫지 못하다가, 저녁 무렵에 가서 퍼뜩 혼잣말했죠, '저런, 그분이 안 왔군, 죽었나 봐.' 어쩐지 슬프더군요. 잘해주신 분에게 정이 붙는 성미라서요. 그래서 그다음 날 그분을 다시 뵈었을 때 어찌나 기뻤는지. '손님 어제 별일 없으셨습니까?' 하고 여쭤보니까, 대답하기를 내겐 별일 없었지만 안사람이 죽어서 너무나 경황이 없어 올 수가 없었다고 하지 뭐예요. 보아하니 무척 슬픈 모양이었어요. 무리도 아니죠, 스물 하고도 다섯 해나 쓴맛 단맛 같이 본 부부였으니까. 그래도 그는 다시 돌아와 매우 만족한 모양이더군요. 평소 하던 일을 방해받아서 기분이 언짢으셨던 모양이에요. 나는 그분의 기운을 돋우려고, '될 대로 되라고 놔둬선 못써요. 전처럼 오세요, 슬픔이 복받칠 때 그걸 보시면 조금쯤 풀릴 테니까'라고 말씀드렸답니다."

'후작부인'은 더욱더 온화한 투로 말을 이었다. 숲과 잔디밭의 보호자가, 뭔가 뜰을 가꾸는 도구 또는 원예 용구같이 보이는 칼을 적의 없이 칼집에 넣은 채, 말참견할 생각 없이 순하게 듣고 있는 것을 확인했기 때문이다.

"게다가, 나는 손님을 골라잡아요. 나는 나의 살롱이라 일컫는 곳에 무턱대고 아무나 안 받습니다. 어때요, 꽃도 있는 게 어엿한 살롱 같지 않습니까? 친절한 손님이 많이 오셔, 늘 한두 분이 아름다운 라일락이나 재스민의 작은 가지, 또는 내가 좋아하는 장미꽃을 가져다주신답니다."

라일락도, 아름다운 장미도 가져다준 일이 없는 우리를 이 할망구가 틀림없이 악평하고 있다는 생각에 얼굴이 붉어져, 악평을 몸으로 피하려고—또는 결석재판밖에 받지 않으려고—나는 나가는 곳 쪽으로 갔다. 그런데 인생에서는 아름다운 장미꽃을 가져오는 사람들이 가장 친절한 대우를 받는다고 단정 못할 것이, '후작부인'은 내가 심심해하고 있는 줄 여기고 이렇게 말을 건넸기 때문이다.

"어떠세요, 한 곳 열어드릴까요?"

내가 거절하자, "아니, 싫으시다?" 말하고는 미소 지으며 덧붙였다. "선심 쓰려 했는데, 하지만 이 볼일만은 거저라고 해서 일어나지 않으니까 할 수 없지."

이때 옷차림이 좋지 않은 한 여인이 바로 그 볼일을 느낀 듯 부랴부랴 들어왔다. 그러나 그녀는 '후작부인'의 사회에 속해 있지 않았다. '후작부인'은 속물 근성다운 사나움과 더불어 그녀에게 쌀쌀맞게 말했다.

"하나도 안 비었습니다, 부인."

"오래 걸릴까요." 불쌍한 여인은 노랑꽃 밑에 얼굴을 발갛게 하고 물었다.

"이봐요 부인, 다른 데 가보세요, 보다시피 아직 이 두 분이 기다리니까" 하고 나와 공원 문지기를 가리키며 말했다. "한 곳밖에 없어요. 딴 곳은 수리 중이고…… 상판대기를 보니 값을 치르지 못할 여인이야." '후작부인'은 말했다. "여기 올 신분이 못 돼. 저런 사람은 깨끗이, 소중히 아끼려는 마음이 없어요.

결국 내가 한 시간이나 걸려 그 뒤치다꺼리를 깨끗이 해야 할걸, 두 푼쯤 아깝지 않아."

드디어, 반시간이 지난 후에야 할머니가 나왔다. 할머니는 그토록 오래 지체한 무례를 행하고 상쇄할 생각을 꿈에도 하지 않을 것이라 생각한 나는, 틀림없이 '후작부인'이 할머니한테 나타낼 경멸의 한몫을 받지 않으려고 재빨리 퇴각했다. 한 가로수길에 들어섰는데, 할머니가 어렵지 않게 내 뒤를 따라와 함께 산책을 계속할 수 있도록 천천히 걸었다. 오래지 않아 할머니가 따라왔다. 나는 할머니가 '오래 기다리게 했구나. 그래도 네 친구를 안 놓쳤으면 좋겠다' 쯤이야 말하겠지 생각했는데, 한마디도 입 밖에 내지 않아, 조금 실망하여, 먼저 말을 꺼내지 않았다. 그런데 할머니 쪽으로 눈을 들어 보니까, 내 곁을 걸으면서 다른 쪽으로 머리를 돌리고 있었다. 또다시 구역질이 나지 않았나 걱정되었다. 자세히 보니 할머니의 걸음걸이가 머뭇거리는 데 섬뜩하였다. 모자는 비뚜름하고, 외투는 더러워졌으며, 마치 이제 막 마차에 떠밀렸거나 구덩이에서 건져낸 사람같이 어리둥절하고도 불쾌한 겉모양, 근심스러워하는 붉은 얼굴이었다.

"구역질했을까 봐 걱정했어요. 할머니, 괜찮겠어요?" 나는 물었다.

틀림없이 할머니는 대답하지 않다간 나를 걱정시킬 거라고 생각했나 보다.

"'후작부인'과 공원 문지기 사이의 대화를 다 들었다." 할머니가 내게 말했다. "그만큼 게르망트네풍과 베르뒤랭 작은 핵심*[1]의 풍인 것이 어디 있겠니. 그런 것을 점잖은 말로 잘도 해대더라." 그리고 할머니는 또다시, 할머니가 좋아하는 후작부인인 세비녜 부인의 글, '듣고 있자니 그들은 나를 위하여 작별의 즐거움을 준비하고 있다는 생각이 들었습니다'를 정성껏 덧붙였다.

이것이 할머니가 내게 한 말, 거기에 할머니의 온갖 섬세함, 인용하는 취미, 고전의 기억을 여느 때보다 좀더 담고, 이런 것을 전부 머릿속에 간직하고 있는 것을 보이고 싶은 듯이 한 말이었다. 그러나 이 글을, 나는 들었다기보다 차라리 짐작하였다. 그만큼 할머니는, 토할까 봐 두려워하는 마음에서 수긍이 안 될 만큼 이를 악물고 중얼대는 목소리로 이 설명을 발음했다.

"갑시다." 나는, 할머니의 병환을 너무 대단하게 보는 모양을 짓지 않으려고

---

*1 베르뒤랭 부인네에 드나드는 사교 인사들을 가리킴.

가벼운 투로 말했다. "좀 구역질이 나시니 괜찮으시면 돌아가요. 소화불량 기가 있는 할머니를 데리고 샹젤리제를 산책하고 싶진 않으니까."

"네 친구들 때문에 돌아가자고 말하지 못했단다." 할머니의 대답. "안됐구나! 하지만 네가 좋다고 하니, 그러는 편이 현명하지."

나는 그런 말을 하는 할머니의 기묘한 말투를 할머니 자신이 눈치채지 않을까 걱정하였다.

"할머니." 나는 퉁명스럽게 말했다. "메슥거리니까 억지로 말하지 마세요. 무리니까, 적어도 집에 돌아갈 때까지 기다리셔야 해요."

할머니는 쓸쓸히 미소 지어 보이며 내 손을 꼭 쥐었다. 할머니는 내가 금세 눈치챈 것을 새삼 숨길 필요가 없다고 깨달았던 것이다. 아까 가벼운 발작을 일으켰던 사실을.

옮긴이 민희식(閔憙植)
경기고 졸업 서울대 졸업 프랑스 스트라스부르대 문학박사 성균관대 교수 이화여대 교수 계명대·외국어대 프랑스과 교수 한양대 불문과 교수 한양대도서관장 저서 《프랑스문학사》《법화경과 신약성서》《불교와 서구사상》《토마스복음서와 불교》《어린왕자의 심층분석》 역서 《현대불문학사》 플로베르 《보바리부인》 지드 《좁은문》 뒤마피스 《춘희》 바실라르 《촛불의 철학》 뒤 가르 《티보네 사람들》《한국시집(불역)》 박경리 《토지(불역)》 한말숙 《아름다운 연가(불역)》《김춘수시집(불역)》 허근욱 《내가 설 땅은 어디냐(불역)》《불문학사예술론》《행복에 이르는 길》 프랑스문화공로훈장, 펜번역문학상 수상

세계문학전집080
Marcel Proust
À LA RECHERCHE DU TEMPS PERDU
잃어버린 시간을 찾아서Ⅱ
마르셀 프루스트/민희식 옮김
동서문화사창업60주년특별출판
1판 1쇄 발행/2017. 3. 20
발행인 고정일
발행처 동서문화사
창업 1956. 12. 12. 등록 16-3799
서울 중구 다산로 12길 6(신당동 4층)
☎ 546-0331~6 Fax. 545-0331
www.dongsuhbook.com
*

사업자등록번호 211-87-75330
ISBN 978-89-497-1545-2 04800
ISBN 978-89-497-1515-5 (세트)